현대문학
이론과 비평

윤호병 尹戸炳 | YOON Ho-Byeong

1948년 2월 3일 생. 육사(학사, 1973), 서울대(학사, 1977) 및 동 대학원(석사, 1981), 뉴욕주립대학교(스토니 브룩) 대학원(박사, 1986)에서 비교문학과 문학 · 문화이론을 전공했다. 계간『현대시사상』으로 평론 등 단(1987), 계간『시와시학』으로 시인 등단(2003). 저서『비교문학』(1993) 외 19권, 역서『현대성의 경험』 (1993) 외 14권, 시집『그리고 용서해 다오』(시선집, 2014) 외 6권. 제5회 '시와시학상' 평론상(2000), 제3회 '한국예술발전상' 비평 / 저서 부문(2003), 제16회 '편운문학상' 본상 평론상(2006). 육사 교수(1977~1996), 천안대 교수(1999~2001), 추계예술대 교수(2002~2014). '국제비교문학회'(ICLA) 산하 '문학이론위원회' 한국대표위원(1994~2000), '평화방송(CPBC) 평화신문', '시청자자문위원회 문학 분야 위원'(2004~2010). 현재 세종특별자치시 '청한재'에 거주하면서 '윤호병 빈첸시오의 가톨릭 이야기'(http://blog.naver.com/vin-centius48) 블로그를 운영하고 있다.

한정(寒井) 윤호병 교수 정년퇴임기념 비평선집

현대문학 이론과 비평

초판인쇄 2021년 10월 15일 초판발행 2021년 10월 31일

지은이 윤호병 펴낸이 박성모 펴낸곳 소명출판 출판등록 제13-522호

주소 서울시 서초구 서초중앙로6길 15, 2층

전화 02-585-7840 팩스 02-585-7848

전자우편 somyungbooks@daum.net 홈페이지 www.somyong.co.kr

값 81,000원 ⓒ 윤호병, 2021

ISBN 979-11-5905-403-7 93810

한정寒井 윤호병 교수 정년퇴임기념 비평선집

현대문학
이론과 비평

윤호병

Modern Literature Theory and Criticism

너는 나를 보고서야 믿느냐? 보지 않고도 믿는 사람은 행복하다.

— 「요한복음서」 20장 29절

문학교수 학자가 좋은 일을 할 수는 없지만

적어도 해로운 일은 하지 않으리라는 생각,

또는 자신에게는 해롭게 하더라도

어쨌든 남에게는 해롭게 하지 않으리라는 생각으로

스스로를 위로했음을 기억하고 있다.

— 해럴드 블룸

문학교수의 길—해럴드 블룸의 언급처럼 "자신에게는 해롭게 하더라도 어쨌든 남에게는 해롭게 하지 않으리라는 생각", 그 생각 하나만으로 평생 동안 문학을, 현대시를, 문학이론을, 비교문학을 강의하다가 2014년 2월 정년퇴임을 하게 되었다. 처음부터 끝까지 한 대학에서만 재직하지 못한 아쉬움이 많았지만, 뒤돌아보면 서로 다른 학풍이라고나 할까 하여튼 각기 다른 학문적 분위기를 느끼기도 하였다. 이처럼 다른 분위기에서 필자가 느꼈던 감정은 다음에 인용하는 시에 반영되어 있다.

처음에 몸담았던 학교에선 '처용가'를 가르치지 말,고 했다

그 내용이 상스럽다,라며 애국, 애국, 애국이 중요하다,고

다음에 몸담았던 대학에선 언제 어디서든 먼저 기도하라,고 했다

하느님이 아닌 하나님이다,라며 기도, 기도, 기도가 중요하다,고

마지막 몸담았던 대학에선 애써 연구하지 말라,고 했다

이론보다 예술이 우선이다,라며 실기, 실기, 실기가 중요하다,고

평생을 매달려온 문학이며 하느님이며 이론비평은

그렇게도 쓸모없는 것이었을까,하는 생각을 하면서

— 그렇게

사십여 년 교수직을 떠나게 되었다

— 윤호병, 「만감교차」 전문

그러면서도 문학에 대한 어떤 믿음, 특히 비교문학에 대한 믿음—그것은 필자에게 있어서 하나의 신앙과도 같은 것이어서, "보지 않고도 믿는 사람은 행복하다"라는 주님의 말씀을 금과옥조로 삼으면서 나름대로 열심히 국내외 학회 활동을 통해서 이 분야를 집중적으로 연구하고는 하였다.

벌써 4년여 전 정년퇴임을 하면서 그것을 혼자만이라도 기념하고자 스스로 펴낸 시선집 『그리고 용서 해다오』와 영문비평집 *Comparative Literature in Korea*가 있으면서도, 다시 또 비평선집 『현대문학 이론과 비평』을 엮은 까닭은 아무래도 그동안 발표했던 글들을 선별해서 정리하는 것이 좋을 것 같다고 생각했기 때문이다. 그렇게 생각했던 까닭은 물론 여러 가지 상황이 있겠지만 다음에 인용하는 시처럼 착잡한 마음이 들었기 때문이다.

참 많이도 헤매다가 여기까지 왔다

부끄러운 줄도 모르고 열리지 않는 문을 염치도 체면도 없이 열심히 두드리고 두드

리며 이곳저곳 조선천지 안 가본 곳 없이 참 많이도 헤매다가 여기까지 왔다. 신촌동, 신림동, 상수동, 신수동, 이문동, 회기동, 남가좌동, 군자동, 정릉동, 항동, 용인 남동, 평택 용이동, 춘천 옥천동, 광주 용봉동, 충북 청원, 대전 용운동, 천안 안서동, 천안? 그래 심드렁한 마음으로 그곳에 한 3년 잠시 머물렀었지.

아, 잃어버린 빛바랜 무슨 훈장이라도 되듯 허물어진 영혼을 기필코 되찾고야 말겠다는 단호한 결심으로 모든 것 다 내팽개치고 헤매었던 그 많은 대학, 대학들. 명문 아닌 곳이 없던 대학도서관마다 꽂혀 있을 내 책, 그 책들 대부분은 막연한 기대를 가지고 그때마다 제출했던 라면박스 두 개 분량의 내 '연구실적물'이 분명할 것이다. 한 번도 돌려받지 못했던 그 많은 단행본들, 소송이라도 내어 더 늦기 전에 돌려받고 싶다는 생각을 하면서 이제,

떠날 준비를 조금씩 하다말고 안산아래 북아현동 능안골 늦가을 계곡에 쭈그리고 앉아 지나온 세월을 뒤돌아본다. 뒤돌아보아야 무엇하겠냐만, 잎 진 나무들 가지마다 앙상하게 드러난 숱하게 할퀴고 긁히고 꺾인 상처들을 바라보다가 그 상처 하나하나마다 이 계곡, 이 늦가을 계곡까지 그림자 하나 앞세우고 타박타박 혼자 걸어오면서 받을 수밖에 없었던 마음의 상처들을 하나씩 들추어 덧대보기도 하면서……

낡아가는 햇볕 하나 붙잡고 하염없이 앉아 있다

— 윤호병, 「늦가을 계곡에 쭈그리고 앉아」 전문

아무런 지연도 학연도 혈연도 없이 일반대학에서 문학교수로 임용된다는 것—그것도 오십이 가까운 나이에 임용된다는 것은 거의 불가능한 일이었지만, 어찌어찌하여 고향 가까운 곳에 있는 한 대학에 용케도 임용이 되었다. 그때의 감정은 다음에 인용하는 시에 절실하게 반영되어 있다.

"윤 교수님 연구실은 교수 연구동 신관 9층 16호실입니다"

교무처에서 건네 받은 열쇠로 배정 받은 신임 교수 연구실 문을 열고 들어선 순간
창문으로 먼저 들어와 있던 이른봄의 화사한 햇빛이 반갑게 맞아주었다
주님의 자비로운 미소가 되어 방안 가득 축복으로 퍼져 있었다

언제였던가 내 연구실을 가지고 있었던 것이 모든 것을 다 지니고 있다가 순식간에
모든 것을 다 놓쳐버리고 이 대학 저 대학 시간 강사로 떠돌던 지난 3년 동안 차갑게 뿌
리쳐야 했던 슬픔들이 까옥거리며 몰려들었다 나무 그늘아래서 차안에서 대학가 찻집
에서 빈 강의실에서 하염없이 하염없이 강의시간을 기다렸었지 대학도서관도 구내서점
도 교수식당도 교·강사 휴게실도 시간 강사에게는 부담스런 곳이었지 아는 교수 찾아
가는 것도 학과장 방에 가는 것도 학과 사무실에 가는 것도 한 학기 한 번이면 그만이었
지 내가 내 연구실을 가지고 있었을 때 누군가의 느닷없는 방문은 언제나 내 연구를 방
해했었으니까 '그래 찾아가지 말자'고 다짐했었지 '교수님 연구실은 어디예요? 구내 전
화번호는요?' 나를 당혹스럽게 하던 학생들의 질문에 어물어물 했었지 바보가 되어

'좋은 서류가방 놔두고 볼품없이 큰 그 가죽가방을 왜 그렇게 들고 다녀요'라고 아
내는 짜증스러워했지만 거기엔 모든 게 들어있었지 지친 영혼을 위한 작은 성경, 두통
약, 생수, 강의 준비물, 강의 텍스트, 문학잡지, 돋보기, 수성 펜, 분필, 통장, 도장, 전화번
호부, 핸드폰, 지갑, 수첩, 휴지, 수건, 피울 줄도 모르는 담배, 라이타, 신임 교수초빙 신
문광고까지

어느 유행가 가사처럼 강사 시절 3년 동안 정들은 가죽가방 여전히 무거운 그 큰 가
방을 어깨에 멘 채 연구실 문고리를 잡고 있는 내게 맑고 깨끗한 모습의 젊은 학과장이
잠시동안의 침묵을 깼다

"무슨 생각을 그렇게 오래 하세요 연구실이 좁지요 이 연구동은 외국어대 교수전용 연구동입니다 1년만 계시면 신축중인 본관 교수 연구동으로 옮길 겁니다 좀 불편하셔도 1년만 참으세요 이 모든 집기들도 새 것입니다만 본관 연구실 집기들도 새 것으로 다시 마련한답니다 사람이 없어 청소를 못했습니다 불편하셔도 1년만 참으세요"

"아 아 아닙니다 과장님 그 그 그런게 아닙니다 가 가 감사합니다"

아내가 좋아하는 노오란 프리지어 꽃향기 닮은 햇빛은 어느새
당황하는 내 얼굴을 감싸안고 있었다
주님의 다정한 손길이 되어 기도하고 있었다

"두려워하지 말라 두려워하지 말라"

낯선 사람들
낯선 환경을

— 윤호병, 「문을 열 때 거기 계셨네, 주님께서는」 전문

하여튼 이런저런 과정을 거치면서, 1977년 3월 육군사관학교를 시작으로 천안대학교(현재의 백석대학교)를 거쳐 추계예술대학교를 마지막으로 2014년 2월 정년퇴임을 하면서 미루어 놓았다가 출판하게 된 '현대문학이론과 비평'은 총4부로 구성되어 있다. 제1부에서는 한국 현대시의 서정성과 현대성을 정리하였고, 제2부에서는 문학이론과 문화주의를 집중적으로 조명하였고, 제3부에서는 비교문학의 영역을 살펴보았으며, 제4부에서는 한국 현대시의 세계와 현장을 정리하였다. 아울러 연구 목록을 첨부하였다. 이처럼 첨부한 연구 목록에는 다음에 인용하는 시에 반영되어 있는 바와 같이, 초간하고 외롭게 의지와 집

념으로 걸어 온 지난 세월의 발자취가 남아있다고 볼 수 있다.

　　야곱의 우물처럼
　　끊임없이 솟구치는 의지와 집념이 없었다면
　　어떻게 살고 있을까, 지금쯤 그는

　　땔나무꾼 되어 엄동설한에 청솔가지 등에 지고 더듬더듬 비탈길 내려오고 있을까,
소작농 되어 등껍질 벗겨내는 오뉴월 땡볕아래 거머리에 뜯기며 피사리하고 있을까,
화전민 되어 돌무더기 캐내면서 산전뙈기 일구며 살고 있을까, 게딱지 초가삼간 구들
장 위에 누워 쑤시는 허리어깨 지져대고 있을까, 간혹, 이루지 못한 꿈을 아쉬워하며 한
점 불을 밝혀두고 찢겨나간 희미한 기억의 책갈피를 뒤적이고 있을까,

　　야곱의 우물처럼
　　끊임없이 솟구치는 의지와 집념이 없었다면
　　어떻게 살고 있을까, 지금쯤 그는

　　앞길을 가로막고는 하던 낭떠러지와 가시덤불
　　저 혼자 뛰어넘고 헤쳐 오면서 악착같이 살아왔다는 소문
　　열병처럼 무성하게 퍼져 있어도 결국,

　　이루어 놓은 것은 보잘 것 없다고들 수군대지만,
　　　　　　　　　　　　　　　　　　　　— 윤호병, 「어떻게 살고 있을까, 지금쯤 그는」 전문

　　그러면서도 여전히 아쉬움이 남는다. 도대체 무엇을 위해 그렇게도 열심히
어느 누구의 도움도 없이 수없이 많은 단행본과 번역서와 논문과 평론과 대담

등을 혼자서 읽고 쓰고 교정하고 발표하고 했던 것일까? 그것은 아마도 그 무엇으로도 채울 수 없는 허전한 마음, 때로는 허무한 마음을 조금이라도 스스로 위로받고 싶었기 때문은 아니었을까? 그런 생각을 해보고는 하면서 다음 시를 인용해본다.

이런 날은 누가 만든 것일까

찾아갈 스승도 없고
찾아올 제자도 없는
내게,
이런 날은 누가 만든 것일까

40년 가까이 가르친 그 많던 학생들은
모두 다 어디로 가고
정확히 24년 동안 배운 그 많던 선생들은
또 모두 다 어디로 간 것일까

카톡, 문자, 이메일, 전화, 카페
그 어디에도
누구 하나 찾아온 흔적이 없고
나 또한
그 어디에도
흔적을 남길 만한 곳이 없는 데

이런 날은 누가 만들어

오갈 데 없는 나, 나를

이처럼 무기력하게 만드는 것일까

그 흔한 스승 하나 없는 말뿐인 제자였나

그 흔한 제자 하나 없는 말뿐인 스승이었나

나, 나는

— 윤호병, 「낯설기만 한 스승의 날」 전문

열심히 살아오긴 했지만, 아무런 결실도 없이 혼자 살아온 세월의 끝자락을 애써 붙들고 다시 또 안간힘을 쓰면서 『현대문학 이론과 비평』이라는 '정년퇴임 기념 비평선집'을 엮으면서, 문학 교수로 살아온 지난 세월을 되돌아본다. 그러면서도 "나의 시작은 나의 마지막이고 나의 마지막은 나의 시작"이라는 T. S. 엘리엇의 말과 "늘 신선한 아침처럼 살자"라는 니체의 말을 되새기면서 다음 시를 인용해 본다.

절대로 두려워하지 않겠다.

한 치도 물러서지 않겠다.

떳떳이 당당하게 맞서겠다.

자신 있게 승부하겠다.

그리고

초라하게 고개 숙이지 않겠다.

결국 아무것도 아니라는 것.

마음속의 마음일 뿐이라는 것.

― 그것을 알게 되었다.

너무 늦었다 하더라도

지금, 지금은…….

― 윤호병, 「오라 절망이여, 검은 빛줄기 후려치면서」 전문

　위에 인용된 시에서처럼 오늘의 내가 있도록 해준 힘―그것은 분명히 가족의 아낌없는 성원과 뒷바라지에 있었다고 생각한다. 그러한 마음은 "사랑한다 / 미안하다 / 오직 이 말뿐 // ― 아내여"라는 「사랑하는 날까지」에 반영되어 있는 아내 마리아의 변함없이 너그러운 마음과 "아빠, 이 조기는 알이 왜 없는지 알아? / 왜 없는데 / 그건 말야 아빠조기이든가 처녀조기이기 때문에 없는 거야 / 어떻게 알았어? / 아빠가 그랬잖아 모르는 문제도 곰곰이 생각해보면 답이 있다고 / 나 잘했지? / 응, 정말 잘했어 에이뿔(A+)이야"라는 「위대한 발견」에 반영되어 있는 바와 같이 1995년 당시 유치원생이었던 외동딸 아녜스의 놀라운 상상력에 있다. 이처럼 비범한 상상력을 보여주었던 딸아이는 지금 대학원 예술학과에서 미학이론과 매체이론을 공부하고 있다. 하루의 일과를 끝내고 잠자리에 들 때마다 사랑하는 가족을 위해서 나는 기도하고는 한다. "전능하신 주님, 은총이 가득하신 성모님, 저 윤호병 빈첸시오의 기도를 들으시어 저의 사랑하는 아내 마리아와 외동딸 아녜스의 몸과 마음이 건강할 수 있도록 저의 기도를 들어주소서. 아멘."

　끝으로 출판계의 여러 가지 어려운 상황에도 불구하고 선뜻 출판을 허락해준 소명출판 관계자 여러분께 감사의 말씀을 드리고 싶다.

2018년 4월 주님부활대축일에
청한재 온지헌에서 윤호병(빈첸시오)

차례

비평선집을 엮으면서 3

제1부 서정성과 현대성

제1장 **서정양식의 전통성과 현대성** ———————— 19

1. 서정양식의 전통성 19
2. 서정양식의 현대성 34
3. 네오-서정시의 미학과 상호텍스트성 46

제2장 **모더니즘 이론의 영향과 수용** ———————— 62

1. 모더니즘의 사상과 문화 62
2. 현대시의 반-유기적 형식 88
3. 후기현대와 파편적 글쓰기 100
4. 도시의 발전과 현대시의 전략 116
5. 현대시의 현대성과 시간 136

제3장 **해체주의 이론의 영향과 수용** ———————— 144

1. 해체주의에 대한 성찰 144
2. 데리다의 인식론과 노장사상의 일원론 182
3. 해체주의와 한국 현대시 194
4. 한용운의 「님의 침묵沈默」에 대한 해체적 읽기 211

제2부 문학이론과 문화주의

제4장   문화적 기억과 문화–글로컬리즘 ———————————— 231

1. 단일문화와 모노컬리즘   231

2. 다문화주의와 문화적 기억   235

3. 문화적 기억과 글로컬리즘 – 정체성의 확립과 다공성多空性의 극복   245

제5장   다문화주의와 문화–글로컬리즘 ———————————— 245

1. 문학이론 연구의 국제적 연구동향   245

2. 탈–식민주의와 다문화주의   255

3. 다문화주의와 문화–글로컬리즘   258

4. 문화–글로컬리즘 시대의 비교문학   262

제6장   문화–글로컬리즘 시대의 문화적 특징 —————————— 262

1. 문화–글로컬리즘과 문화의 변화   262

2. 21세기를 위한 한국문화의 비전   273

제3부 비교문학의 영역

제7장 문학과 문학의 비교 ──────────────────────── 289

　　1. 프랑스문학의 영향과 수용　289

　　2. 영미문학의 영향과 수용　347

　　3. 독일문학의 영향과 수용　424

　　4. 러시아문학의 영향과 수용　449

　　5. 스페인문학의 영향과 수용　471

　　6. 일본문학의 영향과 수용　480

제8장 문학과 예술의 비교 ──────────────────────── 500

　　1. 문학과 그림의 비교　500

　　2. 문학과 음악의 비교　556

제9장 문학과 종교의 비교 ──────────────────────── 575

　　1. 문학과 종교의 불가분성　575

　　2. 한국 현대시와 가톨릭의 세계　603

　　3. 서구문학에 반영된 불교의 영향과 수용　735

제4부 한국 현대시의 세계와 현장

제10장 현대시인의 시세계 ──────────── 759

1. 김소월의 시세계 – 방법적 갈등과 미결정의 변증법 759

2. 김영랑의 시세계 – 순수서정에서 현실인식까지 794

3. 윤동주의 시세계 – 갈등과 번민 그리고 박애정신 847

제11장 새 시집에 반영된 시인의 시세계 ──────────── 874

1. 홍윤숙의 시세계 874

2. 허만하의 시세계 887

3. 정진규의 시세계 909

4. 이승훈의 시세계 935

제12장 한 편의 시에 반영된 시인의 시세계 ──────────── 970

1. 김규동의 시「플라워 다방 – 보들레르, 나를 건져주다의 세계」
　　　　　　　　– 해방공간의 문단현실에 대한 증언 970

2. 성찬경의 시「나의 그림자」의 세계
　　　　　　　– 실존의 반려로서의 그림자의 의미와 역할 979

3. 유경환의 시「금빛 억새」의 세계 – 소멸하고 남은 것의 아름다운 몸짓 989

4. 마종기의 시「여름의 침묵」의 세계 – 무아경의 순간과 깨달음의 순간 995

5. 유안진의 시「고양이, 도도하고 냉소적인」의 세계
　　　　　　　　– 'I AM'의 무한성과 가능 1008

6. 김형영의 시 「고해告解」의 세계 – 불가능한 용서와 때늦은 화해   1017

7. 문정희의 시 「독수리의 시」의 세계
　　　　　– '상공의 팡세' 또는 'womb / man'으로서의 독수리의 시학   1025

8. 조창환의 시 「닻을 내린 배는 검은 소가 되어」의 세계
　　　　　　　　– 서정시의 수난 · 부활 · 강림을 위하여   1032

9. 서원동의 시 「녹슨 냉장고」의 세계
　　　　　　　– '정리해고' : 그 비정한 시대의 절망   1038

10. 김순일의 시 「투거리 장맛」의 세계 – '농촌'의 현실과 아픔   1043

초출 서지 목록   1051
자술 연보   1055
연구 활동 목록   1057
찾아보기   1069

제1부

서정성과 현대성

제1장 서정양식의 전통성과 현대성
제2장 모더니즘 이론의 영향과 수용
제3장 해체주의 이론의 영향과 수용

제1장

서정양식의 전통성과 현대성

지상의 서정시는 결코 사라지지 않을 것이다.

— 존 키츠, 「베짱이와 귀뚜라미에 대한 명상」(1816.12.30)

이 세상에서 절대신과 교수 두 존재만이 서정시가 무엇인지를 알고 있다. 그러나 절대신은 그것이 무엇인지 말하려 하지 않지만 교수는 그것이 무엇인지 말할 수조차 없다.

— 해롤드 드울프 풀러, 「서정시」(1926)

1. 서정양식의 전통성

1) 시신詩神 · 시천詩泉 · 사포

시신詩神 뮤즈의 신전과 그 신이 마시고는 했다는 시천詩泉 아가니페Aganippe —그 물을 마시면 누구나 시적 영감을 얻게 된다는 전설이 있는 샘으로, 그 물을 마시고는 했던 뮤즈는 종종 '아가니페의 딸'이라는 뜻을 지닌 '아가니피데스Aganippides'라고 불리고는 했다—가 있던 헬리콘산의 기슭에는 사랑의 여신 에로스의 동상이 있는 테스피아가 자리 잡고 있으며 그 곳에 헤시오도스Hσίοδος, Hesíodos가 살고 있었다고 전해진다. 헤시오도스는 기원전 7세기경 그리스의 시인이자 호메로스학파에 대립되는 헤시오도스학파를 가능하게 했던 인물로 알려져 있다. 전자의 시세계가 서사시계열에 관계된다면 후자의 시세계는 교훈시계열에 관계되며, 헤시오도스가 지었다고 전해지는 『노동과 나날Έργα καὶ Ἡμέραι』은 약 828행으로 이루어진 '노동시'로 평가되고는 한다. 여기에서 '나날'은 행복하든 불행하든 농부들이 살아가야만 하는 일상에 관계되고, '노동'은 그들의 실제 활동에 관계된다. 농부들의 삶에 대한 교훈적인 내용과 그에 대한 실천적인 지침을 담고 있는 이 시는 숙명처럼 날마다 노동을 해야만 하는 농부들의 삶에 대한 격려와 위로를 중심으로 하고 있으며, 이러한 격려와 위로는 다분히 감성적인 언어를 바탕으로 하는 마음의 표현에 관계된다.

헤시오도스의 시세계는 우선적으로 서정시의 여신 에우테르페에게 접맥된다. 그 외에도 서사시의 여신 칼리오페, 연애시의 여신 에라토, 찬양시의 여신 폴리힘니아, 역사시의 여신 클리오, 비극시의 여신 멜포메네, 목가시의 여신 탈리아, 무용시舞踊詩의 여신 테르프시코레 및 천문시의 여신 우라니아와 같은 여신들이 있으며, 이들 아홉 명의 여신들은 제우스와 기억의 여신 므네모시네의 딸들로 태양의 신 아폴로가 이들을 선도하는 것으로 전해지고 있다. 시신 뮤즈에 관계되는 아홉 가지 시의 갈래 중의 하나인 서정시는 플라톤이 "열 번째 뮤즈"라고 불렀던 고대 그리스의 서정시인 사포에 의해 화려하게 전개되었다. 순수한 사랑의 서정시를 대표하는 사포의 시는 격정적인 열정의 표현, 명쾌한 형용어구의 활용, 장엄한 언어의 선택, 완벽한 운율의 조율 및 직접적인 간결성의 구사 등을 바탕으로 하여 인간의 마음을 생생하게 드러냈을 뿐만 아니라 자연에 대한 위대한 사랑까지도 분명하게 나타낸 것으로 평가되고 있다.

2) 서정 · 서정성 · 노래

서정시라고 했을 때, 그것은 리라와 같은 악기로 연주되던 고대 그리스 시대의 짧은 서정시에 관계되기도 하고, 일반적인 의미의 시에 나타나는 노래와 같은 특징에 관계되기도 한다. 일반적으로 리라에 맞추어 부르던 노래가 서정시로 전이되었다고 했을 때, 그것은 서정시의 시각적인 측면을 강조하기보다는 청각적인 측면을 강조한다고 볼 수 있다. 그리고 그러한 리라는 시대가 변하면서 플루트이거나 「리시다스」에 나타나 있는 보리피리를 의미하는 리드이거나 블레이크의 「순수의 노래」에 나타나 있는 파이프이거나 16~17세기에 유럽에서 유행했던 루트이거나 S. T. 콜리지의 시에 나타나는 소녀가 에티오피아의 옛 왕국이었던 '아비시니아'를 찾아갈 때에 연주하던 소형 현악기에 해당하는 덜시머로 변화하게 된다.

아울러 '짧은 서정시'는 그 자체에 운율적인 효과를 충분하게 지니고 있는 시이기는 하지만, 노스럽 프라이가 언급했던 바와 같이 두 행 길이의 경구, 열두 권의 책으로 나누어질 수 없는 운문, 한 권의 시집에 수록가능한 시 등이 모두 '서정시'의 범주에 들 수도 있다. '노래와 같은 특징'은 시의 주제나 길이에 관계없이 각 연이나 행에 나타나는 음악적인 요소에 관계된다. 따라서 서정시는 보편적으로 개인적인 정서, 감정, 느낌, 취향 등을 나타낸다는 점에서 서사시나 극시와 구별되며, 그 형식으로는 소네트, 송가頌歌, 노래 및 만가輓歌 등이 있다. 이렇게 볼 때에 고대 그리스의 시대에 성행하던 여럿이 함께 부르는 합창과 개인이 혼자서 부르는 독창 중에서 후자가 서정시로 발전하게 되었다는 것이 일반적인 견해이다. 따라서 서정시는 짧은 형식, 개인적인 정서, 혼자서 부르는 독창 등으로 요약될 수 있다.

그러나 클리언스 브룩스도 지적하고 있듯이 서정시와 노래의 관계가 그렇게 간단명료한 것만은 아니다. 그에 의하면 서정시를 노래와 관련짓게 된 것은 다분히 고전주의 비평가들의 영향이기는 하지만, 음악적 특징을 가진 시라고 해서 언제나 노래로 불리었던 것도 아니고, 서정시에 붙여지고는 하는 '음악적'이라는 수식어 역시 음악에서 강조하는 음조音調, 화성和聲, 분절음節分音, 대위법對位法, 음색音色 등과 같은 일련의 기계적인 특징을 의미하는 것도 아니다. 아울러 시적 서정성을 음악의 정서적 효과와 동일시하거나 시의 정수精髓나 순수시로 서정시를 파악하는 것 역시 많은 문제점을 야기한다고 브룩스는 파악하였다. 서정시와 노래의 이러한 문제점에 대해서 그는 "서정시의 특징은 다른 에너지와 결합하지 않은 순수한 에너지의 산물"이라고 파악한 드링크워터의 정의나 "운율의 형성이나 구성의 특징을 지니고 있는 구문은 서정적"이라고 파악한 길버트 머레이의 정의를 예로 들었다.

고전주의 비평에서부터 근대비평까지 이어지는 서정시와 노래의 관계에 대한 논의가 주로 청각적인 현상에 관계되는 것이라면, 문예 부흥기에는 서정시의 시각적인 현상 혹은 시각이미지의 창출을 강조하게 되었다. 이 시기의 서정시 쓰기는 독자의 주의력을 환기시키고 그들로 하여금 시를 읽을 수 있도록 독려하는 데 역점을 두었을 뿐만 아니라 잘 형성된 시적 방법, 특정한 주제, 운율, 태도, 이미지 및 신화를 이어받기는 했지만 '서정시는 노래'라는 긴밀한 관계망을 상실하게 되었다.

3) 단시短詩 · 음악성 · 이미지

노래와의 긴밀한 관계망을 상실하게 된 서정시의 특징을 S. T. 콜리지는 "부분과 부분의 상호간의 조화와 설명"으로, 워즈워스는 "강한 감정의 자연스러운 흐름"으로, 헤겔은 "긴밀하게 주관적이면서도 개인적인 표현"으로 파악하였으며, 이들의 이러한 파악은 E. A. 포가 강조하는 "서정시는 필연적으로 짧아야 한다"는 명제로 수렴된다. 그리고 그것은 상징주의 시를 거쳐 이미지즘 시로까지 이어지게 된다. 물론 밀턴의 「알레그로」나 형이상학파의 시에 나타나 있는 바와 같이 짧은 단시短詩만이 서정성을 지니고 있는 것은 아니다. 밀턴의 경우는 당시의 다른 시에 비해 상대적으로 짧다는 뜻이며 존 던의 시를 예로 든다면 형이상학파 시의 경우는 짧기는 하지만 그것이 곧 이미지에 관계된다기보다는 패러독스에 더 많이 관계되기 때문이다. 서정시가 노래로서의 특징을 상실했다고는 하지만 소리의 패턴, 시행詩行의 반복, 억양의 배열 및 유사한 음의 효과 등에 의해 그 저변에는 음악적인 요소를 여전히 지니고 있었다. 따라서 서정시에는 구조적이거나 부수적인 근거로서 시적인 운율효과가 내재되어 있으며 이러한 점이 일종의 서정시의 원리로 수용되어 왔다.

상징주의 시는 보들레르의 계열과 베를렌의 계열로 나뉘며 전자가 시적 의미의 개혁을 강조했다면 후자는 시적 음악성의 개혁을 강조했다. 1875년에 쓰인 자신의 시「시론」의 첫 구절에서 베를렌은 "무엇보다도 먼저 음악을"이라고 강조하고 있지만, 이 구절에서의 '음악'은 그 이전의 시에 나타나는 규칙적인 운을 강조한 것이 아니라 불규칙적인 운을 강조한 것이다. 에니드 로즈 페셀이 언급한 바와 같이 그것은 오케스트라에서의 음악이라기보다는 플루트 독주나 바이올린 독주의 음악에 해당하며, 궁극적으로는 "다른 하늘, 다른 사랑을 찾아 날아가는" 영혼처럼, 무엇인가 애매모호하고 파악불가능하며 순간적으로 사라져버리는 세계에 해당한다. "말은 살아 있는 실체라는 점을 베를렌은 잘 알고 있었으며, 그는 이 모든 것을 음악과 색채와 음영, 다시 말하면 영혼뿐인 음악, 투명한 색채, 빛나는 음영으로 전환시켰다"고 아더 시몬즈는 자신의『문학에서의 상징주의 운동』1899에서 강조하는 한편 다른 한편으로는 다음과 같이 결론지었다. "분명히 서정시의 이상은 사물의 심오한 의식, 신비로운 목소리의 세계— 우리가 태어나고 다시 돌아가게 되는 신비의 세계—를 세심하고 완벽한 매개체로 표현하는 것이다. (…중략…) 베를렌에 의해 청각과 시각은 상호 교환가능하게 되었다. 그는 소리를 색칠하였고 그의 시행詩行과 시적 분위기는 음악이 되었다."

따라서 베를렌의 시「시론」은 그의 시세계의 주의표명에 해당한다. 새로운 시행詩行, 음절, 운율을 모색함으로써, 그는 궁극적으로 시에서의 애매 모호성과 시어의 뉘앙스를 강조하고 나아가 감성, 정조情調, 꿈을 구체적으로 설명하는 것이 아니라 암시만 할 것을 제안하였다. 이렇게 볼 때에 베를렌의 시 대부분은 노스럽 프라이가 『비평의 해부』1957에서 언급한 바 있는 "서정시는 현저하게 우연히 엿듣게 되는 발화發話이다"라는 견해와 M. H. 에이브람스가 강조하는 "서정시는 상당히 짧고 비-서사적인 시로서 단 한 명의 시적 자아가 자신의 마음의 상태를 언급하거나 혹은 생각이나 감정의 진행과정을 언급하는 것이다"라는 견해에 접맥된다.

4) 이미지 · 청각언어 · 시각언어

베를렌의 시세계를 형성하는 '음악성의 축'과 '그림의 축' — 그의 시세계의 형성에 영향을 끼친 앙트앙 와토의 「공원에서의 모임」과 같은 그림의 영향 — 에 암시되어 있는 바와 같이 서정시가 반드시 음악성만을 강조하는 것은 아니다. 그의 시에 나타나는 이러한 두 가지 축은 순수시의 강조, 불규칙 운의 실천 및 비-시적인 내용의 배제를 바탕으로 하는 '자유시'의 근간을 마련함으로써 궁극적으로 이미지즘의 출현을 가능하게 하였다. 상징주의의 이러한 요소 외에도 이미지즘 형성에 영향을 끼친 요인으로는 후기상징주의의 시풍, 정확하면서도 객관적인 매개체를 강조하는 전전세대戰前世代의 문체, 동양적인 태도로 시각 위주의 단시短詩를 실험했던 인상주의의 시, 조각의 구체성과 장인정신匠人精神의 순수성에 역점을 두었던 고답파의 태도는 물론 현실의 현장감을 정확하게 포착하고자 했던 사실주의까지 다양하다.

서정시가 지니고 있는 청각적인 특징으로부터 시각적인 특징으로의 전환에서 중요한 요인 중의 하나는 이미지이고 이미지즘은 이러한 요인을 근간으로 하여 출발하게 되었으며, 에즈라 파운드는 힐다 두리틀Hilda Doolittle — 일반적으로 H. D. 또는 H- D- 등으로 지칭하고는 한다 — 및 리처드 앨딩턴 등과 함께 이 운동을 대표한다. 이들은 이미지즘의 3원칙, 즉 ① 주관적이든 객관적이든 사물을 직접 취급할 것, ② 표상表象에 기여하지 않는 말은 절대로 사용하지 말 것, ③ 메트로놈에 의해서가 아니라 음악적인 구절에 의해 리듬을 창조할 것을 선언하였다. 일반적으로 파운드의 'Three Don'ts'의 원칙으로 일컬어지는 이러한 원칙 중에서 세 번째 원칙은 시의 음악성을 강조하고 있다는 점에서 주목해야 할 부분이다. 말하자면 이미지즘 시의 선구자들은 전통적으로 활용되었던 기계적인 운율의 적용에 집착하기보다는 새로운 운율의 창조라고 할 수 있는 자유시의 운율을 창조할 것을 강조하였다. 이미지즘이 궁극적으로 모더니즘으로 나아가는 근간을 형성했음에도 불구하고 이와 같이 언급할 수 있는 까닭은 파운드가 이미지즘 그룹의 가장 전형적인 시로 평가한 H. D.의 시 「산의 요정」이나 그 자신의 시 「지하철 정거장에서」에 나타나는 음절의 엄격한 제한과 그것의 음악적 적용 때문이다. 전자의 시의 일부분은 다음과 같다.

소용돌이쳐라, 바다여 —
소용돌이쳐라 무서운 그리움을,
부딪쳐버려라 그 큰 그리움을
우리들의 바위 위에
내던져버려라 초록빛을 우리들 위에,
뒤덮어버려라 우리들을 전나무 빛 물색으로.

— H. D., 「산의 요정」 부분

아울러 후자에 해당하는 파운드의 시는 다음과 같다.

군중 속의 유령의 얼굴들
젖은 검은 가지의 꽃잎들

— 파운드, 「지하철 정거장에서」 전문

필자의 번역으로 인용한 H. D.의 시가 서정성을 바탕으로 하는 청각이미지와 시각이미지에 역점을 두고 있다면, 파운드의 시는 다분히 시각이미지에 역점을 두고 있다. 얼 R. 마이너가 『영미문학에 있어서의 일본의 전통』1958에서 언급한 바와 같이 하이쿠는 자연물이나 자연경관 및 특정한 계절에 대한 시인의 강한 인상을 정확하게 17음절로 옮기는 일본의 서정시의 한 가지 형식이며, 대부분의 초기 이미지즘의 시처럼 파운드의 인용 시에도 하이쿠의 영향이 나타나 있다. 따라서 앤 클뤼세나아르가 지적한 바와 같이, 감성과 지성을 동시에 추구하는 시에서는 그것이 어느 유형이든 서정시의 모든 장치를 활용하게 되며 진정한 의미의 인간적인 가치를 모색하게 된다고 볼 수 있다.

5) 시·음악·현대시

20세기에 들어와서 서정시에 대한 정의는 여러 연구자에 의해 다양하게 정의되어 왔으며, 이러한 정의는 서정시와 음악의 관계를 취급한 경우와 서정시와 이미지의 관계를 취급한 경우로 나뉜다. 전자의 예로는 "말은 음악으로 작곡된 소리에 의해 시의 의미를 형성한다"고 파악한 R. P. 블랙머와 "시인은 언어를 즐겁고 유쾌한 음악으로 만들기 위해 시를 쓰는 것이 아니라 즐겁고 유쾌한 음악을 언어로 만들기 위해(인간의 마음속에 특별한 효과를 부여하려고) 시를 쓴다"고 언급한 라셀 에버크럼비 등을 들 수 있고, 후자의 예로는 "서정시는 시인 자신에게 즉각적으로 관계되는 이미지를 기교적으로 나타내는 시 형식이다"라고 선언한 제임스 조이스와 "서정시가 전달하는 것은 단순한 정서가 아니라 정서적인 상태를 상상적으로 포착한 것"이라고 이해한 허버트 리드 및 "서정시는 소리와 이미저리를 본질적으로 모방하는 것"이라고 단언한 노스럽 프라이 등을 들수 있다. 이처럼 서정시에 대한 연구는 '시'—필자가 번역하여 국내에 소개한바 있는 『비평의 이론』2005에서 머레이 크리거는 '한 편의 시poem'와 '시poetry'를 구분하고 있으며, 전자는 운문으로서의 시를 지칭하고 후자는 통칭으로서의 시를 지칭한다—를 음악·음악성·노래와 관련지어 연구하는 축 및 개념과 이미지의 혼합에 의해 시인의 감성을 연구하는 축으로 나뉜다.

"시인과 음악가는 같은 교회의 구성원으로 말의 비밀과 음색의 비밀은 하나이자 동일한 것이다"라는 E. T. A. 호프만의 견해나 "음악에서 진정한 말을 발견하는 것은 말에서 진정한 음악을 발견하는 것과 같다"라는 윌리엄 W. 오스틴의 견해는 시와 음악의 긴밀한 상관성에 관계된다. 좁게는 시, 넓게는 문학과 음악의 이러한 관계를 스티븐 폴 세르는 자신의 「문학과 음악」에서 음악과 문학, 음악 속의 문학, 문학 속의 음악 등과 같이 세 개의 범주로 정리하였다. 첫 번째 범주인 음악과 문학에서는 성악곡이 중심축을 형성하며 여기에는 오페라와 가곡은 물론 오라토리오, 칸타타, 미사곡, 무반주 다성곡多聲曲, 마드리갈, 카펠라, 발라드 및 영국의 가면극과 독일의 희극 등이 포함된다. 이러한 범주의 예로는 오페라의 경우 셰익스피어를 모태로 하는 베르디의 오페라 〈맥베스〉를 들 수 있고, 가곡의 경우 괴테의 시를 가사로 채택하여 작곡한 슈베르트의 가곡과 슈만의 '아이헨도르프 가곡집' 등을 들 수 있다. 이처럼 말로 쓰인 문학적 텍스트와 소리를 중심으로 하는 음악적 텍스트에는 각 분야의 한계성을 극복하고 초월하여 상호작용함으로써 두 분야의 영역을 확장한다는 장점을 지니고 있다.

음악 속의 문학의 범주에서 중요한 분야는 표제음악이다. 성악곡처럼 표제음악은 음악에 끼친 문학의 영향을 명쾌하게 드러냄으로써 문학연구자들로 하여금 그러한 영향관계가 무엇인지를 연구할 수 있는 귀중한 자료를 제공해준다. 절대음악이나 추상음악과 구별되는 표제음악의 예로는 1854년 리스트가 만들어 낸 신조어 '교향시'에서 찾아볼 수 있으며, 이러한 예로는 셰익스피어의 『햄릿』을 주제로 하는 그의 교향시 외에도, 바이런의 『차일드 해럴드의 편력』을 주제로 하는 베를리오즈의 「이탈리아의 해럴드」를 거쳐 말라르메의 시 「목신의 오후」를 음악으로 전이시킨 드뷔시의 〈목신의 오후 전주곡〉 등에서 찾아볼 수 있다. 표제음악의 갈래를 문학적으로 해석하고 이론적으로 뒷받침할 수 있는 비평적 안목을 갖기 위해서는 음악의 역사와 미학을 효과적으로 파악하는 데 있다. 문학의 의미와 음악의 의미를 형식미학과 표현미학으로 이해하는 것은 분명히 바람직한 일이지만, 그것이 그렇게 용이한 일은 아니다. 왜냐하면 S. P. 세르가 「언어적인 음악의 이론에 대하여」에서 언급한 바와 같이 "모든 문학작품은 구체적인 의미와 개념을 전달하기 위해 말로 작성되어 있을 뿐만 아니라 적절한 말의 결합에 의해 가능한 한 폭넓은 영역을 전달하고 표현하고 환기시키는 반면, 음악은 말로 작곡되는 것이 아니어서 구체적인 의미와 개념이 결여되어 있기" 때문이다.

시와 음악의 관계에서 마지막 범주에 해당하는 문학 속의 음악에서는 시를 음악적으로 표현하거나 음악을 시의 언어로 표현하고자 한다. 시의 음악적 표현에서는 그것이 아무리 음악적이라 하더라도 말이 지니고 있는 한계―음악의 청각적인 특징의 결여―로 인해 실제상의 음악을 암시하고 환기하고 모방함으로써 음악의 언어적인 특징을 간접적으로 창조하게 된다. 간접적인 창조는 말-음악, 문학작품에 나타나는 음악적인 구조와 기교, 언어-음악 등에 의해 가능해진다. 미노루 요시다는 「영시英詩에서의 말-음악」에서 '말-음악'에 대해 언급하였으며, 그는 음악의 청각적인 특징을 말로 모방하고자 하는 것에 역점을 두었다. 이러한 예로는 베를렌의 시 「가을의 노래」를 들 수 있다. 부드러운 어조, 유사음의 반복, 각운의 효과적인 활용 등에 의해 가을날의 정서를 음악적으로 표현하는 데 성공했다는 평가를 받고 있는 이 시에서 말-음악의 관계는 시의 언어와 바이올린의 음색의 대응에 있다.

문학작품에 나타나는 음악적인 구조와 기교에는 소나타, 푸가 및 론도 등의 음악형식에서 차용한 주제―음악과 시에서 필수적인 요소에 해당하는 반복과 변화의 원칙에 바탕을 두어―가 문학작품으로 전이되고는 하였다. 그러나 소리의 일관성과 동시성을 음악에서 성취하는 것은 가능하지만 문학에서는 그러한 성취가 불가능하다는 점을 인식한 문학 비평가들은 이 두 분야에 나타나는 이러한 차이점을 극복하기 위해 미학적인 의도의 공통점이 무엇인지를 모색하고는 하였다. 그러한 모색 중의 하나가 '동음이의어'이다. 칼빈 S. 브라운은 1970년에 발표한 자신의 글 「지난 20년간의 음악—문학 연구」에서 "문학에 합당한 순수 동음이의어는 그것이 비록 충분하지는 않다 하더라도 음악의 대위법이 가지는 동시성에 근접하게 되었다"고 결론지었다. 동음이의어의 효과는 다-음자多-音字, 즉 다-음율多-音律, 다음-합성多音-合成, 다음-표시多音-表示 등의 창안을 가능하게 하였으며, 제임스 조이스를 예로 든다면 "다-음자多-音字의 창안에 대해 특별한 이론을 가지고 있던 그는 몇 가지 음표를 하나의 소리로 나타내는 화음처럼 다-음자多-音字도 두 가지 이상의 의미를 나타낸다"고 파악하였으며 실제로 그는 'bespectable'과 같은 어휘를 창안하기도 하였다.

'언어-음악'은 문학적인 현상으로 그것은 음악비평가나 음악학자가 실천하는 비-문학적인 음악의 언어화와는 다른 것이다. 비평용어로서의 언어-음악은 앞에서 간략하게 살펴본 말-음악이나 성악 또는 종종 표제음악으로 이해되는 문학적 음악과는 다르다. 이러한 점을 S. P. 세르는 「언어적인 음악의 이론에 대하여」에서 다음과 같이 요약하였다. "언어적인 음악은 실제적이거나 가공적인 음악에서의 작곡을 문학적으로(시나 산문으로) 표현하는 것, 즉 시적 텍스트가 음악의 편린을 주제로 하는 것을 의미한다. 사실적이나 가공적인 음악에서의 악보를 말로 접근하는 것 외에도, 이와 같은 시편이나 구문에서는 음악적인 실천이나 음악에 대한 주관적인 반응의 특징이 무엇인지를 제안하게 된다." 음악-문학의 현상을 취급하는 데 있어서 언어적인 음악이 가장 문학적인 현상이라고 볼 수 있는 까닭은 그것이 음악의 상징적인 내용을 지성적이고 정서적으로 유입하는 데 있어서 시적으로 긴밀하게 할뿐만 아니라 음악적인 형식의 특정한 소리효과나 요소를 직접적으로 모방하기보다는 간접적으로 유연하게 암시하기 때문이다. 언어적인 음악을 가장 탁월하게 서정시로 전환시킨 시인으로는 브렌타노, 베를렌 및 스윈번 등을 들 수 있다. 이들의 서정시의 세계는 다른 시인들

의 시의 세계와는 분명하게 차이 나는 시세계를 형성하였다고 칼빈 S. 브라운은
파악하였다.

특정한 색채나 시각적인 이미지와 관련지어 음악적인 경험을 시적인 해석
으로 종합하고자 하는 노력은 낭만주의와 상징주의를 거쳐 하트 크레인과 월
러스 스티븐스의 시세계에 이르기까지 다양하게 전개되어 왔다. 이러한 시인들
의 부단한 시도와 노력에 힘입어 시와 음악의 비교는 중요한 영역으로 자리잡
아가고 있다. 음악과 언어와 시에 대한 연구로는 로만 야콥슨의 「음악학과 언어
학」, 롤랑 바르트의 『신화론』, 니콜라스 루웨의 『언어, 음악, 시』의 「음악 기호학
의 기본요소」 등에서 그러한 예를 찾아 볼 수 있다.

6) 서정시 · 철학 · 음악

이상에서 살펴 본 서정시에 대한 관심과 연구에서 구심적인 역할을 한 것은
물론 신비평이다. 최근에는 신비평의 영역을 확대하고 다양한 비평분야를 서정
시의 연구에 접목시키고자 하는 노력이 있어왔으며 그것은 조나단 아락이 제
기한 '신-신비평'이라는 용어로 수렴된다. 신-신비평에 의한 서정시에 대한 연
구영역의 확대에는 구조주의와 기호학, 독자의 반응과 역할, 서정시와 사회, 페
미니즘과 서정시 및 리듬과 운율의 새로운 변화 등이 포함된다. 서정시에 대한
신-신비평의 이론과 방법에 대해서는 필자가 번역하여 국내에 소개한 바 있는
『서정시의 이론과 방법─신비평을 넘어서』2003에 집약되어 있다. 서정시에 대
한 구조주의적이고 기호학적인 읽기는 그동안의 서정시에 대한 연구에 하나
의 전환점을 마련하게 되었으며, 그러한 예를 우리는 보들레르의 시 「고양이」
에 대한 로만 야콥슨과 레비스트로스의 분석 및 그러한 분석을 비판한 리파테
르에게서 찾아볼 수 있다. 전자의 경우가 서정시를 구조주의적으로 분석한 경
우에 해당한다면 후자는 그것을 기호학적으로 분석한 경우에 해당한다. 독자의
반응과 역할은 한스 로베르트 야우스와 콘스탄츠학파의 '수용미학'으로 수렴되

며 이들은 프라그학파의 시학에서 제기되었던 언어학적 분석과 의미산출의 방법을 해석학에 결합시켰다.

이들의 이러한 결합에 의한 서정시의 읽기는 다분히 리파테르의 시의 분석과 유사한 점을 지니고 있으며, 이들 두 그룹의 시 읽기의 방법은 페미니즘과 서정시의 분석을 가능하게 하였다. 그 결과 신비평의 방법에서 소홀하게 취급했던 독자의 '젠더'로서의 역할의 중요성에 관심을 기울이게 되었다. 페미니스트 비평에서는 시인의 전기와 시작품의 관계에 대한 연구, 상이한 역사적 시기의 각각의 작품의 해석에 나타나는 독자의 젠더와 그것의 한계상황에 대한 연구, 서정시의 시적 자아로 하여금 시를 설명하도록 하는 시적 조건에 관계되는 시 속의 목소리에 대한 연구, 서정시에 나타나는 여성적 인물의 역할에 대한 탐구를 위한 시적 구조에 대한 연구 등에 관심을 기울이고 있다. 예를 들면, W. B. 예이츠의 시 「리다와 백조」, 실비아 플라스의 시 「아빠」, 말라르메의 시 「시의 선물」, 키츠의 시 「아름다운 여인」 등에 나타나는 여성적 특징에 대한 분석을 들 수 있다. 페미니스트 비평에서는 서정시에 대한 이와 같은 읽기와 분석을 통해 서정시의 언어와 비유에 대한 새로운 접근, 여성이든 남성이든 시인이 자신의 시에서 추구하고자 하는 것과 추구하지 않으려고 하는 것의 대조 및 그동안의 시 읽기에서 소홀하게 취급해 왔던 보이지 않는 전제를 명확하게 도출하여 하나의 정전正典을 형성하고자 노력하였다.

다음은 서정시와 사회와의 관계에 대한 심도 있는 시 읽기와 연구를 들 수 있으며 여기에서의 대전제는 서정시와 사회는 무관할 수 없다는 데 있다. 다시 말하면, 신비평 이후에 구조주의 비평, 후기구조주의 비평, 신-신비평을 거치면서 한 편의 서정시에 반영되어 있는 역사적이고 사회적인 문제가 제기되어 왔으며 그것은 제프리 하트만의 「형식주의를 넘어서」 이후에 프랭크 렌트리키아의 『신비평 이후』와 에드워드 사이드의 『세계, 텍스트 및 비평가』에서 집대성되었다고 볼 수 있다. 서정시와 사회의 중요성을 인식했을 뿐만 아니라 리파테르와 야우스의 경우를 비교한 폴 드 만의 「현대이론에서의 서정적인 목소리」 역시 이러한 계열에 속한다고 볼 수 있다. 서정시의 사회적 영향과 미학에 대한 연구로는 무엇보다도 하베이 그로스의 「헤겔, 베토벤, 워즈워스」를 들 수 있다. 그로스의 이 글은 필자의 『네오-헬리콘 시학—서정성에서 현대성까지』2004의 부록에 「철학·음악·문학의 상호연관성」으로 국내에 소개된 바 있다. 1770년부터 1970년까지 200년 동안의 서정시의 변화를 체계적으로 연구한 그로스는 역사적 상황, 자연과 상상력, 내적 성찰과 소외, 근대세계의 모색 등을 통해 서로 다른 영역의 세 인물, 즉 헤겔, 베토벤, 워즈워스가 어떻게 자신들의 사회적 영향을 수용하였고 상호 영향을 끼쳤는지에 대해 다음과 같이 결론지었다.

> 헤겔의 철학적인 종합, 베토벤의 음악적인 성취 및 워즈워스의 위대한 시는 모두 역사적인 격렬한 폭발에 의해 영향을 받았고, 자아와 자연에 대한 새로운 의식과 유기적 상상력의 작용에 대한 완벽하고 치밀한 이해에 의해 형성되었으며 인간은 이 세상에 안주할 수 없다는 비극적 세계관에 의해 자신들의 행적을 남겨놓았다. 역사의 운명주의, 계시적인 상상력의 힘, 내재적이면서도 외재적인 소외에 대한 두려움—이 모든 요인들은 18세기말에 비롯된 새로운 세계질서를 대표할 뿐만 아니라 현재의 우리 시대를 거쳐 아직은 불분명하지만 충분히 상상할 수 있는 또 다른 천년으로 나아갈 수 있는 길을 열어놓았다.

7) 서정시의 쓰기와 읽기

"시인은 빛이자 날개 달린 신성한 존재이며 영감에 의해 시를 쓴다"고 플라톤이 자신의 『이온』에서 강조한 바와 같이, 시적 영감은 시인의 영혼의 문제에 관계되며 시인의 영혼은 프루스트가 파악한 대로 외부세계의 모든 요인이 차단된 시인만의 밀실에서 비롯된다. 시인의 영혼의 밀실은 시인 자신만이 알고 있는 비밀스럽고 신비스러운 공간인 까닭에 리처드 에버하트—미국의 서정 시인이자 성공한 사업가로 워싱턴에 본부를 두고 있는 '학술원과 예술원' 회원이자 '국립문화원' 예술분과 상임위원을 역임하였다— 는 "시는 신의 선물이다"라고까지 선언하게 되었다. 이 말이 의미하는 것은 시인은 생래적生來的인 존재인 까닭에 시인이 쓰는 시는 신의 선물에 해당한다는 점이다. 말하자면 시인은 시 쓰기라는 특별한 재능을 신으로부터 부여받은 존재이며, 이러한 시 쓰기는 이미지, 상징, 운율, 리듬 등에 의해 고도로 고양된 아주 특별한 유형의 글쓰기에 해당한다.

시인으로 하여금 특별한 유형의 글쓰기에 해당하는 시 쓰기를 가능하게 하는 요인으로는 '생명의 약동'과 '진정한 자아'를 들 수 있다. 전자는 리처드 에버하트의 서정시의 세계를 가능하게 했으며, 후자는 루이스 심슨의 서정시의 세계를 가능하게 하였다. 심슨은 자신의 「시인의 논지」에서 진정한 자아는 시인이 자신만의 방법으로 살아가는 인생의 산물이며, 그것은 개인적인 일상사에서 비롯되는 기질에 관계된다는 점을 강조하였다. 조셉 콘래드가 파악한 바와 같이, "예술가는 자신 만의 고유한 세계에 자리 잡게 되고 바로 그 외로운 영역에서의 긴장과 투쟁을 통해 자신의 세계를 드러낼 수 있는 합당한 말을 발견하게 된다".

따라서 그것이 어느 유형에 해당하든, 시인의 기질을 표현하는 시에는 이 글에서 필자가 제안하고자 하는 헬리콘의 노래에서부터 네오-헬리콘의 노래까지가 포함되어 있다. 다시 말하면, 헤시오도스와 에우테르페를 거쳐 사포에게서 절정을 이루게 되었던 서정시로서의 헬리콘의 노래는 서로 다른 시대의 서로 다른 시인이 가졌을 법한 서로 다른 기질에 의해 점차 네오-헬리콘의 노래로 변화하게 되었다고 볼 수 있다. 이러한 시적 변화를 가능하게 한 요소로는 실제 시인으로서의 '나'와 경험세계, 시적 자아로서의 '나'와 상상세계, 랭보의 '또 다른 나'와 성찰세계 등으로 '시-서술자'의 태도의 변화에 우선적으로 관계되고 다음은 시적 열정, 시적 사고, 시적 감정의 변화에 관계된다. 워즈워스에 의하면 시인의 열정, 사고, 감정은 특별하다기보다는 보편적이기는 하지만 이 세 가지가 시적 특수성을 성취하기 위해서는 긴밀하게 구성된 시적 장치, 말하자면 문체, 율격, 주제, 비유 등의 효과적인 활용이 필요하다.

"서사 시인이든 서정 시인이든 모든 훌륭한 시인은 기교에 의해 시를 쓰는 것이 아니라 영혼의 영감에 의해 시를 쓴다"는 플라톤의 언급처럼, 서정시를 효과적으로 읽어내기 위해서는 꼼꼼하게 읽기가 요구된다. 이러한 읽기는 물론 신비평에 의해 성행하게 되었지만, 여기서 말하는 '꼼꼼하게 읽기'는 협의적인 의미의 읽기가 아니라 광의적인 의미의 읽기를 뜻한다. "완벽하게 이해하기보다는 보편적으로 이해할 때에 시는 가장 큰 기쁨을 준다"는 S. T. 콜리지의 언급처럼, 시인의 전기, 시적 주제, 사회적 상황, 시적 장치 등을 시와 시인의 입장에서 읽어낼 수 있을 때 시-독자로서의 우리들은 시와 시인의 세계를 합당하게 이해할 수 있을 것이다.

2. 서정양식의 현대성

1) 서정양식에 대한 새로운 인식

오늘날 서정양식을 논의할 경우에 가장 많이 언급되고는 하는 논의로는 『케년평론』8[1951]에 수록된 케네스 버크의 「세 가지 정의」일 것이다. 이 글에서 버크는 서정양식에 대한 전통적인 의미의 정의를 분석하는 한편 다른 한편으로는 이러한 정의의 각 부분에 나타나는 문제점에 대해 면밀하게 논의하였다. 그가 자신의 논의의 출발점으로 제기했던 서정양식의 정의는 다음과 같다.

사상이나 정감이 강렬하거나 고양되어 있는 그 자체로 완결된 짧은 시, 어느 정도는 분명하게 암시되어 있는 순간적인 상황에 대해 통일된 태도를 표현하거나 환기하는 시, 어조가 조화로우면서도 운율적이기는 하지만 반드시 각운을 맞출 필요는 없는 시, 구조에 있어서는 음악성을 강렬하게 반복적으로 수반할 수 있는 시, 따라서 전체적으로 정서적인 경험을 질서 있으면서도 만족스럽게 종합할 수 있는 시로서 그렇지 못할 경우 서정양식은 부분적이거나 불분명하거나 간단명료하지 못하게 될 수도 있다.

이상과 같은 서정양식에 대한 버크의 논의를 요약하면 다음과 같다. "그 자체로 완결된 짧은 시"는 아리스토텔레스의 비극에서의 합창을 떠올리기는 하지만 그러한 합창을 요즈음은 무시하고 있다는 점, "사상이나 정감"은 변별적인 것이 아니라 시인의 정감 속에 사상이 포함될 수도 있고 사상 속에 정감이 포함될 수도 있다는 점, "표현하거나 환기하는 시" 역시 '의사소통'으로 종합될 수도 있지만 주관적인 서정시에서는 표현이 우선적이고 환기는 설득을 위해 활용된다는 점, "통일된 태도"는 일종의 제스처이거나 포즈라는 점—이러한 점에 대해서 버크는 공원에서 '말을 타고 가는 사람'에게 집중되는 행인들의 이목과 그의 영웅적인 심리를 예로 들었다, "순간적인 상황"은 헤겔이 강조하는 '동기부여'에 관계된다는 점, "어느 정도는 분명하게 암시되어 있는"이라는 구절은 '이미지의 형성'에 관계되며, '태도'가 최초의 행위에 관계되는 반면 '이미지'는 상상하고 있는 대상에 대한 태도에 관계된다는 점, "조화로우면서도 운율적인 어조"는 이상적일 뿐이지 현실적이지는 못하기 때문에 오히려 '이상적인 패러다임'이 적합하다는 점, "만족스럽게 종합할 수 있는 시"는 서정시의 기쁨에 관계되며 그것은 또 아리스토텔레스의 비극에서 강조하는 카타르시스에 관계되기는 하지만 모든 것을 종합하지는 못한다는 점 등을 예로 들어 상세하게 논의하였다.

서정양식에 대한 버크의 이러한 논의를 바탕으로 하여 그동안 서정양식에 대해 많은 변화가 있어 왔으며, 그러한 변화 중의 하나는 노스럽 프라이의 「서정시에 대한 접근」일 것이다. 프라이의 이 글은 필자가 번역하여 국내에 소개한 바 있는 『서정시의 이론과 비평』2003 제1장에 수록되어 있다. 프라이는 서정양식에서 강조하는 '짧은 시'를 다음과 같이 설명하였다.

문학용어를 정의할 수 있다고 믿는 사람들도 있다. 그리스의 '시 선집'에 보면 경구는 두 행 길이의 시이며 세 번째 행을 추가하게 되면 그것은 이미 서사시라고 주장하는 순수주의자도 있다. 그러나 그것은 사소한 주장에 지나지 않는 것 같다. 또 다른 극단적인 주장으로 보면, 실제로 열 두 권의 책으로 나누어지지 않는 운문은 무엇이든 서정시라고 부르는 통속적인 경향도 있다. 아마도 좀 더 실천적인 접근으로 보면, 우리들 자신이 합리적으로 생략하지 않은 채 '시 선집'에 수록할 수 있는 시를 서정시라고 말할 수도 있을 것이다. 또는 아마도 우리들은 적어도 '서정시가 아닌 것은 무엇인가'라고 질문함으로써, 서정시라는 주제 자체를 제한할 수도 있을 것이다.

호메로스, 워즈워스, 바이런, 성경의 '잠언', 핀다로스의 '송가' 등을 예로 들어 서정양식이 무엇인가를 설명하면서, 프라이는 "수많은 언어적인 발화는 웃음과 비슷한 것이다. 이 두 가지는 표상기능을 가지고 있는 것이 아니라 표현기능만을 가지고 있기 때문이다. 이러한 예로는 '아, 아'와 같은 소리치기나 좀 더 높은 수준으로 보면 서정시를 들 수도 있다"고 결론지었다. 아울러 그는 전형적인 서정양식으로 일본의 '하이쿠'를 예로 들었다. 하트 크레인이 "한 편의 시는 독자에게 다음과 같은 사실, 즉 단순하면서도 전혀 새로운 말, 결코 한 번도 말한 적이 없고 실제로 명확하게 하는 것이 불가능한 말, 그러나 이제부터 독자의 의식 속에 실제상의 원칙으로 자명하게 작용하는 말을 부여하고 있는 것 같다"고 극찬하였고, 프라이 역시 "17음절의 하이쿠는 언어적인 원자가 폭발하게 되는 형식이 될 수도 있다"고 평가했던 리포의 하이쿠는 다음과 같다.

아름다운 것 셋……

달빛…… 벚꽃……

아직……

안 밟은 흰 눈

위에 인용된 하이쿠를 하트 크레인은 문자의 상형성과 압축성으로 파악하였고 프라이는 시각이미지의 전형으로 파악하였다. 나아가 프라이는『비평의 해부』1957에서 서정시를 '서툴게 말하기'와 '멋대로 그리기'라고 명명하면서 "서정시는 무엇보다도 '엿듣게 되는 발화'이다"라고 정의하였다.

서정시에서 '멋대로 그리기'의 급진적인 형식은 수수께끼에 있다. 수수께끼는 특징적으로 감각과 성찰의 혼합, 감각적인 경험의 대상과 관련지어 정신적인 행위를 자극하기 위해 그러한 대상을 활용하는 것이다. 수수께끼는 본질적으로 읽기와 동일한 대상이었으며, 수수께끼는 언어를 가시적인 형식으로 환원하는 모든 과정, 즉 상형문자나 표의문자처럼 수수께끼와 유사한 부차적인 형식을 통해 이루어지는 과정에 긴밀하게 포함되어 있는 것 같다. 실제로 고대영어의 '수수께끼-시'에는 가장 훌륭한 몇 편의 서정시가 포함되어 있으며, 그것은 또 '신기하게 섞여 짜인 것'은 미학적으로 가장 선호하는 판단에 해당한다는 구절에 나타나 있는 바와 같이 문화에 속하기도 하였다.

위의 인용문에서 프라이가 제안한 '수수께끼'의 개념은 "시를 일종의 수수께끼, 즉 화자의 태도를 고려하지 않고서도 묘사할 수 있는 복잡한 구성"이라고 파악한 마이클 리파테르의 견해로 발전하게 되었으며,『다이아크리틱스』11-41981에 수록된 자신의「하이포그람과 각인—마이클 리파테르의 읽기의 시학」에서 폴 드 만이 강조했던 "모든 운문은 무의미한 운문이며 그렇다는 점을 이미 알고 있는 무의미한 운문이다"로 까지 급진적으로 나아가게 되었다. 물론 이러한 급진적인 견해가 대두되기까지는『문학비평 용어사전』1981에서 "서정시는 상당히 짧고 비-서사적인 시로 한 명의 화자가 나타나며 이때의 화자는 마음의 상태나 사상과 감정의 과정을 표현한다"고 강조한 M. H. 에이브람스의 견해와 『담론의 여백』1978에서 문학작품을 "허구적 발화, 즉 비-허구적이거나 역사적인 발화와 같이 다양한 유형의 발화를 허구적으로 모방하는 것"이라고 파악한 바바라 헌스타인 스미스의 견해를 바탕으로 한다.

서정양식에서 우리들의 주의를 환기시키는 어떤 발화를 엿듣게 될 경우, 우리들은 그러한 발화에 알맞은 어떤 전후관계를 상상하거나 재구성하여 시적 자아의 마음가짐, 상황, 의도, 관심 및 태도 등을 추론하게 된다. 신비평을 뛰어넘어 신-신비평으로 나아가고자 하는 서정양식에 대한 이와 같은 새로운 인식의 변화가 바로 이상에서 살펴본 버크, 프라이, 리파테르, 폴 드 만 등의 견해라고 볼 수 있다.

2) 서정시에 대한 새로운 읽기

이상에서 설명한 서정양식 혹은 서정시에 대한 새로운 인식과 접근은 그동안 신비평의 방법에서 강조했던 서정시에서의 패러독스와 아이러니, 의도의 오류와 감정의 오류, 시적 긴장과 유기체의 형식 등에 대한 성찰과 반성에서 비롯되었다. 이와 같은 성찰과 반성의 대상이 된 신비평은 물론 존 크라우 랜섬의 『신비평』1941, 클리언스 브룩스의 『잘 빚은 항아리』1947, 브룩스와 로버트 펜 워렌의 『시의 이해』1950, W. K. 윔재트의 『언어의 성상』1954 등으로 이어지면서 대학에서의 서정시 연구에서 강력한 영향력을 행사하게 되었다.

신비평에 대한 이들 각자의 대표적인 견해를 정리하면 다음과 같다. 랜섬의 '존재론적 비평'에는 '의미로서의 시어의 영역'과 '운율로서의 시어의 영역'이 있으며, 전자에는 '결정적인 의미'와 '미결정적인 의미'가 포함되고 후자에는 '결정적인 음성구조'와 '음소의 음소적인 특징'이 포함된다. 브룩스는 자신이 강조하는 '패러독스'와 '아이러니'를 존 던과 같은 형이상학파 시인들의 시에서 발견하였으며, 신비평에서 강조하는 '의도의 오류'는 다음과 같다.

시를 판단하는 것은 밀가루 반죽이나 기계를 판단하는 것과 같다. 누구나 시가 작동하기를 바란다. 창조자의 의도를 추론하는 것은 창조품이 작동하기 때문일 것이다. '시는 의미하는 것이 아니라 존재하는 것이다.' 시는 그 매개체가 언어이기 때문에 의미에 의해서만 존재할 수 있지만 그것은 어느 부분이 의도되었고 왜 의미되었는지에 대한 변명이 없을 때에만 그렇게 될 수 있을 뿐이다. 시는 복잡한 의미를 동시에 취급하는 문체의 기교이다. 시는 말해졌거나 암시되어진 것의 전부 또는 일부가 관련되어 있기 때문에 성공하게 된다. 관계없는 것은 밀가루 반죽에서 반죽되지 않은 덩어리나 기계부품에서 '불량품'처럼 제거되어 왔다. 이런 점에서 시는 실제상의 메시지와 다르며 메시지는 그 의도를 정확하게 추론할 수 있고 또 추론할 때에만 성공적일 수 있다.

자신들의 이러한 견해를 종합하여 브룩스는 신비평의 기본 논리를 ① 작품 자체에 대한 연구를 할 것, ② 작품의 구조는 그 자체로 형성된다고 파악할 것, ③ 유기체론에 의해 작품을 분석할 것, ④ 꼼꼼하게 읽기를 실천할 것, ⑤ 문학 그 자체만의 영역을 강조할 것 등으로 파악하는 한편 다른 한편으로는 '시적 유기체론'을 다음과 같이 설명하였다.

한 편의 시를 그 자체로 '시적'인 사물이 단순히 모여 이룬 한 뭉치의 덩어리라고 생각해서는 안 된다. 또한 한 편의 시를 '진리'나 어떤 '훌륭한 정조情調'가 감추어져 있으며 아름답게 장식되어 있거나 그저 단순한 일종의 상자로, 또는 '메시지의 탐색'으로 생각해서는 안 된다. 담장을 만들기 위해 쌓아 올린 벽돌처럼 한 편의 시를 형성하기 위해 각각의 요소―운율, 압운, 비유적인 언어, 아이디어 등―가 기계적으로 결합되어 있다고 생각해서는 절대로 안 된다. 그러한 관계는 기계적인 관계가 아니라 훨씬 더 긴밀하고 근본적인 관계이다. 한 편의 시를 벽돌로 이루어진 담장에 비유하기보다는 식물과 같은 유기체에 비유해야만 한다.

이상과 같은 특징을 근간으로 하는 신비평은 조나단 아락이 언급한 바와 같이 전후戰後 미국의 신세대 그룹, 특히 종전終戰과 더불어 대학캠퍼스로 돌아온 젊은 참전용사들에게는 가장 바람직한 비평의 방법이었다고 볼 수 있다. 시의 설명에 있어서 상식수준의 언어에 대한 지식과 용어의 설명, 평가의 적합성 및 짧은 시의 형식 등이 이들을 매료시키기는 했지만, 이러한 신비평의 방법은 유럽대륙에서 이입된 구조주의에 의해 그 영향력을 상실하게 되었다.

신비평이 소멸되어 가는 과정에서 구조주의 비평, 후기구조주의 비평, 해체 비평, 모더니즘 비평, 포스트모더니즘 비평 및 문화주의 비평 등이 점점 더 많은 관심을 끌게 되었으며, 신비평에서 강조하는 '짧은 서정시'는 그것이 보편적으로 생각하는 것처럼 짧은 서정시가 아니라 상대적으로 짧은 시라는 점을 들 수 있다. 예를 들면, 브룩스가 즐겨 활용했던 존 던의 시 「시성諡聖」만 하더라도 하나의 연이 아홉 개의 시행詩行으로 이루어져 있으며 전부 다섯 개의 연으로 형성된 시, 다시 말하면 전부 마흔 다섯 개의 시행으로 이루어진 시이다. 이 시의 제4연의 "잘 빚은 항아리가 / 가장 위대한 재가 되나니"의 '잘 빚은 항아리'라는 구절을 브룩스는 자신의 저서의 제목으로 삼았다. 이렇게 볼 때에 앞에 인용되었던 리포의 하이쿠는 하트 크레인이 보기에 하나의 '상형문자'처럼 보였을 수도 있다. 따라서 '짧은 서정시'라는 말은 상대적으로 짧다는 점을 언제나 감안해야만 할 것이다.

신비평에서 강조하는 서정시에 대한 이상과 같은 읽기의 방법은 신-신비평에 의해 서정시에 대한 새로운 읽기의 방법으로 전환되었으며, 이에 대한 대표적인 예를 찾아보면 다음과 같다. 리파테르와 야우스를 비판한 폴 드 만의 서정적 목소리에 대한 분석, 트럼블 스티크니의 시 「기억의 여신」에 대한 존 홀랜더의 후렴구 분석, 벤 존슨의 시에 대한 스탠리 피시의 독자반응주의 비평, 존 키츠의 시 「나이팅게일에게 보내는 송가」에 대한 신시아 체이스의 상호텍스트성 분석, 보들레르의 시 「가을에」에 대한 프레드릭 제임슨의 모더니즘, 포스트모더니즘, 마르크스주의에 의한 분석, 보들레르의 시집 『악의 꽃』에 대한 바바라 존슨의 상호텍스트성 분석, 서정시에 대한 데이빗 브롬위치의 패러디, 혼성모방 및 인유에 대한 분석 등을 들 수 있다. 다양한 비평의 이론을 계승하여 발전시켰을 뿐만 아니라 자신들만의 고유한 비평의 영역을 지키고 있는 이상과 같은 비평가들이 신-신비평의 방법에 의해 서정시에 대한 새로운 읽기를 시도했을 때, 이들은 신비평에서 강조하는 '꼼꼼하게 읽기'와 '텍스트 자체의 설명'을 그 출발점으로 삼았다. 그러나 이들은 자신들의 이러한 설명에서 유기체론, 긴장과 이완, 이미지와 비유, 패러독스와 아이러니를 강조하기보다는 텍스트의 상호연관성을 강조함으로써, 서정시의 의미영역을 확장시키는 데 기여하게 되었다.

일반적인 의미에서의 시, 특수한 의미에서의 '서정시'를 말할 때 "시는 자연스러운 감정의 발로다"라는 워즈워스의 언급을 근간으로 하고는 한다. 워즈워스는 물론 영국의 낭만주의를 이끌었던 대표적인 서정 시인이기는 하지만 그의 배후에는 그 자신의 동료이자 시인이자 문학이론가였던 S. T. 콜리지가 자리 잡고 있다. 따라서 콜리지와 관련지을 때 워즈워스의 이러한 언급에 나타나 있는 의미를 분명하게 파악할 수 있을 것이다. 다른 하나는 워즈워스가 혁명을 꿈꾸었던 시인이라는 점에 대해서는 그동안 주목하지 않았던 점을 들 수 있다. 워즈워스의 시를 서정시로 읽어내는 것이 중요한 것만큼 그가 혁명을 꿈꾸었던 시인이라는 점 또한 그의 시를 읽어내는 데에 중요한 요소로 작용할 수밖에 없다.

동일한 시에 대한 다르게 읽기는 그것이 비단 서정시에만 국한되는 것만은 아니지만, 이 글에서는 김소월의 시 「가는 길」, 한용운의 시 「님의 침묵」을 예로 들어 설명하고자 한다. 우선, 김소월의 시 「가는 길」에 대한 읽기를 살펴보면 다음과 같다.

그립다

말을 할까

하니 그리워

그냥 갈까

그래도

다시 더 한 번……

저 산(山)에도 까마귀, 들에 까마귀

서산(西山)에는 해진다고

지저귑니다

앞 강물 뒤 강물

흐르는 물은

어서 따라오라고 따라가자고

흘러도 연달아 흐릅디다려

— 김소월, 「가는 길」 전문

　위에 인용된 김소월의 시에서 가장 두드러진 특징은 이 시의 시적 자아가 '그립다'라는 말을 하지 않고 있다는 점을 들 수 있다. 제1연에서는 '그립다'라고 말을 할까 하고 생각하니 정말 그리워져서, 제2연에서는 '그립다'라고 말하지 않은 채 '그냥 갈까' 하고 생각하니 그래도 '그립다'라는 말이라도 하고 가야 되지 않을까 하고 망설이고 있음이 나타나 있다. 다시 말하면 제1연을 A, 제2연을 B로 설정한다면, A는 '그립다'라고 말을 할까 하는 생각을, B는 '그냥 갈까' 하는 생각을 각각 나타내며, 이러한 생각의 반복과 망설임을 말없음표가 암시하고 있다. 따라서

A와 B는 끊임없이 반복될 뿐이지 결코 끝나지 않게 되어 있다. 이러한 반복과 망설임으로 인해 하루해가 저물어 가고 있다는 점을 '까마귀'의 지저귐에서 찾아볼 수 있으며, 이때의 '까마귀'는 시적 자아에게 A나 B 중에서 어느 쪽을 택하든 그것은 '그립다'라는 생각에는 변함이 없다는 점, 따라서 빨리 결정하고 떠나가라는 재촉, 즉 시간의 촉박성에 관계된다고 볼 수 있다. 마지막 연에서 '앞 강물'은 A에 관계되고 '뒤 강물'은 B에 관계된다고 볼 수 있으며, 그것이 A이든 B이든 '그립다'라는 생각은 매한가지라는 점이 마지막 행에 종합되어 있다.

한용운의 시 「님의 침묵」을 해체적 읽기로 파악하면 다음과 같다.

님은 갔습니다. 아아, 살아하는 나의 님은 갔습니다.

푸른 산빛을 깨치고 단풍나무 숲을 향하야 한 적은 길을 걸어서, 참어 떨치고 갔습니다.

황금(黃金)의 꽃같이 굳고 빛나던 옛 맹서(盟誓)는 차디찬 띠끌이 되야서 한숨의 미풍(微風)에 날어갔습니다.

날카로운 첫 키쓰의 추억(追憶)은 나의 운명(運命)의 지침(指針)을 돌려놓고 뒷걸음쳐서 사러졌습니다.

나는 향기로운 님의 말소리에 귀먹고 꽃다운 님의 얼골에 눈멀었습니다.

사랑도 사람의 일이라, 만날 때에 미리 떠날 것을 염려하고 경계하지 아니한 것은 아니지만, 이별은 뜻밖의 일이 되고, 놀란 가슴은 새로운 슬픔에 터집니다.

그러나, 이별을 쓸데없는 눈물의 원천(源泉)을 만들고 마는 것은 스스로 사랑을 깨치는 것인 줄 아는 까닭에, 걷잡을 수 없는 슬픔의 힘을 옮겨서 새 희망(希望)의 정수박이에 들어부었습니다.

우리는 만날 때에 떠날 것을 염려하는 것과 같이 떠날 때에 다시 만날 것을 믿습니다.

아아, 님은 갔지마는 나는 님을 보내지 아니하였습니다.

제 곡조를 못이기는 사랑의 노래는 님의 침묵(沈黙)을 휩싸고 돕니다.

— 한용운, 「님의 침묵(沈黙)」 전문

서정양식에 대한 해체적 읽기에서 강조하는 것은 모든 시에는 그 자체를 파괴하는 요소, 그 자체의 의미를 스스로 해체하는 요소가 있다는 점을 자크 데리다는 강조하고 있으며, 위에 인용된 시에서 그러한 요소를 찾는다면 제6행을 들 수 있다. 우선 "사랑도 사람의 일"에서 '사랑'은 시적 자아가 제1행에서부터 제5행까지 그렇게도 강조하는 사랑의 절대성에 관계되지만, 그러한 사랑이 결국은 '도'라는 조사에 의해 여러 가지 '사람의 일' 중의 하나에 지나지 않는다는 점, 즉 '사랑 〉 사람의 일'의 관계가 아니라 '사랑 〈 사람의 일'의 관계라는 점이 암시되어 있다. 특히 뒤이어지는 "만날 때에 미리 떠날 것을 염려하고 경계하지 아니 한 것은 아니지만"이라는 구절은 이 시의 시적 자아가 처음부터 아주 용의주도하게 이별을 준비하고 있었다는 점, 사랑의 대상이 떠나가는 순간만을 예의주시하고 있었다는 점을 스스로 보여주는 부분에 해당한다. 따라서 이때의 '이별'이 '뜻밖의 일'이 될 수가 없고 '가슴'이 놀랄 필요가 없고 '슬픔'이 새로울 수가 없는 까닭은, 처음 만나는 순간부터 사랑의 대상을 예의주시하고 관찰하고 그 대상이 언젠가는 떠나갈 것이라는 점을 시적 자아는 이미 알고 있었기 때문이다.

3) 서정시의 쓰기와 읽기

앞에서 살펴본 것처럼 서정시 혹은 서정양식은 일반적으로 생각되는 것처럼 그렇게 간단명료한 문제는 아니다. 따라서 서정주의抒情主義라든지 신-서정주의라고 할 때에는 좀 더 세심한 주의가 필요하다. 앞에서 인용된 바와 같이 "시는 의미하는 것이 아니라 존재하는 것이다"라고 했을 때에 이 말은 물론 참이다. 그러나 "'언어는 존재의 집이다'라는 하이데거의 말은 '언어는 존재의 아파트이다'라는 말로 수정되어야 한다"는 프리데릭 제임슨의 질타에 귀를 기울여 볼 필요가 있는 까닭은 제임슨이 미국의 현대시의 쓰기와 읽기에 나타나는 전반적인 흐름을 개탄하면서 이렇게 언급했기 때문이다.

제임슨의 이러한 질타가 있기 이전에도 시 쓰기와 시 읽기에 대한 새로운 방법은 여러 가지 측면에서 제기되어 왔다. 그러한 예를 든다면, '무엇을 쓸 것인가'의 문제보다는 '어떻게 쓸 것인가'의 문제를 강조한 형식주의 비평가들, 은유의 축보다는 환유의 축에 역점을 둔 로만 야콥슨, '떠도는 기표'의 개념을 설명한 레비스트로스, 미하일 바흐친의 '대화주의'에서 '상호텍스트성'을 발전시킨 줄리아 크리스테바, 프로이트의 무의식 이론을 새롭게 조명하여 '거울단계'를 명쾌하게 제시한 자크 라캉, 낭만주의의 시에 대한 새로운 접근을 시도한 미국의 해체비평가들, 상징보다는 알레고리를 강조한 폴 드 만, 읽기의 문제에 전념한 J. 힐리스 밀러, '신-신비평'이라는 새로운 방법에 의해 시 읽기에 대한 전반적인 변화를 시도한 조나단 아락 등을 들 수 있다. 이들이 지향하는 비평의 방법이 다양하다 하더라도, 이들 모두에게는 새로운 문학이론과 비평의 방법을 등한시하지 않았다는 공통점이 있다. E. D. 허시가 강조했던 바와 같이, 시인의 의도적 의미를 읽어 낼 때에 그것은 '해석'에 관계될 뿐만 아니라 이론적으로 보면 단 하나의 의미에만 관계되지만, 비평가가 자신의 결정적인 의미를 작품에서 읽어 낼 때에 그것은 '비평'에 관계되며 이론적으로 보면 하나의 의미에서부터 무한대의 의미까지 관계된다. 그럼에도 들뢰즈의 '재-영토화'의 개념이 여전히 또 다른 '재-영토화'를 야기할 수밖에 없는 까닭은 누구나 기득권을 침해받지 않으려 하고 체제의 변화보다는 체제의 안정을 선호하는 것처럼 보이기 때문이다.

따라서 우리는 이상李箱의 다음과 같은 비명에 가까운 절규에 귀를 기울일 필요가 있다. 자신의 연작시 「오감도」를 『조선중앙일보』에 연재1934.7.23~8.8하다가 독자들의 항의로 예정된 분량을 다 수록하지 못하고 중단하게 되었을 때 이상은 "왜 미쳤다고들 그러는지 대체 우리는 남보다 수십 년씩 떨어져도 마음 놓고 지낼 작정이냐 (…중략…) 철鐵— 이것은 내 새 길의 암시요 앞으로 제 아무에게도 속하지 않겠지만 호령하여도 에코가 없는 무인지경은 딱하다"라고 절규하였다. 시 쓰기의 새로움 혹은 새로운 시 쓰기에 대한 이상의 이러한 절규와 개탄은 김종삼의 시 「원정園丁」의 마지막 구절, 즉 "당신 아닌 사람이 집으면 그릴 리가 없다고—"에서도 찾아 볼 수 있다. 기존의 질서와 진리에 안주하기를 거부했던 김종삼의 손에 잡히는 과일들이 "썩어 있지 않으면 벌레가 먹고" 있었 거나 "집기만 하면 썩어"가는 까닭은 그가 현실과의 화해를 모색하기보다는 새 로운 양식과 새로운 세계를 부단하게 모색했기 때문이다. 그래서 그는 "당신 아 닌 사람이 집으면 그럴 리가 없다"는 핀잔을 들을 밖에 없었던 것이다.

'파격이 개혁이냐'라는 말이 성행하는 요즈음이기는 하지만, 그러한 핀잔을 듣 는다 하더라도 이 시대의 시 쓰기와 시 읽기에서는 파격적이고 개혁적이었던 이 상의 시나 김종삼의 시와 같은 시의 세계가 좀 더 적극적으로 전개되어야만 할 것 이고 그러한 시세계를 다르게 읽어낼 수 있는 여건이 마련되어야만 할 것이다. 그 렇게 할 때에 우리들은 오늘날의 시세계에 나타나는 경계선이라는 담장을 뛰어 넘을 수 있을 것이며, 그러한 담장은 난공불락의 요새가 아니라 인위적으로 경계 지워진 '인정認定'의 구역이자 '인정人情'의 구역에 해당하기 때문이다.

3. 네오-서정시의 미학과 상호텍스트성

1) '엿듣게 되는 발화'와 '말없이 말하기'

노스럽 프라이는 자신의 『비평의 해부』1957에서 J. S. 밀의 '아포리즘'을 인용 하여 "서정시는 무엇보다도 엿듣게 되는 발화이다"라고 강조하였고, M. H. 에 이브람스는 자신의 『문학비평 용어사전』에서 "서정시는 상당히 짧고 비-서사 적인 시로 한 명의 시적 자아가 나타나게 되며 이때의 시적 자아는 자신의 마 음의 상태나 사상과 감정의 과정을 표현하게 된다"고 파악하였으며, B. H. 스 미스는 자신의 『담론의 여백』1968에서 "서정시는 전형적으로 개인적인 발화를 대표한다"고 파악함으로써 서정시에서 '엿듣게 되는 발화'를 비-허구적이거나 역사적인 발화와 구분하였다. 시적 자아는 이와 같은 서정시에서 '엿듣게 되는 발화'의 과정을 드러내게 되며 그것을 클리언스 브룩스는 자신의 『잘 빚은 항아리』 1968에서 "총체적이면서도 지배적인 태도"라고 종합하였다. 이러한 발화를 엿듣기 위해서는 한 편의 서정시에서 시의 내용을 설명하고 있는 '나'로서의 '시적 자아'가 누구인지를 명확하게 하는 일이 중요하지만, 그 정체성을 분명하게 파악할 수 없는 까닭은 대부분의 경우 '나'가 생략되어 있기도 하고 그러한 '나'가 표면화되어 있다 하더라도 그것이 시인 자신인지, 독자인지, 불특정 개인인지가 명확하지 않기 때문이다.

이러한 점을 고려하면서 한국 현대 서정시에 반영되어 있는 '나 없는 나'로서의 '시적 자아'의 '말없이 말하기'와 '엿듣게 되는 발화'를 김소월의 시 「가는 길」, 김영랑의 시 「사개틀린 고풍古風의 툇마루」, 박용래의 시 「별리別離」, 김종삼의 시 「묵화墨畵」 등을 중심으로 하여 살펴보면 다음과 같다.

'서정시에 대한 새로운 읽기'에서 살펴본 바와 같이, 김소월의 시 「가는 길」에서 중요한 점은 시적 자아가 '그립다'라는 말을 하지 않고 있다는 점에 있으며, 그 까닭은 '그립다'라고 말을 하고 가든, 말을 하지 않고 가든 '그립다'라는 생각 바로 그 자체에는 변함이 없다는 사실 때문이다. 특히 제2연의 '말없음'으로 처리한 부분은 '그립다'라는 말을 하고 갈 것인지 그냥 갈 것인지를 결정짓지 못하고 있는 시적 자아의 망설임을 나타내고 있으며 그러한 망설임이 오랫동안 지속되고 있다는 점을 제3연의 "서산에는 해진다"고 지저귀는 '까마귀'에 암시되어 있다. 이때의 '까마귀'는 시적 자아에게 어느 쪽을 선택하든 '그립다'라는 생각에는 변함이 없으니 어서 결정하고 떠나가라고 재촉하게 된다. 또한 제4연의 '앞 강물'은 '그립다'라고 말을 하고 가는 것에 관계되고 '뒷 강물'은 '그립다'라는 말을 하지 않고 가는 것에 관계되지만, "흘러도 연달아 흐릅디다려"라는 구절에 의해 이 두 가지 행위— '그립다'라고 말을 하고 가는 것과 그러한 말을 하지 않고 가는 것—는 차이 나는 행위가 아니라 동일한 행위라는 점, 즉 '그립다'라는 생각 그 자체에는 변함이 없다는 점을 암시한다. '말없이 말하기'에 의해 김소월의 이 시가 '떠나가는 이'의 '그리운' 심정을 말하고 있다면, 박용래의 시 「별리」는 '떠나보내는 이'의 심정을 말하고 있다.

노을 속에 손을 들고 있었다, 도라지빛.

— 그리고 아무 말도 없었다.

손끝에 방울새는 울고 있었다.

— 박용래, 「별리」 전문

위에 그 전문을 인용한 박용래의 시 「별리」에는 앞에서 살펴본 김소월의 시에 반영되어 있는 '말없이 말하기'가 극도로 절제되어 나타나 있으며, 그러한 점은 전부 3행으로 이루어진 짧은 시 형식에서 확인할 수 있다. 노을 속에 손을 들고 있을 뿐 아무 말도 하지 않고 있는 '떠나보내는 이'의 심정은 들고 있는 손끝에 울고 있는 방울새의 울음소리가 대변하고 있다. 모든 설명이 배제된 이 시에서 유일하게 울고 있는 청각이미지로서의 '방울새'는 시적 자아의 마음과 일체화될 뿐만 아니라 '떠나보내는 이'의 모든 당부의 말들을 함축하고 있으며, 그것은 시적 자아의 '말없이 말하기' 그 자체의 핵심에 해당한다.

시적 자아의 '말없이 말하기'를 보여주는 또 다른 예로는 「사개틀린 고풍의 퇴마루」로 알려져 있는 김영랑의 『영랑시집』1935에 수록된 '49번' 시와 김종삼의 시 「묵화」를 들 수 있다. 우선 김영랑의 시 전문을 원문대로 옮겨보면 다음과 같다.

사개틀닌 고풍(古風)의퇴마루에 업는듯이안져

아즉 떠오를긔척도 업는달을 기들린다

아모런 생각업시

아모런 뜻업시

이제 저 감나무그림자가

삿분 한치식 올마오고

이 마루우에 빛갈의방석이

보시시 깔니우면

나는 내하나인 외론벗

간열푼 내그림자와

말업시 몸짓업시 서로맛대고 잇스려니

이밤 옴기는 발짓이나 들려오리라

— 김영랑, 「사개틀닌 고풍의 퇴마루」 전문

위에 인용된 김영랑의 시에서 가장 주목되는 부분은 '업는듯이안껴'이며, 이 부분은 궁극적으로 제1연의 '긔척도 업는달', '생각업시', '뜻업시' 그리고 제3연의 '말업시', '몸짓업시' 등을 통해 시적 자아가 '없음'을 인식하는 데 있다. '없음'에 대한 이러한 인식은 '그림자'로 '대상화된 자아'와 '시적 자아' 자신의 '자아화된 대상'의 완전한 일치를 전제로 한다. 그 결과 시적 자아는 자신이 도달할 수 있는 한 지고의 비경秘境에서 성찰과 관조를 하게 되며, 그것은 제1연에서 '나, 달, 생각, 뜻'이 '없다'로서의 '절대적인 무無', 제2연에서 '감나무 그림자'와 달빛에 의한 '빛깔의 방석'이 공유하고 있는 '마루 위'의 '있다 / 없다'의 대립에 의한 '상대적인 무', 제3연에서 '나'와 '내 그림자'는 내적 성찰로서의 완전한 '지고의 무'의 세계를 이끌고 있다. 아울러 김종삼의 시 「묵화」의 전문은 다음과 같다.

물먹는 소 목덜미에

할머니 손이 얹혀졌다

이 하루도

함께 지났다고

서로 발잔등이 부었다고

서로 적막하다고

— 김종삼, 「묵화」 전문

"꽃과 새를 노래하지 않았다"라는 이유로 탈락되었던 김종삼의 시 「원정園丁」의 마지막 부분에 해당하는 "당신 아닌 사람이 집으면 그럴 리가 없다"라는 구절에서 강조하고 있는 바와 같이, 한국 현대시가 나아갈 길을 새롭게 모색했던 김종삼의 시 「묵화」에는 '엿듣게 되는 발화'의 종류 두 가지가 집약되어 있다. 하나는 이 시의 대상에 해당하는 '소'와 '할머니'의 사이에 오가고 있을 법한 '말없이 말하기', 즉 하루일과를 마치고 물을 먹고 있는 소와 그 목덜미에 얹힌 할머니의 손에 의해 추정할 수 있는 무언無言의 발화를 시인이 엿듣게 되는 것이고, 다른 하나는 시인이 엿들은 그러한 발화를 독자로서의 우리들이 엿듣게 된다는 점이다. 그리고 이처럼 '엿듣게 되는 발화'의 내용은 오늘 하루를 '함께 지났다', '발잔등이 부었다', '적막하다'에 관계되지만, 이러한 세 가지 발화 역시 말하기로서의 발화라기보다는 '말없이 말하기'에 해당한다. 이처럼 '말없이 말하기'는 한국 현대서정시의 한 가지 특징으로 자리 잡고 있다.

2) '영혼의 밀실'과 서정시의 진정성

"외부세계로 향하는 통로가 차단되었고 봉쇄된 밀실에 해당하는 '시인의 영혼'에서 한 편의 시는 창조된다"고 강조한 마르셀 프루스트의 언급처럼, 아무도 모르고 어느 누구도 침범할 수 없는 자신만의 고유한 밀실인 영혼의 세계를 형성하고 있는 시인의 사유세계는 독창적이고 창조적일 뿐만 아니라 비타협의 세계에 해당한다. 이와 같은 영혼의 문제를 알베르 베겡은 자신의 『낭만주의의 영혼과 꿈』1939에서 다음과 같이 정리하였다.

맨 처음의 신화는 영혼의 신화이다. 이성은 존재를 분해가능한 바퀴의 조립처럼 해체하여 그것을 기능적인 요소로 전환시키면서도, 존재에는 말로 설명할 수 없는 본질적인 핵심이 있다는 점을 강력하게 믿게 되었다. 인간의 삶의 원리로서, 신념의 원리로서, 양도할 수 없는 실체로서, 영혼은 이제 더 이상 인간의 마음을 밝히려는 호기심으로 가득 차 있는 심리학의 대상이 아니다. 영혼은 살아 잇는 본질이며, 그 본질이 지니고 있는 기계적인 메커니즘보다는 영원한 숙명에 더 많은 관심을 기울이게 되었다. 영혼은 또 그 자체가 이미 더 잘 알려진 곳보다도 더 먼 곳에서부터 비롯되고 있다는 점을 스스로 알고 있으며 스스로를 위한 또 다른 미래의 어떤 공간을 언제나 마련하게 된다. 그 자체가 가장 활발하게 작용할 때에 영혼은 낯선 곳에 들어선 이방인이 경험하는 것과 똑같은 경이로움을 경험하게 된다. 영혼이 얼마나 멀리까지 작용하게 되고 영향을 끼치게 되는지를 고려할 때, 그때에 우리들은 영혼의 존재를 진정으로 파악하게 될 것이다. 일시적으로 추방될 때에 영혼은 그 자체를 추방시킨 세상에 속하지 않는다는 점을 기억하거나 암시하게 된다.

이상과 같은 의미를 지니는 시인의 영혼과 그 밀실의 관계는 김소월에게 있어서 그가 자신의 「시혼詩魂」에서 "시혼은 본래가 영혼 그것인 동시에 자체의 변환은 절대로 없는 것이며, 같은 사람의 시혼에서 창조되어 나오는 시작詩作에 우열이 있어도 그 우열은 시혼 자체에 있는 것이 아니고 그 음영의 변환에 있는 것이다" 라고 언급한 바와 같이, 그의 시에서 시혼과 영혼과 음영은 유기적인 관계를 유지한다고 볼 수 있다. 이러한 영혼의 문제는 김영랑에게 있어서 '샘물'로 나타나게 되며 그러한 점은 「마당 앞 맑은 새암」의 마지막 구절에 해당하는 "마당 앞 / 맑은 새암은 내 영혼의 얼굴"에서 확인할 수 있다. 이러한 의미의 '샘물'은 그의 시에서 자신을 '적선謫仙'으로 비유하고 있는 '강물'과 자신의 영혼의 종합체로 비유하고 있는 '바다'에 밀접하게 관계된다. 박용래의 경우 그의 시의 영혼의 밀실은 작은 풀꽃에 있으며 그러한 점은 그의 시 「경주慶州 민들레」의 "경주慶州 교외郊外 가을 민들레 / 시인의 얼굴"에서 확인할 수 있다. 여기서 중요한 점은 '경주'라는 고도古都의 중심부가 아닌 '교외'라는 변두리, '가을'이라는 계절과 그 계절에 시들어 홑씨로 날리는 '민들레'에 있다. 이처럼 박용래의 시의 '영혼의 밀실'은 중심부가 아닌 주변적인 것, 만물이 생동하는 '봄'이 아닌 모든 것이 갈무리 짓는 '가을' 그리고 크고 화려한 '장미'나 '해바라기'가 아닌 우리나라 산천 어디에서나 볼 수 있으며 아무것도 아닌 '꽃'으로 취급받고 있는 작고 초라한 꽃인 '민들레'에 자리 잡고 있으며, 그것은 『박용래시전집』1991에 '부록'으로 첨부된 이문구의 「박용래 약전略傳」에 상세하게 설명되어 있는 바와 같이 궁극적으로 '눈물'로 수렴된다. 김종삼의 경우 시인으로서의 그의 '영혼의 밀실'은 두 가지로 파악할 수 있다. 하나는 그의 시 「앙포르멜」에 등장하는 '쎄자르 프랑크', '스떼판 말라르메', '방 고호', '장 뽈 싸르트르'에 암시되어 있는 순수음악, 상징주의 시, 인상주의 그림 및 실존주의 철학 등 '외국적인 요소'가 하나이고 다른 하나는 다음에 전문을 인용하는 그의 시 「누군가 나에게 물었다」에 반영되어 있는 '한국적인 요소'이다.

누군가 나에게 물었다. 시가 뭐냐고
나는 시인이 못 됨으로 잘 모른다고 대답하였다.
무교동과 종로와 명동과 남산과
서울역 앞을 걸었다.
저녁녘 남대문 시장 안에서
빈대떡을 먹을 때 생각나고 있었다.
그런 사람들이

엄청난 고생되어도

순하고 명랑하고 맘 좋고 인정이

있으므로 슬기롭게 사는 사람들이

그런 사람이

이 세상에서 알파이고

고귀한 인류이고

영원한 광명이고

다름 아닌 시인이라고.

— 김종삼, 「누군가 나에게 물었다」 전문

위에 전문이 인용된 김종삼의 시에서 중요한 부분은 물론 '그런 사람들'로 대표되는 시장의 상인들과 고객들, 즉 평범한 사람으로 살아가지만 그 나름대로 행복하고 만족하게 살아가는 사람들의 '삶'에 있으며 그것을 시인은 '알파'라고 정의하고 있다. 이때의 '알파'는 모든 것의 시작에 관계되며 그것이 바로 시인 자신의 시세계의 시작이라는 점도 암시하고 있다. 따라서 아무도 간파하지 못하는 가장 평범한 것에서 가장 의미 있는 삶의 진정성을 파악해 내는 것은 시인의 몫에 해당하며, 그러한 점을 한 편의 시로 형상화하는 것이 바로 가장 감동 깊고 가장 진솔한 의미의 '서정시의 역할'에 해당할 것이다.

타인의 삶을 통해 자신의 삶을 반추하는 것이 중요한 것만큼 자신의 삶 자체를 되돌아보고 성찰하는 것도 그만큼 중요하다는 점에서 '구도자 시인'으로 평가받고 있는 구상의 시 「임종고백臨終告白」에서도 찾아볼 수 있다.

더구나 평생 시를 쓴답시고

기어(綺語) 조작에만 몰두했으니

아주 죄를 일삼고 살아왔달까!

그러나 이제 머지 않아 나는

저승의 관문, 신령한 거울 앞에서

저런 추악 망측한 나의 참 모습과

마주해야 하니 이 일을 어쩌랴!

하느님, 맙소사!

— 구상, 「임종고백」 후반부

'임종고백'은 가톨릭교회에서 죽음에 임박한 신자가 한 평생 자신이 저지른 죄를 뿌리째 사제司祭에게 고백하고 참회하는 신앙의 교범이며, '기어綺語'는 불교의 열 가지 죄악 중의 하나로 비단같이 번드레하지만 진실이 수반되지 않은 말을 의미한다. 이렇게 볼 때에 위에 부분 인용된 구상의 시에서 중요한 부분은 물론 '기어'이다. 구상이 언급한 '기어'는 노스럽 프라이가 자신의 『비평의 해부』1957에서 강조했던 서정시에서의 '멋대로 그리기'에 관계된다. 그가 강조하는 서정시의 '멋대로 그리기'는 시인의 '서툴게 말하기'로 확장되며 그것은 위에 인용된 구상의 시에서 '기어'에 관련된다. 말하자면, '멋대로 그리기'와 '서툴게 말하기'는 서정시를 비롯한 모든 시의 언어가 비유를 통해 언어의 일상적인 활용이나 의미와는 다르게 형성되는 데에서 비롯된다고 볼 수 있다.

3) '네오-서정시'의 역할과 상호텍스트성

서정시를 언급할 때에 대부분의 경우는 워즈워스의 "시는 자연발생적 감정의 발로다"라는 명제를 활용하기도 하고 서정시는 시적 대상에 대한 시인 자신의 순수한 느낌이나 감정을 표현하는 것으로 파악하기도 한다. 이러한 견해가 지배적으로 된 까닭은 신비평의 영향력 때문이지만, 필자가 번역하여 소개한 바 있는 C. 호제크와 P. 파커가 편한 『서정시의 이론과 비평-'신비평'을 넘어서』

2003에서는 서정시를 시 자체만으로 파악하는 것을 지양하고 거기에서 시 외적인 요소, 가령 역사, 정치, 사회, 전쟁, 인물 등의 의미를 파악하기도 하고 시가 쓰인 당대의 문화적인 요소가 무엇인지를 파악하기도 한다. 이처럼 서정시의 쓰기나 읽기는 다양하게 변화되고 있으며 그 저변에는 줄리아 크리스테바가 강조하는 '상호텍스트성'이 자리 잡고 있다. 크리스테바가 미하일 바흐친의 '대화중심주의'를 원용하여 정립한 '상호텍스트성'의 개념은 다음과 같다.

대화중심주의 이론에서 비롯되는 변용의 방법은 따라서 모든 텍스트의 종합체라고 볼 수 있는 사회적인 전체 조화 속에 문학적인 구조가 자리 잡을 수 있도록 해준다. 하나의 텍스트 내에서 발생하는 텍스트성의 이러한 상호작용을 '상호텍스트성'이라고 명명하고자 한다. 이 방법을 이미 알고 있는 사람들에게 있어서 '상호텍스트성'이란 다름 아닌 하나의 텍스트가 그 자체로 이미 텍스트 자체의 역사를 밝히고 또 그 텍스트 자체가 역사 속에 삽입하게 되는 방법이다. 하나의 정확한 텍스트에서 '상호텍스트성'을 실천하는 구체적인 방법은 텍스트 구조상의('사회적', '미학적') 중요한 특성을 제공해 줄 것이다.

이러한 점을 고려할 때에 김남주가 「나는 이렇게 쓴다」에서 "내가 애정을 가지고 관심을 기울였던 시인들은 하이네, 브레히트, 아라공, 마야코프스키, 네루다 등이었다. 나는 이들의 작품과 생애를 통해서 세계와 인간관계를 문학적으로 형상화하는 창작기술을 배웠으며 전투적인 휴머니스트로서 그들의 인간적인 매력에 압도되기도 했다. 그러나 무엇보다도 그들이 나에게 준 위대한 교훈은 인류에게 유익하고 감동적인 작품을 쓰기 위에서는 작가 자신이 진실한 삶을 살아야 한다는 것이었다"라고 언급한 점은 상당한 설득력을 지닌다. 김남주가 애정을 가지고 읽었던 20세기 라틴문학의 최고 시인 네루다, 그에 대해서 하비에르 에가나 문화장관은 "칠레는 시의 영웅, 문자의 영웅, 인간성의 영웅을 기린다"고 강조했으며. 네루다는 '무기'를 찾으려고 자신의 집을 수색하는 군인들에게 "여기에서 당신들이 찾을 수 있는 유일한 무기는 언어들뿐이다"라고 일갈하기도 하였다. 이처럼 언어를 무기로 하는 시의 힘은 핍박한 시대에 있어서 인간이 인간답게 살아갈 수 있는 유일한 도구이자 원천에 해당한다. 그러한 점은 내전內戰으로 모든 것이 황폐할 대로 황폐해졌던 슬로베니아의 원로시인 카예탄 코비치의 시「한 편의 시」에서 확인할 수 있으며, 필자가 중역重譯한 이 시의 전문은 다음과 같다.

> 얼마나 힘겨운 일인가?
>
> 한 편의 시와 헤어진다는 것은
>
> 적어도 하룻밤을 사랑해야만 했던 시와 헤어진다는 것은
>
> 얼마나 더 힘겨운 일인가?
>
> 수없이 많은 밤을 불타는 손으로 가다듬어야 했던
>
> 한 편의 시와 헤어진다는 것은
>
> 멈출 수 없었던 발걸음으로
>
> 수많은 봄을 함께 했었지
>
> 그저 사라져버리고 말았을 뿐인
>
> 허공에 세웠었지, 한 편의 시를
>
> 바람 따라 흐르는 모래언덕과
>
> 끝없이 펼쳐진 바다─그게 바로
>
> 한 편의 시가 아니었던가?
>
> 암살하고 살해하는 자들처럼
>
> 목격해서는 안 될 것들을 목격했고
>
> 들어서는 안 되는 것들을 들으면서
>
> 돛대에 나부끼었지만

시의 은총으로 아직 살아남았네.

비참한 이 손으로 무얼 할 수 있는가?

비참한 이 잉크로는?

비참한 이 촛불로는?

비참한 이 밤에는?

결코 이길 수 없는 경마에서

느려빠진 한 마리 말의 승리를 약속하는

애정 어린 시의 채찍이 없었다면

— 카예탄 코비치, 「한 편의 시」 전문

위에 인용된 코비치의 시에서 중요한 요소는 '시의 힘'에 있으며 그 힘은 코비치로 대표되는 어렵고 힘든 시대를 살아가는 모든 시인들을 살아 있게 하는 원동력이자 활력소에 해당하며, 그것이 반드시 리얼리즘의 시가 아니라 하더라도 분명하게 시대를 증언하고 기록함으로써 커다란 울림을 주는 진정한 의미의 시의 목소리, 시인의 목소리에 해당한다.

이러한 점은 "8·15 때 소련병정 녀석이 따발총 안은 채 / 네 그늘 밑에 누워 / 낮잠 달게 자던 나무"라는 김규동의 시 「느릅나무에게」에도 나타나 있으며, 특히 그의 시 「플라워다방」은 이데올로기와 좌우익 문인들이 첨예하게 대립했던 '해방공간'의 시기에 한국시단의 현실을 '있는 사실 그대로' 드러내고 있다는 점에서 하나의 전례가 된다고 볼 수 있다. 이 시의 제3연에는 "'플라워다방'에는 / 『문예』 잡지 필진들이 모인다 했다 / 과연 그곳에는 / 김동리 조연현 곽종원 조지훈 / 서정주의 아우 서정태, 이정호 이한직 등이 모여 있었다"라는 구절처럼 당시의 문인들과 '문예빌딩 시낭송회'에서 만나게 된 박종화, 김영랑, 모윤숙, 유치환 등이 열거되어 있으며 그들에 대한 인상착의와 어투 및 복장과 관심사항 등이 진솔하게 표현되어 있다. 그리고 이 시에서 가장 가슴 아픈 부분은 '다방'이 무엇인지도 모르는 '이북내기'가 이들 내로라하는 문인들의 '900원' 커피 값을 계산하는 과정에서 수중에 '100원' 밖에 없어서 "보들레르의 호화 양장『악의 꽃』시집"을 담보로 내맡기는 대목과 "다방이 처음이신 모양이죠"라는 마담의 '비웃는 눈치'에 있다. 아울러 "김군 친구는 아무나 사귀면 안돼요"라는 김기림의 언급 또한 그것이 시사示唆하는 바가 크다. 서정시로 대표되는 시의 상호텍스트성에 의해 우리는 한 편의 시에서 시적 대상에 대한 시인 자신의 개인적인 느낌을 파악하는 것 외에도 그 시의 배경이 되는 정치·역사적이고 사회·경제적인 요소는 물론 이 모든 것들을 종합하고 있는 문화적인 요소까지도 파악할 수 있게 되며, 그러한 예를 다음에 그 전문을 인용하는 박목월의 시「일상사日常事」에서도 찾아볼 수 있다.

청마(青馬)는 가고

지훈(芝薰)도 가고

그리고 수영(洙暎)의 영결식(永訣式)

그날 아침에는 이상한 바람이 불었다

그들이 없는

서울의 거리

청마(青馬)도 지훈(芝薰)도 수영(洙暎)도

꿈에서조차 나타나지 않았다

깨끗한 잠적(潛跡)

다만

종로2가(鐘路二街)에서

버스를 내리는 두진(斗鎮)을 만나

백주노상(白晝路上)에서

몇 마디 이야기를 나누고

어느 젊은 시인(詩人)의

출판기념회(出版記念會)가 파한 밤거리를

남수(南秀)와 거닐고

종길(宗吉)은 어느 날 아침에

전화가 걸려왔다

그리고 어제 오늘은 차 값이 40(四十)원

50(十五)프로 뛰었다.

— 박목월,「일상사」전문

위에 인용된 박목월의 시의 핵심은 '깨끗한 잠적潛跡'에 있으며 그것은 한 시대를 이끌던 시인들이 하나 둘 세상을 떠나는 것에 관계된다. 그리고 여기에 등장하고 있는 다양한 시인들은 고유하면서도 대표적인 시세계를 형성하고 있는 것으로 평가되고 있다. 따라서 이 시는 '한국현대시사'를 집약하고 있는 축소판에 해당한다고 볼 수 있으며, "어느 젊은 시인詩人의 / 출판기념회出版記念會"는 시인들의 세대교차를 나타내기도 한다. 또한 시적 자아로서의 박목월이 박두진을 만나 나눈 '몇 마디 이야기', 박남수와 밤거리를 거닐면서 나누었을 법한 대화, 김종길과 전화로 나눈 대화 등에 관계되는 '엿듣게 되는 발화'의 내용이 무엇인지를 파악하는 일도 중요하다. 아울러 "어제 오늘은 차 값이 40四十원 / 50十프프로 뛰었다"라는 마지막 부분에서는 박목월이 누구와 만나 차를 마시게 되었으며 어떤 이야기를 나누었는지 그리고 당시의 물가상승에서 비롯되는 경제여건과 '차 값'을 추정할 수 있다. 이처럼 한 편의 서정시는 이제 시 그 자체가 지니고 있는 고유의 의미뿐만 아니라 그 시가 쓰인 당시의 사회현상까지도 총망라되어 있는 것으로 볼 수 있다.

4) '네오-서정시'의 미학

이상에서 살펴본 바와 같이 서정시의 영역은 이제 변화되고 확장되고 있을 뿐만 아니라 서정시에 대한 연구 또한 시 그 자체의 의미파악을 넘어 해당 시에 관련되는 상호텍스트성까지도 파악하는 경향이 지배적으로 되었다. 그러한 예는 ① 한 편의 시를 진술하는 시적 자아로서의 목소리의 주인공, 후렴구, 돈호법, 조사, 혼성모방, 인유 등에 대한 연구, ② 서정시에 반영된 정치·사회·역사·경제·문화 등에 대한 연구, ③ 시문학사에서 정전正典으로 자리 잡은 작품과 교과서에 수록된 작품에 대한 재평가와 연구, ④ 서정시 양식의 변화에 대한 연구 등에서 그렇게 파악할 수 있다.

이러한 점을 고려할 때에 지금까지 설명한 네오-서정시의 미학과 상호텍스트성에 관계되는 몇 가지를 정리하면, 우선 이 글의 첫 부분에서 강조한 바와 같이 서정시는 무엇보다도 '언어의 경제'에 충실해야만 한다. 이 말은 '말없이 말하기'에 관계되며, 지나치게 많은 말을 하는 것은 서정시의 영역보다는 산문의 영역에 더 적합하기 때문이다. 서정시의 미학은 바로 언어의 '압축 미'에 있으며 새롭고 신선한 비유를 모색하는 데 있기 때문이다. 또한 아무리 서정시라 하더라도 지나치게 개인적인 감동만을 시로 형상화하기보다는 독자와의 '시적 공감대'를 형성할 수 있어야 한다. 그렇게 하기 위해서는 지난 몇 년 동안 시 쓰기에서 유행처럼 번졌던 '세한도', '우포늪', '운주사' 등과 같은 시적 대상으로부터 벗어날 필요가 있을 뿐만 아니라 지극히 개인적인 '여행기' 역시 지양될 필요가 있다. '네오-서정시'의 명제에 있어서 세 번째로 중요한 점은 시인의 '영혼의 밀실'과 시적 '진정성'일 것이다. 이때의 '영혼'은 시인만의 고유한 정신의 밀실에 관계되고, '진정성'은 시적 진술과 비유의 전개에 관계된다. 시적 진술과 비유의 전개는 물론 시인의 고유한 사유행위에 의해 형성되는 것이지만, "보리깜부기 먹은 새까만 아이들"과 같은 표현이 지나치게 주관적인 까닭은 그것이 아무리 시적 상상력에 바탕을 두고 있다 하더라도 '보리깜부기'는 어떠한 상황에서도 먹을 수 있는 대상이 될 수 없기 때문이다. 다음은 상호텍스트성과 관련지어 서정시에 대한 연구영역을 확대시킬 필요가 있다는 점이다. 그렇게 할 때에 한국 현대 서정시가 바람직하게 발전할 수 있는 방향을 제시할 수 있을 것이고 더 나아가 세계시단에서 분명하게 자리매김할 수 있을 것이기 때문이다.

네오-서정시의 영역과 연구를 심화시키고 확대시키는 데 있어서 알튀세의 다음과 같은 언급을 음미해볼 필요가 있다. "이 사람의 나이는 문제가 되지 않는다. 그는 아주 늙었을 수도 있고 아주 젊을 수도 있지만, 중요한 점은 자신이 어디에 있는지도 모른 채 어디론가 무작정 떠나고 싶어 한다는 점이다. 따라서 그는 자기가 어디에서 와서(기원) 어디로 가고 있는지도(목적) 모르면서, 미국 서부영화에서처럼 기차를 타고 어디론가 가고 있던 도중에 아주 작은 간이역에서 내려 역 부근의 초라한 선술집에 들려 맥주를 시킬 수도 있다." 알튀세의 이 말이 '네오-서정시'와 관련되는 까닭은 마르크스주의자로서 좌익비평을 선도했던 그의 내면세계에는 서정 시인에 버금가는 이와 같은 섬세한 감성이 자리잡고 있기 때문이다. 위의 인용문에서 중요한 점은 '기원'도 '목적'도 없이 '현재의 나'를 버리고 '새로운 나'를 찾아 길을 나서는 '버림과 떠남의 미학'이 하나이고 다른 하나는 '새로운 나'를 찾을 수 있는 곳이 번화하고 화려한 대도시나 광활한 대자연이 아니라 작은 '간이역'과 초라한 '선술집'에 있기 때문이다. 알튀세의 이 말은 광속光速의 시대, 하이테크놀로지의 시대, 풍요의 시대라고 일컬어지는 오늘을 사는 우리 모두에게 하나의 경종이 될 수 있으며, 네오-서정시의 미학을 새롭게 정립할 수 있는 계기가 될 것이다.

제2장

모더니즘 이론의 영향과 수용

1. 모더니즘의 사상과 문화

1) 사상적 배경과 문화적 특징

"견고한 모든 것은 대기 속에 녹아 버린다"라고 마르크스가 자신의『공산당 선언』1848에서 강조했던 이 말을 마셜 버만은 자신의『현대성의 경험』1982에서 활용하고 있으며, 그 이후로 바로 이 말은 모더니즘을 언급하는 데 있어서 가장 중요한 명제로 대두하게 되었다. 이 세상에 불변적인 것은 없다는 점, 모든 것은 변화하게 마련이며 어제는 물론 바로 '조금 전'의 일까지도 철저하게 부정하면서 부단하게 새로운 것을 추구하는 정신— 그것이 바로 모더니즘 정신의 기본 축으로 작용하고 있다는 점을 버만은 자신의 책에서 반복적으로 강조하고 있다. 따라서 모더니즘은 존재하는 기존의 모든 것들을 부정하고 그러한 부정을 바탕으로 하여 절망이 아닌 확신에 차 있는 새로운 힘의 원천, 되돌아보지 않으면서 앞으로만 전진하는 하나의 힘의 원천을 마련하고자 한다. 과거의 세상보다는 더 나은 미래의 세상을, 잃어버린 세상에 대한 애착과 향수보다는 도래하게 될 세상에 대한 기대와 확신을 바탕으로 하는 이러한 모더니즘이 문학에서 그 자리를 확보하게 된 것은 아마도 19세기 후반부터일 것이다. 문학을 비롯한 창작예술에서 논의되기 시작한 모더니즘은 그것의 범세계적인 경향과 영향만큼이나 다양하지만, 제1차 세계대전 이후에 나타나기 시작한 문학과 예술에서의 개념, 감성, 형식, 스타일에서의 일대변혁으로 요약될 수 있다.

이러한 모더니즘의 효시로는 다윈의 진화론, 마르크스의 유물론, 프로이트의 심리학, 니체의 무신론, 프레이저의 신화론 등을 들 수 있다. 이들의 견해에 의하면, 인간은 신의 아들이 아니라 유인원類人猿으로부터 진화되어 왔다는 점, 개인의 역할보다는 공동체의 역할이 더 중요하며 개별적인 자국문학보다는 보편적인 세계문학— '세계문학'이라는 개념은 괴테가 처음으로 사용했으며 마르크스도 자신의 『공산당 선언』에서 세계문학의 중요성을 강조하였다. '세계문학'과 '비교문학'은 혼용되는 경우가 종종 있지만, 전자는 동구권을 중심으로 사용되고 후자는 서구권을 중심으로 사용된다— 이 필요하다는 점, 인간의 의식세계 못지않게 무의식의 세계를 이해해야 한다는 점, 절대 신은 죽었으며 인간의 활동을 관장하는 '초인超人'의 개념을 설정해야 한다는 점, 신화의 개별성보다는 보편성이 더 중요하다는 점 등으로 요약된다. 이들이 자신들의 시대까지 아무런 거부감 없이 수용되었던 상호관계, 말하자면 전지전능한 '절대 신'과 나약한 인간의 관계, 포괄적인 사회와 변별적인 가족의 관계, 무한계로서의 영혼과 유한계로서의 육신의 관계, 신성한 신화와 범속한 일상생활의 관계 등에 대해 강한 의문을 제기했던 이러한 사상사의 변화를 모더니즘에서는 의식적으로든 무의식적으로든 수용하게 되었다. 그 결과 문학에서의 모더니즘은 기존의 가치관과 전통과 관례로부터 이탈하는 것은 물론 인간의 위상과 그 역할을 새롭게 조명하는 방법을 모색하고 문학의 형식이나 스타일 등에서 새로운 실험을 추구하게 되었다.

이상과 같은 설명을 바탕으로 하여 문학에서의 모더니즘을 정리하면 다음과 같다. 우선적으로 전위정신과 실험정신을 들 수 있다. 모더니스트들은 자신들이 속한 사회에서 최첨단 의식을 가지고 있다고 스스로 자부하였으며, 이러한 의식을 자신들의 문학작품에서 형상화하고자 하였다. 둘째, 파괴정신과 창조정신을 들 수 있다. 모더니스트들은 전통적인 것에 대한 거부와 더불어 과거는 물론 당대의 문학적 주제나 소재로부터도 벗어나고자 하였으며, 언제나 새롭게 사고할 것, 다시 말하면 신사고新思考의 중요성을 제안하였다. 그리고 그러한 '신사고'가 고정적인 '구사고舊思考'로 정착되지 않도록 하기 위해 이들은 언제나 그러한 사고를 새롭게 갱신하고자 하였다. 셋째, 개인의 소외정신과 자유정신을 들 수 있다. 모더니스트들은 현실로부터 차단된 스스로의 소외정신과 그것으로부터의 끊임없는 도피와 망명과 탈출을 강조함으로써 개인의 자유로운 자유, 즉 진정한 의미의 자유를 가치 있는 것으로 파악하였다. 여기서 말하는 '자유로운 자유free freedom'는 인간이 본래부터 타고난 자유를 의미하며 그것은 구속으로부터의 '해방liberty'과는 다른 것이다. 이러한 점에서 같은 상징주의 시인이라 하더라도 보들레르나 랭보는 모더니즘의 시학에서 언제나 언급되고는 하지만 베를렌은 거의 언급되지 않는다는 사실에 주목할 필요가 있다. 넷째, 반-유토피아 정신과 비판정신을 들 수 있다. 모더니스트들은 현실에 안주하고자 하는 동료나 독자들에게 냉소적인 조소를 보내며 미래에 대한 화려한 비전을 제시하기보다는 그러한 세상의 잠정적인 파멸을 강조하였다. 따라서 이들은 파멸과 파국으로 치닫게 될 수도 있는 불확실한 미래사회에서 생존하기 위한 하나의 방법적 장치로서 모더니즘을 강조하게 되었다. 마지막으로 기계문명에 대한 찬양과 비인간화를 들 수 있다. 모더니스트들은 인간을 기계화하고 예술을 비인간화하며 그 대상을 객관화하는 데 역점을 두었다. 그 결과 이들은 반-인간주의를 선언하게 되었다. 모더니스트들이 선언한 '반-인간주의'에서는 문학비평사에서 구조주의, 후기구조주의, 기호학, 특히 데리다의 해체주의를 거치면서 그동안 강조되어 왔던 문학에서의 인간중심주의를 철저하게 배제해 왔다.

2) 모더니즘의 두 가지 양상과 한국적 전개과정

프랭크 케모드는 1920년대 이전의 모더니즘을 주의표명에 집착했던 '구-모더니즘'으로, 그 이후의 모더니즘을 그러한 주의표명을 실천했던 '신-모더니즘'으로 구분하였다. 구-모더니즘에는 구세계의 종말을 1915년이라고 선언했던 D. H. 로렌스, 인간의 본성을 바꾸게 된 것은 1910년 12월이라고 선언했던 버지니아 울프, 1912년 대영박물관 커피숍에서 "새롭게 하라"를 자신의 주의표명으로 삼아 '이미지즘'을 선언했던 에즈라 파운드 등이 포함된다. 신-모더니즘에는 제임스 조이스의 『피네건의 경야』[1939]와 『율리시즈』[1922], T. S. 엘리엇의 『황무지』[1922], 에즈라 파운드의 『칸토스』[1925], R. M. 릴케의 『두이노의 비가悲歌』[1923] 등이 포함된다.

조이스는 위에 언급된 두 편의 소설에서 서술의 연속성을 무시하였고 인물의 전형적인 창조방법을 거부하였으며 전통적인 구문이나 서술하는 언어의 일관성조차도 무시해버렸다. T. S. 엘리엇은 자신의 시에서 전형적인 시어詩語를 거부하였고 순간적인 발화를 삽입하되 대부분의 경우 타인의 말이나 신화에서 차용하여 자신의 시에 활용하였으며, 전통적인 시의 구조를 무시하였고 각각의 연과 행을 일정한 형식이 없이 배치하였다. 파운드는 이집트의 상형문자와 중국의 한자 및 일본의 하이쿠에 매료되었으며 시의 주제와 형식 및 언어를 다양하게 계발하였다. 그의 이러한 시적 계발은 비교에 의해 역사를 평가하였고 동양의 유교사상에 바탕을 둔 개인의 도덕성을 강조하였으며 정부차원에서의 인도주의에 바탕을 둔 윤리성을 강조하는 데 있었다. 특히 심오한 지식과 난해한 이론으로 가득 차 있는 그의 『칸토스』는 현학적이고 모호하기까지 하지만 바로 그러한 이유로 인해 현대시의 발전에 많은 영향을 끼치게 되었다. W. H. 오든이 "고독의 산타크로스"라고 명명했던 릴케는 현대인의 고독과 존재 및 그 의미를 냉철하게 탐구하였다. 릴케는 절대 신도 천사도 다다를 수 없는 우주공간 속으로 내던져진 고독한 인간의 내면세계를 노래함으로써 가시적인 모든 것들을 언어에 의해 비가시적인 것으로 전환시키고자 노력하였다는 평가를 받고 있다.

서구에서의 이와 같은 모더니즘의 발전과정을 근간으로 하여 전개된 한국에서의 모더니즘은 크게 두 가지로 대별된다. 하나는 1930년대에 전개되었던 '주지주의 운동'이고 다른 하나는 1940년대 말부터 전개되었던 '신시론'의 동인과 '후반기'의 동인으로 그러한 흐름은 60년대, 70년대, 80년대, 90년대를 거쳐 오늘에 이르고 있다. 1930년대 모더니즘 운동에서 시의 경우로는 김기림, 정지용, 김광균, 장서언 및 이상 등을 들 수 있다. 이들은 감정의 발로보다는 지성의 절제를, 현실의 소극적인 초월보다는 현실에 대한 적극적인 비판을, 시의 이미지의 음악성보다는 회화성을 더 강조하였다. 그 결과 이들은 앞에서 살펴 본 모더니즘 문학의 특징 중에서 기계문명을 찬양하였고 시적 대상을 지성적으로 객관화시키는 데 전념하였다. 이 시기의 모더니즘 시의 전형으로는 김기림의 「태양의 풍속」, 정지용의 「유리창 1」, 김광균의 「추일서정」, 장서언의 「고화병古花甁」 및 이상의 「오감도」 등을 들 수 있다. 그리고 이들이 자신들의 시에서 추구하는 바는 "문화의 신념과 가치를 상실해 가는 현대인의 목쉰 호흡을 드러내고자 하였다"는 김광균의 언급에서 찾아볼 수 있다. 그러나 이들의 모더니즘 운동은 식민지치하의 군국주의 말기와 해방공간이라는 특수한 상황 등으로 인해 더 이상 심도 있게 발전할 수 있는 계기를 마련하지 못하였다.

'해방공간'— 이 시기에는 해방의 영광과 더불어 정치, 경제, 사회, 문화 등 전반에 걸쳐 새로운 것에 대한 동경과 변화 및 창조에 대한 강한 욕구가 소용돌이치고 있었지만, 이 시기의 시단은 30년대의 모더니즘을 이어받기에는 역부족이었다. 우선은 이데올로기의 첨예한 대립으로 인해 좌익계에서는 문학이라는 이름으로 정치성이 강한 시에 몰두하였고, 우익계에서는 서정성과 순수성에 전념한 나머지 현실을 올바로 인식하지 못하였다. 말하자면, 제2차 세계대전의 종말과 더불어 새롭게 시작된 모더니즘에 대한 새로운 인식과 현대적인 도시문명의 의미를 구현하는 데 있어서 세계적인 흐름을 흡수하지 못하였다는 점을 지적할 수 있다. 그 이유로는 자신들이 추구하는 이데올로기에 대한 시인들의 편중된 시각과 관심, 세계 문화계에 대한 우리 사회의 갑작스러운 단절과 정치적 혼란 등을 들 수 있다.

이러한 무관심과 단절과 혼란 속에서 모더니즘의 새로운 부활을 외치고 나선 동인지가 바로 『신시론』1948이다. 김경린을 중심으로 하여 양병식, 김수영, 임호권, 김병욱 등이 참여했던 이 동인지는 뒤이어지는 '후반기' 동인의 모태가 되었으며 여기에는 조향, 이한직, 이봉래, 김차영, 김규동 등이 추가로 참여하게 되었다. 『신시론』이 해방공간이라는 문화적 공백기의 와중에서 30년대 모더니즘에 대한 성찰과 문학의 세계적인 흐름을 과감하게 수용할 것을 강조하였다면, '후반기' 동인은 당시 한국시단의 주류를 형성하고 있던 '청록파'와 서정주 등의 고고한 서정성에 대해 강력한 저항을 시도했다고 볼 수 있다. 이러한 점은 이들의 『신시론 시집』1949 — 이 시집은 일반적으로 『새로운 도시와 시민들의 합창』으로 알려져 있다 — 서문에도 분명하게 반영되어 있으며, 그 전문을 오늘의 맞춤법에 맞게 고쳐 인용하면 다음과 같다.

저속한 '리얼리즘'에 대항하기 위하여 출발한 현대시는 또한 우연하게도 놀라운 속도를 가지고 온 지구에 전파되었다. 그것은 하나의 병리학적인 생리를 내포하였음에도 불구하고 마치 신세대의 빛깔처럼 현대인의 지성에 자극을 주는 바가 되어 어두운 나의 세계에도 침투하여 왔던 것이다. 여기에 매혹을 느낀 것은 비단 소년인 나뿐만이 아니었다. 우리의 많은 선배들도 자기 스스로가 '모더니스트'임을 자처했고 또한 '아방가르드'임을 자랑하였으나, 그들은 너무나 강한 현실의 저항선을 넘어 신영토를 개척하지 못하였기에 시의 국제적인 발전의 '코스'와는 정반대의 방향에 기울어져 가고 말았던 것이다. 그러나 물리적, 화학적 그리고 정신적 등의 세계가 끊임없이 확대되어 가듯이, 시의 세계도 하나의 역사적인 '코스'를 향하여 발전하여 가고 있는 것이 엄연한 사실이다. 비록 지난날의 과오를 버리고 실재주의적(實在主義的)인 경향으로 나아가고 있다 하여 이를 가리켜 '시의 귀향'이라고 부르며 안심하기에는 너무나 많은 미해결의 문제가 산재하여 있지 않은가? 시는 결국에 있어서 전진하는 사고인 것이다.

그리고 이들의 이러한 의지와 의욕은 한국전쟁으로 인해 무참하게 무산되어 버렸지만, '9·28 수복' 이후에 김경린이 주도했던 'DIAL' 그룹으로 이어진다. 이 그룹에는 김경린, 김차영, 박태진, 김원태, 이활, 이철범, 이영일, 김호 등이 포함되었으며 『현대의 온도』1957와 『신시학』1959을 발간하였다.

40년대와 50년대의 모더니즘 시운동의 이러한 흐름과는 그 계열을 달리하는 모더니즘 시운동은 송욱, 김춘수, 전봉건, 신동문 등을 선두로 하여 박남수, 김종삼, 김광림, 성찬경, 민재식 등으로 이어졌다. 이들은 김경린 등이 이끌었던 모더니즘 운동과는 다르게 동인지나 그룹을 형성하거나 자신들의 주의표명을 전개할 수 있는 시전문지를 가지고 있지는 않았지만, 주지주의를 바탕으로 하는 모더니즘 시운동의 수용과 전개라는 공통점을 가지고 있었다. 말하자면, 각자의 고유한 지성과 개성을 바탕으로 송욱은 T. S. 엘리엇으로부터, 성찬경은 딜런 토마스로부터, 김춘수는 릴케로부터 영향을 받아 그것을 한국적 모더니즘의 토양 위에 배양했다고 볼 수 있다. 여기서 '한국적'이라고 강조하는 까닭은 모더니즘의 시운동이 정치적 변화와 무관하지 않기 때문이다. 다시 말하면, 해방과 한국전쟁으로 이어지는 정치적 혼란을 경험했던 이 시기의 시인들은 비순수와 존재의 문제에 전념하게 되었던 것이다. 그리고 이러한 문제는 60년대 초반의 4·19와 5·16을 거치면서 사회의식을 강조했던 참여적인 측면과 내면의식을 강조했던 순수한 측면으로 양분되었다. 참여적인 측면에서는 자유화와 민주화라는 기치를 내걸고 독재와 탄압의 문제를 제기했으며, 순수한 측면에서는 이러한 시기에 있어서의 인간적인 존재의 진정한 의미란 무엇인가에 대해 강한 의문을 제기하였다. 그리고 차가운 지성과 뜨거운 감성으로 이 시기를 체험했던 60년대 시인들 대다수는 이러한 문제를 자신들의 동인지 『현대시』1965~1972에서 천착하려고 노력하였다.

3) 새로운 시론의 모색 - 『신시론』에서 『신시학』까지

해방 이후의 모더니즘 시는 동인지 『신시론』을 중심으로 전개되었으며 여기에 참여한 동인들의 합동시집 『새로운 도시와 시민들의 합창』은 그 결산에 해당한다. 여기서 주목할 점은 '도시'와 '시민'과 '합창'이다. '도시'는 현대문명을 집약하고 있는 공간이며 꿈과 이상을 실현할 수 있는 장소에 해당한다. 그것은 괴테의 『파우스트』에서 파우스트와 사랑에 빠진 천진난만한 소녀 그레에트헨을 파멸로 이끌기도 했고 그녀의 오빠 발렌타인을 비롯한 시골의 청년들이 자신들의 허상을 좇아 조상대대로 살아왔던 시골을 떠나버리게 되는 계기를 마련하기도 했던 공간에 해당한다. 이러한 공간에서의 '시민'은 도시문화 혹은 도시문명을 향유하고 있는 계층을 의미한다. 동일한 대상이라 하더라도 '백성'이나 '민중'이라고 했을 때 그 의미는 다분히 리얼리즘적인 색채를 강조하게 되지만, '시민'이라고 했을 때 그 의미는 다분히 모더니즘적인 색채를 강조하게 된다. 따라서 김경린이 언급했던 바와 같이 이러한 도시와 시민은 과학화되고 입체화되었으며 이를 시로 형상화하기 위해서는 시어 또한 과학화되고 입체화되어야 했던 것이다. 아울러 이 모든 것은 개별적으로 노래하는 것이 아니라 다같이 노래해야만 한다는 당위성을 강조하는 부분이 바로 '합창'이다. 이 '합창'에 의해 동인으로 참여했던 시인들은 새로운 모더니즘 시운동을 좀 더 적극적으로 추진하고 발전시켜야 한다는 점을 강조하기도 했고 그러한 운동에 의해 한국 현대시의 위상을 분명하게 정립시키고자 하였다. 『신시론』의 제1집에 수록된 자신의 「현대시의 구상성」[1948.4]에서 김경린은 다음과 같이 강조하였다.

현대 시인들은 언어의 시각적, 취각적, 음향적, 색채적인 면에 이르기까지 예민하지 않을 수 없었던 것이다. 언어와 언어와의 새로운 결합에서 발생하는 이미지의 수정막적 효과는 현대시가 쌓아올린 화려한 피라밋이 아닐 수 없다. (···중략···) 우리들의 새로운 시적 사고를 표현하기 위하여, 하나의 현실을 과학적인 면에서 정확한 속도로 채택되어야 하며, 그 현실은 현실과의 새로운 결합에서 신선한 회화적인 이매지네이션으로서 구상화되어야 한다.

김경린이 신시론에 대한 자신의 주장에서 언어와 언어의 결합에 의한 이미지의 수정막적인 효과를 표현할 것과 과학적인 면밀한 계산을 바탕으로 하는 새로운 시적 사고에 의해서 이미지의 세계를 구상화할 것을 강조하였다면,『주간 국제』1952.6.10에 수록된 '후반기' 동인의 정신은 다음과 같다.

'후반기'는 현대시를 중심으로 한 새로운 문명과 문학적 세계관을 수립하기 위하여 모인 젊음의 그룹이다. 따라서 여하한 기성관념에 대하여서도 존경을 지불할 수 없는 동시에 오랜 동안 현대시의 영역에 있어서 문제가 되어 왔던 표현상의 제 문제에도 개혁을 요구하고 있다. 문학이 현실에 기반을 두어야 하는 엄연한 사실은 적어도 현대를 의식하고 있는 우리들 젊은 세대로 하여금 오늘의 부조리한 사회에 대하여 무관심할 수가 없게끔 되었으며 (…중략…) 현대의 불안에 대한 인간의 존립으로서의 의의를 등한시할 수도 없게끔 하였다.

해방의 감격과 한국전쟁의 대혼란 및 9·28 수복으로 이어지는 이 시기의 시정신은 언어의 실험, 이미지의 구상화, 사회적 부조리의 고발, 현실에 대한 불안감 등으로 요약될 수 있다. 이러한 점을 시에서 찾아보면 다음과 같다. 전위적인 실험과 문명비판을 중심으로 하여 '반시론'을 제창했던 김수영의 시 「아메리카·타임지」, 시민정신에서 벗어나는 언어작용의 어리석음을 깨닫고 풍토와 개성과 사고의 자유를 찾아 시의 원시림으로 나아가고자 했던 박인환의 시 「지하실」, 일본 모더니즘 운동단체였던 'VOU' 그룹에 참여한 바 있는 김경린의 시 「태양이 직각으로 떨어지는 서울」, 현대의 암흑을 형이상학적인 언어로 표현한 조향의 시 「바다의 층계」, 기하학적 조형성에 의해 추상의 세계를 구체화시키고자 했던 김차영의 시 「그 영겁의 하늘」, 김기림의 영향을 받았으며 초현실주의 기법으로 나아간 김규동의 시 「나비와 광장」 등을 들 수 있다.

이들 시인들과 서구 시인들의 관계를 살펴보면 다음과 같다. 「살아 있다면」에서 "현재의 시간과 과거의 시간은 모두 미래의 시간에 존재하고 미래의 시간은 과거에 포함된다"는 T. S. 엘리엇 시 「사중주」의 첫 구절을 인용한 박인환, 워싱턴에 있는 '성·엘리자베스 병원'에 입원 중이던 에즈라 파운드를 1955년에 만났던 김경린, 절대와 본질에 통하는 유일한 탈출구로서의 이미지를 강조하는 앙드레 브르통의 초현실주의에 몰입했던 조향, 스펜더 계열의 모더니즘 시가 가지는 진취감과 속도감에 매료되었던 김규동 등을 들 수 있다. 특히 김규동은 스펜더 외에도 W. H. 오든 계열의 모더니즘은 물론 브르통과 아라공의 초현실주의에도 심취했었다. 이러한 모더니즘 시운동의 대체적인 흐름은 이미지의 시각화를 우선시했던 계열과 초현실주의 경향을 보였던 계열로 대별된다. 전자는 30년대의 김기림이나 김광균의 시를, 후자는 이상李箱의 시를 그 전례로 하지만 그것이 어떤 분명한 경계선에 의해 구별되는 것은 아니다. 아울러 이들의 새로운 시론의 제창과 모색에도 불구하고, 이 시기의 시는 김수영과 같은 예외적인 경우를 제외하고는 도시적 감상주의에 대한 몰입, 정치적 비판의식의 결여, 외래어 혹은 외국어의 남발이라는 도식성을 특징으로 하였다.

4) 언어의 실험과 독자적 시론 –50년대 말부터 60년대 초까지

이상과 같은 동인 중심의 활동과는 그 계열을 달리하는 50년대 후반기에서 60년대로 이어지는 모더니즘 시운동은 독자적인 시론의 전개와 실천을 특징으로 한다. 이러한 시운동은 그것이 어떤 동인지 형태나 그룹의 경향을 띠지 않으면서 시인 각자가 독자적인 언어관과 시론을 바탕으로 하여 이를 자신들의 시에서 실천하였음을 의미한다. 여기에서 말하는 '독자적 시론'에는 김춘수의 존재론적 관념론과 무의미시, 김수영의 정치적 반시론, 송욱의 산문적 비순수론, 전봉건의 현실적 초현실주의론, 박남수의 회화적 이미지론 등이 포함된다.

'후반기' 동인의 활동을 요약·정리한 박태진이 "과거 현대문명의 양상을 야유하는 파운드의 시를 접목하였다, 오든의 성명적인 시와 새타이어리즘을 알게 되었다"고 언급했을 때, 이에 대해 김춘수는 자신의 글 「'후반기' 동인회의 의의」에서 "이들의 시에서는 그 어떤 점도 발견할 수 없다"고 결론지었다. 김춘수가 말하는 '이들의 시'에는 박인환의 시 「센치멘탈·짜−니」, 김규동의 시 「2호의 시」, 김경린의 시 「태양이 직각으로 떨어지는 서울」 등이 포함된다. 이어서 김춘수는 '후반기' 동인은 선언적인 역할만을 했고 30년대 모더니즘 수준을 능가하지 못했으며 따라서 자신들의 의도와는 달리 전통적인 상태에 머물렀다고 비판하였다. 그러면서도 김춘수는 자신의 글 「시인이 된다는 것」에서 '후반기' 동인으로부터 어떤 신선한 자극을 받았고 또 가입을 권유받았지만, 자기 나름대로의 길을 모색하기 위해 이를 거절했다는 사실을 밝히기도 했다. 김춘수가 말하는 '자기 나름대로의 길'은 바로 앞에서 언급한 바와 같이 릴케의 관념론과 무의미시론에 관계된다. 이러한 관계는 그의 시 「꽃을 위한 서시」에 대한 평계^{平溪} 이정호의 언급에서 찾아 볼 수 있으며, 이 시의 전문은 다음과 같다.

나는 시방 위험한 짐승이다.
나의 손이 닿으면 너는
미지의 까마득한 어둠이 된다.

존재의 흔들리는 가지 끝에서
너는 이름도 없이 피었다 진다.
눈시울에 젖어드는 이 무명의 어둠에
추억의 한 접시 불을 밝히고

나는 한밤내 운다.

나의 울음은 차츰 아닌 밤 돌개바람이 되어
탑을 흔들다가
돌에까지 스미면 금이 될 것이다.

…… 얼굴을 가리운 나의 신부여.

— 김춘수, 「꽃을 위한 서시」 전문

위에 인용된 자신의 이 시에 대한 평계 이정호의 언급을 김춘수는 「시인이
된다는 것」에서 다음과 같이 언급하였다. "이 시를 탈고했을 때 마침 마산에 들
른 평계 이정호에게 보였더니 무릎을 탁 쳐주었다. 비로소 자네의 시가 나왔다
는 치하의 말을 해주었다. 그러나 끝의 한 행은 너무도 릴케의 수사를 닮고 있
어 불안하다는 첨언을 잊지 않았다. 시인이 되는 것이 참으로 어렵기도 하구나,
하는 것이 그때의 내 감회였다." 이정호의 언급처럼 위에 인용된 시에서 중요한
부분은 물론 "……얼굴을 가리운 나의 신부여"이다. 여기서 이데아 혹은 관념으
로서의 '신부'의 이미지는 '금'에 의해 구체화되지만, '비재非在'로서의 '신부'는
"끝내 시가 될 수 없는 심연으로까지" 시인 자신을 몰고 가게 된다. 따라서 바로
그 '심연'의 앞에서 말은 의미의 옷이 벗겨질 수밖에 없다는 점을 파악한 시인
자신은 "어떤 관념은 시의 형상을 통해서만 표시될 수 있는 것"과 "어떤 관념은
말의 피안이 있다는 것"을 알게 된다. 일종의 관념공포증에 사로잡힌 그는 "말
의 피안에 있는 것을 나는 알고 싶었다"고 고백한다. 시니피에(기의)가 아닌 시
니피앙(기표)의 한계를 타파하고자 하는 김춘수의 추구는 궁극적으로 '무의미
시'를 지향하게 된다. "쓸모없게 된 말을 부수어 보면 의미는 분말이 되어 흩어
지고, 말은 아무것도 없어진 거기서 제 무능을 운다. 그것은 있는 것(존재)의 덧

없음의 소리요, 그것이 또한 내가 발견한 말의 새로운 모습이다. 말은 의미를 넘어서려고 할 때 스스로 부숴진다. 그러나 부숴져보지 못한 말은 어떤 한계 안에 가둬진 말이다. 모험의 그 설레임을 모른다." 그런 다음 김춘수는 『중앙일보』 1996.3.23에 수록된 「나의 문학 실험」에서 '관념시'와 결별하고 '무의미시'로 나아가게 되는 과정을 다음과 같이 설명하고 있다.

60년대로 접어들자 (…중략…) 시는 관념으로 굳어지기 전의 어떤 상태가 아닐까 하는 시에 대한 새로운 인식을 하게 되었다. 관념을 의미의 세계라고 한다면 시는 의미로 응고되기 전의 존재 그 자체의 세계가 아닐까 하는 인식에 이르게 되었다. 나는 시에서 관념을 빼는 연습을 하게 되었는데 (…중략…) 시에서 관념, 즉 사상이나 철학을 빼자니 문체가 설명체가 아니고 묘사체가 된다. 있는 그대로의 사실(존재의 모습)을 그린다. 흡사 물질시의 그것처럼 된다. 묘사라는 것은 결국 이미지만 드러나게 하는 방법이다. 그리고 이때의 이미지는 서술적이다. 나는 이미지를 비유적인 것과 서술적인 것으로 구별하게 되었다. 서술적 이미지는 이미지 그 자체를 위한 이미지다. 말하자면 이미지가 무엇을 비유하지 않는 이미지다. 무엇을 비유한다고 할 적의 무엇은 사상이나 철학, 즉 관념이 된다. 그러나 서술적 이미지는 그 배후에 관념이 없기 때문에 존재의 모습(사실)이 그대로 드러난다. 즉 그 이미지는 순수하다. 이리하여 나는 이런 따위의 이미지로 된 시를 순수시라고도 하고, 무의미의 시라고도 하게 되었다. 무의미한 관념, 즉 사상이나 철학을 1차적으로는 시에서 빼버리는 것을 뜻한다. 그런데 이미지가 아무리 순수하게, 즉 서술적으로 쓰인다 해도 이미지는 늘 의미, 즉 관념의 그림자를 거느리게 된다. 이리하여 이미지도 없애야 되겠다는 극단적인 시도를 하게 된다. 이런 상태가 내 무의미시의 둘째 번 관계라고 할 수 있다. 이미지를 없애고 리듬만이 남게 한다. 흡사 주문과 같은 상태가 빚어진다. 음악을 듣듯 리듬이 빚는 어떤 분위기에 잠기면 된다.

김춘수의 존재론, 김수영의 반시론, 송욱의 비순수론, 민재식의 극시론 등에 나타나는 시적 주체와 언어의 실험을 바탕으로 하는 60년대의 한국 현대시는 시의 영역에 대한 모험적인 확장, 정치현실에 대한 솔직한 비판과 참여, 언어에 대한 지성적인 성찰과 내면의식의 표출 등으로 나뉜다. 이 시기에 많은 논쟁을 야기한 시집은 아마도 송욱의 『하여지향何如之鄕』1961일 것이다. 때로는 지나칠 정도로 느껴지는 과다한 비판정신과 풍자정신, 불균형한 시적 내용과 구조에도 불구하고 송욱의 시집이 이 시기에 확고부동한 위치를 차지하고 있는 까닭은 그의 날카로운 지성과 남다른 언어관에서 비롯된다. 모국어에 대한 그의 신념은 거의 신앙과도 같은 것이어서 그는 "한국어는 나의 또 하나 다른 육체이다. 나의 모국어는 나의 법신法身이다. 한국어는 나의 조국이다"라고 까지 선언하였다. 그에게 있어서 한국어는 그 자신의 말과 같이 자신을 지배하는 법칙이자 몸뚱이였다. 언어에 대한 그의 이러한 집념의 밑바탕에는 T. S. 엘리엇이 자리 잡고 있으며, 엘리엇의 시세계를 비순수의 세계라고 정의했던 송욱은 그를 가리켜 언어의 순수성에 의해 비순수의 주제를 정확하게 다루고 있다고 평가하였다. 즉, 엘리엇은 아름다운 언어에 의해서가 아니라 정확하게 사용된 언어에 의해 아름다움을 느낀다는 점을 강조하였고, 송욱 역시 그 자신의 시에서 이러한 점을 실천하였다고 볼 수 있다. T. S. 엘리엇과 송욱의 이러한 관계를 유종호는 자신의 『비순수의 선언』1962에서 다음과 같이 파악하였다.

『하여지향』을 얘기하다 보면 결국 송욱론이 됩니다. 그 연작시만 따로 떼어서 얘기할 수는 없으니까요. 『하여지향』을 중심으로 한 송욱론—그런 방향으로 얘기해 봅시다. 오늘날 한국의 시를 얘기하는 데 가장 풍부한 화제를 제공해 주고 있는 분이 바로 송욱 씨입니다. 그 분의 시는 그대로 한국 현대시를 비평하고 있는 '비평적 시'이기도 합니다. 말하자면 한국 현대시의 고민이 상징되어 있어요. (…중략…) 한마디로 말하면 '산문적'인 것의 대담한 도입입니다. 그 분이 사사하고 가장 많은 영향을 받은 시인은 엘리엇입니다. 좀 더 정확하게 말씀드리면, 『황무지』 시대의 엘리엇이지요. 『하여지향』 이란 시제도 '송욱나이즈'된 *Waste Land*의 국어역이라 해도 과언이 아니예요.

이 시기에 발표된 정현종, 황동규, 이승훈 등의 시에서는 위의 특징 중에서 세 번째 특징에 해당하는 '언어에 대한 관심'이 가장 많이 눈에 띈다. 이들의 공통점은 사물을 언어화하고 언어화된 사물을 인간화시키는 데 있었다. 「사물의 꿈」 1, 2에서 시도했던 정현종의 이러한 작업은 그 자신의 「말의 형량」으로 이어지면서 다음과 같이 선언하게 되었다. "말을 사랑할 줄 모르는 자, 말의 사랑을 모르는 자의 무신적 폭력, 가엾음, 분노, 가엾음의 분노, 분노의 가엾음……, 말이 머리 둘 곳 없으매 시대가 머리 둘 곳 없다." 동일어나 유사어의 반복에 의해 사물의 본질에 접근하고자 하는 시도는 황동규의 경우도 예외는 아니다. 주지적인 경향을 강하게 띠는 그의 초기 시는 영미계열의 시로부터 전수된 지성적인 측면을 한국적인 정서에 접맥시키고 있다고 볼 수 있다. 그러한 예로는 「즐거운 편지」나 「삼남에 내리는 눈」 등에서 찾아볼 수 있다. 이들과는 달리 이승훈의 시에서는 언어 자체와 그것의 호흡을 바탕으로 하는 시적 리듬의 강박성을 엿볼 수 있다. 이승훈은 사물의 생명력과 그것에서 비롯되는 리듬과 박자, 그러한 리듬과 박자의 가속성, 가빠지는 호흡 등으로까지 언어를 몰고 가게 되며, 그의 시의 출발점은 물론 「사물 A」에 있다.

사나이의 팔이 달아나고 한 마리 흰 닭이 구 구 구 잃어버린 목을 좇아 달린다. 오 나를 부르는 깊은 명령의 겨울 지하실에선 더욱 진지하기 위하여 등불을 켜 놓고 우린 생각의 따스한 닭들을 키운다. 닭들을 키운다. 새벽마다 쓰라리게 정신의 땅을 판다. 그리고 그것은 하아얀 액체로 변하더니 이윽고 목이 없는 한 마리 흰 닭이 되어 저렇게 많은 아침 햇빛 속에 뒤우뚱거리며 뛰기 시작한다.

— 이승훈, 「사물 A」 전문

시적 자아의 '내면성'을 강조하고 있는 이승훈의 초기시를 대표하는 위의 시에서 우리가 주목할 부분은 '정신의 땅'이며 그것은 궁극적으로 진리를 모색하고 있는 시적 자아의 사유행위에 관계된다. 따라서 이승훈의 시세계와 시의 이론은 1930년대의 이상과 1950년대의 김춘수에 밀접하게 접맥되며, 전통의 거부와 새로운 것을 모색한다는 점에서 보들레르와 랭보, T. E. 흄과 에즈라 파운드, 윌리스 스티븐슨과 로버트 로웰 등에 관계되기도 하고, 로만 야콥슨, 롤랑 바르트, 자크 라캉, 자크 데리다 등의 언어학이론과 텍스트이론에 관계되기도 한다. '비-대상의 선언'을 지향하고자 하는 그는 시와 언어의 관계를 다음과 같이 설명하고 있다. "언어의 현실파괴, 대상파괴는 과거적 현실의 교통도 가능하게 한다. 대상의 파괴는 대상의 부재, 죽음, 비-대상을 의미하며, 우리가 언어를 사용하는 바로 그 순간에 부재, 죽음, 비-대상은 존재한다." 그의 '비-대상의 선언'은 언어와의 싸움으로 나아가게 되고 그것은 결과적으로 그의 시론의 바탕을 형성하게 된다.

이상에서 살펴본 바와 같이 60년대 모더니즘 계열의 시인들은 시를 산문화하고 거기에서 언어의 본질을 천착하고자 했다는 공통점을 가지지만, 그러한 시 정신을 오늘에 이르기까지 이어가고 있는 시인은 이승훈이라고 볼 수 있다. 왜냐하면 60년대 모더니즘 계열의 시를 추구했던 시인들 대부분이 서정성을 강조하는 쪽으로 기울어졌지만 그는 부단하게 모더니즘을 추구했고 추구하고 있기 때문이다. 그의 시론에서 하나의 특징으로 자리 잡은 '비-대상'을 이승훈은 『현대시학』1975.8에 수록된 「발견으로서의 수법」에서 이렇게 설명하고 있다. "비-대상의 시, 즉 어떠한 객체도 객체로 의식하지 않는 상태, 그러니까 완전한 내면의 응결만이 얽히다가 어느 순간 터져 나오는 시, (…중략…) 내면세계가 밖으로 드러나는 것, 그것이 비-대상시다." 그리고 이러한 비-대상의 시에 대해 그는 『현대시』2002.11에 재-수록된 자신의 「비-대상」에서 다음과 같이 설명하였다.

70년대 초였다. 나는 산문에서 비-대상이라는 말을 사용하기 시작했다. 첫 시집 『사물 A』(1969)를 낼 때까지 나는 비-대상이라는 말이 아니라 내면성이라는 말을 쓰고 있었다. 그러나 70년대 초, 특히 연작시 「모발의 전개」, 「지옥의 올훼」 따위를 쓰면서 나는 비-대상이라는 말을 사용했던 것 같다. 그것은 실존의 투사였고, 외부세계의 무화(無化)였고, 언어 자체의 도취였으며, 폴록의 경우처럼 이지러짐의 세계, 무형의 형태를 지향했다 결국 나는 김춘수의 방법론적 성찰에 도달했으나 포기한 비-대상이라는 논리의 연장선상에 나 자신이 서 있음을 깨달았다.

5) 모더니즘 시의 가능성

한국에서의 모더니즘 시는 어떠한 변화를 거쳐 왔으며 어떠한 점에 관심을 기울였고 또 어떠한 위치를 가지게 되었는가? 이에 대한 설명을 하기 위해서는 앞에서 살펴 본 바 있는 이 시기의 시인들, 50년대와 60년대의 시인들이 추구했던 한국 모더니즘 시에서의 특징을 요약할 필요가 있다. 우선 시적 진술의 서술성을 들 수 있다. 이 시기에 강력한 영향력을 발휘했던 시적 진술의 서술성은 30년대의 시에서는 거의 찾아볼 수 없는 특징이기도 한다. 둘째, 독자적인 시론의 형성과 그것에 의한 작품 활동을 들 수 있다. 물론 이들의 시론의 바탕에는 릴케나 T. S. 엘리엇이나 딜런 토마스 등이 자리 잡고 있기는 하지만, 그것을 자신들의 기호에 맞게 변형시켜 독자적인 시론을 주창하였고, 그것에 의해 개성 있는 작품세계를 창조했다고 볼 수 있다. 셋째, 언어의 실험과 모국어의 계발을 들 수 있다. 외래어 혹은 외국어적인 표현이 모더니즘 시의 특징을 이루었던 경향에서 벗어나 모국어에 대한 애정과 계발에 의해 시어의 영역을 확장하게 되었다. 넷째, 이 시기의 시인들은 대부분 영미계열의 모더니즘과 직접적으로 관련되었다. 말하자면, 30년대의 시인들이 일본을 중심으로 하는 또는 일본을 통해 간접적으로 서구의 모더니즘에 연관된 것과는 달리 직접적인 연관에 의해 자기 나름대로의 시론과 시세계를 전개할 수 있게 되었다. 다섯째, 이들의 시론과 시세계는 여전히 한국 시단의 주류를 형성하고 있다는 점을 간과할 수 없다. 그것이 어떤 형태를 취하든 한국 현대시에서 모더니즘 시운동은 여전히 지속되고 있기 때문이다. 왜냐하면, 반-형식적, 우연적, 무정부적, 파괴적, 해체적, 탈-중심적, 반-서술적인 특징을 근간으로 하는 최근의 포스트모더니즘 시는 바로 형식적이고 계획적이며, 질서적, 창조적, 종합적, 중심적, 서술적인 특징을 지니고 있는 모더니즘 시를 바탕으로 하고 있기 때문이다. 다니엘 벨의 언급처럼 "모더니즘은 유혹자였다"고 하더라도, 모더니즘은 여전히 한국 현대시에서 하나의 축을 형성하고 있을 뿐만 아니라 현대시의 발전에 공헌하고 있다. 그러한 점을 우리는 30년대의 이상과 시어 및 시 형식에 대한 그의 실험성, 50년대의 김춘수와 '무의미 시론', 60년대의 이승훈의 내면성 및 그것을 발전시킨 '비-대상 시론' 등에서 찾아볼 수 있다.

6) 모더니즘 시의 서정성

모더니즘 시를 언급할 때에 대부분의 경우 신고전주의 시에서부터 출발하게 되며, 신고전주의는 그 이전의 낭만주의의 감정의 과잉에 대해 비판적인 입장을 지닌다. 낭만주의는 "상상적인 형식에서 정서적인 태도를 추구하는 문학"이라는 프리드리히 슐레겔의 언급이나 "문학에서의 자유주의"라는 빅토르 위고의 언급에 나타나 있는 바와 같이 상상력, 정서, 주관성, 개인성, 자발성 등을 강조하는 한편 다른 한편으로는 사회공동체보다는 개인의 고독을, 이성보다는 상상력의 우월성 등을 강조하기도 하였고 아름다움에 대한 탐닉과 대자연에 대한 예찬, 중세의 신비주의와 신화 등에 대한 시적 변용을 강조하기도 하였다. 그리스와 로마시대의 예술적 아이디어를 재생시키고자 했던 신고전주의에서는 정서와 감정의 절제, 질서와 논리와 기교의 정확성, 언어의 균형과 우아성 등을 강조하기도 하였고, 내용보다는 형식을, 불명확성보다는 명확성을, 정서보다는 이성을, 파격보다는 균형을, 상상력보다는 기지機智를 강조하기도 하였다.

이와 같은 의미의 신고전주의는 1912년 에즈라 파운드를 중심으로 하는 영미계열의 시인들, 특히 그 당시에 성행하던 낭만주의적인 낙관적 세계관과 과잉된 감정의 발로 등에 대해 비판적 입장을 취했던 T. E. 흄에 의해 새롭게 전개되었다. 이미지즘의 전형으로 알려진 파운드의 「지하철 정거장에서」는 "군중 속의 유령의 얼굴들 / 젖은 검은 가지의 꽃잎들"과 같이 2행으로 이루어져 있으며, 시각이미지를 중심으로 하는 파운드의 이 시는 하이쿠에 밀접하게 관계된다. 서구문학에서 하이쿠에 대한 평가는 상당히 긍정적이며 이러한 점은 "17음절의 하이쿠는 언어적인 원자가 폭발하게 되는 형식"이라는 노스럽 프라이의 언급이나, "한 편의 시는 독자에게 다음과 같은 사실, 즉 단순하면서도 전혀 새로운 말, 결코 한 번도 말한 적이 없고 실제로 명확하게 하는 것이 불가능한 말, 그러나 이제부터 독자의 의식 속에 실제상의 원칙으로 자명하게 작용하는 말을 부여하고 있는 것 같다"는 하트 크레인의 언급 등에서 찾아볼 수 있다. 이들이 극찬을 아끼지 않았던 리포의 시는 "아름다운 것 셋…… / 달빛…… 벚꽃…… / 아직…… / 안 밟은 흰 눈"과 같이 되어 있다. 리포의 이 시에 대해 프라이는 "리포 시인의 하이쿠에 나타나는 이와 같은 언어적인 원자의 폭발력을 놓칠 사람은 아무도 없을 것이다. 리포 시인의 하이쿠는 분명히 세계에서 가장 위대한 죽음의 노래 중의 하나에 해당한다"라고 강조하였다. 이렇게 파악할 때에 파운드의 시 「지하철 정거장에서」와 리포의 하이쿠가 가지는 공통점으로는 그것이 시각이미지를 중심으로 한다는 점, 언어를 극도로 절제하여 압축시키고 있다는 점, 짧은 시 형식을 추구하고 있다는 점 등을 들 수 있다. 다음은 파운드가 이미지즘 그룹의 가장 전형적인 시로 평가한 바 있는 H. D.의 「산의 요정」을 들 수 있다.

이처럼 모더니즘 시의 배경으로 자리 잡고 있는 신고전주의 시와 이미지즘 시에서 파악할 수 있는 바와 같이 그것이 모더니즘을 지향한다 하더라도 그것은 어디까지나 시적 대상과 표현 및 시어에 대한 새로운 인식과 모색에서 비롯되었다는 점을 알 수 있다. 더 나아가 모더니즘 시가 시적 대상에 대한 인식과 정에서 감성보다는 지성과 이성을 더 강조함으로써, 대상의 이면에 숨겨진 진리의 원천이 무엇인가를 파악하고자 한다는 점에서 모더니즘 시는 주지주의 경향으로 나아가게 된다. 리리시즘에서 강조하는 정서와 감성중심의 주정주의 主情主義에 반대되는 주지주의主知主義는 T. E. 흄이 강조하는 불연속적 세계관에 관계되는 신고전주의에 접맥된다. 흄이 강조하는 신고전주의는 반인간주의 정신, 다시 말하면 낭만주의에서 비롯되는 감정의 과잉과 불확실한 신비세계보다는 분명하고 확실하며 냉철한 이성을 근간으로 하는 고전주의 정신에 관계된다. 그의 이러한 태도는 앞에서 언급한 에즈라 파운드의 이미지즘, T. S. 엘리엇의 '객관적 상관물', 폴 발레리의 기하학적 사고와 균형성, A. L. 헉슬리의 풍자정신 등을 비롯하여 현대문명에 대한 비판정신으로 이어진다. 이렇게 파악할 때에 모더니즘 시의 출발점이 되는 신고전주의, 이미지즘 등의 시에 나타나는 서정성은 다분히 표현상의 문제, 언어선택의 문제, 시적 대상에 대한 인식의 문제 등에서 찾아볼 수 있으며, 그것을 우리는 파운드의 「지하철 정거장에서」와 하이쿠의 관계, H. D.의 「산의 요정」에 나타나는 간접적이고 우회적인 표현이 아닌 직접적인 표현 등에서 찾아볼 수 있다.

1930년대 한국문단에 소개된 이러한 의미의 주지주의는 한국 현대시에서의 모더니즘 시운동에 촉매역할을 하게 되었으며, 정지용의 시 「유리창·1」, 이상의 시 「꽃나무」, 김기림의 시 「바다와 나비」, 김광균의 시 「추일서정秋日抒情」 등에 의해 1930년대 모더니즘 시가 전개되었다. 이 중에서 정지용의 시는 제목에 나타나 있는 '유리창'이 근대화의 산물이라는 점에서, 이상의 시는 '꽃나무'를 유정물有情物로 파악하고 있다는 점에서, 김기림의 시는 새로운 세계에 대한 동경과 절망을 나타내고 있다는 점에서, 김광균의 시는 도시문명의 현대화와 새로운 감수성을 바탕으로 회화성을 강조하고 있다는 점에서 각각 그 특징을 찾아볼 수 있다.

모더니즘 시와 서정시 및 시론 등 다방면에서 한국 현대시의 위상을 새롭게 개척한 것으로 평가되는 정지용의 시 「유리창·1」은 『조선지광』 89[1930.1]에 수록되어 있으며, 이 시의 전문은 다음과 같다.

> 유리(琉璃)에 차고 슬픈 것이 어른거린다.
> 열없이 붙어 서서 입김을 흐리우니
> 길들은 양 언 날개를 파다거린다.
> 지우고 보고 지우고 보아도
> 새까만 밤이 밀려 나가고 밀려와 부딪치고
> 물먹은 별이, 반짝, 보석(寶石)처럼 박힌다.
> 밤에 홀로 유리(琉璃)를 닦는 것은
> 외로운 황홀한 심사이어니,
> 고흔 폐혈관(肺血管)이 찢어진 채로
> 아아, 늬는 산(山)새처럼 날러갔구나!
>
> ― 정지용, 「유리창·1」 전문

여러 가지 유형의 시로 평가되고는 하는 정지용의 이 시는 그것이 S. T. 콜리지의 시의 유기체론에 관계된다는 점에서 서정시의 전형으로 파악할 수도 있고, 시적 대상과 시적 자아를 철저하게 분리시키고 있는 '유리창'에 의해 모더니즘 시로 파악할 수도 있다. 전자의 경우는 '슬픈 것 → 날개 → 폐혈관 → 산새'와 같은 전개과정에 의해 이 시가 동물유기체론에 관계되며, 그것을 가능하게 하는 부분이 바로 제2연의 '입김'이다. 이 시에서의 '입김'은 무-지칭의 '그것'에 생명을 불어넣어 최종적으로 '산새'로 환생하도록 하기도 하고, '유리창'을 흐릿하게 하여 시적 발상의 전개를 가능하게 하기도 한다. 다음은 시적 대상과 시적 자아를 분명하게 분리시키고 있는 '유리창'으로 그것은 주거환경에서 서구화, 문명화, 근대화 등을 상징하는 역할을 한다. 또한 '유리창'은 시적 대상을 분명하게 내다볼 수 있거나 파악할 수는 있지만 확실하게 손에 잡을 수는 없는 시적 자아의 안타까운 마음, 차단된 마음에 관계된다. 이처럼 대상을 바라볼 수 있거나 상상할 수는 있지만, 그것과 밀착될 수는 없는 '유리창'으로 인해서 시적 자아의 슬픔 혹은 안타까움은 가중될 수밖에 없으며, 그것의 극적인 표현은 "물먹은 별이, 반짝, 보석처럼 백힌다"에서 절정을 이루게 된다. 특히 앞뒤로 쉼표로 처리한 '반짝'은 슬픔의 밀도의 정밀성과 내면화에 관계된다. 여기서 '물먹은 별'은 시적 자아의 눈가에 맺히는 눈물로 인해 유리창 밖의 별이 흐릿하게 번져 빛나는 것처럼 보이는 '별'이며 궁극적으로는 시적 자아 자신의 슬픔의 강도를 암시하게 된다. 이처럼 정지용의 이 시는 그 이전의 시와는 사뭇 다른 양상, 말하자면 절제된 감정, 객관화된 슬픔, 새로운 비유 등으로 인해 한국 현대시에서 새로운 장을 여는 계기를 마련하였다고 볼 수 있다.

한국 모더니즘 시에서 가장 먼저 언급되고는 하는 이상의 경우 그의 시 「꽃나무」는 『가톨릭청년』1933.7에 수록되어 있다.

> 벌판한복판에꽃나무하나가있소근처(近處)에는꽃나무가하나도없소.꽃나무는제가 생각하는꽃나무를열심(熱心)으로생각하는것처럼열심으로꽃을피워가지고섰소.꽃나무 는제가생각하는꽃나무에게갈수없소.나는막달아났소.한꽃나무를위(爲)하여그러는것처 럼나는참그런이상스러운흉내를내었소.
>
> — 이상, 「꽃나무」 전문

전부 여섯 개의 문장으로 형성되어 있는 이 시는 시적 자아의 자유연상과 의식작용, 꽃나무로 대표되는 고독한 현실, 이상세계를 추구하는 시적 자아의 현실, 이상과 현실의 교류불가능성, 시적 자아의 좌절과 절망, 실패에 대한 인정 등이 차례로 제시되어 있다. 이러한 점을 종합하고 있는 시어가 바로 '흉내'이며, 그것은 시적 자아가 처해 있는 현실세계에서 모든 추구와 모색이 결국은 일종의 허상을 향한 무의미한 몸짓이라는 점을 강조한다. 다시 말하면 시적 대상인 '꽃나무'를 의인화하여 그것을 유정물로 취급함으로써 그것이 마치 인식작용을 하고 있는 것처럼 시적 자아는 이해하고 있지만, 결과적으로 바로 그 유정물로 취급된 무정물로서의 '꽃나무'가 다름 아닌 자기 자신이라는 점을 파악하게 되고, 그 모든 사유행위와 인식행위를 "참그런이상스러운흉내를내었소"라고 결론짓게 된다. 이처럼 이상의 시 「꽃나무」는 대상으로서의 '꽃나무'가 시적 주체가 되고 그것이 다시 '꽃나무'를 시적 대상으로 하고 있다는 점에서 특이한 양상을 띠게 되지만, 이러한 점은 이상 특유의 역발상의 상상력, 혹은 그 당시에 성행하던 초현실주의 기법에서 비롯된 것이라고 볼 수 있다.

다음은 한국 모더니즘 시에서 빈번하게 언급되고는 하는 김기림의 시 「바다와 나비」를 들 수 있으며, 이 시는 『여성』1939.4에 발표되었다.

아모도 그에게 수심(水深)을 일러 준 일이 없기에
흰 나비는 도모지 바다가 무섭지 않다.

청(靑)무우밭인가 해서 나려 갔다가는
어린 날개가 물결에 저저서
공주(公主)처럼 지처서 도라온다.

삼월(三月)달 바다가 꽃이 피지 않어서 서거픈
나비 허리에 새파란 초생달이 시리다.

— 김기림, 「바다와 나비」 전문

김기림의 모더니즘 시세계를 대표하는 것으로 알려진 이 시에는 문명의 세계 혹은 새로운 세계에 대한 동경, 그러한 세계를 찾아나서는 모험과 시련 및 최종적으로 겪게 되는 좌절 등이 각 연별로 나타나 있으며, 이러한 세 가지 과정의 주체는 '나비', '바다', '초생달'이다. 생명체와 비-생명체, 미세조직과 거대조직의 대립 등을 통해 시인은 현대문명의 냉혹성과 가혹성을 드러내는 한편 다른 한편으로는 현대문명의 허구성과 위험성을 비판적으로 드러내고 있다. 말하자면 개화기 지식인으로 대표되는 '나비'는 근대화와 서구화라는 허상을 좇아 새로운 세계로 대표되는 '바다'를 건너고자 하지만 그것은 한낱 낭만적 상상일 뿐이지 현실적 인식은 아니라는 점을 들 수 있다. 개화이전의 문명의 수입은 주로 중국이라는 '대륙'에 의존하였지만, 개화이후 서구문명의 수입은 '바다'를 통해 이루어졌다는 점을 고려할 때, 이 시에서의 '바다'는 그러한 문명을 우선은 일본을 통해 그 다음은 서구자체를 통해 접하고자 하는 당대 젊은 지식인들, 즉 이 시에서 '나비'로 대표되는 지식인들이 반드시 넘어서야할 경계선으로 작용하고 있다고 볼 수 있다. 따라서 1930년대 한국시단에서 모더니즘 시와 이론의 선구자로 알려진 김기림은 이 시에서 자신의 이론과 정신세계를 드러냄으로써 모더니스트로서의 자화상을 보여 주었다. 이렇게 파악할 때에 김기림의 이 시에 반영되어 있는 서정성은 절망의 감정이며, 그것을 반영하고 있는 것이 바로 거대조직으로서의 '바다'와 미세조직으로서의 '나비'이다.

작은 생명체로서의 나비로 대표되는 시적 자아의 도전과 패기는 '서구'를 지향하려면 반드시 뛰어넘어야만 하는 '바다'라는 장벽에 부딪쳐 좌절하게 되며, 그것을 종합하고 있는 구절이 바로 "나비 허리에 새파란 초생달이 시리다"이다. 하나의 상징성을 암시하고 있는 이 구절은 지상계의 '나비'로 대표되는 좌절과 절망 및 천상계의 '초생달'로 대표되는 또 다른 도전과 발전 등을 암시한다. 그리고 이러한 비유는 '수심水深', '바다', '청靑무우밭', '물결', '새파란' 등에 의한 청색이미지와 '힌 나비'에 의한 흰색이미지가 대조되어 있으며, 이들 이미지는 시각이미지를 바탕으로 한다. 아울러 '무섭지 않다', '도라온다', '시리다'라는 종결어미는 이 시가 전개되는 과정에서 출발, 회귀, 슬픔 등으로 이어진다.

아울러 1930년대 모더니즘 시에서 빠지지 않고 언급되는 김광균의 시 「추일서정秋日抒情」을 들 수 있으며, 이 시는 『인문평론』1940.7에 발표되었다.

낙엽(落葉)은 폴란드 망명정부(亡命政府)의 지폐(紙幣)

포화(砲火)에 이지러진

도룬 시의 가을 하늘을 생각케 한다.

길은 한 줄기 구겨진 넥타이처럼 풀어져

일광(日光)의 폭포(瀑布) 속으로 사라지고

조그만 담배 연기를 내뿜으며

새로 두 시의 급행열차가 들을 달린다.

포플라 나무의 근골(筋骨) 사이로

공장의 지붕은 흰 이빨을 드러내인 채

한 가닥 구부러진 철책(鐵柵)이 바람에 나부끼고

그 위에 셀로판지(紙)로 만든 구름이 하나.

자욱한 풀벌레 소리 발길로 차며

호올로 황량(荒凉)한 생각 버릴 곳 없어

허공에 띄우는 돌팔매 하나

기울어진 풍경의 장막(帳幕) 저 쪽에

고독한 반원(半圓)을 긋고 잠기어 간다.

— 김광균, 「추일서정」 전문

독특한 비유, 회화적 이미지, 도시문명의 감성 등을 나타내고 있는 이 시에서 시적 자아는 방황하는 자신의 모습을 황량한 가을풍경에서 찾고 있으며, 그것은 궁극적으로 '돌팔매'에 의해 상실과 고독으로 수렴된다. 다시 말하면 제1행부터 제11행에 나타나는 '지폐', '포화', '넥타이', '담배연기', '급행열차', '공장',

'철책', '셀로판지' 등은 현대화의 물결로 대표되는 도시문명을, 제12행부터 마지막 행에 나타나는 '풀벌레', '황량한 생각', '허공', '돌팔매' 등은 그러한 문명 속에서 고독할 수밖에 없는 시적 자아의 마음을 나타내고 있으며 그것을 대표하는 시어가 바로 '돌팔매'이다. 이와 같은 의미의 '돌팔매'는 멀리까지 날아가는 것이 아니라 "기울어진 풍경의 장막帳幕 저 쪽에 / 고독한 반원半圓을 긋고 잠기어 간다"는 마지막 부분에서 시적 자아가 볼 수 있는 거리만큼의 지상으로 떨어지고 만다. 이러한 이미지는 이 시의 전반부에서 "폴란드 망명 정부의 지폐"로 비유된 '낙엽', "도룬시의 가을 하늘"—1231년 건설된 도룬시는 프로이센에 합병되었다가 제1차 세계대전 후에 폴란드에 귀속된 도시이다—'구겨진 넥타이', '일광의 폭포' 등에 암시되어 있는 하강과 소멸이미지에 관계된다. 아울러 폴란드, 도룬시, 넥타이 등이 가지는 이국적인 이미지는 이 시의 중간부분에서 '공장', '철책', '셀로판지' 등에 의해 도시문명을 강조하는 한편 다른 한편으로는 거기에서 비롯되는 황량하고 순간적이고 각박한 현실세계를 강조한다. 이러한 점은 '흰 이빨', '구부러진', '바람', '구름' 등에 의해 그렇게 유추할 수 있다. 마지막으로 시적 자아의 분신으로 파악할 수 있는 '돌팔매'에서 중요한 점은 물론 '돌'을 내던지는 행위이며, 그것은 문명화에 대한 철저한 대응이라기보다는 그러한 문명화의 과정을 불가항력적으로 수용할 수밖에 없는 시적 자아의 무력감과 고독을 대변한다.

이상에서 살펴본 바와 같이 모더니즘 시에 나타나는 서정성의 특징은 여러 가지로 파악할 수 있지만, 우선은 시어와 표현, 비유와 상징 및 시적 대상에 대한 시적 자아의 마음가짐과 태도 등에서 서정성을 파악할 수 있다.

2. 현대시의 반-유기적 형식

1) 시의 유기적 형식과 신비평의 역할

시의 유기적 형식은 S. T. 콜리지에 의해 집대성되었으며, 그의 비평적 관심은 보편성과 특수성, 상징과 알레고리, 창조성의 심리 등으로 요약된다. 그가 강조하는 보편성과 특수성은 모든 예술작품에서 보편성은 특수성에 자리 잡고 있지만 특수성이 반드시 보편성을 대표하지는 않는다는 점이다. 이러한 점에 대한 자신의 논의를 전개하는 데 있어서 콜리지는 플로티누스와 신학자들의 견해를 활용하였으며, 그것을 우리는 "아름다움은 통일성의 다양성이다"라는 그의 언급에서 찾아볼 수 있다. 콜리지는 자신이 강조하는 이와 같은 보편성과 특수성의 관계를 상징과 알레고리의 구분에서 더욱 심도 있게 논의하였다. 콜리지 자신은 물론 대다수 낭만주의 이론가들이 강조하고는 했던 상징은 다양하게 분산되어 있는 생각들을 하나로 종합하는 특징을 가지고 있다. 그는 아름다움이 통일성과 다양성을 하나로 결합시키고 있다는 점에서 상징은 아름다움의 매개체가 된다고까지 강조하였다. 콜리지의 세 번째 특징에 해당하는 창조성의 심리는 예술작품을 예술가의 창조행위에 관련짓게 되며, 그는 주체와 대상을 결합시키는 예술가의 이러한 행위를 신의 창조행위와 유사한 것으로 파악하였다. 콜리지의 이러한 파악은 물론 셸링의 인식론에 바탕을 둔 것으로 그는 다음과 같이 결론지었다. "시인의 마음과 지성은 위대한 대자연의 모습처럼 결합되어야 하고 긴밀하게 결합되고 통일되어야 한다. 그러나 형식적인 직유의 방법에 의해 어떤 해결책을 모색하거나 어설픈 혼합에 의해 대자연의 모습만을 결합해서는 안 될 것이다."

이상에서 살펴본 콜리지의 세 가지 특징에서 우리들이 파악할 수 있는 중요한 점은 콜리지 이후에 현대비평에서 강력한 영향력을 행사하게 된 시의 유기적 형식이 하나이고 다른 하나는 알레고리에 대한 상징의 우월성이다. 콜리지는 예술이론에 있어서 유기체론을 정립한 맨 처음의 이론가이자 시인에 해당하며 그는 유기적 형식을 기계적 형식에, 상징을 알레고리에, 상상력을 공상에 대립시켰다. 그에 의하면 모든 예술작품에는 그 자체 내에 유기적으로 발전하게 되는 원칙, 즉 유기체 형식이 있게 마련이며 그것을 그는 셰익스피어에 대한 언급에서 "그 어떤 천재의 작품이라 하더라도 이와 같은 유기체 형식으로부터 벗어날 수는 없다"고 강조하였다. 콜리지에 의하면 상징은 내적인 것과 외적인 것, 특수한 것과 보편적인 것을 원래부터 혼합하고 있는 것이며, 알레고리는 대상과 의미를 기계적으로 묶어버리는 것이다. 콜리지에 의하면 동기가 부여된 기호에 해당하는 상징은 "그것이 지성적이라고 간주하는 실체와 언제나 함께 하고 전체적인 통일성 속에서 살아있는 일부분으로 존재하며 그것이 표상하고 있는 전체를 분명하게 한다. (…중략…) 공상과 물질적인 기계장치가 임의적으로 결합된 공허한 반향일 뿐이다". 다음은 공상에 대립되는 상상력으로 그것은 콜리지에게 있어서 시의 생성발전을 가능하게 하고 창조적 역할을 가능하게 하는 핵심적인 요소이다.

콜리지의 이러한 몇 가지 이론을 가장 핵심적으로 활용하여 서정시에 대한 분석과 비평에 적용한 신비평은 1930년대부터 1950년대까지 시의 연구에서 강력한 영향력을 행사했을 뿐만 아니라 오늘날에도 여전히 대학비평에서 주도적인 역할을 하고 있다. 이러한 신비평의 중심에는 물론 클리언스 브룩스가 자리 잡고 있으며, 그는 로버트 펜 워렌과 공저한 『시의 이해』1938와 그 자신의 『잘 빚은 항아리』1947에서 신비평의 방법을 일목요연하게 정리하여 발전시켰다. 전자에서 브룩스가 강조한 것은 시의 유기적 형식으로 그것을 그는 다음과 같이 설명하였다. "한 편의 시를 구성하는 요소들—운율, 비유적인 언어 및 아이디어 등—을 벽을 형성하고 있는 벽돌처럼 기계적인 그룹으로 생각해서는 안 될 것이다. 한 편의 시에 있어서의 요소들의 관계는 훨씬 더 중요한 관계이다. 그러한 관계는 기계적인 관계가 아니라 훨씬 더 긴밀하면서도 근본적인 관계이다. 한 편의 시를 구체적인 대상을 형성하고 있는 것에 비유한다면 그것은 벽돌에 의해 형성된 벽이 아니라 식물처럼 유기적인 형식일 것이다." 후자의 제목에 해당하는 '잘 빚은 항아리'는 17세기 형이상학파 시인이었던 존 던의 시「시성諡聖」의 "잘 빚은 항아리가 고운 재로 되듯이"에서 비롯된 것이다. 이와 같은 시의 유기체 형식과 '잘 빚은 항아리'로 비유된 시의 구성요소를 바탕으로 하여 브룩스는 서사시narrative poem, 묘사시, 작시법, 어조, 이미저리, 시적 진술과 아이디어, 의도와 의미 등을 강조하였고, 패러독스와 아이러니 중심의 시 연구를 제안하였고, 시인이나 독자보다는 '시적 자아'를 강조하였으며, 시에 대한 '꼼꼼하게 읽기'와 '텍스트 자체의 설명'이 왜 중요한지를 설명하였다. 브룩스가 자신의 비평의 방법에서 강조했던 이상과 같은 요소들은 그 자신의 '의사-진술의 반대론'으로 요약되며 그것은 W. K. 윔제트와 M. C. 비어즐리의 '의도의 오류'와 '감정의 오류'와 더불어 신비평의 방법을 대표하게 되었다.

2) 시의 반-유기적 형식과 언어학의 역할

시의 유기체론에 바탕을 두어 시 자체에 대한 꼼꼼하게 읽기와 텍스트 자체의 설명을 강조하는 신비평의 방법은 그 이전의 마르크스주의 비평이나 역사주의 비평과는 상당히 다른 새로운 방법이었다. 그것은 적어도 1960년대 초 대륙비평으로 대표되는 구조주의가 출현하기 전까지 문학연구, 특히 서정시로 대표되는 시의 연구에서 많은 영향력을 행사하였으며 지금도 여전히 대학비평에서 이 방법이 활용되고는 한다. 그럼에도 상식수준의 언어로 시를 설명하고, 아이러니와 패러독스가 있는 짧은 서정시만을 선호하고, 시적 자아를 강조하는 신비평은 구조주의의 출현 이후 언어학에 바탕을 두어 시 읽기와 분석을 수행하는 방법에 의해 그 자리를 양보하게 되었다.

물론 신비평의 이러한 방법이 설득력 있기는 하지만 소쉬르와 로만 야콥슨의 언어학에 바탕을 두는 구조주의 방법에서는 시의 유기체 형식을 강조하기보다는 언어학에서 비롯된 기표, 기의, 의미작용과 같은 용어에 의해 시의 의미해석과 구조의 규명에 치중하게 되었다. 문학을 언어에 의해 정의할 수 있는 것으로 취급했던 러시아의 형식주의와 프라그학파를 이끌었던 로만 야콥슨은 자신의 「언어와 문학연구에서의 문제점」1928에서 러시아의 형식주의 이론을 비판하는 한편 다른 한편으로는 언어와 문학연구에 대한 구조주의적인 접근과 발전에 관계되는 여덟 가지 논지를 제안하였다. 야콥슨은 진부한 방법론과 소박한 심리학의 적용을 극복해야 한다는 점, 문학사와 그 밖의 일련의 역사는 긴밀하게 연관된다는 점, 문학연구의 혁명은 비체계적이고 문학 외적인 기원에 의해서만 성취될 수 있다는 점, 언어학과 문학사는 통시적이면서도 공시적으로 연구되어야 한다는 점, 공시적인 문학체계는 국내외적인 문학체계에 밀접하게 관련된다는 점, 파롤과 랑그의 개념은 문학과 언어학의 연구에서 가장 본질적이라는 점, 언어와 문학의 구조법칙을 분석해야 한다는 점, 문학사의 법칙은 문학과 언어학의 체계변화의 특징이 된다는 점 등을 강조하였다.

아울러 야콥슨은 자신의 「은유의 축과 환유의 축」1956에서 언어심리학과 문학비평의 복잡한 관계를 제시하였다. 자신의 이 논문에서 야콥슨은 은유와 환유의 관계 및 화술행위에 영향을 끼치는 실어증, 즉 두뇌손상의 두 가지 유형을 논의하였다. 그 결과 그는 낭만주의에서는 은유가 지배적인 반면 리얼리즘에서는 환유가 지배적이라고 결론지었고, 그동안의 문학연구에서 은유의 영역은 지나칠 정도로 강조되어 왔지만 환유의 영역은 거의 언급조차 되지 않았다는 점을 제안하였으며, 리얼리즘과 산문의 언어에서는 환유에 대한 고려가 필수적이라는 점을 강조하였다. 우리에게 잘 알려진 자신의 「언어학과 시학」1960에서 야콥슨의 가장 중요한 논지는 "시의 기능은 선정의 축에서 결합의 축으로 투사시키는 데 있다"이고, 이를 바탕으로 하여 그는 언어의 의사소통의 여섯 가지 요인과 여섯 가지 기능을 각각 도표화하여 설명하였으며, 그의 이러한 단계는 언어학 연구와 문학

연구에서 많은 영향을 끼치게 되었다. 야콥슨의 언어학과 레비스트로스의 신화연구는 이 두 사람이 공동으로 연구한 「보들레르의 '고양이' 분석」[1962]에서 접맥되었으며 그것은 문학작품을 구조주의 비평으로 분석하는 데 있어서 한 가지 전형으로 자리잡게 되었다.

야콥슨이 모스크바 언어학회와 상트페테르부르크를 거쳐 프라그언어학파를 주도한 후에 미국으로 이주하기 전까지 파리에 머무는 동안 그의 이상과 같은 언어학에 대한 관심은 프랑스에서의 구조주의의 태동을 가능하게 하였으며, 이러한 구조주의는 롤랑 바르트, 자크 라캉, 자크 데리다, 미셸 푸코, 줄리어 크리스테바 등의 활동을 가능하게 하였다. 그러나 이들의 초기 구조주의 활동은 '텔켈 그룹'으로 이어지면서 후기구조주의로 나아가게 되었다. 그 결과 다 같이 구조주의에서 출발했으면서도 바르트는 문화론으로, 라캉은 신-프로이트주의로, 데리다는 해체주의로, 푸코는 권력의 이론으로, 크리스테바는 페미니즘으로 나아가게 되었다. 다시 말하면 구조주의에서는 "모든 대상에는 구조가 있으며 그러한 구조를 규명하는 것은 가능하다"는 점을 강조하였지만, 후기구조주의에는 "모든 대상에는 구조가 있지만 그러한 구조를 규명하는 것은 불가능하며 다만 구조를 찾아가기까지의 과정만이 있을 뿐이다"라는 점을 강조하게 되었다.

3) 언어-이데올로기와 문학·문화연구의 변화

동일한 이념을 바탕으로 하여 다 같이 구조주의 활동을 전개하다가 1960년대 말에 후기구조주의로 나아가면서, 바르트, 라캉, 데리다, 푸코, 크리스테바 등이 각자만의 이념을 바탕으로 문화론, 신-프로이트주의, 해체주의, 권력의 이론, 페미니즘으로 나아가는 과정에서 이들에게 나타나는 공통점은 언어에 대한 새로운 인식에 있다고 볼 수 있으며, 그 대표적인 경우는 데리다일 것이다. 서구형이상학에 대한 전반적인 새로운 인식과 성찰을 강조하고 있는 그의 해체주의에서는 하이데거의 '존재Being'에 대한 정의에서부터 출발하고 있다. 존재를 정의하기 위해 여러 가지 가능한 '말 / 언어'를 사용하고는 하지만 결국은 존재라는 말 그 자체만이 존재를 정의할 수밖에 없다는 하이데거의 '쓰기 / 기술記述'은 데리다의 해체주의의 근간을 형성하게 되었다.

'존재(Being)'의 이러한 영역에 대한 사려 깊은 고찰에 의해 '존재(Being)'라는 대상을 '~~존재~~(being)'라는 어휘로 기술하는 것뿐이다. 여기서 교차 선을 그어 지우는 것은 우선 특히 '존재'를 그 스스로 나타내는 특별한 그 무엇으로 고려하는 습관을 피하고자 하기 때문이다. 지워지는 어휘를 완전하게 지워버리는 단순한 부정적인 의미가 아니다. 인간은 본질적으로 기억에 대한 기억의 존재이지만 존재일 뿐이다. 이 말은 인간의 본질이란 존재를 지우지만 지워진 존재를 그대로 두는 좀 더 독창적인 주장을 하는 교차 선 내에 있는 사고의 일부분이라는 것을 의미한다.

'존재'에 대한 이러한 성찰에서 비롯된 데리다의 해체주의에서는 "존재는······이다"일 뿐이지, 가운데 생략된 부분은 그 무엇으로도 채워질 수 없다는 점을 강조하며, 그의 이러한 논지는 "중심은 중심이 아니다"라는 논지로 나아가게 된다. 데리다의 이 논지는 그의 해체주의가 전 세계적으로 알려질 수 있는 계기가 된 그 자신의 「인문과학 담론에 있어서의 구조, 기호, 작용」1966에서 처음 제시되었으며 장 이폴리테, 세르게 두브로프스키, 얀 카트 등과의 논쟁을 야기하기도 하였다. "중심은 중심이 아니다"라는 그의 이러한 논지는 "길은 길이지만 지나갈 수 없는 길"을 의미하는 아포리아로서의 '난경難經', 의미의 연기와 차이를 동시에 의미하는 '차연差延', 텍스트의 의미의 확산에 관계되는 '산종散種', 모든 쓰기의 원형으로서의 '원형기술原型記述', 미세하지만 중요한 단서를 제공하는 '흔적의 추적' 등을 가능하게 하였다. 여기에서 그의 해체주의를 언급할 때에 가장 많이 언급되는 것은 물론 '차연'의 개념이다.

차연은 현존 / 부재의 대립에 의해서는 설명할 수 없는 구조이자 동향이다. 차연은 요소가 상호 연관되어 있는 차이점, 차이점의 추적, 공간화의 세계적인 작용이다. 이와 같은 공간화는 능동적인 동시에 수동적인(차연을 의미하는 프랑스어 différance에서 /a/는 능동성의 수동에 대한 미결정, 즉 아직은 능동과 수동의 대립에 의해 통제되고 결정될 수 없는 미결정을 나타낸다) 간격을 만들어 내는 것, 즉 그것 없이는 어휘가 완전하게 지칭될 수도 없고 작용할 수도 없는 간격을 만들어 내는 것을 의미한다.

'차이나다'와 '연기하다'가 변별적으로 발생하는 것이 아니라 동시적으로 발생한다는 점에 착안한 데리다의 이상과 같은 '차연'의 개념에 대해 최근에는 '우회하다'라는 개념이 첨부되기도 한다. 이와 같은 의미의 '차연'에서 강조하는 것은 모든 진술, 모든 정의, 모든 설명은 언제나 미결정적일 수밖에 없다는 점이다. 따라서 의미의 확정성은 언제나 뒤로 미루어질 수밖에 없으며 그 결과 '차기次期'의 개념이 존재하게 된다. 다시 말하면 '지금 현재 여기에서' 언급되는 모든 사항은 거대한 담론구조의 일부분일 뿐이며 '다음, 다음, 다음……'으로 무기한 연기될 뿐이라는 점이다. 그 결과 "존재는……이다"라고 정의될 수 있으며 이때의 생략된 부분은 무한한 가능성으로서의 간격, 빈틈, 빈 공간에 해당하며 따라서 "중심은 중심 아니다"라는 논지, 즉 무엇인가로 채워질 수 있는 무한한 가능성으로서의 빈 그릇, 빈 방, 빈 공간의 중요성이 제기되었다. 그러한 예를 우리는 구심력과 원심력을 무리 없이 유지하고 있는 수레바퀴의 수렴점인 한 가운데가 비어있다는 사실에서 확인할 수 있다. 그러나 1960년대 말부터 적어도 1980년대 중반까지 문학연구에 있어서 핵심적인 역할을 했던 데리다의 해체주의는 그것이 문학작품에 대한 그 자체의 의미를 설명하기보다는 난삽한 용어와 조어造語에 의해 문학적 실천과는 무관한 언어철학과 사유중심의 이론에 치중했으며 학생들로 하여금 문학작품 자체의 읽기보다는 그것에 대한 난해한 분석만을 유도했다는 비판을 받게 되었다.

후기구조주의자들의 언어에 대한 새로운 인식을 대표하는 데리다의 해체주의와 함께 문학연구에서 가장 많이 언급되고는 하는 것은 크리스테바의 '상호텍스트성'의 개념이다. 미하일 바흐친의 '대화중심주의'을 원용하여 크리스테바가 자신의 「구조주의 시학의 문제점」1968에서 제안한 상호텍스트성의 개념은 이미 앞에서 인용한 바 있지만, 논의의 전개를 위해 다시 인용하면 다음과 같다. "대화중심주의 이론에서 비롯되는 변용의 방법은 따라서 모든 텍스트의 종합체라고 볼 수 있는 사회적인 전체 조화 속에 문학적인 구조가 자리 잡을 수 있도록 해준다. 하나의 텍스트 내에서 발생하는 텍스트성의 이러한 상호작용을 '상호텍스트성'이라고 명명하고자 한다. 이 방법을 이미 알고 있는 사람들에게 있어서 '상호텍스트성'이란 다름 아닌 하나의 텍스트가 그 자체로 이미 텍스트 자체의 역사를 밝히고 또 그 텍스트 자체가 역사 속에 삽입하게 되는 방법이다. 하나의 정확한 텍스트에서 '상호텍스트성'을 실천하는 구체적인 방법은 텍스트 구조상의('사회적', '미학적') 중요한 특성을 제공해 줄 것이다." 크리스테바의 이러한 정의에 의해 문학연구, 특히 비교문학연구에서 전 세계적으로 활용되고는 하는 '상호텍스트성'의 개념의 바탕이 된 바흐친의 '대화중심주의'는 다음과 같다.

대화중심주의는 상이한 주석이 지배하는 세계에서의 인식론적인 방법이다. 모든 것은 의미를 가지고 있으며, 그보다 좀 더 큰 것의 일부분으로 이해된다. 의미의 사이에는 언제나 상호작용이 존재하게 되며 이 모두는 각각 다른 것에 대한 잠정적인 조건이 된다. 어느 것이 다른 것에 영향을 끼치게 되고 어떻게 어느 정도로 그렇게 하게 되느냐하는 점, 즉 실제로 '발화(utterance)'의 순간에 결정되어 이미 존재해 온 기존의 언어세계—그 언어를 사용하는 현재의 언어인구에게 관계되는—가 지배하는 대화에서의 이러한 명령성은 실제로 독백이란 있을 수 없다는 점을 분명히 한다. 자신의 제한된 주변 세계만을 알고 있는 원시인처럼 어떤 사람들은 단 하나의 언어만이 존재한다고 생각할수도 있고, 정치적인 인물이나 '문학 언어'에 대한 규정을 제정하는 사람들이 그렇듯이 어떤 사람들은 문법학자로서 통일된 단일 언어를 성취하기 위해 복잡한 방법을 모색할 수도 있을 것이다. 그 어떤 경우든 통일성은 상이한 주석의 세력에 관계된다. 즉, 대화 중심주의의 압도적인 세력에 관계된다.

이와 같은 바흐친의 대화중심주의를 분석한 조나단 아락은 체비바 호제크와 패트리시어 파커가 편저한 『서정시—신비평을 넘어서』[1985]— 필자는 이 책을 『서정시의 이론과 비평—신비평을 넘어서』[2003]라는 제목으로 번역하여 국내에 소개한 바 있다— 에 수록된 자신의 「후기」에서 크리스테바의 '상호텍스트성'의 개념을 비판하는 한편 다른 한편으로는 '상호논증성'의 개념을 제안하였다. 아락이 이와 같은 비판과 제안을 한 까닭은 바흐친의 '대화중심주의'에서는 운문보다는 산문에 역점을 두었다는 점, 시간적으로 볼 때에 대화는 즉시성과 직접성을 근간으로 한다는 점, 따라서 주어진 어떤 상황에 의해 끊임없이 변화된다는 점을 들 수 있기 때문이기도 하고, 이러한 의미의 '대화중심주의'를 기록된 텍스트, 특히 대화보다는 설명중심이나 묘사중심의 운문에 적용하는 것은 무리일 수밖에 없기 때문이기도 하다. 아락이 지적하고 있는 바와 같이 실제로 크리스테바는 그녀의 『시어의 혁명—19세기 후반 아방가르드: 로트레몽과 말라르메』[1974]에서 '서정시' 혹은 '시'라는 말을 단 한 번도 사용하지 않았다.

데리다의 해체주의가 언어에 대한 인식론에 바탕을 두고 있다면, 포스트모더니즘 이후의 문화연구는 계층 간의 위계질서에 대한 새로운 인식에서 비롯되었다. 이러한 인식은 고급문화와 대중문화, 순수예술과 대중예술, 서정시와 모더니즘 시, 지배문화와 피지배문화, 경제적 강국의 문화와 경제적 약국의 문화, 선진문화와 원시문화에 대한 새로운 패러다임의 형성을 가능하게 하였다. 그것을 우리는 엘레느 식수의 다음과 같은 언급에서 찾아볼 수 있다.

우선적으로 나는 모든 것을 알게 되었다. 나는 백인(프랑스인), 우월성, 금권정치, 문명화된 세계가 그 자체의 세력을 장악하는 데 있어서 어떻게 민중을 억압하게 되었는지, 즉 프롤레타리아계층, 이민노동자들, 백인이 아닌 소수민족처럼 갑자기 인정받지 못하게 된 민중을 억압하게 되었는지를 목격하였다. 여성들, 인정받지 못하게 된 사람, 그러나 물론 도구로서는 인정받는— 더럽고 어리석고 게으르고 당당하지 못한 등등의 사람들, 인간성을 전멸시키는 변증법적 마술덕분으로 그러한 사람들을 목격하였다. 나는 또 위대하고 고상하고 '발전한' 국가들이 무엇인가 '낯선 것'을 배척함으로써, 그러한 것을 소멸시키지는 않지만 배제함으로써, 그러한 것을 노예화함으로써, 국가기반을 튼튼하게 하는 것을 목격하였다. 하나의 역사에서 공통적으로 나타나는 제스처에는 두 가지 종족, 즉 주인으로서의 종족과 노예로서의 종족만이 있을 뿐이다.

식수의 이와 같은 파악은 "문화는 문화일 뿐이다"라는 논지에 충실했던 옥타비오 파스의 다음과 같은 문화개념에 접맥된다.

'미개발'이라는 용어의 모호성은 그럴듯한 사이비-아이디어 두 가지를 감추고 있다. 첫째는 단 하나의 문명만이 존재한다는 것 또는 다른 문명은 단 하나의 모델, 즉 현대의 서구문명으로 집약될 밖에 없다는 것을 당연한 것으로 여기게 된다는 점이다. 둘째는 사회와 문화의 변화는 상관적이고 발전적이며 측정가능하다는 것을 확신하게 된다는 점이다 (…중략…) 문화가 어떻게 '미개발'이 될 수 있는가? 셰익스피어는 단테보다 더 '발전적'이었고, 헤밍웨이와 비교할 때 세르반테스는 '미발전적'이었는가?

야콥슨의 언어학과 문학작품의 구조에 대한 구조주의자들의 인식에서 출발하여 데리다의 해체주의, 크리스테바의 상호텍스트성, 식수의 지배와 피지배에 대한 새로운 인식 등을 거치면서 '언어-이데올로기'— 언어의 역사성을 바탕으로 하여 그것의 발전과 힘의 구축 및 혁명세력의 확장을 강조하는— 에 대한 새로운 인식은 문학연구와 문화연구에서 새로운 전환점을 마련하게 되었다.

4) 현대시 연구의 변화

현대시의 연구에 있어서 가장 많은 영향을 끼쳤으며 그 영향력이 여전히 지속되고 있는 신비평의 여러 가지 방법 중에서 가장 중요한 것 두 가지를 든다면 하나는 '꼼꼼하게 읽기'이고 다른 하는 '텍스트 자체의 설명'이다. 그러나 신-신비평— 이 용어는 프랑스의 새로운 비평의 방법을 활용하여 조나단 아락이 제안한 방법으로 여기에는 구조주의 비평, 기호학 비평, 후기구조주의 비평, 독자반응주의 비평 등이 포함된다— 에서 강조하는 '꼼꼼하게 읽기'에는 중복적인 읽기, 성찰적인 읽기, 반복적인 읽기 등이 포함되고, '텍스트 자체의 설명'에서 강조하는 '텍스트'의 개념은 '문학작품 자체'를 의미하는 것이 아니라 '텍스트 자체'를 의미한다는 점이 포함된다. 이와 같이 변화된 방법에 의해 어떤 텍스트를 읽어내게 될 때 우리는 기존의 의미와는 전혀 다른 새로운 의미를 파악할 수 있게 된다는 점을 아락은 강조하였다.

우리들은 그동안 문학적 정전正典의 선정에 대해 지나치게 지배중심이었을 수도 있고 어떤 특정한 그룹중심이었을 수도 있다. 이러한 점을 극복하고 지양할 수 있는 방법이 바로 문학교육과 정전의 선정을 강조하는 '신역사주의'일 것이다. 레이먼드 윌리엄스의 '문화유물론'에서 비롯된 '신역사주의'에서는 제도교육에서의 문학 텍스트의 선정과 그러한 텍스트를 강의하는 연구자들의 태도의 변화를 강조하고 있다. 말하자면 고급문화 / 대중문화, 역사성 / 비-역사성, 순수성 / 비-순수성, 인쇄문자 / 전자문자, 표준어 / 유행어, 정사正史 / 야사野史 등의 이분법적 구분에서 제도교육은 당연히 전자를 선택할 수밖에 없지만, 따라서 한 나라의 문학사는 당연히 그쪽으로 치중될 수밖에 없지만, 어느 시대든 학생들은 후자 쪽에 더 많은 관심을 가지고 있다는 점을 들 수 있다.

이와 같은 점을 고려할 때 환유보다는 은유를, 알레고리보다는 상징을, 행간의 빈 여백보다는 글자가 쓰인 시행詩行을, 비-서정성보다는 서정성을, 비-유기적 형식보다는 유기적 형식을, 비-상상력보다는 상상력을, 돈호법과 영탄법보다는 패러독스와 아이러니를, 의미의 병치보다는 의미의 형상화를 더 강조했던 신비평에 대한 비판에서 비롯된 신-신비평에서는 문학텍스트에 대한 다음과 같은 '읽어내기'를 강조한다. '짧은 서정시'라고 했을 때의 '짧은'이라는 말은 상대적일 수밖에 없다는 점, 말하고 있는 주체의 목소리가 시적 자아의 목소리라기보다는 시인의 목소리나 독자의 목소리라는 점, 후렴구의 특징과 의미에 대한 성찰, 서정시에 대한 심리성과 역사성과 사회성에 대한 분석, 시의 개인적 특징보다는 공동체적 특징의 강조, 돈호법에 대한 새로운 인식, 유토피아의 긍정적 특징보다는 부정적 특징의 파악, 낭만주의 시의 감상성에 대한 재성찰, 극적 독백에 대한 새로운 인식, 서정시에 대한 모더니즘과 포스트모더니즘 및 마르크스주의 비평, 조사助詞와 전치사와 소유격 등에 대한 중요성의 강조, 서정시의 음악적 특성에 대한 비판과 성찰 등을 고려하여 문학텍스트를 새롭게 읽어낼 것을 강조하고 있다.

그러나 이 모든 방법이 새로운 비평방법이라 하더라도, "신비평의 방법을 포함하여 다른 유형의 비평이 그래왔듯이, 폭로하거나 베일-벗기기로서의 새로운 비평양식은 언제나 뒤이어 다시 나타나게 되는 또 다른 새로운 비평양식에게 그 자리를 그저 양보할 수밖에 없을 뿐이다"라는 패트리시어 파커의 언급처럼, 언제나 다른 유형의 비평의 방법에 기꺼이 그 자리를 내어줄 준비가 되어 있다. 왜냐하면 데리다가 강조했던 바와 같이 중심은 영원불변의 중심이 될 수 없고 중심은 어디에나 존재할 수 있기 때문이다.

3. 후기현대와 파편적 글쓰기

1) 감성의 언어와 인식의 언어

시의 무용성에 대한 플라톤의 주장에 반대하여 아리스토텔레스는 "역사는 있었던 사실만을 말하지만 시는 있을 수 있는 사실까지도 말한다"는 점을 강조하면서 시의 효용성을 강조하였으며, 그의 이러한 강조는 낭만주의 시대의 상상력으로까지 이어지게 되었다. 그러한 점은 콜리지의 상상력 옹호와 워즈워스의 "시는 자연발생적 감정의 발로다"는 명제에 의해 구체화되었다. 여기서 우리가 주목할 점은 '상상력'과 '자연발생적 감정'이다.

콜리지의 관심사항은 크게 세 가지로 나눌 수 있다. 하나는 보편성과 특수성의 문제이고 다른 하나는 상징과 알레고리의 문제이며 또 다른 하나는 창작심리, 즉 상상력과 공상의 문제이다. 아름다움을 '통일성 속의 다양성'으로 파악한 콜리지의 정의는 첫 번째 문제, 말하자면 보편성은 특수성 속에 존재하고 특수성은 보편성을 단순히 대표하는 것이 아니라는 그의 주장에 관계된다. 상징을 알레고리보다 우월한 개념으로 파악한 콜리지의 견해는 낭만주의 이래 적어도 데리다의 해체주의 이론이 등장하기 전까지 시학에서 확고부동하게 자리잡아 왔다. 그에 의하면 상징은 다양하게 분산되어 있는 생각을 하나로 종합할 수 있을 뿐만 아니라 아름다움의 매개체가 되기도 한다. 콜리지에게 있어서 상상력은 의지와 이해, 동질성과 이질성, 일반적인 것과 구체적인 것, 아이디어와 이미지, 개별적인 것과 대표적인 것 등에 의해 행위로 나타나게 되며, 자연적인 것과 인위적인 것을 조화롭게 하는 힘에 해당한다. 그가 강조했던 이와 같은 상상력은 공상보다 우월한 개념으로 이해되어 왔으며 그의 이러한 상상력의 개념은 워즈워스의 '자연발생적 감정'에 관계된다. 말하자면 감정은 상상력의 실제 바탕이 되고 상상력은 자연을 총체적으로 포착할 수 있고 시인의 경험을 질서화할 수 있는 능력에 해당하며 결과적으로 시의 유기체론을 가능하게 하였다.

아리스토텔레스로 대표되는 고전주의 시대의 '모방주의 시학'에서 워즈워스와 콜리지로 대표되는 낭만주의 시대의 '표현주의 시학'으로 변화되는 이러한 과정에서 중요한 점은 모방의 대상과 시 / 시인의 관계가 시 / 시인과 독자의 관계로 전환되었다는 점이다. 그러한 점을 우리는 워즈워스의 다음과 같은 언급에서 확인할 수 있다. "시인은 사람에게 말하는 사람이다. 더 많은 감성, 더 많은 열성과 이해심을 지니고 있는 시인은 보통 사람들보다 사람의 본성을 더 잘 파악할 수 있는 지식과 사려 깊은 영혼을 지니고 있다."

낭만주의에서 비롯된 표현주의 시학과 시와 독자의 관계는 언어학에 근거하는 구조주의 시학이 출현하기 전까지 시학에서 하나의 성역聖域에 해당하였으며 그것을 선도했던 비평은 물론 신비평이다. 그러나 로만 야콥슨을 중심으로 하는 언어학과 문학의 조응 그리고 프랑스의 구조주의의 영향과 후기산업시대로 접어들면서 글쓰기의 양상은 사뭇 반-글쓰기 혹은 파편적 글쓰기의 양상으로 나아가게 되었다. 야콥슨은 자신의 「은유의 축과 환유의 축」에서 심리언어학과 문학비평의 관계를 전반적으로 조망하였으며, 그 결과 그는 화술행위에 영향을 끼치는 두뇌의 혼란, 즉 '실어증'의 유형을 개관하였다. 이를 바탕으로 하여 그는 낭만주의에서는 은유가, 리얼리즘에서는 환유가 우세하게 작용하였다는 점을 들어 은유의 그늘에 가려진 환유의 중요성을 강조하였다. 리얼리즘의 언어와 산문의 언어를 강조하는 그의 이러한 입장은 결과적으로 문학비평과 언어학과 심리학이 상호작용하는 '환유의 이론'을 가능하게 하였다. 이 이론은 야콥슨이 자신의 「언어학과 시학」에서 강조했던 '언어의 여섯 가지 요인과 기능' 및 "시는 언어를 선택의 축에서 결합의 축으로 옮기는 것이다"라는 명제와 함께 프랑스의 구조주의의 출현을 가능하게 하였다.

따라서 야콥슨이 레비스트로스와 함께 집필한 「보들레르의 '고양이'의 분석」은 언어학을 바탕으로 하는 구조주의에 의해 시의 구조를 분석하는데 있어서 하나의 전형으로 작용해왔지만, 마이클 리파테르가 「시의 구조설명」에서 제안한 두 가지 명제에 해당하는 독자반응의 중요성과 독서과정, 자크 데리다의 해체비평 그리고 포스트모더니즘의 출현으로 인해 쓰기와 읽기의 문제는 점점 더 다양화되고 파편화되는 양상으로 나아가게 되었다. 왜냐하면 구조주의에서는 "모든 문학작품에는 구조가 있으며 그 구조를 구체화할 수 있다"는 명제에 충실한 반면, 후기구조주의에서는 "모든 문학작품에는 구조가 있지만 그 구조를 찾아가기까지의 과정만이 있을 뿐이다"를 강조하기 때문이다. 리파테르는 '일반 독자', '해박한 독자', '만능독자' 중에서 만능독자를 강조하였고, 데리다는 '아포리아'를 강조하였다. 데리다가 강조하는 아포리아의 의미는 "길은 길이지만 지나갈 수 없는 길"을 의미하며 그것은 진리의 핵심이 무엇인지를 찾아가는 무수한 방법의 분산작용을 가능하게 한다. 그리고 이합 하산이 『이론, 문화, 사회』[1985]에서 맨 처음 제안하였고 데이빗 하베이가 『후기현대의 조건』[1989]에서 상세하게 논의한 바와 같이, 〈표 1〉에서처럼 포스트모더니즘에서는 모더니즘과 구별되는 서른두 가지 항목 중에서 파편적 글쓰기에 해당하는 항목은 "쓸 수는 있지만 읽을 수 없는 텍스트[scriptible text]"— 이 용어는 롤랑 바르트가 발자크의 소설 『S / Z』를 분석했을 때 제안하였다— 라고 볼 수 있다. 이렇게 볼 때에 후기현대에서 강조하는 파편적 글쓰기는 만능독자, 아포리아, 쓸 수는 있지만 읽을 수는 없는 텍스트로 집약시킬 수 있으며 오늘날의 글쓰기는 감성으로서의 언어에서 인식으로서의 언어로 나아가고 있다고 볼 수 있다.

〈표 1〉 모더니즘과 포스트모더니즘의 차이점 비교

모더니즘(↑)	포스트모더니즘(→)
낭만주의 / 상징주의	선(先)형이상학 / 다다이즘
형식(결속, 폐쇄)	반-형식(단절, 개방)
목적	작용
의도적	우연적
계층화	무정부상태
지배 / 로고스	소모 / 침묵
예술의 대상 / 완성된 작품	과정 / 퍼포먼스 / 해프닝
거리	참여
창조 / 총체성	탈-창조 / 해체
종합적 논지	반-논지
현존	부재
중심적	분산적
장르 / 경계	텍스트 / 상호텍스트성
의미론	수사학
패러다임	신태그마
종속	병렬
은유	환유
선정	결합
잔뿌리 / 깊이	줄기뿌리 / 표면
해석 / 읽기	반-해석 / 오독(誤讀)
기의	기표
독해가능(읽을 수 있는)	기술가능(쓸 수 있는)
서사 / 대역사	반-서사 / 소역사
마스터코드	개인의 언어
징후	욕망
전형적 타입	돌연변이 타입
생식기 / 남근중심	다형적(多形的) / 남녀 양성적
편집증	정신분열증
기원 / 원인	차이 / 차연 / 흔적
성부(聖父)	성령(聖靈)
형이상학	아이러니
결정성	미결정성
초월성	즉시성

2) 구심력으로서의 쓰기와 원심력으로서의 쓰기

시에 있어서 구심력으로서의 언어는 체제-안정적이고 비유-중심적이며 현실-중심적인 언어이다. 체제-안정적이라는 말은 기존의 규범과 제약으로부터의 과감한 탈출을 시도하기보다는 시적 대상에 대한 표현의 다양성을 시도하는 것에 관계되고, 비유-중심적이라는 말은 그동안 우월한 개념으로 인식되어 왔던 은유, 상징 등과 같은 비유법의 범주를 크게 벗어나지 않는 쓰기에 관계되며, 현실-중심적이라는 말은 '나'와 '너'의 차별성보다는 동질성을 추구하면서 부단하게 중심을 향해 수렴되고자 하는 행위에 관계된다. 이와 같은 구심력으로서의 언어는 태양을 중심으로 지구를 포함하여 수성에서부터 해왕성까지의 행성이 일정한 궤도를 유지하면서 회전하는 태양계에 비유될 수 있다. 물론 김영랑의 "오메! 단풍들 것네!"와 박목월의 "뭐락카노 뭐락카노 뭐락카노"와 같은 사투리, 서정주의 "애비는 종이었다 / (…중략…) 어매는 달을 두고"와 같은 호칭법, 김수영의 "설렁탕집 돼지 같은 주인 년"과 같은 비속어 등에서 구심력으로서의 글쓰기에 나타나는 이탈을 찾아볼 수는 있지만, 그것은 중심회귀로서의 언어의 활용이지 중심이탈로서의 언어의 활용에 해당하는 것은 아니다.

중심이탈로서의 언어의 활용의 예로는 반복구절과 숫자와 도식을 활용한 이상李箱의 경우이고 후자는 시적 대상에 대한 인식의 변화를 모색한 김춘수의 경우이다. "왜 미쳤다고들 그러는지 대체 우리는 남보다 수십 년씩 떨어져도 마음 놓고 지낼 작정이냐 (…중략…) 철鐵—이것은 내 새 길의 암시요 앞으로 제 아무에게도 속하지 않겠지만 호령하여도 에코가 없는 무인지경은 딱하다"고 절규한 이상의 이 말에서 중요한 부분은 "제 아무에게도 속하지 않는 새 길", 즉 '나만의 길'을 가겠다는 선언이다. 이러한 선언을 우리는 "당신 아닌 사람이 집으면 그럴 리가 없다"라고 끝맺는 김종삼 시 「원정園丁」의 마지막 구절에서 확인할 수 있을 것이다. 이 구절에서 '당신 아닌 사람'은 바로 체제-안정적이고 비유-중심적이며 현실-중심적인 언어에 익숙한 사람이기 때문이다. 김소월의 시 「진달래꽃」에서 "영변에 약산 / 진달래꽃 / 아름따다 / 가실 길에 뿌리오리다"의 '식물로서의 꽃'과 한용운의 시 「님의 침묵」에서 "황금의 꽃같이 굳고 빛나던 옛 맹서는 차디찬 띠끌이 되어서 한숨의 미풍에 날러갔습니다"의 '광물로서의 꽃'에 익숙한 독자들에게 있어서 김춘수의 시 「꽃」에서 "나의 이 빛깔과 향기에 알맞은 / 누가 나의 이름을 불러다오"의 '인식으로서의 꽃'은 분명히 하나의 충격에 해당한다. 그러한 충격을 우리들은 서구문학의 경우 보들레르, 랭보, 말라르메, 월러스 스티븐스 등의 작품에서 찾아볼 수 있으며, 이들의 작품세계가 모더니즘, 포스트모더니즘, 문화주의 등에서 부단하면서도 새롭게 그 의미해석을 가능하게 하는 까닭은 그들이 바로 읽기-중심의 시가 아닌 쓰기-중심의 시, 곧 파편적 글쓰기의 중요성을 인식했기 때문이다. 이러한 점은 "시인도 구름의 왕자와 같아서 / 폭풍우를 다스리고 사수射手를 비롯하게 되지만 / 야유소리 들끓는 지상으로 추방되나니 / 거대한 그 날개는 / 오히려 걷기에 거추장스러울 뿐"이라고 끝맺는 보들레르의 시 「신천옹信天翁」이나 자신의 『지옥의 계절』에서 다음과 같이 강조한 랭보의 언급에서 찾아볼 수 있다.

사람들은 출발하지 않는다. 내 악으로 점철된 이곳의 길을 다시 가자. 철들 무렵부터 내 곁의 고통의 뿌리를 내린 악, 하늘에 올라가 나를 때리고 나를 뒤엎고 나를 끌고 가는 악. 마지막 순진함과 마지막 법, 그것은 이미 말했다. 세상에 내 기분 나쁨과 내 반역을 가지고 가지 않는 것. 가자! 행진, 부담, 사막, 권태와 분노. 누구에게 나를 빌려줄까? 어떤 짐승을 성찬(聖餐)해야만 하는가? 어떤 성스러운 영상을 사람들은 공격하는가? 어떤 가슴을 나는 깨뜨릴 것인가? 어떤 거짓말을 고집해야만 하는가? 어떤 혈기로 걸어가야만 하는가? 오히려 정의를 조심할 것, 힘든 생활과 단순한 어리석음, 메마른 주먹으로 관 뚜껑을 들고 앉아 숨을 끊는다. 그렇게 되면 늙는다는 것도 위험스러운 것도 없다. 공포는 프랑스적인 것이 아니다.

시대를 앞서가는 이와 같은 글쓰기의 비전에 대한 확신에 의해 보들레르는 자신의 시를 조롱하는 파리 시민들을 「신천옹」에서 질타하고 있으며, 랭보는 모든 기성세대에 대한 철저한 거부를 강조하고 있다. 이러한 경우를 그림의 경우에서 찾아본다면 "내 그림이 팔리지 않는 것은 나는 참을 수 없지만, 내 그림이 그림 이상의 가치가 있다는 것을 사람들이 알게 될 때가 오리라는 것을 나는 알고 있다"라는 반 고흐의 절규에서도 확인할 수 있다.

들뢰즈의 탈영토화 개념은 데리다의 해체개념과 유사하며, 데리다는 자신의 해체주의의 발원이 되는 '그라마톨로지'를 다음과 같이 정의하였다. "기술학記述學 : 문자에 대한, 알파벳, 음절화, 읽기 및 기술에 대한 연구. 내가 파악하기로는 또 우리 시대에 있어서 겔브가 현대과학의 연구 과제를 강조하기 위해 「기술의 연구-기술학의 바탕」[1952] — 1963년도 판에서는 부제副題가 삭제되었다— 에서 이 말을 사용했을 뿐이다. 체계적이고 또 간략화 된 분류에 대한 관심에도 불구하고 그리고 성경 필사본의 단일기원설이나 다원발생설에 대한 상반되는 가설에도 불구하고 이 책은 기술에 대한 전통적인 모델을 따르고 있다." 따라서 데리다의 해체주의는 대상에 대한 단순한 해체가 아니라 해체재구성에 해당하며, 그것은 들뢰즈의 탈영토화 혹은 재-영토화에 접맥된다. 말하자면 현재의 상황을 전반적으로 붕괴시켜 유사한 요소끼리 재결합하여 또 다른 의미의 집단을 형성하는 것이 들뢰즈의 영토화 작업에 해당한다고 볼 수 있다. 데리다가 서구의 인식론 전반에 대한 해체를 언어에 근거하여 진행하였다면, 들뢰즈는 서구 사회의 지배논리를 정치·사회적으로 재구성하여 새로운 영역으로서의 영토화 작업을 진행하였다.

그러나 해체이든 영토화이든 그것은 분산과 파편을 거쳐 또 다른 의미의 주도권의 장악으로 나아가게 된다는 점을 들 수 있다. 그것을 우리는 해럴드 블룸의 "시의 역사는 오독誤讀의 역사이다"라는 명제와 '수정주의'에서 확인할 수 있다. "시적 영향—그것은 강력하고 권위 있는 두 시인에 관계될 때 선배시인의 시에 대한 오독, 다시 말하면 사실상 필수적으로 잘못된 해석인 창조적 수정주의에 의해 언제나 계속되어 왔다. 문예부흥 이래 서구시의 중요한 전통을 말하게 되는 실속 있는 시적 영향의 역사는 불안 및 자구책에서 비롯되는 풍자의 역사, 왜곡의 역사, 그것 없이는 그러한 근대시가 존재할 수 없었던 예상 밖의 의도적인 수정주의의 역사이다." 블룸의 이러한 견해가 재-영토화 과정의 일환으로 파악될 수 있는 까닭은 그가 말하는 강한 시인은 ① 궤도이탈 : 시적 기만행위, ② 깨진 조각 : 성취와 대조, ③ 자기비하 : 반복과 단절, ④ 악령화 : 반-장엄화, ⑤ 금욕적 고행 : 정화론과 유아-독존론, ⑥ 환생 : 죽은 자의 회귀와 같은 '수정주의'를 거쳐 또 다른 의미의 강한 시인으로 탄생하는 반면, 약한 시인은 강한 시인의 주변만을 맴돌고 있을 뿐이기 때문이다. 블룸은 서구의 시에서 이와 같은 여섯 단계를 거치면서 새로운 강한 시인이 출현하기까지 250년이 걸린다고 파악하였으며, 그의 이러한 파악은 앞에서 언급한 해체와 탈영토화의 개념에 접맥된다.

그렇다면 쓴다는 것, 파편적으로 쓴다는 것은 무엇을 의미하는가? 그것을 필자는 ① 반유기적 형식의 글쓰기이자 ② 정의가 유보된 글쓰기라고 파악하고자 한다. 반유기적 글쓰기는 통일성의 해체, 다시 말하면 콜리지가 그렇게도 강조했고 신비평에서 시 읽기의 기본원리로 인식했던 시의 유기체론에 대한 반전 혹은 뒤집기라고 볼 수 있다. 기승전결, 긴장과 이완, 비유와 상징처럼 '잘 빚은 항아리'로서의 일련의 글쓰기에 대한 전복이라고 볼 수 있다. 그러한 예를 우리는 장정일의 시「길안에서 택시 잡기」에서 찾아 볼 수 있다.

길안에 갔다.
길안은 시골이다.
길안에 저녁이 가까워 왔다.라고
나는 썼다.

그리고 얼마나

많이, 서두를 새로 시작해야 했던가?

타자지를 새로 끼우고, 다시 생각을

정리한다. 나는 쓴다.

위에 인용된 시에서 실제상의 시에 해당하는 부분은 "길안에 갔다 / 길안은 시골이다 / 길안에 저녁이 가까워 왔다"까지이며 그것은 「길안에서 택시 잡기」의 '매트릭스(모체)'에 해당한다. 나머지 부분은 글쓰기에 대한 설명부분에 지나지 않을 뿐이다. 그리고 뒤이어 다음과 같이 쓰고 있다.

길안에 갔다.

길안은 아름다운 시골이다.

그런 길안에 저녁이 가까워 왔다.

별이 뜬다.

이렇게 쓰고, 더 쓰기를

멈춘다. 빠르고 정확한 손놀림으로

나는 끼워진 종이를 빼어,

구겨버린다.

위의 시에서 최초의 부분은 "길안에 갔다. / 길안은 아름다운 시골이다. / 그런 길안에 저녁이 가까워 왔다. / 별이 뜬다"로 전환된다. 그러나 이러한 전환의 기본은 앞에서 언급한 '모체(매트릭스)'에 있으며 글쓰기가 여전히 지속되고 있는 까닭은 버려지는 종이와 새로 끼우는 종이 때문이다. 여기서 중요한 점은 버려지는 종이의 의미이다. 바바라 존슨은 글쓰기에 있어서 버려지는 순백의 종이를 여성의 처녀성으로, 그 위에 글쓰기를 하는 펜을 남성성의 특징으로 파악한 바 있다. 이렇게 본다면 위의 시에 나타나는 파편적 글쓰기는 남성성의 특징에 해당한다. 남성성의 특징은 물론 폭력성을 기본으로 하면서도 분열증, 자기 혐오증, 탈-신비화, 탈-중심화, 새로운 영역을 위한 재-영토화 등으로 나아가기도 한다. 이 모든 특징으로서의 남성적인 글쓰기를 우리는 말라르메의 시 「주사의 던지기」나 「목신의 오후」 등에서 파악할 수도 있다. 전자는 오만한 문자에 대한 가차 없는 질타에 관계되고 후자는 자기도취적인 목신으로 대표되는 남성성에 대한 조롱에 관계된다.

정의의 유보— 그것은 이미 데리다가 제창하였으며 가야트리 스피박이 구체적으로 설명한 바와 같이 "기호는 잘못 명명된 것이다"라는 명제와 '기호……잘못 명명된……'이라는 명제는 다른 것이다. 전자가 명확성, 결정성, 중심성, 수렴성, 구심력 등을 바탕으로 한다면, 후자는 불명확성, 미결정성, 탈-중심성, 분산성, 원심력 등을 바탕으로 한다. 나아가 전자가 일상적이며 상식적인 글쓰기에 관계된다면, 후자는 비-일상적이고 비-상식적인 글쓰기에 관계된다. 위의 두 명제에서 우리가 주목할 점은 주격 조사 '는'과 계사 '이다'이며, 이 두 가지가 생략되었을 때 '기호'와 '잘못 명명된'의 관계는 언제나 부적절한 등식관계를 유지할 수밖에 없으며 궁극적으로 구심력으로서의 글쓰기가 아닌 원심력으로서의 글쓰기, 곧 파편적 글쓰기로 나아가게 된다.

```
ㅁㅜㅜㅜㅜㅜㅁ
ㅜ              ㅜ
ㅜ              ㅜ
ㅜ              ㅜ
ㅜ              ㅜ
ㅁㅜㅜㅜㅜㅜㅁ
```

(미음 속의 미음 또는 나와 우리)

정의가 유보된 이러한 파편적 글쓰기는 한글 자음 'ㅁ'을 기본 축으로 하는 고원의 구체시를 예로 들면 위와 같다. 이 시에서 네 모서리의 'ㅁ'은 물론 '미음'이지만 '잘못 발음하거나 잘못 듣게 되면' 그것이 '미움'으로 되기도 하고 모음 'ㅜ'는 그것을 보는 위치에 따라 'ㅜ'가 되기도 하고 'ㅏ'가 되기도 한다. 그리고 이 시는 전체적으로 'ㅁ'의 형태를 지니고 있다.

이상에서 살펴본 바와 같이 이제 구심력에서 원심력으로 전환된 글쓰기는 개성지향적인 경향을 지니게 되며 그것은 몰개성주의에서 탈-개성주의를 지향하는 한편 다른 한편으로는 시인 자신만의 개성지향주의를 표방하게 된다.

3) 언어중심주의와 반-언어중심주의

'시는 언어를 매개로 한다'라는 명제가 진리임에도 불구하고 후기현대로 들어서면서 이제 시는 언어를 매개로 하는 것이 아니라 반-언어를 매개로 하게 되었다. 이렇게 말할 수 있는 까닭은 사진, 설치물, 도형, 만화 등이 시의 영역으로 자리매김하고 있을 뿐만 아니라 구체시의 경우처럼 언어를 매개로 하면서도 의사소통중심으로서의 언어가 아니라 의미의 암시나 상황의 제시를 위한 매트릭스로 언어를 활용하게 되었기 때문이다.

글쓰기에서의 반-언어중심주의는 언어에 대한 자각에서 비롯되었으며 그것을 김경린은 「현대시의 구상성」1948.4에서 다음과 같이 언급하였다. "현대 시인들은 언어의 시각적, 취각적, 음향적, 색채적인 면에 이르기까지 예민하지 않을 수 없었던 것이다. 언어와 언어와의 새로운 결합에서 발생하는 이미지의 수정막적 효과는 현대시가 쌓아올린 화려한 피라밋이 아닐 수 없다. (…중략…) 우리들은 새로운 시적 사고를 표현하기 위하여, 하나의 현실을 과학적인 면에서 정확한 속도로 채택되어야 하며, 그 현실은 현실과의 새로운 결합에서 신선한 회화적인 이매지네이션으로서 구성되어야 한다." 김경린의 이러한 파악이 언어와 시의 이미지의 관계를 강조하였다면, 시와 한국어에 대한 송욱의 다음과 같은 파악은 시어의 정확성을 강조한 경우에 해당한다. "한국어는 나의 또 하나 다른 육체이다. 나는 이 육체로서 보고 듣고 생각하고 웃고 울려고 한다. 나의 모국어는 나의 법신法身이다. 한국어는 나의 조국이다."

1940년대와 1950년대의 시인들의 '언어 / 한국어'에 대한 이와 같은 자각은 1960년대 시인들에 의해 구체화되었으며 이들은 언어에 대한 지성적인 성찰과 내면의식의 표출을 강조함으로써 사물을 언어화하고 언어화된 사물을 다시 인간화시키든가 비-인간화시키게 되었다. 전자에 대해 정현종은 「말의 형량」에서 "말을 사랑할 줄 모르는 자, 말의 사랑을 모르는 자의 무신적 폭력, 가엾음, 분노, 분노의 가엾음, 말이 머리 둘 곳 없으매 시대가 머리 둘 곳 없다"고 하면서 언어와 인간행위를 일치를 강조하였으며, 후자의 경우는 이승훈의 시 「사물 A」에서 구체화되었다. 위의 '언어의 실험과 독자적 시론'에서 이미 그 전문을 인용한 바 있는 이 시에서 "달아나는 사나이의 팔"과 "목이 없는 닭"의 섬뜩한 이미지의 분산은 이 시가 발표되었던 그 당시나 지금이나 하나의 충격에 해당한다. 그것이 충격적인 까닭은 "나를 부르는 깊은 명령"은 완료된 행위가 아니라 '달아나다'에 의해 여전히 위압적이고 강요적이고 지속적이기 때문이다. 사실 "목이 없는 닭" 은 시인의 사유행위, 말하자면 "생각의 따스한 닭들" 그 자체이며 그것은 궁극적으로 시인으로 하여금 "정신의 땅"을 밤새워 파게하고 모든 사유가 완료된 시점에 해당하는 "시간의 사슬이 끊어진 새벽 문지방"에 '소리'로 환생되어 시인의 의식을 일깨우게 된다. 여기서 '문지방'은 하나의 경계, 말하자면 '혼돈의 사유'와 '질서의 사유'의 경계에 해당하며 바로 그 문지방을 넘어서면서 어둠은 밝음으로, 다시 말하면 "하아얀 액체"로 비유된 "아침 햇빛"으로 전환되지만, 그렇다고 해서 모든 것이 완료된 것은 아니다 왜냐하면 "목이 없는 닭"으로 비유되는 시인의 사유행위는 "뛰기 시작한다"라는 마지막 구절처럼 여전히 진행되고 있으며 그것은 '시간'과 밀접하게 관계되어 있기 때문이다.

"하나의 전통은 바로 전통 자체에 반대되는 전통일 뿐이다"라는 점을 강조했

던 옥타비오 파스는 '시간'의 흐름은 전진과 정지라는 모순을 바탕으로 한다는
점, 즉 순간순간의 정지를 바탕으로 하여 시간은 전진할 수밖에 없다고 파악하
였다. 완료되지 않은 진행으로서의 행위는 '시간'과 언어의 반-언어적인 활용,
다시 말하면 의미의 수렴보다는 분산을, 결정보다는 미결정을, 중심지향보다는
탈-중심지향을 강조하게 된다. 그리고 이 모든 것을 포괄적으로 수용하고 있는
것이 바로 이 글에서 논의하고 있는 후기현대 혹은 포스트모더니즘이라고 볼
수 있다. 모더니즘이 구심력을 주축으로 하는 엘리트의식과 권위와 선별성을
바탕으로 한다면, 포스트모더니즘은 원심력을 주축으로 하는 탈-권위와 차별
성을 바탕으로 한다. 원심력을 지향하는 포스트모더니즘의 언어를 찰스 스콧은
다음과 같이 파악하였다.

> 포스트모더니즘의 언어는 그 형성과정에서 주관적인 아이디어에 대한 통제력이 없
> 는 제한적이면서도 복잡한 일시적인 사상으로 발전하였다. 이러한 언어관의 출현에서
> (…중략…) 변화는 주관적인 통제를 파괴하게 되었고 대체하게 되었다. 결과적으로 역
> 사는 '주관성'이 어떤 의미를 지니든 이제 주관성에 대한 서술이 아니다. 질서 있는 현
> 대사상의 발전 덕분으로 지속성이나 의미 중에서 그 어느 것도 과거에 발생한 사건 및
> 그것과 다른 사건과의 수많은 관계와 상관성에 대한 읽기를 통제하지 못하게 되었다.

과거의 언어와 현재의 언어, 현재의 언어와 미래의 언어를 연결 짓는 시간의
전진이 시간의 정지를 바탕으로 하여 전진하듯이 포스트모더니즘도 모더니즘
을 바탕으로 하고 있다고 파악한 휴 J. 실버만은 "포스트모더니즘은 오히려 모더
니스트의 근본적인 견해와 활동을 확장하고자 하며 이러한 요소를 용의주도하
게 개괄하고자 한다"고 정의하였다. 모더니즘의 연장으로서의 포스트모더니즘
은 앞에서 설명한 파스의 시간개념처럼 '변화'라는 축을 근간으로 하여 변화해
가는 진행의 과정에 관계된다. 이러한 점을 고려하여 마셜 버만은 「모더니즘은

왜 아직도 문제인가?」에서 "그 자체를 포스트모던이라고 지칭하는 최근의 운동이 모더니즘의 가장 심각한 문제점과 곤란한 점을 극복하기보다는 (…중략…) 모더니즘을 재규정하게 되었다"고 파악하였다. 모더니즘과 포스트모더니즘의 관계에 대한 파스의 견해는 다시 실버만에 의해 다음과 같이 재-확인된다.

포스트모더니즘은 동질성이나 통일성이 없이도 모더니즘을 확정짓는다. 포스트모더니즘은 조각조각 분산되어 있고 불연속적이고 다면적이고 확산적이다. 모더니즘이 전통과 일단 단절되고 나면 중심적이고 집중적이고 연속적인 것을 주장하는 반면, 포스트모더니즘은 궁극적으로 번성하고자 하는 모더니즘의 이상을 탈-이상화하고 규제하고 단정시키고 산산 조각낸다. 그러나 이러한 자체경계 설정이 동시에 발생하는 것은 아니다. 실제로 20세기 초에 있었던 대등한 입장에서 철학적 실천은 고유한 자체구역을 위한 영역을 재-확인하고 재-구성한 후에 설정한 것이었다. 형이상학의 목적과 사고의 수단을 결정짓는 것은 모더니즘을 종결짓기 위한 골격이 된다.

모더니즘이 새로운 사고, 최첨단 의식, 자유로운 자유정신, 지성적 비판정신 등을 바탕으로 한다면 포스트모더니즘은 이 모든 점을 통합하면서도 글쓰기의 주관성을 강조하게 되었다. 이때의 글쓰기는 물론 이 글에서 파악하고 있는 파편적 글쓰기가 핵심을 이루고 있다. 파편적 글쓰기는 도널드 커스피스가 문화적 장치로서 강조했던 '상호주관성'에 관계되기도 하고 할 포스터가 강조했던 문학의 대중성과 보편성에 관계되기도 한다. 커스피스가 강조하는 상호주관성은 모더니즘에서는 거부했지만 포스트모더니즘에서는 수용하였으며, 포스터의 대중성과 보편성 개념 역시 모더니즘에서는 거부했지만 포스트모더니즘에서는 수용하게 되었다. 이렇게 볼 때에서 '파편적 글쓰기'에서는 상호주관성을 인정하면서 언어의 동질성보다는 언어의 차별성을, 언어중심의 사유행위보다는 반-언어중심의 사유행위를 강조하게 된다.

파편적 글쓰기와 상호주관성의 관계는 불변의 축으로서의 전통(정지로서의 시간)과 변화의 축으로서의 현대(진행으로서의 시간)의 관계에 대한 옥타비오 파스의 다음과 같은 견해를 들 수 있다. "가장 오래된 것이라 하더라도 그것이 순간의 전통을 거부하고 또 차이 나는 전통을 제안한다면 현대성은 그러한 것을 적용할 수도 있다. 새 것과 똑같은 모순 세력에 의해 신성시되는 가장 오래 된 것—그것은 '과거'가 아니라 하나의 새로운 '시작'이다. 모순에 대한 우리들의 열정은 가장 오래된 것을 되살려 내고 생명을 불어넣음으로써 그것을 우리 시대의 것으로 만들어 버린다. 현대 예술과 문학은 바로 그 오래된 것과 먼 거리에 있는 것을 지속적으로 발견함으로써 형성되어 왔다." 이렇게 볼 때에 포스트모더니즘 시대(후기현대)의 파편적 글쓰기는 과거 지향적이라기보다는 과거적인 것을 새롭게 변화시켜 활용하는 글쓰기이자 기존의 여러 가지 방법들, 말하자면 의사소통으로서의 방법들을 서로 접목시키는 글쓰기에 해당하며, 그러한 글쓰기는 유기적 통일성보다는 비-유기적 분산을 강조하게 된다.

4) 후기산업화와 파편적 글쓰기

이상과 같은 후기산업화와 파편적 글쓰기를 정리하면 다음과 같다. 우선은 글쓰기에 있어서 감성의 언어에서 인식의 언어로 전환되었음을 들 수 있다. 그것은 시가 언어를 매개로 하기는 하지만, 바로 그 언어에 대한 인식이 바뀌었음을 의미한다. 따라서 비유-중심의 글쓰기보다는 언어-중심의 글쓰기 혹은 시는 느낌으로 쓰인다는 사실에서 시는 지성으로 쓰인다는 사실로 전환되었음을 의미하는 한편 다른 한편으로는 언어에 대한 인식의 변화를 의미한다. 이러한 인식의 변화는 낭만주의 이래 적어도 구조주의 이전까지 불변의 진리로 작용해 왔던 시의 유기체론 혹은 통일성에서 시의 비-유기체론 혹은 분산성으로 나아가고 있음을 의미한다. 이러한 방향에 대한 길잡이의 역할은 구조주의, 후기구조주의, 기호학, 해체론, 포스트모더니즘 등에서 찾아볼 수 있다.

다음은 구심력-지향의 글쓰기에서 원심력-지향의 글쓰기로 나아가고 있음을 들 수 있다. 전자가 리리시즘 중심의 글쓰기에 해당한다면 후자는 모더니즘 중심의 글쓰기에 해당한다. 이 말은 어느 한쪽의 우월성이나 열등성을 의미하는 것이 아니라 그 지향성이 다르다는 점을 의미한다. 말하자면 서정성을 강조하는 글쓰기에서는 기승전결, 통일성, 긴장과 이완, 의미의 집중, 비유의 합리성과 참신성 등으로 나아가게 되지만 현대성을 강조하는 글쓰기에서는 이 모든 요소들에 대한 집중보다는 반-집중 쪽으로 나아가게 된다. 따라서 대상보다는 비-대상을, 정의의 확정보다는 정의의 유보를 더 강조하게 된다. 그 결과 현대성을 강조하는 글쓰기에서는 대상에 대한 설명보다는 대상 그 자체를 강조하게 되며 그러한 예를 우리는 "어서 사물이 되시오! 오늘도 서러운 말을 먹고사는 이 문학이라는 애처로운 놈 앞에서! 우린 실어증에 걸려야 합니다 그러니까 사물의 편에 서십시오" 라고 끝맺는 이승훈의 시 「사물의 편에서」에서 확인할 수 있다. 그것은 언어에 의해 대상을 파악하기보다는 대상에 의해 언어를 파악하는 일에 관계되며 이때의 언어는 사물을 유정물有情物로 취급하는 인간중심적인 영역에 해당한다. 따라서 의사소통이 가능한 언어중심주의로부터 사물중심의 반-언어중심주의를 강조하게 된다.

반-언어중심주의의 기본적인 매트릭스는 롤랑 바르트가 강조하는 "쓸 수는 있지만 읽을 수 없는 텍스트"에 있다. 이 명제에서는 가능성으로서의 쓰기와 읽기를 강조하게 되며 그것은 후기현대사회의 글쓰기의 파편성에 관계된다. 따라서 글쓰기는 이제 다양화 되어 있고 분산화 되어 있다. 다양하다는 것은 글쓰기가 곧 문자중심이거나 언어중심이 아니라는 점에 관계되고 분산적이라는 것은 중심으로부터의 이탈에 관계된다. 이러한 점을 그룹지어 보면, 보들레르-랭보-말라르메, T. E. 흄-에즈라 파운드-H. D.(힐다 둘리틀), 윌리엄 칼로스 윌리엄스-월러스 스티븐스-알렌 긴스버그 등의 글쓰기에서 확인할 수 있다.

4. 도시의 발전과 현대시의 전략

1) 도시의 현대화와 모더니즘

크리스토퍼 히버트가 자신의 『도시와 문명』1986에서 테베, 예루살렘, 아테네, 로마, 콘스탄티노플, 황저우, 쿠수코, 피렌체, 톨레도, 암스테르담, 파리, 런던, 상트페테르부르크, 베니스, 비엔나, 뉴올리언스, 도쿄, 베를린, 모스크바, 뉴욕, 시드니 등 고대 이집트에서부터 이스라엘과 로마시대를 거쳐 현대의 뉴욕과 시드니까지 전부 스물 한 개 도시의 영광에 역점을 두었다면, 마셜 버만은 자신의 『현대성의 경험』에서 괴테의 『파우스트』의 주인공 파우스트의 야심에 찬 개발정신, 마르크스의 이데올로기와 현대정신, 나폴레옹 치하의 파리의 발전과 보들레르의 문학작품, 표트르 대제의 상트페테르부르크의 개발과 푸시킨, 도스토예프스키, 고골리의 문학작품, 뉴욕의 개발과 로버트 모세스의 모험정신 등을 현대성에 역점을 두어 전망하였다. 이처럼 도시의 개발과 발전과 팽창에는 현대화가 존재하게 되어 있으며 그것은 궁극적으로 산업화와 더불어 문학에서의 모더니즘을 가능하게 하는 원동력으로 작용해왔다.

모더니즘에는 물론 여러 가지 특징들, 예를 들면 완료로서의 모더니즘과 진행으로서의 모더니즘, 정치·사회·경제로서의 모더니즘과 문화·예술로서의 모더니즘, 지배·피지배를 근간으로 하는 이데올로기로서의 모더니즘과 자주·독립을 근간으로 하는 현대화로서의 모더니즘, 고급문화로서의 모더니즘과 대중문화로서의 모더니즘 등이 있다. 이러한 점을 우리는 맬콤 브래드베리와 제임스 맥파레인이 편저한 『모더니즘-1890~1930』1978, 사이몬 듀링이 편저한 『문화연구』1993, 존 스토레이가 편저한 『문화이론과 대중문화』1994, 스튜어트 홀, 데이비드 헬드, 돈 허버트, 케네스 톰슨이 편저한 『현대성-현대사회의 이론』1995 등에서 파악할 수 있다. 이들의 견해와 연구방법을 종합하면 모더니즘이 언제나 도시와 밀접한 관계를 가지고 있는 까닭은 모더니즘으로 대표되는 현대성 혹은 현대화의 과정이 지리적으로 폭넓게 자리 잡고 있을 뿐만 아니라 다양한 민족성과 계층 간의 대립을 포함하고 있기 때문이다. 모더니즘의 발전양상은 서구에서 동양까지, 러시아에서 미국까지, 예술적인 현상의 출현에서 자의식의 표출과 세대 간의 갈등까지 다양하게 나타나 있다.

그러나 모더니즘이 앞에서 언급한 어느 유형에 관계되든, 그것은 그 자체만의 문화유산, 그 자체만의 사회적이고 정치적인 긴장, 그 자체만의 분명한 민족적 특징 등을 가지게 되었으며 이러한 점이 때로는 긍정적으로 수용되기도 하였고 때로는 부정적으로 거부되기도 하였다. 모더니즘의 긍정적인 수용은 선진국에서는 지배의 논리로 작용하였고 후진국에서는 피지배로부터의 탈출구로서 서구화의 지표로 작용하였기 때문이었고, 그것의 부정적인 거부는 전통사회의 붕괴와 지배계층의 위기의식 때문이었다. 이러한 점은 모더니즘이 다분히 도시 중심이었다는 점, 다시 말하면 독일 모더니즘의 근간이 되었던 베를린, 비엔나, 프라하, 러시아 혁명 이전의 모스크바와 상트페테르부르크, 서구 모더니즘의 정점에 해당하는 파리, 산업혁명 이후의 런던, 세계질서의 새로운 구심점으로 부상한 뉴욕과 시카고, 서구화의 기치를 내걸었던 도쿄와 나가사키 등에서의 모더니즘을 들 수 있다. 물론 현대화 혹은 현대성의 원동력으로서의 모더니즘에 반대되는 반-모더니즘도 도시중심으로 진행되었으며 그러한 예를 우리는 스칸디나비아의 방랑주의, 베를린의 표현주의, 이탈리아의 미래주의 및 영국의 소용돌이주의 등에서 찾아볼 수 있다.

이와 같이 모더니즘과 도시의 발전은 불가분의 관계를 가지고 있다. 모더니즘에 포함되어 있는 사회적이고 지성적인 측면을 살펴보기 위해서는 필연적으로 급속하게 변화할 수밖에 없었던 현대화의 과정, 말하자면 산업화와 테크놀로지의 발전. 도시집중화의 현상과 소외계층의 증대, 대중문화의 확대와 고급문화의 위협에 대한 문학과 예술에서의 대응방식 등을 파악해야만 한다. 그러한 예를 우리는 아방가르드, 이미지즘, 모더니즘, 포스트모더니즘 등으로의 변화과정에서 찾아볼 수 있다. 산업화의 발전에서 비롯되는 이처럼 다양한 대응방식으로 인해 전통적인 확실성과 부동성이 소멸하게 되었고 빅토리아 시대의 일종의 자만심, 예를 들면 인간적인 정신의 지속적 발전 및 현실의 확고부동한 결속력과 가시성도 사라지게 되었다. 모더니즘이 문화적이고 산업적이며 지성적으로 내포하고 있던 이러한 경향이 19세기에 들어서면서 분명하게 나타나게 된 까닭은 다원적으로 복잡하게 전개되었던 지식의 발전, 그 어떤 것도 더 이상 불변의 진리로 수용될 수 없다는 확실성, 통제 불가능할 뿐만 아니라 지나칠 정도로 외부세계를 지향하던 미지의 세계에 대한 경험의 욕구 때문이었다. 이와 같은 도시화의 과정에서 비롯되는 현대화의 문제점을 반영하고 있는 서구문학의 대표적인 경우로는 보들레르의 산문시『파리의 우울』[1869]과 푸시킨의 장시長詩『청동기마상』[1833]을 들 수 있다.

2) 모더니즘과 문화적 기억의 양극성

문화적 기억은 지배보다는 피지배에 관계되고 그것은 언제나 '진행'의 과정에 있는 협상과 협조라는 특징을 지닌다. 지배와 피지배의 관계에서 피지배를 더 강조하는 문화적 기억은 현재를 중심으로 하여 과거-중심적이면서도 미래-지향적이라고 볼 수 있다. '과거-중심적'이라는 말은 과거의 찬란한 문화유산에 대한 긍지와 그것의 소멸에 대한 향수에 관계되고 '미래-지향적'이라는 말은 과거에 대한 집착이 '오늘'을 살아가는 데 있어서, 특히 급변하는 국제정세와 문화-글로벌리즘 시대에 있어서 자국문화의 발전을 저해하는 요인을 찾아내어 그것을 지양·극복하고자 하는 것에 관계된다. 따라서 문화적 기억에서는 모더니즘에서 강조하는 현대성의 정체성이 무엇인지를 분명하게 확립할 것을 요구하기도 하고 전통성의 지속성이 왜 중요한지를 확실하게 파악할 것을 요구하기도 한다. 그러한 예를 우리는 앞에서 언급한 보들레르의『파리의 우울』

과 푸시킨의 『청동기마상』에서 찾아볼 수 있다.

우선 푸시킨의 『청동기마상』은 "장엄하여라, 표트르 대제의 도시여, 러시아처럼 강하게 일어서라. 보라, 바로 그 정복된 요소가 마침내 그대와 함께 이 도시에 평화를 가져왔느니. 핀란드만의 물결이여, 오랜 증오와 속박을 망각하라. 쓸모없는 분노로 표트르 대제의 영원한 영면을 괴롭히지 말라"고 강조하면서 도입부분을 끝맺고 있다. 이러한 점은 '서구로 향하는 창'이라는 이름에 걸맞게 상트페테르부르크를 건설했던 표트르 대제의 야심에 찬 건설의 이면에 숨겨져 있는 진실들, 새로운 도시의 건설이 시작 된지 3년 만에 15만 명 가까운 노동자들이 세상을 떠났거나 불구자가 되었다는 진실을 드러내기 위한 것이다. 이 시의 주인공 에브게니는 박봉에 시달리는 하위직 공무원으로 파라샤라는 아가씨와 사랑에 빠져 있지만, 대홍수로 인해 그녀와 그녀의 집은 떠내려 가버리고 에브게니는 절망감에 사로잡혀 네바강변, 곧 표트로 대제의 '청동기마상'이 있는 시뇨리아 광장에서 밤을 지새우게 된다.

모자도 쓰지 않은 채 굳게 팔짱을 끼고 엄숙하면서도 죽은 듯이 창백하였네. (…중략…) 자신을 위해서가 아니네, 불쌍한 사람, 그는 두려워하고 있었네. 자신의 발바닥을 때릴 때까지 그는 탐욕스러운 물결이 어떻게 해서 자신이 앉아 있는 곳까지 올라왔는지도 알지 못했고 거세게 부는 바람이 어떻게 자신의 모자를 날려버렸는지도 알지 못했네. 그의 눈길은 절망적인 응시로 먼 곳에 고정되어 있었네. 그가 응시하는 먼 곳에는 난폭한 심연으로부터 산맥과도 같은 파도가 일어 몰아치고 있었네. 그곳에는 폭풍우가 몰아치고 있었네, 그곳에는 부서진 물건들이 떠다니고 있었네. (…중략…) 그리고 그곳 ― 신이여! 신이여! ― 파도가 도달하는 곳에서, 강 하구의 바로 그 가장자리에서 ― 페인트가 벗겨진 담장, 버드나무, 작고 초라한 집 ― 그리고 그들, 과부와 그녀의 딸, 그것에 ― 그의 모든 희망인 그의 사랑하는 파라샤…… 혹은 그가 보고 있는 것이 꿈이란 말인가? 또는 그렇다면 우리들의 삶은 아무 것도 아닌 것, 꿈처럼 공허한 것, 인간에 대한 운명의 조롱이란 말인가?

에브게니가 겪고 있는 고통은 물론 개인적인 고통이기는 하지만 그것은 새로운 도시의 건설과 그 영광의 이면에 가려질 수밖에 없는 가난한 사람들의 절망과 슬픔을 반영한다. 말하자면 상트페테르부르크의 건설을 기념하기 위해 세운 표트르 대제의 '청동기마상'은 그 자체가 하나의 '우상'일 뿐이라는 점을 환기시키는 것은 물론 이 시의 주인공인 에브게니처럼 많은 사람들을 일종의 동상銅像으로, 절망의 기념물로 전환시켜 놓았기 때문이다. 사랑하는 연인 파라샤와 결혼하여 행복한 삶을 꿈꾸던 에브게니는 세상 사람들의 이목에서 금방 잊혀져버리게 되고, "그는 왼 종일 터벅터벅 걸어 다녔고 밤에는 부두에서 잤었네. 그의 남루한 옷은 헤어졌고 낡아버렸네"에 나타나 있는 바와 같이 아이들의 놀림감이 되었고 마부들은 그에게 채찍을 갈겼지만 그는 자신이 경멸당하고 있다는 사실조차 인식하지 못한 채 거리를 배회하고 있을 뿐이다. "그렇게 그는 짐승도 아니고 인간도 아닌 상태에서, 이것도 아니고 저것도 아닌 상태에서, 지상의 거주자도 아니고 그렇다고 해서 떠나버린 영혼도 아닌 상태에서 자신의 비참한 삶을 끌고 다녔네." 박봉이기는 하지만, 그리고 자연재해에 해당하는 대홍수가 원인이기는 하지만, 새로운 도시로 몰려든 수많은 젊은이들 중의 하나에 해당하는 에브게니의 비참한 종말은 도시화의 영광과 개인적인 절망에 해당한다는 점을 푸시킨은 통렬하게 지적하고 있는 셈이다. 따라서 푸시킨은 자신의 시의 주인공엔 에브게니에 대해 "이 가련한 젊은이는 '청동기마상'의 받침대 주위를 배회하면서 세상의 반을 지배하는 통치자의 이미지에 광기어린 눈빛을 보내고 있었네"라고 묘사하고 있다.

피가 끓어올랐고 불길이 그의 가슴을 휩쓸었네. 이 당당한 청동기마상 앞에 우울한 기분으로 서 있었네. 그리고는 이빨을 꽉 깨물고 주먹을 불끈 쥐면서 무엇인가 검은 힘에 휩싸여 "그래! 놀라운 일을 하는 건설자여! 여전히 나와 마주하고 있구나!"라고 증오에 전율하면서 중얼거렸네. (…중략…) 뜨거운 분노로 즉시 달아오르는 무지막지한 황제는 소리 없이 자신의 머리를 돌리는 것 같네. 그리고 텅 비어 있는 광장을 가로질러 난폭하게 질주하면서 우르릉거리는 천둥소리처럼 포도 위를 달려가는 거친 말발굽소리를 등 뒤로 듣고 있네. 그리고 창백한 달빛의 어둠속에서 팔을 치켜들고 '청동기마상'은 첫 소리를 울려대는 자신의 기마부대와 함께 뒤따르고 있네. 밤새도록 에브게니가 되돌아서려는 곳에서 '청동기마상'의 쩔렁거리는 말발굽소리가 울려 퍼지고 있네 (…중략…) 뒤쫓아 오면서 아직도 달려오고 있네. (…중략…) 그때부터 그가 광장에 올 때마다 그의 얼굴은 창백해지고 우울해지고는 하였네. 곧바로 그는 두근거림을 진정시키려는 듯이 재빨리 가슴에 손을 얹고는 하였고 낡은 모자를 벗어들고는 남몰래 광장을 빠져나가고는 하였네.

러시아의 리얼리스트이자 유럽의 낭만주의자라고 할 수 있는 푸시킨은 1820년대와 1830년대의 러시아의 현실을 자신의 시의 주인공 에브게니를 통해 적나라하게 설명하였다. 말하자면 하나의 우상으로 표상된 표트르 대제의 '청동기마상'은 에브게니를 도시중심으로부터 내쫓았을 뿐만 아니라 도시전체로부터도 내쫓아버렸으며 가장 먼 곳에 자리한 섬, 그의 사랑이 홍수에 휩쓸려 떠내려간 바로 그 섬으로 내몰아버렸고, 다음 해 봄 바로 그 섬에서 그의 시신이 물결에 휩싸여 떠다니고 있었으며 사람들은 덕을 베푸는 셈으로 그의 차가운 시신을 매장해주게 된다.

푸시킨의 『청동기마상』에는 상트페테르부르크의 전체적인 생활사가 구체적이면서도 요약적으로 집약되어 있다. '서구로 향하는 창'으로서 위대하면서도 아름답게 기하학적으로 건설된 이 도시가 안고 있는 광기의 비전, 말하자면 제국의 의지에 의해 온순하게 길들여진 대자연의 복수, 즉 '대홍수'의 이름으로 이 도시 전체에 저주를 내리고 아주 평범하게 살아가는 일상인의 삶과 희망을 송두리째 앗아가 버리는 대자연의 복수, 거기에 휩쓸릴 수밖에 없었던 상트페테르부르크의 일상인들의 취약성과 공포, 지배계층에 속하는 것도 아니고 그렇다고 해서 새롭게 부상하게 된 부르주아계층에 속하는 것도 아닌 상트페테르부르크의 대부분의 일상인들의 눈으로 보면, 이 도시의 건설자이자 위대한 통치자였던 표트르 대제는 '신격화된 인간'이라기보다는 '우상화된 인간'이며, 이러한 점이 바로 푸시킨이 자신의 시에서 의도했던 통렬한 패러독스에 해당한다.

보들레르는 자신의 산문시 『파리의 우울』에서 나폴레옹 3세의 야망과 오스망의 야심이 의기투합되어 진행된 파리시가지의 개발에서 야기되는 계층 간의 철저한 양극화의 현상을 현장감 있게 묘사하고 있다. 그의 산문시에 수록된 마지막 두 편의 산문시 「가난한 사람들의 눈빛」과 「후광의 분실」에서 전자는 도시화에 의해 변두리로 밀려나 척박한 삶을 살아가야만 하는 한 가족—회색 수염의 아버지, 나이 어린 아들 그리고 갓난아기—의 눈빛과 화려한 조명의 카페테라스에 앉아 있는 젊은 두 연인의 모습이 대조적으로 그려져 있다. 우선 가족의 경우에서 아버지의 눈빛은 "얼마나 아름다운가! 가난한 세상의 모든 황금은 이들 벽에서 그 길을 찾아냈구나!"를, 아들의 눈빛은 "얼마나 아름다운가! 그러나 우리들과 같지 않은 사람들만이 갈 수 있는 집이다"를, 갓난아기의 눈빛은 "너무나 황홀해서 그 어떤 것도 표현할 수 없지만 그러나 기쁨, 어리석음, 심오함 등"을 표현하는 것같이 느껴지지만, 이들의 이러한 눈빛에는 그 어떤 적대감이나 분노나 절망이 나타나 있는 것이 아니라 체념만이 나타나 있을 뿐이다. 말하자면, 황홀한 조명의 카페, 그것은 '나'와는 무관한 대상, 즉 '우리들같이 가난한 사람'과는 무관한 대상으로서의 카페에 해당할 뿐이다.

그러나 사랑하는 젊은 연인들, 특히 여자의 입장에서는 이처럼 화려하고 멋진 카페의 진열장 앞에 서있는 초라하기 그지없는 한 무리의 가난한 가족을 감내하지 못하고 "화등잔처럼 커다래진 이들의 눈빛을 참을 수가 없어요! 매니저에게 가서 이들을 여기에서 쫓아버리라고 말할 수 없어요?"라고 소리치게 된다. 이러한 점에는 계층 간의 대립과 반목 그리고 현대화라는 이름으로 개발되고 발전되는 도시생활의 양면성이 드러나 있다. 이처럼 단호한 여자의 태도에 대한 남자의 대응은 다음과 같다. "우리들의 유리잔과 유리병들은 우리들의 목마름을 축이기에는 너무 크다는 점에 조금은 부끄러워지기" 시작하고, "사랑하는 그대, 그대의 눈빛에서 나의 생각을 읽어내기 위해 눈을 돌려 그대 눈빛을 들여다보았을 때" 그는 "사람들이 서로가 서로를 이해하는 것은 얼마나 힘든가, 얼마나 전달 불가능한 생각인가"를 알게 되고 "서로 사랑하는 사람들 사이에서도"라고 결론짓게 된다. 보들레르의 이 시에서 여자의 입장은 부르주아의 태도에 관계되고 남자의 입장은 프롤레타리아의 입장에 관계된다.

「가난한 사람들의 눈빛」이 평범한 일상인들, 그러나 분명하게 대립되는 두 계층 간의 관계를 설명하고 있다면, 「후광의 분실」에서는 존경받는 인격자로서의 시인과 그저 그렇고 그런 일상인의 대화로 전개되고 있으며 이들 두 사람은 바람직하지 못한 어떤 장소에서 예기치 못한 순간에 마주치게 된다. 여기서 중요한 점은 고상한 생각과 상념으로 살아가는 시인을 존경하고 있던 바로 그 일상인이 그러한 시인을 '명예롭지 못한 장소'에서 만나게 된 것을 당혹스러워 하는 데 있다. "맙소사! 여기 있는 당신, 당신이 내 친구라고? 당신, 신들이나 먹는 불로장생의 음식 암브로시아를 먹는 당신, 순수한 본질만을 마시는 당신! 당신이 이런 곳에 있다고? 놀라울 뿐입니다!" 평범한 일상인의 이러한 대경실색에 대해 시인은 자신이 '후광'을 잃어버렸다는 점, 그것을 잃어버리게 된 까닭은 확장된 대로大路를 따라 말과 마차가 전속력으로 달렸기 때문이라는 점, 그러한 위험천만한 상황에서 땅에 떨어진 자신의 후광을 집을 수 없었다는 점 등을 설명한다. "그러나 후광을 찾는다는 광고를 내지 그래요? 경찰에 알리든지?"라고 하면서 진정으로 걱정하는 일상인에게 시인은 다음과 같이 대답한다.

친구여, 내가 말과 마차를 얼마나 무서워하는지 알고 있지 않은가? 그래, 이제 막 황급하게 번화가를 건너고 있었지, 그때 흙탕물을 튀기면서 사방에서 나를 향해 죽을힘을 다해 말과 마차가 달려드는 대혼란의 와중에서 나는 갑자기 건너게 되었고 머리에서 내 후광이 벗겨져 쇄석 포장도로의 진창 속으로 떨어져 버렸다네. 나는 너무 놀라 그 후광을 주울 수가 없었다네. 뼈를 부러지게 하는 것보다는 나의 징표를 잃어버리는 것이 더 낫다고 생각했지. 더구나 괴로움이 있으면 즐거움도 있다고 혼자 중얼거렸다네. 이제는 평범한 운명들처럼 이름 없이 돌아다닐 수도 있고 천박한 일을 할 수도 있고 나 자신을 온갖 쓰레기더미 속에 내던질 수도 있게 되었네. 그래서 친구가 보고 있는 것처럼, 바로 친구처럼 나도 여기에 있는 것이네! (…중략…) 그리고 신께서 말리시네! 나는 여기 있고 싶네. 나를 알아보는 유일한 사람은 친구뿐일세. 그밖에도 나는 권위에 신물이 나네. 더구나 어떤 저속한 시인이 내 후광을 주워 뻔뻔스럽게 달고 다니는 것을 생각하면 무척 재미있네. 누군가를 행복하게 하는 것은 얼마나 즐거운가! 특히 친구가 비웃는 어떤 사람들. X를 생각하게! Z를 생각하게! 이런 생각이 얼마나 재미있는지 모르겠는가?

시인이 머리에 쓰고 있던 권위와 체면, 위엄과 인격으로서의 '후광'이 도시의 현대화과정에서 비롯된 확장된 대로를 따라 쏜살같이 달리는 말과 마차로 인해 날려가 버렸다는 것은 바로 지배와 피지배의 경계가 사라져버려 모두가 대등한 존재가 되었음을 암시하는 부분이기도 하다. 여기서 중요한 점은 경이의 대상으로서의 시인의 태도와 경이의 주체로서의 일상인의 태도, 즉 '오히려 잘됐다'라는 태도와 '아니 이럴 수가 있는가!'라는 태도의 대립에 있다. 전자는 위정자들로 대표되는 위선적인 태도를 가차 없이 질타하고자 했던 시인으로서의 보들레르 자신에게 관계되고 후자는 여전히 위정자들에게 길들여진 파리의 시민들에게 관계되지만, 이들의 이러한 대조적인 태도는 「가난한 사람들의 눈빛」에서의 두 계층— 가난하고 남루한 가족과 젊은 연인들 및 연인들 중의 여자의 입장과 남자의 입장— 의 태도와는 확연하게 구분되는 바로 그 '대등한 존재'를 강조하는 데 있으며 그 원인은 바로 도시화와 거기에서 비롯되는 현대화에 있다. 이처럼 도시화로 대표되는 현대화의 진행과정은 계층 간의 대립을 더욱 양극화시키기도 하고 그러한 대립을 와해시키기도 한다는 점을 보들레르는 강조하고 있다. 다시 말하면, 문화적 기억에 의한 지배와 피지배가 대등하게 되기도 하고 새롭게 반목하게 되기도 한다. 그러한 점을 엘리엇 도이치는 자신이 편저한 『문화와 현대성－동서양 철학의 전망』1991에서 현대성으로 대표되는 현대화의 과정으로서의 모더니즘과 문화적 기억을 동서양의 철학사상에 바탕으로 두어 논의하기도 하였다.

3) 도시화 현상과 현대시의 대응

도시에는 현대화로서의 문화와 문명, 최첨단의 패션과 유행, 생산과 소비, 유통과 교역, 기간사업의 확충과 인구의 집중, 공장지역과 주거지역, 복잡한 도로망과 환경오염 등이 집약되어 있다. 이와 같은 의미를 지니고 있는 도시는 대부분의 경우 수도를 중심으로 하여 발전되었고 팽창되어 왔으며 그러한 예를 우리는 삼국시대의 평양, 경주, 부여, 고려시대의 개성, 조선시대의 한양 등에서 찾아볼 수 있다. 식민지시대와 광복을 거쳐 특히 1960년대 이후 급속한 발전을 보인 서울은 이상과 같은 도시기능의 여러 가지 특징들이 종합되어 있는 대표적인 도시이다. 이러한 의미의 도시와 한국 현대시와의 관계는 무엇보다도 1930년대 모더니즘 운동과 1940년대 말의 '후반기 동인' 그리고 1950년대와 그 이후의 한국어에 대한 자각과 인식 및 그것을 시로 형상화하고자 했던 실천적인 측면으로 나누어 볼 수 있다.

김광균의 시에는 도시적인 풍경이 많이 나타나 있으며 그러한 점을 우리는 「와사등」, 「외인촌」, 「광장」, 「뎃상」, 「추일서정」, 「눈 오는 밤의 시」, 「도심지대都心地帶」, 「다방」 등의 제목에서 확인할 수 있으며, 「도심지대」의 전문은 다음과 같다.

만주제국영사관 지붕 우에 노-란 깃발.
노-란 깃발 우에 달리아만한 한포기 구름.

로우터리의 분수는 우산을 썼다.

바람이 고기서 조그만 커어브를 돈다.

모자가 없는 포스트.

모자가 없는 포스트가 바람에 불리운다.

그림자 없는 가로수.

뉴우스 속보대(速報臺)의 목쉰 스피이커.

호로도 없는 전차가 그 밑을 지나간다.

조그만 나의 바리에테여.

영국풍인 공원의 시계탑 우에

한 떼의 비둘기 때묻은 날개.

글라스컵 속 조그만 도시에 밤이 켜진다.

— 김광균, 「도심지대」 전문

위에 인용된 시에서 '영사관', '로우터리', '분수', '포스트', '가로수', '뉴우스', '스피이커', '전차', '영국풍', '시계탑', '글라스컵' 등은 다분히 도시적이고 이국적이고 문명적인 측면을 드러내고 있으며 이 모두를 종합하고 있는 시어는 마지막 행의 '도시'이다. 물론 시어가 도시적이라고 해서 시 그 자체의 의미가 도시적인 것은 아니다. 김광균의 대부분의 시적 의미처럼 이 시에서도 그 의미는 고독과 외로움 등에 관계되며 이러한 요소들은 도시문명과 문화에 대한 찬양이나 비판보다는 관조적이면서도 성찰적인 태도에 관계된다. 그의 시에 나타나는 이러한 점은 대상과의 거리를 객관적으로 유지함으로써 그것에 대한 묘사와 회화성에 역점을 두었기 때문이며, 그것을 우리는 반 고흐의 그림 〈수차*車가 있는 가교架橋〉를 보고 쓴 시라고 그가 자신의 『와우산』[1985]에서 설명한 바 있는 「오후의 구도」에서도 확인할 수 있다. "고흐의 〈수차가 있는 가교〉를 처음 보고 두 눈알이 빠지는 것 같은 감동을 느낀 것도 그 무렵이다. 그때 느낀 유럽 회화에 대한 놀라움은 지금도 생생하다. 세계미술전집을 구입하면서, 거기 침몰하는 듯 하여 나는 급속히 회화의 바다에 표류하기 시작했다. 시집보다 화집이 책상 위에 쌓이기 시작하였고 내 정신세계의 새로운 영양은 이렇게 해서 이루어진 것 같다." 김광균에게 이와 같은 영감을 부여한 반 고흐의 그림을 보고 거기서 느낀 감동을 한 편의 시로 전이시킨 그의 시 「오후의 구도」의 전문은 다음과 같다.

바다 가까운 노대(露臺) 위에
아네모네의 고요한 꽃망울이 바람에 졸고
흰 거품을 물고 밀려드는 파도의 발자취가
눈보라에 얼어붙은 계절의 창 밖에
나직이 조각난 노래를 웅얼거린다.

천정에 걸린 시계는 새로 두 시
하-얀 기적 소리를 남기고
고독한 나의 오후의 응시 속에 잠기어 가는
북양항로(北洋航路)의 깃발이
지금 눈부신 호선(弧線)을 긋고 먼 해안 위에 아물거린다

기인 뱃길에 한 배 가득히 장미를 싣고

황혼에 돌아온 작은 기선(汽船)이 부두에 닻을 내리고

창백한 감상에 녹슬은 돛대 위에

떠도는 갈매기의 날개가 그리는

한줄기 보표(譜表)는 적막하려니

바람이 올 적마다

어두운 카-텐을 새어 오는 햇빛에 가슴이 메어

여윈 두 손을 들어 창을 내리면

하이얀 추억의 벽 위엔 별빛이 하나

눈을 감으면 내 가슴엔 처량한 파도 소리뿐.

— 김광균, 「오후의 구도」 전문

도시와 항구를 중심으로 하는 김광균의 이 시가 묘사성과 회화성에 역점을 두었다면, 『새로운 도시와 시민들의 합창』1949에 모인 시인들— 김경린, 임호권, 박인환, 김수영, 양병직— 에게 있어서 중요한 점은 '도시'와 '시민'과 '노래'에 있으며, 이때의 도시는 '새로운' 도시로 전환되고 일반적인 의미의 대중은 '시민'으로 전환되며 '노래'는 '합창'으로 전환된다. 이러한 점에서 '새로운'은 도시이기는 하지만 기존의 도시와는 다른 그 무엇으로서의 도시를 강조하고, '시민'은 국민이나 백성이나 민중이나 농민과는 다른 의미로서 어떤 일정한 지적 수준을 지니고 있는 대상을 강조하며, '합창'은 혼자 부르는 독창이 아니라 모든 사람들이 다함께 부르는 일종의 축복과 환희를 강조한다. 따라서 낯설고 경이롭고 세련된 인상을 제시하는 도시의 의미는 '새로운'에 의해 그 의미의 증폭을 넓혀갈 수 있게 되었고 개인적인 차원의 노래는 모두가 참여하는 '합창'에 의해 그 힘을 확대할 수 있게 되었으며 '시민'이 암시하는 무엇인가 지적이고 이성적이며 비판적이고 냉소적인 태도에 의해 현실에 대한 냉철한 판단과 인식을 강조하게 되었다. 이른바 '후반기 동인'으로 불리는 이들의 주의표명은 바로 이 합동시집의 첫머리를 장식하고 있는 김경린의 언급에서 찾아볼 수 있으며 그러한 언급은 앞에서 이미 인용한 바 있다.

자신들의 합동시집에 「파장波長처럼」, 「무거운 지축地軸을」, 「나부끼는 계절」, 「선회旋回하는 가을」, 「빛나는 광선이 올 것을」 등을 수록했던 김경린이 자신의 언급에서 강조하는 것은 '전진하는 사고로서의 시'이며, 그의 이러한 언급은 뒤이어지는 박인환의 "자본의 군대가 진주한 시가지는 지금은 증오와 안개 낀 현실이 있을 뿐 (…중략…) 더욱 멀리 지난날 노래했던 식민지의 애가이며 토속의 노래는 이러한 지구地區에 가라 앉아간다 (…중략…) 풍토와 개성과 사고의 자유를 즐겼던 시의 원시림으로 간다"에서 구체화되어 있다.

'후반기 동인'의 시인들 중에서 서울로 대표되는 도시의 문제에 가장 많은 관심을 보이는 시인은 김경린으로 그의 이러한 관심은 9인 합동시집 『현대의 온도』1957, 『태양이 직각으로 떨어지는 서울』1985, 『서울은 야생마처럼』1987, 『내일에도 당신은 서울의 불새』1988 등에서도 찾아볼 수 있으며, 『현대의 온도』에 수록된 그의 시 「국제열차는 타자기처럼」의 전문은 다음과 같다.

오늘도 성난 타자기처럼

질주하는 국제열차에

나의

젊음은 실려 가고

보랏빛

애정을 날리며

경사진 가로(街路)에서

또다시

태양에 젖어 돌아오는 벗들을 본다.

옛날

나의 조상들이

뿌리고 간 설화가

아직도 남은 거리와 거리에

불안과

예절과 그리고

공포만이 거품 일어

꽃과 태양을 등지고

가는 나에게

어둠은 빗발처럼 내려온다.

또다시

먼 앞날에

추락하는 애정이

나의 가슴을 찌르면

거울처럼

그리운 사람아

흐르는 기류를 안고

투명한 아침을 가져오리.

— 김경린, 「국제열차는 타자기처럼」 전문

위에 인용된 시에서 김경린은 그가 자신의 「모더니즘 선언서」에서 강조했던 모더니즘의 한 가지 특징, 즉 국제사회의 질서화에서 좌절과 절망을 겪을 수밖에 없는 열악한 환경의 지식인의 모습뿐만 아니라 당시의 현대적 글쓰기를 표상하는 '타자기'에 의해 자기 자신의 정신적 방황과 갈등까지도 형상화하고 있다. 이 시에는 한 대의 타자기처럼 타성적으로 그리고 규칙적으로 움직이는 현대인들과 '질주하는 국제열차'처럼 하루가 다르게 변모하는 국제사회의 변화, 그러한 변화에 동참하지 못하고 전통적인 사회를 배경으로 살아가야만 하는 사람들의 일상을 비판하고 있다. 다시 말하면, 일제강점기에서 벗어나게 된 해방의 기쁨이 채 가시기도 전에 한국전쟁에서 비롯된 비극적 세계관, 가치관의 전도, 도시의 급속한 발전과 인간성의 상실 등으로 인해 일정한 곳에 뿌리내리지 못하고 떠돌 수밖에 없는 지식인들의 불안과 공포 그리고 예절로 표상되는 전통문화의 파괴에 대한 자괴감과 고통을 강조하는 한편, 다른 한편으로는 마지막 부분에 제시되어 있는 바와 같이 이 모든 우울한 현실을 극복할 수 있는 '투명한 아침'을 기다리겠다는 의지를 강조하고 있다.

태양이

직각으로 떨어지는

서울의 거리는

프라타나스가 하도 푸르러서

나의 심장마저 염색될까 두려운데

외로운

나의 투영을 깔고

질주하는 군용 트럭은

과연 나에게 무엇을 가져 왔나

비둘기처럼

그물을 헤치며 지나가는

당신은 나의 과거를 아십니까

그리고

나와 나의 친우들의

미래를 보장하실 수 있습니까

한때

몹시도 나를 괴롭히던

화려한 영상들이

결코 새로울 수는 없는

모멘트에 서서

대학교수와의

대담마저

몹시도 권태로워지는 오후이면

하나의 로직크는

바람처럼

나의 피부를 스치고 지나간다

포도(鋪道) 위에

부서지는 얼굴의 파편들의

슬픈 마음을 알아줄 리가 없어

손수건처럼

표백된 사고(思考)를 날리며

황혼이

전신주처럼 부풀어오르는

가각(街角)을 돌아

프라타나스처럼

푸름을 마시어 본다

— 김경린, 「태양이 직각으로 떨어지는 서울」 전문

잊혀진 과거, 불안한 현재, 보장할 수 없는 미래—이 세 가지 중에서 어느 한 가지도 확신할 수 없는 도시로 대표되는 '서울'에서 태양은 수직으로 추락하는 것처럼 느껴질 뿐이다. 이처럼 숨 가쁜 상황에서 '프라타나스'는 희망과 생명을 대변해준다. 다시 말하면, 도시화와 현대화의 이름으로 서로가 무관심해질 수밖에 없는 현실에서 거리의 행인들의 얼굴은 파편처럼 분산될 수밖에 없고 체제안정적인 지성을 대표하는 대학교수와의 대담은 권태로울 수밖에 없으며 그 어떤 것도 새로운 충격과 신선함이 될 수 없는 '화려한 영상들'—이 모든 것의 원인은 도시화와 현대화가 빚어낸 산물이라는 점을 위에 인용된 시에서는 강조하고 있다. 인공과 자연의 대립에서 시인은 언제나 '전진하는 사고'를 중요하게 생각하고 있으며 그것은 바로 진행으로서의 모더니즘 혹은 진행과정으로서의 현대화에 바탕을 두고 있다.

4) 후기산업사회와 현대시의 역할

정치·경제에서의 산업혁명과 문학·예술에서의 모더니즘을 거치면서 도시는 팽창될 수밖에 없었고 도시의 팽창은 궁극적으로 인구의 집중과 교통의 혼잡, 부의 불균형과 절대빈곤층의 양산 등을 야기하게 되었다. 그리고 서구열강을 중심으로 하는 식민지의 지배 및 신대륙의 발견 이후 아프리카와 아시아 등에서의 피지배를 가능하게 하였다. 서구화는 이들 피지배지역에서 개화라는 이름으로 성행하게 되었으며 그 결과 전통사회의 가치와 윤리가 해체되었고 공동체 의식의 강조보다는 개인의 발견을 더 중요하게 생각하게 되었다. 그 결과 도시의 발전에서 야기되는 부작용, 특히 빈곤층으로 대표되는 계층의 자기분열과 새롭게 부상하게 된 부르주아계층의 양극성이 문학적 주제로 부상하게 되었다. 이러한 점에 바탕으로 두어 보들레르의 산문시 『파리의 우울』과 푸시킨의 장시長詩 『청동기마상』을 중심으로 하여 서구시에서의 단면을 살펴보았으며 한국의 경우로는 김광균의 시와 김기림의 시를 살펴보았다.

시에 있어서의 도시는 모더니즘과 밀접하게 관계되어 있으며 이때 유의해야할 점은 모더니즘이 완료된 것이냐, 아니면 아직도 진행되고 있는 것이냐의 문제이다. 잘 알려진 바와 같이 마셜 버만은 모더니즘을 진행의 과정으로 파악하고 있다. 그는 포스트모더니즘까지도 모더니즘의 연장이라는 점을 강조하였으며, 그의 이러한 논지는 그의 「모더니즘은 왜 아직도 문제인가」에 반영되어 있다. 프랭크 케모드는 모더니즘을 구-모더니즘과 신-모더니즘으로 구분하기도 하였다. 그러나 대부분의 연구자들은 모더니즘과 포스트모더니즘을 구분하고 있으며 그 결과 모더니즘을 완료된 것으로, 말하자면 적어도 문학에서의 모더니즘을 완료된 것으로 파악하고 있다.

도시화와 산업화로 접어들면서 도시인들이 겪게 되었던 당혹스러운 체험들을 푸시킨과 보들레르는 적나라하게 비판적으로 파악하였다. 이들은 위정자들의 야심과 의욕에 찬 도시개발, 말하자면 '서구로 향하는 창'으로서의 상트페테르부르크의 건설을 선두에서 지휘했던 표트르 대제를 가상의 인물에 해당하는 에브게니의 정신적 갈등과 방황을 통해 통렬하게 비판하였으며 그것은 계획화된 도시 상트페테르부르크의 건설이 얼마나 많은 인명과 자금과 노동력 그리고 수십만 노동자들의 가혹한 노동에 의해 이루어졌는지를 후세에 전파하고자하는 데 있다. 보들레르도 자신의 두 편의 시에서 이러한 점을 극명하게 대비시켜놓았다. 파리 시가지의 균형 잡힌 발전과 개발을 위해 변두리로 내몰릴 수밖에 없었던 '가난한 사람들'은 여전히 가난한 사람들일 뿐이며 화려하고 찬란하게 밝은 불빛을 발산하고 있는 길모퉁이의 카페는 이들에게 한낱 허상에 불과할 뿐이다. 아울러 도로망의 확충과 교통량의 신속한 흐름은 '후광'으로 대표되는 시인의 권위와 경이로움을 사라져버리게 하고 결과적으로 시인 자신도 그저 그렇고 그런 일상인에 불과하다는 점을 강조하고 있다. 이렇게 볼 때에 도시화는 권위에 대한 탈-권위, 신비화에 대한 탈-신비화에 기여하게 되었다고 볼 수 있다.

한국의 경우는 도시화와 모더니즘에 관련하여 김광균의 시 「도심지대」와 「오후의 구도」 두 편을 살펴보았다. 도시-중심적이고 도시-지향적인 전자에는 묘사와 회화성이 중심을 이루고 있고 후자에는 그것이 반 고흐의 그림 〈수차가 있는 가교〉를 보고 거기서 받은 감동을 시로 형상화했다는 점에서 '시와 그림의 비교연구'에서 중요한 작품에 해당한다. 도시의 문명에 대한 좀 더 폭넓은 시적 장치로서 언어와 소재를 확대시켰던 '후반기 동인'의 활동에서 우리는 이들이 언어의 즉시성과 도시문명의 암울한 측면을 강조하였음을 파악할 수 있다. 그러나 이들은 현실에 대한 적극적인 대응보다는 허무와 절망을 바탕으로 현실에 대한 도피에 더 치중하였고, 이들이 강조했던 도시문명의 찬양은 전후戰後 한국의 현실보다는 이국적인 풍물과 동경을 시로 형상화한 경우가 대부분이다. 그럼에도 이들의 활동은 1950년대와 1960년대의 시인들로 하여금 감성으로서의 언어보다는 인식으로서의 언어를 자각하게 되는 계기를 마련하였고 그 이후의 한국 현대시에서 '도시시'의 가능성을 열어놓았다는 점에서 그 의의를 찾을 수 있다. 도시의 개발, 발전, 팽창 등은 정치, 경제, 사회, 문화 등 전반적인 면에서 바람직하고 국가경쟁력을 제고할 수 있는 계기를 마련하게 되었지만, 시인의 눈에 비친 그러한 측면은 긍정적이라기보다는 부정적이라는 점, 수용적이라기보다는 비판적이라는 점 등을 들 수 있다.

5. 현대시의 현대성과 시간

1) 현대성 · 모더니즘 · 시간

'현대성modernity'은 모더니즘을 이끌고 있는 중심축 혹은 '전진의 눈'에 해당하며 그것은 언제나 시간과 밀접한 관계를 유지하고 있다. 이러한 현대성에서의 시간은 '바로 지금 여기'에서의 시간, 완료된 시간이 아니라 지속되고 있는 시간을 의미한다. '현재-이-순간'을 중심으로 하는 '바로 지금 여기'에서의 관점으로 보면 과거는 지나간 현재이고 미래는 앞으로 다가올 현재에 해당한다. 이러한 의미의 시간을 바탕으로 하는 모더니즘 역시 완료된 것이 아니라 여전히 지속되고 있다는 점을 마셜 버만은 자신의 『현대성의 경험』── 원제原題는 『견고한 모든 것은 대기 속에 녹아버린다』이며 그는 그것을 마르크스의 『공산당 선언』에서 차용하였다── 과 「모더니즘은 왜 아직도 문제인가」에서 강조하였다. 전자에서 그는 괴테, 마르크스, 보들레르 등의 작품과 저서 및 상트페테르부르크와 뉴욕 등과 같은 도시의 개발에 나타나는 모더니즘을 살펴보았으며, 후자에서는 1848년부터 1989년 구 소련체제의 붕괴까지를 진행으로서의 모더니즘 시각에서 정리하였다. 그의 이러한 논지의 핵심은 "후퇴하는 것은 전진하는 것의 방법일 수도 있다. 19세기의 모더니즘을 기억하는 것은 21세기의 모더니즘을 창조할 수 있는 비전과 용기를 제공할 수도 있다"에 있다. 따라서 역사는 완료된 것이 아니라 진행하고 있다는 점과 인간은 자신의 세계를 창조하면서 살아간다는 점을 마셜 버만은 강조하였다.

마셜 버만이 모더니즘을 '진행의 과정'으로 파악하기 이전에 프랭크 케모드는 팔래오-모더니즘palaeo-modernism과 네오-모더니즘neo-modernism을 구별하였다. 그에 의하면 전자는 1920년 이전의 모더니즘에 관계되고 후자는 그 이후의 모더니즘에 관계된다. 케모드가 말하는 팔래오-모더니즘은 선언적인 주의표명, 말하자면 "1910년 12월이면 인간의 본성은 바뀌게 되어있다"고 강조했던 버지니아 울프, "구-세계는 1915년에 끝나게 되어 있다"고 확언했던 D. H. 로렌스 등에 관련되고, 네오-모더니즘은 제임스 조이스, 릴케, T. S. 엘리엇, 에즈라 파운드 등의 작품 활동에 관계되는 한편 다른 한편으로는 다다이즘, 데카당스, 미래파, 야수파, 실존주의, 표현주의, 이미지즘, 아방가르드, 신인간주의, 의식의 흐름, 추상극과 잔혹극, 누보로망, 초현실주의 등에 관계된다. 이러한 사조에서 작가는 기존의 질서와 가치, 전통과 관례 등으로부터 벗어나고자 노력하였을 뿐만 아니라 자기 자신이 처해 있는 세상에서 인간으로서의 입장과 역할의 새로운 모색, 형식과 스타일의 새로운 실험을 추구하였다. 1920년대를 기점으로 하는 이러한 구분에 대해 하나의 예를 든다면 시간과 공간을 이끌면서 구르는 공球의 경우를 들 수 있다. 공이 정지되어 있을 때는 시간과 공간도 함께 정지하게 되지만 계속 굴러갈 때에는 시간과 공간도 함께 전진하게 되기 때문이다.

2) 시간 · 존재 · 언어

시간과 공간을 공유하면서 굴러가는 하나의 공처럼, '흐르다'라는 시간의 속성과 '차지하다'라는 공간의 속성을 다 같이 점유하면서 살아가야만 하는 인간의 존재에 대한 규명은 하이데거의 언급에서 찾아볼 수 있으며 그는 『기본적인 글쓰기』[1977]에서 다음과 같이 언급하였다. "존재의 역사는 결코 지나가 버린 것이 아니라 언제나 '여기'에 있는 것으로 그것은 인간의 '모든 조건과 상황'을 유지하고 정의한다. 순수한 사고행위의 본질을 어떻게 경험하고 그것을 어떻게 실천하는지를 알기 위해 우리들은 사고행위의 기교적인 해석으로부터 자유로워져야 한다. 이러한 해석의 방법은 플라톤과 아리스토텔레스까지 거슬러 올라간다." 말하자면 '존재-그-자체'의 본질을 정확하게 파악하기 위해서는 서구 철학의 역사를 파악해야한다는 점을 하이데거는 강조하고 있으며 그의 이러한 파악은 자크 데리다에 의해 새롭게 해석되었다.

하이데거의 이러한 논지는 그 자신의 『존재와 시간』[1927]에서 절정을 이루게 되며 여기에서 그는 '존재'와 '시간'의 관계를 '현존재[Dasein]'와 관련지어 규명하였다. "현존재에는 세계 내에 단순하게 '지금 여기'에 있는 그 무엇에 속하는 존재가 있는 것도 아니고 그런 존재가 있었던 것도 아니다. 따라서 현존재는 우리들이 '지금 여기'에서 접하게 되는 것과 똑같은 방법으로 접하게 되는 것이 아니다." 현존재의 존재를 가능하게 하는 '존재[Being]'의 규명을 가능하게 하는 요소는 주체가 공유하고 있는 시간과 공간이다. 이때의 주체는 존재의 의미를 장악하고 있는 실체로서 '현존재'의 존재를 가능하게 한다. 이러한 의미에서의 주체, 다시 말하면 "나는 생각한다, 고로 존재한다"라는 데카르트의 '코기토'의 개념에 대한 '창조적 파괴[Destruktion]'―『존재와 시간』에 수록되어 있는 「존재론사의 파괴[The Task of Destroying the History of Ontology]」에서, 하이데거는 '단순한 파괴[Zerstörung]'와 '창조적 파괴'를 구별하였으며 데리다의 '해체주의[Deconstruction]'는 후자의 개념에서 비롯되었다― 는 하이데거가 관심을 가지고 있던 '나'의 존재에 관계된다. 예를 들면 분명히 '나는 생각 한다'에 관련되지 않는 '나'는 어떤 것이며 '나는 존재 한다'에 관련되는 '나'는 어떤 것인가를 하이데거는 추구하였다. 그 결과 하이데거는 '나는 생각 한다'의 '생각 한다'에도 관계되지 않고 '나는 존재 한다'의 '존재 한다'에도 관계되지 않는 '나'의 '존재'를 주체와 시간에 관련지어 설명하게 되었다.

존재와 주체와 시간― 이 세 요소를 위해 하이데거가 니체와 공유하고 있는 것은 '언어'이다. 그것은 니체가 『권력에의 의지』[1910]에서 "우리들은 우리 자신의 문법의 수감자일 뿐이다"라고 언급한 점에서 찾아볼 수 있으며, 그의 이러한 언급은 결과적으로 '앎에의 의지'와 '질서에의 의지'를 가능하게 하고 '아는 것'보다는 '체계화하는 것'을 가능하게 한다. 그러나 "이러한 체계화를 부단하게 끊임없이 부여하는 것은 근본적으로 또 궁극적으로 언어의 파괴적인 실수만을 연발하는 것은 아닌가?"라는 니체 자신의 물음처럼, 언어는 표현과 주관성을 선결 짓는 요소이면서도 그것을 잘못 이해했을 때에는 '존재의 망각'을 야기한다는 점을 하이데거는 강조하였다. 따라서 데리다가 『글쓰기와 차이*Writing and Difference*』1967에서 "근본적인 것, 원칙, 중심에 관계되는 모든 명칭은 언제나 불변의 현존, 본질, 실존, 실체, 주체 등을 지칭해왔다"고 언급한 점은 상당한 설득력을 얻게 된다. 왜냐하면 이미 하이데거가 자신의 『기본적인 글쓰기』에서 "'있다'라는 말은 무엇인가 이미 존재하고 있다는 점을 말하는 것이며, 우리들은 그러한 것을 '존재'라고 말해왔지만, 정확하게 말해서 존재는 존재가 아니기 때문이다"라고 결론지었기 때문이다.

니체, 하이데거, 데리다로 이어지는 존재와 주체와 시간의 총체에 해당하는 언어에 대한 이러한 파악은 "언어는 인간에게 말하는 것이 아니라 언어 자체에게 말하는 것이다"라는 논지로 요약된다. 이러한 점은 하이데거의 『시, 언어, 사상』1971에 수록된 「언어」에 분명하게 반영되어 있으며, 그는 "언어는 그 스스로 말할 뿐이며 언어를 가장 순수하게 말하는 것은 시이다"라고 결론짓고 있다. 다시 말하면, 하나의 존재로서 우리들이 생각하는 것("나는 생각 한다")과 가장 순수한 언어를 말하는 시로 인해 언어-시-존재(시인)는 동일한 시간과 공간 속에서 바로 그 정체성을 확립하는 문제, 즉 세계 내에서의 주체를 확립하는 문제로 나아가게 된다고 볼 수 있다.

이러한 문제 중의 하나가 바로 '존재'의 존재를 가능하게 하는 시간에 관계되는 '발현Ereignis'이다. 이 글에서 필자가 '발현'이라고 옮겨 놓은 이 용어에 대해 하이데거는 그 어떤 말로도 번역할 수 없다는 점을 강조하면서 자신의 『철학의 끝』1964에서 다음과 같이 설명하였다. "발현을 지침어로 사용하는 모든 사고행위는 아주 합리적인 행위이다. 이 용어에는 무엇인가를 준비하는 특징이 있기는 하지만 근본적인 바탕이 있는 것은 아니다. 따라서 인간의 가능성, 즉 불분명한 윤곽과 그 결과가 확실하지 않은 가능성을 환기시키는 것은 '발현'과 같은 유형의 사고행위를 충족시키는 것이다." '발현'은 타자를 지향하는 복합적인 개념이지만 '간섭'을 전제로 하지는 않는다. 그것은 다만 순간적으로 나타났다 소멸될 뿐이다. 이 용어를 어떤 행위의 '준비단계'라고 파악한 앙드레 슈워는 "이 용어에 나타나는 것을 우리들에게 부여해주는 존재, 즉 삶과 죽음이라는 신비성의 시간을 부여해주는 존재를 포착하려고 노력해야 한다. 이때의 시간은 장엄하면서도 끝없이 확장되기 때문에 그 무엇에도 예속되지 않는 시간, 말하자면 절대 신에게만 가능한 시간이다"라고 강조하였다.

이렇게 볼 때에 하이데거의 '창조적 파괴'가 데리다의 해체주의를 가능하게 했듯이, 그의 '발현'의 개념은 데리다의 '차연差延'의 개념에 관계된다. 데리다는 자신의 『입장들』1972에서 차연을 다음과 같이 설명하였다. "차연은 현존 / 부재의 대립에 의해서는 설명할 수 없는 구조이자 동향이다. 차연은 요소가 상호 연관되어 있는 차이점, 차이점의 추적, 공간화의 체계적 작용이다. 이와 같은 공간화는 능동적인 동시에 수동적인—차연을 의미하는 프랑스어 'Différance'에서 / a /는 능동성과 수동성에 대한 미결정성, 즉 아직은 능동과 수동의 대립에 의해 통제되고 결정될 수 없는 미결정성을 나타낸다—간격을 만들어 내는 것, 즉 그것 없이는 어휘가 완전하게 지칭될 수도 없고 작용할 수도 없는 간격을 만들어 내는 것을 의미한다." '차연'은 언제나 '존재'의 존재론적인 차이점으로 되돌아서게 되며, 이때의 존재는 단순히 현존하는 것이 아니라 부재에서 현존으로 이동하게 된다. 따라서 하이데거의 '존재'가 현존으로서의 존재라면, 데리다의 존재는 부재에서 현존으로의 움직임에 관계되고 그것은 궁극적으로 시간과 역사에 관계된다. 그것을 우리는 데리다가 자신의 『목소리와 현상La Voix et le Phénomène』1967에서 '차연'을 시간과 역사에 관련지어 "차연은 결국 최종 정착점이 없는 하나의 전략이다"라고 언급한 데에서 찾아볼 수 있다.

하이데거의 '창조적 파괴'에서 해체주의를 발전시켜 서구철학 전반에 나타나는 '사유중심주의'에 대해 회의적인 태도를 보였던 데리다와는 달리 미셸 푸코는 철학적이면서도 비-철학적인 영역 모두에 나타나는 후기계몽주의 사상의 발생과 기원에 관심을 기울였다. 그의 이러한 관심 중의 하나가 인간-주체를 혼합하는 '객관화의 방법', 즉 '자아'를 지속적으로 형성해나가는 방법이다. 푸코의 이러한 방법은 니체의 '권력에의 의지'와 '진리에의 의지', 동전의 양면과 같은 두 가지 의지에 관계되며 그는 그것을 권력과 지식의 상호작용으로 파악하는 한편 다른 한편으로는 데리다의 상호텍스트성의 개념을 확장하여 사회적이고 경제적이면서도 정치적인 측면을 보강하였다. 푸코의 이러한 점은 그의 초기의 저서 『지식의 고고학』1969과 『사물의 질서』1965의 중심축을 형성하고 있다. 또한 그는 아이디어의 역사에 나타나는 불연속, 단절, 한계, 변용 및 경계선 등의 개념을 재정립하였다. 그의 이러한 재정립은 다분히 '현대성'과 '시간'의 개념에 관계된다. 그에 의하면 전자는 하나의 역사를 이끌고 나아가는 원동력에 관계되고 후자는 그러한 원동력을 가능하게 하는 '지금 여기'에 존재하는 요인으로 '계보학'에 관계된다. 「두 가지 강의」에서 푸코는 그것을 다음과 같이 설명하였다. "계보학은 박식한 지식과 지엽적인 기억의 결합, 우리들로 하여금 투쟁에 대한 역사적 지식을 형성하여 그 지식을 오늘날 전략적으로 활용할 수 있도록 하는 결합에 해당한다." 푸코의 이러한 계보학 전략은 데리다의 해체전략과 유사한 것이며, 이들의 이와 같은 전략으로 인해 그동안 확고부동하면서도 이데올로기적으로 결합된 기존의 지식의 실체에 의해 억압받아왔던 '부수적인 규명양식'은 새로운 조명을 받게 되었다. 이러한 점을 푸코는 이렇게 강조하였다. "계보학이 실제로 관심을 기울이는 것은 지엽적이고 불연속적이고 부적격하고 비합법적인 지식에 관심을 기울일 것을 강조하는 주장, 다시 말하면 진정한 지식의 이름으로 부수적인 지식을 걸러내고 계열화하고 체계화하는 단일한 이론의 주장에 대해 반대할 뿐만 아니라 과학과 그 대상을 지속하고 있는 자의적인 아이디어에 대해서도 반대하는 주장을 지지하는 데 있다."

이렇게 볼 때에 푸코와 데리다는 자신들의 개입이 '중심'과 '지식'을 파괴하는 데 있는 것이 아니라 그러한 개념을 시간의 흐름에 따라 현대적으로 새롭게 해석하는 데 있다는 점을 강조하였다. 푸코의 '계보학'은 "제도에 대해 반대하고 과학적 담론을 부여하는 '지식'과 권력의 효과에 대해 반대하는 '새로운 지식'의 반란"에 접맥되고 데리다의 '해체주의'는 현존의 형이상학의 효과에 접맥된다.

3) 시간·현대성·지구 공동체

하이데거가 관심을 기울였던 존재와 시간의 문제를 사르트르는 실존의 문제로 발전시켰으며 그가 "존재는 본질에 앞선다"는 명제에 충실하였다면, 데리다는 그것을 현존의 형이상학으로 파악하여 서구철학 전반에 대한 새로운 읽기를 단행하였으며, 푸코는 그것을 권력과 정치의 문제로까지 확대시켰다. 그리고 이들의 이와 같은 부단한 노력의 결과는 현대성과 시간의 관계에서 인간이 주체가 되는 새로운 개념의 정립을 모색하는 데 있었다. 다시 말하면, 니체의 권력에의 의지와 망각, 하이데거의 존재와 시간, 사르트르의 실존과 부조리, 데리다의 차연과 현존의 형이상학, 푸코의 권력과 정치 등은 지구 공동체의 생존과 번영을 위한 새로운 패러다임을 형성하는 데 기여하였다고 볼 수 있으며, 이러한 점을 안소니 윌든은 자신의 『체계와 구조─의사소통과 교환론』[1983]에서 〈도표 1〉과 같이 나타내었다.

〈도표 1〉에서는 자연자원은 점점 더 고갈되는 반면, 소비는 점점 더 증가하게 되며 그것은 결국 지구공동체를 연결하는 정보사회의 구축에 의해 극복될 수 있다는 점을 보여준다. 아울러 실선으로 표시된 사각형은 가용한 자유-에너지, 비-엔트로피, 유연성에 관계되고 점선으로 표시된 사각형은 대체-에너지, 엔트로피, 비-유연성에 관계된다. 여기에서의 'a'는 우선적으로 데리다의 '차연différance'의 /a/에 관계되고 그것은 변화하는 지구공동체의 경제체계와 그 질서를 점점 더 새롭게 개편하는 데 기여하게 되며 궁극적으로 우리들 인간의 생존을 위해 필요한 요인으로 작용하게 된다. 이러한 요인은 바로 현대성을 이끌

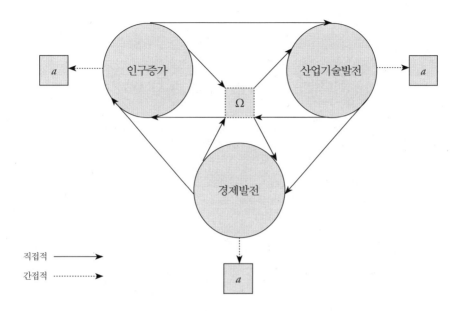

직접적 ——————▶
간접적 ·············▶

〈도표 1〉 바이오-사회의 제국주의의 상호관계

고 나아가는 시간과 밀접한 관계를 유지하고 있다.

　이상에서의 논의를 정리하면 '현대성'은 현대를 특징짓는 의미구조이고 '현대화'는 그러한 의미구조의 궤적에 해당하며 시간은 '현대화'의 선두에서 현대성을 이끌고 나아가는 역할을 한다. 따라서 현대성에서는 반-인간주의가 아니라 신-인간주의를, 반-주체가 아니라 신-주체를, 반-언어관이 아니라 신-언어관을 강조하게 된다. 현대성과 시간의 관계는 크게 두 가지로 나뉜다. 하나는 인식론에 관계되는 것으로 그것은 하이데거, 데리다, 푸코 등으로 이어지며, 다른 하나는 사회변화에 관계되는 것으로 그것은 마르크스, 레이몬드 윌리엄스, 테리 이글턴 등으로 이어진다. 윌든이 제시한 〈도표 1〉을 이해하기 위해서는 사회변화에 나타나는 현대성과 시간의 관계에 대한 규명이 선행되어야 한다.

제3장

해체주의 이론의 영향과 수용

1. 해체주의에 대한 성찰

1) 해체주의 비평의 역사적 전후관계

M. H. 에이브람스는 비평이란 하나의 문학작품을 정의하고 분류하고 분석하고 평가하는 연구 작업을 의미한다는 점을 강조하였으며, 이러한 비평은 이론비평과 실천비평으로 나뉜다. 영미를 비롯한 서구세계에서 이론비평을 실천비평에 어떻게 적용시켜왔으며 어떠한 계보를 형성해왔는가를 일별해 보는 것은 프랑스적인 난삽한 용어와 개념으로 일관되고는 있지만 끊임없는 논쟁을 야기하면서도 인문사회과학 전반에 걸쳐 강한 영향력을 행사하고 있는 해체주의 비평을 용이하게 이해할 수 있는 바탕이 된다.

우선 실천비평의 발전과정을 개괄해 보면 다음과 같다. 첫째, 17세기 중반 이후에 활동한 존 드라이든의 『극시론』[1668]을 들 수 있으며, 동시대의 코르네유와 조금 앞선 시대의 벤 존슨의 영향을 받은 그의 『극시론』에는 유제니우스, 크리테스, 리시데우스, 네안데르가 등장하여 고대와 당대의 희곡의 우열여부, 영국과 프랑스의 희곡의 상대적 평가, 비극과 희극의 결합 가능성, 희곡의 운율성의 적용 가능성에 대해 논의하고 있다. 유제니우스는 장소의 중요성을 인식한 당대 희곡 작가들을 높이 평가한 반면 크리테스는 아리스토텔레스와 호라티우스에서 비롯된 연극론을 창안하여 발전시킨 고대 희곡작가들을 중요하게 평가하였다. 아울러 크리테스는 희곡의 운율성을 적용하는 것에는 반대했지만 당대 희곡이 고대희곡을 능가한다 하더라도 진정한 의미의 '시의 시대', 다시 말하면 소설에 대응되는 의미에서의 시가 아니라 문학적인 양식 전반에 해당하는 의미에서의 시의 시대는 고대였다고 주장하고 있다. 프랑스의 연극을 옹호하고 희비극喜悲劇을 통합시키고자 하는 영국의 연극적인 풍토를 비판한 리시데우스는 다음과 같이 연극을 정의하였다. "연극이란 인간의 본성의 열정과 유머를 나타내는 정당하고 생생한 이미지이며, 인간에게 쾌락을 주고 인간의 교화를 목적으로 하는 숙명의 변화이다." 크리테스와 리시데우스의 사이에서 중재적인 역할을 하는 네안데르는 필요하다면 희곡의 운율성에 대한 적용 가능성을 인정하자는 견해를 표방하기도 하였다. 네안데르를 통해 자신의 저서에서 희곡의 운율성을 심도 있게 논의한 드라이든은 다음과 같이 강조하였다. "유일한 것은 아니지만 시의 중요한 목적은 쾌락에 있다. 시는 쾌락에 의해서만 인간을 교화시킬 수 있기 때문에 교화는 시의 목적에 있어서 부수적인 것이다." 드라이든의 이와 같은 견해는 그때까지 논의되어 왔던 문학의 쾌락설과 교훈설을 확연하게 구분 짓는 것이었다.

드라이든 이후에 사무엘 존슨은 문학의 도덕성과 보편적 경험에 대해 관심을 기울였다. 10권으로 이루어진 그의 『시인의 일생』은 풍부한 인용과 조감도적인 비평으로 정평이 나 있으며, 문학에 대한 그의 가장 중요한 두 가지 관심은 도덕성에 대한 비판과 함께 시인은 특수한 경험에 연루되기보다는 보편적인 경험에 관계된다는 데 있다. 그의 이러한 태도는 문학작품의 도덕적인 평가를 편협한 것으로 파악하는 데 관계되지만 그것은 시인은 특수한 경험만을 표현한다고 주장한 낭만주의 시인들에 의해 거부되기도 하였다. 그러나 이들 낭만주의 시인들도 사무엘 존슨의 문학관에서 깊은 통찰력과 상식수준의 지식으로도 이해할 수 있는 그의 비평적 안목을 인정하였다. 시인이 과연 보편적인 경험을 표현하느냐 아니면 특수한 경험을 표현하느냐의 문제를 비평가들은 오랫동안 논의하여 왔다. 존슨이 인식했던 시인의 보편적인 경험의 중요성은 조슈아 레이놀즈에 의해 강화되었지만 윌리엄 블레이크의 비판을 받게 되었으며 나아가 낭만주의 비평가들의 우려와 염려를 자아내게 되었다. 드라이든이 자신의 『극시론』에서 제안했던 '시간, 장소, 행위' 중에서 사무엘 존슨은 시간이 하나의 작품을 평가할 수 있는 가장 중요한 개념이라고 파악하였다. 사무엘 존슨의 업적은 예일 비평가 그룹의 일원에 해당하는 해럴드 블룸에 의해 재평가되었으며, 그는 자신이 해체주의 비평가는 아니라는 점을 선언했지만 독창적이면서도 난삽하고 심오한 비평사상과 용어로 인해 그는 종종 해체주의 비평가로 분류되고는 한다.

시인의 보편적 경험세계를 거부하고 특수한 경험세계만을 중요하다고 생각한 낭만주의 비평가 중에서 우리는 S. T. 콜리지를 빼놓을 수 없다. 콜리지는 F. W. 셸링의 『선험적 관념론 대계』로부터 영향을 받아 『문학평전』[1817]을 집필하였다. 워즈워스의 서정시에 대한 평가가 수록된 이 책은 특히 제8장에서 집중적으로 논의한 '상상력'과 '공상'의 구별로 잘 알려지게 되었으며, 이 두 가지 요소는 근본적으로 콜리지의 비평론과 인식행위를 반영하고 있다. 그 이전의 비평가들이 문학의 보편성과 특수성에 최대한의 관심을 기울였듯이 콜리지도 보편성과 특수성의 문제 및 이러한 문제를 중재하는 상징의 위치 그리고 창작심리에 관심을 기울였다. "하나의 문학작품에 있어서 보편성은 특수성 내에 자리 잡고 있으며 특수성은 단순히 보편성만을 대표하는 것은 아니다"라는 자신의 이러한 견해를 뒷받침하기 위해서 콜리지는 플로티누스와 신학자들의 이론을 활용하였다. 특히 아름다움이란 곧 '개체 내의 복합체'라는 콜리지의 정의는 그동안 그 자신이 전개했던 논지를 확고부동하게 해주었다. 그는 또 낭만주의 이론가들이 그렇게 했듯이 '상징'과 '알레고리'를 구별하고자 하였다. 그의 시대에 있어서 상징은 알레고리보다 중요한 개념으로 사유 내에 분리되어 산재해 있는 모든 것을 병합시키는 방식에 해당하며 상징은 곧 아름다움의 매개체라는 등식이 문학비평에 아무런 이의 없이 적용되었다. 낭만주의자들은 일반화된 전형으로서의 알레고리를, 특수한 보편성으로서의 상징을 구별하고자 하였다. 그러나 해체주의 비평을 비롯한 최근의 문학비평에서는 상징보다는 알레고리를 더 중요한 개념으로 평가하고는 한다. 특히 해럴드 블룸의 『영향에 대한 불안』 1973— 그의 이 책을 필자는 『시적 영향에 대한 불안』이라고 번역하여 국내에 소개한 바 있다— 과 1983년에 타계한 폴 드 만의 『맹목성과 통찰력』 1991에서는 이 점을 분명하게 하고 있다. 셸링의 인식론에 힘입어 콜리지는 자신의 이러한 견해를 다음과 같이 정리하였다. "시인의 감성과 지성은 형식적인 직유의 유형에 의해 자연의 모습과 단순히 융화되거나 어설프게 혼합되는 것이 아니라 자연의 위대한 모습과 결합하되 진실로 결합되어 통합되어야만 한다."

콜리지는 또 공상의 결과는 시의 기계적인 형식을 초래하고 상상력의 결과는 시의 유기적인 형식을 야기한다는 점을 강조하였다. 즉, 하나의 예술작품은 어떠한 외부적인 요인에 의해서가 아니라 그 자체에 존재하는 내부의 조화와 질서의 원리에 의해 유기적으로 생성·발전하게 된다는 것이 그의 주장이다. 독일의 선험철학 특히 셸링의 예술철학에서 많은 영향을 받은 콜리지의 시의 유기체론은 1930년대에 미국에서 성행한 신비평의 이론에 접맥된다. 1910년에 이미 조엘 E. 스핀건이 '신비평'이라는 용어를 사용하기는 했지만 일반적으로 '신비평'이라고 했을 때, 이 용어는 보통 존 크라우 랜섬의 『신비평』 1941에 근거를 두는 문학이론과 비평을 의미한다. 콜리지의 이러한 견해는 1950년대 예일 대학교의 비평가들이 주장한 바 있는 '시의 구조', 즉 시 그 자체는 자급자족하는 폐쇄된 구조를 가지고 있다는 견해에 접맥된다는 점, 아울러 신비평을 대표하는 선배교수들의 연구 활동에 힘입어 해체주의 비평의 이론과 방법론을 대표하는 교수들 대부분이 예일대학교에 자리 잡고 있다는 점 등은 이들 예일 비평가들의 활동과 영향력을 가늠해볼 수 있는 계기가 된다.

콜리지가 칸트의 철학과 셸링의 예술철학을 통하여 영국을 제외한 유럽적인 문학론에 눈을 떠 『문학평전』을 집필했듯이, 아널드도 영국 비평가들의 편협주의와 무사안일주의 및 유럽의 지성운동에 대한 무지를 통렬하게 비판하고는 하였으며, 그가 주장하는 냉정한 비평은 칸트가 예술작품을 읽는 독자의 역할을 분석할 때에 유지했던 냉철한 미학적인 태도와도 같은 것이다. 역사적인 관점이나 개인적인 취향에 의해 한 편의 시를 평가하는 것을 거부한 아널드는 교육 특히 인문교육에 의해 비평적인 안목을 배양해야 한다는 점을 주장하고는 했다. 따라서 건전한 비평과 평가는 어떠한 원리나 방법만을 기계적으로 적용하는 지각없는 사람들에 의해서가 아니라 교육받은 사람들에 의해 이루어져야 한다는 점을 아널드는 강조하는 한편 다른 한편으로는 시를 읽는 독서행위를 포함하는 모든 인문교육에 의해 진정한 비평능력을 심해·확대시켜야 한다고까지 주장했다. 문학작품과 독자와의 관계를 인식한 아널드의 주장은 I. A. 리처즈가 『실천비평』1929에서 강조한 바 있는 독자와의 관계 및 해체주의 비평의 한 갈래에 해당하는 '독자반응주의 비평'과 유사한 점을 지니고 있다.

아널드 이후에 T. E. 흄은 「낭만주의와 고전주의」1911라는 글에서 "시는 무엇보다도 시인의 개성의 표현이다"라는 시의 독창성을 중요시하는 풍토를 비판하였다. 흄의 이러한 태도에 호응한 T. S. 엘리엇은, 시인은 자신의 개성을 표현하는 것이 아니라 하나의 매개체를 통하여 표현한다는 점, 위대한 시는 언제나 타계한 시인이나 예술가의 작품에 관계된다는 점, 따라서 시인은 '과거의 현재성'의 의미를 발전시켜야 한다는 점 등을 강조하였다. 엘리엇의 이러한 견해는 해체주의 비평의 핵심적인 이론을 발전시키고 있는 크리스테바의 '상호텍스트성'— 이러한 개념을 '간間텍스트성'이라고도 하며, 이때의 '간間'은 두 개 이상의 텍스트성에 단순히 개입하는 것만을 의미하기 때문에 필자는 '상호텍스트성'이라고 옮기고자 한다. 이때의 '상호'는 두 개 이상의 텍스트성에 단순히 개입하는 것은 물론 새로운 의미의 텍스트성을 창조하기 때문이다— 의 개념과 유사한 것이고 나아가 그것은 해럴드 블룸이 강조하는 "한 편의 시 속의 다수의 시"의 개념 및 앞에서 언급한 바 있는 '영향의 불안'과 같은 것이라고 볼 수 있다. 크리스테바는 자신의 이러한 이론을 미하일 바흐친의 '대화중심주의'를 중심으로 하여 발전시켰다. 그리고 이들의 이론에 의해 우리는 자크 데리다의 해체주의 이론과 노자의 도덕경, 베를렌의 시와 김영랑의 시, 랭보의 시형식과 정지용의 시 형식, 릴케의 시세계와 한용운의 시세계를 비교해 볼 수 있다.

T. S. 엘리엇은 낭만주의자들이 자신들의 장점이라고 여겼던 시의 독창성과 자기표현을 반박하는 한편 다른 한편으로는 시인은 자신의 감정을 표현할 수 있는 매개물을 개발해야 한다는 점을 강조했다. 이 매개물이 바로 엘리엇이 「햄릿과 그의 문제점」[1919]에서 논의한 바 있는 '객관적 상관물'에 해당한다. 물론 이 어휘에 대한 엘리엇의 정의가 명확한 것은 아니지만 그럼에도 그의 이 말은 문학비평에 있어서 중요한 몫을 차지하고 있다. 이제까지 있어왔던 모든 비평론을 비평가는 주의 깊고 의미심장하게 읽어야 한다는 점을 강조한 엘리엇의 견해는 블룸이 강조하는 문학적 영향의 불안과 일맥상통하는 면을 지니고 있다. 블룸이나 크리스테바는 모두 다 문학적 영향관계를 언급하고 있지만 전자는 운문으로 쓰인 낭만주의 시의 내용의 역사적 영향관계를 강조하는 반면, 후자는 바흐친의 이론을 원용함으로써 산문으로 쓰인 언어의 역사적 영향관계를 강조하고 있다. 엘리엇이 통찰했던 문학작품—그는 가끔 '텍스트'라는 말을 사용했는데 이때의 텍스트의 개념은 문학작품의 범주를 벗어나지 않는다— 의 언어와 내용이 지니고 있는 역사성은 엘리엇 당대의 비평가들이 그것의 중요성을 인식하지도 못했고 그 의미가 지금의 해체주의 이론과 비평처럼 심오한 것도 아니었지만 해체주의 이후에 새로운 시각에서 인식되기 시작했다.

문학작품은 언어로 형성된다는 점에 착안하여 신비평의 방법론을 전개한 바 있는 클리언스 브룩스와 R. P. 워렌은 『시의 이해』1938와 『소설의 이해』1943를 공저했다. 브룩스가 낭만주의 시에 대해 가지고 있는 불만은 낭만주의 시가 전후관계에서 비롯된 가장 경이로운 진술만을 강조한다는 점에 있었다. 그는 자신이 강조하는 시의 유기체론에서 한 편의 시에서 "쉽게 설명할 수 있는 본질적인 핵심은 시의 요소가 아니라 시해석자의 창조행위"라는 점을 강조했다. 따라서 시의 의미 혹은 시의 존재는 시의 형식구조에 자리 잡게 되는 것이지 자신의 스승인 존 크라우 랜섬이 강조하는 '의사본질擬似本質'에 있는 것이 아니라고 강조함으로써, 그는 자신의 스승의 견해에 정면으로 반대했다. 다시 말하면 한 편의 시에서의 진술은 시의 전체적인 구조를 떠나서는 완벽하게 규명할 수 없다는 것이 브룩스의 주장이다. 그는 '패러독스'를 시를 이해할 수 있는 가장 중요한 요소로 파악했으며, 자신의 『잘 빚은 항아리』에서 이러한 점을 명확하게 설명했다. 브룩스의 이 저서는 아직도 여전히 신비평을 실천한 명저로 평가받고 있으며 그가 창안해 낸 '반의사진술론反擬似陳述論'은 W. K. 윔재트와 비어즐리가 창안해 낸 '의도의 오류' 및 '감정의 오류'만큼이나 신비평을 이해하는 데 있어서 중요한 어휘로 자리 잡게 되었다.

2) 해체주의 비평의 이론적 전후관계

서구 문학비평의 역사에서 해체주의 비평의 가능성을 암시하고 있는 실천비평의 발전과정은 이상에서 논의한 바와 같다. 해체주의 비평의 이론적 전후관계를 파악하기 위해서는, 다시 말하면 M. H. 에이브람스식의 설명을 하기 위해서는 이론비평의 원형에 해당하는 아리스토텔레스의 『시학』에서부터 출발해야만 한다. 그의 스승인 플라톤은 『공화국』에서 이렇게 강조했다. "신은 1차적인 모방으로서 목수가 제작하는 침대와 2차적인 모방으로서 시인이 묘사하는 침대를 구별하고 있으며 일반적으로 침대 제작자가 만드는 침대가 아닌 진실 된 의미에서의 침대 제작자가 되고자 한다는 것을 알고 있다. 신은 본질적으로나 그 특징에 있어서나 오로지 하나 뿐인 침대를 제작했다." 플라톤의 견해에 의하면 시인은 외부로 나타난 자연의 단순한 모방자일 뿐이다. 그러나 그의 제자인 아리스토텔레스는 진실성을 어디에 두느냐에 따라 시인의 의미는 상이하게 달라질 수 있다는 점을 강조했다. 아리스토텔레스는 외부세계는 불변적인 사유의 일시적인 모방이 아니며 변화는 자연의 근본적인 과정, 즉 그 진행과정이 설정된 창조력이라고 파악했다. 그에게 있어 진실성이란 하나의 형식이 구체화의 과정에 의해 스스로를 나타내고 또 구체화된 것이 질서화 된 원리에 의해 의미를 획득하는 과정을 의미한다. 이러한 진실성의 과정은 곧 자연에서 하나의 형식을 취해 상이한 명제를 대체하는 과정에서 그 형식을 재정립하는 시인의 모방행위와 유사한 것이다. 따라서 시인은 모방자이자 창조자이기 때문에 시는 역사나 정치보다 상위에 속하는 개념이라고 강조하면서 아리스토텔레스는 다음과 같이 언급했다. "시인과 역사가의 진정한 차이는 후자가 발생했던 것에만 관계되지만, 전자는 발생 가능한 것에도 관계된다는 점이다. 따라서 시는 보편적인 것에만 관계되는 반면 역사는 특수한 것만을 표현하기 때문에 시는 역사보다 더 철학적이고 더 포괄적인 상위개념에 속한다."

아리스토텔레스는 시의 구성이 극적 구성의 원리에 의해 형성되고 "시작, 중간, 결말이 있는 전체적이고 완벽한 하나의 행위를 그 주제로 하며 그 자체의 모든 단위에 있어서 살아 있는 유기적 조직체와 비슷하다"고 파악하였다. 그의 이러한 태도는 S. T. 콜리지를 거쳐 신비평에서 제창되었던 시의 유기체론을 예견한 것이라고 볼 수 있다. 특히 시인은 있는 그대로의 사물, 말해졌거나 상상되었던 사물, 또는 반드시 있어야만 하는 사물 중에서 그 어느 한 가지를 반드시 모방하게 되며, 이러한 경우 "시인은 표현매체로서 언어를 사용하게 되고 그러한 언어는 현재 사용 중에 있거나 사용될 수 있는 것이거나 진기한 어휘나 비유에 해당한다"고 강조하였다. 콜리지가 강조하는 언어의 중요성은 시의 구조와 의미의 연구에서 분석적인 방법의 시발점이 되었다고 볼 수 있다. 아리스토텔레스 이후에 대부분의 이론비평이 영미문학에 관련되는 것이었지만 자크 데리다의 해체주의 비평이론이 프랑스에서 비롯되어 영미의 대학비평에 대두되기 전까지 주목되었던 비평론은 I. A. 리처즈의 『문학비평의 원리』[1924]와 M. H. 에이브람스의 『거울과 등불』[1954] 그리고 노스럽 프라이의 『비평의 해부』[1957] 등이다.

리처즈의 『문학비평의 원리』는 확고하고 논리적인 이론을 문학비평에 제공하고자 하는 의도와 커다란 영향력을 행사하려는 야심에 찬 시도에서 비롯되었다. 그에 의하면 입증할 수 있는 사실보다는 입증 가능한 태도와 가치에 관계되는 문학은 그 자체가 물론 중요하지만, 그러한 문학작품을 평가하고 분석하는 비평에서는 과학의 엄격한 정확성에 필적될 수 있어야만 한다는 것이다. 그 당시로서는 예외적인 분야에 해당하는 미학, 기호학, 심리학에 흥미가 있었던 그는 언어의 근본적인 역할에 관심을 가졌으며, 과학적인 언어는 '참조적인 언어'이고 시적인 언어는 '정서적인 언어'라고 파악하였다. "하나의 진술은 진실이든 거짓이든 그 진술이 지칭하는 참조적인 대상을 위해 사용되는 것이다. 이것이 언어의 과학적인 사용이다. 그러나 이러한 진술은 또 그러한 진술에서 비롯되는 대상이 야기하는 정서나 태도의 효과를 위해 사용될 수도 있다. 이것이 언어의 정서적인 사용이다." 그는 아리스토텔레스가 주목한 바 있는 문학작품에서의 언어의 기능과 역할을 중요하게 생각했다. 그 결과 그는 아리스토텔레스가 "있을 법하지 않은 가능성보다는 있을 법한 불가능성이 더 낫다"고 언급한 데 대해서 "부적절한 반응이라 하더라도 거기에는 위험성이 거의 없다"고 덧붙임으로써 아리스토텔레스의 견해에 동조하기도 하였다.

언어를 '참조적인 언어'와 '정서적인 언어'로 구별하고 또 독자의 충동과 태도를 긴장시키고 이완시키는 매개체가 바로 시의 언어라는 점을 강조한 I. A. 리처즈의 이론과 영미계열의 신비평의 이론은 유사한 점을 지니고 있다. 신비평가들은 시의 언어의 독특한 특징을 명쾌하게 설명하기 위해서 가능한 한 새로운 방법을 창안했을 뿐만 아니라 이러한 이론을 실천비평에 적용하고는 했다. 그러한 예가 바로 윌리엄 엠프슨의 '모호성', 클리언스 브룩스의 '패러독스'와 '아이러니', W. K. 윔재트의 '언어적 성상聖像' 등이다. "최고의 훌륭한 인생이란 가능한 한 가장 많이 우리들 인간의 특징이 혼동 없이 관여될 수 있는 삶이다"라는 점을 강조하는 리처즈는 "문학은 우리가 이러한 목적을 달성할 수 있도록 경험을 형성해 주고 그러한 경험을 평가해 주는 것이다"라고 언급했다. 문학의 가치평가와 경험의 인식 및 문학의 사회적이고 문화적인 역할에 대한 리처즈의 강조가 다분히 아널드적이이라고 볼 수 있는 까닭은 아널드는 인간을 교화시킬 수 있는 매개체로서 문학의 중요성을 강조했기 때문이다.

1920년대에 영국의 케임브리지대학교 교수로 재직할 당시 학생들이 연구한 익명의 시에 대한 평가와 그들의 선호도를 정리한 I. A. 리처즈의『실천비평』에서는 시를 실제로 읽는 독자의 반응과 선호도의 여부에 따라 주어진 시의 가치를 판단하고 있다. 가공적이고 반역사적인 방법이라는 비난을 받기도 했지만 시의 가치를 '올바른 유형의 독자'의 경험에 비추어 연구한 그에게 있어 시를 논의한다는 것은 시를 읽는 독자의 '경험구조'를 논의하는 것과 같은 의미를 지니고 있다. 리처즈가 강조하는 「의미의 네 가지 유형」은 시와 독자의 의사소통 및 그것을 가능하게 하는 요소가 무엇인지를 언급하고 있으며, 그의 이러한 언급은 요즈음 논의되고 있는 독자지향주의 비평의 모체가 된다.

리처즈가 자신의『문학비평의 원리』에서 시와 언어의 문제, 시와 경험의 문제, 시와 독자의 문제에 대해 체계적인 이론을 수립했다면, M. H. 에이브람스는『거울과 등불』에서 낭만주의 문학이론 및 비평의 역사와 전통에 대해 연구했다. "이 책의 제목은 공통되면서도 대조되는 한 가지 마음의 두 가지 비유를 나타낸다. 한 가지는 외부대상을 반영하는 마음가짐을 나타내고 다른 한 가지는 인지한 대상에 기여하는 빛의 투사체로서의 마음가짐을 의미한다. 첫 번째 마음가짐은 플라톤의 시대부터 18세기까지 나타났던 거의 모든 사고행위의 특징이었

으며 두 번째 마음가짐은 낭만주의시대 이래 지배적인 정신으로 전해지는 시
정신에 대한 낭만주의적인 개념을 나타낸다." 에이브람스의 연구목적은 빛의
발원체로서의 '등불'의 역할에 해당하는 18세기 낭만주의 이후의 시 정신에 의
해 외부에 나타나는 '거울'의 역할에 해당하는 낭만주의 이전의 시 정신을 능가
하는 데 있으며, 더 나아가 등불의 역할을 미학, 시학, 이론비평, 실천비평 등 전
반에 걸쳐 심화·확대해 나가는 데 있었다. 아울러 그는 자신의 이 책의 첫 장에
해당하는 「비평이론에 대한 서론」에서 '작품', '대상', '작가', '독자'의 상호연관
성을 바탕으로 문학이론을 다음과 같이 분류하기도 했다. 첫째, 작품과 대상의
관계를 강조하는 고전주의 시대의 아리스토텔레스로 대표되는 모방주의 문학
이론, 둘째, 작품과 독자의 관계를 강조하는 16세기의 필립 시드니 경으로 대표
되는 실용주의 문학이론, 셋째, 작품과 작가와의 관계를 강조하는 낭만주의 시
대의 워즈워스로 대표되는 표현주의 문학이론, 마지막으로 작품 자체의 독자성
을 강조하는 20세기 이후의 대다수 문학 연구자들에게 해당하는 미학주의 문학
이론 등으로 나누었다.

이상에서 살펴 본 바와 같이 I. A. 리처즈의 이론비평과 실천비평 및 M. H.
에이브람스의 낭만주의 시와 그것에 대한 이론연구가 광범위한 의미에서 신비
평의 영역에 해당한다면, 노스럽 프라이의 『비평의 해부』는 신화비평의 영역에
해당한다. 신학을 공부하던 과정에서 문학에 심취하게 된 프라이는 윌리엄 블
레이크에 관한 연구를 1947년에 출판했다. 그의 연구대상이 된 블레이크는 "나
는 하나의 신화체계를 창안하든가 아니면 타인의 신화체계에 예속되어야만 한
다"고 강조하고는 했다. 블레이크는 구전신화, 성경의 역사 및 그것의 예언을
자신의 이러한 주장과 견해에 접목시킴으로써 자기 자신만의 독특한 신화체계
를 형성했을 뿐만 아니라 이러한 체계를 자신의 시에 적용하고는 했다. 이와 같
은 블레이크의 시와 신화체계를 연구한 프라이는 당대의 탁월하고 독창적이면
서도 영향력 있는 신화비평가에 해당하는 로버트 그레이브스, 프란시스 퍼구

선, 리차드 체이스, 필립 휠라이트, 레슬리 피들러 중에서 가장 많이 주목받는 신화비평가이자 이론가로 주목받게 되었다.

I. A. 리처즈 이래 대부분의 이론비평들이 그랬던 것처럼 프라이 자신도 현존하는 문학비평의 혼동과 모순을 극복·지양하고자 하는 한편 다른 한편으로는 문학연구에서의 과학적인 방법의 중요성과 그 긴밀성을 추구하고자 했다. 표면적으로는 지나칠 정도로 교묘하고 사실적인 모든 문학작품, 장르, 구성의 형식은 그것이 아무리 복잡·미묘하다 하더라도 확실한 '원형原型'과 본질적인 '신화법칙'의 재현이라는 점을 프라이는 주장했다. 그에 의하면 '서사장르'에는 희극, 로맨스, 비극 및 아이러니가 있으며, 이러한 요소들은 신화형성에 있어서 네 개의 기본요소에 해당하는 봄, 여름, 가을, 겨울이라는 계절의 순환원리에 관계된다. "신화의 특수한 양식이 문학의 관습과 장르가 되었다"고 강조하는 그에게 있어 문학비평의 긴밀성과 연관성은 언제나 이러한 네 개의 요소— 예를 들면 물, 불, 공기, 흙; 샘, 시내, 강, 바다; 봄, 여름, 가을, 겨울— 의 '상호치환작용'의 다양한 방법에 의해서만 이루어질 수 있다. 그의 신화비평에 있어서의 '원형론'은 그가 「문학의 원형」에서 제창했던 원형의 '명료성', '경제성', '재치성' 등으로 이어진다. 이 모든 요소를 종합하는 상징체계를 '외면성'과 '내면성'으로 구분하는 데 있어서 프라이는 언어의 구조는 확실한 외부사실을 포착하기 위해 교훈적이면서도 묘사적인 경향을 지닌다는 점, 시인은 묘사적인 정확성에 의존하기보다는 자신의 '가정적 사실假定的 事實'에 대한 확신감에 의존한다는 점 등을 강조했다. 그는 모든 문학의 언어구조에 있어서 외부적인 묘사의 기교가 아무리 탁월하다 하더라도 최종적인 의미의 설정은 내부적이라는 점도 강조하였다. 따라서 모든 상징체계는 그것이 문학적이든 아니든 구심적일 수밖에 없으며 문학은 "언어를 언어 그 자체로부터 분리시켜 사용하는 것"이라고 파악했다.

앞에서 살펴본 바와 같이 낭만주의 시인들이나 비평가들이 상징과 알레고리를 대립적인 개념으로 파악한 데 반해서 프라이는 알레고리를 상징의 범주에 속하는 한 가지 개념이라고 파악했다. 그에 의하면 상징에는 '이미지'로 나타나는 형식적인 면, '원형'으로 나타나는 신화적인 면, '단자單子'로 나타나는 신비적인 면이 있다. 형식적인 면에서 알레고리는 낭만주의 시대의 한정된 의미뿐만 아니라 '순수한 알레고리'와 '극단적 내면성'은 물론 비밀스러운 결합에 의해 비롯되는 '극단적 내면성'까지도 포함한다. 신화적인 면에서는 문학이라는 실체를 반복하는 그 무엇이 곧 상징이라는 점이 강조되었다. 이 경우에 있어서 시는 자연의 모방이 아니라 이미 존재해 왔던 다른 시의 모방으로 되며, 이러한 점에서 프라이는 신-고전주의자에 해당한다. 신비적인 면에서는 문학이란 모든 상상력의 종합이라는 점이 강조되었다. 이 경우에 있어서 문학은 인생을 논의하기 위해 외부적인 것에 의존하는 것이 아니라 언어의 관련체계 속에 인생과 현실을 포함시키고자 한다. 이러한 점에서 프라이는 고전적 의미의 문학모방주의를 부인하였다.

프라이의 신화비평은 문학연구에 끼친 그것의 영향력만큼이나 그것에 대한 반대의견도 만만치 않았으며 이러한 반대론은 두 가지로 대별된다. 하나는 이제까지 있어 왔던 문학작품의 가치평가 혹은 평가의 역사를 단순한 '역사적 취향'이라고 일축한 프라이의 비판은 가치평가가 곧 문학연구의 '존재이유'라고 생각했던 많은 비평가들로부터 거센 공격을 받게 되었다. 이들이 극단적으로 대립하게 된 근본적인 이유는 프라이가 문학이라는 전체적인 실체를 '언어의 총체적 질서'로 조명하고자 한 데 반해서, 프라이에게 반대한 비평가들은 문학작품을 변별적인 존재로 연구해 왔기 때문이다. 문학을 광범위한 범주로 파악한 프라이는 "신비스럽게도 시는 모든 의식 혹은 인간이 행할 수 있는 무한한 사회적 행위를 인간이 가질 수 있는 모든 꿈이나 무한정한 변별적 사고행위에 결부시킨다"는 점을 강조하였다. 둘째, 프라이의 비평에 대한 반대론자들은 그의 비평이 지나칠 정도로 도식적일 뿐만 아니라 과학적이라기보다는 진실도 허위도 아닌 특징 없는 특징만을 지니고 있다는 점을 지적했다. 이러한 비판에 대해 프라이는 다음과 같이 응수했다. "나의 문학관의 구조를 호응할 수 없는 것으로 간주하는 많은 비평가들은 나의 문학관에 삽입-가능한 유용한 통찰력을 발견하겠지만 그러한 구조가 없다면 그러한 통찰력도 있을 수 없다." '언어의 총체적 질서'로서 문학을 파악하고자 했던 프라이의 견해는 미국적인 신비평과 유사하다기보다는 유럽적인 형식주의와 유사한 면을 지니고 있다. 문학을 신화와 의식儀式에 의해 연구하고 나아가 인류학적이고 심리분석적인 방법을 제시한 프라이의 방법은 이제까지 있어 온 모든 문학연구방법을 종합함으로써 1960년대부터 논의되기 시작한 구조주의와 쌍벽을 이루게 되었다.

문학이론가나 비평가는 아니지만 소쉬르와 레비스트로스가 문화인류학에 바탕을 두어 발전하게 된 구조주의의 중심적인 이론은 하나의 자료에 대한 요소가 주어졌을 때, 그 요소를 성분이 전혀 다른 이질적인 요소와 비교하는 것이 아니라 주어진 요소와 유사한 성격을 지닌 요소끼리 분류하여 비교·검토하는데 있다. 구조주의의 이러한 문학연구방법은 시를 설명하기 위해 신비평에서 자주 원용되고는 했던 '유기적 비유'와 유사한 면을 지니고 있다. 프라이의 신화비평이 신화의 공통요소에 의해 문학의 총체성을 파악하고자 했듯이, 구조주의 비평에서도 공통적인 구조와 그 구성요소에 의해 문학의 총체성을 분석하고자 했다.

구조주의의 방법론을 적용한 롤랑 바르트의 『기호학의 요소』1967는 가장 많은 호응을 받았으며, 특히 그는 『기호의 제국』1983에서 일본인들의 일상생활에 반영된 전통문화와 생활규범 등의 의미구조를 일본인들의 정신세계에 비추어 구조적으로 분석하기도 했다. 기호학은 바르트의 핵심적인 관심분야이자 소쉬르와 로만 야콥슨의 언어학의 이론으로부터 발전시킨 개념으로 레비스트로스의 사회문화적 인류학을 근간으로 한다. 따라서 바르트는 프랑스의 지성계를 중심으로 야기되었던 다양한 지성운동을 대표하는 것은 물론 구조주의 운동을 선도하게 되었다. 그에게 있어 구조주의 활동이란 하나의 대상이 가지고 있는 기능의 원리를 밝혀 그 대상을 명료하게 규명하기 위해 '대상 그 자체'를 재구성하는 방법에 해당한다.

그러나 바르트는 대부분의 영미비평가들의 태도, 즉 우선적으로 문학작품의 평가와 해석에만 관심을 기울임으로써 자신들이 관여하고 있는 문학작품에서 하나의 진리를 탐색할 수 있다고 생각하는 태도를 거부했다. 어떤 의미에서든 비평은 진리에 관여한다는 점을 거부하는 논지, 비평은 일찍이 감지하지 못했던 사실을 발견하는 데 있지 않고 작가의 언어를 비평가의 언어로 은폐시키든가 또는 조절하는 데 있다는 논리적인 제시, 논리학과 같이 비평도 궁극적으로는 동일한 언어의 중복과 반복이라는 점을 강조하는 바르트의 주장은 그의 「비평으로서의 언어」에 분명하게 반영되어 있다. 그의 이 글은 프랑스는 물론 영미를 포함하여 동서유럽을 대표하는 비평가들의 '주의표명'이라고 할 수 있는 대표적인 논문과 함께 『타임 문학선집』1963에 수록되었고 『비평의 시대』1964에 재-수록되었다. 『비평의 시대』에 수록된 글을 분석하면 드러나듯이 영미의 비평가들은 문학작품의 평가와 분석적인 방법론에 관심을 보인 반면, 바르트를 포함하는 유럽대륙의 비평가들은 이론비평에 더 많은 관심을 보이고 있다. 바로 이러한 점이 비평에 있어서 프랑스적인 특징과 미국적인 특징에 해당한다.

3) 해체주의 비평의 미국적 수용과 영향

유럽적인 특징을 지닌 해체주의 비평이 소개된 후 미국에서 고조되었던 다양한 적용방법 중의 하나는 '예일학파'의 형성을 들 수 있고 다른 하나는 '신-신비평'의 개념을 들 수 있다. 전자의 경우는 앞에서 살펴 본 바와 같으며 후자의 경우는 조나단 아락의 활동에 해당한다. 그는 「서정시와 신비평의 도약」에서 '신-신비평'이라는 용어를 처음으로 사용하고 있으며, 그의 이 글은 1982년 10월 캐나다 토론토대학교에서 개최한 '서정시와 신-신비평'을 주제로 하는 심포지엄에서 발표된 13편의 논문을 수록한 『서정시-신비평을 넘어서』에 '후기'

로 실려 있다. 『서정시-신비평을 넘어서』는 필자가 번역하여 『서정시의 이론과 비평』2003이라는 제목으로 국내에 소개된 바 있다. 아락이 강조하는 '신-신비평'에서는 구조주의, 페미니즘, 심리분석주의, 독자지향주의, 기호학과 의미론, 사회주의 문학이론 등의 비평방법은 그것이 지향하는 각각의 최종적인 목표가 상이하다 하더라도 모두 다 선정한 텍스트에 사용된 기술記述된 언어에서 출발하고 있다는 공통점을 강조하고 있다.

　신-신비평의 이러한 방법은 신비평의 방법에 근거하면서도 되도록이면 신비평의 방법을 지양하고자 한다. '신비평의 방법에 근거한다'는 말은 우선적으로 '꼼꼼하게 읽기'를 강조하고 나아가 그러한 읽기에 의해 '텍스트 자체의 의미'를 설명하고자 한다는 점을 의미한다. 시인은 "시인 자신의 중심의 중심으로부터 시를 써야 한다"는 T. S. 엘리엇의 말처럼, 한 편의 시를 독립적이고 자급자족적인 존재로 파악했던 신비평가들은 "시는 객관적인 존재이고 묘사하는 대상의 특징을 열거하며 그 자체의 목적을 위해 존재하는 자립적인 존재라는 점을 인정해야 한다"는 존 크라우 랜섬의 말을 중요하게 생각했다. 이들은 또 하나의 문학작품 내에 자리 잡고 있는 구성요소들의 복잡한 상호연관성과 다양한 의미 혹은 의미의 모호성을 세부적이면서도 설득력 있게 분석하기 위해서 텍스트에 대한 꼼꼼하게 읽기와 상세한 설명을 강조하기도 하였다. 문학을 가르치는 데 있어서 '텍스트 자체의 설명'은 프랑스학파에서 오랫동안 지켜져 온 전형적인 방법이며 그것은 또 I. A. 리처즈의 『실천비평』과 윌리엄 엠프슨의 『일곱 가지 유형의 모호성』1930에서도 심도 있게 논의된 바 있다.

　신-신비평이 신비평과 다른 점은 다음과 같다. 신비평에서는 한 편의 서정시에 사용된 비유법 주로 은유와 상징의 방법을 통해 시어와 시어 사이에 내재되어 있는 긴장, 아이러니, 패러독스, 재치를 파악하여 선정한 시의 이미지의 표출과 비유법의 성공여부를 판가름하였다. 따라서 신비평에서는 연구의 대상이 된 시에 대해 '좋은 시다' 혹은 '나쁜 시다'라는 평가를 강조하였다. 그러나 신-

신비평에서는 은유보다는 환유를, 상징보다는 알레고리를 상위개념으로 파악하여 한 편의 시에 사용된 비유법은 물론 언어로 쓰인 모든 텍스트의 문채文彩를 연구의 대상으로 삼고 있다. 즉, 문학작품의 의미를 해석하는 데 있어서 신비평은 서정시에 한정된 '비유법'을 강조하고 신-신비평은 언어로 쓰인 모든 텍스트에 사용된 '문채'를 강조한다고 볼 수 있다.

비유법과 문채에는 다음과 같은 차이점이 있다. 비유법은 상상력에 의해 하나의 대상에 해당하는 제1대상을 다른 대상에 해당하는 제2대상에 결합시키는 암시된 유추를 의미한다. 이때의 제2대상이 가지고 있는 하나 혹은 다수의 특징을 제1대상에게 전가시킬 수도 있고, 제2대상에 관여하고 있는 정서적이고 상상적인 특징을 제1대상에 부여할 수도 있다. 따라서 '비유법'은 언어가 지니고 있는 의미의 시적 전환과 변용을 형성할 수 있는 중요한 원리인 '문채'의 한 분야라고 할 수 있다. '비유법'에 대한 논의는 일찍이 아리스토텔레스에게서도 찾아 볼 수 있다. 그는 상이해 보이는 사상에서 동질성을 찾아낼 수 있도록 시인에게 통찰력을 길러 주는 '단연 가장 위대한 것'―그것이 바로 '비유법'이라고 파악하였다. 근래에는 I. A. 리처즈의 '주지主旨'와 '매체', 클리언스 브룩스가 강조하는 '기능적 비유'와 '참고적이고 정서적인 비유'를 들 수 있다. 브룩스에 의하면 '비유법'에는 그 어떤 방법으로도 전달 불가능한 '진리'를 나타내는 직접적인 방법이 포함되어 있다.

'문채'는 수사학의 한 분야로 하나의 어휘가 지니고 있는 문자 그대로의 고유한 의미 이외의 의미, 즉 의미의 변화와 전환을 포함하고 있는 '사고행위의 특징'을 나타낸다. 이 경우에 있어서 비교의 방법이나 아이러니적인 표현을 '문채'라고 볼 수도 있다. 중세의 연극을 연구하는 데 있어서 필수적인 요소가 바로 '문채'이다. 8~9세기경에 성당의 미사의식에서 그레고리 성가에 화답하기 위한 부수적인 성가는 미사집전에서 필수적이었다. 신앙의 환희와 기쁨을 표현하기 위해 처음에는 악보에 의한 음향만 강조되었으나 뒤에 가서 가사가 첨가

됨으로써 새로운 내용의 성가가 작곡되었다. 이렇게 해서 '새로운 요소'가 첨가된 성가를 '문채' 혹은 '성가의 가사가 수록된 텍스트의 확대'라고 부르게 되었다. 이러한 의미를 지닌 문채는 산문, 운문 및 두 개의 합창단이 노래로 화답하는 음악적인 대화형식에도 나타나게 되었다. '로마 크윈틸리언학파'의 『웅변학회지』제8·9권에는 하나의 어휘가 지니고 있는 고유의미로부터의 현저한 변용을 '문채' 혹은 '사고행위의 특징'으로, 어휘의 고유한 의미보다는 '언어적 질서'에 중점을 두는 것을 '화술의 특징' 혹은 '수사적 특징'으로 분류하고는 했다. 언어적 질서에 의한 수사적 표현에는 '생략법', 시의 여신에 해당하는 뮤즈에 대한 '기원祈願', '교차배열' 및 하나의 형용사나 동사로 두 개 이상의 명사를 동시에 억지로 수식하는 '액식어법' 등이 있다.

이상에서 살펴 본 바와 같이 '비유법'이나 '문채'는 모두 비유적인 표현을 의미하지만, 해체주의 비평에서는 문학적인 텍스트에 대해서는 '비유법'을 적용하고 언어로 쓰인 모든 텍스트에 대해서는 '문채'를 적용하고는 한다.

신-신비평이 신비평을 거부하게 된 또 다른 요인은 신비평의 방법에 있다. 신비평에서는 하나의 텍스트가 가질 수 있는 역사성을 배제하는 것은 물론 독자의 보편적인 상식과 견해에 의해 작품의 의미를 분석하고 평가하고자 한다. 1960년대 초반 미국 전역에 팽대해 있던 신비평에 대한 이러한 불만을 신-신비평에서는 지양하고자 한다. 이러한 불만을 대체할 수 있는 방법으로 등장한 것이 바로 프랑스의 구조주의이다. 특히 로만 야콥슨과 레비스트로스가 공동으로 보들레르의 시 「고양이」를 함께 분석한 글은 언어학과 인류학, 언어학과 구조주의가 접맥될 수 있는 계기를 마련하였다. 하나의 새로운 이론은 또 다른 새로운 이론에 의해 진부한 이론으로 전락되어 왔듯이 그 자체가 지니고 있는 참신하고 첨단적인 이론으로 각광받았던 구조주의 이론도 문학작품이 가지고 있는 고유한 의미를 파괴해 버렸다는 비난을 받게 되었다. 구조주의 비평에서는 문학적인 의미해석보다는 언어학적인 의미나 인류학적인 의미 또는 문화적인 의미가 강조되었다. 이러한 예는 구조주의 이론을 미국적인 방법으로 수용하여 적어도 1980년도 초반까지 미국비평계에 강력한 영향을 끼쳤던 조나단 컬러의 『구조주의 시학』[1976]에도 잘 나타나 있다. 컬러는 자신의 책 마지막 부분에 해당하는 「구조주의를 넘어서」에서 구조주의의 방법론이 가지는 취약점을 인정하는 한편 다른 한편으로는 당대의 프랑스 지식인들의 경향을 대변하는 '텔켈'의 활동을 소개했다. '있는 사실 그대로'를 의미하는 이 잡지는 1960년대부터 전위적이고 진보적인 이론을 전개해 온 데리다, 푸코, 바르트, 크리스테바, 장 루이 보드리, 장 테보도, 필립 솔러즈, 장 리카르도 등의 글을 게재했으며 이들의 글은 『문학이론 종합』[1968]에 수록되어 있다. 컬러의 이와 같은 소개는 제프리 하트만이 「형식주의 방법을 넘어서」에서 조르주 플레, 마르셀 레이몽, 폴 아자르 및 가스통 바슐라르의 이론과 견해를 소개함으로써 형식주의 비평의 한계를 지적하고 다른 가능성, 예를 들면 구조주의 비평이론의 가능성을 제안한 것과 유사한 면을 지니고 있다.

　「구조주의를 넘어서」에서 컬러는 프랑스의 '텔켈' 그룹을 중심으로 일어나고 있는 후기구조주의의 이론과 방법을 소개했으며, 데리다의 영향을 받은 '예일학파'의 교수들인 J. 힐리스 밀러, 블룸, 하트만, 폴 드 만 등은 『해체주의와 비평』[1979]을 출판했다. 이 책은 '구조주의 이후의 이론과 비평'이라는 부제副題가 암시하듯이, 미국에서 해체주의 비평의 배경이 된 신비평과 구조주의, 구조주의와 후기구조주의, 기호학과 언어학 이론의 유사점과 차이점이 무엇인지를 제시하였다. 해체주의에 관계되는 저서 중에서 크리스토퍼 노리스의 『해체주의—이론과 실제』[1982]를 빼놓을 수 없다. 노리스는 신비평과 구조주의를 해체주의 비평의 근간으로 파악했으며 해체주의 비평과 미국비평과의 관계에서 앞에서 언급한 예일학파의 활동을 소개하기도 하였다.

4) 해체주의 비평의 배경

조나단 컬러가 「구조주의를 넘어서」에서 소개한 바 있는 '텔켈'을 중심으로 활동해 온 진보적인 비평가들은 구조주의 비평가들이 선정한 텍스트에서 일련의 규칙적인 법칙성을 찾아 이를 구조화하여 다른 텍스트의 연구 분석에 적용하고자 하는 방법과는 달리, 그러한 '법칙성'을 찾기 위한 지적인 활동의 '과정'을 중요하게 생각했다. 다시 말하면 구조주의자들은 "모든 대상에는 구조가 있으며 그러한 구조를 규명할 수 있다"는 명제에 충실했지만, 후기구조주의자들은 "모든 대상에는 구조가 있으며 그러한 구조를 찾아가기까지의 과정만이 있다"는 명제에 충실했다. 따라서 기존의 의미와 그러한 의미요소를 해체할 수 있는 힘을 하나의 '미확정적인 급진적 힘'으로 파악함으로써 이러한 힘을 정의하는 과정에서 야기될 수 있는 학문연구나 그것의 불합리성, 비평 활동의 파괴 혹은 비평 활동의 확장, 비평의 엄격성 혹은 비평의 융통성을 논의하기 시작하였다. 이러한 점은 자크 라캉, 미셸 푸코, 롤랑 바르트, 자크 데리다 및 줄리아 크리스테바 등이 모두 구조주의자들이었지만 그들은 '텔켈'을 중심으로 활동하면서부터 후기구조주의자들로 전환함으로써 각자의 분야로 나아가게 되었다는 점에서도 찾아볼 수 있다. 말하자면 '텔켈'의 활동을 기점으로 하여 라캉은 신-프로이트주의로, 푸코는 성性-정치-권력으로, 바르트는 문화론으로, 데리다는 해체주의로, 크리스테바는 페미니즘으로 나아가게 되었다.

후기구조주의의 한 분야로 그 어떤 분야보다도 가장 난해한 분야로 인식되는 해체주의를 이해하기 위해서는 구조주의 비평에 대한 이해에서부터 출발해야만 한다. 구조주의 비평에서는 하나의 문학작품에 내재되어 있는 법칙성의 발견, 기존의 의미의 체계적인 분류와 분석, 발견된 법칙성과 분류된 요소의 구조화 및 체계화된 의미구조를 다른 문학작품의 연구 분석에 적용하여 왔다. 현대 언어학의 명쾌한 분류방식에서 영향을 받은 구조주의 비평은 야콥슨으로 대표되는 러시아 형식주의 비평과 프라그학파의 언어학의 이론을 중요하게 생각했으며 아울러 소쉬르가 『일반언어학 강의』1916에서 발전시킨 기표記表와 기의記意, 공시성과 통시성, '파롤'과 '랑그'의 개념을 문화현상, 신화, 종족관계 등에 대한 연구에 적용하였다.

언어학의 이론에 근거하여 발전된 구조주의의 초기에서는 소쉬르의 '랑그', 즉 언어의 함축체계에 대응되는 모든 사유행위를 총망라할 수 있는 종합체계로서 의미요소의 배합법칙과 의미관계의 '저층구조'를 강조하는 것은 물론 소쉬르의 '파롤', 즉 특별히 언급된 언어체계에 대응되는 특별한 문화현상이나 문학작품의 변별적인 기능을 강조했다. 그러나 구조주의의 후기에서는 산문으로 쓰인 모든 텍스트에 잠재되어 있는 법칙성, 모든 의미를 지칭하는 사회제도나 관례로서 문학의 체계적 법칙이나 규약을 명확하게 하고자 했다. 구조주의의 이러한 후기활동을 조나단 컬러는 "서술행위나 구성구조의 법칙"에 의한 활동으로 파악하는 한편 다른 한편으로는 "분석방법으로서가 아니라 기호 의미론적인 조사방법을 위한 일반적인 전형으로서 언어학 이론을 차용하고 언어학이 언어를 끝까지 고수하듯이 문학을 끝까지 고수할 수 있는 시학을 형성해야만 한다"고 강조했다. 이러한 구조주의의 이론은 앞에서 언급한 바 있는 대상의 모방이 곧 문학이라는 모방주의 이론, 작가의 감정과 정서를 일차적으로 표현하는 것이 문학이라는 표현주의 이론, 작가와 독자의 의사소통 수단이 문학이라는 교훈주의 이론에는 반대되지만, 언어의 고정된 의미나 공공연한 의미에 첨부된 독자적인 언어체계로서 개별적인 문학작품을 연구해 온 신비평의 방법과는 유사한 면을 지니고 있다.

해체주의 비평의 모체가 된 구조주의 비평 특히 구조주의의 후기활동에 해당하는 후기구조주의 비평에서는 쓴다는 행위의 한 양식으로서 사유의 문자화, 문자화를 가능하게 하는 보이지 않는 자아의 활동, 읽는다는 행위의 한 가지 방법으로서 쓰인 언어인 문자의 체계화, 전통적인 비평용어와 수사법 등을 새로운 개념으로 전환시켰다. 구조주의에서 강조해 온 쓴다는 행위와 읽는다는 행위는 데리다에 의해 문학작품에 쓰인 언어는 그것을 읽게 되는 독자에게 있어서 하나의 '표식'이 되고, 무한정한 의미작용을 가능하게 하고, 구속받지 않는 창조적인 역할을 하는 것으로까지 발전되었다. 특히 해체주의 비평에서는 앞에서 언급한 바 있는 두 가지 유형의 읽는 행위에서 '불가능한 읽기', '성찰적 읽기', '중복적 읽기' 등을 강조하며, 이러한 읽는다는 행위에 의해 하나의 텍스트가 이제까지 지녀온 고유한 의미를 전복시킬 수 있다고까지 파악하였다. 구조주의자들이 선정한 텍스트의 의미를 설명하기 위해서 이론적이고 체계적인 '현상언어'의 추구와 지식의 체계적인 습득이 가능하다고 파악한 반면, 해체주의자들은 지식의 체계적인 습득이 불가능할 뿐 아니라 최종적으로 남게 되는 것은 지식의 불가능성뿐이며 기술된 언어현상에 대한 법칙성의 발견보다는 그러한 법칙성을 발견하는 과정에서 비롯되는 보이지 않는 힘이 무엇인가를 연구하는 데에 관심을 보이고 있다.

제프리 하트만이 "문학의 정신이 문학의 정념으로부터 분리될 수 없다 하더라도 해체주의 비평에 있어서 문학이란 언어의 정확한 사용을 의미하며, 정념을 정화시킬 수 있고 또한 문학이 비유적이고 반어적이고 미학적이라는 것을 보여줄 수 있다"고 언급했듯이, 해체주의 비평은 선정한 텍스트를 형성하고 있는 쓰인 언어를 어떻게 읽을 것인가라는 읽는 행위를 강조하는 비평의 한 양식에 해당한다. 여기서 말하는 읽는다는 행위는 텍스트 자체 내에서 전개되고 있는 쓰인 언어체계를 따라 텍스트 자체가 지금까지 지니고 있던 의미의 고유성, 의미의 통일성과 상쇄성, 의미의 확정성 등 모든 의미의 '함축적 의미'를 거부하고 해체하는 행위는 물론 그러한 해체과정에서 야기될 수 있는 미확정적인 급진적 힘의 요소에 대한 타당한 근거를 마련하는 행위를 뜻한다. 해체주의 비평에서 강조하는 읽는다는 행위는 앞에서 논의한 바와 같이 텍스트를 되도록이면 어렵게 읽기, 주도면밀하게 읽기, 중복적으로 읽기를 뜻하며, 아울러 차연差延, 이항대립, 삭제, 추적, 산종散種 등을 고려하면서 읽는 행위를 뜻한다. 따라서 해체주의 비평에서 텍스트를 읽는다는 의미는 텍스트에 사용된 동일한 특징을 묶어 그것을 구조화하여 문화와 언어, 문학과 인류학 및 하나의 텍스트와 다른 텍스트와의 연관성을 파악하고자 하는 읽기에 관계되며, 그것은 구조주의 비평이나 성경연구에 바탕을 두어 발전되어 온 해석학 연구에서 강조하는 독서행위, 즉 읽을 수 있는 텍스트를 상식적인 수준에서 쉽게 읽어내는 행위와는 다른 의미를 지닌다.

해체주의 비평에 관계되는 위에서 언급한 용어의 의미를 간략하게 살펴보면 다음과 같다. 바르트는 소쉬르가 처음으로 규정한 바 있는 기표와 기의의 확연한 구분을 거부하고 이 두 개념의 치환이나 통합가능성을 '메타언어'에 대한 논의에서 제시하였다. 그가 말하는 메타언어란 소쉬르의 '기표'와 '기의'를 하나로 묶어 또 다른 '기표'로 보고 이에 대응되는 또 다른 '기의'를 상정하는 언어체계를 의미한다. 이처럼 겉으로 드러나지 않는 언어체계까지를 포함하는 '이항대립'에 대해 바르트는 이렇게 언급했다. "의미의 이항대립이라고 정의될 수 있는 표현된 것의 속성의 결핍을 나타내는 '속성결핍의 대립'(표시된 것과 표시되지 않은 것의 대립)의 중요성과 간명성은 다음과 같은 의문을 야기했다. 즉, 알려진 모든 대립(어떤 표식의 현존과 부재에 근거를 두는)을 양면형식으로까지 축소시켜서는 안된다는, 다시 말하면 이항대립의 원칙은 보편적인 사실을 반영하지는 못한다는 의문은 다른 한편으로는 보편적이기 때문에 속성결핍의 대립은 마땅한 근거를 가지지 못할 수도 있다는 의문을 야기했다." 표현된 하나의 의미는 표현되지 못한 모든 의미를 언제나 수반하게 된다는 것이 바르트의 주장이다. 그는 발자크의 소설을 분석한 『S / Z』1974에서도 이렇게 언급했다. "다른 힘, 다른 의미, 다른 언어를 정복하고자 하는 힘으로서 하나의 의미에 대해 언급했다. 가장 강력한 의미란 기호세계에서 특기할 만한 모든 것을 포함할 수 있을 만큼 최대의 의미요소를 수용하는 체계이다."

바르트에 의해 논의되기 시작한 의미의 '이항대립'은 데리다에 이르러 포괄적으로 확장되었다. 바르트는 삶 / 죽음, 자연 / 인간, 침묵 / 소음, 추위 / 더위 등 분명한 대립적인 개념에만 관심을 가진 반면, 데리다는 프랑스어에서 '이다 est'와 '그리고et'가 동일하게 발음된다는 점에 착안하여 하나의 개념 혹은 의미에 대해 다른 개념이나 의미를 첨가시키는 '보충'의 역할로서의 '그리고'와 주어부와 서술부를 연결시키는 '연결사'로서의 '이다'라는 동사의 역할을 「연결사의 보충-언어학 이전의 철학」에서 상론하고 있다. '이다 / 그리고'에 대한 데리다의 실천은 그의 '외면성과 내면성' / '외면성은 내면성이다'에 잘 나타나 있다. 외면성과 내면성을 구분 짓는 요소인 '그리고'와 이들을 연결 짓는 요소인 '이다'를 삭제함으로써 외면성과 내면성의 확연한 구분은 사라지고 치환되고 때로는 하나로 통합될 수 있게 되었다. 여기서 말하는 '삭제'는 지워 없애는 것이 아니라 지워진 흔적을 그대로 유지하는 '삭제의 원리'에 의한 삭제를 의미한다. 데리다의 이러한 견해에 의해 이제까지 확연하게 구분되었던 쓴다는 행위와 말한다는 행위, 감성적인 것과 이성적인 것, 시간과 공간, 수동과 능동, 통시성과 공시성, 우매성과 통찰력 등은 더 이상 분리해서 파악할 수 있는 개념이 아니라 언제나 상호보완적이고 상쇄적인 역할을 하는 동시적이고 동질적인 개념으로 발전하게 되었다. 왜냐하면 상반되지만 동질적인 관계를 유지하는 이러한 개념은 모든 가능한 대립적인 개념을 중재하여 '현존의 현존', 다시 말하면 최종적인 지칭의 대상에 해당하는 사유의 본질에 도달하게 되기 때문이다.

5) 해체주의 비평의 원리

해체주의란 무엇을 의미하는가? 그것은 선정한 텍스트를 해체하는 것만을 의미하는 것이 아니라 그러한 텍스트를 '어떻게 읽을 것인가?'라는 읽는다는 행위를 강조하고, 그러한 읽는다는 행위에서 비롯될 수 있는 아무도 예상하지 못했던 어떤 '법칙성', 즉 기술방법 혹은 기술학으로 종종 설명되고는 하는 법칙성을 지금 읽고 있는 텍스트에서 찾아낸다는 의미를 지닌다. 프랑스어나 영어에서 모두 'deconstruction'으로 불리고 있는 해체주의의 어휘구성은 다음과 같이 풀이된다. 하나하나의 '구조structure'를 모은 것이 '축조물con-struct'이며, '해체주의'에서 접두사에 해당하는 'de'가 나타내는 제거, 부정, 전락, 반전이라는 복합적인 의미에 의해 이러한 축조물에 '대하여', 이러한 축조물을 '해체하여', 이러한 축조물을 '떠나서', 혹은 이 모두를 종합적으로 함축하고 있는 실체가 바로 해체주의에 해당한다. 바르트가 강조하는 '구조'는 다음과 같은 의미를 지니고 있다.

구조라는 어휘는 이미 오래된 어휘(해부적이고 문법적인 어휘)이지만, 오늘날 과도하게 논의되고 있으며, 모든 사회과학은 이 어휘에 지나칠 정도로 집착하고 있다. 이 어휘에 부여되어 있는 내용에 대한 논쟁에 관여하는 것을 제외하고는 어느 누구도 구조라는 어휘를 적절하게 사용하지 못하는 것 같다. 원인과 결과에 대한 결정론적인 낡은 도식이 나타내는 현저한 위장술만큼, 이 어휘의 기능, 형태, 기호, 의미작용은 이제 일반적인 용어가 되었다. 구조주의와 그 외의 사고행위를 구별하기 위해서는 의미 / 의미작용, 공시성(시간을 정지된 개념으로 보고 한 시대의 언어적 특징을 횡적으로 연구하는 것) / 통시성(언어의 특성을 역사변천에 따라 종적으로 연구하는 것)과 같이 한 짝을 이루는 두 개념으로까지 거슬러 올라가야 한다.

따라서 해체주의는 하이데거의 '파괴주의destruction'에 가깝다기보다는 어원적으로 볼 때에 '원상태로 되돌아가기'와 유사한 '분석하기'에 더 가깝다고 볼 수 있다. 이렇게 볼 때에 바르트가 강조하는 구조주의 비평은 어느 한 가지 개념, 즉 소쉬르의 언어학에서 비롯된 의미, 공시성 및 기표뿐만 아니라 이러한 요소의 대립적인 요소에 해당하는 의미작용, 통시성 및 기의까지도 고려할 것을 강조하기도 한다. 바르트의 이러한 강조는 해체주의 비평에서 강조하는 의미의 '이항대립'에 관계된다. 이처럼 소쉬르의 언어학 이론, 사르트르의 실존주의, 프로이트의 심리학, 러시아 형식주의 운동과 로만 야콥슨을 중심으로 하는 프라그 언어학파, 레비스트로스가 종합하고 바르트가 문학작품의 분석에 적용한 바 있는 구조주의 이론 등은 데리다가 제창한 해체주의 비평의 이론의 배경이 된다. 그리고 이러한 이론비평을 문학작품의 평가와 해석에 적용하는 방법론은 미국적인 실천비평의 근간을 형성하게 되었다. 해체주의 비평 이후 그 이론의 적용대상이 되는 텍스트의 선정에 있어서도 유럽적인 요소는 문학작품은 물론 문자화된 모든 것에 관심을 기울이는 반면, 미국적인 요소는 시, 시 중에서도 특히 서정시에 더 많은 관심을 보이는 것에서도 그 차이점을 찾을 수 있다. 특히 미국의 해체주의자들은 해체주의 비평이론에 의해 낭만주의 문학작품을 재평가하는 데에 주력하고 있다.

텍스트에 대한 독서행위, 기술행위, 분석행위에 인간의 사고행위를 첨가하여 제프리 하트만은 해체주의를 다음과 같이 설명했다. "해체주의는 문학의 힘과 기존의 어떤 구체적인 의미개념이 일치하는 것을 거부하는 대신 사유중심적인 어떤 예견이나 현현顯現중심적인 예견이 예술의 전반에 대한 인간의 사고행위에 얼마나 깊게 작용하여 왔는가를 보여준다." 해체주의를 정의하는 데 있어서 하트만의 이 말을 가장 먼저 적용하는 까닭은 그를 포함하여 폴 드 만, J. 힐리스 밀러, 해럴드 블룸 등이 '예일학파'를 형성하여 자크 데리다의 해체주의를 전파하는 데 선도적인 역할을 해왔기 때문이다. 데리다는 1966년 10월 '비평언어와 인문과학'이라는 주제로 존스홉킨스대학교에서 개최된 심포지엄에서 발표한 자신의 「인문과학 담론에서의 구조, 기호, 작용」에서 '탈중심화', 즉 균열현상을 강조하였다. 그는 또 자신의 글 서두에서 구조의 개념의 역사에서 발생해 왔던 '그 무엇'을 일종의 '이벤트'라고 전제한 후 "이 이벤트는 외적인 균열과 강화 형태를 띨 것"이라고 강조하였다. 그러한 균열은 가깝게는 미셸 푸코가 제시하는 현대인식론에서의 언어와 실체의 사이에 존재하는 공간은 물론, 멀리는 소쉬르의 언어학의 기본요소에 해당하는 기표와 기의의 사이에 존재하는 공간에도 관계된다. 이러한 균열현상을 데리다는 니체의 형이상학 비판, 소쉬르의 기호체계 비판, 하이데거의 형이상학 파괴와 현존으로서의 존재결정론 파괴 등에서 발견했다.

데리다의 텍스트에는 대부분 철학가의 사상과 그에 대한 비판 및 이들의 언어 관에 대한 비판 등이 반영되어 있다. 이러한 점은 루소, 소쉬르, 레비스트로스를 취급한 『기술학』1976, 플라톤과 말라르메를 다룬 『산종散種』1972, 헤겔, 후설, 하이 데거, 오스틴을 연구한 『철학의 여백』1982, 후설을 중점적으로 취급한 『후설의 기 하학 원론』1989과 『목소리와 현상』1973, 헤겔과 장 주네를 비판한 『조종弔鐘』, 프로 이트를 연구한 『기술과 차연』1976, 니체를 취급한 『자극』1979 등에서 찾아 볼 수 있다. 그 결과 데리다는 다음과 같이 결론지었다. "존재의 본래 의미와 그것을 지 칭하는 말, 의미와 음성, 존재를 지칭하는 음성과 음성의 요소인 음소, 존재의 호 칭과 분절음, 이와 같은 두 요소의 사이에 존재하는 균열현상은 근본적인 비유를 입증하는 동시에 그와 같은 비유적인 모순에 대한 의구심을 강조함으로써 현존 의 형이상학과 사유중심주의에 대한 하이데거의 애매모호한 상황을 설명한다. 균열현상은 그 자체 내에 존재하는 동시에 그 자체를 벗어나고자 한다. 그러나 이 두 가지를 분리하는 것은 불가능하다." 선정된 텍스트가 전개하는 언어체계 내 에서 현존의 의미를 확정짓기 위한 데리다의 이상과 같은 사상과 논의의 바탕은 후설의 『기하학 원론』, 루소의 『언어 기원론』, 니체의 『윤리학 계보』, 프로이트의 『꿈의 해석』, 헤겔의 『정신의 현상학』, 소쉬르의 『일반언어학 강의』, 레비스트로 스의 『구조인류학』 및 니체에 대한 하이데거의 평전을 읽고 이들을 비판한 데리 다 자신의 『문체의 문제』 등에 잘 나타나 있다.

데리다의 이상과 같은 논의 중에서 한 가지 예를 든다면, 보편적 의미에서 기 표와 기의의 관계는 이 두 개념이 가지는 변별적인 특징에 의해 이루어지는 것 이 아니라 다른 요소와의 차이점, 가령 음성현상, 쓰인 표식, 의미작용에 따라 그 특징과 동질성을 획득하게 되는 변별적 기능에 의해 '기표'나 '기의'는 단독 적으로 어떤 의미를 표출시킬 수도 있지만, 보다 더 확실한 의미는 나타난 의미

이전의 의미, 선정되어 나타나게 되는 의미로 인해 숨겨질 수밖에 없는 의미, 선정되지 못한 의미나 부재^{不在}된 의미를 추적하고자 하는 '자멸^{自滅}되는 추적', 즉 '부재된 의미의 추적' 등에 의해 표출시킬 수 있다는 점에 관계된다. 자멸되고 있는 의미를 추적한다는 말은 현존하는 '기의'가 그것을 뜻하는 '기표' 때문에 나타낼 수 없는 모든 가능한 부재된 의미, 즉 겉으로 나타나지 않는 의미를 규명하는 것을 뜻하며, 이 모든 가능한 부재된 의미는 현존하는 '기의'는 물론 '기표'까지도 더욱 분명하게 한다는 것이다. 이러한 부재된 의미를 추적하지 않고서는 선정된 텍스트의 현존적인 의미, 즉 기의로서의 텍스트 그 자체는 물론 기표로서의 텍스트 내에 전개되고 있는 언어체계를 명확하게 할 수 없다고 결론지은 데리다는 현존하는 의미, 텍스트에 전개되고 있는 어휘와 언어체계, 모든 문장, 나아가 텍스트 전체까지도 지워버려야 된다는 '삭제의 원리'를 제안했다.

데리다의 '삭제의 원리'는 '본문'을 해체하지 않고서는 '서문'을 쓸 수 없기 때문에 자식으로서의 서문은 아버지로서의 본문을 삭제시킬 수밖에 없는, 그러나 삭제된 실체를 그대로 놔두어야만 하는 존속살해범과도 같다고 파악하여 서문을 쓰기 위해 본문을 해체해 나가는 헤겔의 방법에 의존했다. 서문과 본문의 관계를 헤겔은 다음과 같이 언급했다. "나의 서문을 중대하게 생각하지 말기 바란다. 진정한 철학서는 내가 방금 탈고한 『정신의 현상학』이다. 내가 저술한 이 책의 외부에서 이 책에 대해 언급한다면, 이러한 부수적인 언급은 한 권의 저서에 수록된 본문 전체의 가치를 지닐 수 없다. 서문을 중대하게 여기지 말기 바란다. 서문이란 어떤 연구 과제를 알리는 것이고 연구 과제란 그것이 실현될 때까지는 그 어떤 의미도 갖지 못하게 되기 때문이다." 헤겔이 서문의 역할에 반대하는 것은 '서문 / 본문 = 추상적 일반화 / 자동기술 활동'이라는 등식에 근거하고 그러한 역할에 동조하는 것은 '서문 / 본문=기표 / 기의'의 등식에 근거한다고 볼 수 있다.

하이데거가 존재의 의미를 정의하고 설명하기 위해 존재라는 어휘를 교차선으로 지우고 지워진 흔적을 그대로 놔두는 방법은 데리다가 제안한 '삭제의 원리'에 해당한다. 존재의 본질을 규명하기 위해 존재라는 어휘가 지니고 있는 모든 가능한 의미의 변용을 추적해 나가는 과정에서 하이데거는 존재라는 어휘를 지운후에 지워진 흔적과 어휘를 그대로 놔둔 채 또 다른 어휘로 대체시키고 있다. 존재를 정의하기 위해 존재라는 말을 사용하는 것은 정확한 방법이 되지 못하지만 언어는 선험적으로 이해되는 의미만을 수행하기 때문에 존재라는 어휘로 존재를 정의하고자 하는 하이데거의 방법은 가장 정확한 방법이 된다. 이러한 방법을 하이데거는 다음과 같이 설명한 바 있다. "이 '존재Being'의 영역에 앞서는 사려 깊은 일별은 존재를 '존재being'로서 기술記述하는 것뿐이다. 이처럼 존재를 교차선을 그어 지우는 것은 우선 특히 '존재'를 스스로 나타내는 그 무엇으로 생각하는 습관을 떨쳐버리는 데 있다. 인간은 그 본질에 있어서 기억의 존재, 존재자일 뿐이다. 이는 인간의 본질이란 존재라는 어휘를 지우는 교차선 내에서, 인간의 사고행위를 좀 더 독창적으로 요구하는 주장에 배치하는 종합적인 행위의 일부라는 것을 뜻한다."

지칭된 '존재'를 정의하기 위해 그것을 지칭하는 '존재being'를 교차선을 그어 지워나가는 하이데거에게 있어서 중요한 것은 '존재' 그 자체이지만, 그가 교차선과 그것에 의해 지워진 존재라는 어휘를 그대로 유지하고 있다는 점을 예의 주시한 데리다에게 있어서 중요한 것은 표면화되지 않는 의미의 '추적'에 있다. 보이지 않는 의미를 추적하는 데리다의 활동은 의식세계를 설명하기 위해 무의식의 세계를, 무의식의 세계를 설명하기 위해 의식세계를 설명하는 프로이트에 관한 연구와 니체의 "나는 내 우산을 잊었다"라는 구절에 대한 연구에 잘 반영되어 있다. 데리다는 하이데거의 견해에 의해 니체의 이 구절을 완전한 불가사의한 구문이라고 파악하였다. 왜냐하면 이 구절의 전후관계로 볼 때, 우산을 잊고 있었다는 '망각행위'를 기억해 내는 순간 이미 이 구절은 그 존재가치를 상실하게 되고 망각한 것을 기억해 내는 '기억행위'에 있어서도 이 구절은 그 어떤 결정적인 의미를 지니지 못하기 때문이다. "구조적으로 볼 때 이 구절은 어떤 의도나 일상적인 화술행위로부터 해방되었고 아무것도 의미하지 않거나 어떤 결정적인 의미를 가지지 못하며 이 구절의 해석자는 이 구절의 작용 때문에 화가 나기도 하고 당황스럽게 되기도 한다."

지금까지 살펴 본 몇 가지 용어는 해체주의 비평에서 자주 거론되고 있으며 데리다는 이러한 용어의 역할에 의해 자신이 강조하고 있는 '사유중심주의'를 설명하고자 한다. 신, 사유, 성령, 말씀에 내포되어 있는 불변의 진리처럼 언어로 쓰인 모든 텍스트에는 그 어떤 방법으로도 설명될 수 없는 하나의 진리가 있다는 것이 데리다의 주장이다. 그는 서구의 모든 언어체계와 지금까지 사용되어 온 일상 언어와 문화는 소쉬르가 강조하는 '음성중심주의'에 의해 이루어진 것이 아니라 불변의 진리 / 사유에 도달하고자 하는 노력과 그러한 노력의 과정에 의해 발전되어 왔다고 파악하였다. 사유중심주의는 '현존의 형이상학'에 관계된다. 현존은 데리다가 강조하는 '초기의超記意'와 '종기표終記表'를 동시에 수용하는 개념이다. 그는 음성현상과 사유의 관계를 이렇게 파악했다. "음성-중심적이고 알파벳-중심적인 기술행위에 관련된 언어체계는 그 체계 내에 현존으로서의 존재의미를 결정짓는 사유중심적인 현상학이 발전되어 온 체계이다. 모든 의미에 있어서 화술행위에 해당하는 이와 같은 시대, 즉 사유중심주의는 본질적인 이유에 해당하는 기술행위의 기원과 그 위상에 대한 갖가지 자유로운 비방, 자연적인 기술행위에 대한 신화와 비유법에 그 자체를 의지하게 된 과학의 기술도 아니고 기술의 역사도 아닌 기술행위에 대한 모든 학문으로 인해 괄호 속에 묶여서 언급되지도 않았고 활발한 논의도 차단되었으며 음성중심주의에 의해 언제나 억압받아 왔다." 데리다는 계속해서 자신이 제안하는 사유중심주의는 소쉬르와 그의 추종자들이 명확하지 못한 추상적인 개념인 음성중심주의에 의해 언어의 본질을 설명하고자 했던 것을 더욱 확실한 개념으로 설명할 수 있다는 점을 강조하였다.

사유중심주의의 본질인 사유의 중심점에 도달하기 위해서 데리다는 기술행위에 우선권을 부여하기보다는 화술행위에 우선권을 부여했던 소쉬르의 음성중심주의의 통설을 거부하고 그 반대의 개념을 도입하였다. 다시 말하면 기술행위와 문자로 쓰인 모든 텍스트에는 그 의미의 보증으로 화자나 화자의 의식이 나타날 수 없으며 오로지 문자로 쓰인 언어체계만이 남게 된다는 사실을 강조하였다. 따라서 화술행위는 기술행위의 한 갈래라고 파악하였다. 왜냐하면 화자가 발설하는 어떠한 언어의 의미도 말하는 순간에만 즉각적으로 충분하게 전달될 수 있을 뿐이며, 동일한 말을 반복한다 하더라도 발설하는 음성이나 의미는 또 다른 의미만을 지니게 될 수 있을 뿐이지 이미 언급한 내용과는 동일할 수 없다고 파악하였다. 여기에서부터 기술행위가 화술행위에서 파생되었다기보다는 기술행위에 화술행위가 포함된다는 이론, 즉 사유중심주의가 발전하게 되었다. 데리다는 자신이 설정한 이러한 넓은 의미의 기술행위의 개념을 더욱 확고부동하게 하기 위해 '원형기술原型記述'이라는 개념을 제안하였다.

기술행위에 대한 원형은 말해진 언어와 쓰인 언어를 동시에 수용할 수 있는 개념으로 이러한 개념에 의해 사유의 본질에 도달할 수 있을 뿐만 아니라 선정한 텍스트의 절대적 의미에도 접근할 수 있게 된다. 그리고 텍스트의 절대적 의미를 파악하기 위해서는 기존의 의미를 지워나가는 삭제의 과정을 통해서 통일된 어떤 법칙성을 발견하는 것은 물론 그러한 법칙성을 가능하게 하는 요인, 다시 말하면 과정으로서의 힘의 요인이 무엇인지를 해체주의자들은 밝히려고 노력한다.

그러나 의미의 이항대립, 부재된 의미의 추적, 확정된 의미의 삭제, 일정한 법칙성을 가능하게 하는 불확실하고 미확정적인 힘의 요인을 고려하면서 선정한 텍스트를 되도록이면 어렵게 읽음으로써 예외적인 의미를 찾아낸다 하더라도, 하나의 의미해석은 다른 의미해석에 의해 대체되고 대체된 의미해석은 또 다른 의미해석에 의해 대체되고 마는 과정이 되풀이 될 수밖에 없다. 따라서 선정한 하나의 텍스트가 간직하고 있는 의미 그 자체는 여전히 불멸의 진리로 남게 되고 그 어떤 탁월한 절대적인 의미해석도 이 진리의 발산체인 텍스트의 표면을 맴도는 하나의 '허상'에 해당할 뿐이다. 이 어휘가 지니고 있는 의미의 이중성, 즉 불멸의 진리로서의 신의 모습과 그 그림자에 해당하는 허상의 관계는 텍스트 자체의 불변의 의미(진리로서의 신의 의미)와 그러한 의미의 해석 및 해석의 역사(허상으로서의 그림자)에 적용된다. 데리다의 해체주의 비평에서는 이러한 진리와 허상, 현존과 부재, 절대성과 일시성의 확연한 구분을 거부하고 하나의 기존의 의미가 예상하지 못하는 다른 의미에 의해 전복되는 과정을 중요하게 생각한다. 선정한 텍스트에 대한 표면화된 의미의 해석 하나하나는 그 자체가 물론 진리에 해당하지만, 그러한 의미로 인해 잠적되고 숨겨지고 부재되고 예외적으로 될 수밖에 없는 의미의 출현으로 인해서 표면화된 의미는 언제든지 무의미한 허상으로 전락될 수 있기 때문에, 의미해석의 절대성, 완벽성, 법칙성보다는 우연성, 미완성, 법칙성의 과정을 해체주의 비평에서는 강조한다.

언어의 기원에 대한 루소의 모색, 인식의 행위에 대한 니체의 추구, 정신의 세계에 대한 프로이트의 탐구, 존재에 대한 하이데거의 규명, 화술의 행위에 대한 소쉬르의 전이, 종족의 관계에 대한 레비스트로스의 설명 등의 과정에서 이들이 공통적으로 중요하게 고려했던 것은 자신들이 추구하는 절대적인 진리에 도달하기 위해 수많은 개념과 용어를 보충하고 치환하고 삭제하고 다시 보충하고 치환하고 삭제한다는 점에 착안하여 데리다는 이제까지 있어 왔던 서구 철학의 모든 활동은 사유중심주의의 본질에 해당하는 사유의 중심점에 이르고자 하는 활동으로 집약될 수 있다고 파악했다. 그러나 데리다에게 있어서 이러한 사유의 본질은 결코 규명될 수 없는 존재, 즉 그리스어로 '결코 지나갈 수 없는 길'을 의미하는 아포리아, 즉 '난경難經'을 의미한다. '난경'은 모든 텍스트에 존재하는 단 하나의 유일한 진리에 해당하지만 결코 규명할 수 없는 진리에 관계된다. 이러한 난경의 진리를 규명하고자 하는 무수한 노력으로 인해 아포리즘, 즉 일종의 '난경주의'가 비롯되었으며, 이러한 난경주의는 의미의 확산만을 야기하게 될 뿐이다. 다시 말하면 데리다는 텍스트에 내포되어 있는 요지부동의 의미를 '난경'으로, 그 의미에 대한 가장 근접한 해석의 과정을 '삭제의 원리'로, 그러한 해석의 과정을 밝히는 작업을 '추적행위'로 파악했다.

데리다가 강조하는 '난경'은 노자가 말하는 '도道'와 일맥상통하는 개념으로 노자는 자신의『도덕경』의 「제1 체도體道」에서 다음과 같이 언급하였다. "도라고 할 수 있는 도는 절대불변의 도가 아니며 명칭을 부여할 수 있는 명칭은 절대불변의 명칭이 아니다. 명칭이 없는 것은 천지가 시작되기 이전의 상태이며 명칭이 있는 것은 만물의 어머니에게서 비롯된 것이다." 노자의 '도'나 '명칭'이 그 자체의 의미를 지니고 있듯이 데리다의 '난경', 즉 텍스트 고유의 의미도 그 자체의 의미를 지니고 있으며 그러한 의미에 대한 모든 해석과정은 진리의 핵심에 도달하기 위한 '삭제의 원리'에 해당한다. 데리다는 하이데거가 '존재Being'를 설명하고 정의하기 위해 '존재being'라는 어휘를 끊임없이 사용한 후 그 어휘를 교차선을 그어 지우고 지워진 어휘를 그대로 놔둔 것에 착안하여 '삭제의 원리'를 창안하게 되었다.

사유중심주의는 음성중심주의를 포함하는 것은 물론 의미의 이항대립, 현존의 현존, 부재된 의미의 추적, 의미의 보충과 삭제과정, 화술행위가 포함된 기술행위까지를 포함한다. 이러한 모든 개념과 의미를 종합하고 있는 어휘가 바로 데리다 자신이 창안해 낸 신조어인 '차연差延'이다. 이는 데리다가 창안해 낸 신조어이자 해체주의를 대표하는 개념에 해당한다. 데리다의 '차연différance'과 동일하게 발음되는 프랑스어 'différence'는 한편으로는 '차이점'을, 다른 한편으로는 '연기'를 의미하고, 때로는 '우회하다'를 의미하기도 하지만, 데리다의 신조어인 '차연'에서는 '차이점'과 '연기'를 동시에 지칭한다. 이러한 '차연'의 중요성을 데리다는 다음과 같이 설명했다.

차연은 현존/부재라는 대립개념에 의해서는 결코 이해할 수 없는 일종의 구조이자 동향이다. 차연은 각각의 요소들이 상호 연관되는 각 요소 사이의 차이점, 그러한 차이점의 추적, 쓰인 언어가 나타내는 행과 행사이의 간격이나 말해진 언어가 나타내는 호흡과 호흡사이의 휴식에 의한 간격(공간)의 체계적인 작용이다. 이러한 간격이 바로 능동적인 동시에 수동적(차연의 /a/는 아직은 능동성과 수동성의 정확한 대립에 의해서는 지배될 수도 없고 조직될 수도 없는 능동성과 수동성에 대한 미결정적인 상태를 의미한다)인 공백, 즉 그것 없이는 어떠한 '완전한' 어휘도 그것이 지칭하는 대상을 정확하게 나타낼 수도 없고, 그 어휘가 지니고 있는 모든 기능을 충분하게 발휘할 수도 없는 여백을 의미한다.

의견의 차이와 의견의 연기를 동시에 지칭하는 '차연'은 현존하는 의미와 부재된 의미를 상호보완작용과 상쇄작용에 의해 하나의 텍스트가 나타내는 모든 가능한 의미를 수렴하여 텍스트 고유의 불변의 진리인 사유의 본질에 되도록이면 가깝게 접근시켜 나가는 운동이자 동향을 뜻한다. 따라서 '차연'은 하나의 텍스트에 대한 의미해석의 차이점인 동시에 하나의 해석/의미가 다른 해석/의미에 의해 끊임없이 대체되어 온 전 과정/형적을 현재의 시점에서 과거의 시점으로 체계적으로 추적해 나가는 활동이다.

이와 같이 특수하고 의미심장한 어휘를 창안해 낸 데리다의 요점은 다음과 같다. 기술행위記述行爲에 의해 언어로 쓰인 하나의 텍스트가 겉으로 드러내는 의미는 표면화된 의미끼리의 차이나 표면화된 의미 때문에 숨겨질 수밖에 없는 의미와의 차이에 의해 성립되는 동시에 바로 그 텍스트에 대한 결정적인 최종 의미는 언제나 뒤로 연기될 수밖에 없다. 왜냐하면 절대현존에 해당하는 선정한 텍스트의 확고부동한 의미는 텍스트 자체 내에 내포되어 있으며 그에 대한 모든 가능한 의미해석은 의견의 차연만을 만들어 낼 뿐이고 따라서 최종적인 의미해석은 언제나 '차기次期'로 연기될 수밖에 없기 때문이다. 그러나 '다음 기회'는 언제나 '다음 기회'일 뿐이지 결코 완료될 수 있는 것이 아니다. 요지부동의 의미해석은 불가능하다는 점을 고려한 데리다는 앞에서 살펴 본 바와 같이 텍스트의 절대적인 의미보다는 그러한 의미를 파악해나가는 과정과 그러한 과정에서 파생될 수도 있는 예외적인 의미를 가치 있게 여겼다.

따라서 최종적이고 결정적이며 확고부동한 의미의 부재현상, 다시 말하면 초기의超記意에 대해 어떠한 상황에서도 지속될 수 있는 '부기표不記表'는 텍스트 자체의 의미의 생성소멸작용을 가능하게 하고, 텍스트는 그러한 의미영역을 다양하게 확장시켜 나간다는 점을 데리다는 자신의 『기술과 차이』에서 강조하였다. 하나의 텍스트가 지니고 있는 의미작용의 이러한 점에 근거하여 데리다는 '산종散種'이라는 어휘를 발전시켰다. 이 말의 본래의 의미는 '의미의 확산작용'이라고 볼 수 있다. 다시 말하면 글자로 쓰인 텍스트는 침묵으로 일관하지만 그것을 읽게 되는 독자에 따라서 그 의미는 수없이 확산된다는 점, 즉 자유로운 의미작용을 뜻한다. 따라서 이 어휘에는 신중하게 고려된 모순대립의 의미작용, 하나의 의미가 발산하는 다양한 효과에 대한 개념정립, 수없이 가능한 의미영역으로 분산되는 의미의 세분화, 모든 긍정적인 의미에 대립되는 모든 부정적인 의미 혹은 모든 부정적인 의미에 수반되는 모든 긍정적인 의미가 포함된다. 왜냐하면 언어란 앞에서 언급한 '차연'의 부단한 작용에 의존하기 때문이며, 말하고 쓰고 해석하는 그 어떤 담론도 하나의 텍스트가 지니고 있는 확고부동한 불멸의 진리를 분명하게 규명할 수는 없기 때문이다. '산종'을 효과적으로 설명하기 위해서 데리다는 명약과 독약을 동시에 의미하는 플라톤의 '파르마콘', 말라르메의 '무언극' 및 필립 솔러즈의 '숫자'를 텍스트로 선정하여 이에 대한 체계적인 논의를 전개했다.

6) 해체주의 비평의 결과

해체주의 비평에서는 그것이 강조하는 텍스트를 읽는다는 행위에 의해 문학 작품을 읽고 연구하고 분석하는 방법론을 적용하고 있으며 이러한 적용은 데리다를 추종하는 미국의 예일비평가 그룹의 한 사람인 폴 드 만에 의해 비롯되었으며 J. 힐리스 밀러는 데리다의 이론과 드 만의 방법론을 지속적이면서도 포괄적으로 수용하고는 했다. 그는 "문학작품의 해석의 한 가지 양식으로 해체주의 비평은 개별적인 텍스트의 심연 속으로 조심스럽고도 용의주도하게 진입하는 데서 비롯된다"고 파악하였다. 그는 또 개별적인 텍스트에 내재되어 있는 '궁극적인 난경難經'을 파악하는 것이 해체주의 비평의 기본이라고 보았으며 "해체주의 비평은 해체하는 동시에 건설적이며 긍정적이 아닌 해체란 있을 수 없다는 스스로의 활동을 증명하면서 두 가지 개념들 사이를 오가는 비평의 한 양식이다"는 점을 강조하기도 하였다. 이때의 '두 개념들'은 '분석 / 마비', '용해 / 분해', '합성 / 분리' 및 '건설 / 해체'에 관계된다. 밀러는 선정한 텍스트의 구조를 하나하나 해체하는 것이 아니라 텍스트 자체의 의미가 이미 그 자체 내에 해체되어 있는 것을 구체적으로 제시해 보이는 것이 바로 해체주의 비평이라고 결론지었다.

데리다의 해체주의 이론과 비평을 원용하는 해체주의 비평가들은 텍스트의 의미를 해석하는 데 있어서 되도록이면 텍스트를 까다롭게 예외적으로 읽으려고 노력하고는 한다. 그렇게 함으로써 이들 비평가들은 신-신비평의 많은 방법들, 가령 신-마르크스주의와 페미니즘 / 흑인미학 / 후기식민주의, 문채론과 기술론, 자크 라캉과 신-프로이트주의, 성욕과 죄의식, 텍스트 / 텍스트성 / 상호텍스트성, 상호문화 / 다문화 및 지배문화 / 피지배문화를 바탕으로 하는 문화론과 가치주의로 나아가게 되었다.

해체주의 이론의 핵심에 해당하는 동시에 비교문학연구의 가장 효과적인 방법으로 주목받고 있는 크리스테바의 '상호텍스트성'을 간단하게 정리하면 다음과 같다. 크리스테바는 러시아의 미하일 바흐친의 '대화중심주의' 이론을 원용하여 '상호텍스트성'을 강조하였다. 그녀가 강조하는 이 이론은, 어떤 하나의 문학적 텍스트가 어떤 다른 텍스트를 필연적으로 또는 우연적으로 반영하든가 그러한 텍스트에 관련될 수 있는 다양한 방법들을 종합적으로 지칭하는 데 있다. 다시 말하면, '상호텍스트성'은 분명한 인용이나 묵시적인 암시에 의해, 나중에 나온 텍스트가 먼저 나온 가능한 모든 텍스트의 특징을 종합함으로써, 언어로 쓰인 모든 텍스트가 시간과 공간의 개념을 초월하여 문학적 규약이나 관례에 다 같이 참여하여 빚어내게 되는 담론에 관계된다.

바흐친은 하나의 발화發話는 다른 어떤 발화에 필연적으로 관계된다고 보았으며 발화의 이러한 상호관련성을 '대화중심주의'라고 정의하였다. 그가 산문으로 쓰인 언어는 운문으로 쓰인 언어보다 상위개념이라고 파악하는 이유는 바로 산문화된 언어의 이러한 대화적인 요소에 그 바탕을 두고 있기 때문이다. 화자이자 청자 및 청자이자 화자인 두 사람의 대화는 바로 인간의 특징을 반영하는 것으로 파악한 바흐친은 다음과 같이 언급했다. "타인의 담론과 담론 사이의 이러한 관계는 그러나 확실히 일치하지 않는 하나의 대화에 관련되는 상호 교환할 수 있는 다른 대화와의 관계와 유사한 것이다." 두 개의 담론, 언어로 쓰인 두 개의 작품, 한 나라의 언어와 다른 나라의 언어의 묵시적 연관성, 문학적인 작품과 비문학적인 작품의 관계에서 나타날 수 있는 부분과 전체의 의미를 동시에 수용하는 가장 기본적인 방법이 바로 대화적 담론을 바탕으로 하는 바흐친의 '대화중심주의'이다. 바흐친의 이 이론은 운문보다는 산문으로 쓰인 문학을 포함하는 모든 서사적 대화나 담론의 연구에 적용되어 왔다. 그는 특히 『도스토예프스키 시학의 문제점』1984에서 대화적인 관계를 메타언어학, 예외적인 언어학, 비논리적이고 비대상적인 언어현상, 언어문제와 사회적 변증법으로 세분하여 논의한 후에 다음과 같이 결론지었다.

넓은 의미에서 대화적인 관계는, 만일 이성적인 활동의 상이한 현상이 기호 의미론적인 요소 내에서 표현되기만 한다면 이들 상이한 현상 사이에서도 가능하다는 것을 독자에게 상기시켜야만 한다. 예를 들면, 대화적인 관계는 상이한 예술형식의 사이에 나타나는 심상사이에서도 가능한 것이다. 그러나 본 연구의 중요한 영웅이라고까지 말할 수 있는 중요한 연구과제는 대화의 상호작용의 조건, 즉 '대화적인 관계'라는 이 어휘의 진정한 활동을 가능하게 하는 조건하에서 필연적으로 발생하는 음성의 이중적인 담론이 될 것이다.

하나의 텍스트를 다른 텍스트에 관련지어 읽어야 된다는 것은 해체주의 비평에서 강조하는 기본적인 읽기의 방법에 해당하며 '상호텍스트성'에 대한 연구는 이러한 읽기를 위한 하나의 방법론에 해당한다. 이러한 방법은 장르, 내용, 시대, 주의표명 및 몇몇 유사한 텍스트와의 관계를 전통적인 '영향 / 수용'의 관계나 문학사에 대한 단순한 현상으로 파악하기보다는 직접적이고 간접적이며 공개적이고 암시적이며 문학적이고 비문학적인 사회문화 전반에 걸친 하나의 복합적인 현상으로 파악하고자 한다. 이러한 점에 착안하여 마련된 것이 바로 크리스테바가 제안한 바 있는 '상호텍스트성'의 개념이다.

앞에서 언급한 바흐친의 대화중심주의는 크리스테바에 의해 '상호텍스트성'으로 발전되어 산문으로 쓰인 텍스트의 연구에서 효과적으로 적용되기 시작했다. 이러한 예로는 서정시에 대한 언급이 단 한 번도 없는 크리스테바의 『시어의 혁명』에서도 찾아 볼 수 있다. 바흐친이나 크리스테바는 한 작가와 다른 작가, 하나의 구절과 다른 구절의 정확한 대응이나 대조관계를 거부하고, 언어로 나타나는 의미의 포괄적인 역사적 관계를 규명하는 데 치중하고 있다. 이들의 이러한 연구 작업은 영향력이 강한 시인과 약한 시인의 관계를 연구한 해럴드 블룸의 『시적 영향에 대한 불안』이나 폴 드 만의 『맹목성과 통찰력』1987에 수록된 「문학의 역사성과 현대성」, 「서정시와 현대성」, 「수사학의 일시성」 등의 방법과 유사하다. '상호텍스트성'은 이제 산문연구는 물론 운문연구에도 적용되고 있으며, 이러한 점은 조나단 아락의 "언어의 질서에 대한 역사적 연구"에도 반영되어 있다. '상호텍스트성'은 이제 해체주의 비평에서 가장 설득력 있고 효과적인 방법 중의 하나가 되었으며 후기구조주의 이후에 인문사회과학자들로부터 각광받는 개념으로 정착할 수 있게 되었다.

2. 데리다의 인식론과 노장사상의 일원론

1) 프랑스 지성계의 충격과 문학연구의 변화

자크 데리다— 알제리에서 태어나[1930.7.15] 프랑스에서 교육을 받았고 파리고 등사범학교 교수이자 예일대학교의 정기 객원교수를 역임한 그는 가장 탁월한 철학자이자 지난 수십 년 동안 가장 많은 논쟁을 야기했던 학자에 해당한다. 특히 그가 제안했던 '해체주의'는 1960년대 말부터 적어도 1990년대 초반까지 문학연구와 비평에 커다란 영향을 끼쳤다. 데리다는 롤랑 바르트, 자크 라캉, 미셸 푸코, 줄리아 크리스테바 등과 함께 '텔켈' 그룹을 중심으로 구조주의 활동을 전개했지만 그 이후에 바르트는 문화·기호학으로, 라캉은 신-프로이트주의 심리학으로, 푸코는 성·정치·권력과 인식론으로, 크리스테바는 페미니즘으로 나아가게 되었을 때에 데리다는 해체주의로 나아가게 되었다. 이들 모두가 구조주의를 구심점으로 하여 "모든 텍스트에는 구조가 있다. 그리고 그 구조는 규명될 수 있다"는 명제에 충실했다면, 후기구조주의에서는 "모든 텍스트에는 구조가 있다. 그러나 그 구조는 규명될 수 없으며 그 구조를 찾아가기까지의 과정만이 있다"는 명제에 충실하였다. 이와 같은 두 가지 명제에서 우리가 주목할 점은 '텍스트'와 '과정'이라는 개념이다. 후기구조주의에서 강조하는 텍스트는 저서나 문학작품의 '구체성'보다는 그것에 대한 해석행위와 사고행위를 포함하는 '추상성'까지도 포함하기 때문에 "문자로 기록된 모든 것은 텍스트이다"라는 명제는 참이지만 "모든 텍스트는 문자로 기록된 것이다"라는 명제는 거짓이다. 따라서 이러한 의미의 '텍스트'의 개념은 "구조에 대한 규명의 불가능성"을 강조하는 "구조를 찾아가기까지의 과정"과 함께 데리다의 사상의 기본 축을 형성하게 되었다.

데리다는 '비평언어와 인문과학'을 주제로 미국의 존스홉킨스대학교에서 개최되었던 '구조주의 학회'1966.10에서 「인문과학 담론에서의 구조, 기호 및 작용」을 발표함으로써, 프랑스 지성세계의 냉담한 반응에도 불구하고 자신의 해체주의 사상이 미국적인 상품화과정을 거쳐 전 세계의 문학연구에 방대한 영향──이러한 영향의 중심축에는 '예일비평의 마피아'라고 일컬어지는 해럴드 블룸, 제프리 하트만, 폴 드 만, J. 힐리스 밀러가 포함되며 해체주의에 대한 이들의 초기 활동은 낭만주의 시를 새롭게 해석한 『해체주의와 비평』1979에 종합되어 있다──을 끼치게 된 계기를 마련하였다. 데리다는 자신이 제시한 "중심은 중심이 아니다"라는 명제에 대한 세르게 도브로프스키의 질문에 대해서 다음과 같이 설명하였다.

저는 중심이 없었다거나 중심이 없이 살아갈 수 있다고 말씀드리지는 않았습니다. 중심은 기능이지 존재가 아니라는 점, 실체가 아니라 기능이라는 점을 저는 믿습니다. 이러한 기능은 절대적으로 불가피한 것입니다. 주체도 절대적으로 불가피한 것입니다. 저는 주체를 파괴하는 것이 아니라 그것이 자리 잡을 수 있도록 했습니다. 말하자면, 경험의 어떤 정도나 철학적이고 과학적인 담론의 어떤 정도에서 누구나 주체의 개념이 없이 살아갈 수는 없습니다. 그것은 주체가 어디에서 비롯되고 어떻게 기능하게 되는지를 알게 되는 문제입니다. 따라서 저는 중심의 개념을 유지하고 있으며, 주체의 기능뿐만 아니라 중심의 기능도 불가피한 것으로 설명했고 우리들이 참고하고 있는 개념의 모든 체계에 대해서도 설명했습니다.

아울러 해체주의에 관계되는 얀 카트의 질문에 대해서 데리다는 다음과 같이 답변하였다.

제가 해체주의라는 말을 사용해왔습니다만 그것은 파괴와는 아무 관계가 없습니다. 다시 말씀드리면 우리가 사용하는 언어의 암시에 대해, 역사적 침강작용에 대해 주목할 필요가 있다는 점이며 그것은 고전적인 의미에서 비평의 필요성에 해당합니다. 해체주의는 파괴가 아닙니다. 저는 고전적인 의미에서 학문연구의 필요성을 믿습니다. 저는 이미 완료되었거나 진행 중인 모든 것의 필요성을 믿습니다만, 학문과 인간성과 발전과 의미의 기원 등의 무효화를 감수하면서까지 선-텍스트에서 이루어지고 있는 급진적인 비평 활동을 왜 저나 다른 사람이 포기해야만 하는지를 이해할 수 없습니다. 저는 무효나 무효화를 감수하는 것이 언제나 명확성의 대가가 되어왔다는 점을 믿습니다. 최초의 일화를 말씀드리면, 제가 이러한 점을 나쁘게 생각하는 까닭은 저의 나라 프랑스에서는 불과 얼마 전까지만 해도 저를 '극단적-왕정주의자' 또는 그저 '극단'이라고 정의했기 때문입니다만, 오히려 저는 제가 연구하고 있는 것에 대해 훨씬 더 순수하고 소박하고 고전적인 개념만을 언급해 왔을 뿐입니다.

서구철학의 인식론 전반에 대한 자신의 새로운 해석과 견해를 집약하고 있는 "중심은 중심이 아니다", "해체주의는 파괴가 아니다", "언어의 역사적 침강작용을 주목해야한다"라는 데리다의 논지는 그가 제창했던 해체주의의 기본전략을 마련했을 뿐만 아니라 그가 제시했던 난삽한 용어들의 개념을 정립하는 계기를 마련하였다. 이러한 용어에 대한 데리다의 개념정립은 동양사상, 특히 노자와 장자의 일원론과 밀접한 관계를 지니고 있다. 그러나 그는 서구의 철학사상과 자신의 해체주의의 관계에 대해서는 언제나 분명하게 언급했지만, 동양사상과의 관계에 대해서는 명확하게 밝혀놓지 않았으며, 다만 그의 사상체계를 비판적으로 비교하고 연구하고 있는 연구자들에 의해 그 가능성이 제시되어 왔을 뿐이다.

2) 해체주의의 전략과 노장사상

문학을 하나의 비평으로 고려할 수도 있고 가르칠 수도 있다는 방법론을 제시함으로써, 문학연구에서 일종의 혁명을 야기했던 데리다는 1967년 세 권의 저서를 동시에 출판하였다. 그러나 이들 저서들이 영어로 번역되어 국제적인 관심을 야기하기까지, 그는 다만 '극단적-왕정주의자' 또는 '극단'에 불과한 철학자로 알려졌을 뿐이다. 1967년에 출판된 그의 세 권의 저서로는 루소, 소쉬르, 레비스트로스를 취급한『기술학記述學』―『그라마톨로지grammatologie』로 국내에 번역되어 있는 자신의 책에서 데리다는 'grammatologie'가 'science of writing'을 의미한다고 설명하였다. 후설을 중점적으로 취급한『목소리와 현상』―'화술과 현상'으로 영역되어 있는 프랑스어의 제목은 La Voix et le phénomène이다. 프로이트를 연구한『기술과 차이』등이 있다. 그 이후에 데리다는 플라톤과 말라르메를 다룬『산종散種』1972, 헤겔, 후설, 하이데거 및 오스틴을 연구한『철학의 여백』1972, 마르크스주의, 심리분석주의 및 해체주의를 규명한『입장들』1972, 헤겔과 장 주네를 비판한『조종弔鐘』1974, 니체의 문체를 집중적으로 연구한『자극刺戟』1978 등을 발표함으로써, 자신의 입장을 확고부동하게 하였으며 '해체주의' 이론 역시 세계적으로 영향을 끼치게 되었다.

데리다가 발표한 이상과 같은 일련의 저서와 논문 중에서 그의 '해체주의'를 논의하는 데 있어서 가장 중요한 저서는 물론『기술학』이다. 루소의 언어의 기원에 대한 모색, 니체의 인식행위에 대한 추구, 프로이트의 정신세계에 대한 탐구, 하이데거의 '존재'에 대한 규명과정, 소쉬르의 화술행위의 전개과정, 레비스트로스의 종족관계에 대한 연구 등을 설명하는 과정에서, 이들이 공통적으로 중요하게 고려했던 것은 자신들이 추구하는 절대 진리에 도달하기 위해서 수많은 개념과 용어를 보충하고 치환하고 삭제하고 다시 보충하고 치환하고 삭제한다는 점에 착안하여, 데리다는 이제까지 있어 왔던 서구의 철학 전반에 대한 인식론을 '사유중심주의'의 본질에 해당하는 사유의 중심점에 이르고자하는 활동으로 집약될 수 있다고 파악하였다.

사유의 중심에 도달하고자 하지만 도달할 수 없는 진리— 그것을 데리다는 '아포리아'로 파악하였다. "길은 길이지만 결코 지나갈 수 없는 길" 혹은 "진리는 진리이지만 결코 규명할 수 없는 진리"를 의미하는 '아포리아'를 필자는 '난경難經'— 다른 이들은 '난경難境'으로 번역하였다— 으로 번역하였다. 정진규가 자신의 『질문과 과녁』2003에서 설명한 바와 같이, 필자의 이러한 번역은 고대의 한의서漢醫書 『황제내경皇帝內經』과 『소문영추素門靈樞』 가운데서 어려운 대목을 간추려 천하의 명의, 편작扁鵲이 쉽게 풀이해 놓은 『난경難經』에 바탕을 둔 것이다. 데리다가 자신의 사유중심주의의 근본바탕으로 파악한 '난경'의 개념은 바로 『노자도덕경老子道德經』—『노자도덕경』은 상권上卷 「도경道經」(제1장~제37장)과 하권下卷 「덕경德經」(제38장~제81장)으로 이루어져 있다— 제1장 「체도體道」와 같은 개념으로 파악될 수 있다. 김학주가 역해譯解한 『노자』1977의 제1장은 다음과 같이 되어 있다.

도(道)라고 알 수 있는 도라면 그것은 절대 불변하는 도는 아니다. 명칭으로서 표현될 수 있는 명칭이라면 그것은 전대 불변하는 명칭은 아니다. 명칭이 없는 것은 천지가 시작되던 상태이며, 명칭이 있는 것은 만물의 어머니에게서 비롯된 것이다. 언제나 무(無)는 도의 묘용(妙用)을 들어내 보이려 하고, 언제나 유(有)는 만물의 차별상(差別相)을 들어내 보이려 한다. 이 두 가지는 다 같이 도에서 나왔으나, 명칭이 다른 것이다. 이들이 다 같이 나올 수 있었던 묘용을 일컬어 현(玄)이라고 한다. 이 현이 다시 현묘(玄妙)하게 작용하는 것이 여러 가지 미묘한 현상이 들어 나는 문(門)인 것이다[道可名 非家道 名可名非常名 無名天地之始 有名萬物之母 常無慾觀其妙 常有慾觀所徼 此兩者 同出 而異名 同謂之玄 玄之又玄 衆妙之門].

이렇게 볼 때에 데리다가 강조하는 '아포리아 / 난경'의 개념은 물론 그리스 어원을 바탕으로 하였다 하더라도 다분히 노자의 '도'의 개념과 상통하는 개념이며, 그것은 사유의 중심 혹은 만물일원론의 개념에 해당한다고 볼 수 있다. 그것을 더 발전시킨 것이 바로 장자의 '물아일체론物我一體論' / '물아제동론物我齊同論'이다. 그러한 예를 우리는 장자가 언급한 "이것 또한 저것이요 저것 또한 이것이다[彼出於是亦因彼 是亦彼也彼亦是也]", "천지는 한 손가락이며 만물은 한 마리 말이다[天地一指也 萬物一馬也]", "천지와 나는 함께 생겨났으며 만물과 나는 하나이다[天地與我並生 而萬物與我爲一]" 등에서 찾아볼 수 있다. 공자와 맹자의 공용주의功用主義 철학이 창의나 사상의 발전보다는 작품의 형식을 중요하게 생각하였다면, 노자와 장자의 일원론에서는 인위적인 것보다는 무위자연론無爲自然論과 미추美醜의 구분불가능성 등을 강조한다. 이와 같은 구분불가능성은 바로 데리다의 '이항대립'에 해당한다. 그는 물론 어떤 대상에 대한 구조주의의 명확한 구분방법을 비판하기 위해 '이항대립'을 제안하였으며, 그에 의하면 이제 남성 / 여성, 백인 / 유색인, 지배 / 피지배, 문화 / 원시, 선 / 악, 기독교세계 / 비기독교세계, 유有 / 무無 등에서 전자가 후자보다 우월한 것도 아니고 후자가 전자보다 열등한 것도 아니며 언제나 상보적인 관계를 유지한다. 이러한 이항대립은 엘레느 식수의 프랑스 페미니즘에 많은 영향을 끼치기도 하였다.

동양사상에서의 이러한 일론은 장자가 자신의 『장자莊子』의 「내편內篇」 일곱 편의 제2편에서 "현상은 모두 연관성을 지닌 하나의 전체이며 인간의 희로애락도 천지의 주재자에 의해 작용하는 것이다. 따라서 만물은 일체이고 그 무차별적인 평등의 상태가 천균天均이다"라고 파악한 점은 데리다의 '추적의 원리'에 접맥된다고 볼 수 있다. 하이데거가 '존재Being'를 정의하기 위해 '존재being'라는 어휘를 끊임없이 사용한 후, 그 어휘를 교차선으로 지우고 지어진 어휘를 그대로 놔둔 것에 착안하여 데리다는 '추적의 원리'를 창안하였다. 그의 이러한 원리는 바로 '아포리아 / 난경'을 찾아가는 원리이자 물아일체론에 바탕을 둔 노장사상의 일원론에 해당한다. 데리다의 이러한 발상은 그가 얀 카트의 질문에 답변했던 "해체주의는 파괴가 아닙니다"에 관계되며, 그는 자신의 해체주의를 하이데거가 강조하는 '단순한 파괴Zerstörung'에 해당하는 것이 아니라 '창조적 파괴Destruktion'에 해당한다고 설명하였다. 데리다는 '창조적 파괴'를 통해 전통 속에 은닉되어 있는 진리를 규명하고자 하였고 모든 존재와 시간의 최초의 순간과 발단의 순간으로 복귀할 수 있는 방법을 제공하고자 하였다.

'추적의 원리'를 설명하기 위해서 데리다는 우선 '서문'과 '본문'과의 관계를 설득력 있게 설명하였다. 서문序文은 그것이 '맨 처음 쓴 글'이라는 의미에도 불구하고 맨 마지막에 쓰인다는 점, 부친으로서의 '본문'을 살해하지 않고서는 서문을 쓸 수 없다는 점, 살해된 본문을 증거 인멸시키는 것이 아니라 현장검증의 증거물로 보전하고 있다는 점 등을 들어 데리다는 '서문'을 존속살해범 또는 친부살해범에 비유하였으며, 그의 이러한 방법은 서문과 본문의 관계에 대한 헤겔의 다음과 같은 언급에 의존하고 있다. "나의 서문을 중요하게 생각하지 말기 바란다. 진정한 철학서는 내가 방금 탈고한 『정신의 현상학』이다. 내가 집필한 이 책의 외부에서 이 책을 언급한다면, 이러한 부수적인 언급은 한 권의 저서에 수록된 본문 전체의 가치를 지닐 수가 없다. (…중략…) 서문을 중요하게 생각하지 말기 바란다. 서문이란 어떤 연구 과제를 알리는 것이고 연구 과제란 그것이 실현될 때까지는 그 어떤 의미도 갖지 못하기 때문이다." 헤겔이 서문의 역할에 반대하는 것은 "서문 / 본문=추상적 일반화 / 자동기술화"라는 등식과 "서문 / 본문 = 기표 / 기의"라는 등식에 근거하는 것이기 때문이다.

따라서 하나의 대상이나 개념에 대한 정의定義는 언제나 유보될 수밖에 없다. 프랑스어 '이다est'와 '그리고et'가 동일하게 발음되는 것에 착안한 데리다의 '정의의 유보'에서는 삶 / 죽음, 자연 / 인간, 침묵 / 소음, 추위 / 더위 등 분명한 대립적인 개념에 관심을 기울였던 롤랑 바르트의 제한된 영역을 확장시켜 놓았다. 하나의 개념이나 의미에 대해 다른 개념이나 의미를 첨가시키는 '보충

역할'로서의 '그리고'와 주어부와 술어부를 관련짓는 계사繫辭로서의 '이다'라는 동사의 역할을 데리다는 「연결사의 보충-언어학 이전의 철학」에서 상세하게 설명하였다. '이다 / 그리고est / et'에 대한 데리다의 실천은 그의 "외면성 / 내면성 / 외면성은 내면성이다"에 잘 반영되어 있다. 외면성과 내면성을 구분 짓는 요소인 '그리고'와 이들을 연결 짓는 요소인 '이다'를 삭제함으로써, 외면성과 내면성의 구분은 사라지고 치환되고 때로는 하나로 통합될 수 있게 된다. 데리다의 이러한 견해에 의해 지금까지 확연하게 구분되었던 '쓴다는 행위'와 '말한다는 행위', '감성적인 것'과 '지성적인 것', '시간'과 '공간', '수동'과 '능동', '통시성'과 '공시성', '우매성'과 '통찰력' 등은 더 이상 분리해서 파악할 수 있는 개념이 아니라 언제나 상호보완적이고 상쇄적인 역할을 하는 동시적이면서도 동질적인 개념으로 발전하게 되었다. 왜냐하면 상반되지만 동질적인 관계를 유지하고 있는 이러한 개념들은 모든 가능한 대립적인 개념을 중재하여 '현존의 현존', 다시 말하면 최종적인 지칭의 대상에 해당하는 '사유의 본질', 곧 '아포리아 / 난경'에 수렴되는 과정이기 때문이다.

데리다의 *De la grammatologie*를 영역英譯한 가야트리 스피박은 120여 페이지에 달하는 자신의 「역자서문」에서 이와 같은 '정의의 유보'를 상세하게 설명한 바 있다. 보이지 않는 의미의 세계, 은닉되었고 감추어졌던 의미의 세계, 무의식의 세계 등을 설명하기 위해서 의식세계를 설명하는 프로이트에 관한 연구와 니체의 "나는 내 우산을 잊었다"라는 구절에 대한 연구에서 데리다는 앞에서 설명한 하이데거의 견해에 의해 니체의 이 구절을 완전히 불가사의하다고 파악하였다. 왜냐하면 이 구절의 전후관계로 미루어 볼 때에 우산을 잊고 있었다는 '망각행위'를 기억해 내는 순간 이미 이 구절은 그 존재가치를 상실하게 되고 망각한 것을 기억해내는 '기억행위'에 있어서도 이 구절은 어떤 결정적인 의미를 지니지 못하기 때문이다. 니체의 구절에 대한 데리다의 설명은 다음과 같다. "구조적으로 볼 때에 이 구절은 어떤 의도나 일상적인 담론행위로부터 해방

되었다. (…중략…) 아무 것도 의미하지 않거나 어떤 결정적인 의미를 가지지 못하며 (…중략…) 이 구절을 해석하는 사람은 이 구절의 작용 때문에 화가 나기도 하고 당혹스러워지기도 한다." 그러한 규명과 방법이 궁극적으로 지향하는 것이 바로 '원형기술原型記述'이다. 데리다의 '원형기술'은 말라르메가 평생을 통해 집필하고자 했던, 그러나 불가능했던, 'THE BOOK'의 개념에 관계되기도 한다.

'원형기술'을 찾아가기까지의 과정을 구체적으로 보여주는 것이 데리다가 하이데거의 글쓰기에서 찾아냈던 '교차선 긋기와 지우기 및 남겨두기'의 방법인 '추적의 원리'이다. 이러한 방법에서 데리다는 '산종散種'의 개념을 제안하게 되었다. 최종적이고 결정적이며 확고부동한 의미의 부재, 의미의 부재를 종합하고 있는 초기의超記義를 규명하기 위해서 기표는 떠돌 수밖에 없으며 그것이 바로 레비스트로스가 정의했던 '떠도는 기표'의 운명이다. 떠돌 수밖에 없는 '떠도는 기표'는 텍스트 자체의 의미의 생성소멸작용을 가능하게 하고 텍스트는 그 자체의 의미영역을 다양하게 확장시켜나게 된다는 점을 데리다는 자신의 『기술과 차이』에서 강조하였다. 텍스트가 지니고 있는 의미작용의 무한성이 '산종'이며 이 말의 본래의 의미는 '의미의 확산작용'에 해당한다. 문자로 쓰인 텍스트는 침묵할 수밖에 없지만, 그것을 읽게 되는 독자에 따라서 그 의미는 무한대로 확산된다는 점, 자유로운 의미작용이 이루어진다는 점, 하나의 의미에 대한 개념정립은 불가능하다는 점, 의미는 더욱 더 세분화될 수밖에 없다는 점, 긍정적인 의미 속에 부정적인 의미가 포함되기도 하고 부정적인 의미 속에 긍정적인 의미가 포함되기도 한다는 점 등이 '산종'의 개념에 포함되어 있다. 그러나 '산종'은 의미의 추상적인 원심력보다는 의미의 구체적인 구심력을 강조한다. 다시 말하면 어떤 텍스트에 대한 하나의 의미에서부터 무한대의 의미까지를 상정하여 이 모든 의미를 종합한다 하더라도, 그것이 텍스트의 고유의 의미와 일치하는 것은 아니지만, 언제나 '고유의미'의 주변으로 되돌아오는 의미의 총체, 충분하지는 않지만 필요한 의미의 총체를 '산종'에서는 강조하고 있다.

하나의 텍스트가 지니고 있는 의미의 확산작용에 해당하는 '산종'이 가능한 까닭은 데리다의 "중심은 중심이 아니다"라는 명제와 '차연差延'의 개념 때문이다. 도브로프스키의 질문에 대해 자신의 '중심'을 하나의 기능으로 설명했던 데리다의 논지는 『노자도덕경』의 제11장 「무용無用」에 관계된다. "서른 개의 수레바퀴 살이 한 개의 수레바퀴 통으로 집중되어 있는데, 바퀴통의 중간이 텅 비어 있음으로써 수레는 효용을 지니게 된다. 진흙을 반죽하여 그릇을 만들었을 때, 그 중간이 텅 비어 있음으로써 그릇은 효용을 지니게 된다. 문과 창을 내어 집을 만들었을 때, 그 중간이 텅 비어있음으로써 집은 효용을 지니게 된다. 그러므로 존재하는 것이 이익이 되는 것은 존재하지 않는 무無의 효용이 있기 때문이다[三十輻共一轂 當其無 有車之用 (土+旋)埴以爲器 當其無 鑿戶牖以爲室 當其無 有室之用 故有之以爲利 無之以爲用]." 이렇게 볼 때에 데리다가 강조하는 '기능으로서의 중심'은 노자와 장자의 일원론에서 강조하는 빈 공간, 즉 '무無의 기능'과 밀접한 관계에 있다.

텍스트만이 유일하게 알고 있는 의미, 그러나 그 어떤 방법으로도 규명할 수 없는 의미를 J. 힐리스 밀러는 '코코넛 열매'나 '열대 숲'에 비유하였고, 롤랑 바르트는 '양파껍질'에 비유했으며 얀 카트는 '석류열매'에 비유하였다. 텍스트만의 '고유한 의미'에 대한 이들의 이러한 비유는 그 의미의 규명불가능성에 관계된다. 그것을 우리는 데리다의 '차연'에서 찾아볼 수 있다. '차이 나다'와 '연기하다'를 변별적으로 의미하는 프랑스어 'différence'를 'différance'로 변형시켜 '차이 나다'와 '연기하다'— 최근에는 이 의미에 '우회하다'를 첨부하기도 한다— 가 동시적으로 발생하는 것으로 데리다는 파악하였다. 자신의 '차연'의 개념을 데리다는 플라톤의 '파르마콘pharmakon'— 동일한 약이 제조방법과 그 양에 따라 '명약名藥'도 되고 '독약毒藥'도 된다— 에 의해 설명하였다. 의견의 차이와 의견의 연기를 동시에 지칭하는 '차연'은 현존하는 의미와 부재된 의미를 상호보완하거나 상쇄하는 작용에 의해 하나의 텍스트가 나타내는 모든 가능한 의미를 수렴하여 텍스트 고유의 불변의 진리인 사유의 본질에 되도록 가깝게 접근시켜 나가는 '운동 / 동향'을 뜻한다. 따라서 '차연'은 하나의 텍스트에 대한 의미해석의 차이점인 동시에 하나의 해석 / 의미가 다른 해석 / 의미에 의해 끊임없이 대체되어 온 과정 / 형적을 현재의 시점에서 과거의 시점으로 체계적으로 추적해 가는 기능의 역할을 한다.

이와 같이 특수하면서도 의미심장한 용어를 창안해 낸 데리다의 '해체주의'의 요점은 다음과 같다. 기술행위에 의해 언어로 쓰인 하나의 텍스트가 겉으로 드러내는 의미는 표면화된 의미끼리의 차이나 표면화된 의미로 인해 숨겨질 수밖에 없는 의미와의 차이에 의해 성립되며, 그러한 텍스트에 대한 최종적이면서도 결정적인 의미는 언제나 뒤로 연기될 수밖에 없다는 점이다. 왜냐하면 절대현존에 해당하는 선정된 텍스트의 확고부동한 의미는 텍스트 자체 내에 내포되어 있으며 그것에 대한 모든 가능한 의미해석은 의견의 '차연'만을 가능하게 할뿐이고 결정적인 의미는 언제나 '차기次期'— 다음 기회는 이 말 자체가 암시하고 있는 바와 같이 언제나 다음 기회에 해당할 뿐이지 결코 완료될 수 없다— 로 연기될 수밖에 없기 때문이다.

3) 노장사상의 일원론과 해체주의 이론의 상관성

'명확한 대립의 유보', '천지만물의 생성원리' 및 '현상의 모순극복' 등을 강조하는 노장사상의 일원론은, 데리다가 플라톤에서 오늘날까지 이르는 서구철학의 인식론에 대한 전반적인 성찰과 전복을 위해 노력한 그 자신의 해체주의에 깊게 반영되어 있다고 볼 수 있다. 이러한 점을 필자는 그가 자신의 해체주의의 근간으로 설정했던 '아포리아 / 난경難經', '산종散種', '정의定義의 유보', '추적追跡의 원리', '차연差延', '파르마콘' 및 '차기次期' 등을 중심으로 살펴보았다. 해체주의는 단순한 파괴에 관계되는 것이 아니라 창조적 파괴에 관계된다. 창조적 파괴를 위해 데리다가 강조하는 것은 물론 '기술학記述學', 즉 글쓰기를 연구하는 것이며 그것은 서구철학자들의 글에 반영된 것을 어떻게 읽어내느냐에 관계되는 '읽기'의 문제이지 '쓰기'의 문제가 아니다. 따라서 '어떻게 읽어낼 것인가'의 문제에 관계되는 해체주의에서 강조하는 '읽기'는 단순한 독서행위에 관계되는 '보편적인 읽기'에 해당하기보다는 예외적인 읽기, 성찰적인 읽기, 반복적인 읽기, 중복적인 읽기 및 회의적懷疑的인 읽기에 해당한다. 이와 같은 읽기를 통해서 데리다의 해체주의에서는 궁극적으로 '사유의 근원적인 본질' 또는 노장사상의 '일원론'의 정체성이 무엇인지를 규명하고자 한다. 데리다의 해체사상은 원효의 '화엄사상華嚴思想'과 밀접하게 관계되고 또 그것을 비교할 수도 있을 것이다.

1980년대 초반 한국문학계에 '해체주의'라고 번역되어 정착된 이 용어는 원래의 'de-construction'에 암시되어 있을 뿐만 아니라 콜린 캠프벨, 휴 J. 실버만 및 J. 힐리스 밀러가 설명하고 있는 바와 같이, '해체재구성주의'라고 볼 수 있다. 왜냐하면 하나의 텍스트를 '해체 한다'는 말에는 표면적인 의미 이상의 의미, 해체주의자들이 서구철학의 핵심이자 작은 비극적인 비밀이라고 여기는 것을 제시하면서 조각조각 부서진 대상을 조심스럽게 다시 모은다는 것의 의미, 언어의 순환성은 언어자체에 의존할 수밖에 없다는 의미가 포함되어 있기 때문이다. 따라서 하나의 텍스트에 사용된 언어는 주로 다른 언어와 다른 텍스트에 의존하는 것이지 텍스트 외적인 다른 어떤 사실에 의존하는 것이 아니며 몇 가지 가능한 의미를 지니고 있는 하나의 텍스트는 그러한 의미망을 상호보완하기도 하고 상호상쇄하기도 하면서 그 자체의 의미를 하나에서 무한대까지 확장하게 된다.

프랑스의 지성계를 대표하는 자크 데리다가 제창한 '해체주의'는 미국의 '예일학파'를 중심으로 하여 현대문학이론과 비평에 커다란 충격과 영향을 끼쳤다. 이들 '예일학파'의 낭만주의 시에 대한 연구, 특히 워즈워스, 셸리 및 키츠 등의 시에 대한 연구는 그동안 신비평에서 이룩해 놓았던 성과를 훨씬 능가하는 것이었다. 그럼에도 마크 에드먼슨이 『문학과 철학의 논쟁—플라톤에서 데리다까지』1995 — 이 책의 원제原題는 *Literature Against Philosophy : Plato to Derrida*이며 필자의 번역2000으로 국내에 소개되었다 — 에서 비판했듯이, 해체주의는 문학연구자들로 하여금 문학자체에 대한 연구보다는 이론연구에 몰두하도록 했다는 점, 현란한 수사와 모호한 용어로 강의실의 학생들을 지식의 심연으로 내몰게 되었다는 점, 문학작품의 심오한 의미를 해석하는데 전념하기보다는 단편적인 구절의 상호텍스트성만을 강조했다는 점, 문학적인 측면보다는 철학적인 측면에 치중했다는 점, 언제나 철학으로부터 자유로워질 수 없었던 문학은 더욱더 '철학의 감옥'에 수감될 수밖에 없었다는 점 등을 들 수 있다. 따라서 에드먼드슨은 철학으로부터 자유로워질 수 있기 위해서 문학연구는 해체주의의 망령으로부터 벗어나야 한다는 점을 강조하였다. 물론 그의 말은 보편타당성을 지니지만, 고전주의 비평에서부터 마르크스주의 비평, 신비평, 구조주의 비평을 거쳐 포스트모더니즘 비평에 이르는 현대비평까지, 문학비평은 언제나 철학이론에 의존해왔으며 그 성과를 간과하거나 부인할 수는 없을 것이다.

3. 해체주의와 한국 현대시

1) 언어의 훈도薰陶에서 언어의 해체로

시어의 의미는 일상어의 의미와는 다르다는 생각이 지배적인 까닭은 아마도 '언어의 훈도薰陶' 때문이라고 생각된다. '언어의 훈도' — 그것은 '잘 빚은 항아리'로서의 언어, 다시 말하면 가장 빼어난 것들만을 엄선하여 만들어진 언어를 의미한다. 사실 훈도를 설명하는 잘 빚은 항아리는 클리언스 브룩스가 존 던의 시 「시성諡聖」에서 차용한 구절로 그는 이 구절이 시의 형상화를 대표하는 것으로 파악하였다. 그리고 그것은 신비평의 근간을 형성하게 되었고 신비평은

1930년대 이래 문학연구, 특히 시의 연구에 지대한 영향을 끼치게 되었다. 대학비평에서의 시의 연구에서 신비평의 방법은 여전히 확고부동한 위치를 차지하고 있으며 그것은 곧 시의 연구와 분석에 있어서 기본적인 방법으로 작용하고 있다. 따라서 우리는 한 편의 시에 사용된 시어가 어떻게 이미지를 형성하고 상징을 창조하며 비유법을 효과적으로 활용하고 있는지에 대해서, 특히 어떤 대상— 그것은 물론 시적 대상이기는 하지만— 을 말로 설명하고자 하는 시어에 대해서는 익숙해져 있다. 그러나 대상을 지칭하는 말을 말로 설명하고자 하는 시어에는 그렇게 익숙해져 있지 않다고 볼 수 있다. 이러한 차이점을 구분하기 위해서 필자는 전자를 '언어의 훈도'라고 명명하고 후자를 '언어의 해체'라고 명명하고자 한다.

해체주의라든가 후기구조주의라든가 포스트모더니즘 이전에도 한국 현대시에서의 언어의 해체작업은 이루어져 왔다. 그러한 예를 우리는 시형식의 해체와 수식數式을 활용한 30년대 이상李箱의 시, 반시론을 제창한 50년대 김수영의 시, 대상보다는 대상을 지칭하는 말에 대한 집요한 추적을 모색하는 50년대 이후 김춘수의 시 그리고 '나'에서 '너'로 '너'에서 '그'로 다시 '나 / 너 / 그'를 완벽하게 해체함으로써 부단하게 주체의 해체를 모색하고 있는 90년대 후반의 이승훈의 시 등에서 그러한 맥락을 찾아 볼 수 있다. 그것을 여기서는 이상의 시학, 김수영의 시학, 김춘수의 시학 및 이승훈의 시학이라고 명명하고자 한다. 이러한 계열과는 달리 황지우의 시의 도형화, 장정일의 시의 소재화 등을 들 수 있으며 이들의 시적 경향은 다분히 언어의 본래의 역할을 분쇄시키는 데 있다. 물론 이처럼 확실한 목소리를 가지고 언어의 해체에 집중한 경우 외에도 간혹 조금씩 그러한 조짐을 보이는 경우도 있어 왔다. 그것이 바로 시에서의 대화체, 서간체, 욕설, 사투리 및 특정한 신체부위의 과감한 지칭, 섹스에 관계되는 금기어의 파괴 등을 들 수 있다.

그렇다면 왜 이러한 시어의 하락이 일어나는 것인가? 개인적으로는 '하락'

이라는 말보다는 '흔적'이라는 말이 더 적합하다고 생각한다. 하락이라고 했을 때 그것은 이미 시어에는 어떤 기준이 있다고 전제하는 것이고 또 그러한 기준에서 벗어나되 상향적으로 벗어나는 것이 아니라 하향적으로 벗어난다는 점을 암시하기 때문이다. 그러나 '흔적'이라고 하면 그것은 시어에 어떤 확고부동한 기준이 없다는 점을 전제하며 따라서 어느 유형의 말도 시어의 영역이 될 수 있고 어떤 유형의 시어의 영역도 말의 영역에 속하게 될 수 있기 때문이다. 어떻든 시어의 하락이 발생하고 언어가 정상으로부터 일탈('일탈'이라는 말보다는 '회귀'라는 말이 더 적합하다고 생각한다)하고자 하는 것은 아마도 사회적으로는 후기현대의 특징을 드러내고자 하고 정치적으로는 후기식민주의의 양상을 폭로하고자 하고 문학적으로는 해체시대의 글쓰기의 전형을 제시하고자 하고 문화적으로는 세계화의 추세에 걸맞게 나아가고자 하기 때문일 것이다. 그러나 이러한 세계화는 사실 극-민족주의라고 생각된다. 이러한 특징적인 몇 가지 추세를 리처드 할랜드는 자신의 『초구조주의』─필자는 할랜드의 이 책을 『초구조주의란 무엇인가』1996로 번역하여 국내에 소개한 바 있다─에서 원심력과 구심력의 대립으로 파악했다. 전자는 해체시대 이후의 글쓰기에 해당하고 후자는 해체시대 이전의 글쓰기 해당한다.

2) 구심력시대의 언어의 해체

구심력시대의 언어의 해체는 단편적이고 조심스럽고 위험할 수밖에 없는 작업이다. 그것이 단편적인 것은 누구나 모두 언어를 해체하지 않기 때문이고 조심스러운 것은 자기 자신도 언제나 언어를 해체하는 것이 아니기 때문이며 위험스러운 것은 자칫 세간의 이목이 부정적으로 집중되기 때문이다. 그렇다면 문학에서의 구심력이란 무엇인가? 그것은 '나'가 '너'와 동일시되고자 하는 것, 하나의 중심점으로 끊임없이 수렴하고자 하는 것을 의미한다. 다시 말하면 어떤 중심세력에 대해 저항하기보다는 순응하는 것, 그러한 중심세력에 끼이지 못해 조바심 나는 것 등을 뜻한다. 그래서 중심세력의 권력에 복종하고 그러한 세력을 중심으로 하여 반복해서 회전하는 것에 관계된다. 마치 태양을 중심으로 지구를 포함하여 수성에서부터 명왕성—2006년 8월 24일 '국제천문연맹 IAU'은 명왕성을 행성에서 배제하고 왜소 행성으로 분류했다—까지의 행성이 회전하는 것과 같다고 볼 수 있다. 그러나 '원심력시대의 언어의 해체'는 이것과는 전혀 다르다. 따라서 구심력 시대는 시어의 일정한 기준을 인정하던 시대로 시어는 그것이 비록 일상어로 쓰였다 하더라도 이미지와 상징을 참신하게 창조하기 위해서 전통적인 의미의 비유법을 효과적으로 사용해야만 했고 그렇게 될 수 있도록 강요받았던 시대의 시 쓰기에 관계된다.

　이러한 시대의 시 쓰기에서 우리의 주목을 받는 것은 아마도 사투리의 사용일 것이다. 남도 사투리를 유효적절하게 구사했다는 평가를 받고 있는 김영랑의 경우 「누이의 마음아 나를 보아라」의 "오메! 단풍들것네!" 「독毒을 차고」의 "허무한듸", 「춘향」의 "우리집이 팍 망해서 상거지가 되었지야", 「언덕에 바로 누워」의 "나는 잊었음네"나 "한 때라도 없드라냐" 등과 같은 시구는 원래의 시어의 영역에서 벗어난 것이다. 물론 그것이 시적 의미의 확장에 기여하기는 했지만 시어의 기준에서는 벗어나는 것이다. 김영랑의 시어의 하락이 남도가락의 멋에 실려 있다면 박목월의 시어의 하락은 절박성을 드러내기 위해 강한 경상도 억양의 강직성을 활용하고 있다. 그것이 바로 그의 시 「이별가」에 등장하는 '뭐락카노'와 '오냐'의 반복이다. "뭐락카노 뭐락카노 뭐락카노 / 니 흰 옷자락기만 펄럭거리고…… // 오냐, 오냐, 오냐, / 이승 아니믄 저승에서라도……" 사투리가 활용된 시어의 읽기에서 독자들은 그 억양과 느낌을 자신의 것으로 전이시킬 수 있어야만 한다. 그렇지 않으면 그저 그렇고 그런 일상어의 삽입에 불과하기 때문이다.

　다음은 비속어의 등장을 들 수 있다. 그 대표적인 예가 김수영의 시 「어느 날 고궁을 나오며」의 전반부에 나오는 욕설이다. "왜 나는 조그마한 일에만 분개하는가 / 저 왕궁 대신에 왕궁의 음탕 대신에 / 오십 원짜리 갈비가 기름덩어리만 나왔다고 분개하고 옹졸하게 분개하고 설렁탕 집 돼지 같은 주인 년한테 욕을 하고 / 옹졸하게 욕을 하고." 당당하게 시어로 자리 잡은 "돼지 같은 주인 년"이라는 욕설은 읽는 이에게 어떤 통쾌감을 제공해 준다. 그리고 그러한 시어의 사용자는 개척자적인 역할 혹은 전위적인 역할을 수행함으로써 시어의 영역을 확장하게 된다. 이러한 확장으로서의 시어는 시의 고고성을 해체해 버린다. 사실 이러한 고고성의 해체는 이미 이상화의 시 「빼앗긴 들에도 봄은 오는가」와 「나의 침실로」에도 나타나 있다. 전자의 시어 "살찐 젖가슴"과 후자의 시어 "수밀도의 네 가슴"은 시어의 점잖은 육체화에 해당한다. 여기서 점잖다는 점을 강조하는 것은 그것이 직설적이 아니기 때문이다(직설적인 표현의 과감성에 대해서는 '원심력시대의 언어의 해체'에서 살펴보게 될 것이다). 이러한 비속어는 자전적인 시에서 강렬한 의미를 지니게 된다. 그것을 우리는 서정주의 시 「자화상」이나 「바다」에서 찾아 볼 수 있다. 전자에 나타나 있는 "애비는 종이었다 / (…중략…) 어매는 달을 두고 (…중략…)"처럼 친부모를 '애비'와 '어매'로 부르는 호칭법이나 후자에 나타나 있는 시어의 하락은 그것이 하나의 절정을 형성하는 것은 아니라 하더라도 하나의 가능성, 말하자면 부정적이 아닌 긍정적인 가능성을 제시하고 있다. "애비를 잊어버려 / 에미를 잊어버려 / 형제와 친척과 동무를 잊어버려 / 마지막 네 계집을 잊어버려."

시어의 비속어화 현상은 베를렌, 휘트먼 및 앨런 긴스버그 등의 시에서 찾아볼 수 있다. 물론 우리들에게 익숙해진, 말하자면 소위 말하는 세계적 명시의 대열에 끼이는 시편들, 따라서 우리들로 하여금 이들 시인들의 진면목을 파악할 수 있는 기회를 차단해 버리는 시편들에는 나타나지 않는 시에서 우리는 이들 시인들이 얼마나 적나라하게 자신들의 내면세계를 비속어화 된 시어를 통해서 표출했는지를 알 수 있다. 예를 들면 동성애라든가 자기애라든가 성애라든가 육담이라든가 성기에 대한 다양한 비유라든가 하는 것들을 솔직하게 표출하고 있다.

구심력시대의 언어의 해체에서 가장 돋보이는 시인은 아마도 이상李箱일 것이다. 그는 시의 문체의 혁명은 물론 시형식의 혁명까지도 주도했기 때문이다. 그의 시「선에 대한 각서」는 시는 언어로 쓰여야 한다는 정설을 정면으로 거부한다. 그는 시도 기호화된 언어로 쓰일 수 있다는 점, 말로서의 언어가 아닌 기호화된 언어에 의해 표현될 수 있다는 점을 강조하였다. 그것이 다다이든 초현실주의든 그가 이러한 가능성을 점검했다는 것은 그를 한국 현대시에서 상당히 중요한 위치에 올려놓게 한다.「선에 대한 각서 (3)」의 전문은 다음과 같다.

```
        1  2  3
1   .  .  .
2   .  .  .
3   .  .  .
3  2  1
3   .  .  .
2   .  .  .
1   .  .  .
```

$$\therefore nPn = n(n-1)(n-2)\cdots\cdots(n-n+1)$$

(뇌수는 부채와 같이 원에까지 전개되었다. 그리고 완전히 회전했다.)

—이상,「선에 대한 각서 (3)」전문

구심력 시대의 언어의 해체는 상당히 조심스럽다. 그것이 조심스러운 까닭은 시어의 절대적인 기준이 여전히 지배적으로 작용하고 있을 뿐만 아니라 시는 일상어로 쓰이는 것이라는 주장에서 '일상어'는 표준어의 영역을 넘어서지 못하고 있기 때문이다. 그 결과 언어의 완벽한 해체보다는 언어의 실험적인 해체가 시도되었다고 볼 수 있다.

3) 원심력시대의 언어의 해체

원심력시대의 언어의 해체는 시어는 곧 언어라는 등식을 거부하는 것에서부터 비롯된다. 그리고 시는 어떤 대상에 대한 느낌을 성공적인 비유로 형상화하는 것만은 아니라는 점을 전제로 한다. 이 두 가지 사항은 바로 해체시대의 글쓰기 / 시 쓰기의 기본명제가 된다. 시어를 부정하고 시적 대상을 부정하고 시를 쓴다는 것─ 이러한 명제는 구심력시대의 시 쓰기에서는 불가능한 명제에 해당하지만 그것이 원심력시대에는 가능할 뿐만 아니라 절대적인 명제에 해당하는 까닭은 자신만의 목소리, 자신만의 시세계, 자신만의 언어관을 갖고자 하는 시대가 바로 해체시대이기 때문이다. 이러한 시대의 시 쓰기는 "쓴다는 행위는 무엇인가?" 혹은 "쓴다는 것은 무엇인가?"에 대한 질문에서부터 비롯된다. 다시 말하면 구심력시대의 시 쓰기가 일정한 대상에 대한 느낌을 시로 형상화하는 데 치중했다면 원심력시대의 시 쓰기는 시를 쓴다는 행위, 곧 기술행위 그 자체에 대한 물음에서부터 비롯된다.

쓴다는 것은 무엇인가? 그것은 어떤 대상에 대한 정확한 포착이라기보다는 포착을 하기 위한 끊임없는 과정, 그러한 과정의 흔적에 관계된다. 흔적은 무엇인가? 그것은 어떤 대상을 추적해 나가는 과정에서 나타나게 되는 무수한 남김, 곧 흰 종이 위에 쓰이는 검은 문자의 당돌함이라고 볼 수 있다. 사실 문자만큼 오만한 태도를 지니고 있는 것도 없다. 문자의 오만함에 대해서는 말라르메가 자신의 시 「주사위 던지기」에서 언급한 바 있으며, 데리다는 그러한 양상을 후설과 하이데거의 철학세계를 바탕으로 하여 발전시켰다. 그리고 그는 그러한 결과를 해체주의의 모태가 된 자신의 저서 『기술학記述學』에서 심화·발전시켰다. 데리다가 자신의 저서 De la grammatology에서 제안한 바 있는 '그라마톨로지'는 '문법학'도 아니고 '건축학'도 아니며 그것은 '기술학記述學'이다. 왜냐하면 이 어휘에 대한 정의를 그는 다음과 같이 분명하게 하고 있기 때문이다.

기술학(記述學) / 그라마톨로지(grammatology) : 문자에 대한, 알파벳, 음절화, 읽기 및 기술(記述)에 대한 연구—내가 파악하기로는 또 우리시대에 있어서 겔브가 현대과학의 연구 과제를 강조하기 위해『기술(記述)의 연구-기술학(記述學)의 바탕』(1952, 1963년도 판에서는 부제(副題)를 제거했다—에서 이 말을 사용했을 뿐이다. 체계적이고 또 간략화 된 분류에 대한 관심에도 불구하고 그리고 성경 필사본의 단일기원설이나 다원기원설에 대한 상반되는 가설에도 불구하고, 이 책은 기술(記述)의 역사에 대한 전통적인 모델을 따르고 있다.

쓴다는 것은 확정적인 정의가 아니라 미확정적인 정의의 과정을 의미한다. 미확정적인 정의의 과정을 예로 들면, "장미꽃은 빨간 색이다"로 확정짓는 것이 아니라 "장미꽃은 빨간"이라고 까지만 설명하든가 아니면 "장미꽃은……이다"라고까지만 설명하는 과정이다. 전자의 경우에는 '이다'와 '아니다'라는 선택적인 관계를 유보하든가 '이다 / 아니다'의 관계에 '또는'이 첨가된 확장적인 관계를 암시한다. 후자의 경우에는 '빨간'이라는 색깔 이외에 '노란, 하얀, 분홍' 등의 색깔을 삽입시킬 수 있다는 점을 암시한다. 말의 이러한 확장적인 관계에 대해 들뢰즈와 가타리는 정신분열증을 중심으로 심도 있게 논의한 바 있다.

쓴다는 행위에 의한 시 쓰기의 지속성 및 이러한 특징을 지닌 해체주의의 시론에 적합한 혹은 그러한 시론을 바탕으로 하여 쓰인 시로는 장정일의 시「길안에서 택시 잡기」를 들 수 있다. 이 시의 제목에 나타나는 '길안'은 그것이 길의 안쪽인지 아니면 어떤 지명인지에 대해 독자는 혼동을 야기할 수 있으며, 시인 자신은 '안동 근교의 면소재지'라고 분명하게 밝히고 있다. 총21연으로 된 이 시는 시를 쓰고 읽고 다시 쓰고 다시 읽고 또 다시 쓰고 또 다시 읽는 과정을 기술한 것이다. 그러한 시 쓰기의 과정이 열 번 진행되고 나머지 부분은 이러한 진행과정의 어려움에 대한 하소연 혹은 설명에 해당한다. 말하자면, '길안에서의 택시잡기'라는 시적 주제는 해체주의 시론에서의 난경難經에 관계된다. 그리고 시인의 시 쓰기는 그것의 차연에 해당한다. 이렇게 말할 수 있는 점은 「길안에서 택시 잡기」라는 시의 시작 부분은 이 시가 이미 여러 번 시도되었음을 암시하고 있기 때문이다.

길안에 갔다.
길안은 시골이다.
길안에 저녁이 가까워 왔다.라고
나는 썼다. 그리고 얼마나
많이, 서두를 새로 시작해야 했던가?
타자지를 새로 끼우고, 다시 생각을
정리한다. 나는 쓴다.

길안에 갔다.
길안은 아름다운 시골이다.
그런 길안에 저녁이 가까워 왔다.
별이 뜬다.

이렇게 쓰고, 더 쓰기를
멈춘다. 빠르고 정확한 손놀림으로
나는 끼워진 종이를 빼어,
구겨 버린다. 이놈의 시는
왜 이다지도 애를 먹인담. 나는

테크놀로지와 자연에 대한 현대인의

갈등을 추적해 보고 싶다. 종이를 새로

끼우고 다시 쓴다.

— 장정일, 「길안에서 택시 잡기」 전반부

'길안에서 택시 잡기'에 대해 시를 다시 쓰는 행위가 끝나지 않게 되어 있는 까닭은 쓰다 말고 타자지를 빼어 구겨버리는 행위가 지속되기 때문이다. 이러한 행위의 반복이 바로 시인 자신의 미결정성이며 그러한 미결정성은 시 쓰기를 '다음 기회'로 미루게 된다. 위에 인용된 시의 마지막 구절에 암시되어 있는 바와 같이 '길안에서의 택시잡기'라는 시 쓰기의 행위는 끝나지 않는 행위이다. 왜냐하면 '길안'이라는 면소재지에서 택시잡기의 어려움을 시로 형상화하는 작업은 언제나 미결정적일 수밖에 없기 때문이다. 여기에서 '미결정적'이라는 말은 택시잡기의 어려움을 아무리 정확하게 문자로 기록한다 하더라도 문자화된 기록은 결코 그러한 어려움과 일치할 수 없기 때문이고, 일치되게 하려고 노력하면 할수록 그만큼 더 불일치하게 되기 때문이다. 끝날 수도 없고 일치할 수도 없는 '길안에서의 택시잡기'에 대한 시 쓰기의 작업은 "길안에 갔다. / 길안은 시골이다. 길안에 저녁이 가까워 왔다"라는 시작부분이 몇 번의 수정작업을 거치면서 변모되는 과정에서도 찾아 볼 수 있다. "풀이 우거진 거리에 / 한 무전여행가가 검은 슈트케이스를 든 채 / 택시를 기다리고 있었다. / 늬엇늬엇 해가 지고 있었지만 / 택시는 보이지 않았고, 그렇다고 // 여행가가 쉽게 포기할 것 같지도 않았다."

그러나 "나는 계속, 쓸 것이다"라는 시적 자아의 마지막 절규처럼 「길안에서의 택시잡기」라는 시는 결코 끝날 수도 없고 완성될 수도 없는 시에 해당한다. 따라서 이러한 미완의 작업은 이 시를 미결정적인 채로 남겨놓게 된다. 장정일 시와 해체주의 시론의 관계는 그의 그 밖의 다른 시에서도 찾아 볼 수 있다.

말하자면 김준오가 부여한 명칭에 해당하는 '소재시'의 성격을 띠고 있는 「잔혹한 실내극」, 「즐거운 실내극」, 「자동차」, 「햄버거에 대한 명상」 등에서 우리는 시의 소재가 어떤 수사나 변형이 없이 '있는 사실 그대로' 한 편의 시를 형성하고 있음을 파악할 수 있다. 여기서 말하는 '있는 사실 그대로'라는 말은 후기구조주의의 모태가 된 프랑스의 '텔켈학파'의 주의표명과 일맥상통하는 면을 지니고 있다. 이 시의 기본골격은 "길안에 갔다"에 뒤이어지는 문장의 부적절성에 있다. 이러한 부적절성에 의해 이 시는 쓰이고 버려지고 쓰이고 버려진다. 그러나 버려질 뿐이지 태워버린다든가 찢어버린다든가 지워버리지는 않는다. 그렇게 되면 이 시는 우리들의 눈앞에 나타날 수가 없기 때문이다. 이처럼 태우지도 않고 찢지도 않고 지우지도 않은 채 버려지는 원고는 흔적으로 남게 되고 그것은 이 시의 본래의 의도에 대한 추적을 가능하게 한다. "길안에 갔다"라는 구절에 뒤이어지는, 사실은 버려지기 위해 뒤이어지는 구절들은 "길안은 시골이다", "길안은 아름다운 시골이다", "길안에서 택시를 기다린다", "길안에 택시가 보이지 않는다", "길안에 산이 높고 / 그 물이 맑다", "웬일인지 꽤 오랫동안 택시가 오지 않고", "길안이 아름다워 나는 울었다", "길안을 빨리 벗어나고 싶다", "그러나 나는 어디로 가게 되는 것인가?", "택시를 기다리고 있었다" 등이다. 끊임없이 대체되는 이러한 구절들은 원래의 명제에 해당하는 "길안에 갔다"에 대한 수식이자 보충의 역할을 한다. 한 마디로 정의하기도 불가능하고 한 마디로 설명하기도 불가능한 상황, 즉 "길안에 갔다"라는 사실에 뒤이어지는 상황을 어쨌든 설명하기 위해 활용된 방법이 바로 '보충'이다. 이때의 '보충'은 없는 것에 대한 보충이 아니라 다른 것, 또 다른 것, 또 다른 것으로의 대체 등에 관계된다. 따라서 이 시의 마지막 부분은 다음과 같이 되어 있다.

여기까지 쓰자 아침이 밝고, 나는 세수를 하러 일어선다.
하룻밤 꿈을 꾼 듯, 밤샘한 어제가

어릿하다, 더운 물에 찬 물을 알맞게

섞는다. 생각이 떠올랐다.
물과 물이 섞인 자리같이
꿈과 삶이 섞인 자리는, 표시도 없구나!
나는 계속, 쓸 것이다.

— 장정일, 「길안에서 택시잡기」 후반부

"나는 계속, 쓸 것이다"에 나타나 있는 결의는 시 쓰기와 철두철미하게 투쟁하겠다는 의지를 나타내고 있다. 이러한 투쟁은 한편으로는 푸코의 '논쟁의 현장'이나 들뢰즈와 가타리의 '탈영역화'에 해당하기도 하고 다른 한편으로는 데리다의 '차연差延'에 해당하기도 한다. 그러나 여기에서 주의해야 할 점은 데리다의 차연이 '차이'와 '연기'만을 동시적으로 의미하는 것이 아니라 '우회하기'까지도 포함하고 있다는 점이다. 우회하기는 '바꾸어 말하기' 혹은 '전언轉言'이라고 볼 수 있다. 이 시가 논쟁의 현장이 되는 것은 "나는 계속, 쓸 것이다"라는 주체의 확고부동한 의지 때문이고, 이 시가 '탈영역화'되는 것은 '물과 물(사실은 더운 물과 찬물)'의 섞임처럼 꿈과 삶의 구분이 없어지기 때문이다.

차연, 연기 및 전언으로서의 해체적 글쓰기의 이론에 충실한 또 다른 시로는 이승훈의 시 「답장」을 들 수 있다. "그러나 / 쓴다는 것 / 계속 쓴다는 것은 / 과연 무엇인가?"는 이승훈이 자신의 시집 『밝은 방』의 '서문'에서 "그러나 고독하다는 것, 홀로 있다는 것은 과연 무엇인가?"라고 한 말을 이만식이 읽고 그것을 시로 패러디한 것이다. 이승훈은 이를 다시 자신의 시 「답장」에서 패러디했으며 그의 이 시는 시 쓰기를 끊임없는 패러디의 연속, 즉 하나의 흔적의 연속으로 파악하고 있다는 점에서 해체시대의 시 쓰기에서 주목되는 시에 해당한다. "형이 패러디한 시의 앞부분입니다 난 내 글을 패러디한 형의 시를 읽으며 다시

형의 시를 패러디한 시를 씁니다"라는 이승훈의 언급처럼 이 시는 패러디의 패러디화, 패러디화의 패러디화로 나아가고 있다.

'그러나 쓴다는 것은 고독하다는

것이며 나를 나에게서 분리시키고 두 개의 나를 만드는

행위라고 생각합니다

그러나 쓴다는 것은 나를 버리는

행위입니다 종이 위에 나를 버리고 나는 하나의 차이로

존재합니다

그러나 쓴다는 것은 계속 쓴다는 것은 나를

계속 연기시키는 일입니다 종이 위해서 나는 계속

연기됩니다 나는 이미 내가 아닙니다

나타나고 사라지는

무수한 텍스트 밝은 방 속에서 드러나는 이 흔적!

그러나

쓴다는 것은 산다는 뜻입니다

오오 그러나 쓴다는

것은 내가 언어이며 타자라는 사실이고 타자의 타자가

나라는 사실이고 이 나는 무수히 (글을 쓰는 만큼)

나타나고 사라집니다

그러니까 사막입니다 계속 쓴다는

것은 우리 인생에 의미가 없다는 사실을 깨닫는 일이고

방랑이고' (아무튼 시작도 끝도 없지요)

— 이승훈, 「답장」 부분

이 시에서의 집요한 물음처럼 해체시대에 있어서 글쓰기로서의 시 쓰기는 "어디에서 시작되어 어디에서 끝나는 것인가?"라는 질문에 대한 대답은 "시작도 끝도 없다"이다. 왜 그러냐 하면 위에 인용된 시를 예로 들어 설명할 때, 이승훈의 말 "그러나 고독하다는 것, 홀로 있다는 것은 과연 무엇인가?"에서 이만식의 시 "그러나 / 쓴다는 것 / 계속 쓴다는 것은 / 과연 무엇인가?"가 비롯되었고, 후자에서 다시 이승훈의 시 "그러나 쓴다는 것은 고독한 것이며 나를 나에게서 분리시키는 두 개의 나를 만드는 행위라고 생각합니다"로 나타나기 때문이다. '이승훈-이만식'의 교차는 '고독하다는 것-쓴다는 것'의 교차이고 이는 다시 '그러나-그러나'로 교차하게 된다. 그러나 '그러나'라는 말은 앞의 말을 인정하면서도 자신의 주장을 강조하게 된다. 인정하면서도 주장하는 것, 그것을 이 시에서는 '흔적'이라고 강조한다. "나타나고 사라지는 무수한 텍스트 밝은 방 속에서 드러나는 이 흔적!" 흔적은 추구과정이고 진행과정에 해당한다. 아직은 완료되지 않은 상태, 그러나 결코 완료될 수 없는 상태에 있는 것이 흔적이다. 시 쓰기를 흔적으로 파악하는, 다시 말하면 과정으로 파악하는 이 시는 해체시대에 있어서 시 쓰기의 전형성을 제시하고 있는 셈이다.

원심력시대의 언어의 해체에 나타나는 두 번째 특징은 문자의 도형화 혹은 도형의 문자화이다. 사실 이러한 유형의 시 쓰기는 시어의 하락이라기보다는 언어의 일탈에 가깝다고 볼 수 있다. 언어의 일탈을 효과적으로 활용하고 있는 몇 편의 시들이 바로 황지우의 시집 『새들도 세상을 뜨는구나』에 수록되어 있으며, 「'일출'이라는 한자를 찬, 찬, 히, 들여다보고 있으면」에 등장하는 몇 가지 경우를 살펴보면 다음과 같다.

山 우에

　山

그 상상봉에

　　⊙ 하나

그리고 그 山 아래

　山 그림자

　　그 그림자 아래, 또

　山 그림자,

　　　　아래

다닥다닥다닥다닥다닥다닥다닥다

　　凹凸한 지붕들, 들어가고 나오고,

　찌그러진 △ㅁ들 일어나고 못 일어나고,

　찌그러진 ⇕우들

— 황지우, 「'일출'이라는 한자를 찬, 찬, 히, 들여다보고 있으면」 전문

　‘문자화된 도형’ 또는 ‘도형화된 문자’는 문자 그 자체보다 더 적합한 기술일 수도 있다. 사실 어떤 사물 그 자체를 제시하는 것보다 더 정확한 설명의 방법은 없을 것이기 때문이며 바로 이러한 점에서 기술의 부정확성과 사물의 불변성이 대립하게 된다. 부정확한 기술에 의해 쓰이는 해체시대의 시 쓰기는 한편으로는 흔적의 추적으로 나아가고 다른 한편으로는 사물(소재 / 대상)의 속성 그 자체의 제시로 나아가게 되며 그것은 소재시, 광고시, 대상시, 물상시 등으로 명명되기도 한다. 이렇게 명명될 수 있는 시에서의 언어는 시어의 고고성을 가차없이 허물어버린다. 거기에서는 ‘잘 빚은 항아리’, 곧 ‘언어의 훈도薰陶’를 찾아볼 수 없다. 이러한 점은 기존의 전통적인 고유한 ‘언어의 영역’을 상실한 채 그저 문자와 도형이 적절하게 조합되어 제시되고 있을 뿐이다. 이러한 제시는 시

에 대한 평가나 분석이나 해석 등을 유보하고 그러한 과정 자체만을 나타내고 있다. 다시 말하면 제품의 완성을 추구하는 것이 아니라 완성하기까지의 과정을 강조한다. 완성하기까지의 과정—그것이 바로 가장 기본적인 흔적으로서의 시 쓰기에 해당한다.

흔적으로서의 시 쓰기는 직설적으로 표현하는 것에 관계된다. 직설적인 표현은 자칫 천박스럽고 저속하다는 인식으로 인해 시 쓰기에서 상당히 많이 자제해 왔던 표현법 중의 하나이다. 이러한 금기사항을 타파하는 용기 있는 표현들로 인해 해체시대의 시는 또 다른 국면을 맞이하게 된다. 말하자면 성性에 관계되는 표현을 들 수 있다. '섹스'라는 표현은 가능하고 그것에 상응하는 우리말의 표현은 안 되는 것인가? '페니스'라는 표현은 가능하고 그것에 상응하는 우리말의 표현은 안 되는 것인가? 안된다기보다는 안 되는 것으로 시인 자신들이 인식하고 있는 이유는 무엇인가? 이러한 현상은 외래어에는 둔감하고 고유어에는 민감하기 때문이기도 하고 또는 천박하고 저속하고 상스러운 표현을 외래어로 표현함으로써 우리말의 오염을 방지해야 한다는 강박관념이 자리 잡고 있기 때문이기도 하다. 그러나 앞에서 언급한 베를렌이나 휘트먼이나 앨런 긴스버그 또는 로버트 로웰 등의 시에서 우리는 그들이 이러한 표현의 저속성을 자신들의 모국어로 적나라하게 표현하는 데에 주저하지 않았음을 알 수 있다. 그리고 그들의 이러한 시들은 그들 자신의 세계적 명시와 함께 수록되어 있다는 점도 간과해서는 안 될 것이다. 어떤 기준에 의해 어느 시는 세계적이고 어느 시는 천박한 시가 되는 것인가? 그러한 기준은 아마도 '윤리관'일 것이다. 시대에 따라 한 사회의 윤리의 의미가 변화해 왔듯이 시어의 기준에 대한 윤리도 변화해야 할 것이다.

4) 해체시대의 시 쓰기

언어의 해체란 무엇인가? 여기에서 강조하는 '해체'란 어떤 의미를 지니고 있는 것인가? '해체'는 단순한 파괴를 의미하는 것이 아니라 창조적인 파괴를 의미한다. 그것은 마치 1920년대 『폐허』의 동인들이 폐허를 바탕으로 하여 새로운 창조를 꿈꾸었듯이 기존의 사유체계를 파괴하여 새로운 사유체계를 형성하는 것을 의미한다. 앞에서 살펴 본 해체시대의 시 쓰기, 즉 언어의 훈도가 아닌 언어의 해체로서의 시 쓰기의 특징은 우선 언어의 부단한 실험과 해부와 해체에 관계된다. 언어는 대상을 지칭하는 수단이 아니라 언어가 곧 사물이라는 전제, 의미삼각형에서 언어는 개념을 현현시키는 기표가 아니라 언어가 곧 개념이라는 전제에서부터 해체시대의 시 쓰기는 시작된다. 그리고 이러한 시 쓰기는 부단한 흔적의 연속, 즉 진행으로서의 과정에 해당할 뿐이다. 그 결과 시어는 기존의 전통적인 고고성에서 추락하게 된다. 그러나 그러한 추락은 '이카로스의 추락'처럼 아무도 관심을 갖지 않는 욕망의 추락이 아니라 누구나 관심을 가져야만 하는 추락인 것이다.

두 번째 특징은 시어는 인간의 언어이어야 한다는 고정관념으로부터의 부단한 해방과 개방을 들 수 있다. 여기에서 말하는 '해방'과 '개방'은 '탈출'과는 그 의미가 사뭇 다르다. 전자의 두 요소가 적극적이고 집단적이고 확산적이라면 후자는 소극적이고 개인적이고 응축적이기 때문이다. 이제 시어는 그 영역을 해방시키고 개방시켜야만 한다. 해방되지 않고 개방되지 않은 시어는 여전히 '언어의 훈도'에 머무를 수밖에 없다. 이 말은 조잡한 시어를 고무하고 자극하고 찬양하는 것이 아니라 해체시대의 시어는 언어에 대한 철학적 고찰을 바탕으로 해야 한다는 점을 강조하는 것이다. 그러한 역할을 수행하는 시인들은 개척자이자 선구자이다. 그래서 그들의 작업은 고독할 수밖에 없다.

마지막으로 이러한 작업의 특징이 바로 비속어를 시어화하는 데 있어서의 어려움이다. 앞에서 예시했던 바와 같이 어떤 신체부위의 지칭에 대해 외래어는 가능하고 고유어는 불가능한 까닭은 아마도 윤리관의 불변성 때문일 것이다. 이제 시적 윤리, 시어의 윤리관은 변화해야만 한다. 그렇게 함으로써 시어의 새로운 지평을 가능하게 할 수 있을 것이다. 그리고 이 모든 특징들은 시인들로 하여금 원심력시대의 언어의 해체로 나아가는 것을 가능하게 한다. 그것은 마치 해럴드 블룸이 자신의 『시적 영향의 불안』에서 강조한 바와 같이 약 250년을 주기로 하는 서구시에서의 강한 시인들끼리의 '오독誤讀'의 역사에 관계되기 때문이다.

4. 한용운의 시 「님의 침묵沈默」에 대한 해체적 읽기

한용운의 시 「님의 침묵」에 대한 '다르게 읽어내기'를 효과적으로 수행하기 위해서는 '기술記述의 전략'보다는 '독해讀解의 전략'에 역점을 두어야 한다. 여기서 말하는 '다르게 읽어내기'는 그동안 「님의 침묵」의 의미에 대해 하나의 정설로 자리 잡고 있는 '조국', '부처'나 '연화보살' 또는 '해방'이나 '독립' 등의 의미와는 다른 의미, 이 시를 해체주의 비평으로 읽어낼 때에 파악할 수 있는 예외적인 의미와 뜻밖의 새로운 의미를 규명하기 위한 읽어내기에 관계된다. 해체주의 비평에서 강조하는 이러한 읽어내기의 방법에는 중복적인 읽기, 성찰적인 읽기, 회의적인 읽기 등이 포함된다.

'의견의 차이와 연기'를 동시에 지칭하는 '차연'은 조나단 컬러가 자신의 『해체비평』1982에서 강조했던 바와 같이 "의미작용의 조건으로서 적재적소에 이미 적절한 수동적인 차이점과 그러한 차이점을 생성해 내는 차별적인 행동"을 동시적으로 나타낸다. 한용운의 시 「님의 침묵」에서 '님'과 시적 자아의 차이점은 '님'의 지속적인 '침묵'과 그러한 침묵을 지속적으로 설명하고 있는 시적 자아의 '말하기'에 있다. 시적 자아의 부단한 설명에도 불구하고 이 시의 제목에서부터 이 시의 마지막 행까지 '님'이 그 어떤 말도 할 수 없는 까닭은 '님'을 바로 그 '침묵'으로 묶어놓았기 때문이다. 따라서 시적 자아의 변화무쌍하고 현란한 수사법, 한 번 설명한 사실을 배제시키고 새로운 사실을 언급하는 무수한 설명의 과정에도 불구하고 '님'은 그저 침묵할 수밖에 없으며, 이 시에서 '님'은 가버렸기 때문에 시적 자아의 진술에 대해 그 어떤 이의를 제기할 수도 없고 진위여부를 규명할 수도 없는 '부재로서의 존재'로 남아 있을 수밖에 없다. 이처럼 님의 '침묵하기'와 '말할 수 없기'는 시적 자아의 '설명하기'와 '말할 수 있기'와 상보적인 관계를 유지하면서 「님의 침묵」을 이끌어 나가게 된다.

다음에 인용한 한용운의 시 「님의 침묵」은 1926년 '회동서관'에서 간행한 한용운의 시집 『님의 침묵』에 수록된 것으로 이 시의 원문은 '문학사상사'에서 간행한 '초간희귀初刊稀貴 한국현대시 원본전집 23' 『님의 침묵』1975을 참고하였음을 밝혀 둔다.

님은갓슴니다 아아 사랑하는나의님은 갓슴니다

푸른산빗을쌔치고 단풍나무숩을향하야난 적은길을 거러서 참어쩔치고 갓슴니다

黃金의쏫가티 굿고빗나든 옛盟誓는 차듸찬쩍끌이되야서 한숨의微風에 나러갓슴니다

날카로은 첫'키쓰'의追憶은 나의運命의指針을 돌너노코 뒤ㅅ거름처서 사러젓슴니다

나는 향긔로은 님의말소리에 귀먹고 쏫다은 님의얼골에 눈머럿슴니다

사랑도 사람의일이라 맛날째에 미리 쩌날것을 염녀하고경계하지 아니한것은아니지만 리별은 쯧밧긔일이되고 놀난가슴은 새로은슯음에 터집니다

그러나 리별을 쓸데업는 눈물의源泉을만들고 마는 것은 스스로 사랑을쌔치는것인줄 아는까닭에 것잡을수업는 슯음의힘을 옴겨서 새希望의 정수박이에 드러부엇슴니다

우리는 맛날째에 써날것을염녀하는것과가티 써날째에 다시맛날 것을 밋슴니다

아아 님은갓지마는 나는 님을보내지 아니하얏슴니다

제곡조를못이기는 사랑의노래는 님의沈默을 휩싸고돔니다

— 한용운, 「님의 침묵」 전문

「님의 침묵」은 크게는 '말하기'와 '침묵하기'로 대별된다. 전자는 이 시의 첫 행에서부터 마지막 행까지 끊임없이 되풀이되면서 지속되고 있는 시적 자아에 게 관계되고 후자는 시적 자아의 그 어떤 진술에도 '침묵'할 수밖에 없는 '님'에 게 관계된다. 이처럼 이 시를 서술하고 있는 시적 자아는 '님'의 끊임없는 침묵 과 그 침묵에 숨겨진 의미를 설명하는 데 있어 극도로 자의적이며 자기중심적 이다. 그것이 자의적이고 자기중심적인 까닭은 이 시의 제6행에 분명하게 나타 나 있다. "모든 문학작품에는 그 자체의 진술을 해체시키고 와해시키고 분열시 키는 자체파괴적인 요소가 분명히 있다"는 데리다의 언급처럼, 제6행이 이 시 를 해체주의 비평으로 설명할 수 있는 단서를 제공하는 까닭은 "사랑도 사람의 일"이라는 구절에서의 '도'라는 조사助詞와 "맛날째에 미리 써날것을 염녀하고경 계하지 아니한것은아니지만"이라는 구절에서의 '아니한것은아니지만'이라는 이중부정 때문이다.

1) '사랑'의 유일성과 보편성 – "사랑도 사람의 일"

한용운의 시 「님의 침묵」의 제6행의 첫 부분 "사랑도 사람의일"에서 조사 '도'는 이 시의 첫 행에서부터 제5행까지 나타나 있는 절체절명의 지고한 '사랑' 을 그저 그렇고 그런 일상적이고 보편적인 '사람의 일' 중의 하나로 전환시키는 역할을 한다. 절체절명의 유일한 사랑이 절정을 이루는 부분은 제5행 "나는 향 긔로은 님의말소리에 귀먹고 쏫다은 님의얼골에 눈머럿슴니다"에 있다. 이 부 분에서 시적 자아로서의 '나'의 주관성은 "향긔로은 님의말소리"와 "쏫다은 님 의얼골"에 의해 "귀먹고 (…중략…) 눈머럿슴니다"라는 과장된 진술에서 우선 적으로 찾아볼 수 있으며, 다음은 "향긔로운"과 "쏫다은"이라는 수식어에서 찾 아볼 수 있다. 다시 말하면, "님의말소리"와 "님의얼골"을 향기롭다거나 꽃다운 것으로 비유적으로 진술하는 것도 주관적이고 "귀먹고 눈멀었다"고 말하는 것 도 주관적이기 때문이다. 이처럼 「님의 침묵」의 '님'은 외부세계에서도 가버렸고 내부세계에서도 가버린 '님'과 그러한 '님'을 침묵하는 것으로 묶어놓고 마음껏 자신의 마음을 진술하고 있는 시적 자아가 유일하게 공유하고 있는 행위는 '말한다는 행위'이며 그것은 훔볼트가 강조하는 일종의 '언어형태'를 유지하게 된다. 이러한 언어형태를 암시하는 구절이 바로 제3행의 '맹서盟誓'이다. 묵시적인 것이든 분명하게 언급한 것이든, 말해진 것이든 기록된 것이든, '맹서'는 적어도 그것에 관계되는 두 대상의 사이에 하나의 언술행위가 이루어졌다는 점을 암시한다. 말한다는 행위와 그것을 기억한다는 행위를 전제로 하는 이와 같은 의미의 '맹서'는 '님'의 지속적인, 지속적일 수밖에 없는 '침묵하기'와 그것을 규명하기 위해 집요하게 지속되고 있는 시적 자아의 '설명하기'의 사이에 존재하게 된다. 바로 이러한 '침묵하기'와 '설명하기'라는 두 가지 행위에 의해 한용운의 시 「님의 침묵」은 전개되고 있으며, 그것은 '님'의 부재에 대한 시적 자아의 인식에서부터 시작된다.

"님은갓슴니다 아아 사랑하는나의님은 갓슴니다"라는 이 시의 첫 행에서 가버린 '님'의 실체는 보이지 않지만, 시적 자아의 기억으로 인해 '님'은 완전하게 소멸될 수 없는 존재가 된다. 이처럼 첫 행에 나타나 있는 '님'의 부재현상에 대한 시적 자아의 즉각적인 인식과 그러한 인식행위를 통해 '님'의 '침묵'에 함축되어 있는 본질적인 의미를 규명하고자 하는 시적 자아의 노력은 '님'의 실체가 분명히 존재하지 않는 '현재'와 '님'이 틀림없이 존재했던 '과거'를 넘나들게 된다. 현재와 과거라는 시간대를 넘나드는 시적 자아의 이러한 반복적인 왕래행위는 이 시가 진전됨에 따라서 때로는 현재에서 미래로 나아가기도 하고, 때로는 과거에서 현재로 다시 현재에서 미래로 연장되기도 한다. "하나의 언술행위가 있을 때에는 언제나 '그 언술행위의 이면에 숨겨진' 다른 사람의 언어가 있게 마련이다"라는 데리다의 언급처럼 「님의 침묵」의 첫 행에는 보이지 않는 '나 없는 나'로서의 시적 자아가 존재하게 된다. 이때의 '나 없는 나'는 흔히 한 편의 시의 시적 자아 혹은 서정적 자아로 파악되고는 하는 바와 같이 대상이 되는 시

자체를 설명하고 있는 주체로서의 '나'에 해당하며, 그러한 주체는 시를 쓴 시인 자신이나 시를 읽고 있는 독자 자신에게 관계되기보다는 '시의 집'에 거주하면서 시 자체를 말하고 있는 '나'에게 관계된다.

따라서 시적 자아로서의 '나'가 말하는 언어에 의해 우리들의 눈앞에 존재하게 되는 한 편의 시의 현존은 바로 문자로 기록된 언어이며, 이처럼 기록된 언어가 스스로 말하기 시작할 때에 한 편의 시는 바르트가 강조하는 '양파껍질'이나 얀 카트가 강조하는 '석류송이'나 J. 힐리스 밀러가 강조하는 '코코넛 열매'나 또는 히드라와 같은 '의미망'을 형성하게 된다. 말하자면, "언어는 스스로 말한다"는 점을 강조했던 하이데거의 '존재론'과 데리다가 서구형이상학체계의 전반에 대한 전복을 도모하면서 언급했던 '사유중심주의'에서 가장 중요한 점은 바로 그 '현존' 자체에 있기 때문이다. 이러한 '현존'의 개념에 의해 데리다는 '궁극적인 지시체'와 '선험적인 기의'를 규명하고자 하였으며, 한용운의 시 「님의 침묵」에서 전자는 우리들의 눈앞에서 사라진 '님'에 관계되고 후자는 그러한 '님'이 남겨놓은 흔적을 추적하고자 하는 '나 없는 나'에 해당하는 '시적 자아'의 끊임없는 진술행위에 관계된다. 이렇게 볼 때에 시적 자아는 이 시의 첫 행에 나타나 있는 "님은갓슴니다"라는 평범한 지술에 의해 '님'의 부재를 일반화시킨 후에 그것을 다시 "사랑하는나의님은 갓슴니다"라고 강조함으로써 일반적인 사실을 특수하면서도 개인적인 사실로 전환시키고 있다. 어떠한 사실을 언급하거나 대상을 명명한다는 것은 그러한 사실이나 대상을 다른 사실이나 대상과 구별 지어 차별화시키는 것을 의미한다. 따라서 '님'은 "사랑하는 님"이 되고 그것은 다시 "사랑하는 나의 님"의 과정을 거치면서 가버린 '님'이 다른 사람의 '님'이 아니라 바로 '나의 님'이라는 점을 강조하게 되지만, 여기서 '나'의 정체성이 불분명한 까닭은 그것을 명쾌하게 규명할 수 있는 그 어떤 암시도 한용운의 시 「님의 침묵」에는 나타나 있지 않기 때문이다.

하나의 대상을 불러들여 그 대상이 자신의 세계에 존재하도록 하기 위해서는 그 대상이 시적 자아의 세계에 자리 잡아야만 한다. 하이데거가 자신의 『존재와 시간』에서 강조했던 바와 같이 "대상을 불러들인다는 것은 언술행위의 한 가지 양식에 해당한다"는 진술처럼, 대상을 불러들인다는 행위에는 대상을 설득하여 초대한다는 행위가 포함되어 있다. 이 시의 제2행 "푸른산빗을째치고 단풍나무숩을향하야난 적은길을 거러서 참어썰치고 갓습니다"에는 이 구절에 나타나 있지 않은 '너 없는 너'로서의 시적 대상인 '님'의 행동을 관찰하고 응시하고 있는 보이지 않는 '나 없는 나'로서의 시적 자아의 시선視線이 숨겨져 있다. 이러한 '나'의 숨겨진 시선은 가고 있는 '님'을 따라 '산', '숲', 및 '길'로 이동할 뿐만 아니라 큰 개념에서 작은 개념으로, 덜 중요한 개념에서 더 중요한 개념으로, 보편적인 것에서 특수한 것으로 이동하게 된다. 이렇게 볼 때에 '나 없는 나'로서의 시적 자아는 이 시에서 적어도 산의 정상이나 고갯마루에 서서 가고 있는 '님'을 응시하고 있다는 점을 고려할 수 있다. 아울러 이 시행詩行에 사용된 "푸른산빗"과 "단풍나무숩"에는 각각 푸른색과 붉은색으로 대표되는 음양의 세계가 나타나 있으며, 상이한 요소를 하나로 통합시키는 이러한 세계는 시적 자아의 세계이자 하이데거가 강조하는 '시의 세계'를 형성하게 된다. 조화와 통일을 이루는 화합의 세계에는 그 어떤 확연한 구분이나 차별성이 존재하지 않게 되며, 궁극적으로는 데리다가 강조하는 '차연'의 세계를 형성하게 된다. 다시 말하면, 가버린 '님'의 실체는 이 시에서 부재하게 되지만 그러한 '님'에 대한 시적 자아의 기억은 부재하는 것이 아니라 더욱 더 분명하게 머릿속에 각인되어 존재하게 된다.

이상에서 살펴본 바와 같이 '님'의 부재를 인식하고 그것을 인정할 수밖에 없는 시적 자아는 「님의 침묵」의 제3행과 제4행에서 '과거의 기억'과 그것이 끼쳐 놓은 '현재의 여파'를 극명하게 대조시키고 있다. 다시 말하면, "황금黃金의꼿 가티 굿고빗나든 옛맹서盟誓는 차듸찬씌글이되야서 한숨의미풍微風에 나러갓습니다"의 '맹서盟誓'와 "날카로은 첫'키쓰'의추억追憶은 나의운명運命의지침指針을 돌너노코 뒤ㅅ거름처서 사러젓슴니다"의 '첫'키쓰"는 과거의 '님'과 현재의 '시적 자아'의 사이에 존재하는 하나의 언술행위이자 현재에도 여전히 지속되고 있는 과거의 행위에 해당한다. 제3행의 핵심어인 '맹서'는 '님'과 시적 자아의 사이에 이루어진 과거의 행위만으로 끝나지 않고 '님'이 부재하는 지금도 시적 자아의 현재에 지속적으로 영향을 끼치고 있을 뿐만 아니라 '님'과 시적 자아의 사이에 있을 수도 있는 앞으로의 새로운 국면을 암시한다. 묵시적인 것이든 분명하게 언급한 것이든, 말해진 것이든 기록된 것이든, '맹서'가 지니고 있는 비가시적인 세계는 "황금黃金의꼿"에 의해 가시적인 세계로 전환되고, 다시 "한숨의미풍微風"에 의해 분명히 존재하기는 하지만 명확하게 손에 잡히지 않는 세계에 해당하는 '씌끌'로 전환된다. 이처럼 '황금'이라는 광물의 속성인 불변성과 견고성은 '맹서'가 이루어진 과거부터 현재까지의 영광을 변함없이 지속하게 하지만, '꽃'이라는 식물의 속성인 일시성과 순간성으로 인해 '맹서'의 영원불변성은 '님'이 부재하는 '지금 이 순간'에 와해되어 버릴 뿐만 아니라 감지할 수는 있지만 포착할 수는 없는 '씌끌'로 전환되어 시적 자아로 하여금 현재의 '허무'와 그만큼 더 안타까운 미래의 시간으로 사라져 버리게 된다.

제4행의 '첫'키쓰'" 역시 '맹서'만큼이나 중요한 기능과 역할을 하게 된다. 특히 "날카로운"이라는 형용사는 그러한 '키쓰'가 순간적인 행위였다는 점을 나타내는 한편 다른 한편으로는 그것이 운명적일만큼 중요했다는 점도 나타내며, 그것을 암시하는 구절이 "운명運命의지침指針"과 "뒤ㅅ거름"이다. "선택은 불가피하게 고뇌를 수반하게 된다"는 사르트르의 언급처럼, 수많은 선택의 대상 중에서 '님'을 선택하여 '첫키쓰'를 하는 바로 그 순간에 시적 자아의 운명은 이미 결정 지워졌지만, '님'이 가버린 지금 이 순간 그 모든 것은 '운명의 지침'을 되돌려 놓기에 충분한 것이다. 언어를 말할 수 있는 기능은 인간의 활동에 있어서 기본적인 기능에 해당한다고 파악한 하이데거는 언어의 개념이 인간의 본성을 설정하는 데 있어서 몇 가지 중요한 방향을 제시한다고 파악했으며, 그 중의 하나가 '운명'에 대한 것이다. "어떠한 실체도 운명이라는 양식 내에 존재하게 마련이다. 말하자면 운명 내에 존재하게 될 때에만 이러한 실체는 깊이 있는 존재의 심연에서부터 역사적인 존재로 될 수 있기 때문이다"라고 하이데거는 자신의『존재와 시간』에서 강조하였다.

또한 '뒷걸음'은 제2행의 '참어'와 함께 '님'과 시적 자아가 자신들의 사유행위에 있어서 확고부동한 결정을 내리지 못하고 서로 주저하고 있다는 점을 반영하기도 한다. '참어'에 의해 '님'은 자신이 떠나가는 것을 망설이고 있다는 점을 시적 자아는 강조하고 있지만, 사실 '참어'는 '님'의 태도에 관계된다기보다는 시적 자아의 주관적인 관찰과 응시가 반영된 '님'의 행동에 관계된다. 이러한 의미의 '참어'에 대응되는 역할을 하는 행위가 바로 "뒤ㅅ거름"이며, 그것은 '님'이 떠나가면서 자신이 가고 있는 길을 정면으로 향하지 못하고 시적 자아와 시선을 마주한 채 뒤로 발걸음을 옮기면서 걷는 것에 관계된다. 여기에는 그렇게 걸어가는 있는 '님'과 그러한 '님'을 바라보아야만 하는 시적 자아가 서로 주저하고 있는 행위가 나타나 있다. 이와 같이 주저하는 행위에는 사랑의 영광과 허무, 키스의 환희와 고통이 상보적인 관계가 형성되어 있다. 영광과 허무 혹은 허무와 영광, 환희와 고통 혹은 고통과 환희가 그 반대의 세계를 전제로 하는 것은 한용운의 시「님의 침묵」이 만남과 이별 혹은 이별과 만남을 전제로 하고 있는 것과 같다고 볼 수 있다. 그래서 시적 자아는 제5행에서 "나는 향긔로은 님의말소리에 귀먹고 꽃다은 님의얼골에 눈머럿슴니다"라고 절규함으로써 자신이 '님'의 일부분으로 동화되어 있다는 점을 강조하게 된다.

그러나 이상에서의 설명처럼 한용운의 시「님의 침묵」의 제1행에서부터 제5행까지 분명하게 나타나 있는 절체절명의 지고한 사랑은 제6행의 첫 부분 "사랑도 사람의일"의 조사 '도'에 의해 일상적인 인간사 중의 하나로 보편화되어 버린다. 아울러 다음에 살펴보고자 하는 바와 같이 제6행의 후반부에는 '님'에 대한 시적 자아의 마음가짐이 전혀 다르게 나타나게 된다.

2) '시적 진술'의 이항대립

-"맛날째에 미리 써날것을 염녀하고경계하지 아니한것은아니지만"

한용운의 시 「님의 침묵」에서 특징적인 요소는 이 시를 서술하고 있는 시적 자아의 진술에 나타나 있는 이항대립에 있다. 하나의 행위나 사실이 지니고 있는 이러한 이항대립은 이 시의 제목 「님의 침묵」에도 나타나 있으며, 그러한 점은 '침묵'으로 일관하고 있거나 '침묵'할 수밖에 없는 '님' 자신이 왜 침묵하고 있는지에 대한 이유를 설명할 수 없기 때문에 시적 자아 또한 그것을 자의적으로 계속해서 설명하고는 있지만 그러한 설명이 진실인지 거짓인지에 대한 진위여부는 유보적일 수밖에 없다는 점에서도 찾아볼 수 있다. "언어체계는 언술행위를 명확하게 하기 위해서도 필요한 것이고 언술행위가 어떠한 효과를 갖도록 하기 위해서도 필요한 것이지만, 언술행위는 또 언어체계 자체를 확립하기 위해서도 필요한 것이다"라는 점을 소쉬르는 강조하였다.

언어에 대한 소쉬르의 이러한 개념을 확장하기 위해서 데리다는 의미 / 형식, 현존 / 부재, 삶 / 죽음, 영혼 / 육신, 자연 / 문화, 침묵 / 설명, 쓰기 / 말하기, 선험 / 경험 등에 나타나는 단순한 대립, 즉 어느 한 가지가 겉으로 나타나면 다른 한 가지가 나타나지 않는 것은 무의미하다는 점과 상호대립적인 관계를 유지하는 두 요소는 표면화된 요소와 그것의 이면에 숨겨진 채 존재하게 되는 대립적인 요소가 동시적으로 존재한다는 점을 강조하였다. 그는 이러한 관계를 의미의 '이항대립'이라고 명명命名하였다. 이와 같은 의미의 '이항대립'과 모든 진술에는 그 자체의 진술을 해체시키고 와해시키고 분열시키는 '자체파괴적인 요소'가 있다는 데리다의 해체주의 비평을 바탕으로 하여 "사랑도 사람의일이라 맛날째에 미리 써날것을 염녀하고경계하지 아니한것은아니지만 리별은 쑷밧긔일이되고 놀난가슴은 새로은슯음에 터짐니다"라는 「님의 침묵」의 제6행을 읽어보면 다음과 같다.

한용운의 시 「님의 침묵」에서 제6행의 후반부라고 할 수 있는 "맛날째에 미리 써날것을 염려하고경계하지 아니한것은아니지만"이 문제가 되는 까닭은 바로 이 부분에 암시되어 있는 '이항대립'의 문제 때문이다. 이 시에서 떠나가 버린 '님'의 부재를 그토록 절규하던 시적 자아의 내면세계는 이 부분에 이르러 가장 진실한 모습을 보이게 된다. 시적 자아는 자신이 '님'을 만났던 첫 순간부터 바로 그 '님'이 떠날 것이라는 점을 이미 알고 있었을 뿐만 아니라 철저하게 준비하고 대비하고 있었기 때문이며, 따라서 '님의 떠남'에 대한 일종의 '예견행위'와 '준비행위'가 드러나 있다고 볼 수 있다. 떠남을 전제로 하는 만남, 떠날 것이라고 예의주시하면서 만나게 되는 사랑, 더 나아가 그러한 떠남을 염려하고 경계하는 것, 특히 "아니한것은아니지만"이라는 이중부정은 '님'이 떠날 것이라는 점에 대한 시적자아의 강력한 긍정에 관계된다. 이렇게 볼 때에 이 행에서 시적자아가 강조하고 있는 "리별은 뜻밧긔일"이 될 수 없고 "놀난가슴"도 "놀난가슴"이 될 수 없으며 "새로은슯음"도 "새로은슯음"이 될 수 없다. 왜냐하면 적어도 제6행의 내용으로 볼 때에 이별이나 슬픔은 이미 시적 자아가 '님'을 만날 때부터 예견해 왔고 준비해 왔던 '이별'이자 '슬픔'이기 때문이다. 따라서 제6행에 이르면 「님의 침묵」의 제1행에서부터 제5행까지에서 시적 자아가 그토록 절규하던 '님'의 떠남은 '님'에게서 비롯된 것이 아니라 시적 자아의 마음가짐에서 비롯되었다는 점을 알 수 있다.

「인간은 시적으로 살아간다」라는 횔더린의 시를 설명할 때에 하이데거는 언어가 모든 '존재의 집'이 된다는 점을 강조하면서 시에 대한 자신의 철학적인 견해를 다음과 같이 발전시키고 있다. "시는 존재와 모든 것의 본질을 자의적으로 말하는 것이 아니라 일상적인 언어에서 우리들이 토론하고 취급하게 되는 모든 것을 처음으로 공공연하게 존재하도록 하는 명명법을 설정하는 것이다. 따라서 시는 우리들 가까이에 있는 물질로서 언어를 취급하는 일이 결코 없는 대신에 그 스스로 언어의 존재를 최초로 가능하게 한다. 시는 역사적인 인간에게 있어서 원초적인 언어가 된다." 한용운의 시 「님의 침묵」에서 제6행의 전반부에 해당하는 "사랑도 사람의일"의 조사 '도'에 의해 자신의 특수한 사랑을 보편적인 여러 가지 '사람의 일' 중의 하나로 파악한 시적 자아는 이 행의 후반부에서 더욱 솔직하게 자신의 마음을 드러내게 되며, 그것이 바로 '님'이 떠나간 원인은 자기 자신에게 있다는 점, 자신의 '염려'와 '경계'로 인해 '님'과의 완벽한 사랑을 성취할 없게 되었다는 점, 그것도 만날 때부터 '미리' 그렇게 준비해 왔고 예견해 왔다는 점을 스스로 드러내고 있는 셈이다. 이처럼 만남과 떠남, 떠남과 만남을 반복하고 있는 시적 자아에게 있어서 "새로은슬음"은 미리 예견하고 준비해 왔던 '님'의 떠남에서 비롯되는 슬픔이기는 하지만, 여기서 말하는 '새로은' 역시 이항대립적인 의미를 지닌다. 하나는 미리 예견하고 준비해 오기는 했지만 그러한 '님'이 너무나 갑작스럽게 떠나가 버려 "리별은 뜻밧긔일"이 되었기 때문이고 다른 하나는 다시 만날 것을 기대하기는 하지만 또 다른 만남은 또 다른 떠남을 전제로 하기 때문이다. 그래서 시적 자아는 "놀난가슴은 새로은슬음에 터짐니다"라고 고백하게 된다. 그러나 이 부분에서의 "새로은슬음"은 시적 자아가 '님'을 만났던 첫 순간부터 이미 알고 있었고 준비해 왔기 때문에 그것은 절대로 "뜻밧긔일"이 될 수 없다. 이와 같은 이항대립의 '새로운 슬픔'의 문제는 제7행의 "새희망希望의 정수박이"에 대응되며, 그것은 데리다의 해체주의 비평에서 강조하는 '차연'의 의미에 관계된다.

'님'과의 이별은 고통과 슬픔을 수반하고 고통과 슬픔은 모든 가능한 차별적인 행위를 보편화시키기도 하고 특수화시키기도 함으로써 「님의 침묵」의 시어마다 균등하게 파동 치게 한다. 떠남 / 만남은 분리 / 화합, 별리 / 결합, 해체 / 종합을 의미하고 이러한 의미의 이항대립은 슬픔 / 기쁨 혹은 기쁨 / 슬픔의 사이에 존재하게 되는 차별성을 폐지하게 되고 더 나아가 떠나가 버린 '님'과 시적 자아 사이에 존재하는 시간상의 차이, 과거행위의 주체로 대표되는 '님'과 현재행위의 주체로 대표되는 시적 자아의 차이를 폐지하게 된다. 이와 같은 두 가지 요소들 사이의 차이점과 유사점은 상호 침투하여 이별은 떠남을, 떠남은 슬픔을, 슬픔은 기대를, 기대는 만남을 상정하게 되며 시적 자아에게 조화로운 통일의 세계를 준비하도록 한다. 「님의 침묵」에서 모든 감정이 용해되어 하나의 조화로운 세계를 형성하게 되는 부분은 제7행 "그러나 리별을 쓸데업는 눈물의원천源泉을만들고 마는 것은 스스로 사랑을쌔치는것인줄 아는까닭에 것잡을수업는 슯음의힘을 옮겨서 새희망希望의 정수박이에 드러부엇습니다"에 있다.

이 부분에서 '그러나'는 시적 자아가 지금까지 했던 모든 진술을 반전시키는 역할을 하며, 그것을 구체화시키고 있는 부분은 바로 뒤이어 지는 대등절에 해당하는 "리별을 쓸데업는 눈물의원천源泉을만들고 마는 것"과 "스스로 사랑을쌔치는것"에 있다. 전자에서의 '이별'은 '님'에게서 비롯된 것이 아니라 시적 자아의 용의주도성, 즉 제6행의 후반부에서 비롯된 것이며 그러한 이별이 '쓸데없는 눈물의 원천'이 되는 까닭은 '이별' 그 자체를 시적 자아 자신이 이미 잘 알고 있었기 때문이다. 그래서 시적 자아는 후자에서 '스스로 사랑을 깨치는 것'이라고 말하게 되지만 이 부분에서 '깨치는 것' 역시 그것이 사랑을 깨우쳐 인식하는 것인지 아니면 사랑을 깨뜨리는 것인지에 대한 이항대립적인 요소가 포함되어 있다. 사랑을 깨우쳐 인식하든 사랑을 깨뜨려 버리든 적어도 이 시에서 '사랑'이 언제나 떠남을 전제할 수밖에 없는 까닭은 앞에서 살펴본 바와 같이 제6행에 나타나 있는 바와 같이 '님'의 떠남에 대한 시적 자아의 예견행위와 준비행위 및 용의주도성 때문이다.

그렇지만 시적 자아는 체념하거나 포기하지 않고 집요하게 또 다른 만남을 기대하게 되며 그러한 점은 지금까지의 자신의 진술을 한 마디로 요약하고 있는 '슬픔의 힘'과 그러한 진술을 반전시키고 있는 '새 희망의 정수박이'에 집약되어 있다. 이 시의 전반부에서 설명한 '님'의 떠남에서 비롯된 슬픔, 그러한 슬픔 이전의 만남과 떠남에 대한 염려와 경계에서 비롯된 '슬픔' 그리고 시적 자아의 예견행위와 준비행위에서 비롯된 '슬픔' 등 — 이 모든 것들을 종합하고 있는 '새로운 슬픔'은 제7행에서 '새 희망'으로 전환되어 물상과 영혼의 세계, 영광과 허무의 세계, 떠남과 만남의 세계를 궁극적으로 하나의 통일된 화합의 세계로 종합하게 되며, 그것을 가능하게 하는 것이 이 시의 제5행에 반영되어 있는 귀먹고 눈먼 세계, 즉 '절대허무'의 세계이다.

이 세계는 무엇인가로 채워질 수는 있지만 아직은 아무것으로도 채워지지 않은 가능성의 세계로서 비어 있는 '비-존재'의 세계에 해당한다. 아무것도 담지 않은 용기는 무엇인가를 담을 수 있는 무한한 가능성을 지니지만, 일단 무엇인가로 채워진 용기는 '물'이 담기면 '물이 담긴 용기'로, '곡식'이 담기면 '곡식이 담긴 용기'로 그 용도가 제한되고 만다. 따라서 빈 그릇, 사면이 벽으로 폐쇄된 방을 개방된 외부공간으로 이끄는 창문, 바퀴의 회전을 가능하게 하는 바퀴 한가운데에 있는 굴대의 축 등은 그것이 비어 있는 공간이라는 점에 의미가 있으며, 데리다는 이러한 점에 착안하여 "중심은 중심이 아니다"라는 논지를 전개시켰다. "중심은 중심에 있지만 그것이 총체성의 중심에 속하지 않기 때문에 (총체성의 일부분이 아니기 때문에), 총체성에는 그 중심이 어디에나 존재한다. 중심은 중심이 아니다." 한용운의 시 「님의 침묵」에서 시적 자아는 제5행에서 청력과 시력, 청각현상과 시각현상을 완벽하게 차단시킨 후에, 말하자면 모든 것을 비운 후에 이 시의 후반부를 전개하고 있으며, 앞에서 언급한 바와 같이 제6행에서는 사랑의 보편성을, 제7행에서는 사랑의 숭고성을 강조한다. 따라서 '중심'으로서의 '사랑'은 물론 변함없는 '사랑' 그 자체이어야 하지만 그것이 반드시 한 번만의 '사랑'은 아니라는 점, 그것은 언제나 다시 만날 수 있고 다시 시작할 수 있다는 점을 나머지 행에서 강조하게 된다. 이렇게 볼 때에 하이데거의 '절대허무'의 개념과 데리다의 "중심은 중심이 아니다"라는 논지는 한용운의 시 「님의 침묵」에서 지금은 사라진 '사랑의 슬픔'을 수용하는 하위개념이 아니라 그것을 재현시켜 '새로운 만남'을 기약할 수 있는 상위개념으로 전환되며, 그것을 강조하는 부분이 제8행과 제9행이다.

제8행 "우리는 맛날째에 써날것을염려하는것과가티 써날째에 다시맛날 것을 밋습니다"를 형성하고 있는 대등절에 해당하는 "맛날째에 써날것"과 "써날째에 다시맛날 것"에서 전자는 이미 제6행의 후반부를 반복하는 것이고 후자는 제7행의 "새희망希望의 정수박이"를 반복하는 것이라고 볼 수 있다. 그리고 '우리'라는 복수명사는 지금까지의 진술의 주체에 해당하는 시적 자아로 대표되는 '나'라는 단수명사에서 '님'과 '나'를 모두 포함하게 되며, 결과적으로 제9행의 신념에 차 있는 확신으로 이어진다. 그래서 시적 자아는 제9행에서 "아아 님은갓지마는 나는 님을보내지 아니하얏습니다"라는 결론에 이르게 된다. 이때의 '나'가 제1행의 '나'와 다른 까닭은 전자는 '님'의 동의를 전제로 하는 '나'에 해당하지만, 후자는 그렇지 않기 때문이고, 이때의 '아아'가 제1행의 '아아'와 다른 까닭은 전자가 '새로운 만남'을 확신하는 '인식'에 관계되지만 후자는 '뜻밖의 떠남'에 대한 놀라움에서 비롯되는 단순한 '영탄'에 관계되기 때문이다.

이상에서 설명한 바와 같이 데리다의 해체주의 비평에서 강조하는 '이항대립'에 의해 한 편의 시를 읽어낼 때에는 언제나 의미의 미결정성을 전제로 하는 까닭에 그러한 의미는 언제나 뒤로 연기될 수밖에 없다. 따라서 대상에 대한 정확한 지칭은 불가능하며 그 결과 '떠도는 시니피앙'의 세계만이 존재하게 된다.

3) '난경難經'의 세계 – '사랑의 노래'와 '님의 침묵'

"언어와 의식에 대한 예술가의 관계는 모두 정신세계가 의식세계로 되기보다는 실제세계로 되는 것을 방해하는 예술의 투영 바로 그 점에 있다"는 D. G. 마셜의 언급처럼, 한 편의 시를 서술하는 시적 자아가 자신이 서술하게 되는 시에서 자신의 정체성을 확인하는 과정에서 파악하게 되는 '낯선 자신'은 사용되는 시어와 시적 자아의 의식작용에 의해 표출된다. 「님의 침묵」에서 이별의 슬픔을 말하고 있는 '나'와 재회의 희망을 말하고 있는 '나'는 서로 다른 존재가 아니라 동일한 존재이기는 하지만, 하나하나의 시어에 잠재되어 있는 '나 없는 나'와 시어로 분명하게 드러나는 '나'는 서로 다르게 나타나게 되어 있다. 다시 말하면, 이 시에서의 '나'는 때로는 주체가 되기도 하고 때로는 객체가 되기도 하지만 이 시의 제8행의 '우리'에 의해 시적 자아와 '님' 그리고 일반적인 의미의 '독자'는 하나로 통합되기도 한다. 이처럼 하나로 통합된 세계에서 패러독스는 전통적인 기능을 강조하기보다는 새로운 역할에 의해 한 편의 시를 새롭게 조명하는 계기를 마련하기도 한다. "패러독스란 하나의 의미에 대한 다른 의미의 순수한 추가와 방법을 고려함으로써 기존의 추가된 의미를 폐지시키게 된다. '순수한 추가'란 순수한 부재를 의미한다. 이러한 순수한 추가는 단순한 외형적인 성질로서 어떠한 의미의 보충을 결정함으로써 비-현존성의 배제를 형성하는 현상학에 관계된다"는 데리다의 언급처럼, 「님의 침묵」에서 떠남은 만남을, 슬픔은 기쁨을, 떠나가 버린 '님'은 남아 있는 시적 자아를, 과거는 현재를, 그리고 현재는 미래를 서로 보충하는 역할을 하게 된다. 한용운의 이 시에서 그러한 점을 가장 잘 보여주는 부분이 바로 제9행이며 여기에는 데리다가 강조하는 보충의 방법으로서의 '신비성'이 나타나 있다. "부재도 현존도 아닌 것, 부정도 긍정도 아닌 것은 바로 흔적을 지워나가는(그러나 지워진 흔적을 그대로 놔두는), 다시 말하면 원초적인 의견의 차이와 연기에 해당하는 '차연差延'을 동시에 지칭하는 신비성을 의미한다"는 데리다의 이러한 언급은 앞에서 설명한 하이데거의 방법, 즉 '존재'라는 어휘를 교차선으로 지우고 지워진 '존재'를 그대로 유지하고 있는 점에 관계되며, 그러한 방법을 데리다는 '추적의 원리'로 설명하였다. 이러한 원리에 의거할 때에 한 편의 시에서 표면화되지 않은 이면적인 의미를 보다 분명하게 파악할 수 있게 된다. 말하자면, 제9행에서의 '보냈다 / 보내지 않았다'라는 수긍과 거부만큼 이 시의 전체에는 의미의 '이항대립'이 그 저변을 형성하고 있기 때문이다.

　한용운의 시 「님의 침묵」에서 시종일관 '침묵'하고 있는 '님'과 끊임없이 진술하고 진술한 것을 번복하면서 다시 진술하고 있는 시적 자아의 '말하기'는 데리다가 자신의 해체주의 비평에서 강조하고 있는 '난경'과 그러한 '난경'의 진리를 분명하게 규명하지 못하고 떠돌게 마련인 '떠도는 시니피앙'이나 '난경주의' 혹은 '의미의 확산작용'에 긴밀하게 관계된다. 이러한 점을 집약하고 있는 부분이 바로 이 시의 마지막 행에 해당하는 제10행의 "제곡조를못이기는 사랑의노래는 님의침묵沈默을 휩싸고돕니다"이다. 이 부분에서 "사랑의노래"는 이 시의 제1행에서부터 제9행까지에 해당하지만, 시적 자아의 그 어떤 설명이나 진술도 '님의 침묵'의 의미를 규명할 수는 없는 까닭에 그것을 시적 자아는 "제 곡조를못이기는 사랑의 노래"로 규정하는 한편 다른 한편으로는 '제 곡조를 못이기는'에 의해 제 흥에 겨운 자아도취적인 설명이나 진술이라는 점을 스스로 규정하게 된다. 따라서 '님의 침묵'은 분명히 하나의 진리에 해당하지만 규명할 수 없는 진리라는 점에서 일종의 '난경'을 형성하게 되고 그것을 명쾌하게 설명할 수 없는 시적 자아의 진술은 일종의 '난경주의', 즉 설명을 위한 설명이나 진술을 위한 진술로 반복할 수밖에 없게 된다. 그 결과가 "님의沈默을 휩싸고돕니다"이다.

여기서 '휩싸다'라는 점과 '돕니다'라는 서술어는 끝나지 않는, 끝날 수 없는 반복행위에 관계된다. 다시 말하면, '님의 침묵'을 완전하게 감싸거나 덮어씌우고는 있지만 그 핵심에는 도달하지 못한 채 주변만을 맴돌게 되는 시적 자아의 난감한 행위에 관계된다고 볼 수 있다. "진리는 진리지만 도달할 수 없는 진리"로서의 난경, 즉 '님의 침묵'은 언젠가는 분명히 규명할 수는 있겠지만 아직은 규명할 수 없는 진리에 해당하기 때문이다. 그래서 이 시의 마지막 행은 다시 이 시의 제목에 해당하는 '님의 침묵'으로 되돌아가게 되며 제1행에서부터 '사랑의 노래'를 다시 시작하여 제9행까지 이르게 되지만, 제10행에 이르면 또 다시 동일한 반복을 거듭할 수밖에 없게 된다. 이처럼 '사랑의 노래'가 끝날 수 없는 이유는 「님의 침묵」의 대상이 되는 '님'이 시 속에 존재하지 않고 떠나가 버렸기 때문이기도 하고 시적 자아가 바로 그 '님'으로 하여금 아무 말도 하지 못하게 '침묵'하도록 묶어놓았기 때문이기도 하다. 다시 말하면, '님의 침묵'의 본질을 규명하기 위해서 이 시의 첫 행에서부터 제9행까지 계속된 '진술하기'와 '설명하기'로 대표되는 시적 자아의 말한다는 행위, 즉 '사랑의 노래'는 결국 "진리는 진리이지만 규명할 수 없는 진리"에 해당하는 '난경'으로서의 '님의 침묵'에 대한 부수적인 행위이자 보충적인 행위에 지나지 않는다. 그래서 시적 자아의 '사랑의 노래'는 "휩싸고돕니다"라는 반복적인 행위에 의해 바로 그 노래가 끝나자마자 다시 '님의 침묵'의 주변을 맴돌기 시작할 수밖에 없다.

글쓰기의 끝과 시작에 대한 데리다의 개념, 즉 한 편의 시의 '끝'은 그 시의 '시작'에 관계된다는 개념에 따르면. 한용운의 시 「님의 침묵」은 '님의 침묵'으로 끝나고 '님의 침묵'은 「님의 침묵」으로 다시 시작하게 된다. '님의 침묵'이라는 하나의 '난경'이 지니고 있는 진리, 그것은 언젠가는 도달할 수 있겠지만 아직은 도달할 수 없는 진리에 해당하며, '언젠가'라는 시간은 묵시적인 개념이자 여전히 뒤로 연기될 수밖에 없는 개념에 해당한다. 이와 같이 난삽한 해체주의 비평에 의해 한 편의 시의 의미를 규명하기 위해서는 '텍스트'와 '텍스트성' 그리고 '상호텍스트성'에 대한 이해가 선행되어야만 한다. 하나의 행위가 끝나자마자 다시 시작되는 행위에는 창조자로서의 시인의 사고행위와 쓴다는 행위, 서술자로서의 시적 자아의 설명행위와 진술행위, 일반적인 독자의 독서행위, 문학연구자의 읽어내기의 행위 등이 병행되어야 한다. 그렇게 할 때에 한 편의 시의 의미에 되도록이면 가깝게 접근할 수 있을 것이다. 그럼에도 필자가 번역하여 국내에 소개한 바 있는 마크 에드먼드슨은 자신의 『문학과 철학의 논쟁-플라톤에서 데리다까지』에서 "데리다의 '해체주의 비평'은 문학이론보다는 철학이론을, 문학작품 자체에 대한 이해보다는 난삽한 철학용어를 부여함으로써 문학을 더욱 더 독자로부터 멀어지게 했다"고 신랄하게 비판한 바 있다.

제2부

문학이론과 문화주의

제4장 문화적 기억과 문화−글로컬리즘

제5장 다문화주의와 문화−글로컬리즘

제6장 문화−글로컬리즘과 문화적 특성

문화적 기억과 문화-글로컬리즘

1. 단일문화와 모노컬리즘

문화적 기억은 국제비교문학계에서 다문화주의와 함께 최근의 문화연구에서 가장 중요한 축으로 작용하고 있다. 이때의 문화적 기억이 개인의 차원에서 과거의 특정한 기억을 불러내어 그것을 공동체적으로 현재화하되 '협력'에 바탕을 두어 미래를 지향하는 행위에 관계된다면, 다문화주의는 집단의 차원에서 현재의 특정한 내용을 불러내어 그것을 공동체적으로 현재화하되 '인정'에 바탕을 두어 현실을 지향하는 행위에 관계된다. 다시 말하면, 문화적 기억이 비망각성의 명제에 충실하다면 다문화주의는 대등성의 명제에 충실하다고 볼 수 있다.

다문화주의에서는 그동안 백인 / 유색인으로 대표되는 지배 / 피지배, 남성 / 여성, 선진국 / 후진국, 경제적 강국 / 경제적 약국, 자국민 / 이주민의 차이에서 야기되는 여러 가지 문제점을 문화의 정체성에 바탕을 두어 극복하고자 하는 노력을 기울여왔다. 이러한 노력은 '국제비교문학회'의 대회주제가 '비전의 힘'[1991] → '문학과 다양성-언어, 문화, 사회'[1994] → '문화적 기억으로서의 문학-다-문화주의'[1997] → '다문화주의의 변화와 극복'[2000] → '벼랑 끝의 동양과 서양의 문화'2003 등으로 변화하면서도 그 근저에는 언제나 문화적 기억을 바탕으로 하고 있다는 점에서도 찾아볼 수 있다. 문화에 대한 이러한 노력에서 '문화적 기억'이 여전히 많은 관심을 불러일으키고 있는 까닭은, 문화보고文化寶庫로서의 문학의 역할에 대해 다음과 같은 문제를 제기하였고 그것을 지속적으로 연구해오고 있기 때문이다. 몇 가지 문제를 상정해 본다면, ① 문학에서 계승하고 보전하여 후대에 전하고자 하는 문화현상은 무엇인가? ② 문학에서 자국문화의 전통과 유산을 찬양하고 이질문화를 거부하는 요인은 무엇인가? ③ 자국문화와 문화적 기억의 상관성은 무엇인가? 등을 들 수 있다.

이 글에서 살펴보고자 하는 '문화적 기억'은 세 번째 문제에 해당하며 그것은 필자가 문학작품을 중심으로 하는 실천적 측면보다는 이론적 측면에 더 많은 관심을 기울여왔기 때문이다. 이와 같은 관심에서 필자는 단일문화주의보다는 문화적 기억을, 다문화주의보다는 문화글로컬리즘을 강조해 왔다. 그 외에도 '해석interpretation'이라는 용어보다는 '의견의 삽입interpolation'이라는 용어를 강조한 바 있으며 이 용어는 국제학계에서 점차 새로운 비평용어로 자리 잡아가고 있다. 문화글로컬리즘은 하나의 '동일공동체'를 형성하고 살아가는 구성원의 관습, 아이디어 및 생활태도 등에 관련지어 역사적인 의미를 부여하기도 하고, 한 세대에서 다음 세대로 전해지는 사회적 유산으로 전환되기도 한다. 이러한 의미부여와 전환에서 언어는 중추적인 역할을 담당해 왔다고 볼 수 있지만, 인간의 언어는 곧 "당장 땅에 내려가서 사람들이 쓰는 말을 뒤섞어 놓아 서로 알아듣지 못하게 해야겠다"는 「창세기」의 '바벨탑 이야기'처럼 인간의 의사소통을 어렵게 하는 최초의 요인으로 작용하기도 하였다. 물론 모든 문화가 언어에 의해서만 발전되어 왔거나 전파되어 온 것은 아니며, 그 외의 요인으로는 도구, 무기, 의복 및 예술형식 등을 들 수 있다. 그러나 그것이 어느 유형에 관계되든 모든 사회는 그 자체만의 유일한 문화형식을 가지고 있게 마련이며 이러한 문화형식을 일컫는 모노컬리즘monocalism은 문화에서의 단일주의monolism와 지역주의localism를 합성한 신조어이며 그것은 뒤이어 설명하게 될 글로컬리즘 glocalism── 글로벌리즘globalism과 지역주의localism를 합성한 신조어──이전의 단일문화주의에 관계된다.

모노컬리즘은 자국문화의 정체성을 확인하는 데 있어서 필요불가결한 요소이며 그것의 중요성에 대해 생트-뵈브는 일찍이 문화와 공동체, 문학작품과 작가와의 관계를 예로 들어 '정신의 유사성'과 '그 나무에 그 열매'라는 말로 암시한 바 있다. 그에 의하면 이와 같은 요인으로 인해 문학연구는 자국문화와 문학을 유형화하게 되고 그 결과는 '민족 간의 증오', 다시 말하면 민족과 민족 간의 적대주의를 야기하게 된다. 생트-뵈브의 이러한 견해를 테느는 "민족, 환경, 시대를 고려한다면, 실제상의 모든 원인뿐만 아니라 가능한 모든 동향까지도 규명할 수 있다"라고 강조하면서 문화연구와 문학연구에서 '민족, 환경, 시대'의 중요성을 제안하였다. 테느에게 있어서 '민족'은 기후, 토양, 음식과 같은 요인에 의해, '환경'은 지리적이고 정신적인 요인에 의해, '시대'는 사회적이고 심리적인 요인에 의해 그 정체성을 확립하게 된다. 이러한 점은 하나의 공동체를 형성하고 살아가는 구성원들이 자신들이 향유하고 있는 문화의 유일성에 대한 자긍심에 관계된다.

생트-뵈브가 '정신의 유사성'과 '그 나무에 그 열매'에 의해, 테느가 '민족, 환경, 시대'에 의해 동일한 공동체문화의 일원성을 지향했다면, 레이먼드 윌리엄스는 자신의 「문화 분석」1961에서 일원성보다는 이원성을 지향했다고 볼 수 있다. 그는 문화를 세 가지로 정의하였다. 하나는 절대적인 보편적 가치를 추구하는 데 있어서 인간적인 완벽성을 성취하고자 하는 과정으로서의 '이상적 문화'이고, 다른 하나는 인간의 사고와 경험을 기록하는 지적이고 상상적인 작업에서 비롯되는 실체로서의 '기록적 문화'이고, 또 다른 하나는 '사회적 문화'이다. 윌리엄스가 가장 관심을 가지고 있었던 것은 마지막 범주이다. "사회적 정의로서의 문화에는 특정한 삶의 방식에 대한 기록도 포함되며, 거기에는 예술과 지식에 나타나는 어떤 의미와 가치뿐만 아니라 사회적 제도와 일상적 행위규범에 나타나는 의미와 가치까지도 설명하는 것이 포함된다. 문화에 대한 이러한 정의의 관점에서 문화를 분석하는 것은 어떤 특정한 삶의 방식, 어떤 특정한 문화에 나타나는 암시적 의미나 가치 혹은 분명한 의미와 가치를 더욱 확실하게 설명하는 것이다."

윌리엄스의 이러한 관심은 동일문화권을 형성하고 살아가는 동일한 민족, 동일한 환경, 동일한 시대에 나타나는 계층 간의 반목과 대립에 관계되지만 그것은 어디까지나 자국 내의 문제, 다시 말하면 사회적 이데올로기의 문제에 관계되는 것이지 국경을 뛰어넘는 이민족에 의한 지배와 피지배의 문제에 관계되는 것은 아니다. 이렇게 볼 때 지배문화와 피지배문화, 선진문화와 미개문화, 경제적 강국의 문화와 경제적 약국의 문화에서 후자의 문화에 대해 애정을 가지고 있던 옥타비오 파스는 "문화는 문화일 뿐이다"라는 명제의 중요성을 강조하였다. "'미개발'라는 용어의 애매 모호성은 그럴듯한 의사擬似-아이디어 두 가지를 감추고 있다. 첫째는 단 하나의 문명만이 존재하는 것 또는 다른 문명은 단 하나의 모델, 즉, 현대의 서구문명으로 집약될 수 있다는 것을 당연한 것으로 여긴다. 둘째는 사회와 문화의 변화는 상관적이고 발전적이며 측정 가능하다는 것을 확신한다는 점이다. (…중략…) 문화가 어떻게 '미개발'이 될 수 있는가? 셰익스피어는 단테보다 더 '발전적'이었고, 헤밍웨이와 비교할 때 세르반테스는 '미개발적'이었는가?" 파스의 이러한 견해는 물론 중남미국가의 문화적 독자성, 말하자면 지배문화였던 스페인문화와의 차별성을 강조하는 한편 다른 한편으로는 영토-확장중심의 식민주의가 문화-확장중심의 후기식민지주의로 나아가는 데 대한 경종을 극대화하여 세계 각국에서 자국문화의 정체성을 확립하도록 하는 데 있다. 그래서 그는 "모든 문학의 역사, 모든 예술의 역사, 모든 문화의 역사는 행복한 모방과 불행한 모방으로 양분될 수 있다. 전자는 생산적이다. 그것은 모방자를 변화시키고 모방자는 모방된 것을 변화시킨다. 후자는 비생산적이다"라고 결론지었다. 말하자면 외국의 문학과 문화를 모방할 수밖에 없다하더라도 그것을 자국의 민족, 환경, 시대에 합당하게 변형시켜 자국문화의 정체성을 확립하는 데 기여해야 한다는 점을 파스는 강조하였다.

자국문화의 정체성을 확립하는 데 대한 중요성이 인식되기 시작한 것은 모노컬리즘으로서의 자국문화 — 자생적 의미의 자국문화와 그 이후의 지배문화와 피지배문화의 이원성에서 비롯되는 정체성으로서의 자국문화 — 가 이질문화와 접맥되었을 때 새로운 국면을 맞이하게 되었다. 이러한 국면을 가속화시킨 것은 다름 아닌 비서구문화에 대한 새로운 인식으로 대두되었던 '다문화주의'와 '문화적 기억'이다.

2. 다문화주의와 문화적 기억

제14차 '국제비교문학회ICLA' 캐나다 에드먼튼 대회1994.8.15~20에서 제기되었던 상호문화주의는 그것이 강조하고 있는 문화와 문화의 대등성에도 불구하고 첨예한 논쟁을 야기하였다. 자국문화와 이질문화의 접맥과 교류의 과정에서 비롯되는 여러 가지 문제 중의 하나는 지배와 피지배의 문제였으며 바로 이 점이 논쟁의 초점으로 작용하였다. 그것은 이제 영토-확장중심의 식민주의가 아닌 문화-확장중심의 후기식민지주의의 심각성을 대부분의 연구자들이 절감하고 있었기 때문이다. 그 결과 상호문화주의의 문제점을 극복하고 지양하기 위한 대안으로 제안된 다문화주의에서 이 두 가지 유형의 문화주의와 그 차이점에 대해 필자는 다음과 같이 제안한 바 있다. "상호문화주의와 다문화주의는 무엇이 같고 무엇이 다른지에 대해 관심의 초점이 모아질 수밖에 없다. 상호문화주의는 지배중심의 문화주의이고 다문화주의는 적어도 지금까지는 평등중심의 문화주의라고 평가되어 왔다. '상호'라는 말이 표면적으로는 두 개 이상의 이질문화가 가지고 있는 특징을 차별화하지 않고 인정하는 것을 강조하지만, 그것은 어디까지나 강 / 약, 우 / 열, 선 / 후 등의 관계에서 언제나 후자가 전자에게 흡수되어 버리는 것을 전제로 한다. 다문화주의에서는 지배문화의 편의성과 피지배문화의 전통성, 강대국문화의 침략성과 약소국문화의 소멸성, 선진문화의 유행성과 후진문화의 퇴행성을 차별화하지 않는다."

다문화주의를 형성하는 여러 학자들의 견해 중에서도 엘레느 식수의 '계층 간의 불평등 인식', 에드워드 W. 사이드의 '반문화제국주의' 및 마일클 도일의 '신제국주의 개념' 등은 그것의 근간을 형성하는 데 있어서 핵심적인 역할을 하게 되었다. 엘레느 식수는 자신의 유년기의 기억을 바탕으로 하여 계층 간의 불평등, 특히 언제나 지배계층이라고 생각했던 백인들이 노동자계층과 뒤섞이어 노동의 현장에 종사하고 있는 사실에 일종의 충격을 받게 되고 이들 백인의 대부분이 동유럽에서 알제리로 이민 온 백인이라는 사실에 경악하게 된다. 이처럼 강한 충격을 받았던 유년기의 기억을 식수는 다음과 같이 기억하였다.

우선적으로 나는 모든 것을 알게 되었다. 나는 백인(프랑스인), 우월성, 금권정치, 문명화된 세계가 그 자체의 세력을 장악하는 데 있어서 어떻게 민중을 억압하게 되었는지, 즉 프롤레타리아계층, 이민노동자들, 백인이 아닌 소수민족처럼 갑자기 인정받지 못하게 된 민중을 억압하게 되었는지를 목격하였다. 여성들. 인정받지 못하게 된 사람들. 그러나 물론 도구로서는 인정받는 — 더럽고 어리석고 게으르고 당당하지 못한 등등의 사람들. 인간성을 전멸시키는 변증법적 마술덕분으로 그러한 사람들을 목격하였다. 나는 또 위대하고 고상하고 '발전한' 국가들이 무엇인가 '낯선 것'을 배척함으로써, 그러한 것을 소멸시키지는 않지만 배제함으로써, 그러한 것을 노예화함으로써, 국가기반을 튼튼하게 하는 것을 목격하였다. 하나의 역사에서 공통적으로 나타나는 제스처에는 두 종족, 즉 주인으로서의 종족과 노예로서의 종족이 있을 뿐이다.

계층 간의 불평등을 인식한 식수의 견해는 에드워드 사이드의 "제국주의가 원거리의 영토를 통치하는 지배적인 도시중심의 실천, 이론 및 태도라고 한다면 식민지주의는 거의 언제나 제국주의의 결과이며 원거리 영토에 정착하는 것을 부여하는 것이다"라는 견해로 확장되었으며, 마이클 도일은 이러한 견해를 다음과 같이 종합하였다. "공식적이든 비공식적이든 제국은 하나의 국가가 다른 국가의 정치·사회에 대해 효과적인 정치적 통치권을 지휘하는 관계를 의미한다. 그러한 통치와 지휘는 무력에 의해, 정치적인 협조에 의해, 경제적이고 사회적이며 문화적인 의존에 의해 이루어진다. 제국주의란 제국을 이룩하고 유지하는 과정이거나 정책에 해당한다."

이상의 견해를 종합하여 정리하면, 다문화주의에서 강조하는 문화는 그것을 향유하고 있는 계층의 정체성을 회복하는 것에 관계된다. 다시 말하면, 서구문화로 대표되는 지배문화에 의해 파괴되고 소멸되었던 자국문화의 동질성을 회복하여 그 중요성을 재인식하는 것이 하나이고 다른 하나는 문화지배계층이 문화피지배계층의 존엄성과 중요성을 인정하는 것이다. 여러 가지 요인 중에서도 전쟁과 문학은 자국문화의 동질성의 회복에 직접적인 요인으로 작용한다. 괴테가 언급했던 바와 같이 '극도로 혼동된 현재'를 야기하는 전쟁으로 인해 대부분의 자국민들은 자국의 문화유산을 보전해야할 당위성을 절감하게 된다. 이러한 점에 대해서 E. 에르마틴게르는 다음과 같이 강조하였다. "극도로 혼동된 현재— 그것은 주로 전쟁에서 비롯되는 현상이다, 자국민은 자국의 문화유산이 외국군에 의해 철저하게 파괴되는 현장을 목격하게 된다. 종전 후에는 복구활동을 전개하게 되고, 그러한 과정에서 이제까지 익숙했던 것과는 전혀 다른 낯선 현상을 경험함으로써 자국민은 그 이전에는 미처 인식하지 못했던 어떤 정서적인 필요성을 느끼게 된다. 결과적으로 국가와 국가, 정부와 정부, 국민과 국민은 상호이해와 협력을 바탕으로 지속적인 커뮤니케이션을 유지하게 된다."

문학의 경우에서 그러한 예를 찾아보면 다음과 같다. 하나는 W. B. 예이츠의 시 「내전시內戰時의 명상」에 반영되어 있는 군인들의 난폭한 행동에 대한 시인 자신의 비판적인 성찰, 즉 "군인들은 밤이면 밖으로 나와 다리를 폭파하면서, 마치 폭파하라고 우리들이 그 다리를 건설하기라도 한 것처럼, '안녕! 고맙다!' 라고 내뱉으면서 어둠 속으로 낄낄거리며 사라진다"에 관계되고, 다른 하나는 친일문학의 행적으로 인해 최근 한국 현대시의 연구에서 언급자체를 자제하고 있는 서정주의 시의 경우에서 찾아볼 수 있다. 미당 서정주의 친일문학에 대한 논쟁으로는 『창작과 비평』2001.여름에 수록된 고은의 「미당 담론-'자화상'과 함께」와 이를 발췌하여 게재한 『조선일보』2001.5.11의 기사를 들 수 있고 이에 대한 반론으로는 『조선일보』2001.5.18에 게재된 문정희의 「고은 씨의 미당 담론에 답하여-죽은 후 던진 돌멩이에 보석 같은 시가 깨지겠나」를 들 수 있다. W. B. 예이츠의 시의 경우는 전쟁의 와중에서 파괴될 수밖에 없는 자국의 문화유산에 대한 애정과 자긍심에 관계되고 서정주의 경우는 식민지치하에서 지식인의 사상에 관계된다.

자국의 문화유산의 애정과 자긍심에 대한 그림의 경우는 우선 쿠르베의 그림 〈돌 깨는 사람〉1849의 원본상실을 들 수 있다. "천사는 그리지 않겠다, 눈에 보이지 않기 때문에"라며 "현실을 있는 그대로 직시하고 묘사할 것"을 강조했던 구스타프 쿠르베1819~1877는 회화에서의 사실주의를 실천한 맨 처음의 화가이며 그의 그림 〈돌 깨는 사람〉은 사실주의의 선언과도 같은 작품이다. 사실주의의 효시로 알려져 있는 이 작품이 제2차 세계대전 중에 소실됨으로써, 지금 우리가 볼 수 있는 것은 그것의 모사품일 뿐이다. 말하자면 '문화적 기억'은 진실로 남아 있지만, 그것을 입증할 수 있는 자료는 진본眞本이 아닌 사본寫本으로 남아있을 뿐이며 이러한 사본을 통해서만 우리들은 회화에서의 사실주의의 발단을 확인할 수 있을 뿐이다.

이와는 달리 김정희 그림 〈세한도〉1844의 원본보전에 대한 노력에서 우리는 자칫 사본조차도 남아있지 않았을 수도 있는 이 그림이 원형그대로의 진본상태로 우리들의 '문화적 기억'을 확인시키고 있음을 파악할 수 있다. '국보 180호'인 〈세한도〉의 소장자의 이동과정에 대해서 유홍준의 『완당평전』1 2002을 참고하여 요약하면 다음과 같다. 이상적 → 김병선 → 김준학 → 민영휘 → 민규식 → 후지츠카 → 손재형 → 이근태 → 손세기 → 손창근(현재소장)으로 되어 있다. 여기서 가장 감동적인 소장과정은 손재형이 일본인 수집가 후지츠카로부터 이 그림을 넘겨받은 후의 일화이다. "소전(손재형)이 〈세한도〉를 가지고 귀국하고 나서 석 달쯤 지난 1945년 3월 10일, 후지츠카 가족이 공습을 피해 소개해 있던 사이에 그의 서재는 폭격을 맞아 그가 갖고 있던 모든 책과 서화 자료들이 불타버렸다. 그러니까 후지츠카의 그 방대한 서화자료 중 〈세한도〉만이 기적적으로 살아남은 것이다. 〈세한도〉는 이렇게 운명적으로 이 세상에 살아남게 된 셈이다."

하나의 공동체를 형성하고 살아가는 문화공동체의 구성원들이 가지게 되는 자국문화에 대한 애정과 향수 및 그 중요성에 대한 '인정받기'와 이에 대한 타문화계층의 '인정하기'는 다문화주의의 양대 축에 해당한다. 찰스 테일러는 조지 허버트 미드의 '중요한 타자'의 개념을 원용하여 다문화주의의 양대 축을 다음과 같이 강조하였다. "두 가지 측면에서 인정하기의 담론은 우리들에게 익숙하게 되었다. 하나는 아주 개인적인 축으로 그것은 정체성과 자아의 형성을 '중요한 타자'와의 지속적인 대화와 투쟁에서 비롯되는 것으로 이해하는 것이다. 다른 하나는 공적인 축으로 그것은 동등한 인정하기의 정치가 점점 더 커다란 역할을 수행하게 된다는 점이다."

그러나 '누가 누구를 인정하느냐'라는 인정의 주체와 '누가 누구로부터 인정받느냐'라는 인정의 대상의 문제는 또 다른 지배와 피지배의 문제를 야기한다고 파악한 찰스 테일러는 인간적인 가치의 인정recognition에는 차별성 differentiation과 특수성particularity이 자리 잡고 있으며 차별성은 동질성 대 비-동질성을, 특수성은 보편성 대 선별성選別性을 근간으로 한다고 강조하였다. 다문화주의의 이러한 양상은 결과적으로 '자국문화의 세계화^{cultural globalism}'와 '세계문화의 자국화^{cultural localism}'로 수렴된다. "모든 사람, 모든 문화는 대등하게 취급되어야 한다"는 테일러의 언급과 같이 이제부터는 상이한 문화가 지니고 있는 가치의 대등성에 대한 인정을 강조하게 되었다. 이러한 점을 테일러는 다음과 같이 강조하였다. "이제 다문화주의에 의해 하나의 문화를 다른 문화에 접목시키되 우월성에 의해 접목시키게 되었으며, 이러한 점에서 서구의 자유주의 사회는 많은 죄악을 범하였다. 그것은 부분적으로는 과거의 식민지주의 정책 때문이기도 하고 부분적으로는 다른 문화에서 비롯된 여러 가지 요인들을 자국문화의 변방으로 내몰았기 때문이기도 하다. 이러한 점에서 '과거에 그랬을 뿐이다'라고 합리화하는 것은 무례하고 비정한 태도이다. 따라서 협상은 불가능한 것이며 문화적인 살인을 묵인하든지 아니면 원천적으로 봉쇄해야만 한다. 왜냐하면 식민 지배국 ― 그것이 영토에 관계되든 문화에 관계되든 ― 이 과거를 합리화하는 태도는 피지배국에 대한 경멸이 내포되어 있기 때문이다. 이러한 점에서 다시 한 번 인정^{recognition}의 문제가 제기될 수밖에 없다."

그러나 자국문화의 세계화와 세계문화의 자국화에서는 문화적 공동현상^{空洞現像}, 다시 말하면 문화적 구심력이 약화되고 문화적 원심력만이 강화되는 중심축의 소멸현상이 나타날 수밖에 없게 되며, 그것은 바로 문화적 다공성^{多空性}에서 비롯된다. "모든 사회가 다문화주의를 지향하면 할수록 거기에는 그만큼 더 많은 문화적 다공성이 존재하게 마련이다. 이러한 다공성은 그 구성원들로 하여금 다민족의 이주를 용인하도록 하였고 '유태인의 이산^{離散}'에 버금가는 민족의 이산을 야기하였으며 결과적으로 중심은 어디에나 존재하기도 하고 그 어디에도 존재하지 않게 되었다." 다문화주의의 이러한 취약점을 극복할 수 있는 새로운 문화연구의 영역을 위르겐 하버마스는 ① 페미니즘에 대한 연구, ② 소수민족에 대한 문화연구, ③ 전통적 가치와 반-가치에 대한 연구, ④ 경계선의 극복과 초월에 대한 연구, ⑤ 철학적 담론에 대한 연구 등을 제안한 바 있다. 하버마스가 제안한 이러한 연구영역을 가능하게 하는 요인이 바로 '문화적 기억'에 해당한다.

　문화적 기억에는 부정적인 측면과 긍정적인 측면이 포함되어 있다. 전자는 자국문화와 이질문화의 접목에서 이질문화의 지배에 의해 자국문화가 가치 절하되거나 소멸되는 것에 대한 인식에서 비롯되고, 후자는 자국문화의 우월성에 대한 자긍심에서 비롯된다. 따라서 문화적 기억은 자국의 문화와 그것에 대한 기억의 비망각성에 관계된다는 점을 피에르 노라와 폴 리쾨르는 강조하였다. 이러한 강조를 한센의 논지로 전환한다면, "아버지의 세대가 기억하고자 하는 과거를 아들의 세대는 망각하고자 하지만 손자의 세대는 재-기억하여 자신의 정체성을 확인하고자 한다"라는 명제로 수렴된다. 말하자면, 자국문화와 이질문화가 접맥될 때에 '아버지'로 대표되는 제1세대는 자국문화의 유지에 대해, '아들'로 대표되는 제2세대는 이질문화의 수용에 대해, '손자'로 대표되는 제3세대는 이질화된 자국문화에 대한 정체성 확인에 대해 각각 관심을 가진다고 볼 수 있다. 이러한 점은 필자가 그동안 강조했던 바와 같이 학교교육의 문제로 확장되어 신-역사주의에 접맥되기도 하고. 국가와 민족의 차원으로 확장되어 다문화주의와 문화글로컬리즘에 접맥되기도 한다. 교육의 문제에서는 안토니오 그람시가 지적하는 정신적이고 문화적인 과거의 상처를 "어떻게 기억해 내느냐"라는 피지배국의 입장과 그것을 "어떻게 합리화하느냐"라는 지배국의 입장으로 나뉘고, 피지배 / 소수민족 / 이민문화 등에서 망각된 과거와 역사적 과오에 관계되는 '문화적 기억'은 언스트 레낭의 언급처럼 민족의 문화형성 과정에서 본질적인 요소에 해당한다.

3. 문화적 기억과 글로컬리즘 – 정체성의 확립과 다공성의 극복

문화적 기억은 이질문화의 동화와 자국문화의 정체성을 강조하는 문화연구, 여성의 사회적 지위향상에 관심을 기울이는 페미니즘에 대한 연구 및 문화적 지배와 피지배의 이원성을 규명하고자 하는 후기식민지주의에 대한 연구에서 하나의 중심축을 형성하고 있다. 문화적 기억에 관련되는 이러한 세 가지 분야의 연구에서 무엇보다도 강조하는 것은 지배와 피지배로 대표되는 두 계층 간의 '인정받기'와 '인정하기'에 있다. 그러나 자국문화의 정체성의 확립과 세계화 및 이질문화의 수용성과 자국화에서 비롯되는 하나의 '공백'은 궁극적으로 문화적 다공성을 야기할 수밖에 없으며 그것을 효과적으로 충족시킬 수 있는 개념이 바로 문화글로컬리즘이다.

문화글로벌리즘의 시대의 문화연구에 있어서 새로운 접근방법에 해당하는 문화글로컬리즘은 팀 오설리번의 '글로벌-로컬'의 개념에서 비롯되었다. "포스트모던시대인 20세기 후반에는 민족문화와 경제구조 및 역사적 경계선 등의 영향에 있어서 결정적인 변화가 나타나게 되었으며, 자국중심의 '안정성'은 국제화와 세계화라는 이름하에 이질문화와의 혼합이라는 실체에 위험스러울 정도로 직면하게 되었다. 그 결과 하나의 분명한 문화적 공간이라고 할 수 있는 글로벌-공간global-space을 형성하게 되었으며 이 공간에서는 전통적으로 형성되어 온 민족문화의 정체성이 말살되고 타파될 수밖에 없지만, 그것은 글로벌-로컬global-local이라는 범주에 의해 효과적으로 극복될 수 있을 것이다." 서유럽과 WASP 중심의 문화패권주의의 지배 하에서 그 중요성이 부각되고 있는 '문화적 기억'은 이제 기억과 역사, 기억과 문화, 기억과 글쓰기(문학)에 나타나는 바와 같이 포괄적인 문화연구에서 선도적인 역할을 수행하고 있으며 문화글로컬리즘은 그러한 역할을 효과적으로 수행할 수 있는 방법으로 대두되고 있다. 다시 말하면, 자국문화를 세계화하려는 노력과 세계문화를 자국화하려는 노력으로 인해 20세기 후반 세계 각국에서는 자국의 문화구조와 경제구조에 있어서 결정적인 변화를 경험하게 되었으며, 자국의 문화적 경계선의 확정과 그 영역의 보장은 국제화와 세계화의 추세에 의해 점점 더 위협받게 되었고 그러한 사실을 기정사실로 인정하지 않을 수 없게 되었다. 이러한 사실을 인정하고 수용함으로써 생겨나게 되는 공간이 바로 세계적인 동시에 자국적인 공간이며 그러한 공간을 팀 오설리번은 '글로벌-로컬 공간'이라고 명명하였고 그 공간의 발전이 바로 '글로컬리즘 공간'이다. 이러한 공간에서는 외래문화의 유입에 의한 자국문화의 정체성을 확립할 수 있고 자국문화만의 옹립에 의한 국제적 고립에서부터 벗어날 수 있는 여건을 마련할 수 있기 때문이다.

매스미디어의 발전과 통신망의 확충에 의해 문화적 기억을 구심점으로 하는 문화글로컬리즘의 공간은 이제 문화적 상호텍스트성의 원동력으로 작용하게 되었다. 따라서 문화글로컬리즘은 다문화주의에서 비롯될 수 있는 문화적 다공성과 비중심성의 취약점을 극복할 수 있고 문화적 쇄국주의로부터 벗어날 수 있으며 외래문화의 범람에 대해 능동적이고 적극적이면서도 비판적으로 대처할 수 있는 강점을 지니고 있다. 이를 효과적으로 수행하기 위해서는 이미 시작되어 많은 진척을 보이고 있는 문화연구와 가치연구에 대한 이해와 배려가 필요하다. 문학연구와 문화연구, 다문학중심주의와 다문화중심주의, 글로벌리즘 / 로컬리즘과 글로컬리즘의 관계에서 알 수 있는 바와 같이, 글로벌리즘이 다국적 기업의 성행과 이국문화의 유입 및 자국문화의 전파에 역점을 두고 있고 로컬리즘이 민족주의의 팽창과 세계문화의 자국화에 중점을 두고 있다면, 문화글로컬리즘에서는 세계문화의 자국화와 자국문화의 세계화가 변별적으로 발생하는 것이 아니라 동시적으로 발생하는 것을 강조한다.

프랑스의 역사학자 피에르 노라가 구별한 바와 같이 문화적 기억이 자발적이고 유기체적이고 협력적이라면 역사는 피동적이고 기계적이고 배타적인 까닭에, '문화적 기억'은 문화글로컬리즘의 시대를 이끌어 가는 중심축으로 작용하여 다문화주의에서 비롯되는 다공성과 비중심성을 극복하고 지양하는 데 있어서 견인차로서의 역할을 하고 있다. 왜냐하면 문화적 기억은 과거-지향적이 아니라 미래-지향적이며 적대감을 고양하는 것이 아니라 화합을 모색하여 앞으로의 문화사회를 형성하려고 노력하기 때문이다.

제5장

다문화주의와 문화글로컬리즘

—"나는 말레이 친구가 한 사람도 없어요. 그들은 나를 미워해요."(인도계 소녀, 16세)

—"말레이인들은 게으르고 인도인들은 거만하다는 얘기를 들으며 자랐어요."(중국계 소녀, 19세)

—"중국인들은 간교하고 교활해요."(말레이계 소년)

말레이시아 신문의 젊은이 페이지에 난 10대 청소년들의 이 같은 솔직한 얘기들이 국민들에게 충격을 던져주고 있다. 12일 홍콩의 『사우스 차이나 모닝 포스트지』는 다민족 국가인 말레이시아 연방이 표면적인 평온과는 달리 내부적으로 각 민족 간에 불만-대립-격리 현상이 심각하다고 보도했다.

—『조선일보』(1999.7.14)

1. 문학이론 연구의 국제적 연구동향

'국제비교문학회'에 소속된 9개 위원회 중의 하나인 '문학이론위원회'에서 관심을 가지고 지난 10여 년간 발전시켜 온 문학이론에 대한 연구동향을 종합적으로 정리하는 것은 최근의 문학이론의 국제적 연구 동향을 종합하는 것이라고 볼 수 있다. 이러한 종합적인 정리를 위해서는 비교문학과 문학이론의 관계에 대해 그동안 한국비교문학계에서 논의되었던 점을 체계화하는 것이 바람직할 것이다. 비교문학과 문학이론의 상관성에 대해 1976년 캐나다에서 개최된 제7차 '국제비교문학회'에 참석하여 한 분과의 위원장을 맡았던 신일철은 전규태가 편한 『비교문학—이론, 방법, 전망』[1973]에 수록된 자신의 「제7차 국제비교문학회 총회참가보고」에서 다음과 같이 강조하고 있다. "이 대회의 주제는 '남북미주의 문학—의뢰성, 독립성, 상호관련성', '비교문학과 현대비평문학계', '동서문학', '아프리카—아메리카 문학'과 마지막으로 '대학교육에서 비교문학의 위치' 등 다섯 가지이었다. (…중략…) 예를 들어 '비교문학과 현대비평문학'에 관한 주제발표 및 토론 후에 분과에서는 '비교문학과 문학적 대화의 분석', '비교문학에서의 미학적 척도', 혹은 '비교문학과 문화인류학'이라는 제목 하에 다시 발표가 있었다." 이와 같이 파악한 신일철은 "제6차 대회까지는 비교문학의 이론 및 방법론에 국한되어 있었으나 이번에는 그러한 방법론적인 울타리를 벗어나 (…중략…) 비교문학의 개념이 더 광범위해지고 학문적인 입장에서 더 실용적이 되었다고 해도 좋을 것이다"라고 덧붙이고 있다. 그의 이러한 언급은 고 이경선이 자신의 『한국비교문학논고』[1976]에 수록된 「한국비교문학을 위하여」에서 강조하고 있는 "비교문학의 전망과 방법론"에 접맥된다고 볼 수 있다.

　비교문학과 문학이론에 대해서는 이미 1950년대에 고 이경선이 비교문학과 문학이론의 관계에 관심을 가지고 있었을 뿐만 아니라 1970년대에 신일철이 그 중요성을 강조한 바 있지만 그동안 한국비교문학계에서는 이러한 점에 대해 거의 관심을 기울이지 않았다. 이러한 관심의 미진성을 극복하고 문학이론이 비교문학 연구의 중요한 분야이자 방법론이라는 점을 한국비교문학자들이 파악하기 시작한 것은 제13차 '국제비교문학회'가 1991년 일본 동경에서 개최되었던 시기라고 볼 수 있다. 이 시기를 기점으로 하여 문학이론연구에 대한

'국제비교문학회' 소속 '문학이론 위원회'에서 발표된 논문을 개관하면 다음과 같다. 우선 제13차 '국제비교문학회'의 주제는 '비전의 힘'이었고 '문학이론 위원회'의 워크숍의 주제는 '문학연구와 문화적 상상력'이었다. 많은 문학이론가들이 참여한 이 워크숍에서 가장 주목받았던 것은 국제비교문학회 회장을 역임한 네덜란드 우트레치트 대학의 두베 포케마의 「상상력 산물로서의 몇 가지 전제−문화적 참여로서의 이론」과 빌 반 피어의 「비유와 상상력」이었다. 이 대회에서 필자는 「텍스트, 텍스트성, 상호텍스트성」을 발표한 바 있다.

문학이론과 비교문학 연구의 이와 같은 긴밀한 상관성에 대한 연구는 '문학과 다양성−언어, 문화, 사회'라는 주제로 1994년 캐나다 에드몬튼 앨버타대학교에서 개최된 제14차 '국제비교문학회'에서도 상당한 관심을 끌었으며, 이 대회에서 '문학이론 위원회'의 주제는 '상호문화적인 문학연구의 이론과 방법'이었다. 여기에서는 앞에서 언급한 포케마의 「문화−관련주의와 문화의 정체성」, 이스라엘 텔아비브대학교의 시바 벤−포라의 「상호문화이론의 연구와 비교문화이론의 연구의 차이점 여부」, 토론토대학교의 마리오 J. 발데스의 「비교문학사 근간을 위한 문화 해석학」 및 반 피어의 「문학에서 상호문화적인 인내의 모델」 등이 발표되었다. 여기에서 주목할 점은 '문학이론 위원회'에 소속된 이들 위원들의 관심이 문학연구에서 문화연구로 옮겨가고 있다는 점, 문화연구의 중요성에 대해 언급하고는 있지만 아직은 상호문화주의에 머물고 있다는 점 등을 들 수 있다. 이 대회에서 필자는 서구문화와 한국문화 특히 프랑스의 상징주의 시가 한국현대시에 끼친 영향을 중심으로 하여 「한국현대시 형성에 끼친 보들레르의 시적 의미와 베를렌의 시적 음악성」을 발표한 바 있다.

캐나다 앨버타대학교에서 개최되었던 제14차 '국제비교문학회'에서부터 주목받기 시작한 문화연구와 비교문학의 관계는 '문화적 기억으로서의 문학'이라는 주제로 1997년 네덜란드 라이덴대학교에서 개최된 제15차 대회에서 그 개념과 용법이 체계적으로 확립되었다. 조나단 컬러를 비롯한 10명의 발표자가 주제발표를 한 바 있는 이 대회의 '문학이론 위원회'에서는 문화적 기억의 긍정성과 부정성, 문화적 기억의 수용성과 배타성, 문화적 기억의 과거와 현재 등에 대해 집중적으로 논의하였다. 이 대회에서 필자는 「문화글로컬리즘 시대에 있어서 문학이론 연구의 한국적 전망」을 발표하였다.

이상에서 종합한 바와 같이 지난 10여 년 동안 '국제비교문학회' 산하 '문학이론 위원회'의 연구주제와 관심은 주로 문학연구에서 문화연구 쪽으로 나아가고 있음을 알 수 있다. 그리고 이러한 관심은 그것을 더욱 분명하게 하고 나아가 비교문학 연구의 방법론으로 발전시키기 위해 2000년 남아프리카 공화국 프레토리아 우니사대학교에서 개최되었던 제16차 '국제비교문학회'의 주제인 '다문화주의 시대의 변화와 반역'에서도 확인할 수 있을 뿐만 아니라, 펜실베이니아주립대학교의 디제랄 카디르가 위원장으로 있는 '문학이론 위원회'의 주제인 '문화적 만남—접합과 분리'에서도 확인 할 수 있으며, 이 대회의 위원회에서 필자가 발표한 '문화글로컬리즘과 다문화주의'는 많은 호응을 받았다.

그렇다면 상호문화주의와 다문화주의는 무엇이 같고 무엇이 다른가에 관심의 초점이 모아질 수밖에 없다. 간략하게 구분하면, 상호문화주의는 지배중심의 문화주의이고 다문화주의는 대등중심의 문화주의라고 볼 수 있다. '상호'라는 말이 표면적으로는 두 개 이상의 이질문화가 가지고 있는 특징을 차별화하지 않고 인정하는 것을 강조하지만 그것은 강 / 약, 우 / 열, 선 / 후 등의 관계에서 언제나 후자가 전자 속에 흡수되어 버리는 것을 전제로 한다. 그 결과 제14차 국제비교문학회 캐나다 대회에서 활발하게 논의되었던 상호문화주의는 점차 다문화주의로 대체되었다. 다문화주의에서는 지배문화의 편의성과 피지배문화의 전통성, 강대국문화의 침략성과 약소국문화의 소멸성, 선진국문화의 유행성과 후진국문화의 퇴행성을 차별화하지 않는다. 이렇게 볼 때 상호문화주의보다는 다문화주의가 더욱 설득력 있는 비교문학연구의 방법론으로 자리 잡을 수 있을 것이다.

매년 5월 하순 연례 연구발표대회를 개최하고 있는 '문학이론 위원회'에서 그동안 관심을 가지고 발전시켜온 최근의 연구 분야로는 신-역사주의와 문화유물론, 해체주의와 기호학, 모더니즘과 포스트모더니즘, 대화주의와 상호텍스트성 및 탈식민지주의와 다문화주의 등을 들 수 있다. 여기에서 필자가 논의하고자 하는 '다문화주의와 문화연구'는 그동안 개인적으로 지속적인 관심을 가지고 연구·수정·보완해 나가고 있는 작업 중의 한 단계에 해당한다. 비교문학 연구에 있어서 문화연구가 차지하는 중요성에 대해 토론토대학교의 마리오 J. 발데스는 다음과 같이 강조하였다. "문학은 그것이 '경험'하고 있는 문화와 분리되어 존재하는 것이 아니다. 다시 말하면 문화 속에서 문학은 생산되고 또 문화에 수용되는 것이다. 언어나 국가의 부정 불가능한 특수성을 인정한다면 문학의 역사적 인식을 위해 그 밖의 좀 더 많은 비교문학적 형성을 고려해야만 할 때가 되었다." 발데스의 이러한 언급에는 앞으로의 문학이론 연구가 그동안의 서유럽중심의 사고에서 벗어나 소위 말하는 제3세계에 대한 인식을 해야 한다는 점과 나아가 탈-식민지주의적이면서도 다문화주의로 나아가야 한다는 데 대한 강조가 포함되어 있다.

2. 탈-식민지주의와 다문화주의

식민지주의라고 하면 대부분의 경우 제국주의를 연상하게 되고 제국주의는 곧 강대국 혹은 세계열강이라고 생각하게 된다. 이처럼 식민지주의와 제국주의는 불가분의 관계에 있으며 그것도 주로 19세기말 경의 백인사회중심의 서유럽제국과 그 이후의 미국 및 아시아에서의 일본에 한정되어 있다. 식민지주의와 제국주의의 상관성에 대해 에드워드 사이드는 자신의 『문화와 제국주의』 1993에서 다음과 같이 구분하고 있다. "제국주의가 원거리의 영토를 통치하는 지배적인 도시중심의 실천, 이론 및 태도라고 한다면 식민지주의는 거의 언제나 제국주의의 결과이며 원거리 영토에 정착을 부여하는 것이다." 그의 이러한 논지는 이 시대에 있어서 식민지주의는 종결되었다 하더라도 제국주의는 여전히 어디에나 존재하고 있음을 암시한다.

따라서 여기에서 논의하고자 하는 탈-식민지주의는 잠정적으로 제국주의의 상존을 어떻게 극복하고 지양하느냐 하는 점에 관련된다. 그것은 단일문화 / 다문화, 지배문화 / 피지배문화, 백인문화 / 유색인문화, 기독교문화 / 비기독교문화, 선진문화 / 미개문화, 남성문화 / 여성문화, 고급문화 / 대중문화, 세계문화 / 자국문화, 강대국(경제대국)문화 / 약소국(경제약국)문화, 개방문화 / 폐쇄문화 등과 같은 이항대립에서 앞의 항목이 언제나 유럽중심의 문화에 관련된다면 뒤의 항목은 언제나 비유럽중심주의 문화에 관련되기 때문이다. 식민지주의는 사라졌다 하더라도 제국주의는 여전히 상존하는 까닭에 그것을 어떻게 극복하느냐 하는 것이 바로 탈-식민지주의의 과제이다. 이러한 점에 대해 마이클 W. 도일은 자신의 『제국들』1982에서 다음과 같이 강조하였다. "공식적이든 비공식적이든 제국은 하나의 국가가 다른 국가의 정치·사회에 대해 효과적인 정치적 통치권을 지휘하는 관계를 의미한다. 그러한 통치와 지휘는 무력에 의해, 정치적 협조에 의해, 경제적이고 사회적이며 문화적인 의존에 의해 이루어진다. 제국주의란 제국을 이룩하고 유지하는 과정이거나 정책에 해당한다." 도일의 이러한 언급을 바탕으로 하여 에드워드 사이드는 우리시대에 있어서 식민지주의가 더 이상 존재하지는 않지만 그러나 여전히 제국주의는 상존한다는 점, 다시 말하면 문화전반에 걸쳐서는 물론이고 좀 더 특수하게는 정치적이고 이데올로기적이고 경제적이며 사회적인 모든 면에서 제국주의의 그림자가 깊게 드리워져 있다는 점을 강조하였다. 그것은 미국과 일본을 포함하는 서유럽 중심의 세력 대 인도와 중국을 포함하는 비유럽 중심의 세력이 언제나 경쟁의 관계에 있다는 점을 의미하며 그것을 정리하면 〈도표 2〉와 같다.

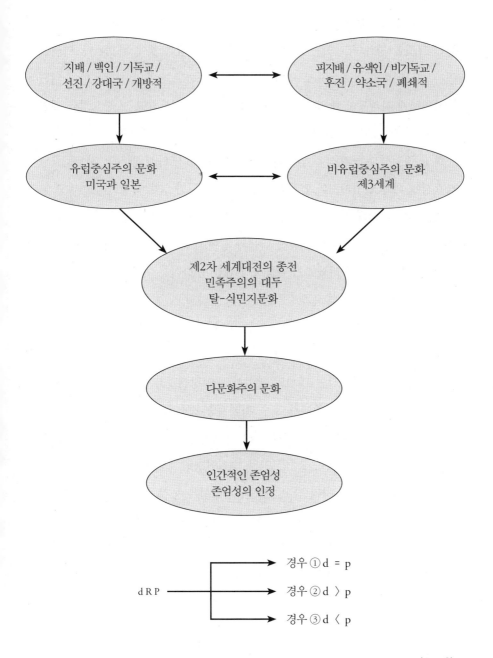

〈도표 2〉

이상과 같은 설명에서 강조하고 있는 다문화주의에서의 문화 그 자체는 다분히 그것을 향유하고 있는 계층의 정체성을 회복하는 것에 관계된다. 이러한 점은 서구문화라는 이름으로 무비판적으로 수용하고는 했던 지배문화에 의해 무차별하게 파괴되고 소멸된 자국문화의 동질성을 회복하고 그 중요성을 재인식하는 것에 관계되는 한편 다른 한편으로는 지배계층의 문화가 피지배계층의 문화의 존엄성과 중요성을 인정하는 것에 관계된다. 다시 말하면 자국문화의 중요성에 대한 인정하기와 인정받기가 다문화주의의 양대 축을 형성한다고 볼 수 있다. 이에 대해 찰스 테일러는 애미 굿만이 편저한 『다문화주의』1994에 수록된 자신의 「인식의 정치학」에서 다음과 같이 구분하였다. "두 가지 측면에서 인정하기의 담론은 우리들에게 익숙하게 되었다. 하나는 아주 개인적인 축으로 그것은 정체성과 자아의 형성을 '중요한 타자'와의 지속적인 대화와 투쟁에서 비롯되는 것으로 이해하는 것이다. 다른 하나는 공적인 축으로 그것은 동등한 인정하기의 정치가 점점 더 커다란 역할을 수행하게 된다는 점이다."

피지배민족의 인간적인 가치의 존엄성을 인정해달라는 요구, 말하자면 인간으로서의 인정받기는 주체가 소수 지배계층 중심에서 다수 피지배계층 중심으로 인식의 폭이 넓어질 뿐만 아니라 그러한 중심축이 이동하고 있음을 의미한다. 이러한 인간적인 가치의 인정, 즉 '인정하기'와 '인정받기'에는 언제나 차별성과 특수성이 자리 잡고 있으며 차별성은 동질성 대 비-동질성을, 특수성은 보편성 대 선별성選別性을 근간으로 한다. 이러한 요소에 해당하는 인정Recognition, 차별성differentiation, 특수성particularity의 관계는 〈도표 2〉와 같다.

경우 ①에서처럼 차별성과 특수성이 대등한 위치에 있을 때, 다시 말하면 그동안 무시되었던 피지배문화가 지배문화와 대등한 위치에 있을 때, 그것은 다문화주의에서 가장 바람직한 경우가 될 것이다. 그리고 그러한 대등성을 우리는 옥타비오 파스의 다음과 같은 주장에서 발견할 수 있다. "미개발이라는 형용사는 유엔에서 사용하는 무기력하고 거세된 용어에 속한다. 이 용어는 인류학의 영역과 역사의 영역에서 정확한 의미를 지니고 있지도 않다. 이 용어는 과학적인 술어가 아니라 관료적인 술어이다. 문화가 어떻게 미개발이 될 수 있는가? 셰익스피어는 단테보다 더 발전적이었고 헤밍웨이와 비교할 때 세르반테스는 미개발적이었는가?" 경우 ②에서처럼 차별성이 특수성보다 클 때에는 에드워드 사이드나 마이클 W. 도일이 우려하는 바와 같이 여전히 제국주의라는 이름으로 또 다른 의미의 식민지주의가 번창하게 될 것이다. 여기서 말하는 또 다른 의미의 식민지주의는 그것이 꼭 영토의 지배에만 관계되는 것이 아니라 문화를 포함하는 전반적인 지배에 관계된다. 경우 ③에서처럼 차별성이 특수성보다 적을 때에는, 사실 그러한 경우는 극소수에 불과하지만, 정치, 경제, 사회, 문화 전반에 걸쳐 커다란 혼란에 빠질 위험에 처하게 된다. 우리는 그러한 경우를 최근의 코스보 사태에서 유고연방에 대한 구미열강의 공격에서 찾아볼 수 있다. 이상의 세 가지 경우에서 다문화주의에 대한 연구자가 가장 관심을 기울이는 경우는 물론 경우 ①에 해당한다. 그것은 비-단일문화주의, 비-지배문화주의, 비-(서)유럽중심주의에 관계될 뿐만 아니라 다인종과 다언어의 사회에서 소수문화의 인정하기와 인정받기에 관계되고 나아가 강대국 문화의 확산과 약소국 문화의 소멸에서 약소국 문화의 보전과 유지에 관계된다.

찰스 테일러가 「인식의 정치학」에서 강조하는 바를 두 가지로 요약한다면 ① 앞으로의 모든 사회는 점점 다문화적으로 될 수밖에 없다는 것이 하나이고, 다른 하나는 ② 다문화적인 사회는 점점 다공적多空的으로 될 수밖에 없다는 점으로 요약할 수 있다. 그가 강조하는 '다공성多空性'은 민족의 이주와 정착, 민족문화의 확산과 변화, 문화적 차별성과 특수성에서 각각의 민족과 국가가 자국만의 것을 강조할 때에 비롯될 수 있는 것으로 그것은 결과적으로 문화적 공동현상空洞現像, 다시 말하면 문화적 비중심성을 만들어낼 위험을 지닌다. 그리고 문화적 비중심성이란 문화적 구심력이 약화되고 문화적 원심력만이 강화됨으로써 중심축이 소멸되어 버리는 현상을 의미한다.

다문화주의는 적어도 표면적으로는 하나의 문화를 다른 문화에 접목시키되 우월성에 의한 접목보다는 대등성에 의한 접목을 강조한다. 서구사회는 과거의 식민지정책과 자국민의 이주 등으로 자국문화를 원주민문화에 접목시키는 데 있어서 선도적인 역할을 수행하였으며 그러한 과정은 지금도 지속되고 있다. 그러나 이러한 서구문화 중심의 문화적 접목에 대한 비판과 반성 및 제2차 세계대전 이후 민족주의의 출현 등으로 인해서 세계 각국에서는 자국문화의 세계화라는 기치아래 자국문화를 옹호·보호·홍보·발전시키는 데 힘쓰고 있고, 그것을 우리는 '자국문화의 세계화cultural globalism'라고 강조할 수 있다. 아울러 "모든 사람, 모든 문화를 자유롭고 대등하게 취급해야 한다"는 점을 역설하는 찰스 테일러의 말을 활용한다면, 상이한 문화가 지니고 있는 가치의 대등성에 대한 인식 및 각국의 개별문화와 타문화의 상호연관성을 인정하는 것은 물론 그것을 우리는 '세계문화의 자국화cultural localism'라고 강조할 수도 있다.

이상에서 논의한 다문화주의 시대에 있어서 가능하면서도 의미 있는 문화연구의 영역으로는 애미 굿맨이 편저한 『다문화주의』1994에 수록된 위르겐 하버마스의 「민주적 형성국가에서 인식을 위한 투쟁」을 들 수 있으며, 그가 강조하는 문화연구의 영역을 정리하면 다음과 같이 전환될 수 있다. ① 여성학과 여성적 특질에 대한 연구에 역점을 두는 페미니즘에 대한 연구, ② 바스크족, 쿠르드족 등과 같은 소수민족의 문화에 대한 연구, ③ 인종과 종교, 성적性的 취향과 특정한 문화연구와 같은 윤리의 전통적 가치와 반-가치에 대한 연구, ④ 서양／동양, 북반구／남반구, 중심／주변의 경계선의 극복과 초월에 대한 연구, ⑤ 전통적인 글쓰기와 읽기／컴퓨터시대의 글쓰기와 읽기, 텍스트의 문학성／대중성, 텍스트의 고급성／저급성, 문학이론／철학이론, 베스트셀러의 진실성／허구성 등과 같은 영역에 관련되는 철학적 담론에 대한 연구 등으로 나아갈 수 있다. 그리고 이러한 다문화주의 시대에 있어서 문학연구의 역할과 기능은 다분히 모더니즘의 시각에서 벗어나 포스트모더니즘의 시각에 의해 문화를 수용하고 전파해야 할 것이다. 모더니즘의 시각이 선별적이고 엘리트적이며 지배적이라면 포스트모더니즘의 시각은 포괄적이며 대중적이고 공동체적이라고 볼 수 있다. 말하자면, 좀 더 포괄적이고 종합적인 의미에서의 포스트모더니즘의 시각이 다문화주의 시대의 문학연구의 근간을 형성하고 있다고 볼 수 있다.

3. 다문화주의와 문화-글로컬리즘

이상에서 살펴본 바와 같이 각 나라와 민족의 특징에 대한 인정하기와 인정받기가 정착될 때에 다문화주의는 바람직한 문화연구와 문학연구의 계기를 마련할 수 있을 것이다. 그러나 문화와 문화의 대등성과 동등성, 민족과 민족의 차별성과 특수성 등에서 비롯될 수 있는 다공성多空性과 비중심성非中心性을 어떻게 효과적으로 극복하고 지양하느냐의 문제가 바로 다문화주의 시대의 과제에 해당한다. 이와 같은 문제를 해결하기 위한 한 가지 방법으로 제안되는 것이 바로 '문화글로컬리즘'이다.

'문화-글로컬리즘cultural glocalism'은 '문화-글로벌리즘curtural globalism'과 '문화-로컬리즘cultural localism'을 합성한 신조어이다. 이에 대해서 팀 오설리번은 포스모던시대인 20세기 후반은 민족문화와 경제구조 및 역사적 경계선 등의 영향에 있어서 결정적인 변화를 목격하게 되었으며 자국중심의 '안정성'은 국제적이고도 세계적인 혼합의 실체에 점점 더 직면하게 되었다는 점, 이러한 과정의 결과는 새로우면서도 분명한 문화적 공간, 곧 '글로벌 스페이스global space'를 형성하게 되었으며 이러한 공간에서는 민족문화와 정체성이라는 전통성이 말살되고 타파될 수밖에 없다는 점, 그리고 이러한 취약점은 '글로벌-로컬global-local'이라는 범주에 의해 극복될 수 있으며 지역문화는 다른 문화와의 관계에 의해 그 정체성을 획득할 수 있게 되었다는 점 등을 강조하였다.

다시 말하면, 자국문화를 세계화하려는 노력과 세계문화를 자국화 하려는 노력으로 인해서 20세기 후반 세계 각국에서는 민족적인 문화구조와 경제구조에 있어서 결정적인 변화를 경험하게 되었으며, 자국의 문화적 경계선의 확정과 그러한 영역의 보장은 국제화와 세계화의 추세에 의해 점점 더 위협받게 되었고 그러한 사실을 현실로 인정하지 않을 수 없게 되었다는 점을 오설리번은 주장하였다. 이러한 사실을 인정하고 수용함으로써 생겨나게 되는 공간이 바로 세계적인 동시에 자국적인 공간이며 그러한 공간을 팀 오설리번은 '글로벌-로컬 공간'이라고 명명하였고 그러한 공간의 발전이 바로 '글로컬리즘 공간'에 해당한다. 이러한 공간에서는 외래문화의 침입에 의한 자국문화의 정체성을 확립할 수 있고 자국문화만의 옹립에 의한 국제적 고립으로부터 벗어날 수 있는 여건을 마련할 수 있다. 매스미디어의 발전과 통신망의 확충에 의해 이 공간은 이제 문화적 상호텍스트성의 원동력으로 작용하게 되었다. 이러한 문화글로컬리즘은 다문화주의에서 비롯될 수 있는 문화적 다공성과 비중심성의 취약점을 극복할 수 있고 문화적 쇄국주의로부터 벗어날 수 있으며 외래문화의 범람에 대해 능동적이고 적극적이면서도 비판적으로 대처할 수 있는 강점을 지니고 있다. 이를 효과적으로 수행하기 위해서는 이미 시작되어 많은 진척을 보이고 있는 문화연구와 가치연구에 대한 이해와 배려가 필요하다. 문학연구와 문화연구, 다문학중심주의와 다문화중심주의, 문화글로벌리즘 / 로컬리즘과 문화글로컬리즘의 관계를 정리하면 〈도표 3〉과 같다.

이상에서의 설명과 〈도표 3〉에서 알 수 있는 바와 같이 문화글로벌리즘이 다국적 기업의 성행과 외국문화의 유입 및 자국문화의 전파에 역점을 두고 문화로컬리즘이 민족주의의 팽창과 세계문화의 자국화에 중점을 두고 있다면, 문화글로컬리즘에서는 세계문화의 자국화와 자국문화의 세계화가 변별적으로 발생하는 것이 아니라 동시적으로 발생하는 것이라는 점을 강조한다. 다문화주의시대에서 비롯되는 다공성多空性과 비중심성非中心性을 극복하고 지양하기 위한 문화글로컬리즘의 진행방향은 〈도표 3〉과 같다. 〈도표 3〉에서 지향하는 바와 같이 문화글로컬리즘의 방향은 문화글로벌리즘과 문화로컬리즘에서 비롯되는 다공성과 비중심성을 극복하고 지양하면서 자국문화와 문학을 세계화하고 국제화하는 데 있어서 견인차적인 역할을 하게 되어 있다.

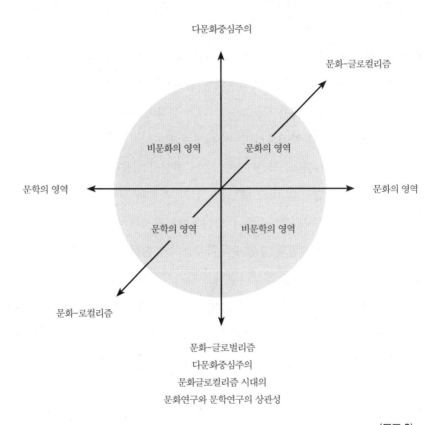

〈도표 3〉

이와 같은 배경으로는 레이먼드 윌리엄스의 대중문화론, 자크 데리다의 해체주의, 미셸 푸코의 광기의 역사, 롤랑 바르트의 문화기호학, 페더스톤의 문화세계화, 안토니 이스트호프의 문화연구, 톰린선의 문화제국주의, 스레버니-모하마디의 세계적인 것과 지역적인 것 및 에드워드 사이드의 비서구중심주의 등이 자리 잡고 있다.

4. 문화-글로컬리즘 시대의 비교문학

모든 문학이론은 언제나 뒤이어지는 새로운 문학이론에 의해 그 영광된 자리를 양보하게 된다. 그것은 시대의 발전과 문학연구의 방향에서 시시각각으로 변화할 뿐만 아니라 새로운 연구자들의 의욕과 관심과 추구가 기존의 문학이론만으로는 자신들의 욕구를 충족시키지 못하기 때문이기도 하다. 우리들은 그러한 예를 제프리 하트만의 '형식주의를 넘어서', 조나단 컬러의 '구조주의를 넘어서', 하워드 펠퍼린의 '해체주의를 넘어서', 존 페케트의 '포스트모더니즘 이후의 삶', 랄프 코헨이 강조하는 미래의 문학이론에 대한 연구방향 네 가지─정치적 동향과 문학이론의 수정, 해체주의 비평의 영향과 성찰, 비문학적 분야의 영입과 문학이론의 확장, 기존의 연구방법의 재정립과 문학연구의 새로운 위상에 대한 확립─ 및 마크 에드문드선의 '문학과 철학의 논쟁' 등에서 찾아볼 수 있다. 특히 에드문드선은 문학이론에서의 철학이론의 전용과 문학비평에 대한 탐닉, 이론비평의 성행과 문학작품의 등한시, 작품분석을 위한 무분별한 철학이론의 적용 등을 경고하면서 문학자체를 연구하되 거기에서 수반될 수 있는 문화연구를 강조하고 있다. 그의 이러한 강조는 텍스트에 대한 데리다의 읽기에 관계된다기보다는 푸코의 읽기에 관계된다. 그는 엘리트적인 읽기나 선별적인 읽기 혹은 지성중심의 읽기보다는 대중적인 읽기나 포괄적인 읽기 혹은 비지성중심의 읽기를 제안하고 있다.

그럼에도 이러한 문화글로컬리즘 시대에 있어서 여전히 유효한 선언은 데리다가 언급했던 "텍스트를 떠나서는 아무 것도 없다"라는 논지일 것이다. 여기서 말하는 텍스트는 물론 문학작품을 포함하는 모든 유형의 글쓰기와 읽기에 관계된다. "문자로 기록된 모든 것은 텍스트이다"라는 명제는 참이지만 "모든 텍스트는 문자로 기록된 것이다"라는 명제가 거짓인 까닭은 이제 텍스트에는 문자화된 것만이 아니라 표현된 모든 것이 포함되기 때문이다. 그리고 텍스트중심의 문화연구와 문학연구는 언제나 비교문학연구의 기본이 된다. 다음은 그러한 텍스트에 사용된 언어와 언어사용집단의 상관성을 연구하는 일이다. 문학텍스트에 사용되는 언어를 유형화하고 그러한 유형을 사용하는 계층을 재정리함으로써 한 사회의 문화를 주도하는 세력의 원천을 파악하고 그것을 세계 각국의 사회현상과 비교하는 일은 곧 비교문학자가 수행해야할 몫이다. 그리고 텍스트에 반영된 문학성과 문화적 상관성을 연구하는 일은 자국문화 / 문학을 세계화하고 세계문화 / 문학을 자국화 하는 첩경이 될 것이다. 이를 위해서는 텍스트의 번역과 그 효과에 대한 연구를 병행해야 할 것이다.

그렇다면 문화글로컬리즘 시대에 있어서 한국비교문학은 무엇을 지향해야 할 것인가? 우선은 정전正典에 대한 기준을 재설정하고 그것에 대한 해석의 정당성과 타당성을 검토해야만 한다. 예를 들어 한국 현대시의 경우 그동안 제도교육에서 선정되어 국어교과서에 수록된 현대시가 대부분의 경우 시인들이 20대 안팎의 청년기에 창작한 시라는 점에 주목할 필요가 있다. 그리고 그러한 시 대부분이 현실에 대해 냉소적이고 비관적인 세계관을 제시하고 있다는 점에서 감수성 예민한 청소년기의 학생들의 정서에 많은 영향을 끼치고 있다는 점을 간과해서는 안 될 것이다. 다음은 자국문화와 문학의 역사성을 철저하게 파악하고 그것이 세계문화와 문학에 대해 어떠한 관계를 유지하고 있는지를 살펴보아야 할 것이다. 그것은 자국문화를 세계화하고 세계문화를 자국화는 일과도 무관하지 않을 것이다. 특히 비교문학자가 주의해야 할 점은 자신의 외국어 능력에 따라 자칫 해당 외국어문학과 문화의 수혜자로 스스로를 인정해서는 곤란하다는 점이다. 이는 '국제비교문학회'에 한 번만이라도 참석해 본다면 그 실상과 허상을 즉각 알 수 있으리라고 필자는 생각한다. 다시 말하면, 한국비교문학자는 언제나 한국문학을 중심으로 하여 연구하는 비교문학자가 되어야만 한다는 점이다. 아무리 훌륭한 논문이라 하더라도 그것이 한국문학이나 문화와는 무관한 다른 두 개의 외국문학과 문화만을 비교하는 것일 때, 그것은 한국비교문학의 발전과는 전혀 관계없는 것이기 때문이다. 비교문학연구는 언제나 그 출발점이 자국문학에 있어야 하고 자국문학을 중심으로 하여 외국문학을 비교해야만 한다는 말은 언제나 진리이다. 이렇게 될 때에 한국비교문학 연구는 그 공시성과 통시성에 있어서 인접국의 문학/문화를 적극적으로 수용하여 활용할 수 있게 될 것이고 한국을 문화 주변국에서 벗어나 문화 중심국으로 발돋움할 수 있게 것이다.

이제 비교문학은 문학과 문학의 비교에서 벗어나 문학이론의 비교, 문학과 타 예술의 영역에 대한 비교로 나아가야만 한다. 문학이론의 연구는 국제비교문학의 핵심적인 분야임에도 불구하고 한국비교문학계에서는 필자를 비롯한 극소수만이 이러한 연구에 관심을 기울이고 있을 뿐이다. 이론연구는 문학교육을 더욱 활성화하고 나아가 한국의 전통사상을 현대화하고 그것을 세계화할 수 있는 여건을 마련하는 계기가 될 것이다. 이를 위해 이론분야에 많은 관심을 기울이는 일이 시급하다고 볼 수 있다. 문학과 타 예술의 비교도 1997년 네덜란드 라이덴대학교에서 개최된 제15차 국제비교문학회를 기점으로 하여 꾸준하게 연구되고 있는 비교문학의 한 분야이다. 물론 문학과 문학의 비교가 비교문학의 변함없는 중심 분야이기는 하지만 그러한 비교에만 머물러 있을 때 한국비교문학은 여전히 국제비교문학으로부터 멀어질 뿐이다. 이를 극복하기 위해서는 기행문학과 현장의 비교, 리얼리즘 문학과 정부문서의 비교, 반정부문학과 군부의 세력구도 등에 대한 비교연구로 나아가야 할 것이다. 문학이론의 연구를 포함하는 이상과 같은 몇 가지 점이 효과적으로 진행될 때 한국비교문학은 명실상부한 비교문학으로 국제비교문학계에서 그 위상을 확인할 수 있으리라고 생각한다.

비교문학의 연구영역은 폭넓게 개방되어 있다. 말하자면 문학과 문학의 연구라는 전통적인 연구영역에서부터 문학이론의 비교연구는 물론 최근 관심이 고조되고 있는 문학과 타 예술의 영역까지 그 폭이 넓다고 볼 수 있다. 이처럼 중요한 시기에 다문화주의가 갖는 여러 가지 어려움, 그 중에서 다공성과 비중심성을 극복할 수 있는 방법이 바로 문화글로컬리즘이다. 이러한 문화글로컬리즘이 성공적으로 수행될 때 이 글의 맨 처음에 하나의 예로 제시된 말레이시아에서의 문화적이면서도 인종적인 갈등은 해소될 수 있을 것이다. 그러한 해소는 비단 말레이시아만의 문제가 아니라 다인종, 다언어 국가로 진행되고 있는 한국 사회에서도 누구나 경험하게 되는 갈등인 까닭에 인터넷과 매스미디어와 통신수단이 발달된 이 시대에 있어서 문화글로컬리즘은 그 모든 갈등을 포용하고 해결할 수 있는 가장 좋은 방법이 될 것이다.

제6장

문화-글로컬리즘 시대의 문화적 특징

1. 문화-글로컬리즘과 문화의 변화

문화의 영역은 문학이론의 연구와 비교문학의 연구에 있어서 가장 다양하게 논의되는 분야 중의 하나이다. 그것은 문화의 영역이 전적으로 새로운 분야이기 때문이 아니라 지난 20여 년에 걸쳐 가장 강력한 영향력을 행사하고 있는 분야이기 때문이다. 따라서 문화는 인류학, 경제학, 정치학, 지리학, 민족주의, 식민지주의 및 탈식민주의 등을 거쳐 언어학, 문학, 예술, 음식 및 패션은 물론 모더니즘과 포스트모더니즘 및 글로벌리즘globalism과 글로컬리즘glocalsim 등 모든 분야에서 다양한 형태로 등장하게 되었다. 문화의 이러한 역할의 중요성을 파악한 각국에서는 정부차원에서의 전문위원회를 설치하여 21세기의 문화전략과 그 수립에 총력을 기울이고 있다. 예를 들면, 미국의 '창조적 미국' 보고서와 '미국의 2천년 맞이 계획', 영국의 '밀레니엄 위원회', 프랑스의 국가문화정책연구위원회의 '문화정책의 재정립', 일본의 '문화입국을 향한 긴급 제언' 및 한국의 문화비전 2천 년 위원회의 '2천 년 기념사업계획' 등을 들 수 있다.

문화라는 어휘가 어떤 어휘에 결합될 때 이 두 어휘의 결합은 특별한 특권을 지닌 전혀 새로운 의미를 지닌 용어를 만들어 낸다. 다시 말하면, 문화라는 어휘가 서로 대립되는 두 어휘에 결합될 때 그것은 의미의 단순한 대립이 아니라 계층, 계급, 신구사상新舊思想 등의 철저한 대립으로 나아간다. 지배와 피지배, 노동과 지성, 젊은 세대와 기성세대, 원시사회와 현대사회, 선진국과 후진국, 원주민과 이주민, 유색인과 백인, 모더니즘과 포스트모더니즘 등에서 그러한 예를 찾아볼 수 있다. 이러한 점은 문화에 대해 정확하고 한정적인 정의를 내릴 수 없다는 점을 제기하는 한편 다른 한편으로는 문화에 대한 모든 논의에서는 언제나 다양하고 격렬한 논쟁이 수반된다는 점을 전제로 한다. 문화에 대한 논의는 필연적으로 논쟁을 유발한다고도 볼 수 있다. 이러한 점을 전제로 할 때 다음과 같이 세 가지에 중점을 두어 문화의 영역을 파악하는 것이 효과적일 것이다. 하나는 사회적이고 역사적인 전후관계에서의 문화의 위상이고 다른 하나는 영향으로서의 '문화–글로벌리즘cultural globalism'과 수용으로서의 '문화–글로컬리즘cultural glocalism'이고 또 다른 하나는 탈–문화화된 포스트모던 사회에 나타나는 민족적 정체성으로서의 문화적 특징이다.

1) 문화–윌리엄스의 부조화에서 바르트의 조화까지

문화에 관련되는 용어, 사전, 서적, 논문 등을 읽게 될 때 우리들이 맨 먼저 발견하게 되는 것은 이 용어에 결합되는 수많은 다양한 어휘일 것이다. 이처럼 다양한 어휘가 문화에 결합되어 있는 것은 레이먼드 윌리엄스가 언급한 바와 같이 문화가 그만큼 한 사회에서 선도적인 역할을 해왔기 때문이다. 그는 사회와 문화의 '부조화'의 결과는 물론 고등문화와 일상생활의 부조화를 비판하였다. 일상생활은 레이먼드 윌리엄스가 자신의 『문화와 사회』1958에서 강조하는 "전 생애에 있어서의 각 요소들 사이의 관계"에 관련되지만, 고등문화는 사이먼 듀링이 자신의 『문화 연구』1993에서 강조하는 "시간과 공간을 초월하여 불변의 가치를 유지하는 것"을 전제로 한다. 윌리엄스와 그의 지지자들에 의하면 이와 같은 '문화적 부조화'로 인해서 현대사회는 E. P. 톰슨이 『영국 노동자 계급의 형성』1968에서 설명하는 특별한 세력, 능력 및 지성을 성취하기 시작했고 그 결과 사회개혁의 필요성을 인식할 수 있게 되었다. 윌리엄스에게 있어서 문화적 부조화는 엘리트 중심의 고등문화의 우월성을 벗어 던지기 위한 투쟁이자 경제적 생산과 정치적이고 사회적인 관계의 축을 급진적으로 전환시키기 위한 비장한 결의에 관계된다. 이러한 의미를 지니고 있는 문화적 부조화의 문제는 1960년대 이후부터 좌파주의의 미학, 페미니스트의 미학 및 소수민족의 미학 등에서 탄압과 차별대우에 대한 항의의 수단으로 다양하게 발전되었다.

따라서 문화는 하나의 축을 형성하되 모든 불평등을 포함하여 계층, 계급, 성별, 인종 등을 대표하고 중립화할 수 있는 축을 형성한다는 점, 문화는 피지배계층이 어떤 세력을 성취하여 자신들의 굴종과 예속에 저항할 수 있는 수단이라는 점, 문화는 발전이라는 이름으로 계층, 계급, 성별, 인종 등에서 우월권을 행사하는 지배계층에 의해 자행되는 권력의 결투장이라는 점 등을 들 수 있다.

언어학, 미학 및 가치의 축에 역점을 두는 문화비평가에게 있어서 문화는 더 이상 계층 간의 차별이나 이데올로기의 실천이 아니라 사회적으로 서로 다르게 유형화되는 온갖 담론을 총괄하는 일목요연한 안내지도에 해당한다. 문화비평가들의 이러한 노력에 의해 문화와 문화연구는 심도 있는 이론적인 연구로 나아가게 되었다. 감각과 의식의 사회적 생산으로서 문화는 그 자체를 스스로 특정화시켜야만 하게 된 것이다. 왜냐하면 문화는 한 사회의 존재여부에 관련되는 가장 고양되고 민감하며 본질적이고 값진 요소에 해당하기 때문이다. 이러한 의미로 볼 때 문화는 한 사회에는 속하지만 다른 사회에는 절대로 속하지 않는 공동의 정체성을 형성할 수 있는 정신적 세력에 해당한다.

롤랑 바르트도 윌리엄스가 사용하는 '일상생활'이라는 어휘를 똑같이 사용하고는 있지만, 그러나 바르트는 자신이 의도하고 목적하는 것을 성취하기 위해 '일상생활'이라는 어휘에 잠재되어 있는 모든 의미를 규명하려고 노력하였다. 왜냐하면 그의 문화연구의 바탕은 소쉬르의 현대 언어학에 그 근거를 두고 있기 때문이다. 예를 들면, 바르트는 소쉬르의 언어학에서 강조되는 기의, 기표, 의미작용 및 자의성 등과 같은 용어를 차용함으로써, 프랑스사회에 팽대해 있는 문화현상의 '자의적' 본질이 무엇인지를 규명하고자 노력하였다. 『신화론』 1972에 언급되어 있는 그 자신의 다음과 같은 진술은 그의 연구 분야를 종합하고 있다. "프랑스의 사회 전체는 다음과 같은 익명의 이데올로기에 심취되어 있다. 우리들의 신문, 우리들의 영화, 우리들의 극장, 우리들의 문학, 우리들의 의식, 우리들의 정의, 우리들의 외교, 우리들의 대화, 날씨에 대한 우리들의 언급, 살인 공판, 애정 어린 결혼, 우리들의 꿈꾸는 음식, 우리들이 입고 있는 의상 등 일상생활의 모든 것은 대표성— 인간과 세계의 관계— 에 의존하고 있다."

일상생활의 모든 것을 종합하려는 바르트의 문화개념은 언어 이외의 다른 담론의 분야에도 적용되었으며 그것은 현대 문화연구에 있어서 전적으로 새로운 장을 열어놓는 계기를 마련하였다. 바르트식의 문화연구에서는 레슬링경기, 손에 들고 있는 와인 잔, 광고, 잡지표지의 사진이나 그림 등 어느 것이든 문화적 신화, 다시 말하면 '기호체계의 제2질서'로 전환될 수 있다. 그러한 예를 우리는 『파리-마치』1955지의 표지사진(〈그림 1〉)에 대한 바르트의 잘 알려진 해석에서 찾아 볼 수 있다. 다음에 인용하는 바로 이 사진에 대한 바르트의 해석은 처음에는 「오늘의 신화」에 수록되었고 다음은 그의 『신화론』에 재-수록되었다.

이발소에 갔을 때『파리-마치』지를 보게 되었다. 표지에는 프랑스의 제복을 입은 젊은 흑인이 눈을 높이 뜨고, 아마도 프랑스의 국기 삼색기에 고정시킨 채 거수경례를 하고 있었다. 이 모든 것이 바로 이 사진의 '의미'이다. 그러나 순수하든 그렇지 않든 나는 이 사진이 의미하는 바를 아주 잘 파악할 수 있었다. 프랑스는 위대한 제국이라는 점, 모든 프랑스 국민은 피부색에 관계없이 프랑스의 국기 아래 충실하게 봉사한다는 점,

〈그림 1〉

식민지주의의 통치자들에게 있어서 바로 이 흑인이 소위 말하는 자신의 억압자들에게 봉사하는 데 보여주는 열정보다 더 좋은 해답은 없다는 점 등을 파악할 수 있었다. 따라서 나는 다시 또 좀 더 커다란 기호학적인 체계에 직면하게 되었다. 하나는 기표로서 그것은 이미 이전의 체계에 형성되어 있으며(흑인병사가 프랑스식 거수경례를 하고 있다는 점) 다른 하나는 기의(그것은 여기에서 의도적으로 프랑스적인 것과 군대적인 것이 혼합되어 있다는 점)이고 마지막으로 이 사진에는 기표에 의한 기의의 현존이 나타나 있다.

바르트식의 문화연구에서 파악할 수 있는 것은 언어학에 뿌리를 두고 있는 문화연구는 그 자체를 기호학에 관련지음으로써 문화연구의 새로운 시대를 열게 되었다는 점, 문화는 일상적인 것과 전 세계를 조화롭게 관련지을 수 있다는 점, 문화는 사회적이고 역사적인 전후관계에서만 이해되어야 한다는 점 등이다.

2) 문화연구 – 글로벌리즘에서 글로컬리즘으로

윌리엄스와 바르트가 논의했던 일상생활은 문화글로벌리즘의 기반으로 사용될 수 있다. 위성통신시설과 대중매체의 발전으로 먼 거리의 일상생활은 이제 더 이상 먼 거리의 일상생활이 될 수 없게 되었다. 다시 말하면, 시간과 공간의 차별성이 사라지고 모든 것은 동시다발적으로 발생하게 되었다. 1980년대 이후부터 비평의 영역으로 자리 잡게 된 문화글로벌리즘은 다국적 기업, 시장 및 상호협력은 물론 지성의 상호교환에서 비롯되었고 확장된 것이다.

문화글로벌리즘은 또한 문화제국주의와 구별되고는 한다. 전자가 덜 조직적이고 더 복잡하며 총체적인 동시에 비지배적이라면 후자는 강력하게 조직적이고 더 단순하고 부분적이며 지배적이라고 에드워드 W. 사이드는 자신의『문화와 제국주의』1993에서 강조하였다. 문화글로벌리즘은 전 세계의 모든 민족성을 포함한다. 풍요와 권력을 앞세우는 선진국과 상대적으로 빈곤하고 무력한 저개발국

사이의 경계선을 초월하여 모든 국가의 정체성을 종합하고자 한다. 이에 비해 문화제국주의에서는 그것이 비록 상이한 국가들 사이의 인간적인 가치에 대해 균등한 기회를 제안하고는 있지만 발전된 지배국의 현실, 예를 들면 생활스타일, 언어, 관습, 생산과 소비에서부터 음식, 패션, 예술품 등이 현실적으로 미개발의 피지배국으로 일방적으로 유입된다는 점을 강조한다. J. 톰린선의 『문화 제국주의』1990에 의하면 이와 같은 일방적인 전환에 의해 미개발의 피지배국은 발전된 지배국의 문물의 영향을 부정적으로 수용하게 된다.

문화글로벌리즘은 세계문화와 그것의 구성요소인 민족문화에 대한 논의에 직접적으로 관련된다. 오늘날을 흔히 '문화의 시대'라고 언급할 때에 그것은 다음과 같은 두 가지 사실, 즉 자국문화의 고양과 외국문화의 수용에 관련되며, 문화글로벌리즘은 자국문화의 정체성의 발전과 다른 나라에 대한 영향력을 강조한다. 이러한 의미에서 문화글로벌리즘이라고 언급할 때에 그것은 당연히 분산적이고 확산적이며 원심력적인 힘, 다시 말하면 자국문화의 생산과 그것의 국제화를 강조하는 힘에 관련된다. 그렇게 함으로써 자국문화는 또 다른 자국문화에 이식될 수 있게 된다.

20세기의 마지막 20여 년 동안 포스트모더니즘 작가와 연구자들의 도움으로 문화글로벌리즘의 경험은 국가와 국가의 경계선과 영역의 변화에 결정적인 역할을 하였다. 이러한 관점에서부터 그 이전의 글로벌리즘과는 서로 다른 전혀 새로우면서도 결정적인 문화의 영역이 20세기말에 등장하게 되었으며 대부분의 연구자들은 그러한 영역을 주저 없이 '문화-글로컬리즘'— '문화세방주의文化世邦主義'— 이라고 명명하고는 한다. 이 용어는 글로벌리즘의 'glo-balism'과 로컬리즘의 'lo-calism'이 결합된 신조어이다. 문화글로벌리즘과는 달리 문화글로컬리즘은 수렴적이고 수용적이며 구심력적인 힘, 다시 말하면 외국문화의 재생산과 탈국가화에 관계된다. M. 페더스턴이 『글로벌 문화』1990에서 강조한 바와 같이 "문화글로벌리즘을 대체할 수 있는 21세기의 강력한 세력으로서 문화글로컬리즘은 세계문화시대에 있어서 자국문화를 보호하고 그것을 세계화할 수 있는 방안으로 활용되고는 한다". 지배문화의 침입에 의해서든 또는 피지배문화의 보호에 의해서든, 문화글로컬리즘은 사회적이고 문화적인 실제현실의 다양한 형태에서 비롯되는 충격을 완화시키고 그러한 충격에 능동적으로 대처할 수 있는 가장 좋은 방안으로 각광받게 되었다.

3) 문화적 특징 – 문화의 의미구조

앞에서 논의했던 바와 같이 국제화시대이자 지역화시대인 오늘날의 포스트모던시대에 있어서 어느 문화가 자국문화이고 어느 문화가 외국문화인지를 구별하는 일은 쉽지 않다. 왜냐하면 '문화'라는 바로 그 용어 자체가 어떤 마술적인 힘, 다시 말하면 그것과 결합된 어휘를 합리화시키고 정당화시키며 논리화시키기 때문이다. '문화'라는 용어 그 자체는 정신성, 자국성, 존엄성 등과 같은 삶의 영원한 가치를 강조할 뿐만 아니라 물질성, 국제성, 편의성 등과 같은 삶의 물질적인 가치도 강조하기 때문이다. 따라서 우리들은 문화가 모든 사람들의 궁극적인 정신의 축이라는 점, 즉 원시사회에서부터 현대사회까지, 부족사회에서부터 국제화된 포스트모던사회까지 하나의 공동체 속에 살고 사람들의 정신의 축이라는 점을 이해할 수 있다.

동일한 공동체에 살고 있는 구성원들의 정신적인 축은 '문화적 특징'을 형성하게 되며 그러한 특징을 우리는 문화의 의미구조라고 정의할 수 있을 것이다. 문화적 특징은 개인적인 영감과 상상력이 일종의 협상을 통해 형성된 것으로 파악되고는 한다. 원시부족사회에서 문화는 지배의 수단으로 족장에 의해 통제되고 조절되었다. 이러한 점에 대해 J. 월프는 『예술의 사회적 생산』[1981]에서 다음과 같이 설명하였다. "오늘날 문화는 정부차원에서 취급되는 경향이 많으며 그것은 지배의 수단이 아니라 자국문화의 보전과 선전 및 관광 상품으로서의 개발에 관련된다. 문화상품은 이제 장구한 역사를 지닌 국가의 재정적 원천이 되었다."

소외계층에서는 소위 말하는 지하문화를 발견할 수 있다. 예를 들면 스킨헤드족, 펑크족, 히피족, 오토바이족, 롤러스케이트나 마운틴스케이트족, 브리이크댄스족, 성적취향의 소수그룹 등과 같이 주로 문화의 주도적인 현장에서 벗어나 자신들만의 문화를 창조해 가는 저항적인 사람들의 문화를 발견할 수 있다. 여기에서의 문화적 특징은 분명히 기성문화에 대한 강력한 저항을 바탕으로 한다. 따라서 문화적 특징은 '문화의 의미구조'이자 문화를 살아 있게 하는 '숨구멍' 혹은 숨을 쉴 수 있는 '최소 공간'이라고 볼 수 있다. 문화글로벌리즘과 문화글로컬리즘에 관련지어 볼 때에, 전자에 연관되는 문화적 특징은 민들레 꽃씨처럼 자국문화의 민족성의 분산에 관계되고 후자에 연관되는 문화적 특징은 꿀벌의 집처럼 외국문화의 특징의 축적에 관계된다. 모든 곳으로 흩어지는 민들레 꽃씨이든 모든 꽃에서 꿀을 모으는 꿀벌의 집이든, 문화적 특징은 상호문화와 탈문화라는 두 개의 축 사이를 영원히 왕래하게 되어 있는 진자振子와 같다고 볼 수 있다. 이러한 진자의 축이 20세기에는 상호문화를 강조하는 문화글로벌리즘의 시대로 치우쳤다면, 21세기에는 탈문화를 강조하는 문화글로컬리즘의 시대로 치우치게 되었다.

지금까지의 논의를 정리하면 〈도표 4〉와 같다. 이 도표에서 알 수 있는 바와 같이 수용과 거부, 긍정과 부정의 과정에 의해 문화에 관련되는 네 가지 영역을 파악할 수 있다. 이러한 네 가지 영역에서 '영역 1'은 주로 서구문화에 관계되는 문화글로벌리즘이자 상호문화에 관련된다. '영역 2'는 의도적이든 비의도적이든 외국문화의 침입에 관계되는 문화글로벌리즘이자 탈문화에 관련된다. '영역 3'은 비의도적이든 의도적이든 자국문화의 보호에 관계되는 문화글로컬리즘이자 상호문화에 관련된다. '영역 4'는 주로 동양문화에 관련되는 문화글로컬리즘이자 탈문화에 관련된다. 그러나 이들 네 가지 영역은 변별적인 영역에 해당하는 것이 아니라 직접적이든 간접적이든 상호작용적인 영역에 해당한다.

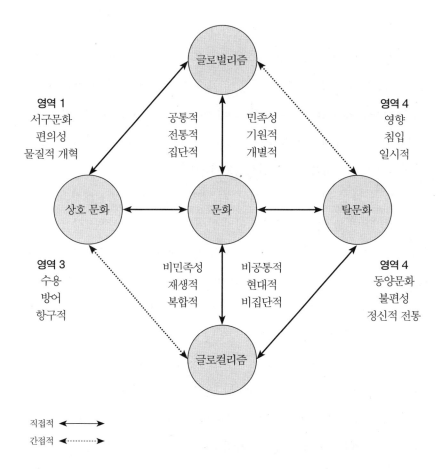

영역 1
서구문화
편의성
물질적 개혁

글로벌리즘

공통적
전통적
집단적

민족성
기원적
개별적

영역 4
영향
침입
일시적

상호 문화

문화

탈문화

영역 3
수용
방어
항구적

비민족성
재생적
복합적

비공통적
현대적
비집단적

영역 4
동양문화
불편성
정신적 전통

글로컬리즘

직접적 ◄──────►
간접적 ◄┄┄┄┄┄►

〈도표 4〉 글로컬리즘시대의 문화의 상호관계

4) 21세기 한국문학 – 문화-글로컬리즘의 시대

〈도표 4〉에 요약된 바와 같이 21세기는 문화의 시대이자 문화글로컬리즘의 시대이다. 여기서 문화글로컬리즘이 강조되는 까닭은 애국주의적인 착상 때문이 아니라 문화를 취급하는 데 있어서 그것이 지니고 있는 유연성과 편의성 및 국제성 때문이다. ① 문화글로컬리즘은 우선 외국문화에 대해 배타적이거나 적대적이지 않다. 다시 말하면, 선진문화이든 후진문화든 그것을 기꺼이 수용하여

자국문화의 영역을 확장시키고 발전시키고자 한다. ② 그것은 또 문화의 정도나 수준을 강조하기보다는 문화의 차이를 강조한다. 이러한 점은 옥타비오 파스가 『진흙 속의 아이들』[1974]— 영역英譯된 이 책은 필자의 번역으로 『낭만주의에서 아방-가르드까지의 현대시론-진흙 속의 아이들』[1995]이라는 제목으로 국내에 소개되었다— 에서 강조한 바와 같다. ③ 마지막으로 그것은 비자국적인 요소를 수용하여 그것을 자국문화로 전환시키고자 한다.

이렇게 볼 때에 21세기의 한국문학의 방향은 당연히 문화글로컬리즘에 걸맞게 발전되어야 할 것이다. 그렇게 하기 위해서는 "가장 한국적인 것이 가장 세계적이다"라는 명제에 충실하기보다는 "가장 세계적인 것이 가장 한국적이다"라는 명제에 충실해야 한다고 본다. 하나의 예를 든다면, 주제나 소재의 '한국적인 것'을 극복하고 '세계적인 것' 혹은 '미지의 것'을 한국화 할 때에만 한국문학은 세계문학 속에 자리 잡을 수 있을 것이다. 그것이 바로 문화종속주의나 문화피지배주의가 아니라 문화우월주의와 문화지배주의로 나아가는 길이기 때문이다. 따라서 『조선일보』[1997.10.7] '사설'의 다음과 같은 주장은 상당한 설득력을 지닌다. "정부가 진정 21세기를 문화의 시대로 인식한다면 문화의 달에 기념식이나 하고 훈포장이나 주고 말게 아니라, 문화비전 2천 년 위원회 안을 토대로 범국가적인 2천년 문화 종합계획을 짜는 것이 급선무다. 문화재원을 확보해 문화인프라 구축에 나서는 것은 물론 문화전쟁에 싸워 이길 전사를 양성할 전략을 수립해야 한다. 그런 대비야말로 미래의 자산을 축적하는 길이며 문화를 생활 속에 뿌리내리게 하는 원동력이 될 것이다."

지금까지의 논의를 요약하면 다음과 같다. ① '문화'는 하나의 국가에 공통된 정신적 정체성이다. ② '문화적 특성'은 그러한 정체성의 의미구조이다. ③ '문화글로컬리즘'은 자국문화의 보호에 관계될 뿐만 아니라 외국문화의 자국화에도 관계된다. 문화글로컬리즘 시대에 있어서 모든 견고한 외국문화는 자국문화 속에서 용해되어 새로운 자국문화의 요소가 된다. 따라서 문화의 정도나 수준을 언급하기보다는 문화의 차이나 대등성을 언급하는 것이 더 합당할 것이다. 왜냐하면 모든 자국문화는 모든 외국문화와의 교류에 의해 그 정체성을 확인할 수 있을 뿐만 아니라 과거에서부터 현재를 거쳐 미래로 나아가는 한 민족의 정신적인 축에 해당하기 때문이다.

2. 21세기를 위한 한국문화의 비전

문화민족이라든가 문화인이라고 했을 때 그러한 말을 듣고 언짢아하는 민족이나 사람은 아무도 없을 것이다. 그만큼 문화라는 말은 모든 것을 아름답게 정당화시키는 역할을 한다. 나아가 '찬란한'이라든가 선진이라는 접두어가 문화라는 말 앞에 사용된다면 그러한 정당화는 더욱 타당한 것으로 보이게 될 것이다. 그러나 문화의 범주에 들어와서는 안 되는 것들까지도 문화라는 접두어나 접미어에 의해 당당하게 문화의 범주에 들어오는 경우도 있다. 이때의 문화는 그 대상을 주로 부정적인 의미로, 거부적인 의미로, 비판적인 의미로 진단한다. 크리스 젠크스는 문화를 인식으로서의 문화, 구체적 집합체로서의 문화, 지적 작업의 총체로서의 문화, 사회적 범주로서의 문화 등으로 나누었다. 여기에서는 주로 세 번째 항목에 역점을 두어 '21세기를 위한 한국문화의 비전', 다시 말하면 그 현상을 진단하고 그것의 발전적인 방향에 대한 정책을 제안하고자 한다.

지적 작업의 총체로서의 문화에는 모든 유형의 문화개념이 종합되어 있다. 말하자면, 한 사회를 구성하는 구성원들의 정신세계를 가늠할 수 있는 예술영역에서부터 주거환경까지, 그러한 구성원들의 준법정신에서부터 언어사용까지, 구성원의 생활을 종합하는 행정당국이나 정부당국의 문화정책에서부터 세계화까지, 그러한 정책과 세계화에 대한 세계 각국의 인식에서부터 각 국민의 수용까지 등 여러 가지가 종합되어 있다.

1) 예술영역과 주거환경 –예술혼과 자연혼의 재현

문학의 영역에서 예술이라고 했을 때 그것은 음악, 미술, 무용, 연극에만 한정되는 것은 아니다. 거기에는 주거환경, 말하자면 건물의 구조나 배치, 건물에 딸린 정원과 정원수와 꽃, 건물과 자연물과의 조화 등이 포함된다. 도시와 농촌을 막론하고 어디에서나 치솟아 오르는 아파트지역이 있는가 하면 전통가옥의 보전이라는 명목으로 이 시대에, 21세기인 이 시대에 여전히 재래식 부엌과 화장실을 사용해야 하고 비가 새도 보수작업조차 할 수 없는 다소 의아스러운 문화정책을 가끔씩 접하게 되기도 한다.

도시나 농촌을 방문할 때에 맨 먼저 마주치게 되는 것은 건물이다. 먼저 도시의 건축물들은 거의가 유아독존적으로, 독불장군처럼 오만하게 서 있다. 이렇게 말할 수 있는 것은 한 번쯤 '서울역 광장'에 서본다면 금방 알 수 있을 것이다. 아름답고 멋진 남산과의 조화를 무시해버린 육중한 철근콘크리트 건물들에 의해 왜소하게 되어버린 남산, 불쌍한 남산을 바라본다면 누구나 조금쯤은 분노하게 될 것이다. 외국인아파트를 철거한 것만으로는 부족하다. 남산의 외양을 가로막는 것은 사실 시내 쪽의 거대한 건물군이다. 이들 건물들은 모두 재질, 높이, 창틀, 색감 등에 있어 다른 건물과의 조화를 조금도 고려하지 않은 채 제멋대로 서 있을 뿐만 아니라 그 자체 내에서도 아무런 변화를 엿볼 수 없다. 건물의 외벽은 햇빛의 반사와는 무관하게, 시간의 흐름과는 무관하게 일률적으로 회색만으로 일관되어 있다. 농촌의 경우도 마찬가지이다. 그저 그렇고 그런 서양식의 가옥들이 주변경관을 무시한 채 버티고 서 있을 뿐이다. 파헤쳐버린 산봉우리 위에 뻔뻔스럽게 들어선 공장들, 어디를 가든 밤낮없이 전등불을 휘황찬란하게 밝히고 있는 주유소들 등 우리들의 시선이 편할 수 있는 그러한 건물은 시골 어디에도 없다.

이러한 불편한 시선에 익숙해져 있는 사람들에게 있어서 예술은 조화의 아름다움보다는 부조화의 아름다움에 해당할 것이다. 그 놀라운 현실이 지금 예술의 거리, 전통의 거리, 문화의 거리라고 할 수 있는 '인사동'에서 일어나고 있다. 안국동 쪽에서 걸어들어 오다 보면 철저하게 서구화된 빵집과 커피숍을 만나게 된다. 빵집이라든가 커피숍 그 자체도 그렇지만 그 상호까지도 완전하게 서구화되어 있다. 조금 더 들어서서 걷다보면 이상하게 치장한 건물들을 만나게 된다. 그러한 부자연스러움은 인사동 사거리까지 이어진다. 한 발짝만 뒷골목으로 들어서면 그곳은 완전한 먹자골목으로 변질되어 있음을 금방 알 수 있다. 문화민족이자 문화인이 꿈꾸는 그러한 예술은 더 이상 존재하지 않는다. 한국의 현실을 가장 잘 대표한다는 인사동 골목에서 지금 일어나고 있는 일들에 대해 어느 누구도 가슴 아파하지 않는다. 그것은 마치 개발이라는 이름으로, 좀 더 잘 살아보겠다는 이름으로 아무 곳에나 치솟아 오르는 아파트를 아무도 염려하지 않는 것과 똑같다.

자연의 섭리에 순응하면서 그것과의 조화를 강조하던 조상들의 치열한 예술정신을 되살릴 수 있을 때에 우리들은 진정한 의미의 문화민족이나 문화인이라고 할 수 있을 것이다. 그렇게 하기 위해 우리는 우리들 자신의 주거환경 속으로 예술을 끌어들여야만 한다. 말하자면, 예술의 생활화, 생활화된 예술이 되도록 노력해야 할 것이다. 이러한 말이 값비싼 예술품이나 골동품을 사 모으자는 것을 뜻하는 것은 아니다. 그렇게 하기보다는 누구나 자신의 처지에 알맞은 아름다운 생활공간, 조화로운 생활공간을 마련하되 주변경관을 고려하여 마련해야 할 것이다. 여기서 말하는 주변경관은 반드시 자연적인 경관만을 의미하는 것이 아니라 인위적인 경관까지도 의미한다.

인위적인 경관을 가장 잘 대표하는 것은 간판이다. '간판문화'라고 부정적으로까지 말할 수 있는 한국거리의 간판은 가히 경악을 금치 못할 지경이다. 한국 도시의 건축물이 독불장군처럼 우뚝 서 있듯이 간판도 유아독존적으로 매달려 있다. 뻘겋고 퍼렇고 누렇게, 가게 자체보다도 더 크게 건물 벽과 인도에 툭툭 아무렇게나 삐져나와 있다. 정신의 혼란스러움을 가중시키는 간판을 체계적으로 아름답게 정리할 수 있을 때에 한국의 거리는 진정한 의미의 세계의 거리로 발돋움할 수 있을 것이고, 한국의 예술은 진정한 의미의 세계적 예술로 발전할 수 있을 것이며, 한국의 건물도 세계적 의미의 건물로 자리 잡을 수 있을 것이다.

2) 준법정신과 언어사용 — 양보와 겸양의 미덕

한국에서 공부하고 있는 한 일본인 여학생의 수기에는 그녀가 얼마나 어렵게 한국사회에 적응하게 되었는지가 밝혀져 있다. 그녀는 특히 지하철을 탈 때 절대로 영보하지 않기로 굳게 결심했으며 또 그렇게 하고 있음을 꼬집어서 말하고 있다. 일본에서처럼 차례로 줄을 서서 기다리다가 번번이 지하철을 놓치거나 아니면 내릴 곳을 지나쳐서 내리게 된 당혹스러운 경험을 서울의 지하철에서 수없이 경험한 후에, 그녀는 막무가내로 타고 내리기로 결심했고 또 그렇게 실천하고 있다는 것이다. 양보할 줄 모르는 사회, 겸허할 줄 모르는 국민 앞에서 우리는 '문화'라는 말을 언급하기가 부끄러워진다. '비-양보의 문화', '비-겸양의 문화'라고 한다면 그것은 이미 바람직한 선도적인 의미의 문화가 아닐 것이다. 지키지 않는 준법정신과 난폭한 언어사용 그것이 얼마나 폭력적인가를 인식하지 못하는 사이에 우리 사회는 낙후된 사회로, 한국문화는 발전할 수 없는 문화로 전락해버리고 만다. 언어의 사용은 한 사회를 가늠하는 잣대가 된다. 훌륭하고 아름답고 정확한 언어를 구사하는 것만큼 이 세상을 멋지고 신명하고 살맛나게 하는 것도 없을 것이다. '절대로 양보하지 말라'는 원칙은 너무 어린 나이부터 시작된다. 마치 모든 과정이 대학에 가기 위해서인 듯이, 소위 말하는 일류대학에 가기 위해서인 듯이 닦달 받으며 살아가기 때문일 것이다. 대학지원 비율과 각 대학의 수석합격자를 대중매체에서 대대적으로 보도하는 나라는 아마 '한국' 밖에 없을 것이다. 건국 50년이 넘도록 아직도 정착되지 못한 이러한 정책을 두고 나라의 백년대계의 근본을 걱정하는 사람들도 많이 있다.

법을 지키면 손해를 보는 나라, 불법이 성행하는 나라 그래서 다리가 무너지고 백화점이 붕괴되고 도시가스가 폭발하고 지하철 공사장이 무너져 내렸을 때 "이 나라는 사고백화점인가"라는 자조어린 글귀가 대서특필되기도 했다. 그것은 법을 지키는 사람들보다 법을 지키지 않는 사람들이 더 많은 사회, 법을 지키지 않아도 되는 사회, 구호는 요란하지만 실천은 빈약한 사회에서나 볼 수 있는 기사이다. 그리고 그런 부끄러운 사실이 바로 한국이라는 현실에서 비롯되었다는 데 문제가 있는 것이다. 고지식하게 자기 일에 충실한 사람들이 몰락하는 사회는 준법정신이 불필요한 사회일 것이다. 그러나 더 중요한 점은 대부분의 사람들이 무감각해진다는 점이다. 분노할 줄도 모르고 자신의 권익을 주장할 줄도 모르고 살아간다는 점이다.

문화를 '사회적 유산'이라고 파악했던 폴란드계의 영국 자연과학자 말리노프스키에 의하면 문화 연구는 "인간의 육체적인 욕구와 환경의 영향 그리고 그것들과 문화적 연관성을 병행하여 연구해야만 한다"로 수렴된다. 미국의 사회인류학에 대립되는 영국의 문화인류학파를 형성했던 그는 사회학, 심리학, 역사 및 인류학을 통합할 수 있는 학제간의 연구가 문화연구에 있어서 가장 바람직하다는 점을 강조했다. 그의 이러한 견해를 바탕으로 할 때, 준법정신의 소멸은 상당한 우려를 자아내기에 충분한 것이다. 왜냐하면 그것은 나와 남과의 공존관계를 거부하는 것이고 학문과 학문의 사이의 연결고리를 차단하는 것이며 더 나아가 국제관계의 고립을 자초하는 것이기 때문이다. 이미 준법정신의 소멸에서 나타나고 있는 한 가지 현상이 바로 '세계 야생동물 보호단체'들로부터의 거센 항의이다. 북미 야생 곰의 밀렵행위, 동남아의 보신관광, 세계도처의 관광명소에 자랑스럽게 써놓은 한글 낙서들— 이 모든 것들은 한국인의 준법정신의 소멸을 증명하고도 남을 것이다.

우리를 답답하게 하는 것은 준법정신의 소멸만이 아니다. 어디를 가든 '빨리 빨리, 시간 없어'라면서 재촉하는 소리와 옆 사람은 아랑곳하지 않고 떠들어 대는 소리를 듣게 된다. 이것을 필자는 '소음문화'라고 꼬집고 싶다. 조용하고 사색적이며 남을 먼저 생각하던 조상들의 아름다운 태도는 사라져버리고 '빨리빨리'라는 정신만 남아서 우리들 자신은 왜 바쁜지도 모르면서 하루하루를 바쁘게 살아가는데 익숙해져 있다. 그 원인은 오랜 기간의 문화적 외침에서 비롯되었다고 생각되며 프레이리의 다음과 같은 말은 그것이 시사하는 바가 매우 크다고 할 수 있다. "문화침략은 침략당한 민족의 문화적 고유성을 앗아가 버린다. 피침략 민족은 침략자들의 가치, 기준, 목표 등에 반응하기 시작한다. 문화침략이 성공하려면 피침략 민족에게 그들이 본래부터 열등하다는 것을 확신시키는 것이 필수적이다. 한편으로 문화침략은 지배의 도구이며 다른 한편으로 지배의 결과이다. 따라서 지배자의 문화적 행동은 신중하게 계획된 것일 뿐만 아니라 다른 의미에서 보자면 단지 억압적 현실의 산물일 뿐이다." 말하자면, 해방 이전의 일본문화의 지배, 그 이후의 미국문화의 지배 그리고 국적 불명의 다양한 외국문화의 지배가 지금의 한국문화를 우스운 모습으로 만들어버리고 만 것이다. 그 결과 어원도 불명확한 언어들이 난무하게 되었다. 그리고 그러한 난무는 특히 여성의류와 패션업계에서 두드러지게 나타나 있다. 왜냐하면 언어는 한 사회의 문화를 가늠하는 지표가 되기 때문에 국적불명의 언어의 난무는 심각한 현상을 초래하게 되기 때문이다. 언어와 시, 언어와 역사, 언어와 문화의 관계는 별개의 것이 아니라 상호호환적인 것이다. 이렇게 볼 때에 잘못된 언어의 사용은 그 사회의 문화를 잘못된 방향으로 흘러가도록 할 것이다. 따라서 정확하고 아름다운 언어의 사용이 올바른 문화를 형성하는 데 있어서 가장 중요한 역할을 한다는 점이 분명해진다.

그렇다면 한국인의 한국어 사용은 얼마나 정확하며 얼마나 아름답게 사용하고 있는가? 이에 대한 대답은 물론 '그렇지 않다'이다. 말구절마다 섞여 나오는 외국어의 혼용도 문제이지만 그것이 외국어인 줄도 모르고 사용하는 경우가 허다하기 때문이다. 나아가 자국어인 한국어의 발음이 듣기 거북할 정도로 어색한 경우를 우리는 대중매체를 통해 자주 접하게 된다. 특히 이와 같은 한국어 구사능력을 조금도 부끄러워하지 않을 때, 한국문화도 그만큼 부끄러운 자리로 물러설 수밖에 없다는 사실이 우리들을 더욱 참담하게 만든다.

이와 같은 준법정신을 고양시키고 언어를 효과적으로 사용하기 위해 우리는 우선 양보와 겸양의 미덕을 갖추도록 노력해야만 하고 그렇게 하기 위해서 부단한 자기 노력을 해야만 한다. 그렇지 않는다면 부끄러움이 부끄럽지 않게 되고 범법행위가 정당화되며, 한국어는 다른 사람이 아닌 바로 한국인인 우리들 자신에 의해 천박스러운 언어로 전락하고 말 것이며, 한국문화의 기준은 상당히 낮아질 수밖에 없을 것이기 때문이다.

3) 정부차원의 문화정책 – 한국문화의 세계화

오래전 뉴욕에서 유학생활을 할 때 그곳 교포신문에 "메트로폴리탄 박물관 내의 한국관이 대폭 보완 증설되었다"는 보도를 접하고 그 박물관을 들렀을 때에 많은 실망을 할 수 밖에 없었다. '대폭 보완 증설된 한국관'은 거대한 규모의 중국관과 그만은 못하지만 그러나 한국관보다는 월등하게 많은 물품이 전시된 일본관 옆의 한 구석에 정말로 초라하기 그지없게 자리 잡고 있었다. 그리고 필자가 실망한 것은 글 읽는 도련님과 그 옆에서 바느질 하는 여인이 전부이기 때문이었다. 특히 일본관의 유물전시와 지원은 '소니 회사'가 전폭적으로 지원하고 있다는 사실이 부럽기만 했다.

한국문화의 세계화를 언급할 때마다 붙는 수식어가 바로 '아직은'이다. 이 '아직은'이라는 말은 10년 전에도, 20년 전에도, 30년 전에도 정부의 '합리화'를 위해 사용되고는 하는 어구이다. 그리고 한국문화의 세계화가 '아직은 어렵다'라고 언급될 때마다 남의 나라의 지배를 받았다는 점, 동족상잔의 전쟁을 치렀다는 점, 독재정권하에서 민주화를 위한 투쟁에 바빴다는 점 등을 그 이유로 들어 독립의 성취와 전후복구사업 그리고 민주주의의 쟁취가 우선이었음을 강조하고는 했다. 그러나 국민소득 3만 달러를 바라보는 지금도 한국문화의 세계화는 먼 거리에 있는 느낌이 든다. 한국문화의 세계화는 정말로 그렇게도 먼 거리에만 있는 것일까? 물론 그렇지 않다. 한국문화의 세계화를 위해서는 세계문화유산으로 지정된 석굴암, 팔만대장경, 종묘, 창경궁 및 수원성 등에 대한 정확한 지식을 터득하는 일부터가 중요할 것이다. 말하자면, 해외관광 홍보자료로 제공되는 부채춤이라든가 김치보다는 이상과 같은 자료를 상세하고 분명하게 전달할 수 있는 체계적인 작업들이 정부차원에서 이루어져야 할 것이다.

폴란드의 옛 수도였던 야겔로니아에 가면 시가지 전체가 세계문화유산으로 지정되었을 뿐만 아니라 폴란드인 모두가 세 가지 사실, 즉 코페르니쿠스, 쇼팽, 퀴리 부인이 폴란드인이라는 사실을 아주 자랑스럽게 언급하고는 한다. 한국인으로서 우리의 문화유산을 세계에 가장 자랑스럽게 전달할 수 있는 것은 여러 가지가 있겠지만 그 중에서도 '한글'이 가장 으뜸일 것이다. 한글은 그 창제연대가 정확하고 발음과 표기가 과학적이며 그것을 제작한 이유가 분명하고 세계 어느 나라의 언어라도 한글로 표기할 수 있기 때문이다. 그러나 그저 '한글날'에나 한글의 우수성을 입증하는 행사가 열릴 뿐, 한글을 외국인에게 체계적으로 가르칠 수 있는 교재조차도 개발되어 있지 않은 상태이다. 이탈리아어의 경우를 든다면 사실 한글만큼이나 복잡하기 그지없는 그 언어를 외국인에게 가르치기 위해 영어의 기본문장 다섯 가지 유형으로 분류하고 있음을 볼 수 있다. 그렇게 함으로써 외국인이 자국어를 손쉽게 터득할 수 있도록 한 것이다. 한글을 세계화하지 않고서는 한국문화를 세계화하는 것은 쉬운 일이 아니다.

다음으로 정부 차원에서 반드시 해야 될 일은 세계 각국에 한국학과를 설치하고 그것을 지원하는 일일 것이다. 물론 지금까지 지원이 없었던 것은 아니지만 그러한 지원이 소위 말하는 이름 있는 외국대학에 치중됨으로써 명목상으로는 한국학을 지원하지만 실질적으로는 한국학이 아닌 중국학이나 일본학을 지원하게 되는 웃지 못 할 해프닝들이 벌어져서는 안 될 것이다. 말하자면 동양학이라는 이름을 내걸고 있는 이름 있는 대학의 경우 거개가 중국학이나 일본학 위주이기 때문에 한국학을 지원한다하더라도 그러한 지원금이 한국학을 위해서 활용된다고 확신할 수 없기 때문이다. 한국학과의 설치와 학과목의 개설에서도 정부당국은 다각적으로 관여할 수 있어야 한다. 외국인들이 가장 손쉽게 접할 수 있는 것은 한국의 정치, 경제, 역사가 아니라 문학과 문화이다. 따라서 한국문학과 문화를 우선적으로 강조함으로써 외국인들에게 한국에 대한 친근감을 갖도록 하는 것이 중요하다. 왜냐하면 문학과 문화에는 정치, 경제, 사회 등 제반 요소들이 종합적으로 포함되어 있기 때문에, 문학에는 실제상의 현실은 물론 가공적인 현실까지도 설정되어 있기 때문에, 문학과 문화를 연구하는 것이 곧바로 한국의 정치, 경제, 사회 전반을 연구하는 첫걸음에 해당한다고 볼 수 있다.

그러나 현실은 그렇지 않다. 가장 우수한 학생들은 자랑스럽게 외국어문학과를 선호하고 취직시험에서도 영어는 필수이며 심지어 어느 국립학교의 입학시험에서는 영어의 배점이 국어의 배점보다 월등하게 높은 경우도 있다. 현실이 이러한데 어떻게 애국애족을 강조할 수 있으며 문화민족임을 자부할 수 있을 것인가? 문학이라고 했을 때 우리는 자신의 초중고시절의 지식만으로 문학을 평가하고자 한다. 그리고 그러한 평가는 아주 초보적인 단계에 지나지 않는 것이다. 예를 들면 「처용가」를 아주 상스러운 치정사건으로 간주하여 교양국어에서 가르치지 못하게 한 '알려지지 않은 사건'도 있기 때문이다. 다시 강조한다면, 한 나라의 문학은 그 나라의 지성을 대표하는 역할을 하며 그 나라 언어예술의 총체라고 할 수 있다. 이러한 문학인이 대접받는 사회가 될 수 있도록 정부차원의 지원과 정책이 필요한 것은 물론이고, 문학인들 자신도 문학의 위상을 고양시키기 위해 살을 깎는 노력으로 한국문학과 한국문화가 세계적인 문학, 세계적인 문화로 발돋움할 수 있도록 해야 할 것이다.

한국학 다음으로 정책적으로 개설되고 지원되어야 할 분야가 바로 비교문학과 비교문화 분야이다. 세계 각국의 유수한 대학에는 이 두 분야는 물론 문학이론학과가 절대적인 위치를 차지하고 있으며 거기에서는 많은 수의 외국인 학생과 연구자들을 수용하고 있다. 비교문학이나 비교문화가 한국사회에서는 자칫편의위주의 문학이나 문화로 오해되어 왔다. 여기서 '편의위주'라고 말하는 것은 '비교'라는 말이 한국문학 연구자들에게는 외국문학 지향성에 대한 갈망을해소하는 방편으로 활용되었고 외국문학 연구자들에게는 안이한 영역으로 자리 잡았기 때문에 그렇게 말할 수 있다. 그러나 현실은 그렇지 않다. 특히 80년대 중반 이후 외국에서 비교문학이나 비교문화를 성공적으로 연구하고 돌아온대다수 소장학자들은 많이 있지만 그들을 수용할 수 있는 여건은 마련되어 있지 않다. 그 결과 이들 학자들은 자신들의 연구 분야와는 전혀 무관한 통역이나번역, 교양국어나 교양영어를 가르치면서 학문의 뒷전으로 밀려나 있는 것이 우리의 현실이다. 예를 들면, 국문학자가 외국문학을 강의한다는 것은 절대적으로불가능한 진실로 받아들이면서도 비교문학이나 비교문화를 한 번도 연구한 적이 없는 학자들이 대학에서 비교문학이나 비교문화를 강의하는 것은 묵인되고있을 뿐만 아니라 그러한 것을 당연한 것으로 받아들이고 있다. 취미로서의 비교문학, 관심 만으로서의 비교문학이 이 나라 각 대학에서는 성행하고 있으며정작 비교문학, 비교문화를 전공한 연구자들에게는 그 문호가 철저하게 차단되어 있는 것이 우리의 현실이다. 말하자면, 관심이 있어서 비교문학이나 비교문화를 강의하는 것은 가능하다고 여기면서도 관심이 있어서 외국문학을 강의하는 것은 불가능하다는 논리가 성립되는 것이다. 그만큼 비교문학이나 비교문화는 한국사회에서 제구실을 못하고 있다. 그 원인은 그 많은 대학 어디에도 비교문학과가 설치된 곳이 없기 때문일 것이다. 물론 극소수의 대학원에서 협동과정으로 비교문학에 대한 석박사과정이 개설되어 있기는 하지만 학부 차원에서는한국의 그 어느 대학에도 개설되어 있지 않다. 따라서 학문의 뿌리를 형성하는저변, 즉 학부생이 없는 영역으로 비교문학이나 비교문화는 전락하고 말았다.

그러나 많은 수의 학자들과 학생들은 비교문학과나 비교문화학과가 개설되기를 바라고 있다. 그들은 여전히 이 두 영역에 대해 지대한 관심을 가지고 있으며 국제화와 세계화의 시대에 한국문학이나 한국문화를 세계에 알릴 수 있는 전령사와도 같은 역할을 비교문학이나 비교문화가 담당해야만 한다는 신념을 가지고 있다. 훌륭한 연구와 전문지식은 물론 국제적으로 상당한 명성을 지니고 있음에도 불구하고 한국 대학사회로부터 철저하게 외면당하고 있는 한국의 비교문학자들의 이와 같은 열망이 정부차원에서 수용될 수 있기를 바란다. 그리고 수용될 수 있으리라고 생각한다. 왜냐하면 스포츠 관련분야나 취미에 관련되는 분야까지도 엄연하게 '학과'라는 이름으로 각 대학에 개설되는 이 시점에서 비교문학이나 비교문화가 개설되지 않는 이유가 없기 때문이다. 더구나 이 분야나 영역은 한국적인 것을 세계적인 것으로 전환시킬 수 있는 원동력이 되기 때문이다.

4) 한국문화의 세계화를 위한 과제와 전망

자국문화가 외국문화와 어깨를 나란히 한다든가 또는 그보다 우위에 있을 때에 자국민은 상당한 긍지와 자부심을 갖게 될 것이다. 그리고 그러한 자부심과 긍지는 하루아침에 이루어지는 것이 아니라 이웃나라와의 선의의 부단한 경쟁을 통해서만 이루어지는 것이다. 그러한 예를 우리는 프랑스와 영국의 경쟁에서, 프랑스와 독일의 경쟁에서 찾아볼 수 있다. "상징주의에 의해 프랑스문학은 비로소 피레네 산맥을 넘게 되었다"라는 발레리의 말을 우리는 음미해 볼 필요가 있다. 남의 문화에 대한 경멸이나 폄하 혹은 수입금지 등을 강조하기보다는 그러한 문화의 장벽을 뛰어넘을 수 있는 자국문화를 부단하게 지원하고 발전시킬 필요가 있기 때문이다.

과거 없이는 현재가 없고 현재 없이는 미래도 없다. 그러나 과거의 영광이나 분노에만 얽매일 때 현재의 우리에게 발전이란 있을 수 없을 것이다. 외국문화지향적이 되지 않아도 될 수 있을 정도로 자국문화를 창달해야만 하고 발전시켜야만 한다. 그러기 위한 몇 가지 정책을 앞에서의 논의를 중심으로 하여 다음과 같은 제안을 할 수 있다. 우선 주거환경에 대한 철저한 규제가 마련되어야만 한다. 건물의 외관, 높이, 색상, 인접 건물과의 조화 등을 심의할 수 있는 위원회와 법규가 마련되어야만 할 것이다. 그렇게 하지 않고서는 한국의 도시와 농촌은 그저 그렇고 그런 전혀 조화롭지 못한 부조화의 경관만이 존재하게 될 것이다. 그러한 부조화의 예를 우리는 거리의 간판에서 찾아볼 수 있다. 그 하나하나는 크고 화려하고 독특한 모양새를 가지고 있지만 전체적으로 산만하고 혼란스럽게 배치되어 있음을 알 수 있다. 주거환경의 아름다움은 자연스럽게 주민들을 예술의 세계로 이끌게 될 것이다. 서울에 오지 않아도 되는 음악회, 서울에 오지 않아도 되는 미술전람회, 서울에 오지 않아도 되는 연극제, 서울에 오지 않아도 되는 대형서점, 서울에 오지 않아도 되는 문화공간이 경향각지에 마련되어야 할 것이다.

다음은 도서관과 박물관의 건립을 제안하고 싶다. 그것이 반드시 '국립'일 필요는 없다. 사설도서관과 박물관이 건립될 수 있도록 지원한다면 더욱 좋을 것이다. 한 지방의 지성을 가늠하는 잣대로 고을마다 특색 있는 도서관이 자리 잡게 되고 한 지방의 역사를 한눈에 간파할 수 있는 공간으로 고을마다 박물관이 자리 잡게 된다면 더 이상 바람직한 일은 없을 것이다. 그러나 도서관과 박물관이 영리나 유행을 따라 건립되어서는 안 될 것이다. 그것은 뜻있는 기업의 후원 하에 뜻있는 사람들의 의견을 수렴하여 마련되어야 한다고 본다.

세 번째로 제안하고 싶은 것은 양보와 겸양의 정신이다. 이 정신이 살아 있지 않은 한, 한국사회는 삭막하고 무감각한 사회가 될 것이다. 마주쳐도 미소 짓지 않는 사람들, 부딪쳐도 미안하다고 말하지 않는 사람들, 지하철이나 엘리베이터에서 내리기 전에 먼저 타려는 사람들, 재촉할 줄만 알지 기다릴 줄 모르는 사람들, 쓰레기를 주울 줄 모르는 사람들, 소리쳐야만 직성이 풀리는 사람들, 아주 작은 일로 살인을 저지르는 사람들, 부정과 부패에 익숙해 있는 사람들, 일류병에 시달리는 사람들, 학맥과 인맥에 매달리는 사람들, 이런 사람들로 가득 찬 사회는 발전하기를 스스로 거부하는 사회이다. 학맥은 있고 학파가 없는 사회, 본교출신 교수가 100%를 차지하는 사회, 학문의 외도를 서슴지 않는 사회, 학회만 있고 연구 활동은 없는 사회, 국제학회 참석과 논문발표보다는 관광과 친지방문이 목적인 사회, 이러한 사회에는 학문의 죽음만이 있을 뿐이다. 이 모든 병은 양보와 겸양의 정신만이 치료할 수 있을 뿐이다.

마지막으로 비교문학, 비교문화학과의 개설을 강력하게 제안하고자 한다. 이 두 영역이야말로 자국민에게는 외국문학이나 문화를 섭렵할 수 있는 계기를 마련할 것이고 외국인에게는 한국문학이나 문화를 손쉽게 접할 수 있는 계기를 마련할 것이기 때문이다. 나아가 이 두 분야는 바로 요즈음 강조하는 '국제화와 세계화'에 걸맞기 때문이다. 그리고 그것은 세계적인 추세기이기도 한다. 1994년 여름 제14차 '국제비교문학회' 대회가 캐나다 에드먼튼에서 열렸을 때에 일본의 비교문학자이자 동경대학교 교수를 지낸 하가 도루 교수는 필자에게 이렇게 말했다. "내가 가르친 학생 중에서 가장 우수한 학생들은 한국학생들이지만 그들은 내 추천서로 한국사회에서 취직할 수 없는 것 같다. 그들은 한국에서 어느 대학을 졸업했느냐에 따라서 취직하는 것 같다." 그것은 비교문학과나 비교문화학과가 한국사회에 없기 때문이기도 하겠지만 비교문학이나 비교문화는 누구나 관심만 가지면 할 수 있다는 잘못된 생각을 하고 있기 때문일 것이다.

비교문학이나 비교문화는 그것을 철저하게 연구하고 공부한 학자들만의 고유한 영역이다. 그러나 그러한 영역이 한국에는 없다. 다시 말하면, 영문학이 영문학자의 영역이고 독문학이 독문학자의 영역이듯이 비교문학은 비교문학자의 영역이어야만 한다. 그러나 현실은 그렇지 않다. 누구나 비교문학을 할 수 있다고 생각하고 또 관심과 취미로서의 비교문학을 대학에서 강의하고 있다.

따라서 이 두 분야가 개설된다면 한국사회에서 공부하는 그 많은 외국학생들을 흡수하게 될 것이고 그들이 각자 본국으로 돌아갔을 때에 그들 각자는 당연히 세계 각국에서 한국문학과 한국문화의 전령사로서 최선을 다할 것이다. 한국문화를 세계화할 수 있는 가장 멋진 방법이 바로 비교문학과 비교문화임을 다시 한 번 더 강조하고자 한다.

제3부

비교문학의 영역

제7장 문학과 문학의 비교

제8장 문학과 예술의 비교

제9장 문학과 종교의 비교

문학과 문학의 비교

1. 프랑스문학의 영향과 수용

1) 베를렌의 시 「가을의 노래」와 한국 현대시

(1) 베를렌의 시 「가을의 노래」의 번역과 수용

베를렌의 시 「가을의 노래」와 한국 현대시의 관계는 프랑스 상징주의에 대한 김억의 역할에서 찾아볼 수 있으며, 그는 『태서문예신보』 제10호[1918.12.7]에 수록된 「쯔란스시단·1」에서 베를렌의 시세계를 소개했으며 『태서문예신보』 제11호[1918.12.14]의 「쯔란스시단·2」에서 베를렌의 시 「작시법[作詩法]」과 「가을의 노래」의 중요성을 다음과 같이 강조했다.

상징파시가(象徵派詩歌)의 특색은 의미(意味)에잇지안이하고, 언어(言語)에잇다, 다시말하면 음악(音樂)과갓치 신경(神經)에 부딋치는음향(音響)의 자극(刺戟)—그것이시가(詩歌)이다, 그러기에 이点에서는'관능(官能)의예술(藝術)'이다. 찰나찰나(刹那刹那)에 자극(刺戟), 감동(感動)되는정조(情調)의운율(韻律) 그것이상징파(象徵派)의 시가(詩歌)이기째문에자연(自然)'몽롱(朦朧)'안될슈업다. 르렌의 유명(有名)한 「작시법(作詩法)」의주장(主張)이 다 그것이다. (…중략…) 예르렌의 「가을의 노래」와 「퇴색(退色)의 달」갓흔것이 가장 잘음악적방면(音樂的方面)을표현(表現)한것이다.(本報第七號僕譯參照) "내영(靈)은 부는 / 모진 바람에 / 슬리어 써돌아 / 여기에 져긔에 / 날아 홋터지는 / 낙엽(落葉)이어라." 낙엽(落葉)새에 빗나는 그의 일생(一生)의영(靈)에대(對)하야한(限)업는 감회(感懷)를 늣기며, 나아가서는 참인생(人生)의진미(眞味)가 있다. 그의일생(一生)은 꿈의일생(一生)이엇다.

이처럼 베를렌의 시 「작시법」을 번역한 김억은 "무엇보다도 몬져음악을, / 그를 위ᄒ얀 달으지도 두지도못홀"을 가장 강조했으며, 베를렌의 시 「가을의 노래」와 「퇴색退色의 달」을 "가장 잘 음악적 방면을 표현한" 시로 파악하였다. 「가을의 노래」를 『태서문예신보』 제7호[1918.11.16]에 맨 처음 번역하여 수록한 이후에도 김억은 자신의 번역시를 수정·보완하여 『폐허』 창간호[1920.7], 『오뇌의 무도』[1921], 『개벽』 제52호[1925.10]에 수록하였다. 그가 베를렌의 이 시를 몇 번에 걸쳐 수정·보완하여 재번역한 까닭은 프랑스어와 한국어의 차이점에도 불구하고 자신의 번역시가 베를렌의 시에 나타나 있는 시적 음악성을 반영할 수 있도록 노력했기 때문이다. 베를렌은 자신의 시적 정감을 프랑스어의 비음鼻音효과에 의해 시적 음악성으로 표현했으며, 이러한 점은 그의 시에서 과거의 회상, 감정의 표출, 바람의 횡포, 낙엽 등으로 표상된 시적 자아의 마음에 반영되어 있다. 또한 3음절과 4음절을 중심으로 하는 운율은 시적 자아의 복잡한 감정을 효과적으로 드러내는 한편 다른 한편으로는 시적 자아로 하여금 언어로 표현할 수 없는 번민과 스스로 버려졌다는 생각에 사로잡히게 한다. 따라서 그는 "설명 불가능한 감정을 설명하고자 했고 몽롱하고 꿈과 같은 암시적인 마음의 상태가 지속될 수 있도록 했다".

김억이 네 번에 걸쳐 번역한 베를렌의 시 「가을의 노래」를 정리하면, 『태서문예신보』에 수록된 것은 제1연이 5행으로 되어 있지만, 나머지는 모두 6행으로 되어 있을 뿐만 아니라 그 이후에 번역한 것도 모두 1연 6행으로 되어 있어서 베를렌의 시의 형식을 따르고 있다. 시행詩行과 시구詩句의 배열에 있어서도 음수율과 자수율에 주의를 기울였으며, 이러한 과정을 거쳐 김억은 한국어의 여러 가지 특징을 고려하여 『개벽』에 수록된 「가을」에서 "설어라, 나의영靈은 / 모진바람결에 / 붓잡혀 셔도는 / 여긔에 저긔에 / 갈길도 몰으는 / 낙엽落葉 갓하라"와 같이 재번역하게 된다. 베를렌의 시 「가을의 노래」의 원문, 우에다 빈上田敏의 일역시집日譯詩集 『해조음海潮音』1905에 수록된 「낙엽落葉」, 김억의 번역시를 정리하면 다음의 도표와 같다. 〈표 2〉에서 파악할 수 있는 바와 같이, 김억이 번역한 베를렌의 시 「가을의 노래」는 다분히 우에다 빈이 일본어로 번역한 「낙

〈표 2〉

Chanson d'automne	「落葉」(海潮音)	「가을의노러」(태서문예신보)	「가을의노래」(폐허)	「가을의노러」(오뇌의 무도)	「가을」(개벽)
Les sanglots longs	秋の日の	가을의	가을의날	가을의날	가을날
Des violons	ギオロソの	쎼올링의 우는	쎼오른의	쎼오론의	비오롱의
De l'automne	ためいきの	긴 嗚咽	느린嗚咽의	느린嗚咽의	느린嗚咽의
Blessent mon coeur	身にしみて	單調き 詞腦에	單調로운	單調로운	單調롭은
D'une langueur	ひたぶるに	내가슴 압허라	애닯음에	애닯음에	애닯음에
Monotone.	うら悲し。		내가슴암하라.	내가슴압하라.	내가슴 압하라.
Tout suffocant	鐘のおとに	鍾소리 우를쎅	우는鍾소리에	우는鍾소리에	鍾소리를 들으면
Et blême, quand	胸ふたき	가슴은 막히며	가슴은막키며	가슴은막키며	가슴은 막키며
Sonne l'heure,	色かへて	낫빗은 희멀금	낫빗은 희멀금	낫빗은 희멀금,	얼골빗은 핼금하야
Je me souviens	涙ぐむ	지나간 그날	지내간넷날은	지내간넷날은	지내간 옛날이
Des jours anciens	過ぎし日の	눈압에 보임이	눈압혜 쎠돌아	눈압혜 쎠돌아	눈압혜 쎠돌아
Et je pleure;	おもひでや	아ー아ー나는우노라	암, 나는우노라.	아아 나는우노라.	아아 나는 우노라.
Et je m'en vais	げにわれは	내靈은 부는	설어라, 내靈은	설어라, 내靈은	설어라, 나의靈은
Au vent mauvais	うらぶれて	모즌 바람에	모진바람결에	모진바람결에	모진바람결에
Qui m'emporte	ここかしこ	쓸리어 쎠돌아	흐터져 쎠도는	흐터져 쎠도는	붓잡혀 쎠도는
Deçà, delà,	さだめなく	여기에 저기	여긔에 저긔에	여긔에 저긔에	여긔에 저긔에
Pareil à la	とび散らふ	날아 훗터지는	갈길도몰으는	갈길도몰으는	갈길도 몰으는
Feuille morte.	落葉かな。	落葉이어라	落葉이여라.	落葉이러라.	落葉갓하라.

엽」과 유사하며, 그러한 점은 어휘, 번역시의 시행詩行의 배열 등에서 그렇게 파악할 수 있다.

김억 외에도 이하윤은 『해외문학』 창간호1927.1와 『이하윤 역시 불란서시선李河潤 譯詩 佛蘭西詩選』1927에, 이원조는 『해외서정시집』1938에 베를렌의 이 시를 각각 번역하여 수록했으며, 이하윤은 자신의 「포-르예르레-느소전小傳」에서 베를렌의 이 시를 다음과 같이 소개하였다. "말랄메와가치 19세기데카다시인詩人의이 기석二機石으로 그야말로 상징파象徵派란천의무봉天衣無縫의것임을뵈엿다. 그의시 구詩句는형체形體가아니고 그림자엿다. 그의원願하는 것은 음악과, 진동으로된시詩그것이엿다. 이에역譯하는 Chanson d'automne(가을노래)는 『애닲흔풍경風景』안 다섯재 편篇이니 가장유명有名한 것으로 예르레-느를 읽는 자者 「가을노래」를 모르는 이가 업다." 베를렌의 시 「가을의 노래」에 대한 이하윤과 이원조의 번역을 정리하면 〈표 3〉과 같다.

이처럼 당대의 한국 현대시인들 대부분이 베를렌의 시 「가을의 노래」를 직접 번역하기도 하고 이 시의 구절을 자신들의 창작시에 전용하기도 한 까닭은 일제강점기의 우울하고 암담한 현실을 간접적으로 표출하는 데 있어서 베를렌의 이 시가 많은 영향을 끼쳤기 때문이다.

김억은 베를렌의 시 「가을의 노래」를 한국문단에 소개하기 이전에 『학지광學之光』 제5호1915.5.2에 수록된 자신의 시 「야반夜半」에서 "야반의 울림 종소리에 / 내 가슴은 울리며 반향反響나도다"와 같이 베를렌의 시를 활용하였다. 또한 김억은 베를렌의 이 시의 분위기, 이미지, 시어 등을 자신의 시집 『해파리의 노래』1923에서 전용하기도 하고 변용하기도 하였다. 이러한 점은 「꿈의노래」의 "머춤업시 내리는낙엽落葉의 바람소리에 석기여", 「피리」의 "븬들을 휩쓸어 돌으며, / 째도 아닌낙엽落葉을 최촉催促하는 / 부는바람에 좃기여", 「가을」의 "쓸쓸하게도 지는가을의 낙엽落葉이 / 너의 썰며 아득이는 가슴의우에", 「내설음」의 "낙엽落葉은 나의 설음에 석기여", 「풀밧우」의 "어데선지 저녁종鍾이 빗겨울니어",

〈표 3〉

이하윤 역,「가을노릭」 (해외문학)	이하윤 역, 「가을노래」 (불란서시선)	이원조 역, 「가을노래」 (해외서정시집)
가을날 에오롱의 가ㅡㄴ울음은 단조(單調)러운 애닯흠에 가삼을괴롭히노나.	가을 날 비올롱의 기인 오열(嗚咽)은 단조(單調)로운 고달픔에 내 마음 괴롭혀	가을 비오롱의 기나긴 흐늑임, 사랑에 지쳐진 내마음을 집어 뜻는다.
종(鍾)소래들닐새 가삼은질니고 희프른낫빗헤 울음을운다 지나간날의 녯기억(記憶)새로워……	종(鍾)소리 들릴 때 가슴은 질리고 청백(蒼白)한 낯빛 지나간 날의 기억(追憶) 새로워 나는 우노라.	종(鍾)이 울려오면 가슴은 막혀, 지나간일을 생각하며 나는 눈물짓는다.
그래서이나는 사나운바람에 불니여다니는 낙엽(落葉)도가치 여긔요쏘저긔로 써돌고잇다.	그래서 이 몸은 이리 저리 굴러 다니는 낙엽(落葉) 처럼 사나운 바람에 불려 가노라.	모진바람아 내몸도 불어가거라, 여기 저기 굴러다니는 낙엽(落葉)같이.

「십일월十一月의 저녁」의 "나의 영靈이여, 너는 오늘도 어제와갓치", 「가을」의 "바람결에 사랑과밉움을 노래하는" 등에서 찾아볼 수 있다.

김억 외에 베를렌의 이 시에 대한 전용은 박종화의 시 「눈물은 흘러서」의 "가슴쓰린 비오로느의 / 어즈러운 곡됴여! (…중략…) 한업시 거리를 비틀거려라", 김동명의 '등단 시' 「나는 보고 섯노라」의 "이리로 저리로 / 느진가을에흣허지는 / 닙과도갓치 / 갈곳몰라해매는것"과 그의 또 다른 시 「종소리」의 "울려라 울려라 / 조종弔鍾같이 구슬프게……" 등에서도 찾아볼 수 있다. 이처럼 김억이 소개한 베를렌의 시 「가을의 노래」는 지속적으로 한국 현대시에 영향을 끼쳤으며, 김억의 시 「악군樂群」에는 이러한 점이 분명하게 나타나 있다.

(2) 베를렌의 시 「가을의 노래」와 김억의 시 「악군樂群」의 관계

베를렌의 시 「가을의 노래」에 대한 김억의 관심은 그의 창작시 「악군樂群」에서 베를렌의 이 시를 전용하고 변용시킨 점에서도 찾아볼 수 있으며, 이러한 점은 비교문학 연구에서 영향 → 수용 → 변용 → 발전의 단계로 나아가는 과정에 해당한다. 김억의 시 「악군」은 『태서문예신보』 제16호^{1919.2.17}에 처음으로 수록되었으며, 그의 시집 『해파리의 노래』¹⁹²³에 「악성」으로 수록되어 있으나 시의 본문의 제목은 「성악聲樂」으로 되어 있다. 베를렌의 시 「가을의 노래」를 직·간접적으로 활용하고 있는 김억의 시 「악성」은 '가을'에 관계된다.

그의 이 시와 베를렌의 시를 정리하면 〈표 4〉와 같다. 우선 제1연과 제2연에서 L1-1의 "울니어 나는 악군"은 베를렌의 시 제2행의 "바이올린"에 대응된다. L1-2의 "느리고도 짜른 / 애닲은곡조曲調"는 제1행의 "길고 긴 흐느낌"과 일치하며, 나머지 연에서도 반복되고 있다. L1-6의 "내가슴압흐라(내가슴 압하라)"라는 끝 행은 베를렌의 시 제3행의 "내 가슴에 상처주네"와 동일하며, 이러한 점은 김억의 시 L4-1에서 "가슴울니는악군樂群(숨어흘으는 악성樂聲)"으로 변형되어 있다. 차이점이 있다면, 김억의 시에서 바이올린의 소리는 옛 기억을 "그윽흐게(그윽하게)" 되살려 주지만, 베를렌의 시에서는 지루한 권태를 반복하고 있다는 점을 들 수 있다. L1-4의 "나의죽엇든 넷쑴(나의 슬어진 넷쑴)"은 L2-4의 "뒤숭숭한 싱각(뒤숭숭한 그 생각)"으로 이어지며, 이러한 점은 베를렌의 시 제2연 제4행의 "지나간 옛날을"에 관계된다. L1-5의 "그윽흐게 살아(그윽하게 살아)"나 L2-5의 "고요흐게 살아(고요하게 와서)"는 동일한 상황을 다르게 표현한 것으로 베를렌의 시 제2연 제4행의 "나는 기억하네"와 일치한다. 또한 "그윽하게"나 "고요하게"와 같은 시적 분위기도 제2연 전반부의 "첨탑이 울릴 때에"에서 시적 정조情調를 변용한 것이다. 제2연의 L2-6의 "내눈물 흘러라(내눈물 흘너라)"에서는 베를렌의 시 제2연의 마지막 행 "나는 우노라"에 해당한다. 제4연 L4-1의 "가슴울니악군樂群(숨어흘으는 악성樂聲)"은 베를렌의 시 제1연 제3행의 "내 가슴에 상처주네"와 유사하다. L4-4의 "슬어져가는

Verlaine, "Chanson d'automne"	시행 (詩行)	김억, 「악군(樂群)」 (『태서문예신보』)	김억, 「악성(樂聲)」 (『해파리의 노래』)
Les sanglots longs	L1-1	울니어 나는 악군(樂群)의	울니여 나는 악성(樂聲)의
Des violons	L1-2	느리고도 짜른	느리고도 짜른
De l'automne	L1-3	애돏은곡조(曲調)에	애닯은곡조(曲調)에
Blessent mon coeur	L1-4	나의죽엇든 녯꿈은	나의 슬어진 녯꿈은
D'une langueur	L1-5	그윽ᄒ게 살아	그윽하게 살아
Monotone.	L1-6	내가슴압ᄒ라.	내가슴 압하라.
Tout suffocant	L2-1	우수(憂愁)가득한 악군(樂群)의	설음가득한 악성(樂聲)의
Et blême, quand	L2-2	ᄲ르고도 더듼	ᄲ르고도 더딘
Sonne l'heure,	L2-3	애돏은 곡조(曲調)에	애닯은곡조(曲調)에
Je me souviens	L2-4	뒤숭숭한 싱각은	뒤숭숭한 그싱각은
Des jours anciens	L2-5	고요ᄒ게 살아	고요하게 와서
Et je pleure	L2-6	내눈물 흘러라.	내눈물 흘너라.
Et je m'en vais	L3-1	숨어흘으는 악군(樂群)의	가슴울니는 악성(樂聲)의
Au vent mauvais	L3-2	썩놉고도 나즌	넓달코도 좁은
Qui m'emporte	L3-3	애돏은 곡조(曲調)에	애닯은곡조(曲調)에
Deçà, delà,	L3-4	달업는밤의 공기(空氣)는	슬어저가는 내靈은
Pareil à la	L3-5	희미히 울어	새롭게 눈ᄯᅳ며
Feuille morte.	L3-6	거리를 돌아라.	그윽히 웃어라.
	L4-1	가슴울니는악군(樂群)의	숨어흘으는 악성(樂聲)의
	L4-2	썩넓고도 좁은	놉달코도 나즌
	L4-3	애돏은 곡조(曲調)에	애닯은곡조(曲調)에
	L4-4	슬어져가는 사랑은	프른위안(慰安)의 바람이
	L4-5	싀롭게 씌어	한가롭게 불며
	L4-6	감은눈 열어라.	거리를 돌아라

사랑(프른위안慰安의 바람)"이라는 표현은 김억이 번역한 「가을의 노래」의 "내영靈은 부는 / 모즌 바람에(설어라, 내영靈은 / 모진바람결에)"와 유사하며 이 부분은 베를렌의 시 제3연 제1행의 "나는 떠나가네 / 몹쓸 바람에"에 반영되어 있는 시적 분위기를 의역하여 변용시킨 부분이자 베를렌의 시 제3연 제4행의 "날 데려가네 / 여기 저

기로"에도 관계된다. 김억의 시 「악군」에 반영되어 있는 베를렌의 시 「가을의 노래」의 관계를 정리하면 〈표 5〉와 같다.

이처럼 김억의 시 「악군」과 베를렌의 시 「가을의 노래」의 관계는 베를렌의 시와 김억의 번역시를 시행詩行 별로 비교할 때에 더욱 분명하게 드러나게 된

〈표 5〉

Verlaine, "Chanson d'automne"	김억, 「악군(樂群)」	김억, 「성악(聲樂)」	시행
Les sanglots longs	애닯은곡조(曲調)	애닯은곡조(曲調)	L1-3
	느리고도 싸른	느리고도 싸른	L1-2
	쌔르고도 더된	쌔르고도 더진	L2-2
	썩놉고도 나즌	넓달코도 좁은	L3-2
	썩넓고도 좁은	놉달코도 나즌	L4-2
Des violons	울니어 나는 악군(樂群)	울니여 나는 성악(樂聲)	L1-3
	우수(憂愁)가득한 악군(樂群)	설음가득한 성악(樂聲)	L2-1
	숨어흘으는 악군(樂群)	가슴울니는 성악(樂聲)	L3-1 (L4-1)
	가슴울니는악군(樂群)	숨어흘으는성악(樂聲)	L4-1 (L3-1)
Blessent mon coeur	내가슴압흐라.	내가슴 압하라.	L1-6
Et blême, quand Sonne l'heure, Je me souviens	그윽히게 살아	그윽하게 살아	L1-5
	고요히게 살아	고요하게 와서	L2-5
Des jours anciens	나의죽엇든 넷쑴	나의 슬어진 넷쑴	L1-4
Et je pleure	내눈물 흘러라.	내눈물 흘너라.	L2-6
Pareil à la Feuille morte	달업는밤의 공기(空氣)	슬어저가는 내영(靈)	L3-4
Au vent mauvais	슬어져가는 사랑	푸른위안(慰安)의 바람	L4-4
Qui m'emporte Deçà, delà,	감은눈 열어라.	거리를 돌아라	L4-6

다. 이러한 점은 다음의 도표에서 제시하고 있는 바와 같이 김억은 베를렌의 시로부터 어휘는 물론 시적 분위기를 차용하여 이를 변용·전용한 것으로 파악할 수 있다.

다음은 베를렌의 시와 김억의 시에 반영되어 있는 음악성을 들 수 있다. 바이올린의 G선과도 같은 저음과 프랑스어가 지니고 있는 비음鼻音의 효과에 의해 시적 자아의 우울한 감정을 표현하고 있는 베를렌의 시 「가을의 노래」는 강렬한 주제를 드러내기보다는 포착불가능한 음악성을 드러내고 있으며, 김억의 시 「악군」에서는 베를렌의 시가 지니고 있는 음악성을 위해 음악과 관련된 제목을 선정했음은 물론 각 연에서도 '악성'이라든가 '곡조'처럼 음악에 관련되는 어휘를 반복적으로 활용하고 있다. 김억의 시 「악군」에서의 '악군'은 오케스트라로, '악성'은 사람의 목소리에 의한 노래로 볼 수 있다. 또한 '악성'이나 "애달픈 곡조"처럼 시의 구절이 정확하게 반복되는 경우와 그러한 구절을 수식하는 수식어구의 유사한 반복을 들 수 있다. 각 연의 제1행과 제3행에 나타나 있는 전자의 경우는 각 연의 후반부에서 시적 자아의 우울하고 서글픈 시적 분위기를 자아내는 전주곡으로 작용한다. 마지막으로 각 연의 후반부에 나타나는 시적 자아의 마음가짐과 행위의 반복을 들 수 있다. 애달픈 곡조는 시적 자아의 마음을 동요시키는 원인이 되고, 그것은 시적 자아에게 지나간 옛 꿈을 되살려 주게 되며, 시적 자아는 가슴이 아프기도 하고 눈물이 흐르기도 하고 울기도 하고 거리를 떠돌기도 한다.

"어리석은 시인은 모방하고 훌륭한 시인은 훔친다"라는 T. S. 엘리엇의 언급처럼 모방하는 시인은 어리석고 훔치는 시인은 현명한 것일까? 이러한 의문점을 제기하는 시 「악군」을 김억은 왜 자신의 시집 『해파리의 노래』의 마지막 부분 '북방의 소녀'에 수록한 것일까? 그것은 이 부분을 '부록'이라고 분명하게 명시하고 있듯이, 이 부분에 수록된 대부분의 시가 모작模作의 흔적을 지니고 있기 때문일 것이다. 김억은 『해파리의 노래』1923의 '머리에한마듸'에서 다음과 같이 언급했다. "더욱 마즈막에 부록附錄 비슷하게 조곰도 수정修正도 더하지 아니하고 본래本來의 것 그대로 붓쳐 「북北의소녀小女」라는 표제表題 아레의 멧편시篇詩는 지금只今부터 9년 전九年前의 1919년의 것의 것이 엿웁니다, 하고 그것들과 밋 그밧게 멧편시篇詩도 오래된 것을 너헛습니다, 이것은 저자著者가 저자자신著者自身의 지내간 날의 넷모양을 그대로 보자하는 혼자 생각에 밧하지 아니합니다."

베를렌의 시 「가을의 노래」로부터 시어, 구절, 시상 등을 전용하고 변용시킨 김억의 시 「악군」은 그가 강조하는 '창조적 번역론'의 결과라고 볼 수 있다. 베를렌의 시를 지속적으로 번역한 김억은 자신의 시에서 그것을 '모방적'으로 창조하게 되었으며, 이때의 모방은 플라톤적인 '참여과정'으로서의 모방에 관계되는 것이 아니라 아리스토텔레스적인 '합성과정'으로서의 모방에 관계된다. 김억의 시 「악군」에는 후자적인 측면이 나타나 있으며, 베를렌의 시 「가을의 노래」를 모태로 하여 이를 변용 → 전용 → 발전시킨 결과에 해당한다. 그것은 해럴드 블룸이 말하는 강한 시인은 자신의 시세계에 영향을 끼친 강한 시인의 작품을 모방하게 된다는 점과도 일치한다. 그 결과 김억은 자신의 시집 『해파리의 노래』 이후에 베를렌 계열의 시적 음악성을 김소월의 시를 통해 한국적 전통가락으로 형상화하게 되었다.

(3) 포우抱宇의 수필 「가을의 노래」와 베를렌의 시 「가을의 노래」의 관계

이상에서 살펴본 바와 같이, 베를렌의 시 「가을의 노래」에 대한 김억의 애정과 애착은 그가 베를렌의 이 시를 몇 번에 걸쳐 번역하고 수정하고 보완했다는 점에서도 찾아볼 수 있으며, 특히 '추창만감秋窓萬感'이라는 특집으로 이루어진 『개벽』 제52호1925.10에서 김억은 자신이 번역한 W. B. 예이츠의 시 「낙엽」, 모리스의의 시 「가을은 쏘다시 와서」, 베를렌의 시 「가을」, 구르몽의 시 「낙엽」, 아더 시몬즈의 시 「가을의황혼黃昏」과 「가을」 등 '가을'에 관계되는 외국의 시를 번역하여 수록하였다. '가을'을 중심으로 하는 이 특집에는 김동인1900~1951의 「한우님의큰실수─

가을」, 백기만1902~1967의 「공연空然히 울고 십흠니다」, 임노월林蘆月의 「정사精思 ·
영감靈感 · 청신淸新 · 해방解放」 등과 함께 다음에 그 전문을 원문原文대로 인용한 포
우抱宇라는 필명으로 쓴 수필 「가을의 노래」에서 파악할 수 있는 바와 같이, 이 수
필은 제목, 주제, 발상, 전개 등에 있어서 베를렌의 시 「가을의 노래」와 여러 가지
면에서 유사한 점을 찾아볼 수 있다.

　무슨 까닭인지 몰으나, 항상(恒常), 슯허하고, 애(哀)닭아하는 마음을, 못 견대어 하
는 그는, 오늘도 하로종일(終日), 쓸쓸하고, 고요한 방(房)의 한 모통이에 노혀 잇는 책
상(冊床)을 의지(依支)하야, 손으로 턱을 괴이고, 무심(無心)히, 적은 창(窓)으로 밧것
만 내어다 보고 안저잇다

　정원(庭園)의 포푸라의 마른 닙이 하나, 살랑살랑 떨어진다 텅 븨인 정원(庭園)에
울니는 그 소리를 들은 즉, 엇전 셈인지, 마음이 적막(寂寞)하게 된다. 발서, 가을이 차
자 온 것은 완연(完然)하다.

　소조(小鳥)는, 창(窓) 저편의 말라가는 나무가지에서, 재즐거리고 잇다. 그 소리도,
엇전 셈인지, 적막(寂寞)하게만, 쏘는 눈물이 흘으게 만들닌다. 마치 시들어 가는 가을
의 노래와도 갓다.

　창(窓)으로부터, 쏘아 들어오는 태양(太陽)의 광채(光彩)는, 봄날과 가티 싸뜻하다,
그러나, 그것은, 쏘이고 잇슨 즉, 슯흐게도, 고요히, 살아저 업서지는 듯한 적막(寂寞)한
광채(光彩)이다, 그리고, 쏘는 마음이 저절로 고요하게된다, 자기(自己)의 몸이 가을인
것이나 가티!

　우드머니 안젓든 그는, 모자(帽子)를 쓰고, 주의(周衣)를 닙은 후(後)에, 한 손에는
시집(詩集)을 들고, 호올로, 초연(悄然)히 벌판으로 나아갓다. 그리하야, 쑤불쑤불한 전
포(田圃)의 소로(小路)를, 쎄이고 쎄인(後)에, 천초(千草)곳이, 애(哀)처러히 웃고 잇는,
놉직한 언덕으로 올나갓다.

　한울은 놉다. 구름이라고는 한점(点)도 업다, 어듸를 바라보던지 파아란 빗쭌이다.

그 파―란 한울의 빗츤 우리에게 영원(永遠)과 적막(寂寞)과, 애상(哀傷)의 감(感)을 니르키게 한다. 아모 생각업시, 한울을 바라보고 잇는 동안에, 그는 어느 새에, 말신말신한 백의(白衣)를 닙은 천사(天使)의 품에 안기어, 놉히 날아가, 그 영원(永遠)을 연상(聯想)케 하는 창전(蒼天)의 우에 올나가서, 그 파아란 빗과, 영원(永遠)히 화합(化合)한 듯한 정서(情緒)를 늣겻다. 그 째에, 그의 마음은 말할 수 업스리만치, 적막(寂寞)함과, 고독(孤獨)함과, 슯은 영원(永遠)에 갓득 찻섯다. 그리하야, 눈물이 흘으리 만치 가슴이 슯흐게 되엿다. 그러나, 한편(便)으로는 보드라운 깃븜과, 즐거움도 역시(亦是)비애(悲哀)의 빗츨 쯰인 것이다.

그는 열중(熱中)한 상태(狀態)로 자기(自己)를 닛고 잇엇다. 잠간(暫間) 지나서 저편의 산(山) 우를 날아가는 한 쎄의 기럭이의 소래에, 마음의 눈을 쓰고, 자기(自己)로 돌아왓다. 그것은 꿈이엇다. 한낫의 환영(幻影)이엇다. 그의 안하(眼下)에는, 다시, 침묵(沈黙)한 점점(漸漸) 말르고 시들어가는 가을 벌판의 경색(景色)이, 누어 잇엇다. 그의 마음은, 또 다시 적막(寂寞)하게 되엿다. 슯흐게 되엿다 그의 서 잇는 주위(周圍)에는, 멋 개(個)의 누으런 흙 만두(饅頭)가 튼 젹은 무덤들이, 무언(無言)의 가운데에 니야기하면서, 영원(永遠)히 누어 자고 잇다.

잠간(暫間) 지나서, 흐득이며, 늣겨우는 듯한 슯흔 바이오린의 아름다운 소리가, 연약(軟弱)하게, 가느스름하게 어듸로서 들니어 왓다. 그 소리는 벌판을 쉐이고, 언덕을 넘어서 공중(空中)에, 퍼졋다. 주위(周圍)의 것은 모도다, 머리를 숙이고, 슯흐고, 보드럽게, 살아젓다가는 들니고, 들니엇다가는 살아지면서, 울니어오는 아름답고, 애(哀)닯은 그 음악(音樂)의 소리에, 취(醉)한 듯하엿다. 그도, 언제인지 몰으게, 모든것을 닛고, 그 소리를 들으면서, 미지(未知)의 나라를 방황(彷徨)하고 잇섯다.

주위(周圍)는 적적(寂寂)하다. 산색(山色)은 누―럿코, 벌판의 풀들은 날마다, 말나 갓다. 길녑헤, 호올로, 적적(寂寂)하게 서 잇는 아까시아의 나무는, 설녕설녕 불어오는 추풍(秋風)에, 펄덕펄덕 황엽(黃葉)을 쩔치여 버린다. 그리하야, 그 바람에 쩔어진 낙엽(落葉)은 정처(定處)도 업시, 날아 굴너가 쌔린다.

도처(到處)에 벌러지들은, 나즌 소리로, 죽어가는 가을의 애도곡(哀悼曲)을 노래하고 잇다. 벌판은 고요하다. 언덕은 우드머니 서잇다. 시내물은 맑게 흐른다. 태양(太陽)은 싸뜻하게 비쵠인다. 한울은 파아랏다. 그러고, 남은 나븨는 춤추고, 버리는 노레한다. 모든 것은, 어느 쌔까지던지, 쓴치지 안는 그 바이올링의 소리에 마추어 가면서, 사(死)의 무도(舞蹈)를 하며, 임종(臨終)의 노래를 불느고 잇는 것 갓다. 바이올린의 소리는, 아직도, 쓴치지 안는다 모든 것은 언제까지던지, 그 아름다운 노래를 일치 안코 들으랴고 삼가는 마음으로 듯고 잇는 듯하다.

그쌔에 한발(發)의 쾅 하는 요란(搖亂)한 총(銃)소리가, 산(山) 저편으로부터, 울니어 왓다. 동시(同時)에 모든 것은, 다 놀애여, 부들부들 썰면서, 아름다운 현실(現實)의 쑴을 보고 잇든 눈을 번썩 썻다. 바이올린의 소리도 쓴허젓다. 그도 놀내어 벌썩 닐어섯다. 닐어서서 주위(周圍)를 돌아본즉, 산(山) 저 편에서, 일 인(一人)의 엽부(獵夫)가, 억개에 엽총(獵銃)을 메이고, 압흐로 쒸어가는 개를 쫏츠면서, 저편 곡간(谷間)에 숨어 버린다.

잠간(暫間) 지나서, 쌔이올린의 소리는, 쏘 다시 고요하게 들니어 온다. 그는 쏘, 바위 우에 올나 안젓다. 주위(周圍)의 모든 것은, 지금(只今)까지, 아모런 일도 업슨 듯이, 엄숙(嚴肅)하게, 만물(萬物)의 말르고 시들어 가는 가을의 일을, 애(哀)처로히 힘쓰고 아는 듯하다. 우주(宇宙)의 신(神)은, 멸망(滅亡)과, 쇠잔(衰殘)을 슯허하는 만상(萬象)을 불상히 녁이는 마음도, "그러나, 쏘 새로온 생명(生命)의 오는 내년(來年)의 봄은, 지금(只今), 지평선(地平線)의 저편에서, 소생(蘇生)하랴는 너희들을, 기다리고잇다"라고나 말하면서, 적막(寂寞)하게 웃고 잇는 듯하다. 그러나, 그 자비(慈悲)에 가득찬 눈에서는, 눈물이 썰어진다. 그러나, 눈물의 저편 안에는, 쏘한 환희(歡喜)의 빗이 뵈인다.

그는, 태양(太陽)이 넘어가는 것도 몰으고, 묵상(黙想)하면서, 바위 우에, 고요히 안저 잇섯다. 그러나, 그는, 얼마나 오래 안쟈 잇섯는 지는 몰은다 언듯 그는, 귀를 기우리고, 어듸로서부터, 만종(晚鍾)의 소리가 울니어 오는 것을 들엇다. 그것은, 촌(村)의 다 낡은 적은 교회당(敎會堂)에서, 저녁의 기도(祈禱)를 알니우는 종(鍾)소리이엇다.

실(實)로, 가을의 만종(晩鍾)소리와 가티, 적막(寂寞)하고, 슯흐고 무한(無限)하게
들니는 것은 업다, 그는 끗업는 적막(寂寞)과, 애수(哀愁)의 감(感)을 늣기면서, 기운
(氣運)업시, 수구리엇든 고개를 들엇다. 그 째에는, 일일(一日)을 비최인, 열(熱)이 점점
(漸漸) 식어가는 가을의 태양(太陽)은, 발서, 서산(西山) 우에 걸녀 잇섯다.

종(鍾)소리는, 멀니 울니어 온다. 가을의 석양(夕陽)의 빗츤, 무한(無限)히 아름답다.
만상(萬象)은 적적(寂寂)하다. 게다가, 가을의 설녕설녕하는 저녁 바람까지 불어온다
참으로, 얼마나 고독(孤獨)하고, 적막(寂寞)한 째이랴?

그는, 바위에서 닐어섯다. 그리고, 한손에는 책(冊)을들고, 한손에는, 일흠도 몰을 시
들어가는 애(哀)처러운 쌝안 꼿 한 가지를 들고서, 천천히 저녁의 벌판으로 내려왓다.
그의 눈에는, 그가 살고 잇는 저 편의 적은 산(山) 아레의 죠음마한 촌락(村落)에서, 실
실히 써올으는 가느다란 몃 줄기의 연기(煙氣)가 뵈이엇다, 그러고 거친 다 비어듸런
누으런 산(山) 허리와, 벌판의 전답(田畓) 가운데에서는, 백의(白衣)를 닙은 농부(農夫)
들이, 한 사람식, 한 사람식, 초막(草幕) 아래로, 저녁의 길을 유유(悠悠)히 것고 잇다.
그곳에는, 수확물(收穫物)을 실은 누으런 소도 것고, 손에 낫을 들은 젊은 여자(女子)도
것고 잇다 그리고 저편의 초막(草幕) 아라의 슷대문(門)으로부터는, 적은 아해(兒孩)가
혼쟈서 강아지와 가티 이 편의 논드렁으로어 쒸오고 잇다.

바이올린의 슯은 흐득임은, 아직도 들니어 온다. 그는 고요히, 고개를 숙이고, 무언
(無言)의 가운데에, 자기(自己)의 집으로 돌아가고 잇다. 그의 것고잇는 도로(道路)의
양측(兩側)의 말라가는 풀숩 속에서는, 연(連)하야, 벌러지의 우는 소리가 들니어온다.
그러고, 그가 것고 잇는 눈 압헤 나즌 공중(空中)에는 수 백(數百) 마리의 하루살이가,
이리저리로 날느고 잇다

아아! 원제 죽을런지도 몰으는, 가련(可憐)한 하루살이의 날느는 가을의 저녁길과
가티, 애(哀)처롭고, 적막(寂寞)한 것은 업스리라.

발서 석양(夕陽)은 넘어가고, 동편(東便)에서는, 어슬어슬한 황혼(黃昏)이, 차츰차
츰, 기어오기 시작한다.

그는 잠간(暫間) 머무럿다. 그러나, 또 것기 시쟉하엿다. 발서, 그는, 낡아 쓰러저가는 쓸쓸하고, 적막(寂寞)한 자기(自己)의 집에 거진 다 왓섯다. 종(鍾)소리는, 언제인지, 슨치고 말앗다. 그러나, 그 가슴을 상(傷)하게 하는 듯한 바이올린의 슯흔 노래는, 아직도, 혼자서, 적막(寂寞)하게 노래하고 잇다. 혹(惑)은, 그것은, 아름답고도 가련(可憐)한 가을의 여신(女神)의 노래인지도 몰은다.

아아! 그는, 어느 째까지던지, 어느 째까지던지, 그 슯흐고, 적막(寂寞)하고, 쏘는 아름다운 노래를, 니즐 수가 업섯다.

그는, 다시, 창(窓) 안의 책상(冊床)에 의지(依支)하야, 호올로, 적적(寂寂)하게게 안저잇다. 한을은, 픽으나 어두웟다.

그는, 눈을 감앗다. 그리하고, 고요히 생각한다. 그의 귀에는, 아직도, 그바이올린의 소리가 들니어 온다

아아! 그 바이올린의 흐득이는 구슯흔 노래는, 어느 째까지던지, 그의 귀와, 가슴에, 울리어 슨치지 안으리라. 쏘는, 우주(宇宙)의 모든 것의 안에도!

그러고, 그는, 어느 째까지던지, 그 노래를 불으면서, 적막(寂寞)하게, 쏘는 슯히 울고 잇스리라.

위에 그 전문을 원문대로 인용한 포우의 수필 「가을의 노래」에 끼친 베를렌의 시 「가을의 노래」의 영향관계는 우선 제목의 유사성에서도 찾아볼 수 있을 뿐만 아니라, 그 내용의 유사성에서도 찾아볼 수 있다. 이러한 점은 포우의 수필에서 '가을'(12번), '바이올린'(9번), '종소리'(5번), '가슴'(3번), '슬픔'(14번), '적막'(13번) 등의 사용빈도수에서도 확인할 수 있다. 이처럼 베를렌의 시 「가을의 노래」와 포우의 수필 「가을의 노래」는 밀접하게 관련된다.

(4) 김영랑의 시에 반영된 베를렌의 시의 영향과 수용

한국 현대시의 형성과정에서 베를렌의 시의 영향은 김영랑의 시에서도 찾아

볼 수 있으며, 이러한 점은 『시학』 제5집[1939]에서 실시한 여론조사에서 김영랑이 "베를렌을 사숙私淑한 시절이 있었습니다"라고 응답한 점과 그의 첫 시집 『영랑시집』[1935]의 서른 번째 시에서 베를렌을 구체적으로 언급하고 있다는 점에서도 확인할 수 있다.

> 븬 포케트에 손찌르고 폴·뻬를레—느 찾는날
> 왼몸은 흐렁흐렁 눈물도 찟금 나누나
> 오! 비가 이리 쫄쫄쫄 나리는 날은
> 서른소리 한千마대 썻스면 시퍼라

위에 인용된 시에서 '베를렌', '눈물', '비', '슬픔' 등은 "마을에 고요히 내리는 비"라는 랭보의 시의 구절에서 차용한 베를렌의 시 「마을에 고요히 내리는 비」에 관계되며, 베를렌의 이 시는 그의 시집 『말없는 로망스』[1874]에 수록되어 있다. 베를렌의 이 시를 번역하여 『태서문예신보』 제6호[1918.11.9]에 수록한 김억의 「거리에 나리는 비」, 『해외문학』 창간호[1927.1]에 수록된 이하윤의 「내가삼속에는눈물이퍼붓네」, 장만영·박목월이 공저한 『영랑시감상永郞詩鑑賞』[1959]에 수록된 박목월의 「거리에 비오듯이」를 베를렌의 시 원문과 함께 정리하면 〈표 6〉과 같다.

김영랑의 시와 베를렌의 시 「거리에 비오듯이」의 유사성에 대해 박목월은 다음과 같이 언급하였다. "이것은 '가을날 비오롱의 가락 긴 흐느낌, 사랑에 찢어진 내 마음을 쓰리게 하네'라는 그 폴·베르레느의 노래. '거리에 비 오듯이 내 마음에 눈물비 오는' 베르레느의 눈물비가 '이리 쫄쫄쫄 나리는 날'에 한국의 어느 청년은, 빈 포케트에 손을 찌르고, '왼 몸은 흐렁흐렁 눈물을 찔끔'거리며, 서른 소리—가슴에 후련하도록 슬픈 시를 한 천수千首 읊고 싶은 그의 심정. 순직한 문학청년적인 애상. 그러나 센치는 젊은 날에 누구나 비오는 날이면 느끼는 것이리라. 더구나, 포케트가 빈 날의 비가 나리는 구슬픈 심정, 절로 눈물

〈표 6〉

Verlaine, "Il pleure dans mon coeur"	김억 역, 「거리에 나리는 비」
Il pleure dans mon coeur Comme il pleut sur la ville; Qiuelle et cette langueur Qui pénètre mon coeur?	거리에 나리는 비인듯 내가슴에 눈물의비 오나니, 엇지ㅎ면 이러ㅎ 설음이 내가슴안에 슴어들엇노?
Ô bruit doux de la pluie Par terre et sur les toits! Pour un coeur qui s'ennuie Ô le chante de la pluie!	아, 짜에도 집웅에도 나리는 고은 비소리, 애닯은 맘째문이라고, 오, 나려오는 비의노리.
Il pleure sans raison Dans ce coeur qui s'écoeure. Quoi! nulle trahison?…… Ce deuil est sans raison.	이 쓰거운 닉가슴에 까둙업시 나리는 비눈물, 거슬리는 맘도 업는데 애닯아라, 이설음은 무슨까둙?
C'est bien la pire peine De ne savoir pourquoi Sans amour et sans haine Mon coeur a tant de peine!	사랑도 아니요, 미움도 업는 가장 앓흔 이 설음은 뭇기 좃ᄎ 바이 업나니, 엇지ㅎ면 내가슴 압하?

이하윤 역, 「내가삼속에는눈물이퍼붓네」	박목월 역, 「거리에 비오듯이」
거리우에 비가나리는것가치 내가삼속에는 눈물이퍼붓네. 가삼깁히잠겨잇는 이내설음은 이내설음은 무엇일가나.	거리에 비오듯이 내 마음속에 눈물비 오네 가슴 속까지 스며 드는 이 슬픔은 무엇일가?
쌍우에도 지붕우에도 오 고흔빗소래여! 고닯흔마음일내 오 퍼붓는비의노래여!	땅위에 지붕 위에 내리는 비 오는 소리의 처량함이여 속절없이 외론 맘 울리는 오오 빗소리 비의 노래
시달닌이마음속에 까닭업시 눈물흘은다. 그는역정(逆情)도아닌데 이애상(哀傷)은까닭이업고나.	서럽고 울적한 이 심사에 뜻 모를 눈물만 오네 원망스런 생각이라도 있는 것일가 이 리듬 알 길이 바이 없구나
이는이유(理由)모르는 가장쓰린고통(苦痛)이어니. 사랑도법고 미움도업시 이리도괴로운가 이내가삼은.	사랑도 없고 원한도 없으련만 어찌해 내 마음 이리도 괴로울가 이렇게 괴로운 까닭 모르는 것이 괴로움 속 괴롬인가 싶네.

이 찔끔 나오도록 서글픈 것이다. '왼 몸은 흐령흐령'이라는 이 절묘한 표현. 몸을 고눌 바 업는 외로운 몸짓이 절로 이룩한 표현이다."

김영랑의 시와 베를렌의 시의 관계를 살펴볼 수 있는 세 번째 요소는 『영랑시집』의 발간을 앞두고 김영랑에게 보낸 편지에서 박용철이 다음과 같이 언급한 점에서도 찾아볼 수 있다. "제야除夜 두견杜鵑 두 편에는 제명題名이 붙고 불지 암佛地庵에는 문학 때대로 꼬리를 붙이려네. 시에 번호를 붙일 뿐 페이지도 매기지 않을 생각이네. 시 넘버와 '혈頁'이 거의 맞먹는데서 착상이네 세계에서 유례가 없으리." 박용철의 이러한 언급은 『아름다운 노래』[1870], 『말없는 로망스』[1874], 『예지』[1881] 등과 같은 베를렌의 시집에서 찾아볼 수 있으며, 그가 자신의 시에 번호만 붙이고 있다는 점에 주목할 필요가 있다.

베를렌은 장-앙트안 와토의 연작그림 〈사랑의 축제〉[1712~1715] 중의 하나인 〈공원의 모임〉에서 영감을 얻어 자신의 시 「밝은 달빛」을 창작하였다(〈표 7〉). 한동안 망각되었던 와토의 그림은 빅토르 위고, 제라르 드 네르발, 테오필 고티에 등 19세기 프랑스의 시인들이 관심을 보이면서 재평가되었으며, 보들레르는

〈표 7〉

Verlaine, "Clair de lune"	윤호병 역, 「밝은 달빛」
Votre âme est un paysage choisi Que vont charmant masques et bergamasques Jouant du luth et dansant et quasi tristes sous leurs dégise,emts famtasqies.	그대의 영혼은 선택받은 풍경 매혹적인 가면을 쓴 사람들과 베르가모인들이 기만하는 풍경 루트를 불며 춤추며 슬픈 듯 보이고는 하지 환상적인 변장술을 하고는.
Tout en chantant sur le mode mineur L'amour vainqueur et la vie opportune, Ils n'ont pas l'air de croire à leur bonheur Et leur chanson se mêle au clair de lune.	단음계의 무드로 노래하면서 사랑의 승리와 인생은 기회를 잡지만 행운을 믿는 것 같지도 않고 노래 소리도 밝은 달빛에 섞어버리네.
Au calme clair de lune triste et beau, Qui fait rêver les oiseaux dans les arbres Et sangloter d'extase les jets d'eau, Les grands jets d'eau sveltes parmi les marbres.	슬프고도 아름다운 밝은 달빛으로 새들은 나뭇가지에서 꿈을 꾸고 분수는 황홀하여 울고는 하지, 대리석상 사이 그 위대한 멋진 분수는.

와토의 그림을 철저하고 치밀하게 해석한 자신의 시 「등대」1855에서 와토를 "인류의 등대"라고 표현하는 한편 다른 한편으로는 와토의 그림이 샹들리에의 인공조명 아래에서 평범한 서민이나 귀족이 빙빙 돌아가면서 가볍게 춤을 추는 '코미디 발레'의 배경으로는 어울리지 않는다고 파악하였다. 프랑스 상징주의 시인들로부터 많은 관심을 불러일으켰던 와토의 그림에서 영감을 얻어 창작한 것으로 알려진 베를렌의 이 시를 가브리엘 포레와 클로드 드뷔시는 음악으로 작곡하기도 하였다.

베를렌의 시에서 '베르가모Bergamo'는 이탈리아의 도시 이름이며, 이 도시에 사는 사람을 단수單數로 표기할 때는 'Bergamasca'로, 복수複數로 표기할 때는 'Bergamassche'로 표기하며, '베르가모'는 '타란텔라taranetlla'처럼 빠르게 추는 춤 또는 이러한 춤에 알맞은 '음악'을 의미한다. 따라서 이 시는 그림과 시와 음악을 동시에 비교할 수 있는 의미 있는 자료가 된다. 이와 같은 베를렌의 시에서 '달빛'에 의한 시적 분위기는 김영랑의 시 「황홀한 달빛」에서도 동일한 '달빛'으로 전이되어 나타나지만, 전자의 달빛은 '공원'을 배경으로 하고 후자의 달빛은 '바다'를 배경으로 한다.

김영랑의 시에 나타나는 운율의식에 대한 비교연구의 가능성을 제안했던 정한모의 언급처럼, 김영랑의 시에 반영되어 있는 운율의식은 베를렌의 운율과 밀접하게 관계되며 김영랑은 그것을 자신이 일가견을 가지고 있던 북과 장구 및 국악에 의해 한국적인 고유한 가락과 정서로 전환시켜 놓았다. 이러한 점에서 베를렌의 시 「밝은 달빛」1869과 김영랑의 시 「황홀한 달빛」은 이 두 시인의 운율의식을 살펴볼 수 있는 계기를 마련해 준다.

김영랑의 시집에 수록된 쉰 한 번째 시에 해당하는 「황홀한 달빛」에는 '달빛'에 반사되면서 파도치는 바다의 경관 및 그것에 대한 시인의 성찰과 관조가 드러나 있으며, 그러한 모습을 드러내기 위한 시적 장치가 바로 그 자신의 운율의식이다. 이 시에는 김영랑 자신의 운율의식과 관조의식이 종합되어 있으며, 원문대로 옮긴 이 시의 전문, 음절의 시각화, 음절의 합, 음보 및 그 의미를 살펴보면 〈표 8〉과 같다.

이 시는 달빛을 반사하면서 물결치는 바다의 모습을 선명하게 묘사하고 있으며, 음절수가 합해지고 분할되고 다시 합해지는 외형적인 형태는 달빛을 받아 반짝이며 밀려오고 밀려가는 파도의 모습을 형상화하고 있다. 음보에 있어서도 2음보에서 비롯되어 2음보와 1음보, 1음보와 3음보가 교환되다가 다시 본래의 2음보를 반복함으로써 조화로운 모습을 보여주고 있다. 특히 동일한 8

〈표 8〉

시의 원문	음절의 시각화	음절의 합	음보	의미
황홀한 달빛	■■■ ■■	3 + 2 =5	2	음절 : 반복
바다는 銀장	■■■ ■■	3 + 2 =5	2	음보 : 균형
천지는 꿈인양	■■■ ■■■	3 + 3 =6	2	반복미 / 균형미
이리 고요하다	■■ ■■■■	2 + 4 =6	2	
불르면 내려올듯	■■■ ■■■■	3 + 4 =7	2	음절 : 교차
정뜬 달은	■■ ■■	2 + 2 =4	2	음보 : 변화
맑고 은은한노래	■■ ■■■■■	2 + 5 =7	2	교차미 / 변화미
울려날듯	■■■■	4 =4	1	
저 銀장위에	■ ■■■■	1 + 4 =5	2	음절 : 균형
떨어진단들	■■■■■	5 =5	1	음보 : 교차
달이야 설마	■■■ ■■	3 + 2 =5	2	균형미 / 교차미
깨여질라고	■■■■■	5 =5	1	
떨어져보라	■■■■■	5 =5	1	음절 : 교차
저달 어서 떨어져라	■■ ■■ ■■■■	2+2+4=8	3	음보 : 교차
그흘란스런	■■■■■	5 =5	1	교차미
아름다운 턴동 지동	■■■■ ■■ ■■	4+2+2=8	3	
후젓한 三更	■■■ ■■	3 + 2 =5	2	음절 : 균형
산위에 홀히	■■■ ■■	3 + 2 =5	2	음보 : 균형
꿈꾸는 바다	■■■ ■■	3 + 2 =5	2	균형미
깨울수 없다	■■■ ■■	3 + 2 =5	2	

음절인 '저달 어서 떠러저라'를 '아름다운 턴동 지동'으로 변화시켜 음보를 '2+2+4'와 '4+2+2'로 다르게 표현한 점은 김영랑이 시의 운율을 창조하는 데 있어서 수학적으로 치밀하게 시어의 배열을 계산했음을 보여주기도 한다.

이상에서 살펴본 바와 같이, 김영랑의 시에는 베를렌의 여러 가지 시적 요소들이 잠재되어 있으며, 그러한 요소에는 방법적 전용이나 이미지의 차용을 넘어 베를렌이 강조했던 기수율의 활용처럼 김영랑도 자신의 시에서 음절수와 음보에 대한 철저한 배려와 계산을 하고 있음을 알 수 있다. 그렇게 함으로써 이 두 시인은 '달빛'이라는 정경에 대한 묘사, 시적 운율에 대한 관심, 그리고 시적 자아 혹은 시인 자신의 기질 등에서 유사한 면을 공유하고 있다. 김영랑의 시에 반영되어 있는 음악적인 요소는 그의 시의 '운율적인 특징'을 분석할 때에 분명하게 파악할 수 있다.

(5) 한국 현대시에 반영된 베를렌의 시세계의 영향과 수용

이상과 같은 김억과 김영랑의 시세계에 끼친 베를렌의 영향은 김소월의 시에서도 찾아볼 수 있다. 김소월의 시「해넘어 가기전 한참은」에서 "가마귀 좇긴다. / 종소리 빗긴다. / 송아지 '음마'하고 부른다. / 개는 하늘을 쳐다보고 짖는다"라는 구절은 김억의 시「봄은 간다」의 "검은 내 떠돈다 / 종소리 빗긴다"와 어휘나 종결어미 등이 유사하다.

이러한 점은 김소월이 김억의 영향을 받았다는 사실에서도 찾아볼 수 있으며, 궁극적으로는 김억이 번역한 베를렌의 시「가을의 노래」의 제2연 "종소리 들릴 때"로 수렴된다. 김소월의 시「먼후일」은 메테를링크의 시「포에지」와 여러 가지 면에서 유사한 면을 지니고 있으며, 그의 또 다른 시「생生과 돈과 사死」의 "살아서 못죽는가, 죽었다가는 못하는가, / 아무리 살지라도 알지못한 이 세상을, / 죽었다 살지락도 또 모를줄로 압니다"라는 구절은 W. B. 예이츠의 시「비잔티움」의 마지막 구절 "초인이여 강림하소서. / 그는 삶속의 죽음이자 죽음속의 삶이리"

라와 유사하다. 또한 김소월의 시 「진달내꼿」,[1925]의 "영변寧邊에약산藥山 / 진달내꼿 / 아름짜다 가실길에 쑤리우리다 // 가시는거름거름 / 노힌그꼿츨 / 삽분히즈려밟고 가시옵소서"는 예이츠의 시 「그는 천국의 옷감을 원하네」의 "그듸의 발아래 늬쑴펴노니 / 나의 싱각가득흔 쑴위로 / 그듸여 가만히 밟고가시라"에서 찾아볼 수 있다. 김억은 『태서문예신보』 제11호[1918.12.14]에 처음으로 「쑴」이라고 번역하여 수록하였으며 그의 번역시집 『오뇌의 무도』[1921]에도 그 내용을 수정하여 수록하였다. 한국 현대시에 끼친 상징주의 시의 영향은 황석우의 시 「벽모碧毛의 묘猫」와 베를렌의 시 「여인과 고양이」에도 관계되고 그의 또 다른 시 「태양의 침몰」에서 '태양의 침몰'과 베를렌의 시 「지는 해」에서 반복되고 있는 '지는 해'에도 관계된다.

2) 보들레르의 영향과 수용

보들레르와 한국 현대시의 관계는 우선 『태서문예신보』 제9호[1918.11.30]에 수록된 백대진의 「최근最近의태서문단泰西文壇」에서 찾아볼 수 있다.

1885년이리 불란서시게에딕히야 밋쳐날쒸던 쥬의(主義)란 상증쥬의(象徵主義)이엇슴니다,곳이는 긔인쥬의의 예술덕출현이며 동시에 자연쥬의를 물니친 리상쥬의 쥬장이올시다, 예술의흥미런 이를 두겹으로볼수가잇슴니다, 곳 예술가된틱도와표현법이니 밧구어말흐면 늬용과 형식을 일음이올시다 불란서시게는 표상파(表象派)이리 그 형식의 방면에 향히서도 큰혁신이 이러나셧슴니다 당시신지의시는 거의다 셔술덕 표현(敍述的 表現)으로서 직접 품은바를 읇헛던바 이제 상증(象徵)으로싸 암시(暗示)흐는 의의덕 쥬장(意義的 主張)이 싱기엇슴니다. 상증이라흠은 분희흐기어려운 종합일치의상틱에잇는바 엇던방면을일음이니 엇더흐현찰가(賢察家)이던지 명빅히말흐기어려운바 진리의정슈(精髓)를 가장 만히 먹음어 그독창(獨創)을 운율덕 암유(韻律的 暗喩)로써 발표흐는것됨을 일커름이 올시다.

프랑스의 상징주의에 대한 백대진의 이상과 같은 언급에는 그가 상징주의를 잘못 이해하고 있는 부분이 있기는 하지만, 한국 현대시의 형성기에 있어서 상징주의의 중요성을 강조하고 있다는 점에서 그 의의를 찾을 수 있으며, 이러한 점은 『태서문예신보』 제10호^{1918.12.7}에 수록된 김억의 「쯔란스시단·1」에서도 찾아볼 수 있다.

샤르루 보드레르의 근대문예(近代文藝)에 준 힘은 크다. 이 점(点)에 대(對)하야 보드레르의 문예사상(文藝思想)의 지위(地位)는 '로만티큐의 최후자(最后者)'며, 갓은 째에 근대신비(近代神秘) 상징파(象徵派)의 선구자(先驅者)며, 쏠아서 시조(始祖)엿다. 근대(近代) 유롭의 시인(詩人)—아니, 전세계(全世界)의 근대적 시인(近代的詩人)은 직접(直接), 간접(間接)으로 그의 사상(思想)에 (…중략…) 문화(文化)의 곳이 한(限) 씃 피어, 그 화변(花辨)을 버리고 바람도 업는 저녁의 미광(微光)에 써러질가, 말가 하는 사뇌(思惱)의 아름다운 피로(疲勞) (…중략…) 밝음도 어두움도 안인 음울(陰鬱), 절망(絶望), 염생(厭生)의 비조(悲調)를 가진 사상(思想)에 한길갓치 새세례(洗禮)를 밧앗다, 세례(洗禮)를 밧는 자(者)라야 예술(藝術)의 문(門)을 쑤다릴 자격(資格)이 잇다.

김억은 상징주의 시인들의 시에 반영되어 있는 '음향', '색채', '방향', '형상' 등을 강조하면서, 이들이야말로 '시인적 시인'이라고 결론지었다. 다시 말하면, 보들레르를 선두로 하는 이들 상징주의 시인들은 '시인 중의 시인'에 해당한다고 파악하였다.

백대진과 김억이 포괄적인 의미에서의 서구 상징주의 혹은 프랑스 상징주의를 소개하는 과정에서 보들레르를 언급했다면, 양주동은 『금성』 창간호^{1923.1}에 게재된 「근대불란서시초^{近代佛蘭西詩抄}·1」과 제2호에 게재된 「근대불란서시초·2」에서 보들레르를 소개하는 한편 다른 한편으로는 그의 시를 번역하여 수록하였다. 그가 소개하는 보들레르의 '약전^{略傳}'은 다음과 같다.

쌰를르 · 피에르 · 쏜-들레-르(Charles Pierro Baudelaire)는 1821년 4월 9일에 파리 (巴里)에서 생(生)하엿다. 그의 부친(父親)은 상당(相當)한 지위(地位)잇는 문관(文官) 으로 문예(文藝)에 취미(趣味)를 만히 가진 사람이엿다. 1827년에 그의 부친(父親)은 사(死)하고, 익년(翌年)에 그의 모친(母親)은 어썬 육군사관(陸軍士官)과 결혼(結婚)하 엿다. 그는 처음 리앙(里昂)에서 교육(敎育)을 밧엇고, 쏘 파리(巴里)에 잇는 대유역학 원(大留易學院)에서도 수업(受業)하엿다. 1839년에 그는 학위(學位)를 엇고 문예(文 藝)에 종사(從事)코저 결심(決心)하엿스나, 그 후 양 년 간(後兩年間) 그의 생활상(生 活上) 큰 변동(變動)이 생겨, 그의 보호자(保護者)는 1841년에 그를 인도지방(印度地 方)으로 여행(旅行)을 보내엿다. 1년이 다 못되야 그는 다시 파리(巴里)로 도라와, 12년 간 방종화사(放縱華奢)한 생활(生活)에 그의 적은 재산(財産)을 거위 탕진(蕩盡)하엿 다. 1848년에 그는 혁명가(革命家)들 축에 참가(參加)하야 수년 간 공화정치(數年間共 和政治)에 흥미(興味)를 가젓섯스나, 그의 항상신념(恒常信念)은 귀족적(貴族的), 가특 력적(加特力的)이엿다.

그의 저작(著作)의 출현(出現)은, 1857년에 처녀시집(處女詩集)인 유명(有名)한 *Fleurs du Mal*『악(惡)의 화(花)』로 비롯하엿다. 그 시집중(詩集中) 몃몃 수(首)는 그의 친우(親友) 말라씨(Auguste Ponlet Malasais)의 경영(經營)하는 잡지(雜志),『양계평론 (兩界評論)』에 발표(發表)되엿섯다. 이 작품(作品)은 겨우 일부 소수 독자(一部少數讀 者)에게 감상(鑑賞)될 쑨이엿스나, 그의 음괴처창(陰怪悽愴)한 병적제재(病的題材)는 곳 인습적(因襲的) 비평가(批評家)들 사이의 물의(物議)을 초(招)하야, 그 시집(詩集) 이 '불건전(不健全)'을 조소(嘲笑)하는 데 쓰는 by-word가 되고 말엇다. 그러나 유-고 (Victor Hugo)는 이 시집(詩集)에 대(對)하야, 작자(作者)에게 서신(書信)으로 말하되, "Vous dotez le ciel de l'art d'un rayon macabre, Vous creez un fression nouvean." "족하(足 下)는 전(前)에 업든 무서운 빗으로써 예술(藝術)의 한 올을 덥헛다, 족하(足下)는 새로 운 전율(戰栗)을 창조(創造)하엿다"라 하엿다. 그와 밋 출판자(出版者)는, 드대여 공중 도적(公衆道德)의 문란(紊亂)으로 고발(告發)되엿다. 그래서 그 중(中)에서 극단(極端)

으로 추악(醜惡)하다는 부분(部分)만을 삭제(削除)하고, 1866년 쓰럿샐에서 다시 *Les Epaves* 『잔해(殘骸)』라는 일홈으로 출판(出版)하엿다.

그는 소년시대(少年時代)로부터 영어(英語)를 배와, 영국(英國)의 『악마물어(惡魔物語)』-예(例)하면 Lowis의 "Monk" 갓흔 것을 탐독(耽讀)하엿섯다. 1846~1847년간(年間)에 그는 비로소 포-(Edgar Allan Poe)의 저작(著作)을 읽엇다. 그의 말에 의(衣)하면 포-의 물어(物語)와 시(詩)는, 비록 정형(定形)은 업엇스나 뇌(腦) 속에 오래ㅅ동안 박혀 잇엇다 한다. 그째브터 1865년(年)까지 그는 포-의 저작(著作)의 번역(飜譯)에 몰두(沒頭)하야, 수 종(數種)의 명역(名譯)을 출(出)하엿다(그의 全集 第五, 第六卷 中에는 포-에 關한 論文 二篇이잇다).

1861년(年)에 그는 말라 씨의 사업실패(事業失敗)의 영향(影響)을 밧아, 재정궁핍(財政窮乏)의 곤고(困苦)를 밧다가, 1864년(年)에는 그만 파리(巴里)를 써나 백이의(白耳義)로 갓다. 그는 수 년 간(數年間)을 두고 어썬 매소부(賣笑婦)와 친압(親狎)하엿다. 그는 정부(情婦)의 불품행(不品行)에도 불구(不拘)하고 평생(平生) 그를 도와 주엇다. 그는 쏘 아편(阿片)에 중독(中毒)되야, 쓰럿셀에서 과도(過度)의 폭음(暴飮)을 시작(始作)하엿다. 그리하야 마비증(麻痺症)에 걸녀, 그는 그의 생(生)의 최후(最後) 2년간(年間)을 쓰럿셀과 파리(巴里)의 병원(病院)에서 보내엿다. 그는 맛츰내 파리(巴里)의 사립양육원(私立養育院)에서, 1867년(年) 8월(月) 31일(日)에 가장 비참(悲慘)하게 외로히 이 세상(世上)을 써낫다.

보들레르에 대한 이상과 같은 소개와 더불어 양주동은 「근대불란서시초·1」에 여섯 편의 시를, 「근대불란서시초·2」에 여덟 편의 시를 각각 번역하여 소개하였다. 위의 인용문에서 양주동은 보들레르의 생애를 비교적 정확하게 요약하였다고 볼 수 있으며, "그는수년간數年間을두고어썬매소부賣笑婦와친압親狎하엿다. 그는정부情婦의불품행不品行에도불구不拘하고평생平生그를도와주엇다"에서의 '어썬매소부賣笑婦'는 '검은 비너스'로 불리던 잔 뒤발을 지칭한다.

이상에서 살펴본 바와 같이, 김억이 보들레르의 시세계를 소개한 이후에 그의 영향을 받은 한국 현대 시인들이 많이 있지만, 여기에서는 황석우, 박영희, 서정주 및 김동명의 시를 중심으로 살펴보고자 한다.

(1) 황석우의 시에 반영된 보들레르의 영향과 수용

황석우는 『태서문예신보』에 「은자隱者의 가家」, 「어린 제매弟妹에게」 등을 발표하였고 김억, 오상순 등과 함께 1920년 『폐허』 동인으로 활동하면서 「애인愛人의 인도引導」, 「벽모碧毛의 묘猫」, 「태양太陽의 침몰沈沒」 등 주로 상징주의 계열의 시를 발표하였다. 또한 「일본시단日本詩壇의 2대경향二大傾向」과 같은 상징주의 시론을 소개하기도 하였다. 박종화, 변영로, 노자영 등과 함께 1921년 『장미촌』을 창간하여 「장미촌薔薇村의 향연饗宴」을 발표하였고, 1928년 『조선시단』을 창간하였다. 아울러 1929년 첫 시집 『자연송自然頌』을 출간하였다. 특히 「일본시단의 2대경향」은 당대 일본의 상징주의 경향을 일목요연하게 정리했을 뿐만 아니라 일본의 상징주의 시인들의 시를 말미에 수록하고 있어서 그러한 경향의 시와 시론의 흐름을 파악할 수 있는 계기를 마련한 것으로 평가되고는 한다. 따라서 황석우는 백대진, 김억과 더불어 한국 상징주의 운동의 기수로 주목받게 되었다. 그의 이러한 점을 반영하고 있는 그의 시로는 「벽모의 묘」를 들 수 있다.

어느날내영혼(靈魂)의

午睡場(낮잠터)되는

사막(沙漠)의우, 수풀그늘로서

碧毛(파란털)의

고양이가, 내고적한

마음을바라다보면서

(이애, 네의

온갖 懊惱, 運命을

나의 熱泉(끓는샘)갓흔

愛에 살적삶어주마.

만일, 네마음이

우리들의世界의

太陽이되기만하면,

基督이되기만하면.)

— 황석우, 「벽모의 묘」 전문

「석양夕陽은써지다」라는 신작시新作詩를 비롯하여 '단곡短曲'(9편)이라는 구작舊作과 함께 『폐허』 창간호1920.7에 수록된 이 시를 쓰게 된 동기에 대해 황석우는 『매일신보』1919.11.10에서 다음과 같이 언급하였다. "최근의 우리 조선에는 신체시란 말과 그 시풍詩風의 유행이 각 지식계급에 만연되여 잇습니다. 이말은 들을 때마다 혼도昏倒할 만치 큰 고통을 느낌니다. (…중략…) 금일의 우리는 벌서 서양시나 일본시를 충분히 저작詛嚼하엿습니다. 우리는 지금 서문시西文詩의 완전한 형식을 배웟슴니다. 쑨만아니라 일시日詩도 지금은 완전한 형식에 들어섯습니다. 그렇다면 한시漢詩나 서문시형西文詩形으로 향한 것이 아니라 바로 진화비약進化飛躍을 해서 자유시로 나가야 합니다." 이러한 언급으로 볼 때에 황석우는 「벽모의 묘」를 적어도 1919년 11월 10일 이전에 썼으며 그것을 1920년 7월 『폐허』 창간호에 수록하였다고 볼 수 있다.

이와 같은 배경을 가지고 있는 황석우의 시 「벽모의 묘」는 이 시의 소재가 '고양이'라는 점에서 베를렌과 보들레르가 자신들의 시에서 취급했던 '고양이'에 우선적으로 접맥되고 '오뇌懊惱', '운명運命', '열천熱泉', '애愛', '태양太陽', '기독基督' 등과 같은 시어의 암시성이 프랑스의 상징주의 시에 접맥된다고 볼 수 있다. 이 시의 전반부에는 '나'의 '영혼'과 파란 털의 '고양이'의 조응이 제시되어 있으며, 그러한 조응이 일어나게 되는 '사막'과 '수풀그늘'의 대립에 의해 악惡과 선善의 대응, 원초세계와 이상세계의 대응이 제시되어 있다. 이러한 대응에서 '고양이'는 자아의 부정적인 측면에 해당하는 '악마'를 강조하고, '나'는 자아의 긍정적인 측면인 '현실'을 강조한다. 또한 어린이의 말투를 사용하는 고양이의 대화체를 괄호로 처리한 이 시의 후반부에는 세상을 살아가는 데 있어 '선하게 살기'의 어려움이 암시되어 있을 뿐만 아니라 그러한 고난을 극복하기 위해서는 악으로 대표되는 '고양이'의 말을 들어야 한다는 점도 암시되어 있다. 말하자면 긍정적인 자아와 부정적인 자아가 서로 대립되어 있다.

『폐허』 창간호에 수록된 황석우의 신작시 「석양은쩌지다」에는 당시에 성행하던 세기말의 분위기와 상징주의의 영향이라고 할 수 있는 암울하고 어둡고 암담한 주제를 강조하고 있다. 서쪽으로 사라져가는 석양을 제재로 하여 당시 일제치하의 암담한 현실을 살아갈 수밖에 없는 '젊은 영혼'에 대한 애정과 비애, 슬픔과 격려 등이 표현되어 있다. 첫 번째 연을 제외하면, 모든 연이 "애인愛人아 밤안으로흠벅우서다고"라는 구절을 반복함으로써 시인의 간절한 소망을 강력하게 드러내고 있을 뿐만 아니라 '대화체'를 사용함으로써 이 시를 읽는 독자로 하여금 그러한 이야기를 듣고 있는 '청자'라는 느낌이 들게 하였다.

젊은신혼(新婚)의부부(夫婦)의지적이는방(房)의

창(窓)에불그림자가쩌지듯키석양(夕陽)은쩌지다.

석양(夕陽)은쩌지다.

애인(愛人)아, 밤안으로흠벅우서다고,

나의질소(質素)한처녀(處女)의살갓흔깨긋한마음을펼(擴)처서

네눈이쌀시게되도록, 너의게뵈이마.

내마음에는 지금밧은

황혼(黃昏)의

맥(脈)풀닌 힘업는

애통(痛)한접문(接吻)의자욱이잇슬쑨이다.

애인(愛人)아 밤안으로흠벅우서다고.

나의 이연(柔)한마음을펴처

가을의행긔럽운석월(夕月)을싸듯키

너의부닷기고, 고적(寂)한혼(魂)을싸주마.

애인(愛人)아, 밤안으로흠벅우서다고.

네의우슴안에 적은막(幕)을치고

지구(地球)의긋에서기어오는 앙징한‘새벽’이

우리의혼(魂)압헤도라올쌔ㅅ지,

너와니야기하면서 숨을쌔듯키자려한다.

애인(愛人)아, 밤안으로흠벅우서다고.

네의그미소(微笑)는 처음사랑의

쓰거운황홀(恍惚)에턱괴힌

소녀(少女)의살적가(鬢際)를춤추어지내는

봄저녁의애교(愛嬌)만흔바람갓고,

쏘너의그미소(微笑)는

나의울음개힌마음에수(繡)논적은무지개(虹)갓다.

애인(愛人)아, 밤안으로흠벅우서다고.

나의가장새롭은황금(黃金)의예지(叡智)의펜으로

네의영롱(玲瓏)한우슴을찍어

나의눈(雪)보덤더흰마음우에

황혼의 키쓰를 서언(序言)으로 하여,

아아 그애통(痛)한키-쓰의윤선(輪線)안에

네의얼골(肖像)을

네의긴-생애(生涯)를

단홍(丹紅)으로, 남(藍)색으로, 벽공색(碧空色)으로

네의가장즐기는빗으로그려주마.

애인(愛人)아 밤안으로흠벅우서다고.

내마음이취(醉)해넘머지도록

너의장미(薔薇)의향기(香氣)갓고

처녀(處女)의살향기(香氣)와갓흔속힘(底力)잇는우슴을켜(呻)려한다.

애인(愛人)아우서라, 석양(夕陽)은쩌지다.

애인(愛人)아 밤안으로흠벅우서다고.

네우슴이 내마음을덥는한아즈랑이(靄)일진댄

네우슴이 내마음의압헤드리우는한삿발(花簾)일진댄

나는 그안에서내마음의곱은화장(化粧)을하마.

네우슴이어느나라에길써나는한태풍(颱風)일진댄, 구름일진댄

나는내혼(魂)을그우에갑야웁게태우마.

네우슴이내생명(生命)의상처(傷處)를씻는무슨액(液)일진댄

나는네우슴의그쓸는감과(坩堝)에쒸여들마

네우슴이 어느세계(世界)의암시(暗示), 그생활(生活)의한곡목(曲目)의설명(說明)일

진댄

나는나의귀의굿은못을빼고들으마,

네우슴이 나의게만열어 뵈희는

너의비애(悲哀)의비밀(秘密)한 화첩(畵帖)일진댄,

나는 내마음이홍수(洪水)의속에잠기도 울어주마,

애인(愛人)아우서라, 석양(夕陽)은 꺼지다.

— 황석우, 「석양은꺼지다」 전문

(2) 박영희의 시에 반영된 보들레르의 영향과 수용

카프KAPF의 활동으로 더 잘 알려져 있는 박영희와 보들레르의 관계는 『개
벽』 제48호1924.6에 수록된 그의 「악惡의 화花를 심은 쏀드레르론論」에 나타나
있으며, 자신의 이 글에서 박영희는 보들레르의 생애를 개관했을 뿐만 아니라
그의 시를 예로 들어 시와 미美, 시와 악惡의 관계를 비교적 상세하게 설명하였
다. 예를 들면, 고대의 시인은 '사상'에 의해 시를 썼지만, 근대의 시인은 '신경'
에 의해 시를 썼다는 점을 강조하면서, 그 대표적인 경우로 보들레르를 예로 들
었다. 박영희는 "쏀드레르는 모든 것에취醉하엿엇다. 시詩에취하고, 술에취하고,
오피움에취하고 하쉿쉬에취하고 압센뜨에취하엿다. 그리하야 병실病室가튼생生
에서 쾌락快樂을어드려하엿다"면서 다음과 같이 설명하였다.

쏀드레르는 악(惡)을 사랑하엿다고 함은, 그가 가장 미묘(微妙)한 관찰(觀察)로 인
생(人生)의 선(善)을 해부(解剖)하엿다는 의미(意味)이다. 복잡(複雜)한 감정(感情)과
미묘(微妙)한 관찰(觀察)롤 비로소 엇은 것이 악(惡)이라는 데에서 새로히 광명(光明)
을 엇는 꽃이인 것이엿다. 그리하야 18세기(世紀) 대부분(大部分)의 사상(思想)은, 혹
작가(作家)는 이를 영향(影響)밧음이 컷섯다. 그와 가티 쏀드레르는 자신(自身)의 치밀
(緻密)한 사상(思想)을 시(詩)로써 발휘(發揮)할 째에 그는 말의 불완전(不完全)과 감
정(感情)을 표(表)는 데의 불구(不具)한 말을 버서나, 상징(象徵)이라는 새 형식(形式)
으로 표현(表現)하게 되엿다. 표현(表現)키 어려울 위대(偉大)한 예술(藝術)은 가장 완

전(完全)한 상징(象徵)으로야 표현(表現)하는 것이다.

이상과 같은 언급과 함께 박영희는 보들레르의 산문시「창窓」을 예로 들어 '상징'의 의미를 "모든 미美를 더 완전完全히 맛보기 위하야 상징象徵이라는 형식形式을 갓게 되였다. '말보다도 침묵沈默이' 더 만흔 의미意味를 감추고 잇는 것이다"라고 파악하였다. 따라서 그는 "시詩는 그의 예민銳敏한 신경神經과 한 가지 관능官能의 세계世界로 나가게 되엇다. 향香, 색色, 취臭, 형식形式, 등에 오관五官에 날카로운 자극刺戟을 취取하게 되엿다. 가장 발달發達된 쏘드레르의 오관五官은 가장 관능적官能的 색채色彩를 농후濃厚하게 하엿"고 "타락墮落과 퇴폐頹廢하는 가운대서 영원永遠한 미美를 차지려 하엿다. 미美의 전성全盛은 미美의 퇴폐頹廢를 말하는 것이"라고 결론짓는 한편 다른 한편으로는 "악惡에서 나온 죄악罪惡은 그것은 원죄原罪임을 알엇다"라고 결론지었다.

전부 다섯 개 부분으로 형성되어 있는「악의 화를 심은 쏘드레르론」에서 박영희는 보들레르의 시세계를 조망하였다. 보들레르의 시와의 관계를 보여주는 박영희의 또 다른 시로는『장미촌』창간호1921.5에 수록된「적笛의 비곡悲曲」이 있다.

광야(曠野)에마음쓸쓸하게
쌔(時)안인 눈비(雪雨)가부어나릴쌔
음울(陰鬱)한가삼의어둔그늘속에서
애틋하게도 눈물을자어내는
'적(笛)의 비곡(悲曲)'은가만가만이울이다.

소래가늘고 마듸업시
영(靈)의가삼을 두다리며 찌르다
가삼은터저 혈조(血潮)는부어나려

폭포(瀑布)와갓치 소리크게돌제

넷날애인(愛人)의반가운적(笛)소리가

마음괴롭게도 추억(追憶)의금선(琴線)을다시울이다.

적(笛)여! 적(笛)의 곡(曲)이여!

놉흔언덕 넓은태양(太洋)

씃모르는천애(天涯)까지

눈물에젓(濕)게하는아람다운비곡(悲曲)을

크게크게 울이면서가라!

그리다가 푸른그늘(靑松)에안저

참회(懺悔)의눈물을샊리는여성(女性)을보거든

그의품속으로가만가만히들어가

나의마음을흔들이게하든

너의아럼다운비곡(悲曲)

나의소식(消息)을전(傳)하여라!

아!나의마음은애달도다!

무르녹은월색(月色)에흐르는적(笛)의 비곡(悲曲)!

나는어나곳에머무를까?

애인(愛人)이여영원(永遠)히오지안이하려냐?

그러나나는영원(永遠)히기다리겟노라

아!적(笛)의 비곡(悲曲)이여!

— 박영희, 「적(笛)의 비곡(悲曲)」 전문

최초의 시 전문 잡지로 평가되는 『장미촌』 창간호에 「과거過去의 왕국王國」과 함께 수록된 박영희의 시 「적의 비곡」과 보들레르의 시 「유령幽靈」의 비교가능성에 대해서는 강우식이 언급한 바 있으며 그의 논의를 확장시켜 이 두 편의 시에 반영되어 있는 영향과 수용의 관계를 살펴보면 다음과 같다. 우선 윤영애가 번역한 보들레르의 시 「유령」을 인용하면 다음과 같다.

야수의 눈을 가진 천사들처럼
나는 그대 규방으로 되돌아와
밤의 어둠을 타고
소리 없이 그대를 향해 스며들어가리.

그리고 갈색머리의 여인이여, 그대에게 주리,
달빛처럼 차가운 입맞춤을,
웅덩이 주변을 기어다는
뱀의 애무를.

희뿌연 아침이 오면,
그대는 보게 되리, 내 자리 빈 것을,
그곳은 저녁까지 싸늘하리.

남들이 애정으로 그러하듯,
나는 공포로 군림하고 싶어라,
그대의 생명과 그대 젊음 위에.

위에 전문을 인용한 보들레르의 시와 박영희의 시에서 전자는 한 여성을 그리

위하는 주체가 '유령'으로 변신하여 사랑하는 여인과 사랑을 나누고 떠나는 것으로 되어 있고, 후자는 그러한 주체가 '피리'로 변신하여 사랑하는 여인과 사랑을 나누고 떠나는 것으로 되어 있다. 그 주체가 유령이든 피리(정확하게는 피리소리)이든, 그것은 구체적으로 파악 불가능하고 포착 불가능한 어느 한 '순간'을 근간으로 한다. 이 두 편의 시의 상관성을 이와 같이 이해할 때에, 박영희의 시에서는 사랑의 감정이 '태양太洋'과 '천애天涯' 등에 의해 극대화되기도 하고 '푸른그늘靑松'과 '월색月色' 등에 의해 구체화되기도 한다. 아울러 보들레르의 시에서는 '천사'와 '공포'에 의해 사랑의 양면성을 강조하기도 하고 '달빛'과 '뱀'에 의해 구체화하기도 한다. 이처럼 이 두 편의 시에는 몇 가지 어휘의 유사성을 찾아볼 수 있을 뿐만 아니라 '만남'과 '떠남'이라는 지극히 보편적인 시적 분위기의 설정 등에서도 그러한 점을 확인할 수 있다. 그럼에도 박영희의 시에 반영되어 있는 피리 혹은 피리소리는 '나'와 '대상(그녀)'의 사랑을 위한 매개체로 작용하는 반면, 보들레르의 시에 반영되어 있는 '유령'은 바로 '나' 자신 혹은 '나'의 사랑의 '빈자리'를 나타낸다고 볼 수 있다.

(3) 서정주의 시에 반영된 보들레르의 영향과 수용

서정주는 1936년 『동아일보』 '신춘문예'에 「벽」이 당선되어 시인으로 등단하였으며, 같은 해 11월 김동리, 김광균, 오장환 등과 함께 『시인부락』을 창간하여 편집인 겸 발행인으로 활동하였다. 생전에 15권의 시집과 약 1,000여 편의 시를 발표한 바 있는 그의 시세계는 원색적이고 관능의 세계를 중심으로 하는 시, 한국의 전통적인 미학세계를 중심으로 하는 시, 달관과 원숙미의 세계를 중심으로 하는 시 등으로 나누어 볼 수 있다. 이와 같은 세 가지 시세계 중에서 원색미와 관능미의 세계는 그의 첫 시집 『화사집』1938에 집대성되어 있으며, 그의 초기시의 시세계와 보들레르의 시세계는 그동안 많은 연구가 있어 왔다.

우선 보들레르의 영향을 받은 것으로 알려져 있는 자신의 시 「화사花蛇」를 서정주는 『시인부락』 제2호[1936.12]에 발표하였으며, 이 시의 말미에 '소화[昭和] 11년 6월', 즉 1936년 6월에 쓴 것으로 표기하였다.

사향박하(麝香薄荷)의 뒤안 길이다.

아름다운 배암……

을마나 크다란 슲음으로 태여났기에, 저리도 징그라운 몸둥아리냐

꽃 다님 같다.

너의 하라버지가 이쌔를 꼬여내든 달변(達辯)의 혓바닥이

소리 이른차 낼룽그리는 붉은 아가리로 푸른 하늘이다─ 물 뜯어라. 원통히 무러 뜨더,

다라나거라. 저놈의 대가리!

돌팔매를 쏘면서, 쏘면서, 사향방초(麝香芳草)ㅅ길 저놈의 뒤를 따르는것은

우리 하라버지의 안해가 이쌔라서 그리는게 아니라

석유(石油) 먹은듯……석유(石油)먹은듯…… 가쁜 숨결이야

바눌에 꼬여 두를가보다. 꽃다님보단도 아름다운 빛

크레오파투라의 피 먹은양 붉게 타오르는

고흔 입설이다─ 스며라! 배암.

우리 순(順)네는 스믈난 색시, 고양이같은 고흔 입설…… 슴여라 배암!

─ 서정주, 「화사」 전문

잘 알려진 바와 같이 위에 인용된 서정주의 시 「화사」의 소재는 '꽃뱀'이며 그의 초기 시에 해당하는 이 작품은 19세기말 시에의 '악마주의'를 제창했던 보들레르의 시세계에 심취하여 쓴 것으로 전하는 작품이다. 이처럼 원시적 생명력의 상징에 해당하는 '뱀'을 통해 서정주는 미추美醜와 선악善惡, 본능과 절제가 잠재되어 있는 인간의 본래의 모습, 말하자면 원시적 생명력에 대한 충동과 관능적 아름다움에 대한 지향 등을 표현하였다. '밤'은 또 원죄의식과 숙명 및 이에 대한 극복의지 등을 표상한다. 이 시의 소재로 등장하는 '뱀' 혹은 '꽃뱀'은 상당히 복잡한 의미를 지니고 있다. 특히 "우리 할아버지의 아내가 이브라서 그러는 게 아니라"에서는 '악마의 상징'으로 나타나기도 하고, "클레오파트라의 피 먹은 양 붉게 타오르는 / 고운 입술이다"에서는 유혹의 상징으로 나타나기도 한다. 이러한 뱀의 상징은 일반적으로 다음과 같다. "뱀은 원초의 본능, 즉, 다스려지지 못하는 미분화한 생명력의 용출湧出을 나타내며, 잠재적 활력, 영적 활성력을 상징한다. (…중략…) 뱀은 지식, 힘, 간계, 음험, 교활, 암흑의 상징이며, 악, 부패, 유혹자이다. 뱀은 운명 그 자체이며, 재앙보다 빠르고, 복수보다 생각이 깊고, 운명보다 더 알 수 없다." 이러한 의미의 '뱀'을 소재로 하고 있는 자신의 시 「화사」에서 서정주는 뱀의 징그러운 모습과 아름다운 빛깔을 지닌 뱀의 '양면성', 생래적生來的인 원죄의식原罪意識과 한恨의 세계, 육체적 본능과 죄의식에 의한 갈등, 뱀 그 자체의 관능미官能美와 원시적 생명력 등을 차례로 설명하고 있다.

서정주가 「화사」를 『시인부락』에 처음 발표했을 때 그리고 자신의 첫 시집 『화사집』1941에 표제 시로 수록했을 때, 그의 이 시가 당시 문단에 상당한 충격을 안겨준 까닭은 서정중심의 시세계, 모더니즘 중심의 시세계, 또는 리얼리즘 중심의 시세계와는 상당히 다른 것이기 때문이기도 하고, 그동안 금기시되었던 악마적이고 원색적인 인간본연의 욕망이 강하게 드러나 있기 때문이기도 하다. 그런 까닭에 이 시가 보들레르의 시세계에 접맥되는 것으로 파악해 왔으며, 그러한 점은 보들레르가 자신의 시에서 활용하고는 했던 방향제, 즉 '사향麝香', ' 박하薄荷', '방초芳草' 등에서 확인할 수 있으며, 성적결합性的結合을 암시하는 "우리 순네는 스물 난 색시, 고양이같이 고운 입술…… / 스며라, 배암!"이라는 마지막 부분에서도 보들레르적인 요소를 확인할 수 있다.

　보들레르적인 요소를 드러내고 있는 서정주의 또 다른 시로는 「대낮正午」이 있으며, 『시인부락』 창간호1936.11에 처음으로 발표된 이 시의 전문은 다음과 같다.

　　따서 먹으면 자는 듯이 죽는다는
　　붉은 꽃밭 새이 길이 있어

　　핫슈 먹은듯 취(醉)해 나 자빠진
　　능구렝이 같은 등어리ㅅ 길로,
　　님은 다라나며 나를 부르고

　　강(强)한 향기(香氣)로 흐르는 코피
　　두 손에 받으며 나는 쫓느니

　　밤 처럼 고요한 끌른 대낮에
　　우리 두리는 왼 몸이 달어……

　　　　　　　　　　　　　　　　　　　― 서정주, 「대낮」 전문

　1930년대 한국 현대시의 보편적인 정서와는 사뭇 다른 선정성煽情性, 유혹성, 원색성 등을 유감없이 드러내고 있는 「대낮」은 다분히 보들레르적인 특징을 바탕으로 하고 있으며, 특히 '정오正午라고 강조한 점에서 서정주의 이 시에는 가장 뜨거운 열기 혹은 사랑의 절정이 암시되어 있다. 이와 같은 점은 제1연의 '붉은 꽃밭'과 제2연의 아편의 일종에 해당하는 '하슈' 그리고 '능구렁'이의 성적性的 상징성을 거쳐, 달아나면서 나를 부르는 '님'과 그러한 '님'을 애써 따라가는 장면을 말없음으로 처리한 부분 등에서 확인할 수 있다. 다음은 '코피'를 흘리며 쫓아가는 '나'의 욕망이 정점에 달함으로써 마지막 연에서 절정을 이루게 된다. 이렇게 볼 때에 위에 인용된 시는 제1연과 제2연은 전반부에 해당하고 제3연과 제4연은 후반부에 해당하며, 전반부에서는 이 시의 배경으로서의 역할을 하고 후반부에서는 이 시의 내용을 집약시키고 있는 역할을 한다고 볼 수 있다. 특히 마지막 연의 "밤처럼 고요한 끓는 대낮"에 암시되어 있는 '밤'과 '대낮' 및 '고요'와 '끓는' 등의 대립요소에는 성적결합의 황홀경이 집약되어 있다.

앞에서 살펴 본 서정주의 시가 보들레르의 시세계에 반영되어 있는 육감적 관능미와 성적결합의 선정성 등에 관계된다면, 원죄의식과 인간성의 회복에 관계되는 서정주의 시로는 『시인부락』 창간호에 수록된 「문둥이」를 들 수 있다.

해와 하늘 빛이
문둥이는 서러워

보리 밭에 달 뜨면

애기 하나 먹고……

꽃 처럼 붉은 우름을 밤새 우렀다.

— 서정주, 「문둥이」 전문

위에 인용된 시의 '섬뜩성'은 제목에 나타나 있는 '문둥이'라는 천형天刑에 대한 숙명성에서 비롯되기도 하고 시각이미지와 청각이미지의 첨예한 대립에서 비롯되기도 한다. 오늘날에는 '문둥병·문둥이' 혹은 '나병癩病·나환자癩患者'라는 말보다 '한센병·한센병자'라는 말이 더 보편적으로 사용되고는 있지만, 여전히 회피적이기는 마찬가지이다. 그럼에도 서정주는 그러한 금기를 파기하고 대담하면서도 과감하게 '문둥이'를 시적 소재로 하여, 하나의 존엄한 인간으로서의 내면세계를 한 편의 짧은 시로 형상화하였다.

제1연에는 자신의 처지를 자탄自歎하는 '문둥이'의 탄식이 나타나 있으며, 그가 '해'와 '하늘빛'이 서러운 까닭은 자신의 처지를 누구나 쉽게 알아볼 수 있기 때문이다. 제2연에는 '문둥이' 자신의 생명에의 집착이 드러나 있다. 그러한 집착으로 인해서 문둥이는 어린 아기의 생간生肝을 먹으면 치료될 수 있다는 하나의 속설俗說에 의지하여 마지막 기대를 걸고 결코 그렇게 해서는 안 되는 줄 알면서도 천인공노할 짓을 저지르게 된다. 특히 '보리밭'과 '달'에 반영되어 있는 이미지의 으스스한 분위기는 이러한 점을 한층 더 고조시키게 된다. 다시 말하면, 그러한 속설은 어떠한 경우에도 '한센병'은 치료될 수 없다는 점을 강조하기 위한 것이지 치료가능성을 강조하는 것이 아니기 때문이며, 제3연에는 문둥이 자신도 그러한 점을 잘 알고 있는 것으로 나타나 있다. 그가 피로 흥건하게 젖어 있는 입술로 밤을 새워 울고 있는 까닭은 천형을 앓고 있는, 어떻게 보면 곧 죽을 수밖에 없는 자신의 생명을 조금이라도 연장시키기 위해서 이제 막 태어나 살아갈 날이 창창한 어느 어린 생명을 무자비하게 죽였다는 죄책감 때문이기도 하고, 자신의 병은 결코 치료될 수 없다는 사실을 스스로 잘 알고 있기 때문이기도 하다.

이처럼 서정주의 초기 시에 반영되어 있는 보들레르의 시세계의 영향은 다분히 시적 소재나 주제, 어휘나 내용에 접맥되어 있으며, 다음에 전문을 인용하는 「수대동시水帶洞詩」에서는 구체적으로 '보들레르'를 언급하고 있다. 그러나 서정주의 시세계는 이 시를 바탕으로 하여 보들레르의 시세계에서 벗어나 한국적인 소재로 전환하는 계기를 마련하게 되었다고 볼 수 있다.

> 흰 무명 옷 가라입고 난 마음
>
> 싸늘한 돌담에 기대어 서면
>
> 사뭇 숫스러워지는 생각, 고구려(高句麗)에 사는듯

아스럼 눈감었든 내넋의 시골
별 생겨나듯 도라오는 사투리.

등잔불 벌써 키어 지는데……
오랫동안 나는 잘못 사렀구나.
샤알·보오드레—르처럼 설ㅅ고 괴로운 서울여자(女子)를
아조 아조 인제는 잊어버려.

선왕산(仙旺山)그늘 수대동(水帶洞) 14번지
장수강(長水江) 뻘밭에 소금 구어먹든
증조(曾祖)하라버짓적 흙으로 지은집
오매는 남보단 조개를 잘줍고
아버지는 등짐 서룬말 졌느니

여긔는 바로 10년전 옛날
초록 저고리 입었든 금녀, 꽃각시 비녀하야 웃든 3월의
금녀, 나와 둘이 있든곳.

머잖아 봄은 다시 오리니
금녀동생을 나는 얻으리
눈섭이 검은 금녀 동생,
얻어선 새로 수대동(水帶洞) 살리,

— 서정주, 「수대동시」 전문

서정주가 보들레르로부터 벗어나고자 하는 계기를 보여주는 부분은 제2연

에 나타나 있으며, 이 부분에서 그는 "오랫동안 나는 잘못 살렸구나"라고 개탄하면서 그동안 서구적이고 도시적인 시세계와 삶에 집착했던 자신의 시세계에 대한 변화를 모색하게 된다. 이러한 점에 대해 이근배는 '한국문화예술진흥원' 강당에서 행한 '시를 어떻게 읽을 것인가'2000.11.10라는 강연에서 다음과 같이 언급하였다.

"샤알·보오드레-르처럼 설ㅅ고 괴로운 서울여자(女子)를 / 아조 아조 인제는 잊어버려" 하는 대목은 무슨 뜻일까요. 보들레르는 여자가 아닌 남자입니다. 미당이 그를 모를 리가 없습니다. 그러면 왜 서울 여자가 '샤알·보오드레-르'가 될까요. 미당이 보들레르의 시를 좋아해서 불어로 읽으시는 것을 보았습니다만, 그의 시집에 「악의 꽃」이 있지요. 눈썹이 검은 금녀 같은 그런 데서 살다가 객지에 와서 서울 여자를 보니까 전부 악의 꽃들로 보인 거죠. 이상하게 사랑을 주는 것 같으면서도 아니고, 돈에 눈이 멀어 있는, 즉 샤를 보들레르 같은 여자가 아니라 '악의 꽃들 같은 여자'를 노래한 것입니다.

서정주가 자신의 시에서 강조하고 있는 것은 보들레르가 자신의 여자들을 잊어버렸듯이 서정주 자신도 '서울 여자'를 잊겠다는 의지의 표명이며, 적어도 "여기는 바로 10년전 옛날"이라는 구절에 나타나 있는 바와 같이, 고향을 떠나 10여년간 객지생활을 하다가 다시 돌아왔음을 강조하고 있다. 따라서 서정주는 자신의 이 시에서 보들레르 지향적인 애욕과 관능의 세계에서 벗어나고자 하는 한편 다른 한편으로는 귀소본능歸巢本能과 귀향의식歸鄕意識을 바탕으로 하는 한국적인 토속정신으로 돌아오게 되었다고 볼 수 있다. 서정주의 이러한 점은 최근에 발굴된 그의 시 「서울 가는 누이에게」에도 반영되어 있다. 서정주가『민주경찰』통권 13호1949.3.20에 발표한 이 시는 고서 수집가인 문승묵이 발굴하였으며,『미네르바』통권 30호2008.5에 재수록 되어 있다. '어느 날 서울행 차중車中의 소회所懷'라는 부제가 붙어 있을 뿐만 아니라 그동안 발간된 서정주의 작품집에도 수록된 적이 없는 이 시의 전문은 다음과 같다.

수집은 누이야

그대 나라는 어느 강변(江邊)인가

빛나는 눈이 어느 파아란 바다를 말하느니

나는 알겠다

너 사는 곳은 갈매기 드나드는 조그만한 섬

너, 동백(冬栢)나무 그늘에서 아버지 돌아오는 배를 기대리고

산호(珊瑚)풀 어린거리는 물위에 그 하얀 발을 잠겼을라.

나를 보아라

그대 머리는 향(香)내 그윽한 바다의 따님아

여기는 혼돈(混沌)의 거리―서울로 가는 차(車)속이 아닌가?

끈히 네 흰 모래밭을 밟아야할 순한 가시내야

아무도 아니 볼때 부르는 그 노래소리 듣고 싶네!

우리 누이야

기차(汽車)는 너를 잘못 실코 안 가나?

우리 누이야

너는 기차(汽車)를 잘못 타고 안 가나?

― 서정주, 「서울 가는 누이이게」 전문

이 시에서 서정주는 바닷가 고향으로서의 '시골'과 서울로 대표되는 '도시'를 병치시킴으로써, 서울로 가기 위해 기차를 타고 있는 '누이'에게 "기차汽車는 너

를 잘못 실코 안 가나?"라고 재차 반복해서 묻고 있다. 말하자면,「수대동시」에서 자신이 그렇게도 강조했던 허상으로서의 대도시 서울을 향해 질박하고 순수한 고향을 저버리고 바로 그 허상을 좇아 서울행 기차에 오른 '누이'를 간곡하게 만류하고 있다고 볼 수 있다.

(4) 김동명의 시에 반영된 보들레르의 영향과 수용

시인이자 정치가였던 김동명은 『석류꽃』¹⁹²²을 문집으로 발간하려고 계획하던 중에 현인규— 그는 양주동과 교류하였으며 『조광朝光』의 편집자로 활동하였다— 에게서 보들레르의 시집 『악의 꽃』을 빌려 읽고 거기에서 깊은 감명을 받은 것이 계기가 되어 「당신이만약내게문門을열어주시면(쏀드레르에게)」,「나는보고섯노라」,「애닲은기억記憶」 등을 『개벽』 제14호¹⁹²¹·¹⁰에 발표함으로써 등단하였다. '쏀드레르에게'라는 부제副題에 암시되어 있는 바와 같이,「당신이만약내게문門을열어주시면」은 김동명이 전적으로 보들레르에게 심취해 있을 뿐만 아니라 그에게 헌정한 시라고 볼 수 있다.

> 오— 님이여!나는당신을밋습니다
>
> 찬이슬에 붉는꼿물에저즌당신의 가슴을
>
> 붉은술과푸른아편(阿片)에하욤업시웃고잇는당신의맘을
>
> 쏘당신의혼(魂)의상은(傷痕)에서흘러나리는모든고흔노래를
>
> 오— 님이여!나는당신의나라를밋습니다
>
> 회색(灰色)의독겁운구름으로
>
> 해와달과별의모든보기실흔고혹(蠱惑)의빗츨두덥허버리고
>
> 정향(定向)업시휘날리는낙엽(落葉)의난무(亂舞)밋헤서
>
> 그윽한정적(靜寂)에불꼿놉게타는강(强)한리쯤의

당신의나라를.

마취(魔醉)와비장(悲壯) 통열(痛悅)과 광희(狂喜)

침정(沈靜)과냉소(冷笑) 환각(幻覺)과독존(獨尊)의

당신의나라

구름과물결 백작(白灼)과정향(精香)의

그리고도오히려극야(極夜)의새벽빗치출넝거리는 당신의나라를

오— 님이여!나는밋습니다.

님이여!내그립어하는당신의나라로

내몸을밧으옵소서

살비린내요란(搖亂)한매혹(魅惑)의봄도

지의(屍衣)에분망(奔忙)하는상가(喪家)집갓흔가을도

님게신나라에서야볼수업겟지오

오직눈자라는끗까지뽑히싸힌흰눈과

국다란벨오듸에비장(悲壯)하게흔들이는현훈(眩暈)한

극광(極光)이두가지가한데어우러지서는

백열(白熱)의키쓰가되며

사(死)의위대(偉大)한서곡(序曲)이되며

푸른우슴과검운눈물이되며

생(生)과사(死)로씨오날을두어짜내인쟝밋빗방석이되야

바림을당한곤비(困憊)한혼(魂)들에여윈발자국을직히고잇는

님의나라로 오오!내몸을밧읍소셔.

살들한님이여!당신이만약내게문(門)을열어주시면

(당신의나라로드러가는)

그러고또철회색(鐵灰色)의묵업운구름으로내가슴을덥혀주실것이면

나는님의전개갓흔노래에

낙엽(落葉)갓치춤추겟나이다.

정(情眩)답운님이여!당신이만약내게문(門)을열어주시면

(당신의殿堂으로드러가는)

그리고또당신의가슴에셔타는정향(精香)을나로하야금만지게할것이면

나는님의바다갓흔한숨에

물고기갓치잠겨버리겟나이다.

님이여!오오!마왕(魔王)갓흔님이여!

당신이만약내게문(門)을열어주시면

(당신의密室로드러가는)

그리고또북극(北極)의오르라빗츠로내몸을싸다듬어줄것이며

나는님의우렁찬우슴소리에긔운내여

눈놉히싸힌곳에내무덤을파겟나이다.

　　　　　　— 김동명, 「당신이만약내게문(門)을열어주시면(쏘드레르에게)」 전문

　　위에 인용된 김동명의 시에서 '당신'은 보들레르를 지칭하고 '나'는 김동명
자신을 지칭하지만, 그 어조는 여성이 남성에게 구애하는 것과 같은 어조를 취
하고 있다. 이와 같은 어조에 의해 김동명은 '사랑'을 간구하고 있는 것이 아니
라 자신으로 하여금 시인으로서의 길을 걷게 해달라고 보들레르에게 간구하고
있는 셈이다. 이러한 점은 전부 8연으로 형성되어 있는 이 시의 전반부에서 "나

는당신을밋습니다", "나는당신의나라를밋습니다", "나는밋습니다"에 반영되어 있는 바와 같이 보들레르에 대한 자신의 절대적인 신념과 확신과 의지를 드러내고 있는 점에서도 확인할 수 있으며, "내몸을밧읍소셔"라고 시적 전환을 함으로써 후반부에서 "춤추겟나이다", "잠겨버리겟나이다" 등을 거쳐 마침내 "내무덤을파겟나이다"라고 결론지고 있는 점에서도 확인할 수 있다. 특히 이 시의 전체적인 분위기는 '당신'으로 대표되는 보들레르나 그의 시세계가 없다면 '나'로서의 김동명 자신이나 시세계 또한 있을 수 없다는 절대적인 명제에 있다. 이로 인해 김동명은 보들레르를 "마왕魔王갓흔님"으로까지 끌어올리고 있다.

이상에서 살펴본 바와 같이 보들레르의 시세계에 심취하여 시인으로 등단했을 뿐만 아니라 자신의 시세계를 형성하게 된 김동명은 시적 변모를 거듭하게 되며, 그의 이러한 점을 특징별로 정리하면 다음과 같다. 그의 첫 시집 『나의 거문고』1930에는 보들레르로부터 받은 영향과 당대 현실의 암담하고 우울한 분위기를 드러내는 시가 수록되어 있다. 그러나 그는 점차 보들레르의 영향으로부터 벗어나 1930년대 말부터 1940년대까지 자신만의 고유한 시세계를 형성하게 되며, 이러한 점은 그의 시집 『파초』1938와 『하늘』1948에서 확인할 수 있다. 이러한 시집에 수록된 그의 시의 특징은 전원생활의 예찬과 자연물에 대한 외경심을 드러내는 한편 다른 한편으로는 민족적 비애와 역사적 성찰, 즉 전원 이미지로 전환시킨 주권을 빼앗긴 조국에 대한 비탄과 고뇌 등이 드러나 있다. 김동명의 시세계는 해방과 더불어 또 다시 바뀌게 되며, 이러한 점은 『삼팔선』1947과 『진주만』1954 등에서 확인할 수 있다. 전자에서는 시인 자신이 단신으로 '삼팔선'을 넘어 월남하기 전까지 북한에서 겪었던 참상과 우울한 생활모습을 다루고 있으며, 후자에서는 '태평양전쟁'을 소재로 하여 일본제국의 전쟁과 만행이 결국은 패망으로까지 이어지게 되었다는 점을 고발하고 있다. 그의 마지막 시집 『목격자』1957에는 해방 전의 전원적인 특징과 해방 후의 정치·사회적인 경향이 종합되어 있으며, 특히 「자하문 밖」, 「충무로」, 「명동」, 「북아현동」,

「신촌동」,「미아리고개」 등 특정지역에 대한 '풍물시'가 수록되어 있다.

이상에서 살펴본 바와 같이 보들레르의 시세계는 한국 현대시의 형성에 있어서 많은 영향을 끼쳤으며, 이러한 점은 우선적으로 상징주의에 대한 이론적인 소개와 시론詩論 등을 소개하고 적용한 백대진, 김억, 황석우 등의 활동에서 확인할 수 있다. 아울러 프랑스의 상징주의 시인 중에서 한국 현대시에 반영된 보들레르의 영향과 수용의 경우를 황석우, 박영희, 서정주, 김동명 등의 시를 중심으로 하여 살펴보았다. 물론 그 외에도 이장희, 박종화 등의 시에서도 그러한 점을 확인할 수 있다.

3) 모리스 메테를링크의 영향과 수용

(1) 김소월의 시「먼 후일」의 개작과정

김소월의 시「먼 후일」이 가지는 중요성은 우선 그것이 그의 시집 『진달내쏫』1925의 맨 처음을 장식하고 있다는 점, "전체全體로 보아 소월素月이의 작품作品에는 원한怨恨으로 애수哀愁가 있으니 그 서정시집중抒情詩集中의 하나인 (…중략…) 「먼 훗일」이라든가, (…중략…) 저 유명有名한 「진달래꽃」이라든가 모두 이러한 원한怨恨과 애수哀愁로 읊어지지 않은 것이 없습니다"라고 김억이 『초혼 −소월시전집』에 수록된 그 자신의 「기억記憶에 남는 소월素月−후기後記에 대신하여」에서 언급한 점에서 찾아 볼 수 있다. 이처럼 김소월의 시를 대표하는 「먼 후일」이 『학지광』1920.7에 처음으로 발표되었을 때에는 다음과 같이 되어 있다.

먼後日 당신이차즈시면 그째에내말이

니젓노라

당신말에 나물어 하시면 무척그리다가

니젓노라

그래도 그냥 나물어하면 밋기지안아서

니젓노라

오늘도 어제도 못닛는 당신 먼後日그째엔

니젓노라

그러나 그것을 개작하여 『개벽』 제26호^{1922.8}에 수록한 「먼후일後日」의 전문
은 다음과 같이 되어 있다.

먼 훗날에 당신이 차즈시면

그째에 내 말이 「니젓노라」

맘으로 당신이 나무러하시면

그째에 내말이 「무척 그리다가 니젓노라」

당신이 그래도 나무러하시면

그째에 이말이 「밋기지안허서 니젓노라」

오늘도 어제도 못닛는 당신을

먼 훗날 그째에는 니젓노라

『학지광』에 발표된 1920년의 것과 그것을 개작하여 『개벽』에 발표한 1922
년의 것 사이에는 대략 2년간의 시간 차이가 있다. 『개벽』에 발표된 「먼 후일」
은 「꿈자리」, 「진달래꽃」, 「님의 노래」와 더불어 김억의 추천으로 김소월이 시
인으로 등단하는 계기를 마련한 시이기 때문에 그 의미가 더욱 크다고 할 수 있
다. 위에 인용된 두 편의 시를 비교할 때 가장 눈에 띄는 점은 『학지광』의 것은
연 구분이 없지만 『개벽』의 것은 연을 구분하고 있다는 점, 각 연의 제2행이 '니

젓노라'라는 단순한 언급에서 여러 가지 상황을 전제로 하여 「 」로 강조되어 있다는 점 등을 들 수 있다. 또한 『학지광』의 것에는 '그때'라는 말이 두 번 사용되었지만 『개벽』의 것에는 그것이 매 연마다 사용되어 전부 네 번 사용되었음을 알 수 있다. 다음에 인용하는 시는 『개벽』의 것을 바탕으로 하여 김소월의 시집 『진달내꼿』1925에 맨 처음 수록된 「먼 후일後日」의 전문이다.

먼훗날 당신이 찾즈시면
그째에 내말이 「니젓노라」

당신이 속으로나무리면
「뭇척그리다가 니젓노라」

그래도 당신이 나무리면
「밋기지안아서 니젓노라」

오늘도어제도 아니닛고
먼훗날 그째에 「니젓노라」

시집 『진달내꼿』의 서두를 장식하고 있는 위에 인용된 시는 어법에 있어서는 『학지광』의 것과 유사하고 연과 행의 구분에 있어서는 『개벽』의 것과 유사하다. 특히 '그째'라는 어휘를 두 번 사용한 점과 강조를 위해 「 」을 사용한 점 등에서 각각 그러한 유사점을 찾을 수 있다. 그리고 맨 마지막에 인용한 시를 바탕으로 하여 다음과 같은 현재의 「먼 후일」로 되었다.

먼 훗날 당신이 찾으시면

그 때에 내 말이 「잊었노라.」

당신이 속으로 나무리면
「무척 그리다가 잊었노라.」

그래도 당신이 나무리면
「믿기지 않아서 잊었노라.」

오늘도 어제도 아니 잊고
먼 훗날 그 때에 「잊었노라.」

(2) 김소월의 시 「먼 후일」과 메테를링크의 시 「포에지」의 관계

김소월과 메테를링크의 관계는 김소월이 직접적으로 메테를링크의 시를 당시의 일본에서 접촉했을 가능성, 자신의 스승인 김억을 통해 또는 『폐허』 제2호 1920.1에 수록된 변영로의 「메-테릴크와예잇스의신비사상神秘思想」을 통해 간접적으로 접하게 되었을 가능성을 들 수 있다. 그것이 어느 유형에 속하든 김소월의 시 「먼 후일」에는 메테를링크의 시 「포에지」의 정감이 짙게 배어 있다. 메테를링크의 시 「포에지」는 그가 27세 되던 해에 펴낸 시집 『열다섯의 노래』1839에 수록되어 있으며, 이 시의 원문과 함께 이헌구, 이재호 및 필자의 번역을 차례로 정리하면 〈표 9〉와 같다.

김소월의 시 「먼 후일」과 메테를링크의 시 「포에지」의 유사성을 살펴보면 다음과 같다. 우선 시적 주제의 일치를 들 수 있다. 그것은 다름 아닌 진솔한 사랑, 상대방의 입장을 세심하게 배려하는 아름다운 사랑이라고 볼 수 있다. 떠나가 버린 '당신' 혹은 '그이'가 돌아왔을 때, 돌아온 사람의 감정을 다치지 않도록 노력하는 시적 자아의 아름다운 모습은 '잊었노라'라는 반복 어귀나 '미소 지었

Maeterlinck, "Poésie"	이헌구 역, 「그이가다시오면」
Et s'il revenait un jour, Que faut-il lui dire? — Dite-lui qu'on l'attendait Jusqu'a s'en mourir……	어느날 그가 다시오면 그에게 무어라고 말하랴? — 내죽는날까지 그를 기달렸다고 일너주오
Et s'il m'interroge encore Sans me reconnaitre? — Parlez-lui comme un soeur, Il souffre peut-être……	그가 나를 몰나보고 또다시 뭇는다면? — 누이로써 말하라 그는 응당괴러워하리니……
Et s'il demmande où êtes, Que faut-il répondre? — Donnez-lui mon anneau d'or Sans rien lui répondre……	그대 어듸게시냐고 물으며 무어라고 대답하랴? — 그에게 이금지환(金指環)을주라 아모對答도말고……
Et s'il veut savoir pourquoi La salle est déserte? — Montrez-lui la lampe éteinte, Et la porte ouverte……	이방이 웨 이리 쓸쓸하냐고 캐어 뭇는다면? — 꺼저바린 등불과 열러있는 이門을 가르치라……
Et s'il m'interroge alors Sur la derniere heure? — Dite-lui que j'ai souri De peur qu'il ne pleure……	다시 순명(殉命)하든일을 내게 뭇는다면? — 그가 설어할까 두려워 내 우스며갔다고 일너주오……

이재호 역, 「뽀에지」	윤호병 역, 「포에지」
어느날 그이가 다시 돌아온다면 뭐라고 그이에게 말해야 할까? — 그이에게 일러주세요 죽도록 그를 기다렸다고…… ㅇ그이가 날 몰라보고 또다시 내게 묻는다면? — 그이에게 말해줘요 누이동생처럼, 어쩜 그가 괴로워 하리니…… 그이가 당신이 어디 있는지 묻는다면	어느 날 그이가 돌아온다면, 무슨 말을 해야만 하나? — 전해주세요 기다렸다고, 죽는 그 순간까지…… 다시 또 그이가 물어 본다면, 나를 몰라 본 채? — 전해주세요 여동생처럼, 그이가 아마도 괴로워 할테니…… 그이가 당신 있는 곳을 묻는다면,

뭐라고 답해야 할까?	무슨 말을 해야만 하나?
─그이에게 내 金반지를 주세요	─ 전해주세요 제 금반지를,
아무 대답도 말고……	그이에게 아무 말도 하지 말고……
그이가 왜 방이 쓸쓸한지를	그이가 방이 왜 쓸쓸한지,
알고 싶어하면?	그 까닭을 알고 싶어 한다면?
─그이에게 꺼진 램프와	─ 보여 주세요 꺼진 램프를,
열린 도어를 보여주세요……	열려진 문을……
그이가 그때 내게 내 임종(臨終)의 시간(時	그이가 그 때 물어본다면,
間)에	저의 마지막 임종 순간을?
대해 묻는다면?	─ 전해주세요 미소 지었다고,
─그이에게 말해주세요 그가 울까봐	그이가 눈물지을까봐……
내가 미소(微笑)지었었다고……	

다'라고 전해달라는 어구에 잘 드러나 있다. 다음은 이 두 편의 시의 전개방법의 유사성을 들 수 있다. 그것은 '…… 한다면'이라는 조건을 전제로 한다는 점이다. 그리고 그것은 다름 아닌 떠나가 버렸던 '당신'이나 '그이'가 돌아오는 것을 전제로 하며, 그러한 순간이 왔을 때 시적 자아인 '나'는 원망이나 한탄이나 불만을 늘어놓기보다는 돌아온 사람의 마음을 상하지 않도록 하기 위해 '잊었노라'라고 역설적으로 설명하든가 또는 '미소 지었다'라고 승화시켜 언급하고 있다.

강조구문을 사용하는 것도 이들 시의 유사성에 기여하고 있다. 「먼 후일」의 「 」나 「포에지」의 '─'는 시적 자아가 하고자 하는 말을 집약적으로 강조하는 역할을 한다. 이 두 편의 시에 사용된 시간은 '먼 후일'과 '어느 날'이며 그것은 기약 없는 미확정적인 시간에 해당한다. '지금 이 순간'의 시적 자아는 이러한 미확정적인 시간에 발생하게 될 어떤 상황, 그것은 구체적으로 반갑고 즐거운 만남을 마련하게 되는 상황을 전제로 하고 있다. 그러한 상황이 실제로 발생했을 경우에 시적 자아는 찾아온 사람의 태도에 대해 역설적으로 답하고 있다.

가령 「먼 후일」에 나타나 있는 '찾다'나 '나무라다' 등과 같은 태도에 대해 '잊었노라', '무척 그리다가 잊었노라', '믿기지 않아서 잊었노라' 등과 같이 역설적으로 대답하는 점이라든가, 「포에지」에 나타나 있는 '돌아온다면', '묻는다면', '알고 싶어 하면' 등에 대해 '기다렸다'나 '미소 지었었다'와 같이 대답하라고 일러주는 점 등에서 그러한 면을 파악할 수 있다.

다음은 「먼 후일」과 「포에지」에 나타나는 '만남과 못 만남의 방법'의 유사성을 들 수 있다. 간절하게 만나고 싶은 쪽은 시적 자아이고 사랑의 대상은 먼 홋날이나 어느 날 우연히 찾아오게 되지만 이들 시에서는 그것이 반전되어 나타나 있다. 말하자면 사랑의 대상이 만나러 왔을 때 시적 자아가 외면하든가 죽고 없는 상태로 되어 있다. 이러한 상황설정의 유사성이 가능해지는 것은 전자에서의 '먼 홋날'이 '죽음'이나 다름없고 후자에서는 시적 자아의 죽음으로 그것이 구체적으로 언급되어 있기 때문이다. 다시 말하면 전자의 시적 자아가 언제가 될지 모르지만 '먼 홋날' 그 때, 즉 만날 수 있을 때까지 '살아 있는 것'을 전제로 하지만 그것은 죽을 때까지에 관계되고 후자의 시적 자아도 구체적으로 '죽음'을 전제로 하고 있기 때문이다.

마지막으로 사랑하는 대상의 행위의 유사성을 들 수 있다. 「먼 후일」에서의 그는 '찾아 와서 나무라고 또 나무라는 것'으로 되어 있으며, 「포에지」에서의 그도 '찾아 와서 묻고 또 묻는 것'으로 되어 있다. 사랑하는 대상의 이러한 행위는 시적 자아가 자신의 마음을 이미 단호하게 결심한 이 후에 발생하게 되기 때문에 사실은 시의 전개에서 아무런 역할도 못하게 된다. 이러한 몇 가지 유사성에도 불구하고 하나의 차이점을 찾는다면 전자의 진술방법이 직접적인 데 반해서 후자의 그것은 간접적이라는 점을 들 수 있다. 이러한 차이점은 후자의 시적 자아가 자신이 죽고 난 이후를 전제로 하기 때문에 어쩔 수 없이 자신의 심정을 전달해 줄 매개체에 의존할 수밖에 없기 때문이다.

이상과 같은 메테를링크의 시 「포에지」와 김소월의 시 「먼 후일」의 관계에 대해 이재호는 전규태가 편한 『비교문학—이론, 방법, 전망』1973에 수록된 자신의 「영·불시가 한국시가에 끼친 영향고」에서 다음과 같이 파악하였다. 이 두 시인의 시의 전개방법과 주제가 유사하다는 점, '노벨문학상'1911을 수상한 메테를링크가 인기 있었을 뿐만 아니라 우에다 빈上田敏의 역시집 『목양신牧羊神』 1902에도 메테를링크의 시 일곱 편이 수록되어 있다는 점(그러나 여기에는 「포에지」가 수록되어 있지 않다) 및 김소월이 자신의 스승인 김억을 통해 '틀림없이' 메테를링크의 시 「포에지」를 접했을 가능성이 있다는 점 등을 제시하였다.

(3) 박목월의 시 「윤사월」과 메테를링크의 희곡 〈군맹群盲〉의 관계

김소월 외에도 박목월은 『청록집』1986에 수록된 「구강산의 청록」에서 자신의 시 「윤사월」과 메테를링크의 희곡 〈군맹群盲〉1890과의 관계에 대해 다음과 같이 언급하였다. "이 작품을 쓸 무렵, 나는 메테를링크의 작품을 탐독하였다. 특히 그의 〈군맹〉 같은 작품들을. 눈 먼 처녀는, 고도에서 죽음을 예감하고 죽음의 발자국 소리를 듣는 장님 떼서리의 〈군맹〉에서 영향받은 이미지일 수도 있다. 그러므로 '귀를 대이고 엿듣고 있는 눈 먼 처녀'는 장만영 씨의 해설처럼 "무슨 행운이라도 찾아오나" 하고 기다리는 포즈가 아니라, 보다 불길하고 어두운 것으로 잦아진 이미지로서 눈 먼 처녀요, 문설주에 귀를 대이는 포즈다. 그와 같은 영향을 '송화가루 날리는 산봉우리'의 자연 풍경에 오우버랩시킨 것이다."

박목월의 이러한 언급에서 우리가 주목할 부분 중의 하나는 '이 작품을 쓸 무렵'일 것이다. 그것은 물론 그의 시 「윤사월」이 『상아탑』 제6호1946.8에 수록되었다는 점에서 그것의 구체적인 연대를 추정할 수 있다. 그리고 정치적 명암이 교차되는 이 시기의 시대적 분위기에서 박목월은 "윤사월의 너그럽고 밝은 정서와 조화되지 않는 나 자신의 내면적인 어두운 그늘을 노래한 것"이라고 강조하였다. 이러한 점을 고려하여 그의 시 「윤사월」의 전문과 그 의미를 살펴보면 다음과 같다.

송화(松花) 가루 날리는

외딴 봉우리

윤사월 해 길다

꾀꼬리 울면

산지기 외딴 집

눈 먼 처녀사

문설주에 귀 대이고

엿듣고 있다.

— 박목월, 「윤사월」 전문

    전부 4연으로 구성되어 있는 박목월 시 「윤사월」은 그 내용에 따라 전반부와 후반부로 나뉜다. 전반부는 제1연과 제2연으로 이 부분에는 배경으로서의 시간과 공간이 자리 잡고 있다. 그러한 점은 '외딴 봉우리'라는 공간과 '윤사월'이라는 시간에서 찾아볼 수 있으며, 이와 같은 시간과 공간을 연결 짓는 요소는 다름 아닌 '송화 가루'와 '꾀꼬리'로서 시각이미지와 청각이미지를 강조한다. 후반부는 제3연과 제4연으로 이 부분에는 구체적인 장소와 인물, 즉 '산지기 외딴 집'과 '눈 먼 처녀'가 자리 잡고 있다. 이때의 '외딴 집'은 주변에 다른 집이 없다는 점, 따라서 '눈 먼 처녀'에게는 같은 또래의 친구가 없다는 점, 눈이 멀었기 때문에 시각이미지보다는 청각이미지에 의지할 수밖에 없다는 점 등에 관계된다. 그 결과가 바로 마지막 연의 '엿듣고 있다'이다. 이처럼 남들의 눈에는 애처롭게 보이지만, 정작 본인 자신은 비록 그 정체를 볼 수 없다 하더라도 '울음소리'에 의해 '꾀꼬리'를 상상하게 되고, 그로 인해 '봄'이 왔다는 점도 느끼게 된다. 따라서 박목월은 자신의 시 「윤사월」에 대해서 장만영이 『현대시의 감상』 1952에서 "어린이의 동화를 읽는 것 같은 느낌을 주는 작품입니다"라고 언급한 것은 "'눈 먼 처녀'에 대한 상징의 심각성을 깊이 참작하지 않은" 까닭이라고 결론지었다.

그 외에도 박목월은 자신의 시 「윤사월」에 등장하는 '눈 먼 처녀'는 김동리의 소설 『바위』의 여주인공이자 문둥이인 '술이 엄마'와 같은 입장에 있다는 점을 강조하였으며, 박목월의 시에 영향을 끼친 김동리의 『바위』의 일부분은 다음과 같다. "처음 떡을 받아 든 아내는 고맙다는 듯이 영감을 쳐다보며 또 한 번 비죽이 웃어 보였다. 그러나 비상 빛깔을 짐작할 줄 아는 그녀는 떡 속에 섞인 그 거무스레하고 불그스레한 것을 발견한 다음 순간, 무서운 얼굴로 한참 동안 영감의 낯을 노려보고 있었다. 먼 영에서 뻐꾸기 우는 소리가 들렸다. 이윽고 여인은 모든 것을 이해하고 얼굴을 수그렸다."

이러한 내용을 지니고 있는 김동리의 소설 『바위』와 자신의 시 「윤사월」에 대해 박목월은 이렇게 관련지었다. "이것은 김동리 씨의 초기 작품 『바위』의 한 대목이다. 그 소설의 주인공 술이 엄마는 문둥이였다. 남편은 그녀가 측은하고 불쌍하기 때문에 그녀에게 비상 섞인 떡을 가져다준다. 위의 예문은 그 장면이다. 그러나 문둥이인 그녀는 그것이 비상 섞인 떡임을 알게 되고, 자기를 죽이려는 남편의 심중을 짐작하게 된다. 이 인간의 비극적인 운명의 절정에서 김동리 씨는 먼 영에서 뻐꾸기 소리가 들려오는 자연의 한 코머를 보여주는 것이다. 인간의 비극적인 운명을 평화스러운 자연과 대비시킴으로 무한히 복잡한 암시적인 진폭을 가지게 된다. 「윤사월」도 어느 면에서는 『바위』의 이 장면과 서로 통하는 면이 있을 수 있다."

박목월의 시 「윤사월」에 영향을 끼친 메테를링크의 희곡 『군맹』의 주제는 메테를링크가 즐겨 활용하는 여러 가지 방법 중의 하나에 해당하는 일군의 장님들의 감각세계이다. 이들 장님들에게 있어서 심안心眼은 가장 중요한 역할을 한다.

『군맹』에서의 장님들의 역할에 대해 안나 발라키안은 『상징주의 운동』[1977]에서 이렇게 언급하였다. "가장 감각적인 것은 장님들이다. 메테를링크는 종종 이들 장님들의 위대한 인지능력을 볼 수 없는 사람들에게 적용했으며, 이들에게 있어서 심안은 좀 더 고도로 발전되었다. 모든 기호를 구체적인 개념에 일체화시키지 않으면서도 의미심장한 모든 기호의 인식을 가능하게 하는 사람들이 바로 이들 장님들인 것이다."

다음은 조지훈과 메테를링크의 경우를 들 수 있다. 이들의 관계는 직접적이라기보다는 간접적인 것으로 조지훈은 앞에서 언급한 『청록집』에 수록된 자신의 「나의 문학여정—시주詩酒 반생 자서」에서 다음과 같이 회상했다. "열세 살 무렵에 처음으로 메테를링크의 『파랑새』, 배리의 『피터 팬』, 와일드의 『행복한 왕자』와 같은 동화를 읽고 가슴이 흐뭇해져서 문학이란 이런 것이다, 라고 속짐작을 시작한 것이 그 무렵의 나의 생리였다."

이상에서 살펴 본 바와 같이 메테를링크가 한국 현대시의 형성에 있어서 직·간접적으로 끼친 영향관계는 김소월의 시 「먼 후일」에서부터 박목월의 시 「윤사월」을 거쳐 조지훈의 문학적 감수성의 형성까지 다양한 것으로 파악할 수 있다. 또한 시에서부터 희곡은 물론 동화에 이르기까지 한국 현대시의 형성에 끼친 메테를링크의 영향을 여러 가지 측면에서 고려할 수 있다.

2. 영미문학의 영향과 수용

1) 바이런과 테니슨의 영향과 수용

(1) 최남선의 시 「해海에게서 소년少年에게」와
바이런의 시 「차일드 해럴드의 순례」의 관계

『소년少年』1908, 제1년 제1권1908.11에 수록된 최남선의 시 「해海에게서 소년少年에게」의 전문을 정리하면 다음과 같다.

1

텨……ㄹ썩, 텨……ㄹ썩, 텩, 쏴……아.

싸린다, 부순다, 문허바린다,

태산(泰山)갓흔 놉흔뫼, 딥태갓흔 바위ㅅ돌이나,

요것이무어야, 요게무어야,

나의큰힘, 아나냐, 모르나냐, 호통까디하면서,

싸린다, 부순다, 문허바린다,

텨……ㄹ썩, 텨……ㄹ썩, 텩, 튜르릉, 콱.

2

텨……ㄹ썩, 텨……ㄹ썩, 텩, 쏴……아.

내게는, 아모것, 두려움업서,

육상(陸上)에서, 아모런, 힘과권(權)을 부리던자(者)라도,

내압헤와서는 꼼짝못하고,

아모리큰, 물건도 내게는 행세하디못하네,

내게는 내게는 나의압헤는,

뎌……르썩, 뎌……르썩, 텩, 튜르릉, 콱.

3

뎌……르썩, 뎌……르썩, 텩, 쏴……아.

나에게, 덜하디, 아니한자(者)가,

지금(只今)까디, 업거던,, 통긔하고 나서보아라.

진시황(秦始皇), 나팔륜, 너의들이냐,

누구누구누구냐 너의역시(亦是) 내게는 굽히도다.

나허구 겨르리 잇건오나라.

뎌……르썩, 뎌……르썩, 텩, 튜르릉, 콱.

4

뎌……르썩, 뎌……르썩, 텩, 쏴……아.

됴고만 산(山)모를 의지(依支)하거나,

됴ㅅ쌀갓흔 덕은셤, 손ㅅ벽만한 쌍을가디고,

고속에 잇서서 영악한톄를,

부리면서, 나혼댜 거룩하다하난자(者),

이리듐 오나라, 나를보아라,

뎌……르썩, 뎌……르썩, 텩, 튜르릉, 콱.

5

뎌……르썩, 뎌……르썩, 텩, 쏴……아.

나의 쨕될이는 한아잇도다,

크고길고, 너르게 뒤덥흔바 뎌푸른하날.

뎌것은 우리와 틀님이업서,

덕은시비(是非) 덕은쌈 온갓모든 더러운것업도다.

됴차위 세상(世上)에 됴사람터럼.

텨……ㄹ썩, 텨……ㄹ썩, 텩, 튜르릉, 콱.

                    6

텨……ㄹ썩, 텨……ㄹ썩, 텩, 쏴……아.

뎌세상(世上) 뎌사람 모다미우나,

그중(中)에서 쏙한아 사랑하난 일이잇스니,

담(膽)크고 순정(純精)한 소년배(少年輩)들이,

재롱(才弄)터럼, 귀(貴)엽게 나의품에 와서안김이로다.

오나라 소년배(少年輩) 입맛텨듀마,

텨……ㄹ썩, 텨……ㄹ썩, 텩, 튜르릉, 콱.

— 최남선, 「해에게서 소년에게」 전문

위에 전문이 인용된 최남선의 이 시는 바이런의 시 『차일드 해럴드의 순례』
와 테니슨의 시 「부서져라, 부서져라, 부서져라」에서 영향을 받은 것으로 알려
져 있다. 우선 최남선의 시 「해에게서 소년에게」에 수용된 것을 알려진 바이런
의 시 『차일드 해럴드의 순례』는 「란테에게」, 「캔토 1」[1812], 「캔토 2」[1812], 「캔토
3」[1816], 「캔토 4」[1818] 등으로 이루어져 있다. 바이런의 '시선집詩選集'에 독립된
시로 수록되어 있으며 일반적으로 「대양大洋」으로 알려져 있는 바이런의 이 시
는 원래 『차일드 해럴드의 순례』의 「캔토 4」의 제79연에서 제84연까지로, 이
시의 원문과 번역은 다음과 같다. 이 부분의 번역에서 79연, 80연, 84연은 이재
호의 번역을 참고하였고, 81연, 82연, 83연은 필자의 번역임을 밝혀둔다.

계속 굴러라, 너 깊고 검푸른 대양(大洋)아 — 굴러라!

만척(萬隻)의 배들이 네 위를 헛되이 휩쓸어 지나간다.

인간(人間)은 대지(大地)에 멸망(滅亡)의 자국 남기고─그의 지배(支配)는

해양(海洋)에서 그친다. 망망한 해원(海原) 위에

난파(難破)는 모두 너의 행위(行爲), 인간(人間)의 파괴(破壞)의 그림자는

하나도 안 남는다. 자기(自己) 자신(自身)의 것 이외(以外)엔,

잠시 동안, 빗방울처럼, 네 심연(深淵) 속으로

거품내며 신음하며 가라앉을 때,

무덤도 없이, 조종(弔鐘)도 없이, 관(棺)도 없이 아무도 아는이 없이.

─79연

인간(人間)의 발자국은 네 길위에 없다 ─ 네 들판은

인간(人間)에게 약탈품이 못된다 ─ 너는 일어나

그를 흔들어 뿌리쳐 버린다; 대지(大地)를 파괴하려

인간(人間)이 휘두르는 더러운 힘을 모두 멸시한다,

그를 네 가슴으로부터 하늘로 치올리며,

네 희롱하는 물보라 속에서 덜덜 떨며

고함지르는 그를 하느님께 보낸다,

그리고 그를 다시 대지(大地)로 팽개쳐 거기에 눕힌다.

─80연

무기는 천둥처럼 무너뜨리네.

암벽도시의 벽을. 군림하던 국가들은 무너지고,

왕국들은 수도에서 떨고 있어라,

참나무 거선의 거대한 늑골(肋骨)은 진흙의 창조주를

네 하느님의 헛된 명분만을 만들어

전쟁의 중재자로 만드나니 ―

모든 것은 네 장난감, 그리고 눈송이처럼,

그것들은 네 부푼 파도에 녹아들어, 스페인함대의 자부심처럼 또는 트라팔가의 전

리품처럼 망쳐놓는다.

―81연

네 해변은 제국이네, 모두 너를 구원하며 변모하는 ―

아시리아, 그리스, 로마, 카르타고, 이들은 무엇인가?

네 물살은 이들 국가가 자유로운 때 권력을 씻겨내고

그 후에도 수많은 폭군들도; 이들 나라의 해변은

이방인, 노예, 또는 야민인들에게 굴복했네 ; 파멸은

영토를 말려 사막으로 만들었네 ― 너는 아니지, ―

변함없는, 네 거친 파도의 장난을 구원하였네,

세월은 네 푸른 이마에 주름을 만들지 않았네 : 창조의 새벽처럼, 이제 힘껏 굴러라.

―82연

네 장엄한 거울, 거기엔 전지전능한 모습이

템페스트 속에 그대로 비추이고, 언제까지나, ―

잠잠하거나 폭풍우치거나, 산들바람, 폭풍, 태풍이거나,

빙하의 극지(極地)이나, 염열(炎熱)의 나라

암흑이 치솟고 ― 무한하게, 끊임없이, 장엄하게,

영원의 이미지, 보이지 않는 왕관,

네 진흙더미 속에서조차

심연의 괴물이 만들어지네 ; 모든 영역은 네게 복종하네 ; 앞서 가거라, 무섭게, 형체

없이, 혼자서.

—83연

대양(大洋)아! 나는 너를 사랑했었다. 젊은 날의

내 스포오츠의 기쁨은 너의 거품처럼 네 가슴위로 실려가는 것,

앞으로: 소년(少年)일 적부터

나는 네 파도와 놀았고 — 파도는 내겐

환희(歡喜)였다; 비록 상킴한 바다가

파도의 공포(恐怖)로 만들지라도 — 그것은 즐거운 두려움이었다.

왜냐하면 나는 에 아들 같았기에,

그리하여 멀고 가까운 네 파도에 맡겨졌었고,

네 내 손을 갈긔 위에 얹었었기에 — 지금 내가 여기 얹고 있듯이.

—84연

바이런은 자신의 『차일드 해럴드의 순례』의 「캔토 1」과 「캔토 2」에 대한 첫 번째 '서문'[1812]과 또 다른 '서문'[1813]에서 이 시의 주인공 '차일드 해럴드'는 가상적인 인물이며 자신의 친구의 제안을 받아들여 그렇게 했다는 점, '차일드'가 '차일드 워터스', '차일드 칠더스'처럼 알파벳의 자음 'C'를 음운구조로 활용했다는 점, 월터 스콧, 스펜서 및 장-밥티스트 드 라 쿠르느 드 생-팔레이 등도 활용했다는 점을 밝혀놓았다. 이러한 바이런에 대해서 최재서는 다음과 같이 소개하였다.

Lord Byron(1788~1824) 영국 출신(英國出身)으로서 바이론만큼 대륙(大陸)에 인기(人氣)를 갖인 시인(詩人)도 드물었다. 그는 열정(熱情)의 선풍(旋風)으로써 일조(一朝)에 대륙(大陸)을 풍비(風靡)하야 '바이로니즘'이라는 유행(流行)을 맨드러 냈다. 그

는 실(實)로 '문학(文學)의 나폴레옹'이었다. 그리고 바이론열(熱)이 동양(東洋)에까지 밀어 도처(到處)에 새로운 문학적정신(文學的精神)을 고취(鼓吹)하얐음을 우리가 목격(目擊)한 바이다.

그는 남작(男爵)의 아들로 태여나 홀어머니의 손에서 자랐고, 그의 불기분방(不羈奔放)한 성격(性格)은 그의 모친(母親)의 영향(影響)이라 한다. 켐부릿지를 졸업(卒業)한 후(後) 처처(處處)에 방랑(放浪)했으며,『챠일드 · 하를드의순례(巡禮)』(1813~1819),『쟈우아』(1813),『아바이도스의신부(新婦)』(1813),『콜세아』(1814),『라라』(1814), 기타(其他) 허다(許多)한 가료담(歌謠譚)은 이때의 산물(産物)이다.『챠일드 · 하를드』와 병립(竝立)하야 널리 알려진『돈 · 쥬앙』은 1819~1824년(年)의 작(作)이다.

그의 혁명적 정신(革命的精神)은 드디어 그를 희랍전쟁(希臘戰爭)에 의용군(義勇軍)으로 출정(出征)케 했으며 그는 결국(結局) 여기서 낙명(落命)하였다. 그의 시(詩)는 섬세우염(纖細優艶)한 맛은 없으나 그대 신(代身) 대양(大洋)과 같은 기상(氣象)과 폭포(瀑布)와 같은 정열(情熱)로써 읽는 사람가슴에 언제나 청춘(靑春)을 소생(蘇生)시킨다.

이상과 같은 점을 고려해 보면, 최남선의 시「해에게서 소년에게」는 포괄적으로 바이런의 시「차일드 해럴드의 순례」에서 영향을 받았다기보다는 그의 이 시 중에서「캔토 4」의 제79연에서 제84연까지, 일반적으로「대양」으로 알려진 부분에서 영향을 받았다는 점을 알 수 있다. 따라서 최남선의 시에서 가장 대표적인 시어에 해당하는 '바다'와 '소년'은 바이런의 시에서 '대양'과 '소년'— '차일드 해럴드'— 에 대응된다. 또한 그 의미의 확장과 심화에 있어서 최남선의 시가 바이런의 시에 버금가지는 않지만, 당대 조선의 시에 있어서 커다란 울림을 주게 되었다고 볼 수 있다.

(2) 최남선의 시 「해에게서 소년에게」와
테니슨의 의 시 「부서져라, 부서져라, 부서져라」의 관계

우선 최남선의 시와 테니슨의 시의 상관성은 이 두 편의 시에서 '파도소리'를 의성어로 표현한 구절의 유사성에서 찾아볼 수 있다. 다시 말하면 최남선의 시에서 매 연마다의 첫 행 "텨……ㄹ썩, 텨……ㄹ썩, 텩, 쏴……아"와 마지막 행 "텨……ㄹ썩, 텨……ㄹ썩, 텩, 튜르릉, 콱"은 테니슨의 시의 "부서져라, 부서져라, 부서져라"와 유사하다는 점을 들 수 있다. 이하윤의 역시집譯詩集 『실향失香의 국화菊花』1933에 수록된 테니슨의 시 「부듸처라 부듸처라!」와 김상용이 번역하여 최재서가 편編한 『해외서정시집』1938에 수록한 「깨여저라」를 정리하면 〈표 10〉과 같다.

〈표10〉

이하윤 역, 「부듸처라 부듸처라!」	김상용 역, 「깨여저라」
부듸처라 부듸처라 부듸처 싸늘한 네회색돌위에 오 바다여! 가슴속에서 이러나는 온갓생각을 내혀로써 말하고시픈 맘이여!	깨여저라, 오바다여! 네 싸늘한 회색(灰色)바위우에 깨여저…… 이 가슴에 이는 생각을 말할만한 혀(舌)가 없는가?
오 부러워라 어부(漁夫)의아달은 누이동생 부르며쒸놀고잇스며! 오 부러워라 나이젊은수부(水夫)는 바다기슴보-트에서 노래부르네!	오! 어부(漁夫)의 아들, 누의와 소리쳐 작란함이 귀엽고, 오! 젊은 선부(船夫) 물 가에 배 타고 노래함이 좋고나.
그리고 큼직한 배들은 산밑 그들의 항해를 향해가느니 그러나 오 사러진 님의손이여 또 고여해진 님의말소리여!	큰배는 언덕아래, 제포구(浦口)로 도라가거늘…… 잃어진 손의 촉감(觸感), 다시못듣는 아름다운 음성(音聲)이어!
부듸처라 부듸처라 부듸처 네 바위밑에 오 바다여! 그러나 지나간 하룻날의 부드런정은 영원히 내게는 도라오지안흐리	깨여저라, 오! 바다여! 네 절벽(絕壁)아래 바다여, 깨여저…… 지나간 그날의 행복(幸福)은 다시 내게 도라오지않도다

테니슨의 이 시는 그가 자신의 절친한 친구였던 아서 핼럼이 비엔나를 여행하다가 1833년 22세의 나이에 갑자기 세상을 떠난 것을 애도하면서 지은 시로서, 이 시에서 테니슨은 바닷가에 부서지는 파도처럼 자신도 마음의 응어리를 풀어내고자 하였다. 최재서는 테니슨을 다음과 같이 소개하였다.

Albred Tennyson(1809~1892). 19세기 중엽(十九世紀中葉) 영국 사회(英國社會) 특(特)히 중류 계급(中流階級)을 대표(代表)하야 가장 인기(人氣)가 있었든 시인(詩人)은 테니슨이다. 상식적(常識的)인 건실(健實)한 인생관(人生觀)과 그 관찰(觀察)의 진실성(眞實性)과 독창적(獨創的)인 상상력(想像力)과 자유(自由)로운 언어(言語)의 구사(驅使)와 더욱히 유창(流暢)한 멜로디―로써 그는 오날까지라도 일반대중(一般大衆) 특(特)히 연소독자(年少讀者)새에 애송(愛誦)되고있다.

그는 시골 목사(牧使)의 아들로 태여나서 후(後)에 켐부릿지에 배웟고 1850년(年)엔 그의 친우(親友) 핼람의사(死)를 애도(哀悼)한 절창(絶唱)「인·메모리임」이 나왔고 동년(同年)에 워―즈워―스의 뒤를 이어 계관시인(桂冠詩人)이 되였다. 뒤딸어「모―드」(1855),「이―녹크·아―든」(1864)이나왔고 일만여행(一萬餘行)의 장시(長詩)로서 그의 최대작(最大作)인「국왕목가(國王牧歌)」는 1859~1885년(年)에 발표(發表)되었다.

빅톨이아니즘(그것은 凡庸主義를 意味한다)을 전면적(全面的)으로 거부(拒否)하는 현영문단(現英文壇)에 있어 테니슨의 명성(名聲)이 따에 떠러진것은 현실(現實)이지만, 그러나 브르크가 평(評)한 바와 같이 테니슨의 위대성(偉大性)에 대(對)한 신념(信念)을 잃은 세대(世代)는 시(詩) 그 자체(自體)에 대(對)한 신념(信念)을 잃은 세대(世代)라 할 것이다. 그는 83세(歲)의 고령(高齡)으로 사후수작(死後授爵)되야 웨스트민스터-애비 사원내(寺院內), 부라우닝의 바로 옆에 안장(安葬)되였다.

이상섭도 자신이 번역한『눈물이, 부질없는 눈물이』[1975]에 테니슨의 시「부서저라, 부서져라, 부서저라」를 수록하였으며,「테니슨의 시세계」에 대해서 다음과 같이 설명하였다. "1850년, 핼럼이 죽은 지 17년 만에, 드디어 그는 그『추념의 시』를 내놓았다. 서시와 에필로그를 합하여 133편의 사색적인 서정시를 한데 묶은 이 장시는 세계문학의 금자탑의 하나임에 틀림없다. 테니슨은 일약 당대 최고의 시인, 예언자, 정신적 지도자로 추앙되어 워즈워스를 이어 계관시 인으로 임명되고, 수입도 넉넉해져서 13년간이나 돈이 없어서 못했던 늙은 약혼녀와의 결혼도 했다. 이후 그의 모든 작품은 언제나 요샛말로 베스트셀러가 되었다. 시골풍의 기이한 옷차림, 거구의 몸집, 굵은 목소리의 이 시인은 모든 영국민의 가장 친근한 존재가 되었다. 빅토리아 여왕은 그의 시를 좋아한 나머지 그에게 남작의 작위까지 주어, 그는 테니슨 경이 되는 세속적 영예까지 누리게 되었다. (…중략…) 테니슨은 사상가라기보다는 사색인이며, 그보다는 물론 말을 기막히게 다루는 시인이었다. 시적 기교에 있어 그를 넘어설 시인은 그리 많지 않다. 그러나 위대한 시인의 말의 기교는 빈 껍질이 아니다. 그는 지극히 예민한 감수성으로서 현대인의 문제를 아프게 느꼈고 이 아픔은 말로서 적절히 형상화기기까지는 테니슨을 놓아주지 않았다."

최남선의 시「해에게서 소년에게」와 테니슨의 시「부서져라, 부서져라, 부서져라」의 유사성은 앞에서 언급한 바와 같이 대부분의 경우 파도치는 모습에 대한 의성어에서 비롯된다. 그러나 이 두 편의 시의 내용은 사뭇 다른 것이다. 최남선의 시에서는 '소년'을 매개체로 하여 당시 조선사회가 문명적으로 개화할수 있기를 촉구하고 있다는 점, 개화의 지름길은 대양大洋을 정복하여 세계문명을 흡수하고 새로운 세상을 개척해야 한다는 점, 그러한 주체이자 주인공은 바로 '소년'이어야 한다는 점 등을 들 수 있다. 따라서 적어도 내용면에서 볼 때에 친구의 죽음을 애도한 테니슨의 시와 '소년'의 드높은 기상을 찬양한 최남선의 시와는 상당한 차이가 있다.

이상에서 살펴본 바와 같이, 최남선의 시「해에게서 소년에게」는 테니슨의 시「부서져라, 부서져라, 부서져라」로부터 의성어적인 특징을, 바이런의 시『차일드 해럴드의 순례』로부터는 의미적인 특징을 영향 받은 것으로 파악할 수 있다. 그러나 다양한 시간과 공간, 복잡한 내용과 의미의 복합성 등을 근간으로 하는 바이런의 시와 최남선의 시를 간단명료하게 비교하는 것은 쉽지 않다. 그럼에도 최남선이 자신의 시「해에게서 소년에게」에서 강조하는 모험심과 용기로 가득 차 있는 '소년'은 바이런의 시의 주인공 '차일드 해럴드'와 유사한 측면을 가지고 있다. 이러한 점은 우선 최남선의 시에서 '나의 큰 힘'에 암시되어 있는 소년의 무한한 힘에서 찾아볼 수 있으며, 그러한 힘은 '뫼', '바윗돌', '권력자' 등을 무력하게 할 뿐만 아니라 구체적으로 제시된 '진시황'과 '나폴레옹'까지도 '소년'과는 비교될 수 없다는 점을 강조하는 데에서 파악할 수 있다. 다시 말하면, 최남선의 시에서의 "담膽 크고 순진純眞한 소년배少年輩들"의 용감무쌍한 정신과 의지는 바이런의 시에서의 '차일드 해럴드'가 온갖 어려움을 극복하면서 모험과 탐험의 세계를 떠나는 것에 비교될 수 있기 때문이다.

아울러 최남선의 시와 테니슨의 시를 비교하는 것 역시 유사점과 차이점으로 나누어 살펴보았다. 유사점은 파도소리를 표현한 의성어에서 찾아볼 수 있다. 그러나 파도소리는 어디에서든 비슷하게 표현된다는 점에서, 물론 어감의 차이는 있지만, 최남선의 시의 '의성어'가 반드시 테니슨의 시의 '의성어'에 비롯되었다고 볼 수는 없을 것이다. 차이점은 전자의 시가 개화기 조선소년들의 기개와 용기와 신념을 강조한 데 반해서 후자는 친구의 죽음에 대한 애도와 그리움에 관계된다고 볼 수 있다.

2) 존 키츠의 영향과 수용

김영랑과 존 키츠의 관계는 김영랑이 1922년부터 1923년까지 2년간 일본의 청산학원에서 영문학을 전공했다는 점, 그의 시집에 "아름다운 것은 영원한 기쁨이다"라는 키츠의 시『엔디미온―시적 로망스』[1818]의 첫 구절을 인용하고 있다는 점, 그가 영시英詩를 번역했다는 점 및 "워즈워드의 크게 느낀 바 밭이랑 가의 어린 소년의 외로운 톳노래에는 내 아직 흥겨워 보지 못하였느니 키츠의 나이팅게일에 취한 까닭인가" 등에서 찾아볼 수 있다. "동경에 있는 동안 당시 영국의 낭만주의 시인인 키이츠나 셸리의 시에 몰두하여 인간성에 대한 사랑과 아름다움에 대한 감수성을 더욱 풍부하게 길러 나갈 수 있었다"라는 점과 "이때 영랑은 지극히 창백한 구류지질溝柳之質이었다는 것이니 이리하여 그의 건강은 날로 쇠약해져서 2·3개월간 치료를 받지 않을 수 없었다. 한창 혈기왕성한 20대의 그는 12관도 못되는 체질을 가지고 역여逆旅의 고통을 뼈에 사무치게 맛보게 되었다"라는 언급 등에서 확인할 수 있다.

아울러 김영랑은 『시문학』 제2집1930.5에 수록된 '예—ㅌ스시편W. B. Yeats'에서 예이츠의 시 「하날의 옷감」, 「이늬스ᅘ리—」 등을 번역하였고 에리히 바이너트의 독일시 「나치반항의 노래」도 번역하였다.

(1) 키츠의 시 「나이팅게일에게 보내는 송가頌歌」의 세계

이상에서 언급한 영시英詩와 김영랑의 시의 관계를 살펴볼 수 있는 시가 바로 존 키츠의 시 「나이팅게일에게 보내는 송가」1819이며 그것은 키츠가 햄스테드에 머물고 있던 1819년 '스페니아드 인'의 정원에서 쓴 시로 같은 해 7월 『순수예술연감』에 처음으로 발표되었다. 당대의 비평가들로부터 '가장 길고 가장 개인적인 송가'라는 평가를 받은 이 시는 키츠가 '소극적 능력'의 상태를 향해서 여행하는 과정을 묘사하고 있다. 대자연, 인생무상, 숙명 등에 관계되는 이 시의 여러 가지 주제 중에서, 특히 '숙명'은 키츠에게 가장 개인적인 것으로 그것은 1818년 그의 동생 톰의 죽음에 직접적으로 관련된다. 자신의 이 시에서 키츠는 육신의 세계이자 이승에서의 상실을 상상하면서 자신을 죽은 것으로 파악하고 있다. 이러한 점은 나이팅게일이 울게 되는(노래하게 되는) '한 줌 흙'에서처럼 그가 갑작스럽게 거의 난폭할 정도의 말을 사용하고 있다는 점에서도 찾아볼 수 있다. 불멸적인 존재로서의 나이팅게일과 정원에 앉아 있는 숙명적인 존재로서의 인간의 대조는 상상력의 노력에 의해 점점 더 심화된다. 날씨의 등장 역시 이 시에서 중요한 요소이며, 나이팅게일은 1819년의 이른 봄에 잡목이 무성한 숲 속으로 날아들어 울어대고 있다. 키츠의 친구인 찰스 A. 브라운은 1819년 봄 자신의 집에서 가까운 곳에 한 마리 나이팅게일이 둥지를 틀었다고 언급하였다. "키츠는 나이팅게일의 노래에서 고요하면서도 지속적인 기쁨을 느꼈고 어느 날 아침 그는 아침 식탁에서 자신의 의자를 들고 자두나무 아래 풀밭으로 갔으며, 그곳에서 두 세 시간동안 앉아 있었다."

나이팅게일과 키츠의 관계는 시가 진행됨에 따라 그리고 그의 의식이 '꿈'이라는 상상적인 공간을 표류하게 됨에 따라 분명하게 변화된다. 첫 번째 연에서 키츠는 "날개 가벼운 나무의 요정이여"라는 구절을 사용하여 그 새를 일종의 '외경심'에 관련짓고 있지만, 제7연에서는 단순하게 한 마리 '새'로 나타내고 있을 뿐이다. 실제로 마지막 연에서 시적 자아가 그 새를 "사람을 속이는 요정"이라고까지 파악하게 되는 까닭은 최면에 걸린 것 같은 나이팅게일의 노래로 인해 자신에게 부여되는 격앙된 감정의 효과를 암시하고자 하기 때문이다. 나이팅게일의 노래에 대한 키츠 자신의 생각이 시가 진행됨에 따라 변화하게 되는 것과 똑같이, 제4연의 "드높은 진혼곡"에 대한 묘사는 마지막 연에서 "구슬픈 노래"로 전환된다. 이 시에서의 이와 같은 전환은 끝에서 두 번째 연과 마지막 연의 사이에 있는 '쓸쓸한'이라는 말이 반복될 때 발생하게 된다는 점을 하이디 스콧은 강조하였다. 시인 혹은 시적자아 또는 화자는 '쓸쓸한'이라는 말의 울림에 의해 새와 함께 하는 자기 자신의 긴밀한 몽상으로부터 깨어나게 되고, 「나이팅게일에게 보내는 송가」에서 필요한 대부분의 분위기를 제공해 주었던 꿈의 공간으로부터 바로 그 새가 멀리 날아가는 것을 발견하게 된다. 그래서 혼란스러워진 키츠는 이 시의 마지막 행에서 "이것은 비전인가? 백일몽인가? / 음악은 사라지고, 깨어 있는 것인가? 자고 있는 것인가?"라고 끝맺게 된다.

이 시의 제3연과 제6연에는 숙명과 죽음이 암시되어 있다. 제3연이 키츠의 동생 톰의 죽음을 설명하는 반면에 제6연은 키츠 자신의 죽음에 대한 두려움을 표현하고 있다. 제6연의 "편안한 죽음과 어설픈 사랑에 빠져왔네"에는 시인이 죽음을 두려워하고 있다는 점과 더디고 고통스러운 건강의 악화를 두려워하고 있다는 점이 반영되어 있다. 이 구절에는 또한 병약한 그의 집안의 내력이 암시되어 있으며, 이러한 점에 의해서 키츠는 이미 그러한 질병의 초기증상을 보여주었다고 볼 수 있다. 뒤이어지는 행의 '부드러운 이름'은 두 연인사이에 오가는 대화처럼 보이기도 한다. 아울러 "그 어느 때보다도 좋을 듯하네, 숨을 거두기에는"이라는 구절은 시인이 경험하고 있는 '황홀경'의 정도가 어떠한 것인지를 보여준다. 다시 말하면, 삶에 대한 애정과 죽음에 대한 두려움을 그렇게도 많이 가지고 있던 시인은 마침내 죽음을 기꺼이 환영하게 된다. 그래서 제6연은 '한 줌 흙', 즉 모든 생물체가 죽어 되돌아가게 되어 있는 점을 강조하는 것으로 끝맺고 있다. 시적 화자 혹은 자신의 혼란스러움을 제시하고자 하는 시인은 「나이팅게일에게 보내는 송가」 전편을 통해 공감각적인 비유를 사용하고 있다. 예를 들면, 제2연에서 "한 모금 포도주"에 대한 갈망을 표현하고 있지만, 그가 원하고 있는 맛에 대한 묘사는 일반적으로 음료수의 맛과 결합되어 있지 않다.

I

가슴은 쑤시고, 나른한 마비에 감각은 고통스럽네,

헴록을 마신듯, 또는 조금 전에

마지막 한 방울까지 마취제를 마신듯,

망각의 강 쪽으로 가라앉듯이.

그것은 너의 행복을 부러워해서가 아니라

너의 행복에 내가 너무 행복해서,

그대, 날개 가벼운 나무의 요정이여,

초록빛 너도밤나무, 그 수많은 그림자 속에서,

아름다운 곡조로

목청 높여 여름을 노래하나니.

Ⅱ

오, 한 모금 포도주여! 깊은 땅 속에

오랫동안 차갑게 보관해 왔던,

꽃의 여신 플로라와 푸른 전원,

춤과 프로방스의 노래, 햇볕에 그을린 향취여!

오, 술잔은 따뜻한 남쪽으로, 진리로,

선홍빛 영천(靈泉) 히포크레네로 넘쳐나고,

구슬 맺힌 거품이 잔가에 반짝이는

자주 빛 입 자국 선명한 한 잔 포도주여!

한 잔 술을 마시고, 남몰래 이 세상을 떠나리라,

그대와 함께 어두운 숲 속으로 사라지리라.

Ⅲ

멀리 사라져, 녹아버려, 아주 망각하리라

이파리 사이의 너는 결코 알지 못하는 것들을,

권태를, 고열을, 고뇌를,

이곳에서 사람들은 앉아 서로의 신음소리를 듣고,

중풍환자는 몇 가닥 슬픈 회색 머리카락을 흔들고,

젊은이는 창백해져 유령처럼 야위어 죽어 가리라.

이런 생각을 하는 것조차 슬픔과

공허한 눈빛의 절망으로 가득 차고,

아름다운 여인은 그 빛나는 눈을 간직할 수 없거나

새로운 연인도 내일이면 그 눈을 갈망할 수 없으리라.

Ⅳ

가거라! 가버려라! 나 그대에게 날아가리니,

주신(酒神) 바커스와 표범이 이끄는 마차가 아니라

눈에 보이지 않는 시의 날개를 타고 가리니,

아둔한 머리 혼란스럽고 더디다하더라도.

이미 그대와 함께 있나니! 밤은 고요하고,

때마침 여왕-달은 왕관을 쓰고 있고,

뭇별 선녀들이 그 주변에 몰려들고 있나니.

그러나 여기엔 한 줄기 빛도 없고,

천국으로부터 남겨진 것은 짙푸른 녹음과

이끼 낀 구불구불한 길 사이로 불어오는 산들바람뿐,

Ⅴ

볼 수도 없어라 발밑에 핀 꽃들을,

가지에 매달린 부드러운 향기를,

그러나 향기로운 어둠 속에서 짐작하나니,

계절에 알맞은 이 달이 부여하는

풀잎, 덤불, 야생과일 나무 하나하나의 향기를.

하얀 산사나무와 목가적인 들장미를,

이파리에 뒤덮여 빨리 시드는 바이올렛을,

그리고 5월 중순의 맏이에 해당하는

술 이슬 가득 머금고 피어날 머스크장미를,

여름 저녁이면 수없이 날아드는 날 파리의 소굴을

VI

어둠 속에 귀 기울이네. 그리고 수없이

편안한 죽음과 어설픈 사랑에 빠져왔네,

수많은 세심한 운율로 부드러운 죽음의 이름을

불러보았네, 고요한 숨결을 허공에 날려 보내려고.

이제 그 어느 때보다도 좋을 듯하네, 숨을 거두기에는,

한밤중에 아무런 고통 없이 세상을 마감하기에는,

그대 낯선 영혼을 이토록 황홀하게 쏟아 붓고 있는

바로 이 순간에!

그대 여전히 노래할지라도 나는 듣지 못하리라,

그대의 드높은 진혼곡에 나는 한 줌 흙이 되리라.

VII

죽으려고 태어난 것이 아닌 그대, 불멸의 새여!

그 어떤 굶주린 세대도 그대를 짓밟지 못하리라.

지나가는 이 밤에 듣는 그 목소리는

그 옛날 황제와 농부도 들었으리라,

아마도 저와 똑같은 노래 소리는 슬픈 마음의

룻에게서 길을 찾았으리라, 고향을 그리워하며

이역의 옥수수 밭에 서서 눈물짓고 있을 때에.

저 노래 소리는 또 신비로운 창문을 자주 매혹했으리라,

쓸쓸한 요정의 나라, 위험한 바다의

파도를 향해 열려진 창문을.

VIII

쓸쓸하여라! 바로 이 말은 그대로부터 나를 불러내

나 자신에게로 되돌아오게 하는 조종(弔鐘)같아라!

안녕! 공상은 사람을 속이는 요정이라지만,

그렇게 속일 수는 없으리라.

안녕! 안녕! 그대의 구슬픈 노래는 사라져

가까운 풀밭을 지나, 고요한 개울을 건너,

언덕 위로, 그리고 이제 그 다음 골짜기

숲 속에 깊이 파묻혀 버리네.

이것은 비전인가? 백일몽인가?

음악은 사라지고, 깨어 있는 것인가? 자고 있는 것인가?

필자가 번역한 위에 인용된 시에서 키츠가 원하는 것은 "플로라와 푸른 전원"의 맛이며 '플로라'는 꽃들의 여신에 해당한다. 그는 또한 "춤과 프로방스의 노래, 햇볕에 그을린 향취"의 맛을 요구하기도 한다. 그렇게 함으로써, 축제의 생생한 기억을 되살려주는 자신이 마셨던 포도주가 있었다는 점을 암시하게 된다. 아울러 제5연에서는 "가지에 매달린 부드러운 향기"를 볼 수 없다고 주장하기도 한다. 물론 '향기'는 시각이미지가 아니라 후각이미지이며, 그것은 바로 그 '허상'— 삶과 죽음 사이에서 '죽음' 쪽으로 나아가는— 이 너무나 생생하기 때문에 빛이 없는 경우가 아니라면 시인 자신이 언제라도 냄새와 소리를 동시에 볼 수 있다는 점을 암시하기도 한다.

(2) 김영랑의 시 「두견杜鵑」과 키츠의 시 「나이팅게일게 보내는 송가」의 비교

「나이팅게일에게 보내는 송가」에서 '나이팅게일'은 그 노래를 듣게 되는 시인의 환상적인 행복감과 시인 자신의 슬픔과 질병, 일시적인 청춘과 덧없는 아름다움, 이승에서의 유한성과 저승에서의 무한성을 일깨워주는 매개체로서 그것을 집약하고 있는 구절이 바로 "보이지 않는 시의 날개를 타고"이다. 이 날개를 타고 키츠가 벗어나고자 하는 현실은 그가 결핵으로 세상을 떠나기 전에 머물고 있던 햄스테드에 해당한다. 그로 하여금 그것이 비록 상상적인 계기가 되었다 하더라도 고통스러운 현실에서 벗어날 수 있는 계기를 마련해 주는 '나이팅게일'의 노랫소리는 이 시의 제7연에서 절정을 이루게 되며, 그것은 이 시에서의 '지금 여기'와 전설과 성경에서의 '그 때 거기'를 연결 짓게 된다. "죽으려고 태어난 것이 아닌 그대, 불멸의 새여!"로 시작되는 이 부분에는 '황제', '농부', '룻', '요정' 등에 암시되어 있는 바와 같이 계층을 초월하여 이 세상의 모든 존재가 나이팅게일의 노랫소리에 귀를 기울여 왔다는 점을 강조하는 한편 다른 한편으로는 이 시의 대단원에 해당하는 마지막 연을 이끌고 있다. 이 부분에서 룻은 물론 '구약성경'의 '룻기'에서 곡식의 이삭을 주워 시어머니 나오미를 봉양한 모압 여자이다. "모압 여자 룻이 나오미에게 말하였다. '들로 나가, 저에게 호의를 베풀어 주는 사람 뒤에서 이삭을 주울까 합니다.' 나오미가 룻에게 '그래 가거라, 내 딸아'하고 말하였다."(「룻기」 2장 2절) 이역의 땅에 와서 홀시어머니를 봉양하기 위해 남의 밭에서 이삭을 줍던 '룻'을 제시함으로써, 키츠는 자신의 이 시에서 단순한 역사적 사실에 생명력을 불어넣어 인간적인 심성과 따뜻한 정서를 유도하고 있으며 그의 이러한 시적 방법은 탁월하고 풍부한 상상력의 결과라고 할 수 있다. 마지막 부분에 나타나 있는 '조종弔鐘'은 시인 자신의 죽음에 관계되지만 시인의 상상은 여전히 무의식 속에 지속되고 있다. 그것이 바로 "이것은 비전인가? 백일몽인가?"와 "깨어 있는 것인가? 잠자고 있는 것인가?"라는 마지막 구절이다.

키츠의 시 「나이팅게일에게 보내는 송가」로부터 영향을 받은 것으로 알려진 김영랑의 시 「두견」의 전문은 다음과 같다.

울어 피를뱉고 뱉은피는 도루삼켜
평생을 원한과슬픔에 지친 적은새
너는 너룬세상에 설움을 피로 색이려오고
네눈물은 數千세월을 끈임업시 흐려노앗다
여기는 먼 南쪽땅 너쪼껴숨음직한 외딴곳
달빛 너무도 황홀하야 호젓한 이 새벽을
송긔한 네우름 千길바다밑 고기를 놀내고
하날ㅅ가 어린별들 버르르 떨니겟고나

몇해라 이三更에 빙빙 도—는 눈물을
슷지는못하고 고힌그대로 흘니윗느니
서럽고 외롭고 여윈 이몸은
퍼붓는 네 술ㅅ잔에 그만 지늘겻느니
무섬ㅅ정 드는 이새벽 가지울니는 저승의노래
저기 城밑을 도라나가는 죽엄의 자랑찬소리여
달빛 오히려 마음어둘 저 횐등 흐늣겨가신다.
오래 시들어 팔히한마음 마조 가고지워라

비탄의넉시 붉은마음만 낯낯 시들피느니
지튼봄 옥속 春香이 아니 죽엿슬나듸야
옛날 王宮을 나신 나히어린 임금이
산ㅅ골에 홀히 우시다 너를 따라가섯드라니

古今島 마조보이는 南쪽바다ㅅ가 한만흔 귀향길

千里망아지 얼넝소리 쉔 듯 멈추고

선비 여윈얼골 푸른물에 띄웟슬제

네 恨된우름 죽엄을 호려 불럿스리라

너 아니울어도 이세상 서럽고 쓰린것을

이른봄 수풀이 초록빛드러 물내음새 그윽하고

가는 대닢에 초생달 매달려 애틋한 밝은어둠을

너 몹시 안타가워 포실거리며 훗훗 목메엿느니

아니울고는 하마 죽어업스리 오! 不幸의넉시여

우지진 진달내 와직지우는 이三更의 네 우름

희미한 줄山이 살풋 물러서고

조고만 시골이 흥청 깨여진다

— 김영랑, 「두견」 전문

　　김영랑의 시에서 시인의 상상력을 이끌고 있는 매개체는 '두견'이며 그것의 울음소리에 의해 시인은 '수천數千세월'로 대표되는 시간과 '먼 남南쪽땅' 및 '천千길 바다밑'으로 대표되는 공간을 넘나들게 된다. 그리고 그 울음소리에 의해 '옥속 춘향春香'과 '나히어린 임금'을 상상하게 되고 그것은 궁극적으로 죽음에 관계되며 "아니울고는 하마 죽어업스리 오! 불행不幸의녁시여"에서 절정을 이루게 된다. 이와 같이 파악할 수 있는 키츠의 시와 김영랑의 시에 반영되어 있는 대표적인 시적 요소를 비교하여 정리하면 〈표 11〉과 같다. 물론 〈표 11〉에 제시되어 있는 시적 요소보다 더 많은 요소들을 키츠와 김영랑의 시에서 찾아볼 수 있으며, 이러한 요소들은 전자에서 후자로 이행되는 과정에서 많은 부분이 서양적이고 영국적인 요소에서 동양적이고 한국적인 요소로 전환되어 있다고 볼 수 있다.

〈표 11〉

시적 요소		「나이팅게일에게 부치는 송가」		「두견」
매개체	나이팅게일	불멸의 새여!	두견	불행의 넋시여
신화적 · 역사적 요소	황제, 농부	그 옛날 황제와 농부도 들었으리라	임금	옛날 王宮을 나신 나히어린 임금이
	룻	룻에게서 길을 찾았으리라	춘향	春香이 아니 죽엿슬나듸야
주제	죽음의식	이 세상을 떠나리라 나는 한 줌 흙이 되리라	죽음의식	저승의 노래 죽엄의 자랑찬소리여
시간	달밤	여왕-달은 왕관을 쓰고 있고	달밤	가는 대닢에 초생달 매달려
장소	(햄스테드)		남쪽 땅	古今島 마조보이는 南쪽바다
계절	봄	(제5연의 꽃)	봄	우지진 진달내

이러한 의미를 지니고 있는 '두견'에 대해 김영랑은 다음과 같이 언급하였다.

나는 새움나와 하늘하늘한 백일홍 나무곁에 딱 붙어서고 말았다. 내귀가 째앵하니 질린 까닭이로다. (…중략…) 온전히 기름만이 흐르는 새벽, 아— 운다. 두견이 운다. 한 5년 기르던 두견이 운다. 하늘이 온통 기름으로 액화되어 버린 것은 첫째 이 달빛의 탓도 탓이려니와 두견의 창연한 울음에 푸른 물든 산천초목이 모두 흔들리는 탓이요, 흔들릴 뿐만 아니라 모두 제가끔 푸른 정기를 뽑아 올리는 탓이다. 두견이 울면 서럽다. 천연히 눈물이 고인다. 이런 조고만 시골서는 아예 울어서는 안될 새로다. (…중략…) 그 두견이 빚어낸 고사故事야 많다. (…중략…) 두견제 두견제 야삼경 화일지[杜鵑啼 杜鵑啼 夜三更 花一枝]란 것인데 첫날밤 동정 처녀가 서서 주고받는 대귀로, 백구비 사십리 파만경[白鷗飛 沙十里 波萬頃]이라 아마 남방 어느 시골서 그 동남정녀는 이 5월의 좋은 새벽을 한없이 즐겼던 것이다. (…중략…) 사람으로 살려면 오로지 떳떳해야 시원하고, 그러려니 현실이 아프고, 그래 우리는 어린 자식들을 두고 차마 눈을 못 감고 가는 게지. 그 자식들의 세대는 어떠할꼬. 꾀꼬리의 종족들도 보아다고. 아배같이 아배같이 눈 못 감고 가던가를.

이와 같은 '두견'의 반대편에 있는 새를 김영랑은 '꾀꼬리'로 파악하였다. 그러한 점은 "꾀꼬리는 두견과는 상극이라 전연 비인간적인 점이 우리 젊은 사람들의 꿈을 모조리 차지하고 있는 성싶다"에서 확인할 수 있으며 그것은 그의 시「5월」에 반영되어 있다. '두견', '꾀꼬리'와 더불어 김영랑이 관심을 기울인 새로는 '호반새'가 있으며 이러한 점은 그의 시「청명」과 그의 수필「감나무에 단풍드는 전남의 9월」에서 확인할 수 있다.

이러한 점을 고려하여 김영랑의 시「두견」과 키츠의 시「나이팅게일에게 부치는 송가」의 유사성을 정리하면 다음과 같다. '두견'에 대해 남다른 애정을 표현한「두견」, 바로 그 '두견'을 '저승의 노래'이자 '불행의 넋'으로 파악하고 있는 이 시에는 시인으로서의 김영랑과 그 자신의 영혼의 매개체로서의 '두견'이 긴밀하게 상호교감하고 있다. 제1연에서 '천千길바다밑'과 '하날ㅅ가'로 무한의 공간을 확보한 후에 두견이 존재할 수 있는 '남南쪽땅'을 설정하였으며, 무한의 공간영역으로까지 울려 퍼지는 두견의 울음소리에 반영된 '음향구조'는 '두견'과 '나 / 시적자아 / 시인 자신'의 영혼구조와 대립되어 있다. 시간대 역시 '평생'과 '수천數千세월'에 의해 무한성을 내포하면서 끊임없이 운명적인 슬픔을 노래하는 것으로 되어 있다. 제2연에서는 이러한 음향구조가 '저승의 노래'로 전환되고 시간대도 '몇 해'로 한정되어 나타나게 되며, 이러한 점은 김영랑 자신의 존재성, 시적 현재 혹은 시대적 상황에 의한 제한적인 위치 등에 관계된다. 제3연에서는 제1연에서 제시되었던 '먼 남南쪽땅'이 '고금도古今島'와 '남南쪽바다'로 변화되면서 '죽음'과의 상호교감 및 두견의 울음소리와 시인 자신의 현존재를 일치시키고 있다. 마지막 연에서는 지금까지 전개되었던 시적 상상력이 현실적으로 구체화되면서 그 모든 것을 종합하고 있다. 정한모의 언급처럼, "영랑시는 전형적으로 '나'의 서술체에 속한다. 이는 자아와 세계의 미분화 상태에 속한다. 그것의 가장 철저한 양상이 앞에 든「두견」이며 순수인 소이연이다. 음향만이 남고 모습이 없는 상태, 그것이 순수다. 따라서 그 음향이 '저승까지 울린다는 것'은 영혼구조와 두견의 음향구조의 동질성을 승인할 때 비로소 성립된다". 이렇게 볼 때 '두견의 울음소리'에 의한 '음향구조'가 '두견'에 적용될 때에는 영원한 '불멸의 존재'에 해당하고 그것이 시인으로서의 '나'에 적용될 때에는 '유한한 존재'에 해당한다.

3) W. B. 예이츠의 영향과 수용

(1) 김소월의 시 「진달내꼿」에 반영된
예이츠의 시 「그는 천국의 옷감을 원하네」의 영향과 수용

김억은 W. B. 예이츠의 시 「그는 천국의 옷감을 원하네」를 「꿈」이라는 제목으로 번역하여 『태서문예신보』에 수록하였으며, 그는 자신이 번역한 예이츠의 시 「꿈」을 수정하여 자신의 번역시집 『오뇌의 무도』에 재 수록하였다. 김소월의 시 「진달내꼿」은 김억이 「꿈」이라고 번역한 예이츠의 시 「그는 천국의 옷감을 원하네」의 영향을 받은 것으로 알려져 있다. 이러한 점에 대해 김윤식은 자신의 『신문학사 탐구』에서 다음과 같이 언급하였다.

> 객 : 소월의 저 유명한 「진달래꽃」을 문학적 영향관계로 볼 수 있을지 모른다는 논의도 있는 모양인데요.
> 주 : 이 작품이 처음 발표되었을 때의 모양부터 볼까요.
> 객 : 시집 『진달래꽃』(1925)에 실린 것인데, 오늘날 우리가 대하는 「진달래꽃」과는 조금 다르군요. 시집을 낼 때 시인 자신이 손질한 모양이지요.
> 주 : 아마 그럴 것입니다. 문제는 이 작품의 시적 핵이라 할 대목이 꽃을 뿌려 놓겠으니 그 꽃을 밟고 가라는 곳에 있지 않겠습니까. 있는 것이라곤 지천으로 피는 진달래꽃뿐, 그것밖에 가진 것 없는 마음 가난한 사람이 할 수 있는, 임을 향한 최상의 마음씀씀이란 무엇이겠는가. 이 길밖에 또 있겠는가. 영변 근처에 산 사람이라면 이 길밖에 없지요.

객 : 영변 아닌 다른 곳, 가령 시베리아나 프랑스나 미국에 사는 사람이라면 꼭 같은 감정을 다른 사물을 통해 표현했을 것이다.

주 : 맞습니다. 아일랜드시인 예이츠는 이렇게 표현했것다. "금(金)빛 은(銀)빛으로 짜서 / 수놓은 천상(天上)의 비단 / 밤과 백광(白光)과 박명(薄明)의 / 푸르고 구 물고 감은 비단이 있다면 / 그것을 당신 발밑에 깔아드리오리다 / 그러나 가난 하여 내 꿈을 깔았오이다 / 내꿈 밟으시는것이오니 사뿐히 밟으소서."

객 : 진달래꽃 대신 꿈을 깔았군요. 만인 공통의 정서거나 감정이기에 영향관계 운운 할 처지가 못 되는 것이군요.

주 : 이 정서 자체만을 문제 삼을 땐 그렇다고 보아야지요. 사랑이나 향수, 육친애, 조 국애 등 이른바 진선 미란 그 자체가 인류 공유의 것이니까.

객 : 그렇다면 무엇이 문제일까요.

주 : 독서환경이랄까, 주변의 분위기에 주로 의존된다고 볼 수 없을까요. 가령 소월 의 스승 김억의 「오뇌의 무도」에 실린 예이츠 시의 번역을 들 수 있지요.

객 : 소월이 예이츠의 이 작품을 읽었다고 볼 가능성이 있지 않겠습니까. 알게 모르 게 이런 발상의 촉발이 있었다고 볼 수 없겠는가. 어디까지나 추측이다, 그러나 독서환경상 가능성은 배제하기 어렵다…….

주 : 문제는 사자의 그 위대한 힘이 아니겠습니까. 어느 쪽이 더 큰 문학적인 빛과 향 기를 뿜어내느냐에 수렴되는 것이 아닐까요.

위의 인용문에서 김윤식이 언급하고 있는 이양하는 예이츠의 시를 번역했을 뿐만 아니라 김소월의 시의 영향과 수용의 가능성에 대해 『대학신문』 제403호 1962.6에서 다음과 같이 언급하였다. "예이츠에는 애인愛人에게 진달래꽃을 밟으 라는 대신 꿈을 밟으라는 말이 있다. (…중략…) 진달래를 밟고 꿈을 밟는데 사 뿐히 밟으라는데도 이 두 시詩는 일치一致된다. 그리고 두 시詩가 다 애인에게 사 랑을 호소呼訴하는 것으로 볼수 있는 점에 있어서도 서로 일치一致된다. 소월素月

이 예이츠의 생각을 따온 것일까. 예이츠의 시발표詩發表된 것이 1898년年이고 보니 소월素月이 거기서 시상詩想을 얻었을 가능성可能性은 있다. 그러나 꼭 그랬었다고 단정斷定할 수는 없다. 혹或 그랬었다 하더라도 그야말로 환골탈태換骨奪胎라 할 것으로 이것이 소월素月의 시인詩人으로서의 역량力量을 감살減殺하는 것이 아님은 두말할 나위 없다."

이양하의 이상과 같은 언급에 대해 이재호는 "이양하 교수가 지적했듯이 직접 source는 Ireland 시인詩人 William Butler Yeats의 8행시八行詩 "He Wishes for the Cloths of Heaven"인 듯하다. (…중략…) Yeats는 자기 애인愛人의 발밑에 꿈을 깔아주고, 소월素月은 매우 한국적韓國的인 진달래를 깔아준다"라고 언급하였다. 이재호는 더 나아가 예이츠의 시가 오비디우스가 쓴 「연애戀愛의 기술技術」 제2장에 나오는 "나는 가난한 시인詩人이어라 부자富者들이 주는 그런 선물을 줄 수 없기에 나는 시詩를 주었다"에서 차용했다는 점과 프랑스의 시인 롱사르의 시를 모방했다는 점도 제안하였다. 이재호가 제안한 바 있는 오비디우스의 「연애의 기술」 제2장 제3부의 해당부분을 라틴어 원문과 A. S. 클라인의 영역英譯을 인용하면 〈표 12〉와 같다.

〈표 12〉에 부분 인용한 A. S. 클라인의 영역英譯을 바탕으로 해당부분을 옮겨보면 다음과 같다. "나는 가난한 사람의 시인, 사랑했을 때 가난했어라. / 선물을 줄 수 없을 때, 시를 주었어라. / 가난한 사람은 조심스럽게 사랑해야만 하네, 가

〈표 12〉

Ovid, "Ars Amatoria"	A.S. Kline trans., "The Art of Love"
At vos, si sapitis, vestri peccata magistri Effugite, et culpae damna timete meae. Proelia cum Parthis, cum culta pax sit amica, Et iocus, et causas quicquid amoris habet.	I'm the poor man's poet, who was poor when I loved: when I could give no gifts, I gave them words. The poor must love warily: the poor fear to speak amiss, and suffer much that the rich would not.

난한 사람은 잘못 말할까봐 두려워하네, / 부자들이 받지 않는 고통을 더 많이 받게 되네."

김소월의 시에 영향을 끼친 것으로 알려진 예이츠의 시가 오비디우스의 시에 접맥된다는 점을 제안하면서 이재호는 예이츠의 이 시는 프랑스의 시인 피에르 드 롱사르가 왕실의 남자 비서의 한 사람이었던 니콜라 드 베르뎅에게 보낸 시에도 접맥된다고 파악하였다. 롱사르의 시의 원문과 이 시에 대한 이재호의 번역을 인용하면 〈표 13〉과 같다.

오비디우스와 롱사르 및 예이츠의 시 등에 반영되어 있는 상관성에 대해서 이재호는 다음과 같이 언급하였다. "이 시詩에서 Ronsard는 Ovid의 생각을 이어받아 그에게 귀중한 보물寶物이 있다면 그것을 선물로 주고 싶지만, 상대방이 단지 빤짝거리기만 하는 물질적物質的인 것에 별 흥미를 못 느낌으로 정신적인 가치가 있는 시詩를 바치겠다는 것이다. 여기서 Yeats와 Ronsard의 시상詩想의 전개展開가 동일함을 우리는 즉시 알 수 있다." 아울러 이재호는 예이츠가 롱사르의 시로부터 영향을 받았다는 가능성을 롱사르의 시 「엘레느에게 바치는 송가집」 중

〈표 13〉

Pierre de Ronsard, "Si j'avois un riche trésor"	이재호 역, 「내가 만일 값비싼 보물(寶物)이라면」
Si j'avois un riche trésor, Que des vaisseaux engravés d'or Tableaux ou médailles de cuivre, Ou ces joyaulx qui font passer Tant de mers pour les amasser Où le jour se laisse revivre.	내가 만일 값비싼 보물(寶物) 황금(黃金)으로 새긴 그릇 그림 혹은 청동(靑銅)메달 혹은 수많은 바다를 건너야 모을 수 있는 보석(寶石), 빛이 다시 태어나는 보석(寶石)을 갖고 있다면,
Je t'en ferois un beau présent, Mais quoy! cela ne t'est plaisant; Aux richesses tu ne t'amuses Qui ne font que nous étonner; C'est pourquoy je te veux donner Le bien que m'ont donné le Muses.	기꺼이 그대에게 선물하련만, 아니, 그런건 그대를 기쁘게 할 수 없구나; 단지 반짝거리기만 하는 재보(財寶)엔 그대는 흥미가 없어 그러기에 그대에게 바치고 싶노라 정신(精神)이 나에게 준 선물을.

에서 가장 잘 알려진 "그대 몹시 늙어 저녁에 촛불아래……"가 예이츠의 시 "그대 늙어 머리 희고 잠이 많을 때"에 반영되어 있다는 점을 지적하기도 하였다.

이상과 같이 파악할 때 김소월의 시 「진달내꼿」에 영향을 끼친 것으로 알려진 예이츠의 시 「그는 천국의 옷감을 원하네」는 그것이 또한 오비디우스의 시 「연애의 기술」과 롱사르의 시 「내가 만일 값비싼 보물寶物」로부터 영향을 받았다고 볼 수 있으며, 이러한 점에서 김소월의 시 역시 직접적으로는 예이츠의 시에 관계되고 간접적으로는 오비디우스와 롱사르의 시에 관계된다고 볼 수 있다. 영화 〈이퀼리브리엄〉2002의 마지막 장면에서 주인공 프레스턴의 동료가 세상을 떠나면서 읊었던 "그러나, 나는 가난하여 가진 것은 꿈뿐이라 / 내 꿈을 그대 발아래 깔았으니 / 내 꿈을 밟듯이 사뿐히 밟으시라"로 더욱 잘 알려지게 된 예이츠의 시 「그는 천국의 옷감을 원하네」와 김소월의 시 「진달내꼿」의 상관성은 후자에서의 제2연의 "아름싸다 가실길에 쌔리우리다"와 전자에서의 "그대의 발아레 페노흘려만"과 "그대의발아레 내꿈을 페노니" 및 제3연의 "삽분히즈려밟고 가시옵소서"와 전자에서의 "가만히 밟고지내라" 등에서 찾아볼 수 있다. 이상에서 살펴본 바와 같이 예이츠의 시 「그는 천국의 옷감을 원하네」의 원문과 이 시를 「꿈」으로 옮긴 김억의 번역시를 차례로 정리하면 〈표 14〉와 같다.

〈표 14〉에 인용된 김억의 번역시 두 편의 차이점은 맞춤법과 띄어쓰기 등에서의 변화에서도 찾아볼 수 있고, '프름 → 프르름', '아득함 → 어스럿함', '쏘는 → 그리하고', '가젓다ᄒ면 → 가젓슬지면', '펼치나 → 페노흘려만', '소유所有난 꿈섇임이 → 내소유所有란 꿈박게업서라', '밟고시라 → 밟고지내라' 등의 변화에서도 찾아볼 수 있다. 이러한 변화는 번역의 자연스러움과 운율효과 등을 고려한 결과에 해당한다. 아울러 김억이 번역한 예이츠의 시의 영향을 받은 것으로 평가되고 있는 김소월의 시 「진달내꼿」의 전문을 발표된 순서대로 인용하면 〈표 15〉와 같다.

〈표 15〉에 인용된 김소월의 시에서 예이츠의 시구절과 유사한 것으로 파악되

〈표 14〉

W.B. Yeats, "He Wishes for the Clothes of Heaven"	김억 역, 「꿈」(『태서문예신보』)	김억 역, 「꿈」(『오뇌의 무도』)
Had I the heavens' embroidered cloths, Enwrought with golden and silver light, The blue and the dim and the dark cloths Of night and light and the half-light, I would spread the cloths under your feet: But I, being poor, have only my dreams; I have spread my dreams under your feet; Tread softly because you tread on my dreams.	내가 만일 광명(光明)의 황금(黃金),백금(白金)의 짜아닉인 하늘의 수(繡)노흔옷 날과밤,또는 저녁의 프름,아득함또는어두움의 물들인옷을 가졋다ᄒ면 그딕의발아래 펼치나, 아아가난ᄒ여라,소유(所有)난 쑴 샏임이 그딕의 발아래 닉쑴펴노니 나의 싱각가득ᄒ 쑴위로 그딕여 가만히 밟고시라	내가 만일 광명(光明)의 황금(黃金) 백금(白金)으로 짜아 내인 하늘의수(繡)노흔옷, 날과밤, 또는 저녁의 프름, 어스럿함, 그리하고 어 두움의 물들인옷을 가젓슬지면, 그대의 발아래 페노흐려만, 아아 가난하여라, 내소유(所有) 란 쑴박게업서라, 그대의발아래 내쑴을 페노니, 나의생각가득한 쑴우를 그대여, 가만히 밟고지내라

〈표 15〉

김소월, 「진달내옷」(『개벽』)	김소월, 「진달내옷」(『진달내옷』)	김소월, 「진달내꼿」(『삼천리』)
나보기가 역겨워 가실째에는 말업시 고히고히 보내들이우리다. 영변(寧邊)엔 약산(藥山) 그 진달래옷을 한아름 싸다 가실길에 쌕리우리다. 가시는길 발거름마다 쌕려노흔 그옷을 고히나 즈러밟고 가시옵소서. 나보기가 역겨워 가실째에는 죽어도 아니, 눈물흘니우리다.	나보기가 역겨워 가실째에는 말업시 고히 보내드리우리다 영변(寧邊)에약산(藥山) 진달내옷 아름싸다 가실길에 쌕리우리다 가시는거름거름 노힌그옷츨 삽분히즈러밟고 가시옵소서 나보기가 역겨워 가실째에는 죽어도아니 눈물흘니우리다	나보기가 역겨워 가실째에는 말업시 고히 보내드리우리다 영변(寧邊)에약산(藥山) 진달내옷 아름싸다 가실 길에 쌕리우리다 가시는거름거름 노힌그옷츨 삽분히즈러밟고 가시옵소서 나보기가 역겨워 가실때에는 죽어도아니 눈물흘니우리다

고는 하는 부분의 변화를 살펴보면 다음과 같다. 우선 "한아름 짜다 가실길에 쌔리우리다"가 "아름짜다 가실길에 쌔리우리다"를 거쳐 "아름짜다 가실 길에 쌔리우리다"로 변화되었음을 알 수 있고, 또한 "고히나 즈러밟고 가시옵소서"가 "삽분히즈러밟고 가시옵소서"를 로 변화되었음을 알 수 있다. 그 외에도 제1연 제2행의 끝부분에 배치되었던 '말업시'가 제1연 제3행의 첫 부분에 배치되어 있다는 점도 파악할 수 있다.

이처럼 김소월의 시에 영향을 끼친 것으로 알려진 예이츠의 시 「그는 천국의 옷감을 원하네」는 그 이후에도 김영랑, 박용철, 임학수, 이재호 등이 번역하였으며, 이들의 번역을 차례로 정리하면 〈표 16〉과 같다.

〈표 16〉

김영랑 역, 「하늘의 옷감」	박용철 역, 「하날의옷감」
내가 금과 은의 밝은 빛을 너어짜은 하날의 수노흔 옷감을 가젓스면, 밤과 밝음과 어슨밝음의 푸르고 흐리고 검은 옷감이 내게 잇스면 그대 발아래 까라 드리면 만은, 가난한내라, 내꿈이 잇슬뿐이여, 그대발아래 이꿈을 까라드리노니, 삽분이 밟고가시라, 그대 내꿈을 밟고가시 느니	내가 금과 은의 밝은 빛을 넣어짜은 하날의 수놓은 옷감을 가졌으면, 밤과 밝음과 어슨밝음의 푸르고 흐리고 검은 옷감이 내기 있으면 그대 발아래 깔아 드리련 마는, 가난한내라, 내꿈이 있을뿐이여, 그대발아래 이꿈을 깔아 드리노니, 삽분이 밟고가시라 그대 내꿈을 밟고가시 느니
임학수 역, 「비단하늘감」	이재호 역, 「하늘의 융단」
저 하늘같이 수(繡)놓은 비단이 있었던들, 금(金)빛과 은(銀)빛으로 문늬 넣어 짠 밤과 낮 그리고 황혼(黃昏)의 　　저 파―란 깜―한 연옥색 비단이 ― 그대의 발밑에 까라 드릴걸, 나는 가난뱅이 오직 꿈이 있을뿐, 꿈이나마 발밑에 까라드리니 내 꿈에 사는 임 고히 밟고 오소서	금빛 은빛 무늬든 하늘의 수(繡)놓은 융단이, 밤과 낮과 어스름의 푸르고 어둡고 검은 융단이 내게 있다면, 그대의 발밑에 깔아드리련만; 나는, 가난하여, 가진 것은 오직 꿈뿐; 그대 발밑에 내 꿈을 깔았으니; 사뿐히 밟으소서, 그대 내 꿈위를 밟고 가 노니

김억이 「꿈」이라고 번역하여 한국문단에 처음으로 소개한 예이츠의 시 「그는 천국의 옷감을 원하네」를 김영랑, 박용철, 임학수, 이하윤, 이재호 등이 부단하게 번역했다는 사실은 예이츠의 이 시가 지니고 있는 의미, 이미지, 상징 등의 중요성 때문이기도 하고, 이 시가 지니고 있는 정서가 한국적인 정서와 유사하기 때문이기도 하다. 특히 1960년대 초에 이하윤이 김소월의 시에 끼친 예이츠의 이 시의 영향을 언급한 점을 바탕으로 하여 1970년대 초에 이재호가 예이츠의 이 시가 오비디우스의 시와 롱사르의 시에 접맥된다고 파악한 점은 상당한 의미를 지닌다. 이렇게 볼 때에, 김소월의 시 「진달내꼿」은 가까이로는 예이츠의 시세계에 직접적으로 접맥되고 멀리로는 오비디우스의 시와 롱사르의 시에 접맥된다고 볼 수 있다.

(2) 박목월의 시 「나그네」에 반영된 예이츠의 시 「이니스프리 호수 섬」의 영향과 수용

W. B. 예이츠의 시 「이니스프리 호수 섬」은 그의 첫 시집 『교차로』1889에 이어 출판된 두 번째 시집 『장미』1893에 수록되어 있으며, 이 시에 대한 예이츠 자신의 설명을 중심으로 하여 정리하면 다음과 같다. 우선 이 시의 시적 대상이 되는 '이니스프리'는 예이츠의 고향인 아일랜드의 슬라이고와 라이트림에 걸쳐있는 '러프길호수'에 관계된다. 폭 2km, 길이 8km에 이르는 이 호수는 슬라이고 가까이에 있는 가라보그강으로 흘러들어 가며, 숲으로 우거진 이 호수 주변은 조류관찰자들에게 인기가 높은 지역이다. 건축물로는 로버트 파크 대위가 1600년대에 지은 '팍스 성채'가 잘 알려져 있으며, 여기서 살펴보고자 하는 예이츠의 시 「이니스프리 호수 섬」으로 인해 세상에 더 많이 알려지게 되었다. 이 시에서 말하는 '이니스프리섬'은 이 호수에 있는 20여 개의 작은 섬 중의 하나에 해당한다.

예이츠는 청소년기에 러프길호수에 관심을 갖게 되었고 그곳에 있는 이니스프리라는 섬에 오두막집을 짓고 살겠다고 꿈꾸었다는 점을 자신의 '자서전'에서 다음과 같이 언급하였다. "나의 아버지는 내게 『월든』의 몇 구절을 읽어주었으며, 언제가 될지 모르지만 이니스프리라고 불리는 작은 섬에 오두막집을 짓고 살아야겠다는 계획을 세웠다. 이니스프리는 슬리시숲의 반대편에 있다." 이렇게 볼 때에 젊은 시절의 예이츠의 사상은 미국의 H. D. 소로우의 초월주의 사상에 접맥된다고 볼 수 있다. 이어서 예이츠는 소로우를 구체적으로 언급하면서 자신의 시 「이니스프리 호수 섬」을 쓰게 된 동기와 배경을 다음과 같이 설명하였다.

나의 십대에 슬라이고에서 형성되었던 일종의 야심, 러프길 호수에 있는 작은 섬 이니스프리에서 소로우를 모방하여 살고 싶다는 야심을 나는 여전히 가지고 있었다. 고향생각에 깊이 젖어 런던의 플리트 가(街)를 걷고 있을 때 작은 물방울 소리를 듣게 되었고, 어느 가게의 진열장에서 분수 위의 작은 볼이 균형을 유지하도록 해 주는 '분수대'를 볼 수 있었으며, 그 때 호수의 물을 기억하게 되었다. 갑작스러운 기억에 의해 나의 시 「이니스프리 호수 섬」, 나만의 음악에 대한 그 자체의 리듬을 가진 나의 첫 번째 서정시가 떠오르게 되었다. 수사(修辭)로부터도 벗어나고 그러한 '수사'가 야기하는 군중의 정서로부터도 벗어나기 위해 나는 리듬을 이완시키기 시작했지만, 나는 나의 특별한 목적을 위해 평범한 구문을 사용해야만 한다는 점을 모호하게 또는 간혹 이해할 수 있을 뿐이었다. 몇 년이 지난 후에도 나는 진부한 표현인 "일어나 가리"로 시작되는 이 시의 첫 행을 쓰지도 못했고 마지막 연을 쓰지도 못했다.

이렇게 볼 때에 미국의 H. D. 소로우가 매사추세츠의 콩코드에 있는 월든 호숫가에 자신의 오두막집을 직접 짓고 1845년부터 1847년까지 2년간 살았던 경험을 쓴 『월든-숲 속의 생활』[1854]과 거기에서 영향을 받아 예이츠가 쓴 「이니스프리 호수 섬」에는 여러 가지 의미에서 유사성을 지니고 있다. 전자는 자서전 혹은 수필집이고 후자는 짧은 서정시라는 문학 장르의 차이점에도 불구하고 '월든'과 '러프길'이라는 호수의 유사성, 숲에 대한 애정과 전원생활의 동경,

초월주의 사상 등에서 그러한 점을 유추할 수 있다. 예이츠가 런던의 교외에 있는 베드포드 파트에 거주할 당시 자신의 청소년기의 기억을 되살려 쓴 그의 시 「이니스프리 호수 섬」을 필자의 번역으로 정리하면 다음과 같다.

나 이제 일어나 가리, 이니스프리로 가리,
그곳에 작은 오두막집 지으리, 진흙과 외를 엮어,
아홉이랑 콩 심고, 꿀벌 통은 하나 가지리,
숲속 빈터에서 꿀벌소리 들으며 혼자 살으리.

그곳에서 얼마쯤 평화도 찾으리, 평화는 천천히 오는 것이니까,
귀뚜라미 노래하는 아침 베일 벗기며 오는 것이니까.
한밤의 모든 반짝거림과 한낮의 자줏빛 불타오르고,
저녁엔 홍방울새 날개 짓 하는 소리로 가득 차리.

나 일어나 이제 가리, 언제나 밤낮으로
호숫가에 부딪치는 낮은 물결소리 들으리,
길 위에 서있거나 잿빛 포도(鋪道) 위에 서 있을 때,
가슴 깊은 곳에 그 물결소리 들으리.

예이츠의 이 시는 이상향理想鄉에 대한 동경과 자연 속에서의 삶이 반영되어 있으며 그러한 점은 제1연에 나타나 있는 이니스프리에서의 삶을 갈망하는 시인의 전원회귀적인 인생관, 제2연에 반영되어 있는 평화로운 세계, 제3연에서 강조하는 삭막하고 번잡한 도시생활과 한가로운 시골생활의 대비 등에서 확인할 수 있다. J. M. 싱크와 더불어 '켈트'의 문화와 전설 및 전통을 부활시키기 위한 문학운동에 헌신했던 예이츠는 1930년대에 영국의 BBC방송에 출연하여 '리듬과 현대

시'라는 주제에 대해 설명하면서 자신의 몇 편의 시와 함께 「이니스프리 호수 섬」
을 직접 낭송·녹음했으며, 그의 육성이 담긴 낭송은 'BBC 홈페이지'에서 들을 수
있다.

　이와 같은 창작배경과 의미를 지니고 있는 예이츠의 시 「이니스프리 호수 섬」
과 박목월의 시 「나그네」의 상관성은 박목월이 자신의 시의 구절 '남도 삼백리'
에 대해 「구강산九江山의 청록」에서 다음과 같이 언급하고 있는 점에서 찾아볼 수
있다. "작품에서 '남도 삼백리'가 어디서 어디까지냐고, 묻는 이가 있다. 그것은
현실적인 거리를 의미하는 것이 아니다. '감정의 거리'이다. 예이츠W. B. Yeats의
「이니스프리」라는 작품 중에 다음과 같은 구절이 있다. '나는 일어나 바로 가리,
이니스프리로 가리. / 외 엮고 흙을 발라 조그만 집을 얽어 / 아홉 이랑 콩을 심
고, 꿀벌은 한 통 / 숲 가운데 비인 땅에 벌 잉잉거리는 곳 / 나 홀로 거기서 살으
리.' 평화와 이상의 섬을 노래한 이 작품에서 '아홉 이랑'은 결코 현실적인 것이
못된다. 그것은 이 가난한 대로 충만하게 살려는 시인이 꿈꾸는 행복의 면적이
다. '남도 삼백 리'도 나의 서러운 꿈을 펼쳐놓은 '감정의 거리'에 불과한 것이다."

　박목월이 자신의 시 「나그네」의 '남도 삼백리'가 가지는 '감정의 거리'에 대
한 상관성으로 파악하고 있는 예이츠의 시 「이니스프리 호수 섬」은 1930년대
'시문학파'를 형성하여 함께 활동했던 김영랑과 박용철도 차례로 번역한 바 있
으며 이들이 번역한 예이츠의 시를 정리하면 〈표 17〉과 같다.

　〈표 17〉에 인용된 김영랑의 번역과 박용철의 번역은 여러 가지 점에서 대동
소이하며, 차이점에 있다면 김영랑이 번역한 '밀'이 박용철의 번역에서는 '콩'으
로 바뀌었다는 점 정도를 들 수 있다. 예이츠의 시가 지니는 전원성과 서정성,
자연회귀와 이상향 등에서 그 유사성을 찾을 수 있는 자신의 시 「나그네」의 초
고에 대해 박목월은 "「나그네」를 처음으로 썼을 무렵의 초고 노트를 나는 간직
하고 있다. 30여 년이 지난 묵은 노트다. 그 초고는 다음과 같은 것이다"라고 언
급하였다. 조지훈의 시 「완화삼琓花杉」에 대한 화답시에 해당하는 박목월의 시

〈표 17〉

김영랑 역, 「이니스쯰리」	박용철 역, 「이니스쯰리―」
나는 일어나 바로 가리, 이늬스프리―로가리, 　외엮고 흙을 발러 조그만 집을 얽어, 　아홉니랑 밀을 심고 꿀벌의 집은 하나, 　숲가운데 뷔인따에 벌 잉잉거리는곳 　　내 홀로 게서 사르리. 거기서는 내마음도 얼마쯤 가란즈리, 안개어린 아침에서 평화는 흘러나려 귀돌이 우는재로 가만이 흘러나려, 밤중에도 환한기운 한낮에 타는자주, 　해으름은 홍작의나래소리, 나는 일어나 바로가리, 언제나 밤낮으로 내귀에 들리나니, 그호수의 어덕에 나즉이 찰삭 거리는 물소리, 회색 포도(鋪道)우에서나 한길에 서잇슬제 내맘의 깁흔곳에 들리여오나니.	나는 일어나 바로가리, 이니스쯰리―로 가리, 　외역고 흙을 발러 조그만 집을 얽어 　아홉니랑 콩을 심고 굴벌의 집은 하나, 　숲가운데 뷔인따에 벌 잉잉거리는곳 　　내홀로 게서 살으리. 기기서는 내마음도 얼마쯤 갈앉으리, 안개어린 아침에서 평화는 흘러나려, 귓도리 우는게로 가만이 흘러나려, 밤ㅅ중에도 환한기운 한낮 에 타는자주, 　해으름은 홍작의 나래소리, 나는 일어나 바로가리, 언제나 밤낮으로 내귀에 들리나니, 그호수의 어덕에 낮윽이 찰싹 거리는 물소리, 회색 포도(鋪道)우에서나 한길에 서있을제 내맘의 깊은곳에 들리어오나니.

「나그네」의 초고와 퇴고를 거쳐 발표된 시 및 이 시와 밀접한 관계를 가지고 있는 조지훈의 시 「완화삼」을 차례로 정리하면 〈표 18〉과 같다.

자신의 시 「나그네」의 초고와 퇴고를 거쳐 발표된 시에 대해 박목월은 이렇게 언급하였다. "퇴고를 가한 작품과 비교해 보는 것도 흥미 있는 일일 것이다. 다만, 퇴고를 할 때마다 생각하는 것은 추천을 받을 때의 선자(選者)의 말이다." 여기서 말하는 '선자'는 정지용이며 그는 박목월의 시 「산그늘」을 추천하면서 다음과 같이 언급하였다.

　　근대시(近代詩)가 '노래하는정신(精神)을 상실(喪失)치 아니하면 박군(朴君)의 서정시(抒情詩)를 얻을 것으로 생각합니다. 충분(充分)히 묘사적(描寫的)이고 색채적(色彩的)이기도 합니다. 이러한 시(詩)에서는 경상도(慶尙道)사투리도 보류(保留)할 필요(必

〈표 18〉

박목월, 「나그네」(초고)	박목월, 「나그네」(발표된 시)	조지훈, 「완화삼(玩花衫)」
	―술 익는 강마을의 저녁 노을이여 ― 지훈(芝薰)	―목월(木月)에게
나루를 건너서 외줄기 길을		차운산 바위우에 하늘은 멀어 산새가 구슬피 우름 운다.
구름에 달 가듯이 가는 나그네	강(江)나루 건너서 밀밭 길을	
		구름 흘러 가는 물길은 칠백리
길은 달빛 어린 南道 三百里	구름에 달 가듯이 가는 나그네	
		나그네 긴 소매 꽃잎에 젖어 술 익는 강마을의 저녁 노을이여.
구비마다 여울이 우는 가람을	길을 외줄기 南道 三百里	
		이 밤 자며 저 마을에 꽃은 지리라
바람에 달 가듯이 가는 나그네	술 익은 마을마다 타는 저녁놀	
		다정하고 한 많음도 병이냥하여 달빛아래 고요히 흔들리며 가노니……
	구름에 달 가듯이 가는 나그네	

要)가 있는것이나 박군(朴君)의 서정시(抒情詩)가 제련(製鍊)되기전(前)의 석금(石金)과 같아서 돌이 금(金)보다 많았습니다. 옥(玉)의 티와 미인(美人)의 이마에 사마귀 한 낯이야 버리기 아까운 점도 있겠으나 서정시(抒情詩)에서 말 한개 밉게 놓이는것을 용서(容恕)할수 없는것이외다.

이와 같은 정지용의 언급에서 "옥의 티와 미인의 이마에 사마귀 하나야 버리기 아까운 점도 있겠으나, 서정시에서 말 한 개 밉게 놓이는 것은 용서할 수 없다"라는 말을 박목월이 자신의 시 쓰기의 지표로 삼으면서 쓴 시 「나그네」는 '목월木月에게' 라는 부제副題가 붙은 조지훈의 시 「완화삼」에 화답한 시이며, 그런 까닭에 박목월은 조지훈의 시의 구절 "술 익는 강마을의 저녁 노을이여"를 자신의 시에서 인용하였다.

이상과 같은 의미를 지니고 있는 자신의 시 「나그네」에 대해 박목월이 「구강산九江山의 청록靑鹿」에서 언급한 내용을 중심으로 정리하면 〈표 19〉와 같다.

박목월은 자신의 시의 핵심적인 이미지에 해당하는 '나그네'에 대해 예를 들어가면서 상당히 상세하게 다음과 같이 설명하였다.

나그네를 우리 고장에서는 과객이라 불렀다. 지나가는 손님이라는 뜻이다. 이조 봉건사회라면 결코 밝은 인상을 주는 것이 아니다. 봉건적인 제도가 오늘날의 근대사회의 인본주의적 제도에 비하여 밝은 것이 못 되기 때문이다. 하지만, 그렇다 하여 당시의 사회 자체가 구석구석 어두운 것이 아니다. 오늘날보다 인심이 후박하고 인간미가 풍부할 수도 있는 것이다. 그 좋은 예가, 즐겨 손님을 맞이하는 일이다. 건축 구조에 있어서 사랑(舍廊)이란 손님을 치르기 위한 일종의 사교적인 구실을 하는 것이다.

내가 어릴 때만 하여도 우리 큰댁에서는 손님이 끊일 날이 없었다. 우리 집이 부유

〈표 19〉

「나그네」의 구절	박목월 자신의 설명
구름에 달 가듯이 가는 나그네	「나그네」의 주가 되는 이미지 (…중략…) 나그네나 구름이나 달이나 우리의 핏줄에 젖어 있는 친숙한 것들이기 때문이다.
구름에 달 가듯이	구름이 갈라진 틈서리로 건너가는 달은 실로 아름다운 것이다. 한시(漢詩)에서 흔히 달을 명경─맑은 거울에 비유하지만, 구름이 갈라진 틈서리의 짙푸른 밤하늘로 건너가는 달은 씻은 듯이 맑고 아름다운 것이다. 바람아리도 불어 흘러가는 구름발이 발라지게 되면, 다른 날개가 돋친 듯 날아가는 것이다. 그 황홀한 정경. 나그네나 하늘을 건너가는 달이나 구름이나 모두, 무엇에 집념하지 않고 흘러가는 것들이다. 세속적인 구속이나 집념에서 벗어난 해탈의 경지, 그것은 동양적인 높은 정신의 경지일 수도 있다.
강나루 / 길은 외줄기 / 남도 삼백리 / 술 익은 마을마다 / 타는 저녁놀	충분히 향토적인 현실의 풍경일 뿐만 아니라, 공간을 초월하여 살아 있는 상징적 실재로서의 한국적 자연인 것이다. 이 자연 속을 "구름에 달 가듯이 가는 나그네" 역시 시간을 초월하여 살아 있는 상징적 한국의 나그네(과객)인 것이다.(정한모가 언급한 부분)

한 편이 아닌, 그 마을에서 양식 걱정이나 하지 않을 정도의 농가에 불과하였다. 그럼에도 일모(日暮)에 낯선 손님이 찾아와서,

"주인장 계십니까? 지나가는 나그네입니다. 하루 저녁 묵어가게 해주십시오."

부탁하면 거절하는 일이 없었다.

"사랑에 드시라 하여라."

할아버지가 기쁘게 맞이하였다. 그리고 깍듯이 대접하였다. 그 과객은 이슬과 햇볕에 바랜 옷차림이 허술하기 짝이 없었다. 그의 두루막 자락에서는 그야말로 이슬과 햇볕 냄새가 풍겼지만 그것은 결코 이 표현에서 느끼는 것같이 향기로운 것이 아니었다. 다만 과객들에 대한 잊혀지지 않는 것은 그들이 한결같이 갈모집을 차고 다니는 일이었다. 의복은 비에 젖어도 갓만은 보호하려는 것일까.

위의 인용문에서 박목월이 회상하고 있는 소박한 인심과 접대의 세계는 앞에서 언급한 예이츠가 자신의 시 「이니스프리 호수 섬」을 쓰게 된 배경에 밀접하게 관계된다. 말하자면, 박목월은 자신의 시 「나그네」에서 예이츠의 시 「이니스프리 호수 섬」의 구체적인 구절을 차용한 것이 아니라 그것에 반영되어 있는 아일랜드의 전원적인 분위기와 배경을 한국적인 분위기로 전환했다고 볼 수 있다.

발신자로서의 예이츠의 시세계와 수신자로서의 김소월의 시세계를 비교하는 데 있어서 전신자로서의 김억의 역할이 중요한 까닭은 예이츠의 시에 대한 김억의 번역과 그의 번역시집 『오뇌의 무도』 때문이다. 이러한 점에 대해서는 그동안 많은 논의가 있었지만, 여기에서는 김소월의 시 「진달내꼿」의 제2연과 제3연을 중심으로 하여 그것이 예이츠의 시 「그는 천국의 옷감을 원하네」의 구절과 유사하다는 점을 살펴보았다. 아울러 예이츠의 이 시에 대한 다양한 번역을 제시함으로써, 당시 이 시가 한국 현대시에서 상당히 많은 관심을 받고 있었다는 점도 알 수 있었다. 비교문학적으로 볼 때에 예이츠의 시와 김소월의 시가

발신자, 전신자, 수신자라는 단계에 의해 간접적으로 관계된다면, 예이츠의 시와 박목월의 시는 전신자 없이 발신자와 수신자가 직접적으로 관계되지만, 박목월의 시에서는 예이츠의 시에 반영되어 있는 아일랜드적인 시적 분위기와 정조情調를 한국적인 것으로 전환시켰다볼 수 있다.

4) 정지용의 시 「향수」에 반영된 조셉 트럼블 스티크니의 시 「기억의 여신」의 영향과 수용

정지용과 함께 '구인회' 동인이었던 박팔양에 의하면 정지용의 시 「향수」는 휘문고보의 문예지 『요람搖籃』— 이 문예지는 1918년부터 1923년까지 약 10호정도 발간된 것으로 알려져 있으며 현재 그 자료는 존재하지 않는다 — 에 처음 발표한 것으로 알려져 있으며, 그 후에 『조선지광』1927.3에 발표되었고 『정지용시집』1935에 수록되었다. 정지용의 시 「향수」와의 비교를 가능하게 하는 J. T. 스티크니의 시 「기억의 여신」을 존 홀랜더는 다음과 같이 설명하였다. "탁월한 시인이었던 스티크니는 필자가 생각하기에 1900년경에 이 시를 썼으며, 30세가 되던 1904년에 세상을 떠났다. 그가 남겨 놓은 얼마 안 되는 감동적인 서정시에는 몇 편의 소네트도 포함되어 있다. 이들 소네트는 뒤늦게 미국 낭만주의 헬레니즘을 개관하고 있으며, 실제로 그가 선호했던 '서글픈 장면', 즉 '우울한 한 해는 비와 함께 죽었네'로 시작되는 소네트에 나타나는 그 자신의 어조는 다음과 같다. '이처럼 지난여름 어느 날 / 여름과 여름의 기억은 되돌아왔네. / 이처럼 황량한 산은 불타고 있었네. / 더러는 뒤늦게 피어난 많은 꽃들로.' 그가 어디에선가 '기억 속의 가을의 낙원'이라고 불렀던 것을 가장 잘 요약하고 있는 다음 시의 원래 제목은 「노래」— 그의 육필원고에는 그렇게 되어 있다 — 로 되어 있지만 그는 이 제목을 「기억의 여신」이라고 다시 고쳤다."

필자가 번역한 스티크니의 시 「기억의 여신」과 정지용의 시 「향수」의 전문은 〈표 20〉과 같다.

〈표 20〉

스티크니, 「기억의 여신」	정지용, 「향수」
내 기억의 고향에는 가을이 왔네. 골목길에 부는 따사로운 바람! 언덕 위로 드리워진 그림자는 졸고 있네. 여름날의 긴 햇살이 엷어지는 동안. 내 기억의 고향에는 낯선 추위가 왔네. 제비들은 황금빛 들녘을 날아 떠나갔네. 한낮에 날쌔고 유연한 날갯짓 하면서, 풀밭 위 누런 소는 풀을 뜯고 있네. 내 기억의 고향에는 아무 것도 없네. 눈앞에 아른거리는 사랑스런 여동생이 있었네. 머릿결은 검었고 눈빛은 아주 슬펐네, 밤이면 숲에서 같이 노래했었네. 내 기억의 고향에는 외로움뿐이네. 내 어린것들의 종알거림이 귓가를 스치네. 타들어 가는 불꽃을 보고 있노라면, 눈물 속에 반짝이는 모든 것들이 마음속에 떠오르네. 내 기억의 고향에는 어둠이 왔네. 내 살던 곳에는 산이 있었네. 소 발자국과 스러진 나무가 길을 덮었네. 태풍의 분노로 나무뿌리가 뒤엉켜 있었네. 그러나 내가 알고 있는 이런 곳은 나만의 고향. 대지를 황폐시키는 그런 저주가 어떻게 일어났는지 물어보고 싶네, 사람만이 그렇게 할 수 있었으리라. 내 기억의 고향을 가로지르며 비가 내리네.	넓은 벌 동쪽 끝으로 옛이야기 지즐대는 실개천이 회돌아 나가고, 얼룩백이 황소가 해설피 금빛 게으른 울음을 우는 곳, ─그 곳이 참하 꿈엔들 잊힐리야. 질화로에 재가 식어지면 뷔인 밭에 밤바람 소리 말을 달리고, 엷은 조름에 겨운 늙으신 아버지가 짚벼개를 돋아 고이시는 곳, ─그 곳이 참하 꿈엔들 잊힐리야. 흙에서 자란 내 마음 파아란 하늘 빛이 그립어 함부로 쏜 활살을 찾으려 풀섶 이슬에 함추름 휘적시든 곳, ─그 곳이 참하 꿈엔들 잊힐리야. 傳說바다에 춤추는 밤물결 같은 검은 귀밑머리 날리는 어린 누의와 아무러치도 않고 여쁠것도 없는 사철 발벗은 안해가 따가운 해ㅅ살을 등에지고 이삭 줏던 곳, ─그 곳이 참하 꿈엔들 잊힐리야. 하늘에는 석근 별 알수도 없는 모래성으로 발을 옮기고, 서리 까마귀 우지짖고 지나가는 초라한 지붕, 흐릿한 불빛에 돌아 앉어 도란 도란거리는 곳, ─그 곳이 참하 꿈엔들 잊힐리야.

스티크니의 시 「기억의 여신」에서 '기억의 여신'은 '므네모시네Mnemosyne' 이며 그리스의 신화에서 '하늘'을 의미하는 '우라노스Uranus'와 '땅'을 의미하는 '가이아Gaia'의 딸이다. '티탄족'(거인족)을 물리친 올림포스의 신들이 그 승리를 찬양할 수 있는 신을 창조해 달라고 제우스에게 부탁하자 제우스는 피에리아로 가서 므네모시네와 함께 9일 밤을 지냈다. 그 후에 아홉 명의 뮤즈를 낳은 므네모시네는 뮤즈의 어머니이자 '기억의 여신'에 해당한다.

「향수」와 「기억의 여신」의 관계를 살펴보면, 우선 시형식의 유사성을 들 수 있으며 그것은 이 두 편의 시에서 사용하고 있는 '후렴구'에서 찾아볼 수 있다. 「기억의 여신」에서 "내 기억의 고향에는"으로 시작되는 여섯 번의 후렴구와 「향수」에서 다섯 번 사용된 "— 그 곳이 참하 꿈엔들 잊힐리야"에서 그 유사성을 확인할 수 있다. 그럼에도 「기억의 여신」에 맨 처음 사용된 후렴구는 그것이 어떠한 역할을 하느냐에 따라 다르게 파악할 수도 있다. 말하자면, 이 시의 계절이 '가을'이라는 점을 나타내는 전경前景으로서의 독립된 구절로 파악할 수도 있고, 바로 뒤이어지는 세 개의 행과 함께 하나의 연으로 묶어서 볼도 있지만, 여기에서는 「향수」와의 연관성을 고려하여 독립된 구절로 파악하고자 한다. 이와 같은 후렴구를 제외하면 이 두 편의 시가 모두 다섯 개의 연으로 이루어졌다는 점도 파악할 수 있다. 특히 「기억의 여신」의 마지막 연을 세 개의 행으로 나누어 두 개의 연으로 볼 수도 있고 소네트처럼 여섯 개의 행으로 묶어 하나의 연으로 볼 수도 있지만, 이 부분 역시 「향수」와의 연관성을 고려하여 하나의 연으로 파악하고자 한다. 「기억의 여신」에 나타나 있는 후렴구와 마지막 연에 대해 존 홀랜더는 앞에서 언급한 자신의 글에서 상세하게 논의하였다. 다음은 시적 주제의 유사성을 들 수 있다. 이러한 점은 이 두 편의 시의 제목에서도 확인할 수 있으며, 떠나온 '고향'을 생각하는 '사향思鄕'으로서의 '고향'이라는 점에서 그렇게 파악할 수 있으며, 시적 배경으로 '가을'이라는 계절도 공유하고 있다.

'사향'으로서의 고향에 대한 전경前景이 「기억의 여신」에서는 제1연과 제2연에, 「향수」에서는 제1연에 제시되어 있으며, 그것은 개방된 공간을 이끌게 된다. 말하자면, 「기억의 여신」에서는 '골목길 → 언덕 → 들녘'으로 공간이 확대되고 「향수」에서는 '넓은 벌'로 구체화되어 있으며, 이처럼 개방된 공간의 중심에 '누런 소'와 '얼룩백이 황소'가 각각 자리 잡고 있다. 「기억의 여신」의 3연에 나타나 있는 '여동생'은 「향수」의 4연에 나타나 있는 '어린 누이'에 직접적으로 연관되며, 그러한 누이의 '검은 머리' 역시 일치하고, 「기억의 여신」의 '숲'은 「향수」의 '풀섶'에 관계된다. 「기억의 여신」의 4연의 '종알거림', '타들어 가는 불빛' 및 '반짝이는 모든 것들' 등은 「향수」의 5연의 '도란 도란', '흐릿한 불빛' 및 '석근 별' 등에 관련된다. 또한 「기억의 여신」의 제5연의 "대지를 황폐화시키는 그런 저주"는 「향수」의 제4연의 '전설傳說바다'와 하나의 의미망을 형성하고 있다. 「기억의 여신」과 「향수」에서 찾아볼 수 있는 차이점이 있다면, 그것은 「기억의 여신」에서는 '내 어린것들'로 대표되는 어린이들을 그리워하지만 「향수」에서는 '아버지', '아내' 등 성인들을 그리워한다는 점이다. 그러면서도 「기억의 여신」이나 「향수」 모두 '어린 시절'의 '고향'을 그리워한다는 점을 공통점으로 하고 있다. 이상에서 살펴본 바와 같이 정지용의 시 「향수」에는 스티크니의 시 「기억의 여신」의 시적 요소가 상당부분 수용되어 있는 것으로 파악할 수 있으며 시적 정조 역시 서글퍼지고 우울해지기보다는 행복한 마음을 강조하고 있다.

하늘은 전통적으로 삼라만상의 존재원리로서, 지상에 강림하는 군왕의 발원체로서, 개인적인 행복의 주재자로서 파악되어 왔다. 한국 현대시에서의 하늘은 윤동주의 시나 이용악의 시에서 볼 수 있는 바와 같이 이상과 꿈 혹은 현실과 고통을 뜻하는 이중적인 의미로 사용되었다. 정지용의 시 「향수」에서도 하늘은 어김없이 이 두 가지 의미를 드러내고 있다. '파란 하늘 빛'은 시적 자아의 어린 시절의 동경의 대상이자 신비스러운 영역으로 등장한다. 그러나 그것은 현실적으로 다다르기에는 불가능한 곳이며 그러한 불가능성을 극복하기 위한 수단이 바로 화살이다. '함부로 쏜 활살'은 아무렇게나 닥치는 대로 쏘는 부정적인 의미를 지니고 있다기보다는 현실을 극복하고 이상을 실현하고자 하는 강렬한 마음을 나타내는 긍정적인 의미를 더 많이 지니고 있는 것으로 볼 수 있다. 지상의 '내 마음'을 하늘로 실어 올리는 '활살'은 바슐라르가 언급한 바와 같이 인간이 자신의 근본적인 삶의 수평성을 극복하고 이를 초월하려는 상승의지에 관계된다. 현실을 초월하려는 상승의지는 단 한 번의 기회로 성취되는 것이 아니라 무수한 반복행위에 의해서만 가능한 것이다. 그러한 반복성을 드러내는 시어가 바로 '이슬'이다. 이슬은 끈질기게 반복되는 상승의지의 생명력을 상징하는 동시에 꿈을 찾는 행위의 순간성을 의미하기도 한다. 전자는 시적 자아에게 작용하는 각성제로서의 이슬에 관계되고 후자는 하늘로부터의 낙하—화살의 낙하, 꿈의 낙하, 이슬의 낙하— 와 소멸로서의 이슬에 관계된다. 아울러 풀 섶에 맺힌 이슬은 '아침'을 암시하고 아침은 시적 자아의 어린 마음을 나타내고 어린 마음은 꿈과 이상의 순수한 추구에 관계되며, 고향의 '하늘'은 시적 자아에게 불변의 존재로 남아 있게 된다. 하늘이 불변의 존재인 까닭은 거기에 시적 자아의 어린 시절의 꿈과 이상이 여전히 남아있기 때문이고 시적 자아가 아직도 그것들을 추구하고 있기 때문이다.

불변의 존재로서의 하늘, 곧 어린 시절의 이상과 꿈이 서려 있는 고향의 하늘은 시적 자아에게 있어서 행복의 원천이자 동경의 대상이 된다. 그리고 그것은 고향에 대한 그리움—고향의 풍경에 대한 그리움과 고향의 가족에 대한 그리움— 으로 치장되어 있다. 고향의 풍경에는 '풍요'와 '가난'이 교차되어 나타나 있다. 그것이 풍요롭다는 것은 '넓은 벌', '옛이야기', '황소', '전설바다' 등과 같은 시어를 바탕으로 하고, 그것이 가난하다는 것은 '질화로', '짚베개', '사철 발벗은 아내', '이삭줍기', '초라한 지붕' 등을 바탕으로 한다. 고향의 가족은 시적 자아의 어린 시절을 포함하여 다분히 남성 위주로 짜여 있다. '아버지', '나'(시적 자아가 여성이 아닌 까닭은 활을 쏘는 행위 때문이다) 및 '황소'에 의해 그렇게 추론할 수 있다. 정지용의 시 「향수」에 반영되어 있는 '향수'의 이러한 교차적인 짜임은 서술구조의 무변화성을 극복한다. 「향수」의 서술구조는 각 연이 4행으로 되어 있는 진술부분과 "― 그 곳이 참하 꿈엔들 잊힐리야"라는 종합부분으로 짜여 있으며 그러한 진술과 종합의 골격은 1연에서부터 5연까지 반복되어 있다. 종합부분에서 중요한 점은 그것이 고향을 기억하는 행위보다는 고향을 잊을 수 없다는 반-망각 행위에 있다. 무엇을 '기억하자'보다는 '잊지 말자'가 더 강도 높은 행위이며 '잊을 수 없다'라는 능동태보다는 '잊힐 수 없다'라는 수동태가 더 강도 높은 행위이기 때문이다.

이러한 반-망각의 강렬성은 「향수」의 시간구조와 공간구조에도 나타나 있다. 이 시에서의 시간대는 늦가을을 전제로 하며 그것은 늦은 오후를 거쳐 한밤중으로 이어진다. 늦가을, 늦은 오후 및 한밤중은 사물의 소멸과정이나 가시적인 대상의 차단에 관계된다. 사물의 소멸과정은 황소의 울음소리, 재가 식어가는 질화로, 까마귀의 우짖음 및 흐릿한 불빛 등에 의해 그렇게 유추될 수 있다. 가시적인 대상의 차단은 시간이 경과함에 따라 교차적으로 짜이는 시각이미지와 청각이미지의 세력다툼에서 찾아 볼 수 있다. 여기서 세력다툼이라는 말은 이 시의 전반부에서는 청각이 공감각화 되는 "금빛 게으른 울음"처럼 시각이미지가 더 많이 강조되지만 후반부에서는 이야기의 주체는 보이지 않고 '도란도란'처럼 이야기의 행위에 의한 청각이미지가 더 많이 강조되는 것을 의미한다. 시에서의 시간이 오후에서 밤으로 진행됨에 따라 비롯되는 이미지의 이러한 전환력은 그 영역을 확대하기도 하고 축소하기도 한다.

시간의 변화에 따른 이미지의 전환과 더불어 시에서의 공간도 열린 공간과 닫힌 공간으로 구분된다. 아울러 그 공간도 때로는 열린 공간에서 닫힌 공간으로 전환되기도 하고 때로는 닫힌 공간에서 열린 공간으로 전환되기도 한다. 열린 공간은 제1연과 제4연에 관계되고 닫힌 공간은 제2연과 제5연에 관계된다. 실개천이 흐르고 황소가 울음 우는 넓은 벌과 누이와 아내가 이삭 줍던 들녘은 열린 공간에 해당하며, 이러한 공간은 옛이야기와 전설이 자리 잡고 있는 곳이기도 하다. 닫

흰 공간은 제2연과 제5연에 반영되어 있으며 여기에서는 방안의 정경——졸음에 겨운 아버지의 모습과 도란도란 이야기 하는 곳——이 강조되어 있다. 시적 공간의 이러한 양분법은 서술구조의 무-변화와 더불어 「향수」의 의미구조가 자칫 단조롭다는 점을 드러내기도 한다. 그러나 이 시의 공간구조를 고향의 풍경에 대한 외적 공간과 고향의 가족에 대한 그리움이라는 내적 공간으로 나눌 때, 그 구조는 앞에서의 시간구조처럼 두 공간의 세력다툼에 의한 전환력에 의해 상호 교차적으로 짜여 있음을 알 수 있다.

　　앞에서 언급한 고향의 풍경은 '넓은 벌'이라는 열린 공간에서 '집안'이라는 닫힌 공간으로 수렴되고 고향의 가족에 대한 그리움은 '집안'이라는 닫힌 공간에서 '넓은 벌'이라는 열린 공간으로 확장된다. 「향수」의 외적 배경이 되는 고향의 풍경이 열린 공간에서 닫힌 공간으로 이행되는 과정은 제1연의 '넓은 벌'과 제5연의 "흐릿한 불빛에 돌아 앉어 도란도란 거리는 곳"에 암시 되어 있는 집안의 풍경에서 찾아 볼 수 있다. 열린 공간에서 닫힌 공간으로의 이러한 수렴성은 들판에서의 황소의 울음소리(그것은 외양간으로 되돌아오고자 하는 신호로서 귀가에 관계된다)와 지붕위로 날아가는 까마귀(여기서의 까마귀는 우선적으로 시간의 흐름에 관계되고 부수적으로는 가족에 대한 시적 자아의 연민에 관계된다)에도 함축되어 있으며 그것은 시적 자아의 심정을 대변한다. 이 시의 내적 배경이 되는 고향의 가족에 대한 그리움이 닫힌 공간에서 열린 공간으로 이행되는 과정은 제2연의 아버지가 계신 '방안'과 제4연의 누이와 아내가 이삭 줍는 '들녘'에서 찾아 볼 수 있다. 이 두 연은 시적 자아가 자신의 가족에 대해서 또 살림살이에 대해서 솔직하게 기술한 부분으로 그것은 주로 가난했던 생활을 나타낸다. 과장법——말을 달리는 소리로 비유된 밤바람 소리와 사철 발 벗은 아내——에 의해 가난의 정도를 더욱 절실하게 드러내고 있는 이 부분이 공허하게 느껴지지 않는 것은 아버지, 누이, 아내와 같이 시적 자아와 밀접하게 관계되는 고향의 가족이 구체적으로 제시되어 있기 때문이다.

「향수」는 동일한 서술구조에서 오는 진술의 반복 및 의미구조에서 비롯되는 고향에 대한 그리움, 즉 고향의 풍경에 대한 그리움과 고향의 가족에 대한 그리움의 반복으로 짜여 있다. 그러면서도 이 시가 단조롭게 느껴지지 않는 것은 의미구조가 외적 구조와 내적 구조로 나뉘고 또 그것이 교차적으로 얽혀져 있기 때문이다. 아울러 이미지도 시각이미지와 청각이미지를 바탕으로 하고 있지만 그것들이 상호 교차될 뿐만 아니라 세력다툼에 의해 어느 하나가 지배적으로 되더라도 다른 하나는 완전하게 소멸되는 것이 아니라 그것이 할 수 있는 최소한의 역할을 유지하고 있기 때문이다.

이 시의 이러한 의미구조를 교차시키고 또 그것을 균형 잡히게 하며 세력을 알맞게 분배하고 유지하는 부분이 바로 제3연이다. 이 부분은 반전력과 반망각력에 의해 「향수」를 전반부와 후반부로 나눌 뿐만 아니라 그것의 균형을 유지하고 나아가 고향의 풍경과 고향의 가족이 대등한 위치를 유지할 수 있도록 하기도 한다. 따라서 제1연과 제5연 및 제2연과 제4연이 상호 대칭되는 이 시의 균형은 끊임없이 움직이는 '모빌'과도 같이 역동적인 움직임에 의해 균형을 유지하게 된다. 흙과 하늘, 곧 현실과 이상을 연결하는 화살을 쏘는 행위와 그것을 찾는 행위는 한 번만의 행위가 아니라 반복적인 행위이고 일상화된 날마다의 행위이다. 예를 들면 '휘적시든'에서 '휘'는 강조를 의미하고 '든'은 우선적으로는 과거의 회상에 관계되고 다음으로는 완결되지 않은 동작에 관계된다. 움직이는 모빌로서의 역동성에 기여하는 다른 요소로는 '아침'이라는 시간대와 '내 마음'을 들 수 있다. 앞에서 살펴 본 바와 같이 아침을 전제로 하는 제3연의 시간대는 이 부분을 다른 부분의 시간대인 저녁때와 밤중과 차별 짓는다. 이러한 차별화에 기여하는 '내 마음'은 물론 시적 자아에 해당하며 그러한 마음을 지니고 있는 시적 자아는 이 시에서 고향에 돌아와 있는 것이 아니라 어느 먼 곳에서 고향을 생각하고 있음을 나타낸다. 그것을 암시하는 시어가 바로 '그 곳'이다. '그 곳'은 '그 장소', '거기' 혹은 '상대방이 있는 곳'으로 '여기'가 아닌 다른 곳, 즉 '고향'에 관계된다.

5) T. S. 엘리엇의 영향과 수용

(1) 김기림의 경우

김기림의 시「올빼미의 주문呪文」과
T. S. 엘리엇의 시「J. 앨프리드 프루프록의 연가戀歌」의 관계

T. S. 엘리엇의 시「J. 앨프리드 프루프록의 연가戀歌」— 이 후로는「프루프록」으로 약칭하고자 한다— 는 엘리엇으로 하여금 20세기의 가장 영향력 있는 시인으로 출발할 수 있는 계기를 마련한 시이다. 이 시는 프루프록이라는 화자가 의식의 흐름에 의해 극적 독백을 하는 것으로 되어 있으며, 이러한 점은 로버트 브라우닝이 선호했던 시적 방법에 해당한다. T. S. 엘리엇이 1910년 2월에서 1911년 7~8월경에 창작한 것으로 알려진 이 시는 당시 영국에 있던 에즈라 파운드가 시카고에서 발행되던『포에트리』에 1914년 10월 편지로 소개함으로써 1915년 6월 처음으로 수록되었다. 이때 파운드는 자신의 편지에서 T. S. 엘리엇이 탁월하다는 점, 실제로 그 스스로가 시 창작에 몰두하고 있을 뿐만 아니라 스스로를 모던화하려고 노력하고 있다는 점, 젊은 시인으로서는 유일무이하게 전망 있는 시인이라는 점 등을 강조함으로써 진정한 의미의 근대적 미국 시인이 출현하게 되었다는 점을 편지로 썼다. 정작 영국에서는 "절대적으로 비정상적인 시"라고 홀대를 받아 출판되지 못했던 엘리엇의 이 시를 파운드는 "아직까지 내가 미국에서 발견할 수 있었던 가장 훌륭한 시"라고 소개했으며 몇 달 후에『포에트리』에 수록됨으로써 세상의 빛을 보게 되었다.

다음에 전문이 인용된 TS. 엘리엇의 시「프루프록」의 초고草稿에는 이 시의 부제副題가 "여인들 사이의 프루프록"으로 되어 있으며, 엘리엇은 자신의 이 시의 제목을 조셉 루디야드 키플링의 시「하르 디알의 연가」에서 차용했다고 언급한 바 있다. '프루프록'이라는 이름은 엘리엇이 사용하던 이름과 유사할 뿐만 아니라 '시금석'을 의미하는 독일어 "Prüfstein"에서 비롯되었다는 견해도 있다.

또한 엘리엇이 살았던 세인트루이스에는 가구점 "프루프록-리토 회사"가 있었으며, 이러한 점에 대해 엘리엇은 다음과 같이 언급했다. "이 시를 쓸 때에 어떻든 이와 같은 이름을 재발견하지도 못했고 이와 같은 이름에 익숙해 있었다는 점을 기억하지도 못했지만, 나 자신이 그러한 이름에 익숙해 있었다는 점과 그러한 기억을 오랫동안 망각했었다는 점을 전제해야만 할 것 같다." 김종길이 번역한 엘리엇의 시 「프루프록」의 전문은 다음과 같다.

> 내 만약 나의 대답이 다시 세상에 돌아갈
> 사람에게 하는 것이라 생각할 양이면,
> 이 불꽃은 이젠 더 날름대지 않으리라.
> 하나 내 들은 바가 참일진댄
> 이 심연(深淵)에서 살아 돌아간 이 없으니
> 내 그대에게 대답할지라도 욕될 리 없으리라.
>
> 그러면 가보세, 자네와 나와,
> 수술대 위에 에테르로 마취된 환자처럼
> 저녁이 하늘에 퍼질 무렵.
> 밤내 잠 못 이루는 헐찍한 일박여관(一泊旅館)과
> 굴 껍질을 내놓은 톱밥 깔린 식당(食堂)에서
> 중얼거림이 새어나는 골목,
> 거의 인기척도 없는 거리를 빠져 우리 가 보세.
> 음흉한 의도에서 우러나오는
> 진저리나는 시비(是非)처럼 내닫는 거리는
> 압도적인 문제로 자넬 데려갈 걸세……
> 아 "무엇이냐"고 묻질랑 말게.

우리 가서 방문이나 하세.

방안에는 오가는 아낙네들이

미켈란젤로를 이야기하고.

창유리에 등을 비비는 노오란 안개,

창유리에 주둥이를 비비는 노오란 연기는

저녁의 구석구석을 혓바닥으로 핥고는

수채에 괴인 물에 서성거리다가

굴뚝에서 떨어지는 그을음을 등에 쓰고

노대(露臺)를 끼고 돌단 갑자기 뛰어내려

아늑한 10월달 밤인 줄 알고는

한바퀴 집을 돌고 잠이 들었다.

정말 시간이야 있을 걸세.

창유리에 등을 비비면서

노오란 연기가 거리를 미끄러져 내리는 데도.

시간이야 있을 걸세,

만나는 얼굴을 만나기 위한 얼굴을 꾸미는 데도.

죽이고 만들어 내는 데도 시간이야 있을 걸세,

접시 위에 한 덩이 질문을 집어서 놓는

나날의 하고 많은 솜씨와 동작에도 시간은 있을 걸세.

자네에게도 내게도 시간은 있을 걸세,

차(茶)와 토스트를 들기 전

한 백 번 망설이고

한 백 번 살펴보고 다시 살피는 데도 아직 시간은 있을 걸세.

방안에는 오가는 아낙네들이

미켈란젤로를 이야기하고.

그리고 정말 시간이야 일을 걸세,

"내가 감히,""내가 감히" 하고 의심하는 데도.

내 머리 한복판의 벗어진 데를 알찐거리면서

돌아서서 층층대를 내리는 데도 ―

(모두들 말하겠지. "그의 머리는 어쩌면 저렇게도 빠진담!")

내 모닝 코오트, 뻣뻣하게 턱을 치받는 내 칼러,

짙으면서도 수수하지만 산뜻한 핀으로 한결 드러나는 내 넥타이 ―

(모두들 말하겠지. "그러나 그의 팔다리는 어쩌면 저렇게 가늘담!")

내가 감히

우주(宇宙)를 건드릴 수 있을까?

―分 동안에도 결정하고 수정할 시간은 있지,

다시 그것을 ―分 동안에 뒤집어 버릴지라도.

나는 이미 다 알고 난 다음, 다 알고 난 다음 ―

그러한 저녁도 아침도 오후도 알고 난 다음,

나는 내 생애를 커피 숟갈로 되질해 버렸지,

저쪽 방에서 들려오는 음악 가운데

들릴 듯 사라질 듯 들려오는 말소리도 알고 있지.

　　　그러니 어떻게 내가 감히 그럴 수 있겠는가?

그리고 나는 그러한 눈도 이미 알고 난 다음, 다 알고 난 다음 ―

상투적인 투로 빤히 노려보는 눈,

그리고 핀에 꽂혀 퍼덕거려져 내가 규정당할 때

내가 핀에 꽂혀 벽에 꾸물거릴 때

내가 어떻게 내 나날과 처세의 토막토막을

모조리 배앝기 시작하겠는가?

    내가 어떻게 감히 그럴 수 있겠는가?

그리고 나는 그런 팔도 이미 알고 난 다음, 다 알고 난 다음 —

흰 살에 팔찌를 낀 팔,

(그러나 등불 아래선 누우런 털로 덮인!)

나를 그렇게도 빗나가게 하는 것은

옷에서 풍기는 향수(香水) 때문인가?

테이블에 놓였거나 숄에 감긴 팔

    그렇다면 마음을 먹어볼까?

    그러나 어떻게 나는 시작할까?

      ……

황혼에 좁은 골목을 가서

窓으로 내다보는 샤쓰바람의 사내들의

파이프에서 오르는 담배 연기를 나는 보았다고나 할까?……

내가 자꾸만 딴 길로 벗어나는 것은

나는 차라리 고요한 해저(海底)를 어기적거리는

엉성한 게의 앞발이나 되었을 것을.

    ……

기다란 손가락에 쓰다듬어져

오후와 저녁은 포근히 잠이 들었다!

여기 자네와 내 곁에, 방바닥 위에 뻗치고 누워

잠들고…… 지치고…… 또는 꾀병을 한다.

차(茶)와 과자와 얼음을 먹은 다음

나는 그 찰나를 위기로 몰아붙일 박력을 가졌을까?

허나 나는 울고 단식하고 울고 기도했건만,

(약간 벗어진) 나의 머리가 쟁반에 놓여 들어오는 것을

보았건만

나는 예언자도 아니요, 여기선 아닌들 어떻단 말이냐.

나는 내 갸륵한 순간이 까물거림을 보았고,

영원한 하인이 내 코오트를 들고 킥킥거림을

보았으나,

결국 나는 두려웠던 것이다.

그리고 그랬던들 결국 무슨 보람이 있었겠는가,

컵과 마머레이드와 차(茶)를 든 다음

자기(磁器)그릇 사이, 자네와 내가 조금 이야기를 주고받는 사이에

설사 그랬던들 무슨 보람이 있었겠는가,

문제는 웃음으로 물어뜯어 버리고

우주를 뭉쳐서 공을 만들어

어떤 압도적인 문제로 굴려 간들,

"나는 라자로 죽음에서 왔노라,

그대들에 죄다 일러주러 왔노라, 죄다 일러주리라" 한들 ―

여자가 자기의 머리맡에 베개를 놓으면서

　　"천만에 그것은 제가 의미한 것이 아니예요.

　　천만에 그것은 아니예요"라고 말을 한다면

그리고 그랬던들 결국 무슨 보람이 있었겠는가.

설사 그랬던들 무슨 보람이 있었겠는가,

해 진 뒤 문간과 물 뿌린 거리를 지나온 다음,

소설과 찻잔과 방바닥을 끄는

스커트와─

그리고 이러한 것과 더 많은 것 다음에?

내 뜻을 그대로 말하기란 불가능하지!

그러나 마치 환등(幻燈)이 스크린에 신경을 투사하듯 말할 수

있지,

허나 무슨 보람이 있었겠는가,

만약 여자가 베게를 놓으면서, 혹은 숄을 벗어던지면서

窓으로 돌아서서

　　"천만에 그것은 제가 의미한 것이 아니예요.

　　그것은 제가 의미한 것이 아니예요"라고 말을 한다면.

　　　　　　……

아니오! 나는 햄리트 왕자도 또 되라는 팔자도 아니요,

순행(巡幸)이 흥성하게 뒤나 따르고,

한두 장면 시작에만 나오고,

왕자에 간언(諫言)을 할 귀족역(貴族役), 영락없이 만만한 연장

공손하고, 즐겨 심부름하고,

간교하고, 조심성 있고, 지나치게 꼼꼼하고,

큰소리는 하지만 좀 투미하고,

때로는 정말 거의 실없고─

거의 때로는 어릿광대역(役).

늙어가는군…… 늙어가는군……

바짓가랑일 말아 올려 입어 보겠어.

머리를 뒤로 갈라 넘길거나, 감히 복숭아를 먹어낼거나?

플란넬 바지를 입고 나는 해변을 걸어보겠어.

인어가 서로 노래 부르는 것을 나는 들었지.

그것들이 내게 노래하는 건 아닌 것 같애.

희고 검은 파도를 바람이 불 때

뒤로 불리우는 파도의 흰 머리를 빗기면서

그들이 파도를 타고 바다로 가는 것을 나는 보았지.

붉고 누런 해초(海草)를 두른 바다 가시내들과

바닷방(房) 속에 머물렀다가

인간의 말소리에 놀라 깨면 우리는 익사할 따름.

   T. S. 엘리엇의 시 「프루프록」의 내용을 요약하면 다음과 같다. 이 시의 화자는 청자에게 저녁거리를 같이 걷자고 제안하는 것으로 시작하고 있다. 이때의 저녁거리는 에테르로 마취된 상태에서 병원 수술실의 수술대 위에 누워 있는 환자로 비유되어 있다. 이러한 이미저리는 저녁거리가 생명력이 없고 활기차지 않다는 점을 암시하며, 화자는 청자와 함께 하루의 일과와 업무가 종결된 쓸쓸한 거리를 걷게 된다. 말하자면 '헐쩍한 일박여관'과 바다에 톱밥이 깔린 '식당'을 지나 걷게 된다. 식당에서 '톱밥'은 엎지른 음료수와 음식을 흡수하기 위해 사용될 뿐만 아니라 하루의 업무가 끝났을 때 쉽게 쓸어버리기 위해서도 사용

된다. 이처럼 초라한 배경의 설정은 화자에게 그 자신의 부족한 점을 일깨워주게 되고 거리를 걷고 있는 그의 마음속에 남아 있는 이러한 이미지들은 청자로 하여금 화자에게 화자 자신의 삶에 대해 스스로 질문하도록 유도하기도 한다. 말하자면, 화자의 삶을 상징하는 이와 같이 초라한 장소를 왜 방문하게 되었는지, 왜 좀 더 훌륭하게 행동하지 못했는지, 왜 부인을 얻지 않는지 등을 질문하도록 한다.

그럼에도 엘리엇의 이 시의 내용을 설명하는 것이 용이하지 않은 까닭은 화자로서의 「프루프록」의 내적 세계보다는 외적 세계, 이면적인 의미보다는 표면적인 의미로 인해 이 시에서 발생하고 있는 것을 정확하게 해석하는 것은 상당히 어렵기 때문이다. 로렌스 페린은 엘리엇의 시 「프루프록」에 대해 이 시는 "분명히 시간의 간격을 두고 화자의 머릿속에서 발생하고 있는 무작위적인 생각을 나타내고 있으며, 그러한 시간의 간격에서 전환적인 연결점은 논리적이라기보다는 심리적이다"라고 파악했다. 이렇게 볼 때에 이 시에 사용된 문체의 선택은 어느 것이 사실적이고 어느 것이 상징적인지를 정확하게 결정할 수 없도록 하기도 한다. 「프루프록」은 표면적으로 중년남자가 성적性的으로 갈등하고 있는 상황에 의존하고 있으며, 그는 무엇인가를 말하려고 하지만 그렇게 말하는 것을 두려워하게 되고 궁극적으로는 아무 말도 하지 않는 것으로 되어 있다. 이와 같은 논의는 프루프록이 실제로 누구에게 말하고 있는 것인가, 그는 실제로 어디로 가고 있는 것인가, 그는 무엇을 말하고자 하는 것인가, 이 시에서의 다양한 이미지는 무엇을 지칭하는 것인가 등의 문제로 수렴된다.

우선 이 시가 누구에게 언급하고 있는 것인지가 분명하지 않은 점에 대해서 프루프록이 제3자에게 말하고 있거나 독자에게 직접 말하고 있다고 보는 견해도 있고 프루프록의 독백은 내적인 것이라고 보는 견해도 있다. 페린은 엘리엇의 시 「프루프록」의 첫 행의 '자네와 나'가 프루프록 자신의 본성을 두 개로 나누는 부분이라고 설명했으며, 무틀루 코녁 블레싱은 '자네와 나'가 주인공으로서의 프루프록과 시인으로서의 엘리엇의 사이에 일종의 딜레마로서의 관계를 나타낸다고 설명했다. 또한 비평가를 포함하여 많은 사람들은 프루프록이 시의 전개과정에서 어디로 향하고 있는지를 논의했다. 실제로 이 시의 전반부에서 프루프록은 다양한 외적 이미지들, 말하자면 하늘, 거리, 헐찍한 식당과 일박 여관, 안개 등의 이미지를 사용하고 있을 뿐만 아니라 "차茶와 토스트를 들기"와 "돌아서서 층층대를 내리는 시간" 이전에 여러 가지 일들이 발생할 수 있는 '시간'이 있게 될 것이라는 점도 언급하고 있다. 이러한 점으로 인해 로렌스 페린은 프루프록이 오후의 '차茶'를 마시러 거리를 걷고 있는 중이며, 결과적으로 그는 '압도적인 문제'가 무엇인지를 질문할 준비를 하고 있다고 강조했다. 이러한 견해와는 달리 그레드 A. 헤시모비치는 이 시에서 프루프록은 실제로 어디로 가고 있는 것이 아니라 자신의 마음속에서만 그렇게 하고 싶다는 점을 상상하고 있을 뿐이라고 파악했다.

「프루프록」에서 가장 의미 있는 부분은 프루프록 자신이 질문하려고 노력하고 있는 '압도적인 문제'이며, 많은 사람들은 그 문제가 바로 프루프록이 자신의 로맨틱한 감정을 어느 여성에게 말하려고 노력하는 것이라는 점에 의견의 일치를 보이고는 한다. 이러한 점은 프루프록이 여성의 팔과 옷차림에 대한 다양한 이미지를 언급하고 있다는 점과 마지막 부분에서 '인어'가 자신에게 노래하지 않게 될 것을 한탄하고 있다는 점에서 그렇게 파악할 수 있다. 그러면서도 몇몇 사람들은 프루프록이 자신의 로맨틱한 감정을 표현하기보다는 무언가 심오한 철학적 통찰력이나 사회에 대한 환멸을 표현하고 있을 뿐만 아니라 그러한 점이 거부되는 데 대한 두려움까지도 표현하고 있는 것으로 파악하고는 한다. 특히 사회에 대한 환멸을 진술한 예로는 "나는 내 생애를 커피 숟갈로 되질해 버렸지"가 자주 거론되고는 한다. 또한 로저 미첼은 이 시가 영국의 '에드워드 왕' 시대의 사회를 비판하고 있으며, 프루프록의 딜레마는 근대사회에서 의미 있는 삶을 살아가기에는 자신이 무능력하다는 점을 나타내는 것으로 해석하기도 한다. 멕코이와 할랜은 "1920년대의 많은 독자들에게 있어서 프루프록은 근대적 개인의 갈등과 무기력을 압축하고 있으며 좌절된 욕망과 근대적 환멸을 나타낸다"라고 파악했다.

이상과 같은 논의에도 불구하고 엘리엇의 이 시를 읽게 되는 독자와 비평가들은 이 시에 수없이 등장하는 이미지가 무엇을 참고하고 있으며 그 의미가 무엇을 나타내는지에 대해 분명하게 말할 수 없다는 점을 강조하기도 한다. 예를 들면, "창유리에 등을 비비는 노오란 안개"가 사회의 몰락을 암시하는 상징에 해당한다는 견해에서부터 '곰'의 행동을 참고하고 있다는 견해까지 다양하다. 또한 앞에서 언급한 바와 같이 엘리엇의 이 시에는 '의식의 흐름' 수법이 활용되고 있기 때문에, 이 시의 의미를 사실적으로 해석할 것인지 아니면 상징적으로 해석할 것이지, 어느 것이 실제적인 이미저리이고 어느 것이 무의식적인 이미저리인지 등을 결정하는 것은 그렇게 쉬운 일이 아니다. 그럼에도 일반적으로 볼 때에 T. S. 엘리엇은 자신의 시 「프루프록」에서 주인공 '프루프록'을 통해 나이 들고 쇠약해가는 '이미저리'를 활용하고 있다. "수술대 위에 에테르로 마취된 환자처럼 / 저녁이 하늘에 퍼질 무렵", "톱밥 깔린 식당", "헐찍한 일박여관—泊旅館", 노오란 안개, "잠들고…… 지치고…… 또는 꾀병"을 하는 오후 등은 모두 무기력과 쇠약의 잔재에 관계되고, 자신의 머리칼과 이빨에 대한 프루프록의 다양한 관심과 "희고 검은 파도를 바람이 불 때 / 뒤로 불리우는 파도의 흰 머리를 빗기"는 인어 등은 프루프록이 늙어가고 있다는 점에 관계된다. 존 C. 포프는 「프루프록」의 '프루프록'과 도스토예프스키의 소설 『죄와 벌』의 주인공 라스코리니코프와의 관계를 비교하기도 했다. 포프에 의하면, 도스토예프스키는 "주인공 라스코리니코프를 통해 쇠퇴해가는 도시생활에서 하층민의 숨이 막히는 고통을 포착했다"라고 파악했으며, 프루프록은 바로 이러한 '숨이 막히는 고통'의 희생양에 해당하고 '쇠퇴해가는 도시생활'은 근대사회의 점진적인 소멸에 해당한다고 보았다.

로렌스 페린은 「프루프록」에 반영되어 있는 다른 문학작품에서 활용한 인유引喩를 체계적으로 정리했으며, 페린의 이러한 정리 중에서 몇 가지 경우를 살펴보

면 다음과 같다. "나날의 하고 많은 솜씨와 동작에도 시간은 있을 걸세"에서 '나날
과 동작'은 B.C. 8세기경의 그리스의 시인 헤이오드가 농경사회에 대한 묘사와
노동의 필요성을 강조한 시 『노동과 나날』에 관계된다. "들릴 듯 사라질 듯 들려
오는 말소리도 알고 있지"는 셰익스피어의 『십이야十二夜』의 시작부분을 반영하고
있다. "(약간 벗어진) 나의 머리가 쟁반에 놓여 들어오는 것을 보았건만 / 나는 예언
자도 아니요, 여기선 아닌들 어떻단 말이냐"는 세례자 요한의 '머리'를 암시한다.
「마태오복음서」(14장 1~14절)에 의하면, 헤로데의 생일날 춤을 춘 살로메의 요구
에 의해 참수당한 요한의 머리는 쟁반에 담겨져 헤로데에게 전해진다. 또한 이 부
분은 오스카 와일드의 희곡 『살로메』에도 관계된다. "우주를 뭉쳐서 공을 만들어"
는 영국 시인이자 청교도 정치가였던 앤드루 마블의 시 「그의 수줍은 여인에게」
의 마지막 부분에 반용하고 있다. "나는 라자로 죽음에서 왔노라"에서 '라자로'
는 『루카복음서』(16장)에 등장하는 거지 '라자로', 즉 부자의 부탁에도 불구하고
그 부자의 형제들에게 지옥에 대해 경고하기 위해 죽음의 세계로부터 삶의 세계
로 되돌아갈 수 있는 허락을 받지 못했던 '라자로'이든가 또는 『요한복음서』(11장)
에서 예수 그리스도가 죽음으로부터 살려낸 '라자로'이든가 아니면 이 두 경우의
'라자로' 모두에 해당한다. "큰소리는 하지만"은 초서의 『캔터베리 이야기』의 '프
롤로그'에 나타나 있는 옥스퍼드의 시계에 대한 묘사를 떠올리게 한다.

「프루프록」의 마지막 부분에서, 프루프록은 자기 자신이 "왕자에게 간언諫言"
하는 것을 목적으로 하는 "순행巡幸이 흥성하게 뒤나 따르"는 사람일 뿐이라는
점을 암시함으로써, 자신이 '햄릿 왕자'라는 바로 그 생각을 거절하게 된다. 이
러한 점은 셰익스피어의 『햄릿』에 등장하는 재상 폴로니우스를 연상시키며 그
는 "무엇보다도 자신에게 충실하라", "돈은 빌리지도 말고 빌려주지도 말라" 등
과 같은 명언을 남겼다. 또한 "거의 때로는 어릿광대역役"이라고 프루프록이 주
장하고 있는 점 역시 셰익스피어적인 요소를 반영하고 있다. 마지막으로 "자네
와 내가 조금 이야기를 주고받는 사이에"는 에드워드 M. 피처럴드가 페르시아

의 오마르 카이얌의 '4행시'를 영역英譯한 『오마르 카이얌의 4행시』의 4행시(32번) "열쇠를 찾을 수 없는 문이 있었습니다 / 내가 볼 수 없는 과거의 베일이 있었습니다 / 자네와 내가 조금 이야기를 주고받는 사이에 / 아마도―그런 다음 자네와 나는 더 이상 없는 것 같았습니다"에 관계된다.

「올빼미의 주문」과 「J. 앨프리드 프루프록의 연가」의 비교

김기림의 시 「올빼미의 주문呪文」은 그의 시집 『기상도氣象圖』1936에 수록되어 있고, 그의 이 시에 영향을 끼친 것으로 알려진 T. S. 엘리엇의 시 「프루프록」은 『포에트리』1915에 처음으로 발표되었으며, 김종길은 자신의 『20세기世紀 영시선英詩選』1975에 엘리엇의 이 시를 번역하여 수록했다. '새로운 감정'과 '전체성의 시론'을 강조했던 김기림은 사물과 시의 관계를 다음과 같이 파악했다. 김기림은 사물을 통해서 또는 사물에 대하여 시인의 마음을 노래하거나 사물의 인상과 시 자체의 구성을 위한 사물의 재구성으로 시가 사물에 대하여 가지는 관계를 추출할 수 있다는 점과 사물의 재구성을 통해서 독자적이면서도 새로운 가치를 추구할 수 있는 '시의 혁명'을 모색했다고 볼 수 있다.

김기림의 시와 엘리엇의 시의 관계를 살펴보는 데 있어서 이 두 시인의 유사성은 시의 음악성보다는 회화성을, 청각이미지보다는 시각이미지를, 시어의 특이성보다는 일상성을 더 선호했다는 점에서도 찾아볼 수 있으며, 특히 김기림 자신의 문학적 활동이 I. A. 리처즈의 문학론을 바탕으로 하여 한국 현대시에 '모더니즘 시론'을 소개했다는 점 외에도 T. S. 엘리엇의 시세계에 밀접하게 관계된다는 점에서도 찾아볼 수 있다. 『기상도』1936, 『태양의 풍속風俗』1939, 『바다와 나비』1946, 『새노래』1948와 같은 김기림의 시집 중에서, 대부분의 연구자들이 언급한 바와 같이 전부 일곱 개의 장章으로 형성된 일종의 장시長詩 형식을 취하고 있는 『기상도』는 '현대문명에 대한 비판과 풍자'를 표현한 것으로 평가되고 있다. 김기림의 이 시집은 엘리엇의 시 『황무지』1922에서 영향을 받은 것으로 알려져 있다.

이 두 시인이 가지고 있는 시세계의 공통점은 회화성에 바탕을 둔 시각이미지의 강조, 문명비판과 풍자 및 인간주의 정신의 강조 등을 들 수 있다. 이러한 점은 일종의 '여행시'라고 볼 수 있는 이들의 시에서 그것은 도시문명, 기계문명, 바다와 항구, 기차 등과 같은 시어詩語 및 그러한 시어가 암시하는 미지의 세계에 대한 호기심과 신기성, 그리고 탐험정신과 모험정신 등 이국정서에 대한 심취와 탐닉 등에 나타나 있다.

이처럼 도시문명에 대한 적나라한 비판과 풍자를 기본으로 하는 엘리엇과 김기림의 시에 나타나는 또 다른 공통점은 '중층묘사中層描寫'를 들 수 있으며, 여기서 말하는 중층묘사는 구체적인 표현과 추상적인 표현을 교차시켜 시적 주제와 이미지를 서술해 나가는 방법을 의미한다. 대부분의 모더니즘 시에 나타나는 바와 같이 구체적인 표현은 시적 대상에 대한 감각적인 표현을 부여하는 것이고 추상적인 표현은 시인의 사유세계를 관념적인 언어로 표현하는 것에 해당한다. 김기림의 시에 나타나는 이와 같은 의미의 '중층묘사'는 그의 시 「올빼미의 주문」에서 빈번하게 활용되고 있으며, 이 시의 맨 마지막 부분을 예로 들면 다음과 같다. "바다는 다만 / 어둠에 반란叛亂하는 / 영원永遠한 불평가不平家다 // 바다는 자꾸만 / 헌 이빨로 밤을 깨문다." 이 부분에서 '바다'를 설명하는 '영원한 불평가다'라는 추상적인 표현은 '헌 이빨로 밤을 깨문다'라는 표현에 의해 구체성을 확보하게 된다. 또한 시어의 선택에 있어서 김기림이 언어의 음악성보다는 언어의 회화성을 강조하는 것은 엘리엇의 태도에 접맥되며 그러한 점은 "생명의 호흡이 걸려 있는 일상의 회화會話"가 시어로 되어야 한다고 강조한 데에서도 찾아볼 수 있다. 이와 같은 평가를 받고 있는 김기림의 시 『기상도』의 여섯 번째 시 「올빼미의 주문」의 전문은 다음과 같다.

　　태풍은 네거리와 공원과 시장에서

　　몬지와 휴지와 캐베지와 연지(臙脂)와

연애의 유행을 쫓아버렸다

헝클어진 거리를 이 구석 저 구석

헛바닥으로 뒤지며 다니는 밤바람

어둠에게 벌거벗은 등을 씻기우면서

말없이 우두커니 서있는 전신주

엎드린 모래벌의 허리에서는

물결이 가끔 흰 머리채를 추어든다

요란스럽게 마시고 지껄이고 떠들고 돌아간 뒤에

테불 우에는 깨여진 잔(盞)들과

함부로 지꾸어진 방명록과……

아마도 서명(署名)만 하기 위하여 온 것처럼

총총히 펜을 던지고 객(客)들은 돌아갔다

이윽고 기억들도 그 이름들을

마치 때와 같이 총총히 빨아버릴게다

나는 갑자기 신발을 찾아 신고

도망할 자세를 가춘다 길이 없다

돌아서 등불을 비틀어 죽인다

그는 비들기처럼 거짓말쟁이였다

황홀한 불빛의 영화의 그늘에는

몸을 조려없애는 기름의 십자가가 있음을

등불도 비둘기도 말한 일이 없다

나는 신자의 숭내를 내서 무릎을 꿀어본다

믿을 수 있는 신(神)이나 모신것처럼

다음에는 기빨처럼 호화롭게 웃어버린다

대체 이 피곤을 피할 하루밤 주막은

'아라비아'의 '아라스카'의 어느 가시밭에도 없느냐

연애와 같이 싱겁게 나를 떠난 희망은

지금 또 어디서 복수를 준비하고 있느냐

나의 머리에 별의 꽃다발을 두었다가

거두어간 것은 누구의 변덕이냐

밤이 간 뒤엔 새벽이 온다는 우주의 법칙은

누구의 실없는 작난이냐

동방의 전설처럼 믿을 수 없는

아마도 실패한 실험이나

너는 애급(埃及)에서 돌아온 '씨ー자'냐

너의 주둥아리는 진정 독수리냐

너는 날개 도친 흰 구름의 종족이냐

너는 도야지처럼 기름지냐

너의 숨소리는 바다와 같이 너그러우냐

너는 과연 천사의 가족이냐

귀먹은 어둠의 철문 저 편에서

바람이 터덜터덜 웃나보다

어느 헝크러진 수풀에서

부엉이가 목쉰 소리로 껄걸 웃나보다

내일이 없는 칼렌다를 처다보는

너의 눈동자는 어쩐지 별보다 이뿌지 못하고나

도시 19세기처럼 흥분할 수 없는 너

어둠이 잠긴 지평선 너머는

다른 하늘이 보이지 않는다

음악은 바다 밑에 파묻힌 오래인 옛말처럼 춤추지 않고

수풀 속에서는 전설이 도무지 슬프지 않다

페이지를 번지건만 너멋장에는 결론이 없다

모퉁이에 혼자 남은 가로등은

마음은 슬퍼서 느껴서 우나

부릅뜬 눈에 눈물이 없다

거츠른 발자쉭들이 구르고 지나갈 때에

담벼락에 달러붙는 나의 숨소리는

생쥐보다도 커본 일이 없다

강아지처럼 거리를 기웃거리다가도

강아지처럼 얻어맞고 발길에 채어 돌아왔다

나는 참말이지 선량(善良)하려는 악마다

될 수만 있으면 신(神)이고 싶은 짐승이다

그렇건만 밤아 너의 썩은 바줄은

왜 이다지도 내몸에 깊이 친절하냐

무너진 축대의 근방에서는

바다가 또 아름다운 알음소리를 치나보다

그믐밤 물결의 노래에 취할 수 있는

'타골'의 귀는 응당 소라처럼 행복스러울게다

어머니 어머니의 무덤에 마이크를 갖어갈까요
사랑스러운 해골 옛날의 자장가를 기억해내서
병신 된 나의 귀에 불러주려우

자장가도 불을 줄 모르는 바보인 바다

바다는 다만
어둠에 반란하는
영원한 불평가다

바다는 자꾸만
헌 이빨로 밤을 깨문다

— 김기림, 「올빼미의 주문」 전문

김기림이 강조했던 시적 이미지의 회화성은 다분히 모더니즘에서 강조하는 시작詩作의 방법론에 해당하며 그가 추구했던 시어의 일상성은 당대에 성행했던 시적 음악성, 운율의식 등 청각이미지 등에 대한 거부이자 시적 대상에 대한 주관적인 표현보다는 객관적인 표현을 더 강조한 결과에 해당한다. 이렇게 볼 때에 김기림의 시에 반영되어 있는 '객관적인 표현'은 엘리엇이 강조했던 '객관적 상관물'에 접맥된다. T. S. 엘리엇이 「햄릿과 그의 문제점」1919에서 언급했던 '객관적 상관물'의 의미는 다음과 같다. 예술적인 형식으로 정서를 표현할 수 있는 유일한 방법은 '객관적 상관물'을 발견하는 것, 말하자면 어떤 특별한 정서를 공식적으로 나타낼 수 있는 일련의 사물, 정황, 사건 등을 찾아내는 데 있으며, 작가가 찾아내는 이러한 것들은 독자에게도 똑같은 정서를 불러일으킬 수 있다는 것이다. 예를 들면, 일상적인 개인의 감정이 문학작품에 그대로 나타나는 것이 아니라 표면적으로는 그러한 감정과 직접적인 관계가 없는 것

〈표 21〉

유사점	「J. 앨프리드 프루프록의 연가」	「올빼미의 주문」
불안한 거리	진저리나는 (是非)처럼 내닫는 거리, 노오란 연기가 거리를, 해 진 뒤 문간과 물 뿌린 거리	헝클어진 거리(제4행)
혀, 혓바닥	저녁의 구석구석을 혓바닥으로 핥고는	혓바닥으로 뒤지며 다니는 밤바람
흰 머리칼	뒤로 불리우는 波濤의 흰 머리를 빗기면서	물결이 가끔 흰 머리채를 추어든다
극한상황	거의 인기척도 없는 거리	도망할 자세를 가춘다 길이 없다
우주적 불신	우주를 건드릴 수 있을까?, 우주를 뭉쳐서 공을 만들어	우주의 법칙은 / 누구의 실없는 작난이냐
냉소적 감성	큰소리는 하지만 좀 투미하고, / 때로는 정말 거의 실없고 / 거의 때로는 어릿광대역(役).	부엉이가 목쉰 소리로 껄껄 웃나보다
음악성	인어가 서로 노래부르는 것을 나는 들었지	음악은 바다 밑에 파묻힌 오래인 옛말처럼 춤추지 않고, 바다가 또 아름다운 알음소리를 치나보다 / 그믐밤 물결의 노래에 취할 수 있는, 사랑스러운 해골 옛날의 자장가를 기억해내서 / 병신 된 나의 귀에 불러주려우, '타골'의 귀는 응당 소라처럼 행복스러울 게다
단호성	문제는 웃음으로 물어뜯어 버리고	헌 이빨로 밤을 깨문다
폐쇄성	방안에는 오가는 아낙네들이 / 미켈란젤로를 이야기하고.	요란스럽게 마시고 지껄이고 떠들고 돌아간 뒤에 / 테불 우에는 깨어진 잔(盞)들과 / 함부로 지꾸어진 방명록과……

처럼 보이지만 상징이나 이미지, 사상이나 사건 등에 의해 구체화할 수 있다는 점을 들 수 있다. 한국문단에서 다분히 모더니즘 시인으로 평가받는 김기림의 이러한 역할을 중심으로 하여 T. S. 엘리엇의 시 『J. 앨프리드 프리프록의 연가』에 접맥되는 김기림의 시 「올빼미의 주문」의 유사성은 〈표 21〉과 같다. 김기림의 시 「올빼미의 주문」의 배경으로 자리 잡고 있는 두 가지 축은 '황폐한 도시'와 '재생의 이미지'이다. 이 시의 내용으로 볼 때에 '황폐한 도시'의 풍경은 시전체의 분위기를 지배하고 있으며 맨 마지막의 '바다'는 그러한 암울한 분위기로부터 벗어날 수 있는 유일한 탈출구로 작용하고 있다. 황폐한 도시의 풍경은 전선주, 연회장, 신자神者의 흉내, 믿을 수 없는 신, 우주의 법칙, 동양의 전선, 실패한 실험 등에서 찾아볼 수 있고, 재생의 이미지로서의 바다는 이 시의 맨 마지막 행의 "헌 이빨로 밤을 깨문다"에서 찾아볼 수 있으며, 그 결과는 새롭게 찾아올 또는 새롭게 형성될 '아침'에 관계된다. 엘리엇의 시 「프루프록」의 주제는 이 시의 주인공인 프루프록이 여인과의 육체적인 욕망을 꿈꾸는 범죄망상으로서의 독백에 있다. 다시 말하면, 육체적인 사랑을 단념할 수도 없고 실천할 수도 없는 일종의 상황설정에 의해 주인공은 끊임없이 이 두 세계를 오가게 되며, 그 결과는 철저하게 차단된 우울함과 외로움으로 나타나게 된다. 이상과 같은 점을 고려하여 T. S. 엘리엇의 시 「프루프록」과 김기림의 시 「올빼미의 주문」의 유사한 구절과 그 공통점을 단계별로 정리하면 〈표 22〉와 같다.

〈표 22〉

| 「J. 앨프리드 프루프록의 연가」 | | 공통점 | | 「올빼미의 주문」 |
시행	의미		의미	시행
그러면 가보세, 자네와 나와, 수술대 위에 에테르로 마취된 환자처럼	사랑	세계	밤	대체 이 피곤을 피할 하루밤 주막은, '아라비아'의 '아라스카'의 어느 가시밭에도 없느냐
밤내 잠 못 이루는 헐쩍한 일박 여관(一泊旅館)과, 굴 껍질을 내놓은 톱밥 깔린 식당에서, 중얼거림이 새어나는 골목, 거의 인기척도 없는 거리를 빠져 우리 가 보세	불안	거리	방황	헝클어진 거리를 이 구석 저 구석, 혓바닥으로 뒤지며 다니는 밤바람
방안에는 오가는 아낙네들이, 미켈란젤로를 이야기하고, 내가 자꾸만 딴 길로 벗어나는 것은, 옷에서 풍기는 향수 때문인가?, 테이블에 놓였거나 숄에 감긴 팔	여인	유혹	술집	요란스럽게 마시고 지껄이고 떠들고 돌아간 뒤에, 테불 우에는 깨여진 잔(盞)들과, 함부로 지꾸어진 방명록과……
나는 이미 다 알고 난 다음, 다 알고 난 다음—	자신감	연애	두려움	연애와 같이 싱겁게 나를 떠난 희망은 지금 또 어디서 복수를 준비하고 있느냐
그리고 핀에 꽂혀 퍼덕거려져 내가 규정당할 때	불가능	도피	불가능	나는 갑자기 신발을 찾아 신고 도망할 자세를 가춘다 길이 없다
내 머리 한복판의 벗어진 데를 알찐거리면서 그의 머리는 어쩌면 저렇게도 빠진담! (약간 벗어진) 나의 머리가 쟁반에 놓여 들어오는 것을 보았건만	소심증	소극성	소심증	거츠른 발자취들이 구르고 지나갈 때에 담벼락에 달라붙는 나의 숨소리는 생쥐보다도 커본 일이 없다 강아지처럼 거리를 기웃거리다가도 강아지처럼 얻어맞고 발길에 채어 돌아왔다
공손하고, 즐겨 심부름하고, 간교하고, 조심성 있고, 지나치게 꼼꼼하고, 큰소리는 하지만 좀 투미하고, 때로는 정말 거의 실없고 거의 때로는 어릿광대역(役)	비웃음	자기비하	비웃음	어느 헝크러진 수풀에서, 부엉이가 목쉰 소리로 껄껄 웃나 보다

| 「J. 앨프리드 프루프록의 연가」 | | 공통점 | | 「올빼미의 주문」 |
시행	의미		의미	시행
바다가 또 아름다운 알음소리를 치나보다, 그믐밤 물결의 노래에 취할 수 있는, '타골'의 귀는 응당 소라처럼 행복스러울게다	바다	노래	인어	인어가 서로 노래부르는 것을 나는 들었지
한 백 번 망설이고, 한 백 번 살펴보고 다시 살피는데도 아직 시간은 있을 걸세	허약성	망상	어머니	어머니 어머니의 무덤에 마이크를 갖어갈까요, 사랑스러운 해골 옛날의 자장가를 기억해내서, 병신 된 나의 귀에 불러주려우
인간의 말소리에 놀라 깨면 우리는 익사할 따름	인식	현실	거부	바다는 자꾸만, 헌 이빨로 밤을 깨문다
황혼에 좁은 골목을 가서, 창(窓)으로 내다보는 샤쓰바람의 사내들의, 파이프에서 오르는 담배 연기를 나는 보았다고나 할까?……	고독	소외감	고독	페이지를 번지건만 너멋장에는 결론이 없다, 모퉁이에 혼자 남은 가로등은, 마음은 슬퍼서 느껴서 우나, 부릅뜬 눈에 눈물이 없다

이처럼 이 두 편의 시에서의 공통된 분위기는 현실에 대한 불안과 좌절에 있다. 그것이 김기림의 시에서는 화자가 '밤'으로 표상되는 암울한 현실에 갇혀 있으며, 엘리엇의 시에서는 주인공이 아낙네들이 있는 '방'으로 표상되는 육체적 현실에서 오는 강박관념에 사로잡혀 있다. 이상에서 살펴본 바와 같이 김기림의 시 「올빼미의 주문」에는 엘리엇의 시 「J. 앨프리드 프루프록의 연가」로부터 많은 부분이 수용된 것으로 파악할 수 있다.

(2) 박인환, 민재식, 송욱의 시에 반영된
T. S. 엘리엇의 시와 시론의 영향과 수용

박인환과 T. S. 엘리엇과의 관계는 그의 시 「살아 있는 것이 있다면」에서 찾아 볼 수 있다. 이 시의 서두에서 박인환은 "현재의 시간과 과거의 시간은 / 거의 모두가 미래의 시간 속에 나타난다"라는 구절을 엘리엇의 시 『네 개의 사중주』에서 인용하고 있다. 박인환이 인용한 이 구절은 네 편으로 된 엘리엇의 시 『네 개의 사중주』의 첫 번째 시 「번트 노턴」에 나오는 처음 두 구절에 해당한다. 이와 같은 첫 번째 시의 주제는 공기이며, 나머지 세 편의 시의 주제는 차례로 흙, 물, 불이다. 그의 첫 번째 시의 요소인 공기는 이 시에서 인간의 생각의 전개 과정, 즉 기억에 대한 인간의 회상능력, 인간의 지성적인 성찰능력 및 정신적인 명상능력에 관계된다. 박인환이 부분적으로 인용하고 있는 시간에 관계되는 이 두 구절은 엘리엇의 시에서는 실제로 세 구절까지에 해당한다. 이러한 부분을 옮겨 보면 다음과 같다. "현재의 시간과 과거의 시간은 / 아마도 모두 미래의 시간 속에 나타나며 / 미래의 시간은 과거의 시간 속에 포함되어 있다." 이 부분에서 엘리엇은 과거, 현재, 미래라는 시간의 경험의 본질을 신중하게 언급을 하고 있으며, 이와 같은 세 가지 시간 범주는 진행으로서의 시간의 개념 및 원인과 결과로서의 사건에 관계된다. 엘리엇이 강조하는 이러한 시간의 의미를 자신의 시 「살아 있는 것이 있다면」에 적용한 박인환이 우선적으로 강조하는 것은 회상과 체험이다. 이 두 요소는 과거적인 시간의 개념으로 그것은 그의 시에서 고뇌와 저항에 관계된다. 박인환이 자신의 시에서 가장 강조하고 있는 시간은 '오늘'로 대표되는 현재이며, 그의 시 「살아 있는 것이 있다면」의 제3연은 다음과 같다.

한 걸음 한 걸음 나는 허물어지는
정적과 초연의 도시 그 암흑 속으로……

명상과 또다시 오지 않을 영원한 내일로……

살아 있는 것이 있다면

유형의 애인처럼 손잡기 위하여

이미 소멸된 청춘의 반역을 회상하면서

회의와 불안만이 다정스러운

모멸의 오늘을 살아 나간다.

위에 인용된 부분에서 '오늘'은 엘리엇의 시에서 '현재'에 해당한다. "있을 수도 있었던 일과 있었던 일은 / 한 쪽의 끝을 향하며, 그것은 언제나 현재이다"라는 엘리엇의 시구에서 우선적으로는 미묘한 언어의 모호성을 찾아 볼 수 있다. 즉, 한 쪽과 끝과 현재가 지니고 있는 의미의 이중성을 들 수 있다. 진행적인 시간의 종합으로서 '있었던 일'로서의 과거와 '있을 수도 있었던 일'로서의 과거의 잠재성은 그 결과에 해당하는 현재를 지칭한다. 그리고 그러한 현재는 바로 이와 같은 이중적인 과거에서 비롯되는 것이다. 하나의 끝으로서의 영원한 현재라는 두 번째 아이디어를 종합함으로써 지향하고 있는 것은 현재의 순간만이 유일한 현실이라는 점과 현재의 순간에 할 수 있는 것은 언제나 우리들에게 제시되는 목적이나 의도라는 점이다. 이처럼 박인환 시에서 '오늘'은 두 가지 의미를 지니고 있다. 하나는 소멸된 청춘을 회상하는 '오늘'이고, 다른 하나는 회의와 불안으로 가득 찬 '오늘'이다. 이러한 오늘을 살아가면서 시적 자아는 '철없는 시인'이 된다. 박인환 시 「살아 있는 것이 있다면」의 마지막 부분은 다음과 같다.

(…중략…) 아 최후로 이 성자의 세계에

살아 있는 것이 있다면 분명히

그것은 속죄의 회화 속의 나녀(裸女)와

회상도 고뇌도 이제는 망령에게 팔은

철없는 시인

나의 눈감지 못한

단순한 상태의 시체일 것이다……

　그리고 그러한 시인은 "속죄의 회화 속의 나녀裸女와 / 회상도 고뇌도 이제는 망령에게 팔은" 채 모든 것을 망각한 순수한 상태의 시인이 된다. 그러한 순수한 순간이 바로 현재이자 오늘인 것이다. 그렇다면 이 시에서의 오늘은 어떤 의미를 지니는가? 그것은 한국 전쟁 이후 폐허화된 사회에서 각 개인이 가지는 존재의 의미와 관계된다. 그러한 존재는 엘리엇의 시에서 강조하는 시간의 세 요소 중에서 바로 현재의 중요성을 의미한다고 볼 수 있다.

　박인환 외에 T. S. 엘리엇의 시풍을 띤 시인으로는 민재식의 경우를 들 수 있다. 민재식과 엘리엇의 관계는 그가 대학에서 영문학을 전공했으며 자신의 졸업논문으로 다룬 '객관적 상관물'의 기법을 자신의 시 「속죄양」에서 실험했다는 점에서 찾아 볼 수 있다. 우선 엘리엇이 말하는 '객관적 상관물'이란 무엇인가? 그것에 대해 엘리엇은 「햄릿과 그의 문제점」에서 다음과 같이 설명했다. "예술 형식에서 정서를 표현하는 유일한 방법은 객관적 상관물을 발견하는 것이다. 달리 말하면 그와 같은 특별한 정서의 조건이 될 수 있는 일련의 대상, 상황, 연쇄적인 사건을 발견하는 것이다. 감각적인 경험에서 종결되어야만 하는 이와 같은 외적 사실들이 부여되었을 때에, 정서는 즉각적으로 환기되는 것이다." 이처럼 '객관적 상관물'의 이론을 바탕으로 하여 쓰인 4부작 연작시 「속죄양」에서 민재식은 정확한 상황묘사, 대화체 기법과 주지주의적인 태도 및 극적 효과를 실험했다. 민재식의 시 「속죄양·1」의 부분을 인용하면 다음과 같다.

　지껄여도 따져도 결론 없는 이야기

문서는 미결함 속에 차곡 쌓여 있고
잘난 나라의 잘난 백성끼리
우리의 결론을 흥정하고 있다.

자랑 많은 나라에 태어났어도
우리가 이룩한 자랑은 무엇이냐
가슴은 열대인데 결론이 없고
아 아 화제가 다해버린 날의 슬픈 청년들.
조국은 개평거리냐
조국은 속죄양이냐
창을 젖치고
모두 다 바라보는 하늘가에는
훨훨 날아가는 구름이 한 폭
저 무게도 없는 구름이 한 폭만 떠 있다.

극시劇詩로서의 측면이 강하게 나타나 있는 이 시의 배경은 한국전쟁에 있으며, 강대국의 흥정과 협상의 와중에서 무참하게 죽어간 한국 젊은이들의 죽음을 일상적인 대화체와 적나라한 상황묘사에 의해서 설명하고 있다. 그의 이러한 시작 기법은 마치 무대에서 공연되는 한 편의 연극을 보는 것과 같은 착각을 불러일으킨다. 말하자면 배우의 행동과 대화 및 무대 설정에 의해서 독자는 시를 읽는 것이 아니라 연극을 관람하고 있는 착각에 빠지게 된다. 이러한 극적인 효과는 「속죄양·2」의 첫 번째 시의 후반부에도 나타나 있다.

끄슬린 무덤을 돌아
화약 냄새 자욱한 골짜기를 뛰어

전우가 디딘 발자욱을 되밟고

신호탄이 넘어간 비탈을 탄다

묽은 쏘루체 두골 안 뇌수가 불이 붙어

지지지 인광으로 탄다

오리온과 마주친 눈망울에 인광이 탄다.

　민재식의 시에 나타나 있는 대화체 기법은 엘리엇의 시에서도 자주 등장하는 기법이며, 이러한 기법은 독자로 하여금 시를 감상의 대상으로서가 아니라 참여의 대상으로 파악할 수 있게 하는 효과를 지닌다. 물론 여기서 말하는 '참여'라는 말은 독자가 자신이 읽고 있는 시의 현장에 뛰어드는 것을 의미한다. "독자를 관객으로 인식 한다"라는 민재식 자신의 말과 같이 그의 시에는 무대, 등장인물, 짧은 대화 등이 주축으로 이루고 있다. 그러나 이러한 장치는 결국 '나는 누구인가'라는 물음을 전제로 한다. 위에 인용된 시에서도 알 수 있는 바와 같이 시인 자신은 한국전쟁 이후 한반도라는 정치무대를 중심으로 펼쳐지는 미국과 구소련으로 대표되는 세계열강의 세력다툼에서 '우리와 조국은 무엇인가'를 묻고 있다.

　박인환이 단편적으로, 민재식이 체계적으로 T. S. 엘리엇의 영향을 받은 바와 같이, 엘리엇이 한국 현대시에 끼친 영향은 1930년대의 모더니즘이나 주지주의로까지 거슬러 올라간다. 그리고 그러한 영향은 해방 이후 김춘수에게로 이어진다. 그는 존재와 언어의 관계에 대해서 이렇게 파악했다. "말의 피안에 있는 것을 나는 알고 싶었다. 그 앞에서는 말이 하나의 물체로 얼어붙는다. 이 쓸모없게 된 말을 부수어 보면 의미는 분말이 되어 흩어지고, 말은 아무것도 없는 거기서 제 무능에 운다. 그것은 있는 것(존재)의 덧없음의 소리요, 그것이 또한 내가 발견한 말의 새로운 모습이다. 말은 의미를 넘어서려고 할 때 스스로 부숴진다. 그러나 부숴져보지 못한 말은 어떤 한계 안에 갇혀진 말이다. 모험의 그 설레임을 모른다." '부숴져 버린 말'— 그것이 바로 김춘수가 릴케적인 관념 시에서 벗어나 T. S. 엘리엇류의 서술적인 세계로 나아가게 되는 원동력이 되었으며 그 결과가 그의 '타령조'이다. 이 시기의 김춘수가 릴케로부터 벗어나 엘리엇의 이론을 자신의 '타령조'에 접목시킴으로써 서술적인 시세계를 구축하고자 했듯이, 김수영^{1921~1968}도 자신의 새로운 언어관을 바탕으로 하여 서술적인 진술의 시세계를 이룩하고자 했다. 여기서의 새로운 언어관은 김수영 특유의 배어법에 근거한다. 말하자면 그의 시어는 "어머니한테서 배운 말과 신문에서 배운 시사어의 범위" 내에서 사용되었지만, 그의 배어법에서는 이러한 일상어에 대한 특이한 어순 배열, 명령형과 의문형의 종결어미의 활용 및 동일어 반복의 리듬효과가 우선적으로 고려되었다. 그리고 그것은 언제나 정치적 현실과 무관한 것이 아니었다.

김수영의 특이한 배열법은 송욱의 동음이의어의 배열법과 그 궤를 같이한다고 볼 수 있다. 그리고 그것은 두 시인에게 있어서 때로는 시인이 처한 사회에 대한 풍자로, 때로는 시인 자신의 모국어에 대한 애착과 그것의 무한한 실험으로 이어진다. 그리고 그러한 풍자와 모국어 실험은 이들로 하여금 당시의 시정신을 표현하는 데 있어서 적합한 진술의 방법으로 산문적인 진술을 선택하게 했다. 이러한 방법이 가장 효과적으로 드러난 시가 바로 송욱의 『하여지향^{何如之鄕}』¹⁹⁶¹이다. 송욱의 이 시집을 개관하면 다음과 같다.

1961년 '일조각(一潮閣)'에서 발간되었으며 전부 78편의 시가 9부로 나뉘어 수록되어 있다. 맨 앞에 시인 자신의 '서언(序言)'과 「어머님께」라는 권두시가 수록되어 있다. 체재로 볼 때에 특이한 점은 제7부와 제8부에만 각각 '하여지향(何如之鄕)', '해인연가(海印戀歌)'라는 소제목이 붙어 있다는 점을 들 수 있다. 제1부에는 「장미」·「비오는 창」·「꽃」·「금 金」·「승려의 춤」 등 9편, 제2부에는 「쥬리에트에게」·「햄릿의 노래」·「맥크베스의 노래」·「라사로」·「유혹」 등 5편, 제3부에는 「그 속에서」·「생생회

전(生生回轉)」·「실변(失辯)」·「시인」 등 7편, 제4부에는 「왕소군(王昭君)」·「비단 무늬」·「기름한 귀밑머리」 등 7편, 제5부에는 「낙타를 타고」·「거리에서」·「그냥 그렇게」·「서방님께」 등 14편이 실려 있다. 제6부에는 「남대문」·「홍수」·「의로운 영혼 앞에서」·「어느 십자가」 등 4편, 제7부 '하여지향'에는 일련번호가 매겨진 연작 형태의 시 12편, 제8부 '해인연가'에는 역시 일련번호가 매겨진 시 10편, 제9부에는 「무극설(無極說)」·「우주가족」·「삼선교」·「소요사(逍遙詞)」 등 10편이 각각 수록되어 있다. 이러한 시편들은 이 시집이 발간되기 전 10여 년간 쓴 것들을 묶은 것으로 대체로 연대순으로 배열되어 있다. 수록작품들은 시인 자신의 풍자적 경향을 잘 드러내고 있는데, 시인은 여기서 이 사회를 '별난 마을'로 비꼬고 있다. 또한 시속과 세태의 이모저모도 풍자의 대상이 되고 있을 뿐만 아니라 시적 소재가 따로 있는 게 아니라는 입장을 당당하게 드러내고 있다는 점에서 전위적인 요소를 파악할 순도 다. 그러나 이 시집의 가장 중요한 특징은 다각적으로 실험되고 있는 '말놀이'에 대한 성향이다.

산문적인 진술을 시적인 진술에 적용한 송욱의 이 시집에 대해 유종호는 『비순수의 선언』에서 송욱의 『하여지향』1961이 '송욱나이즈'된 엘리엇의 「황무지」라고 다음과 같이 설명했다. "『하여지향』을 얘기하다 보면 결국 송욱론이 됩니다. 그 연작시만 따로 떼어서 얘기할 수는 없으니까요. 『하여지향』을 중심으로 한 송욱론—그런 방향으로 얘기해 봅시다. 오늘날 한국의 시를 얘기하는데 가장 풍부한 화제를 제공해 주고 있는 분이 바로 송욱씨입니다. 그 분의 시는 그대로 한국 현대시를 비평하고 있는 '비평적 시'이기도 합니다. 말하자면 한국 현대시의 고민이 상징되어 있어요 (…중략…) 한마디로 말하면 '산문적'인 것의 대담한 도입입니다. 그 분이 사사하고 가장 많은 영향을 받은 시인은 엘리어트입니다. 좀더 정확히 말씀드리면 「황무지」 시대의 엘리어트이지요. 『하여지향』이란 시제도 '송욱나이즈'된 *Waste Land*의 국어역이라 해도 과언이 아니예요."

아울러 유종호는 송욱의 『하여지향』이 음악성과 심미감 및 아름다움과 예술의 문제를 제기하고 있다는 점에서 비평적 시이자 '비순수의 선언'이라고 파악했다. 송욱과 엘리엇의 관계에 대한 유종호의 이러한 지적 이전에도, 송욱은 자신의 '당선소감'에서 이렇게 언급했다. "전통을 풍부하게 지닌 시인이 황무지를 노래했는데 그것이 시가 된 것을 알고, 나도 전기를 찾아보았어요." 때로는 지나칠 정도로 느껴지는 과다한 비판정신과 풍자정신, 불균형한 시적 내용과 구조에도 불구하고 송욱의 시가 이 시기에 확고부동한 위치를 차지하고 있는 까닭은 그의 날카로운 지성과 남다른 언어관에서 비롯된다. 모국어에 대한 그의 신념은 거의 신앙과도 같은 것이었다. "한국어는 나의 또 하나 다른 육체이다. 나는 이 육체로서 보고 듣고 생각하고 웃고 울려고 한다. 나의 모국어는 나의 법신法身이다. 한국어는 나의 조국이다." 그에게 있어서 한국어는 그 자신의 말과 같이 자신을 지배하는 법칙이자 몸뚱이인 것이다. 언어에 대한 그의 이러한 집념의 밑바탕에는 엘리엇이 자리 잡고 있다. 엘리엇의 시세계를 비순수의 세계라고 정의한 송욱은 그를 가리켜 언어의 순수성에 의해서 비순수의 주제를 정확하게 다루고 있다고 평가했다. 말하자면 엘리엇은 아름다운 언어에 의해서가 아니라 정확하게 사용된 언어에 의해서 아름다움을 느낀다는 점을 강조했고, 송욱도 자신의 시에서 이러한 점을 실천했다고 볼 수 있다.

그렇다면 엘리엇의 시『황무지』와 송욱의 시『하여지향』은 어떤 관계를 지니고 있는가? 앞에서 이미 살펴본 바와 같이 엘리엇은『황무지』에 대한 자신의 주석에서 이 시가 제시 L. 웨스턴의『의식儀式에서 로망스까지』1920와 제임스 G. 프레이저의『황금 가지』1906를 참고했음을 밝히고 있다. 엘리엇의 시『황무지』는 시의 제목뿐만 아니라 이 시의 계획과 상당량의 부수적인 상징은 제시 L. 웨스턴의 그레일 전설에 관한 책『의식에서 로망스까지』에서 암시받은 것들이다.『황무지』의 이러한 특징은 송욱의 시『하여지향』에도 나타나 있으며, 그의 시「하여지향·5」는 다음과 같다.

고독이 매독처럼

여박한 8자라면

청계천변 작부를

한 아름 안아 보듯

치정 같은 정치가

상식이 병인 양하여

포주나 아내나

빛과 살붙이와

현금이 실현하는 현실 앞에서

다달은 낭떨어지!

위에 인용된 시에서 우리는 "상식이 병인 양하여"에 나타나는 인유를 파악할 수 있다. 이러한 인유의 방법은 엘리엇이 이미 자신의 시『황무지』에서 활용한 방법으로 이에 대해서 유종호는 다음과 같이 언급했다. "'다정도 병인양'하는 고시조나 어떤 현대시인의 귀절과 대조가 되어 인유를 이루고 있다고 하겠습니다. '다정도 병인 양하여 잠 못이뤄 하노라'던 옛 사람의 행복스런 다한多恨이나 '다정도 병인 양하여 달빛아래 고요히 흔들리며 가노니'하는 근대인의 풍류적 감정과 비교해 볼 때, 비상식이 횡행하는 현실 앞에서 오히려 상식을 개탄해 마지않는 현대의 생활인의 이미지가 떠오르지 않습니까."

역설과 기지 혹은 재치에 의해서 자신이 처한 현실에 대한 불안을 극복·지양하고자 하는 송욱의 노력은 다분히 T. S. 엘리엇에 접맥되어 있다. 이렇게 말할 수 있는 것은『황무지』가 현대사회의 황폐와 현대인의 불안을 나타낸 것처럼,『하여지향』도 불합리한 현실을 절실하게 제시하는 것을 목적으로 하고 있기 때문이다. 「외래문학 수용상의 제문제점」에서 송욱은 자신과 엘리엇과의 관계에 대해서 이렇게 언급했다. "영문과에 다니는 동안 가장 영향을 받고 좋아했던 사람은 T. S. 엘리엇, D. S. 로렌스였습니다."

T. S. 엘리엇의 이러한 영향은 박인환, 민재식, 송욱으로 이어지면서 시의 영역에 대한 모험적인 확장, 정치현실에 대한 솔직한 비판과 참여, 언어에 대한 지성적인 성찰과 내면의식의 표출 등으로 나타나게 되었다.

이상에서 살펴본 바와 같이 T. S. 엘리엇의 시세계와 김기림, 박인환, 민재식, 송욱 등의 시세계를 부분적으로 비교하였으며, 그것이 '부분적'인 까닭은 방대한 양의 엘리엇의 시세계를 종합적으로 비교하는 것은 여러 가지로 의미 있는 일이기기는 하지만, 몇 가지 비교-가능한 자료만을 중심으로 그러한 특징을 비교하였다. 특히 한국 현대시인의 경우 김기림과 송욱은 자신들의 창작시에서뿐만 아니라 시의 이론에서도 T. S. 엘리엇의 이론에 많이 의존했으며, 김기림은 그것을 자신의 모더니즘 시론에 적용하였고 송욱은 그것을 자신의『시학평전詩學評傳』1969과『문학평전文學評傳』1975 등에서 엘리엇을 활용하였다.

이렇게 볼 때 앞에서 살펴본 T. S. 엘리엇과 한국 현대시의 관계는 지극히 일부분에 해당할 수밖에 없지만, 이 글에서는 그 중에서 중요하다고 생각되는 것만을 선별하여 비교하였다. 따라서 엘리엇의 시와 한국 현대시의 관계를 종합적으로 비교하기 위해서는 우선적으로 엘리엇의 시에 대한 종합적인 이해와 연구를 필요로 하며, 그런 다음에야 그의 시세계와 한국 현대시의 비교연구가 가능할 것이다.

3. 독일문학의 영향과 수용

라이너 마리아 릴케의 시세계의 특징으로는 직관의 세계와 영적인 세계, 구체적인 사물시의 세계와 '천사'를 중심으로 하는 고독의 세계, 종교적 신비주의와 절대 신의 세계 등 여러 가지로 정의될 수 있다. 또한 시의 세계뿐만 아니라 예술론의 세계와 서간문의 세계 등 릴케의 문학세계가 한국 현대시에 끼친 영향은 다양하다고 볼 수 있다. 이러한 점은 릴케의 시세계와 한국 현대시의 비교 가능성을 제시한 필자의『문학이라는 파르마콘』1998과 그러한 영향과 수용의 관계를 가장 종합적으로 연구한 김재혁의『릴케와 한국의 시인들』2006에서 찾아볼 수 있다. 그 외에도 많은 연구자들이 그동안 개별적인 논문을 통해서 릴케와 한국 현대시인의 관계를 연구한 결과를 정리하면, 릴케의 시는 박용철, 윤동주, 김현승, 김춘수, 김수영, 박양균, 이성복, 김기택 등의 시세계에 영향을 끼친 것으로 알려져 있다. 아울러 릴케의 시의 특징을 가을, 고독, 천사 등을 중심으로 하여 한국 현대시와 비교한 경우를 들 수 있으며, 이와 같은 기존의 연구를 중심으로 릴케의 시세계가 한국 현대시에 끼친 영향을 살펴보면 다음과 같다.

1) 박용철의 시론에 반영된 릴케의『말테의 수기』의 영향과 수용

박용철이 릴케로부터 받은 영향과 수용은 크게 시의 세계와 시론의 세계로 나누어 볼 수 있으며, 전자에 대해 김재혁은『릴케와 한국의 시인들』에 수록된 자신의「새로 발굴된 박용철의 원고 'R. M. 릴케의 서정시'」와「박용철의 릴케 문학 번역과 수용에 관한 연구」에서 심도 있게 논의한 바 있다. 아울러 박용철의 시론은 A. E. 하우스만의「詩의 명칭名稱과 성질性質」의 번역을 통해 시론詩論 그 자체의 명확성을 강조한 경우와 릴케의『말테의 수기』를 근간으로 하는 시 창작의 방법과 이론을 강조한 경우로 나뉜다. 또한『용아 박용철의 예술과 삶』2002에는 박용철의 예술과 삶이 조명되어 있으며 박용철의 미발표 서간문도 수록되어 있다. 이러한 점을 참고하여 여기에서는『삼천리문학』신춘호1938.1에 수록된 박용철의 시론「시적변용詩的變容에 대해서—서정시의 고고한 길」에 반영된 릴케의『말테의 수기』의「단 한 편의 시를 위하여」의 영향과 수용을 살펴보고자 한다. 우선 박용철의 시론의 부제副題에 암시되어 있는 바와 같이 그의 시론은 다름 아닌 '서정시'에 있으며 그것도 서정시가 나아갈 '고고한 길'을 강조하는 데 있다. 아울러 그의 이 시론은 적어도 1970년대까지 제도교육에서 하나의 전형으로 활용되었다는 점에서 한국 현대 시세계에서 그것이 끼친 영향은 간과할 수 없을 정도로 큰 것이었다.

그의 문단활동에서 거의 마지막 시기에 발표한 「시적변용에 대해서」는 한국 현대시의 역사에서 하나의 이정표가 되었을 뿐만 아니라 서정시에 대한 체계적인 이론을 수립했다는 평가를 받고 있다. 박용철의 이러한 역할은 『시문학』 창간호[1930.3]의 「후기後記」에서 "우리는시詩를 살로색이고 피로쓰듯 쓰고야만다. 우리의시詩는 우리의살과매침이다"라는 그 자신의 언급의 연장선상에 놓인다. 아울러 1930년대 후반의 전체적인 분위기가 서구 모더니즘의 영향으로 이미지즘과 주지주의 등이 팽대하던 시기에 발표한 그의 「시적변용에 대해서」는 '서정시'의 위상을 재정립하고 그 영역을 확대하는 계기가 되었다. 말하자면, 모더니즘 계열에서 강조하는 시의 '현대성'에 대응되는 리리시즘 계열에서 강조하는 시의 '서정성'을 강화했다고 볼 수 있다. 따라서 박용철의 리리시즘 시론은 김기림의 모더니즘 시론, 임화의 리얼리즘 시론과 더불어 당대는 물론 오늘날에도 현대시의 세 가지 큰 흐름에서 하나의 축을 형성해 놓았다고 볼 수 있다. 박용철의 「시적변용에 대해서」에 영향을 끼친 것으로 알려진 릴케의 『말테의 수기』에서 가장 많은 영향을 받은 부분을 정리하면 다음과 같다.

아, 자신의 생애에서 너무 일찍 시를 쓰게 될 때에, 한 편의 시를 쓰게 되는 경우는 거의 없을 것이다. 전 생애를 통해서 감각과 감미로움을 기다려야하며, 가능하다면 아주 오랫동안 기다려야만 하며, 그런 다음, 바로 그 마지막 순간에 열 줄의 좋은 시를 쓰게 될 수도 있을 것이다. 왜냐하면 시는 사람들이 생각하는 것처럼 그저 단순한 감정(어떤 사람은 그러한 감정을 일찍 가질 수도 있다)이 아니기 때문이다— 시는 경험이다. 단 한 편의 시를 위하여, 많은 도시들, 많은 사람들, 많은 것들 보아야만 하고, 동물들을 이해해야만 하고, 새들이 어떻게 날고 있는지를 느껴야만 하고, 작은 꽃들이 아침에 피기 시작할 때에 그 몸짓을 알아야만 한다. 알지 못하는 이웃들의 거리를, 예기치 못했던 만남을, 오랫동안 예상해 왔던 이별을, 돌이켜 생각할 수 있어야만 하고, 아직도 설명할 수 없는 신비로운 어린 시절의 날들을, 기쁨을 주셨지만 그것을 받아들이지 않아서—그 기쁨은 부모님 자신의 기쁨이 아닌 누군가 다른 사람을 위한 기쁨이었다—마음 상하게 해드렸던 부모님을 돌이켜 생각할 수 있어야만 하고, 그렇게도 수없이 심각하면서도 힘들었던 변화와 함께 그렇게도 이상하게 시작되었던 어린 시절의 질병들을, 침묵뿐인 감금된 방에서의 날들을, 바닷가에서의 아침을, 바다 그 자체를, 바다를, 전 속력으로 달려 모든 별들과 함께 날아다녔던 여행에서의 밤을 돌이켜 생각할 수 있어야만 한다—그리고 이 모든 것을 생각할 수 있는 것만으로는 충분하지 않다. 각각의 밤이 모든 다른 밤과 서로 다른 수많은 사랑의 밤에 대한 기억을, 진통으로 괴로워하는 여인의 비명소리에 대한 기억을, 이제 막 출산을 마치고 자신을 닫은 채 잠들어 있는 파리하고 창백한 소녀에 대한 기억을 가지고 있어야만 한다. 그러나 또한 죽어가는 사람 곁에도 있어야만 하고, 창문이 열린 방안에서 죽은 사람 곁에도 그리고 흩어지는 흐느낌 곁에도 앉아 있어야만 한다. 그리고 기억하는 것만으로는 충분하지 않다. 그러한 기억들이 너무 많을 때에는 그러한 기억들을 망각할 수도 있어야만 하고, 그러한 기억들이 다시 돌아올 때까지 끈기 있게 기다릴 수도 있어야만 한다. 기억 그 자체는 중요하지 않기 때문이다. 그러한 기억들이 우리들의 바로 그 피 속에 용해되고, 눈짓과 몸짓이 되고, 이름 없는 것이 되어 마침내 더 이상 우리 자신과 구별할 수 없는 것이 되었을 때—바로 그 때에만 아주 희귀한 시간에 한 편의 시의 맨 처음 말이 그러한 기억의 한가운데에서 발생하게 되고 비롯될 수 있는 것이다.

위의 인용문에서 "시는 경험이다"라는 말은 박용철의 「시적변용에 대해서」에서 "우리의 모든 체험體驗은 피가운대로 용해溶解한다. 피가운대로, 피가운대로 한낮 감각과 한가지 구경과, 구름가치 떠올랏든 생각과, 한근육筋肉의 움지김과, 읽는 시詩한줄, 지나간 격정激情이 모도 피가운대 알아보기어려운 용해溶解된 기록을 남긴다"로 전환되어 있다. 이어서 박용철은 "독일의시인 라이네르·마리아·릴케는 「브릭게의 수기手記」에서 다음과가치 말햇다"고 언급하면서, 릴케의 『말테의 수기』를 인용하였다.

사람은 전생애(全生涯)를 두고 될수잇스면 긴 생애(生涯)를 두고 참을성잇게 기다리며 의미(意味)와 감미(甘味)를 모이지 아니하면 아니된다. 그러면 아마 최후(最後)에 겨우 열줄의 조혼시(詩)를 쓸 수 잇게 될 것이다. 시(詩)는 보통 생각하는것가치 단순히 감정(感情)이 아닌것인다. 시(詩)는 체험(體驗)인 것이다. 한가지 시(詩)를 쓰는데도 사람은 여러 도시(都市)와 사람들과 물건들을 봐야하고, 즘생들과 새의 나라감과 아츰을 향해 피여날때의 적은 꽂의 몸가짐을 아라야한다 모르는 지방(地方)의길, 뜻하지안앗든 맛남, 오래전부터 생각든 리별, 이러한것들과 지금도 분명치안흔 어린시절로 마음가운대서 돌아갈수가 잇어야한다.

이런것들을 생각할수잇는것만으로는 넉넉지안타 여러밤의 사랑의 기억(하나가 하나와 서로 다른) 진통(陣痛)하는 여자(女子)의 부르지즘과, 아이를 나코 햇슥하게 잠든 여자의 기억을 가저야한다 죽어가는 사람의 곁에도 잇어봐야하고, 때때로 무슨소리가 들리는방에서 창을 여러노코 죽은 시체를 직혀도봐야한다. 그러나 이러한 기억을 가짐으로도 넉넉지안타 기억이 이미 만하진때 기억을 이저버릴수가 잇서야한다. 그러고 그 것이 다시 도라오기를 기다리는 말할수업는 참을성이 잇서야한다 기억(記憶)만으로는 시(詩)가아닌 것이다 다만 그것들이 우리속에 피가되고 눈짓과 몸가짐이 되고 우리자신(自身)과 구별할 수 없는 일흠없는 것이 된다음이라야―그때에라야 우연히 가장 귀한 시간에 시(詩)의 첫말이 그 한가운대서 생겨나고 그로부터 나아갈수잇는 것이다.

위의 인용부분은 앞에서 인용한 릴케의 언급을 그대로 반영하고 있으며, 이를 바탕으로 하여 박용철은 "시인詩人은 진실로 우리가운대서 자라난 한포기 나무다"라고 결론지었을 뿐만 아니라 그 의미를 '영감靈感'의 문제로 확대시켰다.

"영감靈感이 우리에게 와서 시詩를 잉태孕胎시키고는 수태受胎를 고지告知하고 떠난다. 우리는 처녀處女와가치 이것을 경건敬虔히 밧드러 길러야한다. 조금이라도 마음을 노키만하면 소산消散해버리는 이것은 귀태鬼胎이기도하다. 완전完全한 성숙成熟이 이르럿슬 때 태반胎盤이 회동그란이 돌아떠러지며 새로운 창조물創造物 새로운 개체個體는 탄생誕生한다." 릴케의 『말테의 수기』에서 비롯된 박용철의 이와 같은 견해는 정지용이 강조하는 "시의 유기적 통일의 원리"를 가능하게 하였다. "시詩가 시詩로서 온전히 제자리가 돌아빠지는것은 차라리 꽃이 봉오리를 머금듯 꾀꼬리 목청이 제철에트이듯, 아기가 열달을 차서 태반胎盤을 돌아 탄생誕生하듯 하는것이니, 시詩를 또 한가지 다른 자연현상自然現象으로 돌리는것은 시인詩人의 회피廻避도 아니요, 무책임無責任한 죄罪로 다스릴 법法도 없다. (…중략…) 이러한 시적 기밀詩的機密에 첨가添加하야 (…중략…) 시詩가 충동衝動과 희열喜悅과 능동能動과 영감靈感을 기달려서 겨우 심혈心血과 혼백魂魄의 결정結晶을 얻게 되는 것이므로."

릴케의 『말테의 수기』의 영향과 수용을 그대로 반영하고 있는 박용철의 「시적변용에 대해서」의 마지막 부분에는 랭보에게 관계되는 다음과 같은 부분을 찾아볼 수 있다. "시인詩人으로나 거저 사람으로나 우리게 가장 중요重要한 것은 심두心頭에 한점點 경경耿耿한 불을 길르는 것이다. 라마고대羅馬古代에 성전聖殿가운데 불을 정녀貞女들이 지키든것과가치 은밀隱密하게 작열灼熱할수도잇고 연기煙氣와 화염火焰을 품으며 타오를수도잇는 이무명화無名火 (…중략…) 시인詩人에게 잇서서 이불기운은 그의 시詩에 압서는 것으로 한 선시적先詩的인 문제問題이다." 여기에서 박용철이 강조하고 있는 '시인-불기운'의 관계는 김영랑이 그 이전에 강조했던 '촉기정신燭氣精神', 즉 "같은 슬픔을 노래부르면서도 그 슬픔을 딱한데 싱그러운 음색의 기름지고 생생한 기운 (…중략…) 오랜 동안의 우리 민족의 역경살이 속에서 우리 시정신들이 많이 지나치게 설움에 짓눌려 있었던 것들을 생각하고 반성해 볼 때, 역경살이 속에서는 참으로 귀하고 힘센 보화"에 해당한다. 이처럼 김영랑의 '촉기정신'에 접맥되는 박용철의 '시인-불기운'은 랭보가 강조했던 '시인-불도둑'에 관계된다. "시인은 진정으로 불도둑이다. 시인은 인간성과 동물성에 관계된다. 그는 자신의 창조세계를 느낄 수 있고 어루만질 수 있고 들을 수 있도록 만들어야 한다. 자신의 창조세계가 형태를 지니고 있으며 형태를 부여하고 무형태라면 무형태를 부여해야 한다." 랭보의 '시인-불도둑'에서 비롯된 박용철의 '시인의 정신-불기운'에 관계는 다시 윤동주의 시 「간肝」으로 이어진다.

바닷가 햇빛 바른 바위 위에
습한 간(肝)을 펴서 말리우자.

코카서스 산중(山中)에서 도망해 온 토끼처럼
둘러리를 빙빙 돌며 간을 지키자.

내가 오래 기르는 여윈 독수리야!
와서 뜯어 먹어라, 시름없이

너는 살찌고
나는 여위어야지, 그러나

거북이야
다시는 용궁(龍宮)의 유혹에 안 떨어진다.

프로메테우스 불쌍한 프로메테우스
불도적한 죄로 목에 맷돌을 달고

끝없이 침전(沈澱)하는 프로메테우스

— 윤동주, 「간」 전문

1941년 11월 29일 연희전문학교 졸업반 때 쓴 작품으로 알려진 이 시의 마지막 부분에 나타나 있는 '프로메테우스'와 '불도적한 죄' 및 '침전' 등은 제우스로부터 불을 훔쳐 인류에게 전해준 죄로 평생토록 독수리에게 간을 쪼아 먹히는 형벌을 받은 프로메테우스의 인간주의 혹은 박애주의에 관계되며, 그 핵심이 바로 '불도적'에 해당한다. 또한 윤동주의 경우는 그의 시 「별헤는 밤」의 "'프랑시쓰 · 잠' '라이넬 · 마리아 · 릴케' 이런 시인의 이름을 불러봅니다"에서 릴케와의 접맥가능성을 찾아볼 수 있다.

이상에서 살펴본 바와 같이, 릴케의 『말테의 수기』와 밀접한 관계를 가지고 있는 박용철의 「시적변용에 대해서」는 한국 현대시의 이론, 특히 서정시의 이론에서 중요한 역할을 했으며, 그가 강조했던 '시인-불기운'은 랭보의 '시인-불도둑'에 접맥되는 한편 다른 한편으로는 김영랑의 '촉기정신'에도 접맥될 뿐만 아니라 윤동주의 시세계로까지 이어진다고 볼 수 있다.

2) 김춘수의 시에 반영된 릴케의 영향과 수용

해방 이후에 릴케의 시와 시론에서 가장 강한 영향을 받은 시인은 누구나 지적하는 바와 같이 김춘수일 것이다. 『현대시학』[1976.1]에 수록된 「두 번의 만남과 한 번의 헤어짐」에서 김춘수는 자신과 릴케와의 조응을 구체적으로 언급하고 있다. 그가 릴케를 처음 접하게 된 것은 그의 나이 18세 때인 1940년 늦가을에 동경 고서점에서 구입한 일역日譯된 릴케 시집에서 「사랑은 어떻게」라는 시를 읽었을 때이다. 이때의 감동을 그는 이렇게 적고 있다. "이 시는 나에게 하나의 계시처럼 왔다. 이 세상에 시가 참으로 있구나! 하는 그런 느낌이었다. 릴케를 통하여 나는 시를(그 존재를) 알게 되었고, 마침내 시를 써보고 싶은 충동까지 일게 되었다. 이것이 릴케와의 첫 번째 만남이다." 김춘수에게 그토록 강렬한 감동을 전해 주었던 릴케의 시 「사랑은 어떻게」의 원래 제목은 「사랑하라」이며, 한 개의 부분이 두 개의 연으로 되어 있는 이 시는 전부 22개 부분으로 되어 있는 상당히 긴 시에 해당한다. 일역된 릴케의 시집에서 김춘수가 읽고 감동을 받아 시인이 되고자 했던 릴케의 시 「사랑은 어떻게」는 이 시의 첫 부분에 해당하며, 해당부분의 원문과 번역문을 정리하면 〈표 23〉과 같다.

〈표 23〉에 인용된 시에서 간과할 수 없는 점은 원문에 있는 'und'가 번역문에는 생략되어 있다는 점이다. 이 시의 첫머리에 놓인 '그리고' 정도로 번역될 수 있는 'und'는 다음에 진행되는 이 시의 내용이 그 이전에 있었던 '그 무엇'에 대한 설명이거나 또는 그 반대의 입장에 해당한다는 점을 암시한다. 물론 '그러고' 이전의 의미가 무엇인지를 정확하게 알 수는 없지만, 이 시의 내용으로 볼 때에 그것은 어떤 '대상'과의 이별 또는 추구하던 것이 성취되지 못한 상태 정도로 추정할 수 있다. 어떻든 1940년 일본 동경의 고서점에서 마주친 릴케의 시 「사랑은 어떻게」로 인해서 시인의 길을 가고자 했던 김춘수는 63년이 지난 2003년 『현대시학』 통권 408호[2003.3]에 발표한 자신의 시 「그리움이 언제 어떻게 나에게로 왔던가」에서 바로 그 릴케의 시를 다음과 같이 다시 활용하였다.

〈표 23〉

Rilke, "Lieben"	「사랑은 어떻게」
Und wie mag die Liebe dir kommen sein? Kam sie wie ein Sonnen, ein Blütenschein, Kam sie wie ein Beten! —Erzähle:	사랑은 어떻게 너에게로 왔던가 햇살이 빛나듯이 혹은 꽃눈보라처럼 왔던가 기도처럼 왔던가 —말하렴!
Ein Glück löste leuchtend aus Himmeln sich los und hing mit gefalteten Schwingen groß an meiner blühenden Seele……	사랑이 커다랗게 날개를 접고 내 꽃피어 있는 영혼이 걸렸습니다.

나의 다섯 살은

햇살이 빛나듯이 왔다.

나의 다섯 살은

꽃눈보라처럼 왔다.

꿈에

커다란 파초잎 하나가 기도하듯

나의 온알몸을 감싸고 또 감싸주었다.

눈 뜨자

거기가 한려수도인 줄도 모르고

발 담그다 담그다 너무 간지러워서

나는 그만 남태평양까지 가버렸다.

이처럼

나의 나이 다섯 살 때

시인 라이나 마리아 릴케가 나에게로

왔다갔다.

— 김춘수, 「그리움이 언제 어떻게 나에게로 왔던가」 전문

이렇게 볼 때에 릴케의 시 「사랑은 어떻게」는 김춘수의 시세계에 있어서 처음부터 마지막까지 하나의 중심축으로 작용했다고 볼 수 있다. 위에 인용된 시에서 '다섯 살'은 김춘수가 시인으로서의 첫출발을 하게 되는 것을 암시하고 마지막 구절에 해당하는 "왔다갔다"는 그가 시인으로서의 활동을 마감하게 되는 것을 암시한다. 김춘수는 이 시를 발표한 후 1년여 뒤인 2004년 11월 29일 세상을 떠났기 때문이다.

김춘수가 두 번째로 릴케를 접하게 된 것은 해방 이후 1946년에 다시 릴케의 초기 시와 『말테의 수기』를 읽었을 때이다. "8·15해방을 맞았다. 그 흥분으로 해

방의 한 해를 보내고, 46년경에 비로소 나는 또 마음의 여유를 얻어 릴케를 다시 읽게 되었다. 릴케의 초기 시와 「말테의 수기」는 새로운 감동을 다시 불러일으켜 주었다. 나는 또 시를 쓰게 되었다." 릴케의 『말테의 수기』에는 위에서 박용철과 릴케와의 관계에서 살펴본 「한 편의 시를 위하여」와 함께 「얼굴」, 「공포」, 「새 사육자」, 「입센」, 「성자의 유혹」, 「방탕한 아들」 등과 같은 글들이 포함되어 있다. 그러나 김춘수는 자신의 나이 40이 가까워졌을 때인 1962년경부터 릴케를 멀리하기 시작했다. 그 이유를 그는 이렇게 적고 있다. "나는 릴케와 같은 기질이 아니라는 것을 깨닫게 되었고, 특히 그의 관념과잉의 후기 시는 납득이 잘 안 가기도 했지만, 나는 너무나 신비스러워서 접근하기조차 두려워졌다. 나는 일단 그로부터 헤어질 결심을 하고, 지금까지 그를 늘 먼발치에 둔 채로 있다." 이때의 '지금'은 물론 이러한 언급을 했던 1976년 1월에 해당한다.

김춘수의 이러한 언급을 요약하면 그의 초기 시는 다분히 릴케적이라고 할 수 있다. 그리고 그의 시에서 우리는 '릴케'라는 말이 간접적으로 언급되는 경우와 직접적으로 제시되는 경우로 나누어 볼 수 있다. 릴케라는 말이 간접적으로 언급되는 한 가지 예로는 그의 시 「꽃을 위한 서시」를 들 수 있다. "둑이 끊긴 듯 한꺼번에 관념의 무진기갈이 휩쓸어 왔다. 그와 함께 말의 의미로 터질 듯이 부풀어 올랐다"라는 김춘수 자신의 언급처럼, 그는 "자신의 관념을 담을 유추를 찾아야만 한다"라는 명제의 강박관념에 시달리게 된다. 이를 위해 그는 서구의 '관념철학', '플라토니즘', '이데아', '비재非在', '선험세계' 등을 모색하게 되었으며, 그 결과가 바로 「꽃을 위한 서시序詩」이다. "이 시를 탈고했을 때 마침 마산에 들른 평계 이정호에게 보였더니 무릎을 탁 쳐주었다. 비로소 자네의 시가 나왔다는 치하의 말을 해주었다. 그러나 끝의 한 행은 너무도 릴케의 수사를 닮고 있어 불안하다는 첨언을 잊지 않았다. 시인이 되는 것이 참 어렵기도 하구나, 하는 것이 그 때의 내 감회였다"라고 김춘수는 자신의 「시인이 된다는 것」의 말미에서 이와 같이 언급했다. 「꽃을 위한 서시」에는 그의 초기 시의 특징이라고 할 수 있는 릴케류의 관념시, 시인이라는 소명의식의 모색, 존재의 탐구, 성숙한 시세계의 모색이 나타나 있다. 이렇게 말할 수 있는 근거는 그 자신이 아류의 티를 벗고 자기 나름의 길을 열게 된 것, 그것이 바로 릴케류의 관념시라는 점, 꽃을 소재로 하는 10여 편의 시로 인해서 스스로 습작기를 벗어났다는 시원한 감회를 가지게 되었다는 점, 50년대 초에 자신이 애착을 갖는 시가 바로 이러한 시라는 점 등을 강조하고 있기 때문이다.

평계 이정호가 말하는 마지막 구절 "얼굴을 가리운 나의 신부여"는 왜 릴케의 수사를 닮고 있는 것인가? 릴케는 우리가 산에 가서 가져오게 되는 것은 꽃이나 돌이나 새나 산 그 자체가 아니라 '꽃', '새', '돌', '산'이라는 말뿐이라고 강조했다. 말하자면 대상에 대한 명칭은 명칭일 뿐이지 실체는 아니라는 점이다. 그것은 명명행위와 그것이 지칭하는 대상이 일치하지 않기 때문이다. 그 자체만으로도 신비스러운 존재이지만 얼굴을 가리고 있어서 더욱 신비스러운 존재인 신부는 하나의 대상으로 그것은 명명되자마자 혹은 발견되자마자 다시 미지의 대상으로 전환되어 버리게 된다. 언어로서 포착 불가능한 대상, 그렇다고 해서 부르지 않을 수도 없는 대상은 명명되어지는 바로 그 순간에 언어의 영역을 벗어나 버리고 만다. 언어의 영역에서 벗어난 곳이 바로 김춘수의 시론에 해당한다고 할 수 있는 그의 시 「나목裸木과 시詩」의 제2연 "존재의 흔들리는 가지 끝"이다. 대상을 정확하게 포착할 수 없는 언어 능력의 한계를 제시하고 있는 김춘수의 시 「꽃을 위한 서시」는 릴케가 말하는 고독의 정신에 관계된다. 『두이노의 비가』1922의 '첫 번째 비가'에서 릴케는 이렇게 외치고 있다. "내가 지상에서 소리친다 하더라도 천사의 계열 중에서 어느 천사가 나의 외침을 들을 수 있을 것인가? 그 중에서 한 천사가 나를 갑자기 껴안는다 하더라도 나는 이미 그 놀라운 존재에 말문이 막혀 버릴 것이다. 아름다움은 두려움의 시작일 뿐이다. 그러한 두려움을 우리들은 여전히 그저 견디어 낼 수 있을 뿐이다. 그것은 우리들을 솔직하게 경멸하고 우리들을 전멸시키기 때문에 우리들은 그저 놀라게 될 뿐이다. 모든 천사는 두려운 존재이다."

릴케에게 있어서 '나의 외침'을 들어 줄 수 있는 천사의 존재가 두려운 존재인 것처럼, 김춘수에게 있어서도 대상을 발견하고자 하는 행위와 발견될 수 없는 대상은 모두 두려운 존재에 해당한다. 왜냐하면 이 두 가지는 모두 명명행위에 의해 연관되어 있으며, 명명행위 그 자체가 이미 두려운 존재이기 때문이다. 지상에서 릴케가 고독한 외침을 계속하면 할수록 천사는 그만큼 더 멀어지게 마련인 것처럼, 김춘수의 시에서도 명명의 대상은 명명행위가 계속되면 될수록 그만큼 더 멀어질 뿐이다.

김춘수의 시에서 '릴케'라는 말이 직접적으로 등장하는 경우는 그의 시 「기旗」와 「릴케의 장章」을 들 수 있다. 전자에서는 전쟁에서의 죽음의 순간에 쓰러져 가는 무명용사들의 이름과 릴케를 병치시켜 놓았으며 후자에서는 신과 죽음과 부활의 문제를 제시하였다. 전쟁과 죽음의 문제를 언급한 「기旗」의 후반부는 다음과 같다.

기를 위하여 훈장도 없이 용맹하던 사람들은 쓰러져 갔다.
쓰러진 사람들을 불러 보아라.
가슴같이 부풀은 하늘의 저기,
그들 무명의 전사들의 아름다운 이름을 불러 보아라.

지금은
저마다 가슴에 인(印)찍어야 할 때,
아! 1926년, 노을빛으로 저물어 가는
알프스의 산령에서 외로이 쓰러져 간 라이너·마리아·릴케의 기여.

— 김춘수, 「기」 후반부

전반부와 후반부로 이루어진 「기」에서 후반부는 개인적이고 방어적이면서도 피동적이고 좌절적이며 더 나아가 성찰의지와 종전終戰에 관계된다. 위에 인용된 시의 전반부는 집단적이고 공격적이면서도 능동적이고 희망적이며 더 나아가 상승의지와 개전開戰에 관계된다. 전쟁에서 쓰러져 간 무명용사와 릴케의 사이에는 어떤 상관성이 있으며, 이 시에서의 '1926년'은 릴케에게 있어서 어떤 의미를 지니고 있는가? 릴케는 1926년 12월 29일 패혈증敗血症으로 세상을 떠났다. 릴케의 죽음에 대해서는 인게보그 슈나크가 자신의 『라이너 마리아 릴케』1973에서 상세하게 언급했다. 특히 슈나크는 릴케의 죽음이 '패혈증'에 의한 것이었다는 점을 강조하고 있다. 신과 인간과의 합일을 위하여, 종교와 구원의 일체화를 위하여 "알프스의 산령에서 외로이 쓰러져 간 (…중략…) 릴케의 기" 는 고독한 개인의 죽음에 관계된다. 그리고 전쟁에서의 싸움은 '죽음의 불가피성'을 전제로 한다. 로버트 F. 와이어는 자신이 편저한 『문학 속의 죽음』1980에서 죽음의 불가피성을 이렇게 설명했다. "죽음을 성찰할 수 있는 장치로서 문학을 활용함으로써, 시인이나 극작가나 소설가는 우리 모두가 그렇게도 무시하고자 하는 '죽음의 불가피성'을 적나라하게 드러내게 된다. 그렇게 함으로써 우리로 하여금 인간의 존재 의미와 개인적인 삶의 단명성 및 우리 모두를 기다리고 있는 불가피한 사건, 곧 죽음을 대비하여 바람직한 준비를 하게 한다."

자신의 초기 시에서 신과 죽음의 문제에 부딪칠 때마다 김춘수 자신은 거의 언제나 릴케를 찾아 나선다. 그 대표적인 예가 「릴케의 장章」이다. 이 시에 대한 시인의 애착은 상당한 것이어서 『김춘수 전집·1 시』1982를 참고하면 알 수 있듯이 그는 이 시를 여러 차례에 걸쳐 개작하게 된다. 크게 두 부분으로 나뉘는 이 시는 제1행부터 제12행까지 전반부에서는 신의 문제를 취급하였고 제13행부터 마지막 제23행까지 후반부에서는 죽음과 부활의 문제를 취급하였다. 그리고 두 번에 걸쳐 사용된 "라이너·마리아·릴케, / 당신의 눈은 보고 있다"라는 구절은 그 각각의 부분을 목격하고 증언하는 역할을 한다.

세계(世界)의 무슨 화염(火焰)에도 데이지 않는

천사(天使)들의 순금(純金)의 팔에 이끌리어

자라가는 신(神)들,

어떤 신(神)은

입에서 코에서 눈에서

돋쳐나는 암흑(暗黑)의 밤의 손톱으로

제 살을 핥아서 피를 내지만

살점에서 흐르는 피의 한 방울이

다른 신(神)에 있어서는

다시없는 의미(意味)의 향료(香料)가 되는 것을,

라이너·마리아·릴케,

당신의 눈은 보고 있다.

천사(天使)들이 겨울에도 얼지 않는 손으로

나무에 꽃을 피우고 있는 것을,

죽어간 소년(少年)의 등 뒤에서

또 하나의 작은 심장(心臟)이 살아나는 것을,

라이너·마리아·릴케,

당신의 눈은 보고 있다.

하늘에서

죽음의 재는 떨어지는데,

이제사 열리는 채롱의 문(門)으로

믿음이 없는 새는

어떤 몸짓의 날개를 치며 날아야 하는 가를,

—김춘수, 「릴케의 장」 전문

첫 부분에 등장하는 무수한 신은 '유일신론'에 관계되는 것이 아니라 '범신론'에 관계된다. 그것은 두 번의 러시아 여행에서 릴케가 파악한 바 있는 러시아인들의 신앙심과도 같은 것이다. 릴케는 신과 인간 및 종교와 구원의 문제를 중요하게 생각했고 또 강조했던 시인이다. 박찬기는 『독일문학사』1976에서 신과 인간의 관계에 대한 릴케의 입장을 다음과 같이 파악했다.

신과 종교에 대한 릴케의 사상은 특히 두 번의 러시아 여행에서 그 기초가 이루어진 것이었다. 톨스토이의 영향이 컸으며 자신의 내부적인 고독감과 지성인의 고민이 순박한 러시아아적 신앙과 신에 대한 친밀감으로 변전될 수 있었다. 소박과 겸허, 그것이 그들 러시아인들의 특색이었으며 그로 인하여 오히려 무례할 만큼 인간의 신과의 거리가 단축되는 것이다. 릴케는 그 경험을 다음과 같이 말했다. '각자는 어두움에 차서 마치 산과 같았고 머리끝까지 겸허하여 자신을 비하하는 데 티끌만큼도 두려움이 없었다. 따라서 경건했다.' 신은 높이 군림하는 초월적인 신이 아니고, 각자 앞에 있는, 개개의 물건 속에 내재하는, 그리하여 함께 생성 유전하는 신인 것이었다.

유일신을 바탕으로 하는 기독교적 세계관에 젖어 있던 릴케에게 있어서 러시아인들의 범신론은 상당히 충격적이었던 것만큼이나 신비로우면서도 경건하게 보였던 것이다. 누구나의 마음속에 내재하는 신— 그것은 물상화 된 신 혹은 각각의 개인만큼이나 수다한 개인적인 신이라고 볼 수 있다. 위에 제시된 김춘수의 시의 첫 번째 부분은 바로 릴케의 이와 같은 범신론의 문제를 취급하고 있다. 두 번째 부분에 나타나는 죽음과 부활의 문제도 앞에서 인용한 바 있는 생성유전으로서의 신의 역할에 의존한다. 겨울나무에 피우는 꽃과 죽은 소년에게서 되살아나는 심장은 죽음이 그 자체로 끝나는 것이 아니라 또 다른 삶의 시작이라는 점을 강조한다.

이상에서 살펴본 바와 같이 김춘수의 초기 시에 끼친 릴케의 영향은 절대적인 것이었다. 그 자신의 말과 같이 릴케의 시 「사랑은 어떻게」와 『말테의 수기』는 대략 6년 정도를 사이에 두고 두 번에 걸쳐 김춘수에게 시작활동詩作活動에 대한 어떤 영감을 제시해 주었다. 이러한 영감을 바탕으로 하여 김춘수는 존재의 의미를 탐구하는 일련의 관념시를 발표했던 것이다. 그리고 그러한 존재탐구에서 그는 신, 죽음, 부활의 문제를 객관성 있게 취급했다. 끝으로 김춘수의 시집『쉰한 편의 비가悲歌』2002는 내용과 형식에 있어서 릴케의 시집『두이노의 비가悲歌』에 접맥된다고 볼 수 있으며, 그의 이 시집과 릴케의 시세계에 대한 비교가능성을 암시하기도 한다.

3) 김수영의 시에 반영된 릴케의 시 『오르페우스에게 바치는 소네트』의 영향과 수용

릴케와 김수영의 관계는 김수영이 자신의 시「미인」을 쓰게 된 배경 및 릴케의 시『오르페우스에게 바치는 소네트』1922 — 김수영은『올페우스에 바치는 송가頌歌』로 표기하였다 — 와의 관계를 설명하고 있는「반시론」에 잘 나타나 있으며, 그의 시「미인」의 전문은 다음과 같다.

미인(美人)을 보고 좋다고들 하지만
미인(美人)은 자기 얼굴이 싫을 거야
그렇지 않고야 미인일까

미인이면 미인일수록 그럴 것이니
미인과 앉은 방에선
무심코
따놓은 방문이나 창문이
담배연기만 내보내려는 것은
아니렷다.

— 김수영,「미인」전문

위에 인용된 시를 쓸 때의 배경에 대해 김수영은 자신의 부인의 친구 Y여사—세련되고 교양 있는 미인—와 함께 화식집 2층에서 회식을 했다는 점, 자신이 피운 담배연기가 자욱해지자 Y여사가 북창문을 살며시 열어놓았다는 점, 담배연기가 미안해서 자신이 일어나 그 창문을 더 많이 열어놓았다는 점, 그리고 집에 돌아와 단숨에 7행의 단시短詩를 지었다는 점, 다 쓰고 나서 운산運算을 해보니 자신이 창문을 연 것은 담배연기 때문이 아니라 Y여사의 천사 같은 훈기를 내보내려고 했기 때문이라는 점 등을 알게 되었으며, '창문—담배·연기—바람'을 생각하면서 릴케의 『오르페우스에게 바치는 소네트』의 제3장이 떠올랐다고 언급하였다. 김수영이 언급한 릴케의 시 제3장의 내용을 이 시의 원래의 순서대로 다시 정리하면 〈표 24〉와 같다.

〈표 24〉

Rilke, *Die Sonette an Orpheus* III. Ein Gott······	김수영이 인용한 부분
Ein Gott vermags. Wie aber, sag mir, soll ein Mann ihm folgen durch die schmale Leier? Sein Sinn ist Zwiespalt. An der Kreuzung zweier Herzwege steht kein Tempel für Apoll.	노래는 욕망이 아니라는 것을 곧 알게 될 것이다. 그것은 급기야는 손에 넣을 수 있는 사물에 대한 애걸이 아니라는 것을 알게 될 것이다. 노래는 존재다. 신(神)으로서는 손쉬운 일이다.
Gesang wie du ihn lehrst, ist nicht Begehr, nicht Werbung um ein endlich noch Erreichtes; Gesang ist Dasein. Für den Gott ein Leichtes. Wann aber sind wir? Und wann wendet er	하지만 우리들은 언제 존재할 수 있겠는가? 그리고 우리들은 언제 신(神)의 명령으로 대지와 성좌(星座)로 다시 돌아갈 수 있게 되겠는가? 젊은이들이여, 그것은 뜨거운 첫사랑을 하면서 그대의 다문 입에 정열적인 목소리가 복받쳐오를 때가 아니다. 배워라.
an unser Sein die Erde und die Sterne? Dies ists nicht, Jüngling, daß du liebst, wenn auch die Stimme dann den Mund dir aufstößt, – lerne vergessen, daß du aufsangst. Das verrinnt. In Wahrheit singen, ist ein andrer Hauch. Ein Hauch um nichts. Ein Wehn im Gott. Ein Wind.	그대의 격한 노래를 잊어버리는 법을. 그것은 아무짝에도 소용없는 것이다. 참다운 노래가 나오는 것은 다른 입김이다. 아무것도 바라지 않는 입김. 신(神)의 안을 불고 가는 입김. 바람.

〈표 24〉에 인용된 릴케의 시에서 김수영이 가장 감동을 받은 부분은 마지막 연으로 그것은 이 부분에 나오는 '바람' 때문이다. 이 바람은 시인 자신이 내뿜은 담배연기를 내보내는 역할을 할 뿐만 아니라 그 자신이 미인에게서 느낀 어떤 훈기까지도 내보내는 역할을 한다. 김수영이 릴케의 시에서 느낀 '바람'의 역할과 의미는 하이데거의 「릴케론」에 잘 요약되어 있다. 이 글에서 하이데거는 헤르더의 「인류의 역사철학적 고찰」을 참고하여 '바람'을 다음과 같이 '신의 입김'에 비유하였다. "우리들의 입김은 다른 사람들의 영혼 속에서 세계의 회화가 되고, 우리들의 사상과 감정의 기본형이 된다. 인간이 일찍이 지상에서 생각하고 바라고 행한 인간적인 일, 또한 앞으로 행하게 될 인간적인 일, 이러한 모든 일은 한줄기의 나풀거리는 산들바람에 달려 있다. 왜냐하면 만약에 이런 신적인 입김이 우리들의 신변에서 일지 않고 마법의 음색처럼 우리들의 입술 위에 감돌지 않는다면 우리들은 필경 모두가 아직도 숲 속을 뛰어다니는 동물에 지나지 않을 것이기 때문이다."

김수영은 자신의 시를 릴케의 시에 비추어 설명하면서 "내가 읊은 「미인」은 릴케의 천사만큼은 되지 못했을망정, 그다지 천한 미인은 아니 되었다"라고 생각한다고 회고했다. 그러나 앞에서 언급한 다른 시인들과는 달리 김수영에게 있어서 릴케는 직선적인 시간의 흐름을 따르는 것이 아니라 역행적인, 그의 말을 빌리면 반어적인 흐름을 따르는 것이다. "나의 릴케는 내려오면서 만난 릴케가 아니라 셰익스피어의 부근을 향해 더듬어 올라가는 릴케다. 그러니까 상당히 반어적인 릴케가 된 셈이다. 그 증거로 나의 「미인」의, 검정 미니스커트에 까만 망사 나이롱 양말을 신은 스타일이 얼마나 반어적인가."

릴케의 시는 김수영에게 일종의 반어적인 영향을 끼쳤고, 그는 그것을 자신의 「반시론」으로 발전시켰다. "이 시의 맨 끝의 '-아니렸다'가 반어이고, 동시에 이 시 전체가 반어가 돼야 한다. Y여사가 미인이 아니라는 의미의 반어가 아니라, 천사같이 아름답다는 것을 강조하기 위한 반어이고, 담배연기가 '신적'

인 '미풍'이라는 것을 위한 반어이다. 그리고 나의 이런 일련의 배부른 시는 도봉산 밑의 돈사 옆의 날카롭게 닳은 부삽 날의 반어가 돼야 할 것이다. 그럴 때 우리의 시에서는 남과 북이 서로 통일된다." 말하자면 김수영의 반시론은 시론의 조화로운 활성화를 위한 반시론이며, 그것은 또 하이데거의 「릴케론」을 바탕으로 하고 있다. 자신의 시 「미인」의 배경과 그 의미 등을 설명하면서 김수영이 릴케의 시 『오르페우스에게 바치는 소네트』의 제3부를 인용한 것은, 릴케가 추구했던 '천사', 즉 절대 신이 사라진 시대에서 인간을 구원할 수 있는 또 다른 존재를 모색하고자 했기 때문이다. 그 결과 김수영은 릴케의 의도에 접맥될 수 있는 하나의 방법으로 자신의 시 「미인」을 「반시론」의 후반부에서 설명하게 되었으며, 그 이론적인 근간으로 일본어로 번역된 하이데거의 「릴케론」을 참고했다고 볼 수 있다.

김수영은 「반시론」의 결론 부분에서 '반시론의 반어'는 두 개의 상반되는 세계의 대립에 근거한다고 강조했다. "귀납법과 연역법, 내포와 외연, 비호와 무비호, 유심론과 유물론, 과거와 미래, 남과 북, 시와 반시, 릴케와 브레히트 사이의 싸움이 반시론의 언어가 되어야 한다." 따라서 그의 반시론은 그의 시적 모티브와도 관련된다. 부단한 자기 변신, 말하자면 자유 추구와 소시민적 비애의 세계, 사랑과 혁명의 세계, 적에 대한 증오와 자기 탄식의 세계로의 변화 등을 통해서 김수영은 한국시의 현대성을 모색했다고 볼 수 있다. 그리고 그의 이러한 현대성의 추구는 다음과 같은 그의 '언어관'에 바탕을 둔다. "언어는 원래가 최고의 상상력이지만 언어가 이 주권을 잃을 때는 시가 나서서 그 시대의 언어의 주권을 회수해주어야 한다. 그런 의미에서 모든 시간의 언어는 언어가 아니다. 그것은 잠정적인 과오다. 수정될 과오. 이 수정의 작업을 시인이 해야 하는 것이다. 그래서 최고의 상상인 언어가 일시적인 언어가 되어서 만족할 수 있게 해야 한다."

4) 박양균의 시와 전봉건의 시에 반영된 릴케의 영향과 수용

박양균의 시 「꽃」에 대해서 전봉건은 그의 서정성이 자연발생적인 서정이라기보다는 객관적 현실의 의미의 서정, 곧 비평의 서정이라고 파악한 바 있다. 전봉건은 또 박양균의 비평의 서정이 언어에 대한 두 가지 인식에서 비롯된다고 파악한 후, "하나는 서정이 본래 지니는 농도 짙은 감수성의 작용으로 되는 감각적 인식에 의한 사물의 본질 발굴이고, 또 하나는 그 비평성의 작용으로 되는 논리적 인식에 의한 사물의 객관적 파악이다"라고 결론지었다.

전봉건의 이러한 평가를 받고 있는 박양균의 시 「꽃」에는 "그 신은 나에게 침묵으로 답하리라"는 릴케의 시구가 인용되어 있다. 릴케에게 있어서 '나'는 궁극적으로 러시아의 수도사이자 릴케 자신에게 해당하며 이러한 '나'의 기도와 '신'의 침묵의 관계는 김재혁이 번역한 그의 『기도시집』[1992]에 잘 나타나 있다. 제1부 「수도사 생활의 서」, 제2부 「순례의 서」, 제3부 「가난과 죽음의 서」로 이루어진 이 시집에서의 시적 주체는 러시아 수도사이다. 이 수도사는 예술적이고 종교적인 릴케의 삶의 태도와 과제를 대변해 주는 존재로서 "단순한 성직행위에 머물기보다는, 골방에 칩거하면서 비잔틴 양식에 따라서 성화를 그리는 종교화가로서 예술가이기도 하다". 박양균의 시 「꽃」의 서두에 인용된 릴케의 시의 구절, 즉 "그 신은 나에게 침묵으로 답하리라"에서의 '침묵'은 바로 릴케의 시의 다음 구절에 대응된다. "밤이면 밤마다 나는 기도합니다. / 신이여, 그저 몸짓으로 커가며 존재하는 / 벙어리가 되어주소서. / 꿈속의 정신이 독려하여 / 침묵의 무거운 총합을 / 이마와 산에다 새겨놓는 / 벙어리가 되어주소서." 릴케에게서 혹은 릴케의 시에서 침묵의 중요성을 차용한 박양균의 시 「꽃」의 전문은 다음과 같다.

사람이 사람과 더불어 망한

이 황량(荒凉)한 전장(戰場)에서

이름도 모를 꽃 한 송이

뉘의 위촉(委囑)으로 피어났기에

상냥함을 발돋움하여 하늘과 맞섬이뇨

이 무지한 포성(砲聲)과 폭음(爆音)과

고함(高喊)과 마지막 살육(殺戮)의 피에 젖어

그렇게 육중한 지축(地軸)이 흔들리었거늘

너는 오히려 정밀(精密)속 끝없는

부드러움으로 자랐기에

가늘은 모가지를 하고

푸르른 천심(天心)에의 길 위에서

한점 웃음으로 지우려는가

― 박양균, 「꽃」 전문

위에 인용된 박양균의 시의 특징은 전쟁의 비극적 참혹성과 그러한 참혹성을 바탕으로 하여 피어난 한 송이 꽃의 순수성을 대비시키는 데 있다. 이 두 가지 관계는 시인 자신이 「육교를 위한 시론」에서 강조하는 바로 그 '육교'에 의해 가능해진다. "육교다 (…중략…) 나는 분명 그것이 하나의 관념으로서가 아니라 목전에 실존하는 교량을 찾는데 그 많은 아우성을 갈라놓고 차가운 옛 빙하의 흐름에서처럼 오들오들 떨며 열병에서 살았다. 그것은 마치 전통과 비약과의 갈등이기도 한 것이다." 박양균의 시에서의 이중 이미지 혹은 관념의 이중성은 서로 상반되는 대립관계에 있는 것이 아니라 서로 보충되는 보완관계에 있다고 볼 수 있다. 위의 시에서 '꽃'은 "상냥함을 발돋움하여 하늘과 맞섬이뇨"에서처럼 지상과 천상을 연관 짓는 대행체로서 작용한다. 마치 "어느 겁쟁이가 당신에게 물었을 때 / 당신은 침묵 속으로 깊이 빠져들었습니다"라는 릴케의 시구처럼 '꽃'은 지상과 천상을 말없이 연관 지어 주는 매개체가 된다.

전쟁으로 폐허화된 공간에서 피어난 한 송이 꽃이 반드시 '장미꽃'일 필요는 없지만 적어도 그 의미로 볼 때에 그것은 장미꽃이어야만 한다. 릴케의 시에서의 '장미꽃'이 "일상의 삶과는 다른 삶에 대한 동경을 표현하는 이미지를 지닌 예술가적 자기실현의 상징"인 것처럼, 박양균의 시에서의 '꽃'도 "시인 자신의 완전한 변용을 통한 익명성에 대한 추구"와 합치되고 있기 때문이다. 릴케의 시에 나타나는 익명성은 "장미여, 오 순수한 모순이여, / 그렇게도 수많은 눈꺼풀 아래, / 누구의 잠도 아닌 잠이고 싶은 마음이여"라는 묘비명에서 파악할 수 있는 바와 같이 '장미'는 "이름 모를 잠이 고픈 마음"과 등가관계에 있으며, 박양균의 시에서의 익명성은 "이름도 모를 꽃 한 송이 / 뉘의 위촉으로 피어났기에"처럼 '꽃'에 의해서 '뉘의 위촉'과 등가관계를 형성하게 된다.

이와 같은 릴케적인 익명성은 박양균의 시의 한 가지 특징으로 볼 수 있다. 그의 시 「창」에서의 "누구의 구원으로도 어쩔 수 없는 이 암흑에서 (…중략…) 나는 당신을 부정하면서도 당신의 구원을 기다리고 있는 것입니다"와 「다리 위에서 I」에서의 "나는 시간의 위촉에서 벗어나 무한을 향해 손을 들어본다"처럼, 당신이나 무한은 구체적인 대상이나 명칭이라고 볼 수 없기 때문이다. 그러나 그러한 것들이 지니고 있는 의미는 물론 신이나 구원자 또는 영원한 안식처 등으로 파악될 수 있다. 이러한 대상을 추구하는 자신의 시적 태도를 박양균은 김종문이 편한 『전시 한국문학선—시편詩篇』1955에 수록된 자신의 「작가는 말한다—육교陸橋를 위한 시론詩論」에서 다음과 같이 설명하였다.

회한(悔恨)의 눈물을 목 가득히 삼키고 있노라면 뜨거움이 뭉클하여짐을 우리는 가끔 느끼게 된다. 언어 이전의 포효(咆哮) 같은 절실(切實)함이 하나의 소리로서 발할 때 그것을 일러 절규(絶叫)라고도 한다. 인간에의 신뢰로서 이 절규(絶叫)를 말할 때 그것은 애정으로서 서로를 찾는 소박(素朴)한 인간(人間)의 생태(生態)다. 서로 미워하기까지 하는 인간들이 또한 서로 사랑하지 아니치 못함은 얼마나 큰 배반(모순)이겠는가. 이 배반(背反)을 디디고 그제야 스스로의 위치(位置)를 다짐하여 보기도 한다. 자아(自我)의 실존(實存)을 의식(意識)하는 것이다.

5) 전봉건의 시에 반영된 릴케의 영향과 수용

전봉건은 자신의 연작시 「은하를 주제로 한 봐리아시옹」의 두 번째 시에서 라이너·마리아·릴케를 직접적으로 언급하고 있다. 「라이너·마리아·릴케에 대하여, 전쟁과」라는 제목에 나타나 있는 바와 같이 전봉건에게 있어서 릴케는 곧 전쟁이라는 등식이 성립한다. 그에게 있어서 전쟁의 극한상황과 인간적인 서정성은 구도의 시인, 기도의 시인, 장미의 시인, 고독의 시인으로 일컬어지는 릴케에 의해서만 정신적인 교감을 성취하게 된다. 이 시에서 릴케는 두 번 언급된다. 한 번은 전반부에 나타나 있는 바와 같이 시적 자아의 현실적 존재에 대한 물음이고, 다른 한 번은 후반부에 나타나 있는 바와 같이 시적 자아의 시적 존재에 대한 물음이다. 전반부에서 시적 자아는 "무수한 실의와 실념이 가시 / 돋친 철조망을 드리운 이 거리"에 암시되어 있는 절망의 늪에서 바라보는 밤하늘의 별은 바로 자기 자신, 곧 '허위의 나'라고 결론지은 후 다음과 같이 묻고 있다. "그러면 / 라이너·마리아·릴케 / 당신은 누구인가 / 그러면 나는 누구인가."

전봉건에게 있어서 시적 자아의 현실적 존재는 릴케가 어떠한 존재에 해당하느냐에 따라서 결정된다. 그런 다음 그는 전쟁의 철저한 파멸성과 그것으로 인한 무의미성 및 인간이 갖게 되는 공포와 전율 그리고 인간성의 상실을 가슴 아파한다. 그것이 바로 후반부에 나타나는 "포탄은 나리고, 쏟아지고, 나는 외인부대라는 필립하사와 껌을 씹으며 장난을 치며 / 찢어 헤쳐진 사월의 파편 속에 인간을 사냥하고 그러나 포연이 / 걷히었다 뭉키는, 걷히는 바위틈에 꿈처럼 은

하처럼 하나 핀 진달래로 하여"라는 부분이다. 인간성이 상실될 수밖에 없었던 시대에 릴케는 시적 자아로 하여금 인간답게 살 수 있도록, 말하자면 태양을 느끼게 해주었고 휘파람을 불게 해주었다.

> (…중략…) 하나 핀 진달래로 하여 더 가까이 태양을 느낀
> 새처럼
> 내가 휘파람을 불게 한
>
> 라이너·마리아·릴케
> 단 한사람 장미의 가시에 찔리어서 죽은 수목과 같이
> 자라나는 목소리의 당신은 누구일까
> 오늘 시를 쓰는 나는 무엇일까

릴케의 죽음은 장미와 무슨 관계를 지니는 것일까? 그것은 1926년 10월 초순경에 스위스 뮈조트 성에서 발생한 사건에 관계된다. 자신을 찾아 온 이집트의 여자 친구 니메 엘루이 베이 부인과 산책을 하던 중에 그 부인에게 주기 위해 장미를 꺾던 릴케는 그 가시에 찔리게 되고 그로 인해 그는 '패혈증'에 걸려 급기야는 죽음에 이르게 된다. 위에 인용된 시에서 '릴케'는 죽음 그 자체라기보다는 죽음을 딛고 일어서는 새로운 삶의 표상을 의미한다. "죽은 수목과 같이 자라나는 목소리의 당신"에서의 '당신'은 물론 릴케이고 죽은 수목은 시인이 시를 쓰는 이유가 된다. 그러한 릴케에 대해 전봉건은 「당선소감」에서 "존경하는 라이너·마리아·릴케의 '익으라 나무와 같이'라는 구절만은 잊지 않을 것입니다"라고 강조했다. 아울러 자신이 시를 쓰는 이유에 대해서 전봉건은 「시작 노트」에서 다음과 같이 설명했다. "시인이 시를 쓰는 것은 무엇보다도 먼저 자기 자신에게 이유와 가치를 주려는 일이다. 돌멩이가 공기 속에서 생명을 얻어 지

니듯이, 그러니까, 시인은 항상 이유와 가치를 지니려는 돌멩이다."

　이상에서 살펴본 바와 같이 릴케의 시와 시론은 1930년대에 한국 현대시에 소개된 이래 1950년대에 이르러 상당히 많은 영향을 끼쳤다고 볼 수 있다. 특히 한국전쟁이라는 동족상잔의 비극과 극한상황 및 철저한 파괴를 거치면서 인간성이 말살되어가던 시기에 릴케의 시와 시론은 한국 현대 시인들에게 하나의 생명수로 작용했다고 볼 수 있다. 그것이 때로는 존재의 문제로, 때로는 구원의 문제로, 때로는 인간성의 회복의 문제로 나뉘기는 했지만, 이 모든 문제는 실존주의라는 커다란 범주 속에 종합될 수 있다. 전쟁과 실존과 시의 문제를 언급할 때에 독일에서는 제2차 세계대전의 여파가 거론되듯이, 우리들에게는 그것이 언제나 한국전쟁과 관련지어 거론된다. 따라서 1930년대에 서정시론을 중심으로 소개된 릴케의 시와 시론은 1950년대에는 실존주의 시론 혹은 인간주의 시론으로 전환되었다고 요약할 수 있다. 아울러 김수영에게 있어서는 릴케의 시와 시론이 이러한 계열과는 다르게 반시론으로 나아가는 촉진제의 역할을 했다.

4. 러시아문학의 영향과 수용

1) '산문시'와 장두철 및 백대진의 역할

　『태서문예신보』를 창간한 해몽海夢 장두철은 '창간호'에서 "본부터난 저 틱서에 유명흔 시아 노릭만 여러분씌 소기흘쑨아니라, 근본 우리에게 잇든것을 곳치인것이라든지,시로지인 것으로,유힝되난즁에,아름다온것이잇스면선틱ᄒ야 기지홀터이올시다"라고 강조하면서, 자신의 창작시 「식춘향가新春香歌─1. 기우奇遇의권卷」을 수록했으며, 제2호에 "전번호에긔지된(긔우의권)과계속ᄒ야보시오"라는 언급과 함께 「식춘향가新春香歌─2. 상사想思의권卷」을 수록했다. 그가 번

〈표 25〉

저자	역자	수록지	호수^{号數}와 일자	수록페이지	번역시의 제목
롱펠로우	장두철, (海夢이나 H. M.으로 표기)	태서문예 신보	제4호(1918.10.26)	1	화살과 노리
			제6호(1918.11.9)	1	미인의 가슴
			제9호(1918.11.30)	7	무덤
			제10호(1918.12.7)	6	황혼
					어듸로?
					주의(注意)ㅎ여라
			제11호(1918.12.14)	8	여름의비
					물결
			제12호(1918.12.25)	8	촌(村)대장징이
					항상(恒常)5월이아닐다
					비오난날

역하여 『태서문예신보』에 수록한 롱펠로우의 시를 차례로 정리하면 〈표 25〉와 같다.

이처럼 롱펠로우의 시를 중점적으로 번역한 장두철—그는 본명보다는 자신의 호 해몽^{海夢}이나 영문표기에 해당하는 H. M.이라는 이름으로 발표하고는 했다—은 『태서문예신보』 제5호^{1918.11.2}와 제6호^{1918.11.9}에 '산문시'라고 명명한 두 편의 시를 발표했다. 하나는 '동서명문집'이라고 강조한 항목에 수록되어 있는 「외-외-이다지도?」이며, 이 시의 전문을 인용하면 다음과 같다.

웃더캐도 우리듸마음엔 됴흔것도 업고요
스린것도 업습늬가!이것이 잇다하며난
외-외-우슬주도 모르고 울주도모를가요
외-외-이다지도 무심히요?

웃더캐도 더희의일홈을 쇼릭놉히 부르되
대답할줄 모릅늬가! 저희의 가슴속에난

외—외—동정도업고요 향기도 업슬가요
외-외-이다지도 닝정히요?

웃더캐도 저희의머리엔 속씩인 박족가치
아모것도 업습니가! 그러한 제주제에
외—외—아니쏜주짜만 남엇슬가요
외-외-이다지도 미련히요?

웃더캐도 저희의두팔을 제손으로 믹히고
안될말만 하난지요!저희난 안하면서
외—외—시긔만 방히만 한가요
외-외-이다지도 못싱겨요?

웃더캐도 저희의힝복을 누리지도 안코요
남주지도 안습니가!저희난 바라면서도
외—외—다른사람좃차 못누리게 할가요
외-외-이다지도 무정히요?

웃더캐도 저희의감각은 압흔줄도 모르고
쓰란줄도 모릅니가!전신에 가득흔피난
외—외—쓰겁지도안코 차지도안느가요
외-외-이다지도 흐리어요?

웃더캐도 저희의등을 힘써서 미러쥬되
쏨적도 안습니가!터분한 저희의정신

외-외-자지도안코요 씨지도안어요

외-외-이러코도 안죽어요?

— 해몽(海夢), 「외-외-이다지도?」 전문

다른 하나는 '산문시'라는 항목에 수록된 그의 산문시 「우리아버지의선물」이
며, 이 시의 전문은 다음과 같다.

아버지 이제는 어데계십니가

놉고 놉흔 그 구름우에

놉고 넓은 그 궁준에서

아모것도 모르는 이즈삭울

넘녀ㅎ시는 눈으로 보호ㅎ시겟지요?

아츰에 글방에 갈씨이니는

허리를 굽히시면서 저가는뒤를 바라보시고

저녁에 다녀와서 '아버지'ㅎ고 습즈지를 듸리며는

변변히 쓰지도못흔 그글씨를

열심히 보시고 깃버ㅎ시엇지요?

이모리니 잇겟셔요?

언제흔번 제가 벽석에 누엇슬씨

파리흔 이즈식의얼골을

스랑의눈물이 빗나는 눈으로 보시엇지요?

그쎠요-네?아버지 제가슴속에

쎠러젓든 그스랑이

이제신지도 쓰겁게 탐니다.

아버지쎄서 이자식 가슴에
깁히깁허너쥬신 그말슴
혹독흔 치위에 제몸은 어려도
네-네-그말슴만은 쓰겁습니다
아버지의 미즈막 선물-엇지나 잇겟새요?

그쩌 음울흔 그방에서
썰리우는 아버지손을 잡고
아버지말슴을 드르며엽듸럿슬쩌에
눈물애저즌 아버지눈에는 만족흐신우슴을씌시엇지요?
이세상 모든 것을 다 바려도
그눈물 그우슴만은 제것이지요 ——
네-네-제것이지요?

가슴속에 깁히깁히사모친 그스랑이
이세상이 치울쩌는 겨를 더웁게흐고
울답흐고 별얼에는 시원케합늬다
머릿속에 박히어잇는 그말슴이
어두운 밤,어즈러온 길에는 빗을 쥬고
실망과 락심애는 용기를 줍늬다
이것이 아버지의 뜻이지요?

그런데 이제는 어데계십니가

아름다온 '에든'동산에

흔손으로 정즈나무가지를 붓잡으시고

제로라고 날쒸는 이자식을

우스시는 얼골노 늬려다 보시겟지요?

(1917.10.2)

— 해몽, 「우리아버지의선물」 전문

해몽 장두철의 이러한 역할에 대해 김억은 『태서문예신보』 제5호[1918. 11.2]에
안서생岸曙生이라는 이름으로 두 편의 시를 헌정하기도 했으며, 그가 해몽에게
헌정한 시를 차례로 인용하면 다음과 같다.

쒸노는 바다,

성늬인 큰물결,

것츨은 들바람,

나의벗이여,밋으라!

썩만오며는 오며는

고요한 세상,

잔잔한 푸른바다,

되리라,아아되리라.

울부짓난 령,

참지못홀 큰압흠,

어두운 희망,

나의벗이여 잇으라!

썩만되며는 되며는

고요한 맘

빗나는 식희망

오리라,아아오리라.

— 안서생, 「밋으라(H. M. 형에게)」 전문

찬눈이 겨울들을 덥허도

오히려써는식소리들리여, 어두운 — 싯업는 금음밤에도

오히려 적은 별빗이 빗는다.

하날을 덥허싼 쩨구름에도

오히려 희는 그빗을 노으며,거츨게 휩싸는 가을바람에도

오히려 다사한남풍이 석긴다.

가득한 리긔의 찬세상에도

오히려 공명의사랑이 잇스며,이닯은 가난한 가슴속에

오히려 위로의희밍이 잠겻다.

— 안서생, 「오히려(H. M. 형에게)」 전문

해몽 장두철이나 안서岸曙 김억 외에도 '산문시'에 관심을 보였던 백대진의 시로는 『태서문예신보』 제4호1918.10.26에 수록된 「뉘웃츰」과 제10호1918.12.7에 수록된 「어진안히」를 들 수 있다.

지각업서,

우슴사리 되엇고,

짜러,아버지의 기록흐신 일흠신지,

더럽혓습니다.

아버지씌서는 —

져씩문에,

몸편히 주무신적도 업스셋고,

맛잇게, 잡스신쩍 업스셋지요,

오히려,지금에도,

악마의창ㅈ흔고향에서,

굽어진몸을,간신,간신히 펴가시면서,

시시려고만 ㅎ시지요,

아버지여 ─ 져는요?,

츙효를 겸진흔,

아모의 후에임을 암니다,

아모의 후에로서,

불쵸의 몸됨을 싱각홀쩍에,

눈물의 온도가 더욱 놉핫슴니다,

져는요?

더럽힌 아버지의 일흠과,

써러틔린 문호를,

다시금,씻ᄉ흐게,

다시금,붓드러올니랴고,

멀니,고향를 힝히

허물만흔과거를,뉘웃치엇슴니다,

아버지이,바라옵ᄂ니 ─

만수무강ᄒ옵소서.

— 백대진, 「뉘웃츰」 전문

당신의병이,

비록 골슈에 드럿스나,

뎌희냥화가,

화ー근쩍 붉어지면,

나을ー줄 아런든바…….

웃지히,

황국단풍의시절이 다지나도록,

아모 차도 업시,

더욱 더히어가노?

실낫갓치파리히가는 당신의모양이,

누에 씌울쩍마다,

압허, 신음히ᄂ 당신의목소리가,

귀에 부듸ー칠쩍마다,

나ᄂ우리,

긴, 넓은힝쥬치마를

모조리 적시엇네.

압길이 양양ᄒ고 의긔가기특ᄒ,

당신이죽을가,

밤 낫으로하ᄂ님쩨

이몸으로딕신ᄒ여달나고,

츅원ᄒ엿지만…….

아 —언제나,

그부드럽기풀슴ᄀᆺᄒᆫ 맘을,

그굴기 기동ᄀᆺᄒᆫ 목을,

다시금 볼는지…….

나의 사랑이어

죽으려나?졍말죽으려나?

쇼년과부의 몸으로,

남의바누질이며 품파리로써,

당신을 길너닉신,

불상ᄒᆫ어머니를,

엇지 닉바리고,

죽으려나?

아 —무심하나 하날이,

망가의혼자된 당신을,

살니려홈이,

엇지 이다지느진고 —

— 백대진, 「어진안히」 전문

위에 인용된 시를 쓴 설원雪園 백대진의 생몰연대나 성장과정 및 학교생활 등
에 대해 알려진 것은 것의 없다. 다만 한국 근대문학 초기에 해외문학을 소개한

평론, 몇 편의 시 등이 전해지고 있을 뿐이다. 그는 『신문계』에 「문학에 대한 신연구」1916.3를 발표했고, 아울러 『신문계』에 발표한 「20세기 초두 구주 제대문학가를 추억함」1916.5에서 문학의 목적에는 '쾌락적인 것'과 '실용적인 것'이 있다는 점을 강조했다. 이 글에서 백대진은 19세기부터 20세기 초까지 영국, 프랑스, 독일, 이탈리아, 벨기에, 노르웨이, 스페인, 러시아 등의 작가군을 포괄적으로 소개했으며, 프랑스 상징주의 시와 자유시를 같은 개념으로 소개함으로써, 한국 문단에서 '자유시'라는 용어를 맨 처음 사용하였다. 또한 『태서문예신보』 제4호 1918.10.26와 제9호1918.11.30에 각각 발표한 「최근의 태서문단」은 한국문단에 이입된 영국문학과 프랑스문학을 이해하는 데 있어 중요한 자료에 해당한다. 아울러 『태서문예신보』 제6호1918.11.9에 평론 「생의 진실」을 발표하기도 했다.

2) 투르게네프의 '산문시' 「거지」의 번역과 김억의 역할

김억은 투르게네프의 '산문시'를 번역하여 장두철이 창간한 『태서문예신보』 제4호1918.10.26에 "로서아의유명한시인과 십구세긔의대표덕작물"이라고 소개하면서 그 의의를 다음과 같이 언급했다. "만흔 로서아 시인 가운데 예술의 묘취妙趣와 인상의 월등흠은 이앤트쎄네우IVAN TRUGENEV1819~1883에 비홀 사람이 업다. 이에 소긔코져 ᄒᆞᄂᆞᆫ '산문시'는 1천 8빅 8십 2년의 저작인 바 만년晩年의 근심과, 아즉 슬어지지 아니흔 청춘의 싱각 사이에서 싸아너인 아름다운 철학 오심奧深흔 사상의 결정結晶일다. 19세기의 진물노 그의 일흠 놉흔 작물도 여러 가지 잇다. 기회만 잇스면 평전評傳 갓흔 것도 쓰랴고 흔다. 역자." 이처럼 의욕적으로 투르게네프의 '산문시'를 한국시단에 소개하기 시작한 김억은 『태서문예신보』를 중심으로 제4호1918.10.26에 「명일?명일?」과 「무엇을 내가 싱각ᄒᆞ겟나?」를 처음으로 번역했고, 이어서 제5호1918.11.2에 「로서아露西亞의시단詩壇─산문시」라는 제목으로 투르게네프의 '산문시' 「긔」와 「비렁방이」를 번역했으며, 아울러 제7호1918.11.2에 '동서시문집'이라는 제목으로 투르게네프의 또 다른 산문시 「늙은이」와 「N. N.」을 차례로 번역했다. 김억이 번역하여 소개한 투르게네프의 '산문시' 「거지」의 원문과 김학수가 옮긴 『투르게네프 산문시』[1997]에 수록된 투르게네프의 시 「거지」를 차례로 인용하면 다음과 같다.

Я проходил по улице······ меня остановил нищий, дряхлый старик.

Воспаленные, слезливые глаза, посинелые губы, шершавые лохмотья, нечист ые раны.····· О, как безобразно обглодала бедность это несчастное существо!

Он протягивал мне красную, опухшую, грязную руку······ Он стонал, он мыча л о помощи.

Я стал шарить у себя во всех карманах······ Ни кошелька, ни часов, ни даже п латка······ Я ничего не взял с собою.

А нищий ждал······ и протянутая его рука слабо колыхалась и вздрагивала.

Потерянный, смущенный, я крепко пожал эту грязную, трепетную руку······ «Не взыщи, брат; нет у меня ничего, брат».

Нищий уставил на меня свои воспаленные глаза; его синие губы усмехнулис ь — и он в свою очередь стиснул мои похолодевшие пальцы.

— Что же, брат, — прошамкал он, — и на том спасибо. — Это тоже подаяние, брат.

Я понял, что и я получил подаяние от моего брата.

— "Нищий", Февраль, 1878

거리를 걷고 있노라니······ 늙어빠진 거지 하나가 나의 발길을 멈추게 한다.

눈물 어린 출혈된 눈, 파리한 입술, 다 헤진 누더기 옷, 더러운 상처······오오, 가난은 어쩌면 이다지도 처참히 이 불행한 인간을 갉아먹는 것일까!

그는 빨갛게 부푼 더러운 손을 나에게 내밀었다······그는 신음하듯 중얼거리듯 동냥을 청한다.

나는 호주머니란 호주머니를 모조리 뒤지기 시작했다…지갑도 없다, 시계도 없다, 손수건마저 없다……나는 아무것도 가진 것이 없었다.

그러나 거지는 기다리고 있다……나에게 내민 그 손은 힘없이 흔들리며 떨리고 있다.

당황한 나머지 어쩔 줄을 몰라, 나는 힘없이 떨고 있는 그 더러운 손을 덥석 움켜잡았다…….

'용서하시오, 형제, 아무것도 가진 게 없구려'

거지는 충혈된 두 눈으로 물끄러미 나를 바라보았다. 그의 파리한 두 입술에 가느다란 미소가 스쳤다 ―

그리고 그는 자기대로 나의 싸늘한 손가락을 꼭 잡아주었다.

'괜찮습니다, 형제여'하고 그는 속삭였다.

'그것만으로도 고맙습니다. 그것도 역시 적선이니까요'

나는 깨달았다 ― 나도 이 형제에게서 적선을 받았다는 것을.

(1878. 2)

김학수는 자신의 '해설'에서 투르게네프의 '산문시'가 지니는 의의를 다음과 같이 정리했다. 투르게네프는 그의 만년에 해당하는 1878년 이후 자신의 단편적인 관념, 사상, 표상 등을 산문형식으로 기록하였다. 이러한 그의 산문시는 전편과 후편으로 나뉘며, '늙은이의 말'이라는 표제가 붙은 전편은 『유럽통보』의 주필을 맡고 있던 스타슐레비치가 1882년 여름 파리에서 와병臥病 중에 있던 투르게네프를 찾아갔을 때, 처음으로 읽게 되었다. 투르게네프는 자신의 '산문시'의 발표를 원하지 않았지만 스타슐레비치의 권유로 『유럽통보』1982.12에 발표하게 되었으며, 원고 포장 위에 '늙은이의 말'이라고 쓰고 편지 말미에 다음과 같은 단서를 붙였다. "독자여, 이 산문시를 단숨에 읽지 말아주기를 바란다. 단숨에 읽으면 아마 지루한 마음에서 그대의 손에서 떨어지고 말리라. 오늘은 이것, 내일은 저

것, 마음 내키는 대로 읽도록 하라. 그러면 그 중 어느 것인가는 그대의 마음을 건드리는 것이 있을지도 모른다." 그의 '산문시'의 후편은 오늘날 '신산문시'라고 불리며 그와 평생을 같이 했던 폴린 비아르도 부인의 집에 있는 서고書庫에서 발견된 작가의 유고 중에서 전편을 제외한 나머지 부분들이 여기에 해당한다.

투르게네프가 자신의 '산문시'를 읽게 되는 미지의 독자들에게 권유한 "그대의 마음을 건드리는 것이 있을지도 모른다"라는 언급처럼, 김억 역시 자신의 마음을 건드리는 시로 투르게네프의 '산문시' 중에서 인간애적인 측면이 강하게 제시되어 있는 「거지」에서 감동을 받아 이 시를 「비렁방이」라고 번역한 것으로 파악할 수 있다. 이러한 점은 투르게네프의 '산문시'에 대해 김억 자신이 언급한 "만년晩年의근심과,아즉슬어지지아니흔 청춘의싱각사이에셔 짜아너인 아름다운철학 오심奧深흔 사상의 결정結晶" 등에서 찾아볼 수 있다. 김억이 번역하여 『태서문예신보』 제5호1918.11.2에 수록한 투르게네프의 '산문시' 「비렁방이」의 전문은 다음과 같다.

나는 거리를 거럿다.…… 늙고 힘업는 비렁방이가 나의소믹를 익근다.

벍앗고 눈물고인눈, 푸른입술, 남누흔옷, 검읏검웃한 힌데자리……아아 웃더케 무섭게 가는이 이불상흔 산물건을 파먹어드럿노?

그난 붉고 부르든 더러운손을 닉압헤 닉민다. 숭얼숭얼탄식ᄒ며, 도움을 빈다.

나난 포켓츠안에 손을 너엇다. 그러나 돈지갑도 업고, 시게도 업고 수건조차 업다. 나난 아모것도 업다.

그릭도 비렁방이 오히려 기다린다.…… 그내밀은손은 힘업시 썰린다.

엇지홀줄 모르고, 나난 이 더럽고 ᄶᅵ난손을 잡엇다.…… '용서ᄒ여쥬게, 형데여, 나난 아모것도 가즌 것이 업네.'

비렁방이는 붉은눈을 내게향ᄒ고 그 푸른입술에는 우슴을 씨우며, 나의 찬 손가락을 서팍 잡으며 쥬거리는말……

'고맙습니다. 형뎨여 이것도 밧는물건이지요.'

나도 그 형뎨에게서 바든물건이 잇슴을 늣것다.

자신이 번역한 투르게네프의 시 「비령방이」를 김억은 「비령방이」로 다시 번역하여 『창조』 제8호[1921.1]에 수록했으며, 그 전문을 인용하면 다음과 같다.

나는 거리를걸엇다…… 늙고 힘업는 비령방이가 나의 소매를 잇슨다.

벌핫고 눈물고인눈 푸른입살 남루(襤褸)흔옷, 검웃검웃흔 죵쳐쯔리…… 아아 어더케 밉살스럽게도 가난이라는놈이 어불샹흔 생물(生物)을 파먹어들엇노!

그는 붉고 부르든 더러운손을 나의압페 내여민다. 무엇이라탄식ᄒ며, 울면서적선(積善)ᄒ라고흔다.

나는 폭켓트안에 차자보앗다…… 만은 돈지갑도 업고, 시계(時計)도업고 적은수건(手巾)좃차업섯다…… 나는 가진것이라고는 아모것도 업섯다.

그래도 비령방이는아직기달린다…… 그가 내여밀고잇는손은 힘업시 썬다.

엇더케홀지를 몰으고 나는 이더럽고 씨는손을 힘잇게 잡앗다…… '용셔ᄒ여주게 형뎨(兄弟)여, 나는 아모것도 가즌것이라고는업네 형뎨(兄弟)여'

비령방이는 그벌흔눈을 내게향(向ᄒ)고 고 푸른입살에는 웃음을씌우며, 나의찬 손가락을 쫙잡앗다ᄒ고 주저리는말이

'고맙습니다 이것도 적선(積善)이지요.'

나도 나의 형뎨(兄弟)에게서 적선(積善)밧은 것을 나는이해(理解)ᄒ엿다.

투르게네프의 동일한 시를 김억이 시간적인 차이를 두고 번역한 위의 두 편의 번역시에서 차이점을 찾는다면, 우선 한자漢字의 사용을 들 수 있다. 전자에서는 한자를 사용하지 않았지만, 후자에서는 한자가 사용되었으며, 이러한 점은 이 시에서의 중요한 어휘를 시각적으로 강조하는 역할을 하게 된다. 아울러

이 두 편의 번역시에 사용된 표기법이 일관성이 없는 까닭은 그 당시에 한글맞춤법이 아직 정립되지 않았기 때문이라고 생각된다. 그럼에도 김억이 번역한 투르게네프의 이 시의 주제는 따뜻한 인간주의적인 측면을 강조하는 데 있으며, 그러한 점은 적선해줄 것이 아무것도 시적 자아가 '비렁방이'의 손을 잡아주었을 때, 적선을 바라던 그 비렁방이가 "고맙습니다 이것도 적선積善이지요"라고 한 말에서 절정을 이룬다. 또한 거리를 걷고 있던 행인의 '깨끗한 손'과 비렁방이의 '더럽고 찌든 손'의 악수, 서로 힘껏 잡는 장면 역시 이 시를 읽는 이로 하여금 많은 감동을 자아내기에 충분한 것이다. 이처럼 가진 자와 못가진 자의 경계가 사리지는 '악수'에 의해 이들 두 계층은 서로 적선積善을 주고받게 된다. 사실 물질적인 적선도 중요하지만 더 중요한 것은 진정한 '마음'에서 비롯되는 인간애가 최상의 적선에 해당한다는 점을 투르게네프는 자신의 이 시에서 강조했기 때문이다.

김억이 이처럼 관심을 보였던 투르게네프의 산문시 「비렁방이」 혹은 「비렁방이」를 손진태는 『금성』 제3호[1924.5]에서 다음과 같은 언급과 함께 이 시를 번역하였다. "본지로브터투르게네쯔의산문시散文詩를초역抄譯하야연재連載하겟슴니다. 투르게네쯔가근대산문시近代散文詩의거장巨匠인것은다시말슴할필요必要도업슬쯧함니다. 유감遺憾인 것은, 역자譯者가원어原語를알지못하기쌔문에,역譯은까-넷트Constance Garnett의영역英譯에서중역重譯한것임니다." 컨스턴스 클라라 가넷은 영국의 여성번역가이며, 투르게네프, 도스토예프스키, 안톤 체홉 등을 포함하여 19세기 러시아문학에 대한 그녀의 번역은 러시아문학이 영국과 미국에 폭넓게 알려지는 계기가 되었다. 가넷의 영역英譯을 참고하여 손진태가 중역重譯한 투르게네프의 산문시 「거지」를 인용하면 다음과 같다.

나는 큰거리를 것고잇섯슴니다…… 나는엇던늙고파리한거지까닭에 발거름을멈추게되엿슴니다.

피가로채이고, 눈물고인두눈, 프른입술, 다써러진누덕이, 고름고인상처(傷處)……

오, 엇더케, 가난(貧)이, 무섭게도이가엽슨사람의살을먹엇는지!

그는나에게, 붉고 부은(腫)째뭇은손을내밀엇습니다.

그는중얼그렷습니다, 그는적선(積善)을하라고중얼그렷습니다.

나는나의폭켓트를뒤지기시작(始作)하엿습니다.…… 돈주먼니도업고, 시계(時計)도업스며, 항크치-ㅍ까지도업섯습니다.…… 나는아모것도가진것이업섯습니다. 그리고거지는아직도기대리고잇섯습니다…… 또그의내밀은손은 힘업시흔들니고 쩔넛습니다.

엇질줄몰으고, 붓그러워서, 나는 째뭇고흔들니는손을 불쓴쥐엿습니다…… 「노(怒)여워마시오, 형제(兄弟)여, 나는아모것도가진것이업슴니다, 형제(兄弟)여.」

거지는 나를피채인눈으로 들여다보앗습니다. 그의푸른입살은 벙그레우섯습니다, 그리고그는 도로 나의찬손가락을쥐엿습니다.

「무슨말슴이십니가, 형제(兄弟)여?」그는중얼그렷습니다, 「이것도감사(感謝)함니다. 이것도적선(積善)이올시다. 형제(兄弟)여」

나는알엇습니다, 나도또한 나의형제(兄弟)로붓혀 적선(積善)밧은 것을.

3) '경재'의 시와 윤동주의 시에 반영된 투르게네프의 영향과 수용

이상과 같은 인간주의적인 측면을 강조하고 있는 투르게네프의 산문시 「거지」의 영향은 지은이가 '경재'— '경재'가 누구의 인명人名인지, 필명筆名인지에 대해서는 알려진 바가 없다— 라고만 표기된 「걸인乞人」과 윤동주의 시 「트르게네프의 언덕」에서 찾아볼 수 있다. 우선 '대한민국임시정부'에서 발행한 『독립신문』1922.9.20에는 투르게네프의 산문시 「거지」를 그대로 모방·표절한 「걸인」이라는 시가 수록되어 있으며, 이 시의 전문은 다음과 같다.

어느날인가 몹시도 더운날

나는 온갖번민(煩悶)을 박멸(撲滅)코져

더듬 더듬 공원(公園)에로 차자가섯다.

남루(襤樓)에싸이엿고 눈물에뭇친

한거지가 집에는 칠십노모(七十老母)가잇고,

빈곱하우는 어린아해(兒孩)의애원(哀願)

참아듯고는 잇지못하갓다고

나에게 동령(洞鈴)을 청(請)하여섯다.

그는일즉이 어느공장(工場)에서

품파리하야 온식구(食口)가살아왓다요,

설상(雪上)의가상(加霜)이여라.

기계(機械)에손이상(傷)해서 그것쏫차불능(不能)이라고,

밋지못하리라. 현대(現代)의자본가(資本家),

그를위(爲)해쌈흘니고 애를써것만

일단(一旦)몸이 상(傷)하고보니 헌신작(弊履)바리듯 하엿서라.

밋지못하리라. 아니살지못하리라

현대사회(現代社會)의 제도(制度)밋테서는!!

나는의낭(衣囊)을뒤저보앗다.

지갑도 시계(時計)도 손수건싯지도…… 아무것 하나도 아니가저섯다.

아~거지는 아즉도 손을내여밀고 무엇주려니 고대(苦待)하고이섯다.

썰니기시작(始作)하엿다. 썰닌다. 그의손은

나는황망(皇忙)하엿섯다. 할수업서

그의더러운손을 꼭쥐엇다.

'형(兄)아!용서(容恕)하여라.

나는공교히 아무것 하나도 가진것이없다.'

거지는 눈물이 그렁그렁한눈으로 나를보았다.

그리고싱긋우서주엇다.

그역(亦)차듸찬손으로

나의손을 힘잇게쥐여주엇다.

'아니올시다. 황송(惶悚)하외다. 이것만해도 감사(感謝)합니다.'

아 — 이째에 나의가슴은 엘마나!

(8월16일N公園에서) 경재

투르게네프의 시 「거지」와 위에 인용된 시를 비교해보면, 후자가 전자를 모방·표절했다는 점이 분명하게 드러난다. 그럼에도 차이점이 있다면, '거리'가 '공원'으로, 단순히 구걸하는 '거지'가 산업현장에서 재해災害를 입었을 뿐만 아니라 부양할 가족이 있는 실직자로서의 '걸인'으로 전환되어 있으며, 전자에서는 '거지'의 정체성 그 자체만을 강조한 데 반해 후자에서는 '걸인'의 정체성이 공장근로자에서 날품팔이꾼을 거쳐 구걸하는 '걸인'으로 전락하게 되는 과정이 나타나 있다는 점 등을 들 수 있다. 또한 전자에서는 '형제'라고 되어 있지만 후자에서는 '형아'라고 되어 있다는 점을 주목할 필요가 있다. '형제'라고 했을 때에는 '거지'와 '시적 자아'가 대등한 입장에 있다는 점을 의미하지만, '형아'라고 했을 때에는 '거지'와 '시적 자아' 사이에 나이의 차이, 환경의 차이 등이 반영되어 있기 때문이다. 그리고 전자에서는 '인간주의' 그 자체를 부각시키고 있지만, 후자에서는 제4연에 제시되어 있는 바와 같이 '현대現代의 자본가資本家'의 권세와 '헌신작弊履'처럼 버려진 노동자의 절망과 불신에서 비롯되는 '현대사회現代社會의 제도制度'를 비판하고 있다는 점을 들 수 있다. 이러한 차이점에도 불구하고, 위에 인용된 시는 투르게네프의 시의 시어, 시적 상황 및 시적 배경을 그대로 전사轉寫하고 있으며, 그것은 이 시의 후반부에 해당하는 제5연부터 제8연까지 나타나 있다. 특히 마지막 부분의 "아니올시다. 황송惶悚하외다. 이것만해도 감사感謝합니다"라는 부분은 투르게네프의 시의 결말부분과 일치한다. 이처럼 '경재'의 시가 투르게네프의 시를 모태로 하고는 있지만, 전자가 후자의 시로부터 직접적으로 영향을 받은 것인지, 김억의 번역시로부터 영향을 받은 것인지, 아니면 중국어나 일본어로 번역된 투르게네프의 시로부터 영향을 받은 것인지는 명확하지 않다.

투르게네프의 산문시 「거지」의 내용을 자신의 시의 내용으로 모사模寫한 예로는 윤동주의 시 「투르게네프의 언덕」에서도 찾아볼 수 있다.

나는 고개길을 넘고 있었다…… 그 때 세 소년(少年)거지가 나를 지나쳤다.

첫째 아이는 잔등에 바구니를 둘러메고, 바구니 속에는 사이다병, 간즈메통, 쇳조각, 헌 양말짝등(等) 폐물(廢物)이 가득하였다.

둘째 아이도 그러하였다.

셋째 아이도 그러하였다.

텁수룩한 머리털 시커먼 얼굴에 눈물 고인 충혈(充血)된 눈, 색(色)잃어 푸르스럼한 입술, 너들너들한 남루(襤褸), 찢겨진 맨발,

아아, 얼마나 무서운 가난이 이 어린 소년(少年)들을 삼키었느냐!

나는 측은(惻隱)한 마음이 움직이었다.

나는 호주머니를 뒤지었다. 두툼한 지갑, 시계(時計), 손수건…… 있을 것은 죄다 있었다.

그러나 무턱대고 이것들을 내줄 용기(勇氣)는 없었다. 손으로 만지작 만지작거릴 뿐

이었다.

다정(多情)스레 이야기나 하리라하고 '얘들아' 불러보았다.

첫째 아이가 충혈(充血)된 눈으로 흘끔 돌아다 볼뿐이었다.

둘째 아이도 그러할 뿐이었다.

셋째 아이도 그러할 뿐이었다.

그리고는 너는 상관(相關)없다는듯이 자기(自己)네 끼리 소근소근 이야기하면서 고개로 넘어갔다.

언덕우에는 아무도 없었다.

짙어가는 황혼(黃昏)이 밀려들뿐

(1939. 9)

투르게네프의 시와 위에 인용된 윤동주의 시의 차이점은 우선적으로 시적 자아의 태도의 차이에서 찾아볼 수 있다. 전자의 시에서는 거리를 걷다가 우연히 마주친 '거지'와의 만남과 상호호혜적인 '적선'의 의미를 강조하고 있지만, 후자의 시에서는 고갯길을 넘다가 우연히 마주친 '세 소년 거지'에게 측은지심惻隱之心을 느끼게 된 시적 자아의 '의도성'으로 인해 측은한 마음의 진정성이 사라져버렸다는 점을 들 수 있다. 이러한 점은 '지갑', '시계', '손수건' 등을 거지소년들에게 선뜻 내어줄 용기가 없어 그것들을 '만지작거리는' 점에서도 찾아볼 수 있고, 그냥 "다정스레 이야기나 하리라하고 '얘들아'" 하고 불러보는 데서도 찾아볼 수 있다. 물론 전자의 '거지'가 나이 들었음— 이러한 점은 투르게네프의 시 마지막 부분의 "고맙습니다 이것도 적선積善이지요"에서 찾아볼 수 있다— 에 반해, 후자의 '거지'는 소년들이라는 점에서 '성숙한 마음'과 '미성숙한 마음'을 고려할 수도 있지만, 중요한 점은 윤동주의 시에서는 시적 자아의 의도적 측은지심이 드러나 버렸다는 점을 들 수 있다. 그 결과 그의 시의 마지막에는 아무도 없게 되고 '황혼'만이 밀려들게 된다. 세 소년 거지에게 들켜버린 시적 자아의 '측은지심'과

의도적 동정심에서 야기되는 '수오지심羞惡之心'은 이상은이 자신의 「동양적 인간형」에서 강조한 바 있는 '측은지심', '수오지심', '겸양지심謙讓之心', '시비지심是非之心'에서 비롯되는 '인의예지仁義禮智'의 네 가지 덕목의 하나에 관계된다. 이처럼 진정성이 없는 '측은지심'과 의도성이 강하게 드러난 의도적 동정심을 바탕으로 하는 윤동주의 시에서 시적 자아와 세 소년 거지는 인간주의, 인간애, 인간정신의 유대감을 형성하지 못하고 서로 분리되어 버린다.

이상에서 살펴본 바와 같이 김억이 '비렁방이'라고 번역하여 소개한 투르게네프의 산문시 「거지」는 그 이전에 백대진에 의해 언급되었고 실천되었던 '산문시'의 영역을 한국 현대시의 영역에 심화시키고 확대시키는 계기를 마련하였다고 볼 수 있다. '산문시'에 대한 백대진의 역할에 대해서는 더 많은 연구를 필요로 하지만, 적어도 김억에 의한 투르게네프의 신문시의 소개는 당시로서나 지금으로서나 중요한 소개에 해당한다. 김억의 이러한 역할이 '경재'라는 필명이나 본명을 쓰는 사람에 의해 소개된 그 자신의 창작시 「걸인」과 윤동주의 시 「트르게네프의 언덕」에 직접적인 영향을 끼친 것으로 보기는 어렵다 하더라도, 투르게네프의 산문시 「거지」가 한국 현대시에 소개된 연대순으로 볼 때에 김억 → 경재 → 윤동주의 순으로 그 소개과정과 적용과정을 추정할 수는 있을 것이다. 더구나 투르게네프의 산문시 「거지」를 몇 번에 걸쳐 번역한 김억, 그것을 원용하거나 전용하여 자신들의 시에 적용한 경재의 시와 윤동주의 시는 비교문학적으로 중요한 의미를 지닌다.

비교문학에서 '전용'은 독창성이 결여된 몰염치한 행위라고 파악하여 금기시 되고 있으며, '모방'은 그 기간이 짧아야 한다는 점을 전제로 한다. 이렇게 볼 때에 번역의 옳고 그름, 정확성과 부정확성에 대한 연구 등도 물론 중요하지만, 당대의 여러 가지 상황이나 여건으로 볼 때 김억의 역할은 한국 현대시의 역사에서 중요한 것에 해당한다. 그러면서도 당시 일본이나 중국에서 번역되었을 수도 있는 투르게네프의 산문시 「거지」의 자료가 없이는 이 시에 대한 김억의 번역을 심도 있게 논의할 수 없다는 점을 제안하고자 한다. 이러한 점에 대해서는 일본이나 중국에서 번역되었을 수도 있는 더 많은 자료를 참고하여 살펴볼 필요가 있다.

5. 스페인문학의 영향과 수용

1) 호세-마리아 드 에레디아의 시
「꽃핀 바다」와 스테펜 스펜더의 시 「바다풍경」

김기림의 시 「바다와 나비」와 드 에레디아의 시 「꽃핀 바다」의 영향관계에 대해 이재호는 "나의 추측은 김기림이 완벽한 기교와 이국적 제재의 회화적 특성을 가진 소네트를 쓴 프랑스 고답파 시인 조세-마리아 드 에레디아의 「꽃핀 바다」에서 인스피레이션을 얻은 것이 아닌가 느껴진다. 에리디아의 시는 일본인 상전 민上田 敏의 역시집 『해조음海潮音』에 세 편이나 번역되어 있고, 그 후에 다른 많은 프랑스 역시집이 나와 있어, 자료 빈곤으로 확인은 못했으나 이 시가 번역 소개되었을 가능성은 배제할 수 없다"라고 언급하면서 이 두 편의 시의 비교가능성을 제기한 바 있다. 그러나 필자가 확인한 바로는 상전 민의 역시집 『해조음』1905, 1952에 수록된 드 에레디아의 시로는 그의 시집 『전리품』에서 발췌하여 번역한 「산호초珊瑚礁」, 「상床」, 「출정出征」 등이 있을 뿐이다. 이러한 점을 참고하여 이 글에서 살펴보고자 하는 드 에레디아의 시 「꽃핀 바다」는 그의 시집 『전리품』에 수록되어 있는 '꽃'에 관계되는 「세기의 꽃」 및 「불의 꽃」 등과 함께 수록되어 있으며, 이들 세 편의 시에서 '꽃'은 '바다', '불' 및 '세기'를 각각 상징한다고 볼 수 있다.

김기림의 시 「바다와 나비」에 관계되는 스펜더의 「바다풍경」과 드 에레디아의 「꽃핀 바다」는 〈표 26〉과 같이 되어 있다. 김기림의 시 「바다와 나비」에 영향을 끼친 것으로 알려진 스펜더의 시 「바다풍경」을 개관하면 다음과 같다. 'M. A. S.를 기억하며'라는 부제가 암시하듯이 세상을 떠난 자신의 동생 마이클 Michael A. Spender을 기억하면서 쓴 이 시에서 스펜더는 바다의 다양한 특징을 전달하기 위해 여러 가지 문학적 장치를 사용하고 있다. 이를 위해 그는 인간성을 지배하는 바다의 힘과 인간성에 작용하게 되는 자연의 힘을 강조하였다. 아울러 서로 다른 바다의 면모를 전달하기 위한 방법으로 '소리효과'를 극대화시키기도 했고, 파도의 움직임을 효과적으로 나타내기 위해 어조 역시 중요한 시적 장치로 활용되기도 했다.

〈표 26〉에 인용된 스펜더의 이 시에서는 분노에 차 있는 바다의 힘찬 동력으로 인해서 인간의 삶은 송두리째 사라져버리는 것처럼 보이며, 이로 인해서 죽음의 이미지는 더욱 더 생생하게 드러나게 된다. 이렇게 볼 때에 스펜더의 이 시에는 바다에 대한 서로 상반되는 두 가지 어조의 특징, 즉 바다를 찬양하는 힘찬 어조의 특징과 자신의 동생의 죽음에서 비롯되는 깊은 슬픔을 포효하는 듯한 거센 파도에 전가시키고자 하는 어조의 특징이 반영되어 있다.

이 시에 대한 스펜더 자신의 언급은 이재호의 「영·불시英·佛詩가 한국시가詩歌에 끼친 영향고影響考」서 찾아볼 수 있다. "이 시상詩想은 바다의 비전이다. 시인의 신념은 만일 이 비전이 명료히 기술된다면 의미 깊은 것이라는 것이다. 이 비전은 절벽 아래 펼쳐있는 바다의 비전이다. 절벽 위에는 들판, 생울타리, 집들이 있다. 말들이 소로를 따라 짐마차를 끌고 가고, 개들이 저 멀리 내지內地에서 짖는 소리 들리고, 종이 멀리서 울린다. 해안은 바다 위 높이서 생울타리, 장미 그리고 사람들로 실려 있는 듯하다. 태양이 해안을 반사하고 흡수하는 듯 보이는 매우 화창한 여름날에, 그때 해안 밑의 바다에서 작은 열을 지어 반짝거리는 파도는 햇볕을 잡는 하프의 현 같다. 이 현들 사이에 해안의 반사물이 놓여 있다. 나비들이 꽃을 찾아 바다 위로 날아가는데 그 파도를 나비들은 백악질白堊質

스테펜 스펜더, 윤호병 역, 「바다풍경」	호세-마리아 드 에레디아, 이재호 역, 「꽃핀 바다」
M.A.S.를 애도하면서 행복한 바다가 누워있는 날이 있지요 연주되지 않는 하프처럼, 대지 아래에는. 오후는 고요한 모든 현(絃)을 금빛으로 빛나게 하지요 두 눈에 불타는 음악 속으로. 멋지게-울리는 화염 사이 번쩍이는 거울 위로 파도로 휩싸인 바닷가는 달려가고, 휘몰아치고, 물위를 배회하지요, 갈비뼈 모양의 모래 위를 걸으면서. 미동도 하지 않는 폭염의 하늘은 지쳐버렸고 내륙으로부터의 한숨은, 여인의 한숨처럼, 그늘진 손으로 악기를 손질하지요 현을 가로질러 끌어들이면서, 몇 마리 갈매기의 날카로운 울음소리를 또는 종소리를, 또는 외침소리를, 멀리, 우리에 갇힌 복마(卜馬)들의; 이 모든 것들을, 닻처럼 깊게, 잠잠해지는 파도는 묻어버리지요. 그런 다음 바닷가로부터 지그재그로 날아오르는 두 마리 나비, 심부름 가는 들장미처럼, 밝은 끈을 가로질러 날고 있네요, 어리석은 소용돌이 속에서 바다위로 나선형 끈을 꼬면서 반사된 하늘 속으로 추락할 때까지. 두마리 나비는 익사했지요. 어부는 알고 있지요 그러한 날개는 그러한 제례희생 속에 가라앉고 만다는 것을, 바다아래, 수몰된 도시들의 전설을 회상하면서. 항해자들, 아 영웅들, 화장용(火葬用) 장작더미	다채로운 들판을 넘쳐흐르는 수확은 굴르고, 물결치고, 흔드는 상쾌한 바람에 펼쳐진다; 그리고 먼 하늘에 어느 써레의 윤곽은 마치 검은 제일 기움 돛대를 앞뒤로 흔들고 들어 올리는 배인 듯 그리고 내 발 밑에서 바다는 자줏빛 서쪽까지, 푸른빛 분홍빛 보랏빛 청록색 혹은 썰물이 흩뜨리는 양(羊)처럼 흰빛, 거대한 초원처럼 무한히 녹색으로 된다. 갈매기들 또한 호수를 따라가며 황금빛 파도로 부풀은 익은 밀을 향해 즐거운 고함치며 회오리바람 속을 날아갔다. 한편 육지로부터 꿀처럼 달콤한 미풍이 흩드린다. 황홀한 날개들이 내키는 대로 꽃핀 바다 위에 나비들을.

스테펜 스펜더, 윤호병 역, 「바다풍경」	호세-마리아 드 에레디아, 이재호 역, 「꽃핀 바다」
처럼 불타올라 깃털 꽂힌 헬멧을 쓰고 어느 섬에서 출발했지만 바다가 그들을 삼켜버렸지요. 그들의 두 눈은 잔혹한 파도의 욕망에 일그러지고 말았지요. 물결을 통해 가까스로 알 수 있는 동전으로 빛 나지만, 저 멀리, 바로 그 하프는 그들의 한숨을 가늠할 뿐이지요.	

풍경의 들판으로 착각한다. 오늘과 같은 날, 바다에 반사된 육지는 바다 속으로 들어가는 것처럼 보인다. 마치 아틀란티스 섬처럼 바다 밑에 놓여 잇는 듯, 하프의 현들은 해경海景과 육경陸景을 융합하는 눈에 보이는 음악 같다."

스펜더 자신의 설명과 그의 시 「바다풍경」에서 알 수 있는 바와 같이, 폭염이 내려 쪼이는 여름 한낮에 바닷가에 서서 세상을 떠난 동생을 그리워하는 자기 자신의 모습을 두 마리 나비로 형상화시키고 있는 이 시에서 스펜더 자신은 자신의 마음을 하프소리에 비유하는 한편, 다른 한편으로는 때로는 침묵하고 때로는 포효하는 파도에 비유하고 있다. 이러한 비유를 더욱 효과적으로 드러내기 위한 대조적인 장치들, 가령 멀리보이는 내륙의 인간세계와 끝없이 펼쳐진 바다의 세계, 그러한 바다 위로 팔랑거리며 지그재그로 날아오르는 두 마리 나비, 인간세계의 면모를 여실히 나타내는 집, 생 울타리, 말, 개 짖는 소리 등은 바다의 모습과 대조를 이룬다. 이처럼 스펜더의 시세계를 대표하는 시 「바다풍경」에는 두 마리 나비로 비유된 형제애, 말하자면 세상을 떠난 동생과 그 동생을 그리워하는 형의 모습이 형상화되어 있다.

2) 김기림의 시 「바다와 나비」와 스펜더의 시 「바다풍경」 및 드 에레디아의 시 「꽃핀 바다」의 비교

『여성』1939.4에 수록되어 있는 김기림의 시 「바다와 나비」의 전문은 다음과 같다.

　　아모도 그에게 수심(水深)을 일러 준 일이 없기에

　　흰 나비는 도모지 바다가 무섭지 않다.

　　청(靑)무우밭인가 해서 나려 갔다가는

　　어린 날개가 물결에 저러서

　　공주(公主)처럼 지쳐서 도라온다.

　　3월(三月)달 바다가 꽃이 피지 않어서 서거푼

　　나비 허리에 새파란 초생달이 시리다.

— 김기림, 「바다와 나비」 전문

김기림의 모더니즘 시세계를 대표하는 것으로 알려진 위에 인용된 시에는 문명의 세계 혹은 새로운 세계에 대한 동경, 그러한 세계를 찾아나서는 모험과 시련 및 최종적으로 겪게 되는 좌절 등이 각 연별로 나타나 있으며, 이러한 세 가지 과정의 주체는 '나비', '바다' 및 '초생달'이다. 생명체와 비-생명체, 미세조직과 거대조직의 대립 등을 통해 시인은 현대문명의 냉혹성과 가혹성을 드러내는 한편 다른 한편으로는 현대문명의 허구성과 위험성을 비판적으로 드러내고 있다. 다시 말하면, 개회기 지식인으로 대표되는 '나비'는 근대화와 서구화라는 허상을 좇아 새로운 세계로 대표되는 '바다'를 건너고자 하지만 그것은 한낱 낭만적 상상일 뿐이지 현실적 인식은 아니라는 점을 들 수 있다. 개화이전의 문명의 수입은 주로 중국이라는 '대륙'에 의존하였지만, 개화이후 서구문명의 수입은 '바다'를 통해 이루어졌다는 점을 고려할 때, 이 시에서의 '바다'는 그러한 문명을 우선은 '일본'을 통해, 그 다음은 서구자체를 통해 접하고자 하는 당대 젊은 지식인들, 즉 이 시에서 '나비'로 대표되는 지식인들이 반드시 넘어서야할 경계선으로 작용하고 있다고 볼 수 있다. 따라서 1930년대 한국시단에서 모더니즘 시와 이론의 선구자로 알려진 김기림은 이 시에서 자신의 이론과 정신세계를 유감없이 드러냄으로써, 모더니스트로서의 자화상을 보여 주었다.

그럼에도 김기림의 시 「바다와 나비」의 제3연에는 앞에서 살펴본 스펜더의 시 제3연이 반영되어 있다는 점에 대해서는 그동안 많은 언급이 있어 왔다. 이러한 점을 고려할 때 스펜더의 시 제3연과 김기림의 시 「바다와 나비」에서 공통적으로 나타나 있는 점은 '바다'와 '나비' 이다. 광활한 '바다'의 거시적 이미지와 미세한 '나비'의 미시적 이미지의 대조에 의해 이미지의 선명성을 강조하고 있다. 이러한 의미의 바다와 나비의 관계가 나타나 있는 스펜더의 시 「바다풍경」의 제3연과 김기림의 시 「바다와 나비」의 전문을 대조하면 〈표 27〉과 같다.

〈표 27〉

스펜더, 「바다풍경」 제3연	김기림, 「바다와 나비」 전문
그런 다음 바닷가로부터 지그재그로 날아오르는 두 마리 나비, 　심부름 가는 들장미처럼, 밝은 끈을 가로질러 날고 있네요, 　어리석은 소용돌이 속에서 바다위로 나선형 끈을 꼬면서 　반사된 하늘 속으로 추락할 때까지. 　두 마리 나비는 익사했지요. 어부는 알고 있지요 　그러한 날개는 그러한 제례희생 속에 가라앉고 만다는 것을,	아모도 그에게 수심(水深)을 일러 준 일이 없기에 　힌 나비는 도모지 바다가 무섭지 않다. 청(靑)무우밭인가 해서 나려 갔다가는 어린 날개가 물결에 저러서 공주(公主)처럼 지처서 도라온다. 3월(三月)달 바다가 꽃이 피지 않어서 서거푼 나비 허리에 새파란 초생달이 시리다.

스펜더의 시 「바다풍경」의 제3연은 제4연의 첫 행 "바다아래, 수몰된 도시들의 전설을 회상하면서"까지 이어지며, 이 부분을 포함하는 제3연에서 '두 마리 나비'는 서로가 서로에게 의지하면서 바다 위 하늘을 날고 있다. 이러한 점은 "지그재그로 날아오르는", "나선형 끈을 꼬면서"와 같은 구절에서 확인할 수 있다. 그러나 결국은 "반사된 하늘"로 비유된 '바다' 속으로 추락하고 말게 되며, 바로 그 목격자는 다름 아닌 '어부', 즉 나비의 날개처럼 연약한 목숨은 결국 "제례희생 속에 가라앉고 만다는 것을" 이미 알고 있는 '어부' 자신이다. 스펜더의 시에 나타나 있는 두 마리 나비의 죽음과 바다의 무자비한 냉혹성—이러한 점은 이 시의 제4연 "바다가 그들을 삼켜버렸지요"에 암시되어 있다—은 김기림의 시에서 서구로 대표되는 문명세계를 찾아 나섰다가 그 뜻을 이루지 못하고 돌아오는 한 마리 '나비'와 그러한 나비가 반드시 극복해야할, 그러나 극복할 수 없는 장벽으로서의 '바다'로 전환되어 있다. 다시 정리하면, 스펜더의 시에서는 바다 위를 날고 날다가 결국은 죽음을 맞이하게 된 나비에 의해 자신의 동생의 죽음을 애도하고 있지만, 김기림의 시에서는 '나비'가 서구적인 근대문명을 모색하다가 좌절하고 마는 모습으로 비유되어 있는 셈이다. 이와 같은 점이 드러나 있는 스펜더의 시 제3연과 김기림의 시 전문을 다시 인용하면 〈표 27〉과 같다.

　　스펜더의 시와 김기림의 시에 사용된 이미지의 전환관계를 살펴보면 다음과 같다. 스펜더의 시에서 청각이미지로 활용되고 있는 '하프'는 김기림의 시에서 시각이미지로서의 '초생달'로, '반사된 하늘'로 비유된 '바다'는 '청靑무우밭'으로, '어부'는 '공주쇼主'로, 구체적인 '들장미'는 보편적인 '꽃'으로, '바다 아래'(제4연 첫 행)는 '수심水深'으로 전환되어 있다. 아울러 이러한 전환관계에서 가장 대표적이라고 볼 수 있는 '나비'를 살펴보면 다음과 같다. 우선 '나비'는 '두 마리'에서 '한 마리'로 전환되어 있으며, 스펜더의 시에서는 바다 위의 하늘을 높이 날아오르다가 "반사된 하늘 속"으로 비유된 바다 속으로 추락하는 것으로 되어 있지만,

김기림의 시에서는 그러한 사전행위가 생략된 채 "청靑무우밭"으로 비유된 바다로 내려가는 것으로 되어 있다. 또한 스펜더의 시에서는 바다에 빠져 죽는 '나비'의 익사가 "수몰된 도시들의 전설"로까지 확대되지만, 김기림의 시에서는 지치기는 했지만 살아 돌아오는 것으로 되어 있다. 아울러 스펜더의 시에서의 시간은 '폭염의 하늘'에 암시되어 있는 바와 같이 '여름'에 관계되지만, 김기림의 시에서는 '3월三月달'로 구체화되어 있는 바와 같이 '봄'에 관계된다. 이 시에 대한 스펜더 자신의 언급처럼 그의 시 「바다풍경」은 죽음의 세계와 바다의 비전을 나비와 하프에 의해 제시하고 있는 반면, 김기림의 시 「바다와 나비」는 문명세계를 찾아 나서지만 절망을 안고 되돌아올 수밖에 없는 근대화시대의 욕망, 젊은이의 야심을 한 마리 '나비'로 제시하고 있다.

위에 전문이 인용된 드 에레디아의 시에서는 어느 가을날의 풍경을 감각적이면서도 환상적으로 표현하고 있다. 이러한 점은 온갖 유형의 색깔들—푸른빛, 분홍빛, 보랏빛, 청록색, 흰빛, 녹색, 황금빛—과 '초원'으로 비유된 '바다' 및 그 위로 날아오르는 '나비들' 등에서 확인할 수 있다. 이렇게 볼 때에 드 에레디아의 이 시에는 전체적으로 김기림의 시 「바다와 나비」와 유사한 점이 나타나 있다고 볼 수 있다. 말하자면, 김기림의 시에서 '흰 나비'의 '하얀 색', '청靑무우밭'의 '초록색', '새파란 초생달'의 '파란색' 등의 색채이미지, '바다' 및 '나비' 등에서 하나의 공통점을 확인할 수 있기 때문이다. 그럼에도 차이점이 있다면, 드 에레디아의 시에서의 '나비들'이라는 복수형과 '익은 밀'에 암시되어 있는 '가을'이 김기림의 시에서는 '나비'라는 단수형과 '3월三月달'이라는 '봄'으로 전환되어 있다는 점을 들 수 있다.

이재호는 이들 시인들의 생존연대를 고려하여 이들의 시의 영향관계를 '드에레디아 → 스펜더 → 김기림'으로 이어지는 계통, '에레디아 → 김기림'으로이어지는 계통, 또는 '스펜더 → 김기림'으로 이어지는 계통 등으로 파악한 바있다. 그럼에도 한국 현대시 연구자들은 주로 '스펜더 → 김기림'의 영향관계에 역점을 두어왔다. 이러한 점을 고려하여 필자는 이들 세 시인들의 시에 나타난 유사점과 차이점을 살펴보았다.

두 나라 혹은 그 이상의 문학을 비교하는 데 있어 영향과 수용의 관계는 비교문학 연구에서 가장 기본적인 요소에 해당한다. 이러한 요소에는 직접적인 관계와 간접적인 관계로 나뉘며, 한국 현대시에 있어서 그러한 점은 주로 간접적인 관계에 해당한다. 왜냐하면 직접적인 관계는 문학의 '발신자'와 그러한 문학의 '수신자'가 직접 교류하게 되는 것을 전제로 하기 때문이다. 물론 작품에 의해 직접적으로 영향을 받기도 하지만, 그것은 어디까지나 간접적인 영향과 수용에 해당한다. 앞에서 살펴본 바와 같이 드 에레디아와 스펜더 및 김기림의 영향과 수용의 관계를 시어詩語를 중심으로 정리하면 〈표 28〉과 같다.

이처럼 김기림의 시 「바다와 나비」에서 멀리로는 드 에레디아의 시 「꽃핀 바다」와 가까이로는 스펜더의 시 「바다풍경」의 흔적을 찾아볼 수 있다. 그러나 이러한 영향과 수용의 관계는 더 많은 연구를 필요로 한다.

〈표 28〉

	드 에레디아, 「꽃핀 바다」	스펜더, 「바다풍경」	김기림, 「바다와 나비」	비고
계절	여름	가을	봄	
공간	바다와 육지	바다와 육지	바다 (육지)	
시간	(한낮)	오후	초저녁	
대상	다수(多數)의 '나비'	두 마리 '나비'	한 마리 '나비'	
이미지	시각 이미지(푸른빛, 분홍빛, 보랏빛, 청록색, 흰빛, 녹색, 황금빛)	청각 이미지(하프)	시각 이미지 (청무우밭, 초생달)	
형식	소네트	자유시	자유시	
의미	세상을 떠난 동생을 애도	가을날의 풍경 자체	모더니즘 세계	

6. 일본문학의 영향과 수용

1) 이시카와 타쿠보쿠石川啄木와 조선의 관계

타쿠보쿠의 조선에 대한 관심은 『창작』1910.10에 발표된 그의 시 「9월 밤의 불평九月の夜の不平」에 수록된 아홉 편의 시 중에서 여섯 번째 시에서부터 마지막 시까지에 반영되어 있으며, 해당부분을 손순옥이 옮긴 『이시카와 타쿠보쿠 시선』1998에서 인용하면 다음과 같다.

> 잊을 수 없는 표정이다
> 오늘 거리에서 경찰에 끌려가며
> 웃음 짓던 남자는
>
> 세계 지도 위 조선나라
> 검디검도록
> 먹칠하여 가면서 가을 바람 듣는다
>
> 누가 나에게 저 피스톨이라도 쏘아 줬으면
> 이토오 수상처럼
> 죽어나 보여줄걸
>
> 명치 43년 이 가을 내 마음은
> 어느 때보다 성실하여지면서
> 슬픔으로 가득해

위에 인용된 부분에서 "조선나라 / 검디검도록 / 먹칠하여 가면서"에 암시되어 있는 바와 같이, 그것은 한일합방1910.8.29에 대한 타쿠보쿠 자신의 암울한 심정과 조선의 멸망을 애도한 시로 평가되고 있다. 당시의 조선에 대한 그의 이러한 관심은 「코코아 한 잔」에 극대화되어 있으며, 이 시에 대한 기존의 평가는 1910년 '대역사건大逆事件'에 연루된 자들의 사형, 좌익 활동에 대한 불법 규정, 관련자들의 검거와 투옥 등을 고발한 시라는 견해와 급격한 사회변화를 겪어야 했던 러시아 변혁기의 무정부주의자들을 찬양한 시라는 견해가 지배적이었다. 그러나 타쿠보쿠의 시를 재구성한 오영진은 「코코아 한 잔」이 안중근 의사를 흠모·찬양한 것이라는 견해를 제안하였고, 이윤기와 마에다 데쓰오前田哲男도 오영진의 이러한 견해를 지지하였다. 이러한 점은 마에다 교수가 이윤기에게 보낸 편지에서 확인할 수 있으며, 『한겨레 21』 제579호2005.10.11에 수록된 이윤기의 「가을바람, 코코아, 테러리스트」에서 해당 부분을 인용하면 다음과 같다.

스물여섯 꽃다운 나이에 요절한 일본의 천재 시인 이시카와 다쿠보쿠(石川啄木)의 짧은 시들을 집중적으로 읽은 시절이 있다. 내 나이 스무 살 안팎이던 시절이다. 애간장을 녹일 듯이 슬픈 시편들이었다. 일본제국의 심상치 않던 행보를 불길해하던 이 시인이 95년 전에 쓴 시 한수, 아직도 기억한다. "지도 위 조선 나라를 / 검디검도록 / 먹칠해 가는 가을바람 듣다." 마에다 교수의 소포가 날아들다. 자국의 우경화 행보를 불길해하는 일본인들을 만날 기회가 있었다. 평화와 환경을 걱정하는 사람들이 한 배(Peace and Green Boat)를 타고 두 주일 남짓 여행한 것이다. 8월13일 도쿄의 하루미를 출항한 이 배는 광복 60주년을 맞는 날 부산에 입항했다. 부산 민주공원에서 열린 공동 기자회견, 일본의 우경화를 반대하는 '공동성명서'를 낭독하는 자리에서 나는 나의 귀를 의심하지 않으면 안 되었다. 일본인 대표인 도쿄국제대학 마에다 데쓰오(前田哲男) 교수가 바로 위의 시편, 내 마음에 오래 머물러 있던 저 시편을 읊은 것이다. 95년 전에 쓰인 이 시 한수에, 일본의 우경화를 불길해하는 노교수의 마음이 실려 있는 것 같아서 퍽 인상적이었다. 마에다 교수와 나는 공동 기자회견 뒤로도 며칠 함께 지내면서 한-일 관계에 대해 많은 이야기를 나누었다. 마에다 교수는, 내가 원문을 기억하지 못하는 위의 시편을 일본어로 정확하게 적어주기도 했다. 그로부터 3주 뒤, 마에다 교수가 보낸 소포가 날아들었다. 두툼했다. 일본의 출판사 신조사가 펴낸 『신조 일본 문학 앨범』 중 한 권인 『이시카와 다쿠보쿠』, 포켓판 시집 『다쿠보쿠』, 다쿠보쿠의 시편들을 녹음한 CD 한 장. 그리고 또 있었다. 편지 한 장과 사이토 미치노리의 저서 『이토 히로부미를 쏜 사나이』도 들어 있었다. 그런데 마에다 교수의 편지 한 대목이 나의 시선을 확 잡아당겼다. "(…중략…) 『신조 일본 문학 앨범』 가운데 『이시카와 다쿠보쿠』의 첫 부분에 나와 있는 시 「코코아 한 스푼」은 '대역사건(大逆事件)'의 고토쿠 슈스이에게 바쳐진 것이라고 해석되어 있지만, 안중근을 마음에 그리고 있다는 설도 있습니다. 저도 그렇게 생각합니다……." 안중근 의사를 마음에 그리고 있다는 '코코아 한 스푼'은 어떤 시인가? "나는 안다, 테러리스트의 / 슬픈 마음을 / 말과 행동으로 나누기 어려운 / 단 하나의 그 마음을 / 빼앗긴 말 대신에 / 행동으로 말하려는 심정을 (…중략…) / 끝없는 논쟁 뒤 / 싸늘하게 식어버린 코코아 한 스푼 홀짝거리며 / 혀끝에 닿는 그 씁쓸한 맛으로 / 나는 안다, 테러리스트의 / 슬프고도 슬픈 마음을." '대역사건'은 또 무엇인가? 1910년, 메이지 정부가 일본 군국화에 걸림돌이 되는 무정부주의자, 사회주의자들을 '대역'으로 몰아 무더기로 제거해 버린 사건이다. 위의 시편은 그들의 죽음에 대한, 사회주의 사상에 가파르게 기울어 있던 휴머니스트 이시카와의 견해 표명으로 해석되고 있었는데, 마에다 교수는 '안중근을 마음에 그리고 있다'는 견해를 지지하고 나선 것이다. 그가 보내준 책 『이토 히로부미를 쏜 사나이』도, 한국의 일본문학자 오영진 교수(동국대)가 제기한 '안중근설'을 소개하면서 그쪽에다 무게를 두고 있다. "누가 나에게 피스톨이라도 쏘아주면 (…중략…)" 마에다 교수가 부산에서 읊은 위의 시는 다쿠보쿠가 메이지 43년(1910)에 쓴 「9월 밤의 불평」의 한 스탠자(聯)다. 앞뒤의 스탠자를 배치하여 이 시를 다시 읽어보기로 한다. "잊을 수 없는 표정이다 / 오늘 거리에서 경찰에 끌려가면서도 / 웃던 사내는 / 지도 위 조선 나라를 / 검디검도록 / 먹칠해가는 가을바람 듣다 / 누가 나에게 피스톨이라도 쏘아주면 / 이토 (히로부미)처럼 / 죽어나 볼걸." 오영진 교수의 견해가 옳은 것 같다. 각 스탠자의 '경찰에 끌려가면서도 웃던 사내,' '조선 나라,' '이토 (히로부미)처럼'을 연결하면 '안중근 의사'라는 답이 나오는 것 같다. 마에다 교수는 만만치 않은 지출까지 감수, 많은 자료를 나에게 보내줌으로써, 95년 전에 순국한 '안중근'설을 지지해준 것이다.

이상에서 살펴본 바와 같이 당시의 조선에 대한 타쿠보쿠의 관심은 인간주의를 바탕으로 하는 연민과 애정으로 나타나 있으며, 특히 한국 현대시와의 관계에서 그의 영향은 김기진과 정지용 및 백석의 시에 직접적으로 또는 간접적으로 수용되어 있는 것으로 볼 수 있다.

2) 타쿠보쿠의 시 「코코아 한 잔」과 정지용의 시 「카페 · 쯔랑스」의 관계

이처럼 한반도의 정세에 대해서 남다른 애정을 가지고 있던 타쿠보쿠의 시세계가 한국 현대시에 끼친 영향과 수용의 관계는 '시대상황과 지식인의 고뇌'에서 그 유사성을 찾아볼 수 있다. 타쿠보쿠의 시 「코코아 한 잔」과 정지용의 시 「카페 · 쯔랑스」는 그러한 유사성의 비교를 가능하게 한다.

"나는 안다"라는 시대의 목격자이자 증언자로서의 역할을 하고 있는 타쿠보쿠의 시 「코코아 한 잔」의 내용에 접맥될 수 있는 정지용의 시 「카페 · 쯔랑스」는 『학조』 창간호[1926.6]에 처음 발표되었으며, 그의 시집 『정지용시집』[1935]을 참고하여 이 시의 전문을 인용하면 〈표 29〉와 같다. 타쿠보쿠의 시세계와 정지용의 시세계의 비교를 가능하게 하는 요인은 직접적인 정확한 영향과 수용에 의한 비교보다는 '상호텍스트성'의 방법에 의한 간접적인 비교를 가능하게 한다. 다시 말하면, 시대상황, 사회주의 사상, 시대의 목격자이자 지식인으로서의 시인의 고뇌, 문화중심으로서의 카페와 그러한 카페에서의 시인의 사유세계 등에 대한 비교를 가능하게 한다. 이러한 점은 "나는 안다. 테러리스트의 / 슬픈 마음을"이라는 타쿠보쿠의 시의 첫 구절과 '카페 쯔랑스에 가쟈'라는 정지용의 시에

다쿠보쿠, 손순옥 역, 「코코아 한 잔」	정지용, 「카페 · 쁘랑스」
나는 안다. 테러리스트의 슬픈 마음을— 말과 행동으로 나누기 어려운 단 하나의 그 마음을 빼앗긴 말 대신에 행동으로 말하려는 심정을 자신의 몸과 마음을 적에게 내던지는 심정을— 그것은 성실하고 열심인 사람이 늘 갖 는 슬픔인 것을. 끝없는 논쟁 후의 차갑게 식어버린 코코아 한 모금을 홀 짝이며 혀끝에 닿는 그 씁쓸한 맛깔로, 나는 안다. 테러리스트의 슬프고도 슬픈 마음을.	옴겨다 심은 종려(棕櫚)나무 밑에 빗두루 슨 장명등, 카페.쁘랑스에 가쟈. 이놈은 루바쉬카 또 한놈은 보헤미안 넥타이 뼛적 마른 놈이 압장을 섰다. 밤비는 뱀눈 처럼 가는데 페이브멘트에 흐늙이는 불빛 카페 · 쁘랑스에 가쟈. 이 놈의 머리는 빗두른 능금 또 한놈의 심장(心臟)은 벌레 먹은 장미 (薔薇) 제비 처럼 젖은 놈이 뛰여 간다. "오오 패롤( ) 서방! 꾿 이브닝!" "꾿 이브닝!"(이 친구 어떠하시오?) 울금향(鬱金香) 아가씨는 이밤에도 경사(更紗) 커-틴 밑에서 조시는구료! 나는 자작(子爵)의 아들도 아모것도 아 니란다. 남달리 손이 희여서 슬프구나! 나는 나라도 집도 없단다. 대리석(大理石) 테이블에 닷는 내뺨이 슬프구나! 오오, 이국종(異國種)강아지야 내발을 빨아다오. 내발을 빨아다오.

서의 청유형 구절에서 그 유사성을 확인할 수 있다.

한 시대의 목격자로서 이 두 시인의 구심점은 '카페'에 있다. 변호사 카미유 데몰랭이 자코뱅당의 본거지였던 프랑스의 '카페 드 푸아'에서 1789년 7월 12일 "카페를 벗어나 혁명을!"이라고 외쳤을 뿐만 아니라 이틀 뒤인 1789년 7월 14일에는 "힘에는 힘으로 대항하자"라는 구호와 함께 파리 시민들이 바스티유 감옥을 습격하도록 함으로써 "프랑스혁명은 카페에서 시작되었다"라는 말이 비롯되었듯이, '카페'는 혁명과 논쟁의 중심에 해당한다. 이러한 점은 "끝없는 논쟁 후의 / 차갑게 식어버린 코코아 한 모금을 홀짝이며 / 혀끝에 닿는 그 씁쓸한 맛깔로, / 나는 안다"라는 타쿠보쿠의 시의 후반부와 정지용의 시 제2연 "이놈은 루바쉬카 / 또 한놈은 보헤미안 넥타이 / 뻣적 마른 놈이 압장을 섰다"와 제3연의 "이 놈의 머리는 빗두른 능금 / 또 한놈의 심장心臟은 벌레 먹은 장미薔薇 / 제비 처럼 젖은 놈이 뛰여 간다"에서 그러한 점을 확인할 수 있다.

"테러리스트의 마음을 나는 안다"라고 목격과 증언을 과감하게 제시하는 타쿠보코의 시와 "나는 나라도 집도 없단다"라고 자책하는 정지용의 시에는 그 표현의 차이점에도 불구하고 '테러리스트', '이놈, 또 한 놈, 젖은 놈', '뱀눈', '뻣적 마른', '빗두른', '벌레먹은', '뛰여 간다' 등에서 파악할 수 있는 바와 같이 불길한 조짐이 암시되어 있다. 차이점이 있다면 타쿠보쿠의 시에서는 "자신의 몸과 마음을 적에게 내던지는 심정을"처럼 비장감이 강조되어 있지만, 정지용의 시에서는 "남달리 손이 희여서 슬프구나!"처럼 시대적 절망감이 나타나 있다는 점을 들 수 있다.

그러나 정지용의 절망감은 우회적인 절망감에 해당하며, 그것은 그의 시의 제목 '카쎄·쯔랑스'에서 확인할 수 있다. 앞에서 언급한 바와 같이 '프랑스의 카페'가 프랑스혁명의 산실이었듯이 정지용도 '카쎄 쯔랑스'에서 혁명을 꿈꾸었을 것이기 때문이다. "밤비는 뱀눈 처럼 가는"에 암시되어 있는 섬뜩한 이미지에서 "뱀눈"은 일경日警의 감시의 눈초리에 해당하며, "나는 자작子爵의 아들도 아모것도 아니란다"에서 '자작子爵'은 일제강점기에 조선의 관료와 지배계층에게 부여해주었던 '공후백자남公侯伯子男'에 해당한다. 따라서 이 시의 마지막 구절 "오오, 이국종異國種강아지야 / 내발을 빨아다오. / 내발을 빨아다오"에서 "이국종異國種강아지"는 당시 일제日帝로부터 작위爵位를 받고 일본인처럼 행세하던 조선의 관료와 지배계층에 대한 경멸적인 호칭에 해당하고, '내발'은 "자작의 아들도 아모것도 아닌" 나— 정지용 자신— 의 '발'이지만 지배국에 동조하지 않는 당당한 모습에 해당한다. 따라서 두 번 강조된 "내발을 빨아다오"는 일제日帝에 동조하는 혹은 일본인 행세를 하는 당시의 조선인 관료와 지배계층에 대한 강력한 경종과 야유의 메시지에 해당한다.

그럼에도 위에 인용된 정지용의 시에서 "나는 자작子爵의 아들도 아모것도 아니란다. / 남달리 손이 희여서 슬프구나!"에는 그가 창씨개명創氏改名했을 당시의 심정이 반영되어 있다. 『옥천신문』제608호2002.2.9에 수록된 정지용의 아들 정구관과의 대담을 기록한 「노한나의 입말로 풀어쓰는 이야기 정지용」에는 정지용의 창씨개명 과정과 그 의미가 다음과 같이 설명되어 있다.

왜정 때 연일 정씨 송강 자손은 전부 송강을 따서 마쯔에(まつえ)라고, 송강이라고 그때 창씨를 했어요. 그렇게 송강 자손이란 걸 표시하느라고 집안이 전부 그렇게 했는데, 정지용은 '그 송강 가지고는 안 된다, 그리고 그 마쯔에, 송강이라는 건 일본 사람한테도 그런 성이 있다'이거예요. 일본 사람한테도 있으니까 그 뭐 쓸 수 있냐. 그래서 정지용은 창씨를 하게 되면서 대궁이라고 지었어요.

큰 대(大)자, 활 궁(弓)자를 써서 대궁(大弓)이라고 했는데, 그 대궁이라는 뜻은요. 이걸 한데 붙이면 오랑캐 이(夷)자가 돼요. 이(夷)자가, 오랑캐 이자가 되는데, 동이란 말이지요. 우리 한국 사람을 중국 사람이나 다른 나라들이 동이라고 했거든. 동쪽 오랑캐라고 해서 동이, 동이다, 동이족이다 이래가지고 한국사람 부를 때 동이족으로 불렀거든. 이렇게 창씨를 하고서는 아이들을 모아놓고 그 설명을 전부 정지용이 해줬어요.

동이, 그걸 부셔가지구 대궁이라고 하는 이름을 지었다라구.

그리고 정지용은 그 대궁 글자에 이름을 외자를 써서 자기 이름을 세울 수(修)자를 썼어요. 세울 수자, 닦을 수자. 수신제가(修身齊家) 하는 수자. 그래 그 이름이 무슨 뜻이냐 하면 큰 활을 세운단 말입니다, 쏠라면 세워야 하잖아요, 그리고 큰아들은 창씨한 이름이 가득할 만(滿)자입니다.

일본말로는 오오유미 미쯔루(おおゆみ みつる)지요. 가득 찰 만인데, 그 가득 찰 만자는 활 댕기면 뚱그래지잖아요, 가득 차잖아요, 그리구 그 밑에 아이 이름은 날개 익(翼)자예요. 날개 익자, 날개 익자는 무얼 말하는고 하면 화살에 끄트머리에 날개가 달려 있잖아요. 그리고 이번에 이북에서 면회 온 막내아들은 그때 창씨한 이름이 빠를 신(迅)자예요.

그래 가족들 이름을 풀이해보면, 활을 세워서, 가득 채워서, 활에다가 깃털을 달아가지고 쏘면, 이놈이 쏜살같이 나가서 적을 맞힌다. 이거란 말이지요. 이 적이란 말은 그때 창씨할 때는 설명을 안했구만 지금 생각하면 그것이 왜놈이 아닌가하는 생각이 드는구만요.

위에 인용된 증언을 바탕으로 할 때에, 정지용은 창씨개명을 하기는 했지만, 소위 말하는 '공후백자남公侯伯子男'과 같은 작위에는 관심이 없었을 뿐만 아니라 친일파라는 민족반역자에도 끼지 않았으며, 자신의 일본식 이름에 대해 자기 나름대로의 민족정신과 의지를 담았다고 볼 수 있다.

이렇게 볼 때에 위에 인용된 타쿠보쿠의 시에 반영되어 있는 '테러리스트'와 정지용의 시에 반영되어 있는 '나'는 하나의 공감대를 공유하고 있으며, 그러한 공감대는 '빼앗긴 말'과 '빼앗긴 이름'에서 그 유사성이 나타나 있다.

3) 타쿠보쿠의 시「끝없는 논쟁 후에」와
김기진의 시「백수白手의탄식歎息」의 관계

타쿠보쿠의 시세계가 한국 현대시에 끼친 직접적인 영향과 수용의 관계는 김기진의 시「백수의탄식」에서 찾아볼 수 있으며, 이 시는 타쿠보쿠의 시「끝없는 논쟁 후에」를 모방·전용·변용한 경우에 해당한다. 1921년 릿쿄대학立教大學 재학 시에 아소 히사시麻生久로부터 노동운동의 중요성과 러시아문학을 공부한 바 있는 김기진은 자신이 존경하던 나카노 니노스케中西伊之助가 조선에 오자 '파스큘라PASKYULA'와 '염군사焰群社'를 합쳐 박영희와 함께 '조선프롤레타리아예술가동맹KAPF'을 조직하였다. '파스큘라'는 1923년 동경에서 귀국한 김기진과 『백조』 동인들 중에서 일부가 주축이 되어 형성된 문학조직으로 박영희, 이익상, 이상화, 김형원, 김기진, 연학년, 안석영, 김복진 등이 참여한 문학단체로, 이들의 성명을 조합하여 '파스큘라'라는 명칭이 유래되었으며, '조선프롤레타리아예술가동맹'이 조직되기 전까지 계급주의 문예운동의 일부를 담당하였다. 신경향파 시대의 문학을 담당한 프로문학 집단의 하나에 해당하는 '염군사'는 1922년 9월 서울에서 조직되었으며, 이적효, 이호, 김홍파, 김두수, 최승일, 심대섭沈大燮, 김영팔, 박용대, 송영 등이 조직하였다. '염군사'는 정신적으로 강경파에 속해 있었으며 문예 활동을 철저하게 계급투쟁의 방편으로 생각해서 같은 무렵에 발족을 본 프로문학단체인 '파스큘라'와 대조되었다. 사회사상에 심취했던 김기진은 박영희와의 '내용과 형식의 논쟁', 임화와의 '예술대중화논쟁' 등을 통해 당시의 문단에서 중심적인 역할을 하였다.

앞에서 언급한 바와 같이 타구보쿠의 시「끝없는 논쟁 후에」는 『개벽』 제48호1924.6에 수록된 김기진의 시「백수의탄식」에 영향을 끼친 것으로 알려졌으며, 이 두 편의 시의 내용을 비교하면 다음과 같다.

타쿠보쿠의 시와 김기진의 시의 비교가능성은 이 두 편의 시에 사용된 시의 형식, 시어詩語, 시상詩想의 전개 등의 유사성에서 확인할 수 있다. ① 시의 형식이 전4연으로 되어 있다는 점과 "그러나, 누구 하나 주먹을 굳게 쥐고 책상을 치며 / 'V NAROD!'를 외치는 사람은 없다"와 "Cafe Chair Revolutionist, / 너희들의손이너머도희고나!"라는 후렴구의 반복을 들 수 있다. ② 시어詩語와 시구詩句의 유사성은 '露西亞の靑年 / 露西亞靑年', '五十年前 / 六十年前', 'V NAROD!' / 우·나로ー드!' '민중民衆 / 농민農民', '끝없는 논쟁 후의 피곤이 있다 / 헛되인탄식歎息이 우리에게잇다' 등에서 확인할 수 있다. 여기서 주목할 점은 타쿠보쿠의 시의 '50년전'과 김기진의 시의 '60년전'에 반영되어 있는 10년간의 시간차이 이다. 타쿠보쿠의 시는 1911년 6월 15일에 발표되었지만 그의 시를 모방한 김기진의 시는 1924년 6월에 발표되었기 때문에 김기진이 자신의 시에서 10여년의 시간차이를 고려한 결과라고 볼 수 있다. ③ 타쿠보쿠의 시와 김기진의 시에서의 시상詩想의 전개는 청년들이 열심히 논쟁을 하고 혁명을 이야기하지만 그것은 어디까지나 논쟁을 위한 논쟁일 뿐이라는 점, 따라서 실제로 혁명을 실천했던 러시아 청년들의 논쟁과는 다르다는 점을 각각의 연에서 강조하고 있다는 점을 들 수 있다. 이러한 점을 타쿠보쿠의 시에서는 "그러나, 누구 하나 주먹을 굳게 쥐고 책상을 치며 / 'V NAROD!'를 외치는 사람은 없다"에 의해, 김기진의 시에서는 "Cafe Chair Revolutionist, / 너희들의손이너머도희고나!" "희고흰팔을쑵내여가며 / 입으로말하기는'우·나로ー드!" "헛되인탄식歎息이 우리에게잇다", "전력全力을다하든 전력全力을다하든탄식歎息이엿다" 등에 의해 암시되어 있다. 김기진의 시는 앞에서 살펴 본 정지용의 시보다 2년여 앞서 발표된 것으로 이 두 편의 시는 '카페'를 배경으로 하고 있다는 점에서 서로 관련될 뿐만 아니라 타구보쿠의 시세계에 밀접하게 관련된다. 특히 타쿠보쿠의 시 「끝없는 논쟁 후에」가 김기진의 시 「백수의탄식」에 끼친 영향은 비교문학연구에 있어서 '모방·전용·변용·발전'의 단계를 보여주는 하나의 예에 해당한다고 볼 수 있다.

〈표 30〉

타구보쿠, 손순옥 역, 「끝없는 논쟁 후에」	김기진, 「백수(白手)의탄식(歎息)」

책을 읽어가며 계속하는 우리들의 논쟁
그래서 더욱 빛나는 우리들의 눈동자
50년 전의 러시아 청년에게도 지지 않는다.
우리들은 무엇을 할 것이가 논쟁한다.
그러나, 누구 하나 주먹을 굳게 쥐고 책상을 치며
'V NAROD!'를 외치는 사람은 없다.
 	
우리들은 우리가 구하는 것이 무엇인지 안다,
또, 민중이 원하는 것이 무엇인지 안다,
그리고, 우리는 무엇을 해야 할지를 안다.
참으로, 50년 전의 러시아 청년보다도 많이 알고 있다.
그러나, 누구 하나 주먹을 굳게 쥐고 책상을 치며
'V NAROD!'를 외치는 사람은 없다.
 	
여기에 모인 이들은 모두 청년이고,
늘 세상에 새로운 것을 창출해 내는 청년들이다.
노인들은 먼저 죽고, 결국 우리네 젊은이가 승리한다는 것을 안다.
보라, 우리네 눈이 빛남을, 또 그 토론이 격렬함을,
그러나, 누구 하나 주먹을 굳게 쥐고 책상을 치며
'V NAROD!'를 외치는 사람은 없다.
 	
아아, 양초는 벌써 세 번이나 갈아내졌고,
음료수 잔에는 작은 날벌레가 또 있고,
젊은 부인이 정성스레 바꾸어주지만,
그 눈에는, 끝없는 논쟁 후의 피곤이 있다.
 	
그러나, 여전히 누구 하나 주먹을 굳게 쥐고 책상을 치며
'V NAROD!'를 외치는 사람은 없다.
 	
(1911.6.15)
	카폐의자(倚子)에걸터안저서
	히고힌팔을쌈내여가며
	우나로—드!라고 써들고잇는
	60년전(六十年前)의로서아청년(露西亞靑年)이눈압헤
	잇다……
	
	    Cafe Chair Revolutionist,
	    너희들의손이너머도희고나!
	
	희고흰팔을쌈내여가며
	입으로말하기는'우나로—드!'……
	60년전(六十年前)의로서아청년(露西亞靑年)의
	헛되인탄식(歎息)이 우리에게잇다——
	
	    Cafe Chair Revolutionist,
	    너희들의손이너머도희고나!
	
	너희들은'백수(白手)'——
	가고자하는농민(農民)들에게는
	되지도못할'미각(味覺)'이라고는
	조곰도, 조곰도업다는말이다
	
	    Cafe Chair Revolutionist,
	    너희들의손이너머도희고나!
	
	아아 60년전(六十年前)의녯날,
	로서아청년(露西亞靑年)의'백수(白手)의탄식(歎息)'은
	미각(味覺)을죽이고서네려가서고자하든
	전력(全力)을다하든 전력(全力)을다하든탄식(歎息)
	이엿다
	
	    Cafe Chair Revolutionist,
	    너희들의손이너머도희고나!

이상과 같이 비교가능한 타쿠보쿠의 시와 김기진의 시의 전문을 정리하면, 〈표 30〉과 같다.

4) 타쿠보쿠의 시세계와 백석의 시세계의 관계

타쿠보쿠의 시세계와 백석의 시세계의 비교연구는 전자와 후자의 시가 일 대일로 대응되는 경우와 시어詩語, 시구詩句, 시상詩想 등이 유사한 경우에서 찾아볼 수 있다. 직접적인 영향은 백석이 백기행白夔行이라는 자신의 본명을 백석白石 이라는 필명으로 바꿀 때에 자신이 존경했던 이시카와 타쿠보쿠石川啄木의 성명에서 '석石' 자를 따와 백석白石으로 정했다는 점, 백석의 연인이었던 김자야金子夜 가 "백석이 팔베개를 하고 타쿠보쿠의 시를 많이 읽어주었다"라고 회상한 점 등에서 찾아볼 수 있다. 김자야의 기명妓名은 김진향으로 서울 관철동에서 태어나 어려서 아버지를 여의고 할머니와 홀어머니 슬하에서 자랐다. 1932년 김수정의 도움으로 조선 권번에 들어가 기생이 되었으며 당시 정학계의 대부였던 금하 하규일의 지도로 여창가곡, 궁중무에 능한 가무의 명인으로 성장했다. 1935년 일본에 유학하던 시기에 잠시 귀국하여 함흥에 일시 머물렀으며, 1936년 함흥 영생고보에서 영어교사로 재직하고 있던 백석을 만나게 되었다. 백석은 어느 날 『당시선집唐詩選集』을 읽다가 이백의 시 「자야오가子夜吳歌」에서 '자야'라는 이름을 지어주었다. 백석은 부모의 반대로 결혼하지는 못했지만 자야와 함께 지내던 동안 여러 편의 서정시를 썼다. 서울과 함흥을 오가며 작품 활동을 하던 백석이 이북에 있는 사이 분단이 되면서 이들은 이별을 하게 되었다. 자야는 1953년 중앙대학교 영어영문학과를 만학으로 졸업했으며 말년에는 자신이 운영하던 '대원각'의 부지와 건물을 길상사 회주이자 『무소유』의 저자 법정 스님에게 시주하여 지금의 '길상사'가 되었다. 김자야와 백석의 관계는 『창작과 비평』 16-1 1989.봄 331~349쪽에 수록된 「백석白石, 내 가슴 속에 지워지지 않는 이름—자야子夜 여사의 회고」에서 확인할 수 있으며, 『내 사랑 백석』 1995에서도 찾아볼 수 있다.

아울러 이 두 시인의 시에 반영되어 있는 '안식처', '고향', '가난한 삶' 및 '시양식의 변화' 등의 유사성에서도 찾아볼 수 있다. '안식처'의 경우는 시인 자신이 편히 거처할 수 있는 '집'에 관계되며, 이러한 점은 타쿠보쿠의 시 「집」과 백석의 시 「흰 바람벽이 있어」, 「남신의주유동박시봉방南新義州柳洞朴時逢方」 등에서 찾아볼 수 있다. 타쿠보쿠의 시 「집」에 대응되는 백석의 시 「흰 바람벽이 있어」에서 "오늘 저녁 이 좁다란 방의 흰 바람벽에 / 어쩐지 쓸쓸한 것만이 오고 간다 / 이 흰 바람벽에 / 희미한 십오촉十五燭 전등이 지치운 불빛을 내어던지고 / 때글은 다 낡은 무명샤쯔가 어두운 그림자를 쉬이고"라는 시작부분이나 "어늬 먼 앞대 조용한 개포가의 나지막한 집에서 / 그의 지아비와 마조 앉어 대구국을 끓여놓고 저녁을 먹는다 / 벌써 어린것도 생겨서 옆에 끼고 먹는다"라고 시상詩想이 전개되는 부분은 타쿠보쿠가 자신의 시 「집」에서 안식처로서의 '집'을 꿈꾸는 것에 접맥된다고 볼 수 있다. 이처럼 타쿠보쿠의 시 「집」과 백석의 시 「흰 바람벽이 있어」의 전문을 인용하면 〈표 31〉과 같다.

아울러 타쿠보쿠의 시에 접맥되는 것으로 파악할 수 있는 백석의 또 다른 시로는 「남신의주유동박시봉방」을 들 수 있으며, "어느 사이에 나는 아내도 없고, 또, / 아내와 같이 살던 집도 없어지고, / 그리고 살뜰한 부모며 동생들과도 멀리 떨어져서, / 그 어느 바람 세인 쓸쓸한 거리 끝에 헤메이었다. / 바로 날도 저물어서, / 바람은 더욱 세게 불고, 추위는 점점 더해 오는데, / 나는 어느 목수木手네 집 헌 삿을 깐, / 한 방에 들어서 쿻을 붙이었다"로 시작되는 이 시의 전문을 인용하면 다음과 같다.

어느 사이에 나는 아내도 없고, 또

아내와 같이 살던 집도 없어지고,

그리고 살뜰한 부모며 동생들과도 멀리 떨어져서,

다쿠보쿠, 손순옥 역, 「집」, 제3연과 제4연 후반부	백석, 「흰 바람벽이 있어」
오늘 아침도, 문득 눈떴을 때 우리 집이라 부를 집이 갖고 싶어져 세수하는 동안에도 그 일만 공연스레 생각했지만 일터에서 하루 일을 마치고 돌아와 저녁 후 차 한 잔 마시여, 담배를 피우노라면 보랏빛 연기처럼 자욱한 그리움 하염없이 또 집 생각만 마음에 떠오른다. ― 하염없이 또 서글프게도 장소는, 기찻길에서 멀지 않은 푸근한 고향 마을 변두리 한구석 골라 본다. 서양풍의 산뜻한 목조 건물 한 채 높지 않아도, 그리고 아무 장식 없어도, 넓은 계단이랑 발코니, 볕 잘 드는 서재…… 그렇다, 느낌이 좋은 안락한 의자도. 이 몇 해 동안 몇 번이고 생각한 것은 집에 관한 것, 생각할 때마다 조금씩 바뀐 방 배체 등을 가슴 속에 그려보면서 새하얗게 바랜 전등갓에 시름없이 시선을 모으면 그 집에 사는 즐거움이 또렷이 보이는 듯, 우는 애 옆에 누워 젖 물리는 아내는 방 한 구석 저쪽을 향해 있고, 그것이 행복하여 입가에 속절없는 미소마저 짓는다. 그리고, 그 마당은 넓게 하여 풀이 마음껏 자라게 해야지 여름이라도 되면, 여름날 비, 저절로 자	오늘 저녁 이 좁다란 방의 흰 바람벽에 어쩐지 쓸쓸한 것만이 오고 간다 이 흰 바람벽에 희미한 십오촉(十五燭) 전등이 지치운 불빛을 내어던지고 때글은 다 낡은 무명샤쓰가 어두운 그림자를 쉬이고 그리고 또 달디단 따끈한 감주나 한잔 먹고 싶다고 생각하는 내 가지가지 외로운 생각이 헤매인다 그런데 이것은 또 어인 일인가 이 흰 바람벽에 내 가난한 늙은 어머니가 있다 내 가난한 늙은 어머니가 이렇게 시퍼러둥둥하니 추운 날인데 차디찬 물에 손은 담그고 무이며 배추를 썰고 있다 또 내 사랑하는 사람이 있다 내 사랑하는 어여쁜 사람이 어느 먼 앞대 조용한 개포가의 나즈막한 집에서 그의 지아비와 마주앉어 대구국을 끓여놓고 저녁을 먹는다 벌써 어린것도 생겨서 옆에 끼고 저녁을 먹는다 그런데 또 이즈막하야 어느 사이엔가 이 흰 바람벽엔 내 쓸쓸한 얼굴을 쳐다보며 이러한 글자들이 지나간다 ― 나는 이 세상에서 가난하고 외롭고 높고 쓸쓸하니 살어가도록 태어났다 그리고 이 세상을 살아가는데 내 가슴은 너무도 많이 뜨거운 것으로 호젓한 것으로 사랑으로 슬픔으로 가득찬다 그리고 이번에는 나를 위로하는 듯이

란 무성한 풀잎에
소리내며 세차게 흩뿌리는 상쾌한 기분,
또 그 한구석에 커다란 나무 한 그루 심고
하얗게 칠한 나무 벤치를 그 밑에 두어야지
—
비가 내리지 않는 날은 그곳에 나가
저 연기 그윽한 향 좋은 이집트산 담배를 피
우면서,
사오 일 간격으로 보내오는 마르젠(丸善)의
신간
(…중략…)

나를 울력하는 듯이
눈질을 하며 주먹질을 하며 이런 글자들이
지나간다
—하늘이 이 세상을 내일 적에 그가 가장 귀
해 하고 사랑하는 것들은 모두
가난하고 외롭고 높고 쓸쓸하니 그리고 언제
나 넘치는 사랑과 슬픔 속에 살도록 만드신 것
이다
초생달과 바구지꽃과 짝새와 당나귀가 그러
하듯이
그리고 또 '프랑시쓰 쨈'과 도연명(陶淵明)과
'라이넬 마리아 릴케'가 그러하듯이

그 어느 바람 세인 쓸쓸한 거리 끝에 헤매었다.

바로 날도 저물어서,

바람은 더욱 세게 불고, 추위는 점점 더해 오는데,

나는 어느 목수네 집 헌 삿을 깐,

한 방에 들어서 쥔을 붙이었다.

이리하여 나는 이 습내 나는 춥고, 누긋한 방에서,

낮이나 밤이나 나는 나 혼자도 너무 많은 것 같이 생각하며,

딜웅배기에 북덕불이라도 담겨 오면,

이것을 안고 손을 쬐며 재 우에 뜻없이 글자를 쓰기도 하며,

또 문밖에 나가디두 않구 자리에 누어서,

머리에 손깍지벼개를 하고 굴기도 하면서,

나는 내 슬픔이며 어리석음이며를 소처럼 연하여 쌔김질하는 것이었다.

내 가슴이 꽉 메여 올 적이며,

내 눈에 뜨거운 것이 핑 괴일 적이며,

또 내 스스로 화끈 낯이 붉도록 부끄러울 적이며,

나는 내 슬픔과 어리석음에 눌리어 죽을 수밖에 없는 것을 느끼는 것이었다.

그러나 잠시 뒤에 나는 고개를 들어,

허연 문창을 바라보든가 또 눈을 떠서 높은 턴정을 쳐다보는 것인데,

이때 나는 내 뜻이며 힘으로, 나를 이끌어가는 것이 힘든 일인 것을 생각하고,

이것들보다 더 크고, 높은 것이 있어서, 나를 내 마음대로 굴려가는 것을 생각하는
것인데,

이렇게 하여 여러 날이 지나는 동안에,

내 어지러운 마음에는 슬픔이며, 한탄이며, 가라앉을 것은 차츰 앙금이 되어 가라앉고,

외로운 생각만이 드는 때쯤 해서는,

더러 나줏손에 쌀랑쌀랑 싸락눈이 와서 문창을 치기도 하는 때도 있는데,

나는 이런 저녁에는 화로를 더욱 다가 끼며, 무릎을 꿇어 보며,

어니 먼 산 뒷옆에 바우섶에 따로 외로이 서서,

어두어 오는데 하이야니 눈을 맞을, 그 마른 잎새에는,

쌀랑쌀랑 소리도 나며 눈을 맞을,

그 드물다는 굳고 정한 갈매나무라는 나무를 생각하는 것이었다.

— 백석, 「남신의주유동박시봉방」 전문

위에 전문을 인용한 백석의 두 편의 시와 타쿠보쿠의 시의 비교가능성은 백석과 타쿠보쿠가 자신들의 시에서 자신들이 거주할 '집'에 대한 '생각'을 드러내고 있다는 점에서 찾아볼 수 있다. 그럼에도 타쿠보쿠가 자신의 시에서 일본의 전통적인 가옥이 아닌 '서양식 목조건물'을 상상하거나 명치시대에 창업하여 서양서적이나 서양물품을 수입하여 판매하던 '마르젠丸善의 신간'을 구독하는 것을 상상한 것 등은 다분히 '서구 지향적'이지만 백석의 시에서는 시적 배경이나 발상 및 시어나 시의 전개 등이 다분히 '토속적'이라는 차이점을 들 수 있다.

'고향'을 주제로 하는 시의 유사성 역시 타쿠보쿠의 시와 백석의 시에서 공

통적으로 나타나는 현상이며, '고향'에 관계되는 타쿠보쿠의 시에서 단가短歌의 연작시를 중심으로 정리하면 〈표 32〉와 같다.

'고향'을 주제로 하는 백석의 시 중에서 공동체의 구심점으로서의 '고향'에 대한 기억과 정신적인 풍요로움을 드러내고 있는 위에 인용된 시는 객지에서 병이 들어 위원을 찾게 된 점, 그 의원이 고향을 물은 점, 고향의 아무개와 그 의원이 알고 지낸다는 점, 백석 자신은 고향의 '아무개'라는 분을 아버지처럼 모신다는 점, 그래서 의원의 손길에서 고향에 대한 그리움을 더욱 간절하게 느끼게 되었다는 점, 결과적으로 자신은 비록 '북관'이라는 함경남도 어디쯤의 타향에 있지만, "고향도 아버지도 아버지의 친구도 다 있었다"라고 생각하게 되었

〈표 32〉

다쿠보쿠, 손순옥 역, 「연기」, 제1·4·연	백석, 「고향(故鄕)」
마음병처럼 고향 그리는 생각 간절히 솟아 푸른 하늘 저 멀리 연기마저 슬퍼라 　　　　　　　　　　　　　　(1연) 정들은 고향 그 사투리 그리워 정거장으로 붐비는 사람 속에 고향말 찾아 가네 별들은 짐승 그 모습 닮은 긋이 나의 마음도 고향 속식 들으면 절로 양순해지네 누가 뭐래도 사부타미 촌마을 못내 그리워 추억의 동산이여 추억의 개울이여 돌팔매질 쫓기어 달아나듯 떠나온 고향 그 막막한 서글픔 가실 날이 없어라 　　　　　　　　　　　　　　(4연)	나는 북관(北關)에 혼자 앓아 누워서 어느 아침 의원(醫員)을 뵈이었다. 의원은 여래(如來) 같은 상을 하고 관공 (關公)의 수염을 드리워서 먼 옛적 어느 나라 신선 같은데 새끼손톱 길게 돋은 손을 내어 묵묵하니 한참 맥을 짚더니 문득 물어 고향(故鄕)이 어데냐 한다 평안도 정주라는 곳이라 한즉 그러면 아무개 씨 고향이란다. 그러면 아무개 씨 아느냐 한즉 의원은 빙긋이 웃음을 띠고 막역지간(莫逆之間)이라며 수염을 쓴다. 나는 아버지로 섬기는 이라 한즉 의원(醫員)은 또다시 넌지시 웃고 말없이 팔을 잡아 맥을 보는데 손길이 따스하고 부드러워 고향(故鄕)도 아버지도 아버지의 친구도 다 있었다

다는 점 등으로 진행된다. 여기서 중요한 점은 그 의원과 막역지간으로 지내고 있는 고향의 '아무개'를 백석도 '아버지로 섬기는 이'가 누구냐라는 점이다. 왜냐하면 그로 인해서 의원과 백석은 일종의 공감대를 형성하게 되었기 때문이다. 이러한 점으로 미루어 볼 때에 바로 그 '아무개'는 다름 아닌 언론사 사주^{社主}였던 방응모라고 파악하는 것이 지배적인 견해이다. 방응모는 백석의 아버지의 친구였으며, 백석이 일본으로 유학을 갈 수 있도록 그 비용을 보내주었을 뿐만 아니라 나중에 가난한 백석을 교정부 기자로 채용하여 도움을 주었던 인물이다.

이처럼 백석의 시에서 '고향'에 관련되는 또 다른 시로는 "호박잎에 싸오는 붕어곰은 언제나 맛이었다"로 시작되는 「주막_{酒幕}」, "산_山턱 원두막은 뷔었나 불빛이 외롭다"로 시작되는 「정주성_{定州城}」, 명절날의 풍경을 이야기체로 풀이한 「여우난골족_族」, "넷성_城의 돌담에 달이 올랐다"로 시작되는 「흰 밤」, 돌아오지 않는 '아베'를 기다리는 「고야_{古夜}」, "넷말이 사는 컴컴한 고방의 쌀독 뒤에서 나는 저녁 끼때에 부르는 소리를 듣고는 못 들은 척하였다"로 끝맺는 「고방」 등 그의 시 대부분은 '고향'에 관계된다. 이러한 점은 "대들보 위에 베틀도 채일도 토리개도 모도들 편안하니 / 구석구석 후치도 보십도 소시랑도 모도들 편안하니"로 끝맺는 「연자간」, '북관_{北關},' '노루,' '고사_{古寺},' '선우사_{膳友辭},' '산곡_{山谷}' 등의 연작시 「함주시초_{咸州詩抄}」 등에서도 확인할 수 있다.

다음은 타쿠보쿠의 시와 백석의 시에 나타나는 공동체의식과 인간주의의 유사성을 들 수 있으며 이러한 점을 보여주는 시로는 타쿠보쿠의 시 「네거리」와 백석의 시 「모닥불」을 들 수 있다. 전자가 도시-중심적이고 후자가 농촌-중심적이라는 차이점에도 불구하고 이 두 편의 시에는 이들 두 시인의 공동체의식과 인간주의가 잘 반영되어 있다고 볼 수 있다. 타쿠보쿠의 시 「네거리」의 제2연과 백석의 시 「모닥불」 전문을 정리하면 〈표 33〉과 같다.

위에 부분적으로 인용된 타쿠보쿠와 백석의 시의 공통점은 네거리를 건너는

다쿠보쿠, 손순옥 역, 「네거리」, 제2연	백석, 「모닥불」
이곳을 지나는 사람은 보시오, 모두, 하늘 높이 뜬 해도 우러러보지 않고, 배 많은 바다도 바라보지 않고, 오직, 사람이 만든 길을, 사람만 사는 집을 바라보며 사람만이 무리지어 간다. 흰 수염의 늙은이도, 비단 우산을 쓴 젊은 처녀도, 소년도, 또, 발소리 내며 담배를 피우는 해산물 상인도 키 큰 신사도, 손자를 등에 업은 야윈 노파도, 술 배를 하고 몹시 뻐기는 상인도, 구걸하는 아이도, 휘파람부는 어린 급사도, 집 없는 불쌍한 사람도,	새끼오리도 헌신짝도 소똥도 갓신창도 개 니빠디고 너울쪽도 깊검불도 가락잎도 머리 카락도 헌겊조각도 막대꼬치도 가위장도 닭 의짗도 개터럭도 타는 모닥불 재당도 초시도 門長늙은이도 더부살이 아 이도 새사위도 갓사둔도 나그네도 주인도 할아버지도 손자도 붓장사도 땜쟁이도 큰개 도 강아지도 모두 모닥불을 쪼인다 모닥불은 어려서 우리 할아버지가 어미아 비 없는 서러운 아이로 불상하니도 몽둥발 이가 된 슬픈 역사가 있다

사람들과 모닥불 주변에 모여든 온갖 유형의 존재들에 대한 열거에 있다. 이러한 열거는 단순한 열거라기보다는 시인의 남다른 관찰과 시의식, 말하자면 모든 생명체에 대한 애정, 공동체의식 및 인간주의에서 비롯된 결과라고 볼 수 있다.

마지막으로 타쿠보쿠와 백석의 시에 나타나 있는 시형식의 유사성을 들 수 있다. 전자의 경우는 3행으로 된 '단가短歌'의 형식을 들 수 있으며 이와 대응되는 후자의 경우는 「초동일初冬日」의 "흙담벽에 볕이 따사하니 / 아이들은 물코를 흘리며 무감자를 먹었다 // 돌덜구에 천상수天上水가 차게 / 복숭아낡에 사리리 타래가 말려갔다"처럼 2행 1연을 바탕으로 하는 짧은 시형식을 들 수 있다. 아울러 타쿠보쿠의 시와 백석의 시의 또 다른 시형식에 해당하는 정시長詩를 들 수 있으며, 타쿠보쿠의 경우는 「지붕屋根」 등에서, 백석의 경우는 '이야기시'로 평가되는 「흰 바람벽이 있어」, 「남신의주유동박시봉방」 외에도 「촌에서 온 아이」, 「가즈랑집」, 「넘어진 범 같은 노큰마니」, 「조당澡塘」 등에서 찾아볼 수 있다.

이상과 같은 타쿠보쿠의 시세계와 한국 현대시의 관계에 대해서는 그동안 한국문학계에서 지속적으로 연구되어 왔으며, 일본·한국·중국·대만 등을 중심으로 1989년에 '국제타쿠보쿠학회'가 창립되어 그의 시세계를 다각적인 방법으로 조명하고 있다. 이러한 점을 바탕으로 하여 다쿠보쿠의 시세계가 한국 현대시에 끼친 대표적인 몇 가지 경우를 중심으로 하여 살펴보았다. 그 결과 타쿠보쿠의 시「코코아 한 잔」과 정지용의 시「카페 쁘랑스」의 관계에서는 이 두 편의 시가 '카페'를 배경으로 하고 있다는 점, 타쿠보쿠의 조선에 대한 관심과 정지용의 창씨개명 과정에서 드러난 일화 등으로 미루어 볼 때에 정지용의 시가 타쿠보쿠의 시로부터 직접적인 영향을 받았다기보다는 간접적인 영향을 받았다는 점 등을 수 있다. 타쿠보쿠의 시세계가 한국 현대시에 끼친 직접적인 영향과 수용의 관계는 김기진의 시「백수의 탄식」에서 찾아볼 수 있으며 이 시는 타쿠보쿠의 시「끝없는 논쟁 후에」를 모방·전용·변용한 경우에 해당한다.

제8장

문학과 예술의 비교

1. 문학과 그림의 비교

1) 한국 현대시와 김정희의 그림 〈세한도歲寒圖〉의 관계

(1) '문화적 기억'으로서의 김정희의 그림 〈세한도歲寒圖〉

국내외 문학작품에 나타나는 그림을 시로 전이시킨 경우에 대한 연구가 비교문학 연구의 새로운 분야로 부상하게 된 데에는 여러 가지 요인이 있지만, 우선은 학제간의 연계성과 그 연구의 필요성을 들 수 있다. 말하자면 문학만을 중심으로 하는 문학에서의 '단일망單─網' 연구보다는 문학이 인문학 연구의 구심력으로 작용할 수 있는 문학의 '관계망關係網' 연구에 많은 관심을 보이고 있기 때문이다. 문학을 중심으로 하는 다양한 관계망에 대한 비교연구를 통해서 우리는 문학의 위상을 새롭게 정립할 수 있고 인문학 연구의 영역을 확대할 수 있을 것이다. 이러한 관계망을 확대함으로써, 비교문학의 연구영역을 확대한다는 사실은 중요하고 긴요한 명제이다. 그러나 문학과 예술의 비교연구에서 변함없는 중요한 두 가지 명제는 '문학이 중심이 되어야 한다.'와 '자국문학의 발전에 기여해야 한다'에 있다.

김정희1786~1856의 그림 〈세한도〉1844가 한국 현대시로 어떻게 전이되었는지 살펴보기 위해서는 우선적으로 그림의 주제를 바탕으로 하는 '문화적 기억'을 파악해야 할 것이다. 그것은 '문화적 기억'이 '다문화주의'와 함께 국제비교문학계에서 지난 10여 년간 지속적인 관심을 보이고 있는 분야이기 때문이기도 하고, 다른 한편으로는 한국 현대시에서 원로시인에서부터 신인 시인까지 〈세한도〉에 대해 지속적으로 부단한 관심을 보이고 있기 때문이기도 하다. 문화적 기억이 개인의 차원에서 과거의 특정한 기억을 불러내어 그것을 공동체적으로 현재화하되 '협력'에 바탕을 두어 미래를 지향하는 행위에 해당한다면, 다문화주의는 집단의 차원에서 현재의 특정한 내용을 불러내어 그것을 공동체적으로 현재화하되 '인정'에 바탕을 두어 현실을 지향하는 행위에 해당한다. 다시 말하면, 문화적 기억이 '비망각성'의 명제에 충실하다면, 다문화주의는 '대등성'의 명제에 충실하다고 볼 수 있다.

이러한 의미를 지닌 문화적 기억에 대한 연구는 자국문학에 반영된 자국문화의 특성 연구와 이민문학에 반영된 모국문화의 특성연구로 나뉜다. 이 글에서 첫 번째 유형의 연구경향에 역점을 두어 한국 현대시로 전이된 김정희의 그림 〈세한도〉를 중심으로 하여 시와 그림의 관계를 살펴보고자 하는 까닭은 〈세한도〉에는 김정희의 '예술정신'과 '정치현실'이 종합되어 있으며, 이 그림을 제재로 하는 한국 현대시 대부분도 그러한 점에 역점을 두고 있기 때문이다. 따라서 김정희가 제주도 대정현에 유배된 후, 그가 자신의 정신세계를 이 그림으로 승화시키기까지의 과정과 이 그림에 대한 조선과 중국 지식인들의 평가, 이 그림이 갖는 시대사적 의의와 그것이 한국 지식인들의 정신세계에 끼친 영향, 특히 한국 현대시와 〈세한도〉의 상관성 등을 "문화적 기억"을 중심으로 하여 살펴본 후, '실경산수화實景山水畵'가 아니라 '심경산수화心境山水畵'로서 현실사회를 지양하고 미래사회를 지향하고자 했던 김정희의 이상세계와 그것을 자신들의 시로 전이시킨 현대 시인들의 작품을 유형별로 정리하여 비교하고자 한다.

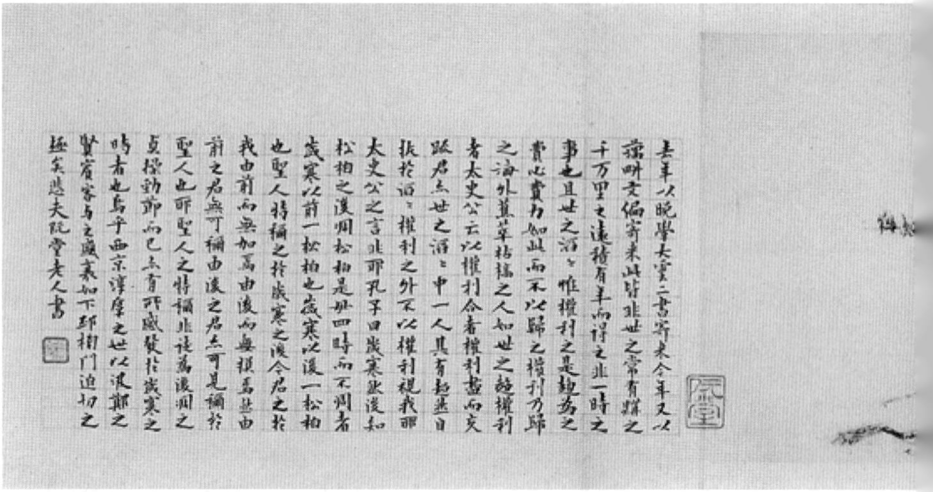

〈그림 2〉 김정희, 〈세한도〉(1884) 개인(손창근) 소장
종이에 수묵(23.7×61.2cm)

　　최근의 비교문학 연구에서 중요한 연구에 해당하는 시와 그림의 비교연구는 비교문학 연구가 갖는 한계성을 극복할 수 있는 하나의 방법에 해당한다. 문학과 문학의 비교에 역점을 둘 때에 그것이 물론 비교문학 연구의 가장 기본적인 연구이기는 하지만, 자국문학이 외국문학을 수용한 측면에만 역점을 둠으로써, 자국문학의 고유한 문학성 자체를 전락시키는 경향이 있기 때문에 시와 그림의 비교연구는 이러한 점을 극복할 수 있는 하나의 전환점을 마련할 수 있을 것이다.

　　한국문학의 새로운 위상정립과 세계문학 속에서의 한국 현대시의 위치를 새롭게 자리 매김 할 수 있는 방법 중의 하나는 '문화적 기억'이 될 것이다. 문화적 기억에는 부정적인 측면과 긍정적인 측면이 포함되어 있다. 전자는 자국문화와 이질문화의 접목에서 이질문화의 지배에 의해서 자국문화가 가치 절하되거나 소멸되는 것에 대한 인식에서 비롯되고, 후자는 자국문화의 우월성에 대한 자긍심에서 비롯된다. 따라서 문화적 기억은 자국문화와 그것에 대한 기억

의 비망각성에 관계된다는 점을 피에르 노라와 폴 리쾨르는 강조했다. 이러한 점을 한센은 "아버지 세대가 기억하고자 하는 과거를 아들세대는 망각하고자 하지만 손자세대는 다시 기억하여 자신의 정체성을 확인하고자 한다"라고 강조하였다. 말하자면, 자국문화와 이질문화가 접맥될 때, '아버지'로 대표되는 제1세대는 자국문화의 유지에 대해서, '아들'로 대표되는 제2세대는 이질문화의 수용에 대해서, '손자'로 대표되는 제3세대는 이질화된 자국문화에 대한 정체성 확인에 대해서 각각 관심을 가진다고 볼 수 있다.

　김정희의 그림 〈세한도〉와 '문화적 기억'의 상관성은 이 그림의 소장과정에 극적으로 나타나 있으며, 그 과정을 정리하면, 이상적[1704~1865] → 김병선 → 김준학 → 민영휘 → 민규식 → 후지츠카 치카시藤塚隣 → 손재형[1903~1981] → 이근태 → 손세기 → 손창근(현재소장)으로 되어 있다. '국보 180호'인 〈세한도〉에 대한 소장자의 변천과정에서 가장 감동적인 소장과정은 손재형이 후지츠카로부터 이 그림을 넘겨받은 후의 일화이다. 이러한 점에 대해서 유홍준은 『완당평전』1[2002]

에서 "소전(손재형)이 〈세한도〉를 가지고 귀국하고 나서 석 달쯤 지난 1945년 3월 10일, 후지츠카 치카시 가족이 공습을 피해 소개해 있던 사이에 그의 서재는 폭격을 맞아 그가 갖고 있던 모든 책과 서화 자료들이 불타버렸다. (…중략…) 그러니까 후지츠카의 그 방대한 서화자료 중 〈세한도〉만이 기적적으로 살아남은 것이다. 〈세한도〉는 이렇게 운명적으로 이 세상에 살아남게 된 셈이다"라고 파악하였다.

따라서 김정희의 그림 〈세한도〉의 원본을 우리가 소장할 수 있었다는 것은 하나의 기적이라고 볼 수 있으며, 이러한 점은 자국문화의 애정과 자긍심에 관계되고 최근 친일문학론으로 인해 한국문단에서 첨예한 논쟁을 야기한 바 있는 서정주1915~2000의 경우는 식민지 치하에서 지식인의 사상에 관계된다고 볼 수 있다. 서정주의 친일문학에 대한 논쟁으로는 『창작과 비평』2001.여름에 수록된 고은의 「미당 담론─「자화상」과 함께」와 이를 발췌하여 게재한 『조선일보』2001.5.11의 기사가 있으며, 이에 대한 반론으로 『조선일보』2001.5.18에 게재된 문정희의 「고은 씨의 미당 담론에 답하여─죽은 후 던진 돌에 보석 같은 시가 깨지겠나」가 있다.

자국의 문화유산에 대한 애정과 자긍심에 대한 그림의 경우는 우선 구스타프 쿠르베1819~1877의 그림 〈돌 깨는 사람〉1849의 원본의 상실을 들 수 있다. "천사는 그리지 않겠다, 눈에 보이지 않기 때문에"라며 "현실을 있는 그대로 직시하고 묘사할 것"을 강조했던 쿠르베는 회화에서의 사실주의를 실천했던 맨 처음 화가로 그의 그림 〈돌 깨는 사람〉은 사실주의의 선언에 해당하는 작품이다. 사실주의의 효시로 알려져 있는 이 작품이 제2차 세계대전 중에 소실됨으로써, 지금 우리가 볼 수 있는 것은 그것의 모사품일 뿐이다. 말하자면, '문화적 기억'은 진실로 남아 있지만 그것을 입증할 수 있는 자료는 진본眞本이 아닌 사본寫本이며, 이러한 사본을 통해서만 우리들은 회화의 역사에서 사실주의의 발단을 확인할 수 있을 뿐이다.

〈세한도〉는 김정희가 제주도에 유배된 지 5년이 되던 1844년 그의 나이 59세

〈그림 3〉 쿠르베, 〈돌 깨는 사람〉(1849) 드레스덴 국립박물관 소장

캔버스에 유채(160×259cm)

에 완성한 작품으로 당시 온양군수였던 제자 이상적李尙迪에게 감사의 표시로 이 그림을 그리고 오른편 상단에는 '세한도歲寒圖'라는 화제畵題와 '우선시상완당藕船是 賞阮堂(추운 시절의 그림일세, 우선이! 이것을 보게, 완당)'이라는 '관지款識'와 '발문跋文'을 써 주었다. 이상적의 본관은 우봉牛峯이고 자字는 혜길惠吉이고 호號는 우선藕船이며 역 관譯官을 지낸 집안의 서얼庶孼 출신으로 온양군수溫陽郡守를 거쳐 지중추부사知中樞 府事에 이르렀다. 열 두 차례에 걸쳐 역관으로 중국을 왕래했고 오숭량吳崇梁 등 중 국 문인들과 교우를 맺었으며 중국에서 시문집까지 간행하였다. 그의 시는 섬세 하고 화려한 것이 특징이며 특히 현종도 애송했으므로 그의 문집을『은송당집恩誦 堂集』이라고 칭하였다. 그 외에도 고완古玩·묵적墨滴·금석金石 등에 조예가 깊었다. 현종 때 교정역관校正譯官이 되어『통문관지通文館志』,『동문휘고同文彙考』,『동문고략同 文考略』등을 속간하였다. 김정희의 제자로서 제주도 대정현에 '위리안치圍籬安置'된 자신의 스승 김정희가 귀양살이 4년째이던 1843년에 계복桂馥의『만학집晩學集』과 운경惲敬의『대운산방문고大雲山房文藁』를 북경에서 구해 제주도로 보내주었을 뿐만

아니라 1844년에는 하장령賀長齡이 편찬한 총 120권, 79책으로 되어 있는『황조경세문편皇朝經世文編』을 보내주었다.

〈세한도〉의 발문의 내용을 요약하면, 사마천의『사기史記』와『논어論語』의「자한편子罕篇」을 인용하여 권세와 이익을 좇는 세상인심에 좌우되는 사람들의 태도를 언급하고 그런 세상에서도 멀리 유배된 자신을 잊지 않고 중국에서 귀한 서책을 보내 준 제자 이상적의 마음씀씀이에 감사하다는 내용으로 되어 있다. 아울러 "세한연후 지송백지후조[歲寒然後 知松柏之後凋]"라는『논어』의 구절에서 '세한'이라는 시기를 강조했으며, '위리안치' 될 수밖에 없었던 자신의 고적한 유배생활을 세한에 비유하는 한편 다른 한편으로는 송백松柏처럼 올곧은 선비정신과 그러한 기상을 잃지 않으려는 자신의 마음가짐을 표현하였다. 여기서 말하는 '위리안치'는 가장 가혹한 유배를 의미한다. 이는 유배지에서도 거주의 제한을 가한 유배형流配刑의 일종으로 왕족과 고위관리 등에게 적용한 형벌로 본향안치本鄕安置, 사장안치私莊安置, 자원처안치自願處安置, 절도안치絶島安置, 위리안치 중의 하나이다. 이에 대해 유홍준은 자신의『완당평전』1 2002에서 "위리안치는 유배지에서 달아나지 못하도록 가시 울타리를 두르고 그 안에 가두는 중형이다 (…중략…) 게다가 위리안치 되는 자는 처첩을 데려갈 수 없었다. 위리안치는 보통 탱자나무 울타리로 사면을 둘러 보수주인保授主人(감호하는 주인)만 출입할 수 있었다 (…중략…) 완당은 그 많은 유배 중에서도 절도絶島, 그 중에서도 가장 멀고 흉악한, 이른바 원악지遠惡地인 제주도, 그 중에서도 서남쪽으로 80리 더 내려가야 하는 대정현에 위리안치 되었으니 그 가혹함은 곱징역인 셈이다"라고 설명하였다. 이와 같은 의미를 지니고 있는 〈세한도〉에는 추사 자신의 '발문' 외에도, 반증위潘曾瑋, 장악진長岳鎭, 장요손張曜孫, 조진조趙振祚 등이 쓴 찬시讚詩「청유십육가제찬淸儒十六家題贊」16편과 추사의 제자이자 당대의 서예가였던 소당小棠 김석준金奭準의 제찬題贊 그리고 오세창, 정인보, 이시영의 '발문'을 포함하여 전부 20편의 제찬이 붙어 있다. 〈세한도〉의 '발문'의 원문과 이에 대한 오주석의 번역문은 다음과 같다.

去年以晚學大雲二書寄來 今年又以藕耕文編寄來 此皆非世之上有 購之千萬里之遠 積有年而得之 非一時之事也 且世之滔滔 惟權利之是趨 爲之費心費力如此 而不以歸之 權利 乃歸之海外蕉萃枯槁之人 如世之趨權利者 太史公云 以權利合者 權利盡以交疎 君 亦世之滔滔中一人 其有超然自拔於滔滔 權利之外 不以權利視我耶 太史公之言非耶 孔 子曰 歲寒然後 知松栢之後凋 松栢是貫四時而不凋者 歲寒以前一松栢也 歲寒以後一松 栢也 聖人特稱之於歲寒之後 今君之於我 由前而無加焉 由後而無損焉 然由前之君 無可 稱 由後之君 亦可見稱於聖人也耶 聖人之特稱 非徒爲後凋之貞操勁節而已 亦有所感發 於歲寒之時者也 烏乎 西京淳厚之世 以汲鄭之賢 賓客與之盛衰 如下邳榜門 迫切之極矣 悲夫 阮堂老人書.

그대가 지난해에 계복(桂馥)의 『만학집(晚學集)』과 운경(惲敬)의 『대운산방문고(大 雲山房文藁)』 두 책을 부쳐주고, 올해 또 하장령(賀長齡)이 편찬한 『황조경세문편(皇朝 經世文編)』 120권을 보내주니, 이는 모두 세상에 흔한 일이 아니다. 천만 리 먼 곳에서 사온 것이고, 여러 해에 걸쳐서 얻은 것이니, 일시에 가능했던 일도 아니었다. 지금 세상 은 온통 권세와 이득을 좇는 풍조가 휩쓸고 있다. 그런 풍조 속에서 서책을 구하는 일에 마음을 쓰고 힘들이기를 그같이 하고서도, 그대의 이곳을 보살펴줄 사람에게 주지 않 고, 바다 멀리 초췌하게 시들어 가는 사람에게 보내는 것을 마치 세상에서 잇속을 좇듯 이 하였구나! 태사공(太史公) 사마천(司馬遷)이 말하기를 "권세와 이득을 바라고 합친 자들은 그것이 다하면 교제 또한 성글어진다"고 했다. 그대 또한 세상의 도도한 흐름 속 에서 사는 한 사람으로 세상 풍조의 바깥으로 초연히 몸을 빼었구나. 잇속으로 나를 대 하지 않았기 때문인가? 아니면 태사공의 말씀이 잘못되었는가? 공자께서 말씀하시기를 "한겨울 추운 날씨가 된 다음에야 소나무, 잣나무가 시들지 않음을 알 수 있다"고 하셨 다. 소나무, 잣나무는 본래 사계절 없이 잎이 지지 않는 것이다. 추운 계절이 오기 전에 도 같은 소나무, 잣나무요, 추위가 닥친 후에도 여전히 같은 소나무, 잣나무다. 그런데도 성인(공자)께서는 굳이 추위가 닥친 다음의 그것을 가리켜 말씀하셨다. 이제 그대가 나를 대하는 처신을 돌이켜보면, 그 전이라고 더 잘할 것도 없지만, 그 후라고 전만큼 못한 일도 없었다. 그러나 예전의 그대에 대해서는 따로 일컬을 것이 없지만, 그 후에 그대가 보여준 태도는 역시 성인에게도 일컬음을 받을 만한 것이 아닌가? 성인이 특히 추운 계절의 소나무, 잣나무를 말씀하신 것은 다만 시들지 않는 나무의 굳센 정절만을 위한 것이 아니었다. 역시 추운 계절이라도 그 시설에 대하여 따로 마음에 느낀 점이 있었던 것이다. 아아! 전한(前漢) 시대와 같이 풍속이 아름다웠던 시절에도 급암(汲黯)과 정당시(鄭當時)처럼 어질던 사람조차 그들의 형편에 따라 빈객(賓客)이 모였다가는 흩어지고는 했다. 하물며 하규현(下邽縣)의 적공(翟公)이 대문에 써 붙였다는 글씨 같은 것은 세상인심의 박절함이 극에 다다른 것이리라. 슬프다! 완당노인 쓰다.

오늘날 한국 현대시에서 가장 많이 언급되고 있는 그림에 해당하는 〈세한도〉와 '문화적 기억'의 관계는 소전素筌 손재형孫在馨에서부터 비롯되었다고 볼 수 있다. 유홍준에 의하면, 그는 이 그림을 김정희 작품의 최고 수집가였으며 1930년대 경성제대 교수를 지냈던 일본인 후지츠카로부터 돌려받기 위해 1943년 여름 당시 경성에 있던 그의 거처를 방문하여 "원하는 대로 다 해드리겠으니 「세한도」를 양도해 주십시오"라고 부탁하였으나 거절당했으며, 다시 1944년 여름 후지츠카가 노환으로 누워 있던 일본 동경으로 건너가 매일 같이 그를 찾아가 〈세한도〉의 양도를 부탁하자 같은 해 12월 어느 날, 후지츠카는 맏아들에게 자신이 죽으면 이 그림을 소전에게 넘겨줄 것을 유언으로 남기게 된다. 손재형이 이에 만족하지 않고 바라보기만 하자 그는 "선비가 아끼던 것을 값으로 따질 수 없으니 어떤 보상도 받지 않겠으니 잘 보존만 해 달라"는 말과 함께 〈세한도〉를 손재형에게 넘겨주었다.

이렇게 파악할 때에 김정희의 그림 〈세한도〉와 이 그림에 대한 한국 지식인 사회의 '문화적 기억'은 상당히 중요한 의미를 지닌다. 그것이 중요한 까닭은 '해방공간'에서 이 그림의 귀환과 그 중요성을 칭송한 오세창[1864~1953], 정인보

1993~?, 이시영1869~? 등의 '발문'에서 찾아볼 수 있으며, 이 그림에 대한 손재형의 열정을 칭송했을 뿐만 아니라 "마치 황천에 갔던 친구를 다시 일으켜 악수하는 심정이라[譬如起黃泉之親朋而握手焉]"고 말한 오세창의 '발문'을 부분 인용하면 다음과 같다. "세계의 전쟁 기운이 가장 높을 때 손군 소전이 홀쩍 현해탄을 건너가 많은 돈을 들여 우리나라의 진귀한 물건 몇 가지를 사들였는데 이 그림 또한 그 가운데 하나이다. 폭탄이 비와 안개처럼 자욱하게 떨어지는 가운데 어려움과 위험을 두루 겪으면서 겨우 뱃머리를 돌려 돌아왔다. 감탄하노라! 만일 생명보다 더 국보를 아끼는 선비가 아니었다면 어떻게 이런 일을 할 수 있었겠는가. 잘하고 잘하였도다." 이처럼 많은 사람들이 관심을 보인 이 그림은 손재형이 국회위원 출마를 위해 이근태에게 저당 잡힘으로써 그의 손에서 떠났지만, 미술품 수집가였던 손세기孫世基를 거쳐 지금은 그의 아들 손창근이 소장하고 있으며, '세계 우표전시회 기념'으로 1994년 발행된 우표에 이르기까지 '문화적 기억'으로서의 실체에 해당하는 〈세한도〉는 여전히 한국 현대시에서 오늘을 살아가는 지혜의 덕목으로 파악되고 있다. 따라서 이 그림을 시로 전이시킨 한국 현대시와 〈세한도〉의 비교연구는 비교문학을 중심으로 하는 학제간의 연구에서 중요한 의의를 지닌다.

(2) 「세한도」에 반영된 지조와 절조의 세계

「세한도」는 김정희가 탐욕과 권세를 멀리하고 지조와 의리를 지키는 것이 인간의 본분이라는 점을 한 겨울의 소나무와 잣나무에 비유하여 제자 이상적이 자신에게 보여준 정리情理에 감사하는 뜻으로 그려준 일종의 답례품으로서의 표면적인 의미를 지니지만, 이 그림의 이면적인 의미는 사마천의 『사기』에서 인용한 두 구절, 즉 "태사공 사마천이 말하기를 '권세와 이득을 바라고 합친 자들은 그것이 다하면 교제 또한 성글어진다'라고 했다. 그대 또한 세상의 도도한 흐름 속에서 사는 한 사람으로 세상 풍조의 바깥으로 초연히 몸을 빼었구

나. 잇속으로 나를 대하지 않았기 때문인가? 아니면 태사공의 말씀이 잘못되었는가?"라는 구절과 "아아! 전한 시대와 같이 풍속이 아름다웠던 시절에도 급암汲黯과 정당시鄭當時처럼 어질던 사람조차 그들의 형편에 따라 빈객賓客이 모였다가는 흩어지고는 했다. 하물며 하규현下邽縣의 적공翟公이 대문에 써 붙였다는 글씨 같은 것은 세상인심의 박절함이 극에 다다른 것이리라. 슬프다! 완당노인 쓰다"라는 구절에 있다. 김정희가 사마천의 『사기』를 두 번 인용한 것은 자기 자신도 사마천과 같이 그 어떤 역경에도 굴하지 않고 지조의 세계를 올곧게 지켜나가겠다는 의지를 표현하고자 했기 때문이다. 그의 이러한 태도는 '염량세태炎凉世態'와 '적공서문翟公書門'에 관계된다. 여기서 말하는 '염량세태'의 어원은 다음과 같다.

B.C. 680년 신하가 임금을 죽이는 일이 다반사였던 춘추전국시대 정(鄭)나라의 '여공'은 세력이 불리하여 왕위에서 쫓겨나 17년간 변방에 피신하여 살았는데 어느 날 '보가(甫假)'라는 대부(大夫)를 사로잡은 후에 "죽이지 않는 대신에 자신이 왕위에 오를 수 있도록 도와 달라"고 했다. 이 말에 보가는 "살려주기만 한다면 지금의 왕을 죽이고 여공을 왕으로 맞아들이겠다"고 했다. 이 말을 듣고 여공이 보가를 풀어주니 그는 왕과 두 왕자를 죽이고 여공이 왕위에 오르도록 했다. 그러나 왕위에 오른 여공은 "두 마음을 가진 자"라면서 보가를 죽이니 보가는 "무거운 은혜 대신 죽일 수가 있느냐"고 소리치면서 죽어갔다고 한다. 여공 역시 간계로 자신의 형을 밀어내고 왕위에 오른 자였다. 사마천은 이러한 염량세태를 통탄하면서 자신의 『사기』의 「정세가」 마지막 부분에서 "권세와 이익으로 합한 자는 권세와 이익이 다하면 그 교분이 성글어진다"라는 말로 대신하였다.

아울러 '적공서문'의 어원은 다음과 같다.

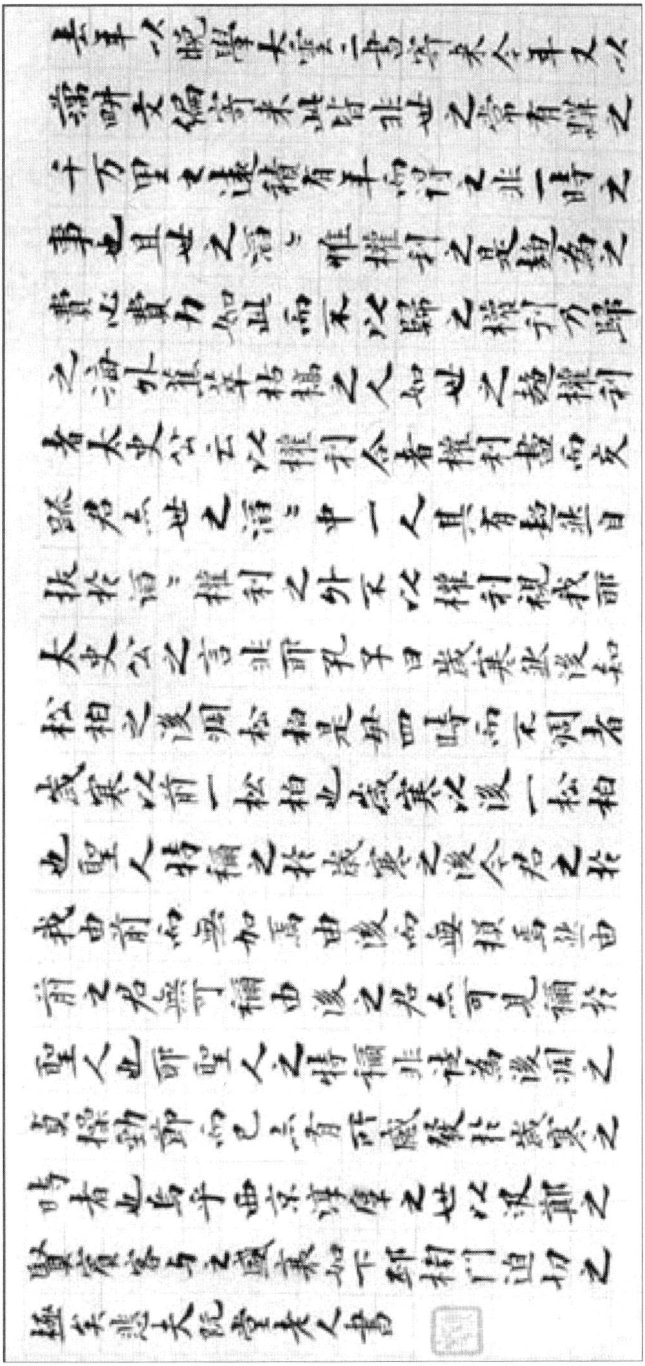

〈그림 4〉 김정희, 〈세한도〉의 발문(跋文)

적공서문(翟公書門)의 유래는 다음과 같다. 전한(前漢) 7대 무제(武帝) 때의 현신(賢臣) 급암(汲黯)과 정당시(鄭當詩)는 모두 아홉 개 부처의 최고 자리에 해당하는 구경(九卿)까지 올랐지만 둘 다 강한 성품으로 인해서 좌천(左遷)·면직(免職)·재-등용을 되풀이했다. 이들이 각기 현직에 있을 때에는 방문객이 문전성시를 이루었으나 면직되었을 때에는 방문객의 발길이 끊어졌다. 하규의 적공(翟公)이 정위(廷尉)가 되었을 때는 빈객이 대문을 가득 메웠지만 면직되었을 때에는 집 안팎이 한산하여 대문 밖에 새그물을 쳐놓을 정도였다가 다시 정위의 자리에 오르자 빈객들이 앞 다투어 교류하고자 했다. 이에 적공은 대문 앞에 다음과 같이 써 붙였다. "한 번 죽고 한 번 삶에 사귐의 정을 알겠고 한 번 가난하고 한 번 부하게 됨에 사귐의 태도를 알겠으며 한 번 귀하고 한 번 천하게 됨에 사귐의 정이 나타나게 되네(一死一生 乃知交情 一貧一富 乃知交態 一 貴一賤 乃見交情)." 이러한 고사를 사마천은 자신의『사기』의「급정열전(汲鄭列傳)」에서 '정당시 같은 어진 사람들에게도 찾아오는 사람들이 세상의 인심과 더불어 많아지기도 하고 적어지기도 하였다'라고 적어 놓았다.

〈세한도〉에 나타나 있는 또 다른 의미는 "공자께서 말씀하시기를 '한겨울 추운 날씨가 된 다음에야 소나무, 잣나무가 시들지 않음을 알 수 있다'고 하셨다. 소나무, 잣나무는 본래 사계절 없이 잎이 지지 않는 것이다. 추운 계절이 오기 전에도 같은 소나무, 잣나무요, 추위가 닥친 후에도 여전히 같은 소나무, 잣나무다. 그런데도 성인(공자)께서는 굳이 추위가 닥친 다음의 그것을 가리켜 말씀하셨다. 이제 그대가 나를 대하는 처신을 돌이켜보면, 그 전이라고 더 잘할 것도 없지만, 그 후라고 전만큼 못한 일도 없었다"에 있다. 이 구절은 물론 소나무와 잣나무의 기상을 비유하여 세태에 굽히지 않겠다는 완당 자신의 강직한 마음가짐을 나타내는 한편 다른 한편으로는 자신의 제자 이상적과 자기 자신의 교류가 사제지간의 관계를 뛰어넘어 오래도록 지속될 것을 다짐하는 부분이다. 이러한 마음가짐은 〈세한도〉의 오른쪽 하단의 주문방인朱文方印에 해당하는 '장무상망長#相忘'에도 잘 나타나 있다. "오래도록 서로 잊지 말자!"라는 일종의 약속이자 언약을 의미하는 '장무상망長#相忘'이라는 글귀는 2천 년 전 중국 한대漢代의 막새기와에 나타나 있는 명문銘文으로 추사가 금석학의 대가였고 제자 이상적 역시 서화와 금석학에 조예가 깊었기 때문에 이와 같은 글귀를 〈세한도〉의 오른쪽 하단에 마련해 놓은 것이라고 볼 수 있다.

그럼에도 이 구절의 진위여부에 대해서는 추사가 〈세한도〉를 그렸을 때에 찍어 놓았다는 견해, 그의 제자인 이상적이 나중에 찍어 놓았다는 견해, 일본인 후지츠카가 찍어 놓았다는 견해 등 여러 가지가 있다. 왜냐하면 〈세한도〉에는 전부 네 개의 인영印影이 나타나 있지만, 다른 세 개와는 달리 '장무상망'이라는 인영만이 지나치게 희미할 뿐만 아니라 서체書體 또한 다르기 때문이다.

이상에서 살펴본 바와 같이 이 그림의 주제는 지조와 절조에 있다. 다시 말하면 당대 현실에서 비롯되는 자신의 역경을 견디어 내고자 하는 올곧은 선비로서 추사가 지탱하고 있던 견정堅定한 의지가 하나이고, 다른 하나는 자신에게 대한 제자 이상적의 마음씀씀이에 대한 감사의 표시이다. 이와 같은 두 가지 주제를 강조하고 있는 〈세한도〉의 구도는 화제, 그림, 발문 등으로 삼등분 되어 있으며 그림의 전체적인 윤곽은 안정감 있는 삼각형의 모습을 하고 있다. 삼등분으로 분할된 여백은 오른쪽이 가장 넓으며 가운데 부분에서는 줄어들었다가 왼쪽에서는 가장 좁게 배분했다. 다시 말하면, 오른쪽 상단의 가로로 쓴 '세한도'라는 화제와 세로로 쓴 '우선시상완당稸船是賞阮堂'이라는 '관지'가 균형을 이루어 그 아랫부분의 비어 있는 공간의 역할을 극대화하고 있다고 볼 수 있다. 다음은 네그루의 소나무와 잣나무 그리고 그 아래에 자리한 집의 구도에서 하늘을 향하고 있는 나무의 수직성과 땅과 평행을 이루고 있는 수평성을 들 수 있다. 여기서 중요한 점은 집 오른 편에 배치한 가지가 휘어진 노송과 바로 옆의 젊은 소나무 그리고 집 왼편에 배치한 곧은 줄기의 잣나무 두 그루의 의미이다. 〈세한도〉의 이러한 의미에 대해서 유홍준은 다음과 같이 언급하였다. "〈세한도〉는 완당의 마음속의 이미지를 그린 것으로, 그림에 서려 있는 격조와 문기文氣가 생명이다. 완당은 여기서 갈필渴筆과 건묵乾墨의 능숙한 구사로 문인화의 최고봉을 보여주었던 원나라 황공망黃公望이나 예찬倪瓚류의 문인화를 따르고 있다. 구도만 본다면 집과 나무를 소략히 배치한 것은 전형적인 예찬의 기법이다. 그러나 필치는 완당 특유의 예서 쓰는 법으로 고졸미를 한껏 풍기고 있음에 이 그림의 매력이 있다."

유홍준의 말에 의하면 〈세한도〉는 중국 문인화의 화풍을 따르고는 있지만 그 구도에 있어서 완당 특유의 필치에 의해서 독창성을 유지하고 있다고 볼 수 있다. 이 그림의 구성과 내용에 대해서 오주석은 다음과 같이 설명하였다. "집 앞에 우뚝 선 아름드리 늙은 소나무 (…중략…) 그 뿌리는 대지에 굳게 박혀 있고, 한 줄기는 하늘로 솟았는데 또 한줄기가 가로로 길게 뻗어 차양처럼 집을 감싸 안고 있다. 그 옆의 곧고 젊은 소나무 (…중략…) 이것이 없었다면 저 허름한 집은 그대로 무너져버리지 않았겠는가? 윤곽만 겨우 지닌 초라한 집을 지탱해주는 것은 바로 저 변함없는 푸른 소나무인 것이다 (…중략…) 집 왼편 약간 떨어진 곳에 선 두 그루 잣나무는 줄기가 곧고 가지들도 하나같이 위쪽을 팔을 처 들고 있다. 이 나무들의 수직적인 상승감은 그 이파리까지 모두 짧은 수직선 형태를 하고 있어서 더욱 강조된다. 김정희는 이 나무들에서 희망을 보았는지도 모른다."

유홍준과 오주석이 파악하고 있는 바와 같이 힘차고 곧은 필선筆線, 강력하게 한데 어우러진 초묵筆線, 메마른 듯한 건조하면서도 거친 '갈필渴筆' 등은 김정희의 뜻깊은 심정을 드러내는 동시에 그 어떤 어려움도 굳건하게 극복하겠다는 의지와 강인한 생명력을 표출하고 있다. 수묵화水墨畫를 그리는 기법의 하나에 해당하는 갈필渴筆은 물기를 최소화한 붓에 되도록 먹물을 조금만 묻혀 그림을 그리는 기법으로 고필枯筆이나 찰필擦筆과 유사하지만 먹물을 흠뻑 묻혀 그리는 기법인 습필濕筆과는 반대된다. 이러한 기법의 효과는 속세를 떠난 느낌과 분위기를 강조한다.

아울러 네그루의 나무 아래 자리 잡고 있는 허름하고 초라한 한 채의 집, 특히 창문이 휑하니 뚫려 있는 집의 묵선墨線은 집의 외양에 나타나 있는 남루한 모습을 단정하면서도 질박한 모습으로 전환시키고 있다. 음영과 원근이 무시된 집의 모습과 앞 벽의 둥근 창문 안쪽의 두께 표현이 일견 어색해 보이는 것은 그것이 실제 집의 모습을 그린 것이 아니라 집으로 비유된 김정희 자신의 당시의 심경을 그렸기 때문이다. 이러한 점에 대해서 유홍준은 "〈세한도〉는 결코 (…중략…) 실경산수화가 아니다. 그런 소나무는 어디서나 볼 수 있으며 그렇게 생긴 집은 제주도뿐 아니라 우리나라에 흔하다. 그러나 그런 식으로 원창圓窓을 낸 집은 없다. 이 그림의 예술적 가치는 실경에 있지 않다"라고 강조했고, 오주석 역시 "추사는 〈세한도〉에 집을 그리지 않았다. 그 집으로 상징되는 자기 자신을 그렸던 것이다. 그래서 창이 보이는 전면은 반듯하고, 역-원근으로 넓어지는 벽은 듬직하며, 가파른 지붕 선은 기개를 잃지 않았던 것이다. 그림이 지나치게 사실적이 되면 집만 보이고 사람은 보이지 않는다. 옛 그림을 눈으로만 보지 말고 마음으로 보아야 하는 까닭이 여기에 있다"라고 강조했다. 왼쪽 상단부분의 화제인 '세한도'의 의미를 풀이한 오른쪽에는 방안方眼을 긋고 쓴 '발문'은 상단부분에 충분한 여백을 두었고 아랫부분은 화폭의 하단부분에 닿을 듯이 배치함으로써, 오른쪽의 여백과 균형을 이루도록 했다.

이와 같은 공간배치는 가운데 부분의 소나무, 잣나무, 집을 강조하는 한편, 다른 한편으로는 그림 전체의 안정감을 강조하고 있다. 이와 같은 의미를 지니고 있는 〈세한도〉가 '실경산수화'가 아니라 '심경산수화'라는 점은 완당이 '위리안치'되어 9년 동안 살았던 제주도 대정리에 남아 있는 그의 적거지謫居地에서도 확인할 수 있다. 김정희는 헌종 6년 윤상도의 옥에 관련되었다는 죄목으로 사형에 처해지게 되었지만, 당시 우의정 조인영의 상소로 사형을 면하고 제주도에 '위리안치'되었다.

유배되어 가는 뱃길이 오전에는 청명한 날씨였으나[1840.9.27] 오후에 폭풍우가 몰아쳐 모두 당황해했지만, 추사는 배 앞머리에서 시를 읊으며 선장에게 뱃길의 방향을 알려 주었다고 전한다. 제주 땅 화북에 도착하는 대정현(대정리)으로 압송되어 교리 송계순의 집에 적소를 정했다가 강도순의 집으로 옮겨 살았다. 이 시기에 그는 자신만의 고유한 '추사체'를 완성했고 〈세한도〉와 같은 작품을 남겼다. 추사는 헌종 14년에 방면되어 8년 후에 71세를 일기로 삶을 마감했다. 현재 제주도 대정읍 안성리의 '추사 적거지'에는 '추사기념관'이 있으며 초가 네 채를 옛 모습대로 복원해 놓았다.

이상에서의 논의를 정리하면 〈세한도〉는 김정희의 심경을 표현한 '심경산수화'라는 점, 지조와 절조 및 세태비판을 주제로 한다는 점, 그리고 여백과 충만의 비율이 효과적으로 배치되었다는 점을 들 수 있다.

(3) 한국 현대시로 전이된 〈세한도〉의 세계

김정희의 〈세한도〉외에도 이와 동일한 유형의 그림으로 권돈인[1783~1859], 허련[1809~1892], 김원용[1922~1993]의 그림이 있지만, 한국 현대 시인들이 부단하게 김정희의 〈세한도〉에 관심을 기울이고 있는 까닭은 이 그림의 역사적이고 문화적이며 정신사적인 가치가 그만큼 중요하다는 점을 의미할 뿐만 아니라 이 그림에 암시되어 있는 김정희의 강직한 성품과 지조 및 어떠한 역경에서도 자신의 정신자세를 굽히지 않겠다는 불변의 덕목을 자신들의 시 세계로 전환시켜 오늘을 사는 하나의 지혜로 제시하고 있기 때문이다. 완당의 〈세한도〉를 본받아 그린 그림으로는 권돈인의 〈세한도〉, 허련의 〈방완당의산수도倣阮當意山水圖〉 등이 있으며[유홍준 2002, 402~404] 필자의 견해로는 삼불三佛 김원용의 〈먼 객지에서〉도 완당의 〈세한도〉를 연상케 하는 그림이라고 생각된다. 필자가 그렇게 생각하는 까닭은 〈먼 객지에서〉의 네 그루의 소나무, 그 아래의 작은 집, 그리고 오른쪽의

시인명	시 제목	출처	비고
강인한	「세한도」	『시와 시학』(1998.가을)	
강현국	「세한도·5」	『현대시학』(2002.11)	연작시 부분
	「세한도·6」		
	「세한도·13」		
권경업	「세한도」	『오래전, 그대도 꽃다운 누군가의 눈부신 눈물이었다』(2001)	
고재종	「세한도」	『중앙일보』(2002.1.1)	
노유섭	「세한도」	『유리바다에 내리는 눈나라』(1999)	
도종환	「세한도」	『부드러운 곡선』(1998)	
박신지	「소나무」	『봄은 쟁기질을 하며 온다』(2002)	
	「세한도」		
박현수	「세한도」	『한국일보』(1992.1.1)	신춘문예당선
박희진	「추사체(秋史體)」	『문화재, 아아 우리 문화재』(1997)	
	「세한도운(歲寒圖韻)」		
송명호	「세한도」	『바람에 찍은 혜초의 쉼임표』(1990)	
신동호	「통유(通儒), 그리고 세한도」	『저물 무렵』(1996)	
오세영	「세한도」	『무명연시』(1995)	
위선환	「세한도」	『나무들이 강을 건너갔다』(2001)	
유안진	「세한도 가는 길」	『창작과 비평』(1998.봄)	제10회 정지용 문학상(1998)
유재영	「세한도」	『현대시학』(2001.9)	
이달균	「세한도」	『다층』(2003.봄)	
이양우	「세한도」	『허허집』(1998)	
	「세한도」	『느낌으로 통하는 이야기』(1992)	
이홍섭	「세한도」	『숨결』(2002)	
이흥우	「성근 겨울의 정(精)」	『문학사상』(1973.9)	
정희성	「세한도」	『시를 찾아서』(2002)	
조정권	「세한도」	『산정묘지』(1991)	

시인명	시 제목	출처	비고
편부경	「세한도·1」	『깨어지는 소리는 아름답다』(2000)	연작시 부분
한기홍	「내 안에 펄럭이는 세한도」	'문학의 즐거움'(2002.6)	www.poet.or.kr
허만하	「추사체(秋史體)」	『현대시학』(2001.11)	
	「용머리 바닷가 바람소리」		
허영환	「참술 가지 몇 개로」	『붓 한 자루로 세상을 얻었구나』(1997)	

"서가에 쌓인 천 권의 고서, 집밖에 소나무를 스치는 맑은 소리, 책상 위에 놓인 향로, 한 항아리의 술이면 그 밖엔 아무 것도 소용없는걸"이라는 '발문'의 배치 등이 완당의 〈세한도〉와 유사하기 때문이다. 김원용의 생애와 그의 그림 〈먼 객지에서〉에 대해서는 『조선일보』2003.10.25에 상세하게 수록되어 있다.

이처럼 한국 현대 시인들이 많은 관심을 보이고 있는 김정희의 〈세한도〉를 현대시로 전이시킨 경우를 정리하면 아래와 같다(시인이름의 가, 나, 다 순으로 정리하였음). 필자가 파악하여 정리한 〈표 34〉에서 알 수 있는 바와 같이, 완당의 〈세한도〉를 자신들의 시로 전이시킨 한국 현대시인은 모두 25명이며 시는 모두 31편이다. 이를 다시 정리하면 ① 시인의 경우는 허만하처럼 오랜 시력詩歷의 50년대 원로시인에서부터 박신지처럼 등단연도가 비교적 짧은 90년대 시인까지 분포되어 있음을 알 수 있다. ② 시 형식의 경우는 박희진의 「추사체」처럼 전부 4행 1연으로 이루어진 짧은 시 형식에서부터 송명호의 「세한도」처럼 전부 50여 행 가량의 8연으로 되어 있을 뿐만 아니라 자신의 시에 대한 설명까지 곁들인 긴 시 형식까지, 대부분의 시인들이 보이고 있는 자유시 형식에서부터 유재영의 「세한도」와 같은 현대시조 형식까지, 한 편으로만 이루어진 시에서부터 강현국의 「세한도」와 같은 연작시 형식까지 다양하다는 점을 들 수 있다. ③ 시의 내용은 신동호의 「통유通儒, 그리고 세한도」처럼 〈세한도〉 자체에 대한 분석과 감상을 시로 전이시킨 경우에서부터 한기홍의 「내 안에 펄럭이는 세한도」처럼 당대의 현실을 오늘날의 현실로 전이시킨 시까지 여러 가지 유형이 있다. 그리고 ④ 유안진의 「세한도 가는 길」처럼 문학상을 수상한 시에서부터 박현수의 「세한도」처럼 신춘문예 당선 시까지 〈세한도〉를 주제로 하는 시에 대한 한국 시단의 평가 역시 긍정적이라는 점을 들 수 있다. ⑤ 아울러 고미술 감정의 권위자 중의 한 사람인 허영환의 「참솔 가지 몇 개로」와 같이 〈세한도〉 자체에 대한 분석적인 시에서부터 이흥우의 「성긴 겨울의 정精 ― 완당의 〈세한도〉」처럼 〈세한도〉에 시인 자신의 정서를 투사시킨 시까지 그 의미의 영역 또한 다양하다.

그림 〈세한도〉의 세계를 현대시로 전이시킨 이상과 같은 경우를 그 유형별로 정리하면 ① 현대시와 〈세한도〉 전체의 의미, ② 현실인식과 〈세한도〉의 세계, ③ 개인적인 정서와 〈세한도〉의 세계, ④ 현장방문과 〈세한도〉의 세계 등으로 분류된다.

현대시와 〈세한도〉의 전체적 의미

이상과 같이 분류될 수 있는 김정희의 〈세한도〉 자체를 현대시로 전이시킨 내용적인 측면에서 우선 신동호의 「통유通儒, 그리고 세한도」를 들 수 있으며 이 시의 전문은 다음과 같다.

눈 쌓인 가지가 무거워 보이네
추사, 언덕을 거닐며 바라보던
푸른 소나무도 늙어 가는가
이놈 불호령은 어디에서 듣는가
세속을 버리려니
인연의 옷자락이 휘청 바람에 날린다
세상을 아는 것은 쓸모없는 일인가
격물치지는 세로쓰기의 한자에서 해서체로나 보이고

유유자적 긴 그림자 끝으로

허송세월의 딱지가 붙어버렸다

말똥구리와 석류에서의 어떤 외경

흙으로 돌아가려니

너무 오래 토종의 흙을 모르고 살았네 추사,

겨울밤 문풍지를 흔들던 바람에도

세상을 배우던 세한도의 집 한 채

지조와 의리가 사라진 전문가의 원근법

저 멀리 작은 점으로

역사가 놓인다

이 세상 그 무엇도 아닌 것

먼 길을 떠나서 닿으려니 눈이 날리네

눈이 날리네 추사,

이놈 불호령은 어디에서 다시 듣는가

— 신동호, 「통유, 그리고 세한도」 전문

신동호가 자신의 시에서 강조하는 것은 제목에 나타나 있는 '통유'의 의미, 즉 『후한서後漢書』「두림전杜林傳」에 나오는 "박학하고 만사에 통달한 학자"를 일컫는 "박치다문博治多聞"에 있으며, 그의 이 시에서는 또 〈세한도〉를 그린 추사 김정희를 그와 같은 학자의 표상으로 파악하고 있다. 이러한 점은 시의 본문에서 '푸른 소나무'와 '늙은 소나무'의 대조, '세로쓰기의 한자'에 반영되어 있는 '격물치지格物致知'의 의미, '집 한 채', '원근법' 등 그림 〈세한도〉에 나타나 있는 제재와 구도를 시어로 형상화함으로써, 그 모든 것을 '지조와 의리'로 종합하는 한편, 다른 한편으로는 시각 이미지 중심의 그림의 언어를 '불호령'이라는 청각 이미지 중심의 언어로 전환시켰다. 여기서 말하는 '격물치지'에는 『대학大學』의 교과敎科에 해당하는 '예악사어서수禮樂射御書數'의 육예六藝를 습득하는 것이 지식을 명확하게 하는 소치라는 점, 주자학에서 강조하는 용어로서 사물의 이치를 연구하여 후천적인 지식을 명확하게 해야 한다는 점, 양명학의 용어로서 의지가 존재하는바 사물에 의해서 부정不正을 바로 잡고 선천적인 양지良知를 닦아야만 한다는 점의 의미가 있다. 다시 말하면, 정적靜的이미지로서의 시각적 특성을 동적動的이미지로서의 청각으로 전환시켜 놓음으로써, 독자로 하여금 〈세한도〉 앞에 직접 서 있는 듯한 느낌이 들게 하기도 하고, 추사의 음성이 그림 속에서 들려오는 것 같은 느낌이 들게 했다고 볼 수 있다. 이러한 점은 제4행의 "이놈 불호령은 어디서 듣는가"와 마지막 행의 "이놈 불호령은 어디서 다시 듣는가"에서 찾아볼 수 있다.

이와 같이 〈세한도〉 자체에 나타나 있는 의미를 시로 구체화시켜 놓은 또 다른 경우로는 박희진의 「세한도운歲寒圖韻」을 들 수 있다. "소나무 두 그루와 잣나무 두 그루에 / 덩그런 집 한 칸. / 그밖엔 아무 것도 보이지 않는 속에 / 역력히 어려 있는 추사의 신운神韻"으로 시작되고 끝맺는 이 시에서 박희진이 강조하고 있는 것은 '풍진세상'과 '겨울의 매서움' 등으로 비유된 당대의 현실과 '절해絕海의 고도'와 '봄바람'으로 비유된 제주도에 유배된 김정희 자신의 현실을 대조하는 데 있으며, 특히 「세한도」를 김정희의 얼굴로 비유하여 "백설의 나룻에 / 칠 같이 빛나는 두 눈을 보라, / 조선의 빼어난 산수의 경지가 / 그에게 모여 광채를 내는구나"라고 종합해 놓았다. 이러한 점은 그림을 그림 자체로 파악하지 않고 정신세계의 깊이와 높이로 파악하고 있다는 점, 다시 말하면 〈세한도〉의 가운데 부분의 소나무와 잣나무 그리고 집 한 채에 나타나 있는 의미를 오른 쪽의 '발문'의 핵심어인 '세한'에 결합시키고 있다는 점에서 설득력을 지닌다.

〈세한도〉에 나타나 있는 이와 같은 도도한 정신세계를 제10회 '정지용 문학상'1998 수상작인 유안진의 「세한도 가는 길」에서는 그러한 세계를 오늘을 살아가는 현대인의 덕목으로 파악하고 있으며, 이 시의 전문은 다음과 같다.

서리 덮인 기러기 죽지로

그믐밤을 떠돌던 방황도

오십령(五十嶺) 고개부터는

추사체로 뻗친 길이다

천명(天命)이 일러주는 세한 행 그 길이다

누구의 눈물로도 녹지 않는 얼음장 길을

닳고 터진 앞발로

뜨겁게 녹여 가라신다

매웁고도 어린 향기 자오록한 꽃진 흘려서

자욱자욱 붉게 뒤따르게 하라신다

— 유안진, 「세한도 가는 길」 전문

위의 인용 시에서 강조하는 것은 "추사체로 뻗친 길"에 있다. 그 길은 쉰 살이 넘은 나이가 되어 가야할 길, "천명이 일러주는 세한 행 그 길", 그리고 고독하고 외로운 "얼음장 길"에 해당한다. 이 시에서 세 번 반복되고 있는 '길', 즉 '뻗친 길', '세한 행 그 길', '얼음장 길'의 일차적인 의미는 물론 박희진 시에서처럼 〈세한도〉의 '발문'에 나타나 있는 '세한'에 있으며, 이차적인 의미는 앞에서 언급한 바와 같이 그 심오한 의미를 현대인은 지순한 마음으로 실천하고 따라야만 한다는 데 있다. 이러한 점은 "참솔 가지 몇 개로 견디고 있다 / 완당이여 / 붓까지 얼었던가. / 생각하면 우리 나라의 추위가 / 이 속에도 있고 / 누구나 마른 소나무 한 그루로 / 이 겨울을 서 있어야 한다"라는 정희성의 「세한도」에도 반영되어 있다. 다시 말하면 '염량세태'는 김정희 시대에도 있었고 오늘날에도 있게 마련이며, 중심에서 밀려난 사람들, 올곧고 정직한 삶을 살아가는 사람들이라면 누구나 '한 그루 마른 소나무'가 되어서 '겨울'로 비유된 냉혹한 현실에 맞서야 한다는 점을 강조하고 있다.

현실인식과 〈세한도〉의 세계

　다음은 완당의 〈세한도〉에 나타나 있는 의미를 오늘의 현실로 전환시킨 경우를 살펴보면 우선 고재종의 「세한도」를 들 수 있으며 이 시의 전문은 다음과 같다.

날로 기우듬해 가는 마을회관 옆
청솔 한 그루 꼿꼿이 서 있다

한때는 앰프방송 하나로
집집의 생쥐까지 깨우던 회관 옆
그 둥치의 터지고 갈라진 아픔으로
푸른 눈 더욱 못 감는다.
그 회관 들창 거덜 내는 댓바람 때마다
청솔은 또 한바탕 노엽게 운다.
거기 술만 취하면 앰프 켜고
천둥산 박달재를 울고 넘는 이장과 함께.

생산도 새마을도 다 끊긴 궁벽, 그러나
저기 난장 난 비닐하우스를 일으키다
그 청솔 바라보는 몇몇들 보아라.
그때마다, 삭 바람마저 빗질하여
서러움조차 잘 걸러내어
푸른 숨결을 풀어내는 청솔 보아라.

나는 희망의 노예는 아니거니와

까막까치 얼어 죽는 이 아침에도

저 동녘에선 꼭두서니 빛 타오른다.

— 고재종,「세한도」 전문

위에 인용된 시에서 고재종은 김정희의 〈세한도〉에 나타나 있는 '청솔'의 이미지에 의해서 고단한 농촌현실에서의 '희망'을 강조하고 있다. 말하자면 그림 자체에 대한 분석이나 의미파악 혹은 '발문'의 의미해석이나 화제에 해당하는 '세한'에 대한 전이보다는 이 그림의 한 가운데 공간에 자리 잡고 있는 '청솔'의 이미지만을 강조하는 한편, 다른 한편으로는 이 이미지에 의해서 오늘의 절망을 딛고 새로운 출발을 할 것을 농민으로 대표되는 오늘의 모든 사람들— 고단한 삶이기는 하지만 정직하게 살아가는 사람들—에게 역설하고 있는 시이다. 이러한 점은 "술만 취하면" 유행가 '울고 넘는 박달재'를 불러대는 이장, "생산도 새마을도 다 끊긴 궁벽", "난장 난 비닐하우스" 등에서 찾아 볼 수 있으며, 이 모든 고단한 현실을 "마을 회관 옆 / 청솔 한 그루"는 직접 목격하고 증언하는 것으로 되어 있다. 현실의 목격자이자 증언자로서의 '청솔 한 그루'는 김정희의 그림 〈세한도〉의 소나무 이미지에 접맥되어 있다. 따라서 〈세한도〉의 '소나무'가 작게는 김정희 자신의 당시 마음가짐을 의미하고 크게는 당대의 조선사회를 질타하고 있듯이, 위의 시에서도 '청솔 한 그루'는 작게는 한 마을의 암담한 현실을 대변하고 크게는 현재 우리사회의 궁핍한 농촌현실을 대변하고 있다.

이러한 점은 도시의 노숙자가 될 수밖에 없었던 '아버지들'의 애환을 시로 형상화한 강인한의 시 〈세한도〉에도 잘 반영되어 있다. "비오는 날 / 우산을 어깨에 걸치고 더러는 우산도 없이 / 굽은 등허리로 고스란히 비를 맞으며 / 일렬 횡대로 쪼그려 앉아 / 밥을 먹는다"로 시작되는 이 시에서 강조하고 있는 것은 IMF로 직장을 잃어버린 노숙자의 모습이 생생하게 그려져 있으며 "다같이 슬픔으로 따뜻한 국물을 떠서" 먹고 있는 이들은 다름 아닌 "집을 나온 우리나라의 아버지들"에 해당한다. 강인한은 자신의 시에서 노숙자의 이와 같은 울분과 분노와 절망이 김정희가 〈세한도〉를 그린 시절 그 자신의 울분과 분노와 절망에 접맥되어 있다는 점을 강조하는 한편, 다른 한편으로는 김정희가 그러한 정황을 극복하고자 노력했듯이 이들 오늘날의 노숙자 역시 그 나름의 정황을 극복할 수 있기를 기대하고 있다.

그림 〈세한도〉의 주제를 현실비판으로 파악하여 이를 한 편의 시로 전환시킨 경우로는 "통기타로 부르스를 퉁기던 거리에서 / 존 레논을 부르고 비틀즈를 흔들며 / 이념의 울분 훑어 내리고 / 연기 꽃을 만들던 그 때 모습 그대로"의 항거를 회상하고 있는 편부경의 시 「세한도·1」에도 반영되어 있고, "확실히 그랬다 / 그랬던 거다 / 유월의 서글픔 속에서 / 그 유장한 늙은 소나무 등걸의 벌레가 되고 싶었고 / 두 그루 잣나무의 씩씩한 기상에 / 용렬한 육신의 촛불을 모두 다 보태고 싶었다"는 한기홍의 시 「내 안에 펄럭이는 세한도」에도 반영되어 있으며, "얼어붙은 강과 산 / 헐벗는 백성 / 눈발 속에 낮게 엎드린 한恨 / 눈보라에 업히어 / (…중략…) 난장亂杖맞은 이력도 나래를 접는다"를 강조하는 송명호의 시 「세한도」에도 반영되어 있다. 마지막으로 도종환의 시 「세한도」의 마지막 부분은 다음과 같이 끝맺고 있다.

기나긴 유배에서 풀려나 돌아가던 길

그대 오만한 손으로 떼어냈던

편액의 글씨를 끄덕이며 다시 걸었듯

나도 이 버림받은 세월이 끝나게 되면

내 손으로 떼어냈던 것들을 다시 걸리라

한 계단 내려서서 조금 더 낮은 목소리로

그대 이름을 불러보리라

이 싸늘한 세월 천지를 덮은 눈 속에서

녹다가 얼어붙어 빙판이 되어버린 숲길에서

— 도종환, 「세한도」 후반부

이 부분에 암시되어 있는 바와 같이 시인은 "이 버림받은 세월이 끝나게 되면 / 내 손으로 떼어냈던 것들을 다시 걸리라"고 강조하면서 김정희가 유배에서 풀려났을 때의 정황과 오늘을 살아가야만 하는 시인 자신의 정황을 일치시키고 있다. 이러한 정황이 서로 일치하는 까닭은 시인 자신이 한 때 직장에서 해직되었었다는 사실과 무관하지 않다고 생각된다.

개인적인 정서와 〈세한도〉의 세계

대부분의 시가 개인적인 정서를 시적 대상에 투사시킨 경우에 해당한다는 점을 고려한다면, 〈세한도〉라는 시적 대상에 시인 자신의 개인적인 정서를 투사시킨 경우로는 "나의 집은 앓아누운 집 / 잎과 가지가 좋은 나무 / 하늘을 보며 생각 / 하는 방 / 음악을 들을 수 있는 큰 방 / 나의 집은 주인이 눈 구경 나가고 / 바람만 한가로이 마당을 쓸고 있다"라는 자신의 시 「세한도」에서 조정권은 '자신의 집', 말하자면 "음악을 들을 수 있는 큰 방"이 있는 자신의 집을 〈세한도〉의 텅 비어 있는 집에 비유하고 있음을 알 수 있다. 유재영도 자신의 시 「세한도」에서 "어깨 높은 / 조선 소나무랑 / 남향은 사치로워 / 문패도 없는 / 북향집 / 홀로 / 댓돌 위엔 / 흰 고무신"처럼 짧은 현대시조의 형식을 취함으로써, 그림 「세한도」에 나타나 있는 단순미와 강직성을 시로 전이시켜 놓았다. 이와 유사한 또 다른 경우로는 "그대가 그리는 건 / 길 잃은 두견, / 물감으로 눈 그리면 / 날개를 치고 / 세한도 노송 가지 별빛에 뜬다"라는 오세영의 시 「세한도」와 "오랜만에 혼자 / 아무도 없는 산마루에 올랐습니다. / 아무도 없는 산마루는 / 아무도 없어서 기막혔습니다."의 강현국의 시 「세한도 · 5」가 있다. 이들의 시에서 우리는 김정희가 적거지에서 몸소 체험했었을 법한 현실과의 괴리에서

오는 적막감과 외로움을 시인 자신의 세계로 전환시키고 있음을 알 수 있다.

이들 시인들이 개인적인 입장에서 그림 〈세한도〉를 분석적으로 읽어냈다면, 다음에 인용하는 이흥우의 시 「성긴 겨울의 정精─완당阮堂의 〈세한도歲寒圖〉」에는 이러한 점이 모두 종합되어 있다. 이 시의 부제에 암시되어 있는 바와 같이, 이흥우는 정진규의 언급처럼 〈세한도〉에 대한 자신의 "문자향 서권기文字香 書卷氣"의 안목으로 그림의 세계를 시의 세계로 전환시켜 놓았다. 이 시의 전문은 다음과 같다.

엷은 잿빛에
대기가
잦다.

여윈 하늘이
맑으이.

두어 잎
눈발이 서다.

가지 자욱 얼어들다.

쩟쩟한 잎이다.

혹한(酷寒)든 낮에
성긴 정(精) 하나

바람도 자다.

먼 마을.

스산한 세밑의 겨울이
성글다.

— 이흥우, 「세한도」 전문

"그는 감필체減筆體인 갈필 세한도를 누구보다 사랑했다. 꽉 차지 않은 그 비
인 자리를 꽉 찬 윤필潤筆로 읽어낸 사람이다"라는 정진규의 언급처럼, 위의 시
에서 이흥우는 〈세한도〉가 암시하고 있는 내용을 짧은 행과 연을 바탕으로 하
여 시의 공간을 최대한 확보함으로써, 이 그림에 나타나 있는 공간의 극대화를
효과적으로 전이시켜 놓았다.

그림 〈세한도〉에 대한 객관적인 읽어내기로는 허영환의 「참솔 가지 몇 개
로」를 들 수 있으며 이 시의 전문은 다음과 같다.

추운 겨울 당한 후에야
송백(松柏)의 푸르름을 알게 된다고
참솔 가지 몇 개로 깨우쳐 주는구나
세한도(歲寒圖)여

어린아이 장난인가
귀양살이 울분인가
맵고 찬 절조(節操)를 표상한 것인가

비바람 눈보라 찬 세상을
유전(流轉)에 유전(流轉)을 거듭하는 너

오늘도 참솔 가지 몇 개로

썩은 세상을 후려치고 있구나

— 허영환, 「참솔 가지 몇 개로」 전문

'추사 김정희의 〈세한도〉'라는 부제가 말해 주듯이 위에 인용된 시에서 허영환은 고미술 감정가로서의 식견識見에 의해서 이 그림을 분석하고 있다. 물론 '구나'라는 감탄형 어미에 의해서 간혹 주관성이 드러나기는 하지만 시의 전체적인 흐름은 객관성을 근간으로 하고 있다. 말하자면 제1연에서 그림 〈세한도〉의 '화제'와 '발문'의 내용을 집약하고 있는 점, 제2연에서 소나무와 잣나무의 의미를 '절조'로 응축시킨 점, 제3연에서 "유전流轉에 유전을 거듭하는 너"로 김정희의 일생을 요약하고 있는 점, 그리고 이 모든 것이 의미하는 바를 "썩은 세상을 후려치고 있구나"라고 마지막 구절에서 정리하고 있는 점에서 그렇게 파악할 수 있다. 허영환 시의 마지막 구절은 앞에서 살펴본 현실인식에도 접맥되어 있다.

현장방문과 〈세한도〉의 세계

앞에서 살펴본 세 가지 유형의 시, 즉 현대시와 〈세한도〉의 '발문'의 관계, 현대시에 반영된 현실인식과 〈세한도〉의 세계 및 현대시에 투영된 개인적인 정서와 〈세한도〉의 세계 등도 물론 세한도가 제작된 제주도 대정읍 안성리를 찾아갔거나 김정희의 〈세한도〉를 화첩에서 보고 시로 전환시킨 경우에 해당하지만, 그 내용은 다분히 현장방문의 성격을 띠고 있지는 않다. 따라서 여기에서는 시에 반영된 현장방문으로서의 의미를 〈세한도〉의 제작현장과 그림 자체의 의미에 관련지어 살펴보고자 하며, 그 첫 번째 시는 이홍섭의 「세한도」이며 이 시의 전문은 다음과 같다.

당나귀 타고

달리는 차도를 지나

창 많은 문우(文友)들 집들도 지나

소나무, 잣나무 네 그루 서 있는 집을 찾아가다

때는 여름인데

여기는 벌써 겨울이고

여름나무들은 방자히 푸르른데

이 집의 송백(松柏)은 흰 눈 속에 푸르다

집이 한 채밖에 없으니

주인은 귀양 온지 알겠고

창이 하나밖에 없으니

오래 외로웠음을 알겠다

돌아 나오려 하나

당나귀는 자꾸만 뒷발로 버티고

흰 눈은 무량무량 왔던 길을 지운다

― 이홍섭, 「세한도」 전문

위에 인용된 시에서 자연적인 계절은 '여름'이지만 김정희가 유배되어 9년

여를 살았던 대정읍 안성리의 적거지는 '겨울'이라는 점에 주목할 필요가 있다.

실제상의 계절과 심정적인 계절이 이처럼 전환되어 있는 것은 〈세한도〉를 그렸

던 현장에 와서 그림의 세계를 생각하고 있기 때문이며, 그것을 우리는 제2연

과 제3연에서 확인할 수 있다. 다시 말하면, 김정희의 그림에 나타나 있는 한 채

의 집에서 그의 귀양살이를, 창 하나에서 그의 외로움을, 소나무에서 그의 절조를 알 수 있다는 구절들에 의해서 그림의 세계를 시의 세계로 전환시켜 놓고 있기 때문이다. 아울러 이 시가 현장방문 혹은 여행기라는 점은 제1연의 "당나귀 타고 (…중략…) 집을 찾아가다"와 제4연의 "돌아 나오려 하나 (…중략…) 흰 눈은 무량무량 왔던 길을 지운다"에서 그렇게 파악할 수 있다. 이 시에서 '당나귀'는 운송수단으로서의 동물에 해당하기도 하고 시인의 마음을 헤아리는 존재에 해당하기도 한다. 운송수단으로서의 당나귀는 제1연 첫 행에 나타나 있고, 시인의 마음을 헤아리는 존재로서의 당나귀는 제4연 제2행 "당나귀는 자꾸만 뒷발로 버티고"에 반영되어 있다. 말하자면, 차마 돌아 나올 수 없는 시인 자신의 마음이 '당나귀'의 본능적인 뒷발질에 비유되어 있다고 볼 수 있다.

이홍섭의 이 시가 〈세한도〉의 제작현장을 찾아가 이 그림에 나타나는 의미를 전체적으로 전이시켜 놓았다면, 다음에 인용하는 허만하의 시에서는 그 의미를 구체적이면서도 상세하게 전이시켜 놓았다고 볼 수 있다. 하나는 '귀양살이'라는 부제가 붙어 있는 「추사체」이고 다른 하나는 "추사 김정희의 〈세한도〉"라는 부제가 사용된 「용머리 바닷가 바람소리」이다. 전자에서는 '추사체'가 지니고 있는 기개 높은 정신과 흔들리지 않는 기품을 효과적으로 드러내기 위해서 ① 예산 → (제주도) → 겨울바다 → 모슬포 → 골목길 → 뜰 → 단칸방으로 공간을 극소화하기도 하고, ② 봄 → 여름 → 가을 → 겨울 → 엄동 → 삼경으로 시간을 구체화하기도 하고, ③ 바람소리 → 함박눈 → 겨울비 소리 → 천둥소리처럼 시청각 이미지를 활용하기도 하고, ④ 별빛 → 호롱불처럼 혼자 반짝이는 빛의 이미지를 사용하기도 한다. 이 모든 시적 장치는 궁극적으로 "굽힐 수 없는 뜻"에 수렴된다. 그 결과 허만하는 "초엽백 벼루 닳아 움푹 패이고 버린 붓 1천 자루. 서까래보다 굵은 획과 머리칼보다 가는 획 섞어 엮어내는 완벽한 구도, 추사체"라고 나타내었으며, 그의 시 「추사체」의 전문은 다음과 같다.

바다는 겨울 바다. 추운 물빛과 목 쉰 바람소리, 추사체. 모진 외로움은 이렇게도 고요할 수 있는가, 추사체. 열 걸음 뜰에 내려서서 우러러보는 별빛 얼어붙는 엄동. 호롱불 심지 돋구며 넘기는 책장 함박눈처럼 쌓이는 어느덧 삼경. 어른어른 벽에 비치는 외로운 그림자 애써 고개 돌린다. 굽힐 수 없는 뜻 하나로 모슬포 앞 바다 보다 넓은 목거리 단칸방. 비 내리는 날 붓 잡는 자상함. 가슴 적시는 겨울비 소리. 사랑하는 초엽백(蕉葉白) 벼루 닳아 움푹 패이고 버린 붓 1천 자루. 서까래 보다 굵은 획과 머리칼보다 가는 획 섞어 엮어내는 완벽한 구도, 추사체. 예산의 봄기운, 산을 넘는 천둥소리, 가을 하늘 맑은 깊이, 약여(躍如)한 그의 먹빛.

팽나무 그늘 흔들리는 골목길 어귀에 환하게 퍼지는 공사 인부들 사투리.

— 허만하, 「추사체」 전문

자신의 이러한 감격에 대해서 시인은 「시의 현장은 길이다」에서 다음과 같이 설명하고 있다. "추사가 대정 고을 목거리에서 쓰던 벼루에 대해서 알려 있는 바가 없었다. 나는 그 골방을 들여다보면서 문득 그것이 초엽백이란 생각을 하고 말았다. 단계연端溪硯 가운데서 돌의 결이 부드럽고 청초하여 동천冬天 아래 파초 잎에 흰 서리가 내린 듯 유현한 무늬를 보이는 석재가 초엽백이기 때문에 추사의 기품에 가장 어울릴 것 같아서 그런 생각이 떠올랐던 것 같다. 그의 적거지는 그 만치 숙연했다. 시란 공간적으로 그런 곳에서 태어난다." 자신의 시 「용머리 바닷가 바람소리」에서 허만하는 자신의 이러한 느낌을 나타내고 있으며 이 시의 전문은 다음과 같다.

투명한 외로움처럼 수식으로 번득이는 산방산 서쪽 벼랑 처다보던 눈길로 용머리 해안에 서서 물마루 바라보기를 춘하추동 아홉 해. 견디다 못한 지팡이가 앞서는 다시 나들이 길.

동짓달 새벽하늘에 반짝이는 서릿발 걷어 먹을 갈았네. 우선. 그립네. 매운 바람소리

달리는 내 마음 마른 풀잎 같은 먹물에 묻혀 보았네. 세한도.

— 허만하, 「용머리 바닷가 바람소리」 전문

따라서 시인으로서의 허만하가 김정희의 귀양살이 공간이었던 한 골방에서

받았던 강한 감격이 '세한도'라는 부제가 붙여진 「용머리 바닷가 바람소리」로

이어지는 것은 자연스러운 현상이며 "매운 바람소리 달리는 내 마음 마른 풀잎

같은 먹물에 묻혀 보았네. 세한도"라는 구절에서 시인 자신의 심정과 '세한도'

그림의 주제를 일치시켜보는 것 또한 자연스러운 현상에 해당한다.

이상에서 살펴 본 바와 같이 한국 현대시로 전이된 김정희의 〈세한도〉의 세

계는 다양하다. 그것을 다시 한 번 정리하면, 현대시로 전이된 〈세한도〉의 '발

문'의 내용, 현대시에 반영된 현실인식과 〈세한도〉의 세계, 현대시에 투영된 개

인적인 정서와 〈세한도〉의 세계 및 제주도 대정읍 안성리의 현장방문과 〈세한

도〉의 세계 등으로 나뉜다.

(4) 현대시로 전이된 김정희의 그림세계

그림을 한국 현대시로 전이시킨 경우로는 반 고흐의 그림, 마르크 샤갈의 그

림, 파블로 피카소의 그림, 에드바르트 뭉크의 그림 등 서양화에서부터 이중섭

의 그림, 박수근의 그림 등 한국 현대화에 이르기까지 여러 가지 경우가 있지

만, 여기에서 살펴본 김정희의 〈세한도〉를 현대시로 전이시킨 경우처럼 전이

의 깊이와 넓이가 다양한 경우는 드물다. 이처럼 많은 시인들이 〈세한도〉를 자

신들의 시로 전이시킨 까닭은 이 그림이 제작된 배경에 나타나 있는 역사적 의

미, 그림 소장자의 변화과정과 거기에 포함되어 있는 '문화적 기억'에서 비롯된

다. 제14차 '국제비교문학회' 캐나다 앨버타 대회[1994.8]의 주제였던 다-문화주

의가 지배와 피지배, 경제강국과 경제약국, 선진국과 후진국 등의 차이점을 극

복하기 위해서 많은 노력을 기울였음에도 불구하고, 그것은 어디까지나 표면적인 대등성을 강조했을 뿐이지 이면적인 차이점 자체를 근본적으로 해결한 것은 아니다. 이에 비해서 제15차 '국 비교문학회' 네덜란드 라이덴 대회[1997.8]의 주제였던 '문화적 기억'은 그것이 처음 국제 비교문학계에서 논의된 이래 지금까지 끊임없이 그 성과를 인정받고 있을 뿐만 아니라 문제점을 보완하여 발전시키고 있는 분야에 해당한다. 이러한 점은 문화적 기억이 자국문화의 뿌리와 자국문화의 독자성을 인정하는 한편, 다른 한편으로는 자국문화와 타문화의 이질성과 차별성을 수용하고자 하기 때문이다.

이러한 점에 바탕을 두어 여기에서는 김정희 그림 〈세한도〉의 제작과정과 이 그림에 반영된 여러 가지 의미를 '세한도'라는 화제 부분, 그림 자체 부분 및 마지막으로 이 그림에 수록된 '발문'의 의미로 나누어 살펴보았으며, 그 결과 이 그림에 함축되어 있는 의미가 지조와 절조에 있다는 점을 알 수 있었다. 아울러 이 그림의 최초의 소장자 이상적에서부터 일본인 수집가 후지츠카 치카시와 손재형을 거쳐 현재의 소장자인 손창근에 이르기까지 이 그림을 소장하기 위한 이들의 남다른 노력, 특히 손재형의 노력을 '문화적 기억'으로 파악했으며 이러한 점은 이 그림에 대한 오세창의 '발문'에서 확인할 수 있었다.

김정희의 그림 〈세한도〉에 함축되어 있는 이상과 같은 의미를 바탕으로 하여 이 그림을 한국 현대시로 전이시킨 30편의 시를 살펴본 결과, 필자는 그것이 이 그림의 '발문'에 중점을 둔 시, 이 그림에서의 당대의 현실과 오늘날의 현실을 비교한 시, 이 그림에 대한 시인 자신의 개인적인 정감을 반영한 시 그리고 〈세한도〉가 제작된 현장을 방문한 후에 그 감회를 형상화한 시 등으로 유형화할 수 있었으며, 이와 같은 여러 가지 유형의 근본적인 바탕은 어디까지나 '문화적 기억', 다시 말하면 한국문화의 정체성과 독창성 그리고 세계성에 있음을 알 수 있다.

2) 한국 현대시와 반 고흐의 그림의 관계

자신을 평생 뒷바라지 해준 동생 테오에게 보낸 1888년의 한 편지에서 고흐는 이렇게 적고 있다. "언젠가 단테, 페트라르카, 보카치오 그리고 보티첼리, 지오토에 대한 글을 읽은 적이 있다. (…중략…) 지오토는 비록 우리와는 다른 세계에서 살고 있지만 고통스런 삶 속에서도 항상 그지없이 다감했던 성품이 내게 감동을 준다. 어쨌든 그는 비범하다. 나는 단테, 페트라르카와 보카치오 같은 시인보다는 그를 더 잘 이해할 수 있다. 그림 그리는 일이 시를 쓰는 것보다 더 깔끔하지 않고 더 염려스러운 작업이지만 시를 쓴다는 일이 그보다 더 어려운 일이란 생각을 해왔다." 이 글에서 우리는 고흐가 적어도 문예부흥기 이탈리아 삼대문호의 작품을 읽었다는 점과 그 시기의 화가 지오토[1267~1337]의 그림세계에 심취했었다는 점을 알 수 있다. 대장장이의 아들로 태어나 양치기를 하면서 아무 곳에나 그림을 그리던 지오토는, 그가 곱돌로 바위에 그림 그리는 것을 목격한 당대 최고의 화가 치마부에[1240~1302]의 도움으로 화가의 길을 걷게 된다. 지오토가 파도바의 아레나 성당의 벽화를 성모 마리아의 부모, 성모 마리아, 아기 예수의 탄생에서부터 최후의 심판까지 총 38개의 극적인 이야기를 주제로 하여 만들어낸 프레스코화는 그의 예술적 재능을 유감없이 발휘한 최고의 걸작으로 손꼽히고 있다. 그의 작품에 대해서 단테는 자신의 『신곡』에서 "치마부에는 미술계에서 명성을 떨쳤지만 지오토가 등장하자 그의 명성은 곧 희미해지고 말았다"라고 서술하였고, 앙리 마티스는 "지오토 회화의 의미를 이해하기 위해서 복음서의 이야기를 알 필요는 없다"고 언급함으로써, 그의 그림 자체가 모든 것을 잘 설명하고 있다는 점을 강조하였다.

문예부흥기의 시와 그림에 매료되었던 고흐, 인상주의와 후기 인상주의 그림세계를 넘나들었던 고흐를 두고 프랭크 엘가는 자신의 『서양의 미술 3-반 고흐』[1966]에서 그를 '태양의 정념'으로 가득 찼던 화가라고 정의하였고, 파스

칼 보나푸 역시 자신의 『반 고흐』1987에서 그를 '태양의 화가'라고 정의하였다. 이처럼 고흐의 그림세계와 눈부신 태양은 불가분의 관계에 있으며, 그것은 그의 그림세계를 이해하는 데 있어서 하나의 지표로서의 역할을 하고 있다. "태양의 열정과 불굴의 집념"으로 화가로서의 불꽃같은 삶을 살았던 반 고흐의 생애를 간략하게 살펴보면 다음과 같다.

그는 네델란드 브라반트 지역의 춘데르트에서 칼빈 교회 목사의 장남으로 출생1853.3.30하였고 칼뱅 교회 목사였던 부친을 따라 목회자로서의 길을 걷기 위한 전도사 생활1878~1879을 하다가 화가가 되기로 결심한 후 밀레 그림을 모사하기 1880 시작하였으며 해부학과 원근법을 공부하였다. 그 후 그는 그의 작품세계를 이해하는 데 중요한 단서를 제공하는 동생 테오와 서신 왕래를 시작1872.8하였으며(고흐가 테오에게 보낸 668통의 편지는 네덜란드어, 영어, 프랑스어로 쓰여졌다), 〈감자먹는 사람들〉1885, 〈해바라기〉1888 및 동거자이자 존경의 대상이었던 고갱과의 불화 이후 그린 〈귀를 자른 자화상〉1889, 그의 생애 중에서 유일하게 판매한 〈붉은 포도밭〉1890 및 그가 권총 자살1890.7.29 직전에 그린 〈까마귀 나는 밀밭〉1890을 비롯하여 〈오베르의 교회〉와 〈마지막 자화상〉과 같은 그림을 남겼다.

고흐가 화가로서의 활동을 시작한 지 불과 10년 사이에 879점이라는 엄청난 양의 그림을 그렸다는 데 대해서는 많은 연구자들이 의구심을 드러내고 있으며, 최근에는 평생 동안 고흐를 연구해 온 이탈리아의 안토니오 로베르티스가 이탈리아 예술전문지 『콰드리에스컬처』에 어떤 그림이 고흐의 가짜 그림인지를 주장하였다. 로베르티스는 고흐가 그의 동생 테오에게 보낸 686통의 편지를 엄밀하게 연구 분석하여 얻은 결론이라는 점을 강조하였다. 그러나 그러한 진위여부 논쟁에도 불구하고 고흐의 그림은 여전히 많은 관심의 대상이며 언제나 확고부동한 위치를 점유하고 있다.

(1) 한국 현대시에 수용된 고흐의 그림세계

한국 현대시로 전이된 고흐의 그림세계를 『시집 반 고흐』[1987]에 수록된 자료와 필자가 개별적으로 수집한 자료를 유형별로 정리하여, 고흐의 그림을 활용한 빈도 별로 나누어 보면 다음과 같다. ① 그림 〈까마귀 나는 밀밭〉의 경우 : 김수영의 시 「빈센트 반 고흐를 생각하며」와 안혜경의 시 「고흐. 까마귀떼가 나르는 밀밭—불행이 끊일 날은 없을 것이다」 외 14편, ② 그림 〈귀가 없는 자화상〉의 경우 : 이승훈의 시 「고흐의 귀」와 김승희의 시 「귀가 없는 자화상」 외 11편, ③ 그림 〈해바라기〉의 경우 : 이상의 시 「청령蜻蛉」과 함형수의 시 「해바라기의 비명碑銘」 외 7편, ④ 그림 〈싸이프러스가 있는 풍경〉 시리즈의 경우 : 이승훈의 시 「고흐의 싸이프러스 나무」와 김승희의 시 「나는 타오른다」 외 3편, ⑤ 그림 〈감자먹는 사람들〉의 경우 : 정진규의 시 「감자먹는 사람들」 외 2편이 있으며, 고흐의 일생을 주제로 한 경우로는 김혜순의 시 「먹고 있는 반 고흐를 먹고 있는 태양」 외 23편, ⑥ 그림 〈밀밭〉의 경우 : 조병화의 시 「반 고흐 1」 외 2편, ⑦ 그림 〈구두〉의 경우 : 이승훈의 시 「고흐의 구두」 외 2편이 있다. 그 외에도 고흐의 그림 〈꽃이 핀 과수원〉, 〈아를르 요양원〉, 〈밤의 카페 테라스〉, 〈의자〉 및 〈빈센트의 침실〉을 주제로 하는 시가 몇 편 있다.

이상에서 정리한 자료 중에서 이 글의 대상이 되는 고흐의 그림 〈까마귀 나는 밀밭〉을 소재로 한 시 중에서 대부분은 부분적으로만 이 그림을 시로 전이시켰고 안혜경의 시를 비롯한 몇 편의 시만이 이 그림의 주제 전체를 한 편의 시로 전이시켰다고 볼 수 있다.

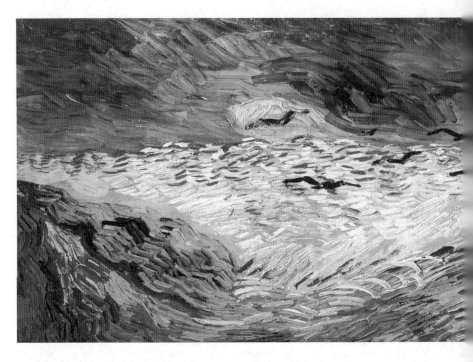

〈그림 5〉 반 고흐, 〈까마귀떼 나는 밀밭〉(1890.7) 빈센트 반 고흐 국립박물관 소장
캔버스에 유채(50.5×103cm)

(2) 한국 현대시에 수용된
반 고흐 그림 〈까마귀 나는 밀밭〉의 수용과 영향

〈까마귀 나는 밀밭〉의 주제 읽기

〈까마귀 나는 밀밭〉의 주제는 대체로 다음과 같이 네 가지로 나뉜다. 첫째,
죽음의 전령사, 둘째, 영원한 생명을 향한 의지, 셋째, 슬픔과 고독의 세계, 넷째,
삶의 종합과 정리 등으로 분류된다. 첫 번째 주제인 죽음의 전령사는 안토냉 아
르토가 제기한 바 있으며 그는 자신의 『반 고흐, 사회에 의해 자살한 인간』에서
다음과 같이 언급하였다. "총으로 자신의 복부를 쏘아 자살한 흔치 않은 사나이
의 캔버스에는 모여든 검은 까마귀가 묘사되어 있고, 그 아래로는 포도주 빛 대

지가 황색 밀밭과 아무렇게나 뒤섞여 그려져 있었다. 어떤 화가도 빈센트만큼 그 까마귀 그림에서 볼 수 있는 검은색, '화려한 연회'의 느낌을 주는 검은색, 그리고 저녁시간 사라져 가는 빛에 놀라서 날갯짓하며 떨어뜨리는 배설물과 같은 검정색을 더 잘 만들어 낼 수는 없을 것이다. (…중략…) 그림에서 하늘은 매우 낮고 상처를 입었으며 빛의 낮은 가장자리처럼 바이올렛 색채를 띠고 있다. 섬광이 있은 후에 솟아오르는 허공의 가장자리에는 이상한 그림자가 감돈다. 반 고흐는 캔버스에 자신의 자살이라는 우울함을 검은 세균처럼 위협적으로 숨이 막히게 소용돌이치는 자신의 까마귀로 표현했다. 날갯짓을 하는 깃털의 검은색은 이를 잘 보여준다."

둘째, 이 그림이 갖는 두 번째 주제인 영원한 생명을 향한 불멸의 의지는 항상 첫 번째 주제인 죽음의식과 더불어 등장하고는 한다. 이에 대해서 이석우는 「내 생애의 명작—고흐의 〈밀밭 위의 까마귀떼〉」에서 "고흐는 자연의 들녘을 그렸지만 그것은 육화되어 꿈틀거리며 일어서는 저항 같은 것이었다. 차라리 거센 파도가 넘실거리는 생명에의 의지, 그것은 그림을 넘어선 하나의 정신이었다. 하늘은 어떤가, 이 미묘한 정신영역에서 그는 피할 수 없는 허무과 고독을, 그의 과거와 현재를, 그리고 미래의 비극적 예감을 드러내 놓고 있다. 하늘은 절망하듯 밑으로 떨어져 내리고 흰 구름은 그 허전함을 가누지 못한다. 떠받치듯 날아오르는 까마귀조차 오직 허무감을 더해줄 뿐이다. 치열한 생명감이 허무와 부딪치는 곳"이라고 강조하였다. 아울러 이주헌도 자신의 『50일간의 유럽 미술관 체험』1 1995에서 "이들 캔버스에 말로 표현할 수 없는 것을 나는 나타냈다고 확신한다. 그것은 곧 이 시골 지방이 얼마나 건강하고 기분을 고양시키는 곳인가를 내가 발견했기 때문이다"라고 강조하였다.

세 번째 주제는 슬픔과 고독이다. 이에 대해 미술평론가 이일은 『세계의 명화』1979에서 이렇게 언급하였다. "아마도 빈곤한 탓이었겠지만 반 고흐는 큰 작품을 별로 그리지 않았다. 가로가 약 1m나 되는 이 그림은 그의 작품 중에서 상당히 큰 것에 속한다. 세잔, 고갱, 쇠라 등과의 큰 차이가 이런 점이다. 밀밭 그림을 그는 오베르에서 2점을 그렸으며 거의 같은 크기이지만 길을 다루는 법, 무리지어 나는 까마귀의 있고 없음 등에 차이가 있다. 물론 이 작품이 훨씬 우수하다. '말로는 내가 표현할 수 없는 것, 즉 전원 속에서 내가 볼 수 있는 건강과 회복력'을 그리려 한 것이라고 그는 말하고 있다. 그러나 (…중략…) 이 작품은 같은 편지 속에서 그가 말하고 있는 것과 같이 '슬픔과 극도의 고독'이 표현된다. 거친 하늘 아래 수확기를 맞이한 밀밭의 끝없이 펼쳐진 들판은 그것만으로도 무한한 절망, 그 자체의 표현인데, 까마귀들마저 구원이 없는 공간에서 날아가 버리려 한다."

마지막 주제는 삶의 종합과 정리에 있다. 마이어 샤피로는 『빈센트 반 고흐』

1968, 1985에서 자신의 이러한 견해를 다음과 같이 피력하였다. "이 그림에서 끝없는 하늘은 총체성으로서의 이미지를 나타낸다. 말하자면 광활성 속에 자신을 내던져 상실하고 싶은 욕망의 집착을 나타낸다. 비정상적인 구도는 그러한 의지의 반영을 대변한다. 다시 말하면 그림 전체를 지배하기는 하지만 보이지 않는 지평선은 그림의 구도나 화폭의 특징을 나타내기보다는 그와 같은 감정의 기복을 나타낸다. 하늘은 분명하면서도 강렬한 푸른색을 띠고 있으며 그것이 그림 전체를 짓누르고 있다. 그것은 대상이 갖는 파노라마적인 다양성을 필요로 하지도 않고 연속적인 일련의 호흡을 요구하지도 않는다. 그것은 거대한 지배력에 의해서 그림의 전체 공간을 점령하고 있으며 수평 이외의 그 어떤 수직적인 특징을 조금도 허용하려 하지 않는다. 따라서 그림의 구성에 있어서 조화로운 화합보다는 철저한 대결을 도모한다. 그러한 대결은 세 갈래 길의 갈등에서도 찾아 볼 수 있다. 그러나 화가는 그러한 갈등을 벗어던지고 소용돌이치는 황금색 밀밭 깊은 곳으로 사라지는 한 가운데의 길을 지나 까마귀떼에 의해 깊고 푸른 하늘―가장 조화로운 감성의 영역, 순수하면서도 모든 것을 포용하는 곳, 즉 주체와 대상, 부분과 전체, 과거와 현재, 근거리와 원거리가 더 이상 구별되지 않는 곳―로 들어서고자 한다."

안혜경의 시에 수용된 고흐의 그림 〈까마귀떼 나는 밀밭〉의 영향

이상에서 살펴 본 바와 같이 반 고흐의 그림 〈까마귀 나는 밀밭〉에 대한 기존의 주제 읽기를 바탕으로 하여 이 그림을 다시 분석해 보면 다음과 같이 여섯 가지 경우로 나누어 볼 수 있다. 첫째, 그림 전체를 위에서부터 위압할 듯이 짓누르면서도 황금색 밀밭 너머로 사라지고 있는 짙푸른 하늘을 들 수 있다. 이 하늘은 전체적으로 이 그림을 통일성 있게 하는 한편, 다른 한편으로는 그 밑에서 넘실대는 황금색 밀밭과는 대조되며 생동감과 생명력 및 나아가 궁극적으로 어떤 결단을 야기하게 된다. 둘째, 지상의 황금색 밀밭은 우선적으로 짙푸른 하늘에 대응되고 그 다음은 불안한 심리상태와 삶으로부터의 분리작용을 암시한다. 이러한 불안한 분리작용은 금방이라도 쏟아질 듯한 낟알들과 폭풍우를 예감하는 바람에 의해 아무렇게나 휩싸이고 있기 때문이다. 또한 밀밭 너머로 사라지는 하늘과 더불어 그것의 끝을 아무도 감지할 수가 없다는 점도 불안의 요인이 된다. 셋째, 담홍색 들길이 표상하는 것은 심각한 갈등이다. 좌, 우, 중앙으로 나뉘어 뻗어나간 이 세 갈래 길은 반 고흐의 타협할 줄 모르는 정신세계를 암시한다. 넷째, 길가의 진초록 풀 섶은 무성한 꿈을 나타내며 우선은 담홍색 들길에 대응되고 그 다음은 하늘의 흰 구름에 반영된다. 하늘의 흰 구름에 남아있는 초록색 터치자국으로 인해서 풀을 색칠한 붓이 곧바로 흰 구름을 그렸음을 짐작할 수 있다. 다섯째, 지그재그 방향으로 날아오르는 새까만 까마귀떼는 불길한 징조이자 죽음의 사자라고 볼 수 있다. 물론 민족에 따라서 이 새를 길조로 보기도 하지만— 길조로 본다 하더라도 반 고흐에게 있어서 죽음은 어쩌면 행복을 암시할 수도 있다— 이 그림에서 까마귀는 주인공에게 이승에서의 마지막 순간을 암시해 준다. 마지막으로 폭풍우를 수반할 듯한 바람을 들 수 있는데 이 바람은 마음의 갈등과 음산하고 불길한 조짐이 곧 발생할 것이라는 점을 알려주고 있다.

이상과 같은 그림읽기를 바탕으로 할 때에 짙푸른 하늘과 황금색 밀밭은 서로를 경계하면서 첨예하게 대립될 뿐만 아니라 서로를 타도하기 위한 폭력으로까지 작용하게 된다. 그러한 대립과 폭력의 와중에서 세 갈래 길로 대표되는 굽히지 않는 의지와 불꽃같은 집념의 세계가 펼쳐진다. 특히 밀밭 한 가운데로 끝없이 뻗쳐나간 길은 고흐의 성품을 대변해준다. 이와 같은 세 가지 요소, 다시 말하면 하늘과 밀밭과 길이 합쳐지는 지평선 저 먼 곳을 향해서 한 무리의 까마귀떼가 제멋대로 지그재그 방향으로 날아오른다. 그러나 까마귀떼의 비방향성은 궁극적으로 그림에서는 보이지 않는 지평선으로 향하게 된다. 왜냐하면 각각의 대상에 대한 강렬하고 거친 화필의 터치의 방향이 종국적으로는 그러한 지평선을 지향하고 있기 때문이다.

자신의 삶의 마지막 순간을 예감한 듯이 그린 이 그림에서 고흐는 각 요소에 대해 계산된 질서를 부여함으로써, 표면적으로는 서로에 대해서 냉담한 태도를 취하고 있는 하늘과 밀밭과 들길과 까마귀떼가 이면적으로는 자신의 최후의 운명에 기여하도록 하였다. 따라서 원색으로 처리된 각 부분은 두 점 흰 구름이 들길의 초록 풀 섶을 반사하고, 짙푸른 하늘이 그 밑의 황금색 밀밭 및 담홍색 들길과 호흡을 같이 함으로써 총체적인 세계를 모색하게 된다. 그러나 그러한 세계는 이승에서 가능한 세계가 아니라 죽음 이후에나 가능한 세계이다.

한국 현대시에 수용된 이 그림의 영향은 크게 부분적인 수용과 전체적인 수용으로 나뉘어진다. 전자의 경우로는 우선 한국적으로 변형된 경우를 들 수 있는 데 이 경우에는 그림에서의 밀밭이 한국의 보리밭으로, 오베르의 밀밭이 금곡리의 보리밭으로 바뀐 경우이다. 다음은 밀밭은 이승의 세계로, 까마귀는 저승의 세계로 나누어서 이 그림에서 영원불멸의 세계를 차용했다는 점을 들 수 있다. 그 다음은 이 그림에 나타나는 도전과 저항의 세계의 수용으로 밀밭은 현실의 고통을 나타내고 까마귀는 그것이 죽음이든 아니든 간에 그러한 현실을 극복하고 지양하고자 하는 것을 나타낸다. 마지막으로 죽음의 전령사로서 까마귀를 고흐 자신의 죽음을 암시하는 것으로 파악하고 있다는 점을 들 수 있다.

이 그림 전부를 한 편의 시로 수용한 경우로는 김광림의 시 「보리밭」, 김현숙의 시 「까마귀가 날아오르는 보리밭」, 신진의 시 「까마귀떼 나르는 보리밭 – 고흐와 함께」, 임영조의 시 「흔들리는 보리밭」, 안혜경의 시 「고흐·까마귀떼가 나르는 밀밭 – 불행이 끊일 날은 없을 것이다」 등이 있으며, 안혜경의 시 전문은 다음과 같다.

하늘도 들판도 아무런 말을
하지 않았다.
슬픔으로 가득찬 마음만이 터지면서

달려나가면

문득 급류되어 흘러가는 길

슬픔이 안겨준 몽상에 취하여

끝없는 들판을 껴안았다.

밀알마다 풀잎마다 바람은 깨웠다.

흔들리게 하였다.

수확기의 밀밭이 거친 소용돌이에

휩싸여 달아나려 하였다.

검푸르게 뒹굴고 있는 하늘,

번득이는 殺意가 중얼거리며

들판을 몰아쳤다.

대기를 노래시키려면

바람의 작은 속삭임으로도 충분하였다.

마셔라, 향기에 가득찬 가슴을.

폭풍우의 탄생을.

밀밭 깊숙한 밑바닥에서 들려오는

조각난 꿈의 웅얼거림들.

눈부신 손놀림 아래서 부서져 내리던

不安의 나날.

까마귀가 물고 온 권총에는

미소짓는 숨결이 있었다.

까마귀도 내려앉을 수 없는 들판에서

영원한 출발의 발걸음을 내딛었다.

　　　　　　— 안혜경, 「고흐·까마귀떼가 나르는 밀밭—불행이 끊일 날은 없을 것이다」 전문

위의 인용된 시에 나타나는 '시에 의한 그림의 전이'를 각 연별로 정리해 보면 다음과 같다. 제1연은 그림의 전체적인 설명으로 침묵과 분노, 수용과 이탈, 현실과 이상의 대립이 드러나 있다. 이러한 점은 "하늘도 들판도 아무런 말을 / 하지 않았다"의 하늘과 밀밭의 침묵, "슬픔으로 가득찬 마음만이 터지면서 / 달려 나가면"의 마음의 슬픔과 분노, "거친 소용돌이"와 "끝없는 들판을 껴안았다"에 암시된 현실의 거부와 수용, "슬픔이 안겨준 몽상"과 "달아나려 하였다"가 강조하는 이상의 추구와 이탈 등에서 찾아 볼 수 있다. 제2연에서 가장 중요한 구절은 "불안不安의 나날"이며 각각의 요소는 전체적으로 이 구절에 기여하고 있다. 그것은 '살의殺意', '폭풍우' 및 '조각난 꿈' 등이 "불안不安의 나날"에 기여하고, '거친 소용돌이', '중얼거림', '폭풍우' 및 '웅얼거림'으로 이어지는 바람이 무엇인가 심상치 않은 조짐을 암시하고 있으며 결국 그림 그리기에 해당하는 '눈부신 손놀림'은 고흐 자신의 죽음그리기에 해당된다. 마지막으로 제3연에는 죽음의 예견과 영원한 출발이 암시되어 있다. 죽음은 물론 '까마귀' → 권총 → 권총자살로 이어지고 "미소짓는 숨결"은 현실에 대한 경멸과 죽음에 의한 또 다른 행복을 제시하며 이 시의 마지막 구절인 "영원한 출발"은 권총자살에 의한 죽음 이후의 삶을 드러낸다.

안혜경의 시의 언어로 전환된 반 고흐 그림의 언어를 표면적 읽기에서 심미적 읽기까지 정리해 보면 다음과 같다. 여기에서 왼쪽은 그림의 언어에 해당하고 그러한 그림의 언어가 시의 언어로 최종적으로 확정된 것이 오른쪽이다.

① 하늘 → 검푸르게 뒹굴고 있는 하늘 → 번득이는 殺意
② 들판 → 끝없는 들판 → 수확기의 밀밭 → 밑바닥의 밀밭 → 거부로서의 들판
③ 바람 → 작은 속삭임 → 폭풍우 → 웅얼거림 → 소용돌이
④ 마음(슬픔으로 가득찬) → 몽상(슬픔이 안겨준) → 꿈(조각난) → 不安의 나날
⑤ 길 → (영원한 출발의) 발걸음

⑥ 까마귀 → 권총 → 미소짓는 숨결 → 영원한 출발 → 不安의 나날의 종결과 죽음의 세계

고흐의 그림 〈까마귀 나는 밀밭〉은 안혜경의 시 「고흐·까마귀떼가 나르는 밀밭」에서 얼마나 성공적으로 전이되었는가? 혹은 후자는 전자를 얼마만큼 정확하게 그 의미를 포착하여 그림의 언어를 시의 언어로 전환시켜 놓았는가? 이에 대한 답변은 우선 긍정적이다. 그것은 이 시가 다른 시와는 달리 그림 그 자체와 고흐의 생애를 연관 짓고 있기 때문이다. 따라서 제1연의 첫 두 행 "하늘도 들판도 아무런 말을 / 하지 않았다"라는 진술은 간결하지만 그러나 이 시의 전체 주제를 가장 잘 함축적으로 요약하고 있는 부분이다. 그림의 전체적인 인상에서 비롯되는 느닷없는 충격─'말없는 그림'의 당당한 표정, 다시 말하면 화폭에 사용된 강력한 원색의 대립, 대상간의 철저한 대결과 부조화, 수렴되지 않는 갈등과 고집─이 바로 말없음이며 이러한 침묵은 이 시의 맨 마지막에 암시되어 있는 죽음에도 관련된다. 그림에서 세 갈래 길로 나타난 화해 불가능한 현실과의 불화와 타협의 모색은 "문득 급류되어 흘러가는 길"과 "끝없는 들판을 껴안았다"에서 찾아 볼 수 있다. 전자가 그림을 꿰뚫고 있는 '한 가운데 나 있는 길'에 해당하는 중심축이라면 후자는 그러한 중심축을 강화시켜주는 '좌우에 나 있는 길'에 해당하는 보조축이라고 볼 수 있다.

제1연의 후반부에서 비롯되어 제2연 전체를 휘감고 있는 '바람'은 그림에서는 물론 시에서도 중요한 역할을 하는 요소이다. 그림에서는 까마귀떼들로 하여금 멀리 하늘높이 날아오르도록 하기 때문이고 시에서는 거칠고 난폭한 말들이 난무하게 되기 때문이다. "검푸르게 뒹굴고 있는", "번득이는 살의殺意", "몰아쳤다", "충분하였다", 및 "폭풍우" 등과 같은 구절에서부터 "마셔라"라는 명령어까지 시의 언어는 점점 더 거세지는 바람만큼이나 기세등등해진다. 시의 언어의 이러한 기세등등함은 "눈부신 손놀림 아래서 부서져 내리던 / 불안不安의

나날"에서 확고부동하게 뭉쳐진다. 그것은 이 두 행이 다름 아닌 죽음에 관계되기 때문이며, 화가의 그림그리기 작업 그 자체가 바로 죽음그리기 작업에 해당한다는 점을 전제로 하고 있기 때문이다. 물론 "눈부신 손놀림"은 고흐의 첫 그림 그리기에서부터 지금까지의 마지막 그림그리기까지 해당한다. 그리고 시의 언어의 이러한 난폭성과 기세는 그림에 나타나는 강렬하면서도 거칠게 텃치된 화필의 손놀림, 말하자면 거침없고 자신만만하고 자유분방한 손놀림에 해당되기도 한다. 마지막 제3연은 그림에서 가장 중요한 요소인 까마귀떼의 비상과 그 이후의 권총자살과 죽음의 세계에 관계된다. "영원한 출발의 발걸음"처럼 죽음은 또 다른 출발일 수도 있다. 그러나 이 시의 "미소짓는 숨결"처럼 고흐의 죽음이 행복한 것만은 아니었다. 1890년 7월 29일 새벽 1시 30분 고흐는 세상을 떠났지만 오베르 교구의 신부는 자살한 사람이라고 장례를 치러주지 않았다. 하루 뒤 숨 막히는 무더위 속에서 동생 테오, 피사로, 탕기 영감, 의사 가셰 등이 밀밭 사이의 작은 공동묘지에 안장하였다. 가셰는 고흐 무덤 주변에 해바라기를 심었다. 동생 테오가 고흐의 방에서 발견한 미완성의 마지막 편지에는 "그래, 나만의 일, 그것을 위해 내 삶을 위험에 몰아넣었고 그것 때문에 내 이성의 절반은 암흑 속에 묻혀버렸다"라고 적혀 있었다.

3) 뭉크의 그림 〈멜랑콜리〉와 한영옥의 시 「뭉크로부터 2」의 관계

한영옥의 시집 『비천한 빠름이여』2001에 수록되어 있는 뭉크의 그림을 시로 전이시킨 경우로는 「뭉크로부터 1」, 「뭉크로부터 2」, 「뭉크로부터 3」 등이 있으며, 이들 세 편의 시는 뭉크의 그림 〈뱀파이어〉, 〈멜랑콜리〉 및 〈키스〉 등에 관계된다. 한영옥은 『적극적 마술의 노래』1979, 『처음을 위한 춤』1992, 『안개편지』1997 등을 상재上梓하였으며 '천상병시상'2000 등을 수상하였다. 여기에서 살펴보고자 하는 한영옥의 시 「뭉크로부터 2」의 전문은 다음과 같다.

내 마음 돌덩이 듬성듬성 내가 박은 바다 한 끝이

그 날은 불현듯 깊어지고 불현듯 너는 뛰어 내렸다

멍멍하기만 하고 나는 너를 잡을 수 없었다

내 심장을 훑으며 뛰어나간 네 발자국마다

핏물이 고여 넘쳐 바다로 질질 흐르고

네가 끌고 들어간 하늘 자락이 벌겋게 젖는다

젖어가던 그 한 자락이 재빨리 내 몸을 덮쳤다

스르륵 내 몸은 삭아내리고 거기서 뭣이 피었다

멜랑콜리 꽃, 생애(生涯) 안쪽에선 가장 수려한 꽃.

— 한영옥, 「뭉크로부터 2」 전문

뭉크의 그림 〈멜랑콜리〉에는 여러 가지 유형이 있지만, 대표적인 그림은 '유화'1892, '저녁 해변에서'라는 부제副題가 붙은 '목판화'1901 등 이다. 뭉크는 1890년대부터 '크리스티아나 보헤미안그룹'과 함께 아스가르트스 트란트에서 여름을 보내면서 그림의 작업에 몰두하였다. 야페 닐센이 자신의 연인과 바닷가에서 이별하는 장면을 뭉크는 세 편의 연작그림 〈별리〉로 나타내었으며, 여기서 살펴보고자 하는 일련의 〈멜랑콜리〉 그림은 연인이 떠난 후에 닐센이 바닷가 방파제에서 절망에 빠져 앉아 있는 모습을 그린 것이다. 이 그림 외에도 '멜랑콜리'를 제목으로 하는 뭉크의 그림에는 〈멜랑콜리〉1892, 〈멜랑콜리〉1891~1892, 〈멜랑콜리 1〉1896, 〈멜랑콜리 2〉1906 등 여러 가지가 있으며, 그 방법으로는 수채화, 석판화, 목판화 등이 있다. 이 그림의 정면에서 오른 손으로 턱을 고인 채 생각에 잠겨 해변가에 앉아 바다를 바라보고 있는 인물의 실체는 작가이자 예술비평가이던 야페 닐센이다. 닐센이 비탄에 빠진 까닭은 그가 앉아 있는 바로 그 방파제에서 그의 연인이 다른 남자와 함께 배를 타고 멀리 가버렸기 때문이다.

〈그림 6〉에 나타나 있는 풍경은 하늘, 바다 및 정면의 인물 등 모두가 생각에

〈그림 6〉 뭉크, 〈멜랑콜리〉(1894~1896) 라스무스 마이어 컬렉션 소장
캔버스에 유채(81×100.5cm)

잠긴 듯 명상적인 분위기를 연출하고 있다. 입체감이 없이 평면적으로 처리된
해변가와 방파제의 돌들 역시 이 그림이 가지고 있는 명상적인 분위기를 강조
하고 있다. 너무 조용해서 마치 죽음의 세계에 들어선 듯한 착각을 불러일으키
는 이 그림에 나타나 있는 깊이는 멀리까지 굽이쳐 뻗쳐 있는 해안선, 그 끝에
자리 잡은 등대와 작은 집들—뭉크는 빠른 붓놀림으로 이러한 집들을 암시해
놓았다— 및 바다와 하늘과 산이 맞닿은 수평선에 의해서만 파악할 수 있다.

　〈그림 6〉의 정면에 자리 잡고 앉아서 생각에 잠겨 있는 인물의 모티브는 로
댕1840~1917의 〈생각하는 사람〉1894(〈그림 7〉)의 모티브와 동일한 것이며, 로댕의
이 작품의 모티브는 서구사회에서 전통적으로 명상에 잠겨 생의 모든 것을
성찰하는 포즈를 재현한 것으로, 고대무덤의 조각에 나타나는 구원의 상징에서

차용한 것으로 알려져 있다. 그의 이 조각은 또 1500년대에 제작된 것으로 알려진 아브레흐트 뒤러[1471~1528]의 동판화 〈멜랑콜리〉(〈그림 8〉)와도 밀접한 관계를 가지며, 뒤러의 이 동판화의 여자 주인공은 '멜랑콜리아'라고 불린다. 독일화풍에 가장 많은 영향을 끼친 화가 및 조각가인 뒤러는 목판화 350점과 동판화 150점을 남겼으며, 그의 영향으로 독일과 이탈리아에서는 1500년경부터 '키아로스쿠로[明暗] 목판화'가 성행하게 되었다.

이렇게 볼 때에 뭉크의 연작 그림 〈멜랑콜리〉는 가까이로는 로댕의 조각 〈생각하는 사람〉에 관계되고 멀리로는 뒤러의 동판화 〈멜랑콜리〉에 관계된다고 볼 수 있으며, 한영옥의 시는 물론 뒤러의 그림을 시로 전이시킨 것이지만, 이 시를 효과적으로 이해하기 위해서는 뒤러의 동판화에서부터 로댕의 조각을 거쳐 뭉크의 그림이 완성되기까지 서양미술사에서의 영향과 수용의 관계를 살펴보아야 한다.

이상과 같은 제작배경과 의미를 지닌 뭉크의 그림 〈멜랑콜리 2〉와 이 그림을 시로 전이시킨 한영옥의 시 「뭉크로부터 2」의 관계를 살펴보면 다음과 같다. 이 시의 제3행에 해당하는 "나는 너를 잡을 수 없었다"에 반영되어 있는 바와 같이 '이별'을 주제로 하는 이 시는 연 구분 없이 전부 9행으로 이루어져 있지만, 시의 전개과정에 따라 세 부분으로 나뉘어 진다.

첫 번째 부분은 제1행에서부터 제3행까지로 이 부분에서는 시적 자아와 시적 대상의 '이별'이 극적 상황으로 처리되어 있다. 극적인 상황처리하고 말할 수 있는 점은 제2행의 "그 날은 불현듯 깊어지고 불현듯 너는 뛰어 내렸다"에서 찾아볼 수 있으며, '그 날', '불현듯' 및 '뛰어 내렸다'라는 어휘가 이러한 점을 뒷받침해 준다. 이 구절은 뭉크의 그림에서 우수에 찬 표정으로 생각에 잠겨 있는 한 남자의 모습, 즉 사랑하던 여인이 느닷없이 다른 남자와 배를 타고 멀리 가버린 후, 그 바닷가를 찾아와 비탄에 잠겨 있는 야페 닐센의 애달픈 사랑 이야기의 전개를 암시해 준다. 따라서 그림 속의 주인공은 시적 자아로 전이되어 닐센은 곧 시적 자아가 된다. 아울러 그 주체를 1인칭인 '나'로 설정함으로써, '나'

〈그림 7〉 로댕, 〈생각하는 사람〉(1894) 파리 국립도서관 소장

청동조상(높이 186cm)

는 시적 자아이자 이 시를 쓴 시인 자신이자 이 시를 읽고 있는 독자로서의 우리들 자신에게 직접적으로 관계된다.

또한 이 그림에 나타나 있는 방파제와 해변의 돌덩이들을 한영옥은 자신의 시 제1행에서 "내 마음 돌덩이 듬성듬성 내가 박은 바다 한 끝이"라고 시작함으로써, 연인과의 느닷없는 이별로 인해서 착잡하고 무겁고 마음 부칠 곳 없는 시적 자아의 심정을 '돌덩이'로 파악하였다. 이 돌덩이는 뭉크의 그림에서 일차적으로는 바다와 해변을 구분 짓는 역할을 하고 이차적으로는 주인공 닐센과 떠나버린 그의 연인의 관계를 확연하게 구분 짓는 역할을 하고 있다. 그림에서는 한 마디 이별의 말도 없이 떠나버린 연인에 대한 원망과 그리움 및 자신에 대한 질타를 '돌덩이들'이 대변하고 있고, 한영옥의 시에서는 그 돌덩이들이 시적 자아의 심정으로 전이되어 있다. 제3행의 첫 구절 "멍멍하기만 하고"는 이처럼 전이된 시적 자아의 마음에 관계된다.

두 번째 부분은 제4행에서부터 제6행까지이다. 이 부분에서 시인은 뭉크의 그림의 주인공의 심정을 '핏물'로 비유하여 파악하고 있다. 여기서 말하는 '핏물'은 '심장'(제4행), '핏물'(제5행) 및 '벌겋게'(제6행)에 의해서 그렇게 파악할 수 있다. 이러한 빨간색의 이미지는 첫 번째 부분에서 보이던 그림 속의 주인공이 스스로에 대해서 느끼던 자책과 질타가 점차 떠나버린 연인에 대한 분노와 절망으로 전환되고, 그것은 '발자국'(제4행) → '바다'(제5행) → 하늘(제6행)로 시적 공간이 확대되면서 점점 더 심화된다. 아울러 제4행의 '훑으며'와 '뛰어나간', 제5행의 '고여 넘쳐'와 '흐르고' 및 제6행의 '끌고 들어간'과 '젖는다'라는 서술어에 의해서 한영옥의 시 「뭉크로부터 2」의 시적 자아는 자신의 분노와 절망을 승화시키는 한편, 다른 한편으로는 뭉크의 그림 「멜랑콜리」에서 바다, 제방 및 하늘 등이 빚어내는 모든 풍경과는 관계없는 듯이 깊은 생각에 잠겨있는 인물의 심리를 심도 있게 전이시키고 있다. 이러한 전이가 심도 있다는 것은 능동태에 해당하는 서술어들, 즉 '훑다', '뛰어나가다', '고이다', '넘치다', '흐르다'

등이 수동태에 해당하는 서술어인 '젖는다'에 수렴되기 때문이기도 하고, 능동태의 서술어 다섯 가지가 수동태의 서술어 한 가지로 집약되기 때문이기도 하다. 따라서 심장의 피를 훑어내듯 자신의 가슴을 강타하면서 떠나가 버린 연인에게서 비롯되는 이별에 대한 강한 부정을 시적 자아는 점차 긍정하는 쪽으로 수긍하면서 바로 그 이별을 체념적으로 수용하게 된다. 이와 같은 과정이 가능한 것은 다름 아닌 시적 자아가 스스로를 성찰하는 자세 때문이며 그것은 뭉크의 그림에 잘 반영되어 있다.

마지막 부분은 제7행에서부터 마지막 행인 제9행까지 이다. 이 부분에 이르러 시적 자아가 도달하게 된 결론은 첫 행에서부터 제6행까지 자신을 괴롭히던 이별의 안타까움과 분노와 절망이 결국은 자신을 '멜랑콜리' 상태로 만들었을 뿐이라는 점이며, 이러한 점은 이미 뭉크의 그림의 제목에 나타나 있다. 따라서 한영옥의 시 「뭉크로부터 2」는 뭉크의 그림 〈멜랑콜리〉의 제목이자 주제로 되돌아가게 된다. 이와 같은 전환과정은 제7행과 제8행에 나타나 있다. 떠나가 버린 연인으로 인해서 하늘마저도 벌겋게 적시던 연민과 그리움과 원망과 절망이 시적 자아의 전신全身을 덮쳤을 때(제7행), 그것은 내적으로 육화肉化되는 행위로 전환된다(제8행). 제8행의 '스르륵'과 '삭아 내리고'는 지금까지 들끓던 감정의 침잠과 정화작용을 나타내며, 모든 것을 체념하고 수긍할 수밖에 없음을 암시한다. 여기서 '스르륵'은 자신도 모르는 사이에 육신과 정신 속으로 스며드는 것을 의미하고 '삭아 내리고'는 물론 '삭다'와 '내리다'의 복합어이며 그것은 모든 것이 완수된 상태를 의미한다. 이러한 체념과 수긍을 바탕으로 하여 피어나는 것은 다름 아닌 "멜랑콜리 꽃, 생애生涯 안쪽에선 가장 수려한 꽃"(제9행) 이다.

뭉크의 그림으로 시로 전이시킨 한영옥의 이 시에서 '멜랑콜리'는 C. W. 닐이 분류하는 여러 가지 유형 중에서 인간관계에서 비롯되는 문제이며, 그것은 세상을 살아가면서 맺게 되는 인간관계에서 발생하게 되는 충격, 침체, 모욕, 배신 등에 관계된차성구 역, 1996 뭉크의 그림에서 주인공의 멜랑콜리는 무엇보다도 연인으로부터의 배신이며, 한영옥의 시에서는 그것을 한 차원 고양시켜 "생애生 涯 안쪽에선 가장 수려한 꽃"으로 승화시켜 놓았다. 이와 같은 내적 승화에 의해서 시적 자아는 사랑의 기쁨과 절망을, 인간관계의 긍정적인 면과 부정적인 면을, 과거와 현재와 앞으로의 자신의 삶의 방식을 성찰하게 되며, 그러한 성찰의 원동력은 바로 시적 자아 혹은 시인으로서의 한영옥 자신의 삶의 내면세계를 지탱하고 있는 '멜랑콜리'에 있다.

시에서든 그림에서든, '멜랑콜리'는 '나'로 대표되는 시적 자아나 야페 닐센으로 대표되는 그림 속의 주인공으로 하여금 반복적인 동일한 유형의 실수를 강력하게 차단시킬 뿐만 아니라 좀 더 원숙한 인간관계를 형상할 수 있도록 하나의 규범으로 작용하게 된다. 나아가 문학작품이나 그림에 나타나는 이러한 규범은 현재를 살아가는 우리들 모두에게 하나의 전형典型을 제시하게 된다. 바로 여기에 문학을 포함하는 모든 예술작품의 네 가지 기능— 모방적 기능, 표현적 기능, 교훈적 기능, 미학적 기능—중에서 필립 시드니 경이 언급했던 교훈적 기능이 존재하게 된다[M. H. Abrams 1953].

4) 시와 그림의 비교의 과제

말하는 그림으로서의 시는 행위의 모든 과정을 제시하고 말없는 시로서의 그림은 행위의 한 단면을 제시한다. 따라서 시와 그림의 비교에서는 시인이 그림에 대해서 얼마나 정확한 지식을 가지고 있느냐, 그림의 주제를 시의 주제로 얼마나 성공적으로 전이시킬 수 있느냐, 그림의 이미지를 언어의 이미지로 어떻게 형상화할 수 있느냐 하는 문제를 점검해야 할 것이다. 왜냐하면 그림은 순간적인 동작을 포착하여 그것을 말없는 언어인 색채와 선에 의해서 공간적으로 정지시켜 놓는 반면, 시는 대부분의 경우 연속적인 동작을 포착하여 그것을 말하는 언어인 시어의 배열에 의해서 시간적으로 진술하기 때문이다. 그 외에도 시와 그림에 대한 비교문학자의 관심과 지식 또한 요구된다. 그러한 관심과 지식은 그림 속에 숨겨진 의미와 시속에 감추어진 의미를 관련지을 수 있어야 하고 그 상관성과 타당성을 분석하여 읽어낼 수 있어야 할 것이다. 따라서 비교문학은 이제 문학과 문학의 연구뿐만 아니라 문학과 타-예술분야까지도 포함해야 하며, 이를 효과적으로 수행하기 위해서는 각 대학에서 인문학부와 예술학부 사이에 학제간의 교류가 활발하게 이루어져야 할 것이다.

2. 문학과 음악의 비교

존 홀랜더는 「음악과 시」[1965]에서 "문학과 음악의 역사는 여러 가지 측면에서 상호의존적이다"라고 언급하였다. 홀랜더의 말처럼 시로 대표되는 문학과 음악의 역사는 인류의 역사만큼이나 오래된 것이고 또 서로 밀착되어 있다. 시와 음악의 이러한 점에 역점을 두어 조창환은 『한국시의 넓이와 깊이』[1998]에서 '율마디' 및 '율격장치'와 같은 새로운 개념의 용어에 의해서 "율격적 규칙이 작시상의 제약이 아니기 위해서는 시인이 율격장치의 관습적 규범으로부터 자유로워져야 한다"라고 강조하였다. 문학과 음악의 관계는 크게 세 가지로 대별된다. 하나는 문학과 음악이 미분화되었던 원시예술의 형태로서 「구지가」와 같은 경우이고, 다른 하나는 시를 노랫말로 활용하여 작곡된 것으로 김소월의 시 「먼후일」을 정희갑이 가곡으로 작곡한 경우이며, 또 다른 하나는 음악을 듣고 그것을 시로 전이시킨 경우이다.

1) 조창환의 음악시집 『파랑눈썹』의 경우

여기서 살펴보고자 하는 조창환의 시 「볼레로」는 그의 음악시집 『파랑눈썹』[1993]에 수록된 두 번째 시이다. 이 시집은 제1부 '연가풍으로'에 15편, 제2부 '알람브라의 추억'에 12편, 제3부 '빛과 힘의 물결처럼'에 14편, 제4부 '8주자奏者를 위한 추초문秋草紋'에 19편 등 총60편의 시가 수록되어 있다. 이 시집이 가지는 의의와 가치에 대해서 김영태는 다음과 같이 언급하였다. "우리나라에 음악을 경청하는 시인들은 많다. (…중략…) 음악을 소화시키고, 걸러서 언어로 재생시키는 그런 전문가는 그리 많지 않다"라고 강조하면서 "조창환의 음악시들을 읽으며, 그리고 음미하며, 나는 내가 만나던 음악가들의 작품과 비교하는 공생의 삶, 그 자리에 빠져든다"라고 결론짓고 있다. 조창환의 음악적 취향에 대해서 김영태는 또 다음과 같이 언급하고 있다. "조창환은 실내악의 밤, 소나타의 밤, 듀오 연주회 때 어김없이 공연장에 나타난다. 시간이 남아 담배를 뻑뻑 피우고 있는 예술의 전당 로비의자 뒤로 그가 가을나무 그림자처럼 문득 출몰한다."

화가이자 시인이고 현대무용평론가이자 음악애호가인 김영태의 이러한 언급처럼 조창환의 음악에 대한 조예는 남다르다고 볼 수 있으며 그러한 결실 중의 하나가 그의 음악시집 『파랑눈썹』에 해당한다. 그 자신의 언급처럼 "음악시집'이라는 부제를 통해서도 알 수 있듯이 현실문제와는 일정한 간격을 유지하고, 음악과의 관련 하에 짧고 부드러운 인상을 주는 시들을 한 데 모은 것"—그것이 그의 시집 『파랑눈썹』이며 "제게는 음악이 일종의 구원이었습니다"라는 그 자신의 언급과 같이 그에게 있어서 음악은 그의 정신세계에서 상당히 중요한 몫을 차지하고 있다. "가을나무 그림자"같은 시인이라는 김영태의 언급이나 "구원으로서의 음악"에 심취하고 있다는 시인 자신의 언급에서 강조하고 있는 바와 같이 『파랑눈썹』은 "음악은 시고 시는 음악이다"라는 명제에 충실한 시집이다. 그것을 우리는 "음악을 모티브로 하여 쓰인 시들을 모아 아름다운 시집 한 권을 엮어보겠다던 소원을 이루게 되었다"라는 시인 자신의 언급에서 확인할 수 있다. 이처럼 시인으로서 가지고 있는 음악에 대한 열정을 형상화시킨 『파랑눈썹』에 수록된 총 60편의 시를 유형별로 정리하면 다음과 같다. ① 음악의 곡명이 명시된 경우로는 시 「볼레로」와 라벨의 「볼레로」를 비롯하여 총 33편이 있다. ② 나머지 27편은 시 「첼로」와 「트럼펫」처럼 악기를 시제詩題로 사용

BOLERO DE RAVEL

.º Sax Alto Mib

Arr: Severino Ara
Adap: Ed Santa.

〈그림 9〉

한 경우, 시 「수제천」과 「임방울」처럼 국악 「수제천」과 명창 임방울의 「춘향가」를 시로 전이시킨 경우 등이 있다. 이러한 두 가지 유형이 암시하고 있는 바와 같이 조창환의 음악에 대한 감상의 폭은 서양음악과 동양음악, 고전음악과 현대음악 등을 넘나든다.

2) 라벨의 곡 〈볼레로〉와 조창환의 시 「볼레로」의 관계

(1) 라벨의 곡 〈볼레로〉의 분석

이 글의 대상이 되는 조창환의 시 「볼레로」에 전이되어 있는 모리스 라벨의 곡 〈볼레로〉는 판당고가 발전된 스페인 춤곡 볼레로를 바탕으로 하여 라벨이 그의 나이 53세 때인 1928년 10월. 전위적인 무용가인 이다 루빈스타인으로부터 제안을 받아 작곡하였으며, 같은 해 11월 28일 파리 오페라 극장에서 루빈스타인 발레단에 의해 초연되었다.

프랑스의 작곡가 모리스 J. 라벨은 1875년 프랑스의 바스크지방 시브르에서 출생하였다. 젊어서부터 음악을 사랑했지만 자동차기사로 살아가는 스위스계 부친의 영향으로 생후 3개월 때 파리로 이주하였으며 14세 때에 파리음악원에 입학하여 대위법과 피아노 및 작곡을 공부하였다. 이때 그가 관심을 가진 분야는 고전주의 형식의 활용과 새로운 피아니즘의 개척에 있었으며 이 두 분야는 1937년 세상을 떠날 때까지 라벨이 평생 동안 관심을 가지고 있던 분야이다. 1845년에 태어나 1924년에 세상을 떠난 가브리엘 U. 포레의 지도를 받은 라벨의 음악은 전체적으로 섬세하고 절제되어 있으며 잘 구성되어 있다는 평가를 받고 있다. 라벨은 드뷔시와 더불어 반-바그너주의와 인상주의에서 선도적인 역할을 하였다.

'판당고'는 19세기 무어지역에서 유럽의 전역으로 전해진 것으로 판단되는 스페인 춤곡에 해당한다. 판당고는 한 명의 무용수가 등장하여 세 번 춤을 춘 후에 뒤이어 캐스터네츠, 기타 및 다른 무용수들의 노래에 맞추어 다 같이 춤추게 된다. 어느 정도의 시간이 지나면 갑작스럽게 음악이 멈추게 되며 무용수는 음악이 다시 시작될 때까지 부동의 자세를 취하게 된다.

볼레로bolero의 어원은 원래 모로코에 있으며, 1780년경 스페인 무용가 세바스찬 세레소가 판당고를 변형시켜 창작했다고 전해지는 스페인 춤곡이다. 캐스터네츠의 반주를 근간으로 하여 2/4박자와 3/4박자의 독특한 리듬을 지니고 있으며, 처음 도입부분에서는 두세 번 또는 서너 번 한 명이나 두 명의 무용수가 춤을 추게 되며, 캐스터네츠와 기타의 선율 및 무용수들의 목소리가 가세하게 된다. 이러한 볼레로를 음악으로 작곡한 경우로는 베토벤으로까지 거슬러 올라가며 오베르와 베버는 오페라를, 쇼팽은 피아노곡 19번을, 라벨은 관현악곡으로 작곡하였다. 그 외에도 2/4박자의 쿠바의 볼레로, 감상성이 강한 푸에르토리코의 볼레로 등이 있다.

이 곡은 앞에서 언급한 바와 같이 판당고가 발전된 스페인 무곡 볼레로를 근간으로 하지만 리듬이나 박자가 본래의 무곡과는 상당히 다른 느낌을 준다. 전부 340마디로 구성되어 있는 이 곡을 『명곡감상 500』[1976]에 수록된 김정식의 견해를 따라 주제와 변주로 나누어 차례대로 정리하면 다음과 같다.

① 제1부(제1마디~제75마디) : 플루트의 약음으로 시작되어 클라리넷이 뒤를 이으며 바순과 小클라리넷이 이를 뒷받침한다.

② 제2부(제75마디~제147마디) : 오보에 다모레에 이어 플루트와 트럼펫이 등장하고 테너와 색소폰 소프라노가 뒷받침한다.

③ 제3부(147마디~219마디) : 두 개의 피콜로가 처음을 장식한 뒤 목관악기들이 등장하고 이어서 한가한 트롬본의 독주 뒤에 목관악기들이 등장한다.

④ 제4부(제219마디~291마디) : 바이올린의 일제연주에 의해 화려한 색채를 띠기 시작하며 이어서 피콜로, 플루트, 오보에, 잉글리시 호른, 트럼펫 등이 상호 화답한다.

⑤ 전합주부(291마디∼340마디) : 전합주로 격정적인 연주가 시작되며 고음의 연

주로 발전한 뒤 갑자기 불안하게 곡이 끝나게 된다.

이상의 요약에서 파악할 수 있는 바와 같이 라벨의 곡 〈볼레로〉는 두 토막
형식을 바탕으로 하는 주제와 부주제의 반복이라는 단조로움, 즉 가장 작은 소
리에서 가장 큰 소리로 변화되면서 집약되는 크레셴도에도 불구하고 여러 악
기들의 화답형식에 의해 그러한 단조로움을 극복하고 있다. 음의 완전한 일치
를 위해 여러 개의 악기들이 동음으로 연주하는 유니슨기법에 의해 화성법이
전혀 사용되지 않았다 하더라도 관현악법의 절묘한 교합에 의해 지루함보다는
오히려 긴장감을 불러일으키는 곡이라고 볼 수 있다.

이 곡을 첨부된 악보(〈그림 9〉)를 중심으로 하여 좀 더 상세하게 살펴보면 다음
과 같다. 앞에서 살펴보았듯이 라벨의 곡 〈볼레로〉는 일관된 주제의 흐름의 결과
그것을 변화시키는 두 개의 주제가락 A와 B로 형성되어 있다. 작은북이 주제의
흐름 결에 해당하는 RI을 연주하고 아울러 주제의 흐름 결인 RII와 RIII가 동시에
연주된다. 이러한 주제의 흐름의 결은 전곡 340마디 중에서 169번 반복되며 마
지막 2마디만이 그러한 주제로부터 벗어나 색다른 분위기를 조성하게 된다. 주
제의 흐름의 결이 세 번 반복될 때에 마침내 플루트가 등장하여 그러한 흐름의 결
을 이어받게 된다.

이러한 가락은 전반부의 주제가락 A와 후반부의 주제가락 B로 나뉘어 연주
된다. A부분은 8마디씩 총 16마디를 연주하되 a1과 a2로 나뉘고, B부분도 8마
디씩 b1과 b2로 나뉜다. A부분과 B부분은 제시와 화답의 관계를 가지며 이때
B부분은 반음 내림표 ♭에 의해 하행 변형되지만 C장조의 특징이 변하는 것은
아니다. 이와 같은 반복현상은 319마디까지 지속되다가 323마디에서 일대변
화를 야기하게 된다. 말하자면 하행변형에서 상행변형으로 바뀌게 되고 장조도
C장조에서 갑자기 E장조로 변하게 된다.

그러한 점은 이 곡의 마지막 대단원 부분에 해당하는 335마디부터 C장조로 되돌아와 안정된 모습을 보이는 듯이 하다가 돌연 으뜸조로 바꾸면서 갑작스럽고 불안하게 끝맺고 있다(이 글의 대상이 되는 라벨의 곡 〈볼레로〉에 대한 CD는 필립스사에서 1972년 녹음하였고 1993년에 재생산한 것으로 베르나르트 하이팅크가 지휘하고, 로열 콘서트 해보우 오케스트라가 연주한 것을 선택하였다).

라벨의 곡 〈볼레로〉가 가지는 이상과 같은 점을 맥스 해리슨은 다음과 같이 요약하여 정리하였다. "〈볼레로〉는 1930년 1월 11일에 연주회를 위한 독립된 곡으로는 처음으로 같은 오케스트라에 의해 라벨 자신의 지휘로 연주되었다. 당시 이 작품은 루빈슈타인이 이끌던 파리오페라 좌에서 부로니슬라바 니진스키의 안무로 무용곡으로 공연되었다. 〈볼레로〉에 포함된 환상적인 선율은 더 이상 묘사할 필요가 없을 것이다. 하지만 한 가지 덧붙여야할 것은 이 곡에 나타나는 최면술적인 반복기법은 당시 무용공연의 시각적 모습을 통해서 훌륭하게 표현되었다는 점이다. 한 집시 여인이 담배연기가 자욱한 스페인 술집에 나타나 볼레로 리듬에 맞추어 요란한 발동작으로 춤을 춘다. 이윽고 술집 내부는 사람들로 가득 차게 되고 이들은 한 사람씩 춤을 추기 시작하고, 무대 위의 이러한 춤동작들은 오케스트라 음향의 상승과 병행된다. 흥분이 고조되면서 어느 순간이 되자 사람들이 칼을 뽑아들고 격렬한 싸움이 시작된다. 하지만 이제 최고도의 절정에 다다른 오케스트라가 갑자기 소리를 멈추고, 곧바로 커튼이 닫힌다."

해리슨의 이러한 파악은 ① 라벨의 곡 〈볼레로〉가 작곡되게 된 배경, ② 그것이 초연된 과정, ③ 무용곡으로 활용되어 나진스키의 안무에 의해 시각적으로 표현되었다는 점, ④ 스페인 술집과 집시여인의 춤추기, ⑤ 오케스트라의 공연상황 등을 일목요연하게 제시했다는 점에서 이 곡에 대한 그의 설명은 우리들에게 상당히 설득력 있게 제시하고 있다.

그렇다면 라벨의 곡 〈볼레로〉를 비롯한 대부분의 음악이 시로 전이될 때에, 다시 말하면 소리에 의존하는 음악이 문자에 의존하는 시로 전이될 때에 가장 중요한 요소는 무엇보다도 주제의 전이에 있을 것이고, 그러한 주제를 또 가장 선명하게 드러내는 것은 아마도 이미지의 활용에 있을 것이다. 그리고 그것을 정확하게 반영하고 있는 시가 바로 조창환의 시 「볼레로」에 해당한다.

(2) 조창환의 시 「볼레로」에 의한 라벨의 곡 〈볼레로〉의 전이

조창환의 시 「볼레로」의 전문은 다음과 같다

희미한 공기 덩어리가 걸어온다

안개를 헤치고, 피리소리들이 걸어온다

푸른 스카프를 걸친, 홰나무들이 걸어온다

열린 門들에서, 구름의 신발들이 걸어온다

닭털 모자들이 걸어온다

젖은 電流들이 걸어온다

강철로 된, 비탈이 걸어온다

硫黃과, 酸이 걸어온다

黃金빛, 기관차가 걸어온다

불과, 파도와, 수증기와

깃발들이 걸어온다

— 조창환, 「볼레로」 전문

위에 인용된 시에서 읽는 이의 시선을 사로잡는 시어는 다름 아닌 각 시행의 종결어미 "걸어온다"이다. 마침표가 없이 10번 반복되는 이 시어는 읽는 이의 시선을 거쳐 그의 의식 속으로 거침없이 진입해 들어온다. "……이 / 가……걸어온다"라는 단문으로 구성되어 9행까지 지속된 각 시행은 제10행과 제11행에서 약간의 변화를 보인다. 제10행과 제11행의 변화는 앞에서 살펴 본 바와 같이 라벨의 곡 〈볼레로〉에 나타나는 마지막 부분의 갑작스러운 변화에 관계된다. 그러나 제10행과 제11행은 동일한 시행이 두 개의 시행으로 나뉘어져 있을 뿐이다.

이렇게 볼 때에 조창환의 시 〈볼레로〉에 나타나는 10개의 문장은 앞에서 김정식의 분석을 원용하여 정리한 바 있는 라벨의 곡 〈볼레로〉의 음악적 구성을 충실하게 전이시키고 있다고 볼 수 있다. 조창환의 시 「볼레로」와 라벨의 곡 〈볼레로〉가 가지는 이러한 상관성과 전이구조를 전체적으로 정리하면 〈도표 5〉와 같다. 다음의 도표에서 중요한 부분은 물론 가운데 큰 원으로 둘러싸인 부분이며 이 부분에서 우리는 라벨 곡 〈볼레로〉가 어떠한 과정을 거쳐서 조창환의 시 「볼레로」로 전이하게 되었는지를 살펴볼 수 있을 것이다. 다시 말하면 악기의 소리를 매개로 하는 음악이 문자를 매개로 하는 시에 의해서 전이되는 과정을 알 수 있으며, 이에 대한 구체적인 설명은 뒤이어지는 이미지의 전이에서 상세하게 살펴보고자 한다.

(3) 이미지의 전이
시의 언어에 의한 음악 언어의 전이과정

조창환의 시세계에서 가장 주목되는 비유는 이미지의 완성에 있다. 우리는 그러한 점이 그의 첫 시집 『빈집을 지키며』[1980]에서부터 『라자로 마을의 새벽』 1984, 『그때도 그랬을 거다』[1992]를 거쳐 『파랑눈썹』에서 완성되어 있음을 파악할 수 있을 뿐만 아니라, 최근 몇 년 동안 가장 왕성한 시작활동을 보이고 있는 그의 최근 시에서 다시 확인할 수 있다. 예를 들면 「힘」에서의 "피울음 솟구치는 웅어리진 기도", 「닻을 내린 배는 검은 소가 되어」에서의 "밟아도 부서지지 않는 빗소리", 「집」에서의 "메밀꽃밭 같은 별빛 쏟아질 때", 「서러운 낮잠」에서의 "봄꽃보다 애틋한 사랑", 「목련」에서의 "안개를 껴안고 허공에 떠 있는 / 몇 송이 / 램프", 「겨울풍경」에서의 "살 떠낸 물고기 뼈 같은 / 나무들 언 강을 따라한 줄로 서 있다" 및 「동지」에서의 "살아야겠다, 칼 맞은 정신으로" 등에서 찾아 볼 수 있다.

이러한 이미지의 형상화의 중요성을 조창환은 『시와시학』2000년 봄호에 수록 된 자신의 「내가 쓰고 싶은 시」에서, "울림통이 큰 악기인 시를 쓰고 싶다. 시를

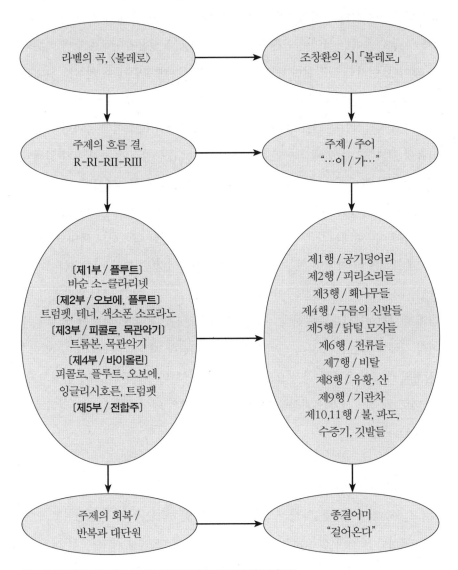

〈도표 5〉 조창환의 시 「볼레로」에 의한 라벨의 곡 〈볼레로〉의 주제의 전이구조

읽으면 읽은 이의 가슴에 넓고 그득한 그늘이 드리워지고, 온몸의 숨구멍들까지 풀어진 길들이 되는, 그런 시를 쓰고 싶다. 영혼의 향기가 드나드는 회전문인, 그런 시를 쓰고 싶다"라고 언급하였다. 그의 이러한 주장은 『현대시학』2000.6에 수록된 자신의 「시의 진정성」에서 다시 강조되고 있다. "시의 아름다움은 언어의 아름다움이며 시의 언어의 아름다움은 시정신의 아름다움에서 비롯된다. 시정신의 아름다움이란 시인이 인간과 세계의 놀라움과 신비에 눈뜸으로써 비롯되는 것이다. 이러한 시정신이 내면의 창조적 상상력과 결합될 때 진실로 위대하고 감동적인 작품이 태어난다. 따라서 진정한 시인은 각자의 오직 하나만의 개성적이고 독창적인 존재로 남아 있어야만 하는 것이지 결코 어떤 유파나 유형의 아류에 휩싸이기를 원해서는 안 된다." "개성적이고 독창적인 존재"이기 위해서 초기 시부터 현재까지 조창환의 주된 관심은 이미지의 형상화에 있다.

이러한 점은 1970년대 초반 조창환, 유재영과 함께 '말'의 동인으로 활동했던 한영옥이 『현대시학』1999.9에서 다음과 같이 언급한 점에서도 확인할 수 있다. "조창환은 이 땅에서 드물게 이미지와 관념에 고루 능통한 시인이다. 『파랑눈썹』에서 부서질 듯 쨍쨍한 이미지와 『그 때도 그랬을 거다』에서의 옹골찬 관념의 밀도는 이를 잘 증명한다. 이후로 그의 시편들은 사물과 관념의 섞임이 언어의 결에 녹아드는 이른바 신비평에서의 형이상학 시를 떠올리게 하고 있다." "감정의 배제와 응축된 긴장"으로 요약되는 조창환의 시 「볼레로」가 라벨의 곡 「볼레로」를 전이시키는 과정을 악기의 편성과 시의 언어를 중심으로 정리하면 〈표 35〉와 같다.

시의 언어로 전이된 음악의 이미지

〈표 35〉에서 왼쪽은 라벨의 곡 〈볼레로〉를 연주하는 악기의 편성이고 오른쪽은 그러한 악기의 선율을 반영하는 조창환의 시 「볼레로」에 사용된 시의 언어이다. 이러한 전이과정은 다음과 같은 과정을 거치게 된다.

〈표 35〉

| 주제의
흐름 결 | 라벨의 곡 〈볼레로〉 | | 조창환의 시 「볼레로」 |
	악기의 편성	시행	시의 언어
제1부	플롯	제1행	공기 덩어리
	바순, 小클라리넷	제2행	피리소리들
제2부	오보에, 플롯, 트럼펫	제3행	홰나무들
	테너, 섹스폰 소프라노	제4행	구름의 신발들
제3부	피콜로, 플롯, 목관악기	제5행	닭털 모자들
	트롬본, 목관악기	제6행	電流들
제4부	바이올린	제7행	비탈
	피콜로, 플롯, 오보에	제8행	硫黃, 酸
	잉글리쉬 호른, 트럼펫		
제5부	모든 악기의 합주	제9행	기관차
		제10행	불, 파도, 수증기
		제11행	깃발

① 음악의 제1부와 시의 제1, 2행 : 음악의 도입부분에서 작고 희미한 소리가 플루트와 작은 북 등에 의해서 몽롱하고 분명치 않은 원거리에서 들려오듯이 시에서는 그러한 소리가 손에 잡히지는 않지만 분명히 존재하는 "공기 덩어리"로 전이되어 있다. "희미한"이라는 수식어는 불분명한 존재를 더욱 불분명하게 강조한다. 아울러 바순과 小클라리넷에서 불분명한 소리는 조금 더 분명해지며 시에서는 그것을 "피리소리들"로 전환하였다. 이 때 제2행의 첫 구절 "안개를 헤치고"는 제1행의 "희미한 공기 덩어리"에 관계된다. 그리고 단수로서의 "공기 덩어리"가 "피리소리들"처럼 복수로 나타나기 시작한다. 시어의 이러한 복수 형태는 제5행까지 이어진다. "희미한 공기 덩어리"와 "안개를 헤치고" 다가오는 "피리소리들"에서 시각이미지가 청각이미지로, 원거리이미지가 근거리이미지로, 불투명이미지가 투명이미지로, 단일이미지가 복수이미지로 전환되고 있음을 파악할 수 있다.

② 음악의 제2부와 시의 제3, 4행 : 음악에서의 악기편성은 조금 복잡해져서 오보에, 플루트, 트럼펫이 주제를 연주하고 테너, 색소폰 소프라노가 부-주제를 연주하며, 특히 부-주제부분의 색소폰의 음색은 투명하면서도 아름답다. 제1부의 애매 모호성이 극복되면서 무엇인가 분명한 상황이 제시되는 이 부분이 시에서는 "푸른 스카프를 걸친, 홰나무"와 "구름의 신발들"로 전환되었다. 전자가 명쾌한 푸른색에 의해서 색채 / 시각 이미지와 "홰나무"에 의해서 구체적인 시각이미지를 나타낸다면, 후자는 "구름"에 의해서 색채 / 시각 이미지와 추상적인 청각이미지를 나타낸다고 볼 수 있다. 이 부분에서는 ①의 주된 이미지인 청각이미지가 시각이미지로 전환된다. 여기서 의미 있는 시어는 "열린 門들"로서, 그것은 '약-강-약-강'으로 반복적인 악기소리의 변화에서 이제 분명하게 강하게 들려오는 음의 포착에 관계된다. 나아가 시인의 섬세한 감성과 음악에 대한 깊은 조예를 드러내는 부분이기도 하다.

③ 음악의 제3부와 시의 제5, 6행 : 음악의 제3부에서는 두 개의 피콜로와 목관악기가 주제를, 한가한 트롬본과 목관악기가 부-주제를 연주한다. 여기서 주목할 점은 피콜로와 트롬본의 호응 및 섬세하면서도 금속성이 배제된 목관악기군의 출현이다. 시에서는 피콜로와 목관악기의 화답을 "닭털 모자"로, 트롬본과 목관악기의 화답을 "젖은 電流들"로 전이시켜놓았다. 전자가 상승이미지와 浮遊이미지에 관계된다면 후자는 충격이미지와 流動이미지에 관계된다. 특히 "젖은 電流들"은 感電의 위험을 암시하며 그것은 음악이 진행됨에 따라서 점점 더 그 세계에 청중으로서의 시인이 몰입해 들어가는 것을 의미한다. 말하자면 강렬하고 섬광적인 이미지에 관계된다고 볼 수 있다. 음악의 제3부나 시의 제5, 6행은 각각의 분야에서 하나의 전환점 구실을 한다. 음악에서는 원거리의 애매 모호성이 사라지고 점차 거세게 몰아부치는 強音이 쇄도하게 되고, 시에서는 자연이미지 중심의 전반부를 정리하고 문명이미지 중심의 후반부를 제시하

기 때문이다. 그것을 암시하는 부분이 바로 "젖은 電流들"이다.

④ 음악의 제4부와 시의 제7, 8행 : 음악의 제4부는 편성된 모든 악기가 총동원되기 시작하며 특히 바이올린이 일제히 연주되면서 화려한 색채를 띠기 시작한다. 이어서 피콜로, 플루트, 오보에, 잉글리쉬 호른, 트럼펫 등이 가세하게 된다. 음악이 점점 고조되어 대단원으로 진행되는 상황을 시에서는 '비탈, 硫黃, 酸'으로 파악하였다. 사실 이들 시어들은 무엇인가 급변적이면서도 절박하고 모든 것을 한순간에 제압하는 숨막히는 순간의 도래를 암시한다. 특히 "강철로 된, 비탈"은 강한 금속성 이미지와 순식간에 곤두박질쳐지는 하강이미지에 해당한다. 그것은 뒤이어지는 제8행의 "硫黃과, 酸"에서 처절한 절규와 애끓는 비통함을 이루게 된다. 이러한 순간에 찬란한 "黃金빛, 기관차"가 등장하여 절규와 비통함의 강도를 가속화시켜 그 절정부분에서 찬란한 환희의 순간을 맞이하게 된다. 硫黃과 酸에 암시되어 있는 섬멸이미지는 黃金 빛에 의해서 시각이미지로 되고 다시 기관차에 의해서 청각이미지로 전환되는 부분이기도 하다.

⑤ 음악의 제5부와 시의 제9, 10, 11행 : 음악의 제5부는 제1부부터 제4부까지 편성되었던 모든 악기들이 총동원되어 일제히 제 각각 할 수 있는 한 가장 우렁차고 힘찬 연주에 의해서 모든 악기의 전합주가 이루어지고 있는 부분이다. 고음은 고음대로, 저음은 저음대로, 微細音은 미세음대로, 巨勢音은 거세음대로 힘껏 음폭과 음질과 음역을 다하여 울려 퍼지는 제5부는 후반부로 갈수록 점점 더 거세어진다. 그것은 차라리 귀청을 때리는 소음에 가깝다. 그러나 그악스럽게 울려 퍼지는 악기 하나하나의 소리 지르기는 어떠한 예고도 없이 한 순간에 가차 없이 끝나버리고 만다. 시의 제9, 10, 11행에서도 이러한 예고 없는 음악의 종말을 "불, 파도, 수증기, 깃발"이라는 서로 상충적인 이미지로 대비시켜 놓았다. '불'의 타오르기, 파도의 엄습하기, 수증기의 피어오르기, 깃발의 휘날

리기는 서로 화합할 수도 없고 화합해서도 안 되는 상반되는 역할을 띠고 있으면서도 하나의 동일한 공간 속으로 동시에 정면을 향해 돌진해오고 있다. '불'의 붉은 색이 나타내는 시각이미지, '파도'의 파란색이 나타내는 시각이미지와 청각이미지, '수증기'의 흰색이 나타내는 시각이미지, '깃발'의 형형색색의 시각이미지가 드러내는 시에서의 이러한 대단원은 음악의 마지막 두 마디에서 일어나는 최초의 조성변화와 잘 어울리는 부분이기도 하다. 특히 마지막 행 "깃발들이 걸어온다"에서는 기수단旗手團이 소속집단을 상징하는 부대기部隊旗를 자랑스럽게 치켜들고 군악대의 행진곡에 맞추어 묵묵히 정면을 향해 행진해오고 있는 장면을 연상시키기도 한다.

이상에서 살펴본 바와 같이 라벨의 곡 〈볼레로〉를 전이시킨 조창환의 시 「볼레로」의 시적 구문에는 몇 가지 특징이 있다. 우선 어떠한 구두점도 사용하지 않는 경우로서 첫 행인 제1행, 중간 행인 제5행, 제6행 및 마지막 행인 제11행이 이에 해당한다. 그것은 라벨의 곡 〈볼레로〉에서 처음부터 끝까지 들릴 듯 말 듯하게 연주되면서 그 생명력을 유지하고 있는 끈질긴 플루트에 관계되기도 하고, 다른 하나는 발단, 전개, 대단원이라는 시적 구성의 긴밀성에 관계되기도 한다. 특히 제6행의 "젖은 전류電流들이 걸어온다"는 그 이전의 시행에 서주로 나타나는 자연이미지와 그 이후의 시행에서 주로 나타나는 문명이미지를 연결짓는 교량적인 역할을 하는 부분이다. 그러나 후반부의 쉼표는 즐거운 쾌락으로서의 놀라움이라기보다는 경이로움에 대한 외경심에 가깝다고 볼 수 있다. 제7, 제8, 제9, 제10행의 "강철로 된, 비탈이", "유황硫黃과, 산酸이", "황금黃金빛, 기관차가", "불과, 파도와, 수증기와" 등은 라벨의 곡 〈볼레로〉의 후반부에서 점점 더 강렬해지는 악기소리의 증폭에 의해서 시인의 감성이 하나의 외경심으로 자리 잡게 되는 것을 뜻한다. 다시 말하면 시인은 '강철, 불, 파도, 수증기'처럼 숨 막히는 외경의 세계를 새롭게 자각하게 된다고 볼 수 있다. 그리고 맨 마

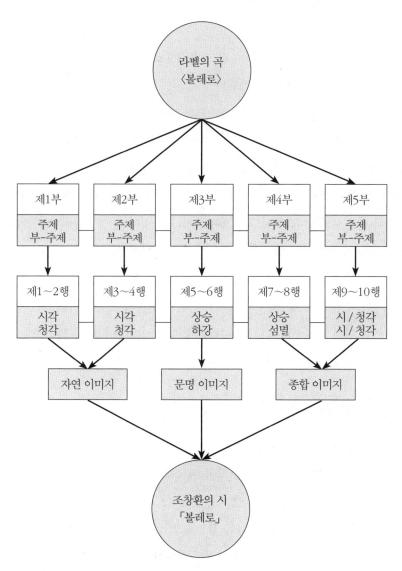

〈도표 6〉 라벨의 곡 〈볼레로〉에서 전이된 조창환의 시 「볼레로」의 이미지의 형상화

지막 행에 이 모든 것을 종합하는 "깃들"이 등장하게 된다. 라벨의 곡 〈볼레로〉가 집시여인의 죽음의 춤에 관계되든 삶의 애환의 춤에 관계되든 간에, 침묵 속에서 정면을 향해 보무당당하게 펄럭이며 걸어오는 깃발들—그것들은 이 시의 대단원을 장식하기에 충분한 시각 / 청각 이미지를 형성하고 있다. 그리고 이

깃발들은 음악의 시작 부분에서부터 점층적으로 증폭되어 온 음량이 최종적으로 종합된 형태인 이미지에 관계된다.

조창환의 시「볼레로」에서 중요한 또 한 가지는 전부 11행이기는 하지만 시 문장의 구성을 볼 때에 그것은 전부 10개의 문장으로 이루어져 있다는 점이다. 각 문장의 주어는 "공기 덩어리"부터 "깃발들"까지 서로 상이하다 하더라도 그 서술어는 "걸어온다"로 동일하다는 점을 들 수 있다. 이때 중요한 점은 10개의 문장이 상호보완적이라기보다는 독자적이라는 점이다. 조창환의 시「볼레로」에서 10개의 문장의 주체들은 고유한 역할을 끝까지 지키고 있는 것이지 다른 주체의 역할에 흡수되는 것이 아니다. 그리고 이 시는 아직도 끝나지 않았다. 왜냐하면 각 문장의 서술어 "걸어온다"가 암시하는 바와 같이 아직도 시속에서 걸어오고 있기 때문이다. 다시 말하면 우리들의 읽기가 끝났다 하더라도 시속 에서의 주체들은 여전히 정면을 향해서 걸어오고 있다는 점을 강조하게 된다.

3) 시와 음악의 비교 –비교문학의 새로운 영역

시에 의한 음악의 전이는 이제 비교문학연구의 새로운 영역으로 자리잡아가고 있다. 그것은 기존의 문학과 문학의 비교에서 비롯되는 한계를 극복하고 문학과 타 예술 장르와의 긴밀한 관계를 학문적으로 재-고찰하고자하는 의지 있는 연구자들이 끊임없이 이 분야를 강조해오고 있기 때문이다. 물론 문학과 문학의 비교는 비교문학연구의 기본영역에 해당한다. 그러나 해당 자료의 정확한 고증에 의해서 영향과 수용의 관계에 집착할 때에 비교문학자들은 자칫 자국문학의 위상을 국제적으로 고양시켜 자국문학을 선양하기보다는 그것에 영향을 끼친 외국문학의 위상만을 드높이는 결과를 자초하게 될 것이다. 비교문학연구에 있어서 이러한 비극적인 연구나 연구자들을 만나는 것은 어려운 일이 아니다. 그것은 연구자들이 아직도 식민사관에 사로 잡혀 있거나 연구자 자신이 한국인이기를 포기한 결과일 것이다.

시에 의한 음악의 전이를 연구하기 위해 선정된 조창환의 시집 『파랑눈썹』에 수록된 60여 편의 시에서 굳이 라벨의 곡 〈볼레로〉를 매체로 하는 조창환의 시 〈볼레로〉를 선택한 까닭은 라벨과 같은 음악가의 음악, 즉 소리를 매개로 하는 음악언어가 문자를 매개로 하는 조창환과 같은 시인의 시, 즉 시의 언어로 전이될 때에 우선적으로 고려해야 하는 것은 물론 청각이미지를 시각이미지로 어떻게 전이시키느냐의 문제이기 때문이기도 하고, 이미지는 그것이 청각에 관계되든 시각에 관계되는 라벨과 조창환 모두에게 있어서 가장 강력한 예술적 장치이기 때문이다. 라벨이 자신의 곡 〈볼레로〉에서 절제된 악보와 악기편성에 의해 수많은 의미를 부여한 바와 같이 조창환도 자신의 시 「볼레로」에서 절제되고 응축된 시의 언어와 단순한 문장구성에 의해 수많은 이미지를 창출하고 있다는 점을 강조하고자 한다. 조창환의 시 「볼레로」에서는 라벨의 곡 〈볼레로〉가 가지는 청각이미지를 주로 시각이미지를 활용하여 전이시켰다. 아울러 라벨의 곡 〈볼레로〉에서 포착 불가능한 미세음의 영역에서부터 귀청을 때리는 거대음의 영역까지 점층적으로 확대되는 음의 영역을 조창환의 시 「볼레로」에서도 점층적인 방법에 의해 점점 더 강렬하게 이미지를 강화시켜 놓았다.

시에 의한 음악의 전이를 규명하는 일은 쉬운 일이 아니다. 그것은 음악언어를 읽어내야 하고 악기편성은 물론 각 악기의 특성까지도 이해할 수 있어야 하며 무엇보다는 음악을 감상할 수 있는 시간과 공간이 있어야 하고 나아가 오케스트라와 지휘자의 특성까지도 파악할 수 있어야 하기 때문이다. 그것이 시로 전이되었을 때에 시인의 고유한 특성과 문학적 경향은 물론 해당시인의 시세계를 종합적으로 규명할 수 있어야만 한다. 이러한 두 가지, 즉 음악언어의 이해와 시의 언어의 이해를 동시적으로 수행될 때에 시에 의한 음악의 전이를 효과적으로 설득력 있게 연구할 수 있을 것이다. 다시 강조한다면, 이제 비교문학연구는 문학연구를 중심축으로 하되 문학과 타 영역으로 나아가야만 한다. 그렇게 될 때에 한국에서의 비교문학연구는 그 주변성을 벗어나 국제비교문학계의 중심에 진입할 수 있기 때문이다. 비교문학 연구자들은 자신들의 전공분야가 외국문학이든 자국문학이든 간에 비교문학은 언제나 자국문학 중심이어야한다는 점, 다시 말하면 한국문학 중심이어야 한다는 점을 명심해야 만 할 것이다. 그렇지 못할 때에 한국의 비교문학은 다른 나라—그것이 인도-유럽어계에속하든, 우랄-알타이어계에 속하든—비교문학의 주변에 머무를 뿐이지 중심에 자리 잡지 못할 것이다. 이러한 점을 최근 몇 년 동안 통감하면서 스스로를'비교문학의 순교자'라고 생각하는 필자는 그러한 취약점을 극복·지양하기 위한 방법의 하나로 본 연구를 수행하였으며, 본 연구가 한국비교문학의 발전에조금이라도 기여할 수 있기를 바란다.

제9장

문학과 종교의 비교

1. 문학과 종교의 불가분성

문학이 그 양식에 있어서 문학적 양식을 확립하기 이전에 문학은 종교적 의식 혹은 제례의식의 일부로서 활용되었다는 점에 대해서 이 분야에 대한 연구자들은 누구나 동감하고 있다. 다시 말하면 '종교'가 하나의 외형적인 형식이라면 '문학'은 그것을 보완해주는 '내용'에 해당하며, 이러한 점은 한국문학에서 고대가요를 특징짓는 「공후인」, 「황조가」, 「구지가」 등 세 '가요' 중의 하나인 「구지가」414년 경에 나타나는 제례의식에서 문학과 종교의 불가분성을 찾아볼 수 있다. 「구지가」는 정확한 작자와 연대가 분명하게 기록되어 있지 않은 고대 가요로서 「영신군가迎神君歌」 혹은 「구지봉영신가龜旨峰迎神歌」라고 일컬어지기도 하며, 가락국의 시조인 수로왕首露王의 강림신화와 함께 전해지는 노래로 원래의 노래가사는 전하지 않고 『삼국유사』 권2 '가락국기駕洛國記'에 4구체의 한문으로 기록되어 있다. 이 분야의 연구자들에게 잘 알려진 이 노래의 원본은 "구하구하龜何龜何 수기현야首其現也 약불현야若不現也 번작이끽야燔灼而喫也"이며 이를 번역하면 "거북아 거북아 머리를 내 놓아라 / 만약 내놓지 않으면 구워 먹으리"에 해당한다.

연구자에 따라서 다양하게 나타나는 「구지가」에 대한 한글 번역을 장덕순의

『국문학통사』1973를 중심으로 하여 정리하면 다음과 같다. '우리어문학회'에서는 "거붑아 거붑아 / 머리를 나타내어라 / 시혹 나타내지 않으면 / 굽고 구워서 먹으리라"로 번역하고, 이병기와 백철이 공저한『국문학전사』에는 "거북아 거북아 네 목을 내어라 / 네, 목을 내잖으면 구워서 먹으리"로 되어 있고, 박지홍은『수험국어』에서 "검하 검하 / 머리를 내어놔라 / 시혹 내어 놓지 않으면 / 굽고 구워서 먹으리"라고 번역하고 있다. 여기서 중요한 점은 박지홍이 '거북'을 '검'이라고 번역함으로써 '구龜'를 '신神'으로 파악하고 있다는 점이며, 그는 다시『국어국문학』제 16호1957에 수록된 자신의 논문 「구지가연구」에서 「구지가」와 유사한 영남민요 「거미노래」를 인용하여 이 두 노래를 비교분석하고 있다. 박지홍이 인용하고 있는 영남민요는 "거미야 거미야 왕거미야 / 진주 덕산 왕거미야 / 네 천용天龍 내 활량 / 청용산에 청靑바우 / 미리국 미리국 / 두덩실두덩실 왕거미야"이며, 여기서 '미리국'은 '용탕龍湯'에 해당한다고 지적하고 있다. 이와 같은 비교를 통해서 박지홍은 「거미노래」는 잡귀雜鬼를 쫓는 주문呪文이니 "수기현야 약불현야首其現也 若不現也"는 이미 그 행동에 들어 있는 것으로 만약에 천용天龍인 네가 떠나지 않으면 활량인 내가 활로써 너를 쏘아 죽여서 끓여 먹겠다고 위협하는 것이다. 이 노래는 또한 부합된다. 노래를 우리말로 새기면 '검하 검하 산신山神아 / ᄆᆞᄅᆞ를 구지봉龜旨峰에 내어놓고 떠나라 / 만일 내어놓고 떠나지 않으면 / 너를 구워서 먹어버리겠다'의 뜻이 된다"라고 해석하면서 "'구지龜旨'는 '금ᄆᆞᄅᆞ'의 향찰鄕札로 신앙의 중심지다"라고 강조하고 있다.

이처럼 다양하게 해석되고 있는 「구지가」의 내용을 요약하면 다음과 같다. "옛날 가락국 사람들이 구지봉에 모여 왕을 맞이하기 위해서 흙을 파며 함께 노래를 불렀다고 하는데 이 노래의 해석은 사람에 따라 상당히 다른 견해를 보인다. 잡귀를 쫓는 주문으로 보는 견해, 영신제迎神祭의 절차 가운데 가장 중요한 희생무용犧牲舞踊에서 불린 노래라는 견해, 원시인들의 강렬한 성욕을 표현한 노래, 즉 여성이 남성을 유혹하는 노래로 보는 견해가 그것이다. 또 거북의 머리를 수로首露·우두머리·남근男根 등으로 해석하기도 하고, '구워 먹겠다'라는 구절은 우두머리의 선정을 위한 거북점의 점괘를 얻기 위해 거북을 굽겠다는 뜻이나 강렬한 욕망이 깃든 여성의 성기 등으로 해석하기도 한다."

고대가요 「구지가」에 나타난 이상과 같은 내용과 더불어 중요한 점은 이 시가에 나타나는 '4구체가'가 「해가사海歌詞」의 '8구체가'로 변화되었다는 점이다. 그것을 일찍이 조윤제는 자신의 『조선시가의 연구』1948에서 이렇게 설명하였다. "4구체가인 「가락국가」가 종교적 주술의 노래로 오래 전부터 사람에 구송되어 오다가, 어느 사이에 점점 8구체가의 「해가사」로 변해져 간 듯하다. 그에는 조선시가가 반절성半折性이 잠재하여 있기 때문에 4구체로서는 점점 복잡하여 가는 감정을 다 표현하지 못할 때에 그 자연의 성질에 의해서 그 배수倍數 8구체로 변하여져 간 듯하다."

이처럼 고대가요 중의 하나인 「구지가」는 그 내용이 문학적 내용으로 전환되는 것은 물론 그 형식에 있어서 가창을 위한 노랫말로 전환되었으며, 이러한 점을 정병욱은 자신의 『고전시가론』1977에서 다음과 같이 파악하였다. "신라 사람들이 자기네의 노래를 향가라 일컬은 것과 마찬가지로, 고려 사람들은 중국계의 악부樂府니 악장樂章이니 하는 정악正樂 또는 아악雅樂에 대하여 자기들의 노래, 즉 속악俗樂 또는 향악鄕樂의 노래이름을 별곡이란 말을 붙여서 지었던 것이다. 그렇게 때문에 고려 사람들은 한림별곡류의 이른바 경기체가를 불렀던 것이다. 그렇기 때문에 고려 사람들의 이른바 경기체가의 노래 이름에서나, 청산별곡류의 이른바 고속가의 명칭에서나 꼭 같이 별곡이란 말을 붙여서 노래이름을 삼았던 것이다. 한림별곡류와 청산별곡류가 형식적인 면에서 보았을 때나, 다른 국문학상의 시가 형태와 비교하여 그 둘은 공통적인 특징을 지니고 있는 사실을 아울러 생각할 때에, 고려 시가의 형태적 명칭으로 별곡이란 장르명을 사용함이 더욱 타당하다고 생각한다."

그리고 고대가요와 신라의 향가를 거쳐 고려가요에 이르러 정착하게 된 운율적인 특징은 일반서민 중심의 '3보격'과 지배계층 중심의 '4보격'으로 나뉘게 되며 이러한 점에 대해서 성기옥은 『관악어문연구』 제2집[1977]에 수록된 자신의 「소월시의 율격적 위상」에서 다음과 같이 언급하였다. "이러한 율격적 특성으로 말미암아 3보격은 주로 사회변동기의 정서를 반영하기에 알맞은 보격이라 할 수 있을 것이다. 여말 몽고의 지배하에서부터 극명하게 나타난 윤리적 파탄의 무지향적 풍조가 3보격의 속요에 그대로 담겨 있으며, 동학민요를 비롯한 한말 민요가 3보격이라는 사실도 당대사회의 급변과 부패에 대한 대중의 저항 또는 풍자적 태도의 반영임이 쉽게 유추될 수 있다. 뿐만 아니라 3보격의 향유층이 상류층보다는 대중층에 기반을 두고 있다는 사실도 이러한 율격의 특성과 유관하다. (…중략…) 일반대중의 힘은 본질적으로 부정적 태도를 기반으로 하고 있음과 3보격의 대중취향성은 필연적인 만남이다. 소월이 3보격을 자기 시의 중심 율격으로 취했다는 사실과 소월시의 대중적 성향은 스스로의 율격장치에서부터 이미 내재하고 있었던 것이다."

이상에서 살펴본 바와 같이 문학과 종교의 불가분성은 그것이 고대가요에서부터 현대시에 이르기까지 각 시대별로 내용과 형식면에서 다양하면서도 밀접하게 관계되어 왔으며, 이러한 점을 이 글에서는 한국현대시에서 ① 현대시와 불교적 상상력, ② 현대시와 가톨릭의 상상력, ③ 현대시와 기독교적 상상력 등으로 나누어 살펴보고자 한다.

2) 문학과 종교적 상상력

(1) 현대시와 불교의 상상력

한국 현대시와 불교적 상상력의 대표적인 관계는 한용운, 조지훈, 서정주 등의 시세계에서 찾아볼 수 있으며, 그러한 관계는 불교에서 강조하는 '무아론적인 입장', '연기론적인 입장', '윤회론적인 입장' 등으로 요약된다. 그러나 이 세 가지 유형의 입장은 분명하게 구분되는 것이 아니라 상호보완적인 관계를 유지하고 있다. 말하자면, 무아론은 연기론과 윤회론을 바탕으로 하고, 연기론에서는 '자아'와 '세계'의 관계를 '자아'로서의 개체성으로 파악하기보다는 연기적인 전체성으로 파악하고 있으며, 윤회론에서도 '자아'는 부단하게 다른 개체로의 변화를 지향한다는 점을 강조하고 있어서 이 세 가지는 상호보완적으로 서로 연관되어 있다.

이러한 세 가지 요소들은 모두 사회적 현실과 무관하지 않다는 점에서 한용운의 「조선불교유신론」[1913]은 상당한 의의를 지니며 그 중의 일부를 인용하면 다음과 같다. "근세의 자유주의와 세계주의가 사실은 이 진리에서 나온 것이라 할 수 있다. 자유의 법칙을 논하는 말에 '자유란 남의 자유를 침범하지 않는 것으로써 한계를 삼는다'고 한 것이 있다. 사람들이 각자 자유를 보유하여 남의 자유를 침범치 않는다면, 나의 자유가 다른 사람의 자유와 동일하고, 저 사람의 자유가 이 사람의 자유와 동일해서, 각자의 자유가 모두 수평선처럼 가지런하게 될 것이며, 이리하여 각자의 자유에 사소한 차이도 없고 보면 평등의 이상이 이보다 더 한 것이 무엇이겠는가. (…중략…) 불교의 또 하나의 특징인 구제주의란 무엇인가. 그것은 이기주의의 반대개념이다. 불교를 논하는 사람들이 흔히 불교는 자기 한 몸만을 위하는 종교라고 하거니와, 이는 불교를 충분히 이해한 것이라고 할 수 없다. 왜냐하면 자기 한 몸만을 위하는 것은 불교와는 정반대의 태도인 까닭이다." 한용운이 강조하는 '불교유신론'의 특징은 그의 시집 『님의 침묵』[1926] 전체를 이끌고 있는 '님(당신)'에서도 확인할 수 있으며 그의 불교적 상상력을 보여 주고 있는 시로는 다음에 그 전문이 인용된 「오서요」를 들 수 있다.

오서요 당신은 오실째가되얏서요 어서오서요
당신은 당신의오실째가 언제인지 아심닛가 당신의오실째는 나의기다리는임니다

당신은 나의꼿밧헤로오서요 나의꼿밧헤는 꼿들이픠여있슴니다

만일 당신을조처오는사람이 잇스면 당신은 꽃속으로드러가서 숨으십시오

나는 나븨가되야서 당신숨은꽃위에가서 안것습니다

그러면 조처오는사람이 당신을치질수는 업습니다

오서요 당신은 오실째가되얏습니다 어서오서요

당신은 나의품에로오서요 나의품에는 보드러운가슴이 잇습니다

만일 당신을조처오는사람이 잇스면당신은 머리를숙여서 나의가슴에 대입시오

나의가슴은 당신이만질째에는 물가티보드러웁지마는 당신의危險을위하야는 黃金의칼도되고 銅鐵의방패도됩니다

나의가슴은 말ㅅ굽에밟힌落花가 될지언정 당신의머리가 나의가슴에서 써러질수는 업습니다

그러면 조처오는사람이 당신에게 손을대일수는 업습니다

오서요 당신은 오실째가되얏습니다 어서오서요

당신은 나의죽엄속으로오서요 죽엄은 당신을위하야의準備가 언제든지 되야잇습니다

만일 당신을조처오는사람이 잇스면 당신은 나의죽엄의뒤에 서십시오

죽엄은 虛無와萬能이 하나입니다

죽엄의사랑은 無限인同時에 無窮입니다

죽엄의압헤는 軍艦과砲臺가 씌끌이됩니다

죽음의압헤는 强者와弱者가 벗이됩니다

그러면 조처오는사람이 당신을잡을수는 업습니다

오서요 당신은 오실째가되얏습니다 어서오서요

— 한용운, 「오서요」 전문

위에 인용된 시의 주제는 물론 '당신'으로 대표되는 '죽음'이지만 그것은 일반

적으로 파악할 수 있는 죽음 자체라기보다는 죽음에 의한 새로운 세계, 즉 이상향적인 세계를 지향하고 있다고 볼 수 있다. 이러한 이상향적인 세계는 한용운이 살았던 당대의 현실과 무관하지 않다고 볼 수 있다.

현대시와 불교의 '연기론'은 조지훈의 시에서 찾아볼 수 있으며, 조지훈의 시 세계는 '선사상'과 밀접한 관계를 지닌다. 이러한 점은 그가 자신의 『시의 원리』 1956에서 자신의 시와 '선사상'의 관계를 다음과 같이 언급하고 있는 점에서도 확인할 수 있다. "시의 단순화는 오래 전부터의 나의 지론입니다. (…중략…) 시의 근본원리로서 '복잡의 단순화', '평범의 비범화', '단면의 전체화'라는 세 가지 (…중략…) 이 단순화와 비범화와 전체화의 지향을 아울러서 우리에게 주는 것이 선禪의 방법이요, 선의 미학입니다. (…중략…) 선의 미학이 우리의 구미에 쾌적한 것은 그 비합리주의와 반기교주의의 사고방식, 비상칭非相稱 불균정不均整의 형태미, 대담한 비약, 투명한 결정結晶 그런 것일 겝니다. 소박한 원시성, 건강한 활력성도 매력입니다. 생동하는 것을 정지태靜止態로 파악하고 고적枯寂한 것을 생동태生動態로 잡는 것은 신비의 트릭과도 같습니다." 조지훈의 이러한 언급에서 파악할 수 있는 불교에서의 '선사상'과 그의 시를 관계는 그의 시 「화체개현花体開顯」을 들 수 있으며 이 시의 전문은 다음과 같다.

실눈을 뜨고 벽에 기대인다. 아무것도 생각할 수가 없다.

짧은 여름 밤은 촛불 한 자루도 못다 녹인 채 사라지기 때문에 섬돌 위에 문득 석류(石榴) 꽃이 터진다.

꽃망울 속에 새로운 우주(宇宙)가 열리는 파동(波動)! 아 여기 태고(太古)적 바다의 소리없는 물보래가 꽃잎을 적신다.

방안 하나 가득 석류(石榴) 꽃이 물들어 온다. 내가 석류(石榴) 꽃 속으로 들어가 앉는다. 아무것도 생각할 수가 없다.

— 조지훈, 「화체개현」 전문

위에 인용된 시에서 시인은 '아침'을 강조하기 위해서 '밤'을 전제로 하고 있지만 그 밤은 '짧은 여름 밤'으로 간단하게 언급되어 있으며, 이 말은 이 시에서의 어둠이 아침을 기다리기 위한 오랜 시간을 강조하지 않는다는 뜻이 아니라 기다리던 아침이 되어서 문득 깨닫게 되는 돈오頓悟의 경지를 더 많이 강조하기 위해서 그렇게 표현한 것으로 볼 수 있다. 왜냐하면 이 시에서는 밤에 대해서 설명하기보다는 어둠에서 새벽으로, 새벽에서 아침으로, 다시 아침에서 광명의 세계로의 진행과정과 그러한 진행과정에서 시인이 느끼게 되는 감정의 변화를 강조하고 있기 때문이다. 그리고 이 시에서 제1연의 '기대인다', 제2연의 '터진다', 제3연의 '적신다' 및 제4연의 '물들어 온다' 등과 같은 표현에서 수동태로서의 서술어가 많이 활용되고 있다는 점을 발견할 수 있다. 수동태의 활용은 시적 자아가 대상을 직접 어떻게 하는 것이 아니라 대상이 행동하는 대로 관조하는 태도를 나타낸다고 볼 수 있다. 특히 갑작스러운 깨달음에 관계되는 '돈오정신頓悟精神'을 강조하고 있는 「화체개현」에서 시인 자신이 어둠보다는 아침을 더 많이 설명하고 있는 까닭은 이 시의 시적 자아가 구도求道의 자세로 밤을 지새웠기 때문이다. 여기서 말하는 '구도의 자세'는 이 시의 주제에 해당하는 돈오의 경지를 바탕으로 하며, 돈오의 세계는 물론 순간적으로 문득 깨닫게 되는 것을 말하지만 그러한 깨달음을 얻기 위해서는 오랜 기간의 수련과 인내가 필요하다고 볼 수 있다. 따라서 구도의 경지를 추구하는 시적 자아에게 있어서 짧은 여름밤은 더욱 짧게 느껴질 수밖에 없으며, 이 시에서는 시간의 짧음을 "촛불 한 자루도 못다 녹인 채"라는 말로 강조하고 있다. 말하자면 돈오의 경지를 깨닫게 되면 그동안의 구도의 오랜 시간은 사실 순간적인 찰나에 불과하다고 볼 수 있다. 그래서 그 극도의 경지를 "아무것도 생각할 수 없다"라고 결론짓고 있다. 이렇게 보면 이 시는 아침 그 자체에 대한 설명이라기보다는 시적 자아가 아침에서 깨닫게 되는 돈오의 순간에 대한 설명이라고 볼 수 있습니다.

조지훈이 강조했던 '선사상'을 바탕으로 하여 이 시에서 그가 깨닫게 되는 돈오의 경지를 파악하기 위해서는 이 시를 차례로 살펴볼 필요가 있다. 제1연에서 시적 자아가 벽에 기대는 행위는 아직 잠에서 덜 깬 상태를 의미한다. 그래서 "실눈을 뜨고"라고 표현하였으며, 이러한 표현은 또 어둠이 걷히고 아침이 오기 때문에 아침햇살로 인해서 눈이 부신 상태를 나타내기도 한다. 이렇게 몽롱한 상황에서는 사실 무엇을 구체적으로 생각할 수가 없음으로 "아무것도 생각할 수가 없다"라고 진술하고 있다. 그러나 이러한 설명은 사용된 시어詩語에 대한 표면적인 이해에 불과하고 그것의 이면적인 의미는 뒤이어지는 제2연에 의해서 어느 정도 구체적으로 드러나게 된다. 촛불 한 자루도 다 못 녹이고 사라지는 짧은 여름밤과 섬돌 위에 문득 피는 석류꽃은 어떤 관계를 가지는 것일까 하는 의문이 생기게 된다. 그것은 짧은 여름밤이 곧 졸음의 원인이 되고 졸음은 곧 시적 자아가 편히 잠들지 못했음을 의미하고 잠을 못 이룬 까닭은 돈오의 세계를 추구했기 때문이다. 번뇌와 갈등으로 점철되는 고통스러운 여름밤을 지새우고 아침이 되어 졸린 눈을 뜨고 섬돌 위를 바라보았을 때, 시적 자아는 거기에 막 피어나는 한 송이 석류꽃을 발견하게 된다. 석류꽃은 물론 아주 작은 주황색의 꽃으로 그러한 작은 석류꽃이 시적 자아로부터 가까운 곳에 해당하는 섬돌 위에서 피어나는 순간에 그 자신으로부터 먼 곳에서는 태양이 이글거리며 떠오르게 된다. 말하자면 일개 미물에 해당하는 석류꽃의 개화開花와 우주만물의 생명의 근원인 태양의 일출日出이 동시에 이루어지는 것이라고 볼 수 있다.

석류꽃이 태양에 비유되고 그 꽃의 개화가 일출에 비유됨으로써 시적 자아가 찾던 돈오의 경지가 동시적으로 이루어지는 부분이 바로 제3연이다. 이 부분에서는 석류꽃이 터지는 미세한 소리가 우주가 열리는 파동으로 확대되기도 하고,

태양의 일출과 파도소리가 석류꽃이 터지는 미세한 소리로 축소되기도 한다. 말하자면 석류꽃에는 우주만물의 생성원리가 함축되어 있으며 또 우주만물의 생성원리는 태양이나 일출처럼 거대한 것에만 존재하는 것이 아니라 석류꽃처럼 아주 작은 것에도 존재한다는 점이 강조되어 있지만, 이러한 사실을 발견하기가 쉽지 않은 까닭은 제1연에서처럼 고통과 번뇌의 기간을 거친 후에야 비로소 가능하기 때문이다. 따라서 제4연에서처럼 태양이 점점 더 떠오르고 햇빛이 그만큼 더 방안 가득히 비춰 들어옴으로써, 거기에 앉아 있는 시적 자아는 돈오의 경지에 이르게 된다. 석류꽃 너머에서 밝아오는 햇빛이 점점 더 자신의 방안으로 들어옴에 따라서 시적 자아는 자신이 마치 석류꽃 속으로 들어가 앉아 있는 듯한 착각에 빠지게 되고, 그는 "아무것도 생각할 수 없다"라고 결론짓게 된다.

그러나 제4연의 "아무것도 생각할 수 없다"라는 말은 제1연의 "아무것도 생각할 수 없다"라는 말과는 다르다. 전자는 모든 것을 깨닫고 난 후의 초월의 자세이자 돈오의 경지에 관계되고 후자는 아직 깨닫기 이전의 현실의 자세이자 구도의 지속성에 관계된다. 조지훈의 시 「화체개현」에서 행위의 기본적인 주체는 물론 시적 자아이지만 그러한 시적 자아가 관찰하는 대상인 태양과 석류꽃도 행위의 부수적인 주체로 볼 수 있다. 서로 다른 세 가지 이러한 주체는 각기 다른 행위, 즉 태양은 일출을, 석류꽃은 개화를, 시적 자아는 구도의 자세를 취하고 있다. 그리고 다시 태양의 일출은 대우주를, 석류꽃의 개화는 소우주를, 시적 자아의 구도의 자세는 돈오의 경지를 의미하게 된다. 가장 중요한 요소는 돈오의 경지로서 이 경지에서 시적 자아는 비로소 소우주는 대우주로 통하고 대우주는 소우주로 통한다는 진리를 발견하게 된다.

(2) 현대시와 가톨릭의 상상력

문학과 종교의 상상력에서 '불교' 다음으로 고려해 볼 수 있는 사항은 '현대시와 가톨릭의 상상력'일 것이다. '한국 현대 가톨릭 시인'으로 분류될 수 있는 시인은 정지용, 노천명, 구상, 정한모, 홍윤숙, 성찬경, 유경환, 김규동, 임영조, 김종철 등 '작고시인', 김남조, 소한진, 김윤희, 김후란, 허영자 등 '원로시인' 그리고 김여정, 유안진, 신달자, 김형영, 강희근, 박시교, 정희성, 이동진, 한광구, 정호승 등 '중견시인' 및 이태수, 권국명, 김수복, 문인수, 장옥관, 박종국, 서경온 등 '중진시인' 그리고 이문희, 이정우, 류해욱, 이해인을 비롯한 '사제시인'과 '수녀시인' 등을 들 수 있다. 필자의 최근 저서 『주님의 말씀과 영혼의 울림-성화聖畵와 함께 읽는 가톨릭 시세계』2006에는 가톨릭과 이들 시인들의 시세계가 가톨릭 전례에 해당하는 대림절에서부터 위령성월까지 차례로 정리되어 있으며, 이를 중심으로 하여 구상의 시세계와 김남조의 시세계를 살펴보면 다음과 같다.

'한국 현대 가톨릭시의 구도자'로 평가받고 있는 구상세례자 요한, 1919~2004 시인은 한국문학계와 가톨릭계에서 "인격과 시가 일치한 우리 시대의 어른"이자 "가난한 영혼을 보듬어 온 구도자 시인"이라고 평가를 받고 있으며 1993년 10월 사재私財 2억 원을 장애인 문학지 『솟대문학』에 발전기금으로 쾌척한 시인으로 널리 알려져 있다. 그의 대표작으로는 전쟁의 고통을 초월해 구원에 이르는 과정을 견고한 시어로 표현한 연작시 「초토의 시」1956를 들 수 있으며, 『구상시집』1951, 『구상 시 전집』1986, 『다시 한 번 기회를 주신다면』1988, 『말씀의 실상』1989, 『인류의 맹점에서』1998, 『두 이레 강아지만큼이라도 마음의 눈을 뜨게 하소서』2001, 『홀로와 더불어』2001 등 10여 권의 시집과 『오늘 속의 영원, 영원 속의 오늘』1996, 『삶의 보람과 기쁨』1986 등 10여 권의 '사회비평집'을 남겼다.

구상은 자신의 시를 통해 사회적인 불의를 고발하는 한편, 다른 한편으로는 자아에 대한 끊임없는 참회로 귀결되는 시 세계를 펼쳐 보였다. 한편 견고한 가톨릭신앙을 바탕으로 건국신화와 전통문화, 선불교적 명상과 노장사상까지 포함하는 폭넓은 시 세계를 구축한 것으로 평가받고 있다. 그가 세상을 떠난 후 그의 빈소를 찾은 김수환 추기경이 "그는 좁은 의미의 가톨릭이 아니라 종파를 넘어 온 세계를 아우르는 의미로서의 가톨릭 시인이었습니다. 모든 것을 향해 열려 있었고, 항상 마음을 비우는 진실의 사람이었습니다"라고 추모한 점에서도 알 수 있듯이 구상 시인의 시세계의 정신적인 구심점은 언제나 가톨릭에 있었다고 볼 수 있다. 성경에서의 '착한 사마리아 사람'에 비유될 수도 있는 구상의 시세계는 인종, 종교, 국가, 사회계급의 장벽을 뛰어넘어 '사랑'과 '평화'를 실현하고자 하는 데 있으며, 다음에 그 전문을 인용하는 그의 시 「마지막 말씀」에는 이러한 점이 잘 드러나 있다.

그날 하루의 끼니를 에우는 것도
몸을 눕힐 자리도 마음에 두지 않고
무애행(無碍行)으로 한평생을 산 공초(空超)가
운명하던 날 시중을 들던 나에게

"자유가 나의 일생을 구속했구나"
라는 말씀을 남겼다.

보라 나에게 영원한 생명을 일깨운
나사렛 예수는 십자가 위에 매달려서
바로 그분의 뜻을 이루고 가면서도

"나의 하느님, 나의 하느님!
어찌하여 나를 버리셨나이까?"
라고 부르짖는다.

저들의 저 비명과 비탄은
자신의 삶에 대한 회의에서일까?

자신의 삶에 대한 부정에서일까?

아니야, 결코 그게 아니야!

가령 저들의 저런 표백이 없다면

저들은 그저 자기 환상에 이끌려서

저들은 그저 자기 집착에 매달려서

그런 삶을 산 꼴이 되고 마느니

그래서 저들의 저 말씀은

자신이 목숨을 바쳐서 살아온

자기 삶의 마지막 재확인이요,

자기 삶의 마지막 완성인 것이다.

— 구상, 「마지막 말씀」 전문

스스로의 죽음을 예견한 그리스도는 "내가 너희를 사랑한 것처럼 너희도 서로 사랑하여라"(요한복음, 13장 34절)에서 '사랑'이라는 '새 계명'을 제자들에게 주었으며, 그리스도가 가르쳐 준 '사랑'은 우리들에게 '영원한 생명'을 일깨워주고 '자기 환상'과 '자기 집착'으로부터 벗어나게 해주는 밑거름이 된다고 볼 수 있다. 일상의 환상과 집착으로부터 벗어나기 위해서 우리들은 마음을 표백해야만 할 것이며, 그렇게 할 수 있을 때에만 우리 자신의 삶을 재확인할 수 있고 완성할 수 있을 것이기 때문이다. 자신이 의도한 일이 잘 되지 않을 때, 아니면 마지막 죽음의 길을 가게 될 때, 우리들 대부분은 "나의 하느님, 나의 하느님! / 어찌하여 나를 버리셨나이까?"라고 부르짖게 되지만, 사실은 하느님이 우리들을 버린 것이 아니라 우리들이 하느님의 뜻을 자주 거역했기 때문일 것이다. 우리가 기도할 때에는 "너희가 일어서서 기도할 때에 어떤 사람과 서로 등진 일이 생각나거든 그를 용서하여라. 그래만 하늘에 계신 너희의 아버지께서도 너희의 잘못을 용서해 주실 것이다"(마르코복음, 11장 25절)라는 그리스도의 당부를 기억해야만 할 것이며, 아직 용서하지 못한 일들이 있다면, '지금 이 자리now and here'에서 모든 것들을 용서하는 일이 중요할 것이다. 아무것도 바라지 않고 아무 것도 원하지 않으면서 평생을 살다간 공초空超 오상순1894~1963 시인이 그랬고 위에 인용된 시에서 구상 시인이 그랬던 것처럼, 우리들도 마음을 깨끗하게 표백하는 일이 중요할 것이다.

가톨릭정신과 그 정신을 구현하는 데 철저했던 구상 시인은 자신의 이러한 태도를 「오늘」에서 다음과 같이 강조하였다.

오늘도 신비의 샘인 하루를 맞는다

이 하루는 저 강물의 한 방울이
어느 산골짝 옹달샘에 이어져 있고
아득한 푸른 바다에 이어져 있듯
과거와 미래와 현재가 하나다

이렇듯 나의 오늘은 영원 속에 이어져
바로 시방 나는 그 영원을 살고 있다

그래서 나는 죽고 나서부터가 아니라
오늘서부터 영원을 살아야 하고
영원에 합당한 삶을 살아야 한다

마음이 가난한 삶을 살아야 한다
마음을 비운 삶을 살아야 한다

그래서 나는 죽고 나서부터가 아니라

오늘서부터 영원을 살아야 하고

영원에 합당한 삶을 살아야 한다

— 구상, 「오늘」 전문

구상의 시세계 다음으로 살펴보고자 하는 김남조의 시세계는 생명의 세계, 사랑의 세계, 신앙의 세계, '겨울바다'의 세계, 사랑의 생금生金의 세계 등으로 나눌 수 있으며, '신앙의 세계'는 최근에 발간된 시집 『기도』2005에 집약되어 있다. 제1부 '고독 문답', 제2부 '막달라 마리아', 제3부 '가시관과 보혈', 제4부 '은총 안의 만남들을' 등에는 총 85편의 신앙시가 수록되어 있다. 우선 제1부에 수록된 21편의 시는 「기도」, 「밤 기도」, 「아침 기도」, 「작은 기도」 등에서 알 수 있는 바와 같이 신앙인으로서의 '기도'를 강조하고 있으며, 이 중에서 「아침 기도」의 전문은 다음과 같다.

목마른 긴 밤과

미명의 새벽길을 지나며

싹이 트는 씨앗에게 인사합니다

사랑이 눈물 흐르게 하듯이

생명들도 그러하기에

일일이 인사합니다

주님, 아직도 제게 주실

허락이 남았다면

주님께 한 여자가 해드렸듯이

눈물과 향유와 미끈거리는 검은 모발로

저도 한 사람의 발을

말없이 오래오래 닦아 주고 싶습니다

오늘 아침엔

이 한 가지 소원으로

기도드립니다

— 김남조, 「아침 기도」 전문

아침이면 누구나 새로운 마음가짐으로 하루를 시작하기 마련이다. 가령 좋은 일을 한다든지, 착한 일을 한다든지, 친절을 베푼다든지, 처지가 어려운 사람들을 보살펴 준다든지 하는 '새로운 마음가짐'으로 하루를 시작하게 된다. 위에 인용된 시에서 김남조 시인도 그러한 마음가짐을 다짐하면서 '한 가지 소원', 즉 "저도 한 사람의 발을 / 말없이 오래오래 닦아 주고 싶습니다"에 나타나 있는 바와 같이 가장 겸허한 마음으로 가장 낮은 곳에서 가장 아름다운 일을 마리아처럼 실천하고 싶은 소원을 기도하고 있다. 그러한 점을 엿볼 수 있는 부분이 바로 '주님', '눈물', '향유', '검은 모발', '발' 등이며, 이 모든 부분들은 '나르드 향유'로 귀결된다. "그런데 마리아가 비싼 순 나르드 향유 한 리트라를 가져와서, 예수님의 발에 붓고 자기 머리카락으로 그 발을 닦아 드렸다. 그러자 온 집안에 향유 냄새가 가득하였다."(요한복음서, 12장 3절)라는 언급처럼, 마리아는 매우 값진 '나르드 향유' 한 리트라, 약 320그램을 예수 그리스도의 발에 붓고 자기 머리카락으로 그 발을 닦아주고 있다. 물론 "어찌하여 저 향유를 삼백 데나리온에 팔아 가난한 이들에게 나누어 주지 않는가?"(「요한복음서」 12장 5절)라고 장차 예수 그리스도를 고발하게 되어 있는 유다 이스카리옷이 투덜거리기는 하지만, 그것은 그가 진정으로 가난한 사람들을 생각해서가 아니라 돈주머니를 맡고 있으면서 거기에 든 돈을 가로채곤 했던 도둑이었기 때문에 그렇게 생각했던 것이다. 우리 모두도 아침마다 마리아처럼 온 정성을 다하여 진실한 마음으로 '주님'을 모시게 될 때에, 더욱 보람차게 하루를 시작할 수 있을 것이라는 점을 이 시에서는 강조하고 있다.

제2부 '막달라 마리아'에 수록되어 있는 21편에는 연작시 '막달라 마리아'가 일곱 편 수록되어 있다. 성경에는 성모로서의 마리아 외에도 야곱과 요셉의 어머니 마리아, 막달라 마리아(『루카복음서』 8장 2절), 마르타의 여동생 마리아(『루카복음서』 10장 42절), 마르코와 요한의 어머니 마리아, 로마에 사는 마리아(로마서, 16장 6절) 등 다섯 명의 마리아가 더 있으며 이들 모두는 예수님의 부활을 확신했던 사람들이다. 이러한 '마리아' 중에서 김남조 시인의 연작시에 나타나는 '막달라 마리아'는 라틴어로 'Maria Magdalena'이며 가톨릭 성녀^{聖女}로서 7월 22일이 축일이다. 갈릴래아 출신의 여자이며 고향이 '막달라^{Magdala}'였으므로 '마리아 막달레나' 혹은 '막달라의 여자 마리아'로 불려지기도 하며, 일곱 마귀를 자신으로부터 쫓아 준 예수님께 감사한 마음으로 예수를 믿고 따랐다. 예수가 십자가에 못 박혀 죽었을 때에 그 곁에 있었던 사람들 중의 한 사람이었으며(『마태오복음서』 27장 56절) 예수가 무덤에 묻히시는 모습을 지켜보았을 뿐만 아니라 부활한 날 아침에 무덤에 갔던 세 여자 가운데 한 사람이었고(『마르코복음서』 15장 47절) 부활한 예수는 마리아 막달레나에게 맨 처음 나타났다.(『요한복음서』 20장 14~18절) 이와 같은 의미를 지니고 있는 '막달라 마리아'에 관계되는 일곱 편의 연작시에서 첫 번째 시에 해당하는 「막달라 마리아·1」의 전문은 다음과 같다.

　당신이 임종하시올 때

　더욱 당신께의 귀의를 기원하였습니다

　주여

　더운 눈물이 돌 속에 스며들고

음산한 바람이 밤새워 부는 무덤에까지

일체의 비교를 넘으신

당신의 죽으심을 섬기려 왔습니다

주여

당신 묘석의 살을 베는 차가움이여

뿌리옵신 피와 눈물이여

진실로 하늘과 땅이 예서 닫히고 어둠 속에

사람들 벌받아야 옳음일 것을

당신 잠드신 동산에서

겨웁도록 빌며 섰으렵니다

불처럼, 정녕 불처럼 일던 그 목마르심……

오상(五傷) 받고 아직도

우주만치 남던 자비여

오오 주여

— 김남조, 「막달라 마리아·1」 전문

위에 인용된 시에서 "당신의 죽으심을 섬기려 왔습니다 / 주여"라는 구절에서
파악할 수 있는 바와 같이, 이 시를 설명하고 있는 시적 자아는 "예수님의 십자가
곁에는 그분의 어머니와 이모, 클로파스의 아내 미리아와 마리아 막달레나가 서
있었다"(「요한복음서」 19장 25절)라는 언급에서 파악할 수 있는 '마리아 막달레나'이
다. 그리고 '오상五傷'은 예수 그리스도의 다섯 상처를 뜻하며, 그것은 예수가 십자
가에 못 박혔을 때에 두 손과 두 발, 옆구리에 난 상처에 관계된다. "군사 하나가

창으로 그분의 옆구리를 찔렀다. 그러자 곧 피와 물이 흘러나왔다. 이는 직접 본 사람이 증언하는 것이므로 그의 증언은 참되다."(「요한복음서」 19장 34~35절) 중세에는 그리스도의 '오상'을 경배함으로써, 그리스도의 수난을 묵상하는 신심信心이 생겨나게 되었으며, 그 후에도 많은 성인들이 '오상'을 묵상하면서 특별히 자신들의 신심을 그리스도에게 바쳤다. 아시시의 성 프란치스코 성인과 비오 신부는 자신의 몸에 직접 '오상'을 받기도 하였다.

이상과 같은 의미를 지니고 있는 연작시 '막달라 마리아'의 마지막 시 「막달라 마리아·7」에서, 김남조 시인은 '막달라 마리아'의 전기적인 특징에서 출발하여 우리나라의 현실을 드러내고 있으며, 이 시의 전문은 다음과 같다.

당신은 환생을 하시는지요

한 번은 한국인으로

이 땅에 태어나실는지요

못 사는 부모와 더 못 살게 될지 모를

자식들의 나라에

당신의 장기이신

파도 같은 통곡과 참회 또한 사랑을

울창한 숲으로

땅끝까지 자라게 하실는지요

누구도 못 밝혀 낸 은총의 비의를

행복한 전염병으로

퍼뜨려 주실는지요

아아 모처럼 형장(刑場)에도 햇빛 부시듯

통한 중에 감격하는

이 한국의 봄날에

당신은 오실는지요 와서 그처럼

살아 주실는지요

— 김남조, 「막달라 마리아·7」 전문

위에 인용된 부분에서 강조하고 있는 바와 같이 정말로 '막달라 마리아'가 우리나라 이 땅에 환생하여 우리들의 신앙심을 더욱 확고부동하게 해줄 수만 있다면, 더 없이 좋을 것 같다는 생각을 하게 된다. "파도 같은 통곡과 참회 또한 사랑을 / 울창한 숲으로 / 땅끝까지 자라게" 해줄 수만 있다면, 그래서 주님의 보살핌으로 우리나라가 정말로 평화롭게 잘 살 수 있는 나라가 될 수만 있다면, 더 없이 좋을 것이다.

제3부 '가시관과 보혈'에는 '대림절'에서 '성탄'을 거쳐 '새해'까지 이르는 총 21편의 시가 수록되어 있으며, 제3부의 표제시에 해당하는 「가시관과 보혈」의 전문은 다음과 같다.

옷은 제비뽑아 나눴으되

머리의 가시관이 남았더니라

나를 십자가에 못 박아 신포도주와 초를 먹이고

창으로 찔러 피와 물을 흐를 때도

가시관이 내 살이 박혔더니라

나를 무덤에 옮겨

베를 감아 뉘인 다음 돌문을 닫을 때

빛 한 줄기가 가락지처럼 감싸는

가시관이 있었노라

가시마다 피가 맺혔었노라

그로부터 오늘까지

내 사랑은 가시관을 쓰노라

너희 중에 고통을 모르는 자는

멀리 물러 서 있고

고통을 아는 이는 내 둘레에 머무는구나

나의 피와 꿀을 따르어

너희의 목마름을 일일이 고치노니

오래 애통하던 사람도

예 와선 울음을 그치는도다

닭 울기 전 세 번이나

나를 모른다고 말한

그 측은한 백성들아

해마다 내가 다시 십자가에

못 박히지 않는다면

너희 영혼은 어디에 집을 짓겠으며

내 사랑은 어떻게 풀겠느냐

나의 만백성아

— 김남조, 「가시관과 보혈」 전문

위에 인용된 시에는 예수 그리스도가 십자가에 못 박혀 돌아가시는 장면이 함축적으로 요약되어 있다. 우선 이 시의 핵심어에 해당하는 '가시관'은 빌라도의 군사가 예수의 머리에 씌운 것으로, 당시 예루살렘에 흔히 있던 대추나무의 일종으로 만들어진 것이다. 이렇게 해서 비롯된 '가시관'은 오랫동안 예루살렘에 보관되어 오다가 11세기에 비잔틴으로 옮겨졌으며, 13세기에는 볼드윈 2세가 프랑스의 성 루이에게 전해주었다. 성 루이는 '생 샤펠'을 세워 그곳에 보관하면서 가시관에 대한 남다른 공경을 보였다. 위에 인용된 시의 첫 부분은 "그때에 총독의 군사들이 예수님을 총독 관저로 데리고 가서 그분 둘레에 온 부대를 집합시킨 다음, 그분의 옷을 벗기고 진홍색 외투를 입혔다. 그리고 가시나무로 관을 엮어 그분 머리에 씌우고 오른손에 갈대를 들리고서는, 그분 앞에 무릎을 꿇고 '유대인들의 임금님, 만세!' 하며 조롱하였다. 또 그분께 침을 뱉고 갈대를 빼앗아 그분의 머리를 때렸다. 그렇게 예수님을 조롱하고 나서 외투를 벗기고 그분의 겉옷을 입혔다"(「마태오복음서」 27장 27~31절)라는 구절에 관계된다. "옷은 제비뽑아 나눴으되"라는 구절은 "그들은 예수님을 십자가에 못 박고 나서 제비를 뽑아 그분의 겉옷을 나누어 가진 다음"(「마태오복음서」 27장 35절)이라는 구절에서 확인할 수 있으며, '신포도주', '초', '창' 등도 "그들이 쓸개즙을 섞은 포도주를 예수님께 마시라고 건넸지만, 그분께서는 맛을 보시고서는 마시려고 하지 않으셨다"(「마태오복음서」 27장 34절)라는 구절에서 찾아볼 수 있다.

위에 인용된 시에서 가장 중요한 부분은 "닭 울기 전 세 번이나 / 나를 모른다고 말한"이라고 시작되는 마지막 부분으로 그것은 물론 베드로의 부정에 해당한다. 이러한 점은 「마태오복음서」(26장 69~75절), 「마르코복음서」(15장 66~72절), 「루카복음서」(22장 55~62절), 「요한복음서」(18장 15~18·25~27절) 등에 나타나 있다. "해마다 내가 다시 십자가에 / 못 박히지 않는다면 / 너희 영혼은 어디에 집을 짓겠으며 / 내 사랑은 어떻게 풀겠느냐 / 나의 만백성아"라는 부분 역시 우리들에게 많은 것을 생각하게 하는 부분이다. 예수 그리스도가 해마다 다시 십자가에 못 박히는 고통을 당하면서도 우리들을 위해서 끊임없이 기도해주지만, 우리들은 그저 아무렇지도 않게 대림절과 성탄절과 새해를 맞이하고는 하기 때문일 것이다.

(3) 현대시와 개신교의 상상력

한국 현대시에 반영된 개신교의 상상력이 가톨릭의 상상력과 다른 까닭은 가톨릭의 상상력이 주 예수 그리스도, 성모 마리아 및 그 밖의 성인들을 중심으로 하여 명상과 기도 중심으로 전개되고 있는 반면에 '개신교'의 상상력에서는 예수 그리스도를 향한 기도와 찬양중심으로 나아가고 있기 때문일 것이다. 그러한 점을 가장 잘 보여주는 시세계로는 김현승과 박두진의 시세계를 들 수 있다. 먼저 김현승의 시세계는 '고독의 세계'로 요약될 수 있으며 그것이 종교적 상상력과 결합됨으로써, '견고한 고독'과 '순금의 고독'을 거쳐 '절대고독'의 세계로 나아가게 된다. 그의 시 「견고한 고독」의 전문은 다음과 같다.

껍질을 더 벗길 수도 없이
단단하게 마른
흰 얼굴.

그늘에 빛지지 않고
어느 햇볕에도 기대지 않는
단 하나의 손발.

모든 신들의 거대한 정의 앞엔
이 가느다란 창끝으로 거슬리고,
생각하던 사람들 굶주려 돌아오면
이 마른 떡을 하룻밤
네 살과 같이 떼어 주며,

결정(結晶)된 빛의 눈물,

이 이슬과 사랑에도 녹슬지 않는

견고한 칼날—발 딛지 않는

피와 살.

뜨거운 햇빛 오랜 시간의 회유에도

더 휘지 않는

마를 대로 마른 목관악기의 가을

그 높은 언덕에 떨어지는,

굳은 열매

쌉쓸한 자양(滋養)

에 스며드는

에 스려드는

네 생명의 마지막 맛!

— 김현승, 「견고한 고독」 전문

    위에 인용된 시에서 주목할 부분은 물론 '피'와 '살'이며 그것은 최후의 만찬에서 예수 그리스도가 제자들에게 강조한 다음과 같은 '당부'에 관계된다. "시간이 되자 예수님께서 사도들과 함께 자리에 앉으셨다. 그리고 그들에게 이르셨다. '내가 고난을 겪기 전에 너희와 함께 이 파스카 음식을 먹기를 간절히 바랐다. 내가 너희에게 말한다. 파스카 축제가 하느님의 나라에서 다 이루어질 때까지 이 파스카 음식을 다시는 먹지 않겠다' 그리고 잔을 받아 감사를 드리시고 나서 이르셨다. '이것을 받아 나누어 마셔라. 내가 너희에게 말한다. 나는 이제부터 하느님의 나라가 올 때까지 포도나무 열매로 빚은 것을 결코 마시지 않겠다'. 예수님께서 또 빵을 들고 감사를 드리신 다음, 그것을 떼어 사도들에게 주시며 말씀하셨다. '이는 너희를 위하여 주는 내 몸이다. 너희는 나를 기억하여 이를 행하여라'. 또 만찬을 드신 뒤에 같은 방식으로 잔을 들어 말씀하셨다. '이 잔은 너희를 위하여 흘리는 내 피로 맺은 계약이다'"(「루카복음서」 22장 14~20절). 위에 인용된 시에서 이러한 부분을 가장 잘 집약하고 있는 부분이 바로 제4연으로 그것은 "결정結晶된 빛의 눈물, / 이 이슬과 사랑에도 녹슬지 않는 / 견고한 칼날─발 딛지 않는 / 피와 살"에 해당한다. 여기서 '피'는 예수 그리스도가 제자들에게 나누어 마시게 한 '포도주'이며 '살'은 '빵'에 해당하고 이 모든 것은 영원한 생명과 은총과 사랑과 평화에 관계된다. 김현승의 시에 나타나는 이러한 종교적인 상상력은 그의 또 다른 시 「눈물」에서 찾아볼 수 있으며, 이 시의 전문은 다음과 같다.

더러는
옥토에 떨어지는 작은 생명이고저……

흠도 티도,
금가지 않은
나의 전체는 오직 이뿐!
더욱 값진 것으로
드리라 하올제

나의 가장 나중 지니인 것도 오직 이뿐!
아름다운 나무의 꽃이 시듦을 보시고
열매를 맺게 하신 당신은,

나의 웃음을 만드신 후에

새로이 나의 눈물을 지어 주시다.

— 김현승, 「눈물」 전문

김현승은 『문학사상』1973.3에 수록된 자신의 글 「굽이쳐 가는 물굽이와 같이」에서 자신의 어린 아들을 잃고 그 애통한 마음을 위 인용된 시로 표현했다고 밝히고 있다. 이렇게 볼 때에 이 시에는 삶에 대한 비관적인 인식과 세상을 떠난 자식에 대한 어버이로서의 심정이 담겨 있는 것으로 파악할 수 있지만, 이 시에는 오히려 슬픔의 극복에 대한 의지와 인간적인 아름다움이 형상화되어 있다고 볼 수 있다. 이렇게 파악할 수 있는 까닭은 "나의 전체는 오직 이뿐!"이라는 강력한 구절 속에 암시되어 있는 바와 같이 한 방울의 '눈물'로 그 모든 슬픔을 극복하고자 할 뿐만 아니라 오히려 하느님에 대한 외경심으로까지 발전하고 있기 때문이다. 그리고 그 모든 종교적 상상력은 그의 시 「가을의 기도」에 분명하게 반영되어 있다.

가을에는
기도하게 하소서……
낙엽들이 지는 때를 기다려 내게 주신
겸허한 모국어로 나를 채우소서.

가을에는
사랑하게 하소서……
오직 한 사람을 택하게 하소서.
가장 아름다운 열매를 위하여 이 비옥한
시간을 가꾸게 하소서.

가을에는

호올로 있게 하소서……

나의 영혼,

굽이치는 바다와

배갑의 골짜기를 지나,

마른 나뭇가지 위에 다다른 까마귀같이.

— 김현승, 「가을의 기도」 전문

개신교의 종교적 상상력에서 김현승의 시세계 다음으로 살펴보고자 하는 박두진의 시세계는 예수 그리스도에 대한 기도와 찬양이라는 전형적인 모습을 보여주는 한편, 다른 한편으로는 그러한 기도와 찬양을 통해서 인간주의적인 측면을 강하게 드러내고 있다. 그러한 점을 잘 보여주는 시가 연작시 「갈보리의 노래」이며, 「갈보리의 노래 2」의 전문은 다음과 같다.

마지막 내려덮은 바위 같은 어둠을 어떻게 당신은 버틸 수가 있었는가? 뜨물같은 치욕을, 불붙은 분노를, 에어내는 비애를, 물새 같은 고독을, 어떻게 당신은 견딜 수 있었는가? 꽝꽝 쳐 못을 박고, 창끝으로 겨누고, 채찍질해 때리고, 입맞추어 배반하고, 매어달아 죽이려는, 어떻게 그 원수들을 사랑할 수 있었는가? 어떻게 당신은 강할 수 있었는가? 파도같이 밀려오는 승리에의 욕망을 어떻게 당신은 버릴 수가 있었는가? 어떻게 당신은 패할 수가 있었는가? 어떻게 당신은 약할 수가 있었는가? 어떻게 당신은 이길 수가 있었는가? 방울방울 땅에 젖는 스스로의 혈적(血滴)으로, 어떻게 만민들이 살아날 줄 알았는가? 어떻게 스스로가 신(神)인줄을 믿었는가? 크다랗게 벌리어진 당신의 두 팔에 누구가 달려들어 안길 줄 알았는가? 엘리……엘리……엘리……스스로의 목숨을 스스로가 매어달아, 어떻게 당신은 죽을 수가 있었는가? 신이여! 어떻게 당신은

인간일 수 있었는가? 인간이여! 어떻게 다신은 신일 수가 있었는가?…… 방울방울 떨
구어지는 핏방울은 잦는데, 바람도 죽고 없는 마리아는 우는데, 미리아는 우는데, 인자
(人子)여! 인자(人子)여! 마지막 쏟아지는 폭포같은 빗줄기를 어떻게 당신은 주체할 수
있었는가?

— 박두진, 「갈보리의 노래 2」 전문

위에 인용된 시의 우선적인 특징은 '물음'으로 시작되어 '물음'으로 끝맺는
데 있다. 이러한 독특한 발상과 구성법은 예수 그리스도의 탄생과 성장과 죽음
과 부활에 관계되는 한편, 다른 한편으로는 '성자'와 '성령'과 '성신'이라는 삼위
일체론, 다시 말하면 하느님의 아들로 태어나 이 세상에서 인간의 모습으로 살
다가 이 세상을 떠나 다시 하느님의 곁으로 돌아가게 되는 과정에 관계된다. 그
리고 이 세상을 살아가는 과정에서 겪게 되는 수난사가 차례로 정리되어 있다.
예수 그리스도의 이와 같은 위대한 생애를 찬미하면서 시적 자아 자신도 그러
한 생애를 살아야 한다는 일종의 당위성까지 강조하고 있는 이 시에는 종교적
상상력이 강력하게 작용하고 있다고 볼 수 있다.

문학과 종교적 상상력을 관련지어 논의하는 것은 일견 공허한 것처럼 보일
수도 있고 그것이 현실적인 인간생활과는 무관한 것처럼 보일 수도 있다. 그러
면서도 종교적 상상력이 문학에서 중요하게 작용하고 있는 까닭은 이 글의 도
입부분에서 살펴본 바와 같이 인간의 생활과 종교—그것이 흔히 샤머니즘으로
일컬어지는 원시신앙이든, 동양적인 불교이든 서구적인 가톨릭이든, 개신교이
든—는 언제나 밀접하게 관계되어 왔으며, 특히 시의 경우에는 더욱 밀접하게
관계된다고 볼 수 있기 때문이다.

이러한 점에 비추어서 이 글에서는 불교, 가톨릭, 개신교와 문학의 관계를 살
펴보았다. 다시 정리하면, 불교와 문학의 관계는 다분히 포괄적인 의미에서의
인간애와 순간적인 깨달음의 세계에 해당하는 돈오점수의 세계를 강조하고 있

다. 가톨릭과 문학의 관계는 예수 그리스도와 성모 마리아를 비롯하여 성경에서의 성인들과 사도들의 모습을 시적 이미지나 내용으로 전환시켜 활용하고 있으며, 기도와 명상을 통해서 이 세상에 사랑과 평화가 정착할 수 있기를 간구하는 모습 등에서 그 특징을 찾아볼 수 있었다. 개신교와 문학의 관계에서는 주 예수 그리스도를 정점으로 하는 기도와 찬양을 통해서 이 세상 모든 곳마다 예수 그리스도의 말씀이 전파될 수 있기를 간구하고 있는 모습 등에서 그 특징을 찾아볼 수 있었다. 그러나 불교, 가톨릭, 개신교가 서로 다른 방법에 의해서 문학과 종교적 상상력을 하나의 시적 장치로 사용하고는 있지만, 그것이 궁극적으로 지향하는 것은 언제나 인간주의에 있다는 점을 강조하고 있다고 볼 수 있다.

2. 한국 현대시와 가톨릭의 세계

1) 정지용의 시에 반영된 가톨릭의 영향

우리들에게 「유리창·1」과 「향수」로 잘 알려진 정지용의 어릴 때의 이름은 지룡池龍이었으며 그의 세례명 '방지거'는 '프란치스코'의 한자어에 해당한다. "서울태생은 모름즈기 원圓탁을 타라"라고 강조하는 『가톨릭청년』 제3호[1933.8]에 수록된 「소묘素描·3」은 '쉐쏠레'와 '또-드' 등 자동차를 타는 즐거움에서부터 시작하고 있으며, 다음의 대화에서 파악할 수 있는 바와 같이 '전보시電報詩'라는 용어가 등장한다.

"시(詩)의 라디오방송(放送)은 엇덜가?"

"저속(低俗)한 성악(聲樂)과 혼동(混同)되기쉽다"

"시(詩)의전신발송(電信發送)은 엇덜가?"

"전보시(電報詩)!"

"유쾌(愉快)한 시학(詩學)이나 전보시(電報詩)!"

그럼에도 다음의 인용부분에서 파악할 수 있는 바와 같이 「소묘素描·3」의 후반부에서는 성당, 주일미사, 성체등聖體燈 등을 언급하고 있다.

토요일오후(土曜日午後) 다음날은 주일(主日). 일곱시반 저녁삼종(三鐘)이 울리기 전까지는 이영혼(靈魂)의얼골의 개이고 흐리고하엿던 윤곽(輪廓)을 또렷하게 암기(暗記)하여두엇다가 풀ㅅ데 가서 풀어야한다. (…중략…) 대성당(大聖堂)에 들어슬째는 더욱 엄숙하게도 랭정하여진다. 몃시간동안 우리들의 쾌활한 우정(友情)도 신벗듯하고 일ㅅ절의언어(言語)도 희생하여버린다. 성수반(聖水盤)으로 옴겨가서 거룩한 표를 이마로부터 가슴알로 다시 두엇개까지 그은뒤에 호흡(呼吸)이 계속한다면 그것은 오로지 육체(肉體)를망각(忘却)한 영혼(靈魂)의 숨ㅅ소리쑨이다. 성체등(聖體燈)의 붉은 별만한불은 잠잘째가 업다 성체합(聖體盒)안에숨으신 예수는 휴식(休息)이 업스시다는 상징(象徵)으로 ―. 성당(聖堂)안에 들어오면 엇지하야 우리는 죽기까지 붓그러운 죄인이면서 또한 가장영광(榮光)스런 기사적(騎士的)무릅을 쑬느뇨? 성당(聖堂)안에 들어오면 우리의 목표(目標)는 혹은 어느곳에서든지 어느째든지 영원(永遠)한목표(目標)와 예배(禮拜)하는 방향(方向)은 어데이뇨? 누구든지 우리들이 된후에는 스사로 째다르리라.

이처럼 자동차 타기라는 일상적인 즐거움과 성당에서의 영적인 만남을 대조시키고 있는 「소묘·3」의 마지막 구절, 즉 "누구든지 우리들이 된후에는 스사로 째다르리라"에는 가톨릭 안에서의 영원한 안식과 평화를 강조하고 있다. 『가톨릭청년』 제4호1933.9에 함께 수록된 「소묘素描·4」와 「소묘素描·5」는 그 내용으로 볼 때에 하나로 통합할 수 있다. 다시 말하면, 「소묘·4」에서 '고전古典스런 양장

책'에 해당하는 "귀한책은 몸에 병을 진히듯이 암기暗記하고 잇서야할 리유도 업습니다. 성화聖畵와 함께 멀니 셰워노코 생각만 하여도조코 엷은황혼黃昏이 차차 짓허갈제 서적書籍의 밀집부대密集部隊압헤 등을 향하고 고요히 안젓기만 함도 교양敎養의 심각深刻한표정表情이 됩니다. 나는 나대로 조흔 생각을 마조대할째 페이쥐 속에 문자文字는 문자文字끼리 조흔이야기를 잇어나가게 합니다"에 반영되어 있는 바와 같이 독서의 기쁨과 즐거움을 강조하고 있다. 「소묘·4」의 이러한 내용은 「소묘·5」에서 "람프에 불을 밝혀 오시오. 엇전지 람프에 불을보고십흔 밤이외다"로 시작하여 가톨릭과 접맥되면서 신앙의 중요성을 강조하게 된다.

네전에 앗시시오 성(聖)쓰랑시스코는 우로 올으는종달새나 알노 흘으는 물 까지라도 자매(姉妹)로 불너 사랑하엿스나 그중에도 불의자매(姉妹)를 더욱 사랑하엿습니다. 그의 날근 망쏘자락에 옴겨붓는 불쏫츨 그는 사랑치안엇습니다. 비상(非常)히 사랑하는 사랑의 표상(表象)인 불의게 흔 벼쏘각을 액기기가 너무도 안색 하다고 하엿습니다. 이것은 성인(聖人)의 행적(行蹟)이라기 보다도 그리스도교적(敎的) Poesie의 출발(出發)이외다. (…중략…) "죽음을보앗다는것은 한 착각(錯覺)이다." 그러나 '죽음'이란 벌서부터 나의청각(聽覺)안에서 잘아는 한 항구(恒久)한흑점(黑點)이외다. 그리고 나의 반성(反省)의정확(正確)한위치(位置)에서 나려다보면 람프그늘에 채곡 접혀 잇는 나의 육체(肉體)가 목이 심히 말너하며 기도(祈禱)라는 것이 반드시 정신적(精神的)인것보다도 엇더한째는 순수(純粹)히미각적(味覺的)인수도 잇서서 쓰데 쓰고도 달디 단 이상한 입맛을다십니다. "천주(天主)의 성모(聖母)마리아는 이제와 우리 죽을째에 우리 죄인을 위하야 비르소서. 아멘"

이상에서 살펴 본 바와 같이 정지용의 장편掌篇 「소묘」에는 그가 프로테스탄트교회에 다니다가 가톨릭으로 개종하게 된 과정, 성당에서 마주친 프랑스 신부에 관련되는 일화, 주일미사에서의 마음의 평온, 프란체스코 성인의 미물에 대한 사랑, 그리고 기도의 의미와 죽음의 세계 등이 요약되어 있다. 이처럼 정지용은 가톨릭 안에서 자신의 모든 것을 구하고자 하였고 또 그 정신을 자신의 삶의 지표로 삼았다고 볼 수 있다.

(1) 『가톨릭청년』 제4호(1933.9)에 수록된 네 편의 시세계

"정지용은 감성적으로는 민족주의자, 이성적으로는 모더니스트, 영성적으로는 가톨릭이라는 세 가지 모순된 성질을 갖고 있으면서도 서로 충돌을 일으키지 않았다"라는 김지하의 언급처럼, 정지용의 가톨릭 시세계는 그의 정신세계에서 중요한 축을 형성하고 있다. 다시 말하면, 정지용은 신앙으로서의 가톨릭, 서구화로서의 모더니즘, 한국적 토속으로서의 리리시즘 등 서로 상반되는 이성, 감성, 영성靈性을 자신의 시세계에서 종합했다고 볼 수 있다. 정지용의 이러한 시세계는 『가톨릭청년』 제4호1933.9에 수록된 그의 시 「림종臨終」, 「별」, 「은혜恩惠」, 「갈닐네아 바다」 등에서 우선적으로 확인할 수 있으며, 「림종」은 다음과 같다.

> 나의 림종 하는 밤은
> 귀쏘리 하나도 울리 말나.
>
> 나중 죄를 들으신 신부(神父)는
> 거룩한 산파(産婆)처럼 나의 령혼(靈魂)을 갈느시라.
>
> 성모취결례(聖母取潔禮) 미사째 쓰고남은 황촉(黃燭)불!
>
> 담머리에 숙인 해바라기꼿과 함께
> 다른 세상의 태양(太陽)을 사모하며 돌으라.

영원(永遠)한 나그내ㅅ길 노자(路資)로 오시는
성주(聖主) 예수의 쓰신 원광(圓光)!

나의 령혼에 칠색(七色)의 무지개를 심으시라.

나의 평생이오 나중인 괴롬!
사랑의 백금(白金)도가니에 불이 되라.

달고 달으신 성모(聖母)의 일흠 불으기에
나의 입술을 타게 하라.

― 정지용, 「림종」 전문

위에 인용된 시는 제목 '림종'에 반영되어 있는 바와 같이, 시인은 자신의 죽음과 그 이후의 세계에 대해서 언급하고 있으며, 이 시는 제1연서 제4연까지의 전반부와 제5연에서 제8연까지의 후반부로 나누어 볼 수 있다. 전반부의 첫 부분에 해당하는 제1연과 제2연에서는 임종하는 순간에 대한 시인 자신의 단호한 마음가짐이 반영되어 있으며, 그러한 점은 '울지 말나'와 '갈느시라'는 명령형 서술어에서 찾아볼 수 있다. 제1연의 '밤'과 '귀쏘리'로 미루어 볼 때에 시인은 자신이 세상을 떠나는 순간을 적어도 '가을밤'으로 설정해 놓았을 뿐만 아니라 "귀쏘리 하나도 울지 말나"는 점을 강조함으로써 자신의 죽음을 그 무엇도 슬퍼하지 말 것을 당부하고 있다. 말하자면, 죽음에 의한 '깨끗한 잠적'을 암시하고 있다고 볼 수 있다. 제2연의 첫 구절 '나중 죄'는 임종고백에 관계되며, "주여, 이제는 말씀하신 대로 이 종은 평안히 눈감게 되었습니다. 주님의 구원을 제 눈으로 보았습니다. 만민에게 베푸신 구원을 보았습니다. 그 구원은 이방인들에게는 주의 길을 밝히는 빛이 되고, 주의 백성 이스라엘에게는 영광이 됩니다"(루가복음서, 2장 29~32절)와 같은 기도를 하게 된다.

그런 기도를 들은 신부에게 시인이 "거룩한 산파^{産婆}처럼 나의 령혼^{靈魂}을 갈 느시라"고 말할 때의 '거룩한 산파'는 뒤이어지는 "성모취결례^{聖母取潔禮} 미사째 쓰고남은 황촉^{黃燭}불!"을 이끌게 된다. 이때의 '성모취결례'는 '성모정결례'라도 하며 예수 탄생 40일째 되는 날에 성모 마리아가 모세의 율법대로 예수 그리스 도를 성전에 바친 것에 관계된다. 그리고 가톨릭교회에서는 바로 이 날 1년 동 안 사용할 초를 축복하여 전례시기마다 촛불을 켜놓게 된다. 그것이 바로 정지 용의 시에서는 자신의 임종순간에 켜놓게 될 "미사째 쓰고남은 황촉불!"에 해 당한다. '성모취결례' 때에 초를 축성하면서 노^老 시메온은 성자를 '빛'이라고 불 렀으며, 그 이후에는 이처럼 축성한 초를 보관해 두었다가 임종 시에 켜 놓는 관습이 생겼다. 다시 말하면, 초를 축성할 때의 교회의 기도문에서는 임종하는 사람들을 위해서 하느님의 은총을 구하게 되고, 바로 그 초가 임종하는 사람으 로 하여금 하느님께 신뢰를 갖게 하도록 하고, 그 사람이 성모의 전구에 힘입어 영원한 빛을 받을 수 있도록 기도하는 데 있다.

정지용의 시 「림종」의 후반부는 "다른 세상의 태양^{太陽}을 사모하며" 돌고 있는 '해바라기꽃'으로 비유된 "성주^{聖主} 예수의 쓰신 원광^{圓光}"에서부터 시작된다. 이 '원광'은 "다른 세상의 태양"에 해당하는 죽음 이후의 세상에서 보게 될 '성주 예 수'의 모습에 해당하며, 그것은 세상을 떠난 후에 시인 자신이 걸어가게 될 "영 원^{永遠}한 나그네ㅅ길 노자^{路資}"에 관계된다. 말하자면, 해바라기 꽃이 태양을 향해 돌고 있듯이, 자신도 예수 그리스도의 주변을 맴돌고 싶다는 의지의 표현이라 고 볼 수 있다. 그러한 의지의 표명은 나머지 세 개의 연이 '심으시라', '불이 되 라', '타게 하라'와 같은 명령형 서술어에서 찾아볼 수 있다. 따라서 시인은 자신 의 영혼이 '칠색^{七色}의 무지개'로 치장될 수 있기를 기대하기도 하고, 그렇게 되 기 위해서는 살아생전의 모든 괴로움을 '사랑의 백금 도가니'에 불태울 수 있어 야 하고, 입술이 탈 때까지 성모의 이름을 불러야 한다는 점을 강조하기도 한다.

이처럼 "달고 달으신 성모聖母의 일흠 불으기에 / 나의 입술을 타게 하라"라는 마지막 부분은 제3연의 '성모취결례聖母取潔禮'와 밀접하게 관련될 뿐만 아니라, "미사째 쓰고남은 황촉불!"에서의 '초'의 의미에도 밀접하게 관련된다.

우리들에게 잘 알려진 「유리창·1」을 떠올리게 하는 두 번째 시 「별」에서 시인은 자신과 별이 상호교감하고 있는 것처럼 생각하고 있으며, 이러한 교감의 과정을 시간의 경과에 따라서 차례로 형상화시키고 있다.

누어서 보는 별 하나는
진정 멀— 고나.

아스름 다치랴는 눈초리와
금(金)실노 이슨듯 갓갑기도 하고,

잠살포시 째인 한밤 엔
창류리에 붓허서 엿보노나.

불현 듯, 소사나 듯,
불니울 듯, 마저드릴 듯,

문득, 령혼 안에 외로운 불이
바람 처럼 일는 회한(悔恨)에 피여오른다.

흰 자리옷 채로 일어나
가슴 우에 손을 넘이다.

—정지용, 「별」 전문

위에 인용된 「별」이 「유리창·1」과 유사한 점은 '한밤', '창류리에 붓허서', '령혼', '외로운 불' 등과 같은 시어의 유사성에서 찾아볼 수 있고, 제4연의 "불현 듯, 소사나 듯, / 불니울 듯, 마저드릴 듯" 등의 구절이 「유리창·1」의 "지우고 보고 지우고 보아도 / 새까만 밤이 밀려나가고 밀려와 부디치고"와 유사하다는 점에서도 찾아볼 수 있다. 한 밤중에 잠에서 깨어나 누운 채로 '별'을 바라보며 여러 가지 상념에 젖다가 유리창에 비치는 별을 바라보면서 "문득, 령혼 안에 외로운 불이 / 바람 처럼 일는 회한梅恨에 피여오른다"라고 언급하고 있는 부분은 일차적으로는 절대자로서의 하느님에 대한 경외감을 나타내고 이차적으로는 시인 자신의 개인적인 심사, 즉 어려서 일찍 죽은 첫 딸에 대한 그리움을 나타낸다고 볼 수 있다. 이러한 점은 『옥천신문』 제619호2002.5.4에 수록된 '노한나의 입말로 풀어쓰는 이야기 정지용', 「정구관씨 입말 편 (13)—어린이를 사랑한 시인」에서 확인할 수 있다. 노한나가 "시 「유리창·1」의 동기가 되었다"고 강조하는 지용의 첫째 딸 이야기는 그의 아내와 어머니를 통해서 아들 구관 씨에게 전해진 이야기이다. "지용 시인이 여성화자의 입장에서 시를 많이 쓰고, 나중에 산문에 '억울하고 부자연스런 괴롬'을 아이들에게 전하여 주지 말아야 한다고 주장한 것은 그의 딸이 당했던 서러움과 안타까운 죽음을 너무나 잘 이해하고 있었기 때문이 아닐까 하는 생각도 듭니다"라고 전제하고 있는 해당부분을 인용하면 다음과 같다.

정지용은 다섯 대 독자였어요. 자식이 귀하니까 아들 낳기를 집안에서 다들 기다렸겠지요. 그런데 정지용이 첨 낳은 아이가 딸이었어요. 그 아이가 사람대접을 받기도 전에 일찍 죽어서 아이들에게 시를 많이 쓴 건지도 모르겠어요. 아무튼 집안에서 아들을 기달렸는데 딸을 낳았으니까 정지용 아버지가 아주 그 완고한 봉건주의자거든요, 그래 딸 낳았다고 며느리를 구박을 하고, 또 손녀도 벨루 달가워 안하고, 그래가지구서는 젖 멕일 때 울며는 애 엄마가 쫓아들어가서 울지 못하게 달게구 그러며는 할아버지가 '거내버려둬라, 달개지 말구, 기집애는 그 울음을 잘 울어야 목소리가 좋아진다' 그렇게까정 해댔대요. 이 아이가 홍역을 하다가 죽었어요. 한 서너살 됐는동, 너덧살 됐는동 하여간 말을 지껄일 때니까 아마 너덧살 되지 않을까 싶어요. 그래서 그 어린아이도 자기 할아버지가 나를 미워한다는 걸 알거든, 말을 할 줄 몰라서 그렇지. 그래 죽을 무렵에 가서 이 애가 인제 죽는가보다, 그래서 인제 어머니가 할아버지한테 가서 애가 아무래도 인제 이상하다구 하니까 할아버지가 명색이 한약방을 하니까, 인제 마지못해 볼라구 들어올라구 하니까 이 애가 '거 도둑놈 할아버지 들어오지 말라구 하라 그래!' 소리를 지르구 그래요, 그러더니 그냥 죽었어. 그래가지구선 정지용 아내가 이 저 텃밭에 어디 가서 땅콩을 심었는데 땅콩 그거래두 농사를 지어서 그거래두 볶아먹여야 되겠다 그래서 땅콩을 심었더랬는데, 그 애가 죽고 난 다음에는 그만 땅콩을 가서 전부 패버렸대요. 내가 누굴 먹일라구 이 땅콩 농사를 심느냐 그러면서요. 가난한데다가 그렇게 딸을 났다구 괄세를 받고 그랬는데, 그담에 인제 아들을 낳았거든, 아들을 낳으니까 이 할아버지가 사흘만에 두루마기를 입구 갓쓰구 의복을 정장하구선 내가 손자하구 면담을 해야 되겠다 그러구선 그러구 산모 방에를 들어오더래요. 하, 그놈 잘생겼다 인제 이러구 아들을 귀여워하고, 그 후도 할아버지가 그애는 참 지독한 손자루 알고, 뭐 여간 보통 손자로 키운게 아니예요. 그 뭐 정지용이건, 그 아내건 아들한테는 소리도 못 질렀대요. 할아버지가 얼마나 야단을 떨었든지, 그 뉘 손잔데 그 놈을 혼을 내냐구 그랬대요. 그래 일쩍 죽은 그 여자애를 생각하면 참 불쌍하기도 하고, 그렇게 여자가 대접을 못 받았던 세상이지요.

정지용은 열두 살이 되던 1913년 동갑나기인 은신 송씨 송재숙(프란체스카)과 결혼하였으며, 그가 27세 되던 해인 1928년 2월 1일(음력)에 장남 구관이 출생했고, 33세 되던 해인 1933년에 장녀 구원이 출생한 것으로 되어 있다. 그러나 위의 인용문의 내용을 볼 때에 그 이전에 첫 딸이 있었던 것으로 볼 수 있다. 따라서 1933년에 발표한 시 「별」에서의 "령혼 안에 외로운 불", "바람 처럼 일는 회한" 등은 "네다섯 살"에 홍역을 앓다가 죽은 첫 딸에 대한 그리움에 관계된다. 그래서 "가슴 우에 손을 넘이다"라는 마지막 구절은 죽은 영혼에 대한 위로이자 기도의 자세에 해당한다고 볼 수 있다.

『가톨릭청년』 제4호[1933.9]에 수록된 세 번째 시 「은혜恩惠」는 다음과 같다.

> 회한(悔恨)도 쏘한
> 거룩한 은혜(恩惠).
>
> 깁실 인듯 가느른 봄벼치
> 골에 구든 어름을 쪽이고,
>
> 바늘 가치 쓰라림에
> 소사 동그는 눈물!
>
> 귀 미테 아른 거리는
> 요염(妖艶)한 지옥(地獄)불을 쯔다.
>
> 간곡(懇曲)한 한숨이 뉘게로 사모치느뇨?
> 질식(窒息)한 령혼(靈魂)에 다시 사랑이 이실나리도다.
>
> 회한(悔恨)에 나의 해골(骸骨)을 잠그고저.
> 아아 아프고겨!
>
> ─ 정지용, 「은혜」 전문

일반적으로 '은혜'라고 했을 때에는 무엇인가를 자신에게 고맙게 베풀어주는 신세나 혜택을 지칭하여 '은혜' 또는 줄여서 '은恩'이라고 한다. 중국, 한국, 일본 등에서 중요하게 생각해 온 이와 같은 '은혜'는 보은설화報恩說話에서 찾아볼 수 있는 것처럼 '받는 혜택'을 의미하거나 '주는 호의'를 의미하기도 한다. 한국의 전통사상에서는 부모의 은혜가 하나의 본보기로 되어 있으며 받은 호의와 혜택을 알고 인정하는 것을 중요하게 생각해 왔다. 이러한 의미의 '은혜'를 가톨릭에서는 하느님이 우리들을 기르고 돌보아 주는 은혜, 강생구속의 은혜, 죄를 용서해 주고 은총을 주는 은혜, 성교회로 인도하고 천국으로 이끌어 주는 은혜, 그리고 이제까지 준 모든 은혜 등 다섯 가지로 분류하고 있다. 이처럼 성총聖寵 또는 은총恩寵으로 표현되기도 하는 '은혜'를 「시편」에서 찾아보면 다음과 같다. "내게 주신 모든 은혜 무엇으로 주님께 갚사오리"(115장 3절), "야훼께서 베푸신 그 크신 은혜, 내가 무엇으로 보답할까!"(116장 12절), "당신의 결정은 은혜로우시니, 그 몸서리치는 모욕에서 건져주소서"(116장 12절), "나 무엇으로 주님께 갚으리오. 내게 베푸신 그 모든 은혜를"(119장 39절), "선하시고 은혜로우신 이여, 당신 뜻을 나에게 알려주소서"(119장 68절), "선한 사람, 정직한 사람에게 야훼여, 은혜를 베푸소서"(125장 4절) 등에서 찾아볼 수 있다.

이상과 같은 의미의 '은혜'를 제재로 하는 정지용의 시 「은혜」에서 시인은 '회한悔恨'을 강조하고 있다. 자신이 고통스러워하고 괴로워하고 힘들어 하고 있는 것─그것 또한 '거룩한 은혜恩惠'라고 파악하고 있는 시인에게 있어서, 가장 중요한 것은 "사랑이 이실나리로다"에 암시되어 있는 '사랑의 은총', 즉 사랑이 이슬처럼 내려주기를 바라면서 기도하는 마음이라고 볼 수 있다.

이처럼 기도와 믿음은 가톨릭에서 가장 중요한 요소이며, 이러한 점을 잘 보여주는 시가 『가톨릭청년』 제4호1933.9에 수록되어 있는 「갈닐네아 바다」이다.

나의 가슴은
조그만 '갈닐네아 바다'.

째업시 설네는 파도(波濤)는

미(美)한 풍경(風景)을 일울수 업도다

녜전에 문제(門弟)들은

잠자시는 주(主)를 쌔웠도다.

주(主)를 다만 쌔움으로

그들의 신덕(信德)은 복(福)되도다.

돗폭은 다시 펴고

키는 방향(方向)을 차젓도다.

오늘도 나의 조그만 '갈닐네아'에서

주(主)는 잠자신 줄을— .

바람과 바다가 잠잠한 후에야

나의 탄식(歎息.)은 쌔달엇도다

— 정지용, 「갈닐네아 바다」 전문

　"요한이 잡힌 뒤에 예수께서는 갈릴레아에 가시어, 하느님의 복음서를 선포하시며 이렇게 말씀하셨다. '때가 차서 하느님의 나라가 가까이 왔다. 회개하고 복음서를 믿어라'"(「마르코복음서」 1장 14~15절)라는 언급처럼, 예수 그리스도가 전도를 시작했던 곳도 '갈릴레아'이고, "그때에 예수께서 그들에게 말씀하셨다. '두려워하지 마라. 가서 내 형제들에게 갈릴레아로 가라고 전하여라. 그들은 거기서 나를 만나게 될 것이다'"(「마태오복음서」 28장 10절)라는 언급처럼 예수 그리스도가 부활한 후에 제자들에게 자신이 갈릴레아로 갈 것이라고 언급했던 곳도 갈릴레아이다. 이처럼 예수 그리스도가 처음으로 복음 선포하였고 부활한 이후의 활동을 암시했던 '갈릴레아'를 위에 인용된 자신의 시에서 정지용은 '나의 가슴', '미美한 풍경', '신덕信德', '방향을 찾은 키' 등으로 집약하여 파악하고 있다. 주님을 따르는 가톨릭신자로서의 믿음과 신앙의 중요성을 강조하고 있는 마지막 두 연에서 "짐짓 잠자는 듯한 주主"와 "잠잠해진 바람과 바다"는 다음과 같은 말씀에 관계된다. 예수 그리스도가 "호수 저쪽으로 건너가자"라고 말했을 때에 "거센 돌풍이 일어 물결이 배 안으로 들이쳐서, 물이 배에 거의 가득 차게 되었다. 그런데도 예수님께서는 고물서 베개를 베고 주무시고 계셨다"(마르코복음서, 4장 37~38절)라는 언급과 "왜 겁을 내느냐? 아직도 믿음이 없느냐?"(마르코복음서, 4장 40절)라는 언급에 관련된다.

(2) 『가톨릭청년』 제9호^{1934.2}와 제10호^{1934.3}에 수록된 네 편의 시세계

『가톨릭청년』 제9호^{1934.2}에 수록된 「다른한울」과 「쏘 하나 다른 태양太陽」 등 두 편의 시는 모두 『시원詩苑』 제2호^{1935.4}에 재수록 되어 있으며, 「다른한울」의 전문은 다음과 같다.

그의 모습이 눈에 보이지 안엇스나
그의 안에서 나의 호흡(呼吸)이 절로 달도다.

물과 성신(聖神)으로 다시 나흔 이후
나의 날은 날로 새로운 태양(太陽)이로세!.

뭇 사람과 소란한 세대(世代)에서
그가 다맛 내게 하신 일을 진히리라!.

미리 가지지 안엇던 세상 이어니

이제 새삼 기다리지 안으련다.

령혼은 불과 사랑으로! 육신은 한낫 고로움.

보이는 한울은 나의 무덤을 덥흘쑨.

그의 옷자락이 나의 오관(五官)에 사모치지 안엇스나

그의 그늘로 나의 다른 한울을 삼으리라.

— 정지용, 「다른한울」 전문

위에 인용된 정지용의 시 「다른한울」에는 '세례洗禮'를 받은 후에 가톨릭 신자로서의 마음가짐이 나타나 있다. 시인이 '세례'를 받았다는 점을 암시하는 부분은 제2연의 첫 번째 행 "물과 성신聖神으로 다시 나흔 이후"에서 찾아볼 수 있다. 그 결과 "그의 모습이 눈에 보이지 안엇스나 / 그의 안에서 나의 호흡呼吸이 절로 달도다"라는 제1연의 내용처럼 새로운 모습으로 다시 태어나게 된다. 따라서 제3연에서는 하느님의 세상을 구현할 것을 스스로 약속하고 있으며, 제4연에서는 현세의 잡다한 세상사를 미련 없이 떨쳐버리겠다는 강한 의지를 나타내고 있다. 이처럼 가톨릭교회에서의 '세례'의 중요성을 강조하고 있는 위에 인용된 시 「다른한울」에서 '다른 하늘'은 '세례'를 받은 후에 바라보게 되고 인식하게 되는 하느님의 나라를 의미한다. 사실 하늘이 똑같은 하늘이라 하더라도 세례 이전의 하늘과 이후의 하늘은 분명히 다른 하늘에 해당하기 때문이다.

이처럼 중요한 의미를 지니고 있는 가톨릭교회에서의 '세례'의 의미는 다음과 같다. 그동안의 죄악을 물로 씻어버린다는 뜻을 지닌 '세례洗禮'는 가톨릭에 입문하는 세 가지 성사聖事인 성세聖洗, 견진, 성체 중에서 최초로 받게 되는 성사에 해당한다. 따라서 세례를 받음으로써 영세領洗한 자는 교회공동체의 일원으로서의 권리와 의무를 수행할 수 있게 된다. '세례'는 크게 요한의 세례와 그리스도의 세례로 나뉜다, 요한의 세례는 단순히 물로 씻는 세례에 해당하지만 그리스도의 세례는 '성령'에 의한 세례에 해당한다. 이러한 점은 "나[요한]는 당신들에게 물로 세례를 베풀지만, 그분[예수 그리스도]은 성령으로 세례를 베풀 것입니다"(마르코복음서, 1장 8절), "내가 진실로 진실로 너에게 말한다. 누구든지 물과 성령으로 태어나지 않으면, 하느님 나라에 들어갈 수 없다"(요한복음서 3장 5절), "회개하시오. 각자는 예수 그리스도의 이름으로 세례를 받고 죄를 용서받으시오. 그러면 성령을 선물로 받게 될 것입니다"(사도행전 2장 38절) 등에서 확인할 수 있다.

따라서 이상과 같은 의미의 '세례'를 받은 후에 시인 자신의 마음가짐은 제5연에서처럼 "령혼은 불과 사랑으로! 육신은 한낮 고로움, / 보이는 한울은 나의 무덤을 덮흘쌘"으로 변화하게 된다. 특히 시인 자신의 무덤을 덮고 있을 뿐인 '보이는 한울'은 궁극적으로 마지막 연의 마지막 행에서 '나의 다른 한울'로 전환된다. 다시 말하면, 정지용의 시 「다른한울」에서는 시인이 가톨릭에 귀의함으로써, 새로운 삶, 새로운 마음, 새로운 세상을 알게 되었다는 점을 강조하고 있다고 볼 수 있다.

이상에서 살펴본 정지용의 시 「다른한울」이 '세례'에 의해서 새로 태어남을 강조하고 있다면, 다음에 인용하는 「또 하나 다른 태양太陽」에서는 '성모聖母 마리아'에 대한 찬미와 찬양을 강조하고 있다.

온 고을이 밧들만 한
장미(薔薇) 한가지가 소사난다 하기로
그래도 나는 고하 아니하련다.

나는 나의 나희와 별과 바람에도 피로(疲勞)웁다.

이제 태양(太陽)을 금시 일허 버린다 하기로

그래도 그리 놀라울 리 업다.

실상 나는 쏘하나 다른 태양(太陽)으로 살엇다.

사랑을 위하얀 입맛도 일는다.

외로운 사슴처럼 벙어리가 되어 산(山)ㅅ길에 슬지라도―

오오, 나의 행복(幸福)은 나의 성모(聖母) 마리아!

― 정지용, 「쏘 하나 다른 태양」 전문

위에 인용된 시에서 '성모 마리아'는 '쏘하나 다른 태양太陽'이자 '나의 행복'의 원천으로 작용하고 있다. 그러한 가능성은 제1연의 '장미'와 제3연의 '태양', 제5연의 '사랑'에서 찾아볼 수 있다. 제1연에서 시인이 곱다고 생각하지 않는 '장미'는 물론 자연물로서의 장미이지만, 바로 그 장미가 '성모 마리아'에게 관련될 때에는 자연물로서의 의미보다는 묵주기도로서의 영적인 의미에 더 많이 관련된다. 그래서 시인은 "온 고을이 밧들만 한 / 장미薔薇 한가지가 소사난다 하기로 / 그래도 나는 고하 아니하련다"라고 시작하지만, 마지막에는 "오오, 나의 행복幸福은 나의 성모聖母 마리아!"로 끝맺게 된다. 이처럼 시상詩想이 전환되는 까닭은 시가 진행됨에 따라서 제1연에서의 '장미'가 '성모 마리아'와 긴밀한 관계를 유지하게 되기 때문이다. 가톨릭에서 '장미'는 우선적으로 '장미꽃다발'이나 '장미꽃밭'을 의미하는 '로사리오'에 관련되고 그것은 묵주기도默珠祈禱에 해당한다. 묵주기도의 옛말은 매괴신공玫瑰神功이며, 이때의 '매괴'는 장미를 의미한다. 이처럼 묵주기도를 통해서 성모 마리아를 찬양하고 찬미하게 된 시인은 자신이 살아왔던 그 이전의 삶을 "실상 나는 쏘하나 다른 태양太陽으로 살엇다"라고 결론짓는 한편, 다른 한편으로는 자신의 행복의 원천이 바로 그 '성모 마리아'에 있다는 점을 강조하고 있다.

아울러 『가톨릭청년』 제10호[1934.4]에 수록된 정지용의 시로는 「나무」와 「불사조不死鳥」 등을 들 수 있다. 「나무」에서 시인은 자기 자신을 한 그루 '나무'로 비유하고 있다.

얼골이 바로 푸른 한울을 올어렀기에
발이 항시 검은 흙을 향하기 욕되지 않도다.

곡식알이 거꾸로 떨어저도 싹은 반듯이 우로!
어느 모양으로 심기여졌더뇨? 이상스런 나무 나의 몸이여!

오오 알맞은 위치(位置)! 좋은 우아래!
아담의 슬픈 유산(遺産)도 그대로 받었노라.

나의 적은 연륜(年輪)으로 이스라엘의 이천년(二千年)을 헤였노라.
나의 존재(存在)는 우주(宇宙)의 한낱초조(焦燥)한 오점(汚點)이었도다.

목마른 사슴이 샘을 찾어 입을 잠그듯이
이제 그리스도의 못박히신 발의 성혈(聖血)에 이마를 적시며 —

오오! 신약(新約)의태양(太陽)을 한아름 안다.

— 정지용, 「나무」 전문

위에 인용된 정지용의 시 「나무」의 제2연 "이상스런 나무 나의 몸이여!"에는 '이상스런 나무'와 '나의 몸'이 동일시되어 있다. 그러한 동일시는 "곡식알이 거꾸로 떨어저도 싹은 반듯이 우로!" 자라는 것에서 확인할 수 있다. 다시 말하면, 인간으로서의 우리들이 땅에 발을 딛고 서서 똑바로 서서 걷듯이, 곡식알도 하늘을 향해 싹을 틔우고 자라게 된다는 점을 병치시키고 있다. 제3연 "아담의 슬픈 유산"에서 '아담'은 물론 하느님이 만든 최초의 인간이지만, "이 동산에 있는 나무 열매는 무엇이든지 마음대로 따먹어라. 그러나 선과 악을 알게 하는 나무 열매만은 따먹지 마라. 그것을 따먹는 날, 너는 반드시 죽는다"(『창세기』, 제2장 16 ~17절)라는 하느님의 당부를 어기고, 뱀의 유혹에 빠진 여자(하와)의 말대로 바로 그 금단의 열매를 따먹게 된다. 이러한 점은 "아담의 슬픈 유산遺産도 그대로 받았노라"에 집약되어 있다. 이처럼 세상의 죄악을 알게 된 아담처럼 시인도 그러한 죄악에 물들어 있는 자신의 존재를 "우주宇宙의 한낱초조焦燥한 오점汚點"으로 파악하는 한편, 다른 한편으로는 예수 그리스도의 탄생 이후의 세상의 역사를 '이스라엘의 이천년二千年'의 역사로 비유하였다. 그러한 역사가 바로 '신약新約'의 역사에 해당한다. 아울러 목마른 사슴이 샘물을 찾듯이 시인은 '성혈聖血'에 이마를 적시겠다는 의지를 나타내고 있다. 이렇게 파악할 때에 "목마른 사슴이 샘을 찾아 입을 잠그듯이"라는 구절은 "암사슴이 시냇물을 그리워하듯 하느님, 제 영혼이 당신을 이토록 그리워합니다 / 제 영혼이 하느님을, 제 생명의 하느님을 목말라합니다"(시편, 42장 2~3절)에 관계되고, "그리스도의 못박히신 발의 성혈聖血에 이마를 적시며"는 시인이 성당 정면의 '십자가상十字架像'에 있는 예수 그리스도의 발, 오상五傷의 자국이 선명하게 남아 있는 그 발에 자신의 이마를 대는 모습에 관계된다. 그 결과 "신약新約의태양太陽을 한아름 안다"에 반영되어 있는 바와 같이, 시인은 진정한 모습의 새로운 세계를 한 아름 안게 되는 것처럼 생각한다고 볼 수 있다.

비애(悲哀)! 너는 모양할수도 업도다.

너는 나의 가장 안에서 살엇도다.

너는 박힌 활살, 날지 안는 새,

나는 너의 슬픈 우름과 아픈 몸짓을 진히노라.

너를 돌녀보낼 아모 이웃도 찾지 못하엿노라.

은밀히 이르노니 — '행복(幸福)'이 너를 아조 실허하더라.

너는 진짓 나의 심장(心臟)을 차지하엿더뇨?

비애(悲哀)! 오오 나의 신부(新婦)! 너를 위하야 나의 창(窓)과 우슴을 다덧노라.

이제 나의 청춘(靑春)이 다한 어늬날 너는 죽엇도다.

그러나 너를 무든 아모 석문(石門)도 보지 못하엿노라.

스사로 불탄 재에서 나래를 펴는

오오 비애(悲哀)! 너의 불사조(不死鳥) 나의 눈물이여!

— 정지용, 「불사조」 전문

위에 인용된 시 「불사조」의 정체는 '비애'에 있으며, 이러한 비애는 세 번에 걸쳐 강조되고 심화되어 있다. 시인은 자신의 '운명'을 '비애'로 형성화함으로써, 그것을 일종의 '불사조'로 파악하면서도 절대 신에게 귀의하겠다는 의지로도 파악하고 있다. 이렇게 볼 때에, 첫 번째 '비애'는 시인의 모든 "슬픈 우름과 아픈 몸짓"을 대표하고, 두 번째 '비애'는 '신부'로서 시인과 혼연일체가 되며, 마지막 '비애'는 '눈물'로 집약되어 있다.

전설적인 새인 불사조는 타오르는 불 속에 스스로 몸을 던져 재가 되고, 바로 그 재 속에서 새로운 불사조가 탄생하는 것으로 전해지고 있다. 이러한 의미의 불사조는 매 500년마다 아라비아 사막의 '태양의 도시' 헬리오폴리스의 제단에서 자신의 몸을 불태우게 되고, 그 잿더미 속에서 한 마리 새로 다시 소생하는 것으로 되어 있다. 또한 이집트에서는 짧게는 250년, 길게는 7천년마다 불사조가 날아오는 것으로 되어 있기도 하고, 다른 나라에는 10년마다 날아온다는 전설도 있다. 성경에서는 "그러니 내가 어찌 이런 생각을 하지 않을 것인가? 나는 보금자리와 함께 타버렸다가도 다시 재를 털고 일어나 오래오래 사는 불사조"(욥기, 29장 18절)라고 언급되어 있다. 이와 같은 의미의 '불사조'는 타고 남은 재로 된 자기 몸으로 새끼를 기른다는 점에서 성체의 의미도 내포하고 있으며, 후기 기독교 문학과 성 미술 및 모자이크에 많은 영향을 끼치게 되었다.

(3)「그의 반」과「천주당天主堂」의 시세계

정지용의 시「그의 반」은『정지용 시집』시문학사, 1935에 수록되어 있으며, 이 시의 원래 제목이「무제無題」로『시문학』제3호1931.10에 처음으로 수록되었다. 이러한 점을 고려하여 이 두 편의 시를 차례로 인용하면 다음과 같다.

〈표 36〉에 인용된 두 편의 시에서 큰 차이점은 제목이 '무제無題'에서 '그의 반'으로 바뀌었다는 점을 들 수 있다. 막연한 의미의 '무제'에서 '그의 반'이라고 구체화함으로써, 시인은 자신이 '그'로 대표되는 예수 그리스도의 일부분이라는 점을 분명하게 하였다. 그리고 띄어쓰기에서 몇 가지 차이점을 제외하면 그 내용에는 별다른 차이가 없다. 이 시는 "내 무엇이라 이름하리 그를?"이라는 첫 행의 물음에 대한 답으로 '그'를 다양하게 설명하고 있다는 점을 알 수 있으며, 그것은 영혼 속에 있는 '고흔 볼', 이마를 비추는 '달', 자신의 눈보다도 '갑진이', 바다에서 솟아오르는 '금성', 하얀 꽃을 달고 있는 '고산식물' 등 다섯 가지의 선명한 이미지로 구체화되어 있다. 이처럼 구체화되어 있지만, 언제나 먼 거리에 있다는 점을 두 번 강조하고 있다. 하나는 "나의 나라에서도 멀다"라는 실제상의 거리에서 확인할 수 있고, 다른 하나는 "나는 사랑을 모르노라 오로지 수그릴뿐"이라는 심정적인 거리에서 확인할 수 있다. 특히 심정적으로 멀리 있다고 느끼는 까닭은 '시름의

〈표 36〉

「무제」(『시문학』, 1931)	「그의 반」(『정지용 시집』, 1935)
내 무엇이라 이름하리 그를? 나의 령혼안의 고흔불, 공손한 이마에 비츄는 달, 나의 눈 보다도 갑진이, 바다에서소사올라 나래떠는금성(金星), 쪽빛하늘에 흰꽃을 달은 고산식물(高山植物), 나의 가지에 머믈지 안코 나의 나라에서도 멀다. 홀도 어엿비 스사로 한그러워 — 항상 머언이, 나는사랑을 모르노라 오로지 수그릴쌴. 때없이 가슴에 두손이 여믜여 지며 구비 구비 도라나간 시름의 황혼(黃昏)길우 — 나! 바다 이편에 남긴 그의 반 임을 고히 진히고 것노라.	내 무엇이라 이름하리 그를? 나의 령혼안의 고흔 불, 공손한 이마에 비추는 달, 나의 눈보다 갑진이, 바다에서 솟아올라 나래떠는금성(金星), 쪽빛 하늘에 힌꽃을 달은 고산식물(高山植物), 나의 가지에 머믈지 않고 나의 나라에서도 멀다. 홀도 어여삐 스사로 한가러워 — 항상 머언이, 나는사랑을 모르노라 오로지 수그릴뿐. 때없이 가슴에 두손이 염의여지며 구비 구비 돌아나간 시름의 황혼(黃昏)길우— 나! 바다 이편에 남긴 그의 반 임을 고히 진히고 것노라.

황혼길', 즉 일상적으로 누구나 갖가지 시름을 가지고 있기 때문이다. 따라서 모든 것을 용서와 사랑으로 포용하고 있는 '그'로 대표되는 주 예수 그리스도의 반伴에 지나지 않는다는 점을 시인 자신은 자각하게 되고 그것을 언제나 고이 지니고 살아가겠다고 마지막 행에서 강조하고 있다고 볼 수 있다. 다시 말하면, "나! 바다 이편에 남긴 / 그의 반 임을 고히 진히고 것노라"라는 마지막 구절에 암시되어 있는 정지용의 가톨릭 정신은 "너희는 좁은 문으로 들어가도록 힘써라. 내가 너희에게 말한다. 많은 사람이 그곳으로 들어가려고 하겠지만 들어가지 못할 것이다"(「루가복음서」, 13장 24절)라는 언급처럼, 무엇보다도 자기 자신을 낮추고 간곡하게 기도할 것을 강조하고 있다고 볼 수 있다.

『태양』 제1호1940.1에 수록된 자신의 수필 「천주당」에서 정지용이 인용하고 있는 그의 시 「천주당」은 별도로 발표한 것은 아니다.

열없이 창(窓)까지 걸어가 묵묵(黙黙)히 서다.

이마를 식히는 유리쪽은 차다.

무아(無聊)히 섭히는 연필(鉛筆) 꽁지는 뜳다.

나는 나의 회화주의(繪畵主義)를 단념(斷念)하다.

— 정지용, 「천주당」 전문

위에 인용된 시를 이해하기 위해서는 이 시의 바로 앞부분에서 "원근법遠近法이 어그러지고 보면 사진寫眞이 되지 않는다니 내가 맡은 「창窓으로 멀리 보이는 성당聖堂」이라는 예술작품藝術作品에서 나는 아조 원근법遠近法이 서툴으다. 대체 어느 구석에 서서 보아야 우리 성당聖堂을 두고 작문作文이 지여질 것일까?"라는 짧은 설명의 내용을 이해할 필요가 있다. 이렇게 볼 때에 위에 인용된 시는 정지용이 「창으로 멀리 보이는 성당」이라는 작품을 구상하느라고 고심하면서 쓴 시라고 볼 수 있다. 전부 네 개의 단문短文으로 이루어진 이 시를 차례로 살펴보면 다음과 같다. 제1행의 '열없이'에 암시되어 있는 바와 같이, 뚜렷하고 분명한 어떤 생각이 없이 시인은 그저 막연하게 창가에 다가서서 생각에 잠기게 된다. 그리고 제2행에서는 유리에 이마를 대고 있는 모습이 반영되어 있으며, "유리쪽은 차다"라는 각성의 순간에 의해서 제4행의 의미를 이끌게 된다. 제3행에서는 무엇인가를 골똘하게 생각하거나 또는 망설이는 모습이 나타나 있다. 이러한 점은 연필을 입에 물고 있다는 점을 암시하는 "연필 꽁지는 뜳다"에서 그렇게 파악할 수 있다. 마지막 행은 제2행에서 시인 자신이 차가운 유리에 의해서 자각自覺했던 순간의 의미, 즉 '회화주의'를 단념하는 것으로 되어 있다. 따라서 수필 「천주당」에서 정지용이 맡았던 「창으로 멀리 보이는 성당」이라는 예술작품藝術作品을 만들어 내는 일이 쉽지 않다는 점을 자신의 시 「천주당」에서 드러내고 있다고 볼 수 있다. 성당을 그림으로든, 시로든 표현한다는 것은 쉬운 일이 아니기 때문이다.

그 외에도 '행사시', '찬양시', '헌시', '추모시' 등으로 이해할 수 있는 「승리자^{勝利者} 김金 안드레아」는 정지용이 '방제각方濟各'이라는 세례명으로 『가톨릭청년』 제16호^{1934.9}에 발표한 시이다. 한국 최초의 사제이며 순교자인 김대건 안드레아의 생애와 순교를 그 내용으로 하고 있다.

2) 구상의 시에 반영된 가톨릭의 시세계

(1) 인간주의와 가톨릭 정신

구상 시인의 인간주의와 가톨릭 정신은 『출애급기 별장別章』에 수록되어 있는 그의 시 「내가 '모세'의 선지先知와 진노震怒를 빌어서」에서 찾아볼 수 있을 뿐만 아니라 이 시를 인용하여 설명하고 있는 「사람다운 삶」의 의미에서도 찾아볼 수 있다. 「내가 '모세'의 선지와 진노를 빌어서」에서 가장 강조하고 있는 것은 '황금송아지'를 몰아내야 한다는 점, 즉 모세가 하느님의 계명을 받기 위해서 시나이 산으로 올라간 사이 "타락한 이스라엘 백성들이 눈에 보이는 감각적인 우상偶像을 만들어 섬겼던 것처럼 오늘날 우리 사회도 마치 저들처럼 눈에 보이는 물질적인 것, 즉 돈만을 섬기는 풍조"를 극복해야 한다는 점 등을 강조하고 있다. '너희'로 대표되는 오늘의 우리들 자신이 '~하려면', "너희는 먼저 그 황금송아지를 몰아내야 하고"라고 반복해서 질타하고 있는 이 시의 전문을 인용하면 다음과 같다.

내가 '모세'의 선지(先知)와 진노(震怒)를 빌어서 말하노니
너희가 사람다운 삶을 되찾으려면
너희가 지금 우러러 섬기고 있는 황금송아지를
먼저 몰아내야 한다.

너희가 너희 식탁에서 유해식품을 사라지게 하려면

너희는 먼저 그 황금송아지를 몰아내야 하고

너희가 너의 고장에서 매연(媒煙)을 없애려면

너희는 먼저 그 황금송아지를 몰아내야 하고

너희가 너의 집안에서 단란(團欒)을 누리려면

너희는 먼저 그 황금송아지를 몰아내야 하고

너희가 너희 형제나 이웃과 화목(和睦)을 이루려면

너희는 먼저 그 황금송아지를 몰아내야 하고

너희가 너의 어린 것들을 역사(轢死)에서 구해내려면

너희는 먼저 그 황금송아지를 몰아내야 하고

너희가 너희 지아비와 아내의 정조(貞操)를 지키려면

너희는 먼저 그 황금송아지를 몰아내야 하고

너희가 백주(白晝)에 살인강도를 만나지 않으려면

너희는 먼저 그 황금송아지를 몰아내야 하고

너희가 물에서 바다에서 떼죽음을 면하려면

너희는 먼저 그 황금송아지를 몰아내야 하고

너희가 먼 학원(學園)에서 불변(不變)의 진리를 가르치고 배우려면

너희는 먼저 그 황금송아지를 몰아내야 하고

너희가 병원에서 인술로 병을 고치려면

너희는 먼저 그 황금송아지를 몰아내야 하고

너희가 법의 공정한 보호를 받으려면

너희는 먼저 그 황금송아지를 몰아내야 하고

너희가 가진 자와 못 가진 자의 간격(間隔)을 메우려면

너희는 먼저 그 황금송아지를 몰아내야 하고

너희가 서로 비정(非情)과 소외(疏外) 속에서 벗어나려면

너희는 먼저 그 황금송아지를 몰아내야 하고

너희가 저 6·25의 참화(慘禍)를 다시 겪지 않으려면

너희는 먼저 그 황금송아지를 몰아내야 하고 그리고 너희가 영원이나 믿음이나 사

랑과 같은

보이지 않는 힘과 삶의 보람들을 되 받들어

마음의 평정(平定) 속에서 꿈과 일을 일치시키려면

너희는 먼저 그 황금송아지를 몰아내야 한다.

내가 '모세'의 선지(先知)와 진노(震怒)를 빌어서 말하노니

새해 너희가 밝고 떳떳한 삶을 이룩하려면

너희가 지금 우러러 섬기고 있는 황금송아지를

먼저 몰아내야 한다.

—구상, 「내가 '모세'의 선지(先知)와 진노(震怒)를 빌어서 말하노니」 전문

위에 전문을 인용한 자신의 시 「내가 '모세'의 선지와 진노를 빌어서 말하노니」에서 구상 시인이 17번에 걸쳐 "먼저 몰아내야 한다"라고 강조하고 있는 '황금송아지'에 관련되는 부분을 성경에서 인용하면 다음과 같다. "주님께서 모세에게 이르셨다. '어서 내려가거라. 네가 이집트 땅에서 데리고 올라온 너의 백성이 타락하였다. 저들은 내가 명령한 길에서 빨리도 벗어나, 자기들을 위하여 수송아지 상을 부어 만들어 놓고서는, 그것에 절하고 제사 지내며, 이스라엘아, 이분이 너를 이집트 땅에서 데리고 올라오신 너의 신이시다 하고 말한다.' 주님께서 다시 모세에게 말씀하셨다. '내가 이 백성을 보니, 참으로 목이 뻣뻣한 백성이다. 이제 너는 나를 말리지 마라, 그들에게 내 진노를 터뜨려 그들을 삼켜 버리게 하겠다. 그리고 너를 큰 민족으로 만들어 주겠다.' 그러자 모세가 주 그의 하느님께 애원하였다. '주님, 어찌하여 당신께서는 큰 힘과 강한 손으로 이집트 땅에서 이끌어 내신 당신의 백성에게 진노를 터뜨리십니까? 어찌하여 이집트인들이,

그가 이스라엘 자손들을 해치려고 이끌어 내서는, 산에서 죽여 땅에 하나도 남지 않게 해 버렸구나' 하고 말하게 하시렵니까? 타오르는 진노를 푸시고 당신 백성에게 내리시려던 재앙을 거두어 주십시오. 당신 자신을 걸고, '너희 후손들을 하늘의 별처럼 많게 하고, 내가 약속한 이 땅을 모두 너희 후손들에게 주어, 상속 재산으로 길이 차지하게 하겠다하며 맹세하신 당신의 종 아브라함과 이사악과 이스라엘을 기억해 주십시오.' 그러자 주님께서는 당신 백성에게 내리겠다고 하신 재앙을 거두셨다."(「탈출기」 32장 7~14절) 황금으로 만든 '수송아지 상'은 모세가 하느님께 기도하기 위해서 시나이 산에 올라가 오랫동안 내려오지 않자 아론이 불평하는 이스라엘인들과 함께 만든 우상偶像에 해당한다.

위에 인용된 시에서 시인이 강조하는 "황금송아지를 먼저 몰아내야 한다"라는 명제는 다시 구상의 또 다른 시 「황금 송아지를 몰아내야」에서 반복되고 있다. 생텍쥐페리의 『어린 왕자』1943의 마지막 부분에 나오는 여우의 말을 인용하여 "세상 사물의 본질적인 것은 / 육안肉眼으론 안 보여! / 마음의 눈으로 보아야지"라고 시작하고 있는 이 시에서 구상은 "우리도 각자의 마음의 눈을 떠서 / 오늘의 삶의 허깨비인 황금 송아지를 / 한시바삐 쳐부수고 몰아내야 한다"라고 끝맺고 있다. 이 시에서 시인은 건물과 교량의 붕괴, 가스관의 폭발, 부모자식간의 갈등 등이 비롯되는 원인이 바로 우리들의 마음속에 자리 잡고 있는 '황금 송아지' 때문이라는 점을 강조하였다.

이처럼 구상의 시에서 인간주의를 이끌고 있는 힘은 가톨릭 정신의 구현에 있다. '인간주의'에 바탕을 두고 있는 이러한 점을 구상은 「나의 시작태도」에서 다음과 같이 분명하게 하였다. "그런대로 내가 즐겨 써온 주제와 재재들을 개괄하면 자연에 대한 서정이나 서경敍景보다도 인간이나 현실에 대한 실존이나 실재實在의 추구와 그 감개感慨 같은 것으로 일관되어 있다. 이것은 자연서정으로 만발하던 아니 시에선 인간이나 세사世事(즉 현실)를 진개시塵芥視하던 우리 시단 풍토 속에서 내가 출발할 당초부터의 시의식이었습니다. 나는 너무나 인간적이었다고나 할까." 이러한 가톨릭 정신과 인간주의에 대한 구상 시인의 마음 가짐은 「참된 휴머니즘」에 집약되어 있다. "오늘날 '인간적'이라는 간판 아래서 그 얼마나 인간의 죄악이 묵인되고, 방치되고, 타협되고, 동정되고, 발호하고 있는 것입니까? 마치 인간이란 명목 속에서 선악의 가치판단이 분간되지 않고 당위의식이 마비되어 있는 것이 오늘이라 하겠습니다. 그래서 악의 의지를 거부도 부정도 못하는 해괴한 휴머니즘이 통용되고 있습니다"라는 언급에서 파악할 수 있는 바와 같이, 오늘날의 위선적인 인간주의에 대한 우려와 염려를 강조하고 있다. 「참된 휴머니즘」에서 구상은 '휴머니즘'을 "인간의 생명, 인간의 가치, 인간의 교양, 인간의 창조력 등을 존중하고 이를 지키고 이를 풍성하게 하려는 정신"이라고 정의하였다. 아울러 "휴머니즘이 참되게 발동되기에는 인간의 선의, 그것만이 아니라 이를 지탱하는 사상과 행동"이 요구된다는 점과 "사상과 행동이란 관념적인 것이 아니라 실생활에 실감과 이의 실천행實踐行"이 중요하다는 점을 강조하였다.

'실생활'에서의 적용과 '실천행'으로서의 인간주의를 강조했던 구상 시인의 모습을 보여주는 많은 시편 중에서 「혼자 논다」라는 시를 들 수 있다. 이 시는 구상이 시를 쓰고 중광이 그림을 그린 '시화집' 『유치찬란』[1989]에 수록되어 있다.

이웃집 소녀가
아직 국민학교도 안들어 갔을 무렵
하루는 나를 보고
— 할아버지는 유명하다면서?
그러기에
— 유명이 무엇인데?
하였더니
— 몰라!

란다, 그래 나는
— 그거 안좋은 거야!
하고 말해 주었다.

올해 그 애는 여중 2학년이 되어서
교과서에 실린 내 시를 배우게 됐는데
자기가 그 작자를 잘 안다고 그랬단다.
— 그래서 뭐라고 그랬니?
하고 물었더니
— 그저 보통 할아버진데, 어찌보면
그 모습이 혼자 노는 소년 같아!
라고 했단다.

나는 그 대답이 너무 흐뭇해서
— 잘 했어! 고마워!
라고 칭찬을 해 주고는
그날 종일이 유쾌했다.

— 구상, 「혼자 논다」 전문

　'대화체'로 되어 있는 위의 시에서 중요한 점은 적어도 어린 아이와 구상 시인이 10여년 넘게 교류하고 있다는 점, 그러한 교류를 소중하게 여기고 있다는 점, 그리고 "혼자 노는 소년 같아!"라는 말을 듣고 종일토록 기분이 유쾌했다는 점 등을 들 수 있다. 이처럼 어린 아이와의 대화까지도 마다하지 않고 소중하게 여기는 마음가짐이 바로 구상 시인의 인간애적인 측면을 뒷받침하고 있다고 볼 수 있다. 이처럼 어린 아이로 대표되는 인간의 본성이 점점 악화되어 사나운 모습을 가지게 되는 것을 우려하고 있는 시로는「가장 사나운 짐승」을 들 수 있다.

내가 다섯 해나 살다가 온
하와이 호놀룰루시의 동물원,
철책과 철망 속에는

여러 가지 종류의 짐승과 새들이
길러지고 있었는데

지금도 잊혀지지 않는 것은
그 구경거리의 마지막 코스
'가장 사나운 짐승'이라는
팻말이 붙은 한 우리 속에는
대문짝만 한 큰 거울이 놓여 있어
들여다보는 사람들로 하여금
찔끔 놀라게 하는데

오늘날 우리도 때마다
거울에다 얼굴도 마음도 비춰보면서
스스로가 사납고도 고약한 짐승이
되지나 않았는지 살펴볼 일이다.

— 구상,「가장 사나운 짐승」전문

위에 인용된 시의 제3연에서 동물원 관람객들로 하여금 마지막에 코스에
"가장 사나운 짐승"이라는 팻말을 붙인 동물원 측의 아이디어를 시인은 자신의

시로 전환시킴으로써, 점점 더 포악해지는 인간의 심성을 경고하면서 인간주의의 회복을 강조하고 있다.

'실천행'으로서의 그의 삶을 가장 잘 드러내고 있는 예로는 장애인 문학잡지 『솟대문학』에 대한 아낌없는 지원을 들 수 있다. 평소에 장애인들의 문학에 많은 관심을 가지고 있던 구상 시인은 1999년 3월부터 시작되었다. 월남전 참전용사로서 그 후유증으로 앓아왔던 장남 구홍씨가 '거식증拒食症'으로 세상을 떠나자 구상 시인은 "홍이가 가면서 남기고 간 돈"이라면서 5,000만 원을 『솟대문학』 측에 넘겼고, 2000년 11월에는 "5,000만 원은 너무 적다 1억 원은 되어야 무슨 일을 해도 하지 않겠느냐"면서 다시 5,000만 원을 지원했다. 아울러 2002년 10월에는 『솟대문학』을 지원하기 위해서 "여기저기 알아봤는데 잘 안 되더라"는 말과 함께 자신의 집필실과 자택을 합치면서 마련한 1억 원을 다시 지원했다. 이처럼 아무런 조건 없는 기부금을 내놓을 때마다 구상 시인은 "더 많이 못줘서 미안하다"는 말을 했다고 한다. 그러한 구상 시인은 여의도성모병원 중환자실과 일반병실을 오가며 산소 호흡기에 의존하고 있던 2003년 10월 『솟대문학』에 또다시 2억 원을 지원하였다. 이처럼 '실천행'으로서의 삶을 몸소 실천하면서 살았던 구상 시인의 올곧은 성정性情은 한국전쟁 후 대구에서부터 인연을 맺었던 박정희 대통령이 구상 시인을 여러 차례 관직에 중용하고자 했지만 이를 끝까지 거절했다는 점 또한 '대한민국예술원'의 회원 자리도 구상 시인 자신이 세상을 떠날 때까지 고사固辭했다는 점 등에서 찾아볼 수 있다.

구상 시인이 세속적인 모든 직책을 고사固辭하고 그저 평범한 일상인으로 살아가게 된 배경에는 소위 말하는 '레이더 사건'이 자리 잡고 있다. 이 사건의 전말에 대해서 구상 시인은 다음과 같이 회고하였다. "이승만 정권의 전횡에 대한 계속적인 나의 저항은 마침내 1959년에 이르러 옥고마저 치르게 한다. 소위 '레이더 사건'이란 것으로, 교포 친구가 남대문시장에서 미제 진공관 2개를 동경대학에서 해중海中 연체생물연구軟體生物研究를 하고 있는 사위(고 최상(崔相) 박사, 전 KIST 연구위원)에게 사 보낸 것을 트집 잡아 그 사실조차 모르는 나를 오직 그와 친분이 있다고 반공법 위반, 이적죄利敵罪로 잡아 가둔 것이다." 다음에 인용하는 시는 "그 재판 중 15년 구형을 받고 최후진술에서 필자가 행한 말의 대요大要를 시화詩化한 것"이라는 구상 자신의 언급처럼, 영문도 모른 채 '레이더 사건'에 연루되었던 시인 자신의 심정이 드러나 있다.

내가 만일
조국을 팔았다면
그 앞잡이가 되었다면
또 그 손에 놀아났다면

재판장님!
징역이 아니라
사형(死刑)을 내려 주십시오.

조국을 모반(謀反)한 치욕을 쓰고
15년이 아니라 단 하루라도
목숨을 구차히 이어 가느니보다
죽음이 차라리 편합니다.

저기 저 창밖에
일진광풍(一陣狂風)에 채 물들지도 못한
낙엽(落葉)의 지움을 좀 보아 주십시오.

재판장님!

무죄가 아니면

진정, 사형을 내려주십시오.

1959년 10월 21일

— 구상, 「모과 옹두리에도 사연이 47」 전문

위에 인용된 시가 쓰이기까지의 과정을 구상은 「옥중모일獄中某日」에서 설명하고 있으며, "또 다시 '구상!' 하고 재판장이 불러 세운다. 최후진술이다"라고 언급하면서 자신의 이 시를 인용하였다. "문학잡지나 시민단체에 내 이름이 고문 비슷한 직책으로 걸려 있는 게 한 오십 개는 될 거야, 하지만 나는 일체 간여하지를 않아, 간여를 하지 않으니 직책을 받았다고도 할 수는 없는 거지, 자유당 말기에 감옥에서 결심한 대로 나는 일체의 직책을 맡지 않았어." 구상 시인 자신의 이러한 언급에서 알 수 있는 바와 같이 그는 세사의 명리나 명예 등과는 초연하게 평생을 살았다고 볼 수 있다.

구상 시인의 '실천행'으로서의 삶을 보여주는 또 다른 예로는 박삼중 스님이 벌이는 사형수 돕기에 적극적으로 동참하여 그 중 한 명을 양아들로 삼고 옥바라지를 하면서 구명운동을 전개하였다는 점을 들 수 있다. 그 결과 그 사형수는 7년 만에 무기징역으로 감형되었다가 15년 만에 석방되었으며, 이러한 점은 우리나라 행형行刑 사상에서 그 유례를 찾아 볼 수 없는 일이라고 할 수 있다. 다음에 부분을 인용하는 「어버이날에 온 편지」에서 구상 시인은 "이 시의 내용은 실화이지만 그 인명人名 등은 밝히기를 삼간다"— 그러나 나중에 그의 이름이 최재만으로 밝혀진 바 있다 — 라는 언급과 함께 그 사형수와의 인연을 한 편의 시로 형상화하였다.

오늘도 어버이날에 맞춰서

교도소에 있는 의(義)아들로부터

편지가 왔다.

(…중략…)

그 애는 15년째 옥살이를 하는 무기수(無期囚)
아니, 경찰의 모진 고문으로 조작된
살인강도죄로 사형선고를 받고서
그 집행의 날만을 마음 졸이다가
어느 스님의 앞장선 탄원으로
겨우 목숨만 건진 40세의 젊은이

그 구출 서명에 동참한 인연으로
나와는 부자지연(父子之緣)까지 맺게 되었지만
무능하고 부실하기 짝이 없는 이 애비.

— 구상, 「어버이날에 온 편지」 전반부

2004년 5월 11일 별세한 구상 시인의 장례미사를 2004년 5월 13일 집전한 김수환 추기경은 강론에서 "구상 선생은 명실공히 가톨릭 시인이십니다. 폐쇄적 의미의 한 종파에 속하는 뜻의 가톨릭 시인이 아니고 가톨릭이라는 말의 뜻 그대로 보편적이요 온 세상 모든 이에게 열려있고 모든 이를 일체의 차별을 초월하여 감싸는 그렇게 넓은, 하느님의 마음을 닮고 그처럼 크고 넓고 깊은 믿음과 사랑의 삶을 사신 시인이십니다"라고 추모하면서 구상 시인의 시 「요한에게」를 예로 들었다.

너, 아둔한 친구 요한아!

가령 네가 설날 아침의 햇발 같은 눈부신 시를 써서 온 세상에 빛난다 해도 너의 안에 온전한 기쁨이 없다는 것을 아직도 깨우치지 못하느냐

너, 아둔한 친구 요한아!
가령, 네가 미스 월드를 아내로 삼고 보료를 깐 안방과 만권(萬卷)의 서(書)가 구비된 사랑에 살며 세 때 산해진미로 구복(口腹)을 채운다 해도 너의 안에 온전한 기쁨이 없다는 것을 아직도 깨우치지 못하느냐.

너, 아둔한 친구 요한아!
가령, 네가 남보다 뛰어난 건강을 가졌거나 천만인을 누르는 권세를 쥐었거나 화성(火星)을 날아다니는 재주를 지녔다 해도 너의 안에 온전한 기쁨이 없다는 것을 아직도 깨우치지 못하느냐.

너 아둔한 친구 요한아!
가령, 네가 너의 아들딸들의 지극한 효를 보고 손주놈들의 재롱을 취한다 해도 너의 안에 온전한 기쁨이 없다는 것을 아직도 깨우치지 못하느냐.

너, 영혼의 문둥이 요한아!
만일 네가 네 안에 참된 기쁨을 누리자면 너의 오늘날 삶의 모든 것이 신비(神秘)의 샘임을 깨달아 그 과분(過分)함을 감사히 여길 때 이루어지리니 그래서 일찍 너의 형제 아씨시 프란치스코는 "하느님께서 내게 주신 은혜를 거두어 도둑들에게 주셨더라면 하느님은 진정 감사를 받으실 것을!" 하고 갈파(喝破)하였더니라.

― 구상, 「요한에게」 전문

'요한'은 구상 시인의 세례명이고, 끝부분에 인용된 '아씨시 프란치스코' 성

인의 말씀은 구상 시인의 형 구대준 가브리엘 신부가 그에게 전해준 것으로 그의 '가훈家訓'이 되었다.

남의 눈에 뜨이지 않는 곳에서 이웃을 돕는 사람을 가톨릭에서는 '은수자隱修者'라고 한다. 이런 의미에서 구상 시인은 진정한 의미의 '은수자'였으며, 그의 이러한 점은 "내가 진실로 너희에게 말한다. 너희가 내 형제들인 이 가장 작은이들 가운데 한 사람에게 해 준 것이 바로 나에게 해 준 것이다"(마태오복음서, 25장 40절)라는 말씀을 몸소 실천한 점에서도 찾아 볼 수 있다.

(2) 구상의 시에 반영된 가톨릭 시세계의 특징

"시인과 일상인과 신앙인을 분리하지 않은 전인적 실존"이라는 김윤식의 언급처럼, 가톨릭을 중심으로 하는 구상 시인의 일상日常은 그의 「현대 가톨릭문학과 그 문제의식 소고小考」와 「신심信心 낙혜초落穗抄」에서 찾아볼 수 있다. 전자는 『사목司牧』1974.3에 수록되었던 것으로 『구상문학선』1975에 재수록 되어 있으며, 후자는 『가톨릭시보』의 「일요한담」, 「주간종교」, 「옹달샘」을 비롯하여 그 밖의 '칼럼'에 게재 되었던 것으로 『영원 속의 오늘』1976에 재수록 되어 있다.

「현대 가톨릭문학과 그 문제의식 소고」에서 구상이 가장 강조하는 것은 프랑수아 모리악이 말하는 "인간의 드라마는 은총과 악의 싸움이라고 전제하고서 가톨릭 문학은 그 드라마를 그리지 않으면 안 된다"라는 점에 있다. 다시 말하면, 영혼과 육신의 대립, 선과 악의 대립, '로고스'와 '파토스'의 대립이 바로 십자가이자 기독교적 인간이기 때문이다. 또한 가톨릭 작가의 임무에 대해서는 20세기 가톨릭의 대표적 철학자인 자크 마리텡의 말을 인용하여 "나는 소설가다, 가톨릭이다, 여기에 나의 싸움이 있다"라고 강조하고 있다. 이러한 점을 종합하여 구상 시인은 '가톨릭 문학'을 다음과 같이 설명하였다.

이러한 모든 가톨릭 작가의 문제의식과 그 고민들은 필경, 십자가의 예수 그리스도의 오뇌(懊惱)와 고통, 즉 천주 친히 우리 앞에 체현(體現)하신 수고 수난을 이들 역시 따르는 것이라 하겠다. 실상 우리는 싸우지 않고 저러한 고통 없이 예수의 제자가 될 수는 없다. 더욱이나 그 승리의 보상은 기대할 수는 없다. 흔히 우리는 얼마나 많이 부전승(不戰勝)을 이룬 듯한 구역질나는 가톨릭 신자들의 얼굴을 대하고 있는가! 가톨릭 작가들에게 있어, 아니 참된 작가라면 저러한 모순과 갈등은 언제나 그를 괴롭힐 것이다. 그리고 신앙과 자기 성실의 파열(破裂) 속에 언제나 살지 않으면 안 될 것이다. 어쩌면 이 비극적인 함정에 기꺼이 몸을 내던지지 않으면 안 될 것이다. 이러한 심연(深淵)에 무아(無我)의 투기(投企)야말로 승리, 곧 부활을 가져다주는 것이리라.

이처럼 '가톨릭 작가'의 의무와 역할을 강조한 구상은 「신심 낙혜초」에서 자신의 일상에서 마주친 열 가지 경우를 예로 들어 가톨릭 신자들의 덕목을 설명하고 있다. '성직聖職에의 소명召命'에서는 '종신서원終身誓願'을 하게 될 가톨릭대학 신학생들에 대해서 "어찌보면 인간으로서 가장 어렵고 심각한 이 택일擇一은 그야말로 인간의 지향과 노력만으로 이루어지지 못한 것이다. 그래서 가톨릭에서는 성소聖召 그 자체를 신의 은총으로 본다"라고 강조하면서 "나는 이런 뜻에서 가톨릭 성직자들의 독신제를 높이 찬양하고 또 저들을 누구보다도 가장 존경하는 사람이다"라고 결론짓고 있다. 또한 교황 '요한 23세 덕담'에서는 일반인들과 거리낌 없이 식사하고 일꾼들이 마시던 포도주를 함께 마셨다는 점, 주불대사駐佛大使로 있을 때, 파티석상에서 어느 귀부인의 노출이 심한 복장을 보고는 사과를 집어 주면서 "부인이여! 당신은 이 사과를 자시고 부끄러움을 아십시오"라고 비유적으로 넌지시 말했다는 점 등을 언급하였다. 아울러 인간적인 모습의 사도 베드로, 예수 그리스도에게 헌신적이었던 막달레나의 삶, 돌아온 탕자와 그의 형의 관계 등을 가톨릭 신자가 아닌 비신자들도 이해하기 쉽도록 설명하였다.

구상 시인의 명성은 '프랑스문인협회'가 선정한 세계 200대 문인 중의 한 명으로 선정된 바 있으며, '노벨문학상' 후보로 두 번[1999, 2000]이나 추천된 점에서도 찾아볼 수 있다. 이처럼 구상의 시는 영어, 프랑스어, 이탈리아어, 독일어, 스웨덴어, 일어 등으로 번역되어 한국문학을 세계에 알리는데 앞장섰을 뿐만 아니라 한국문학이 세계문학에 자리매김하는 데 있어서 선구적인 역할을 하였다. "시를 쓸 때 기어綺語의 죄를 범하지 않아야 한다. (…중략…) 말에는 눈에 보이지 않는 언령言靈이 있으므로 참된 말만 해야 한다. (…중략…) 교묘하게 꾸며 겉과 속이 다른, 진실이 없는 말을 결코 해서 안 된다"는 점을 강조하고는 했던 구상의 가톨릭 시세계는 영국 옥스퍼드대학교 출판부에서 출판한 『신성한 영감靈感─세계시에 반영된 예수의 삶』[1998]에 그의 시 4편이 수록되었다는 점에서도 찾아볼 수 있다. 구상 시인에 대해서 "저널리스트, 수필가, 극자가인 구상은 수많은 시집을 출판했다. 나사렛의 예수를 일상생활의 신비로 파악하고 있는 그는 종종 예측 불가능한 신비로운 순간, '비어있음'에 대한 역설적인 충만 등을 동양의 눈, 특히 불교의 눈으로 바라보고는 한다"라고 소개하면서 수록한 그의 시로는 「말씀의 실상實相」, 「성탄의 고음苦吟」, 「신령한 소유所有」, 「부활송復活頌」 등이 있다.

'구도'의 세계

가톨릭 분위기의 가정환경, 자신의 형 구대준 가브리엘 신부, 베네딕토 수도원에서의 생활, 종교학의 전공 등을 바탕으로 하는 구상 시인의 시세계는 독실한 신심信心을 중심으로 하고 있다. 이러한 점은 그리스도의 복음서에 대한 묵상이라고 할 수 있는 「그분이 홀로서 가듯」에서 확인할 수 있으며, 이 시는 『말씀의 실상實相』[1980]에 수록되어 있다.

홀로서 가야만 한다.
저 2천 년 전 로마의 지배 아래

사두가이와 바리사이들의 수모를 받으며

그분이 홀로서 가듯

나 또한 홀로서 가야만 한다.

악의 무성한 꽃밭 속에서

진리가 귀찮고 슬프더라도*

나 혼자의 무력(無力)에 지치고

번번이 패배의 쓴잔을 마시더라도

제자들의 배반과 도피 속에서

백성들의 비웃음과 돌팔매를 맞으며

그분이 십자가의 길을 홀로서 가듯

나 또한 홀로서 가야만 한다.

정의는 마침내 이기고 영원한 것이요,

달게 받는 고통은 값진 것이요,

우리의 바람과 사랑이 헛되지 않음을 믿고서

아무런 영웅적 기색도 없이

아니, 볼 꼴 없고 병신스런 모습을 하고**

그분이 부활의 길을 홀로서 가듯

나 또한 홀로서 가야만 한다.

* 진리가 귀찮고 슬프더라도 : 르낭의 말

** 볼 꼴 없고 병신스런 모습을 하고 : 구약성서의 한 구절

― 구상, 「그분이 홀로서 가듯」 전문

위에 인용된 시에서 시인이 강조하고 있는 가장 중요한 명제는 "홀로서 가야만 한다"에 있으며, 이러한 명제를 실천하기 위해서는 '그분'으로 암시되어 있는 '예수 그리스도'의 삶을 자신의 삶으로 전환시키는 데 있다는 점을 분명히 하고 있다. 이러한 점은 이 시에 인용되어 있는 르낭의 말 "진리가 귀찮고 슬프더라도"와 구약성경의 "볼 꼴 없고 병신스런 모습을 하고"에서 확인할 수 있다.

"볼 꼴 없고 병신스런 모습을 하고"라는 구약성경에서 인용한 구절은 가장 비천하고 가장 볼품없는 모습이지만 가장 겸손하면서도 가장 깊은 신심信心으로 가톨릭의 정신을 구현하고자 하는 시인 자신의 결의에 찬 모습을 의미한다. 이러한 점은 사도 바오로의 「고린토1서」의 다음과 같은 구절에도 관계된다. "내가 전한 복음서의 말씀을 여러분이 지키면 여러분은 그 복음서로 구원받을 것입니다. 물론 여러분이 헛되이 믿은 경우에는 그렇지 못할 것입니다. 실상 나도 전해 받았고 또 여러분에게 제일 먼저 전해 준 것은 이것입니다. 곧, 그리스도께서는 성경말씀대로 우리 죄를 위해서 죽으시고 묻히셨으며, 또 성경말씀대로 사흘 만에 일으켜지시고, 게파에게, 다음에는 열두 제자에게 나타나셨습니다. 이어서 그분은 한 번에 오백 명이 넘는 형제들 앞에 나타나셨습니다. 그 중의 대부분은 아직도 살아남아 있지만 몇몇은 잠들었습니다. 이어서 그분은 야고보에게, 그 다음에는 사도들에게 나타나셨으며 맨 마지막으로는 배냇병신 같은 나에게도 나타나셨습니다. 실상 나는 사도들 중에서 가장 작은 자이며 더구나 하느님의 교회를 박해하였으니 사도라고 불릴 자격조차 없는 몸입니다. 그러나 내가 오늘의 나로 있는 것은 하느님의 은총 덕분입니다. 내게 대한 그분의 은총이 헛되지 않았던 것입니다. 오히려 나는 그들 모두보다 더 많이 수고하였습니다마는 내가 아니라 나와 함께 있는 하느님의 은총이 한 것입니다."(고린토1서, 15장 1~10절)

시인은 또 제2연에서 '진리'의 의미와 역할을 강조하고 있다. 이때의 진리는 "나는 길이요 진리요 생명이다. 나를 거치지 않고서는 아무도 아버지께 갈 수

없다"(「요한복음서」, 14장 6절)에 관계되기도 하고, "'아무튼 네가 왕이냐?' 하고 빌라
도가 묻자 예수 그리스도는 '내가 왕이라고 네가 말했다. 나는 오직 진리를 증
언하려고 났으며 그 때문에 세상에 왔다. 진리 편에 선 사람은 내 말을 귀담아
듣는다' 하고 대답하셨다. 빌라도는 예수에게 '진리가 무엇인가?' 하고 물었다.
빌라도는 이 말을 하고 다시 밖으로 나와 유대인들에게 '나는 이 사람에게서 아
무런 죄목도 찾지 못하였다'"(「요한복음서」 18장 37~38절)라고 말한 것에 관계되기
도 한다. 이와 같은 예에서 파악할 수 있는 바와 같이, 위에 인용된 구상의 시에
서의 '진리'는 바로 하느님의 섭리를 알고 그것을 실천하는 것이라고 볼 수 있
다. 그래서 예수 그리스도는 제자들에게 "너희가 나를 알았으니 나의 아버지도
알게 될 것이다. 이제부터 너희는 그분을 알게 되었다. 아니 이미 뵈었다"(「요한
복음서」 14장 7절)라고 강조하였다.

이처럼 '진리'로 대표되는 하느님에 대한 확고부동한 믿음과 실천은 제3연
에서 시인 자신이 살아온 현실로 전환되어 있다. 정의는 승리할 뿐만 아니라 영
원하다는 점, 그러한 정의를 위해서 받는 고통은 값진 것이라는 점, 따라서 정
의사회의 구현에 대한 바람과 사랑은 헛되지 않다는 점 등을 강조하고 있는 이
부분은 시인 자신이 살았던 세월과 일치한다고 볼 수 있기 때문이다. 따라서 예
수 그리스도가 마침내 '부활'의 길을 혼자 걸어갔듯이, "나 또한 홀로서 가야만
한다"는 점을 재차 강조하고 있다.

그러나 예수 그리스도가 갔던 길을 "나 또한 홀로서 가야만 한다"라는 명제
는 사실 보이지 않는 많은 사람들과 함께 하는 길에 해당한다는 사실도 암시되
어 있으며, 이러한 점은 다음에 인용하는 「홀로와 더불어」에서 찾아볼 수 있다.

　　나는 홀로다.
　　너와는 넘지 못할 담벽이 있고
　　너와는 건너지 못할 강이 있고

너와는 헤아릴 바 없는 거리가 있다.

나는 더불어다.
나의 옷에 너희의 일손이 담겨 있고
나의 먹이에 너희의 땀이 배어 있고
나의 거처에 너희의 정성이 스며 있다.

이렇듯 나는 홀로서
또한 더불어서 산다.

그래서 우리는 저마다의 삶에
그 평형과 조화를 이뤄야 한다.

— 구상, 「홀로와 더불어」 전문

　　혼자이지만 혼자가 아니라는 점은 제2연의 첫 행 "나는 더불어다"에 반영되어 있으며, 그러한 점은 시인 자신의 옷, 먹이, 거처 등이 사실은 자신이 혼자 만든 것이 아니라 다른 사람들이 만든 것이라는 점이 반영되어 있다. 그래서 결국은 누구나 '저마다의 삶'을 살지만 다른 사람들과의 '평형'과 '조화'를 이루면서 살아가야 한다는 점을 강조하고 있다.

　　구상의 시세계를 구도의 세계라고 언급할 때에 대부분의 경우 가장 많이 인용하여 설명하고는 하는 시가 『말씀의 실상實相』1980의 표제시表題詩로 수록되어 있는 「말씀의 실상實相」이다.

영혼의 눈에 끼었던
무명(無明)의 백태가 벗겨지며

나를 에워싼 만유일체(萬有一體)가

말씀임을 깨닫습니다.

노상 무심히 보아오던

손가락이 열 개인 것도

이적(異蹟)에나 접하듯

새삼 놀라웁고

창 밖 울타리 한구석

새로 피는 개나리꽃도

부활의 시범을 보듯

사뭇 황홀합니다.

창창한 우주, 허막(虛漠)의 바다에

모래알보다도 작은 내가

말씀의 신령한 그 은혜로

이렇게 오물거리고 있음을

상상도 아니요, 상징(象徵)도 아닌

실상(實相)으로 깨닫습니다.

— 구상, 「말씀의 실상(實相)」 전문

위에 인용된 구상의 시 「말씀의 실상」에서 '말씀'은 물론 하느님의 '말씀에 해당하며, 그것은 라틴어로 'Verbum Dei', 영어로 'Word of God'에 해당한다. 구약성경에서 창조주인 하느님의 능력과 지혜는 바로 그 '말씀'에 의해 계시되었다. 이와 같은 하느님의 말씀은 신약성경에서도 그대로 계승되었으며, "주님께서 예언자를 통하여 하신 말씀이 이루어지려고 이 모든 일이 일어났다"(『마태오복음서』 1장 22절)에 나타나 있는 바와 같이 모든 '계시'를 의미하기도 하고, "예수님께서 겐네사렛 호숫가에 서 계시고, 군중은 그분께 몰려들어 하느님의 말씀을 듣고 있을 때였다"(『루가복음서』 5장 1절)에 나타나 있는 바와 같이 '구원'을 의미하기도 하고, "예수님께서 이 말씀들을 마치시자 군중은 그분의 가르침에 몹시 놀랐다"(『마태오복음서』 7장 28절)에 나타나 있는 바와 같이 그 '능력'을 의미하기도 한다. 이와 같은 의미를 지닌 '말씀'은 "말씀이 사람이 되시어 저희 가운데 계시나이다"에서 절정에 이루게 된다. 따라서 "영혼의 눈에 끼었던 / 무명無明의 백태가 벗겨지며"는 바로 그 '말씀'에 의해서 시인의 영혼이 새로운 사실을 자각하게 된다는 점이 암시되어 있다. 이 시에서는 우리들이 그동안 무심하게 보아왔던 개나리꽃에서부터 "모래알보다도 작은 내가 / 이렇게 오물거리고 있음"을 깨닫게 되는 것까지, 그 모든 생명의 원천이 바로 '하느님의 말씀'에 있다는 점을 강조하고 있다.

'기도'의 세계

가톨릭에서의 기도는 물론 '주님의 기도'가 가장 보편적이면서도 가장 중요한 기도에 해당할 것이다. "저희에게도 기도하는 법을 가르쳐 주십시오"라는 제자들의 말에 "너희는 이렇게 기도하여라"면서 예수 그리스도가 가르쳐 준 '주님의 기도'는 다음과 같다. "하늘에 계신 우리 아버지, 아버지의 이름이 거룩히 빛나시며, 아버지의 나라가 오시며 아버지의 뜻이 하늘에서와 같이 땅에서도 이루어지소서. 오늘 저희에게 일용할 양식을 주시고, 저희에게 잘못한 이를 저희가 용서하오니 저희 죄를 용서하시고, 저희를 유혹에 빠지지 않게 하시고 악에서 구하소서."(『마태오복음서』 6장 9~13절) '주님의 기도'는 일곱 가지 청원으로 이루어져 있다. 처음 세 가지는 하느님의 이름, 하느님의 나라, 하느님의 뜻 등 하느님의 영광에 대한 청원이고, 다음 네 가지는 일용할 양식, 타인과 자신의 용서, 유혹의 근절, 악의 차단 등 우리 자신의 영혼과 육신에 관한 청원이다. 이와 같은 기도의 세계를 보여주는 구상의 시 「기도」이다.

> 저들은 저들이 하는 바를
> 모르고 있습니다.
>
> 이들도 이들이 하는 바를
> 모르도 있습니다.
>
> 이 눈먼 싸움에서
> 우리를 건져 주소서.
>
> 두 이레 강아지만큼이라도
> 마음의 눈을 뜨게 하소서.
>
> ─구상, 「기도」 전문

신앙시집 『두이레 강아지만큼이라도 마음의 눈을 뜨게 하소서』2001에 수록되어 있는 위에 인용된 시의 내용은 우리들 자신을 위한 청원에 있으며, 그 핵심은 "눈 먼 싸움"에 있다. 이러한 싸움은 국내외 정치·사회적인 갈등에서 비롯된 것, 종교와 인종의 갈등에서 비롯된 것, 지방색에 의해서 비롯된 것에서부터 우리 자신의 개인적인 욕망에서 비롯된 까지 다양할 수 있다. 그리고 그러한 싸움을 극복하고 평화롭게 살아갈 수 있는 유일한 방법은 바로 이 시의 마지막 연에 암시되어 있는 바와 같이 "두 이레 강아지만큼이라도 / 마음의 눈"을 뜨는 데 있 있다. 말하자면, 세상을 맨 처음 바라보게 되었을 때의 바로 그 경이로운 마음을 가지게 되는 것이 무엇보다도 중요하다고 볼 수 있다. '두 이레 강아지'가 처음으로 눈을 떠서 세상을 바라보듯이 시인 자신도 그렇게 눈을 떠서 세상을 바라보고 싶은 심정은 다음에 인용하는 시 「은총에 눈이 떠서」에도 반영되어 있다.

비로소 두 이레 강아지 눈만큼
은총에 눈이 떠서
세상 만물을 바라본다.

지척도 분간되지 않던 무명(無名) 속
어둠의 허깨비들은 스러지고
쳇바퀴 돌 듯 되풀이하던
목숨의 시간들이
신비의 샘으로 흐른다.

그저 무심히 눈에 스치던
자연의 생성과 소멸이
나의 흐린 오관(五官)을 생동케 하고
나의 녹슨 심장을 고동케 해서
그 어떤 이적(異蹟)보다도 놀라웁고
흥부네 박씨보다도 감사하다.

나의 연륜으로 인한 육신의 쇠퇴는
부활을 위한 조락(凋落)일 뿐이요,
내 안에는 신령한 새싹이 움터
영원 동산에 꽃필 날을 기다린다.

비로소 두 이레 강아지만큼

은총에 눈이 떠서

하나도 어제와 달라진 게 없건만

이제 삶의 보람과 기쁨을 맛본다.

— 구상, 「은총에 눈이 떠서」 전문

위의 시를 읽다보면, 가톨릭 시인으로서 기도를 통해서 '은총'을 느끼게 되는 것보다 더 큰 보람과 영광과 기쁨은 없을 것이라는 생각을 하게 된다. 더구나 "비로소 두 이레 강아지만큼 / 은총에 눈이 떠서"로 시작되고 끝맺는 이 시에서 중요한 점은 '삶'은 어제나 오늘이나 달라진 게 없지만, 기도를 통해서 '삶의 보람과 기쁨'을 얻게 되는 일종의 환희의 순간에 있다. 그 결과 시인은 '마음의 눈'을 뜨게 되고 세상만물에 대해 감사한 마음을 갖게 된다. 이처럼 기도에서 비롯되어 은총을 얻게 된 시인의 기쁜 마음은 다음에 인용하는 「마음의 눈을 뜨니」에도 반영되어 있다.

이제사 나는 눈을 뜬다.

마음의 눈을 뜬다.

달라진 것이라고 하나도 없는

이제까지 그 모습, 그대로의 만물이

그 실용적 이름에서 벗어나

저마다 총총한 별처럼 빛나서

새롭고 신기하고 오묘하기 그지없다.

무심히 보아오던 마당의 나무,

넘보듯 스치듯 잔디의 풀,

아니 발길에 차이는 조약돌 하나까지

한량없는 감동과 감격을 자아낸다.

저들은 저마다 나를 마주 반기며

티 없는 미소를 보내주기도 하고

신령한 밀어를 속삭이기도 하고

손을 흔들어 함성을 지르기도 한다.

한편, 한길을 오가는 사람들이

새삼 소중하고 더없이 미쁜 것은

그 은혜로움을 일일이 쳐들 바 없지만

저들의 일손과 땀과 그 정성으로

나의 목숨부터가 부지되고 있다는 사실을

이제는 너무나도 실감하고 있기 때문이다.

만물의 시원(始原)의 빛에 눈을 뜬 나,

이제 세상 모든 것이 기적이요,

신비 아닌 것이 하나도 없으며

더구나 저 영원 속에서 나와 저들의

그 완성될 모습을 떠올리면 황홀해진다.

—구상,「마음의 눈을 뜨니」전문

이상에서 살펴본 바와 같이 "두 이레 강아지만큼이라도 눈을 뜨게 하소서"라
고 기도하는 구상 시인에게 있어서 다음에 인용하는「오도午禱」는 사회악의 척

결, '나'의 새로운 소생, 그리고 영생에의 믿음을 강조하고 있다.

저 허공과 나 사이 무명(無明)의 장막을 거두어 주오.
이 땅 위의 모든 경계선과 철망과 담장을 거두어 주오.
사람들의 미움과 탐욕과 차별지(差別智)를 거두어 주오.
나와 저들의 체념과 절망을 거두어 주오.

소생케 해 주오. 나에게 놀람과 눈물과 기도를,
소생케 해 주오. 죽은 모든 이들의 꿈과 사랑을,
소생케 해 주오. 인공이 빚어낸 자연의 모든 파상(破傷)을.

그리고 허락하오. 저 바위에게 말을, 이 바람에게 모습을,
오오, 나에게 순수의 발광체(發光體)로 영생(永生)할 것을 허락하오.

─ 구상, 「오도」 전문

위에 인용된 이 시의 제목에 해당하는 '오도午禱'는 물론 한 낮에 올리는 기도를 의미한다. 이러한 기도를 올리고 있는 구상 시인은 세 가지를 강조하고 있다. 하나는 각 행의 마지막을 "거두어 주오"로 끝맺으면서 부정적인 것들을 이세상에서 제거해 달라고 소망하는 제1연에서의 장막, 경계선, 절망, 담장, 미움, 탐욕, 차별지, 체념 등이고, 다른 하나는 각 행의 첫 부분을 "소생케 해 주오"라고 시작하면서 긍정적인 것들을 이 세상에서 다시 소생시켜 달라고 애원하는 제2연에서의 놀람, 눈물, 기도, 꿈, 사랑, 파상 등이고, 또 다른 하나는 "허락하오"라는 말로 시작하고 끝맺으면서 이 세상 모든 것들에게 귀 기울일 것과 '나자신'의 영원을 기원하고 있는 제3연에서의 말, 모습, 영생 등 이다.

우선 제1연 첫 행에서 허공과 '나' 사이에 드리워진 '무명의 장막'은 하늘과

시인의 의사소통 혹은 하느님과 나, 주님과 나, 성모님과 나의 의사소통을 의미한다. 말하자면, 지상에서의 인간의 일이 하늘에서의 하느님의 일에 일치할 수 있기를 바라고 있는 셈이다. 그렇게 될 때에 이 세상은 정말로 살맛나는 세상이 될 것이다. 제2행에는 지상의 일들에 해당하는 경계선과 철망과 담장이 강조되어 있다. 이 세 어휘는 넓은 의미로 볼 때에 강대국과 약소국으로 대표되는 이데올로기와 국경의 경계에 관계되기도 하고, '담장'에 암시되어 있는 바와 같이 이웃과 이웃의 경계에 관계되기도 한다. 제3행에는 사람들 하나하나에게 나타나는 미움과 탐욕이 언급되어 있으며, 그것은 삼라만상의 근본을 평등으로 보지 않고 차등 현상으로 보는 인식에 해당하는 '차별지'라는 어휘에 요약되어 있다. 말하자면, 만물의 영장인 인간을 포함하여 모든 것의 관계를 평등하고 대등한 관계로 파악하지 못하고 차별화된 관계로 파악하는 것을 구상 시인은 자신의 이 시에서 질타하고 있다. 마지막 행에서는 '나 자신'과 '저들'의 경계선을 허물어 체념과 절망을 거두어 줄 것을 간구하고 있다.

이처럼 제1연에서는 큰 개념에서부터 작은 개념으로, 말하자면 '하늘 → 땅 → 사람 → 나' 등으로 그 의미를 축소하여 심화시키고 있다면, 제2연에서는 작은 개념에서부터 큰 개념으로, 즉 '나 → 사람 → 자연'으로 그 의미를 확대시켜 나가고 있다. 물론 이 모든 것들을 가능하게 하는 것은 '소생'이다. '나 자신'의 놀람과 눈물과 기도, 죽은 이의 꿈과 사랑, 문명의 발달로 인해서 파괴된 자연 등이 모두 원래의 제 모습을 되찾을 수 있게 될 때, 그때에 이 세상은 성모님의 사랑 안에서 더욱 아름다운 세상이 될 수 있을 것이다. 제3연에서는 우리들의 상식으로는 이해할 수 없지만 전능하신 주님의 은총과 성모님의 사랑으로는 가능한 것들을 언급하고 있다. 말없는 '바위'에게 말을 할 수 있도록 허락하고, 모습이 없는 '바람'에게 모습을 허락해 줄 것을 구상 시인을 기도하고 있으며, '나 자신'도 하나의 빛나는 발광체가 되어 영생할 것을 기원하고 있다.

아울러 구상 시인에게 있어서 성모 마리아는 또 다른 기도와 간구의 대상이

자 그의 모든 일상을 변함없이 이해하고 감싸주는 대상이기도 하다. 이러한 점은 다음에 인용하는 「성모 마리아」에서 확인할 수 있다.

당신은 내 새벽 하늘에 서 있다.

당신은 백합의 옷을 입고 있다.

당신의 눈에는 옹달샘이 고여 있다.

당신의 가슴엔 칠고(七苦)의

상혼(傷痕)이 장미처럼 피어 있다.

당신은 저녁놀이 짓는

갈대의 그림자를 드리고 있다.

당신은 언제나 고향집 문전에서 나를 기다린다.

당신은 내가 일곱 마귀에 씌어

갈피를 못 잡을 때도 돌아서지 않는다.

당신은 마침내 당신의 그지없는 사랑으로

나를 태어날 때의 순진으로 되돌려

아기 예수를 안았던 바로 그 품에다

얼싸안고 흐뭇해한다.

— 구상, 「성모 마리아」 전문

위에 인용된 시에서 구상 시인이 강조하고 있는 '칠고七苦'는 '성모칠고聖母七苦'에 해당하며, 그것을 차례로 정리하면 다음과 같다. ① "당신의 영혼이 칼에 꿰찔리는 가운데, 많은 사람의 마음속 생각이 드러날 것입니다"(루가복음서, 2장 35절)에 나타나 있는 '시메온의 예언', ② "요셉은 일어나 그 밤으로 아기와 아기 어머니를 데리고 이집트로 가서 헤로데가 죽을 때까지 거기에서 살았다"(마태오복음서, 2장, 14~15절)에 나타나 있는 '이집트로의 피신', ③ "그런 다음에야 친척들과 친지

들 사이에서 찾아보았지만 찾아내지 못하였다. 그래서 예루살렘으로 돌아가 그를 찾아다녔다. 사흘 뒤에야 성전에서 그를 찾아냈는데"(루가복음서, 2장 44~46절)에 나타나 있는 '삼일 동안 예수를 잃으심', ④ "백성의 큰 무리도 예수님을 따라갔다. 그 가운데에는 예수님 때문에 가슴을 치며 통곡하는 여자들도 있었다"(루가복음서, 23장 27절)에 나타나 있는 '예수 그리스도가 골고다 갈바리아로 오르는 모습', ⑤ "예수의 십자가 밑에는 그 어머니와 이모와 글레오파의 아내 마리아와 막달라 여자 마리아가 서 있었다"(요한복음서, 19장 25절)에 나타나 있는 '예수 그리스도가 십자가에 못 박혀 죽음', ⑥ "그 후에 아리마태아 출신 요셉이 빌라도에게 예수의 시신을 가져가게 해 달라고 요청하였다. 그는 예수의 제자였으나 유대인들이 두려워서 그 사실을 숨겨 왔었다. 빌라도가 허락했으므로 그는 가서 그분의 시신을 옮겼다"(요한복음서 19장 38절)에 나타나 있는 '예수 그리스도의 시신을 십자가에서 내림', ⑦ "그날은 유대인들의 준비일이었고 또 무덤이 가까이 있었기 때문에 그들은 거기에 예수를 안장했다"(루가복음서 23장 50~56)에 나타나 있는 '예수 그리스도를 무덤에 묻음' 등 '성모칠고'는 예수 그리스도에 관련되는 일곱 가지 사건을 성모 마리아가 직접 체험하거나 목격하는 것에 관계된다.

아울러 '일곱 마귀'는 "악령이 어떤 사람 안에 들어 있다가 그에게서 나오면 물 없는 광야에서 쉴 곳을 찾아 헤맨다. 그러다가 찾지 못하면 '전에 있던 집으로 되돌아가야지' 하면서 다시 돌아간다. 돌아가서 그 집이 비어 있을 뿐만 아니라 말끔히 치워지고 잘 정돈되어 있는 것을 보고 그는 다시 나와 자기보다 더 흉악한 악령 일곱을 데리고 들어가 자리 잡고 산다. 그러면 그 사람의 형편은 처음보다 더 비참하게 된다. 이 악한 세대도 그렇게 될 것이다"(「마태오복음서」 12장 43~45절)에 관계되기도 하고 "그리고 악령에서 벗어나고 질병에서 낫게 된 여자들도 더러 있었는데, 곧 귀신 일곱이 떨어져 나간 적이 있는 막달라 여자라고 하는 마리아"(루가복음서, 8장 2절)에 관계되기도 한다. 그러나 중요한 점은 '칠고七苦'를 몸소 체험하고 목격한 성모 마리아가 시인이 '일곱 마귀'로 고백하고 있는 그 자신의 그 어떤 악행도 '사랑'으로 감싸준다는 데 있다. 그 결과 시인은 "태어날 때의 순진"으로 되돌아오게 된다.

이상에서 살펴본 바와 같이, '기도' 그 자체는 참된 것이어야 하고 '나'의 소망을 하느님의 뜻에 순종하도록 하는 데 있다는 점을 구상 시인은 「참된 기도」에서 다음과 같이 강조하였다.

일전 프랑스에서 한국에 와 있는 선교사 한 분과 회식을 하던 중, 이야기가 한국인의 종교심에 미치자 그 신부는 "내가 본국에 있을 때 신자들이 미사예물(가톨릭의 공양)을 가지고 와서 말하는 그 기원의 내용은 거의가 하느님께 받고 있는 은혜에 대한 감사인데 한국 신자들의 미사를 올리는 지향이란 하나같이 하느님께 무엇을 어떻게 해내라는 청원에 속하더라"는 술회였습니다. 우리의 신앙이 예로부터 현세적이고 기복적(祈福的)인 성향이 짙은 것을 나도 알고는 있었지만 그 너무나 뚜렷한 지적에 나부터가 아주 큰 충격을 받았고 자신의 일상적 신심과 기도생활을 살피는 데 큰 도움이 되었습니다. (…중략…) 어떠한 기원에 있어서도 저 겟세마네의 예수처럼 "제 뜻대로 마시고 아버지의 뜻대로 하십시오"라는 전제 속에서 지극히 간절한 소망이라 할지언정 우리는 먼저 하느님의 뜻을 전면적으로 받들려는 지향에서 발해져야 할 것입니다. 그래서 참된 기도란 우리의 소망으로 하느님의 뜻을 변화시키려 드는 것이 아니라 우리의 소망을 하느님의 뜻에 순종시키려는 원망(願望) 이외의 다른 것이 아님을 너도 나도 깨닫도록 하여야 하겠습니다.

'고해告解'의 세계

가톨릭교회에서 '고해성사'는 참회자의 통회, 고백, 보속과 고해신부의 사죄의 순서로 이루어진다. 이러한 고해성사가 집행되는 순서에 비추어 볼 때에 참회자는 먼저 양심적으로 자신이 지은 죄를 성찰하여 지은 죄가 무엇인지를 생각해 내고, 바로 그 죄를 깊이 뉘우치는 통회를 하게 되며, 다시는 그러한 죄에 빠지지 않기로 정개定改하고 난 후에 고해신부 앞에 나가 죄를 고백하게 된다. 참회자의 이러한 고백을 들은 고해신부는 사죄를 하고 보속을 정해 주게 되며, 참회자는 고해신부로부터 받은 보속을 성실하게 실천함으로써 고해성사는 끝나게 된다.

한국 현대 가톨릭 시에 반영되어 있는 이상과 같은 '고해성사'는 고해, 고백성사, 고백 등으로 나타나 있다. 구상 시인의 경우는 「고백」과 「임종고백」에서 찾아볼 수 있으며, 「고백」의 전문은 다음과 같다.

어느 시인은 하늘을 우러러
'한 점 부끄럼이 없기를' 하고 읊었지만
나는 마음이 하도 망측해서
하늘을 우러러 부끄럽고 어쩌구커녕
숫제 두렵다.

일일이 밝히기가 민망해서
애매모호하게 말할 양이면
나의 마음은 양심의 샘이
막히고 흐리고 더러워져서
마치 칠죄(七罪)의 시궁창이 되어 있다.

하지만 머리 또한 간사하여
여러 가지 가면과 대사를 바꿔가며
그래도 시인이랍시고 행세하고
천연스레 진·선·미를 입에 담는다.

그뿐인가! 어디,
아침 저녁 건성 기도문을 외우고
주일마다 교회 예배에도 빠지지 않고
때로는 신앙의 글도 쓰고 말도 하니
옛 유태의 바리사이*와 무엇이 다르랴.

하기는 이따금 그 진창 속에서도
흙탕과 진흙을 말끔히 퍼내고 뚫어서
본디의 맑은 샘을 솟게 하고 싶지만
거짓으로 얽히고 설킨 세상살이의
현실적 파탄과 파멸이 무서워
숨지기 전에는 엄두를 못 내지 싶은데
막상 그 죽음을 떠올리면 이건 더욱
그 내세(來世)가 불안하고 겁난다.

이 밤도 TV에서 저 시구(詩句)를 접하고
걷잡을 바 없는 암담 속에 잠겨 있다가
문득 벽에 걸린 십자가상을 바라보고는
그 옆에 매달렸었을 우도(右盜)** 처럼 주절댄다.

주님! 저를 이 흉악에서 구하소서……

하지만 이 참회가 개심(改心)에 이어질는지를
나 스스로가 못 믿으니 이를 어쩐다지?

* 바리사이 : 옛 유태교의 한 종파오서 지배계층으로 군림하여 위선적이었음.
** 우도 : 십자가 위 예수의 오른쪽에 매달려 있던 도둑으로, 회개로 나아가 그리스도로부터 그 구원을 약속 받음.

— 구상, 「고백」 전문

위에 인용된 「고백」의 제1연은 우리들에게 잘 알려져 있는 윤동주의 「서시序詩」의 첫 구절에 해당하지만, 구상 시인은 자신의 "마음이 하도 망측해서" 그러한 하늘을 우러르기가 "숫제 두렵다"라고 고백하고 있다. 그것이 두려운 까닭은 제2연의 '칠죄七罪의 시궁창'이 되어버린 '양심의 샘' 때문이다. 가톨릭신자로서 하느님을 사랑하고 하느님의 뜻에 따라 착하게 살려고 노력하는 '마음'이나 그 진로를 방해하는 요소들로 가톨릭교회에서는 '삼구三仇'와 '칠죄종七罪宗'을 들고 있다. '삼구'에는 '육신', '세속', '악의 세력'이 있고 '칠죄종'에는 '교만', '인색', '음욕', '분노', '탐욕', '질투', '나태' 등이 있다.

이러한 칠죄종을 다시 설명하면, '교만'에는 자만, 야심, 허영, 자기자랑, 지나친 치장, 이유 없는 고집, 말다툼 등이 포함된다. '인색'은 정당한 이유나 목적이 없이 세상의 물질에 지나치게 집착하거나 소유하고자 하는 욕망으로, 가난한 사람에 대한 무감각, 부정축재, 사기 등도 포함된다. '음욕'은 성적性的 쾌락에 탐닉하는 것으로 진정한 의미의 사랑과 생명의 신비를 더럽히게 될 뿐만 아니라 궁극적으로는 참사랑의 의미를 깨닫지 못하게 되어 하느님으로부터 멀어지게 된다. '분노'는 보복하거나 복수하고자 하는 그릇된 욕망에서 비롯되며, 불평불만, 모욕, 악담, 고함, 욕설, 폭행, 싸움 등을 초래하게 된다. '탐욕'은 식탐食貪이나 '성욕'에 관계되며 이성과 윤리적 자유를 상실하게 되며 결과적으로 육체적이고 정신적인 건강을 상실하게 된다. '질투'는 타인의 성공과 재산을 시기하는 데서 비롯되며, 비방, 무고誣告, 증오 등을 초래하게 된다. '나태'는 응당 자기 자신이 해야만 하는 힘들고 고단한 일을 회피하는 것으로 무기력, 시간낭비, 선행의 기피, 정신적 산만 등을 초래하게 된다. 이러한 '칠죄종'에서 교만, 인색,

음욕, 탐욕은 자신의 이익만을 추구하는 데서 비롯되는 것이고, 질투, 분노, 나태는 자신의 불편함을 회피하는 데서 비롯되는 것이라고 볼 수 있다. 그리고 이 모두는 하느님과 이웃에 대한 사랑이 부족한 데서 비롯되는 결과이기 때문에 자신의 모든 것을 억제시킬 줄 알아야만 한다.

이렇게 볼 때에 구상 시인은 자신의 마음을 '칠죄七罪의 시궁창'으로 비유함으로써, 한 인간으로서 범할 수 있는 모든 죄악을 그동안 저질러왔다는 점을 솔직하게 고백하고 있다고 볼 수 있다. 그리고 그러한 예로 제3연의 '시인'으로서 범한 죄, 제4연의 '신앙인'으로서 범한 죄 등을 들고 있을 뿐만 아니라, 제5연에서는 시인으로서나 신앙인으로서나 자신의 마음에서 '맑은 샘'이 솟아나게 하고 싶지만, 즉 모든 것을 더욱 진솔하고 솔직하게 고백하고 죄의 용서를 받고 싶지만, "현실적 파탄과 파멸이 무서워" 그렇게 하지 못하고 있다는 점을 고백하고 있다. 아울러 이 세상을 떠날 때에나 모든 것을 고백하겠다고 생각하고는 하지만, 죽고 난 후의 "그 내세來世가 불안하고 겁난다"에서 확인할 수 있는 바와 같이 그렇게 하는 것 또한 쉽지 않다는 점도 고백하고 있다. 그러면서도 시인은 '우도右盜'처럼 구원을 청하게 된다. 그 '우도'는 다음과 같이 말했다. "예수님과 함께 매달린 죄수 하나도, '당신은 메시아가 아니시오? 당신 자신과 우리를 구원해 보시오' 하며 그분을 모독하였다. 그러나 다른 하나는 그를 꾸짖으며 말하였다. '같이 처형을 받는 주제에 너는 하느님이 두렵지도 않으냐? 우리야 당연히 우리가 저지른 짓에 합당한 벌을 받지만, 이분은 아무런 잘못도 하지 않으셨다.' 그리고 나서 '예수님, 선생님의 나라에 들어가실 때 저를 기억해 주십시오' 하였다. 그러자 예수님께서 그에게 이르셨다. '내가 진실로 너에게 말한다. 너는 오늘 나와 함께 낙원에 있을 것이다.'"(「루가복음서」 23장 39~43절)

바로 그러한 '우도右盜'처럼 "주님! 저를 이 흉악에서 구하소서……"라고 회개한다면, 앞에서 언급한 그 모든 '칠죄'를 용서받을 수 있고 하느님의 구원을 받을 수 있을 것인지에 대해서 구상 시인 자신이 확신하지 못하는 까닭은 "하지만

이 참회가 개심改心에 이어질는지를 / 나 스스로가 못 믿으니 이를 어쩐다지?"에 반영되어 있는 바와 같이, 자기 자신이 바로 그 구원에 대한 확고부동한 믿음은 있지만 그것을 실천할 수 있을지에 대한 의심 때문이라고 결론짓고 있다. 이러한 점은 "이 참회가 개심改心에 이어질는지"에서 찾아볼 수 있다. 이처럼 「고백」에서 구상 시인이 인용하고 있는 '우도'는 「우도 이야기」에서 한 편의 시로 형상화되어 있으며, 이 시의 마지막 부분은 다음과 같다.

그러나 이 어이된 일인가?

저분 같은 의인과 나 같은 흉한(兇漢)이

함께 죽어감은 어이된 일인가.

더욱이나 저분은 이제도

하늘을 우러러 하느님 아버지를 찾으며

"저 사람들을 용서하여 주소서! 그들은 자기들이 하는 일이 무엇인지 모르고 있습니다."

하며 자기를 못 박은 자들을 위해 비는 것이 아닌가?

그렇다면 저분은 나의 흉악한 과거와

그 죄악마저 용서하여 줄 수 있지 않을까?

내가 더 혹독한 죽음을 당하고 저분을 살릴 수는 없을까?

우도의 식어가는 가슴속에 사무쳐오는 뉘우침과 샘솟아오는 사랑이 좌도(左盜)의 예수께 향한 모욕을 꾸짖고 나서게 하고

마침내

"예수님! 당신 나라에 임하실 때

저도 한가지로 있게 하여 주십시오."

하고 불러 외쳤던 것이다.

― 구상, 「우도 이야기」 마지막 부분

가톨릭교회에서 강조하는 '참회'에는 인식적인 요소와 의지적인 요소가 있다. '인식적인 요소'는 지난날의 잘못을 기억함으로써 현재에도 여전히 죄악의 상태에 있다는 점을 느끼는 것이고, '의지적인 요소'는 지난날에 그러한 죄악을 범했음을 슬퍼하고 그 죄악이 사赦해지기를 간절하게 원함으로써 바로 그 죄악을 혐오하는 것이다. '참회'의 예로는 참회자의 통회, 고백, 보속과 고해신부의 사죄 등으로 이루어지는 '고해성사'를 들 수 있다. '참회'에서의 '의지적인 요소'에 긴밀하게 관계되는 '개심'은 하느님의 말씀을 실생활에서 실천하는 것에 해당한다. 이러한 '개심' 혹은 '회심'의 대표적인 경우로는 사도 바오로의 회심을 들 수 있을 것이다. 그는 "새로운 길을 따르는 이들을 찾아내기만 하면 남자든 여자든 결박하여 예루살렘으로 끌고 오기 위해"(사도행전, 9장 2절) 다마스쿠스로 말을 달려가던 중에 하늘에서 햇빛보다 더한 빛이 쏟아져 내려 자신의 동행자들과 함께 땅에 엎어지게 되었으며, 이때 히브리말로 "사울아, 사울아, 네가 왜 나를 박해하느냐?"(사도행전, 26장 14절)라는 말을 듣게 된다. "주님, 당신은 누구십니까?"(「사도행전」 26장 15절)라고 묻자 "나는 네가 박해하는 예수다"(「사도행전」 26장 15절)라는 말을 듣게 되어 박해자로서의 사울은 이방인의 사도로서의 바오로로 회심하게 된다. 그리고 "이제는 내가 사는 것이 아니라 그리스도께서 내 안에 사시는 것입니다"(「갈라디아서」 2장 20절)라는 진리를 선언하게 된다. 이처럼 '참회'가 마음으로의 통회에 해당한다면, '개심' 혹은 '회심'은 참회할 때의 자신과의 약속을 실천하는 것이라고 볼 수 있다. 이렇게 볼 때에 위에 인용된 시에서 구상 시인이 "하지만 이 참회가 개심改心에 이어질는지"라고 의구심을 갖게 되는 것은 참회의 내용을 몸소 실천하지 않았다기보다는 실천이 없는 말뿐인 참회는 아무런 의미가 없다는 점을 강조하는 것이라고 볼 수 있다.

이상에서 살펴본 바와 같이 '고해성사'는 '병자성사'와 함께 마음과 육신의 치유를 목적으로 하는 성사에 해당한다. 그 외의 성사로는 가톨릭에의 입문을 위한 세례성사, 견진성사, 성체성사 등이 있고 공동체의 일치와 봉사를 위한 성품성사와 혼인성사 등이 있다. 다음에 전문을 인용하는 구상의 시 「임종고백臨終告白」은 죽음에 임한 가톨릭 신자가 자신이 한 평생 저지른 죄를 사제司祭에게 남김없이 고백하고 참회하는 신앙고백에 해당한다.

나는 한평생, 내가 나를
속이며 살아왔다.

이는 내가 나를 마주하는 게
무엇보다도 두려워서였다.

나의 한 치 마음 안에
천 길 벼랑처럼 드리운 수렁

그 바닥에 꿈틀거리는
흉물 같은 내 마음을
나는 마치 고소공포증
폐쇄공포증 환자처럼
눈을 감거나 돌리고 살아왔다.

실상 나의 지각(知覺)만으로도
내가 외면으로 지녀 온
양심, 인정, 명분, 협동이나
보험에나 들 듯한 신앙생활도

모두가 진심과 진정이 결한

삶의 편의를 위한 겉치레로서

그 카멜레온과 같은 위장술에

스스로가 도취마저 하여 왔다.

더구나 평생 시를 쓴답시고

기어(綺語) 조작에만 몰두했으니

아주 죄를 일삼고 살아왔달까!

그러나 이제 머지않아 나는

저승의 관문, 신령한 거울 앞에서

저런 추악망측한 나의 참 모습과

마주해야 하니 이 일을 어쩌랴!

하느님, 맙소사!

— 구상, 「임종고백」 전문

　"나는 한평생, 내가 나를 / 속이며 살아왔다"라고 시작되는 이 시에서 구상 시인은 스스로에 대한 성찰과 반성과 통회를 숨김없이 드러내고 있다. 사실 완벽한 신앙인이 되는 길은 멀고도 험난하다고 할 수 있다. 누구나 잘 알고 있는 바와 같이 폭넓은 종교관을 가지고 있었으며 살아생전에는 정작 자기 자신에게 그토록 엄격했고 독실한 가톨릭시인으로 더 잘 알려졌던 구상 시인도 신앙 생활의 어려움을 이와 같이 파악했다는 점을 상기하면서 우리 자신의 모습을 되돌아본다면, 이 시의 의미가 한층 더 감동 깊게 다가설 것이다. 나아가 "더구나 평생 시를 쓴답시고 / 기어綺語 조작에만 몰두했으니 / 아주 죄를 일삼고 살아왔달까!"라는 부분에 이르면, 구상 시인이 스스로에게 얼마나 엄정했었는지를 엿볼 수 있다. '기어綺語'는 불교에서 강조하는 '몸·입·뜻'에 관계되는 살생殺生·투도偸盜·사음邪婬·망어妄語·양설兩舌·악구惡口·기어綺語·탐욕貪欲·진에瞋恚·사견邪見 등 10악惡 중의 하나로 교묘하게 말을 꾸며 겉치레만 번지르르 하게 꾸며 대는 성실하지 못한 말, 즉 잡예어雜穢語나 무의어無義語에 해당한다. 이와 같은 의미의 '기어綺語'의 죄를 범해서는 안 된다는 점에 대해서 구상 시인은 「시어詩語」의 마지막 부분에서 다음과 같이 강조하였다.

> 시는 말의 치장술이 아니다.
> 아무리 말이 번드레하고 교묘하더라도
> 그 말에 담겨진 진실이 없으면
> 그 말이 가슴에 와서 닿지 않으니
> 시의 표상(表象)도 실재(實在)가 수반되지 않으면
> 공감과 감동을 불러일으키지 못한다.
> 시인이여, 그대들은 기어(綺語)의 죄를 범하여
> 저 무간지옥(無間地獄)에 던져질까 두려워하라!
>
> ─구상, 「시어」 마지막 부분

그리고 마지막 부분에서는 자신의 죽음과 그 이후에 마주치게 될 지상에서의 자신의 모습을 대조시켜 놓고 있다. 다시 말하면 '저승의 관문', '신령한 거울' 등은 죽음 이후의 자신의 모습을, "저런 추악 망측한 나의 참 모습"은 지상에서의 자신의 모습을 나타낸다. 구상 시인이 솔직담백하게 고백하고 있는 자신의 모습은 "내가 나를 마주하는 게 / 무엇보다도 두려워서였다"에 집약되어 있으며, 이 구절에는 참다운 것을 추구하고자 하는 '참 나'와 그러한 것으로부터 자꾸 멀어지는 '거짓 나'가 적나라하게 대조되어 있다. '거짓 나'는 "눈을 감거나 돌리고 살아왔다", "스스로가 도취마저 하여 왔다", "아주 죄를 일삼고 살아왔달까!" 등에서 그렇게 파악할 수 있으며, '참 나'는 "마주해야 하니 이 일을 어쩌랴!"에서 그렇게 파악할 수 있다. 그리고 진정한 신앙고백은 "신앙생활도 / 모두가 진심과 진정이 결한 / 삶의 편의를 위한 겉치레로서 // 그 카멜레온과 같은 위장술에 / 스스로가 도취마저 하여 왔다"에서 절정을 이루고 있다. 철저하게 구도자의 삶을 살았던 구상 시인의 이러한 신앙고백에는 "그대는 많은 증인 앞에서 훌륭하게 신앙을 고백하였을 때에 영원한 생명으로 부르심을 받은 것입니다. 만물에게 생명을 주시는 하느님, 그리고 본시오 빌라도 앞에서 훌륭하게 신앙을 고백하신 그리스도 예수님 앞에서 그대에게 지시합니다"(「티모테오1서」 6장 12~13절)라는 구절에 암시되어 있기도 하고, "그들은 이 구제 활동을 높이 사서, 그리스도의 복음서를 고백하는 여러분의 순종을 보고 또 자기들만이 아니라 다른 모든 사람과도 함께 나누는 여러분의 후한 인심을 보고 하느님을 찬양할 것입니다"(「고린토2서」 9장 13~14절)라는 구절에 암시되어 있기도 하다.

영원한 오늘, 오늘의 영원한 세계

구상의 시세계는 다면적이고 다각적이라고 볼 수 있다. 다면적이라는 말은 그의 시세계가 정치·사회적일 뿐만 아니라 가톨릭세계에 깊게 뿌리를 두고 있다는 점에서 그렇게 파악할 수 있고, 다각적이라는 말은 그의 시세계가 국내외적으로 잘 알려져 있다는 점에서 그렇게 파악할 수 있다. 그럼에도 가톨릭시세계를 중심으로 하여 살펴본 이 글에서는 구상의 시세계를 극히 일부분만을 언급했을 뿐이다. 왜냐하면 그의 시세계를 가톨릭세계로만 한정시켜 언급한다하더라도, 가톨릭에 관계되는 가족사적인 측면, 그의 사상의 깊이, 그의 시 모두를 살펴보아야 하기 때문이다. 따라서 이 글에서는 몇 가지 특징으로 한정시켜 구상의 가톨릭시세계를 살펴보았다는 점을 언급하면서, 구상 시인의 「오늘」을 인용하면 다음과 같다.

오늘도 신비의 샘인 하루를 맞는다.

이 하루는 저 강물의 한 방울이

어느 산골짝 옹달샘에 이어져 있고

아득한 푸른 바다에 이어져 있듯

과거와 미래와 현재가 하나다.

이렇듯 나의 오늘은 영원 속에 이어져

바로 시방 나는 그 영원을 살고 있다.

그래서 나는 죽고 나서부터가 아니라

오늘서부터 영원을 살아야 하고

영원에 합당한 삶을 살아야 한다.

마음이 가난한 삶을 살아야 한다.

마음을 비운 삶을 살아야 한다.

— 구상, 「오늘」 전문

    '한 방울'의 물이 옹달샘 → 강물 → 바다로 이어지듯이 "과거와 미래와 현재가 하나다"라는 명제를 강조하고 있는 위에 인용된 시에서 구상 시인은 '오늘'과 '영원'을 동일한 시간대에 해당하는 것으로 파악하고 있다. 그렇게 함으로써 "나의 오늘을 영원 속에 이어져 / 바로 시방 나는 그 영원을 살고 있다"는 점을 강조하게 되고 나아가 영원을 살아가듯이 바로 오늘을 살아가야 한다는 점도 강조하고 있다. 오늘을 영원으로 살고, 영원을 오늘로서 살아가기 위해서 필요한 것은 '마음이 가난한 삶', '마음을 비우는 삶'을 살아가야 한다고 마지막 부분에서 다시 한 번 강조하고 있다. 이렇게 볼 때에 위에 인용된 시는 구상 시인이 평생을 두고 추구했던 구도자이자 은수자로서의 삶을 집약하고 있다고 볼 수 있다.

이처럼 '오늘'로 대표되는 하루하루의 일상을 '영원'을 살아가듯이 살아야 한다는 점은 다음에 인용하는 「오늘서부터 영원을」에서도 찾아볼 수 있다.

오늘도 친구의 부음(訃音)을 받았다.
모두들 앞서거니 뒤서거니
어차피 가는구나.

나도 머지않지 싶다.

그런데 죽음이 이리 불안한 것은
그 죽기까지의 고통이 무서워설까?
하다면 안락사(安樂死)도 있지 않은가?

하지만 그것도 두려운 것은
죽은 뒤가 문제로다.
저 세상 길흉이 문제로다.

이렇듯 내세를 떠올리면
오늘의 나의 삶은
너무나 잘못되어 있다.

내세를 진정 걱정한다면
오늘서부터 내세를

아니 영원을

살아야 하지 않겠는가?

— 구상, 「오늘서부터 영원을」 전문

위에 인용된 시에 대해 구상은 「오늘서부터 영원을」이라는 글에서 이 시를 인용하면서 다음과 같이 설명하였다. "누구에게나 죽음은 공포와 불안의 대상이다. 그런데 이 공포심을 좀 더 분석해 보면, 첫째는 죽음에 이르는 고통에 대한 두려움이요, 둘째는 죽은 후에 올 미지의 세계에 대한 불안이라 하겠다. 하지만 이상한 것은 첫째 번의 죽음에 이르는 고통에 대한 공포는 왕왕 우리의 삶 속에서 육신적으로나 정신적으로 그 고통이 너무나 심하면 오히려 죽음의 안식을 더 바랄 때가 있다." 이러한 언급과 함께 "해방 후 북한에서 필화筆禍사건으로 공산당의 결정서를 받고 탈출하다가 체포되었는데, 때마침 겨울이라 불기 하나 없는 유치장에서 얼어드는 추위와 피곤과 절망에 휩싸여 오직 죽음만이 그리운 시간을 보낸 적이 있다"라고 자신의 체험을 이야기하였다. 따라서 '죽음'은 누구에게나 온다는 것, 죽음을 담담하게 맞이하기 위해서는 그 '채비'를 해야 한다는 것 등을 강조하였다. 구상 시인이 위에 인용된 시와 자신의 글 「오늘서부터 영원을」에서 강조하고 있는 것은 "우리는 오늘에만 눈에 핏발을 세우고 아귀다툼에 나날을 보낼 것이 아니라, 오늘서부터 저 내세를, 즉 영원에 부합된 삶을 살고, 그 준비를 위해 우리 서로가 자기를 살피고 새 삶을 다짐하자"에 있다. 그렇게 하기 위해서는 교황 요한 23세가 자신의 임종이 다가오자 "이제 나의 여행 채비는 다 되었다"라고 말했던 바로 그 '채비'를 바로 '오늘' 하는 것이 무엇보다도 중요하다는 점을 강조하면서, 구상은 자신의 시 「삶과 죽음 1」을 예로 들었으며, 이 시의 마지막 부분은 다음과 같다.

모든 존재의 그 표상(表象)은 변하고 변해도

영원 속에서 태어난 존재의 끝은 없고

죽음은 그 영원에서의 통로요, 회귀요,

또 하나 새 삶의 시작일 뿐이다.

— 구상, 「삶과 죽음 1」 마지막 부분

이처럼 '오늘'을 영원처럼 살았던 구상은 살아생전에 부인의 묘소를 자주 찾아가고는 했다. 그러한 점은 「유명幽明의 데이트」에도 잘 나타나 있으며, 이 시의 부분을 인용하면 다음과 같다.

달포 전 추석에 온 가족이 왔었던 터라 무덤은 잔디랑도 가즈런하고 상석(床石) 앞 돌화분에 지난번 꽃다발만 시들어져 있었는데 그 뒤

　　　　　　†

지아비 具 요 한　常

아　내 徐 데레사 暎玉 무덤

1919년 9월 16일 출생　　　　　　별세

1919년 2월 4일 출생~1993년 11월 5일 별세

라고 새겨진 비석은 나의 사망일자 기입만 기다리고 있는 느낌이었다.

성호(聖號)를 긋고 아내의 찬상복락(天上福樂)을 소박히 기원하고 아울러 내가 그녀에게 생존시 저지른 모든 죄과에 용서를 빌며 남은 생애 저 돌에 새겨 있듯 떳떳한 지아비로 살다가 머지않아 반갑게 만나 함께 영생(永生)할 것을 굳게 다심하며 돌아섰다.

— 구상, 「유명의 데이트」 부분

먼저 세상을 떠난 부인에 대한 구상의 아름다운 마음 씀씀이를 엿볼 수 있게 하는 부분이다. '2004년 5월 11일' 우리들 곁을 떠난 구상 시인은 위에 인용된 시에서 "나의 사망일자 기입만 기다리고 있는 느낌"이었던 바로 그 빈자리로 돌아갔다. 그리고 바로 그 자리는 평생을 두고 가톨릭정신을 충실하게 실천했던 '실천행'의 삶이자 '구도자'의 삶을 살았던 그 자신의 안식처에 해당한다.

(3) 연작시 '그리스도 폴의 강江'의 세계

한국 현대시에 있어서 '연작시'를 시도한 맨 처음의 시인은 구상일 것이다. 이러한 점은 "아마 내가 한국에서 연작시를 시도한 효시의 사람일 것입니다. 1950년대 「초토焦土의 시」를 비롯해 1960년대 「밭 일기日記」 백편, 「모과木瓜 몽두리에도 사연이」 그리고 1970년대 들어와 손대고 있는 「그리스도 폴의 강」 등이 있습니다"라는 시인 자신의 언급에서 그렇게 파악할 수 있기 때문이다. 구상은 자신의 연작시를 쓰는 이유에 대해 다음과 같이 언급하였다. "머리가 지둔遲鈍하고 끈기마저 없어서 촉발생심觸發生心이나 응시소매應時小賣격으로 시를 써가지고선 도저히 자기 세계를 나타낼 수가 없기 때문이요, 또 사물의 실재나 실존을 파악하는데도 한 편의 시로 끝을 맺고 나면 그 존재의 무한한 다면성多面性이나 내면적 복합성을 인식하고 조명해 내지 못하기 때문에 한 주제에다 한 소재를 가지고 응시를 거듭함으로써 관입실재觀入實在해 보려는 시도에서 입니다." '강'을 소재로 하는 구상의 연작시의 제목이 처음에는 「강」이었지만, 그 이후에 『그리스도 폴의 강江』1978으로 출판되었을 뿐만 아니라 『구상문학총서』2004 제3권 '연작시'에서도 「그리스도 폴의 강」으로 되어 있다. 따라서 이 글에서는 『구상문학총서』를 참고하여 「그리스도 폴의 강」으로 통일하여 표기하고자 한다.

이상과 같은 이유를 들어 구상은 자신이 시도했던 연작시 중에서 「그리스도 폴의 강」을 쓰게 된 동기를 『영원 속의 오늘』1976에 수록된 「그리스도 폴의 강」에서 다음과 같이 설명하였다. "내가 지난 60년대에 연작시連作詩 「밭 일기」 1

백 편을 끝내고 70년대 들어 새 연작의 소재로 택한 것이 바로 「그리스도 폴의 강」인데 그새 20여 편을 발표하고 그동안 3년여나 외지생활을 하느라고 중단 했다가 요새 다시 조금씩 해나가고 있다. 그런데 이렇듯 내가 강을 나의 상념想 念의 집중처로 삼게 된 데는 '그리스도 폴'이라는 전설적 성인聖人의 다음과 같은 일화가 작용하고 있다." '그리스도 폴'을 성인聖人으로 모시는 성당이 352년 칼 케돈에 있었으므로 그는 아마도 초대교회의 인물로 추정되며, 칼케돈은 현재의 이스탄불, 옛날의 비잔티움의 반대편에 있는 소아시아의 비티니아에 있던 고대 의 해양도시에 해당한다. 구상이 언급하고 있는 '그리스도 폴'에 얽힌 이야기를 재인용하면 다음과 같다.

옛날 서양 어느 더운 지방에 날 때부터 굉장히 힘이 센 젊은이가 있었다. 그는 일찍이 고향을 떠나 각 지방을 방랑하면서 힘겨루기를 하며 자기보다 힘이 센 장사를 만나기가 소원이었다. 그러다가 만난 것이 마귀(깡패)였다. 그래서 그는 마귀를 두목으로 삼고 온 갖 악행과 향락을 일삼으며 세상을 돌아다니던 중 어느 날 황혼 한 강가에 다다랐다. 그들 은 그날 밤 그 강변 어떤 은수자(隱修者)의 움막에서 묵게 되었는데 그의 두목은 그 움막 벽에 걸린 십자가상을 보더니만 벌벌 떨면서 "나도 저자한테는 당해낼 수가 없다"고 실토 하고 당장 뺑소니를 치고 마는 것이었다. 그리하여 새로운 강자(强者)를 알게 된 그는 그 실물 '예수'를 만나는 것이 유일의 소원이 되었다. 은수자의 권고대로 그 이튿날부터 세 상을 다 끊어버리고 강을 왕래하는 사람들을 업어 건너 주는 것을 자신의 소일과 수덕(修 德)의 방편으로 삼은 그였지만 달이 가고 해가 바뀌어도 그의 새 두목이 될 '예수'는 그 모 습을 좀체로 나타내주지를 않았다. 이렇듯 일념(一念)의 세월이 흐르고 흘러 그도 그만 다 늙어버린 어느 날 밤, 그 밤은 날씨까지 궂은 밤이었는데 이슥해서 누가 찾길래 나가 보니 남루한 차림의 한 소년이 강을 건너게 해달라고 청했다. 그는 군말 없이 등을 돌려 대 소년을 업고 물에 들어갔다. 그런데 물살이 센 강 복판에 이르렀을 때부터 등은 차차 무거워져서 그만 소년의 무게로 그가 물속에 고꾸라질 지경이었다. 마치 온 세계의 무게를 자기 등에다 업은 듯한 느낌에 허덕이면서 간신히 대안(對岸)에 닿은 그는 소년을 떨어트리듯 내려놓고 획 돌아섰다. 그 찰나! 놀라운 일이었다. 거기 모래밭에는 그가 그렇듯 몽매에도 그리던 '예수'가 찬란한 후광(後光)에 싸여 미소하고 있지 않은가!

따라서 '강'으로 대표되는 '물'과 구상의 관계는 그 자신이 언급한 바와 같이 가톨릭의 성인聖人 '그리스도 폴'과 헤르만 헤세의 소설 『싯다르타』에 관계된다. 예를 들면, 후자에서 뱃삯이 없는 싯다르타에게 뱃사공 바스데바는 "모든 것은 되돌아오게 마련이지요"라고 말하면서 공짜로 강을 건너게 해주는 장면을 떠올릴 수 있다. 또 다른 관계는 구상이 자신의 「강, 나의 회심의 일터」에서 언급하고 있는 바와 같이, "내가 여의도에 살아 날마다 한강을 마주하고 있고 시골집도 왜관이라 낙동강도 자주 접하는 데서 오는 친근감이 작용하였을 것입니다". 그래서 그는 당호堂號를 관수재觀水齋로 정하였고 서재에는 '관수세심觀水洗心'이라는 편액을 걸어놓았다고 볼 수 있다. 그리고 구상은 자신의 연작시 「그리스도 폴의 강」을 쓰게 된 동기를 다음과 같은 한 편의 시로 요약하였다. "내가 강을 회심回心의 일터로 삼은 것은 이 무렵이다. // 깡패 출신의 성인聖人, '그리스도 폴'이 / 사람들을 등에 업어 건네주며 / 영원한 강자强者 '예수'를 기다리듯 / 나도 강에서 불멸不滅의 시를 바랐다. // 실상 나는 강에서 남을 업어 건네기커녕 / 고명딸을 업고 실개천을 건널 힘도 없고 / 저 성인처럼 세상 일체를 끊어 버리기커녕 / 세사世事와 속정俗情의 밧줄에 칭칭 휘감겨 있으나 / 오직 그의 단순하고 소박한 수행修行을 흉내라도 내면 / 내 시도 그 어느 날 구원救援의 빛을 / 보리라는 심산心算이었다." 이와 같은 동기에서 시작된 구상의 연작시 「그리스도 폴의 강」의 「프롤로그」는 다음과 같다.

그리스도 폴!
나도 당신처럼 강을

회심(回心)의 일터로 삼습니다.

하지만 나는 당신처럼

사람들을 등에 업어서

물을 건네주기는커녕

나룻배를 만들어 저을

힘도 재주도 없고

당신처럼 그렇듯 순수한 마음으로

남을 위하여 시중을 들

지향(志向)도 정침(定針)도 못 가졌습니다.

또는 강에 나가서도

당신처럼 세상 일체를 끊어버리기는커녕

욕정(欲情)의 밧줄에 칭칭 휘감겨 있어

꼭두각시모양 줄이 잡아당기는 대로

쪼르르, 쪼르르 되돌아서곤 합니다.

그리스도 폴!

이런 내가 당신을 따라

강에 나아갑니다.

당신의 그 단순하고 소박한

수행(修行)을 흉내라도 내 가노라면

당신이 그 어느 날 지친 끝에

고대하던 사랑의 화신을 만나듯

나의 시도 구원의 빛을 보리라는

그런 바람과 믿음 속에서

당신을 따라 강에 나아갑니다.

— 구상, 「프롤로그」 전문

「강, 나의 회심의 일터」에서 구상이 설명하고 있는 시에서 필자는 「그리스도 폴의 강 4」, 「그리스도 폴의 강 8」, 「그리스도 폴의 강 10」, 「그리스도 폴의 강 50」, 「그리스도 폴의 강 60」 등을 중심으로 살펴보고자 하며, 첫 번째 시는 다음과 같다.

바람도 없는 강이

몹시도 설렌다.

고요한 시간에

마음의 밑뿌리부터가

흔들려온다.

무상(無常)도 우리를 울리지만

안온(安穩)도 이렇듯 역겨운 것인가?

우리가 사는 게

이미 파문(波紋)이듯이

강은 크고 작은

물살을 짓는다.

— 구상, 「그리스도 폴의 강 4」 전문

위에 인용된 시에서는 실제의 강과 그 흐름을 오랫동안 관찰함으로써 터득하게 되는 '관입실재觀入實在'의 모습을 보여주고 있다. 다시 말하면, 강물의 '정중동靜中動'의 의미를 인간세상의 '무상'과 '안온'에 비유함으로써, 일상적인 생활에서 우리들이 부딪치게 되는 심층적인 심리의 작용을 강조하고 있다고 볼 수 있다. 아울러 다음에 인용하는 시 「그리스도 폴의 강 8」에서는 시인 자신의 현실 고발과 역사에 대한 낙관적인 태도를 보여주고 있다.

5월의 숲에서 솟아난
그 맑은 샘이
여기 이제 연탄 빛 강으로 흐른다.

일월(日月)도 구름도
제 빛을 잃고
신록(新綠)의 숲과 산도
묵화(墨畵)의 절벽이다.

암거(暗居)를 빠져 나오는
탐욕(貪慾)의 분뇨(糞尿)들이
거품을 물고 둥둥 뜬 물 위에
기름처럼 번득이는 음란(淫亂)!

우리의 강이 푸른 바다로

흘러들 그 날은 언제일까?

연민(憐憫)의 꽃 한 송이
수련(垂蓮)으로 떠 있다.

— 구상, 「그리스도 폴의 강 8」 전문

위에 인용된 시에서는 '맑은 샘'과 '연탄 빛 강', '신록의 숲'과 '묵화의 절벽' 등의 첨예한 대립에 의해 절대 신의 피조물로서의 원래의 자연물이 인간의 탐욕과 산업화에 의해 오염되어 가는 모습을 고발하고 있으며, 그러한 절정은 '탐욕의 분뇨들'과 '번득이는 음란' 등에 의해 절정에 이르게 된다. 그러나 시인은 이러한 현실을 절망과 비관의 눈길로 바라보기보다는 기대와 낙관의 눈길로 바라보고 있으며, 이러한 점은 바로 그 자신의 '연민'에서 비롯된 '수련'에 수렴되어 있다. 그래서 시인은 "우리의 오늘의 삶이 아무리 연탄 빛 강으로 흐르고 그 오염이 징그럽게 번득이더라도 언젠가는 푸른 바다에 흘러들어 맑아질 그 날이 있을 것을 나는 믿고 바라는 것이다"라고 강조하고 있다. 마지막으로 「그리스도 폴의 강 10」의 전문은 다음과 같다.

저 산골짜기 이 산골짜기에다
육신(肉身)의 허물을 벗어
흙 한줌으로 남겨 놓고
사자(死者)들이 여기 흐른다.

그래서 강은 뭇 인간의
갈원(渴願)과 오열(嗚咽)을 안으로 안고

흐른다.

나도 머지않아 여기를 흘러가며
지금 내 옆에 앉아
낚시를 드리고 있는 이 막내 애의
그 아들이나 아니면 그 손주 놈의
무심한 눈빛과 마주치겠지?
그리고 어느 날 이 자리에
또 다시 내가 찬미(讚美)만의 모습으로
앉아 있겠지!

— 구상, 「그리스도 폴의 강 10」 전문

위에 인용된 시에 대해 "실상 우리가 죽어 묻힌 뒤 그 시체의 수분은 다 빠져 무덤 밑을 스며 나와 강으로 흘러내릴 것이다. 그리고 거기서 증화한 수분은 전생轉生을 거듭하는 것일 것이다. 이렇게 생각할 때 강은 단순한 물일 수가 없다. 나는 기독교적 부활의 그 날도 강을 놓고 이렇게 그려보는 것이다. 그러나 내가 그리스도 폴이나 싯달타처럼 강에서 구원의 빛을 보겠는지는 미지에 속한다". 구상은 또 이 시에 대해 "독자는 나에게 찬란한 언어감각이나 그 조탁력이 빈곤함을 짐작할 것입니다"라고 언급하면서, 자신은 "의식적으로 시에서 비유를 파하고 평면적 서술을 택하는 일면도 있습니다"라고 강조하였고, "나는 시에 있어서 아어雅語나 비유의 습관적 사용은 물론 시의 한 귀, 한 절에다 그것이 직유든 은유든 아날로지를 담뿍 늘어놓는 시를 별로 좋아하지 않습니다"라고 강조하였다. 따라서 위에 인용된 시를 읽게 될 때에 누구나 손쉽게 그 의미를 파악할 수 있을 것이며, 그것이 바로 구상의 시가 보편적으로 지향하고 있는 시의 세계, 즉 '강'으로 대표되는 구원의 세계이자 부활의 시계에 해당한다고 볼 수 있다.

아울러 2008년 '현대시 100년'을 맞아 『조선일보』2008.3.21에서 선정한 한국의 애송시 100편에 구상의 「그리스도 폴의 강 1」이 선정된 바 있다.

아침 강에
안개가
자욱 끼어 있다.

피안(彼岸)을 저어 가듯
태백(太白)의 허공 속을
나룻배가 간다.

기슭, 백양목(白楊木) 가지에
까치가 한 마리
요란을 떨며 날아다닌다.

물밑의 모래가
여인네의 속살처럼
맑아온다.

잔 고기떼들이
생래(生來)의 즐거움으로
노닌다.

황금(黃金)의 햇발이 부서지며
꿈결의 꽃밭을 이룬다.

나도 이 속에선

밥 먹는 짐승이 아니다.

— 구상, 「그리스도 폴의 강 1」 전문

위에 인용된 시 「그리스도 폴의 강 1」이 '강'의 여러 가지 모습 중에서도 「그리스도 폴의 강 8」과 대조되는 시라고 볼 수 있는 까닭은 「그리스도 폴의 강 8」이 산업화와 오염을 인한 현대사회의 실상을 고발하는 한편 다른 한편으로는 앞으로의 맑은 강의 모습을 기대하고 있지만, 위에 인용된 「그리스도 폴의 강 1」은 강 그 자체에 반영되어 있는 현재의 모습에 만족하고 있기 때문이다. 이러한 점은 마지막 연의 "나도 이 속에선 / 밥 먹는 짐승이 아니다"에서 그렇게 확인할 수 있다. "밥 먹는 짐승이 아닌 나"는 안개, 나룻배, 까치, 모래, 고기떼, 햇발 등으로 인해 현재의 강의 모습을 선경仙境이나 비경秘境으로 파악하고 있다.

구상의 연작시 「그리스도 폴의 강」은 후반부로 갈수록 더욱 더 가톨릭 신앙의 요소를 심화시키고 있으며, 이러한 점은 「그리스도 폴의 강 50」과 「그리스도 폴의 강 60」에서 찾아볼 수 있다. 우선 「그리스도 폴의 강 50」은 다음과 같다.

강에

물이

하염없이

흐른다.

저렇듯 무심한 물이

어느덧 하늘로 올라가

안개가 되고 구름이 되고

이슬이 되고 비가 되어서

또다시 땅으로 내려온다.

그리고 이번엔 뭇 생명에게 스며서

풀이 되고 나무가 되고

꽃이 되고 열매가 되고

새가 되고 물고기가 되고

짐승이 되고 사람이 된다.

하지만 그 생물이

목숨을 다하면

그 물은 소롯이 빠져나와

다시 강이 되어

여기 이렇듯

하염없이 흐른다.

— 구상, 「그리스도 폴의 강 50」 전문

위에 인용된 시의 제2연에 암시되어 있는 바와 같이 '강'은 모든 생명의 근원으로 그러한 생명의 순환을 가능하게 할 뿐만 아니라 생명의 윤회와 탄생을 가능하게 한다. 특히 제3연의 풀, 나무, 꽃, 열매, 새, 물고기, 짐승, 사람 등의 존재를 가능하게 하는 '강'에 의해서 구상은 자신의 연작시에서 우주만물을 창조한 절대 신의 역할을 강조하고 있다. 그 모든 결과를 종합하고 있는 「그리스도 폴의 강 60」은 다음과 같다.

한 방울의 물이 모여서

강이 되니

강은 또한 크낙한

한 방울의 물이다.

그래서 한 방울의 물이 흐려지면

그만큼 강은 흐려지고

한 방울의 물이 맑아지면

그만큼 강이 맑아진다.

우리의 인간세상

한 사람의 죄도

한 사람의 사랑도

저와 같다.

— 구상, 「그리스도 폴의 강 60」 전문

    위에 인용된 시에서 제1연에서는 '한 방울 물'과 '강'을 동일시하고 있으며, 이처럼 물과 강이 동질성을 가지게 되는 까닭을 바로 제2연에서 설명하고 있다. 말하자면, 원래의 요소인 한 방울 물이 맑을 때에 그러한 물이 모여 이루는 강물 또한 맑게 될 것이다. 제1연과 제2연에서의 이러한 점을 종합하여 제3연에서는 '인간세상'의 '죄'와 '사랑'을 설명하고 있다. 여기서 중요한 점은 '한 사람의 죄'와 '한 사람의 사랑'이라 하더라도 그것이 어느 쪽이냐에 따라서 이 세상은 죄악의 세상이 될 수도 있고 사랑의 세상이 될 수도 있다는 점이다.

    이렇게 볼 때에 구상 시인은 자신의 연작시 「그리스도 폴의 강」에서 성인 '그리스도 폴'에 관련되는 이야기를 자신의 시세계로 형상화하여 궁극적으로는 이 세상이 예수 그리스도에 대한 사랑과 믿음이 충만한 세상으로 될 수 있기를 기원하였다고 볼 수 있다. 「그리스도 폴의 강 60」에서 구상 시인이 세 번 강조하고 있는 '한 방울'과 두 번 강조하고 있는 '한 사람'은 궁극적으로 "하느님의 나라는 겨자씨와 같다. 땅에 뿌릴 때에는 세상의 어떤 씨앗보다도 작다. 그러나 땅에 뿌려지면 자라나서 어떤 풀보다도 커지고 큰 가지들을 뻗어, 하늘의 새들이 그 그늘에 깃들일 수 있게 된다"(「마르코복음서」 4장 31~32절)라는 말씀에 관계된다. 이 세상에 살고 있는 모든 사람들이 '나 하나쯤이야'라고 생각하기보다는 '나 하나라도'라고 생각하면서 그리스도의 말씀을 전하고 실천할 때에 이 세상은 분명히 맑은 강물처럼 될 것이 때문이다. 다시 말하면, 우리들의 신앙은 "어떤 사람이 땅에 씨를 뿌려 놓으면, 밤에 자고 낮에 일어나고 하는 사이에 씨는 싹이 터서 자라는데, 그 사람은 어떻게 그리되는지 모른다. 땅이 저절로 열매를 맺게 하는데, 처음에는 줄기가, 다음에는 이삭이 나오고 그다음에는 이삭에 낟알이 영근다. 곡식이 익으면 그 사람은 곧 낫을 댄다. 수확 때가 되었기 때문이다"(「마르코복음서」 4장 26~29절)에 관련된다고 볼 수 있다.

이처럼 '강'과 자신의 일상을 동일시하면서 그것을 가톨릭 정신으로 승화시킨 구상의 연작시의 마지막을 장식하고 있는 「그리스도 폴의 강 65」의 끝부분은 다음과 같이 되어 있다.

> 과거와 미래의 그림자도 없이
> 무상(無常) 속에 단일(單一)한 자아(自我)를 안고
> 철석(鐵石)보다도 굳은 사랑을 안고
> 영원 속의 순간을 호흡(呼吸)하면서
>
> 강이 흐른다……
>
> 또 어느 날 있을 증화(蒸化)야 아랑곳없이
> 무아(無我)의 갈원(渴願)에 체읍(涕泣)하면서

염화(拈華)의 미소를 지으면서

강이 흐른다……

강! 너 허무(虛無)의 실유(實有)여

— 구상, 「그리스도 폴의 강 65」 끝부분

'허무의 실유'—그것은 표면적으로는 '강'에 해당하지만 이면적으로는 구상 시인 자신에게 해당한다. 사람들로 하여금 그러한 강을 건너게 해주면서 평생을 살다가 마침내 자신의 최대의 강적強敵이었던 예수 그리스도를 만나게 되었던 성인 '그리스도 폴'처럼, 구상 시인도 평생을 그렇게 살았다고 볼 수 있다.

이상에서 살펴본 바와 같이, 구상의 시세계는 가톨릭의 세계와 밀접하게 관계된다. 2004년 5월 13일 오전 10시 명동성당에서 김수환 추기경의 집전으로 구상 시인의 '영결미사'에서 읽은 김남조 시인의 조시弔詩 「무량한 평화 안에」는 다음과 같다.

엊그제 깊은 밤에

지상의 삶을 문 닫으시고

영생의 부신 세상 거기에서 눈 뜨실 때

하늘나라 그 하늘도 이곳처럼

아슴한 청자빛깔이더이까

영원이니 영생이니 하는

그 어려운 책을

꿀맛 당기듯 골똘히 읽으시고

만들어진 자, 사람으로서

만드신 분, 조물주를 기리며

전화 문안 자주도 여쭙더니

지금은 해갈의 단비 속에

미소 지으시나이까

무사가 그의 칼날을 벼르듯

그 자신의 정신의 칼날을 벼르시며

명징하고자, 의롭고 온유하고자

목숨걸고 인내하고자

그리고 그 이상으로

사람이 저지르는 갖가지 잘못에

'구상' 그 자신이 가담되었다고

준열히 자책하시니

한 생애의 모든 나날이

폭풍 속의 수련장이었나이다

수많은 사람 전교하여

진리 안에 입교시키고

그 몇몇은 임종 무렵에 대세를 주어

저승의 문턱까지

울며 업어 건네었으니

평신도 사제이시며

실천하는 선비, 그 사람이

어찌 아니겠나이까

바라보기만으로도

가슴 저려오는 혈육의

그 원수 같은 사랑과 집착

그러한 가족들을 차례로 땅 속에 묻으시고도

감격하는 감수성은

어찌 그리도 많이 남아

아파트 베란다의

햇빛 없이 피어난 꽃들과

애잔한 풀벌레까지도

연애편지보다 더 순열하고 실하게

시로 읊으시다니

지금은 그저

주께서 마지막 하신 말씀 그대로

"이젠 다 이루었다"고만

나직히 말씀하소서

모든 것은 지나가되

언젠가 서로 닿기 마련인

세상사의 명운이 지극 감사하옵고

하여 필연 다시 만날 일을 믿나이다

부디 또 부디

무량한 은총과 평화 안에

기리 평안하소서

— 김남조, 「무량한 평화 안에」 전문

3) 마종기와 가톨릭 시세계

(1) '그레고리안 성가'의 세계

『문학동네』 제13호[1997.겨울]에 처음 발표되었던 마종기 시인의 세 편의 '연작시' 「그레고리안 성가」는 『새들의 꿈에서는 나무 냄새가 난다』[2002]에 수록되어 있다. 이 시를 이해하기 위해서는 먼저 '그레고리안 성가'를 이해할 필요가 있다. 그레고리안 성가는 가톨릭교회에서 미사와 성무일과 시간에 부르는 단선율單線律 예배음악에 해당한다. 이러한 그레고리안 성가는 590년부터 604년까지 재위했던 교황 그레고리우스 1세[540~604.3.12]가 당시 구전되던 성가를 체계적으로 수집하여 정리할 것을 지시했기 때문에 그렇게 붙여진 명칭이다. 중세 교황권의 창시자이자 신학자였던 교황 그레고리우스 1세는 그레고리우스 대교황이라는 별명으로 불리고는 했으며 3월 12일이 축일이다. 히포의 아우구스티누스가 쓴 『신국神國』[A.D. 5C]의 사상을 근거로 행정, 사회, 도덕, 종교의식 등 중세의 가톨릭교회 전반에 걸쳐 개혁을 추진하여 가장 이상적인 그리스도교 사회를 창시하였으며, 특히 미사개혁의 일환으로 그레고리안 성가를 발전시킴으로써 8세기부터는 '교회박사'로 인정받았다. 768년부터 814년까지 재위했던 프랑크 왕국의 샤를마뉴는 당시 일반적으로 사용되던 갈리아 성가 대신에 그레고리오 성가를 미사에 사용하도록 하였고, 8~9세기를 거치면서 갈리아 성가와 그레고리안 성가는 서로 동화되어 오늘날의 성가로 정착되었다.

새벽부터 장대비 내리는 휴일,

오래 계획했던 일 취소하고

한나절 그레고리안 성가를 듣는다.

장엄하고 아름다워야 할 합창이

오늘은 슬프고 애절하게만 들린다.

창문을 열면 무거운 풍경의 언덕으로

억울하게 참고 살았던 혼들이 떠나고

그 몸들 다 젖은 채 초라하게 고개 숙인다.

그래서 사랑하는 이여, 이제 포기하겠다.

당신이 떠나는 길이 무슨 순명이라고 해도

라틴어로도, 또는 어느 나라 말로도 거듭

용서해달라는 노랫말이 아프기만 하다.

— 마종기, 「그레고리안 성가 1」 전문

　장대비로 인해서 무엇인가 해야 할 계획을 취소하고는 한나절 가량 그레고리안 성가를 듣고 있는 시인의 마음은 밖에 내리고 있는 빗소리만큼이나 우울하고 착잡하기만 하다. 이러한 마음은 "듣는다"와 "들린다"의 능동성과 피동성에서도 확인할 수 있다. 전자는 음악을 듣겠다는 자신의 의지에 관계되고, 후자는 자신의 의지와는 무관하게 들려오는 음악에 관계될 뿐만 아니라 그 다음에 이어지는 밖의 풍경에도 관계된다. 따라서 "창문을 열면"이라는 행위에 의해 방 안의 내적 풍경은 창밖의 외적 풍경으로 전환된다. 그러한 풍경은 "억울하게 참고 살았던 혼들이 떠나고 / 그 몸들 다 젖은 채 초라하게 고개 숙인다"에 반영되어 있는 바와 같이, 가까이 보이는 나뭇잎이라든가 꽃이라든가 하는 근경近景에서부터 멀리 보이는 산이라든가 빌딩이라든가 하는 원경遠景까지 비가 내리는 날에 가라앉아 보이게 마련인 바깥의 모든 풍경에 해당한다. 초라하게 고개 숙인 바깥의 풍경을 바라보면서 시인은 "사랑하는 이여, 이제 포기하겠다"에 의해 바로 그 풍경을 내면화시키고 있다. 포기하고자 하는 것은 물론 '순명'이지만,

그 순명을 포기하고자 하는 것을 "용서해달라"는 구절에는 그레고리안 성가에서 흘러나오는 라틴어 노랫말과 시인의 마음에 떠오르는 한국어나 영어 아니면 그 밖의 다른 외국어가 중첩되어 있다. 그러나 그 어떤 말로도 "용서해달라"라는 말을 하기가 그렇게 용이한 일은 아니기에 오디오에서 흘러나오는 "용서해달라"라는 노랫말을 듣고 있는 시인의 마음은 아플 수밖에 없다. 그리고 「그레고리안 성가 1」의 서술어는 현재형 혹은 현재진행형으로 되어 있으며, 이러한 점은 이 시의 시적 자아로서의 마종기 시인의 음악듣기의 현장감을 강조하고 있다.

이처럼 비오는 날에 듣고 있던 '그레고리안 성가'는 「그레고리안 성가 2」에서 "저녁의 해변가"로 이어지고 있다.

저기 날아가는 나뭇잎에게 물어보아라.
공중에 서 있는 저 바람에게 물어보아라,
저녁의 해변가에는 한 사람도 없었다.
갈매기 몇 마리, 울다가 찾다가 어디 숨고
생각에 잠긴 구름이 살 색깔을 바꾸고
혼자 살던 바다가 부끄러워 얼굴을 붉혔다.

해변에 가서 그레고리안 성가를 듣는다.
파이프 오르간의 젖은 고백이 귀를 채운다.
상처를 아물게 하는 짜가운 천국의 바다,
밀물결이 또 해안의 살결을 쓰다듬었다.
나도 낮은 파도가 되어 당신에게 다가갔다.
시간이 멈추고 석양이 푸근하게 가라앉았다.
입다문 해안이 잔잔한 꿈을 꾸기 시작했다.

나도 떠도는 내 운명을 원망하지 않기로 했다.

— 마종기, 「그레고리안 성가 2」 전문

이 시의 제1연에는 '나뭇잎', '바람', '해변가', '갈매기', '구름', '바다' 등 시적 배경이 나타나 있으며, 두 번 반복되고 있는 "물어보아라"라는 명령형 서술어에 의해 무엇인가를 찾고 있지만, 그 대상이 분명하게 제시되어 있지는 않다. 더구나 "한 사람도 없었다"라는 진술에는 저 혼자 어두워지고 있는 적막하고 고요한 '저녁 바다'의 모습이 강조되어 있다. 하늘의 구름도 "혼자 살던 바다"도 붉게 물드는 저녁노을을 반사하면서 '살 색깔을' 바꾸게 되고 '얼굴을' 붉히게 된다. 이처럼 모든 것이 정적靜的인 배경에서 유일하게 동적動的인 "갈매기 몇 마리"마저도 "울다가 찾다가 어디 숨고"로 인해 저녁 바닷가는 더욱 철저하게 침묵하게 된다. 다시 말하면, 제1행과 제2행의 "물어보아라"의 바로 그 물음의 대상을 몇 마리 갈매기가 찾고는 있지만 끝내 찾지 못하고 사라져 버리게 된다.

그 어떤 소리도 남아 있지 않은 적막하고 고요한 제1연의 저녁 해변은 제2연에서 '그레고리안 성가'와 '파이프 오르간' 등이 암시하고 있는 바와 같이 장엄하고 엄숙하고 경건한 '음악'으로 흘러넘치게 된다. 특히 제2행의 '고백'은 파이프 오르간으로 연주되고 있는 그레고리안 성가에 관계되는 한편, 다른 한편으로는 마종기 시인이 남모르게 간직하고 있는 그 자신만의 '상처'에 관계된다. 그리고 제3행의 '상처'를 아물게 하는 "짜가운 천국의 바다"에서 '짜가운'은 바닷물의 소금기와 차가움을 결합시킨 '합성어'이며, 그것은 '상처'를 아물게 할뿐만 아니라 '천국'으로서의 바다를 지칭하기도 한다. 이처럼 해안의 살결을 쓰다듬는 바닷물을 바라보면서 시인은 자신의 '상처'를 아물리게 되고 더 이상 "떠도는 내 운명을 원망하지 않기로" 결심하게 된다. 이 부분에서 '내 운명'은 제1연에의 시작부분에서 "물어보아라"라고 두 번 강조했던 바로 그 물음의 대상에 해당한다. 말하자면, 멈추어버린 시간, 가라앉는 석양, 입을 다문 해안과 꿈꾸기 등 모든 것이 평온해 보이는 저녁 바닷가에서 듣는 그레고리안 성가로 인해서 마종기 시인은 '고백', '상처', '운명' 등과 같은 어두운 기억들로부터 벗어나게 된다.

비오는 어느 날 집안에서 듣던 그레고리안 성가는 저녁 바닷가를 거치면서 시인의 마음을 평온의 세계로 이끌게 되고, 마지막 시 「그레고리안 성가 3」에서 하나의 '카타르시스'를 형성하게 된다.

> 중세기의 낡고 어두운 수도원에서 듣던
> 그 많은 총각들의 화음의 기도가
> 높은 천장을 열고 하늘을 만든다.
> 하늘 속에 몇 송이 연한 꽃을 피운다.
> 아름다운 것은 언제나 멀고 하염없었다.
> 전생의 예감을 이끌고 긴 차표를 끊는다.
> 번잡하고 시끄러운 도심을 빠져나와
> 빈 강촌의 햇살 눈부신 둑길을 지난다.
> 미루나무가 춤추고 벌레들이 작게 웃는다.
> 세상을 채우는 따뜻한 기적의 하루,
> 얼굴 화끈거리는 지상의 눈물을 본다.
>
> ― 마종기, 「그레고리안 성가 3」 전문

위에 인용된 시의 첫 번째 부분에 형성되어 있는 '카타르시스'는 '중세의 수도원', '총각들'로 비유된 '수도자들' 및 '하늘' 등에서 그렇게 확인할 수 있다. 특히 수도자들이 부르던 그레고리안 성가의 '화음의 기도'는 지상에서의 기도를 하늘로 끌어올려 '꽃'을 피우는 역할을 하고 있을 뿐만 아니라 시인으로 하여금 "아름다운 것은 언제나 멀고 하염없었다"라는 하나의 진리를 깨닫게 한다. 이러한 진리를 인식함으로써, 중세로 대표되는 먼 과거는 '지금 여기'의 현재로, 수도자로 대표되는 절대기도의 세계는 시인으로 대표되는 현실세계로, 갈등과 번민의 세계는 축복과 기쁨의 세계로 전환되며, "전생의 예감을 이끌고 긴 차표를 끊는다"라는 구절은 이러한 전환을 가능하게 한다. 그 결과 시인은 도심을 벗어나 강촌의 둑길을 걸으면서 새로운 세계에 눈을 뜨게 된다. 그러한 세계는 물론 그 이전에도 여전히 그 자리에 있었던 세계이지만, 비오는 날 집에서도 들었고 해질녘에 저녁 바닷가에서 들었던 '그레고리안 성가'에서 비롯된 깨달음으로 인해서 눈부신 햇살, 춤추는 미루나무, 웃는 벌레들 등을 경이로운 시선으로 바라보게 된다. 따라서 「그레고리안 성가 1」에서의 '용서의 세계', 「그레고리안 성가 2」에서의 '천국의 바다'는 현실로부터 먼 거리에 있는 것이 아니라 바로 자신의 주변에 있다는 점을 인식함으로써, 마종기 시인은 "세상을 채우는 따뜻한 기적의 하루"를 보낼 수 있게 된다. 그리고 "얼굴 화끈거리는" 허황한 곳에서 용서를 찾고 천국을 찾던 자신의 모습이 부끄러워지는 까닭에 햇살, 미루나무, 벌레들 등과 같은 작은 것들의 몸짓에서 "지상의 눈물"을 파악하게 되고, 바로 그 눈물을 자신의 참회의 눈물로 전환시킬 수 있게 된다.

(2) 마종기의 시에 반영된 가톨릭 시세계의 특징

'순례'의 세계

마종기 시인의 시에서 '순례'에 관계되는 시로는 『그 나라의 하늘빛』1991에 수록되어 있는 「아시시의 감나무」, 『이슬의 눈』1997에 수록되어 있는 「길」과 「혼자」, 『새들의 꿈에서는 나무 냄새가 난다』2002에 수록되어 있는 「들꽃의 묵시록」, 『우리는 서로 부르고 있는 것일까』2006에 수록되어 있는 「포르투갈 일기 2-파티마 성지에서」 등 다섯 편을 들 수 있다.

1

내가 그해에 방문했을 때

아시시*의 키 작은 거지는

이승의 새들과 놀고 있었다.

아무도 거두어주지 않은 노을이

사방에서 춤추고 있었다.

이름 없는 늑대 한 마리가

노을을 보면서 노래하고 있었다.

키 작은 거지가 웃으면서

감나무 밑을 지나가고 있었다.

2

개울물은 다음날 대낮에도

가난만 남기고 떠난다.

좁고 가파른 골목을 채우는

천년 묵은 바람의 겉옷들

내려올 때는 언제나

온몸이 산뜻하게 가벼워진다.

목 쉰 감나무들이 무더기로 웃고 있다.

아무것도 가진 것 없는 하늘이

전혀 부끄러워하지를 않는다.

3

그 거지는 돌아가신 내 아버지에게

길고 긴 가난의 예식을 전해주고

길가의 모래알도 한 개 전해주고

저녁의 들판을 지나가고 있었다.

이틀째에도 세상은 예상한 대로였다.

익지 않은 감 한 개가 나무에서 나와

헤픈 웃음을 내 살 속에 넣어주었다.

아프고 쓰라린 선물의 상처가 보였다.

오른쪽 옆구리 가슴 밑에서

세월 지난 아버지의 웃음기가 보였다.

4

깨어나라,

아직 채 잠들지 않은 몸,

모두, 어디서나, 일어나라.

나는 용서받기로 결심했다.

아시시의 새벽안개는

처음 보는 희한한 색깔로 눈뜨고

땅들이 술렁거리는 소리 들린다.

그 위에 몇 마리 새가 웃고 있다.

눈에 익은 새들이 웃고 있다.

날아라, 내 몸!

아직 채 눈감고 있는 내 몸!

* 아시시(Assisi) : 프란체스코 성인이 나고 자라고 죽은 이탈리아의 산골 마을

— 마종기, 「아시시의 감나무」 전문

프란치스코 성인은 1182년 이탈리아의 작은 도시 아시시에서 포목상과 직물업을 하는 부유한 가정에서 태어났다. 자유분방하고 낭비가 심한 젊은 시절을 보내다가 18세에 기사騎士의 꿈을 이루기 위해 전투에 참가했으나 포로가 되기도 했다. 석방된 뒤에는 오랫동안 중병에 시달렸지만, 생사의 갈림길에서 회복한 프란치스코는 일련의 계시啓示와 나환자들과의 만남을 통해 전혀 다른 사람으로 변모하였으며, 23세가 되어 가톨릭에 귀의하였다. 2년 뒤인 25세 때에 아시시 근처에 있는 산 다미아노 성당에 있는 십자가상으로부터 "가서 무너지려고 하는 나의 집을 돌보아라"라고 질타하는 목소리를 듣고 자신의 소명이 무엇인지를 깨닫게 되어, 청빈의 삶을 스스로 실천하면서 가난한 사람들에게 자선을 베풀고 기도생활로 평생을 보냈다. 1209년 열한 명의 동료들과 함께 "가서 하늘나라가 다가왔다고 선포하여라. 앓는 사람은 고쳐주고 죽은 사람은 살려주어라. 나병환자는 깨끗이 낫게 해주고 마귀는 쫓아내어라. 너희가 거저 받았으니 거저 주어라", "전대에 금이나 은이나 동전을 넣어가지고 다니지 말 것이며 식량 자루나 여벌 옷이나 신이나 지팡이도 가지고 다니지 마라"(「마태오복음서」 10장 7~10절)와 같은 말씀을 실천하는 '작은 형제회'(프란치스코회)를 설립하였다. 복음정신을 철저하게 지키는 이들 형제들은 이 세상에서 이방인과 순례자로 살아가면서 자신들을 위해서는 그 어떤 것도 절대로 소유하지 않았다. 또한 성 프란치스코는 클라라 성녀를 도와 '프란치스코 제2회'인 '클라라회'를 설립하는 한편, 다른 한편으로는 수도생활을 하지는 않지만 가난과 희생을 실천하는 사람들을 위해 '프란치스코 제3회'를 설립하였다. 1226년 선종한 그를 1232년 교황 그레고리오 9세가 성인의 반열에 올렸으며, 이탈리아의 수호성인으로 선포하였다. 성 프란치스코의 장례식에는 수많은 가난한 사람들과 걸인들이 인산인해를 이루었다고 전해진다.

"너희가 거저 받았으니 거저 주어라"(「마태오복음서」 10장 8절)라는 말씀을 실천했던 아시시의 성인 프라치코의 성지聖地를 순례한 경험을 내용으로 하고 있는 위에 인용된 시에서 '거지'는 물론 순례자들에게 구걸하는 실제상의 거지에 해당하기보다는 "아시시의 키 작은 거지는 / 이승의 새들과 놀고 있었다"에 암시되어 있는 바와 같이 성 프란치스코에 해당한다. 아울러 노을을 보면서 노래하고 있는 "이름 없는 늑대 한 마리"는 평생을 가난으로 일관하면서 가난한 사람들과 걸인들을 뒷바라지 했던 성 프란치스코의 눈에 비친 순례자들을 비유하고 있다. "나는 이제 양들을 이리 떼 가운데로 보내는 것처럼 너희를 보낸다. 그러므로 뱀처럼 슬기롭고 비둘기처럼 순박하게 되어라"(마태오복음서, 10장 16절)라는 말씀처럼, 사실 순례를 하고 있는 우리들의 모습은 '이리'(늑대)의 모습을 하고 있을지도 모르기 때문이다. 이처럼 마종기 시인은 제1연에서 '늑대'로 비유되어 있는 순례자들의 모습을 보면서 '거지'로 비유되어 있는 성 프란치스코가 말없이 웃으면서 지나가고 있는 것처럼 느끼고 있다.

제2연의 첫 행에 나타나 있는 "다음날 대낮"과 제3연의 '이틀째' 등으로 미루어 볼 때 1박 2일의 여정旅程으로 순례를 한 것 같다. "가난만 남기고" 떠나가는 개울물, "좁고 가파른 골목", 그 골목을 채우고 있는 "천년 묵은 바람의 겉옷들", "아무것도 가진 것 없는 하늘" 등은 프란치코 성인聖人의 극빈極貧의 삶을 강조하는 한편, 다른 한편으로는 순례자들로 하여금 '부끄러움'을 느끼게 한다. 그러나 그러한 부끄러움을 느끼는 순례자들이 아무도 없는 까닭은 "목 쉰 감나무들이 무더기로 웃고 있다"에 반영되어 있다. 순례를 하는 것—그 자체가 바로 사치이고 호사이고 낭비라고, 그러한 여력이 있으면 성 프란치스코의 정신을 닮아 가난한 사람들과 거지들을 도와주라고 '감나무'는 목이 쉬도록 소리치지만 그 소리를 듣는 순례자들은 아무도 없을 것이고, 그 소리를 느끼게 된 시인 자신도 "내려올 때는 언제나 / 온몸이 산뜻하게 가벼워진다"에 암시되어 있는 바와 같이, 곧바로 홀가분한 마음으로 되돌아오고 말게 된다. 그럼에도 순례에서 마주친 바로 그 성 프란치스코의 모습은 제3연에서 시적 자아로서의 시인의 기억에 생생하게 각인되어 "돌아가신 내 아버지"를, "길고 긴 가난의 예식"을, "아프고 쓰라진 선물의 상처"를 떠올려 줄 뿐만 아니라, "감나무 밑을 지나가고" 있던 "키 작은 거지"의 웃음을 "세월 지난 아버지의 웃음기"로 전환시켜 주고 있다.

마지막 연에는 "나는 용서받기로 결심했다"라는 언급에서 파악할 수 있는 바와 같이, 아시시의 성인 프란치코의 성지를 순례하고 난 후의 시인의 어떤 단호한 결심이 반영되어 있다. 이러한 점은 "깨어나라, / 아직 채 잠들지 않은 몸, / 모두, 어디서나, 일어나라"라는 명령형 서술어와 '아직', '채', '모두' 등과 같은 부사어에서 그렇게 확인할 수 있다. 그 결과 시인은 "날아라, 내 몸! / 아직 채 눈감고 있는 내 몸!"이라고 결론지음으로써, 현실에서의 욕망으로부터 벗어나 홀가분하고 자유롭게 될 수 있기를 간구하고 있다.

순례에 관계되는 두 번째 시 「길」은 사도 요한이 머무르면서 「요한 묵시록」을 쓴 것으로 전해지는 '파트모스 섬'에 관계된다. 파트모스 섬은 에페소 남서쪽 90km에 위치한 작은 섬으로 약 2,500여 명 정도가 살고 있다. 로마제국 시대에 종교범과 정치범의 유배지로 이용되었고, 그 이후에도 먹을 물이 부족해서 사람이 살기에는 그다지 각광받지 못하던 곳이었다. 파트모스 섬이 세상에 널리 알려지게 된 것은 81년부터 96년까지 재위했던 도미티아누스 황제 말기에 사도 요한이 18개월 동안 유배생활을 하면서 「요한 묵시록」을 집필한 장소로 알려지면서부터이다. 사도 요한은 제베대오의 아들이며 사도 야고보의 동생이다. 이들 형제는 갈릴레아 호수에서 그물을 손질하다가 시몬(베드로), 안드레아 등과 함께 예수 그리스도의 첫 번째 부름을 받은 네 명에 해당한다. 이들 두 사도는 성격이 급하고 흥분을 잘해서 "천둥의 아들이라는 뜻으로 둘 다 보아네르게스라고 이름을 붙여주신 제베대오의 아들 야고보와 그의 동생 요한"(「마르코복음서」 3장 17절)이라는 말씀처럼, '천둥의 아들들'이란 별명을 얻었다. 성경의 많은 부분에서 사도 요한은 "예수님께 사랑받던 제자"라고 표현되어 있으며, 십자가에 매달리신 예수 그리스도께서는 그에게 성모님을 맡기셨다. 훗날 사도 요한은 스승을 증언한 탓으로 파트모스 섬에서 유배생활을 하였고 에페소에서 선종하였다. 파트모스 섬에는 사도 요한이 「요한묵시록」을 집필한 곳으로 알려진 '묵시동굴', 섬의 정상에 세워진 그리스 정교회 소속의 '성 요한 기념 수도원', 사도 요한이 처음으로 세례를 베풀었다고 전해지는 '세례터' 등이 있다. '묵시동굴' 입구에는 "여러분의 형제이며 함께 예수를 믿는 사람으로서 환난을 같이 겪고 한 나라의 백성으로서 같이 견디어온 나 요한은 하느님의 말씀을 전파하고 예수를 증언한 탓으로 파트모스라는 섬에 갇혀 있었습니다"(「요한묵시록」 1장 9절)라는 말씀과 함께 '묵시록의 거룩한 동굴'이라는 안내 표지판이 세워져 있다.

1

마실 물도 없는 귀양의 돌 섬,
파도는 사방에서 섬을 껴안고
돌 같은 사랑을 토하고 있다.
웃고 있는 사도 요한이 나이를 먹는다.

요한의 묵시록이 숨죽인 동굴,
일곱 도시에 보낸 편지는 도착이나 했는지.
세 길로 갈라진 천장을 만져본다.
요한의 깊은 꿈이 눈뜨고 있다.

서로 사랑해라, 파크모스 섬.*
서로 사랑하면 하느님이 보인다.
하루 종일 기다려도 오가는 이 없고
노망이 든 들꽃 몇 개 머리 흔들며
그대 웃고 간 길에 그림자 뿌린다.

2

나 그대 원망하지 않는다.

이 길이 마침내 끝날 때까지

인가 하나, 나그네 하나 보이지 않아도

그대 때문에 다시 떠나는 길,

느린 걸음이라도 어떻게 멈추랴.

척추를 타고 내리는 서늘한 벌판,

거친 먼지 뒤덮인 일상의 길에서

입다문 그대의 입술에까지.

피땀 젖은 그대의 허리께까지.

* 파트모스 섬 : 사도 요한이 신약의 묵시록을 썼다는 그리스의 작은 섬.

―마종기, 「길」 전문

첫 번째 부분의 제1연에는 파트모스 섬의 척박한 환경이 제시되어 있으며, 제2연에서 마종기 시인은 이처럼 척박한 섬에 유배되어 있으면서도 사도 요한이 주님의 말씀을 기록했던 "일곱 도시에 보낸 편지는 도착이나 했는지"라면서 바로 그 편지의 도착여부를 우려하고 있다. "나 요한은 아시아에 있는 일곱 교회에 이 편지를 씁니다. 지금 계시고 전에도 계셨고 또 장차 오실 그분과 그분의 옥좌 앞에 있는 일곱 영신께서 그리고 진실한 증인이시며, 죽음으로부터 제일 먼저 살아나신 분이시며, 땅 위의 모든 왕들의 지배자이신 예수 그리스도께서 여러분에게 은총과 평화를 내려주시기를 빕니다. 우리를 사랑하신 나머지 당신의 피로써 우리를 죄에서 해방시켜 주시고 우리로 하여금 한 왕국을 이루게 하시고 또 당신의 하느님 아버지를 섬기는 사제가 되게 하신 그분께서 영광과 권세를 영원무궁토록 누리시기를 빕니다. 아멘"(요한 묵시록, 1장 4~6절)이라는 말씀처럼, '일곱 도시에 보낸 편지'의 내용은 물론 「요한 묵시록」에 해당한다. 제3연의 "서로 사랑해라"는 "이것이 나의 계명이다. 내가 너희를 사랑한 것처럼 너희도 서로 사랑하여라"(요한복음서, 15장 12절)라는 말씀에 관계되기도 하고, "우리가 명령받은 대로 하느님의 아들 예수 그리스도의 이름을 믿고 서로 사랑하라는 것이 하느님의 계명입니다"(요한1서, 3장 23절)라는 말씀과 "부인, 이제 내가 그대에게 당부합니다. 그러나 내가 그대에게 써 보내는 것은 무슨 새 계명이 아니라 우리가 처음부터 지녀 온 계명입니다. 곧 서로 사랑하라는 것입니다"(요한2서, 1장 5절)라는 말씀에 관계되기도 한다. 그럼에도 "사랑하는 자녀들이여, 우리는 말로나 혀끝으로 사랑하지 말고 행동으로 진실하게 사랑합시다"(요한1서, 3장 18절)라는 말씀처럼, 사도 요한은 '말'로서의 사랑보다는 '실천'으로서의 사랑을 더 강조하였다. 그러나 척박할 뿐만 아니라 "하루 종일 기다려도 오가는 이 없고 / 노망이 든 들꽃 몇 개 머리 흔들"고 있는 파트모스 섬을 순례하기 위해서 찾아온 시인은 바로 그 사랑을 실천할 수 있는 마땅한 대상이 없다.

이처럼 황량하고 척박한 환경에서 유배생활을 하면서도 '사랑'의 정신을 잃지 않았던 사도 요한에 대한 흠숭이 그만큼 더 깊어질 수밖에 없다는 점은 두 번째 부분에 나타나 있다. "이 길이 마침내 끝날 때까지 / 인가 하나, 나그네 하나 보이지 않아도 / 그대 때문에 다시 떠나는 길", 바로 그 '길'을 '일상의 길'로 전환시킴으로써 마종기 시인은 '그대'로 비유된 사도 요한의 사랑의 정신을 끝까지 실천하고자 한다. 입을 다물어 버린 사도 요한의 '입술'을 통해서, 피와 땀에 젖은 사도 요한의 '실천'을 통해서, "느린 걸음이라도" 멈추지 않고 바로 사랑의 정신을 실천할 것을 결심하면서 파트모스 섬의 순례를 마치게 된다.

파트모스 섬의 순례에 관계되는 또 다른 시로는 「들꽃의 묵시록」이 있으며, 이 시는 앞에서 살펴 본 「길」과 같은 내용을 하고 있다. 그러나 「길」의 내용이 파트모스 섬의 외적 풍경에 더 많이 관계된다면, 「들꽃의 묵시록」은 바로 그 섬에 있는 '묵시 동굴'의 내적 풍경에 더 많이 관계된다.

1

일 년 만에 사도 요한이

깊은 바위 동굴에서 나온다.

에게 해협의 파트모스 돌섬,

햇살은 예년같이 따뜻하다.

너무 늙어 앞이 잘 보이지 않는다.

받아놓은 빗물을 한 잔 마시고

서로 사랑하라고 손을 흔든다.

예수가 죽은 지도 오래되었는데

돌길을 천천히 걸어가면서

흩날리는 저 백발은 무슨 뜻인가.

2

요한이 풍랑의 목선에 띄워 보낸

일곱 교회에 보낸 편지가 도착했다.

오랜 바닷길을 흘러온 말의 그림자,

법칙과 순서와 가설에 찢겨진 채

사랑과 고통의 진심이 잘 보이지 않는다.

파도 높은 수평선도 잘 보이지 않는다.

3

신약의 묵시록을 썼다는 요한의 동굴,

물 한 잔 돌상 위에 얹어놓은 채

희랍 정교의 젊은 신부가 졸고 앉았다.

검고 긴 모자를 눌러쓴 해맑은 얼굴에

어려운 꿈의 환시(幻視)가 간단하게 그려 있다.

돌층계 수십 개 딛고 굴 밖으로 나오니

섬에 사는 바람이 얼굴을 씻어주고

흔적으로 모여 있는 들꽃들이 몰려와

서로 사랑하라고 목소리 죽여 속삭인다.

파도 소리 때문에 꼭 누구의 말이었는지

내 두 다리 떨게 하던 그 목소리의 무늬,

진하고 뜨거운 들꽃만 흔들리고 있었다.

— 마종기,「들꽃의 묵시록」전문

전부 세 개의 부분으로 형성되어 있는 위의 시에서 첫 번째 부분에는 사도 요한이 파트모스 섬에서 18개월 동안의 유배생활 중에「요한 묵시록」을 집필하고 동굴 밖으로 나오는 모습이 나타나 있으며, "너무 늙어 앞이 잘 보이지 않는다"와 "흩날리는 저 백발은 무슨 뜻인가"는 나이 들은 사도 요한의 모습에 해당한다. 사도 요한은 파트모스 섬에서의 유배생활이 끝난 후에 에페소로 돌아가 그곳에서 서기 100년경에 90세를 일기로 세상을 떠난 것으로 알려져 있다. 특히 성 히에로니무스에 따르면 사도 요한은 나이가 너무 많아 군중들에게 설교할 수 없었고 다만 간단한 말만 할 수 있었다고 한다. 가톨릭교회에서는 사도 요한이 신약성경의 네 번째 복음서인「요한복음서」를 비롯하여「요한1서」·「요한2서」·「요한3서」등 세 개의 서간문 그리고「요한 묵시록」을 집필했다고 보고 있으며, 사도 요한의 문장紋章은 독수리이다.

그리고 위에 인용된 시의 두 번째 부분에서는「요한 묵시록」의 내용에 해당하는 '일곱 교회에 보낸 편지'를 강조하고 있으며, 마지막 부분에서는 '묵시 동굴'의 내부 풍경을 상세하게 설명하고 있다. 돌상 위에 놓인 물 한 잔, 졸고 있는 희랍정

교회의 젊은 신부, 바로 그 신부의 '해맑은 얼굴'과 '꿈의 환시' 등은 물론 오늘날의 성직자의 모습에 해당하지만, 그러한 모습은 서기 81년에서 96년경에 파트모스 섬으로 유배되어 왔던 사도 요한의 모습에 해당하기도 한다. 특히 "어려운 꿈의 환시"는 파트모스 섬의 '환시자幻視者' 또는 "펄펄 끓는 솥 속의 환시자"로 묘사되고 있는 사도 요한에게 밀접하게 관계된다고 볼 수 있다. 이처럼 과거와 현재, 환시와 현실, 사도와 신부, 성직자와 순례자의 대조는 "돌층계 수십 개 딛고 굴 밖으로 나오니"에 의해 분명하게 현실세계로 전환되어 있다. 그리고 "서로 사랑하라"는 가장 소중한 주님의 말씀을 전해주는 것처럼 보이는 '들꽃'은 바로 그 '말씀'의 흔적이 되어 순례자로서의 시인에게 속삭이고 있다. "내 두 다리 떨게 하던 그 목소리의 무늬"는 표면적으로는 들꽃에 관계되지만, 이면적으로는 파트모스 섬의 '묵시 동굴'을 순례함으로써 깨닫게 된 시인 자신의 영적 세계에도 관계된다.

경건한 마음으로 성지聖地를 순례하는 것은 초대교회 성인들의 생애와 발자취를 더듬어 보면서 우리 자신의 믿음과 신앙을 더욱 굳건하게 할 수 있는 더없이 좋은 계기가 되고는 한다. 그러나 세계 곳곳의 어느 성지를 가든 이미 관광지화 되어 있지 않은 곳이 없으며, 선진국이든 아니든 어느 곳이나 노점상의 호객행위는 순례자의 마음을 더욱 무겁게 하고는 한다. 더구나 떠듬떠듬 어설프게 '한·국·사·람' 하면서 접근할 때에는 반갑다기보다는 멈칫해지기 일쑤이다. 마종기 시인의 경우도 이러한 경험을 한 정황이 「혼자」에 반영되어 있다.

소아시아의 터키 땅, 신약성서의 에페소 도시를 여행하면서 초대 교회의 전교와 박해와 지진을 느끼는 발걸음, 완전 폐허가 된 옛날 도시에서 사도 바울의 열띤 음성을 듣다가, 보석상이 많았던 번화가를 지나 창녀 집으로 숨어 들어가던 버려진 길목도 기웃거려 보고, 한나절 빈 도시를 가로질러 뒤쪽 성문을 빠져 나오면, 이천 년의 비감하게 웅장한 모습 삽시에 사라지고, 가난한 촌바닥 싸구려 노점 장터가 줄 서서, 먼지 쌓인 기념품들을 팔고 있었다. 무더기로 몰려오는 호객의 아우성 피해 잠시 혼란해진 내게,

바짝 다가서는 장사치 소년, 피난 시절 신문팔이하던 어린 내가 보였다.

— 유 코리안? 유 자빠니이즈?

내가 코리안이던가, 그래 내가 코리안이다.

— 컴, 마이 머더 코리안! 마이 머더 코리안!

얼결에 따라간 천막 노점상 안

늦30대의 초라한 한국 여인이 머리 숙인다.

— 한국 분? — 네.

— 반갑습니다. — 네.

— 여긴 얼마나? — 한 십오 년……

— 이 근처엔 딴 한국 분도? — 혼자……

— 혼자뿐이세요?(이 먼지 속에!) — 네……

— 나도 딴 나라에서 산 지가 20년 넘었어요.

— 아, 네. 20년……

피곤한 당신 눈 속에 쌓인 딴 나라의 먼지.

근처를 빙빙 도는 터키인 남편에게 눈치보여, 만국기 가슴판에 붙여놓은 싸구려 셔츠 한 뭉치 사고, 득의만면 나를 올려보는 소년에게서도, 뿔피리 몇 개 사주고 황망히 떠날 준비를 한다. 잘사세요. — 네, 안녕히 가세요, 터키 땅에까지 와서도 우리들의 인사는 안녕히 어디로 가라는 것이구나. 보통이를 들고 관광버스에 올라탄다. 백인들 판에 노란 한 점. 맨발의 소년이 길거리에 서서 손을 흔들어주며 웃는다. 다시 창밖을 본다. 소년은 그새 없어지고 빗방울이 차창을 때리기 시작한다. 혼자뿐이라고? 바보! 혼자…… 문득 무진한 갈대밭이 된 에페소의 성 밖으로, 가는 비 맞으며 혼자 걸어가는, 내가 좋아하는 쓸쓸한 하느님.

— 마종기, 「혼자」 전문

사도 바오로가 3년 동안 복음을 전파했던 에페소를 떠나 예루살렘으로 향할 때에 "주는 것이 받는 것보다 더 행복하다"라는 주 예수 그리스도의 말씀을 인용하면서 감동적인 '작별인사'(사도행전, 20장 18~38장)를 했던 에페소에는 가톨릭교회의 역사에서 성모님께 봉헌한 첫 번째 성당에 해당하는 5세기 초엽에 지은 성모성당이 있었다. 성모님께서 사도 요한과 함께 예루살렘에서 에페소로 옮겨와 살던 곳이라고 전해지고 있는 이 터에 지금은 '성모 마리아의 집'이 있다. 이와 같은 에페소의 성지를 순례한 마종기 시인은 노점상의 소년과 마주치게 되고, 호객행위를 하는 그 소년의 모습에서 자신의 어린 시절을 떠올리게 된다. "무더기로 몰려오는 호객의 아우성 피해 잠시 혼란해진 내게, 바짝 다가서는 장사치 소년, 피난 시절 신문팔이하던 어린 내가 보였다"라는 구절은 성지순례를 현실의 세계로 전환시키는 역할을 하고 있다. 다시 말하면, 한국전쟁과 가난으로 점철되는 시인의 어린 시절의 모습과 터키 소년의 모습이 겹쳐져 있다. 그리고 터키인 남편과 살면서 노점상을 꾸려 생계를 유지하고 있는 한국인 여인과 몇 마디 대화를 하게 된다. 이 시의 핵심에 해당하는 바로 그 '대화'에서 시인은 "20년 넘게 딴 나라에 살면서" 백인들 틈에 끼어 순례를 하고 있는 자신도 '혼자'이고 "15년 넘게 딴 나라에 살면서" 먼 이국땅에서 노점상을 하고 있는 그녀도 '혼자'라는 점에서 일종의 '공감대'를 형성하게 된다. 이러한 공감대로 인해서 사실 별 쓸모도 없고 기념도 될 수 없는 몇 가지 '싸구려' 물품을 구입하고는 '안녕히 가세요'라는 말을 들으며 그 자리를 떠나면서 '혼자'라고 대답하던 그 여인의 말을 되새기고 있다. "혼자뿐이라고? 바보! 혼자." 그러나 그 '혼자'는 그 여인뿐만 아니라 시인 자신을 포함하여 누구나 '혼자'라는 점, '혼자'는 '혼자'가 아니라는 점, 따라서 "잘사세요.— 네, 안녕히 가세요"라는 작별인사에서 '안녕히 가세요'의 '가세요'를 이어받고 있는 '가는 비', 바로 그 "가는 비 맞으며 혼자 걸어가는, 내가 좋아하는 쓸쓸한 하느님"의 모습을 시인을 떠올리면서, "무진한 갈대밭이 된 에페소"의 성지순례를 마치고 포르투갈의 '파티마 성지'로 향하게 된다.

기적이 보고 싶어

찾아간 것은 아니다.

희고 밝은 호흡의 감촉이

내게는 벌써 기적들이었다.

꼭 보고 싶은 사람이 있어

광장에서 무릎을 꿇었다.

뜨겁고 두려웠던 모든 열정이

긴 사연을 간곡히 말하기에

내가 켠 촛불은 보이지도 않았다.

고개 숙인 내 부끄러움의 비명,

당신밖에 들은 사람은 없다.

젊어서는 아무나 좋아했고

나이 좀 들어 조국을 떠난 뒤부터는

왠지 하나씩 자꾸 잃기만 했다.

주위가 추워지고 창백해지면서

나는 당신을 그리워하며 살았다.

당신이 보고 싶어 여기 왔다가 간다.

의지와 표상의 세상은 벌써 가뭄에 시들었다.

— 마종기, 「포르투갈 일기 2—파티마 성지에서」 전문

성모 마리아는 제1차 세계대전이 절정에 달했던 1917년 5월 13일부터 10월 13일까지 포르투갈의 산악지대인 '레이리아' 교구에 속해 있는 파티마 본당 구역 내의 목장지대 '코바 다 이리아'에서 매월 13일에 순박한 목동들인 10세의

루치아 및 그녀의 사촌동생들인 7세의 히야친다와 9세의 프란치스코에게 총 6회에 걸쳐 발현하였다. 발현할 때마다 성모 마리아의 모습은 차이가 있었지만 흰 옷에 흰 망토를 걸치고 묵주를 든 양손을 가슴이 모은 채 맨발로 구름을 밟고 서 있는 모습을 하고 있었다. 성모 마리아는 자신을 '로사리오의 여왕'이라고 칭하면서 세계평화를 위해 매일 묵주기도를 바칠 것을 요청하였다. 특히 러시아를 자신의 성심에 봉헌하고 매월 첫 번째 토요일에 영성체를 할 것을 요청하면서 끊임없는 기도와 희생과 보속에 의해서만 세계평화와 러시아의 회개 그리고 교회의 안정과 평온이 이루어질 것이라고 예언하였다. 그 이후 1917년 10월 러시아에서 공산주의 혁명이 일어났고 1918년 제1차 세계대전이 종전終戰되었으며, 1930년 포르투갈의 주교들은 파티마의 성모발현을 공식적으로 인정하였고, 1942년 10월 교황 비오 12세는 전 세계, 특히 러시아를 성모 마리아의 티 없는 성심에 봉헌하였다. 1967년 교황 바오로 6세는 성모 마리아의 발현 50주년을 기념하여 개인적으로 파티마를 찾아 순례하였다. 기적이 일어났던 나무 부근에는 현재 성모님의 발현 경당과 함께 발현을 목격한 루시아 수녀의 진술을 바탕으로 하여 조각한 성모상이 서 있으며, 병원, 호스피스, 수도단체 등이 있다. 가톨릭교회에서는 매년 5월 13일을 '복되신 동정 마리아 기념일'로 지내고 있다. 훗날 '카르멜수도회'의 수녀가 되어 성모님의 이러한 발현에 대해 저술한 루시아1907~1960 수녀 및 사촌동생인 히야친타1910~1920와 프란치스코1908~1919 등 세 명의 목동들은 성모 마리아를 직접 보고 그 말씀을 들었다고 증언하였다. 그러나 프란치스코는 그 말씀을 듣지 못한 것으로 되어 있다.

이상과 같은 의미를 지니고 있는 '파티마' 성지를 순례하고 있는 마종기 시인은 "희고 밝은 호흡의 감촉"에서 하나의 '기적'을 발견하는 기쁨을 언급하고 있다. 이처럼 순례의 기쁨은 '자신의 존재'를 발견하는 데 있다고 볼 수 있다. 제2연에서는 "꼭 보고 싶은 사람"으로 구체화되어 있는 '당신', 즉 성모님께서 "고개 숙인 내 부끄러움의 비명"을 듣고 있는 것으로 되어 있다. "광장에서 무릎을 꿇었다"에서 강조하고 있는 바와 같이 "뜨겁고 두려웠던 모든 열정"과 "긴 사연을 간곡히 말하기" 등은 시인의 절실한 '기도'에 관계되고, 그러한 기도의 내용은 제3연에 나타나 있다. 말하자면, 젊어서부터 좋아했다는 점, 조국을 떠난 뒤로는 그러한 감정을 상실하게 되었다는 점, 그리고 "주위가 추워지고 창백해지면서"에 암시되어 있는 바와 같이 외국생활에서의 외로운 순간마다 다시 "당신을 그리워하며 살았다"는 점 등이 나타나 있다. 언젠가 한 번은 꼭 와 보고 싶었던 '파티마'의 성지를 순례하면서 시인은 많은 것을 깨닫게 되었고, 그 기쁨을 안고 "당신이 보고 싶어 여기 왔다가 간다"라고 결론짓고 있다. 그리고 "의지와 표상의 세상은 벌써 가뭄에 시들었다"라는 마지막 구절은 "예수님, 저희 죄를 용서하시며 저희를 지옥불에서 구하시고 연옥영혼을 돌보시며 가장 버림받은 영혼을 돌보소서"라는 '구원의 기도'에 관계된다.

로마교황청에서 성모 마리아의 발현을 인정하고 있는 장소로는 포르투갈의 파티마[1917] 외에도 카르멜산[1251], 멕시코의 과달루페[1531], 프랑스의 루르드[1858] 등의 성지가 있다. 카르멜산의 성모 기념일은 1251년 7월 16일 성모 마리아가 카르멜 수도원 원장인 성 시몬 스톡에게 발현한 것을 기념하고 있다. 카르멜산은 '구약성경'의 엘리야가 바알의 예언자들과 대결했던 산(「열왕기1」 18장 19~40절)으로 12세기에 은수자들이 카르멜산으로 들어가 생활하면서 카르멜수도원이 생겼다. 시몬 스톡이 원장으로 재직하고 있던 때에 그에게 발현한 성모 마리아는 특별한 은총의 표지로 '카르멜 산의 스카풀라'를 착용하라고 분부하였다. 카르멜 산의 '복되신 동정 마리아 기념일'은 7월 16일이다. 프랑스의 루르드의 성모 기념일은 1858년 2월 11일 프랑스 남부의 작은 마을인 루르드의 한 동굴에서 14살 소녀 베르나데트 수비루에게 성모 마리아가 발현하였으며, 매년 2월 11일에 '복되신 동정 마리아 기념일'을 지내고 있다. 1531년 멕시코시티의 작은 산 페테약 언덕에서 성모 마리아는 후안 디에고라는 농부에게 발현하였으며, 매년 12월 12일에 '복되신 동정 마리아 기념일'을 지내고 있다.

'말씀'의 세계

'순례'가 성지를 찾아가 성인들의 삶을 되돌아보면서 자신의 신앙을 새롭게 하는 계기를 마련하는 것이라면, 성경를 읽으면서 '말씀'의 세계를 묵상하는 것은 또 다른 의미의 '순례'에 해당한다고 볼 수 있다. 이처럼 '말씀'의 세계를 묵상하는 마종기 시인의 시로는『그 나라의 하늘빛』1991에 수록되어 있는「물빛 2」,『이슬의 눈』1997에 수록되어 있는「나무가 있는 풍경」과「보이는 것을 바라는 것은 희망이 아니므로」,『새들의 꿈에서는 나무 냄새가 난다』2002에 수록되어 있는「두렵고 떨리는 마음으로」와「목련, 혹은 미미한 은퇴」등 다섯 편이 있다.

이제는 기다리지 않아도 되리.
베드로는 중동의 강물 위를 걷다가
갑자기 풍랑이 무서워 물에 빠졌는데
나는 벌써부터 그 물에 다 젖은 채
하루 만에 마음 약한 사탄이 되기도 하고,
하늘 위의 물빛, 먼 나라의 물빛.

아니면, 십 년 전 돌아가신 우리 최신부님,
서울 용산구 반 평짜리 무덤에 누워 계신
신부님 옆에 남아 있는 색깔 없는 가난.
돌아가실 때까지 읽으신「시편」들이 일어나
이제야 나를 시원하고 부끄럽게 하네.
신부님의 물빛, 어릴 적의 물빛.

─오, 내 나이 어릴 때
내 입은 가볍고

바다 위에 떠 놀기

나 참 원했네.

지금 남천 바라볼 때

늘 들리는 것은

고개를 많이 넘고 나서야 내가 찾은 뚜나,

하느님의 도시는 언제나 물 위에 떠 있고

신부님의 노래도 내 물 위에 떠 있고

중동의 풍랑이 몰아치는 생시의 밤낮

신부님의 「시편」을 읽는 내 작은 뚜나.

내 눈의 물빛, 다시 찾은 물빛.

—마종기, 「물빛 2」 전문

제1연에서 "베드로는 중동의 강물 위를 걷다가 / 갑자기 풍랑이 무서워 물에 빠졌는데"라는 구절은 물 위를 걷고자 하지만 자신의 믿음이 약해서 물에 빠지게 된 베드로를 비유하고 있다. "주님, 주님이시거든 저더러 물 위를 걸어오라고 명령하십시오"라고 베드로가 말하자 예수님께서 "오너라"라고 하지만, 물 위를 걷던 베드로는 풍랑이 일자 물에 빠지면서 "주님, 저를 구해 주십시오"라고 소리를 지르게 되고, 예수 그리스도는 곧 손을 내밀어 그를 붙잡고는 "이 믿음이 약한 자야, 왜 의심하였느냐?"라고 베드로를 질책하였다. 이처럼 믿음이 약했던 베드로의 모습을 자신의 모습으로 전환시키고 있는 마종기 시인은 "나는 벌써부터 그 물에 다 젖은 채 / 하루 만에 마음 약한 사탄이 되기도 하고"라고 설명하고 있다. 그러나 시인에게 있어서 이러한 점은 "하늘 위의 물빛, 먼 나라의 물빛"에 반영되어 있는 바와 같이 먼 과거의 일에 해당한다.

제2연에는 "돌아가실 때까지" 「시편」을 읽었던 '최신부'라는 분과 시인 자신의 관계가 반영되어 있다. 여기서 말하는 "최신부"는 최민순 신부이다. 150편의 노래가 수록되어 있는 「시편」은 오랜 기간에 걸쳐 서로 다른 작가들이 집필한 찬미와 기도의 노래에 해당한다. 이처럼 종교적인 「시편」에는 하느님께 대한 찬양과 흠숭, 도움과 보호와 구원에 대한 기도, 용서에 대한 간구, 하느님의 은총에 대한 감사, 적의 처벌에 대한 간구 등이 포함되어 있다. 또한 「시편」에는 개인적인 긴밀한 감정이 나타나 있기도 하고, 하느님의 모든 민족의 찬양과 흠숭이 나타나 있다.

〈표 37〉

When I was a little lad With folly on my lips, Fain was I for journeying All the seas in ships. But now across the southern swell, Every dawn I hear The little streams of Duna Running clear. When I was a young man, Before my beard was gray, All to ships and sailormen I gave my heart away. But I'm weary of the sea-wind, I'm weary of the foam, And the little stars of Duna Call me home.	오 내 나이 어릴 때 내 입은 가볍고 바다위에 떠 놀기 나 참 원했네 지금 남천 바라볼 때 늘 들리는 것은 그 작은 뚜나 별이 부른다 아~ 그 작은 뚜나 별이 부른다 아~ 그 뚜나 별이 나를 부른다 아~ 아~

「시편」은 예수 그리스도가 비유적으로 말씀할 때에 자주 인용했을 뿐만 아니라 '신약'의 저자들도 인용하고는 했다. 따라서 「시편」은 초대교회에서부터 하느님을 숭배하는 데 있어서 가장 값진 것으로 이해되어 왔다. 이와 같은 「시편」을 세상을 떠나는 바로 그 순간까지 읽고 있었던 '최신부'의 마음을 마종기 시인은 그 당시에는 이해하지 못했지만, "서울 용산구 반 평짜리 무덤에 누워 계신 / 신부님 옆에 남아 있는 색깔 없는 가난"에 암시되어 있는 바와 같이 '가난한' 사제의 길을 걸었던 최신부의 모습을 떠올리면서 그 마음을 이해함으로써, "신부님의 물빛, 어릴 적의 물빛"처럼 '물빛'의 일치가 가능하게 된다.

제2연 다음에는 메길Megil이 작곡한 「뚜나Duna」가 삽입되어 있으며, 이 노래는 1950년대와 1960년대 중고등학교시절 음악시간에 배웠던 노래이다. 이 노래를 전환점으로 하여 「물빛 2」의 세계는 마지막 연을 이끌게 된다. 다시 말하면 제1연의 마지막 행의 "하늘의 물빛, 먼 나라의 물빛"에 암시되어 있는 시적 자아로서의 '나'와 '물빛'의 무관성無關性은 제2연의 마지막 행의 "신부님의 물빛, 어릴 적의 물빛"에 반영되어 있는 '나'와 '물빛'의 근접성近接性으로 전환되어 제3연의 마지막 행의 "내 눈의 물빛, 다시 찾은 물빛"처럼 '나'와 '물빛'은 동질성同質性을 형성하게 된다. 이러한 동질성의 형성은 "고개를 많이 넘고 나서야 내가 찾은 뚜나"로 인해 가능하게 되었을 뿐만 아니라 "하느님의 도시", "신부님의 노래", 그리고 "내 물 위에 떠 있다"는 점까지도 깨닫게 하는 계기를 마련하게 된다. 따라서 이 모든 사실을 깨달은 시인은 이 시의 첫 행에서 "이제는 기다리지 않아도 되리"라고 강조하였으며, 「뚜나」를 부르면서 그 기쁜 마음을 노래하고 있다.

「물빛 2」에서 지난날에는 '최신부'가 읽었고 지금은 마종기 시인이 읽고 있는 「시편」은 다음과 같이 구성되어 있다. '성가시편'(8·28·32·64편)은 세 부분으로 되어 있으며, 도입부분에서는 하느님을 찬미하고 기뻐하며 환호하는 내용으로 되어 있으며, 본문에서는 하느님을 찬미하는 이유를 창조, 구원의 역사 및 야훼의 속성에서 찾고 있다. 도입부분과 비슷한 결말부분에서 '시온의 노래'(44·46·74·82·85·130편) 부분에서는 예루살렘의 영광을 노래하고 있으며, '왕위에 오르심'(46·92·98편) 부분에서는 야훼를 찬양하고 있다. 「시편」의 약 1/3을 차지하고 있는 '애가哀歌시편'에서 개인적인 애가(3·5·7·16·21편)의 도입부분은 '나의 하느님'이나 '나의 바위'같은 비유로 시작되고, 본문부분에서는 질병, 죽음, 노쇠, 적敵의 위협 등을 야훼 하느님께 호소하고 있으며, 결말부분에서는 본문부분에서의 호소를 하느님께서 들어 주셨으리라는 점에 대해 감사를 드리는 것으로 끝맺고 있다. '애가哀歌시편'에서 집단적이거나 국가적인 애가는 패전敗戰으로 인한 민족적이고 국가적인 위기에 쓰인 것으로 야훼 하느님께 도움을 호소한 후에 비탄과 슬픔으로 끝맺고 있다. 구원에 대한 보답으로 감사의 제물을 바치는 내용을 중심으로 하는 '감사시편'에서는 재난으로부터의 구원을 기술하는 한편, 다른 한편으로는 야훼 하느님께 감사와 찬미를 드리는 내용으로 되어 있다. 아울러 교훈적인 내용(17·29·40·114·115편)이나 민족적이고 국가적인 감사의 내용(123편)이 있다. '제왕시편'(2·17·19·20·44·71·88·100·109·143편)에서는 왕의 결혼(44편), 대관식(2편)처럼 국왕에 관련되는 내용을 노래하고 있다. '역사시편'은 구원의 역사에 대한 내용을 대화체로 기술할 것(77·10편)과 교훈을 목적으로 하는 것(77편) 등이 있다. 내용이나 형식 등에서 「지혜서」와 비슷한 문학형식을 지니고 있는 '지혜시편'은 감사에 관계되는 것(24·91편), 권선징악, 선악의 대비, 하느님에 대한 외경심, 행실에 대한 훈계(1·31·33·36·48·111·127편) 등을 내용으로 하고 있다. '전례시편'은 화자의 변화, 예언의 제시 등 독단적이면서도 가치 있는 내용(14, 23편)을 중심으로 하며, '예언적 전례'라고도 한다.

물위를 걷고자 했지만, 두려움과 무서움으로 물에 빠지면서 '주님'께 도와달라고 애원했던 사도 베드로의 약한 믿음의 세계를 제시함으로써, 과거의 '나'와 현재의 '나', 지난날 '최신부'에 대한 기억과 하느님의 나라를 결합시키고 있는 「물빛 2」의 세계는 「보이는 것을 바라는 것은 희망이 아니므로」에서도 찾아볼 수 있으며, "우리는 이 희망으로 구원을 받았습니다. 눈에 보이는 것을 바라는 것은 희

망이 아닙니다. 눈에 보이는 것을 누가 바라겠습니까?"(『로마서』 8장 24절)라는 구을
인용하고 있다.

> 경상도 하회 마을을 방문하러 강둑을 건너고
> 강진의 초당에서는 고운 물살 안주 삼아 한잔 한다는
> 친구의 편지에 몇 해 동안 입맛만 다시다가
> 보이는 것을 바라는 것은 희망이 아니므로,
> 향기 진한 이탈리아 들꽃을 눈에서 지우고
> 해 뜨고 해지는 광활한 고원의 비밀도 지우고
> 돌침대에서 일어나 길 떠나는 작은 성인의 발.
> 보이는 것을 바라는 것은 희망이 아니므로,
> 피붙이 같은 새들과 이승의 인연을 오래 나누고
> 성도 이름도 포기해버린 야산을 다독거린 후
> 신들린 듯 엇싸엇싸 몸의 모든 문을 열어버린다.
> 머리 위로는 여러 개의 하늘이 모여 손을 잡는다.
> 보이는 것을 바라는 것은 희망이 아니므로,
> 보이지 않는 나라의 숨, 들리지 않는 목소리의 말,
> 먼 곳 어렵게 헤치고 온 아늑한 시간 속을 가면서.
>
> ─ 마종기, 「보이는 것을 바라는 것은 희망이 아니므로」 전문

　사도 바오로의 「로마서」에서 세 번 인용하고 있는 "보이는 것을 바라는 것은
희망이 아니므로"라는 구절에 의해서 이 시는 네 개의 부분으로 나뉜다. 첫 번
째 부분에서는 한국의 '맛집'을 자랑하는 어느 '친구의 편지'를 받고 마종기 시
인은 "몇 해 동안 입맛만 다시다가" 그것이 현재로서는 불가능한 까닭에, 사실
그 '맛집'이 너무 먼 거리에 있을 뿐만 아니라 그 집에 가기 위해 잠시 귀국하는

것 또한 쉽지 않은 까닭에, 바로 그 '맛집'에 대한 생각을 지워버리게 된다. 두 번째 부분에서는 "향기 진한 이탈리아 들꽃"과 "광활한 고원"에 암시되어 있는 바와 같이 상반되는 두 세계에서 후자 쪽을 선택한 성인의 모습이 나타나 있다. 이때의 '돌침대'는 요즈음 유행하는 건강을 위한 돌침대에 관계되는 것이 아니라 고행의 길을 걷다가 숲 속 어딘가에서 잠들고는 하는 '작은 성인'에게 관계된다. 이처럼 힘들고 고단하지만 성인이 '고행의 길'을 떠나는 까닭은 "보이는 것을 바라는 것은 희망이 아니므로"라는 사도 바오로의 언급처럼 주님에 대한 자신의 믿음 때문일 것이다.

이처럼 "보이는 것을 바라는 것은 희망이 아니므로"라는 말씀은 첫 번째 부분에서의 '맛집'에 대한 개인적인 기대를 두 번째 부분에서의 '작은 성인'의 고행으로 전환시키게 되고, 세 번째 부분에서는 그러한 고행의 세계를 더욱 심화시키게 된다. "야산을 다독거린 후"에 "몸의 모든 문을 열어" 버림으로써, 마침내 "머리 위로는 여러 개의 하늘이 모여 손을" 잡게 된다고 볼 수 있다. 이 구절에서 "여러 개의 하늘"은 일차적으로 시적 자아로서의 마종기 시인의 마음속에 있는 여러 가지 생각들에 관계되지만, 이차적으로는 마지막 부분의 "보이지 않는 나라"와 "들리지 않는 목소리"에 관계된다. 그리고 "보이는 것을 바라는 것은 희망이 아니므로"라는 말씀은 바로 그러한 '나라'와 '목소리'를 볼 수 있게 하고 들을 수 있게 하기도 한다.

대사제로부터 교우들을 체포할 수 있는 허락을 받아 낸 사울은 다마스쿠스로 가던 중에 "사울아, 사울아, 왜 나를 박해하느냐?"라는 예수 그리스도의 말씀을 듣고는 곧바로 개종하여 예수 그리스도의 말씀을 전하는 사도 바오로가 되었다. 서기 36년경에 개종한 것으로 알려진 사도 바오로가 집필한 「로마서」의 내용은 다음과 같다. 바오로는 당시 교회에서 성행하던 복음의 내용을 "그것은 다름 아닌 하느님의 아들에 관한 소식입니다. 그분은 인성으로 말하면 다윗의 후손으로 태어나신 분이며 거룩한 신성으로 말하면 죽은 자들 가운데서 부활하심으로써 하느님의 권능을 나타내어 하느님의 아들로 확인되신 분입니다. 그분이 곧 우리 주 예수 그리스도이십니다"(로마서, 1장 3~4절)라고 밝혔다. 아울러 복음의 내용인 예수 그리스도를 믿는 사람은 누구나 구원을 받는다는 점을 다음과 같이 강조하였다. "복음은 하느님께서 인간을 당신과 올바른 관계에 놓아주시는 길을 보여주십니다. 인간은 오직 믿음을 통해서 하느님과 올바른 관계를 가지게 됩니다. 성서에도 '믿음을 통해서 하느님과 올바른 관계를 가지게 된 사람은 살 것이다.' 하지 않았습니까? 하느님의 진노가 불의한 행동으로 진리를 가로막는 인간의 온갖 불경과 불의를 치시려고 하늘로부터 나타납니다."(「로마서」 1장 17~18절). 이와 같은 명제를 바탕으로 하여 사도 바오로는 예수 그리스도를 믿을 때에만 의롭게 될 수 있다는 논리를 전개하였다.(「로마서」 1장 18절; 3장 20~21절; 8장 39절)

이로 인해 '종교개혁' 이후에 논란이 되고 있는 '의화론義化論'과 '성의론成義論' 등 일명 '의인론義認論'이 야기되기도 했다. 사도 바오로는 이방인들조차도 예수 그리스도를 내용으로 하는 복음의 말씀을 받아들이는 반면에 예수 그리스도와 자신의 동족인 유태인들이 복음을 배척하는 데 대해서 슬픔과 아픔과 놀라움을 토로하면서 이스라엘 백성도 결국에는 복음의 말씀으로 구원받게 되리라는 희망을 제시하였다. 아울러 사도 바오로는 서로 겸손하고 화목하게 지낼 것, 당시의 로마제국에 대해 양심적으로 순종할 것, 말씀의 완성에 해당하는 사랑을 실천할 것, 종말을 의식하면서 살아갈 것, 신앙심이 약한 이들을 보살필 것, 이단에 대한 경고와 축복 등을 강조하였다.

아울러 "그러므로 내 사랑하는 교우 여러분, 여러분은 내가 함께 있을 때에도 언제나 순종하였거니와 그 때뿐만 아니라 떨어져 있는 지금에 와서는 더욱 순종하여 두렵고 떨리는 마음으로 여러분 자신의 구원을 위해서 힘쓰십시오"(「필립비서」 2장 12절)라는 구절을 인용하고 있는 마종기 시인의 시 「두렵고 떨리는 마음으로」의 전문을 인용하면 다음과 같다.

봄밤에 혼자 낮은 산에 올라

넓은 하늘을 올려보는 시간에는

두렵고 떨리는 마음으로

별들의 뜨거운 눈물을 볼 일이다.

상식과 가식과 수식으로 가득 찬

내 일상의 남루한 옷을 벗고

두렵고 떨리는 마음으로, 오늘 밤,

별들의 애잔한 미소를 볼 일이다.

땅은 벌써 어두운 빗장을 닫아걸어

몇 개의 세상이 더 가깝게 보이고

눈을 떴다 감았다 하며 느린 춤을 추는

별 밭의 노래를 듣는 침묵의 몸,

멀리 있는 줄만 알았던 당신,

맨발에, 두렵고 떨리는 마음으로.

— 마종기, 「두렵고 떨리는 마음으로」 전문

사도 바오로는 에페소의 감옥에 수감된 상태에서 「에페소서」, 「골로새서」, 「필레몬서」 등과 함께 '수인서간囚人書簡'으로 알려진 「필립비서」를 집필하였다. 전부 4장으로 구성되어 있는 「필립비서」의 내용은 마케도니아의 필립비 신자들의 호의에 감사하는 한편, 다른 한편으로는 신앙의 기쁨과 예수 그리스도께로 향하는 고난의 길을 함께 나누자고 권고한 것으로 되어 있다. "그리하여 여러분은 나무랄 데 없는 순결한 사람이 되어 이 악하고 비뚤어진 세상에서 하느님의 흠 없는 자녀가 되어 하늘을 비추는 별들처럼 빛을 내십시오"(「필립비서」 2장 15절)라면서 하느님께 대한 우리들의 흠숭과 믿음이 '하늘의 별처럼 빛나라'

고 강조했던 사도 바오로의 말씀처럼, 위에 인용된 시의 제1연에서도 "두렵고 떨리는 마음으로" 하늘의 '별'을 바라볼 것을 강조하고 있다. "상식과 가식과 수식으로 가득 찬 / 내 일상의 남루한 옷을 벗고" 하늘의 별을 바라보는 까닭은 제 2연의 "멀리 있는 줄만 알았던 당신"으로 비유되어 있는 '하느님'을 좀 더 가까이에서 만날 수 있기 때문이다.

'말씀'에 관계되는 마지막 시로는 「목련, 혹은 미미한 은퇴」의 네 번째 시가 있으며, 이 시에서는 "이다지도 좋을까, 이렇게 즐거울까! 형제들 모두 모여 한데 사는 일!"(「시편」 133장 1절)을 인용하고 있다.

> ―이다지도 좋을까. 이렇게 즐거울까! 형제들
> 모두 모여 한데 사는 일(구약 시편 : 133)
>
> 새벽잠 없어진 것이야 나이 탓이겠지만
> 그래도 서둘러 내 잠 깨운 창밖의 새는
> 누가 잃어버린 추운 인연일까.
> 나는 그래서 매일 아침 몸이 아팠다.
>
> 이제 내 짐도 내려놓고
> 내 하던 일도 내려놓는다.
> 앞이 보이지 않는 일상의 일탈,
> 국경의 저쪽에 당신 침묵이 보인다.
> 죽은 꽃나무 짊어지고 산정을 향하는
> 당신 연민의 옆얼굴이 밝아온다.
>
> 피 흘리는 미혼의 집에서

몸부림하던 문들이 열린다.
세상의 모든 아름다운 말과 글이
당신의 몸에 눌려 질식하고
땅과 바다는 다 걷혀 가버렸다.

한때 사람은 심장으로 생각했다.
그 시절에는 나도 가슴이 뛰었다.
기적같이 당신의 극치에 왔다.
세상에 필요한 단 하루의 아침에
내게 확신의 눈길 보내준 당신과 함께.

— 마종기, 「목련, 혹은 미미한 은퇴」 네 번째 시

'형제'라는 말은 일반적으로 가족의 일원으로서의 형제에 관계되고, 종교적으로는 같은 종교를 믿는 모든 교우들에게 관계된다. 이렇게 볼 때에 이 시의 서두에 인용되어 있는 구절에서의 '형제'는 우선적으로 후자에 더 가깝다고 볼 수 있다. 그럼에도 "목련, 혹은 미미한 은퇴"에 암시되어 있는 '목련'과 '은퇴'의 의미로 볼 때에 '형제'는 또 가족의 일원에도 관계된다. 따라서 '은퇴' 이후의 생활은 가족의 일원으로서의 '형제들'과 함께 지낼 수도 있고 신앙공동체의 일원으로서의 '형제들'과 함께 지낼 수 있는 자유로운 생활에 해당한다. 이러한 점은 제2연의 "당신의 침묵"과 "당신의 몸"을 거쳐 마지막 연의 "기적같이 당신의 극치에 왔다"와 "내게 확신의 눈길 보내준 당신과 함께"에 반영되어 있는 '당신'의 의미에서 그렇게 확인할 수 있다. 시적 자아로서의 마종기 시인으로 하여금 '은퇴'할 나이가 되기까지 이끌어 주었고 보살펴 주었던 바로 그 '당신'은 감사와 흠숭의 대상에 해당하기 때문이다.

'하느님'의 세계

마종기 시인의 시에서 '하느님'에 관계되는 시로는 『모여서 사는 것이 어디 갈대들뿐이랴』[1986]에 수록되어 있는 「하느님 공부」, 『이슬의 눈』[1997]에 수록되어 있는 「당신의 하느님」, 「눈 오는 날의 미사」 및 「나무가 있는 풍경」 등이 있다. 이와 같은 시에서 '하느님'을 직접적으로 언급하고 있는 「하느님 공부」와 「당신의 하느님」을 차례로 살펴보고자 한다.

1
오늘의 공부는 공중에 나는 새를 보라.
공부는 공중에 나는 새를 쏘는 총,
공중에 나는 새를 쏘는 사람의 마음,
그 사람 마음에 일고지는 몇 대(代)의 그림자.

이제 눈물은 무섭지 않아.
한번 끓고 난 물은 탄력이 없어.
비단같이 얇게 하늘거리는 땅 위에서
생수(生水) 같은 사람이 되고 싶어서.

2
필연성이 없는 소리의 연속은
음악(音樂)이 아니지.
필연성이 없는 동작의 연속은
춤이 아니지.
필연성이 없는 하루하루 살이는
사람이 아니지.

그러니까 나는 사람이 아니지.

하느님은 대개
마음이 가난한 자에게만 보인다고 하고.

— 마종기, 「하느님 공부」 전문

환시幻視를 통하여 다니엘이 본 하느님의 모습은 다음과 같다. "내가 보고 있는데 마침내 옥좌들이 놓이고, 연로하신 분께서 자리에 앉으셨다. 그분의 옷은 눈처럼 희고, 머리카락은 깨끗한 양털 같았다. 그분의 옥좌는 불꽃같고, 옥좌의 바퀴들은 타오르는 불 같았다. 불길이 강물처럼 뿜어 나왔다. 그분 앞에서 터져 나왔다. 그분을 시중드는 이가 백만이요, 그분을 모시고 선 이가 억만이었다. 법정이 열리고 책들이 펴졌다."(「다니엘서」 7장 9~19절) 하느님의 모습은 또 "우리가 여러분에게 알려준 우리 주 예수 그리스도의 권능과 강림의 이야기는 사람들이 꾸며낸 신화에서 나온 것이 아닙니다. 우리는 그분이 얼마나 위대한 분이신지를 우리의 눈으로 보았습니다. 그분은 분명히 하느님 아버지로부터 영예와 영광을 받으셨습니다. 그것은 최고의 영광을 지니신 하느님께서 그분을 가리켜 '이는 내 사랑하는 아들, 내 마음에 드는 아들이다' 하고 말씀하시는 음성이 들려왔을 때의 일입니다. 우리는 그 거룩한 산에서 그분과 함께 있었으므로 하늘에서 들려오는 그 음성을 직접 들었습니다"(「베드로2서」 1장 16~18절)라는 언급에도 나타나 있다.

사도 베드로가 확신에 차서 하느님의 모습과 목소리를 이렇게 증언할 수 있는 까닭은 다음과 같다. "예수님께서 베드로와 야고보와 그의 동생 요한만 따로 데리고 높은 산에 오르셨다. 그리고 그들 앞에서 모습이 변하셨는데, 그분의 얼굴은 해처럼 빛나고, 그분의 옷은 빛처럼 하얘졌다. 그때에 모세와 엘리야가 그들 앞에 나타나 예수님과 이야기를 나누었다. 그러자 베드로가 나서서 예수님께 말하였다. '주님, 저희가 여기에서 지내면 좋겠습니다. 원하시면 제가 초막 셋을 지어 하나는 주님께, 하나는 모세께, 또 하나는 엘리야께 드리겠습니다.' 베드로가 말을 채 끝내기도 전에 빛나는 구름이 그들을 덮었다. 그리고 그 구름 속에서, '이는 내가 사랑하는 아들, 내 마음에 드는 아들이니 너희는 그의 말을 들어라' 하는 소리가 났다. 이 소리를 들은 제자들은 얼굴을 땅에 대고 엎드린 채 몹시 두려워하였다."(『마태오복음서』 17장 1~6절) 물론 하느님께서는 아브라함에게도 나타나셨고(『창세기』 12장 4절; 22장 1~19절), 모세에게도 나타나셨다(『탈출기』 3장 1~10절). 또한 "주님께서는 마치 사람이 자기 친구에게 말하듯, 모세와 얼굴을 마주하여 말씀하시곤 하였다"(『탈출기』 33장 11절)라는 언급처럼 모세와는 직접 얼굴을 맞대고 말씀을 나누기도 하였다.

이처럼 하느님을 직접 만났든 환시를 통해서 만났든, 하느님을 만난 사람들은 지극히 극소수의 선택받은 사람들뿐이다. 따라서 '하느님'을 안다는 것은 그만큼 어려운 일일 뿐만 아니라 오늘날처럼 모든 것을 직접 보고 들어야만 믿는 세상에서는 더욱 어려운 일일 수밖에 없을 것이다. 위에 인용된 시의 첫 번째 부분에서는 '하느님 공부'의 어려움을 '총'을 가지고 "공중에 나는 새를 쏘는 사람의 마음"에 비유하였다. 그리고 '하느님 공부'를 쉽게 포기하거나 중단해서는 안 된다는 점은 "그 사람 마음에 일고지는 몇 대代의 그림자"에서 찾아볼 수 있다. 아울러 두 번째 부분에서는 소리의 '연속'과 음악의 관계, 동작의 '연속'과 춤의 관계처럼 '연속'의 필연성을 제시함으로써, 하느님 공부 역시 '연속'의 필연성이 있어야 한다는 점을 강조하고 있다. "필연성이 없는 하루하루 살이는 / 사람이 아니지 / 그러니까 나는 사람이 아니지"라는 구절에서 '나'는 날마다의 생활에서 '하느님의 말씀'을 실천하거나 생활화하고 있지 않은 우리 모두를 대신하고 있다. 마지막 부분의 "하느님은 대개 / 마음이 가난한 자에게만 보인다고 하고"에서 "마음이 가난한 자에게만 보인다"라는 말은 '마음비우기'의 어려움에 관계된다. 그저 평범한 일상인으로서의 우리들에게는 성취하고 싶은 일들이 언제나 많이 있기 마련이어서, '마음비우기'가 말같이 그렇게 쉽지 않기 때문일 것이다. 어떤 젊은 사람이 "스승님, 제가 영원한 생명을 얻으려면 무슨 선한 일을 해야 합니까?"라고 물었을 때, 예수 그리스도께서는 "네가 완전한 사람이 되려거든, 가서 너의 재산을 팔아 가난한 이들에게 주어라. 그러면 네가 하늘에서 보물을 차지하게 될 것이다. 그리고 와서 나를 따라라"라고 말씀하셨다. 그러나 많은 재물을 가지고 있던 그 젊은이는 이 말씀을 듣고 슬퍼하면서 떠나갔다. 그만큼 '마음비우기'는 어렵다고 볼 수 있다.

이상과 같은 의미의 「하느님 공부」가 '나'의 직접적인 하느님 공부에 해당한다면, 「당신의 하느님」은 '당신'으로 객관화된 또 다른 '나'의 하느님 공부에 해당한다.

당신이 기도하는 하느님은
여리고 예민한 분인지
만하임에서도, 베네치아에서도
혼자서 비를 맞고 계시더군.
당신의 착한 하느님은
그림자까지 비에 젖어서
날지도 않고 내 옆을 지나가셨지.
나는 떠나지 않기로 결심했어.

얼마나 작은 틈 사이로도
빗물은 스며들어 지나간다.
하느님의 물은 쉽게 지나간다.
작은 우리들의 시간 사이로 들어와
폭 넓은 빈 강 하나를 보여주신다.

여행의 젖은 옷을 말리며

추워진 공간의 벽을 말리며

먼 곳도 쉽게 보는 하느님의 눈이

가까이 가지 말라고 신호를 보낸다.

그간에도 세월이 화살같이 지나고

그 화살 몸을 찔러 피나게 해도

희망이여, 평생의 아픔이여,

영혼을 풍요하게 한다는 아픔이여.

나는 움직이지 않기로 했다.

그대가 내 안에서 쉬는 동안에

은밀한 상처를 조심해 만져도

당신의 투명한 하느님은 아시지,

돌아갈 길이 더 멀고 험한 것.

비에 젖어 살아온 몸이 떨린다.

우리를 자유롭게 하는 슬픔이 떨린다.

— 마종기, 「당신의 하느님」 전문

　　제1연에 나타나 있는 독일 남서부의 바덴뷔르템베르크에 있는 도시 '만하임'이나 이탈리아 북부의 베네토에 있는 수상도시 '베네치아'와 같은 이름으로 미루어 볼 때, 이 시에서 우리는 서유럽을 방문했던 당시의 시인의 마음을 파악할 수 있다. 외국을 여행한다는 것은 새로운 것에 대한 기대와 흥분, 즐거움과 기쁨 등이 있게 마련이지만, 이 시에서처럼 비가 내리는 궂은 날에는 여행자로서의 나그네의 마음은 착잡하고 초라하게 만들기 마련이다. 비를 맞고 있는 시인이 보기에 '하느님'은 그림자까지 비에 젖어 자신의 곁을 지나가고 있는 것처럼 생각되기도 한다. 이처럼 하늘에서 내리는 비로 인해 도시는 온통 비에 젖어 있지만, 바로 그 '비'를 하느님의 물로 파악하고 있는 마종기 시인은 새로운 사실을 깨닫게 된다. "폭 넓은 빈 강 하나를 보여주신다"에 암시되어 있는 바와 같이, 하느님은 여리고 예민한 분이라는 점, 하느님은 착하신 분이라는 점, 하느님의 물은 쉽게 지나간다는 점, 하느님의 눈은 먼 곳도 쉽게 본다는 점, 하느님은 모든 것을 다 알고 계시다는 점 등을 깨닫게 된다. 따라서 마지막 연에서 "나는 움직이지 않기로 했다"라고 결심하는 까닭은 하늘에서 내리는 비가 바로 하느님의 모습에 해당하기에 군이 그 비를 피할 필요가 없기 때문일 것이다. 그리고 "비에 젖어 살아온 몸이 떨린다. / 우리를 자유롭게 하는 슬픔이 떨린다"라는 마지막 구절에서의 '비'는 보편적인 의미로서의 '비'이자 하느님을 대신하는 특수한 의미로서의 '비'에 해당하며, 그러한 사실을 깨닫게 된 시인은 "자유롭게 하는 슬픔"으로 전율하게 된다.

'하느님'의 세계에 해당하는 다른 유형의 시로는 「눈 오는 날의 미사」와 「나무가 있는 풍경」 등 '미사'에 관계되는 두 편의 시를 들 수 있습니다. 라틴어 'missa'에서 유래되었으며 중국어 '미사彌撒'를 음차音差한 것으로 알려진 '미사'는 물론 가톨릭교회에서의 '전례'에 해당한다. 최후의 만찬에서 예수 그리스도가 "잔을 들어 감사의 기도를 올리신 다음 '자, 이 잔을 받아 나누어 마셔라. 잘 들어라. 이제부터 하느님 나라가 올 때까지는 포도로 빚은 것을 나는 결코 마시지 않겠다' 하시고는 또 빵을 들어 감사 기도를 올리신 다음 그것을 떼어 제자들에게 주시며 '이것은 너희를 위하여 내어주는 내 몸이다. 나를 기념하여 이 예식을 행하여라' 하고 말씀하셨다"(「루가복음서」 22장 17~19절)라고 제자들에게 말씀하셨다. 가톨릭교회에서는 바로 이 말씀에 따라 성제聖祭를 봉헌하고 있으며, 이러한 의식儀式을 통해서 우리들은 '하느님'과 만나게 된다.

하늘에 사는 흰 옷 입은 하느님과

그 아들의 순한 입김과

내게는 아직도 느껴지다 말다 하는

하느님의 혼까지 함께 섞여서

겨울 아침 한정 없이 눈이 되어 내린다.

그 눈송이 받아 입술을 적신다.

가장 아름다운 모형의 물이

오래 비어 있던 나를 채운다.

사방을 에워싸는 하느님의 문신,

땅에까지 내려오는 겸손한 무너짐,

눈 내리는 아침은 희고 따뜻하다.

— 마종기, 「눈 오는 날의 미사」 전문

　"겨울 아침 한정 없이 눈이 되어 내린다"에 제시되어 있는 바와 같이, 눈이 내리
는 어느 겨울날의 '미사'를 설명하고 있는 이 시의 제1연에서는 내리고 있는 '눈'
을 '하느님', 그 아들 예수 그리스도의 '입김', 그리고 '하느님의 혼' 등을 함축하고
있는 것으로 비유하고 있다. 여기서 중요한 점은 "내게는 아직도 느껴지다 말다
하는 / 하느님의 혼"이라고 볼 수 있다. 미사를 봉헌할 때마다 '하느님의 혼'을 느
낄 수만 있다면 더 이상 바랄 것이 없겠지만, 사실은 그렇지 못한 경우가 누구에
게나 더 많이 있을 것이다. 그래서 시인은 제2연서 여전히 내리고 있는 '눈송이'를
받아 입술을 적시면서, 미처 느끼지 못했던 하느님의 혼을 느끼고 있다. "가장 아
름다운 모형의 물"은 겉으로 보기엔 그저 그렇고 그런 하얀 눈일 뿐이지만 사실은
적어도 30여개 이상의 여러 가지 모양을 하고 있는 결정체로서의 '눈'에 해당한
다. 자신을 에워싸는 "하느님의 문신", 하늘에서부터 땅에까지 내려오는 "겸손한

무너짐" 등에 의해 시인은 비로소 하느님과 만나게 된다. 눈이 내리는 날의 '미사'에서 받은 이러한 감동은 「나무가 있는 풍경」에서도 찾아볼 수 있다.

> 두려워하지 마라. 내가 네 옆에 있다.
> 흐린 아침 미사 중에 들은 한 구절이
> 창백한 나라에서 내리는 성긴 눈발이 되어
> 옷깃 여미고 주위를 살피게 하네요.
> 누구요? 안 보이는 것은 아직도 안 보이고
> 잎과 열매 다 잃은 백양나무 하나가 울고 있습니다.
> 먼지 묻은 하느님의 사진을 닦고 있는 나무,
> 그래도 눈물은 영혼의 부동액이라구요?
> 눈물이 없으면 우리는 다 얼어버린다구요?
> 내가 몰입했던 단단한 뼈의 성문 열리고
> 울음 그치고 일어서는 내 백양나무 하나.
>
> ─ 마종기, 「나무가 있는 풍경」 전문

「눈 오는 날의 미사」에서 마종기 시인이 내리고 있는 '눈'에서 '하느님'의 모습을 발견했다면, 위에 인용된 시에서는 '백양나무'에서 자신의 모습을 찾아내고 있다. 그리고 "흐린 아침 미사 중에 들은 한 구절"에 해당하는 "두려워하지 마라. 내가 네 옆에 있다"라는 말씀은 "두려워하지 마라"(「마태오복음서」 10장 31절)라는 말씀과 "내가 너와 함께 있겠다. 이것이 내가 너를 보냈다는 표징이 될 것이다"(「탈출기」 3장 12절)라는 말씀에 해당한다고 볼 수 있다. 특히 "두려워하지 마라"라는 말씀은 성경에서 가장 많이 쓰이는 말씀 중의 하나에 해당한다. 그러한 예로는 "아브람아, 두려워하지 마라. 나는 너의 방패다"(「창세기」 15장 1절), "적군이 너보다 많은 말과 병거를 몰고 나타나더라도 두려워하지 마라"(「신명기」 20장 1절), "두려워하지도 말고 겁내지도 마라"(「여호수아기」 8장 1절), "두려워하지도 말고 겁내지도 마라. 힘과 용기를 내어라"(「여호수아기」 210장 25절), "겁내지 마라. 두려워하지 마라. 도망치지 마라"(「집회서」 20장 3절), "죽음의 판결을 두려워하지 마라"(「집회서」 41장 3절), "굳세어져라, 두려워하지 마라"(「이사야서」 35장 4절), "두려워하지 마라. 내가 너를 건져주지 않았느냐?"(「이사야서」 43장 1절), "내가 너와 함께 있으니 두려워하지 마라"(「이사야서」 43장 5절), "두려워하지 마라, 나의 종 야곱아"(「이사야서」 44장 2절) 등에서부터 "두려워하지 마라. 너희가 십자가에 못 박히신 예수님을 찾는 줄을 나는 안다"(「마태오복음서」 28장 5절), "용기를 내어라. 나다. 두려워하지 마라"(「마르코복음서」 6장 50절), "두려워하지 마라. 이제부터 너는 사람을 낚을 것이다"(「루가복음서」 5장 10절), "네가 앞으로 겪을 고난을 두려워하지 마라"(「요한묵시록」 2장 10절), "두려워하지 마라. 나는 처음이며 마지막이고 살아 있는 자다"(「요한묵시록」 1장 17~18절) 등까지 성경에서는 "두려워하지 마라"라는 말씀이 130여 번 이상 나타나 있다.

이처럼 "두려워하지 마라"라는 말씀은 예수 그리스도에 대한 절대적인 믿음과 복음말씀을 전파하는 것에 관계되며, "내가 너와 함께 있다"라는 말씀처럼 예수 그리스도가 항상 우리들 곁에 계시기 때문에 두려워할 필요가 없다는 점에 관계된다. 따라서 시인 자신의 모습을 반영하고 있는 "잎과 열매 다 잃은 백양나무 하나"는 "두려워하지 마라"라는 바로 그 말씀으로 인해서 "울음 그치고 일어서는 내 백양나무 하나"가 되어 마음의 새로운 전기를 마련한 시인자신과 동일시된다. 이처럼 "두려워하지 마라. 내가 네 옆에 있다"라는 말씀은 우리들 모두로 하여금 굳은 믿음과 용기와 신념을 갖게 하는 말씀에 해당한다.

'절기'의 세계

'절기'에 관계되는 시로는 『안 보이는 사랑의 나라』1980에 수록되어 있는 「수요일水曜日의 시詩」와 『그 나라의 하늘빛』1991에 수록되어 있는 「성회聖灰 수요일水曜日」, 『우리는 서로 부르고 있는 것일까』1991에 수록되어 있는 「재의 수요일」 및

『새들의 꿈에서는 나무 냄새가 난다』2002에 수록되어 있는 「부활절 전후」 등이 있다. 통칭하여 '재의 수요일'에 관계되는 세 편의 시를 차례로 살펴보면 다음과 같다.

시(詩)가 흉허물 없는
친구가 마침내 되어
바람이 불어도 춥지 않고
밤이 되어도 외롭지 않은
은근한 불빛으로 비칠 때까지.

기다리지 못하고 꽃이 피어도
매해 이른 봄 수요일(水曜日)이면
유신(有信)한 친구가 되어 방문(訪問)하리니
그때면 내 이마에도 재를 바르고
죽고 사는 이야기는 웃어 넘겨야지.

이 길고긴 갈증(渴症)의 나날,
이마의 뜨거운 열과 방황이
마침내 재가 되어 날릴 때까지.

— 마종기, 「수요일의 시」 전문

"매해 이른 봄 수요일水曜日이면"에서의 '수요일'이 '재의 수요일'에 해당하는 까닭은 "그때면 내 이마에도 재를 바르고"라는 구절 때문이다. 이 시에서 설명하고 있는 이른 봄 수요일에 이마에 재를 바르는 의식儀式은 사순절이 시작되는 첫날인 사순 제1주일 전의 '재의 수요일'에 행하게 되는 의식에 해당한다. 이날 가톨릭교회에서는 미사 중에 참회의 상징으로 '재'를 축성하고 그 재를 머리에 얹는 의식을 행하게 된다. 이때에 사용하는 '재'를 '성회聖灰'라고도 하며, 전 해의 '주님 수난 성지주일'에 축성한 종려나무나 측백나무 가지를 한 곳에 모아 불에 태워 만든 재를 사제가 축성하여 사용하고는 한다. 사제는 축성한 재를 신자들의 머리(또는 이마)에 십자모양으로 바르면서 "사람은 흙에서 왔으니 흙으로 돌아갈 것을 생각하십시오."(「창세기」 3장 19절)라고 하든가 "회심하고 복음을 믿으십시오."(「마르코복음서」 1장 15절)라고 말한다. 이러한 말씀은 신자들로 하여금 자신의 잘못을 깊게 뉘우치고 영원한 삶을 구하라는 장엄한 외침에 해당한다. 이러한 의식은 그 자체에도 목적이 있지만 궁극적으로는 악의 세력과 싸워 이기기 위한 훈련에 해당한다. 따라서 "거룩한 재계로 그리스도 신자로서의 전투를 시작하며 주께 비오니, 악의 세계를 대적하려는 우리로 하여금, 극기의 보루로 진을 치게 하소서"라고 본기도를 바치게 된다. '재의 수요일'은 590년부터 604년까지 재위했던 교황 성 그레고리오 1세가 사순절의 첫 날로 선포하게 되었고, 1963년부터 1978년까지 재위했던 교황 바오로 6세는 '재의 수요일'에 전 세계 가톨릭교회가 단식과 금육을 지킬 것을 명하였다. 한국 가톨릭교회에서도 '재의 수요일'에 만 21세부터 만 60세까지 모든 신자들은 하루 한 끼를 단식해야 하며, 만 14세부터는 금육을 지킬 것을 강조하고 있다. '성주간'이 시작되는 '주님 수난 성지주일'은 주님께서 파스카의 신비를 완성하기 위해서 예수살렘에 입성한 것을 기념하는 주일로 왕으로 오신 예수 그리스도의 개선을 예고하고 수난을 선포하는 두 가지 의미를 지닌다. 성지聖枝는 주님께서 예루살렘에 입성하실 때 백성들이 존경과 승리의 표시로 종려나무나 올리브나뭇가지를 길바닥에 깔았던 사건을 기념하는 것으로 종려나무와 올리브나무가 희귀한 우리나라에서는 측백나무가지를 성지로 사용하고는 한다. 따라서 '주님 수난 성지주일'부터 '부활대축일' 전까지에 해당하는 '성주간'은 1년 중 가장 중요하고 거룩하게 보내야 할 시기에 해당한다.

이상과 같은 의미를 지니고 있는 '재의 수요일'을 지내면서 마종기 시인은 「수요일의 시」에서 자신의 시가 새롭게 태어나기를 간구하는 한편, 다른 한편으로 "이마의 뜨거운 열과 방황이 / 마침내 재가 되어 날릴 때까지" 시에 대한 열정을 불태울 것을 다짐하고 있다. 이처럼 '재의 수요일'과 '시'의 긴밀한 관계는 「성회 수요일」에서 시적 자아로서의 '나'와 '당신'으로서의 '주님'의 관계로 전환되어 있다.

1

오늘은 더 많은 것들이
더 가깝게 보인다.
높고 낮음이 보이지 않는 사람들,
노래도 간간이 들린다.
방안의 정물(靜物)들이 하나씩 눈을 뜨고
어깨를 기대는 모습이 정답다.

옆에서 보면 당신의 감추어진
많은 눈물이 보이고
위에서 보면 한 떼의 새들이겠지.
몸 속에 숨어 사는 새들
날갯죽지의 내 많은 상처도 보인다.

서로 손을 잡는다. 눈을 감는다.
보이지 않던 당신의 아픔이 보인다.
잡은 손들이 모여 새로운 세상을 만들고
그 속에 잠긴 모든 몸이 따뜻해진다.
이 땅의 하루가 원만해지기 시작한다.

내 눈물은

슬픔이 넘쳐 흘러나는 것 아니고

내 눈물은

한(恨)맺힌 천리 밖의 하늘이 아니고

내 눈물은

서리 찬 결단(決斷)의 돌에서 솟는 것이 아니고

내 눈물은, 방울마다

고마운 마음이 숨어 있게 하소서.

설사 영롱한 방울이 되지 못해도

단순하고 지극한 물이게 하소서.

— 마종기, 「성회 수요일」 전문

　'재의 수요일'은 사순시기를 시작하는 첫날로서 회개와 속죄와 참회의 상징으로 재를 축복하여 머리에 얹는 예식을 하게 된다. 이러한 성회聖灰는 "욥은 잿더미에 앉아서 토기 조각으로 몸을 긁었다"(「욥기」 2장 8절)라는 언급이나 "이 소식이 니네베 임금에게 전해지자, 그도 왕좌에서 일어나 겉옷을 벗고 자루옷을 걸친 다음 잿더미 위에 앉았다"(「요나서」 3장 6절)라는 언급 등에 관계되기도 하고, "코라진아, 너는 화를 입으리라. 베싸이다야, 너도 화를 입으리라. 너희에게 베푼 기적들을 띠로와 시돈에서 보였더라면 그들은 벌써 베옷을 입고 재를 머리에 들쓰고 회개하였을 것이다"(「마태오복음서」 11장 21절)라는 언급에 관계되기도 한다.

　이처럼 우리 자신의 삶과 행동과 신앙을 되돌아보게 하는 '재의 수요일'을 맞아 위에 인용된 시의 첫 부분에서 모든 것들은 더 가깝게 보이고, 노래도 들리고, 서로 어깨를 기대는 모습도 보인다. 따라서 "모든 몸이 따뜻해진다"와 "이 땅의 하루가 원만해지기 시작한다"에 반영되어 있는 바와 같이 '재의 수요일'을 지내면서 "새로운 세상"의 가능성을 열어놓게 된다. 아울러 첫 번째 부분의 제2연의 "당신의 감추어진 / 많은 눈물"은 이 시의 두 번째 부분에서 '나'의 눈물로 수렴되어 있다. 다시 말하면 가장 거룩하고 은총이 더욱 풍부한 사순시기의 시작을 알리는 '재의 수요일'에 회개와 참회와 속죄를 할 수 있게 된 '나'는 예수 그리스도에게 드리는 '고마운 마음'에서 비롯되는 '통회의 눈물'을 흘리게 된다. 그 '눈물'은 슬픔에서 비롯되는 것도 아니고 천리 밖의 하늘에서 비롯되는 것도 아니고 단호한 결단에서 비롯되는 것도 아니고 다만 '고마운 마음'에서 비롯되는 것이다. 사순시기의 첫날에 해당하는 '재의 수요일'에 마종기 시인은 자신의 '눈물'이 가장 "단순하고 지극한 물"이 되어 '부활절'을 준비하는 희망의 첫걸음이 될 수 있기를 간구하고 있다. 이와 같은 간구와 기도의 세계는 또 다른 시 「재의 수요일」에도 반영되어 있다.

맨 처음 눈을 보았다.
두 눈이 분명했다.
그 눈 속의 작고 빛나는 물,
물속에서 적막을 보았다.
적막을 덮으며 계절이 바뀌었다.
겨울 속의 꿈, 꿈이 날아간 곳에 제비꽃,
속의 호수, 호수의 젖은 신음,
신음의 재가 얼어 있던 뼈를 녹인 후
그러니까 거의 반년이 지나서야
거처를 겨우 찾을 수 있었다.
땅을 파고 헤집고서야 찾을 수 있었다.
그러나 꽃이 져야 나무가 자란다면서
온몸의 꽃을 지우던 예리한 칼바람,
수요일의 날개는 그렇게 돌아왔다.

— 마종기, 「재의 수요일」 전문

시적 대상이 '눈→두 눈→물→적막→겨울→제비꽃→호수→신음→신음의 재' 등 점진적으로 심화되고 있는 이 시에서 중요한 요소는 '신음의 재'에 있다. 바로 이 '재'는 "얼어 있던 뼈"로 비유되어 있는 시인의 침체된 믿음의 세계, 거의 반년동안이나 잠들어 있던 신앙의 세계를 소생시켜 주는 역할을 하고 있다. 따라서 "꽃이 져야 나무가 자란다면서"라는 구절에서 '나무'는 '신앙의 나무'에 해당하고 그것은 이제 "수요일의 날개"를 타고 새로운 마음가짐으로 성장할 준비를 하게 된다. 또한 일반적으로 '재의 수요일'이 2월 중에 있기 때문에 "온몸의 꽃을 지우던 예리한 칼바람"에서 '예리한 칼바람'은 표면적으로는 차가운 날씨에 관계되고 이면적으로는 겨울처럼 동결凍結되어 있던 신앙에 관계된다. 그럼에도 "수요일의 날개는 그렇게 돌아왔다"라는 마지막 구절처럼, '재의 수요일'은 우리 모두로 하여금 신앙인으로서의 우리 자신의 마음을 새롭게 다짐할 수 있는 더없이 좋은 계기가 된다고 볼 수 있다.

가톨릭교회에서는 '재의 수요일'을 기점으로 하여 '사순 시기'를 지내게 된다. '사순절'로 알려진 '사순시기'는 '재의 수요일'부터 '부활축일' 전 6주간 중에서 주님의 축일인 주일을 뺀 40일간에 해당한다. '니체아 공의회'325년에서는 춘분3월 21일 이후에 만월이 되면서 맞게 되는 첫 번째 주일을 '부활절'로 규정하였다. 따라서 '사순절'을 계산하는 방법은 '6주간×7일-6일[주일]+4일[재의 수요일까지 역산]=40'과 같다. 그리고 춘분 이후에 부활 주일이 될 가능성은 3월 22일부터 4월 25일 사이의 5주간이 되며, 매년 '재의 수요일', 사순 시기, 부활절 등이 다르게 된다. 이와 같은 의미를 지니고 있는 '부활절'에 관계되는 마종기 시인의 시로는 「부활절 전후」가 있다.

섬진강 가의 매화라든가
고창 선운사의 동백꽃잎이
지천의 수선화나 히아신스보다

내게는 더 곱고 더 그립기야 하지만

사순절 동안에 죽은 동생의 혼이

여기까지 찾아와 글썽이는 요즈음,

『뉴스위크』 잡지는 화려한 단장으로

'과연 부활을 믿을 수 있는가' 한다.

믿을 수 있는가, 매끄럽고 빠른 세월아.

부활절 며칠 전에는 함박눈 내리고

따뜻하고 어두운 땅 밑의 뿌리는

급한 마음 얼굴 내미는 나뭇잎을 향해

물 몇 방울 길어 올리는 멀고 예민한 길,

그 길 따라서 높이 올라가는 것은?

매화나 동백이나 수선화나 히아신스까지

모두 한마음으로 가는 목을 씻어가며

부활의 구석구석에서 깔깔 웃고 있구나.

— 마종기, 「부활절 전후」 전문

제1연에는 섬진강의 매화, 선운사의 동백꽃잎 등 한국적인 꽃과 수선화와 히아신스 등 서구적인 꽃이 대조되어 있을 뿐만 아니라, 예수 그리스도의 부활에 대한 가톨릭교회의 믿음과 『뉴스위크』 잡지의 "과연 부활을 믿을 수 있는가"라는 표지의 캡션도 대조되어 있다. 또한 시인은 "사순절 동안에 죽은 동생의 혼"을 생각하고 있다. 이처럼 제1연에는 서로 대조되는 꽃의 풍경과 믿음의 세계 그리고 세상을 떠난 동생에 대한 연민의 정이 반영되어 있으며, "과연 부활을 믿을 수 있는가"라는 마지막 구절은 제2연의 내용을 이끌고 있다.

제2연에서는 "매끄럽고 빠른 세월아"에 반영되어 있는 바와 같이, 자신의 동생이 우연히도 사순절 동안에 세상을 떠난 후의 세월의 덧없음에 대한 탄식, 봄을 맞아 물기를 뽑아 올리는 나무줄기, 조금씩 피어나는 나뭇잎 등에서 떠올리게 되는 '부활'의 의미가 "모두 한마음"이 되어 힘껏 소리쳐 웃는 것처럼 나타나 있다. 그럼에도 "부활의 구석구석에서 깔깔 웃고 있구나"라는 마지막 구절에서 "깔깔 웃고 있구나"는 정말로 흔쾌하게 웃는 웃음소리에 해당하기보다는 그저 그렇게라도 웃어보고 싶은 시인의 쓸쓸한 마음이 반영되어 있다.

"겨울에 살게 하소서. / 여름의 열기 후에 낙엽을 날리는 / 한정 없는 미련을 잠재우시고 / 쌓인 눈 속에 편히 잠들 수 있는 / 당신의 긴 뜻을 알게 하소서"라고 끝맺는 「겨울 기도 1」에서 '기도'의 진정성을 강조함으로써, 이 시를 읽는 사람들에게 많은 감동을 주었던 마종기 시인의 가톨릭 시세계에는 주님을 향한 믿음이 절제된 감정으로 승화되어 있다. 마지막으로 마종기 시인의 「기도」를 인용하면 다음과 같다.

하느님,
나를 이유 없이 울게 하소서.

눈물 속에서
당신을 보게 하시고
눈물 속에서
사람을 만나게 하시고

죽어서는
그들의 눈물로 지내게 하소서.

—마종기, 「기도」 전문

3. 서구문학에 반영된 불교의 영향과 수용

인류의 탄생과 더불어 인간의 일상생활과 종교가 서로 밀접하게 관계되어 왔다는 점을 우리는 제정일치祭政一致에서 찾아볼 수 있으며, 고대문학에 있어서도 문학과 종교는 불가분의 관계를 유지해왔다고 볼 수 있다. 그러한 관계설정은 오늘날에도 불변의 진리로 받아들여지고 있다. 말하자면, 종교중심의 원시사회나 과학중심의 현대사회에서 인간의 정신계는 다분히 종교에 관련되기 때문이다. 이때의 '종교'는 기독교와 불교는 물론 체계화된 종교에서 미신이라고 금기시하는 토속신앙까지가 포함된다. 이러한 점을 고려하여 찰스 I. 글릭스버그는 자신의 저서『문학과 종교』에서 "오늘날 절대적인 가치는 그 바탕을 상실해가고 있으며, 바로 이러한 점이 바로 현대문화가 불행스러운 상황으로 치닫게 되는 하나의 단서가 되고 있다. 철학·예술·신화·종교·과학까지도 일종의 허구로 파악하게 되었다"라고 강조하였다. 글릭스버그의 언급을 참고하지 않더라도, 오늘날 종교가 현대인의 삶에서 그렇게 중요하게 자리 잡지 못하고 있는 까닭은, 첨단과학의 발달과 더불어 영혼의 문제보다는 물질의 문제에, 구원의 문제보다는 현세적인 문제에, 장래의 문제보다는 목전의 문제에 더 많이 치중하게 되었기 때문이다.

그러나 이와 같은 의미의 종교가 문학에 관련될 때에 그것은 원시시대부터 현대까지 상당히 밀접하게 관련되어 왔으며 영향과 수용이라는 긴밀한 관계를 유지해 왔다는 점을 누구나 파악할 수 있을 것이며, 문학과 종교의 이러한 상관성을 우리는 기독교에서의『성경』, 불교에서의『불경』, 이슬람교에서『경전』등에서 확인할 수 있다. 이러한 점을 고려하여 이 글에서는 헤르만 헤세, T. S. 엘리엇, 보르헤스 등의 작품을 중심으로 하여 이들의 문학작품과 문학이론에 반영된 불교의 영향과 수용을 살펴보고자 한다.

1) 헤르만 헤세, T. S. 엘리엇 및 보르헤스와 불교의 관계

(1) 헤르만 헤세의 소설 『싯다르타』와 돈오점수頓悟漸修의 세계

독일에서 태어났지만 일생의 대부분을 스위스에서 보냈을 뿐만 아니라 스위스로 귀화했으며1923 '노벨문학상'1946을 수상한 바 있는 헤르만 헤세의 소설 『싯다르타』1922는 그의 인도생활과 무관하지 않으며, 인도에서 생활하는 동안에 그가 접했던 불교의 세계관이 이 소설에 직접적으로 영향을 끼친 것으로 알려져 있다. 이러한 점은 이 소설의 부제副題가 '인도의 시'라는 점에서도 알 수 있다. 헤세는 이 소설을 1919년부터 집필하기 시작했지만, 주인공으로 설정한 싯다르타의 금욕주의 정신, 즉 자신의 내면세계와 끊임없이 투쟁하고 고뇌하는 정신세계까지 집필한 다음, 자기체험 없이 싯다르타의 정신세계를 집필하는 것은 의미가 없다고 판단하여 1년여의 체험을 거친 후에야 '승리자'이자 '긍정적인 인물'로서의 싯다르타의 세속적인 생활을 집필하여 1922년 출간하게 되었다.

인도에서 선교사로 재직하였으며 인도와 중국 등 동양철학과 정신세계를 평생 동안 연구했던 개신교 목사이자 선교사인 아버지 요하네스 헤세와 선교사이자 인도학자로서 명성을 지니고 있었던 외조부 헤르만 군더르트의 영향을 받은 헤르만 헤세의 작품세계는 기독교로 대표되는 서양종교의 경건주의 전통을 바탕으로 하는 한편, 다른 한편으로는 인도와 중국으로 대표되는 동양적인 신비주의를 바탕으로 하기도 한다. 따라서 그의 작품세계에는 서양사상과 동양사상의 접목, 지성과 감성의 결합, 현실과 이상의 조화 등이 하나로 종합되어 있다. 결혼생활의 파탄과 전원생활의 성취감 등으로 인해서 가이엔호펜에서의 삶으로부터 잠시 동안 떠나있기도 했던 헤세는 1911년 여름 인도여행을 결심하였으며, 싱가포르에서 수마트라까지 새로운 세계를 여행하게 되었다. 그 결과 그는 인종과 언어는 달라도 모든 인류는 다 같은 형제라는 '인간주의'를 절실하게 깨닫게 되었으며, 그러한 점을 종합한 것이 바로 『인도기행』1913이다. 그 이후에 헤세는 동양세계에 대해서 남다른 관심을 보이게 되었으며, 그는 자신의 작품을 통해서 상충적인 세계와 양극적인 세계를 지양하고 진정한 의미의 자아를 발견하려고 노력하였다. 이렇게 볼 때에 헤세의 일생은 자신의 내면세계로 향하는 '길'을 찾아나서는 것으로 요약될 수 있으며, 그러한 점을 보여주는 소설이 바로『싯다르타』이다.

『싯다르타』는 헤세가 1910년대에 인도에서 보냈던 경험을 바탕으로 하며, 석가모니가 생존하던 시대에 '싯다르타'라고 불리는 어느 인도인의 영혼여행을 취급한 알레고리적인 소설로 간단명료하면서도 강력하고 서정적인 문체를 특징으로 한다. 주인공 '싯다르타'의 행적을 객관적으로 설명하는 제3인칭 시점을 택하고 있는 헤세의 이 소설은 1951년 미국에서 번역되었으며 1960년대에 전 세계적으로 상당히 많은 영향을 끼쳤다. 이 소설의 주인공에 해당하는 '싯다르타'는 '자신의 목표를 성취한 사람', '승리한 사람'을 의미하며, 석가모니가 자신의 모든 것을 포기하고 수도의 길로 들어서기 이전의 이름이 바로 '싯다르타 왕자'이기는 하지만, 헤세의 이 소설에서 '싯다르타'는 석가모니와 동일한 인물이 아니며, 석가모니는 이 소설에서 선각자를 뜻하는 '고타마'라는 이름으로 등장한다. 이처럼 암시적으로 석가모니를 의미하는 고타마는 돈오頓悟의 경지에 이르게 되고, 싯다르타는 자신도 돈오의 경지에 이르기 위해서 고타마를 찾아나서지만, 궁극적으로는 하나의 허상을 찾는 일은 결코 열반에 들 수 없다는 사실을 깨닫게 된다. 헤세의 이 소설에서 사실상의 주인공은 싯다르타이며, 그는 득도得道하기 위해서 출가한 뒤 현세에서 여러 가지 수많은 경험을 몸소 체험하고서야 대각大覺의 경지에 이르게 된다.

싯다르타의 친구인 '고빈다'는 싯다르타가 굉장한 잠재력을 가지고 있다는 점을 확신함으로써 유년기에서부터 말년까지 평생 동안 그를 뒤따른다. 그러나 자기 자신만의 방법으로 돈오의 경지를 발견해야만 한다는 점을 깨달은 고빈다는 싯다르타보다는 허상으로서의 고타마, 즉 석가모니를 따르기로 결심한다. '카말라'는 싯다르타가 인생의 쾌락을 터득하고자 시도했던 아름다운 유녀遊女

로, 그는 그녀를 농락하고 가난하게 만들었지만 그녀는 그가 많은 재산을 모으고 좋은 옷을 입고 현세에서의 쾌락을 누릴 수 있도록 도와주었다. 싯다르타는 자기 자신이 마을의 여느 사람들과 똑같이 평범한 사람이 되었다는 사실을 깨닫고는 구원을 찾아 자신의 아들을 임신한 카말라를 떠나게 된다. 카말라와 싯다르타의 아들의 이름도 '싯다르타'이며, 아버지로서의 싯다르타는 열반에 드는 석가모니를 찾아 순례 길에 나선 카말라를 만나기 전까지 자신의 아들(싯다르타)을 알아보지 못하며, 아들로서의 싯다르타는 카말라가 세상을 떠나자 아버지에게 순종하기를 거부하고 자신이 살았던 마을로 돌아가 버린다.

'카마스바미'는 싯다르타가 카말라와 교제하던 시절에 상점의 여주인으로 그가 현세에서의 욕망을 인정하게 되고 카말라로부터 그 자신이 돈을 벌 수 있고 부자가 될 수 있다는 것을 알게 되었을 때에 카마스바미를 통해서 그는 재빨리 돈을 벌게 되고 마을에서 큰 부자가 되는 계기를 마련하게 되지만, 싯다르타는 카마스바미가 동정심이 없고 속임수를 쓰며 돈과 재산만을 위해서 사는 여자라고 비난하게 된다. '바스데바'는 자연의 섭리에 따라 사는 뱃사공이며 싯다르타가 강을 건널 때에 뱃삯이 없자 "모든 것은 되돌아오게 마련이다"라는 말과 함께 공짜로 강을 건너게 해 준 사람으로, 그는 이 말을 '강물'에서 배웠다고 싯다르타에게 전해준다. 싯다르타가 카말라와 카마스바미를 뒤로 하고 마을을 떠난 뒤에 그는 다시 바스데바를 만나게 된다.

이상에서 살펴본 바와 같이 주인공 싯다르타의 사유세계와 그러한 그를 둘러싸고 있는 여러 가지 유형의 인물들이 펼치는 자신의 이 소설을 통해서 헤세는 '깨달음의 세계'와 '돈오점수頓悟漸修의 세계'를 강조하고 있다. 이와 같은 주제의식은 주인공 싯다르타가 여행을 출발하면서부터 영혼의 '구원'을 모색하는 데에서 찾아볼 수 있다. 고행과 금욕주의를 경험하게 되고, 고타마를 찾아가 그의 현세적인 욕망을 이해하게 되고, 마침내 대자연과 교류하게 되는 싯다르타의 정신적인 여행을 통해서 이 소설은 궁극적으로 세상의 모든 것이 열반에 들기 위한 과정이라는 점을 강조하고 있다. 이 소설이 돈오세계에 이르는 고행과 수행의 길이 '나' 아닌 '타인'을 통해서는 이루어질 수 없다는 점을 분명하게 보여주는 까닭은 고행과 수행의 길이 사람마다 다르기 때문이기도 하고, 이미 돈오점수의 세계를 경험했거나 열반의 세계에 몰입한 사람을 통해서 그러한 세계를 그저 단순하게 성취할 수 있는 것만은 아니기 때문이기도 하다. 다시 말하면, 헤세가 자신의 이 소설에서 수없이 강조하고 있는 바와 같이, 일상적인 '말하기'와 '가르치기'는 '진리'에 대해서 언급할 수는 있지만, '진리 자체'를 언급할 수는 없기 때문이다. 그 자체가 아닌 '개념'으로 형성된 것들 모두는 현세에서의 우리 자신을 혼란스럽게 할 뿐이라는 점을 강조하는 헤세의 이 소설에서 '돈오점수'는 바로 그러한 혼란스러운 개념으로부터 벗어나 자유롭게 되는 것을 의미한다. 하나의 예를 들면, 이 소설에서 고빈다는 싯다르타를 추종하는 것만으로는 구원을 얻을 수 없다는 점을 깨닫게 되고, 싯다르타 역시 허상으로서의 고타마를 추종하는 것만으로는 그러한 '구원'을 얻을 수 없다는 점을 깨닫게 된다.

돈오세계를 찾아가는 불교에서의 구도정신에 바탕을 두고 있는 헤세의 이 소설의 배경은 물론 인도이며 불교에서 강조하는 중생의 구원문제를 제시하고 있다는 점에서 인도를 중심으로 하는 동양문화를 바탕으로 하며, 그것은 궁극적으로 서구문화의 이상주의와 충돌하게 된다. 다시 말하면, 불교에서 강조하는 네 가지 고귀한 진리, 즉 '사성제四聖諦'에 해당하는 '고제苦諦', '집제集諦', '멸제滅諦', '도제道諦' 등 네 가지 진리를 알레고리 기법으로 표현하였다.

이러한 네 가지 진리를 요약하면 다음과 같다. '고제'는 현실에서 범부凡夫들의 참모습에 해당하는 생로병사生老病死의 네 가지 고통을 나타내며, 그 외에도 사랑하는 사람과 이별하는 고통을 의미하는 '애별리고愛別離苦', 미워하는 사람과 만나야만 하는 고통에 해당하는 '원증회고怨憎會苦', 원하는 일이 이루어지는 않는 고통에 의미하는 '소구부득고所求不得苦', 괴로움 자체에 집착하는 괴로움을 의미하는 '오취온고五取蘊苦' 등이 있다. '집제集諦'는 인생에서의 괴로움의 원인이 모든 욕망의 근원이 되는 마음속의 '갈애渴愛'에 관계된다. 그 어떤 것으로도 채워지지 않는 욕망을 의미하는 '갈애'에는 육체적인 욕망에 해당하는 '욕애慾愛', 지속적인 생존을 갈망하는 '유애有愛', 생존이 단절되기를 바라는 '무유애無有愛' 등이 있다. 이렇게 볼 때에 '집제'와 '고제'는 모든 괴로움의 원인으로 그것이 외부세계에 있는 것이 아니라 바로 인간 자신의 내면세계에 있다는 점을 불교에서는 강조한다. 따라서 헤세의 소설에서 싯다르타가 돈오점수의 세계를 찾아 나서기는 하지만 결과적으로 자기 안에서 모든 것을 재발견한다는 점에서 이 소설은 불교와 밀접하게 관계된다. 모든 '갈애'가 깨끗하게 사라진 상태를 의미하는 '멸제滅諦'는 가장 이상적인 경지에 해당하는 '열반涅槃'에 관계될 뿐만 아니라 마음속에 일고 있는 모든 속박으로부터 벗어나게 된다는 점에서 '해탈解脫'이라고 볼 수도 있다. 바로 이 경지가 모든 것으로부터 자유로워진 마음상태이자 진정한 즐거움을 경험하게 되는 경지이다. '도제道諦'는 고행과 집제의 사멸을 실천하는 길이며, 올바로 보는 '정견正見', 올바로 생각하는 '정사正思', 올바로 말하는 '정어正語', 올바로 행동하는 '정업正業', 올바로 목숨을 유지하는 '정명正命', 올바로 열심히 노력하는 '정정진正精進', 올바로 기억하고 생각하는 '정념正念', 올바로 마음을 안정시키는 '정정正定' 등 여덟 가지 실천사항을 에 해당하는 '8정도'이며, 이들 모두는 서로 유기적으로 연관되어 있다.

헤세의 소설 『싯다르타』를 불교와 관련지을 수 있는 까닭은 바로 이와 같은 점, 즉 불교에서 강조하는 네 가지 진리 및 거기에 도달하는 여덟 가지 수행의 길에 밀접하게 관련되기 때문이다. 그러한 점은 싯다르타가 소년기, 장년기, 노년기를 거치면서 '시간'을 극복해 가는 과정을 암시하는 소설에서의 '강물'의 의미이며 바로 이 강물을 통해서 그는 참선의 경지에 이르게 되고 또 세상을 살아가는 이치를 터득하게 되기 때문이다. 이처럼 헤세가 자신의 이 소설에서 석가모니로 대표되는 불교를 통해서 주인공 싯다르타가 해탈해가는 과정을 적나라하게 재현시키면서도 그의 세속적인 삶을 소설에 삽입하는 것은 '관조적인 삶'과 '실제적인 삶'을 대비시키는 데에서도 찾아볼 수 있다. 이러한 대비를 통해서 우리는 인간세계에 놓여 있는 사유세계와 감성의 세계, 정신의 세계와 욕망의 세계, 내부세계와 외부세계, '나'의 세계와 '타인'의 세계를 동시적으로 인정해야만 한다는 점을 파악하게 된다.

헤세의 이 소설에는 서양적인 유산과 동양적인 유산이 하나로 융합되어 있는 한편, 다른 한편으로는 그러한 융합이 시적인 치환이나 알레고리적인 표현기법에 의해 변형된 새로운 형식으로 나타나 있으며, 그것은 궁극적으로 불교의 '윤회사상'으로 귀결된다. 따라서 헤세의 소설 『싯다르타』에는 인도정신과 불교정신, 중국철학과 동양사상이 종합되어 있으며, 그가 자신의 이 소설을 통해서 강조하고자 했던 점은 인종과 종파와 언어를 뛰어넘는 '인간주의'의 실천이었다. 이를 위해서 그는 무엇보다도 주인공 싯다르타를 가없는 '사랑'의 화신化神으로 설정하였다. 무엇보다도 '사랑'을 최고의 덕목으로 생각하는 싯다르타는 세상의 모든 존재를 외경심을 가지고 바라보게 되며, 그것이 바로 이 소설이 지니고 있는 본질적인 요소하고 볼 수 있다.

『싯다르타』는 또 콘라드 룩스가 감독하고 샤시 카푸어가 주연하여 영화로 제작되기도 하였다1972. 이 소설에서 영감을 받아 음악으로 작곡된 경우를 살펴보면, 영국의 록 밴드 그룹 '예스'가 부른 〈가장자리 가까이〉, 영국의 라디오헤드의 앨범 《기억상실》2001에 수록되어 있는 〈피라미드의 노래〉, 〈잘못일 수도 있어요〉, 〈소용돌이 판처럼〉, 브라이언 메이가 작곡하고 록 밴드 '퀸'이 부른 〈널 묶어버릴 거야〉1977 등을 들 수 있다. 또한 슬로베니아의 그룹 밴드 '싯다르타'는 "헤세의 이 소설의 제목의 발음이 그냥 좋아서 그렇게 정했다"라고 할 정도로, 헤세의 소설 『싯다르타』는 세계문학계뿐만 아니라 영화계와 음악계에도 많은 영향을 끼쳤다고 볼 수 있다.

(2) T. S. 엘리엇의 시 『사중주』와 불교에서의 '시간개념'

20세기 모더니즘 시세계를 집대성했을 뿐만 아니라 가장 많은 영향을 끼친 시인으로 평가받고 있는 T. S. 엘리엇은 미국에서 태어났지만 영국으로 귀화하였다. 시인이자 극작가이고 문학비평가로 활동한 그는 '노벨문학상'1948을 수상하였으며, 그의 시 『사중주』1943는 「번트 노턴」1935, 「이스트 코커」1940, 「드라이 샐비지스」1941, 「리틀 기딩」1942 등으로 구성되어 있다. 이 시에는 신화, 철학, 기독교의 이미지와 상징 등에 대한 엘리엇 자신의 30여 년간의 연구가 집대성되어 있으며, 그가 학창시절에 의욕을 가지고 연구했던 불교에 대한 상징과 전통 또한 상당히 많이 인용되어 있다.

이와 같이 다양한 철학과 사상, 종교와 상징 등이 어우러져 있는 『사중주』를 형성하고 있는 네 편의 시는 각각 수 백 개의 시행詩行 및 다섯 개의 연으로 이루어져 있다. 그 특징을 손쉽게 파악하는 것이 용이하지는 않지만, 이들 네 편의 시에 나타나 있는 공통점을 찾는다면, 우선적으로는 제목에 반영되어 있는 지리상의 위치에 대한 사려 깊은 사유세계에서부터 시작하고 있다. 다시 말하면 신학적으로나 역사적으로나 실제적으로나 몇 가지 중요한 '시간'의 본성에 대한 성찰에서부터 시작하고 있으며, 그러한 성찰은 인간의 조건에 긴밀하게 관계된다. 아울러 고전시대의 네 가지 요소에 해당하는 공기, 흙, 물, 불에도 관계된다.

「번트 노턴」은 T. S. 엘리엇이 1934년 방문했던 글로스터셔의 코츠월드 언덕에 있는 시골집으로 이 집의 장미정원은 이 시에서 공간적인 배경으로 자리잡고 있다. 『사중주』를 형성하고 있는 다른 세 편의 시와 마찬가지로 「번트 노턴」 역시 '시간'의 의미 및 그것과 인간과의 관계 그리고 시간과 종교적 구원에 대한 깊은 명상을 바탕으로 한다. 이러한 점을 보여주는 부분이 바로 이 시의 도입부분에 해당하며, 그것은 또 이 시에서 강조하는 '시간'의 의미를 가장 함축적으로 요약하고 있다. "현재의 시간과 과거의 시간은 / 아마도 미래의 시간에 나타날 것이고 / 미래의 시간은 과거의 시간에 포함되었으리. / 모든 시간이 영원한 현재라면 / 모든 시간은 되찾을 수 없으리."

'걷지 않은 길', '열지 않은 문', 그리고 실제로는 있지 않은 어린이들로 가득 차 있는 '장미정원' 등과 같은 공상적인 이미지에 의해서, 시인은 자신이 '경험했을 법하지만' 결코 경험한 적이 없는 사물들 앞에 스스로가 서 있는 것처럼 파악하게 되고 자기 자신이 부재하는 사물들을 증언하는 무력한 존재일 뿐이라는 점을 인식하게 된다. 그런 다음 엘리엇 자신이 가장 선호했던 대상을 활용함으로써 '영원성의 의미'를 성찰하게 된다. 다시 말하면, "회전하는 바퀴의 중심은 언제나 같은 장소에 머물게 된다"라는 점을 강조하는 한편 그러한 강조에 의해서 "자전하는 세계의 정점靜點"이 무엇인지를 추구한다. 그럼에도 '시간'과 '움직임'으로부터 벗어날 수 없는 인간이 그러한 '정점'을 감지할 수 없는 까닭은 "과거의 시간과 미래의 시간은 / 최소한의 의식만을 허락하리라"라는 사실 때문이며, 이러한 '의식'에 의해서 우리들은 영원성의 순간을 일별할 수 있게 된다. 「번트 노턴」의 제3연에서 엘리엇은 '시간'을 되돌리는 방법과 '시간' 속에서의 인간의 행동에 대한 가치를 부여할 수 있는 방법이 무엇인지를 파악하게 되며, 그러한 방법이 바로 "세상에 대한 집착으로부터 스스로를 자유롭게 한다"라는 사실이라는 점도 파악하게 된다. "바로 그 점, 정점靜點이 없다면, / 무용舞踊도 없을 것이고 / 무감각한 감각세계도 없을 것이고 / 진공상태의 공상세계도 없을 것이고 / 지나친 정신세계도 없으리라." 엘리엇의 시 『황무지』1922 이후에 반복되고 있는 이러한 '시간' 개념은 기독교에서의 '가난'과 사도들의 '파견'에 관계되기도 하고 불교에서의 '돈오정신'과 '열반'에 관계되기도 한다. 이러한 이미지는 '어스름 불빛', "혼란으로 비롯된 혼란으로 혼란해진, 시간을 숨긴 얼굴들"과 같은 구절에도 반영되어 있으며 그것을 궁극적으로 엘리엇의 런던 여행에 관계된다. 아울러 「번트 노턴」에 나타나는 '물'의 이미지는 그가 버밍햄의 빅토리아 광장을 가로지르는 강물에서 비롯된 것이다.

『사중주』의 두 번째 시 「이스트 코커」에서 '이스트 코커'는 T. S. 엘리엇의 조상이 1660년 미국의 보스턴으로 이민을 갈 때까지 살았던 영국의 섬머셋에 있는 마을의 이름으로 엘리엇은 이 마을을 방문했을 뿐만 아니라[1936~1937] 그의 유해가 이 마을의 교회에 매장되어 있는 곳이기도 하다. 엘리엇이 이곳에 묻혔다는 점을 기리는 그의 묘비명에는 「이스트 코커」에서 인용한 "나의 시작은 끝이요. / 나의 끝은 나의 시작이리니"라고 새겨져 있다. 이 시의 첫 구절 "나의 시작은 나의 끝이요"는 엘리엇이 자신의 유해가 '이스트 코커'에 묻히기를 소망하는 시적 표현으로 이해될 수 있을 뿐만 아니라 "나의 끝은 나의 시작이리니"라는 구절은 스코틀랜드 왕국을 통치했던[1542~1567] 스코트의 매리 퀸[1542~1587]이 자신의 주의표명으로 삼았던 "나의 끝은 나의 시작이리니En ma fin est mon commencement"와 동일한 구절이다. 엘리엇의 가족사적인 의미와 스코틀랜드의 역사적인 의미를 종합하고 있는 이와 같은 구절로 시작되는 「이스트 코커」에는 「번트 노턴」에서 강조한 바 있는 모든 것을 변화시키는 '시간'의 힘, 그러한 힘으로부터 자유로울 수 없는 인간의 무력함이 반복적으로 나타나 있을 뿐만 아니라 「코헬렛」(제3장 1~9절)를 원용하여 그러한 사실을 우려하고 염려하는 것이 쓸모없다는 점을 강조하고 있다.

엘리엇의 이 시에 반영되어 있는 「코헬렛」의 내용은 다음과 같다. "무엇이나 다 정한 때가 있다. 하늘 아래서 벌어지는 무슨 일이나 다 때가 있다. 날 때가 있으면 죽을 때가 있고 심을 때가 있으면 뽑을 때가 있다. 죽일 때가 있으면 살릴 때가 있고 허물 때가 있으면 세울 때가 있다. 울 때가 있으면 웃을 때가 있고 애곡할 때가 있으면 춤출 때가 있다. 연장을 쓸 때가 있으면 써서 안 될 때가 있고 서로 껴안을 때가 있으면 그만둘 때가 있다. 모아들일 때가 있으면 없앨 때가 있고 건사할 때가 있으면 버릴 때가 있다. 찢을 때가 있으면 기울 때가 있고 입을 열 때가 있으면 입을 다물 때가 있다. 사랑할 때가 있으면 미워할 때가 있고 싸움이 일어날 때가 있으면 평화를 누릴 때가 있다. 그러니 사람이 애써 수고하는 일이 무슨 소용이 있겠는가?"

「코헬렛」에 나타나 있는 이러한 내용을 반영하고 있는 엘리엇의 시 구절 "세울 때도 있고 / 삶과 세대를 위한 때도 있고 / 헐렁한 유리창을 바람이 깰 때도 있고 / 들쥐가 종종걸음 치는 나무 벽을 흔들 때도 있으리"라는 이 시의 첫 번째 연 마지막 부분에 해당하는 "계절과 성좌星座의 시간 / 우유를 짜는 시간과 수확을 하는 시간 / 남녀가 교합하고 / 짐승들이 교합하는 그런 시간"에 관계된다. 「이스트 코커」의 제2연과 제3연은 인간의 '나약'과 '무無'를 절실하게 느끼는 사람들의 서글프면서도 우울한 점을 환기시키고 있으며, 우리 자신에게 아무것도 남아 있지 않게 될 것처럼 그들에게도 아무것도 남아 있지 않게 될 것이라는 점을 강조한다. 시인으로서의 엘리엇에게는 단 한 가지 도피처가 있을 뿐이며, 그것은 바로 "우리가 얻고자 희망하는 유일한 지혜는 / 굴욕의 지혜, 끝없는 굴욕일 뿐이리"에 나타나 있는 바와 같이 '굴욕의 지혜'이다. 이러한 지혜를 얻고자 하는 '희망'은 모든 희망에 반대되는 희망, 즉 "아브라함은 절망 속에서도 희망을 잃지 않고 믿어서 마침내 '네 자손은 저렇게 번성하리라' 하신 말씀대로 '만민의 조상'이 되었습니다"(로마서, 4장 18절)에 관계되는 '희망'이다. 그 결과 '영혼의 어둔 밤'을 지나 얻게 되는 '희망'은 바로 십자가의 사도 요한의 『가르멜의 산길』을 인용하여, 엘리엇은 "자신이 있는 곳에 도달하기 위해서, 자신이 있지 않은 곳에 도달하기 위해서 / 환희가 없는 곳을 거쳐 가야만 하리라"고 강조하고 있다. 그의 이러한 강조수법은 그 다음의 열 개의 시행詩行으로 이어져 "그리고 자신이 있는 곳이 자신이 있지 않은 곳이리"라고 결론지으면서, 결과적으로 「이스트 코커」는 "나의 마지막에는 나의 시작이 있으리"라고 끝맺게 된다.

T. S. 엘리엇의 시 『사중주』의 세 번째 시 「드라이 샐비지스」는 그의 시와 불교에서의 '시간' 개념 및 '인생무상'에 관계된다고 볼 수 있다. 엘리엇은 이 시에서 자신의 유년 시절 가족들과 함께 머물고는 했던 매사추세츠 '케이프 안'의 북동쪽 해안에 있는 작은 바위들과 '바다'에 대한 감동을 표현하였다. 특히 세

인트루이스에서 태어나고 성장한 엘리엇에게 있어서 '미시시피 강'으로 대표되는 '강'은 자신에게 익숙한 것이었지만, '대서양'으로 대표되는 '바다'는 낯설면서도 광활한 것이었다. "강은 강력하게 불어 닥친 신, / 어느 정도 무뚝뚝하고 길들이지 않고 다루기 힘들고, / 참을성 있는, 처음엔 국경처럼 느껴지는"이라고 시작되는 '강'에 대한 이러한 이미지는 점차적으로 망각되어 "강물의 리듬은 나타나 있어라, / 육아실에, 4월 앞뜰에 줄지어 서 있는 가죽나무에, / 가을식탁의 포도항기에, / 그리고 겨울저녁 가스불빛의 동그라미 속에"라고 전혀 다르게 표현된다. 엘리엇이 '미시시피 강'에 대해 느꼈던 이와 같이 친숙하면서도 다정한 이미지는 낯설면서도 난폭하기까지 한 '대서양', 이미 이 시의 제목에 암시되어 있는바와 같이 '무모한 야만인' 같은 이미지로 전환된다. "바다는 또한 육지의 끝, 화강암 / 바다가 파고드는 것은 화강암이어라, / 그 이전의 또 다른 창조를 암시하며 바다가 부딪치는 것은 해변이어라 / (…중략…) / 바다는 부딪치리라, 우리들의 상실에, 찢어진 그물망에, / 망가진 새우 잡이 통발에, 죽어버린 이방인의 / 부러진 노槳와 기어에"라고 '바다'의 이미지는 거칠고 난폭하게 전환된다.

'바다'로 대표되는 이와 같은 행위에 의해서 엘리엇은 우리들 인간 위에 군림하는 세력이 무엇인지를 성찰하게 되고, 부표浮標와 '등대'의 종소리처럼 '시간'을 완벽하게 이해하는 것은 불가능하다는 점, 우리들의 시간이 아닌 다른 '시간'만을 측정하고 있다는 점, '시간'은 언제나 우리들의 통제를 벗어난다는 점 등을 강조하게 되며, '운명'은 우리 자신의 손아귀에 있지 않다고 결론짓게 된다. 이러한 점으로 인해서 '바다'에서의 삶은 일상생활의 이미지와 고통으로 전환되며, 어부들이 '바다'를 통제할 수 없는 것처럼 인간도 '시간'을 통제할 수도 없고 이해할 수도 없다는 점이 제시되어 있다. "대양大洋이 아니거나 / 소모될 수 없는 대양이거나 / 과거처럼 의존할 수 없는 미래의 시간, / 그 어떤 목적지도 없는 시간을 이해할 수 없으리." '시간'의 불투명성에 대한 이러한 성찰 다음에는 그리스도의 강림과 구원에 대한 일종의 희망과 기대가 나타나게 되지만, 세속적인 인간의 편에서 보면 여전히 시간과 삶은 고통스러운 존재일 뿐이며, '행복'은 '고통'만큼 그렇게 분명한 것도 아니고 그렇다고 해서 이 두 요소를 분명하게 파악하는 것도 용이한 일은 아니라고 엘리엇은 자신의 시에서 강조하고 있다. 말하자면, 파괴로서의 '시간'과 보존으로서의 '시간'에는 그 어떤 차이점도 없다.

기독교를 중심으로 하는 T. S. 엘리엇의 이상과 같은 '시간' 개념은 '미래'에 대한 성찰 및 인간의 행동과 삶의 태도에 대한 명상으로 이어지는 제3연에서 '시간'을 '여행'에 비유하게 되고, 이 부분에서 엘리엇은 불교와 힌두교에 대한 자신의 지식, 특히 700여 개의 운문으로 쓰인 '바가바드 기타'에서 비롯된 '크리슈나'를 활용하여 다음과 같이 강조하고 있다. "항해하고 있다고 생각하는 그대여 여행하라 / (…중략…) / 편히 살지 말고, / 여행하라, 여행자여." 이 부분에는 항해와 같은 인생에서 소망보다는 그저 끝없이 여행할 뿐이라는 무한한 '시간'의 진실성이 나타나 있다. 어부들을 위한 기도이자 인간 자체에 대한 기도로 파악할 수 있는 제4연에는 역사로서의 '과거' 및 주술呪術과 성좌星座에 의해서 개인적이면서도 인간적인 신성한 '미래'를 이해하고자 하는 인간의 노력이 나타나 있다. "이 모든 것들은 평범한 것 / 기분전환과 약물, 그리고 인쇄물처럼." 이 구절에서의 '과거'는 동양의 '불교'와 서양의 '기독교'로 대표되는 종교에서의 '숙명'과 '구원'과 '현현'에 관계된다. "시간에 의해서 / 무한한 시간의 교차점을 이해하는 것은 / 성자聖者의 몫이리라." 일상인은 '시간'의 개념을 명확하게 이해할 수 없다는 점을 분명히 하고 있는 엘리엇의 이 시의 마지막 연은 다음과 같이 끝맺고 있다. "일시적인 전환이 / (그렇게 멀리 떨어져 있지 않은 주목나무) / 의미 있는 땅의 생명을 자라게 한다면, / 최후에는 만족하게 되리라." 따라서 이 시에서의 '시간'에는 영원과 순간, 과거와 현재와 미래, 삶과 죽음 등이 하나로 종합되어 있다고 볼 수 있다.

마지막 시 「리틀 기딩」에서 '리틀 기딩'은 T. S. 엘리엇이 1936년에 방문했던 영국의 역사적인 명소인 헌팅던셔에 있는 마을이며 니콜라스 페라가 1626년에 설립한 종교공동체의 산실이 된 장소이다. 1633년 이곳을 방문했던 찰스 1세는 1646년 이곳을 다시 방문하여 이 공동체를 파괴했던 의회군대를 섬멸하였다. 이와 같은 역사적인 의미를 배경으로 시작되는 「리틀 기딩」에서 엘리엇이 이곳을 방문하는 사람들에게 어떤 목적으로 오든 간에 그 의미를 이해하는 것은 불가능하다는 점을 강조하는 까닭은 이곳에는 어떤 절대적인 '힘', 말하자면 종교적이면서도 초월적인 공동체의 힘이 스며있다고 파악하고 있기 때문이다. "입증하기 위해서, 배우기 위해서, / 호기심을 전달하기 위해서 / 보고하기 위해서 온 것이 아니리니. / 기도하던 사람들이 입증했던 바로 이곳에 무릎 꿇어야 하리니." 이 시의 제2연에서는 이와 같은 의미가 리듬과 내용으로 분리되어 나타나 있다. 그리고 공허한 '인간의 노력'과 모든 것에 군림하는 '죽음의 힘'으로 대별되는 이 부분에서의 '내용'은 잘 알려진 "노인의 옷자락에 떠도는 검은 재"에 집약되어 있다. 그런 다음 단테의 『신곡』에서 차용한 3행 1연으로 된 스물다섯 개의 연, 즉 단테가 '지옥'과 '연옥'과 '천국'에서 만났던 사람들에 대한 설명이 뒤이어지며, 여기에서 엘리엇은 "아! 네가 여기 있다니?"처럼 개인적인 만남을, 타인에 대한 자신의 언급을, 신비로운 만남과 이별을 언급하게 된다. 그리고 그러한 '대화'는 영원성, 인간적인 행위의 사소함, 수 세대에 걸친 은총, 의미의 무의미, 진정한 감동의 결핍 등이 "이미 해버린 것과 하고 있는 것을 / 재정립하는 고통의 분열"로 발전되고, 결과적으로 개인의 행동에 나타나는 진정한 동기가 무엇인지를 발견한 다음, '이별'이 뒤이어진다. "새벽이 밝았어라. 흉물스런 거리에서 / 그는 나를 떠났어라, 일종의 작별을 하면서, / 경적소리 타고 사라졌어라."

「리틀 기딩」의 세 번째 부분에는 '시간' 속에 존재하면서 발전을 모색하는 '자아', 즉 "욕망을 넘어 사랑하는 것, 그래서 자유로워지는 것, / 미래로부터도,

과거로부터도"에 암시되어 있는 바와 같이 모든 '시간'으로부터 '자아'를 분리시킬 것을 강조하고 있다. 아울러 '리틀 기딩'에 살고 있던 사람들과 그들의 차이점이 무엇이었는지를 환기시키면서 그들이 어떤 정당에 소속되어 있었는지를 묻지 말고 모든 분파로부터 초월할 것을 강조하고 있으며, 이러한 점을 엘리엇은 두 번의 '장미전쟁'을 인용하여 설명하고 있다. "모든 일은 반드시 잘 되리라 / 모든 것의 태도도 반드시 잘 되리라 / 동기를 순화시킴으로써 / 우리들의 간청을 바탕으로." 이 시의 네 번째 부분은 "공중에서 내려오는 비둘기"에 암시되어 있는 바와 같이 '성령聖靈'에 대한 신앙심을 강조하는 것으로 시작되며, 이때의 '성령'은 모든 것을 구원할 수 있는 전지전능한 힘을 의미할 뿐만 아니라 '지옥'으로 대표되는 '불'과 같은 열정에 반대되는 '사랑'을 의미하기도 한다. 인간은 이처럼 천국과 지옥, '사랑'과 '열정' 중에서 어느 쪽을 선택하는 것이 바람직한 선택인지를 암시하고 있는 이 부분은 "우리들은 다만 살아가고 있을 뿐, / 불이나 불로 소진되어 한숨지을 뿐."이라고 끝맺고 있다.

「리틀 기딩」의 다섯 번째 부분이자 마지막 부분은 "시작이라고 불리는 것은 종종 마지막이며 / 끝맺는 것은 시작하는 것이리"라고 시작하고 있으며, 그것은 「이스터 코커」의 시작부분에 해당하는 "나의 시작은 나의 끝이리."를 환기시키기도 한다. 이 부분에서 엘리엇은 '시간'에 관계되는 우리들의 '행위', 즉 우리들이 '마지막(끝)'이라고 불렀던 것이 또 다른 동기를 부여하는 '시작(출발)'이었다는 점 또는 '시작(출발)'이라고 불렀던 것이 또 다른 동기를 부여하는 '마지막(끝)'이라는 점을 강조하고 있다. 이러한 점을 인식하고 있는 엘리엇은 이 부분에서 '탄생'과 '죽음'은 똑같이 중요한 '순간'에 해당한다는 점, 따라서 인간은 '죽음'과 함께 '탄생'한다는 하나의 '진리'를 발견하게 된다. 이러한 발견은 궁극적으로 기독교에서의 '부활'이자 불교에서의 '윤회사상'에 관계되고, "왕관을 쓴 불의 매듭"은 다시 기독교에서의 '삼위일체'이자 불교에서의 '정화 이미지'에 관계된다. "모든 일은 반드시 잘 되리라 / 모든 것의 태도도 반드시 잘 되리라 / 불의 혓바닥이 왕관을 쓴 / 불의 매듭으로 접혀질 때에 / 불과 장미는 하나가 되리라." 부활과 윤회로 대표되는 이와 같은 '시간의 이미지'를 바탕으로 하고 있는 마지막 부분은 성경에서 '돌아온 탕아' 이야기에 관계되는 '귀향'이라는 위대한 정신적 아이디어를 제시하는 것으로 끝맺고 있다. 이때의 '귀향의 이미지'는 단순히 고향으로 돌아오거나 집으로 돌아온다는 점을 의미하기보다는 정신적인 출발점으로 되돌아온다는 것을 의미한다. "탐험을 멈추지는 않으리라 / 우리들의 모든 탐험의 끝은 / 처음 출발했던 곳에 도착하게 되는 것이며 / 바로 그 곳을 처음으로 알게 되리라."

이상에서 살펴본 바와 같이 T. S. 엘리엇의 시 『사중주』에 반영되어있는 '시간' 개념은 불교에서 강조하는 '시간' 개념과 상당히 일치한다고 볼 수 있으며, 그러한 점은 엘리엇이 자신의 이 시에서 '시간'을 서구적인 의미에서의 시간, 말하자면 직진하는 것으로서의 시간으로 파악하기 보다는 하나의 원圓의 주변을 반복적으로 회전하고 있는 시간으로 파악하고 있는 점에서도 확인할 수 있다. 그리고 그에게 있어서 영원성에 관계되는 광대무변의 시간이나 순간성에 관계되는 찰나의 시간이나 동일한 '시간'에 관계되며, 그것은 궁극적으로 불교의 윤회사상에 밀접하게 관계된다고 볼 수 있다.

(3) 보르헤스의 사유세계와 불교의 영향

우리들에게 『픽션들』1944로 잘 알려진 보르헤스는 20세기 세계문학에 가장 많은 영향을 끼친 아르헨티나의 작가로서 문학을 꿈꾸었던 변호사이자 심리학자인 아버지와 가족의 배경이 우루과이에 있으며 영문학자였던 어머니 사이에서 태어났으며, 할머니가 영국인이었던 관계로 그는 영어, 스페인어, 포르투칼어, 라틴어 등 외국어에 익숙한 작가로 성장하였다. 1914년 가족 모두가 스위스 제네바에 이주한 이후에 그는 자연스럽게 프랑스어와 독일어에 접하게 되어 보르헤스는 거의 모든 중요한 외국어를 구사할 수 있게 되었다. 1921년 조국 아르헨티나로 돌아온 그는 새로운 문예사조를 반영하는 문학잡지를 발간하면서 본격적인 문학 활동을 시작하게 되었다.

이와 같이 세계문학 전반에 걸쳐서 다양한 영향을 끼친 보르헤스와 불교의 관계는 그 자신이 저술한 『불교강의』1976에서 찾아볼 수 있으며 그의 이 책을 김홍근은 『보르헤스의 불교강의』1998로 번역하여 국내에 소개하였다. 보르헤스는 니체와 쇼펜하우어를 통해서 불교에 접하게 되었다는 점을 이런 저런 대담에서 밝힌 바 있으며, 그것은 그가 스위스 제네바에서 거주하던 시기에 니체와 쇼펜하우어 등을 탐독했다는 점에서 추정할 수 있다. 이와 같은 불교는 그의 사유세계의 형성에 많은 영향을 끼쳤으며, 말년에 '일곱 가지 주제'를 강연을 했을 때에도 '불교'가 포함되었다. 기독교, 이슬람교, 유대교는 물론 샤머니즘과 이교異教 등에 대해 많은 관심을 가지고 있었을 뿐만 아니라 이러한 종교에 대해서 여러 차례에 걸쳐 강의를 한 바 있는 보르헤스는 「7일 밤」에 나타나 있는 불교 강의에서 '거지'와 '왕자'의 주제를 불교에 연관 짓기도 하였다. 그 중에서도 석가모니에 대한 전설과 행적 등을 설명하는 과정에서 왕자로서의 싯다르타가 오랜 수행을 거쳐 보리수나무 아래에서 돈오頓悟의 경지에 들어 득도得道하게 되는 장면을 이렇게 설명하였다. "홀로 나무 아래 정좌한 싯다르타는 순간적으로 자신과 모든 중생의 수많은 전생前生을 보게 되었다. 한 눈에 우주 구석구석의 수많은 세계를 한꺼번에 볼 수 있게 되었으며, 그 다음에는 모든 인과관계의 사슬이 무엇인지를 파악할 수 있게 되었다."

세상에 존재하는 온갖 유형의 종교와 신앙 및 서구 사유체계 전반에 대한 회의에서 비롯된 보르헤스의 '불교'에 대한 관심은 점차 세상이치의 근원과 그 중심이 무엇이지에 치중하게 되었으며 그것은 '시·공'을 초월하는 '무아無我'의 경지로 수렴된다. 다시 말하면, 20세기에 들어서 마르크스주의에 심취했거나 문학에서의 좌익비평에 전념했던 리얼리즘 작가들이 현실을 지배와 피지배의 구조로 파악하여 그것을 극복·지양할 것을 강조했다면, 보르헤스는 그러한 현실을 그 어떤 것으로도 채울 수 없는 빈 공간 혹은 진공상태로서의 '공空'으로 파악하였다. 바로 이러한 파악으로 인해서 보르헤스의 소설은 현실적인 측면보다는 공상적이고 환상적인 측면을 강하게 드러내며, 그러한 점을 우리는 그의 소설『픽션들』에서 확인할 수 있다. 전부 1, 2부로 구성되어 있는 이 소설에는 각각 여덟 편의 짧은 단편소설이 수록되어 있으며, 그 중에서도 「미로정원」은 주인공이 겪게 되는 삶의 혼란과 갈등, 선택과 결단 등 어쩔 수 없이 선택해야만하는 갈림길에서 방황하다가 결국 교수형에 처해진다는 지극히 비극적인 내용을 담고 있기는 하지만, 이 소설에서 보르헤스는 삶과 죽음의 문제, 현실과 이상의 문제를 집요하게 추구하였다. 다시 말하면 '대아大我'와 '소아小我'의 대립구도에서 전자는 이 소설이 지향하고 있는 영혼의 문제에 관계되고 후자는 육신의 문제에 관계되며, 그것은 모두 불교에서의 '연기설緣起說'로 수렴된다.

열두 가지로 분류되는 불교에서의 '연기설'은 석가모니가 보리수 아래에서 깨달은 후에 불교의 근본교리가 자기 자신을 위해 고찰할 수 있도록 설법한 데에서비롯되었으며 "인연으로 말미암아 만유萬有가 생성한다는 설說"에 관계된다. 이와같이 이론적인 연기설을 알기 쉽게 풀이한 법문이 실천적인 '사성제'이다. 이러한점에 대해서는 앞에서 언급한 헤세의 소설『싯다르타』와 불교의 관계에서 살펴본 바 있다. 다시 말하면, '고제'는 자각이 없는 고뇌의 현실세계이고 '집제'는 현실세계의 원인과 이유이며, 이 두 가지 '제'를 '유전연기'라고 칭하고, '멸제'는 자각이 있는 이상세계이고 '도제'는 이상세계의 원인과 이유이며, 이 두 가지 '제'를'환멸연기'라고 칭한다.

이와 같은 '사성제'의 의미를 다시 설명하면 다음과 같다. 생生도 고苦이고, 노老도 고이며, 병病도 고이고, 사死도 고이며, 미운 사람들을 만나는 것도 고이고怨憎會苦, 사랑하는 사람과 헤어지는 것도 고이고愛別離苦, 구하는 것을 구하지 못 하는 것도 고이고求不得苦, 집착이 있는 심신환경, 즉 오취온五取蘊이 '고성제'이다. 다음은 윤회의 재생으로 이끌 뿐만 아니라 기쁨과 탐욕을 수반하여 도처에서 즐기려는 열애욕구, 즉 욕애, 유애, 무유애는 고가 일어나는 원인에 관한 것으로 그것이 바로 '집성제'이다. 그리고 이와 같은 열애욕구를 남김없이 벗어나 그러한 욕구를 멸하고 버리며 이탈하여 무-집착하게 하는 것이 고苦의 멸滅에 관계되는 '멸성제'이다. 마지막으로 정견, 정사유, 정어, 정업, 정명, 정정진, 정념, 정정이라는 여덟 부분으로 이루어지는 팔정도八正道가 바로 고苦의 멸滅에 이르는 진정한 의미의 '도성제'이다. 석가모니는 '사성제'의 의미를 이와 같이 설명한 후에 그것이 잘못이 없는 '진리'라는 사실을 이론적으로 올바르게 알게 되는 것, 그것을 적합하게 실천할 수 있는 태도를 취할 수 있는 것, 나아가 이론과 실천이 둘이 아니라 하나라는 점을 체득하는 것 등을 강조하였으며, 그러한 체득을 통하여 모두가 '불타'로서의 가장 이상적인 인격자가 될 수 있다고 가르쳤다. 이러한 세 가지 과정이 바로 '사성제'의 '삼전三轉'에 해당한다.

이상과 같은 '불교'의 경전을 공부하면서 보르헤스는 '불전佛傳'과 '불소행찬佛所行讚' 같은 문헌에 문학적으로 전해 내려오는 석가모니의 생애와 그 가르침에 주목하였으며, 그러한 점은 '전설상의 불타佛陀'에 집약되어 있다.

보르헤스는 자신의 『불교강의』에서 '열반涅槃'의 정확한 사용을 강조하였는데, 이러한 까닭은 '니르바나'라는 이 말의 매력으로 인해서 원래의 의미와는 무관하게 이국적인 정취로 사용되는 데 대한 일종의 경종을 울리기 위해서였다. 그래서 그는 이 말의 어원이 산스크리트어에 있다는 점을 설명하면서 '사라지다'와 '끝나다'를 의미하는 이 말은 불교의식에서 기름이 떨어지면 불꽃이 자연스럽게 사그라지는 의미로서 '니르바나'라는 말을 사용해야 한다고 강조하기도 하였다. 힌두교에서는 브라만 '신'이나 '행복'과 동일한 의미로 사용되기도 하고, 불교에서는 '구원'에 이르는 유일한 길을 의미하기도 하는 '니르바나'를 서구학자들이 잘못 사용하고 있다는 점, 예를 들면, 달만은 이 말을 "무신론과 허무주의의 심연"으로 파악하였고, 부르누는 이 말을 '절멸絶滅'이라고 옮겼으며, 쇼펜하우어는 이 말이 '무無'를 완곡하게 표현한 것으로 파악했다는 점 등을 지적하면서, 보르헤스는 '열반'이라는 말이 어떻게 해서 유래되었는지를 석가모니의 득도과정을 제시함으로써 분명하게 설명하였다. 이를 효과적으로 설명하기 위해서 보르헤스는 "눈이 아픈 사람에게는 달이 두 개로 보이더라도 달이 원래 하나라는 점을 알고 있는 것처럼, 도道에 도달한 사람은 감각세계를 지각하면서 살고 있더라도 그것이 허상이라는 것을 잘 알고 있다"라는 말을 인용하기도 하고 "성공과 실패, 삶과 죽음, 육체적 쾌락과 고통 (…중략…) 나는 그런 허구들의 친구도 아니고 적도 아니다"라는 인도의 고대시를 인용하기도 하면서, "불교에서 말하는 '니르바나'는 안식의 문, 폭풍우 치는 바다 속의 '안전한 섬', '시원한 동굴', '피안彼岸', 신시神市, 만병萬病의 해독제, 욕망을 억제시키는 '생명수', 열락의 '음식', 생사윤회의 강工에 빠진 조난자들을 구조하는 대안對岸이다"라고 결론지었다. 보르헤스가 파악한 이와 같은 의미의 '열반' 혹은 '니르바나'는 석가모니가 '해탈'을 통해 '열반'의 세계에 들어 모든 것을 깨우치게 되는 과정을 정확하게 파악한 것이라고 볼 수 있다.

2) 서구문학에 끼친 불교의 영향과 수용

수 천 년에 걸쳐 동양의 세계관에 가장 많은 영향을 끼치고 있을 뿐만 아니라 동양을 넘어 서방세계에까지 끼친 불교의 영향관계를 일목요연하게 정리하는 일은 용이한 일이 아니다. 더구나 서구문학에 반영된 불교의 영향과 수용을 살펴보는 일은 자칫 주마간산走馬看山과도 같이 불교의 핵심을 파악하기보다는 겉모습만 개관하는 것일 수도 있다. 그럼에도 헤르만 헤세의 소설세계, T. S. 엘리엇의 시세계, 보르헤스의 사유세계에 수용되어 있는 불교적인 요소와 특징을 간략하게나마 살펴본 까닭은, 문화 글로컬리즘 시대 혹은 문화-세방주의世邦主義 시대에 있어서 서구중심의 문화적 지배로부터 벗어날 필요가 있을 뿐만 아니라 그동안 소홀하게 취급했던 우리 자신의 문화적 유산의 역할을 정리할 필요가 있었기 때문이다.

이러한 점을 고려하면서 서구문학에 끼친 불교의 영향과 수용을 살펴보았을 때, 그것은 '돈오점수'의 세계, '시작도 끝도 없는' 영원회귀로서의 '시간'의 세계 등으로 파악할 수 있었다. 나아가 보르헤스의 사유세계에 끼친 불교의 방대한 영향으로 인해 그리고 불교의 세계관을 정확하게 파악했던 보르헤스로 인해 동양중심의 불교의 세계관이 서구세계에 제대로 알려졌다는 점을 알 수 있었다.

제4부

한국 현대시의 세계와 현장

제10장 현대시인의 시세계
제11장 새시집에 반영된 시인의 시세계
제12장 한 편의 시에 반영된 시인의 시세계

현대시인의 시세계

1. 김소월의 시세계 – 방법적 갈등과 미결정의 변증법

1) 김소월의 시와 시혼詩魂

김소월1902~1934은 『개벽』 제29호1925에 수록된 자신의 유일한 시론이라고 할 수 있는 「시혼詩魂」에서 "시혼은 본래가 영혼 그것인 동시에 자체의 변환은 절대로 없는 것이며, 같은 사람의 시혼에서 창조되어 나오는 시작詩作에 우열이 있어도 그 우열은 시혼 자체에 있는 것이 아니요 그 음영의 변환에 있는 것"이라는 점을 강조하였다. 그가 파악한 영원불멸의 존재에 해당하는 '시혼'은 그 자신의 언급처럼 "시인의 영혼 자체이며 그것은 직접 시작詩作에 이식되는 것이 아니라 그 음영으로서 현현된다"라고 볼 수 있다. "존재에는 반드시 음영이 따른다"라는 확신을 가지고 있던 김소월은 시혼, 영혼, 음영의 유기적 관계를 중요하게 생각하였다.

김소월 자신이 시혼과 동일시하고 있는 '영혼'은 무엇을 의미하는가? 플라톤은 자신의 『파에도』에서 영혼의 영원성과 육신의 숙명성을 분명하게 구별하였다. 그에 의하면 영혼은 신성하고 영원하며 지성적이고 유일하며 불변적이면서도 결코 자체모순이 없는 반면, 육신은 세속적이고 숙명적이며 비지성적이고 다면적이며 가변적이면서도 언제나 자체모순을 지니고 있다. 따라서 인간의 영혼은 폐쇄된 육신으로부터 벗어나기를 간절히 바라고 있다고 볼 수 있으며, 영혼에게 있어서 '육신의 폐쇄성'은 영혼자체를 감금하여 구속하는 감옥과 같은 상태를 의미한다. 그리고 시인은 인간의 영혼을 감금시키고 구속하는 '육신의 세계'를 표현하는 것이 아니라 육신으로부터 벗어나고자 하는 '영혼의 세계'를 표현하고자 하며, 시인이 표현하는 영혼의 세계는 철저하게 비유적으로 나타나게 되어 있다. 19세기 낭만주의를 연구한 알베르 베겡은 자신의 『낭만주의의 영혼과 꿈』[1939]에서 '영혼'을 다음과 같이 파악하였다.

맨 처음의 신화는 영혼의 신화이다. 이성은 존재를 분해가능한 바퀴의 조립처럼 해체하여 그것을 기능으로 전환하는 한편, 다른 한편으로는 존재에는 말로 설명할 수 없는 본질적인 핵심이 있다는 점을 강력하게 믿게 되었다. 인간의 삶의 원리로서, 신념의 원천으로서, 양도 불가능한 실체로서, 영혼은 이제 더 이상 인간의 마음을 밝히려는 호기심으로 가득 차 있는 심리학의 대상이 아니다. 영혼은 살아있는 본질이며 그 본질이 지니고 있는 기계적인 메커니즘에 관심을 기울이기보다는 영원한 숙명에 더 많은 관심을 기울인다. 영혼은 또 그 자체가 이미 알려진 곳에서 비롯되기보다는 훨씬 더 먼 곳에서 비롯되고 있음을 스스로 알고 있으며 스스로를 위한 또 다른 미래의 공간을 언제나 마련해 두고 있다. 그 자체가 가장 활발하게 작용할 때에 영혼은 낯선 곳에 들어선 이방인이 경험하는 것과 똑같은 경이로움을 경험하게 된다. 영혼이 얼마나 멀리까지 작용하게 되고 영향을 끼치게 되는지를 고려하게 될 때, 그때에 우리들은 영혼의 존재를 진정으로 파악할 수 있게 될 것이다. 일시적으로 추방될 때, 영혼은 그 자체를 추방시킨 세상에 속하지 않는다는 사실을 기억하거나 암시하게 된다.

베겡 자신은 그가 강조하는 영혼의 개념을 시에 어떻게 적용할 것인지에 대해 언급하지는 않았지만 그는 19세기를 "영혼의 시대"라고 가장 설득력 있게 설명하고는 하였다. '영혼'에 대한 베겡의 언급을 고려하여 김소월의 시에 반영된 시적 장치로서의 영혼을 분류하는데 있어서 시어를 중심으로 정리하면 다음과 같다. ① 망각과 기억 : 신념 확인을 위한 영혼, ② 떠남과 만남 : 자기성찰을 위한 영혼, ③ 노동과 가난 : 사회와의 대결을 위한 영혼, ④ 죽음과 삶 : 숙명적 개인을 위한 영혼 등으로 분류할 수 있다. 앞의 두 항목은 김소월의 초기 시에 관계되고, 뒤의 두 항목은 후기 시에 관계되며, 이 모두는 그의 시의 주제와 미학적인 영역에 관계된다. 김소월의 시를 이렇게 분류할 수 있는 근거는 『소월시초素月詩抄』1939에 수록된 김억의 「김소월의 추억−'서문'의 대신으로」와 「기억에 남는 소월−'후기'에 대신하여」 및 『민성民聲』1947.11 에 수록되었던 것을 『초혼招魂−소월시전집』1958에 재−수록한 김광균1914~1993의 「김소월−가을에 생각나는 사람」 등에서 찾아 볼 수 있다. 김억1886~?은 김소월의 시를 다음과 같이 분류하였다. "소월의 시에 나타나는 원망스러운 한恨과 고독은 역시 소월이 그 자신의 성격이외다. 가끔 가다가 자폭이라 할 만한 것이 있는 것도 또한 소월이의 생활로는 어찌할 수 없는 일면이외다. 불우한 속에서 뜻을 얻지 못하였는지라 이 시인의 심독心毒한 성격은 원망스럽게도 그것을 단념해버린 것이외다. 사업에는 패敗를 보고 생활이 안정을 잃게 되니 그의 고독은 컸던 것이외다. 그리고 복받쳐 오르는 울분에 가끔 소월은 총명한 이지의 판단을 잃어버렸던 것이외다."

　　김소월의 초기 시에 해당하는 "한과 고독의 시편"과 후기 시에 해당하는 "자폭할만한 시편"을 구분 짓는 시기는 대략 1925년 초이며, 이때 김소월은 한 해 전에 입학했던 동경상대예과를 퇴학하게 된다. 김억의 설명에 의하면 "시로서는 밥을 먹을 수 없다"라는 계산에서 상과商科를 택했으나 그도 1년이 채 못 되어 조부의 광산경영 실패로 학자금이 끊어져 김소월은 부득이 퇴학할 수밖에 없었던 것이다. 아울러 김광균의 설명에 의하면 김소월의 초기 시에는 "야무진 것", "원망스러운 것", "수심가에 가까운 다한多恨한 리즘", "모가 나도록 차가운 것" 등으로 인해 그 자신의 성품이 여실하게 반영되어 있기도 하다. 그리고 그의 후기 시에는 남시南市에 사는 사람들을 적으로 삼고 끓어오르는 비애와 절망을 술로 씻던 그의 일상생활과 비참한 생활고에도 불구하고 부드러운 손을 뻗쳐 무엇인가가 자기 자신을 구원해 주기를 바라는 애절한 소망도 나타나 있다.

2) 망각과 기억 신념 –확인을 위한 영혼

김소월의 시에서 가장 중요한 모티프를 형성하고 있는 유형은 망각과 기억의 변증법이다. 그러한 예는 「먼 후일」과 「못잊어」 등에서 찾아 볼 수 있으며, 이들 두 편의 시에 나타나는 망각과 기억은 그리움에 의해 연결되어 있다는 점을 알 수 있다. 그 한 예로는 "그리워 살뜰히 못잊는데 / 어쩌면 생각이 떠지나요?"라고 끝맺는 「못잊어」이며, 다른 예로는 "당신이 속으로 나무리면 / 무척 그리다가 잊었노라"라고 끝맺는 「먼 후일」을 들 수 있다. 이 시의 개작과정을 차례로 살펴보면, 우선 김소월이 이 시를 『학지광』1920.7에 맨 처음 발표했을 때에는 다음과 같이 되어 있다.

먼後日 당신이차즈시면 그째에내말이

니젓노라

당신말에 나물어 하시면 무척그리다가

니젓노라

그래도 그냥 나물어하면 밋기지안아서

니젓노라

오늘도 어제도 못닛는 당신 먼後日그째엔

니젓노라

그러나 『개벽』1922.10에 수록할 때에 김소월은 자신의 이 시를 다음과 같이 개작하였다.

먼 훗날에 당신이 차즈시면
그쌔에 내 말이 「니젓노라」

맘으로 당신이 나무려 하시면
그쌔에 내 말이 「무척 그리다가 니젓노라」

당신이 그래도 나무러 하시면
그쌔에 이 말이 「밋기지 않아서 니젓노라」

오늘도 어제도 못잊는 당신을
먼훗날 그쌔에는 「니젓노라」

『학지광』1920에 발표된 것과 그것을 개작하여 『개벽』1922에 발표한 것의 사이에는 대략 2년간의 시간 차이가 있다. 『개벽』에 발표된 「먼 후일」은 「꿈자리」, 「진달래꽃」, 「님의 노래」 등과 더불어 김억의 추천으로 김소월이 시인으로 등단하는 계기를 마련한 시이기 때문에 그 의미가 더욱 크다고 할 수 있다. 위에 인용된 두 편의 시를 비교할 때에 가장 눈에 띠는 점은 『학지광』의 것은 연의 구분이 없는 데 반해서 『개벽』의 것은 연의 구분이 있다는 점, 각 연의 제2행이 "니젓노라"라는 단순한 언급에서 여러 가지 상황에 대한 전제를 강조하기 위해 '「」'을 사용하고 있다는 점 등을 들 수 있다. 또한 『학지광』의 것에는 "그쌔"라는 말이 두 번 사용되었지만 『개벽』의 것에는 그것이 매 연마다 사용되어 전부 네 번 사용되었음을 알 수 있다. 다음에 인용하는 시는 『개벽』의 것을 바탕으로 하여 김소월의 시집 『진달래

꽃』1925의 맨 처음에 수록된 시 「먼 후일」이다.

　　먼훗날 당신이 찾즈시면
　　그째에 내말이 「니젓노라」

　　당신이 속으로나무리면
　　「뭇척그리다가 니젓노라」

　　그래도 당신이 나무리면
　　「밋기지안아서 니젓노라」

　　오늘도어제도 아니닛고
　　먼훗날 그째에 「니젓노라」

　　김소월의 시집 『진달래꽃』의 서두를 장식하고 있는 위에 인용된 시에서의 어법, 연과 행의 구분 등은 『개벽』의 것과 유사하다는 점을 알 수 있다. 그리고 맨 마지막에 인용한 시를 바탕으로 하여 다음과 같은 현재의 「먼 후일」로 되었으며, 『초혼招魂 — 소월시전집』1958에 수록된 이 시의 전문은 다음과 같다.

　　먼 훗날 당신이 찾으시면
　　그때에 내말이 「잊었노라」

　　당신이 속으로 나무리면
　　「무척 그리다가 잊었노라」

그래도 당신이 나무리면

「믿기지 않아서 잊었노라」

오늘도 어제도 아니 잊고

먼 훗날 그 때에 「잊었노라」

— 김소월, 「먼 후일」 전문

　위에 인용된 시에서 제1, 2, 3연의 첫 행은 '당신'과 당신의 '행동'을, 두 번째 행은 '나'와 나의 '행동'을 설명하고 있다. 그리고 각 연의 첫 행은 당신의 가정적인 전제행위를, 두 번째 행은 그러한 점에 대한 나의 대응행위를 나타내고 있다. 제4연은 나의 모든 행위 중에서 잊는다는 행위, 즉 완전히 망각한다는 행위를 강조하고 있다.

　이 시에서 가장 강조하고 있는 어휘는 물론 '잊었노라'이다. 시간상으로 미래를 전제하는 당신을 잊는다는 행위는 당신을 기억하고 있다는 현재의 행위에 의해서만 가능한 행위이다. 적어도 이 시의 내용으로 볼 때에 "먼 훗날"로 대표되는 미래의 어느 한 순간에 당신이 나를 찾아올 때까지 나는 당신을 '절대로' 잊지 못한다는 시적자아의 '기억한다'라는 행위는 지속될 수밖에 없다. 그렇다면 잊는다는 행위에서 '망각'이란 무엇을 의미하는가? 여기서 우리는 망각에 대한 니체[1844~1900]의 견해를 살펴볼 필요가 있다. 그에게 있어서 망각은 피동적인 망각을 의미하는 것이 아니라 능동적인 망각을 의미하며 그것은 진리의 핵심에 도달하기 위한 전제조건이 된다. 니체가 자신의 『윤리학 원론』[1837]에서 주장하는 이와 같은 견해를 자크 데리다[1930~2004]는 자신의 『철학의 여백』[1972]에서 "의심할 여지없이 니체는 존재의 능동적인 망각을 주장하고 있는데 그에게 있어서 존재는 하이데거[1889~1974]의 존재처럼 형이상학적인 형태를 지니고 있지 않다"라고 요약하였다. 데리다에 의하면, 니체는 과거에 대한 기억을 차단하는 절대적인 망각으로부터 인간을 보호하기 위해서, 그리고 인간이 과거에 대한 지식에 지나치게 탐닉하는 것을 방지하기 위해서 '능동적인 망각'을 필요로 했던 것이다.

김소월의 시 「먼 후일」에서 시적자아가 능동적으로 망각하고자 하는 대상은 물론 '당신'이지만, 그러한 당신은 이미 시적자아로부터 멀리 떠나가 버렸음을 제1연에서는 암시하고 있으며, 그것은 제1행의 "먼 훗날 당신이 찾으시면"에서 확인할 수 있다. 그리고 시적자아는 그때까지 바로 그 '당신을 기억하고 있다'는 점을 강조하고 있으며, 그것은 제2행의 "그 때에 내 말이 잊었노라"에서 찾아볼 수 있다. 제1연에 나타나 있는 특징은 "먼 훗날"이라는 시어가 과거와 현재와 미래를 복합적으로 함축하고 있다는 점, 떠나가 버린 '당신'과 남아있는 '나'가 각각 망각한다는 행위와 기억한다는 행위를 지속하고 있다는 점, 그리고 그와 같은 망각한다는 행위는 기억한다는 행위로, 기억한다는 행위는 망각한다는 행위로 전환되고 있다는 점 등을 들 수 있다. 망각과 기억 혹은 기억과 망각이 이와 같이 치환될 수 있는 근거는 제1행의 "당신이 찾으시면"에 제시되어 있다. 이 시의 내용으로 볼 때 당신과의 이별 이후에 계속해서 지속적으로 당신을 기억하고 있는 주체는 바로 '나'이고 그러한 '나'를 잊어버리고 망각해 버린 주체는 바로 '당신'이다. 따라서 과거의 이별에서부터 "먼 훗날"이라는 미래의 만남까지 당신은 나를 완전히 잊고 있다가 어느 한 순간 문득 생각나서 찾아오게 되지만, 나는 당신을 절실하게 생각하고 기억해 왔기 때문에 제2행의 "그 때에 내 말이 잊었노라"에서처럼 능동적인 망각에 의해 기억의 정도를 강도 높게 표현하고 있는 것으로 볼 수 있다. 다음은 제1연에 반영되어 있는 '나'와 '당신'의 사이에 존재하는 '기억'과 '망각'의 이와 같은 상황을 정리하면, 주체와 대상, 표면적 행위와 이면적 행위가 상반된다는 점을 파악할 수 있으며 "먼 훗날"까지 '나'를 망각하고 있었던 것은 '당신'이지만 "그 때"까지 '당신'을 기억하고 있었던 것은 바로 '나'라는 점도 알 수 있다.

제2연과 제3연은 시적자아로서의 '나'가 '당신'을 왜 잊고 망각해야만 했는지에 대해서 그리고 '당신'을 왜 생각하고 기억해야만 했었는지에 대해서 설명하는 부분이다. 특히 제2연 "당신이 속으로 나무리면 / 무척 그리다가 잊었노라"에서 '당신'이 '나'를 나무라는 까닭은 제1연의 '잊었노라'라는 언급 때문이다. 오랫동안의 세월이 지났음에도 불구하고 애써 기억하고 찾아왔지만, '잊었다'라고 단정적으로 말하는 시적자아에 대해서 '당신'은 원망에 휩싸여 속으로 자신의 불만을 토로하고 있는 것으로 되어 있다. 그러나 분명한 사실은 당신이 나를 잊고 살아 온 그 긴 시간 동안 나는 당신을 기억하고 또 기다리고 있었다는 점이다. 따라서 '어느 한 순간 / 불쑥 / 갑작스럽게 / 순식간'에 '생각나서 / 기억나서' 찾아 온 그러한 당신에 대한 원망과 그리움의 강도는 '오랫동안 / 지속적으로 / 한결같이 / 끝없이' 기다려 온 시적자아가 훨씬 더 강하다고 볼 수 있다. 그 결과로 나타난 부분이 바로 "무척 그리다가 잊었노라"이다. 여기서 "무척 그리다가"라는 구절은 시적자아의 기다림의 자세를 대변해 준다.

제3연은 제2연에 나타나 있는 '당신'의 표면적인 기다림, 기억, 원망과 '나'의 이면적인 기다림, 기억, 원망을 구체적으로 심화시키는 부분이다. "그래도 당신이 나무리면 / 믿기지 않아서 잊었노라"라는 제3연에서 우리는 "그래도"라는 부사어에 주의할 필요가 있다. 이 어휘는 그 앞의 제1, 2연에 나타나 있는 '잊었다'라는 '나'의 행동을 부정하는 한편, 다른 한편으로는 그와 같은 사실을 부인하고 믿지 못하는 '당신'의 태도를 나타낸다. 그러나 실제로 믿지 못하는 주체는 시적자아 자신이다. 왜냐하면 그러한 시적자아는 떠나가 버린 '당신'이 돌아오기를 오랫동안 기다려 왔지만 이 시에서 '당신'은 여전히 돌아오지 않았기 때문이다. 그와 같은 태도를 표현한 부분이 바로 "믿기지 않아서"이고 그 결과는 제2연에서처럼 "잊었노라"로 나타나게 된다. 제2연과 제3연에 나타난 '당신'의 표면적인 행위에 드러나 있는 원망과 불만은 '나'의 이면적인 행위에 드러나 있는 또 다른 의미로 전환된다. 또한 후자의 변명과 구실 등과 같은 표면적인 의미는 전자의 이면적인 의미로 전환되기도 한다.

이제까지 김소월의 시 「먼 후일」에 대한 논의를 통해 '나'로 대표되는 시적 자아와 그 대상이 되는 '당신'의 표면적인 행위와 이면적인 행위, 표면적인 의미와 이면적인 의미를 살펴보았다. 이처럼 상반되는 두 가지 행위에 의해 결국 잊지 못하는 주체, 곧 시적자아는 '당신'을 언제까지나 기억하고 기다리고 있지만 기억하지 못하는 주체, 곧 '당신'은 이미 오래전에 '나'를 잊어버리고 찾아오지 않았다는 점이다. 그러한 '당신'에 대한 시적자아의 일상화된 기다림의 자세, 불변의 신뢰와 집념, 끝없는 기억, 말하자면 능동적인 망각은 마지막 연에 해당하는 제4연에 집약되어 있다. "오늘도 어제도 아니 잊고 / 먼 훗날 그 때에 잊었노라"라는 마지막 연에서 '기억 한다'라는 행위를 암시하는 구절은 "아니 잊고"이며 그것은 '당신'을 언제나 기억하고 있다는 점을 강조하는 부분이다. 시적자아는 일상화된 기다림의 자세로 언제나 '당신'을 생각하고 기억하고 있었지만, "먼 훗날 그 때" 당신이 나를 찾아올 때에는 '당신'을 잊을 것임을 암시하고 있다. 그러나 "먼 훗날 그 때", 즉 당신이 나를 찾아올 날은 결코 오지 않게 되어 있다. 왜냐하면 그것은 다만 가정적인 상황설정일 뿐이며 '당신'은 이미 오래 전에 '나'를 잊었지만 그러한 '나'는 "오늘도 어제도", "먼 훗날 그 때"에도 '당신'을 기억하고 있을 것이기 때문이다.

3) 떠남과 만남-자기성찰을 위한 영혼

김소월의 시를 특징짓는 두 번째 모티프는 떠남과 만남에 있다. 김소월의 시에 나타나는 떠남의 유형은 시적자아가 자신의 대상을 떠나보내는 경우와 시적자아 자신이 자신의 대상으로부터 떠나가는 경우로 나뉜다. 전자에 해당하는 시로는 「진달래 꽃」을 들 수 있고 후자에 해당하는 시로는 「가는 길」을 들 수 있다. 전자의 경우, 즉 시적자아가 대상을 떠나보내는 심정을 읊은 시 「진달래 꽃」의 전문은 다음과 같다.

나 보기가 역겨워

가실 때에는

말없이 고이 보내 드리오리다

영변(寧邊)에 약산(藥山)

진달래 꽃

아름따다 가실 길에 뿌리오리다

가시는 걸음걸음

놓인 그 꽃을

사뿐히 즈려밟고 가시옵소서

나 보기가 역겨워

가실 때에는

죽어도 아니 눈물 흘리오리다

— 김소월, 「진달래꽃」 전문

위에 인용된 시에 나타나는 두드러진 특징은 우선 시적 대상에 대한 호칭. 말하자면 '님'이라든가 '당신'이라든가 하는 호칭의 생략을 들 수 있다. 호칭의 생략, 그것은 대상이 그만큼 중요하고 소중하다는 점을 의미한다고 볼 수 있다. 다음은 시적자아의 철저한 감정절제와 슬픔의 미화를 들 수 있다. 감정절제는 제1연과 제4연에, 슬픔의 미화는 제2연과 제3연에 각각 나타나 있다. 제1연에는 떠나가는 대상을 선선히 보낼 수 있다는 시적자아의 의지가, 제4연에는 대상이 떠나고 난 다음 뒤에 남게 될 시적자아 자신의 감정에 대한 정리가 나타나 있다. 그것을 전자의 경우는 "말없이 고이 보내드리오리다"가, 후자의 경우는

"죽어도 아니 눈물 흘리오리다"가 암시하고 있다. 여기서 주목해야 할 중요한 어휘는 "말없이"와 "죽어도"이다. 침묵하는 행위, 곧 말하지 않는다는 행위는 감정을 절제한다는 행위에 관계된다. 시적자아는 언어를 사유작용 속에 감금시킴으로써 자칫 변명과 구실과 넋두리로 전락할 위험이 있는 자신의 슬픔을 억제하고 이를 아름답게 승화시키게 된다. 그와 같은 예는 다음에 살펴보게 될 「가는 길」에도 분명하게 드러나 있다. 그리고 그러한 슬픔의 승화가 바로 제2연으로 이어지는 말없는 행위, 즉 꽃을 따다 뿌리는 행위 등이다. 이와 같은 승화는 다시 제3연의 떠나가는 대상의 앞길을 축복하는 염원으로 나타나게 되며, 제4연의 "죽어도"라는 시어는 시적자아의 단호한 결심을 함축하고 있다. 그것은 눈물의 억제만을 의미하는 것이 아니라 결코 말하지 않겠다는 신념, 결코 애원하지 않겠다는 의지, 결코 만류하지 않겠다는 결의를 의미한다.

시적자아가 자신의 사유작용 속에 유폐시킨 언어를 발설하게 될 때, 그의 그리움, 그의 슬픔, 그의 비탄은 그만큼 더 커지게 마련이다. 그러한 예로는 대상을 떠나보내는 「진달래 꽃」과는 달리 시적자아가 대상으로부터 떠나가는 「가는 길」에서 찾아 볼 수 있으며, 이 시의 전문은 다음과 같다.

그립다
말을 할까
하니 그리워

그냥 갈까
그래도
다시 더 한번……

저 산에도 까마귀 들에 까마귀

서산에는 해진다고

지저귑니다

앞 강물, 뒷 강물

흐르는 물은

어서 따라 오라고 따라 가자고

흘러도 연달아 흐릅디다려

— 김소월, 「가는 길」 전문

시적자아가 떠나가는 자신의 심정을 스스로 읊고 있는 이 시는 크게 두 부분으로 나뉜다. 제1연과 제2연은 시적자아의 심정 자체를, 제3연과 제4연은 그와 같은 시적 자아를 둘러싸고 있는 외적 환경을 나타내고 있다. 먼저 시적자아의 심정을 살펴보면 그것은 말한다는 행위와 침묵한다는 행위를 아직 결정짓지 못하는 상태, 즉 미결정의 상황을 반복적으로 표현하고 있다. "그립다 / 말을 할까 / 하니 그리워"라는 제1연에서 시적자아는 "그립다"라는 말을 실제로 입 밖으로 말하지는 않지만 "그립다"라고 생각하는 것 자체가 "그립다"라는 감정을 불러일으킨다는 점을 간파하고 있다. 그래서 다시 "그냥 갈까 / 그래도 / 다시 더 한번……"이라는 제2연에서 그와 같은 상황을 반복하게 되고 이와 같은 행위가 지속적으로 반복되고 있음을 말없음표가 암시하고 있다. 제1연과 제2연에 나타나 있는 "그립다"라는 생각으로서의 사유와 "그립다"라는 말로서의 언어는 등식관계를 형성한다는 진리로 인해 시적자아는 이 두 가지 진리의 사이를 반복할 수밖에 없다.

시적자아가 "그립다"라고 말을 하고 떠나갈 것인지 아무 말도 하지 않고 그냥 갈 것인지를 결정짓지 못하고 망설이는 동안의 시간경과와 양자택일 중 하나를 빨리 결정지을 것을 제3연은 암시하고 있다. "저 산에도 까마귀 들에 까마귀 / 서산에는 해진다고 / 지저귑니다"에서 까마귀의 짖어댐은 시적자아가 "그립다"라고 말을 하고 떠날 것인지 아니면 "그립다"라고 말을 하지 않고 떠날 것인지를 결정짓지 못하고 망설이는 우유부단함을 비난하는 것이자, 어느 쪽을 선택하든 "그립다"라는 감정 그 자체에는 변함이 없다는 점을 강조하는 것이고, "지는 해"는 더 이상 망설일 시간이 없다는 점을 나타내는 한편 다른 한편으로는 시적자아의 그러한 망설임이 상당히 오랫동안 지속되고 있음을 나타낸다. 망설이면 망설일수록 까마귀의 지저귐은 시적자아의 강박관념 속에 더욱 강하게 작용하게 되고 아울러 시간은 더욱 다급한 상황으로 치닫게 된다. 이와 같은 미결정의 복잡한 상황에서 시적자아는 자신의 심정을 흐르는 강물에 전가시켜 버리게 된다. "앞 강물 뒷 강물 / 흐르는 물은 / 어서 따라 오라고 따라 가자고 / 흘러도 연달아 흐릅디다려"라는 마지막 연에서 시적자아는 자신의 미결정적인 심정을 강물의 속성, 즉 연달아 흐르는 속성에 비유하게 되고 궁극적으로는 "그립다"라고 말을 하고 가든 "그립다"라고 말을 하지 않고 가든 '그리운 감정 그 자체'에는 변함이 없다는 사실을 알게 된다. 이렇게 볼 때에 제2연의 '말 없음표'는 제1연과 제2연의 망설임에도 관계되고 제3연과 제4연에도 관계된다. 아울러 제4연의 "앞 강물"은 제1연의 "그립다"라고 말을 할까라는 생각에 관계되고, "뒷강물"은 "그립다"라고 말을 하지 않고 갈까라는 생각에 관계되며 그것은 본질적으로 동일한 진리, 즉 "그립다"라는 생각 그 자체에는 변함이 없다는 진리를 "어서 따라오라고 따라가자고 / 흘러도 연달이 흐릅디다려"에서 다시 강조하고 있다고 볼 수 있다. 말할 수 있는 유효적절한 기회의 상실과 그러한 상실에 대한 후회는 "먼저 건넌 당신이 어서 오라고 / 그만큼 부르실제 왜 못 갔던가!"라고 후회 막심한 심경을 읊은 「기회」에도 분명하게 나타나 있다.

김소월의 시에 나타나 있는 '떠남'을 대상의 떠남과 시적자아의 떠남으로 구분할 수 있다면, 그의 시에서의 '만남'은 시적자아의 하염없는 기다림과 허망한 꿈으로 나타난다. 전자의 예는 「만나려는 심사」에서, 후자의 예는 「그를 꿈꾼 밤」에서 찾아볼 수 있으며, 「만나려는 심사」의 전문은 다음과 같다.

　　저녁 해는 지고서 어스름의 길

　　저 먼 산엔 어두워 잃어진 구름

　　만나려는 심사는 웬셈일까요

　　그 사람이야 올 길 바이없는데

　　밤길은 누 마중을 가잔 말이냐

　　하늘엔 달 오르며 우는 기러기

— 김소월, 「만나려는 심사」 전문

　　위에 인용된 시에서 시적자아의 기다림의 자세는 제3행의 "만나려는 심사"에서 찾아 볼 수 있으며 그것이 '하염없다'라는 근거는 "그 사람이야 올 길 바이없는데"라는 제4행에서 찾아볼 수 있다. 지는 해, 먼 산, 어둠 속에 사라지는 구름 등 자연물처럼 일상화된 기다림의 결과는 "그 사람"을 만나는 것이겠지만 설령 만날 수 없다고 하더라도, 이 시에서의 기다림은 기다림 자체로 행복한 기다림에 해당한다. 헛된 기다림이기는 하지만 기다림 자체로서 가질 수 있는 행복한 기다림은 다음에 전문을 인용하는 「그를 꿈꾼 밤」에도 나타나 있다.

　　야밤중, 불빛이 발갛게

　　어렴프시 보여라

　　들리는듯 마는듯

　　발자국 소리

　　스러져 가는 발자국 소리

아무리 혼자 누워 몸을 뒤채도

잃어버린 잠은 다시 안와라

야밤중, 불빛이 발갛게

어렴프시 보여라

— 김소월, 「그를 꿈꾼 밤」 전문

기다림 자체로서 행복한 기다림이라고 했을 때, 그것은 위에 인용된 시의 제
2연에서 찾아볼 수 있다. "들리는듯 마는듯 / 발자국 소리"에 암시된 기다림의
자세는 "스러져 가는 발자국 소리"에서 더욱 강렬하게 드러나게 된다. 이와 같
은 기다림을 읊은 시로는 "천인天人에도 사랑눈물 구름 되어 / 외로운 꿈의 베개
흐렸는가. / 나의 임이어 그러나 그러나 / 고히도 불그스레 물질러 와라"와 같
은 「새벽」, "봄 새벽 몹슬 꿈 / 깨고 나면! / 울부짖는 가막까치, 놀란 소리, / 너희
들은 눈에 무엇이 보이느냐"와 같은 「몹쓸 꿈」, "꿈은 영靈의 해적임. 서름의 고
향. / 울자 내 사랑, 꽃 지고 저무는 봄"으로 끝나는 「꿈」 등이 있다. 김소월의 시
에 나타나 있는 떠남과 만남의 변증법은 '불가능한 만남'을 전제로 하는 '떠남'
이 대상의 떠남과 시적자아 자신의 떠남으로 나뉘는 반면, '만남'은 기다림 자
체로서 보람을 찾는 기다림의 기쁨으로 나타난다. 따라서 그와 같은 만남을 위
한 배경으로는 언제나 '어두운 저녁', '밤', '꿈' 등이 등장하고는 한다.

4) 노동과 가난-사회와의 대결을 위한 영혼

김소월의 시에 나타나는 노동과 가난, 죽음과 삶은 주로 후기 시에 해당하는
것으로 김소월이 남시南市에 기거할 때에 지은 시편들이 대부분을 차지한다. 김
소월과 남시의 관계를 김광균은 「김소월-가을에 생각나는 사람」에서 다음과
같이 설명했다. "고향서 2년을 무위無爲히 지낸 후 생각던 끝에 소월은 처가가
있는 남시로 생활을 옮겼다. 소월과 남시의 인연은 이렇게 맺어져서 10년 동안

그는 이곳에 살았고 서른세 살에 스스로 자기 목숨을 끊은 곳도 이곳이 되고 말
았다." 김소월이 남시에서 고단한 생활을 하고 있었음을 이렇게 파악했던 김광
균은 그 당시 김소월에 대한 자신의 기억을 다음과 같이 적고 있다. "작년1946
여름 계동 안서 댁에서 소월의 사진을 보았던 것이 지금 기억에 떠오른다. 일견
하여 사진관도 아닌 여염집인데 뒤에 포장을 치고 두루마기를 입고 소월이 앉
아 있다. 「나보기가 여껴워」, 「산유화」의 작자는 소월이란 설명이 없었던들 어
느 시골 잡화상의 사진이라고 오인토록 시골 때와 장사 내가 묻은 야무진 얼굴
이었다. 이 정떨어진 얼굴에서 그 노래가 나왔는가 하고 나는 일종의 감회조차
끓어올라 왔다."

　김소월의 시에 나타나는 고단한 생활의 일면은 남시에서 보낸 그 자신의 생
활과 밀접한 관계를 지니고 있다. 김소월의 후기 시와 그의 생활상을 관련지어
연구하는데 있어서 우리는 F. O. 마티슨이 자신의 『미국의 르네상스』의 '서문'
에서 강조한 바 있는 "예술가가 사용하는 언어는 문화사에서 가장 민감한 지표
가 된다. 왜냐하면 인간은 자신이 원하든 원하지 않던 그 일원이 되는 사회에
의해 형성되어 왔고 형성되고 있는 자기 자신만을 분명하게 말하기 때문이다"
라는 언급을 기억할 필요가 있다. 시인이 처해있는 주변 환경은 시인의 의식과
영혼에 영향을 주기 마련이며, 생존하고 살아가기 위한 끊임없는 '노동'과 그러
한 노동에도 불구하고 좀처럼 벗어나지 못하는 '가난'은 김소월에게 있어서 그
자신의 시를 특징짓는 세 번째 요소가 된다. 노동의 신성함과 고단함을 동시에
노래한 「기분전환」의 전문은 다음과 같다.

　땀, 땀, 여름 볕에 땀 흘리며
　호미 들고 밭고랑 타고 있어도
　어디선지 종달새 울어만 온다
　헌출한 하늘이 보입니다요, 보입니다요.

사랑, 사랑, 사랑에 어스름을 맞은 임

오나 오나 하면서

젊은 밤을 한소시 조바심 할 때

밟고 섰는 다리 아래 흐르는 강(江)물!

강물에 새벽빛이 어립니다요, 어립니다요.

— 김소월, 「기분전환」 전문

　"땀", "여름 볕", "호미", "밭고랑" 등과 같은 시어를 통해서 우리는 「진달래 꽃」
과 「산유화」 등에서는 느낄 수 없는 시적자아 혹은 시인 자신의 진솔한 면을 엿
볼 수 있다. 생활을 위한 육체적 노동과 그러한 육신의 고통 속에서도 시혼詩魂
을 잃지 않으려고 애쓰는 지적 자세를 "종달새", '나', "하늘" 등과 같은 시어에서
찾아 볼 수 있다. 아울러 제2연에서는 어느 누군가를 애타게 기다리고 있는 시
적자아의 간절함이 드러나 있으며, 그것은 아마도 자신을 시인으로 성장하도록
뒷바라지 해주었던 '김억'으로 추정할 수 있을 것이다. 생활과 노동과 시혼과
시작활동詩作活動에 대한 애착은 「밭고랑 우에서」라는 시에도 절실하게 표현되어
있으며, 이 시의 전문은 다음과 같다.

우리 두 사람은

키 높이 가득 자란 보리밭, 밭고랑 우에 앉았어라

일을 필(畢)하고 쉬는 동안의 기쁨이어

지금 두 사람의 이야기에는 꽃이 필 때

오오 빛나는 태양은 내려 쪼이며

새 무리들도 즐거운 노래, 노래 불러라.

오오 은혜여 살아 있는 몸에는 넘치는 은혜여

모든 은근스러움이 우리의 맘 속을 차지하여라

세계의 끝은 어디? 자애(自愛)의 하늘은 넓게도 덮였는데

우리 두 사람은 일하며 살아 있어서

하늘과 태양을 바라보아라, 날마다 날마다도

새라 새롭은 환희를 지어내며, 늘 같은 땅 우에서

다시 한번 활기 있게 웃고 나서 우리 두 사람은

바람에 일리우는 보리밭 속으로

호미 들고 들어갔어라, 가즈란히

걸어가는 기쁨이어 오오 생명의 향상이어

— 김소월, 「밭고랑 우에서」 전문

위에 인용된 시에는 노동 후의 휴식, 자연예찬, 노동의 기쁨, 휴식 후에 노동의 시작을 각 연에서 읊고 있다. 제1연에서는 시적자아와 그 배우자가 보리밭을 매다가 휴식을 취하며 일상적인 대화를 나누는 장면을 묘사하고 있으며 그러한 대화의 구체적인 내용은 제2연과 제3연에 나타나 있다. 살아있다는 사실만으로도 만족한 생활, 살아있다는 사실 자체를 은혜롭게 생각하는 시적자아의 마음가짐, 일상화된 노동을 떳떳하게 여기는 자긍심 등이 나타나 있다. 마지막 연에서 주목할 구절은 "생명의 향상"이다. 한 편의 시를 읽을 때에 우리가 접하게 되는 무수한 시어 중에서 핵심어를 발견하고 그 의미를 파악하는 일은 시를 이해하는 지름길이 된다. '아이디어'에 대한 역사학자인 A. O. 러브조이[1873~1962]는 자신의 『존재의 위대한 체인』[1936]에서 "한 편의 시에서 발견되는 핵심적인 개념, 어휘, 아이디어를 심도 있게 연구하는 것은 철학적인 의미를 추구하는 것, 시인이 처해 있는 한 시대나 운동에 나타나는 신성한 어휘나 구절이 지니고

있는 모호성을 제거하고 그것의 다양한 의미를 정리하기 위해서 연구하는 것"
이라는 점을 강조하였다. 따라서 위에 인용된 김소월의 시에서 "생명의 향상"이
라는 구절이 노동에 관련되는 그의 시를 특징짓는 부분에 해당하는 까닭은 시
적자아에게 있어서 생명이 향상될 수 있는 조건은 노동과 거기에서 오는 기쁨
및 일할 수 있는 땅에 있기 때문이다. 「밭고랑 우에서」라는 시의 의미는 시적자
아 혹은 시인 자신이 '노동 → 휴식 → 이야기 → 시혼詩魂 → 생활의 활기 → 생
명의 향상' 등을 통해서 자신의 정신세계를 끊임없이 각성시키고 발전시켜 나
가는 것으로 요약할 수 있다. 일할 수 있는 땅이 있다는 사실만으로도 행복할
수 있었던 시인 김소월 혹은 시적자아는 「바라건대 우리에게 보습대일 땅이 있
었더면」에서 '땅'에 대한 남다른 애착을 보이고 있으며, 이 시의 전문은 다음과
같다.

나는 꿈꾸었노라, 동무들과 내가 가지런히
벌 가의 하루 일을 다 마치고
석양(夕陽)에 마을로 돌아오는 꿈을,
즐거히 꿈 가운데.

그러나 집 잃은 내 몸이어
바라건대 우리에게 우리의 보습대일 땅이 있었더면!
이처럼 떠돌으랴, 아침에 점을 손에
새라 새롭은 탄식(歎息)을 얻으면서

동(東)이랴 남북(南北)이랴
내 몸은 떠가나니 불지어다
희망(希望)의 반짝임은, 별빛이 아득함은,

물결뿐 떠올라라 가슴에 팔다리에.

그러나 어쩌면 황송한 이 심정(心情)을! 날로 나날이 내 앞에는

자칫 가느른 길이 이어가라. 나는 나아가리라

한걸음, 또 한걸음. 보이는 산(山비)탈 길엔

온 새벽 동무들 저저혼자…… 산경(山耕)을 김 매이는

— 김소월, 「바라건대 우리에게 보습대일 땅이 있었더면」 전문

자신이 경작할만한 땅이 없기에 시적자아 혹은 시인 자신은 "동東이랴 남북南北이랴 / 내 몸은 떠가나니 불지어다 / 희망의 반짝임은, 별빛이 아득함은, / 물결뿐 떠올라라 가슴에 팔다리에"라고 자신의 처지를 탄식하게 된다. 이와 같은 탄식을 가장 애절하게 읊조린 시가 「돈타령」이며, 상당히 긴 이 시의 제2연은 다음과 같다. "되려니 하니 생각. / 만주滿洲 갈가? 광산鑛山엘 갈가? / 되갔나 안되갔나 이제도 오늘도 / 이러 저러 하면 이러저러 되려니 하는 생각." 돈을 벌기 위해서 만주나 광산에 가볼까? 하는 시적자아에게 있어서 "옛 말은 모두 못 믿을 것"이 되고 만다. 「돈타령」에 나오는 "천금산진千金散盡 환복래還復來는 / 없어진 뒤에는 아니니라"라는 언급이나 "인생부득人生不得 갱소년更少年은 / 내가 있고서 할 말이다"라는 언급 등에서 시적자아는 자신의 암담한 처지를 가장 절실하게 표현하고 있다. 그러나 생활을 위한 이와 같은 처절한 몸부림과 안간힘에도 불구하고 생활고에 찌들고 정신적으로 쇠약해진 김소월은 시인으로서 자기 자신의 고고한 시혼詩魂을 펼칠만한 세계를 만나지 못한 채 결국 스스로의 죽음을 예감하게 된다.

5) 죽음과 삶-숙명적 개인을 위한 영혼

김소월은 자신의 후기 시에서 살아간다는 것과 죽어간다는 것을 동일시하고 있다. 이 상반되는 두 가지 상황을 동일시하게 되는 이유는 앞에서 언급한 바와 같이 생활고, 남시南市라는 벽촌僻村에는 걸맞지 않는 시인 자신의 예민한 감수성과 시혼詩魂, 초기 시에서 엿보였던 시인으로서의 화려한 생활과 이별과 정한情恨 및 시우詩友들과의 긴밀한 교류 등과는 달리 고립과 소외와 단절된 시골에서의 생활을 들 수 있다. 이와 같은 여러 가지 요소를 대변하는 시가 바로 「사노라면 사람은 죽는 것을」이며, 이 시의 전문은 다음과 같다.

하로라도 몇번씩 내 생각은
내가 무엇하랴고 살랴는지?
모르고 살았노라, 그럴 말로.
그러나 흐르는 저 냇물이
흘러가서 바다로 든달진댄.
일로 쫓아 그러면, 이 내 몸은
애쓴다고는 말부터 잊으리라.
사노라면 사람은 죽는 것을
그러나 다시 내 몸
봄빛의 불붙은 사태흙에
집짓는 저 개미
나도 살려 하노라, 그와 같이
사는 날 그날까지.
살음에 즐거워서
사는 것이 사람의 본뜻이면

오오 그러면 내몸에는

다시는 애쓸 일도 더 없어라,

사노라면 사람은 죽는 것을.

— 김소월, 「사노라면 사람은 죽는 것을」 전문

시적자아가 "사는 날 그날까지. / 살음에 즐거워서 / 사는 것이 사람의 본뜻이며"로 파악하고 있는 위에 인용된 시에서 그와 같은 삶의 자세는 회의적이고 기계적이다. '회의적'이라는 말은 "하로라도 몇번씩" 왜 사는가에 대한 되물음에서 비롯되고 '기계적'이라는 말은 일개미처럼 일하는 것으로 만족하는 삶, 살아있다는 것 자체로 기쁜 생활 및 "다시는 애쓸 일도 더 없어라"와 같은 구절에 근거를 둔다. 이렇게 볼 때에 위에 인용된 시는 제1행부터 제8행까지를 전반부로, 제9행부터 제18행까지를 후반부로 나눌 수 있다. 전반부에는 삶을 물에 비유하고 있으며, 결국은 모든 물의 집합소라고 할 수 있는 '바다'로 흘러들기 위해 쉬지 않고 흐르는 냇물처럼, 인간의 삶, 시인의 삶, 시적자아의 삶도 살아있음의 궁극적인 집합소인 '죽음'으로 변하고 말 것이라는 강박관념이 강하게 작용하고 있다. 따라서 시적자아는 살려고 애쓴다는 말조차도 잊고 싶어 한다. 왜냐하면 인간은 궁극적으로 사노라면 죽어가기 때문이다. 후반부의 첫 구절에 해당하는 "그러나"는 전반부에서 보인 회의적인 태도를 반전시키는 역할을 한다. "봄빛", 봄빛을 반사하는 "붉은 황토 흙", 그 속에서 열심히 집을 짓는 "일개미"의 부단한 노력 등을 통해서 시적자아는 기계적인 삶의 자세를 취하게 된다. 그 결과가 바로 "다시는 애쓸 일도 더 없어라"이다. 왜냐하면 열심히 살아도 그것은 결국 "사노라면 사람은 죽는 것을"에 해당하기 때문이다. 이처럼 김소월은 삶과 죽음을 동일시함으로써 자신의 삶 자체를 유지하기는 하지만 차라리 죽는 것만도 못한 자신의 목숨 자체를 저주하게 된다. 이러한 점을 보여주는 시가 「하다못해 죽어달래가 옳나」이며, 이 시의 전문은 다음과 같다.

아조 나는 바랄 것 더 없노라,
빛이랴 허공이랴
소리만 남은 내 노래를
바람에나 띄워서 보낼 밖에.
하다못해 죽어 달래가 옳나
좀더 높은 데서나 보았으면!

한세상 다 살아도
살은 뒤 없을 것을.
내가 다 아노라 지금까지
살아서 이만큼 자랐으니.
예전에 지나본 모든 일을
살았다고 이를 수 있을진댄!

물 가의 닳아져 널린 굴껍풀에
붉은 가시덤불 벋어 늙고
어둑어둑 점은 날을
빗바람에 울지는 돌무더기
하다못해 죽어 달래가 옳나,
밤의 고요한 때라도 지켰으면!

— 김소월, 「하다못해 죽어 달래가 옳나」 전문

　　전부 3연으로 이루어진 위에 인용된 시에서 제1연은 지난날에 대한 회한을,
제2연은 현재의 생활에 대한 절망을, 제3연은 과거의 기쁨과 현재의 절망을 달
관하고자 하는 심정을 읊고 있다. 우선 제1연에서의 "소리만 남은 내 노래"라는

구절에 주목할 필요가 있는 까닭은 망각과 기억, 떠남과 만남을 정조로 하는 초기 시에서의 영광과 기쁨, 시우詩友들과의 교류와 문단활동 등 그 모든 것들은 이제 과거의 기억 속으로 소멸되었음을 이 구절이 암시하고 있기 때문이다. 한낱 소리로만 남았을 뿐이지 그 어느 누구도 더 이상 찾지 않는 고적한 생활에서 시적자아로서의 김소월은 죽음을 생각하게 된다. 왜냐하면 제2연에서 볼 수 있는 "예전에 지나본 모든 일을 / 살았다고 이를 수" 있기 때문에, "한세상 살아도 / 살은 뒤 없을 것"이기 때문에 삶은 곧 죽음으로 직결된다고 시적자아는 생각한다. 제3연은 죽음의 집합소라고 파악할 수 있는 '비, 물, 바다'와 같은 시어를 통해 자신의 죽음을 승화시키고 있다. 그와 같은 승화가 바로 죽은 후 "밤의 고요한 때라도 지켰으면!"이라고 간구하는 마음가짐으로 나타난다. 이상과 같은 죽음과 삶과 돈의 변주는 「생生과 돈과 사死」에 집약되어 있으며, 이 시의 전문은 다음과 같다.

1

설으면 우울 것을, 우섭거든 웃을 것을,
울자해도 잦는 눈물, 웃자해도 싱거운 맘,
하거픈 이 심사를 알리 없을가 합니다.

한벼개 잠 자거든, 한 솥밥 먹는 임께
하거픈 이 심사를 전(傳)해볼가 할지라도,
마차운말 없거니와 그역(亦) 누될가 합니다.

누된들 심정(心情)만이 타고날게 무엇인고,
45월(四五月) 밤중만 해도 울어 새는 저머구리,
차라리 그신세(身世)를 나는 부러워 합니다.

2

슬픔과 괴로움과 기쁨과 즐거움과

사랑 미움까지라도 지난 뒤 꿈 아닌가!

그러면 그 무엇을 제가 산다고 합니까.

꿈이 만일 살았으면 삶이 역시(亦是) 꿈일께라!

잠이 만일 죽엄이면 죽어 꿈도 살은듯 하리

자꾸 끝끝내 이렇다해도 이를 또 어찌합니까.

살았으면 그 기억(記憶)이 죽어 만일 있달진댄

죽어하던 그 기억(記憶)이 살아 어째 없읍니까,

죽어서를 모르오니 살아서를 어찌 안다고 합니까.

3

살아서 그만인가, 죽어서 그뿐인가,

살죽는 길어름에 잊음바다 건넜던가,

그렇다 하고라도 살아서만이라면 아닌 줄로 압니다.

살아서 못죽는가, 죽었다는 못사는가,

아무리 살지라도 알지못한 이 세상을,

죽었다 살지라도 또 모를줄로 압니다.

이세상 산다는 것, 나 도무지 모르갰네,

어데서 예 왔는고, 죽어 어찌 될 것인고,

도무지 이 모르는데서 어째 이러는가 합니다.

— 김소월, 「생(生)과 돈과 사(死)」 전문

우리는 위에 인용된 시에서 시적자아의 시상詩想의 발전과정을 살펴 볼 필요가 있다. 인간적인 차원에서 출발하고 있는 제1부에서는 "울음"과 "웃음" 등과 같은 상반되는 행위의 대비라고 할 수 있는 '개인적인 심사', 즉 울어도 웃어도 시원치 않은 자기 자신의 신세와 밤을 새워 우는 "머구리(개구리)"의 처지를 비교하고 있다. 그와 같은 논리는 자신의 심사를 '임'이 알면 그것이 누가 될 수도 있다는 염려에 근거한다. 제2부에서는 이 중에서 자신의 처지, 심사, 신세를 자세하면서도 심도 있게 설명하고 있다. 슬픔과 기쁨, 괴로움과 즐거움, 미움과 사랑, 꿈과 삶, 삶과 꿈을 동일시하게 되는 '삶의 기억 / 죽음의 망각'에 의해서 시적자아는 자신의 시상詩想을 확대시키게 되며, 특히 부정적인 의미를 내포하고 있는 '슬픔, 괴로움, 미움, 죽음, 망각'과 같은 요소에 의해 확대시키게 된다. 제3부에서는 제2부에서 발전시킨 요소 중에서 "생生과 사死의 문제"를 절실하게 표현하고 있으며, 그러한 점은 "삶과 죽음", "살죽는 길어름", "잊음바다", "삶속의 죽음", "죽음속의 삶" 등 삶에 대한 회의와 절망을 거쳐 죽음으로 귀결된다. 특히 제2부에서 '삶과 꿈' 및 '꿈과 삶'을 동일시했듯이 제3부에서는 '죽음과 삶' 및 '삶과 죽음'을 동일시하면서도 결국은 죽음 자체를 강조하고 있다.

이상에서 설명한 「생과 돈과 사」의 의미구조를 도표화하면 〈도표 7〉과 같다. 〈도표 7〉에서는 각각의 강조요소 중에서 어떤 요소가 다음 항목에 집중적으로 작용하게 되는지를 나타낸다. 예를 들면 제1부의 첫 번 째 요소인 '개인적인 심사'는 제2부의 모든 요소에 작용하게 되고, 제2부의 '삶·기억'과 '죽음·망각'은 제3부에 작용하게 되는 것을 의미한다.

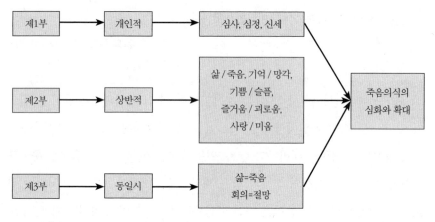

〈도표 7〉「생(生)과 돈과 사(死)」의 의미구조

6) 외국시의 영향과 수용 및 개인사적인 특징

김소월의 시에 반영된 외국시의 영향과 수용 및 다-학문적인 요소를 비교문
학적으로 살펴보면 다음과 같다. 우선 김소월의 시에 인용된 김억의 시의 구절
을 살펴보는 것도 의미 있는 일이라고 본다. 왜냐하면「해넘어 가기 전 한참은」
이라는 김소월의 시의 "가마귀 좇긴다. / 종소리 비긴다. / 송아지 음마 하고 부
른다. / 개는 하늘을 쳐다보고 짖는다"라는 귀절은「봄은 간다」라는 김억의 시
의 "검은 내 떠돈다 / 종소리 빗긴다"와 어휘나 종결어미가 유사하기 때문이다.
이러한 점을 구체적으로 보여주는 시가 바로 위에서 살펴본 김소월의 시「먼
후일」과 모리스 메테를링크[1862~1949]의 시「포에지」의 유사점을 들 수 있으며,
이러한 점에 대해서는 전규태가 편한『비교문학—이론, 방법, 전망』[1973]에 수록
되어 있는「영, 불시가 한국시가에 끼친 영향고」에서 이재호가 이 두 시인의 시
의 전개방법과 주제가 유사하다는 점, 1911년 노벨문학상을 수상한 메테를링
크가 그 당시 일본에서 인기 있었을 뿐만 아니라 일본의 우에다 빈[1874~1916]의
일역시집『목양신』[1902]에 메테를링크의 시 일곱 편이 수록되어 있다는 점 및 김
소월이 자신의 스승이었던 김억을 통해 '틀림없이' 메테를링크의 시「포이지」

에 접했을 가능성이 있다는 점 등을 제시하였고, 필자 역시 『현대시의 아가니페』2005에서 그러한 점을 논의한 바 있다.

아울러 김소월의 시에 반영된 '죽음속의 삶'과 '삶 속의 죽음'의 문제, 즉 「생과 돈과 사」의 제3부 제2연 "살아서 못죽는가, 죽었다가는 못사는가, / 아무리 살지라도 알지못한 이 세상을, / 죽었다 살지락도 또 모를줄로 압니다"라는 구절은 예이츠의 시 「비잔티움」에 나오는 "삶 속의 죽음, 죽음 속의 삶"을 연상케 하며, 예이츠의 시 「비잔티움」의 제2연은 다음과 같다.

> 눈앞에 떠도는 이미지, 그것은 인간인가 음영인가.
>
> 인간보다는 음영인가, 음영보다는 이미지인가.
>
> 미라 수의((壽衣)에 싸인 헤이드의 패배로
>
> 구불구불한 길은 곧게 뻗으리라.
>
> 물기도 숨소리도 없는 입술,
>
> 숨죽인 입술은 설교하리라.
>
> 초인(超人)이여 강림하소서.
>
> 그는 삶 속의 죽음이자 죽음속의 삶이리.
>
> — W. B. 예이츠, 「비잔티움」 제2연

또한 많은 연구자들이 언급했던 바와 같이, 위에 인용된 김소월의 시 「진달래 꽃」은 W. B. 예이츠1865~1939의 시 「그는 천국의 옷감을 원하네」와 밀접하게 관계된다. 김억이 「꿈」으로 번역하여 『태서문예신보』제11호1918.12.14에 수록했던 예이츠의 시 전문을 필자의 번역으로 그 전문을 옮겨보면 다음과 같다.

> 금빛과 은빛으로 엮어 짠
>
> 파랗고 어슴푸레하고 어두운

밤과 빛과 어스름으로 엮어 짠

천국의 수놓은 옷감이 있다면,

그대 발아래 펼쳐드릴 수 있으련만,

가난하여 꿈만 있을 뿐이어서

그 꿈 그대 발아래 펼쳐드리오니

제 꿈 밟으오니 사뿐히 밟으소서.

— W. B. 예이츠, 「그는 천국의 옷감을 원하네」 전문

  김소월의 시 「진달래 꽃」의 "진달래꽃 / 아름따다 가실 길에 뿌리오리다"나 "사뿐히 즈려밟고 가시옵소서"와 같은 구절은 예이츠의 시 「그는 천국의 옷감을 원하네」의 "그대 발아래 펼쳐드릴 수 있으련만," "그 꿈 그대 발아래 펼쳐드리오니"나 "제 꿈 밟으오니 사뿐히 밟으소서"와 상당히 유사하다는 점에서 찾아볼 수 있다. 이처럼 김소월의 시에 반영된 외국시의 영향관계, 특히 상징주의 시의 영향관계를 살펴보는 것도 의의 있는 일이라고 생각한다. 그와 같은 영향관계는 김소월의 정신적 스승이자 시인으로서의 길을 열어준 김억이 프랑스의 상징주의 시를 집중적으로 소개했다는 점, 김소월은 자신의 시론에서 영국의 시인 아더 시먼스의 시를 인용하고 있다는 점, 시먼스는 『문학에서의 상징주의 운동』1899을 저술했다는 점 등을 고려하여 살펴 볼 수 있다.

  마지막으로 김소월 자신의 개인적인 '존경'의 측면을 드러내고 있는 「제이·엠·에쓰」와 「고만두풀노래를 가져 월탄月灘에게 드립니다」를 살펴보면 다음과 같다. 전자에서 김소월은 자신이 다녔던 오산학교 교장으로 재직했던 조만식 1883~1950에 대한 존경심을 드러내고 있으며, 이 시의 전문은 다음과 같다.

  평양(平壤)서 나신 인격(人格)의 그 당신님, 제이·엠·에쓰

  덕(德)없는 나를 미워하시고

재조(才操)잇던 나를 사랑하셨다.

오산(五山) 계시던 제이·엠·에쓰

십년(十年)봄만에 오늘아침 생각난다.

근년(近年) 처음 꿈없이 자고 일어나며.

얽은 얼굴에 자그만 키와 여윈 몸매는

달은 쇠끝 같은 지조(志操)가 튀어 날 듯

타듯하는 눈동자(瞳子)만이 유난히 빛나셨다,

민족(民族)을 위하여는 더도 모르시는 열정(熱情)의 그 임.

소박(素朴)한 풍채(風采), 인자(仁慈)하신 옛날의 그 모양대로

그러나 아아 술과 계집과 이욕(利慾)에 헝클어져

십오년(十五年)에 허주한 나를

웬일로 그 당신님

맘속으로 찾으시오 오늘아침?

아름답다, 큰 사랑은 죽는 법 없어

기억(記憶)되어 항상(恒常) 내 가슴속에 숨어 있어서

미쳐 거츠르는 내 양심(良心)을 잠 재우리,

내가 괴로운 이 세상 떠날 때까지.

— 김소월, 「제이·엠·에쓰」 전문

위에 인용된 김소월의 시에서 우리는 조만식의 외형적인 특징과 내면세계를 엿볼 수 있다. 외형적인 특징은 그의 얼굴이 얽었다는 점과 키가 작았다는 점, 눈빛이 강렬했다는 점과 몸매가 여위었다는 점 등에서 찾아볼 수 있으며, 내면 세계는 지조와 열정과 민족애 등에서 찾아볼 수 있다. 이처럼 고매한 인격을 지

닌 조만식을 기억하는 김소월은 어느 날 문득 꿈속에서 그를 만나게 되고 '현재'의 자신의 처지를 되돌아보게 된다. 말하자면 15년간을 허송세월했다는 점, 조만식을 존경하면서도 그의 가르침에 벗어나는 행동을 했다는 점 등을 속죄하고 있으며 자신으로서는 그것이 너무 괴로워 "이 세상 떠날 때까지" 가슴 속에 묻어두고 싶다고 고백하고 있다. 다음에 전문을 인용하는 「고만두풀노래를 가져 월탄月灘에게 드립니다」에서 김소월은 더욱 솔직하게 월탄 박종화[1901~1981]에게 자신의 속내를 드러내고 있다.

1
즌퍼리의 물 가에
우거진 고만두
고만두풀 꺾으며
「고만두라」합니다.

두손길 맞잡고
우두거니 앉았오.
자즈르는 수심가(愁心歌)
「고만두라」합니다.

슬그머니 일면서
「고맙소」하여도
앉은대로 앉아서
「고만두고 맙시다라」고.

고만두 풀숲에

풀버러지 날을 때
둘이 잡고 번갈아
「고만두고 맙시다」.

  2
「어찌 하노 하다니」
중어리는 혼잣말
나도 몰라 왔어라
입버릇이 된줄을.

쉬일때나 있으랴
생시(生時)엔들 꿈엔들
어찌 하노 하다니
뒤재이는 생각을.

하지마는 「어찌노」
중어리는 혼잣말
바라나니 인간(人間)에
봄이 오는 어느날.

돋히어나 주과저
마른 나무 새 엄을
두들겨나 주과저
소리 잊은 내 북을.

— 김소월, 「고만두풀노래를 가져 월탄에게 드립니다」 전문

위에 전문을 인용한 김소월의 시에서 주목할 부분은 "고만두"라는 풀이름을 활용하여 그것을 자신에게 "고만두라"고 하는 말처럼 사용하고 있다는 점이며, 자신의 이러한 심정을 박종화에게 고백하고 있다는 점이다. 또한 "나도 몰라 왔어라"라고 되뇌는 부분은 김소월이 서울을 떠나 어찌어찌하여 시골의 산간벽지까지 오게 된 것을 자조적으로 드러내고 있기도 하다. 이러한 점은 이 시의 마지막 구절에 해당하는 "소리 잊은 내 북을"에서 절정에 이르게 되며 그것은 물론 그가 주변의 어떠한 상황에도 감동을 받지 못하거나 더 이상 시를 쓰지 않게 되었다는 점을 강조한다고 볼 수 있다.

이상에서 논의한 바와 같이 김소월의 시에는 비교문학적 요소가 상당히 많이 내재되어 있다고 볼 수 있다. 다시 말하면, 외국시의 영향과 수용을 살펴볼 수도 있고, 그의 개인사적인 측면을 드러내는 시에서는 문화사적인 측면을 비교할 수도 있을 것이다.

7) 방법적 갈등과 미결정의 변증법

김소월의 시에서 시적 방편으로 등장하고는 하는 '방법적 갈등'은 시적 자아로 하여금 그렇게 하지 않아도 되는 하나의 '해프닝'으로서의 갈등이 아니라 절실한 변증법적 갈등에 해당한다. 이러지도 저러지도 못하는 상황에서 시적자아는 언제나 갈등하고 있으며 그것은 예외 없이 자기 자신에 대한 질책과 자기 자신만의 단호한 결심으로 끝난다. 기억하는 행위와 망각하는 행위를 절실하게 묘사한 시 「먼 후일」에서 자신의 고통스러운 기억을 손쉬운 망각으로 강조하는 대신 상대방의 손쉬운 망각을 고통스러운 기억으로 이해하는 태도는 「진달래꽃」의 끝부분에 해당하는 "죽어도 아니 눈물 흘리오리다" 만큼이나 강렬한 것이다. 떠남과 만남에서의 망설임은 김소월의 시의 방법적 갈등을 특징짓는 한 요소가 된다. 말할 수도, 말 안할 수도 없는 미묘한 상황을 포착하여 이를 형상화한 시 「가는 길」에서 우리는 시적자아의 심리적 갈등을 엿볼 수 있다. 그리고 그와 같은 갈등을 겪고 있는 시적자아는 자신의 미결정적인 심리 상태를 다른 시적 대상 말하자면 우짖는 까마귀나 흐르는 물에 전가해 버리고 만다.

김소월의 후기시를 특징짓는 노동과 가난을 노래한 시 「밭고랑 우에서」에서는 한 시인의 고통스러운 생활을 살필 수 있다. 그것이 풍요로운 삶, 더 나은 생활을 위한 희망적인 노동이 아니라 단순히 살아가기 위한 노동이라는 것을 알 수 있다. 또한 그와 같은 고통스러운 육체적 노동 중에서도 잠시 짬을 내어 쉴 때마다 시혼詩魄을 일깨우고 가다듬는 시인의 부단한 노력을 파악할 수 있다. 그러나 시인 자신의 노력에도 불구하고 어떤 이유에서든지 간에 시인은 죽음과 삶의 문제를 심각하게 고려하게 되며 끝내 목숨을 끊고 만다. 그와 같은 시가 바로 「사노라면 사람은 죽는 것을」, 「하다못해 죽어달래가 옳나」, 「생과 돈과 사」이다. 특히 「생과 돈과 사」는 말년의 김소월 자신의 모습을 복합적으로 표현한 시라고 할 수 있다. 기 미쇼가 『상징주의 시의 길』1947에서 "시인의 영혼은 한 시대를 특징짓는 열쇠다"라고 언급했던 바와 같이 김소월의 시에서 영혼이 차지하는 비율은 「꿈」에 집약되어 있다. "꿈은 영靈의 해적임, 서름의 고향"이라는 이 시에서 영혼은 꿈속에서만 해적일 수 있으며 그 꿈은 곧 '슬픔의 고향'에 해당한다.

이상에서 살펴보았듯이 김소월의 시는 이제 「진달래 꽃」이나 「산유화」의 범주에서 벗어나 총괄적으로 살펴볼 때 시인이 추구했던 시세계의 진면목을 규명할 수 있을 것이다. 왜냐하면 자칫 널리 알려진 작품에만 집착할 때에 시인이 추구하는 시세계의 진실 된 면을 놓칠 우려가 있기 때문이다. 또한 마르틴 하이데거가 자신의 『시, 언어, 사상』에서 언급했던 바와 같이 "구체적이든 추상적이든 어떤 대상에 대한 투사적投射的인 언급, 즉 시는 세상의 진리와 그 진리의 끊임없는 현현에 대한 언급, 다시 말하면 존재하는 것 자체에 대한 발현"이기 때문이다. 김소월은 자신의 시에서 영혼의 문제를 끊임없이 추구했다. 그의 이러한 추구는 시인으로서의 위치와 사회적 환경, 시인으로서의 영혼의 고양과 인간으로서의 생계유지, 영혼의 불멸성과 육신의 숙명탐구를 위한 일련의 노력을 통해서 나타나 있다. 김소월의 시에서 영혼은 초월적인 지향을 위해 지속적으로 변형되었다고 볼 수 있다. 여기서 말하는 '초월적'인 지향은 R. W. 에머슨 1803~1882이 자기 자신의 「자연」1850에서 강조했던 "영혼의 출현은 직선의 움직임처럼 점진적으로 이루어지는 것이 아니라 알에서 애벌레로, 애벌레에서 성충 成蟲으로의 형태변화처럼 분명하게 이루어지는 것이다"라는 언급에 관계된다.

마지막으로 중요한 점은 김소월의 시에 반영된 비교문학적 요소라고 할 수 있으며, 이러한 점을 대표적인 몇 가지 경우를 예로 들어 살펴보았다. 이렇게 볼 때에 그의 시에는 그 자신만의 고유한 세계, 순수서정에서부터 가난과 고통에서 비롯되는 현실인식까지, 그리고 삶과 죽음에 이르는 시세계도 있고, 그의 시에 직접적으로 또는 간접적으로 영향을 끼친 외국시의 영향도 있다는 점을 파악할 수 있다.

2. 김영랑의 시세계 – 순수서정에서 현실인식까지

김영랑1903~1950 — 그는 1930년대 초반 『시문학』1930을 중심으로 하여 박용철1904~1938, 정지용1902~1950.9.26(정지용의 정확한 사망 일자에 대해서는 신근재의 언급을 참고하였다. 그는 일본 NHK 기자의 언급과 오사카 외국어대 한국어과 교수의 언급을 참고하여 필자에게 이와 같이 알려주었다) 등과 함께 순수 서정시의 새로운 지평을 열어놓은 시인, 『시학』 제5집1940에서 자신은 폴 베를렌1844~1896을 개인적으로 사숙 私塾했다고 고백했던 시인, 자신의 시집 『영랑시집』1935에서 존 키츠1795~1821가 디아나 여신의 연인인 목동牧童으로 묘사하고 있는 『엔디미온』1818의 첫 구절에 해당하는 "아름다운 것은 영원한 기쁨이다"를 활용했던 시인, 시의 원론보다는 시의 창작에 역점을 두었던 시인 등으로 평가되고 있다. 그가 견지했던 이와 같은 점은 그 자신의 시세계에 반영되어 있으며, 그것을 ① '내·마음'과 시심詩心의 발원發源 : 과거회상성과 미래지향성, ② 물과 달빛 : 강물의 역동성과 '바다·달빛'의 관조, ③ 5월과 시적 비유 : 새와 '모란', ④ 촉기燭氣와 민족정신 : 역사의식과 현실인식 등으로 나누어 살펴볼 수 있다.

1) '내·마음'과 시심詩心의 발원發源 – 과거회상성과 미래지향성

김영랑의 시에서 가장 많이 활용되는 시어 중의 하나가 바로 '내·마음'이며 그것은 그의 시에서 '순수서정'의 발원지에 해당한다. 이러한 '내·마음'의 유형을 정한모1923~1991는 자신의 『현대시론』1974에서 "영랑의 시 세계를 (…중략…) 하나로 요약한다면 '내·마음'의 세계라 할 수 있다. 서정시가 개인적인 정감을 표현하는 데서 출발했고 오늘날도 그 거점에서 크게 벗어나지 않는 만큼 영랑의 '내·마음'에는 (…중략…) 그와 같은 것이 짙게 새겨져 있다"라고 강조하였다. 아울러 김학동도 『현대시인 연구』1977에서 ① '내'가 '마음' 또는 '가슴'에 연결된 경우, ② '마음'이 '흐름'이나 '가는'에 연결되어 동적 율동을 강조하는 경우, ③ 색채어, 관형어, 접미어 등이 '마음'의 앞이나 뒤에 연결되어 '내·마음'을 형상화하는 경우 등으로 분류하였다.

김영랑의 시에 나타나는 '내·마음'은 크게 순수서정의 세계와 '그리움'의 세계로 나뉘며, 전자가 현재를 중심으로 하여 미래지향의 세계에 관계된다면 후자는 현재를 중심으로 하여 과거회상의 세계에 관계된다고 볼 수 있다. 그의 시에서 '내·마음'을 근간으로 하는 미래지향의 세계가 가장 잘 나타나 있는 시가바로 그의 시집 『영랑시집』1935에 수록된 두 번째 시「돌담에 속삭이는 햇발같이」(그의 이 시집에 수록된 시 53편은 대부분의 경우 시의 제목이 없이 일련번호만 붙어 있다. 이에 대해 박용철은 "세상에서 유래가 없다"라고 했지만, 그러한 예를 우리는 김영랑이 사숙했다는 폴 베를렌의 시집에서 찾아 볼 수 있다)이며 이 시의 전문을 원문대로 옮겨 보면 다음과 같다.

L1 돌담에 소색이는 햇발가치

L2 풀아래 우슴짓는 샘물가치

L3 내마음 고요히 고흔봄 길우에

L4 오날하로 하날을 우러르고십다

L5 새악시볼에 떠오는 붓그럼가치

L6 詩의가슴을 살프시 젓는 물결가치

L7 보드레한 에메랄드 알게 흐르는

L8 실비단 하날을 바라보고십다

— 김영랑, 「돌담에 속삭이는 햇발같이」 전문

위에 인용된 시에서 "고흔봄 길우에" 자리 잡고 있는 '내·마음'은 ① "돌담"과 "풀", "볼"과 "가슴"에 의해 감성의 확산과 수렴을, ② "햇발"과 "부끄러움", "샘물"과 "물결"에 의해 색채의 밝음과 어두움을, ③ "속삭이다"와 "떠오르다" 및 "웃음짓다"와 "젓다"에 의해 의지의 상승과 하강을 각각 나타내고 있다. 그리고 이 모든 것을 종합적으로 나타내는 부분이 각 연의 마지막 행의 "우러르고 싶다"와 "바라보고 싶다"이고 그것이 지향하는 대상은 바로 '오늘 바라보는 하늘'로 수렴되는 미래지향적인 시세계의 추구에 해당한다. 위에 인용된 시의 의미구조를 다시 설명하면, L1과 L5는 명쾌한 상승이미지로, L2와 L6은 정체된 하강이미지로, L3과 L7은 수용이미지로, L4와 L8은 발산이미지로 파악할 수 있다. 이러한 이미지의 상호관계를 사용된 시어를 중심으로 요약하면 〈도표 8〉과 같다.

〈도표 8〉에서 시인의 '내·마음'이 변증법적 과정을 거쳐 하늘을 바라보기까지의 과정은 다음과 같은 몇 가지 대립적인 절차를 밟게 된다. 좌우 및 상하로부터 대칭점이 되는 한 가운데에서 '내·마음'은 발생하게 된다. 그것은 첫째, 돌담(위)과 풀(아래)의 대립관계를 가지며 이것은 외부지향적인 발산작용과 내

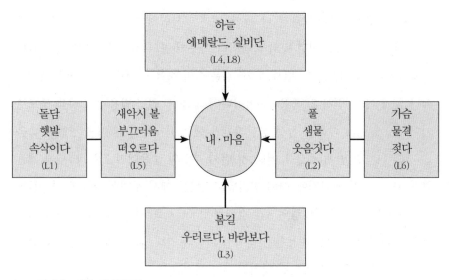

〈도표 8〉 「내·마음」의 의미구조

부지향적인 수축작용을 의미한다. 이와 같은 대립과 작용관계는 "새악시 볼"과 "詩의 가슴"에서도 마찬가지로 나타난다. 둘째, "햇발"과 "부끄러움" 및 "샘물"과 "물결"의 대립관계에서 앞의 두 어휘가 적색계열의 밝은 이미지를 제시한다면, 뒤의 두 어휘는 청색계열의 어두운 이미지를 제시한다고 볼 수 있다. 셋째, 동사 "속삭이다"와 "떠오르다" 및 "웃음 짓다"와 "젖다"에 의한 대립관계에서 앞의 두 어휘가 외부세계로의 확산과 방출에 해당하는 동적이미지를 나타낸다면, 뒤의 두 어휘는 내부세계로의 응축과 축적에 해당하는 정적이미지를 나타낸다. 이처럼 발산과 수축의 대립, 명암의 대립, 확산과 응축의 대립과 같은 단계를 거치면서 시적 자아의 '내·마음'은 궁극적으로 그것이 지향하는 이상세계인 '하늘'을 우러르게 된다.

'내·마음'의 과거회상의 세계는 김영랑의 시집에 수록된 '4행소곡四行小曲'에 반영되어 있다. 이러한 시편에서 가장 눈에 뜨이는 점은 '죽음'이며, 그것을 김영랑은 「박용철과 나」에서 이렇게 언급하였다. "일찍 처를 여위어보고 아들을 놓쳐보고 엄마도 마저 보내본 나로서는 중重한 사람의 죽음을 겪어본 셈이지마는 내가 가장 힘으로 믿던 벗의 죽음이라 아무리 운명이라 치더라도 너무 과한 노릇이 아닐 수 없다." 첫 번째 부인 '김은초'의 죽음 → 생후 1년 만에 세상을 떠난 둘째 아들 '현복'의 죽음 → 어머니의 죽음 → 친구 박용철의 죽음 등으로 이어지는 일련의 죽음을 직접 경험해야만 했던 김영랑이 맨 처음 경험한 죽음은 결혼 1년 반 만에 세상을 떠난 첫 번째 부인의 죽음이며 그는 24세에 재혼하게 된다. 이러한 과정에 대해 전라남도 강진군에서 주최한 '제1회 영랑문학제'2006.4.29~5.1에서 김영랑의 3남 김현철(현재 미국 플로리다 거주)이 '나의 아버지 영랑 김윤식'을 회고한 내용을 정리하면 다음과 같다. 김영랑이 사별한 첫 번째 부인의 이름은 세상에 알려진 것처럼 '김은하'가 아니고 '김은초金銀草'라는 점(김영랑과의 사이에 소생이 없음), 그가 24세에 재혼한 두 번째 부인의 원래이름은 세간에 알려진 것처럼 '김귀련金貴蓮'이 아니고 '안귀련安貴蓮'이라는 점 등이다. 김현철에 의하면 자신의 어머니의 성씨가 그렇게 된 까닭은 자신의 외조모가 '순응 안씨' 집안에서 '김해 김씨' 집안으로 개가改嫁하면서 '순응 안씨' 소생인 자신의 어머니 '안귀련'을 '김귀련'으로 성씨를 바꿔 호적에 올렸으며, 그 뒤 자신의 어머니가 본래의 성씨인 '순응 안씨'를 되찾게 되었다는 것이다. (김현철의 이와 같은 회고내용은 『강진신문』2006.5.3에 수록되었으며, 필자는 이 글의 마지막 부분에 그 전문을 별도로 재인용하였다.) 첫 번째 부인, 둘째 아들, 어머니, 박용철 등의 '죽음'을 경험해야만 했던 김영랑은 그러한 죽음 중에서 첫 번째 부인의 죽음을 '4행소곡'으로 남겼다. 그러한 '4행소곡'의 배경이 되는 시가 바로 여덟 번째 시로, 이 시의 전문은 다음과 같다.

쓸쓸한 뫼아페 후젓이 안즈면
마음은 갈안즌 양금줄 가치
무덤의 잔듸에 얼골을 부비면

넉시는 향맑은 구슬손 가치

산골로 가노라 산골로 가노라

무덤이 그리워 한골로 가노라

『영랑시집』에 수록된 '4행소곡'에 해당하는 열 번째 시에서부터 서른일곱 번째 시까지 총 28편의 시에서 죽은 아내에 대한 그리움을 표현하고 있는 시의 구절을 살펴보면 다음과 같으며 괄호속의 숫자는 시의 번호를 의미한다. "님두시고 가는길의 애끈한 마음이여"(10), "좁은길가에 무덤이 하나"(13), "밤ㅅ사람 그립고야"(14), "그색시 서럽다 그얼골 그동자가"(19), "밤이면 고총아래 고개 숙이고"(29), "눈만 감으면 떠오르는 얼골"(33) 등이 있으며, 열세 번째 시의 전문은 다음과 같다.

좁은길가에 무덤이 하나

이슬에 저지우며 밤을 새인다

나는 사라져 저별이 되오리

뫼아래 누어서 희미한 별을

위에 인용된 시에는 아내의 무덤을 찾아간 김영랑이 그 무덤가에서 '밤을 지새우고 있다'는 점과 자신이 세상을 떠나면 '별이 되겠다'는 점이 나타나 있다. 전자의 경우에서는 그가 아내에 대한 그리움을 달래길 없어 그 무덤을 찾아 왼밤을 지새우면서 그 곁을 지키고 있다는 사실을 엿볼 수 있으며, 후자의 경우에서는 "희미한 별"에 암시되어 있는 바와 같이 그의 눈에 눈물이 맺혀있다는 점을 파악할 수 있다. 죽은 아내에 대한 시인의 그리움은 다음에 그 전문을 인용한 쉰 번째 시 「마당 앞 맑은 샘」에서 절정을 이루게 되며, 이 시의 전문은 다음과 같다.

마당 앞

맑은새암을 드려다본다

저 깁흔 땅밑에

사로잡힌 넉 잇서

언제나 머ㄴ 하날만

내어다보고 계심 가터

별이 총총한

맑은새암을 드려다본다

저 깁흔 땅속에

편히누은 넉 잇서

이밤 그눈 반작이고

그의것몸 부르심 가터

마당앞

맑은새암은 내령혼의 얼골

— 김영랑, 「마당 앞 맑은 샘」 전문

아내가 자주 드나들었음직한 "마당앞 / 맑은새암"을 들여다보면서 김영랑 자신은 세상을 떠난 아내에 대한 추억과 그리움을 회상하고 있으며, 그러한 추억과 그리움을 지하세계와 연결 지은 까닭은 아마도 '아내의 영혼세계'와 자신의 일상생활을 일치시키고 싶었기 때문일 것이다. 그 결과 그는 "맑은새암", 즉 아내의 영혼이 깃들어 있다고 생각하고 있는 샘을 "내령혼의 얼골"이라고까지 승화시키게 된다.

2) 물과 달빛 –강물의 역동성과 '바다·달빛'의 관조

앞에서 살펴본 '내·마음'의 과거회귀성과 미래지향성에서 그것이 과거에 관계될 때에는 "물아 거기 좀 멈췄어라 / 나는 그으기 / 저 창공의 은하만년銀河萬年을 헤아려 보느니"처럼 '물의 정지'를 요구한다. 이러한 점을 그는 이렇게 파악하였다. "잠자는 물의 호수는 완전한 수면, 거기서 깨어나려 하지 않는 수면, 생자生者의 사랑이 간직하는, 추억의 기도가 흔들어 놓는 수면의 상징이다." 그러나 그 물이 미래지향성의 강물에 관계될 때에 그것은 전혀 다른 모습으로 나타나게 되며, 김영랑의 시집에 첫 번째로 수록된 시의 전문을 원문대로 옮기면 다음과 같다.

> 내마음의 어딘듯 한편에 끗업는
>
>   강물이 흐르네
>
> 도처오르는 아츰날빗이 빤질한
>
>   은결을 도도네
>
> 가슴엔듯 눈엔듯 또 핏줄엔듯
>
> 마음이 도른도른 숨어잇는곳
>
> 내마음의 어딘듯 한편에 끗업는
>
> 강물이 흐르네

김영랑이 '우물'을 동적인 대상이라기보다는 정지된 대상으로 파악하여 외부세계의 질서와는 다른 하나의 독립된 질서를 유지하고 있는 것으로 보았다면, 그는 항상 움직이고 있는 '강물'에서 일종의 기대와 희망, 삶의 생동감과 역동성을 파악했다고 볼 수 있다. 그는 『조선일보』1940.2.24에 수록된 자신의 수필 「춘수春水」에서 '강물'의 의미를 다음과 같이 파악하였다. "물새와 햇발! 하루 한 시간이라도 좋으니 그렇게 즐겨 볼 수 있다면 세사世事를 돌이켜 생각해보면 천리만리千里萬里로다. 그 사람들 틈에서 시가 어쩌다 생겼는지 모를 일이다. 몇 세기에 한 사람 적선謫仙이 나타난다 하더라도 사람에게 큰 자랑이 아닐까. (…중략…) 이 강물의 나이는 열여섯을 잡을까. 더구나 오늘이 초여드레, 조금 물이 많을 리 없다. 바다는 바로 밑이다"라고 언급하기도 하였다. 또한 『조선일보』 1940.3.23에 수록된 자신의 수필 「춘설」에서는 "강물은 앞산 얕은 봉우리를 돋는 햇발에 잠잠히 이는 물결뿐, 밤새 생긴 밤의 흐름이라 그럴 법이 어린 태가 돌고 무럭무럭 이라기보다, 그저 김이 서리는 정도로 서 너 치 물 김이 오르고 있다"라고 언급하였다. 이렇게 볼 때에 위에 인용한 시에서 '내·마음'과 '강물'은 상호작용 혹은 상호보완의 관계를 유지하고 있으며 그러한 "마음이 숨어 있는 곳"에 해당하는 "가슴", "눈", "핏줄" 등은 '내·마음'을 수용·포용·함축하고 있다. 그리고 이 모든 것은 "끝없이"에 의해 그 무한성을 형성하게 된다.

김영랑이 '내·마음'의 유기적 본질을 끝없이 흐르는 "강물", 그것도 새벽이나 아침에 바라보는 강물에 의해서 파악하고자 했다면, "바다"에 의해서는 경관에 대한 관조를 파악하고자 하였다. 그것을 가장 잘 드러낸 시가 쉰 한 번째 시 「황홀한 달빛」으로 이 시에는 김영랑의 시에 나타나는 운율의식과 관조의식이 종합되어 있으며, 원문대로 옮긴 이 시의 전문, 음절의 시각화, 음절의 합, 음보 및 그 의미는 〈표 38〉과 같다.

달빛을 반사하면서 물결치는 바다의 모습을 선명하게 묘사하고 있는 이 시에서는 음절수가 합해지고 분할되고 다시 합해지는 외형적인 형태에 의해서 달빛을 받아 반짝이며 밀려오고 밀려가는 파도의 모습을 형상화하고 있다. 음보에 있어서도 2음보에서 비롯되어 2음보와 1음보, 1음보와 3음보가 교환되다가 다시 본래의 2음보를 반복함으로써 조화로운 모습을 보여주고 있다. 특히 동일한 8음절인 "저달 어서 떠러저라"를 "아름다운 턴동 지동"으로 변화시켜 음

〈표 38〉

시의 원문	음절의 시각화	음절의 합	음보	의미
황홀한 달빛 바다는 銀장 천지는 꿈인양 이리 고요하다	■■■ ■■ ■■■ ■■ ■■■ ■■■ ■■ ■■■■	3 + 2 =5 3 + 2 =5 3 + 3 =6 2 + 4 =6	2 2 2 2	음절 : 반복 음보 : 균형 반복미 / 균형미
불르면 내려올듯 정뜬 달은 맑고 은은한노래 을려날듯	■■■ ■■■■ ■■ ■■ ■■ ■■■■■ ■■■■	3 + 4 =7 2 + 2 =4 2 + 5 =7 4 =4	2 2 2 1	음절 : 교차 음보 : 변화 교차미 / 변화미
저 銀장위에 떨어진단들 달이야 설마 깨여질라고	■ ■■■■ ■■■■■ ■■■ ■■ ■■■■■	1 + 4 =5 5 =5 3 + 2 =5 5 =5	2 1 2 1	음절 : 균형 음보 : 교차 균형미 / 교차미
떨어져보라 저달 어서 떨어져라 그홀란스런 아름다운 턴동 지동	■■■■■ ■■ ■■ ■■■■ ■■■■■ ■■■■ ■■ ■■	5 =5 2+2+4=8 5 =5 4+2+2=8	1 3 1 3	음절 : 교차 음보 : 교차 교차미
후젓한 三更 산위에 홀히 꿈꾸는 바다 깨울수 없다	■■■ ■■ ■■■ ■■ ■■■ ■■ ■■■ ■■	3 + 2 =5 3 + 2 =5 3 + 2 =5 3 + 2 =5	2 2 2 2	음절 : 균형 음보 : 균형 균형미

보를 ‘2+2+4’와 ‘4+2+2’로 다르게 표현한 점 등은 김영랑이 시의 운율을 창조하는 데 있어서 수학적인 계산까지 고려하였음을 알 수 있다.

　바다와 달빛에서 비롯되는 김영랑의 이러한 관조와 성찰은 "사개틀린 고풍ㅎ風의퇴마루에 없는듯이안져"로 시작되는 마흔 아홉 번째 시에 종합되어 있으며, 이 시의 전문은 다음과 같다.

사개틀린 고풍(古風)의퇴마루에 업는듯이안져

아즉 떠오를긔척도 업는달을 기둘린다

아모런 생각업시

아모런 뜻업시

이제 저 감나무그림자가

삿분 한치식 올마오고

이 마루우에 빗갈의방석이

보시시 깔니우면

나는 내하나인 외론벗

간열푼 내그림자와

말업시 몸짓업시 서로맛대고 잇스려니

이밤 옴기는 발짓이나 들려오리라

　　이 시에서 가장 주목되는 부분은 '업는듯이안져'이며, 이 부분은 궁극적으로 '긔척도 업는달', '생각업시', '뜻업시', '말업시 몸짓업시' 등에 의해 시적 자아가 '없음'을 인식하는 데 있다. '없음'에 대한 이러한 인식은 '대상화된 자아'와 '자아화된 대상'의 완전한 일치를 전제로 한다. 소광희가 『철학의 제 문제』[1974]에서 "무無, 순수한 무, 무는 자기 자신과의 단순한 대등성이요, 완전한 공허성이요, 몰-규정성, 몰-내용성이다. 즉, 자기 자신에 있어서의 무-구별성이다"라고 언급한 바와 같이, 김영랑은 이 시에서 자신의 순수한 존재를 순수한 무의식으로 파악하고자 한다. '절대적인 무'와 '상대적인 무' 중에서 그의 무의식은 가능성을 긍정하고 현실성을 부정하는 후자 쪽에 더 가깝다고 볼 수 있다.

　　이러한 무의식은 김영랑에게 있어서 온갖 사유의 근원으로 작용한다. 다시 말하면 "업는듯이안져"에서 찾아볼 수 있는 무의식의 발상은 '있다'와 '없다'의 대립, 곧 존재와 비-존재의 대립이 되며, 자신의 존재를 상대적인 무로 파악하는 하나의 가능성은 달이 솟아오르고 그 달빛이 자신의 존재를 밝히리라는 사실을 긍정하게 된다. 달이 떠오름에 따라 자신에게 다가오는 "감나무 그림자"는 결과적으로 '자신의 그림자' 및 그것과 '마주 앉은 나'로 하여금 내적 성찰과 관조의 계기를 마련해준다. 바로 이러한 지점, 즉 완전한 없음의 지점에는 하나의 '단자單子'가 존재하게 된다. 다시 말하면, "분할-불가능한 비물질적 실체, 최소의 형이상학적 점으로서 발생하지도 않고 변화소멸하지도 않는 순수정신을 가능하게 한다"라고 라이프니츠1646~1716가 말하는 하나의 '단자'가 존재하게 된다. 최소의 형이상학적 점으로 발생하지도 않고 변화소멸하지도 않는 정신적 실체라고 볼 수 있는 이러한 단자의 강력한 작용으로 인해서 시인은 자신이 도달할 수 있는 한 지고至高의 비경秘境에서 성찰과 관조를 하게 된다. 예를 들면, 1연에서 '나, 달, 생각, 뜻'에 관계되는 '없다'는 '절대적인 무'를 의미하고, 2연의 "감나무 그림자"와 달빛에 의한 "빛갈의방석"이 공유하고 있는 '마루 위'의 '있다 / 없다'의 대립은 시인이 존재할 수 있는 하나의 가능성으로서의 '상대적인 무'를 부분적으로 암시하며, 3연에서의 "나와 내 그림자"는 내적 성찰로서의 '상대적인 무'의 세계를 이끌고 있다. 시적 자아의 이러한 내적 성찰의 단계는 ① 절대적인 무(제1연) → ② 상대적인 무(제2연) → ③ 지고의 무(제3연)로 정리할 수 있으며, 그것을 다시 '나'와 '자아'의 관계로 보면 ① 미분화 상태(제1연) → ② 분화과정(제2연) → ③ 완전한 분화(제4연) 등으로 파악할 수 있다.

이상에서 살펴 본 바와 같이 김영랑 시에서 '물'은 우물 → 강물 → 바다로 이어지면서 과거회상에서부터 미래지향까지에 관계되고, '달·달빛'은 물과 결합되어 시인으로 하여금 내적 성찰과 관조의 세계를 가능하게 하는 교량의 역할을 한다.

3) 오월과 시적 비유 – 새와 모란

김영랑이 자신의 시와 산문에서 즐겨 사용한 바 있는 '오월'은 그의 시 「모란이 피기까지는」, 「가늘한 내음」, 「오월」, 「오월아침」, 「오월 한^恨」등과 『조선일보』^{1939.5.20~24}에 수록된 그의 수필 「두견과 종다리」등에서 찾아볼 수 있다. 그의 이 수필에 나타나 있는 오월의 의미를 정리해보면, ① 오월은 두견을 울게 하고 꾀꼬리를 미치게 하는 재앙의 달, ② 옛 애인이나 죽은 아내를 생각나게 하는 달, ③ 중고풍물에의 추모와 동경을 가능하게 하는 달 등으로 분류된다. 김영랑의 시에 등장하는 '새'는 의성擬聲의 역할을 훌륭하게 수행하는 것으로 파악할 수 있으며, 이러한 역할을 담당하는 새로는 '꾀꼬리', '두견', '호반새' 등으로 이어진다.

우선 그의 시에서 가장 자주 등장하는 '꾀꼬리'와 '오월'의 관계에서 '꾀꼬리의 목청'은 곧 참신한 시어에 영감을 주는 것으로 되어 있으며, 그것의 중요성을 그는 서정주에게 "꾀꼬리도 제 목청이 있어야 꾀꼬리이듯이 시의 말에도 제 목청이 틔어 있어야 한다"라고 강조하였고, 『여성』^{1949.5}에 수록된 「지용형」에서 "황금 꾀꼬리는 백옥 비둘기 한 마리 차가지고 오월 달 하늘 밑 다도해를 날러오시오. 우리는 온전히 소생하지 않을까요?"라고 강조하였다. 그리고 그는 '꾀꼬리'에 대한 자신의 이러한 생각을 「오월아침」에서 "꾀꼬리 단두리 단두리로다 / 혼란스런 꾀꼬리소리 / 꾀꼬리는 다시 창공을 흔드오. / 아츰 꾀꼬리에 안 불리는 혼魄이야 / 저 꾀꼬리 무던히 소년인가 보오"라고 파악하기도 하였고, 「천리를 올라온다」에서 "황금 꾀꼬리 희비교향喜悲交響을 아뢰어라"라고 파악하기도 하였다. 이렇게 볼 때에 김영랑에게 있어서 '꾀꼬리'는 '소년의 새'이자 아직 성취하지 못한 꿈에 해당한다. '꾀꼬리'와 '두견'과 대조적인 관계는 『조선일보』^{1939.5.20~24}에 수록된 수필 「두견과 종다리」에서 찾아볼 수 있다. "두견은 황혼으로 새벽녘까지 울지마는 아침 날 빛이 막 돋쳐 오르노라면 이놈(꾀꼬리)은 바로 혼란스럽게 미칠 듯이 노래를 부르는 데, 5월을 천하외물^{天下外物}은 다 젖혀놓고 저 혼자 즐긴다는 듯이 노래를 퍼붓는 꾀꼬리 (…중략…) 꾀꼬리는 두견과 상극이라 전연 비인간적인 점이 우리 젊은 사람들의 꿈을 모조리 차지하는 성 싶다." 명랑하고 밝은 이미지를 지니고 있는 '꾀꼬리'는 세상의 일과는 초연하게 살아가면서 시작^{詩作}에만 몰두했던 시인으로서의 김영랑의 일면을 대변하고 있으며, 이러한 점은 『문장』^{1939.7}에 수록된 그의 시 「오월」에서 찾아볼 수 있으며, 이 시의 전문은 다음과 같다.

> 들길은 마음에 들자 붉어지고
> 마을 골목은 들로 내려서자 푸르러졌다.
> 바람은 넘실 천(千)이랑 만(萬)이랑
> 이랑이랑 햇빛이 갈라지고
> 보리도 허리통이 부끄럽게 드러났다.
> 꾀꼬리는 엽태 혼자 날아볼줄 모르나니
> 암컷이라 쫓길 뿐
> 수놈이라 쫓을 뿐
> 황금 빛난 길이 어지러울 뿐
> 얇은 단장하고 아양 가득 차 있는
> 山봉우리야 오늘밤 너 어디로 가버리런.
>
> ― 김영랑, 「오월」 전문

"이미지는 시각적일 수도 있고 청각적일 수도 있고 심리적일 수도 있다"라는 르네 웰렉^{1903~1995}의 언급처럼, 김영랑의 시에서 '꾀꼬리'는 이와 같은 이미지의 세 가지 요소를 모두 포함하고 있으며, '두견'은 언제나 '밤'에만 등장하지만 '꾀꼬리'는 언제나 아침부터 황혼까지 우는 "오월의 새"로 등장한다. 김영랑에게 있어서 '오월'을 상징하는 '꾀꼬리'는 「오월아침」의 "비 개인 오월五月 아침 / 혼란스런 꾀꼬리 소리 / — 찬엄燦嚴한 햇살 퍼져 오릅니다"처럼 "자랑찬 새 하늘을 나는 새", "아침 새", "소년의 새", "황금의 새" 등으로 등장하고는 한다. 그가 자신의 시에서 파악하고 있는 이 새는 나중에 정지용이 『문장』 제8호1939 에서 "서정시는 청춘과 천재의 소작所作이 아닐 수 없으니, 꾀꼬리처럼 교사驕奢한 젊은 시인들아"라고 말한 점에도 접맥된다. 이 새에 의해 시인은 오월의 생동감과 신선함을 표현하였다고 볼 수 있다.

발표연대로 볼 때에 김영랑은 자신의 수필 「두견과 종다리」를 쓴 후에 「오월」을 썼다고 파악할 수 있으며, 이렇게 볼 때에 김영랑의 수필은 그의 시를 연구하는 데 있어서 귀중한 배경을 제공해 준다. 말하자면, 자신의 시상詩想을 수필로 산문화한 후에 그것을 다시 운문으로 요약했다고 볼 수 있다. 특히 그의 시 「오월」에서 수평으로 파동 치는 보리이랑의 흔들림과 그 위에서 또 하나의 수평과 수직으로 파동 치는 '꾀꼬리'의 넘나드는 모습을 복합적으로 파악한 부분은 '오월'의 생동감과 신선함을 아낌없이 표현한 결과에 해당한다고 볼 수 있다. 아울러 위에 그 전문을 인용한 김영랑의 시 「오월」과 그의 수필 「두견과 종다리」에서 '오월'의 외적 풍경과 '꾀꼬리'의 내적 풍경을 정리하면 〈표 39〉와 같다.

김영랑에게 있어서 오월을 상징하는 '꾀꼬리'가 "소년의 새"에 해당한다면, 그의 시에서 '두견'은 "중년의 새"이자 "원한의 새"로 등장한다. 그러한 예는 「오월아침」의 "두견의 가슴 찢는 소리 피어린 흐느낌"과 "새벽 두견이야 오-랜 중년이고", 「천리를 올라온다」의 "내 모습 내 마음 두견이 울고 두견이 되고", 「오월 한」의 "아무리 두견이 애달파 해도" 등에서 찾아볼 수 있으며, 이러한 점은 그의 수필 「두견과 종다리」에 집약되어 있다.

나는 새움 나와 하늘하늘한 백일홍 나무 곁에 딱 붙어서고 말았다. 내 귀가 째앵하니 질린 까닭이로다. (…중략…) 온전히 기름만한 새벽, 아— 운다. 두견이 운다. 한 5년

〈표 39〉

시 「오월」			수필 「두견과 종다리」	
시행	대표 시어	색채	대표 언어	수필의 내용
들길은 마을에 들자 붉어지고	꽃	붉은색 (赤)	월계 사계 해당화	월계, 사계, 해당화 각기 향합을 차고 향을 풍기는 꽃은 점이로다
마을 골목은 들로 내려서자 푸르러졌다	들	푸른색 (靑)	실개천 강물 바다 대나무 잎	새순도 또한 점에서 비롯했으나 벌써 점이 아니요, 선이로다. 액이로다. 실개천인가 하면 푸른 강물이라 이제 넓은 바다를 이루려고 한창 철철 흐르고 있는 신록대잎 잎새마다
바람은 넘실 千이랑 萬이랑 이랑이랑 햇빛이 갈라지고 보리도 허리통이 부끄럽게 드러났다	보리	초록색 (綠)	보리밭	천이란 만이랑 보리밭이 한결 드흔들리면 이랑마다 햇빛이 갈라지고 쪼개지고 푸른 보릿대는 부끄러운 허리통이 드러나지 않느냐
꾀꼬리는 엽태 혼자 날아볼 줄 모르나 암컷이라 쫓길 뿐 수컷이라 쪽을 뿐 황금 빛난 길이 어리러울 뿐	꾀꼬리	노란색 (黃)	꾀꼬리의 비상	아침날 빛이 돈쳐오르노라면 이놈은 혼란스럽게 노래를 부르는데
얇은 단장하고 아양 가득 차 있는 山봉우리야 오늘밤 너 어디 로 가버리련	산봉우리	연두색 (軟豆色)	산봉우리	돛은 유달리 하얗고 산봉우리는 오늘밤이라도 어데로 불려가실듯이 아양이 차있다

기르던 두견아. 하늘이 온통 기름으로 액화되어 버린 것은 첫째 이 달빛의 탓도 탓이려니와 두견의 창연한 울음에 푸른 물든 산천초목이 모두 흔들리는 탓이요, 흔들릴 뿐만 아니라 모두 제가끔 푸른 정기를 뽑아 올리는 탓이다. 두견이 울면 서럽다. 천연히 눈물이 고인다. 이런 조고만 시골서는 아예 울어서는 안될 새로다.

"내 귀가 째앵하니" 창연하게 울음을 우는 두견의 이미지는 김영랑의 시「두견 杜鵑」에 반영되어 있다. '꾀꼬리'가 황금색의 밝은 색조를 띄고 소생과 상상의 의미로 사용되었다면, '두견'은 중년의 성숙한 자태로 어둡고 암울한 음조를 띄고 반성과 회한의 의미로 사용되었다고 볼 수 있다. 시인 자신이 백일홍나무— 우리들이 일반적으로 알고 있는 '목 백일홍나무' 혹은 '배롱나무'— 곁에서 새벽녘에 한 5년 기르던 두견의 울음소리를 듣는 장면은 존 키츠[1795~1821]가 자신의 시「나이팅게일에게 부치는 송가」에서 아침나절에 너도밤나무 아래에서 듣던 나이팅게일의 노랫소리와 동일한 장면에 해당한다. 우선 김영랑의 시「두견」의 전문은 아래의 인용과 같다.

> 울어 피를뱉고 뱉은피는 도루삼켜
> 평생을 원한과슬픔에 지친 적은새
> 너는 너룬세상에 서름을 피로 색이려오고
> 네눈물은 數千세월을 끈임업시 흐려노앗다
> 여기는 먼 南쪽땅 너쪼껴숨음직한 외딴곳
> 달빛 너무도 황홀하야 후젓한 이 새벽을
> 송긔한 네우름 千길바다밑 고기를 놀내고
> 하날ㅅ가 어린별들 버르르 떨니겟고나
>
> 몇해라 이三更에 빙빙 도—는 눈물을
> 슷지는못하고 고힌그대로 흘니윗느니
> 서럽고 외롭고 여윈 이몸은
> 퍼붓는 네 술ㅅ잔에 그만 지늘겻느니
> 무섬ㅅ정 드는 이새벽 가지울니는 저승의노래
> 저긔 城밑을 도라나가는 죽엄의 자랑찬소리여

달빛 오히려 마음어둘 저 힌등 흐늣겨가신다.

오래 시들어 팔히한마음 마조 가고지워라

비탄의넉시 붉은마음만 낯낯 시들피느니

지튼봄 옥속 春香이 아니 죽엿슬나듸야

옛날 王宮을 나신 나히어린 임금이

산ㅅ골에 홀히 우시다 너를 따라가셧드라니

古今島 마조보이는 南쪽바다ㅅ가 한만흔 귀향길

千里망아지 얼넝소리 쉔듯 멈추고

선비 여윈얼골 푸른물에 띄윗슬제

네 恨된우름 죽엄을 호려 불럿스리라

너 아니울어도 이세상 서럽고 쓰린 것을

이른봄 수풀이 초록빛드러 물내음새 그윽하고

가는 대닢에 초생달 매달려 애틋한 밝은어둠을

너 몹시 안타가워 포실거리며 훗훗 목메엿느니

아니울고는 하마 죽어법스리 오! 不幸의 넉시여

우지진 진달내 와직지우는 이三更의 네 우름

희미한 줄山이 실픗 물러서고

조고만 시골이 흥청 깨어진다

— 김영랑, 「두견」 전문

"평생을 원한과슬픔에 지친 적은새"인 '두견'과 "서럽고 외롭고 여윈 이몸"으로 묘사된 시인 자신의 모습은 「두견」에서 서로 닮은 모습이 된다. 이와 같은 유사성은 두견의 울음소리인 음향에 의해 더욱 확실해지며, 그것은 "천千길바다밑"

과 "하날ㅅ가" 저승까지 울려 퍼지는 것으로 묘사되어 있고, 그것은 궁극적으로 이 시가 설정하고 있는 공간영역의 확대에 해당한다. "너 아니울어도 이세상 서럽고 쓰린 것을"에 나타나 있는 바와 같이 김영랑은 현실을 고통스러운 존재로 파악하고 있으며, 그것을 우리는 다시 그의 수필 「두견과 종다리」에서 확인할 수 있다. "오! 친구야 현실은 무섭고 괴롭도다. (…중략…) 사람으로 살려면 오로지 떳떳해야 시원하고 그러려니 현실이 아프고, 그래 우리는 어진 자식들을 두고 차마 눈을 못 감는 게지. 그 자식들의 세대는 어떠할꼬. 꾀꼬리 족속들도 보아다고. 아배같이 아배같이 눈 못 감고 가던가를." 김영랑은 괴롭고 고통스러운 현실을 극복하기 위해 '죽음'이라는 하나의 시적 장치를 선택하였다고 볼 수 있다. "선비 여윈얼골 푸른물에 띄웟슬제 / 네 한^恨된우름 죽엄을 호려 불럿스리라." 따라서 김영랑이 '꾀꼬리'의 혼란스러운 울음소리에서 삶의 환희와 기쁨을 파악했다면, '두견'의 애타는 울음소리에서 삶의 비애와 죽음을 파악했던 것이다. "저승의 노래"처럼 슬피 우는 "불행의 넋"에 해당하는 '두견'과 시적 자아로서의 '나'의 관계를 중심으로 하여 이 시의 각 연을 살펴보면 다음과 같다.

제1연에서는 천길 바다 밑과 하늘가에 의해 무한의 공간영역을 확보한 후에 두견이 존재할 수 있는 "남쪽 땅"을 설정하였다. 무한의 공간영역으로까지 울려 퍼지는 음향구조는 '두견'과 시적 자아로서의 '나'의 영혼구조와 대립되어 있으며, 시간대 역시 "평생" 혹은 "수천세월"에 의해 무한성을 내포하고 있는 한편 다른 한편으로는 운명적인 슬픔의 세계를 노래하고 있다. 제2연에서는 음향구조가 "저승의 노래"로 변화되고 시간대도 "몇 해"로 한정시켜 나타나게 되며, 이러한 점은 김영랑 자신의 존재성, 현실적으로 제한된 그 자신의 입지에 관계된다고 볼 수 있다. 제3연에서는 제1연에서의 "먼 남쪽 땅"이 "고금도" 혹은 "남쪽 바다"로 전환되면서 "죽음"을 알리는 두견의 울음소리인 음향구조와 조화를 이루게 된다. 마지막 연에서는 제2연에서 강조하는 "현실"과 '나'의 관계를 두견의 울음소리에 의해 종합적으로 표현되어 있다. '영원한 존재로서의 두견'과 '유한

한 존재'로서의 시인 자신을 대조하고 있는 이 시에서, 전자의 공간대는 '하늘 ← 남쪽 땅 → 바다'에, 시간대는 '평생 ← 울음 → 수천 세월'에 각각 관계되며 후자의 그것은 '고금도 ↔ 현실'과 '몇 해 ↔ 죽음'에 각각 관계된다. 김영랑의 이 시에 많은 영향을 끼친 것으로 알려진 존 키츠의 시 「나이팅게일에게 부치는 송가」의 전문을 인용하면 다음과 같다.

1

가슴은 쑤시고, 나른한 마비에 감각은 고통스럽네,

헴록을 마신듯, 또는 조금 전에

마지막 한 방울까지 마취제를 마신듯,

망각의 강 쪽으로 가라앉듯이.

그것은 너의 행복을 부러워해서가 아니라

너의 행복에 내가 너무 행복해서,

그대, 날개 가벼운 나무의 요정이여,

초록빛 너도밤나무, 그 수많은 그림자 속에서,

아름다운 곡조로

목청 높여 여름을 노래하나니.

2

오, 한 모금 포도주여! 깊은 땅 속에

오랫동안 차갑게 보관해 왔던,

꽃의 여신 플로라와 푸른 전원,

춤과 프로방스의 노래, 햇볕에 그을린 향취여!

오, 술잔은 따뜻한 남쪽으로, 진리로,

선홍빛 영천(靈泉) 히포크린으로 넘쳐나고,

구슬 맺힌 거품이 잔가에 반짝이는
자주 빛 입 자국 선명한 한 잔 포도주여!
한 잔 술을 마시고, 남몰래 이 세상을 떠나리라,
그대와 함께 어두운 숲 속으로 사라지리라.

3

멀리 사라져, 녹아버려, 아주 망각하리라
이파리 사이의 너는 결코 알지 못하는 것들을,
권태를, 고열을, 고뇌를,
이곳에서 사람들은 앉아 서로의 신음소리를 듣고,
중풍환자는 몇 가닥 슬픈 회색 머리카락을 흔들고,
젊은이는 창백해져 유령처럼 야위어 죽어 가리라.
이런 생각을 하는 것조차 슬픔과
공허한 눈빛의 절망으로 가득 차고,
아름다운 여인은 그 빛나는 눈을 간직할 수 없거나
새로운 연인도 내일이면 그 눈을 갈망할 수 없으리라.

4

가거라! 가버려라! 나 그대에게 날아가리니,
주신(酒神) 바커스와 표범이 이끄는 마차가 아니라
눈에 보이지 않는 시의 날개를 타고 가리니,
아둔한 머리 혼란스럽고 더디다하더라도.
이미 그대와 함께 있나니! 밤은 고요하고,
때마침 여왕-달은 왕관을 쓰고 있고,
뭇별 선녀들이 그 주변에 몰려들고 있나니.

그러나 여기엔 한 줄기 빛도 없고,

천국으로부터 남겨진 것은 짙푸른 녹음과

이끼 낀 구불구불한 길 사이로 불어오는 산들바람뿐,

             5

볼 수도 없어라 발밑에 핀 꽃들을,

가지에 매달린 부드러운 향기를,

그러나 향기로운 어둠 속에서 짐작하나니,

계절에 알맞은 이 달이 부여하는

풀잎, 덤불, 야생과일 나무 하나하나의 향기를.

하얀 산사나무와 목가적인 들장미를,

이파리에 뒤덮여 빨리 시드는 바이올렛을,

그리고 5월 중순의 맏이에 해당하는

술 이슬 가득 머금고 피어날 머스크장미를,

여름 저녁이면 수없이 날아드는 날 파리의 소굴을.

             6

어둠 속에 귀 기울이네. 그리고 수없이

편안한 죽음과 어설픈 사랑에 빠졌었네,

수많은 세심한 운율로 부드러운 죽음의 이름을

불러보았네, 고요한 숨결을 허공에 날려 보내려고.

이제 그 어느 때보다도 좋을 듯 하네, 숨을 거두기에는,

한밤중에 아무런 고통 없이 세상을 마감하기에는,

그대 낯선 영혼을 이토록 황홀하게 쏟아 붓고 있는

바로 이 순간에!

그대 여전히 노래할지라도 나는 듣지 못하리라,

그대의 드높은 진혼곡에 나는 한 줌 흙이 되리라.

7

죽으려고 태어난 것이 아닌 그대, 불멸의 새여!

그 어떤 굶주린 세대도 그대를 짓밟지 못하리라.

지나가는 이 밤에 듣는 그 목소리는

그 옛날 황제와 농부도 들었으리라,

아마도 저와 똑같은 노래 소리는 슬픈 마음의

롯에게서 길을 찾았으리라, 고향을 그리워하며

이역의 옥수수 밭에 서서 눈물짓고 있을 때에.

저 노래 소리는 또 신비로운 창문을 자주 매혹했으리라,

쓸쓸한 요정의 나라, 위험한 바다의

파도를 향해 열려진 창문을.

8

쓸쓸하여라! 바로 이 말은 그대로부터 나를 불러내

나 자신에게로 되돌아오게 하는 조종(弔鐘)같아라!

안녕! 공상은 사람을 속이는 요정이라지만,

그렇게 속일 수는 없으리라.

안녕! 안녕! 그대의 구슬픈 노래는 사라져

가까운 풀밭을 지나, 고요한 개울을 건너,

언덕 위로, 그리고 이제 그 다음 골짜기

숲 속에 깊이 파묻혀 버리네.

이것은 비전인가? 백일몽인가?

음악은 사라지고, 깨어 있는 것인가? 잠자고 있는 것인가?

— 존 키츠, 「나이팅게일에게 부치는 송가」 전문

다음은 김영랑의 시 「청명淸明」과 '호반새'의 관계로서, 이러한 관계는 그의 수필 「감나무에 단풍드는 전남의 9월」에 나타나 있다. "시—실—호—르 호르르르르 저 대샆(숲) 속에서는 호반새가 웁니다. 벽안흑모碧眼黑毛의 긴 꼬리를 달고 날면 그림자만 알롱거리는 것 같은 호반새, 종다리 소리 같고도, 더 많은 꾀꼬리 소리 같고도, 더 점잖은 가락은 요새 아침마다 연역한 벌레소리를 누르고 단연 하이든의 안단테 칸타빌레를 노래합니다." "벽안흑모"의 호반새의 울음소리를 듣고 "가장 고웁지 못한 노래ㅅ군"이 되는 김영랑은 자신의 시 「청명」을 통해 새로운 삶을 느껴보고자 하기도 한다. 그는 자신의 삶을 후기 시와 시의식의 변화를 통해 개인적인 삶에서 민족인 삶으로 그 차원을 끌어올리게 되며, 그의 시 「청명」의 전문은 다음과 같다.

호르 호르르 호르르르 가을 아침

취여진 청명을 마시며 거닐면

수풀이 흐르르 벌레가 흐르르르

청명은 내머리속 가슴속을 저져들어

발끝 손끝으로 새여나가나니

온 살결 터럭끝은 모두 눈이요 입이라

나는 수풀의 정을 알 수 있고

벌레의 예지를 알 수 있다

그리하여 나도 이 아침 청명의

가장 고웁지 못한 노래ㅅ군이 된다

수풀과 벌레는 바고 깨인 어린애

밤새워 빨고도 이슬은 남았다

남았거든 나를 주라

나는 이 청명에도 주리나니

방에 문을 달고 벽을 향해 숨쉬지 않았느뇨

해ㅅ발이 처음 쏘다나와

청명은 갑자기 으리으리한 冠을 쓴다.

그때에 토록하고 동백 한알은 빠지나니

오! 그빛남, 그 고요함.

간밤에 하늘을 쫓긴 별쌀의 흐름이 저러했다.

왼소리의 앞소리, 왼빛깔의 비롯이라

이 청명에 포근 취여진 내마음

감각의 낯익은 고향을 차젓노라

평상 못떠날 내집을 드럿노라

— 김영랑, 「청명」 전문

   '모란과 '봄' 그리고 '5월'이라는 시어에 나타나는 '내·마음'의 내적 변증구조는 「청명」에 이르러 시적 자아로서의 '나'와 "자연"과의 교감으로 확대되며, 이러한 점을 김학동은 자신의 『한국현대시인연구』1977에서 다음과 같이 파악하였다. "「불지암서정佛地菴抒情」에 나타난 자연에서의 몰입과 동화는 「청명」에 이르러 절정에 이르고 있다. 청각과 시각의 조화로 영랑시의 새로운 국면을 보여 주었으며 기법에서 다분히 정지용과도 영합할 수 있는 가능성을 제시해 주었다."「청명」이 보여주는 청각현상은 바로 '호반새'의 울음소리이자 벌레의 울음소리에 해당하는 "호르 호르르 호르르르"이며, '동백'이 떨어지는 소리에 해당하는 "토록"이라는 의성어이다. 이러한 점을 김영랑은 자신의 수필 「감나무에 단풍드는 전남의 9월」에서 이렇게 언급하였다. "동백은 바로 풀 위의 이슬 위에 받습니다. 톡, 토록, 토르록, 셋이 빠진 듯 하면 종 사이를 둡니다. 다른 놈이 또 빠질 그 사이가 종 떨어지는 것이 오히려 더 신통한 일이오. 일어서 안 나갈 수 없습니다. (…중략…) 이 아침에 또 동백이 토록하는 통에 내 맨발로 금빛 이슬을 깨칩니다."

　김영랑이 이처럼 청각현상을 강조하는 까닭은 그가 음에 대해 남다른 깊은 애정과 관심을 가지고 있었기 때문이다. 위에 전문인 인용된 「청명」에 나타나 있는 바와 같이 청각과 시각을 통해 가을을 느끼고자 했던 김영랑 자신은 "나는 눈이 어둡지 않아 이렇게 좋을 데가 없소이다. 귀가 막히지 않아 이리 복될 데가 없습니다"라고 언급하면서, 꾀꼬리, 종다리, 혹은 두견보다도 더 점잖은 새에 해당하는 호반새를 통해 자신의 인생을 완성하고자 했고 그 깊은 정취를 느끼고자 했다. 따라서 소리 중의 소리, 빛깔 중의 빛깔로 파악했던 "호반새 소리", "동백이 떨어지는 소리", "햇빛" 등은 자연과 '나'의 합일 및 그러한 예찬을 통해 그 자신의 시적 의식을 심화시키게 되며, 「청명」에 나타나 있는 이러한 점을 정리하면 〈표 40〉과 같다.

　이처럼 김영랑은 '오월'을 통해 인생의 기쁨과 절망에 대한 미적 경험을 동시에 체험하게 되며 이 모든 것을 종합하고 있는 정점에 「모란이 피기까지는」이 자리 잡고 있다. 김영랑의 시집에 마흔 다섯 번째로 수록된 이 시의 전문을 원문대로 옮기면 다음과 같다.

　　모란이 피기까지는
　　나는 아즉 나의봄을 기둘리고 잇을테요
　　모란이 뚝뚝 떠러져버린날

〈표 40〉

연(聯)	감각현상		자연물	내·마음	의미	비교
1	청각		호반새, 벌레	머리, 가슴, 손, 발	자연의 인식	청각 〉시각
2	청각		호반새, 벌레	노래ㅅ군	자연과의 동화	청각 ≥ 시각
3	시각		이슬	방안의 나	자연의 재인식	청각 〈 시각
4	공감각	시각	햇빛	별	자연과의 완전한 동화	청각 = 시각
		청각	동백			
5	종합		소리, 빛깔	집, 고향	내·마음의 내적 수용	종합

나는·비로소 봄을여흰 서름에 잠길테요

五月어느날 그하로 무덥든날

떠러져누은 꼿닙마져 시드러버리고는

천지에 모란은 자최도 업서지고

뻐처오르든 내보람 서운케 문허젓느니

모란이 지고말면 그뿐 내 한해는 다 가고말아

삼백(三百)예순날 하냥 섭섭해 우옵내다

모란이 피기까지는

나는 아즉 기둘리고잇을테요 찬란한슬픔의 봄을

― 김영랑, 「모란이 피기까지는」 전문

위에 인용한 시의 소재가 되고 있는 '모란'을 김학동은 김영랑의 "정신적 은 거처로서 이상의 실현에 보다 강렬한 집념의 표상"으로 파악하였고 김상일은 "농경민의 교환의 원리"로 파악하였으며, 이 시의 연-구분에 대해 김상일은 "4행 1연"으로 파악하여 전부 3연으로 파악하였고 장만영은 이 시가 연-구분을 하지 않은 것은 그것이 "우수한 시"이기 때문이라고 파악하였고, 김종철은 이 시를 네 개의 부분으로 구분하였다. 이러한 점을 고려하면서 위에 전문이 인용된 「모란이 피기까지는」을 살펴보면, 이 시는 우선적으로 '봄'을 중심으로 하는 '모란'과 '나'의 관계가 설정되어 있으며, '모란이 피다―봄을 기다리다'와 '모란이 지다―봄을 여희다'라는 엄격한 대립에 의해 모란의 개화와 봄의 도래 및 모란의 낙화와 봄의 소멸이 나타나 있다. 특히 이러한 부분에서 두어頭語의 반복이 중요한 의미를 지니는 까닭은 두어반복頭語反復이나 수구반복首句反復이 수사적인 효과를 위해 하나의 어휘나 하나의 연聯을 반복적으로 활용하는 데 있기 때문이다. 이 시에서 두어반복은 제1행에서부터 제4행까지, 수구반복은 제1행과 제2행 및 제11행과 제12행에서 찾아볼 수 있다.

여기에서 '모란'과 '나'의 계속적인 반복은 이 두 시어가 이 시에서 대등한 비중을 차지하고 있기 때문이다. 특히 '모란'과 "나의 봄"의 의미관계는 "뚝뚝"이라는 의성어에 반영되어 있다. 말하자면, "똑똑"이라고 하지 않고 "뚝뚝"이라고 표현한 것은 김영랑이 '모란'의 의미를 그만큼 중요하게 생각한 결과이며 바로 그 '모란'을 '나'만큼의 존재로 인식한 결과에 해당한다. "huge넓은를 발음할 때는 공간을 크게 하기 위해 이齒와 혀가 완전히 뒤로 물러나게 되지만, wee좁은를 발음할 때는 공간을 작게 하기 위해 이이齒와 혀가 서로 밀착하게 된다"라는 R. 파제의 '파제이론'으로 볼 때 '똑똑'과 '뚝뚝'은 서로 상이한 의미를 지닌다. 다시 말하면, 커다란 물건이 떨어지거나 부러지는 소리, 끊어질 때의 소리를 '뚝뚝'이라고 한다면, 그러한 의성어를 적용하고 있는 이 시에서는 '모란'의 '낙화'가 그만큼 중요하고 의미 있기 때문이다. 이처럼 제1행에서부터 제4행까지에는 '모란'과 '나'의 관계가 긴밀하게 형성되어 있을 뿐만 아니라 시적 자아로서의 '나'로 대표되는 김영랑이 정관적靜觀的인 태도로 모란을 관찰하고 있는 부분이기도 하다. "정관靜觀은 분리된 관심이다. 미적 정관의 대상은 주위의 사물로부터 분리되어 형성되며, 기억이나 예상이 없이 단순하게 그 자체로서 고찰할 수 있는 것이다. 따라서 수단으로서가 아니라 목적으로서, 보편성으로서가 아니라 개별성으로서 고찰할 수 있는 것이다'라고 T. E. 흄이 자신의 『낭만주의와 고전주의』에서 강조했던 바와 같이, 김영랑에게 있어서 '모란'은 미적 정관으로서의 대상이며 그것은 그의 목적이자 개별적인 존재에 해당한다.

이러한 점에서 이 시에서의 '봄'은 '모란'과 '나'의 긴밀한 관계설정에 의해 형상화되어 있다. 봄을 기다릴 때 이 두 요소는 화합과 합일과 애정의 세계를 형성하지만, 봄이 가버릴 때는 상실과 낙담과 분리의 세계와 또 다른 기다림의 세계를 형성한다. 이 시의 1차적인 대립은 "모란이 피기까지"와 "나의 봄을 기다리기"이고 2차적인 대립은 "모란이 떨어져버리기"와 "나의 봄을 여의기"에 있다. 나머지 제5행에서 제10행까지는 "가버린 봄"에 대한 "나의 슬퍼하기"를 나타낸다. 여기서 중요한 점은 모란이 지는 행위의 시간대, 즉 '오월 → 어느 날 → 그 하루 → 무덥던 날'로 그것이 구체화되어 있을 뿐만 아니라 강조되어 있다는 점이다. 이러한 구체화와 강조는 제8행 "뻗쳐오르던 내 보람 서운케 무너졌느니"에 나타나 있는 바와 같이 동일한 시간대에 해당하는 "한 해"에 의해 "내 보람"이 빠르게 무너지는 가속성加速性을, "삼백 예순 날"에 의해 "내 슬픔"이 계속되는 지속성持續性을 각각 제시한다. 마지막 두 행은 또 다른 기다림의 세계에 관계되지만, "찬란한 슬픔의 봄"에 의해 또 다른 '기쁨·절망'이 반복될 것이라는 점이 암시되어 있다.

이처럼 김영랑의 시 「모란이 피기까지는」에서 시제時制와 시간대는 중요한 의미를 지니고 있으며, 특히 현재시제는 김영랑의 시간대가 과거에 대한 회상과 현재를 연결 짓는 것이 아니라 현재와 미래를 연결 짓고 있다는 점에서 그렇게 파악할 수 있다. 제9행에서 "모란이 지고 말면 그뿐, 내 한해는 다가고 말아"에서 개인으로서 그가 느끼고 있는 시간의 의미는 자신의 일생과도 같은 것이다. 시에서의 시간과 시인 자신의 의식의 변화는 "한 인간의 일생을 통해서 끊임없이 변화하게 된다"라는 말처럼, 초기 시에 나타나는 김영랑의 시간의식이 미래지향적이라면, 후기 시에서는 그것이 과거지향적으로 나타나게 된다. 지금까지 살펴본 「모란이 피기까지는」의 의미구조를 정리하면 〈표 41〉과 같다.

이상에서 살펴본 바와 같이 김영랑 시에서의 "오월"은 식물성으로서의 '모란'에서부터 동물성으로서의 "새"까지 다양한 시적 대상에 의해 그 의미의 다양성을 성취하고 있다.

〈표 41〉 「모란이 피기까지는」의 의미구조

단계		시행	시적 행동		의미관계	'봄'의 반복성
			주체	해당 시어(詩語)		
1단계		1	모란	피다	기다림, 기대, 희망	
2단계	대전제	2	나	기다리다		
		3	모란	지다	상실, 절망, 슬픔	
		4	나	(슬픔에) 잠기다		
	소전제 1	5	모란	떨어지다	'모란'과 '나'의 외적 관계	찬란한 봄 (기다림) 슬픔의 봄 (상실감)
		6		시들어 버리다		
		7		(자취 없이) 사라지다		
		8	나	무너지다		
	소전제 2	9	모란	지다	'모란'과 '나'의 내적 관계	
				(한해) 다 가다		
		10	나	울다		
				기다리다		
3단계		11	모란	피다	(또다른) 기다림, 기대, 희망	
		12	나	기다리다		

4) '촉기燭氣'와 민족정신 – 역사의식과 현실인식

김영랑의 시에 반영되어 있는 "오월"의 마지막 특징에 해당하는 "중고풍물에의 추모와 동경"은 궁극적으로 그가 강조하고는 했던 "촉기"와 민족정신 혹은 "조선심朝鮮心"에 해당한다. 그것을 우리는 김영랑이 「두견杜鵑과 종다리」에서 "모시 다듬이 옷맵시야 우리 의복문화가 가장 자랑할 수 있는 것의 하나로다"라고 파악한 점과 그 자신의 수필 「춘심春心」에서 "선비가객이 소위 신 멋을 범치 않음을 보라"라고 강조한 점 등에서 우선적으로 찾아볼 수 있다. "이 한복의 시인은 늘 유쾌하였다"라는 이하윤1906~1974의 언급처럼 김영랑은 언제나 한복을 즐겨 입었으며, 집을 나설 때에는 대부분의 경우 한복을 입었다는 점, 봄에는 세복, 겨울에는 밤색양복, 여름에는 모시옷을 입었다는 점 등에서도 확인할 수 있다. 아울러 조지훈1920~1968은 자신의 『시인의 눈』1978에 수록된 「김영랑 선생」에서 김영랑을 처음 만나던 무렵의 그의 풍모를 다음과 같이 설명하기도 하였다. "그러나 막상 인간 영랑을 만나고 보면 신선은커녕 어느 해변 가에서 고기를 낚으며 몇 십 년을 그물을 깁는 어부가 아니면, 서울 종로 포목 집에서 양단마고자를 입고 앉아서 비단을 자질하고 있는 사나이 같이 보인다. 이 소박하고 은근한 풍모에서 영랑의 소탈한 인품이 깃들여 있는 것이다. (…중략…) 민족문화를 근심하는 몇 분 선배와 시우詩友가 당주동 어느 양복점 이층에 자주 모일 무렵에 거기 고동색 두루마기를 입고 온 영랑을 비로소 만나 뵙게 되었던 것이다."

이러한 점에서 김영랑은 전형적인 한국인상韓國人像과 성품을 지니고 있는 것으로 파악할 수 있다. 김영랑 자신의 한복에 대한 예찬은 대단한 것이어서 이에 대해 그는 다음과 같이 강조하였다. "모시 다듬이 옷맵시야 우리 의복문화가 가장 자랑할 수 있는 것의 하나로다. 고아하고 아주 조선적인 것이 다른 비단 옷에 감히 견줄 바 못된다. (…중략…) 아낙네들이 잔주름을 접은 연옥색 모시치마를 입으시고 골목길을 나서는 것을 대할 때, 내 눈앞에는 저 멀리 하얀 손길이 굽이굽이 흔들려오고"라는 그 자신의 언급에 나타나 있는 바와 같이 김영랑은 한복을 가장 "조선적인 것"으로 생각하였으며 그것을 지극히 아꼈을 뿐만 아니라 기회 있을 때마다 실제로 착용하기도 하였던 것이다. '고동색 두루마기'와 '모시바지저고리' 또는 '모시치마저고리'는 김영랑이 가장 아꼈고 애착을 가지고 있던 조선의 옷에 해당한다.

　김영랑이 한복만큼이나 아꼈던 것은 "조선적인 가락"이었으며 이러한 점은 서정주가 자신의 『서정주전집 5』1978에 수록된 「김영랑과 박용철」에서 "가서보니 그의 제일 큰 자랑은 우리 국악음반의 수집으로 근조말기近朝末期 이래의 우리 재래음악의 소리판이 그의 집엔 거의 없는 것이 없었다"라고 언급한 점에서 확인할 수 있다. 서정주의 이러한 언급은 그가 1949년 봄 어느 날 김영랑의 집을 찾아갔을 때에 거기서 보고 들은 것을 회고하여 쓴 것이다. 이러한 "조선적인 가락"과 그 멋스러움에 대해 김영랑은 자신의 수필 「춘심」에서 이렇게 강조하였다. "선비에게서 광대명창이 멋을 배우려 애를 써도 격을 갖추지 못하고 떨어지는 수가 많기 때문에 흔히 그들은 신멋을 범한다. 그러고 보니 죄가 멋에 있지 않고 사람에게 있다. 격 높은 평조平調한 장章을 명창광대가 잘 해내지 못하는 것을 보아도 알 수 있다. 노래를 멋지게 부른다는 것과 그 양반 멋있다는 것과는 전연 말뜻이 틀린다는 것이다. (…중략…) 선비가객이 소위 신멋을 범치 않음을 보라."

　"조선적인 한복과 가락의 멋"에 심취해 있던 김영랑의 마음이 그의 후기 시에서는 민족적인 차원으로까지 확대되며, '가야금'이나 '거문고' 등과 같은 시의 제목에서 확인할 수 있듯이 그의 마음은 훗날 우리 민족의 과거와 현재 그리고 미래를 깊이 생각하는 데 있었다. 그의 이러한 점은 앞에서 살펴본 바 있는 그의 시집에 수록된 "사개틀린 고풍古風의뒤마루에 업는듯이안져"로 시작되는 마흔 아홉 번째 시에서 실제로 앉아 있는 사람은 다음에 전문이 인용된 「거문고」

에서 "기린"으로 비유되는 "거문고 줄"을 "퉁"치고 지나간 "노인"과 동일한 인물이자 김영랑 자신이라고 볼 수 있다. 그의 시 「거문고」의 전문은 다음과 같다.

검은 벽에 기대 선 채로
해가 스무 번 바뀌었는듸
내 기린(麒麟)은 영영 울지를 못한다.

그 가슴을 퉁 흔들고 간 老人의 손
지금 어느 끝없는 향연(饗宴)에 높이 앉았으려니
땅우의 외론 기린이야 하마 잊어졌을나
바깥은 거친 들 이리떼만 몰려다니고
사람인 양 꾸민 잔나비 떼들 쏘아 다니어
내 기린은 맘 둘 곳 몸 둘 곳 없어지다.

문 아주 굳이 닫고 벽에 기대 선 채
해가 또 한 번 바뀌거늘
이 밤도 내 기린은 맘 놓고 울들 못한다.

— 김영랑, 「거문고」 전문

가장 넓은 음역音域을 가지고 있는 '거문고', "거문고는 한국악기 가운데서 가장 넓은 음역을 가지고 있다. 정악正樂에서는 3옥타브에 이른다. 거문고는 음색이 다양하다. 저음인 대현大絃은 마음이 차분히 가라앉고, 자현子絃, 즉 유현遊絃은 무언지 속삭이고 호소하는 듯하다"라고 평가되는 거문고를 시적 소재로 선택하여 김영랑은 조선적인 것, 고전적인 취향을 옹호하고 보호하고자 했을 뿐만 아니라 시대적인 상황으로 볼 때 일제강점기에서 마음과 몸이 편하지 못했던 그 자신의 신변적인 위협과 민족적인 울분을 이 시에서 표현하였다. 이와 같은 의미의 거문고를 송강 정철은 "거문고 대현大絃을 타니 무음이 다 늑더니 / 자현子絃의 우조羽調올라 막막됴 쇠온 말이 / 셟기는 전혀 아니호되 이별엇디 ᄒ리"라고 노래하였으며, 철종 때의 유창환이 언급한 바와 같이 "금보유래인琴譜由來ㅅ 운음창해심韻吟滄海深"은 웅심雄深한 대현大絃의 음색으로만 가능한 것이다. 이와 같은 의미를 지닌 '거문고' 외에도 김영랑은 '북'에도 많은 관심을 기울이고 있었으며, 그것을 우리는 "자네 소리하게 내 북을 잡지 // 진양조 중머리 중중머리 / 엇머리 잦아지다 휘몰아 보아 // 이렇게 숨결이 꼭 맞아서만 이룬 일이란 / 인생에 흔치 않아 어려운 일 시원한 일"로 끝나는 그의 시 「북」에서 찾아볼 수 있다.

'거문고', '가야금', '북' 등 우리 고유의 악기에 대한 김영랑의 관심과 소양은 그가 즐겨 입었던 '한복'과 함께 그의 시의식이 점차적으로 민족인 현실을 인식하는 것으로 확대되어 가는 계기가 된다. 송강 정철이나 유창환의 칭송에 나타나 있는 바와 같이 가장 한국적인 악기인 '거문고'에 의해 김영랑의 시정詩情은 그것을 '기린'에 비유함으로써 더욱 높은 가치를 지니게 된다. 상서로운 짐승, 성인이 이 세상이 나타나기 바로 직전에 나타난다는 지조와 절개 있는 동물인 '기린'과 '거문고'의 유사성은 그것이 바로 조선민족의 위상을 새롭게 전환하게 된다는 점에서 큰 의미를 지닌다. 아울러 김영랑은 그 자신의 "떡—꿍 정중동靜中動이오 소란속에 고요있어 / 인생이 가을같이 익어가오"라는 구절에서 파악할 수 있는 바와 같이 "북소리"와 더불어 인생의 깊은 의미를 깨닫게 되었던 것이다.

이처럼 "오월"에 나타나 있는 김영랑의 고전적인 취향은 한낱 겉멋 들린 사람들의 "신 멋"이 아니라 선비다운 진정한 의미의 전아典雅한 "참 멋"에 바탕을 두고 있었던 것이다. 그의 이러한 "참 멋"의 의미는 그가 자기 시의 생명으로 파악했던 "촉기燭氣"에 깊이 관계되며, 그것을 그는 우리민족으로 하여금 사람답게 살아갈 수 있게 하는 요인이자 불멸의 민족정신의 근간으로 파악하였다. 서정주는 김영랑이 자신에게 설명해 준 "촉기"의 개념을 「영랑의 일」에서 다음과 같이 회고하였다.

'촉기'라 하는 것은 무엇인가 물으니, 그것은 같은 슬픔을 노래 부르면서도 그 슬픔을 딱 한 데 떨어뜨리지 않는 싱그러운 음색의 기름지고 생생한 기운을 말하는 것이라 했다. (…중략…) 영랑의 말씀에 의하면 '촉기'라 하는 것은, 오랜 동안의 우리 민족의 역경 살이 속에서 우리 시 정신들이 많이 지나치게 설움에 짓눌려 있었던 것들을 생각하고 반성해 볼 때, 역경 살이 속에서는 참으로 귀하고 힘센 보화라고 생각한다. 역경에 민족정서가 두루 이 '촉기'를 잃어버리고 만다면 어찌하는가? 누군가는 그래도 세계 있어서 이것을 유지하고 있어 주어야 할 일 아닌가? 그렇게 생각할 때, 영랑의 이 '촉기'는 참으로 귀하고 장사의 노력의 결과라고 찬탄 아니 할 수가 없는 것이다.

이러한 촉기정신에 의해 김영랑의 시세계는 민족정신과 역사의식 그리고 현실인식을 지향하게 된다. "내 가슴에 독을 찬지 오래다 / 아직 아무도 해한 일 없는 새로 뽑은 독 (…중략…) 나는 독을 차고 선선히 가리라 / 마금날 내 외로운 혼 건지기 위하여"라고 끝맺는 그의 시 「독毒을 차고」에는 그 이전의 시에 나타나 있는 순수서정의 세계보다는 현실인식의 세계가 강렬하게 부각되어 있다. 여기서 "마금날"은 물론 자신의 의로운 죽음을 암시하며 죽음에 대한 그의 강박관념은 "망각하자― 해본다 지난날을 아니라 닥쳐오는 내죽음을"이라는 「망각」에서 절정을 이루게 된다. 김영랑은 이러한 죽음의 의미를 「춘향」에서 "성학사", "박팽년", "논개" 등 역사적 인물의 죽음과 관련지었으며 이들의 죽음을 "오! 일편단심"으로 종합하였다. 김영랑의 후기 시에 주로 반영되어 있는 식민지치하의 학정에 대한 역사의식과 현실인식은 해방의 기쁨과 한민족의 미래를 노래한 시 「바다로 가자」에서 진취적인 모습으로 나타난다. "바다로 가자 큰 바다로 가자 / 우리 인젠 큰 하늘과 넓은 바다를 마음대로 가졌노라 / 하늘이 바다요

바다가 하늘이라 / 바다 하늘 모두 다 가졌노라 / 옳다 그리하여 가슴이 뻐근치야 / 우리 모두 다 가자꾸나 큰 바다로 가자꾸나"로 시작되는 이 시에서는 '해방의 기쁨과 진취성'을 강조하고 있다.

2003년 현재로 탄생 100주년을 맞는 김영랑— 그는 자신의 시에서 순수서정에서부터 현실인식까지, 한국어의 아름다움에서부터 전라도방언의 토속적인 특성까지, 조선적인 것에서부터 현대적인 것까지, 시적 운율의 창조에서부터 시적 의미의 심화까지, "아름다운 것은 영원한 기쁨이다"라는 존 키츠의 명제에서부터 베를렌 시의 음악적 특징까지를 미학적으로 성취한 시인이었다.

강연주제 : '나의 아버지 영랑 김윤식'

강연자 : 김영랑의 3남 김현철(현재 미국 플로리다 거주)

강연일자 : '제1회 영랑문학제'(2006.4.29〜5.1) 기간 중 첫째 날(4.29 오후 5〜6시)

강연장소 : 강진 문화회관

녹취수록 : 『강진신문』(2006.5.3)

다음은 지난 2006년 4월 29(토)일 열린 '제1회 영랑문학제' 개막식에서 영랑 선생의 3남 현철씨가 '아버님을 회고하며'란 제목으로 설명한 영랑문학제 특별강연 내용입니다. 현철씨는 현재 미국 프로리다주에 거주하고 있습니다. / 편집자 주.

오늘 제1회 영랑 문학제를 맞아 고향 분들을 이렇게 많이 뵙게 되니 그 반가움 이루 표현할 길 없습니다. 저는 강진 중앙초등학교 제37회 졸업생입니다. 나이는 올해 일흔 둘, 나이가 많은 죄로 유가족 대표가 되었습니다. 33년이라는 긴 세월을 해외에서 살고 보니 이렇게 원고지를 봐야만 길게 얘기할 수 있음을 양해해 주시기 바랍니다. 처음에 주최 측으로부터 국제전화로 아버님에 관한 회고담을 요청받았을 때 아버님 자랑이나 늘어놓는 듯해서 얼른 마음이 내키지 않았으나 직계 유족들의 나이들이 머지않아 이 세상을 모두 떠나야 한다는 진리 앞에서는 더 이상 주최 측의 요청을 거부할 길 없어서 오늘 이 자리에 서기로 결심하게 되었습니다. 또 생존 유족 중 아우들은 너무 어린 나이에 아버님을 잃었기에 회고담을 공개할 수 있는 자식은 그나마 열여섯 살까지 아버님을 옆에서 모셨던 저 밖에 남아있지 않다는 사실도 저를 이 자리에 서지 않을 수 없도록 만들었습니다.

우선 제1회 영랑문학제를 이토록 성대하게 열어주신 강진군 황주홍 군수님을 비롯한 김상수 과장님, 영랑기념사업회의 윤창근 회장님, 이효직 사무국장님, 송하운 간사님, 시학사의 유자효 선생님, 김재홍 교수님, 이경 교수님의 노고에 유가족들을 대신해서 심심한 감사의 뜻을 표합니다. 그리고 이렇게 아버님의 문학제를 위해 멀리 서울, 대구 등 각지에서, 또 고향 전역에서 이 자리에 참석해 주셔 문학제를 이토록 빛내주신 여러분께 아울러 심심한 감사의 말씀을 드리는 바입니다. 특히 김남조, 고은 선생님, 오세영, 윤호병, 이가림, 허형만, 신달자, 강미정 선생님께 감사의 말씀을 드립니다. 아울러 그동안 제1회 때부터 지금까지의 영랑문학상 수상자 송수권, 고 김남주, 이준관 시인 그리고 이번의 김남조 선생님께 축하의 말씀을 드립니다.

　아버님을 기억할 때 얼른 머리에 떠오르는 것은 육중한 풍채와 우렁찬 목소리, 흰모시 바지저고리, 검은색 두루마기, 광적인 서양클래식 음악과 국악 애호, 가야금, 거문고, 북, 양금연주, 술, 풍류, 한량, 항일, 민족주의자 등이며 그분이 싫어하셨던 음식은 밀가루 음식과 떡으로 평생 입에 대지를 않으셨습니다. 아버님이 돌아가신 지 벌써 56년이 흘러 자잘한 기억은 거의 잊혀졌습니다만 제 생각나는 대로 성의껏 말씀드리겠습니다. 또 이번 기회가 아니면 유가족들이 여러분께 아버님에 관련된 내용을 알려 드릴 기회가 없겠기에 회고담과 함께 말씀드리기로 하겠습니다.

　제3자들이 아버님을 뵈었을 때 건장한 풍채와 우렁차고 맑은 목소리 등 겉모습대로 호탕한 성격을 지니신 분으로 쉽게 간파하실 수 있었습니다만 그 분의 깊은 내면에는 외모와는 걸맞지 않게 무척 섬세하고 감성적인 면이 강하게 들어나시곤 하셨습니다. 슬픈 일을 당하실 때면 남들이 느끼는 슬픔의 정도보다 훨씬 강하게 느끼셨고 아름다움을 발견하셨을 때도 남달리 그에 심취하시는 경향이 강하셨습니다. 여러 가지 예가 있겠습니다만 공개된 내용을 말씀드리는 게 여러분께서 이해가 빠르실 것 같습니다.

　일본 청산학원 유학 당시 프랑스의 미뇽이란 미인의 사진이 배경이 된 그림엽서를 구하셨는데 그 사진의 주인공인 청순하고 애틋한 미뇽의 미모에 많이 우셨다고 합니다. 미인의 모습을 보고 우시다니…… 다른 분 같으면 기껏해야 처절한 아름다움을 보고 가벼운 탄식까지는 갈 수 있을지는 몰라도 아버님처럼 우시는 경우는 거의 없으리라 생각합니다. 여러분이 아시다시피 아버님께서는 미농의 미모에 심취하신 끝에 그녀의 사진 뒤에 직접 시를 쓰셨는데 그 중 첫 두 구절만 인용해 보겠습니다.

> 달밤에 이슬 아침에
> 내 미농을 안고 울기를 몇 번이던고
> 청산은 내 청춘을 병들게 하였거니와
> 오히려 향내를 뿌리워 준다.
> 시를 외우던 때 시적이던 때
> 눈물을 누물로 맞으려던 때
> 그 때 이미 내 청춘은 병들었으나
> 한그릇 향훈은 늙지를 않네……

또, 1935년에 처음으로 발간된 『영랑시집』 겉장을 넘기면 "아름다움은 영원한 기쁨"이라는 뜻의 영문 시 구절, 즉 "A thing of beauty is a joy forever"라는 키츠의 시가 인용되었음을 여러분께서도 아실 것입니다. 이는 아버님이 유미주의파 시인이었음을 보여주는 대목이라 하겠습니다. 이렇게 마음이 여리셨던 아버님이신데 유독 자식들에게만은 너무도 강하고 엄격하셨습니다. 생가의 사랑채 넓은 마루위에 대나무 의자에 앉으셔서 기도하시 듯 눈을 지그시 감고 시상에 젖어 계신 것을 훔쳐보고 당시 초등학생이었던 저는 아랫마을의 친구들이 그리워 아버님 눈에 안 뜨이도록 몸을 낮게 굽히고 안채에서 나와 사랑채 앞을 쏜살같이 달려 탈출을 여러 차례 시도했었으나 0.5초도 안되어 아버님께서는 그 우렁찬 목소리로 "현철아아……" 하고 크게 부르시는 바람에 단 한 번의 탈출도 성공해 본적이 없었습니다. 저를 부르신 후 제가 다시 집으로 들어가지 않으면 호된 매가 저를 기다리고 있음을 너무도 잘 알고 있었기 때문에 다시 집으로 들어갈 수밖에 없었죠. 아버님께서는 밖에 나가 놀면 나쁜 아이들과 어울릴 기회가 있으니 마음에 드는 친구들을 전화로 불러 우리 집에 와서 놀라고 항상 말씀하셨습니다. 60년 전 당시 강진읍에서는 모두 백 여 대의 전화가 있었고 우리 집 전화번호는 34번이었습니다. 그래서 우리 집은 동네 아이들이 재미있게 뛰어 놀던 아름다운 추억으로 가득합니다. 봄철에 숨바꼭질할 때면 폭 5~6미터, 길이 20미터 이상 길게 뻗은 두개의 밭에 백 여 그루의 모란꽃 나무들이 있었는데 그곳에 들어가 숨는 바람에 술래는 골탕을 먹기가 일쑤였습니다. 아버님이 만취하셔서 집에 돌아오실 때면 자식들 전원이 대문 앞에 서서 영접을 해야지, 하나라도 빠지고 없으면 그 자식이 화장실에 있다가도 그 자리에 나타날 때까지 집에 들어오지 않으시고 없는 자식을 계속 찾으시는 바람에 밤 외출이란 자식들로서는 상상도 할 수 없는 일이었습니다. 자식들이 저녁 해가 지고 어두워진 후에 집에 들어오면, 고등학교에 다니던 누나도 형도 예외 없이 종아리에 매를 맞아야 했습니다.

　제가 초등학교 4학년 때의 일입니다. 저는 학교에서 오는 길에 친구 집에 들렀다가 생후 처음으로 책상 위에서 화투짝 공산을 보고 하도 그림이 예뻐서 친구에게 "이게 뭔지 참 예쁘다"라고 했더니 "이건 화투의 공산이라는 거야, 너 갖고 싶으면 가져 가" 해서 집으로 갖고 와 책상위에 놓았는데 아버님이 지나시다 이를 보시고 화를 많이 내시면서 이 화투짝의 출처를 추궁하시자마자 불이 활활 타고 있는 부엌의 아궁이 속에 던져 넣으시며 "두 번 다시는 이런 걸 손대면 안 된다"라고 꾸짖으셨습니다. 그 후 60년이 흐른 지금 까지도 저는 화투의 1월부터 12월까지 순서를 모르고 살아온 바보가 되고 말았습니다. 이렇게 너무 엄격하신 나머지 어느 자식도 아버님께 안겨본 기억이 없었습니다. 그러던 어느 날 묵은 사진첩을 뒤적이다가 저를 안고 계신 아버님을 뵙고 깜짝 놀란 적이 있습니다. '그래도 한번쯤은 안긴 적이 있었구나' 하는 생각에 마음이 뿌듯한 적이 있었습니다. 어느 날 어머님은 앞마당 돌 뿌리에 걸려 넘어지셨습니다. 마침 할아버님이 멀리서 보고 계셨을 때였죠. 방안에 계시던 아버님이 빠른 걸음으로 마당에 내려오셨습니다. 어머님을 일으키실 것으로 믿었습니다. 그런데 아버님은 어머님 앞에 서신 채 "왜 그래? 괜찮아?" 하시며 우두커니 내려다보고만 계셨습니다. 어린 제 생각에는 '왜 좀 손잡아 일으켜 주시지 않을까?' 하고 이상히 여겼습니다. 후에 어머님께 여쭤 본 결과, 아내도 자식들에게도 어른이 옆에 계실 때는 아버님이 손을 잡아 주거나 귀여워 하는 모습을 보여서는 안 된다는 것이 유교의 가르침이라는 사실을 알았습니다. 요즈음 남편 족들이 그랬다가는 이혼 당하기 십상이겠죠?

아버님은 도쿄 음악대학 성악과에 진학을 희망 하셨으나 "큰아들이 광대가 될 수 없다. 성악가가 되려면 학비는 못 대주겠다"라는 할아버님의 강경한 자세 때문에 성악가가 되기를 포기하시고 문학을 통해 정열을 불사르시게 되었다고 합니다. 비록 성악가의 꿈은 실현되지 않았으나 아버님은 평생 음악 속에서 사셨습니다. 당시 겨우 3분이면 끝나는 에보나이트 레코드판 SP판 또는 LP판이라 부르는 축음기판들이었죠. 이 레코드판에 실린 서양고전 음악과 각종 국악을 통해 음악 감상은 하나의 일과가 되셨고, 거문고, 가야금, 북, 양금 등, 국악 악기들의 연주 실력은 당시 전문가 뺨치셨습니다. 당시 김소희, 박귀희, 박초월 등 훗날 국창(國唱)이 된 국악의 대가들이 아버님 초청으로 우리 집에 오셔서 창을 하실 때는 고수(鼓手)를 대동하지 않고 그냥 오셨고 이분들은 전문가 고수 뺨치는 실력을 지닌 아버님의 북에 장단 맞추어 창을 하셨습니다. 이어 아버님의 거문고나 가야금 독주가 끝난 후에는 이 분들은 아버님의 연주 실력에 감탄을 금치 못하셨습니다. 4살 경부터 초등학교 입학 전까지 아버님은 어린 저를 무릎 위에 앉히시고, 브람스, 베토벤, 모차르트 등의 고전 음악과 거문고 산조, 춘향전, 흥부전, 쑥대머리, 육자배기 등 국악을 감상 하시는 바람에 당시에는 호랑이같이 무서운 아버님의 품에서 빠져 나오지 못해, 어린마음에 안달을 했으나 지금 생각하면 결과적으로는 서양 고전음악과, 우리의 국악에 귀가 열리는 계기가 그 때 마련되었던 것입니다. 불과 3분이면 끝나는 레코드판이었기에 교향곡 한 곡, 특히 베토벤의 9번 교향곡 같은 경우는 20장 가까운 레코드판이 동원되어야 했습니다. 그러다보니 사랑채 방 안에는 이 고전음악 판 앨범이 벽 한 쪽에 산더미처럼 쌓여 있어야 했습니다. 서울에 러시아의 세계적인 바리톤 가수 샬리아핀 또 바이올리니스트 미샤 엘만 등 공연 때는 물론이고, 도쿄에 세계적인 교향악단이 오거나 당시 세계 최고의 테너가수 엔리코 카루소 같은 거장들이 왔을 때도 논밭을 팔아 부산에서 정기선으로, 시모노세키를 거쳐 도쿄에 가시곤 하셨습니다. 그때만 해도 비행기 같은 것은 생각도 하지 못할 때였으니까요.

많은 학자 또는 문단 후배들의 논평대로 아버님의 시가 음악적일 수밖에 없는 이유가 바로 아버님 자신이 광적일 정도의 음악 애호가였기 때문이라 생각합니다. 휘문의숙 시절인 16세 소년이었던 당시 아버님은 3·1 운동에 가담하신 탓으로 대구 형무소에서 옥살이를 하시다 6개월 후 출옥하신 기념으로, 『영일대사전(英日大辭典)』을 구입하셨습니다. 그 당시에는 영한사전(英韓辭典)이 없었으니까요. 이 책의 표지를 넘기면 '대구 감옥 출옥기념'이라는 여덟 글자와 함께 당시의 날자가 씌어 있었습니다만, 그러나 6·25 동란으로 책 한권 남김없이 가재도구와 함께 모두 약탈당하고 말았음은 두고두고 아쉬운 일이 아닐 수 없습니다. 자식들이 해방 전에 아버님 때문에 학교에서 계속해서 선생님들로부터 괴로움을 당한 사실이 있었습니다. 제 누님과 큰형님은 당시, 광주와 서울에서 유학중이었는데 각자 그 반 학생 가운데에서 일본 성(姓)으로 창씨(創氏)하지 않고 우리 한국 성(姓)을 그대로 간직하고 있는 유일한 학생들이었습니다. 기숙사에 있다가 방학 때가 오면 선생님은 어김없이 누나와 형을 불러 "이번에도 창씨하지 않으면 새 학기에 학교에 못 돌아온다고 아버님께 말씀 드려라"라고 협박을 했습니다. 창씨를 하지 않는 이유를 전혀 알 길 없는 자식들은 집에 돌아와, 이번에도 창씨하지 않으면 학교에 못 돌아간다고 아버님께 울며 보챘습니다. 그러나 아버님께서는 아무것도 아니라는 듯이 "응, 다음에 창씨한다고 그래라"라고 하셨고 이 말을 들은 자식들은 이러한 아버님이 두고두고 원망스러울 수밖에 없었습니다.

매주 토요일이면 어김없이 강진경찰서의 일본인 형사가, 사랑채 대문 옆에 부쳐놓은 순찰함에 아버님이 집에 계심을 확인하는 도장을 찍었습니다. 혹시 경찰 몰래 집을 나가 독립운동 대열에 합류하시지 않았나, 경계하는 일본경찰의 조치였습니다. 일본인 형사는 순찰함에 도장을 찍고는 사랑채에 들어와 아버님을 두고두고 협박했습니다. "내일은 일요일인데 전체 일본국민이 일주일에 한 번씩 신사참배 하는 날이니, 꼭 참석 하시오." 그러나 아버님은 여니 때와 마찬가지로 "고질병인 배병으로 하루에 수차례씩 설사하는 사람이 그 거룩한 신사에 가서 설사병이 도지면 나를 또 감옥에 보낼 것이요?" 하고 대꾸하셨고, 일본 형사는 의례히 같은 대답이 나올 걸 알았다는 듯 씁쓸한 미소를 띠고 돌아가곤 했습니다. 전체 일본국민이면 모두 복종했던 일본정부의 삭발명령마저 거부하셨던 아버님의 긴 머리는 해방직전에 있었던 할아버님 회갑축하 잔치 기념사진에서도 그 모습을 분명히 뵐 수 있습니다. 해방되는 날까지 일제의 신사참배, 창씨개명, 삭발명령 등에 불응하였던 아버님께 일본정부는 직장을 허락할 이 없었고 본인역시 출근 때마다 일장기(日章旗)에 절을 해야 하는 직장을 바라지도 않았기에 우리 집의 가산은 일제 36년간 있는 재산을 하나씩 고감 빼먹듯이 빼먹어 차츰 기울어 갈 수밖에 없었습니다.

라디오를 통해 일본의 패전과 동시에 목메 기다리시던 조국의 해방소식을 접하신 아버님은 만면에 기쁨을 감추지 못하시고, 사랑채 골방 문갑 깊숙이 감추어 두신 태극기를 꺼내셨고 가족들과 이웃 몇 분들은 아버님의 지시에 따라 크레용으로, 서투르게나마 수백 장의 백지 위에 태극기를 그려 해방을 축하하는 강진 동포들의 손에 쥐어 주셨습니다. 아버님의 기억 속에서 빼놓을 수 없는 게 있다면 역시 술일 것입니다. 아버님은 술에 강하신 분이었습니다. 두주불사라는 말이 어울렸습니다. 그래서 당시 친구 분들은 "영랑은 술 한말을 등에 지고 다니지는 못해도 배 속에는 담고 다니는 분"이라고 아버님의 주량을 빗대어 말씀들 하셨다고 합니다. 하루는 저녁 어두워지기 직전 술에 만취하여 집에 들어오셨는데 항상 술을 드시면 그러하셨듯이 이날도 기분이 좋으셔서 양팔을 들어 춤추시며 비제의 오페라 〈칼멘〉 중 '투우사의 노래', "도레야 돌돌 도래야 돌"을 원어로 우렁차게 노래하시고는 잠깐 부엌에 들어가신 어머님께 뭐라고 말씀하신 걸 어머님께서 못 들으셔서 대답이 없으시자 "당신 어디 갔어?" 하고 고함을 치심과 동시에 마루에 있던 연초록색 사기요강을 힘껏 발로 차 내던지셨습니다. 60년 전의 당시에는 어느 집에나 밤에 먼 화장실에 가지 않고 마루위에 요강을 비치해 소변을 보는 생활습관을 가지고 있었죠.

이렇게 마당에 떨어진 요강은 모두들 깨진 줄 알았는데 사기가 어찌나 두꺼웠던지 멀쩡했고 그 후로도 우리가 서울로 이사할 때까지 오랫동안 사용했었습니다. 휘문의

숙 시절 축구선수였던 아버님은 강진 제1의 연식 정구선수이기도 했습니다. 그 당시에는 오늘의 테니스공보다 훨씬 부드러운 아주 말랑말랑한 공을 사용했기에 연식정구라고 하죠? 서울을 거치지 않고 도쿄에서 직수입한 정구 기술로 우리 집 사랑채 동쪽 끝에 자리 잡은 정구 코트에서 아버님은 당시 이형욱, 김현문, 김현장 등 친구 및 후배들과 틈나시는 대로 정구를 즐기셨습니다. 그런 인연 때문인지 그 후로도 강진 새 중앙의원 원장이었던 김영배 박사가 학생시절 서울에서 열린 전국대회에서 두 차례나 우승을 하는 등 당시 강진 선수들의 정구 실력은 전국에서도 인정받을 정도였습니다.

하루는 한 손에 흰 서류를 든 백발노인 한분이 사랑채 마루에 앉아 계시는 아버님을 향해 큰절을 올리는 모습을 보고 이상하게 여긴 저는 호랑이 같은 아버님께는 감히 여쭤 보지 못하고 안채로 들어가 어머님께 그 이유를 여쭤 봤습니다. 어머님은, 그 노인이 20년간 우리 집의 논 네 마지기 800여 평을 농사지어온 소작인인데, 이제 아버님이 땅의 법적명의를 그 노인 앞으로 바꾸어, 등기필증을 넘겨줬기 때문에, 고마워 아버님께 큰 절을 올린 것이라고 설명하셨습니다. 그 후로도 이런 일은 가끔 있었습니다. 아버님은 20년이 넘는 소작인들에게는 이렇게 무료로 농지(農地)를 넘기셨던 것입니다.

해방이 되자 아버님은 새 조국 재건사업에 일익을 담당하시기를 열망하셨습니다. 그래서 초대 제헌 국회의원 후보로 나섰으나 민심 파악에 서투셔서 실패하셨습니다. 당시 당선된 후보자는 서울의 모 대학에 유학중인 대학생 아들과, 그 친구들을 동원해서 강진군 전역으로 보내 선거운동을 벌였는데, 민심을 제대로 파악 하지 못하셨던 아버님은 그 당시에 서울 친척이 내려 보낸 호화판 자가용을 타시고 군내 각 지역을 순회 강연을 하셨으니, 대부분 투표권자들인 가난한 농민들이 지주출신이오, 호화판 자가용차마저 타고 다니는 후보자에게 표를 줄 이 만무였을 것입니다. 나라 잃은 설음을 시로 간접 표현해 오시던 아버님은 해방 후 그 정열을 애국하는 일에 쏟으셨습니다. 아버님은 당시 우익 단체였던 '대한청년단 강진 지부' 지부장 직 외에도, 대한민국 정부수립을 위한 국민운동의 모체가 되었던 '대한독립촉성회' 같은 단체에서 열심히 일하셨습니다. 따라서 이러한 우익단체에서 활동하는 아버님은 남로당 계열 등 당시 좌익단체들의 테러대상이 되셨습니다. 1948년 봄 어느 날, 생가의 정구코트 뒤쪽과 안채 뒤의 대나무밭 등 두 곳에서 방화용으로 추정되는 도구들이 아버님을 경호하던 청년단원들에 의해 발견되었고 신고를 받고 출동한 경찰도 이 도구들이 방화용임을 확인해 줬습니다. 이제 아버님은 생가의 방화와 자신 및 가족들의 신변위협까지도 각오하셔야 하는 긴박한 처지에 놓이셨습니다. 당시 많은 좌익계 인사들이 경찰에 체포되어 고초를 겪는 반면, 우익계 지도급 인사들도 좌익계의 테러에 번번이 희생되던 민족비극의 시대였습니다.

전 가족이 서울로 이주하도록 만든 또 다른 동기는, 자식들의 교육 문제였습니다. 평생동안 직장 한번 갖지 못 했던 아버님은 서울에 유학 중인 두 자식들의 하숙비에 압박을 받아 오시던 중, 설상가상으로 셋째인 저마저 형들이 다니던 학교에 입학 하게 됨으로써, 더욱 재정적인 압박을 받게 되셨습니다. 드디어 아버님은 저의 중학교 진학을 두 달 앞두고 서울 이주를 결정하셨습니다. 평생 사랑하셨던 고향 강진 집을 양 모씨 에게 파시고 서울 신당동 집으로 이사하신 것이 1948년 여름의 일입니다. 아버님께서는 서울 이주 후에도, 지금의 예총(藝總) 전신이었던 '한국문화단체총연합회' 등 문화단체에서 열심히 일을 하셨고, 당시 문우들인 김광섭 시인, 문학평론가 이헌구 선생, 시인 박목월 선생, 시인 서정주 선생 등 여러분과 거의 매일 교류하셨습니다. 이렇게 되자 댁으로 아버님을 찾아오는 문인들의 수가 차차 늘어났습니다. 그 중에는 일제 때 친일행각으로 국민의 지탄을 받던 분도 끼어 있었습니다. 어느 날 형님이 아버님께 여쭤봤습니다. "아무개 선생은 친일문학 작가로 알려져 있는데 아버님께서 그런 분과 교류하셔도 좋습니까?" 대충 이런 내용의 질문이었습니다. 아버님은 고개를 끄덕이시면서 "네 말의 뜻을 알겠다. 그러나 일제시대 때 친일하지 않고는 밥을 먹지 못할 처지인 사람들도 많았다. 그런 분들까지 제쳐버린다면 친일파 아닌 항일 문인수가 몇이나 되겠느냐? 그보다 악질 친일파가 아닌 한 되도록이면 많은 문인들을 껴안아서 새나라 건설에 함께 노력할 기회를 주는 게 나라를 위하는 길일 것이다" 이러한 아버님 말씀에 형님은 불만스러워 시무룩한 표정으로 그 자리를 떴습니다. 실로 당시 친일을 하지 않은 문인들의 수는 손가락으로 헤일 수 있을 정도의 극소수에 불과했으니 이제 생각하면 아버님의 말씀이 옳았었다고 생각이 듭니다.

당시 이승만 대통령의 공보비서였던 시인 김광섭 선생님은 아버님의 막역한 친구로, 아버님께 정부에 들어와 새나라 건설에 힘을 모아달라면서, 공보처차장 직과 출판국장 직 등, 두 자리를 놓고 양자택일 해주도록 요청하셨습니다. 아버님은 역시 막역한 사이셨던 문학평론가 이헌구 선생님이 공보처 차장 직에 호감을 갖고 계시다는 사실을 확인하시고 이 선생님께 차장 직을 양보하신 후 자신은 출판국장직을 택하셨습니다. 아무 자리건 조국재건에 이바지하는 길이라면 만족하신다는 게 당시 아버님의 소신이셨습니다. 그러나 소신껏 일을 하려는 아버님의 뜻에 반해, 당시 공보처장은 출판행정에 일일이 간섭함으로써 평생 누구의 간섭을 받지 않고 사셨던 아버님은 끝내 상사와의 타협을 못하시고 재직 7개월 만에 그 자리에서 물러 나셨습니다. 아버님께서 출판국장 재직 시 제 기억에 남는 몇 가지를 말씀드리겠습니다.

제가 중학교 3학년 때 중앙청과 제 학교가 가까운 관계로, 학교가 끝나서 집에 돌아가는 길에, 거의 매일 아버님이 근무하시던 중앙청에 들려, 아버님과 퇴근시간이 맞을 때는 아버님의 차를 타고 집으로 돌아오곤 했습니다. 그 때 저의 눈에 비친 아버님의 복장은 평상시와 마찬가지로 항상 중앙청 공무원 중 유일하게 한복 두루마기 차림이셨습니다. 또 출판국장 취임을 축하하는 전 직원 야유회가 당시 뚝섬 광나루에서 열렸는데 지금은 이 자리가 서울의 중심지로 변했지만 그때는 집한 채 없는 자연 그대로의 강과 백사장과 허허벌판뿐이었습니다. 전 직원이 수영과 게임 등으로 야유회를 즐기는데 계장급 이상 20여 명의 직원들이 아버님을 중심으로 둘러 앉아 아버님께 '노래 한 곡 들려주십사.' 하고 요청을 했습니다. 저 역시 술에 취하신 후 한 두 두 구절 노래하시는 걸 들어 봤지만 이렇게 정식으로 노래하시는 걸 들어 본적이 없었기에 잔뜩 호기심을 가지고 아버님께서 노래하시기를 기다리고 있었습니다. 아마 이들 공무원 대부분도 당시 유행했던 가곡이나 대중가요를 기대했겠지만 아버님 입에서는 예상 밖의 시조가 흘러 나왔습니다. 은은하면서도 우렁찬 목소리로 "청산리 벽계수야" 하고 시조가 점잖게 시작되자 청중들의 표정은 놀라움과 실망의 표정으로 변했습니다. 해방 후 4년밖에 안

되었을 때니까 일본 노래에 젖어 있던 분들로서는 아마 시조 같은 것은 들어보지도 이해하지도 못한 분들이 대부분이었을 것입니다. 또 아버님 처지에서 보면 당시 대중가요나 가곡을 접할 기회가 전무 하셨고 서양고전음악이나 국악 밖에는 아시는 게 없으니, 당시 선비들의 세계에서나 통하던 시조 밖에는 달리 방법이 없었을 것입니다. 요샛말로 하면 서로가 코드가 안 맞은 것이었습니다.

1950년, 바로 6·25가 터지기 두 달 전인 4월 어느 봄날 시나리오 작가 석영 안석주 선생이 젊은 나이로 돌아가셨습니다. 그 장지(葬地)에서 마지막으로 묘(墓)에 떼(잔디)를 입힌 후 문우 10여 명이 묘를 둘러앉아 소주 한잔씩을 기울이셨습니다. 고인의 살아생전 미담으로 꽃을 피우던 이들은 갑자기 "자, 석영을 따라서 이 세상을 하직해야할 다음 차례는 우리 중에 누구인가?" 하고 질문을 던지는 어느 분의 말에 이 자리는 일시적으로 숙연 해졌답니다. 한동안 정적이 흐른 후 아버님은 맨 먼저 입을 여시면서 엄숙한 표정으로 "다음은 바로 내 차례일세" 하시더라는 겁니다. 그러나 좌중은 풍채 좋고 건강에 아무 이상이 없는 아버님이셨기에 모두들 이 말을 믿지 않고 농담으로 받아 들이셨더랍니다. 그 후 불과 5개월이 좀더 지난 9월 29일, 아버님께서는 예언하신 대로 안 선생님의 바통을 이어 받아 이 세상을 뜨심으로 써 안 선생님의 장지에 참석했던 문우들을 놀라 게 하셨다고 합니다.

지금부터 20년 전, 한때 강진의 고향 분들 사이에서는 강진군에서 생가를 사들여 기념관을 만드는 데 꼭 필요한 유품들이 유가족의 비협조 때문에 단 한점이 없다는 소문들이 있었다고 합니다. 당시 지방신문에, 저의 친척어른의 말을 인용해서 그와 비슷한 기사가 보도 되었다는 사실도 들은바 있습니다. 그러나 그것은 당시 유가족들의 실정을 너무 몰라서 온 오해였습니다. 1950년 6·25 직후, 우리 가족들이 살던 서울 신당동 집은 인민군들이 아버님과 가족들을 납북할 목적으로 민간인 경비원을 우리 집 정문 앞에 배치해 24시간 우리 가족들의 출입을 감시하고 납치할 시기를 기다리던 중이었습니다. 아버님께서는 인민군이 서울에 진입하기 직전에 이미 피신하신 후였기에 아마 혹시 밤에라도 잠시 아버님이 집에 들르시지 않을까하고 기대했을 것입니다. 유가족 역시 이 감시원이 혹 점심이나 저녁 식사하러 잠시 자리를 뜨지 않을까를 은근히 기대하면서 만반의 탈출준비를 마치고 나날을 보내고 있었습니다. 드디어 때가 왔습니다. 감시원이 점심때에 잠깐 자리를 비운 틈을 타서 전 가족이 탈출하는데 성공했습니다. 이렇게 해서 아버님이 계시는 친척 집으로 가족들이 합류하게 된 것입니다. 애당초 아버님은 당시 공보처 차장이었던 이헌구 선생님과 6월 27일 낮 2시에 우리 집에서 만나 함께 이 선생님 차로 남하(南下)하시기로 이 선생님과 굳은 약속이 있었습니다. 그러나 어찌된 영문인지 나타나기로 되어있던 이 선생님은 밤이 늦도록 나타나지 않으셨고 이 선생님이 홀로 남하하신 것을 전화로 확인하신 아버님은 친구의 배신감에 크게 실망하시면서 이 날 밤늦게 농부차림으로 변장하신 후 '보리 떼 모자'를 깊숙이 눌러 쓰시고 집을 나서 친척 댁으로 피신하셨습니다. 인민군 서울 진입이 6월 28일 오전이었으니 불과 10여 시간 전의 일이었습니다. 인민군 치하의 3개월간 친척집에 잘 피신하셨다가 9·28 수복 당시 아버님은 포탄이 시내 주택지로 마구 떨어져 피해자가 속출하는 바람에 이 집 방공호 속으로 피신하셨으나 동네 부인들이 계속해서 방공호로 들어오자 자리가 좁아 부인들께 자리를 양보하시고 밖으로 나오시자마자 북으로 퇴각하는 인민군의 포탄 파편에 치명상을 입고 쓰러지신 후 영원히 회복하지 못하셨습니다. 졸지에 아버님을 잃은 유가족들은 온 세상이 슬프게만 보이는 엄청난 충격을 안고 맥없이 석 달 전에 탈출했던 신당동 집을 찾아왔으나 이미 그 집은 옛날 집이 아니었습니다. 대문과 벽만 앙상하게 남아 있고 들창문, 마루 바닥 등이 모두 뜯겨 없어진데다 그 많던 책한 권 남아 있지 않고 가재도구 한 점 없이 모두 깨끗이 약탈을 당한 후였습니다. 그러니 유품이란 단 한 점 남아 있을 리가 없었던 것입니다.

이러한 유가족들의 처지를 잘 모르시는 친척분이 아마 기자들 앞에서 유가족의 비협조로 유품이 기념관에 한 점도 없다고 말씀하시는 실수를 범하셨던 모양입니다. 이밖에도 고향 분들이 아버님을 위한 행사를 치를 때마다 주최 측은 이 친척 분을 통해 유가족들의 참석을 권유했습니다만, 그때마다 이분은 "왕복 여비가 얼마냐? 내가 알아서 할테니 오지마라."라고 말씀하시곤 하셨습니다. 실제로 당시 유가족들의 생활난은 서울 강진 왕복 여비마저도 버거웠던 게 사실입니다. 이러한 연유로 해서 유가족들의 고향 방문 회수가 많지 못했던 것입니다. 강진군에서 생가를 사들인 후 복원 공사를 마쳤다는 소식이 있어 마침 제가 잠시 귀국했을 때 기회를 잡아 생가를 보기 위해 내려 온 적이 있습니다. 그때 전에 살던 생가와는 달라진 점 몇 가지를 말씀드리겠습니다. 언젠가 군에서 여유가 생기면 옛 생가 그대로 또는 전에 없던 것은 없애 주었으면 하는 바람으로 말씀드리는 것입니다. 사랑채 앞마당에는 각종 아름다운 꽃으로 화단을 이루고 있었는데 입구 양쪽에는 어른 키 보다 약간 높은 아름다운 탑이 있었으며 그 때문에 그 마을의 이름을 '탑동' 또는 '탑골' 이라 부르게 되었다고 합니다. 제가 어릴 때 그 탑에 관해 아버님께 이 탑이 어디서 온 것이냐고 여쭤 본적이 있습니다. 아버님은 옛날 이곳은 절터였고, 그 절에 있던 탑들이라고 설명하셨습니다. 사랑채 앞이 옛날처럼 꽃밭이 되면 사랑채가 옛날처럼 아름답게 어울릴 것입니다. 사랑채의 지붕은 원래 기와집이었습니다. 왜 있던 기와를 없애고 짚으로 다시 지붕을 만들었는지 알 수 없습니다. 또 사랑채의 문간채는 복원되지 않았습니다. 안채와 마찬가지로 사랑채에도 대문이 따로 있었습니다. 사랑채 서쪽과 북쪽 밭에는 네그루와 여섯 그루씩의 모란꽃 나무가 종대로 약 20미터 이상 길게 늘어 서 있어서 백여 그루의 모란 꽃 나무가 우거져 있었습니다. 그리고 이건 옛날에 있었던 건 아니지만 군에서 생가를 안내하는 안내판에 아버님의 일제 신사참배와 창씨개명, 삭발령 등을 끝내 거부하셨던 중요한 내용들이 누락되어 있더군요.

다음은 세상에 잘못 알려진 우리 집 어머님들의 성함을 이번 기회에 올바로 알려 드리겠습니다. 아버님이 열네 살 때 집안끼리 결정한 두 살 위의 규수와 첫 번째 결혼을 하셨는데 그 신부는 1년 후인 열일곱의 어린 나이에 소생이 없이 병사하셨습니다. 그분의 함자는 김해 김씨 은은자 풀초자, 김은초(金銀草) 어머님이 옳습니다. 세상에는 김은하로 잘못 알려져 있습니다. 또 아버님이 두 번째 결혼하신 저의 생모되시는 분은 순흥 안씨요 귀할 귀 연꽃 연자 안귀련(安貴蓮) 어머님입니다. 세상에 김씨로 알려진 이유는 저의 어머님의 어머님, 그러니까 제 외할머님이 안씨 집안에 첫 결혼하신 후 첫 아들을 낳자마자 곧 과부가 되셔서 후에 김씨와 재혼하셨기에 법적으로 김씨 성을 따라 김귀련으로 되었다가 후에 저의 어머님이 원래의 안씨 성으로 복귀하신 것입니다.

다음은 영문판 시 번역 문제를 말씀드리겠습니다. 많은 한국 시인들의 시가 영문으로 번역된 지 오랩니다만 아직도 아버님의 시는 번역이 안 되어 있습니다. 그만큼 다른 분의 시보다 아버님의 시 번역이 어렵다는 게 대부분 영문학자들의 의견입니다. "모란이 뚝뚝" 중에서 '뚝뚝'을 영어로 뭐라 표현하겠느냐? 그밖에도 그 구수한 전라도 사투리들은 또 무슨 수로 번역하겠느냐? 등등…… 그래서 제 바로 밑에 동생 김현태 불문학 교수는 세상 떠나기 전에 내게 하는 말이 아버님 시는 번역 안하는 게 상책이라고 입버릇처럼 말해 왔습니다. 그러나 제 생각은 외국인들이 오리지널 작품의 뜻을 100% 못 새긴다 하더라도 그 중 한 편이나마 원작(原作)에 가장 가깝게 영문으로 번역된다면 나름대로 보람이 있지 않겠느냐는 것입니다. 그래서 그간 미국대학에서 40여 년간 한국문학을 강의하고 있는 미국 동포들 사이에서는 유명한 한국인 시인 겸 교수님께 번역을 의뢰했었는데 번역이 끝난 후 보니 「강물」이라는 제목의 시에 "잠 자리가 서러워 일어났소, 꿈이 곱지 못해 눈을 떴소……"의 '잠 자리'를 곤충인 잠자리로 오역해서 "dragonfly"로 만들어 놓은 것을 보고 이 영문 시집 출판을 포기했습니다. 앞뒤 문맥을 보면 곤충의 '잠자리'로 해석될 수 없었는데 진짜 이 분이 시인이라는 말인가? 다른 곳은 또 얼마나 많이 실수했을까 하는 의심이 생기더군요. 그냥 변역료만 아무 말 않고 100% 지불하고 말았습니다. 또 지금은 국내의 일류대학에서 40여 년간 한국문학 강의를 하시다 은퇴하신 미국인 선교사의 아들[필자 주 : 에드워드 포이트라스교수를 의미함, 그는 연세대에 오랫동안 재직했으며, 박두진의 시를 영역하였음]이 한 분 계시는데 그 분과 아버님의 시 번역 문제를 협의 중입니다. 혹시 잘 되면 금년 말 내지 내년 봄까지는 영문판 시집이 나올 것 같습니다만 그도 두고 봐야하겠습니다.

다음은 유명한 아버님을 두었기에 유가족들이 마음 고생한 내용을 말씀드리겠습니다. 유가족이 서울로 이사 간 후 15년이 흐른 1963년에 강진 호동이라는 곳에서 태어났다는 어느 분이 7년 전에 수필집을 냈는데 그 책 추천서나 당시 신문 서평 그리고 책 광고문을 보면 저자 자신이 영랑생가에서 태어난 영랑의 손녀로 되어 있습니다. 뒤늦게 이 사실을 안 유가족들은 이미 팔려버린 1천3백 여 권의 책은 어쩔 수 없다 치더라도 전국 도서관에 나가있는 100여 권의 책은 열람 중지 또는 회수해야 한다는 생각을 가지고 있었습니다. 이 사실을 도서관측에 알려 선처를 요망했으나 도서관 측은 책 저자가 요청하든 피해자인 유가족이 요청하든 도서관측은 그 요청을 들어줄 수 없고 유가족의 주장이 옳다는 법적인 판결을 받아 와야만 도서관 측은 그 판결문을 근거로 열람 중지 또는 회수 조치가 가능하다는 것이었습니다. 그래서 하는 수 없이 유가족 측은 이 문제를 법정으로 끌고 갈 수 밖에 없었습니다.

또 다른 경우를 한 건 더 말씀드리겠습니다. 어느 분이 어느 시인의 전집을 내면서 그 시인과 아버님과의 평소 친교 관계를 의식한 나머지 아버님에 관련된 내용도 많이 다룬 것 까지는 좋았으나 뜬금없이 아버님의 첩이 서울에 있고 그 사이에 아들도 있는 것처럼 각주에 밝힘으로써 유가족들에게 큰 충격을 안겨 주었습니다. 이러한 근거 없는 사실은 그 전집의 주인공인 시인의 유가족 중의 한 분이 추측으로 무책임하게 뱉은 말을 그대로 믿고 쓴 실수라고, 저자는 유가족들에게 백배 사죄하면서 고백했습니다. 문제는 생가 관리인까지도 방문객들에게 이 책의 내용을 믿고 아버님에게 첩이 있었던 것처럼 전하고 있다는 사실입니다. 이 점 군 당국의 사전 교육이 절대 필요한

이제 궁금하신 분들도 계실 듯 하여 유가족의 근황을 말씀드리겠습니다. 아버님의 직계 유가족 중 장녀, 장남, 차남, 그리고 제 바로 밑에 4남이 모두 작고했기에 3남 되는 제가 유가족 대표가 되었습니다. 저는 1974년도에 직장에서 미국 주재 요원으로 나갔다가 7년 전에 은퇴해서 지금은 조용히 살고 있습니다. 막내 동생 현도는 67세로 유럽 오스트리아에서 40년째 살며 현재는 역시 은퇴생활을 하고 있고 국내에는 누이가 두 사람 등 생존 유가족 수는 4명입니다. 형제자매 중 반은 이미 갔고 반이 남아있는 셈입니다. 현재 직계 유가족 중 손 자녀는 20명이고 증손 자녀는 25명입니다. 손 자녀 중 미국에 변호사, 대학교수, 목사가 있고, 국내에는 장손인 '우식' 군이 현대 자동차 과장으로 있으며 성악가(소프라노)가 있고 의사가 둘, 약사 하나, 그리고 세 명의 의사 사위가 있습니다. 증손녀인 피아니스트 성원양은 소프라노 성악가의 딸로, 금년 이대음대

(梨大音大)를 졸업하고 5월에 독일 유학 예정인데 '전국음악가협회' 콩쿠르와 오스트리아 '국제청소년콩쿠르'에서 각각 1등을 한 재원(才媛)이며 이번 '제1회 영랑문학제'에서 '모란'이 피기까지' 등 두 편의 가곡(歌曲)을 부를 어머니의 반주를 맡고 있습니다. 그녀의 오빠 되는 '성윤' 군은 고려대 일본어문학과 재학생으로 일본 무사시노대학교의 전액 장학생으로 선발돼 유학 중에 있습니다.

끝으로 고향에 사시는 여러분께 유가족들의 소박한 꿈을 하나 말씀드릴까 합니다. 다름 아니고 아버님은 거의 평생을 정든 고향에서 사시면서 발표하신 시의 대부분을 고향집을 무대로 창작하셨습니다. 아시다시피, 모란꽃, 샘, 감나무, 돌담, 동백꽃, 복숭아꽃, 좀평나무, 은행잎, 대숲, 두견새, 꾀꼬리, 장꽝 등…… 고향집이 아니었다면 아버님의 시 중에서 3분의 2는 이 세상에 태어나지 못했을 것입니다. 이토록 아버님께서는 고향집을 남달리 사랑하셨습니다. 그래서 유가족들은 평소 그토록 사랑하시던 고향집, 생가(生家)에 아버님의 유해(遺骸)를 모시는 게 지하에 계신 아버님을 기쁘게 해드리는 길이라 굳게 믿고 그럴 경우 생가 방문자들도 묘까지 볼 수 있어 더욱 보람을 느낄 것입니다. 더구나 직계 유가족들이 하나하나 세상을 떠나고 있는 나이들입니다. 이제 마지막 직계 유가족이 사라지기 전에 경기도 '용인천주교공원묘지'에 계시는 부모님의 묘를 생가에 모시고 싶은 게 꿈입니다만 현행법이 "묘지는 주택지에서 5백 미터 이상 떨어져야 한다"라는 조문(條文) 때문에 유가족들의 희망이 좌절된 상태입니다. 중앙청 고관을 지낸 어느 분은 "주택가에서 5백 미터 떨어져야 가능하다"라는 법조문은 문화재의 경우 예외일 수 있다는 견해를 말씀하시더군요. "56년 전에 돌아가신 유해는 시체라기보다 일종의 문화재의 일부로 간주 할 수 있다"라는 말씀도 하시더군요. 유가족들이 가장 중요시하는 것은, 무엇보다도 생가 주변의 주민 여러분이 아버님의 묘 이장(移葬)을 찬성하느냐 또는 반대하느냐의 여론추세입니다. 주민 여러분이 반대하신다면 이장할 생각을 접고 그냥 용인에 계속 계시도록 하겠습니다. 그러나 만일 반대가 없으시다면 이장 비용 전액을 유가족들이 책임지고 이장을 추진하겠습니다. 여러분, 유가족들의 꿈이, 아니 아버님의 꿈이 이루어 질 수 있도록 적극 도와주시길 간절히 바랍니다.

지루하신 긴 시간 경청해주신 여러분께 머리 숙여 감사드리며 항상 건강하시고 댁내 행복하시기를 기원합니다.

앞으로 고향의 여러분들을 전보다 자주 찾아뵐 예정입니다.

안녕히들 계십시오.

2006.4.29(토), 김현철

3. 윤동주의 시세계 – 갈등과 번민 그리고 박애정신

외부세계로 향하는 통로가 차단되고 봉쇄된 밀실인 시인의 영혼에서 시는 창조된다고 마르셀 프루스트[1871~1922]는 말하였다. 외부세계를 자신의 밀실인 영혼 속에 유입하게 되는 시인은 자신의 이야기를 들어줄 상대를 기대하지 않은 채 시를 창조하게 되고, 외부세계는 시인이 자신의 생각에 몰두한 채 자신의 사유세계를 감금시킨 영혼의 밀실로 들어가 시인 고유의 생각을 바깥세상으로 탈출시키고자 한다. 시인의 고유한 영혼의 세계와 그 세계의 형성을 가능하게 하고 거기에 끝없이 충돌하는 외부세계는 대부분의 시에 공통으로 나타나는 두 세계로, 윤동주[1917~1945]의 시에서는 그것이 대등하게 대립하기도 하고 하나의 세계가 다른 세계보다 더 강하게 혹은 더 약하게 나타나기도 한다.

영혼은 육신과 대립되며 이 두 개념은 퇴화와 진화라는 신성한 현현과정에 관계된다. 아우하르마즈드는 "육신이 인간의 활동을 위해 창조되었다면 영혼은 그런 활동을 가능하게 하는 육신 속에 자리 잡아 배후에서 육신을 조종한다"라고 파악하였다. 영혼의 세계가 육신에 의해 구체화되는 경험과 표현의 수단을 제공하기 위해 창조되지 않았다면, 어떠한 진화도 불가능했으며 어떠한 속죄나 변화도 없었을 것이다. 따라서 영혼의 세계는 일반적으로 육신의 활동을 관장할 뿐만 아니라 특별하게는 시인의 내면세계를 형성한다. 윤동주의 시에서 영혼의 세계는 생명의 본체, 하느님의 지고한 말씀인 로고스 및 시인의 의식의 세계를 모두 포함한다. 윤동주의 시에서 영혼의 밀실은 ① 닫힌 세계로서의 '다락방', ② 반영체로서의 '거울'과 '우물', ③ 열려진 세계로서의 '창'과 '하늘', ④ 총체적 역할로서의 '간肝' 등으로 분류할 수 있다.

1) 닫힌 세계로서의 '다락방'

'다락방'은 영혼의 세계에 수반되는 부수세계를 의미한다. 사도 바오로의 전도여행에 따라갔던 예수 그리스도의 제자 루카는 "그러면 그 사람이 이미 자리를 깔아 놓은 큰 이층 방을 보여 줄 것이다. 거기에다 차려라. 제자들이 가서 보니 예수님께서 일러 주신 그대로였다. 그리하여 그들은 파스카 음식을 차렸다"(「루카복음서」 22장 12~13절)라고 강조하였다. 무교절은 하느님이 주시는 양고기를 나누어 먹음으로써 유태인들이 암흑세계, 즉 이집트의 압박과 노예생활에서 벗어나 자유생활을 하게 된 것을 기리는 기념일로 속죄와 구원의 상징이다. 여기서 '집'은 영혼이 스스로 노력하게 되는 상태를 의미하며 '다락방'은 영광의 순간이 가까워짐에 따라 예수 그리스도의 영혼이 작용하게 되는 것을 의미한다.

윤동주의 시 「돌아와 보는 밤」, 「흰 그림자」, 「쉽게 씌어진 시」 등에 나오는 "방"을 이들 시의 내용과 관련지어 보면, 그 역할이 '다락방'의 역할과 같음을 알게 된다. 「돌아와 보는 밤」은 "세상으로부터 돌아오듯이 이제 내 좁은 방에 돌아와 / 불을 끄옵니다. 불을 켜 두는 것은 너무나 피로롭은 일이옵니다. / 그것은 낮의 연장이옵기에"로 시작된다. 여기서 시인은 피곤했던 낮의 일, 즉 "내가 오래 기르든 여윈 독수리야! / 와서 뜯어 먹어라, 시름없이"라고 비장하게 외치는 「간肝」에 분명하게 나타나 있는 일제치하에서의 경찰의 감시나 자신의 행동을 불편하게 하는 온갖 요소 등에서 비롯되는 "하로의 울분"에서 벗어나기 위해, 자기고유의 사상을 "능금"처럼 성숙시키기 위해 자신의 방안을 어둠이 깔린 바깥처럼 어둡게 해둔다. 이러한 점을 반영하고 있는 윤동주의 시 「흰 그림자」의 전문은 다음과 같다.

> 황혼이 짙어지는 길모금에서
> 하로종일 시들은 귀를 가만히 기울이면

땅검의 옮겨지는 발자취소리,

발자취소리를 들을수 있도록
나는 총명했든가요.
이제 어리석게도 모든 것을 깨달은 다음
오래 마음 깊은 속에
괴로워하든 수많은 나를
하나, 둘 제고장으로 돌려보내면
거리모통이 어둠속으로
소리없이 사라지는 흰 그림자,

흰 그림자를
연연히 사랑하는 흰 그림자들,

내 모든 것을 돌려보낸 뒤
허전히 뒷골목을 돌아
황혼처럼 물드는 내방으로 돌아오면

신념이 깊은 의젓한 양처럼
하로종일 시름없이 풀포기나 뜯자

— 윤동주, 「흰 그림자」 전문

위에 인용된 시에서 시인이 방안으로 돌아오는 이유는 자신의 확고부동한 "신념" 때문이며 그러한 신념은 "다시는 용궁의 유혹에 안 떨어진다"라고 절규하는 「간」에서 절정에 달하게 되며, 이러한 점을 반영하고 있는 윤동주의 시

「쉽게 씌어진 시」의 전문은 다음과 같다.

　　　창밖에 밤비가 속살거려
　　　육첩방(六疊房)은 남의 나라,

　　　시인이란 슬픈 천명인줄 알면서도
　　　한줄 시를 적어 볼가,

　　　땀내와 사랑내 포근히 품긴
　　　보내주신 학(學) 봉투를 받어
　　　대학 노-트를 끼고
　　　늙은 교수의 강의 들으려 간다.

　　　생각해 보면 어린때 동무를
　　　하나, 둘, 죄다 잃어 버리고

　　　나는 무얼바라
　　　나는 다만, 홀로 침전하는 것일까?

　　　인생은 살기 어렵다는데
　　　시가 이렇게 쉽게 씌어지는 것은
　　　부끄러운 일이다.

　　　육첩방(六疊房)은 남의 나라
　　　창밖에 밤비가 속살거리는데,

등불을 밝혀 어둠을 조곰 내몰고,

시대처럼 올 아침을 기다리는 최후의 나,

나는 나에게 적은 손을 내밀어,

눈물과 위안으로 잡는 최후의 악수.

— 윤동주, 「쉽게 씌어진 시」 전문

위에 인용된 시에서 침략국인 남의 나라 일본의 방이기는 하지만, "육첩방"에서 시인의 영혼은 "시대처럼 올 아침을 기다리는 최후의 나", 「간」의 마지막 구절에 해당하는 "끝없이 침전하는 프로메테우스"와 최후의 악수를 하게 된다.

윤동주의 시에서 시인 자신이 되돌아오고는 하는 닫힌 세계인 "방"이 '영혼의 밀실'이 되는 까닭은 그 방이 과월절을 준비하던 유태인의 다락방과 같은 역할을 수행하기 때문이다. 그 방에서 시인은 우선 자신의 역할이 얼마나 중요한가를 인식하기 시작한다. 이러한 인식행위는 마치 영광의 순간 즉 이집트에서의 노예생활을 청산하고 자유인이 되어 조국 이스라엘로 돌아갈 날을 기다리며 예수 그리스도의 재림을 기다리던 유태인의 인식행위와 같은 것이다. "이제 창을 열어 공기를 바꾸어 들여야 할텐데"나 "눈을 감으면 마음 / 속으로 흐르는 소리, 사상이 능금처럼 저절로 익어 가옵니다"라는 「돌아와 보는 밤」에서 시인은 아직 확정되지는 않았지만 조국이 해방되는 날을 위해서는 반드시 필요한 그 어떤 행위를 준비한다. "바꾸어야 할 공기", "마음속에 흐르는 소리", "능금처럼 익어가는 사상" 등이 무엇인지를 이 시에서는 정확하게 밝히고 있지는 않지만, 그것은 분명히 보람 있는 것으로 파악할 수 있다. 왜냐하면 시인에게 있어서 "능금"은 '정감'과 '기능'의 상징이자 "영혼"의 열매이기 때문이다. 스미스는 자신의 『고전사전』에서 "능금과 사과는 헤라가 제우스와 결혼할 때에 대지의 여신이 헤라에게 준 황금의 열매로서 헤라로 대표되는 지혜와 제우스로 대표되는 사랑의 결합인 결혼을 상징하는 한편 무엇이가를 추구하는 노력의 결실을 의미한다"라고 파악하였다. 따라서 「돌아와 보는 밤」의 "능금"은 시인의 의지와 갈등, 노력과 경험의 결실을 암시한다.

「흰 그림자」에서 모든 것을 자각한 시인의 마음속에 오랫동안 "괴로워하든 수많은 나를 / 하나, 둘, 제고장으로 돌려보낸 후" 자신의 방에 돌아왔을 때, 그에게 남겨진 것은 "신념" 뿐이다. 그 신념이 밀폐된 방에 해당하는 '영혼의 밀실'에서 더욱 강하고 절실하며 외경의 경지로까지 느껴지는 것은 그것이 "으젓한 양"과 결합되어 있기 때문이다. '양'은 가장 높은 인격, 덕성, 살아있는 진리의 상징이자 영혼의 지속을 의미한다. 성 그레고리는 하느님의 시련을 견디어낸 정의로운 사람인 욥에 대한 『욥의 윤리』에서 이러한 양의 의미를 "인간의 순수한 사유작용 외에 양은 무엇을 의미할 수 있는가?"라고 파악하였다. "신념이 깊은 의젓한 양처럼 / 하로종일 시름없이 풀포기나 뜯자"라는 「흰 그림자」의 마지막 구절에는 한 마리 양이 된 시인과 그의 간단없는 신념이 강조되어 있다. 이러한 신념은 곧 시인 자신의 순수한 사유작용과 정신의 정화를 의미하며 더 나아가 조국의 해방을 위해 한 마리 속죄양이 되고자 하는 의지를 나타낸다. 「쉽게 씌어진 시」에서 "나는 무얼 바라 / 나는 다만, 홀로 침전하는 것일까?"라고 자문하는 시인의 질문에 대한 해답으로 우선은 시인 자신이 "남의 나라 육첩방"에 있다는 점과 조국이 처해 있는 상황과는 무관하게 시를 쓰고 있다는 점을 들 수 있다. 나아가 이에 대한 궁극적인 해답은 "목에 맷돌을 달고 / 끝없이 침전하는 프로메테우스"로 끝나는 시 「간」에서 찾아볼 수 있다. 그리고 "시대처럼 올 아침"에서 "아침"은 일차적으로 시인이 지니고 있는 에너지의 확산과 영혼의 발산을 뜻하며 궁극적으로는 새로운 것의 창조 곧 조국의 해방을 의미한다. 「돌아와 보는 밤」의 "내 좁은 방", 「흰 그림자」의 "황혼처럼 물드는 방", 「쉽게 씌어진 시」의 "남의 나라 육첩방"은 폐쇄된 공간으로 시인의 영혼이 작게는 자기 자신을 위해 크게는 조국을 위해 보람 있는 일을 준비하는 밀실이 된다. 시인이 자리 잡고 있는 밀실로서의 이러한 방의 의미구조를 가시화하면 〈도표 9〉와 같다.

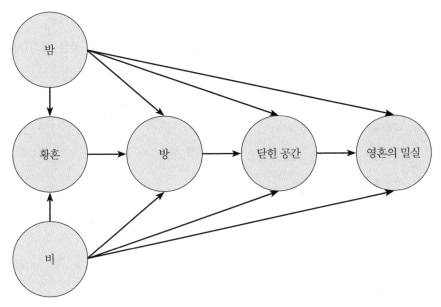

〈도표 9〉 윤동주 시에 반영된 방의 구조

2) 반영체로서의 '거울'과 '우물'

영혼은 종종 육신의 거울로 비유된다. 신학자였던 R. J. 캠프벨[1867~1956]은 자신의『영원한 불』에서 "인간의 영혼은 개인적으로나 집합적으로나 영혼자체의 굴종에서부터 영혼의 물질적 유혹에 이르기까지 교화될 필요가 있다. 영혼의 신성한 본질은 충분하게 분명히 또 완벽하게 신의 얼굴을 반영하도록 만들어졌다는 데 있다. 그렇지 않다면 영혼은 그 자체의 숙명에 따라야 한다"라고 파악하였다. 자신의 영혼이 지니고 있는 이러한 점을 통감하는 인간은 자신이 바라는 작은 희망은 물론 신의 재림을 목격하고자 하는 욕망을 성취하기 위해 자신의 영혼을 닦고 정화하고 교화시키게 된다. "신의 재림을 보고자 하는 자는 누구나 자기 자신의 거울의 녹을 제거하도록 하자. 신념으로 자기 자신의 마음을 정화하도록 하자"라고 W. S. 릴리[1840~1919]는 자신의『위대한 수수께끼』[1892]

에서 제안하기도 하였다. 인과관계에 의한 대상을 반영하는 물체인 거울, "구리거울"을 닦으면서 윤동주가 「참회록」에서 비춰보고자 하는 것은 물론 자기 자신의 모습이며, 이 시의 전문은 다음과 같다.

파란 녹이 낀 구리거울속에
내 얼골이 남어 있는 것은
어느 왕조의 유물이기에
이다지도 욕될가

나는 나의 참회의 글을 한줄에 주리자
―만24년1개월을
무슨 기쁨을 바라 살어 왔든가

내일이나 모레나 그 어느 즐거운 날에
나는 또 한줄의 참회록을 써야한다.
―그때 그 젊은 나이에
웨 그런 부끄런 고백을 했든가

밤이면 밤마다 나의 거울을
손바닥으로 발바닥으로 닦어 보자.

그러면 어느 운석(隕石)밑으로 홀로 걸어가는
슬픈 사람의 뒷모양이
거울속에 나타나온다.

―윤동주, 「참회록」 전문

비춰지는 대상을 그대로 반영하는 역할을 지닌 거울이지만 그것이 "파란 녹이 긴 구리거울"인 까닭에 시인의 모습은 불투명하게 반영될 뿐이다. 이처럼 불투명한 반영을 통해서 시인은 자신의 모습을 "왕조의 유물"에 비유하고 있다. 왕조의 유물로 남은 구리거울처럼 자신 또한 어느 왕조의 욕된 후손으로 남아있음을 시인은 인식하고, 이러한 인식에서부터 하나의 부끄러움을 느끼게 된다. 그 부끄러움은 시인 자신으로 하여금 "무슨 기쁨을 바라 살어 왔든가"라고 지난날의 행동에 대한 고백을 하게 하지만 바로 그러한 고백 때문에 또 다른 부끄러움을 느끼게 된다. 고백과 부끄러움의 이러한 반복적인 작용은 "밤이면 밤마다 나의 거울을 / 손바닥으로 발바닥으로 닦어 보자"에 잘 나타나 있다. 그러나 시인이 궁극적으로 거울 속에서 보게 되는 것은 자신을 향해 걸어오는 자신의 앞모습이 아니라 자신으로부터 멀어져 가는 자신의 뒷모습이다. "그러면 어느 운석隕石밑으로 홀로 걸어가는 / 슬픈 사람의 뒷모양이 / 거울속에 나타나온다."

시인으로부터 멀어져 가는 거울속의 "슬픈 사람의 뒷모양"은 무엇을 의미하는가? 그것은 단순한 부끄러움에서 기인하는 것이 아니라 보다 더 큰 것에 대한 부끄러움에서 비롯된다. 거울은 루이스브럭의 언급처럼 "일찍이 존재했던 모든 것을 반영하고, 또 신의 지혜를 반영하는 물체로 간주되어 왔다", "우리 모두 너울을 벗은 주님의 영광을 거울로 보듯 어렴풋이 바라보면서, 더욱더 영광스럽게 그분과 같은 모습으로 바뀌어 갑니다. 이는 영이신 주님께서 이루시는 일입니다"(코린토2서, 제3장 제18절)라는 구절처럼, 거울은 지혜와 영광과 은총의 상징으로도 쓰여 왔다. 거울 속에 반영된 자신의 모습에서 시인이 심한 부끄러움을 느끼는 이유는 아직은 젊은 24세에 말년의 노인이나 되는 것처럼 지난날을 고백하고 있기 때문이기도 하고, 거울이 지니고 있는 본래의 심상만큼 위대하고 훌륭한 일을 자신이 아직은 성취하지 못하고 있기 때문이기도 하다.

「참회록」의 "구리거울"에 반영된 시인의 모습이 스스로의 부끄러움 때문에 자신으로부터 점점 멀어져가는 반면, 「자화상」의 "우물"에 비친 시인의 모습은 바로 그 "우물" 속에 언제나 그대로 남아 있을 뿐이며, 이 시의 전문은 다음과 같다.

산모퉁이길을 돌아 논가 외딴우물을 홀로 찾아가선
가만히 들여다 봅니다.

우물속에는 달이 밝고 구름이 흐르고 하늘이
펼치고 파아란 바람이 불고 가을이 있읍니다.

그리고 한 사나이가 있읍니다.
어쩐지 그 사나이가 미워져 돌아갑니다.

돌아가다 생각하니 그 사나이가 가엾어집니다.
도로가 들여다 보니 사나이는 그대로 있읍니다.

다시 그 사나이가 미워져 돌아갑니다.
돌아가다 생각하니 그 사나이가 그리워집니다.

우물속에는 달이 밝고 구름이 흐르고 하늘이
펼치고 파아란 바람이 불고 가을이 있고
추억처럼 사나이가 있습니다.

— 윤동주, 「자화상」 전문

존 밀턴[1608~1674]이 자신의 『아레오파기티카』에서 "진리는 우물에 비유된다"라고 언급했던 바와 같이, 생명의 원천이자 진리의 발현체인 "우물"은 「자화상」의 시인의 참모습을 반영하지만 그는 자신의 모습을 증오하게 된다. 자연의 물상인 "달", "구름", "하늘", "바람" 등과 함께 하나의 사물이 되어 우물 속에 존재하는 "사나이"는 분명 시인 자신이 반영된 모습이며, 이 "사나이"를 증오하는 이유는 무엇인가? 「참회록」에서 "어느 왕조의 유물"이 되어 "구리거울" 속에 반영되어 나타나는 시인의 뒷모습은 적어도 시인 자신의 부끄러움을 수긍하는 까닭에 "슬픈 사람의 뒷모양"으로 표현하였지만, 「자화상」에서 시인의 참모습인 "사나이"는 "추억"에 비유되어 있다. 바로 그 "추억"은 지금으로서는 어찌할 수 없는 지난날의 행위로 시인의 의식세계에 끊임없이 작용한다. 그런 까닭에 "손바닥으로 발바닥으로" 구리거울을 밤마다 닦는 반복행위를 지속했듯이 이 시에서도 그런 반복행위는 지속되고 있을 뿐이다. 특히 이 시의 후반부에서 돌아가고 돌아오고, 미워하고 가여워하고, 미워하고 그리워하는 행위에 의해 시인은 "우물" 속에 반영된 자신의 모습에 해당하는 "우물 속의 사나이"가 누구인지를 궁극적으로 이해하게 된다. 닫힌 세계인 "다락방"에서 자신이 해야만 할 일을 인식한 시인은 그 반영체인 "거울"과 "우물"에 의해 자신이 하고자 하는 행위가 바로 올바른 진리에 해당한다는 점을 반복적으로 확인하게 된다.

"나는 세계관, 인생관, 이런 좀 더 큰 문제보다 바람과 구름과 햇빛과 나무와 우정, 이런 것들에 더 많이 괴로워 해왔는지도 모르겠읍니다"라는 윤동주 자신의 언급처럼, 「자화상」에 나타나 있는 하나하나의 물상들은 그 자신이 가장 소중히 여기는 것들에 해당한다. 그러나 뒤이어지는 "단지 이 말이 나의 역설이나, 나 자신을 흐리우는데 지날뿐인가요?"라는 언급에 반영되어 있는 바와 같이, 이러한 물상들은 우물 속에 반영된 사나이 곧 시인 자신이 진정한 의식의 세계를 은닉시키기 위한 방편에 지나지 않으며, 이처럼 은닉되었던 의식의 세계는 이제 열려진 세계인 "창"과 "하늘"로 향하게 된다.

3) 열려진 세계로서의 '창'과 '하늘'

"'창'은 영혼 속에 정신세계가 형성되어 진리의 빛이 빛나게 되는 방법이 된다"라고 P. 브룩스가 자신의 『영혼의 눈』에서 '창'의 역할을 설명한 바와 같이, 인간의 눈이 지식의 힘과 시야에 들어오는 자연세계의 사이에 존재하듯이 의식은 인간이 간직하고 있는 지식의 힘과 정신세계의 사이에 존재하게 된다. 신과 천상의 장엄한 지식이 유입되는 것은 열려진 '창'을 통해서 가능해진다. '창'의 이러한 역할을 인식한 시가 바로 윤동주의 시 「창」이며, 이 시의 전문은 다음과 같다.

쉬는 시간마다
나는 창녘으로 갑니다.

— 창은 산 가르침.

이글이글 불을 피워주소.
이방에 찬 것이 서럽니다.
단풍잎 하나
맴 도나 보니
아마도 작으마한 선풍(旋風)이 인게외다.

그래도 싸느란 유리창에
햇살이 쨍쨍한 무렵,
상학종(上學鐘)이 울어만 싶습니다.

— 윤동주, 「창」 전문

시인은 "창"을 통해 외부세계를 관찰하고 외부세계가 지니고 있는 진리를 수용하게 된다. 그가 수용하는 진리는 "이글이글 불을 피워주소"처럼 "불꽃"이 되어 "이방에 찬것이 서립니다"처럼 자신이 자리한 '방안', 곧 '영혼'을 일깨워 준다. "창"이 지니고 있는 이러한 역할은 「돌아와 보는 밤」에서 방안 공기를 바꿈으로써 시인이 자신의 심기일전을 위해 "이제 창을 열어 공기를 바꾸어야 할텐데"라는 독백에서도 찾아볼 수 있다. 윤동주의 시에서 "창"은 밀폐된 방을 열려진 외부공간인 "하늘"로 이끌게 되고, "하늘"은 열려진 세계로서의 '영혼'의 밀실로 작용하게 된다. 윤동주의 시에서 하늘의 중요성은 이미 그의 시집 제목에 해당하는 『하늘과 바람과 별과 시』1948에도 나타나 있으며, 하늘은 우선 시인에게 깨끗한 삶의 표상으로 나타난다. 부끄러움을 느낄 때 마다 시인은 머리위에 펼쳐진 하늘을 올려다보고는 한다. 이러한 점은 「서시」의 "죽는 날까지 하늘을 우러러 / 한점 부끄럼이 없기를", 「무서운 시간」의 "한번도 손들어 보지 못한 나를 / 손들어 표할 하늘도 없는 나를 / 어디에 내 한몸 둘 하늘이 있어 / 나를 부르는 것이오", 「길」의 "돌담을 더듬어 눈물 짓다 / 쳐다보면 하늘은 부끄럽게 푸릅니다" 등에서 확인할 수 있다. "하늘"은 또 시인에게 지나간 날의 추억을 떠올려 주기도 한다. 하늘이 시인에게 추억을 떠올려 줄 때는 네 계절 중에서 주로 "가을"과 함께 나타난다. 「자화상」에서 "가을"과 함께 우물 속에 반영된 자신의 모습을 "추억처럼 사나이가 있습니다"라고 비유한 것, 「남쪽 하늘」에서 어머니의 품속을 그리워 하는 자신의 어린 영혼이 "시산한 가을날— / (…중략…) 쪽나래의 향수를 타고" 떠돈다라고 표현한 것, "둥근달"과 "기러기"를 불러 모은 「창공」에서 "동경의 날 가을에 / 조락의 눈물을 비웃는다"라고 기술한 것 등은 모두 "하늘"과 "가을"과 "추억"이 시인의 의식세계에 변별적으로 나타나지 않고 동시에 나타나고 있음을 보여준다. 가을날 하늘을 올려다보는 「소년」에서 "하늘"은 소년의 눈과 볼을 거쳐 손바닥에 자리 잡아 강물이 되어 흐르고 아울러 지나간 시절의 사랑을 상기시켜 준다.

여기저기서 단풍잎 같은 슬픈 가을이 뚝뚝 떨어진다. 단풍잎 떨어져 나온 자리마다 봄을 마련해 놓고 나무가지 우에 하늘이 펼쳐있다. 가만히 하늘을 들여다 보려면 눈섭에 파란 물감이 든다. 두 손으로 따뜻한 볼을 쓷어보면 손바닥에도 파란 물감이 묻어난다. 다시 손바닥을 들여다 본다. 손금에는 맑은 강물이 흐르고, 맑은 강물이 흐르고, 강물 속에는 사랑처럼 슬픈 얼골 아름다운 순이의 얼골이 어린다. 소년은 황홀히 눈을 감어 본다. 그래도 강물은 흘러 사랑처럼 슬픈 얼골 아름다운 순이의 얼골은 어린다.

— 윤동주, 「소년」 전문

그리고 "하늘"은 시인에게 희생정신을 일깨워 주고 시인은 자신의 이러한 희생으로 새로운 진화를 시도하고자 한다. 시인의 이러한 태도는 윤동주의 시 「십자가」에 분명하게 나타나 있다. 십자가는 하느님의 말씀인 로고스 및 삼위일체 중 제2위인 그리스도를 상징한다. 인류에 대한 열정과 새로운 세계에 대한 창조를 꿈꾸는 시인의 영혼은 한 단계 높은 단계로 발전하기 위해서 자아 내에 숨겨진 의식이 보다 더 지고한 활동을 할 수 있기를 열망하며, 이 시의 전문은 다음과 같다.

쫓아오는 햇빛인데
지금 교회당 꼭대기
십자가에 걸리었읍니다.
첨탑이 저렇게도 높은데
어떻게 올라갈수 있을까요.

종소리도 들려오지 않는데
휘파람이나 불며 서성거리다가,

괴러웠든 사나이,

행복한 예수·그리스도에게

처럼

십자가가 허락된다면

목아지를 드리우고

꽃처럼 피어나는 피를

어두어가는 하늘 밑에

조용히 흘리겠습니다

— 윤동주, 「십자가」 전문

　윤동주의 이와 같은 '순교정신'은 그의 시 「소낙비」에도 나타나 있으며, 이 시에서 그가 들이마시게 되는 "하늘"에는 열려진 세계로서의 영혼의 밀실에 해당하는 "하늘"이 종합되어 있는 까닭은 바로 그 "하늘"이 다른 시에서와는 다르게 "노아 때의 하늘"에 해당하기 때문이며, 윤동주의 시 「소낙비」의 전문은 다음과 같다.

번개, 뇌성, 왁자지근 뚜다려

머—ㄴ 도회지에 낙서가 있어만 싶다.

벼루짱 엎어논 하늘로

살같은 비가 살처럼 쏟아지낟.

손바닥만한 나의 정원이

마음같이 흐린 호수되기 일쑤다.

바람이 팽이처럼 돈다.

나무가 머리를 이루 잡지 못한다.

내 경건한 마음을 모셔드려

노아때 하늘을 한모금 마시다

— 윤동주, 「소낙비」 전문

성경에서의 "노아"는 "노아의 방주"를 만들어 대홍수의 피해에서 벗어난 "정의로운 사람"으로 인류문화에서 진화의 영원한 상징으로 남아 있다. 이러한 "노아"는 영혼의 발전에 있어서 완벽한 단계를 지칭하며 노아가 간직하고 있는 지식은 신이 전수해준 지식이라는 점을 암시하고 있다. "노아의 역사는 이러하다. 노아는 당대에 의롭고 흠 없는 사람이었다. 노아는 하느님과 함께 살아갔다."(「창세기」 6장 9절) 인류를 구원하기 위해 "노아"가 되어 "노아때 하늘"을 마시고자 하는 「소낙비」의 시인이 궁극적으로 지향하는 것은 자신과 노아를 일치시킴으로써 노아처럼 인류를 위해 값진 일을 하는 것이다. 위에서 살펴본 것처럼 윤동주의 시에서 열려진 세계로서의 "하늘"은 깨끗한 삶의 표상, 추억의 회상, 희생정신에 대한 열망으로 나타난다.

4) 총체적 역할로서의 「간」

윤동주의 시 「간」에 나오는 "간"을 앞에서 설명한 닫힌 세계로서의 "다락방", 반영체로서의 "거울"과 "우물" 및 열려진 세계로서의 "창"과 "하늘"에 대한 총체적 역할로서의 영혼의 밀실이 된다고 파악할 수 있는 것은 「간」에서의 "간"이 하늘과 바다, 영혼과 육신, 그리스의 프로메테우스 신화와 한국의 귀토설화를 연결 짓는 교량적인 역할을 하고 있는 산실이 되기 때문이다. "간"은 또 망국민과 조국에 대한 죄책감을 비극적 속죄의식으로 표출하는 밀실이 된다. 프로메테우스 신화에서 인간을 위해 보람 있는 죄를 짓고 자신의 "간"을 독수리에게 조금씩 쪼이며 그 죄의 대가를 묵묵히 인고하는 프로메테우스와 귀토설화에서 슬기로운 꾀를 내어 자신의 "간"을 지키는 토끼는 시인의 내면적인 저항의식을 반영한다. 이와 같은 의미를 지니고 있는 윤동주의 시 「간」을 이해하기 위해서는 그 배경이 되는 두 이야기를 살펴볼 필요가 있다. 『삼국사기』 제41권 '김유신조 상권'에는 도해道解가 김춘추에게 들려준 토끼와 거북이의 이야기가 다음과 같이 수록되어 있다.

옛날에 동해용왕의 딸이 병이 들어서 앓았는데 의사의 말이 토끼의 간을 얻어서 약에 합하여 쓰면 가히 나을 것이라 하였으나, 그러나 바다 가운데는 토끼 내가 능히 토끼의 간을 얻어올 것이라 하고 드디어는 육지에 올라가서 토끼에게 말하기를 바다 가운데 한 섬이 있는데 샘물이 맑아서 돌도 깨끗하고 숲도 우거지고 좋은 과실도 많이 열리고 춥지도 덥지도 않고 매나 독수리나 같은 것들도 감히 침범할 수 없는 곳이라, 만약 그곳으로 갈 것 같으면 가히 편안하게 살 수 있어 아무런 근심도 없을 것이다 하며 꾀어서는 드디어 토끼를 등에 업고 바다에 떠서 한 2, 3리쯤 가게 되었다. 이 때 거북은 토끼를 돌아보고 말하기를 지금 용왕의 따님이 병이 들어 앓는데 꼭 토끼의 간을 약으로 써야만 낫겠다고 하는 까닭으로 내가 수고로움을 무릎 쓰고 너를 업고 오는 것이다 하니 토끼는 이 말을 듣고 말하기를 아아 그런가. 나는 신령의 후예로써 능히 오장을 내어 깨끗이 씻어가지고 이를 거둘 수 있는 것이다. 그런데 요사이는 마침 마음이 근심스러운 일이 생겨서 간을 꺼내어 깨끗이 씻어서 잠시 동안 바위 돌 밑에 두었는데, 너의 좋다는 말에 팔려서 그만 간을 그대로 두고 왔다. 너의 그런 말을 미리 들었으면 가지고 왔을 것을 그랬다. 내 간은 아직 그곳에 있는데 다시 돌아가서 간을 가지고 오지 않으면 어찌 네가 구하려는 간을 가지고 갈 수 있겠는가. 나는 비록 간이 없어도 살 수가 있으니 그러면 어찌 둘이 다 좋은 일이 아니겠는가 하니 거북이는 이 말을 그대로 믿고 도로 토끼를 업고 돌아서서 유지로 돌아오니, 토끼는 풀숲으로 뛰어 들어가면서 거북에게 말하기를 거북아 너는 참으로 어리석구나. 어찌 간이 없이 살겠느냐 하니 거북이는 아무 말도 못하고 돌아갔다는 이야기라.

위의 이야기는 신라에게 점령당한 고구려의 땅 마목현(지금 문경)과 죽령을 되찾기 위해 도해가 김춘추에게 비유로 한 말이다. 그 결과 김춘추는 마목현과 죽령을 되돌려 줄 것을 약속한다. 윤동주의 시 「간」에서 지혜로운 토끼는 시인 자신을, 충직한 거북이는 시인을 괴롭히는 외부요인이 된다. 「간」에서 프로메테우스는 일제치하에서 고통 받는 동족을 위해, 더 나아가 전 인류의 발전과 행복을 위해 기꺼이 자기 자신을 희생하고자 하는 시인의 고귀한 정신을 대변한다. 그리스의 프로메테우스 신화를 J. E. 짐머만1923~1999의 『고전신화 사전』1998, 리지워터와 쉐르우드의 『컬럼비아 대백과사전』1956, G. A. 스켈의 『조각과 신화 사전』 등을 중심으로 하여 요약하면 다음과 같다.

프로메테우스는 하늘과 땅의 사이에서 태어난 거인 타이탄으로 그리스어로 "선견지명"을 나타낸다. 이아페투스와 클리메네의 아들이자 아틀라스, 메네오티우스, 엠피메테우수와는 형제이다. 그는 모든 신을 비웃었으며 슬기롭고 지혜로운 점에서 모든 신을 능가하였다. 제우스가 그에게 판도라를 아내로 맞이할 것을 제의하였으나 제우스의 속임수를 눈치 채고 이를 거절하였다. 처음에는 올림퍼스 신들을 도왔으나, 인류를 불쌍히 여긴 프로메테우스는 불과 기술을 하늘에서 훔쳐 인류에게 전해주었으며 이로 말미암아 제우스의 노여움을 사게 되었다. 제우스는 헤르메스를 시켜 프로메테우스를 코카사스 산중의 바위 위에 쇠사슬로 묶게 한 후 독수리로 하여금 그의 "간"을 날마다 조금씩 쪼아 먹게 하였다. 독수리가 그의 간을 쪼아 먹는 데에는 30년(신화 연구자에 따라 30,000년이라고도 한다)이 걸렸다. 헤라클레스가 구해주어 자유롭게 된 것 외에도 약효 있는 식물의 사용법을 가르쳐 주었고, 땅을 경작하는 방법도 지도하였으며, 말을 길들이는 법도 전수해주었다. 그의 아들 데우칼리옴은 대홍수로 전멸하게 된 인류를 구해주었다.

이상에서 살펴본 바와 같이 한국의 귀토설화에 나타나는 명약으로서의 토끼의 "간"과 그리스의 신화에 나타나는 고통과 형벌로서의 프로메테우스의 "간"을 연관 짓고 있는 윤동주의 시 「간」의 전문은 다음과 같다.

L1 바닷가 햇빛 바른 바위우에

L2 습한 간을 펴서 말리우자.

L3 코카사쓰 산중에서 도망해온 토끼처럼

L4 둘러리를 빙빙 돌며 간을 지키자.

L5 내가 오래 기르든 여윈 독수리야!

L6 와서 뜯어 먹어라. 시름없이

L7 너는 살지고

L8 나는 여위여야지. 그러나

L9 거북이야!

L10 다시는 용궁의 유혹에 안떨어진다.

L11 프로메테우스 불쌍한 프로메테우스

L12 불 도적한 죄로 목에 맷돌을 달고

L13 끝없이 침전하는 프로메테우스.

―윤동주, 「간」 전문

윤동주의 시 「간」에서 동서양의 이야기를 연결 짓고 있는 어휘는 L2의 "바위"와 L3의 코카사스 산중에서 도망해온 "토끼"이다. L1과 L2는 『삼국사기』 제

41권 '김유신조 상권'에 나오는 "간을 꺼내어 깨끗이 씻어서 잠시 동안 바위 돌 밑에 두었는데"에 근거한다. "바위 돌 밑"이 이 시에서는 "바위 위"로 위치가 전이된 것은 프로메테우스가 코카사스의 산중 "바위 위"에 쇠사슬로 묶여 있었기 때문이다. L2의 "습한 간"은 일제치하에서 번민과 갈등으로 점철되는 시인의 마음상태를 반영한다. 코카사스는 물론 그리스의 신화에서 프로메테우스가 바위에 쇠사슬로 묶였던 곳에 해당하지만, 시인은 프로메테우스가 아닌 토끼가 그곳에서 도망쳐 왔다고 표현함으로써, 동양과 서양, 한국과 그리스, 설화와 신화를 결합시키고 있다. 이 시에서 코카사스는 토끼에게는 거북이의 유혹에 넘어가 용궁으로 향하던 곤혹스러운 위기의 순간을, 프로메테우스에게는 독수리에게 간을 쪼이는 고통스러운 시련을, 시인에게는 일제 식민지치하에서의 자유롭지 못한 현실을 의미한다.

L3의 "토끼"는 궁지에 몰린 약자이긴 하지만 지혜롭게 자기 자신의 "간", 곧 영혼의 밀실에 해당하는 "간"을 지키는 시인 자신을 의미한다. 용왕의 거대한 힘과 권위, 다시 말하면 일제치하의 무력과 강압에 무모하게 정면으로 대결하여 처참한 패배와 스스로의 파멸을 자초하기 보다는 지략으로 위기를 넘겨 허약한 존재인 자기 자신을 구원하여 언제가 될지는 모르지만 다음날을 기대하고 준비하는 시인의 내면의식에 연결된다. "간"은 결코 빼앗길 수 없는 최후의 보루, 인간이 인간임을 확인할 수 있는 지고한 영혼과 직결되기에 시인으로서의 윤동주는 L4에서 "둘러리를 빙빙 돌며 간을 지키자"라고 간곡하게 호소한다. 그 호소는 작게는 시인 자신의 생명을 위협하고, 크게는 조국의 해방이라는 기대마저도 가차 없이 말살시키는 당시의 시대적 상황과 위기의식을 암시한다.

L1, L2, L3, L4에는 "말리우자", "지키자"와 같은 청유형 서술어가 사용되어 온건한 자세를 취하고 있지만, 제3연을 이루는 L5, L6에는 강력하고 비장한 외침이 나타나 있으며, 그 외침의 강도는 L5의 "독수리야!"에서 파악할 수 있는 비칭호격卑稱呼格과 감탄부호 및 L6의 "와서 뜯어 먹어라, 시름없이"에 반영되어 있

는 목적어 "간"을 생략한 명령형 서술어에 함축되어 있다. 여기서 말하는 "독수리"는 프로메테우스 신화에서 말하는 "벌취vulture"로서 탐욕과 욕심쟁이의 상징이고 "독수리"는 로마제국과 미합중국의 국가휘장으로 사용되듯이 성령과 용맹을 상징한다. "독수리"는 철두철미하게 시인을 감시하는 일제치하의 경찰 혹은 밀고자를 나타낸다. 누군가에 의해 언제나 감시받고 있다는 것은 참을 수 없는 고통이기에 시인은 "내가 오래 기르든 여윈 독수리야!"라고 절규한다. 이 구절은 문화사적으로 볼 때 한국으로부터 오랫동안 문화적인 영향을 받아온 일본을 지칭하기도 한다. 여기서 주목할 어휘는 "시름없이"로, 이 어휘는 시인이 겪는 정신적인 번민과 갈등의 고조와는 무관하게 감시의 포위망이 시시각각 좁혀드는 것을 의미한다. "뜯어 먹어라"에서 목적어를 생략한 이유 중의 하나는 시상詩想을 압축하여 그 효과를 극대화하기 위해서이고, 다른 하나는 시인 자신이 철저하게 증오하는 "독수리"로 대표되는 일제치하에서 자신이 가장 아끼는 신성한 영혼의 밀실인 "간"을 "간"이라고 언급하는 것조차 불경스럽게 느껴지기 때문이다.

겉으로 드러나지 않은 시인의 내면의식, 남모르는 희생과 속죄의식은 제4연의 L7과 L8을 형성한다. "너"로 집약되는 "독수리", "제우스", "거북이", "용왕", "침략국 일본", "압제자", "살지다"라는 강력한 의미와 '나'로 집약되는 "간", "프로메테우스", "토끼", "피-침략국 조선", "시인 자신", "여위다"라는 허약한 의미가 첨예하게 대립되어 있다. "너는 살지고 / 나는 여위여야지. 그러나"에서 "그러나"는 시인의 이러한 의식의 세계를 반전시켜 분명하게 겉으로 나타나는 다음의 제5연을 이끈다. 그러나 "그러나"가 L9의 첫머리에 오기 보다는 L8의 마지막에 쓰인 것은 다음의 연 첫 구절의 의미를 최대한으로 강조하기 위해서이다. "거북이야!"라고 외치면서 L9는 시작된다. 갑작스런 명명은 상대방을 당혹스럽게 할 뿐만 아니라 호명자의 단호한 의지를 나타내게 된다. 이 시에서 거북이는 전통적 의미와는 관계없이 독수리만큼 사악하고 간악한 존재로 나타나 있다. 해, 산, 물, 돌, 구름, 불로초, 사슴, 소나무와 더불어 십장생중의 하나로 우직스럽지만 영물에 해당하고 충성스러운 존재로 여겨온 거북이의 전통적인 의미는 사라지고 상관의 명령에 맹종하는 부하, 일제치하의 "앞잡이"를 의미하게 된다. "용궁의 유혹"은 『삼국사기』제41권 '김유신조'에 나오는 거북이가 토끼를 유혹할 때의 말, "바다 가운데 한 섬이 있는데 샘물이 맑고 돌도 깨끗하고 숲도 우거지고 좋은 과실도 많이 열리고 춥지도 덥지도 않고 매나 독수리와 같은 것들도 감히 침범할 수 없는 곳이라. 만일 그곳으로 가면 가히 편안하게 살 수 있어 아무런 근심도 없을 것이라"에 해당한다. 이 시에서 "거북이"는 온갖 회유책으로 시인에게 접근하는 일제의 유혹을 의미한다. "다시는"이라는 부사는 지난 날에 대한 후회막심한 회한과 더불어 새로운 결의가 그만큼 더 비장하고 강력함을 시사한다.

「간」의 마지막 연에서 프로메테우스는 세 번 반복되어 나온다. 숫자 3은 어떤 진행과정이나 상태의 완성을 의미한다. S. 키드는 자신의 저서 『중국』에서 "중국인들은 숫자는 1에서 비롯되고 3에서 완성되며 10에서 끝난다고 말한다"라는 사실을 관찰하였고, 스베덴버크도 "숫자 3은 가득 찬 상태, 즉 완성을 뜻한다"라고 하였으며, J. 가니에르도 『죽은 자의 숭배』에서 "숫자 3은 개인적인 행동의 완성을 상징하며, 성부와 성자와 성신처럼 인간에 대한 신의 세 가지 측면을 나타내고 또 인간자신에게는 육신과 영혼과 정신을 나타낸다"라고 파악하였다. 이제까지 시가 진행되는 동안 시인의 의식 속에 거세게 작용하던 번민과 갈등은 세 번 반복되어 나오는 "프로메테우스"에 의해 완전하게 해소되고 시인은 신념에 찬 결의를 다짐하게 된다.

그 신화가 암시하듯이 프로메테우스는 "지고한 정신을 가지고 세상의 가장 높은 곳에 앉아 모든 것을 관망하는 불멸"의 상징이다. 죽은 후 다시 태어나는 제2의 삶 및 스스로 타고난 선량한 인격을 의미하기도 하는 프로메테우스는 그의 동생 에피메테우스가 제1의 삶 및 남의 눈에 비친 자신의 인격과 숙명적인 유한한 존재를 상징하는 것과 대조된다. 프로메테우스가 하늘에서 훔쳐 인간에게 전해 준 불이 인류가 동물적인 생활에서 인간적인 생활로 발전하는 계기가 되었듯이, 기꺼이 프로메테우스가 되고자 하는 이 시의 시인은 조국의 해방과 동족의 번영을 위해서라면 그 어떤 형벌도 감수하고자 한다. 프로메테우스는 실제 목에 "맷돌"을 달지는 않았지만 그렇게 표현함으로써 시인 자신에게 가해지는 형벌의 가혹함과 중대함을 강조하는 한편 스스로에 대한 자책과 속죄의식을 강조한다. 시인의 이러한 완전한 희생은 "끝없이 침전하는 프로메테우스"로 대변된다. 바다 깊은 곳에 존재한다는 심연, 그곳은 아비규환과 혼돈의 세계로서 그 세계로 스스로를 내던지면서도 시인은 고통스럽지만 보람 있는 일, 조선의 독립과 자유를 쟁취하고 나아가 유한한 존재인 자신을 희생함으로써 전 인류의 무한한 행복과 발전을 꾀하고자 한다.

한 편의 시에 사용된 시어 하나하나는 시인의 끝없는 고찰과 치밀한 계산에 의해 선정되어 결합되어 있기 때문에 그 감상자는 되도록이면 많은 의미를 지금 읽고 있는 시에서 산출해 내야만 한다. 그러기 위한 방법 중의 하나가 변화무쌍한 문학이론과 비평이론에도 불구하고 여전히 각광받고 있는 것은 신비평에서 강조하는 "꼼꼼하게 읽기"의 방법과 "텍스트 자체"의 설명이다. 윤동주의 시 「간」에서 시인, 한국의 귀토설화, 그리스의 프로메테우스 신화는 이 셋의 공통요소인 "간"에 의해 서로 연관되어 있다. "간"은 생명체에게 있어 가장 중요한 기관이며, 인간이 인간임을 확인할 수 있는 최후의 보루인 셈이다. 「간」에서의 "간"이 토끼와 연관될 때 그것은 시인이 살았던 한국의 당시 시대정신과 독립에의 의지를 의미하고, 프로메테우스와 연관될 때 그것은 시인이 궁극적으로 지향하고자 했던 인류의 평화와 발전을 의미한다. F. O. 마티선이 자신의 『미국의 르네상스』에서 "예술가의 언어사용은 그의 시대정신을 반영하고, 예술가의 언어사용은 문화사의 가장 민감한 지표가 된다"라고 강조했던 바와 같이, 인간은 현재의 자신과 자신이 원하던 원하지 않던 간에 그 일부분이 되는 사회에 의해 형성된 자기 자신을 분명하게 말할 수 있기 때문이다.

윤동주의 시에 나타나는 영혼의 밀실을 네 가지 유형으로 나누어 살펴보았다. 폐쇄된 공간인 "다락방"에서 한 인간으로서의 번민, 그러한 자신을 반영시켜주는 "거울"과 "우물"에서의 증오와 연민, 개방된 공간인 "창"과 "하늘"에서 시인이 자각하는 깨끗한 삶과 부끄러움과 순교정신—이 모든 것들은 그의 시「간」에 집약되어 있다. 한국의 설화와 그리스의 신화를 접목시켜 시인의 의지와 지혜와 행동을 압축하고 있다는 점에서 윤동주의 시「간」은 우주의 법칙과 이성을 알려준 최초의 말씀인 로고스에 해당한다고 볼 수 있다.

5)「투르게네프의 언덕」에 반영된 비교문학적 요소

윤동주의 시와 외국의 시 혹은 외국의 시인의 관계는 우선적으로 그의 시「별헤는 밤」에서 "'프랑시쓰·쨤,' '라이넬·마리아·릴케' 이런 시인의 이름을 불러봅니다"에서 찾아볼 수 있다. 그리고 이러한 점을 구체적으로 찾아볼 수 있는 시가 바로 윤동주의 시「투르게네프의 언덕」이며, 그의 이 시는 김억이「비렁뱅이」라고 번역하여 『창조』 제8호[1921]에 수록한 투르게네프의 시와 밀접하게 관계된다. 김억이 번역한 시와 윤동주의 시를 차례로 인용하면 다음과 같다.

우선 김억이 번역한 투르게네프의 시「비렁뱅이」의 전문은 다음과 같다.

내가 거리를 걸었다.…… 늙고 힘없는 비렁뱅이가 나의 소매를 이끈다.

힘없고 눈물고인 눈 푸른 입술 남루한 옷 거뭇거뭇한 상처자리…… 아아 어떻게 밉살스럽게도 가난이 타는 놈이 이 불쌍한 생물을 파먹어 들었나!

그는 붉고 부르튼 더러운 손을 나의 앞에 내어민다. 무엇이라 탄식을 하며 울면서 적선(積善)하라고 한다.

나는 포켓만 찾아보았다.…… 만은 돈지갑도 없고 시계도 없고 작은 수건조차 없었다.…… 나는 가진 것이라고는 아무것도 없었다.

그래도 비렁뱅이는 아직 기다린다.…그가 내어 밀고 있는 손은 힘없이 떤다.

어떻게 할지를 모르고 나는 이 더럽고 떠는 손을 힘 있게 잡았다.…… "용서하여주게, 형제여. 나는 아무것도 가진 것이라고는 없네. 형제여."

비렁뱅이는 그 벌건 눈을 내게 향하고 그 푸른 입술에 웃음을 띠우며 나의 찬 손가락을 꽉 잡으면서 주저리는 말이

"고맙습니다. 이것도 적선이지요."

나도 나의 형제에게서 적선 받은 것을 나는 이해하였다.

— 김억 역, 「비렁뱅이」 전문

윤동주의 시 「투르게네프의 언덕」 전문은 다음과 같다.

나는 고갯길을 넘고 있었다.…… 그때 세 소년 거지가 나를 지나쳤다.

첫째 아이는 잔등에 바구니를 둘러메고, 바구니 속에는 사이다병, 간즈메통, 쇳조각, 헌 양말짝 등 폐물이 가득하였다.

둘째 아이도 그러하였다.

셋째 아이도 그러하였다.

텁수룩한 머리털 시커먼 얼굴에 눈물 고인 충혈 된 눈, 색 잃어 푸르스름한 입술, 너들너들한 남루, 찢겨진 맨발,

아아, 얼마나 무서운 가난이 이 어린 소년들을 삼키었느냐!

나는 측은한 마음이 움직이었다.

나는 호주머니를 뒤지었다. 두툼한 지갑, 시계, 손수건…… 있을 것은 죄다 있었다.

그러나 무턱대고 이것들을 내줄 용기는 없었다. 손으로 만지작 만지작거릴 뿐이었다.

다정스레 이야기나 하리라 하고 '얘들아' 불러 보았다.

첫째 아이가 충혈 된 눈으로 흘끔 돌아다볼 뿐이었다.

둘째 아이도 그러할 뿐이었다.

셋째 아이도 그러할 뿐이었다.

그리고는 너는 상관없다는 듯이 자기네끼리 소근소근 이야기하면서 고개로 넘어갔다.

언덕 위에는 아무도 없었다.

짙어가는 황혼이 밀려들 뿐

— 윤동주, 「투르게네프의 언덕」 전문

위에 인용된 두 편의 시가 비교문학적으로 중요한 까닭은 1920년대 초에 김억이 이 시를 번역하여 한국문단에 소개하였다는 점과 윤동주가 투르게네프의 시를 근간으로 하여 자신의 시를 창작하였다는 점에 있다. 물론 윤동주가 김억이 번역한 이 시를 참고하였는지 아니면 당시 일본에서 번역한 시를 참고하였는지는 분명하지 않지만, 투르게네프의 시를 자신의 시로 전이시켰다는 점에서 비교문학적으로 중요한 자료에 해당한다. 우선 투르게네프의 시와 윤동주의 시에 공통적으로 나타나는 유사성을 정리하면 다음과 같다. ① "비렁뱅이 / 거지", ② "눈물고인 눈", ③ "푸른 / 푸르스름한 입술", ④ "가난", ⑤ "포케트 / 호주머니" 등을 들 수 있다. 차이점은 ① "한 명의 늙은 비렁뱅이"와 "세 명의 거지 소년", ② "돈지갑, 시계, 수건" 등의 "없다"와 "있다", ③ 시적 자아의 "솔직한 고백"과 "솔직하지 못한 망설임", ④ "적선"의 상호교환과 상호거절, ⑤ "거리"와 "고갯길" 등을 들 수 있다. 이와 같은 유사점과 차이점에 의해 이 두 편의 시는 사뭇 다른 분위기를 연출하고 있다. 예를 들면, 투르게네프의 시가 '나'와 "비렁뱅이"의 사이에 일종의 감동적인 분위기를 자아낸다면, 윤동주의 시는 '나'와 "세 소년 거지"의 사이에 일종의 괴리감을 자아낸다고 볼 수 있다. 말하자면 전자에서는 "적선"이라는 감정의 일체화가 강조되어 있지만, 후자에서는 그러한 점을 찾아볼 수 없다.

이렇게 볼 때에 이들 두 편의 시는 또 이상은이 자신의 「동양적 인간형」에서 강조하고 있는 인간의 네 가지 덕성, 즉 "측은지심惻隱之心", "수오지심羞惡之心", "겸양지심謙讓之心", "시비지심是非之心"에서 비롯되는 "인의예지仁義禮智"와 밀접한 관계되며, 투르게네프의 시와 윤동주의 시에 적용할 수 있는 것은 "측은지심惻隱之心"이다. 그리고 그것이 투르게네프의 시에서는 시적 자아로서의 '나'와 늙은 "비렁뱅이"의 감성이 서로 일치하거나 교감하게 되지만, 윤동주의 시에서는 "세 소년 거지"와 시적 자아로서의 '나'의 마음이 서로 어긋나거나 그들이 시적 자아의 망설이는 마음을 이미 알아채고 아무 일도 없었다는 듯이 자신들이 가야할 길을 가는 것으로 되어 있다. 이처럼 윤동주의 시세계는 신념과 확신에 차 있기보다는 언제나 갈등과 번민으로 점철되고 있다고 볼 수 있다.

제11장

새 시집에 반영된 시인의 시세계

1. 홍윤숙의 시세계

"다가올 죽음 앞에 당당하고 의연하게 / 마주 설 것이다."

— '시인의 말' 중에서

홍윤숙의 새 시집 『그 소식』2002을 천천히 아주 천천히 몇 번을 읽으면서 많은 생각을 하게 되었다. 그러한 생각 중의 하나는 이 시집으로 지난 10월 9일(화) 오후 6시 30분에 영등포 아트센터에서 거행되었던 '제4회 구상문학상' 본상을 수상하기 위해 단아한 모습으로 단상에 앉아 있던 원로시인의 모습이었고, 다른 하나는 이번 시집에 반영되어 있는 뼈에 사무치는 고향, 평북 정주에 대한 그리움이었고, 또 다른 하나는 누구에게나 다가오게 마련인 삶의 마지막 순간에 대한 담대한 마음가짐이었다. 이와 같은 세 가지 생각을 하면서 이번 시집의 세계를 ① 그리운 고향의 세계, ② 삶의 마지막 순간의 세계, ③ 가톨릭의 세계로 나누어 살펴보고자 한다.

1) 그리운 고향의 세계

고향 ─ 누구에게나 있게 마련인 고향이지만 「흰 구름 한 조각」의 "돌아갈 길 없는 실향민"처럼 그 고향이 갈 수 없는 고향일 때는 그리움의 강도는 더욱 안타깝고 절실하게 마련이다. 특히 분단의 현실로 인해 자신의 의지와는 관계없이 바로 고향에 가지 못할 때에는 더욱 그렇다고 밖에 볼 수 없다.

> 떠나온 산천 가슴에 그리다가
> 눈감으면 고향 가는 기찻길
> 경의선 보통열차도 달릴 것 같고
> 정주 고읍(古邑) 외가로 가는 길도
> 환히 떠오르고……
>
> ─ 홍윤숙, 「인생의 오후에」 중에서

이처럼 고향은 시인에게 있어서 떨쳐버릴 수 없는, 떨쳐버려서는 안 되는 실체이자 현실이며 그것을 구체화하는 대상은 다름 아닌 '어머니'와 '외할머니'이다. 물론 「빨간 비로드 망토」에서처럼 시인이 다섯 살이었을 때 "미쯔코시(현 신세계) 백화점에서 / 아버지가 사준 / 망토를 입고 있으면 / 어떤 왕국의 공주 같았고 / 동화 속의 신데렐라가 되어 / 날아다닐 것만 같았다 (…중략…) 나는 가끔 그 망토를 추억하며 / 아무도 모르게 속으로 / 눈물 한방울 떨어뜨렸다"에 반영되어 있는 바와 같이 '아버지'에 대한 생생한 기억도 있기는 하지만 "어머니는 나에게서 망토를 벗기고 / 두루마기를 입혔다"처럼 그러한 기억 역시 '어머니'와 겹쳐 나타나고는 한다. 따라서 '어머니'는 시인이 고향을 생각할 때마다 분명한 각인으로 작용하고는 한다.

종점에 다다라 먼 길 떠돌던 마음

안으로 안으로 시냇물 건너고

신작로 내고 기찻길 놓고

북으로 북으로 유년의 산하로

흙 담벽 그리운 아득한 옛길

천주산 골짜기 오봉산 기슭으로

내 어머니 물 묻은 앞치마

풀물 든 손 닦으며

등불 하나 깜빡이는 황토방 아랫목

당목면(唐木綿)차렴, 포근한 꿈길로

그렇게 돌아가고 싶다

떠나온 고향 산하

— 홍윤숙, 「생(生)의 귀향」 중에서

　지금은 갈 수 없는 고향에 대한 그리움은 언제나 어머니와 오버랩 되어 나타나기도 하고, 「스물여덟 새파란」의 "스물여덟 새파란 / 내 어머니 바람에 나부끼듯 걸어오신다 (…중략…) 스물여덟 내 어머니 나이의 / 몇 곱이 꼬부라진 할머니가 되어"에서처럼 젊은 날의 어머니와 시인 자신의 지금의 모습이 오버랩 되어 나타나기도 한다.

　고향과 어머니에 대한 그리움의 세계만큼이나 시인에게 깊게 각인되어 있는 대상은 다름 아닌 '외할머니'이며 그것은 「달운리 안 마을길」처럼 그 장소가 구체화되어 있다.

아궁이 솔가지 활활 타는 불길에

그슬린 여섯 살 내 어린 이마엔

작은 꿈의 그림자 하나 묻어 있었지
불장난하면 오줌 싼다 놀리시던
외할머니 흰 무명 머릿수건 사이로
하얗게 센 머리 쏟아져 흘러내려
눈에 어렸지
그 은발 톡톡 잡아 끊다가
외할머니 큰 기침에 궁둥방아 찧고
엉금엉금 싸리, 바자울 넘어
밤나무 숲으로 달아났지

지금도 그 밤나무 숲 그대로일까
외할머니 무덤엔 무슨 꽃 피었을까
구름 속 그 산길 헤매 다녀도
무덤도 밤나무 숲도 보이지 않고
달운리 안 마을길
푸른 냇물 소리만 돌돌거린다
지금도 눈감으면 환히 떠오르는
연분홍빛 꽃 이파리 뿌리며 달려가던
달운리 그 마을길
세월의 발자국도 지워져버린
꿈에도 그리운 내 어머니
태어나 사시던 아득히 먼
그때 그 마을길

— 홍윤숙, 「달운리 안 마을길」 전문

유년시절의 추억과 기억이 고스란히 반영되어 있는 위의 시에서 중요한 점은 물론 '외할머니'와 '외가댁'이 있는 '달운리 안 마을길'이며 아울러 마지막 부분에 강조되어 있는 "꿈에도 그리운 내 어머니 / 태어나 사시던 아득히 먼 / 그 때 그 마을길"이다. 이처럼 의미가 중첩되어 있는 이 시가 시인의 사유세계에서 중요한 까닭은 그것이 유년의 추억과 기억으로 생생하게 각인되어 있기 때문이다. 특히 '달운리'는 「봄이 오니」에서 "하늘 끝 / 아득하게 울리는 / 어린 날 고향 달운리 안마을의 / 시냇물 소리 / 손 끝 적시고 마음 적시고 / 돌돌돌 끝도 없이 굽이친다"처럼 구체화되어 있으며, '밤나무 숲' 역시 「백발의 그리움 하나」에서 "나는 날마다 들끓는 바람이 되어 / 세상의 끝을 헤매 다녔고 / 돌아오는 길은 고향 뒷산 밤나무 숲의 / 밤꽃 향기에 목이 메였다"처럼 구체화되어 있다.

2) 삶의 마지막 순간의 세계

누구에게나 찾아오게 되어 있는 죽음-삶의 마지막 순간과 그 이후의 세계는 과연 어떤 것이고 무엇일까라는 문제는 우리 모두의 공통된 질문에 해당하겠지만 홍윤숙의 이번 시집 『그 시절』에는 바로 이러한 문제가 집요할 정도로 반영되어 있다. 이러한 점은 「왜 그랬을까」의 "여기서 나는 무엇을 하나 / 날마다 유서 한 장 쓰면서 / 떠날 날 기다리고 있는"처럼 자연적인 죽음으로 나타기도 하고 「바람에 꽃잎 지듯」에서 인위적인 죽음으로 나타나기도 한다.

2006년 겨울 12월

어느 날 밤

한 달 치 수면제 30알

희망처럼 술에 타서 마셔버렸다

(…중략…)

너무도 가볍게 아무런 미련 없이

새 옷 갈아입고 자리에 누워 불을 껐다

2006년 겨울 12월 어느 날 밤이었다

깨어보니, 그렇다 나는 그곳이

저승인 줄 알았다

(…중략…)

어린 날들 돌아보며 돌아보며

내 어머니 가신 산으로 갔다

홀로 누워계신 아득한 산

— 홍윤숙, 「바람에 꽃잎 지듯」 중에서

위에 인용된 시에는 스스로 삶을 마감한 전혜린과 최진실의 이름도 등장하고, "죽으려다 목사"가 된 조하문도 등장한다. 이처럼 시인은 자신의 삶을 스스로 마감하고자 하는 결심을 하고 잠자리에 들지만 아무 일도 없었던 듯이 아침에 눈을 뜨게 되고 "펄떡 일어나 문을 열었다"에 반영되어 있는 바와 같이 마음을 가다듬고는 어머니의 무덤을 찾아가게 된다. 죽음 이후의 세계에서도 끊임없이 떠오르는 대상은 다름 아닌 '어머니'이다.

어느 날 내 어머니에게

나도 모르게 인연 저 세상에 태어나

한생애 정처 없이 마음 떠돌다

이제 어디로 가는지도 모르는 길을

날마다 쉬지 않고 걸어가고 있는

남은 길 구름으로 바람으로 시냇물로

내리며 사라지는 하얀 눈송이로

아무도 모르게 사라지고 싶다

구름같이 바람같이 자취 없이

　　　　　　　　　　　　　　　　— 홍윤숙, 「구름같이 바람같이」 중에서

　　죽음에 대한 이러한 준비는 「진보랏빛 제비꽃 한 송이」의 "이제 해지고 바람
부는 누란의 땅 / 굽은 등에 지고 온 짐수레도 버거운 / 파국의 나날, 가야 할 남
은 길 / 높고 가팔라 목이 탄다 / 어디서 누가 내 이름 / 잊혀지고 작아지고 지워
진 이름 하나 / 불러줄까 (…중략…) 가야할 남은 길에……"에서 담담하게 펼쳐
지고 있다. 이름— 누구에게나 있게 마련인 바로 그 이름이 이 시에서 눈물겹게
다가서는 까닭은 "잊혀지고 작아지고 지워진 이름 하나"이기 때문이다. 이러한
이름의 세계를 반영하고 있는 시가 바로 「그 이름 앞에서」이며, 이 시에서 이름
은 "나와 이웃과 세상과의 / 관계를 맺기 위한 기호"이자 "이름은 약속의 기호
다"라는 명제이자 "하늘 아래 만 장 진 애 / 그게 나다"라는 결론에 해당한다. 그
럼에도 시인에게 있어서 죽음은 여전히 집요한 대상으로 자리 잡고 있다.

　　　삶과 죽음 사이
　　　걸어놓은 목숨의 다리
　　　그 다리 한복판에 서서
　　　나는 왜 날마다
　　　볼 수 없는 태양 보려 하고
　　　죽어가는 목숨 애태우는가

　　　이제 남은 시간 얼마나 되는지
　　　길어도 그만 짧아도 그만
　　　죽음 그게 뭐라고

날마다 내 마음 쥐고 흔드는가

― 홍윤숙, 「삶과 죽음 사이」 중에서

"날마다 내 마음 쥐고 흔드는" 죽음―"그게 뭐라고"에 반영되어 있는 바와 같이 시인은 죽음의 세계를 아무것도 아니라고 부정하고 또 부정하지만 불가 피한 죽음은 여전히 시인의 마음에 깊게 각인되어 끊임없이 나타나고는 한다. 이러한 점은 「조도군도鳥島群島」의 "지상 천국 같은 조도군도 / 고향을 잃어버린 나 같은 사람 / 그 섬에 가서 뼈를 묻고 싶지만", 「찬란한 죽음」의 "수컷 사마귀 는 / 암컷 사마귀와 / 가장 황홀한 짝짓기의 한순간 / 암컷 사마귀에게 잡아먹힌 다 / 이보다 더 오체투지의 / 찬란한 죽음 또 있을까"를 거쳐 「출발」에서 하나의 절정을 이루게 된다. "이제 떠나야 한다"로 시작되는 이 시는 "이젠 지체없이 떠 나야 한다"를 거쳐 "이별은 언제나 그렇게 순식간에 온다 / 우리는 이별에 길들 여져 산다 / 마침내 저 산을 넘고 하늘 넘어 / 너희 생애 푸른 고지 열리리라"에 서 죽음 이후의 세계를 예감하게 된다.

죽음 이후의 세계―그 세계가 어떠한 세계일지는 어느 누구도 장담할 수 없 겠지만 홍윤숙 시인에게 있어서 그것은 다름 아닌 어머니와의 해후에 해당하 며, 그러한 점을 명확하게 하고 있는 시가 바로 「영원으로 가는 길」이다.

짐작도 못했었다
스무 해 전 어머니 가신 길이
이리도 험한 길인 것을
(…중략…)
이 길을 어머니 혼자서
돌처럼 견디시다 떠나신 것을
이제 어머니 가신 그 나이가 되어

그 길을 별 수 없이 따라가고 있는

이렇게 힘들고 눈물 나는 길임을

짐작도 못했었다

(…중략…)

이름만 들었고 모습은 보지 못한

어머니 가신 그곳에도 나라가 있고

고을과 마을이 있을까

(…중략…)

하면 지금 내 어머니는 창변에 부는 바람일까

풀잎에 맺힌 이슬일까

어디를 보아도 어머니는 안 계시고

다시 보면 모든 것이 어머니 같은

영원이란 이름의 허궁

아득하고 아득하여

내가 갈 길이 보이지 않는다

어느 날 어머니 오시어 손 잡아 주시기를

염원할 뿐

— 홍윤숙, 「영원으로 가는 길」 중에서

　　사실 '어머니'처럼 그리운 대상도 없고 그리운 이름도 없겠지만, 홍윤숙의 이번 시집에는 바로 그 어머니에 대한 그리움의 세계가 강렬하게 반영되어 있다. 또한 자신의 죽음 이후에 시인은 막역한 사이였던 어떤 친구가 자신을 기다리고 있을지도 모른다는 기대를 하기도 하며 그것은 「창밖에 빗소리」의 마지막 부분에 다음과 같이 나타나 있다. "너무 멀고 아득한 길 걸어와 보니 / 돌아갈 길도 그렇게 멀고 아득하겠지 / 혼불 하나 흔들흔들 흔들리며 가는 길 / 그 길에 밤이 오면 주막이나 있을까 / 불 꺼진 객창에 그리운 친구 하나 / 기다리고 있을까."

3) 가톨릭의 세계

'한국가톨릭문인회' 회장을 역임한 홍윤숙의 이 번 시집의 세 번째 특징으로는 독실한 가톨릭신자로서의 신앙시를 들 수 있다. 이러한 점은 제2부의 「내일도 모레도」의 "이십 촉짜리 장미등에 / 희미하게 떠오르는 십자가 고상 / 그 앞에 시든 꽃 몇 송이"에 반영되어 있는 바와 같이 '십자가 고상'과 '시든 꽃 몇 송이'의 관계에서 찾아볼 수 있다. 다시 말하면 사랑과 구원, 부활의 상징으로서의 '십자가 고상'과 자신의 삶의 마지막 순간을 준비하고 있는 시인을 상징하는 '시든 꽃'의 관계를 찾아볼 수 있다. 이처럼 가톨릭의 세계와 시인의 관계는 제4부에서 하나의 절정을 이루고 있다. 제4부에서 가장 많은 부분을 차지하고 있는 시는 우리들에게 잘 알려진 이태석 신부의 생애를 취급한 「울지마 톤즈, 울면 안 돼」이다.

아무도 가려 하지 않으니 나라도 가야 한다고

말라리아, 모기, 지네, 개미 수많은 벌레들

들끓는 남수단, 세상의 막장 같은 땅으로 가셨다

평생 의사 한 번 보지 못한 남수단 사람들

날마다 200~300명씩 몰려왔으나

단 한 사람도 돌려보내지 않았다

(…중략…)

죽고 죽이는 살육의 땅에 태어나 자란 아이들

결코 마음 열지 않고 냉랭했다

신부님 그런 아이들의 마음

음악으로 열리라 생각하시고

타고난 음악적 재능으로 노래를 가르쳤다

(…중략…)

마침내 35인조 브라스밴드 조직하시고

단복, 구두, 모자, 모두 고국의 지인들의 도움으로 차려주셨다

브라스밴드는 성공했고 유명해졌다

수단의 국가적 행사엔 언제나 출연 박수 갈채

아이들 점차 웃기 시작하고

슬픈 일 있으면 펑펑 울기도 했다

몇 아이가 한국의 연세대 연수원에서

공부도 하고 있다 모두 신부님의 도움으로 지금

(…중략…)

2010년 1월 14일 새벽 5시 신부님

끝내 하느님 나라로 떠나셨다 마흔여덟 펄펄한 나이로

톤즈의 아이들, 주민들

하늘이 무너진 것 같다고 했다

"신부님 살아계신 그리스도 같았어요

신부님 가셨어도 미사 꼭 드리고

하느님 믿을거예요"

(…중략…)

온몸 바쳐 지키신 톤즈, 다시는

울지 않고 희망과 웃음으로

날마다 꽃처럼 피어날 것입니다

―홍윤숙, 「울지마 톤즈, 울면 안 돼」 중에서

위에 인용된 시에서 시인은 헌신적인 사랑으로 남수단 톤즈의 아이들을 돌보다가 대장암 말기 판정을 받고 세상을 떠난 이태석 신부의 생애와 전기를 취급하고 있다. 누구나 인류애와 박애정신을 강조할 수는 있지만 그것을 몸소 실천하기는 어렵다는 점을 이태석 신부는 자신의 죽음으로 많은 사람들에게 하나의 경종을 울려주었던 것이다. 이와 같은 가톨릭의 정신세계는 「유혹」의 "나의 주, 님의 그림자도 밟지 못할 인간의 미혹 / 오늘도 먼 하늘 우러러 / 당신 이름 불러보지만 / 그리로 가는 산길 너무 멀고", 「희망과 절망」의 "죽음으로 죽음이 위로받는 / 십자가의 고통이 / 오늘 쓸쓸한 전의戰意로 / 나를 일으켜세운다", 「응답」의 "당신은 불러도 기도해도 / 대답 없으시고 (…중략…) 잠잠히 십자가에 매달려 / 굽어보시는 분", 「이런 신앙」의 "웃으며 노래하며 / 나들이 갑니다 / 아버지 홀로 / 문 밖에 세워두고", 「보지 않고 믿는 자는」의 "보지 않고 믿는 자는 / 복이 있다 하셨으니 / 그대로 제가 믿었나이다" 등을 거쳐 「선택」에서 하나의 절정을 이루게 된다.

너희가 원하여
나를 택한 것이 아니다
내가 너희를 뽑아
세상에 보내나디
가서 썩지 않는
소금이 되라 하셨지만
나는 아직도 당신이 왜
나를 뽑으셨는지
그 까닭 알지 못합니다
혹여 잘못 저를
뽑으신 건 아니온지

세상의 소금은커녕

맹물도 못되는 저를

— 롱윤숙, 「선택」 전문

삼위일체에 해당하는 '성부'와 '성자'와 '성령' 그리고 '절대 신' 앞에서 우리들은 누구나 겸손해질 수밖에 없다. 위에 인용된 시에서 홍윤숙 시인은 바로 이러한 점을 강조하고 있으며 그것을 우리는 마지막 부분에 해당하는 "혹여 잘못 저를 / 뽑으신 건 아니온지 / 세상의 소금은커녕 / 맹물도 못되는 저를"에서 확인할 수 있다. 사실 "맹물도 못되는 저"는 실제로 그렇다기보다는 모든 고난과 고통을 감내하고 죽은 후 삼일 만에 부활했으며 하늘에 올라 하느님의 오른 편에 앉은 예수 그리스도 앞에서는 그럴 수밖에 없다는 점을 우리는 이해할 수 있다.

얼마 남지 않은 정년 후를 준비할 요량으로 몇 년 전부터 스스로 문학을 떠나 촌부村夫로서의 삶을 살아가면서 시의 현장으로부터 멀어졌을 뿐만 아니라 어찌하다보니 시를 읽어내는 감성이 사라져버린 지금 이 순간, 사라져버린 바로 그 감성을 애써 되살리면서 홍윤숙의 새 시집 『그 소식』을 읽어내게 되었다. 사라져버린 감성을 붙잡아오는 것도 힘들었고 홍윤숙 시인처럼 한국현대시단의 원로 중의 원로시인의 시집을 읽어내는 것 또한 상당히 조심스러울 수밖에 없지만, 나름대로 최선을 다하여 정성껏 이 번 시집에 반영된 시세계를 세 가지로 분류하여 짚어내려고 노력하였다. 물론 한국현대시가 앞으로 나아가야 할 방향, 시의 힘과 위력, 현대사회의 문제점, 현대시의 반성과 비판 등도 이 번 시집에서 하나의 특징으로 자리 잡고 있다. 그럼에도 이러한 점을 언급하지 못한 까닭 중의 하는 제한된 원고매수와 마감일 때문이기도 하고 다른 하나는 이 번 시집의 특징을 '안타까운 그리움, 까마득한 먼 길'로 한정했기 때문이다.

2. 허만하의 시세계

1) 시집 『바다의 성분』의 세계

허만하의 시집 『바다의 성분』2009을 읽으면서 필자는 이 시집의 세계가 하이데거1889~1976의 『시, 언어, 사상』1971에 밀접하게 관계된다는 생각을 하게 되었다. 특히 하이데거의 책에 수록된 「시인은 무엇으로 사는가?」를 떠올리게 되었다. 1945년 나치독일의 패망과 함께 오랫동안 은거했던 '블랙 포리스트'에서 빠져나온 하이데거는 잘 알려진 횔더린의 시 「빵과 포도주」의 구절 "궁핍한 시대에 시인은 무엇으로 사는가?"를 인용하여 이렇게 물었던 것이다. 하이데거의 이러한 물음은 허만하의 시집에서 시인으로서 언어에 대한 끊임없는 성찰과 모색으로 전환되어 있으며, 이러한 점은 "독자적으로 생각하기 시작할 때 사람들은 비로소 자기의 언어를 가진다. 순도 높은 자기의 언어를 가질 때 비로소 한 시인은 태어난다"라는 그 자신의 언급에서 찾아볼 수 있다.

시인으로서 자신만의 언어, 새로운 성질의 언어를 마련하기 위해 허만하는 다시 "무거운 해머를 들고 대장간에 들어서서 잉걸불에 벌겋게 달아 오른 내 언어를 두들겨 새로운 성질을 만들어 내는 작업"을 부단하게 실천하고 있으며, 그의 이러한 실천의 결과가 전부 다섯 부분으로 구성된 이번 시집에 해당한다. 이러한 점을 고려하여 『바다의 성분』의 세계를 살펴보면 ① 언어·말의 세계, ② 틈새·경계의 세계, ③ 예술·사상의 세계 등으로 나누어볼 수 있다.

(1) 언어·말의 세계

하이데거에게 있어서 언어는 어떤 대상이나 개념을 표현하는 수단이 아니라 언어 그 자체가 말한다고 파악하였다. 말하자면, 언어에 나타나는 것은 그것을 사용하는 인간이 아니라 세계, 즉 존재 그 자체라는 점을 강조하였다. 이때의 존재는 심리적인 초월체로서의 존재이며, 그것은 보편적인 의미의 시간과 신적인 의미의 초-시간超-時間을 초월하여 작용할 뿐만 아니라, 존재를 무-규정적으로 활용하고 참조하고 재구성하는 예술적인 영역에 밀접하게 관계되기도 한다. 이러한 점에 대해서 하이데거는 예술, 예술가, 예술작품의 상관성을 예로 들어 심도 있게 논의하였다. 전부 여섯 개의 부분으로 이루어진 허만하의 시 「강설기의 언어」에는 하이데거의 이러한 언어관이 반영되어 있으며, 두 번째 부분에는 대상을 대상 그 자체로 느끼는 것은 사람이 아니라 언어라는 점을 강조하고 있다.

이 시의 첫 번째 부분의 "열에 뜬 언어는 입술에서 눈사태처럼 무너지지만"에서 비롯된 바로 그 언어에 대한 시인의 성찰은 두 번째 부분에서 "치열하게 쏟아지는 눈송이처럼 타오르는 목마름을 실감하는 것은 사람이 아닌 언어이다. 얼어붙은 은백색 세계의 절벽 앞에서 알몸의 언어는 아침 햇살 대리석 조각처럼 눈부시다"처럼 "알몸의 언어"로 집약되어 있다. 이렇게 집약된 언어 그 자체도 완벽한 것이 아니라는 점은 네 번째 부분의 "세계와 언어의 틈새를 확인한 물빛 바람"에서 확인할 수 있다. 사실 언어의 이러한 점은 하이데거가 '존재Being'를 명명하기 위해서 끊임없이 '존재being'라는 말을 사용하고는 하지만, 결국 "존재being에 의해서 존재를 규명하는 것은 불가능하며, 존재는 존재일 뿐이다"라고 결론지은 것과 같다. 그래서 시인은 '세계'로 대표되는 원형으로서의 존재 그 자체를 규명하기 위해서는 자신의 언어가 언어 그 자체, 즉 원형으로서의 언어가 되어야만 한다는 하나의 명제를 수용하게 되며, 이러한 점은 이 시의 마지막 부분에 해당하는 여섯 번째 부분에 정리되어 있다. "숲 속에 들어선 내 언어는 둔탁한 그것이 눈의 무게를 이기지 못한 가지 부러지는 소리인지 우듬지에서 떨어지는 눈덩이 소리인지를 예민한 사냥개 귀처럼 구별하지 않으면 안 된다."

언어에 대한 시인의 이러한 인식은 「바다의 문체」에서 더욱 심화되어 있을 뿐만 아니라 이 시의 마지막 부분에서 "시인은 정신보다 먼저 언어를 외롭게 사랑할 것이다"라고 결론짓게 된다. 언어에 대한 시인 자신의 이러한 인식과 성찰은 「높이에 대해서」에서 "시인은 시퍼런 조각도를 들고 언어의 절벽에서 군살을 깎아내고 앙상한 높이만을 남긴다", 「자전轉」에서 "언어는 머물지 않고 지나간다", 「그리움은 길을 남긴다」에서 "목적의 언어를 사용하여 / 언어가 없는 세계를 창조하는 허약한 시" 등으로 나타나기도 한다.

"언어를 연구하는 것은 역사를 연구하는 것이고 또 역사를 연구할 수 있기 때문에 언어를 연구하게 된다. 역사를 연구하는 것은 문화를 연구하는 것이며, 문화를 연구하는 것은 시를 연구하는 것이다. 시를 연구하는 것은 언어를 연구하는 것이다. 따라서 이 모두는 별개의 것이 아니라 하나이다"라고 C. S. 퍼스[1839~1914]가 강조한 바와 같이, 언어는 시인 모두에게 있어서 가장 중요한 요소에 해당한다. 그럼에도 그것이 허만하에게 있어서 더욱 의미 있게 작용하는 까닭은 언어를 그저 단순하게 사용하는 것이 아니라 사물이나 대상을 지칭하는 언어 그 자체의 영역을 뛰어 넘고자 하기 때문이다. 다시 말하면, 시인으로서 언어를 사용할 수밖에 없지만, 사용해야만 하는 언어에는 이미 하나의 응고체로 굳어버린 혹은 죽어버린 의미가 포함되어 있다는 점을 절감하고 있는 시인은 바로 언어의 의미의 완강한 저항을 가차 없이 타파하고자 하기 때문이다.

응고된 의미체인 언어와의 치열한 대결의 결과가 바로 「목성에 강이 있었다」의 "시의 길"이고, 「바위 벼랑 어루만지며」의 "시의 목소리"이고, 「빙하에 피는 꽃」의 "말의 감옥에서 세계를 풀어주라"이고, 「안과 바깥」의 "시의 눈은 세계의 깊이를 본다"이고, 「횟집 어항 앞에서」의 "말의 감옥을 벗어나려는 시의 몸부림"이고, 「역광의 새」의 "언어가 노을의 적막을 깨닫는 순간, 세계는 한순간 전의 세계와 다른 것이 된다" 등 이다. 언어와 대상, 언어와 세계, 언어와 시에 대한 이와 같은 관계망을 성찰한 시인은 「빙하에서 피는 꽃」에서 자신의 시의 본질적인 특징을 다음과 같이 선언하게 된다. "나는 시에 물을 타지 않는다 / 나는 시에 감정을 타지 않는다 / 나의 시는 역사의 쓰레기처럼 쓸쓸하다 / 나의 시는 벼랑처럼 외롭게 선다".

이처럼 언어에 대한 성찰에 의해 '나의 시'의 지향성을 확립한 시인은 「노천 옷가게」의 후반부에서 노천에 상품으로 진열되어 있는 옷가지에 비유하여 "나는 존재의 여분이 아니라 / 바로 실체다"라고 자신의 진정한 참모습을 분명하게 선언한다.

(2) 틈새·경계의 세계

시적 대상을 철저하게 분석하고 관찰하여 대상의 본질을 되도록 정확하게 언어·말로 표현하고자 하지만, 바로 그 언어·말로 다 표현할 수 없을 때, 거기에는 하나의 간격으로서의 틈새와 경계가 나타나게 마련이다. 허만하의 이번 시집 『바다의 성분』을 지탱하고 있는 두 번째 축은 바로 이러한 틈새·경계에 대한 끊임없는 성찰에 있다. 「틈새의 말」에는 이러한 점이 잘 반영되어 있으며, 이때의 '말'은 물론 동물로서의 '말馬'이지 언어로서의 '말言'이 아니다. 이 시의 첫 번째 부분은 "가을의 고원에 서 있는 말은 가시철조망 안에 갇힌 긴 기다림과 야성적 질주의 틈새에 있다"로 끝맺고 있다. 가시철조망 안에 갇혀 있는 말의 모습은 폐쇄된 공간 안에 길들여져 갇혀 있는 것처럼 보이지만, 사실은 모든 구속으로부터 벗어나 초원을 힘껏 내달릴 수 있는 야성적 질주에 있다는 점을 강조하고 있는 이 부분의 핵심은 틈새, 즉 순응과 본능의 틈새에 있다. 그러한 틈새의 작용에 의해 이 시의 마지막 부분에서는 "고원에 서 있는 말은 가만히 제자리를 지키는 말과 벌써 달리고 있는 말 언제나 그 틈새에 있다"라고 결론짓는 한편 다른 한편으로는 "격렬한 현재", 즉 가시철조망에 갇혀 있는 말의 순응과 본능의 틈새에서 파악할 수 있는 원시적 본능의 순간의 작용을 언급하고 있다. 다시 말하면, "격렬한 현재는 가늘게 떨며 사라지는 화살의 운동과 팽팽하게 당겨진 시위에 자리 잡은 운동 직전의 완벽한 정지 그 틈새에 있다"라는 마지막 구절처럼, 시위를 떠나 가늘게 떨며 사라지는 '화살의 운동'과 화살의 시위를 당겼다가 놓기 직전의 "완벽한 정지", 바로 그 사이에 분명하게 존재하지만 명확하게 파악할 수 없는 하나의 '틈새'의 중요성을 시인은 남다른 관찰에 의해 강조하고 있다.

일상인은 물론이고 시인도 '언어·말'이 없으면 의사소통을 할 수도 없고 시를 쓸 수도 없을 것이다. 물론 몸짓에 의해 의사소통을 할 수도 있고 그림이나 사진에 의해 시를 쓸 수도 있겠지만, 그것은 어디까지나 언어·말을 전제로 할 때에 가능한 것이다. 그럼에도 말로 표현한 것이 바로 그 말의 대상이나 생각을 완벽하게 전달할 수 있는 것은 아니다. 거기에는 언제나 간격, 틈새, 간극 등이 존재하게 마련이다. 허만하는 이번 시집에서 바로 이러한 틈새의 의미를 남다른 사유와 성찰에 의해 파악하고 있다. 「갈매기 소묘」의 "내가 보는 것은 하늘에서 잠시 균형을 잡고 있는 갈매기가 아니라, 바다와 하늘 사이의 아슬아슬하게 비좁은 틈새다"에 반영되어 있는 바와 같이, 시인의 사유세계는 구체적인 명증한 대상으로서의 갈매기나 바다에 있는 것이 아니라 바로 그 사이의 "아슬아슬한 비좁은 틈새", 즉 균형을 유지하려는 갈매기의 끊임없는 날갯짓과 그 아래에서 끊임없이 넘실대는 바다 사이의 틈새에 있다. 이때의 틈새는 갈매기의 날갯짓과 파도로 인해 유동적인 까닭에 아슬아슬할 수밖에 없다.

이러한 틈새의 의미는 「부엉새 바위」의 "그는 음계와 음계 사이에 자기 통곡을 묻어두었다", 「그리움은 물질이다」의 "이론과 현실의 틈새는 아득하다", 「어느 인민전선파 병사의 죽음」의 "삶과 죽음의 계면에서", 「불멸의 자세」의 "본능과 기억의 가지 틈새"에서, 「시와 자본주의」의 "사물이 상품이 되는 일과 / 언어가 시가 되는 일 틈새에", 「운문호」의 "회상과 꿈의 경계에서" 등을 거쳐 「경계에 대하여」에 종합되어 있다.

이 시에서 "경계"는 몇 가지 단계의 정의를 거쳐 궁극적으로는 "하나의 순수"로 수렴된다. 제1연에서는 젖은 모래와 건조되는 모래의 경계가 "물결 발자국"이 아니라는 점을 강조하는 한편 다른 한편으로는 바로 그 물결 발자국을 "첫걸음"으로 전환시킴으로써, 모래로 대표되는 자연적인 경계와 "나"로 대표되는 개인적인 경계가 서로 다른 것이 아니라 동일한 것이라는 점을 제시하고 있다. 제2연의 시작부분에 해당하는 "가슴팍 호흡근 움직임과 정지 사이의 경계"는 제1연의 "나"를 이어받고 있으며, 그것은 다시 삶과 죽음을 거쳐 불빛과 어둠으로 확대된다. 다시 말하면 개인적인 경계가 자연적인 경계로 확장된다고 볼 수 있다. 제3연에서는 개인적인 경계가 다시 자연적인 경계로 전환되어 제1연의 "물결"을 이어받아 "바다"로 확대되어 통합되기도 하고 "코발트블루 물빛"과 "푸름"으로 구체화되기도 함으로써 "움직임과 움직임 사이에는 경계가 없다"라는 결론에 이르게 된다. 이처럼 존재할 수 없는 존재, 불가능한 존재로서의 틈새·경계가 궁극적으로 지향하는 것은 하나의 '순수'이며, 그것은 이 시에서 1행으로 처리된 마지막 행인 "순도와 순도 사이에는 경계가 없다. 하나의 순수가 있을 뿐이다"에 집약되어 있다. 여기서 중요한 점은 "순도" 그 자체이며, 그것은 그 대상이 무엇이든 순도는 순도일 뿐이지 그 어떤 차이점도 있을 수 없다는 점이다.

(3) 예술·사상의 세계

허만하의 시집 『바다의 성분』을 지탱하고 있는 세 번째 축은 예술·사상의 세계이며, 그것은 언제나 앞선 시대의 예술가, 과학자, 철학자, 사상가, 시인 등의 세계에 접맥되어 있다. 이러한 점은 「목성에 강이 있었다」의 샤갈과 갈릴레이, 「나는 고흐의 미래다」의 고흐, 「그리움은 물질이다」의 뉴턴, 「마르크스의 목욕」의 마르크스, 「비트겐슈타인의 사다리」의 비트겐슈타인, 「어느 인민전선파 병사의 죽음」과 「로버트 카파의 귀향」의 로버트 카파, 「조지훈의 가슴팍」의 조지훈, 「아프리카 환상」의 랭보, 「쉬페르비엘의 말」의 쉬페르비엘, 「그리움은 길을 남긴다」의 김종길 등에서 확인할 수 있다. 이상에서 열거한 시의 내용의 대부분은 해당 인물의 예술혼과 인류애, 학문에의 열정과 집념, 시인 자신의 개인적인 친분 등에 관계되며, 이러한 점은 시인 자신이 지금까지 추구해왔을 뿐만 아니라

지칠 줄 모르는 열정으로 지금도 여전히 추구하고 있는 새로운 시세계의 모색과 시인으로서의 진정한 태도에 관계된다. 그의 이러한 부단한 지적 추구와 모색은 『현대시학』에 수록되고는 하는 그의 글쓰기에서 확인할 수 있다.

색채의 마술사라는 별칭으로 불리고는 했던 샤갈은 그림에서의 오르피즘과 큐비즘을 선도했으며, 1609년 망원경을 제작하여 달의 산과 계곡, 태양의 흑점, 목성의 위성 등을 발견했던 갈릴레이는 지동설을 주장하다가 로마교황청으로부터 종교재판을 받을 때에 "그래도 지구는 돌고 있다"라는 말을 남겼다. 이처럼 자신의 분야에서 가장 선구적인 역할을 했던 샤갈과 갈릴레이를 전제하고 있는 「목성에 강이 있었다」에서 시인은 "아득함을 혼자서 흘렀을 물길 / 무섭다! 시의 길"이라고 끝맺고 있다. 이때의 시의 길은 이 시의 내용으로 볼 때에 시인 자신이 샤갈처럼 물기 없는 혹은 물기가 마른 색채의 오르피즘을 모색하기도 하고, 보편적인 천동설에 과감하게 맞서 지동설을 제창한 갈릴레이처럼 시대를 선도하고자 하기도 하고, 이 두 인물의 세계를 종합하여 목성에 흔적으로 남아 있는 물길의 흔적처럼, 영겁의 세월이 흐른 후에도 길이 남을 수 있는 바로 그 자신만의 "시의 길"을 강조하기도 한다.

사과가 떨어지는 것을 무심히 넘기지 않고 남다른 관찰력으로 만유인력의 법칙을 제창한 뉴턴을 시적 소재로 하고 있는 「그리움은 물질이다」의 "극약보다 미량이라 눈에 보이지 않지만, 지구도 그때 지는 꽃잎 쪽으로 끌려든다"에는 뉴턴의 "사과"가 허만하의 "꽃잎"으로 전환되어 있다. 실제로 한 알의 사과보다 하나의 꽃잎이 더 가볍지만, 그것 역시 만유인력의 법칙을 따라 땅위로 떨어질 수밖에 없을 것이다. 분명히 무게를 지니고는 있지만 일반적으로 가벼운 존재로 치부되고는 하는 이러한 점은 「가벼움은 무게다」의 "흩날리는 눈송이에도 무게가 있다"와 "가벼움은 여름날 저녁 하루살이처럼 하늘을 떠돈다"를 거쳐 「마르크스의 목욕」에서 하나의 절정을 이룸으로써 "마르크스에게 사상의 무게는 있지만 육체의 무게는 없다"라는 명제를 제시하였다. 마셜 버만은 모더니즘

문화론의 핵심에 해당하는 자신의 『현대성의 경험』에서 마르크스의 바로 이 명제를 중심논지로 활용하기도 하였다.

「비트겐슈타인의 사다리」에서 강조하고 있는 "뜻을 전달한 뒤의 언어가 죽데기 소리이듯, 소임을 다한 사다리는 벌써 사다리가 아니다"에서 '사다리'는 비트겐슈타인이 자신의 『논리철학논고』[1921]에서 제시한 바 있는 사다리의 유용성과 무용성에 관계된다. 다시 말하면, 그는 "나의 말을 이해한 사람들은 내가 한 말들이 사다리를 타고 올라간 뒤 버려야 할 사다리처럼 무의미하다는 것을 깨달을 것이다. 그러나 말할 수 없는 것에 대해서는 침묵을 지켜야 한다"라는 말을 남기고는 홀연히 철학계를 떠나고 말았다. 비트겐슈타인의 이러한 논지는 허만하의 시에서 "호명되기를 기다리는 후보 선수"와 "사다리를 등에 업은 붉은 소방차"로 전환되어 있으며, 호명되고 난 후의 후보 선수와 불을 진화한 다음의 소방차처럼, "사다리는 그늘진 자리에서 호명을 기다리는 적막한 도구다"라고 결론짓고 있다.

허만하의 이번 시집에서 종군사진작가 로버트 카파를 취급한 두 편의 시에 필자는 오랫동안 머물러 있었다. 필자가 오랫동안 머물면서 그의 두 편의 시를 읽은 까닭은 처절하고 피비린내 나고 삶과 죽음을 넘나드는 절체절명의 순간을 포착한 로버트 카파의 사진들이 세계적 명성을 차지하고 있는 유명인들을 중심으로 촬영한 유섭 카쉬의 사진과 극명하게 대조되기 때문이기도 하고, 스페인 내전 중에 촬영한 〈병사의 죽음〉(〈그림 10〉)이 허만하의 시 「어느 인민전선파 병사의 죽음」으로 전환되어 있기 때문이기도 하고, 카파 자신의 죽음을 「로버트 카파의 귀향」에서 집약하고 있기 때문이기도 하다. "진실이 된 최고의 사진", "전쟁사진의 신화" 등의 찬사와 함께 수많은 전쟁터에서 삶과 죽음의 경계를 넘나들면서도 카메라를 놓지 않았던 카파의 정신, 종군사진기자로서의 정신은 오늘날 '카파이즘capaism'으로 명명되고는 한다.

카파의 이 사진에 대해서는 조작된 것이라는 논란이 끊임없이 제기되고는 하

〈그림 10〉 로버트 카파(1913~1957), 〈병사의 죽음〉
스페인 세로 무리아노의 코르도바 전선(1936.9.5)

지만, 그럼에도 죽어가면서도 결코 놓쳐버릴 수 없는, 놓쳐서는 안 되는 제2의 생명으로서의 소총 한 자루, 아무것도 없는 공허한 하늘, 막막하고 광활한 개활지, 쓰러지기 직전의 허리와 무릎, 사진 속의 이 모든 모습들은 허만하의 시에서 차례로 전개되어 있다. 특히 "붕괴를 저항하고 있는 / 허리와 두 무릎"만으로 죽기 직전의 마지막 순간까지 자신을 지탱하고 움켜쥐고 있는 것, 그것은 결국 "네 주먹이 잡고 있는 것은 / 비어 있는 하늘의 일부다"라는 마지막 구절을 읽노라면, 그저 평범한 일상인으로 하루하루를 별 탈 없이 살아가는 것이 하나의 축복이라는 점을 깨닫게 된다. 카파는 1954년 5월 25일 베트남의 한 전쟁터에서 행군하는 프랑스군의 뒷모습을 촬영하다가 지뢰를 밟아 세상을 떠났으며, 그의 이러한 마지막 모습을 허만하의 시 「로버트 카파의 귀향」에서는 "잠시 하늘에 떠오른 끝에 / 다시 땅바닥에 떨어지는 그의 체중 / 끈 조인 군화가 붙어 있는 발목이 날 때 / 병사들은 뒤를 돌아보지 않았다"로 설명하고 있다. 그리고 "전쟁은 나의 운명이다"라는 명제에 뒤이어 그가 들고 있던 카메라의 필름에 대해서는 "그의 편지는 그곳에서 잘려 있다 / 지상에 남긴 그의 마지막 필름의 단절"이라고 정리되어 있다.

그 외에도 허만하의 이번 시집에는 보들레르, 베를렌, 말라르메 등과 함께 프랑스 상징주의 시의 중심을 이끌었던 랭보, 전후의 혼란기에 조화와 순결의 세계를 강조했던 프랑스의 시인이자 소설가이자 극작가였던 쉬페르비엘 및 조지훈 시인과 김종길 시인 등의 시세계와 사상이 포함되어 있다.

한 권의 시집에 반영되어 있는 시인의 시세계를 짧은 지면에서 종합적으로 읽어내는 것은 쉽지 않은 일이다. 더구나 원로시인의 시집을 읽을 때에는 더욱 조심스러울 수밖에 없으며, 허만하의 경우처럼 시인의 사유의 넓이와 깊이가 심오할 뿐만 아니라 동서고금의 사상을 자유롭게 넘나들 때에는 더욱 그럴 수밖에 없다. 설상가상으로 필자가 그나마 스스로 지탱하고 있던 시에 대한 열정이나 신념이 사라진지 오래되었을 뿐만 아니라 말로 다할 수 없는, 누구에게도 말할 수 없는 이런저런 주변상황으로 인해서 세상 모든 일들이 하나의 사물처럼 보이고는 하는 개인적인 상황에서 허만하처럼 원로시인의 시집을 읽어내는 것은 참으로 버겁고 힘든 일이었다. 그럼에도 애써 자신을 추스르면서 되도록이면 객관적인 자세로 『바다의 성분』을 몇 번에 걸쳐 읽어보게 되었다. 처음 읽었을 때에는 눈雪, 물, 강, 바다 등과 같은 시어가 사뭇 남다른 의미로 다가와서 그것을 중심으로 글쓰기를 시작했지만, 다시 읽게 되었을 때에는 언어, 말, 틈새, 경계 등과 철학자, 과학자, 사진작가, 예술가 등이 또 다른 의미로 다가와서, 전자보다는 후자에 역점을 두어 글쓰기를 하게 되었다. 끝으로 다음에 전문을 인용하는 「나는 고흐의 미래다」에 암시되어 있는 시인의 과거, 현재, 미래가 어떠한 것인지를 생각해 본다.

바람은 내일
은빛 억새 물결이다.

바람이 불타는 황금색 보리밭에서 쓰러진

고흐는 백 년 후의 나를 몰랐었다

가슴에 쌓이는 눈을 밟으며

안개에 젖는 흐린 가로등

눈 나리는 거리를 헤매고 있는

백 년 후의 한 젊은 시인은

내가 모르는

나의 미래다

— 허만하, 「나는 고흐의 미래다」 전문

고흐에서 허만하로, 허만하에서 어떤 젊은 시인으로 이어지는 시정신의 세
계는 이 시에 제시되어 있는 과거의 백 년과 앞으로의 백 년에 의해 장장 이 백
년의 시간대에 걸쳐 있다.

2) 신작시에 반영된 풍경의 세계

나는 시의 모태는 숙련공의 솜씨가 아니라 집요하게 다져진 사색이라 생각한다. 시
인이 관여하는 것은 흔히 생각하는 것처럼 창조가 아니다. 창조와 동시에 멸망에도 관
계한다.

— 허만하, 「시의 현장은 길이다」, 『현대시학』(2001. 11)

허만하의 시 「데드 마스크」와 「비는 수직으로 서서 죽는다」라는 시를 각각 처
음 읽게 되었을 때, 거기에서 받은 감동은 아주 큰 것이었다. 상당히 긴 시간의 차
이를 두고 읽게 되었던 이 두 편의 시에서 전자는 바다에 내리는 '눈'에 관계되고

후자는 땅에 내리는 '비'에 관계되지만, 모두 흔적 없는 깨끗한 소멸과 잠적을 정결하고 단호하게 형상화함으로써 한국 현대시의 정점에서 하나의 정전正典으로서의 역할을 수행하고 있다는 생각을 하게 되었다. 그의 시에서 일종의 충격으로 신선하게 다가서던 바로 그 감동의 기억을 되살리면서 『현대시학』2001.11에 발표한 그의 '신작 소시집'에 수록된 열편의 시를 읽어보게 되었다. '제주도 시편'이라는 부제副題가 붙여진 이들 열편의 시는 시적 주제에 의해 새-나무-풀, 바람-용암-바다, 유년-학동學童-지조 등으로 나뉘지만, 그것들은 각각의 시편마다 변별적으로 자리 잡고 있는 것이 아니라 종합적으로 자리 잡고 있다고 볼 수 있다.

이렇게 말할 수 있는 까닭은 이번 '제주도 시편'에서 시인으로서 그의 시선을 사로잡고 있는 것은 천지창조 이래 변함없는 모습으로 존재하고 있는 헬리콘으로서의 시천詩泉에 해당하는 제주도의 풍경이며 그것을 그만의 개성 있는 시 형식과 시어, 즉 네오-헬리콘으로서의 신-시천新-詩泉에 해당하는 새로운 모습의 시로 형상화하고 있기 때문이다. 다시 말하면, 풍경의 언어는 언제나 태초의 모습을 그대로 유지하고 있지만 시인으로서의 그의 언어는 그것을 남다른 시적 안목에 의해 새롭게 파악하고 있다고 볼 수 있다. 그러한 파악이 새로우면 새로울수록 독자로서의 시 읽기 역시 새로운 정경과 정황을 떠올리게 마련이다. 이러한 점을 바탕으로 하여 그의 이번 신작 소시집에 나타나 있는 특징을 ① 풀밭 : 생명·사유·자유의 근원―「새」, 「나무」, 「풀밭에 눕다」, ② 바다 : 삶·멸망·창조의 원천―「수평선」, 「무대」, 「성산리 지나며」, ③ 지조 : 순수·존재·불멸의 중심―「추사체」, 「용머리 바닷가 바람소리」, 「바람소리는 죽지 않는다」, 「하교길」등으로 나누어 살펴보면 다음과 같다.

(1) 풀밭-생명·사유·자유의 근원 ― 「새」, 「나무」, 「풀밭에 눕다」

"새들이 최후의 숲을 떠났다"라는 단정적인 명제로 시작되는 첫 번째 시 「새」에서 시인은 다시 "새가 날지 않는 하늘은 / 내가 모르는 하늘이다"라고 선언적인 명제를 강력하게 제시하고 있다. 새들이 떠난 숲은 이제 더 이상 숲이 아니며 사라진 숲과 더불어 새들도 둥지를 잃고 허공으로 날아오르게 된다. 그 것은 "불규칙한 크기의 용암 덩어리들이 길과 바다 사이를 메우고 있었다"라는 시인 자신의 언급처럼, 계속되는 '살벌한 풍경'은 그로 하여금 생명의 근원에 대해 남다른 생각을 하게끔 한다. 그러나 그러한 풍경은 흔히 말하는 자연훼손 이라든가 개발에서 비롯된다기보다는 태초부터 불변적으로 존재해 온 불모의 풍경에 해당한다. 그것을 우리는 "퍼질고 앉은 엉덩이만한 낯선 하늘"에서 그렇 게 파악할 수 있습니다. 말하자면 이제까지 익숙해왔던 생명의 모태로서의 자 연이 아니라 아무것도 살 수 없는 황량한 자연으로 인해서 하늘마저도 문득 '낯 설게' 느껴지기 때문이다.

새들이 최후의 숲을 떠났다

하늘에서 대오를 흩으며

저마다 멀어져 갔다

둥지를 잃은 새는

언젠가 하늘에서 떨어진다

날개 소리가 다시 돌아 올 때까지는

누구도 하늘에 대해서 말하기 힘들다

하늘에는 잠시 새의 얼룩이 묻어 있을 뿐

하늘은 없는 것처럼 잠복해 있다

새가 날지 않는 하늘은

내가 모르는 하늘이다

퍼질고 앉은 엉덩이만한 낯선 하늘에

주홍색 구름을 옆으로 흘리고 있다

— 허만하, 「새」 전문

그러나 살아 있는 모든 것들의 생명력은 강인한 것이어서 이처럼 불모의 땅, 살아 있는 것이라고는 아무것도 없다고 판단되는 "검은 현무암 벼랑"의 한 구석을 차지하고 "솜방망이꽃은 싱싱한 아침처럼 / 샛노란 빛깔을 번식"하고 있다. 강인한 생명력의 경이로움에 소스라치게 놀라는 시인의 외경심은 「나무」에도 집약되어 있다. 바로 그 놀라운 외경심의 순간을 그는 「시의 현장은 길이다」에서 다음과 같이 언급하였다. "초록색이라고는 눈에 뜨이지 않는 살벌한 풍경이 계속 되었다 (…중략…) 이 바위밭 위에 샛노란 꽃을 가진 야생화가 무더기를 이루며 흩어져 있는 것이 보이기 시작한 것이다 (…중략…) 검은 바위 색을 배경으로 삼아서 그런지 그 노란 빛깔은 눈에 번쩍 뜨일 만큼 선명하였다 (…중략…) 이 샛노란 꽃은 우리 상상의 풍경에 아름다운 시처럼 모습을 드러내기 시작하고 있다." 노란 빛깔의 풀꽃이 이처럼 "눈에 번쩍" 뜨이게 되는 까닭은 우선적으로 그 꽃이 검은 바위를 배경으로 피어있기 때문이기도 하고 「새」에 암시되어 있는 바와 같이 시인 자신의 "상상의 풍경"을 황량하면서도 메마른 풍경에서 경이로우면서도 풍요로운 풍경으로 반전시켜주기 때문이기도 하다. 이처럼 비-생명체에 대한 절망감으로부터 생명체에 대한 환희로 시적 전환을 가능하게 하는 시가 바로 「풀밭에 눕다」이다. 전부 두 연으로 이루어진 이 시의 전반부에서는 "선사시대"로 대표되는 아득한 과거에서부터 현재까지 이르는 시인 자신의 존재론에 대한 상상력이 작용하고 있고 후반부에서는 눈앞에 전개되고 있는 '지금-이-순간'의 풍경의 현존에 대한 인식력이 작용하고 있다.

풀이 있다는 사실만으로도 세상은 살 만하다. 어릴 적 밭 두렁에서 맡았던 엷은 구린내의 추억처럼 잔잔하게 되살아나는 초록색 풀 냄새. 나는 누운 채 풀잎을 만져 보았다. 손끝에서 오랫동안 잊고 있었던 잔잔한 만족감 같은 것이 몸 안으로 흘러 들어왔다. 풀물이었다. 그것은 선사시대의 어느 날 아침 짐승같이 풀밭을 달릴 때 맨발의 발바닥이 느꼈던 감각 같이 확실한 것이었다. 내 몸 안을 흐르는 시퍼런 풀의 피. 미세한 물길을 따라 살을 구석구석 까지 적신 끝에 초록색 즙액은 등을 통하여 다시 흙으로 돌아갔다. 이슬이 보석가루 같이 쏟아져 있는 맑은 여름날 아침 같이 싱그러운 풀물의 순환을 느끼는 순간 나는 풋풋한 바람처럼 풀밭에 태어나 몸을 흔들고 있는 화본과 식물의 일원이었을지 모른다.

능선의 기복에 걸렸다 풀려나 다시 천천히 흐르기 시작하는 한 송이 구름의 행방. 고독이 아닌 자유는 없다. 실눈으로 바라보는 하늘에서 은빛 구름 한 포기 바람 속에서 무너지고 있었다. 그것은 검은 현무암 벼랑이 흘러내리던 낯선 시간이었을지 모른다. 풀이 흔들리고 풀의 흔들림 사이로 비탈 끝을 버티고 서 있는 한 마리 망아지 다리의 밤색 윤기가 봄 바다 물빛처럼 잠시 번득이는 것이 보였다. 귓전에서 부서지는 아득한 물결소리 강아지풀 같이 흔들리고 있었다.

— 허만하, 「풀밭에 눕다」 전문

존재론적 상상력의 원동력으로 작용하고 있는 제1연의 '풀'은 "풀이 있다는 사실만으로도 세상은 살만하다"라는 언급처럼, '풀 → 풀 냄새 → 풀물 → 풀의 피'로 진행되면서 시인으로 하여금 자신의 존재를 선사시대부터 현재까지 유추할 수 있도록 해준다. 그러한 유추를 통해서 시인은 선사시대의 짐승의 맨발, 등줄기로 흐르는 물길, 흙으로의 귀환, '풀물 / 피의 순환'을 감지하게 되고, 스스로를 "화본과 식물의 일원"이었으리라고 결론짓게 된다. 이러한 결론이 가능한 까닭은 "풀잎을 만져 보았다", "풀물이었다", "몸 안으로 흘러 들어왔다", "확실한 것이었다", "흙으로 돌아갔다"와 같은 과거형 종결어미가 그 자신의 현존재에 대한 상상력을 분명하게 지탱시켜주고 있기 때문이다.

제1연에서 '나 / 시인 / 시적 자아'와 '풀'의 정체성에 대한 확인 작업을 통해서 드러나게 되는 존재론적 상상력이 제2연에서는 지상 → 천상, 천상 → 지상을 자유롭게 넘나드는 "바람"이 되어 '지금-이-순간'의 '나 / 시인 / 시적 자아'의 현존에 대한 인식력으로 전환됨으로써 "고독이 아닌 자유는 없다"라는 선언에 이르게 된다. 형체도 부피도 크기도 없이 자유롭게 부유浮遊하는 바람에 의해 능선, 구름, 시간, 풀, 비탈, 바다, 물빛, 망아지, 강아지풀은 비로소 살아 있는 존재가 되고, 그러한 존재들과 일체화되고 있는 시인은 또한 고독한 실존의 모습을 지니게 된다. 그러나 그것은 고독을 위한 고독이 아니라 자유롭기 위한 고독에 해당한다고 볼 수 있다.

(2)바다-삶 · 멸망 · 창조의 원천 ─「수평선」, 「무대」, 「성산리지나며」

허만하의 시 「무대」에서 "무대에 떠밀리듯 뱃머리 치켜들고" 멀리 멀리 우회하고 있는 '한 척의 배'가 상징하고 있는 것은 다름 아닌 우리들의 삶의 자취이자 끝내는 혼자일 수밖에 없는 우리들의 모습에 관계된다. 이렇게 말씀드릴 수 있는 까닭은 이 시에서 "무대"로 비유된 바다색의 변화, 다시 말씀드리면 '옥색 → 치자색 → 야청 색 → 검은 색'에 암시되어 있는 인생의 변화과정 때문이기도 하고 "흰 이빨"로 비유된 파도에서 감지할 수 있는 바와 같이 세상을 살아가는 과정에서 끈질기게 달라붙고는 하는 세상풍파 때문이기도 하다.

> 옥색 바다 물들이던 치자색 사라질 무렵 흰 이빨로 야청색 바다 깨우는 검은 여름 멀리 우회하고 있는 배 한 척. 무대에 떠밀리듯 뱃머리 치켜들고.
>
> ─ 허만하, 「무대」 전문

아울러 변화하고 있는 바다색깔은 다시 우리들의 인생의 역정歷程을 나타내는 한편 다른 한편으로는 이 시에서의 시적 시간대가 어둠을 끌고 오는 저녁때라는 점을 나타내기도 한다. 저녁이 물론 또 다른 아침을 예견하는 시간이기는 하지만, 상당히 짧은 단시에 해당하는 이 시에서 황혼 → 저녁 → 어둠 → 밤으로 이어지는 시간대는 찰나의 순간에만 관계될 뿐이다. 아울러 "멀리 우회하고 있는 배 한 척. 무대에 떠밀리듯 뱃머리 치켜들고.”처럼 도치된 문장과 마침표가 사용된 이 시의 마지막 부분에서 우리는 인생의 황혼기에 바닷가에 서서 지나온 삶을 되돌아보는 선생님 / 시인 / 시적 자아의 조금은 쓸쓸한 모습을 엿보게 된다.

허만하의 시 「무대」에서 헬리콘으로서의 바닷가의 저녁풍경은 황홀하도록 아름다운 것이지만 그것을 시로 형상화시킨 네오-헬리콘으로서의 시인의 내면풍경은 섬뜩하도록 처절하게 나타나 있으며, 그러한 처절한 슬픔의 세계가 그의 시 「수평선」에서는 “극명한 슬픔”으로 구체화되어 있다. 전부 두 개의 연으로 이루어진 이 시에서 첫 번째 연은 1로, 두 번째 연은 2로 표기되어 있다. 두 개의 연을 이처럼 확연하게 번호로 구분 지은 이유는 동일한 수평선의 사이에서 제1연이 죽음의 세계에 관계된다면, 제2연은 죽음 이후의 삶의 세계에 관계되기 때문이다. “뭍을 그리다 숨진 사람”이 죽어 묻힌 봉분— 그것은 “구멍 송송한 용암 덩이로 쌓은 사각형 산담. 왼쪽을 터놓은 담 안에” 자리 잡고 있다. 용암 덩이에 뚫려져 있는 구멍이 아무리 작은 구멍이라 하더라도 그 구멍을 통하여 죽은 이의 영혼은 이승의 세계와 왕래할 것이고, 더구나 그러한 무덤의 담장을 돌로 쌓아 올렸으면서도 왼쪽을 터놓은 까닭에 살아생전에 저 멀리 육지를 그리워하던 마음은 죽음 이후에도 변함없이 이어지도록 되어 있다. 이처럼 터져 있는 “왼쪽”은 시간의 연속과 공간의 확대를 위한 배려에서 비롯된 것이라고 볼 수 있다. 그래서 죽은 이의 영혼을 위하여, 죽은 이의 그리움을 위하여, 죽은 이의 또 다른 삶을 위하여 바다는 아름답고 선명한 “비취색”으로 부풀어 오르게 된다.

1

검멀레 마을 가는 길 들어서자 구멍 송송한 용암 덩이로 쌓은 사각형 산담. 왼쪽을 터놓은 담 안에 동그란 봉분 하나. 뭍을 그리다 숨진 사람 생각에 부풀어 오르는 비취색 바다.

2

우두봉 단층 울타리에 기대어 돌아보는 투명한 남국의 햇빛. 지붕도 보리밭도 바람도 반짝이는 에메랄드빛 수평선 아래 떠오르는 아득한 마을. 멀어져 가는 한 마리 갈매기 날갯짓처럼 물결소리 절박하게 들리는 날 수평선이 극명한 슬픔이 되는 해안이 있다. 수평선은 하나가 아니다. 바다 뒤에 다시 바다가 있다.

— 허만하, 「수평선」 전문

첫 번째 연이 죽음에서 비롯되는 적막한 관조의 세계에 관계된다면, 두 번째 연은 그러한 세계를 심화 확대하는 수용의 세계에 관계된다. 그것을 가장 잘 드러내고 있는 시적 대상은 다름 아닌 "멀어져 가는 한 마리 갈매기 날개짓"이다. 분명한 소리이기는 하지만 분명하게 들리지 않는 갈매기의 날개짓에서 비롯되는 소리는 "물결소리"로 확대되고 그것은 궁극적으로 "극명한 슬픔"으로 육화肉化되어 구체화된다. 이처럼 육화된 슬픔은 두 번째 연의 첫 부분에서부터 발전된 것이고, 그것은 다시 "투명한 남국의 햇빛. 지붕도 보리밭도 바람도 반짝이는 에메랄드 빛 수평선 아래 떠오르는 아득한 마을"의 풍경과 대조된다. "수평선 아래"에 평화롭게 펼쳐져 있는 어촌마을의 풍경, 그것은 천지창조 이래 그곳을 지키며 살아온 사람들의 온기가 스며들어 있는 정겨운 삶의 모습에 해당한다. 그러나 그 위를 날아오르는 "수평선 위"의 한 마리 갈매기의 모습은 시인으로 하여금 혜안력을 장착하도록 해준다. 외적 풍경을 내적 풍경으로 전환할 수 있도록 하는 이러한 혜안력으로 인해서 시인은 "수평선은 하나가 아니다. 바다 뒤에 바다가 있다"라고 선언하게 된다. 하늘과 바다의 경계선으로 작용하고 있는 수평선으로 인해서 마을은 그 아래에 자리 잡게 되고 "한 마리 갈매기"—선생님의 이번 신작 소시집에서 '하나'라는 개념이 가지는 중요성에 대해서는 이 글의 마지막 부분에서 언급될 것이다—는 그 위로 날아오르게 된다.

삶과 멸망 그리고 창조의 원천으로 작용하고 있는 바다의 의미는 이상과 같은 중복적 의미의 수평선에 의해 구체화되고, 다음은 용암에 의해 그 생명력을 되찾게 된다. 그것을 요약하고 있는 시가 「성산리 지나며」입니다. "85년 8월 5일"—85년 8월 5일에서 '85'라는 숫자가 지니는 의미에서 하나는 '85년'이라는 년 단위에 관계되고 다른 하나는 '8월 5일'이라는 월일단위에 관계되지만, 그것은 그저 동일한 숫자의 반복일 뿐이다. 이와 같은 파악법은 다분히 해체적인 시 읽기에 관계되는 것이어서 언제 기회가 있을 때에 상세하게 언급하고자 한다— 이라는 구체적인 날짜에 암시되어 있는 바와 같이 2001년을 기준으로 하여 16년 전의 기억을 바탕으로 하고 있다. "정상에 함께 올라섰던 85년 8월 5일 대낮의 무더위를 / 초록색 수평선의 꿈으로 달래었던 우리의 갈증을 / 용암은 아직도 탄생의 아침처럼 기억하고 있었다." 수평선과 용암과 시적 자아와의 오랜만의 해후 역시 "엷은 노을"에 제시되는 있는 바와 같이 저녁시간대를 근간으로 한다. 과거의 기억과 현재의 위치의 조응에서 비롯되는 두 번의 만남을 시인은 남다른 감회에 젖어 "눈으로 만져보는 오랜만의 우리 나들이 발자국"이라고 정리하고 있다. "눈으로 만져보는 발자국"—그것은 과거-지향적이면서도 현재-지향적이고, 회상적이면서도 성찰적이고, 다정하면서도 냉철한 시선視線에 의해서만 가능한 시적 진술에 해당한다.

(3) 지조-순수 · 존재 · 불멸의 중심
—「추사체」, 「용머리 바닷가 바람소리」, 「바람소리는 죽지 않는다」, 「하교길」

지조는 순수한 것이고 자기존재의 확인이며 나아가 후세에게 전하는 올곧은 삶의 지표로서의 역할을 한다. 허만하의 이번 신작 소시집에서 파악하고 있는 이러한 지조의 세계는 두 개의 예술혼으로 극대화되어 있다. 하나는 이중섭으로 대표되는 순수하고 천진난만한 동심의 세계를 바탕으로 하는 축이고, 다른 하나는 김정희로 대표되는 깨끗한 선비정신의 세계를 바탕으로 하는 축이다. 시인이 우선적으로 파악하고 있는 이중섭의 예술혼의 바탕은 그의 그림에 등장하고는 하는 시골아이들의 표정에 있으며, 그것은 그의 시 「하교길」에서 확인할 수 있다.

> 감귤 밭 뒤에 솟아있는
> 검푸른 한라산 그늘
> 준엄한 높이가 숨기고 있는
> 구수한 더덕 냄새
> 펼친 앞가슴 멜빵 사이에 두 엄지 꽂고
> 한 줄로 길가를 걷고 있는 아이들
> 섬의 표정이 기른 아이들
>
> — 허만하, 「하교길」 전문

위에 인용된 시에 나타나 있는 바와 같이, 한가한 시골길이라 하더라도 제멋대로 걷지 않고 길 한 편으로 붙어 서서 질서정연하게 "한 줄로 길가를 걷고 있는" 아이들의 모습에서 어떤 질서정신을 파악할 수 있다. 섬 아이들로 하여금 이처럼 행동하게 하는 요소는 "검푸른 한라산 그늘"로 대표되는 "준엄한 높이"의 정신과 "구수한 더덕 냄새"로 대표되는 순박성에 그 근거를 두고 있다. 이러한 정신과 순박성은 「바람소리는 죽지 않는다」에 제시되어 있는 "이 곳에서 바람은 알몸의 아이가 물풀 같은 탯줄을 감고 태어나는 서귀포 앞 바다 물빛이다. 뺨과 귓밥 어루만지는 유록색 바람처럼 조용히 밟아 보는 이중섭 거리"에서 그 구체성을 획득하게 된다.

다음은 허만하의 이번 신작 소시집를 가장 돋보이게 하는 지조 높은 선비정신으로, 그것은 추사 김정희1786~1856에게 관계되는 「추사체」와 「용머리 바닷가 바람소리」에 잘 나타나 있다. 전자에서는 '추사체'가 지니고 있는 기개 높은 정신과 흔들리지 않는 기품을 효과적으로 드러내기 위해 ① 예산 → (제주도) →

겨울바다 → 모슬포 → 골목길 → 뜰 → 단칸방으로 공간을 극소화하기도 하고, ② 봄 → 여름 → 가을 → 겨울 → 엄동 → 삼경으로 시간을 구체화하기도 하고, ③ 바람소리 → 함박눈 → 겨울비 소리 → 천둥소리처럼 시각이미지와 청각이미지를 활용하기도 하고, ④ 별빛 → 호롱불처럼 혼자 반짝이는 빛의 이미지를 사용하기도 한다. 그리고 이 모든 시적 장치는 궁극적으로 "굽힐 수 없는 뜻"에 수렴된다. 그 결과 시인은 "초엽백蕉葉白 벼루 닳아 움푹 패이고 버린 붓 1천 자루. 서까래보다 굵은 획과 머리칼보다 가는 획 섞어 엮어내는 완벽한 구도, 추사체"라고 선생님 자신의 감격을 조금은 과장되게 나타내게 된다.

바다는 겨울 바다. 추운 물빛과 목 쉰 바람소리, 추사체. 모진 외로움은 이렇게도 고요할 수 있는가, 추사체. 열 걸음 뜰에 내려서서 우러러보는 별빛 얼어붙는 엄동. 호롱불 심지 돋우며 넘기는 책장 함박눈처럼 쌓이는 어느덧 삼경. 어른어른 벽에 비치는 외로운 그림자 애써 고개 돌린다. 굽힐 수 없는 뜻 하나로 모슬포 앞 바다 보다 넓은 목거리 단칸방. 비 내리는 날 붓 잡는 자상함. 가슴 적시는 겨울비 소리. 사랑하는 초엽백(蕉葉白) 벼루 닳아 움푹 패이고 버린 붓 1천 자루. 서까래 보다 굵은 획과 머리칼보다 가는 획 섞어 엮어내는 완벽한 구도, 추사체. 예산의 봄기운, 산을 넘는 천둥소리, 가을 하늘 맑은 깊이, 요여(躍如)한 그의 먹빛.

팽나무 그늘 흔들리는 골목길 어귀에 환하게 퍼지는 공사 인부들 사투리.

— 허만하, 「추사체」 전문

이러한 과장된 감격에 대해 시인는 「시의 현장은 길이다」에서 다음과 같이 설명하고 있다. "추사가 대정 고을 목거리에서 쓰던 벼루에 대해서 알려 있는 바가 없었다. 나는 그 골방을 들여다보면서 문득 그것이 초엽백蕉葉白이란 생각을 하고 말았다. 단계연端溪硯 가운데서 돌의 결이 부드럽고 청초하여 동천冬天 아래 파초 잎에 흰 서리가 내린 듯 유현한 무늬를 보이는 석재가 초엽백이기 때문에 추사의 기품에 가장 어울릴 것 같아서 그런 생각이 떠올랐던 것 같다. 그의 적거지는 그 만치 숙연했다. 시란 공간적으로 그런 곳에서 태어난다." 따라서 시인으로서의 허만하는 추사의 귀양살이 공간이었던 한 골방에서 받았던 강한 감격이 '세한도'라는 부제가 붙여진 「용머리 바닷가 바람소리」로 이어지는 것은 자연스러운 현상이며, "매운 바람소리 달리는 내 마음 마른 풀잎 같은 먹물에 묻혀 보았네. 세한도"라는 구절에서 자신의 심정과 '세한도' 그림의 주제를 일치시켜보는 것 또한 자연스러운 현상에 해당한다.

　　　투명한 외로움처럼 수식으로 번득이는 산방산 서쪽 벼랑 쳐다보던 눈길로 용머리 해안에 서서 물마루 바라보기를 춘하추동 아홉 해. 견디다 못한 지팡이가 앞서는 다시 나들이 길.

　　　동짓달 새벽 하늘에 반짝이는 서릿발 걷어 먹을 갈았네. 우선*. 그립네. 매운 바람소리 달리는 내 마음 마른 풀잎 같은 먹물에 묻혀 보았네. 세한도.

　　　* 추사의 제자 李尚迪의 호 藕船. 추사의 歲寒圖 화제 뒤에 작은 글씨로 藕船施賞 阮堂이라 있다. 우선은 유배지의 추사에게 桂馥의 『晚學集』과 惲敬의 『大雲山房文藁』를 보내고 이어 다음해에 賀長齡이 편한 『皇朝經世大篇』 120권을 보내고 있다. 20행에 이르는 세한도 발문에 이런 경위와 함께 추사는 세상을 휩쓸고 있는 권세와 이득을 쫓는 풍조를 개탄하고 추사 자신을 바다 멀리 초체하게 시들어 있는 사람으로 말하고 있다

　　　　　　　　　　　　　　　　　　　　　　　　　　　　　　— 허만하, 「용머리 바닷가 바람소리」 전문

　　　모든 것은 '한 가지'에서 출발하고 또 '한 가지'로 수렴된다. 허만하의 이번 신작 소시집에서 분명하게 하고 있는 것은 바로 이와 같은 '하나 중심의 사상'이라고 볼 수 있다. 그것은 허만하가 제주도라는 풍경을 풀, 바다, 지조와 같은 구체적인 시적 소재로 전환시키고 있기 때문이기도 하고, 이러한 각각의 시적 소재를 다시 '생명·사유·자유', '삶·멸망·창조', '순수·존재·불멸'의 항으로 변화

시키고 있기 때문이기도 하다. 그러나 그것이 어느 경우에 해당하든 허만하는 주도면밀하게 앞에서 말씀드린 사상을 그 자신의 시적 장치로 사용하고 있다. 그러한 점에 대한 한 가지 예를 든다면, 동일한 바다의 색깔의 변화를 군청색, 에메랄드빛, 치자색, 옥색, 야청 색, 초록색, 비취색 등으로 다양하게 표현하는 데에서 찾아볼 수 있다.

하나 중심의 사상―그것을 가장 극명하게 드러내고 있는 것은 추사체로 대표되는 선비정신의 바탕이 되는 지조이며, 이를 효과적으로 드러내기 위해 활용된 시적 매개체로는 "배 한 척", "한 마리 갈매기", "한 송이 구름", "한 포기 바람", "한 마리 망아지", "봉분 하나", "뜻 하나" 등에 나타나 있는 '하나'라는 정신에 있습니다.

3. 정진규의 시세계

1) 시집『공기는 내 사랑』의 세계

정진규―그의 시를 읽노라면 풀을 먹여 숯이 발갛게 피어오른 재래식 다리미로 곱게 다린 옥양목 두루마기나 모시 두루마기를 입고 들길을 가고 있는 조선 선비의 기품 있는 뒷모습이 떠오르고는 한다. 그의 시에서 느껴지는 이러한 뒷모습은 오늘의 현대시에 눈뜨기 시작하던 70년대 중반 「들판의 비인 집이로다」를 처음 읽었을 때에 어렴풋이 떠올렸던 모습이기도 하다. 특히 "어쩌랴, 그대도 들으시는가. 귀 기울이면 내 유년의 캄캄한 늪에서 한 마리의 이무기는 살아남아 울도다. 오, 어쩌랴. 때가 아니로다, 때가 아니로다, 때가 아니로다, 온 국토의 벌판을 기일게 기일게 혼자서 건너가는 비에 젖은 소리의 뒷등이 보일 따름이로다"라는 제2연은 그때나 지금이나 하나의 강렬한 원뢰가 되어 필자의 귓전을 때리고는 한다. "온 국토의 벌판을 기일게 기일게 혼자서 건너가는 비에 젖은 소리의 뒷등", 바로 그 뒷등을 먼발치에서 따라가면서 그의 열네 번째 시집 『공기는 내 사랑』2009을 읽어보다가 「명아줏대 지팡이」에 잠시 멈추게 되었다. "많이 짚고 다녔다 여러 해 여러 곳 짚고 다녔다 (…중략…) 새 지팡이 하날 다듬고 있다 명아줏대가 으뜸이라 하였다 청려장靑藜杖이여 (…중략…) 기묘출생己卯出生 이후 여적지 못 찾은 나의 속 무늬였으면 좋겠다 새 지팡이 하날 다듬고 있다"를 읽으면서, 「들판의 비인 집이로다」를 처음 읽었을 때에 떠올렸던 조선 선비의 모습은 「명아줏대 지팡이」에도 변함없이 나타나 있지만, 그 사이로 참 많은 세월이 흘러갔다는 생각을 하였다.

그의 이번 시집을 이끌고 있는 세 개의 축을 정리하면, 하나는 '석가헌'으로 대표되는 시골생활이고 다른 하나는 '현대시학'으로 대표되는 서울생활이며, 이러한 점은 「석가헌 근방」의 "월수금月水金 하루걸러 세 번은 소외될까 봐 조금 겁먹은 얼굴로 서울 올라가고 화목토火木土는 석가헌에서 느릿느릿 밥 먹고 늦게 잠들거나 밀린 책을 읽거나 붓장난을 하거나 시가 써지기를 기다란다"에서 확인할 수 있다. 그리고 또 다른 하나의 축은 "일요일은 덤으로 주어진 날, 근방을 꽤 깊게 돌아다닌다"에서 파악할 수 있는 바와 같이 자신의 집근처에서 마주치게 되는 삼라만상에 대한 섭리와 이치를 애정 어린 눈길로 새롭게 깨닫는 데 있다. 이상과 같은 세 개의 축을 근간으로 하는 그의 이번 시집을 ① 산수유에서 느티나무까지, ② 지상의 풀·꽃에서 천상의 새까지, ③ 선대에서 후대까지, ④ 언어에서 말言까지 등으로 나누어 살펴보면 다음과 같다.

(1) 산수유에서 느티나무까지

정진규와 산수유의 각별한 인연은 「수유리를 떠나며」에 반영되어 있다. "수유리 30년을 데리고 나 떠난다"로 시작하여 "산수유 30년을 데리고 나 떠난다"를 거쳐 산수유와 함께 했던 수유리 30년의 세월을 되돌아보고 있는 이 시에서 시인은 서울의 수유리를 떠나 안성의 생가 '석가헌'으로 이사 오면서 30년 동안 식솔이나 다름없이 돌보았던 산수유도 함께 데리고 와 옮겨심기까지의 심정을 "얼컥 이는 호끈한 내음!"으로 집약시켜 놓았다. 식솔이나 다름없는 산수유에 대한 시인의 애정은 「엽서」에서 "옮겨 심은 석 달 열흘 내내 몸살 앓던 산수유"를 정성들여 돌보아주고 거름을 채워주고 소생하기를 간구하면서 "몸살 호되게 앓던 산수유, 안부 전한다 석 달 열흘 몸져눕고 있는 네게 이걸 생약生藥으로 전한다 훌훌 털고 일어나시거라"라는 마음의 엽서를 보내게 된다.

이처럼 애지중지하던 산수유, 30년을 함께 했던 산수유, 서울사리를 정리하고 안성의 생가로 옮겨오면서 함께 데리고 왔던 산수유―바로 그 산수유는 「후살이」에서 "사랑 끝! 후살이 끝!"이라고 네 번이나 단호하게 결별을 선언하는 시인으로부터 버림받게 된다. 불쌍한 산수유. "몸살 중인 한 구루의 산수유 회생回生을 위해 반역의 힘을 빌리다. 이런 나의 소행에 대한 불만으로 또 다른 반역의 힘이 생길 것이다"라는 시인의 확신에 찬 언급처럼, 그것은 산수유를 버린 것이 아니라 버린 체 하면 오히려 그것이 반감을 가지고 악착스럽게 되살아날 것이라는 기대를 가지고 "사랑 끝! 후살이 끝!"이라고 눈물겨운 선언을 하는 것이겠지만, 산수유 편에서 보면 시인의 이러한 선언은 참으로 어처구니없고 야속한 선언이었을 것이다. 수유리에서 30년을 해마다 노란 꽃을 피워 그 어느 것보다도 먼저 봄이 왔음을 알려주었고 새빨간 열매로 가을이 왔음을 알려주었던 산수유로서는 일종의 배신감까지도 느꼈을 것이다. 그럼에도 산수유가 꽃 피지 않으면 봄이 온 것 같지 않다는 의미로 쓰인 "춘래불사춘春來不似春!"이라는 구절에는 회생할 기미를 조금도 보이지 않는 산수유에 대한 시인의 안타까운 심정이 반영되어 있다. 시인의 애정을 한 몸에 받았던 산수유는 자신만의 또 다른 반역이나 오기―시인으로부터 버림받았다는 데 대한―의 힘에 의해 힘겹게 소생했을 수도 있지만, 시인과의 달콤했던 관계가 끝장나 버린 산수유는 바로 그 사랑의 자리를 고스란히 느티나무에게 내주고 만다.

"비 젖고 있는 큰 느티나무를 비가 와서 만든 줄 알았더니 느티나물 만나서 비가 비로소 느티나물 크게 적시게 되었음을 알았다 느티나무에게 잘 모시겠다고 큰절했다"라는 「비오는 날」에서 시인은 산수유에게는 한 번도 그렇게 하지 않았던 큰절을 한다. 그것도 잘 모시겠다는 약속까지 하면서. 왜 그랬을까? 그 이유는 정진규와 박연숙의 대담에서 찾아볼 수 있다. "저 나무가 제가 모시는 350년 된 느티나무입니다. 평상을 놓고 나 혼자 올라가 제사를 지내고 느티와 이야기를 합니다. 먼저 말을 붙이면 나한테 말을 걸기도 하고 소통이 돼요. 오늘 아침 같은 때는 초록 신관이 다 나왔더라고요." 시인의 선대가 처음 터를 닦고 조상들의 묘를 만들기 이전부터 있었던 바로 그 느티나무는 시인의 가문家門의 산 증인이자 산수유 이상으로 또 다른 의미의 식솔에 해당한다. 그래서 그는 잘 모시겠다는 약속과 함께 수령 350년 된 느티나무에게 큰절을 올리고는 한다. 그런 까닭에 「모든 사진에는 내가 보이지 않는다」의 "내가 써온 시에서 느티나무가 나요 내가 느티나무로 운영되어왔으니 어느 쪽에도 나는 없습니다"라는 구절에서처럼 느티나무와 시인은 혼연일체가 되어 한 몸이 된다.

시인 자신에게 있어서 이처럼 각별한 의미를 지니고 있는 느티나무는 「춘망春望」의 "유월의 큰 느티, 가득 뿜어낸 잎새들이 허공을 초록으로 조이면", 「허공」의 "파고드는 느티나무 이파리들 몸살이다 맨살 가득 깊다 허공에 살리라", 「하늘 뿌리」의 "땅의 뿌리는 말할 것도 없거니와 하늘 뿌리는 하늘 가득 팔 벌려 가지들 끝끝마다 초록 신관神官 쟁여두고", 「이 봄날」의 "늙은 느티가 뒷문 밖 언덕에서 일찌거니 가지 끝끝마다 작은 이파리들 뱉으면서 우리 집 마당을 점잖게 내려다보고 있다" 등에서처럼, 시인의 시선은 공활하고 푸르른 허공을 배경으로 하고 서 있는 싱싱한 모습의 느티나무에 머물고는 한다.

(2) 지상의 풀 · 꽃에서 천상의 새까지

산수유와의 30년의 사랑을 데리고 수유리를 떠나 350년 된 느티나무가 있는 석가헌夕佳軒으로 옮겨온 정진규는 지상의 풀과 꽃 그리고 천상의 새를 외경심을 가지고 바라보기 시작한다. 이러한 점은 "나는 요즈음 와서 새로 태어나는 보편을 사랑하게 되었다 요즈음 와선 초월로만 남아 있는 생짜는 신뢰가 가지 않게 되었다"처럼 자연에서 습득하게 되는 새로운 경이의 세계, 말하자면 "자연이란 가장 커다란 본색本色, 가장 커다란 보편의 맨몸"의 세계를 강조하고 있는 「돌아온 보편」에서 우선적으로 확인할 수 있다. 이처럼 진리의 보편은 먼 곳에 있지 않고 가까운 곳에 있다는 점은 「풀 뽑다 말고」에서 "가을을 타는 한 남자"가 된 시인이 "다 뽑고 나면 뽑을 것이 없고 / 뽑힌 자리에 또 풀 돋을 자리가 / 넉넉하게 겁도 없이 터를 잡을 터이니 / 헛일 아닌가 왜 몰랐으며 / 초록 없는 내 뒷마당은 / 또 무얼로 견딜 것인가"라는 자문자답에서도 찾아볼 수 있다.

보편적 진리로서의 풀·꽃의 세계는 이번 시집에서 시인이 많은 부분을 할애하고 있는 꽃의 이름에서도 찾아볼 수 있으며 그것은 시인과 이웃과의 소통을 가능하게 하는 매개체의 역할을 한다. 이러한 점은 "범부채, 개미취, 금계, 채송화, 해바라기, 쪽도리 꽃, 아주까리, 상추, 치커리들을 무더기로 다 뿌리고 난" 시인은 그것의 모종을 이웃에게 나눠주고 "장하시다고 회춘回春하셨다고 모두 끼끗하다고 칭찬받을 작정"을 하는 「씨를 뿌리다」와 "쌀 일고 있는 하얀 소리"를 듣고 싶어서 물 길러 오는 이웃들을 위해 "서둘러 빗장을 열어두고 있다"는 「찬우물」에도 반영되어 있다. 꽃이나 채소의 씨앗만을 땅에 뿌리는 것이 아니라 그것들을 더욱 잘 자라게 하려면 지렁이도 필요하다는 사실을 시인은 새롭게 알게 되며, 이러한 점은 「지렁이를 심다」에 나타나 있다. "부추 밭에서 캐온 지렁이를 어렵게 분양받았다"로 시작하여 "부추 밭 지렁이, 부추가 지렁이를 키우고 지렁이가 부추를 키운다"를 거쳐 "많이 많이 번식해서 땅이 넉넉해지기를 바라는 마음뿐이었다"로 끝맺고 있는 이 시에는 흙의 힘을 북돋아주는 지렁이의 역할과 효능 등이 반영되어 있으며, 부추뿐만 아니라 고추, 가지, 상추, 강낭콩 등 작물의 모를 내기 전에 시인은 열심히 기대에 차서 지렁이부터 먼저 심고는 한다.

지상의 풀과 채소류에 대한 시인의 시선은 진자줏빛으로 피었다 지는 「박태기 꽃」을 거쳐 「뻐국채 꽃키」로 옮겨진다. 매발톱, 수리취, 꽃범꼬리, 흰좀비비추, 초롱꽃 등 심산의 꽃들을 사진책에서 보다가 찾아낸 이 꽃을 시인은 "뻐꾹채 꽃키, 엉겅퀴 형국인데 좀 둥글고 통통했다 색깔은 밝고 진분홍, 꽃잎 가시가 꽃술이 빳빳하게 솟아 있었다"라고 그 기쁨을 상세하게 설명하고 있다. 상세하게 설명하고 있는 까닭은 정지용의 시 "'백록담白鹿潭'에서 처음 읽어 만나고 오십 년 만이다 어떤 꽃일까 궁금한 채로 오십 년이 지났다"라는 언급처럼 반세기가 지났어도 시인에게 분명하게 각인되어 있는 '뻐꾹채'에 대한 궁금증은 변함이 없다는 점과 "시는 오십 년도 기다려 준다는 사실" 때문이다. 보통은 1m 정도까지 자라지만 산 높이에 따라 그 만큼 키가 작아져 "바싹 엎드려 다붙은 뻐꾹채 꽃키"는 "여적지 오르고 있는 내 소모의 산비알"로 전환되어 있다. 꽃에서 발견하는 이러한 기쁨의 순간은 "오늘 마음 공부는 꽃에서 시작하기로 합니다"로 시작되는 「직후의 꽃」에서도 찾아볼 수 있다. 특히 "오늘은 어떤 꽃이 벙그나 한번 기다려보기로 하지요 놀랍네요 한껏 벙글고 난 직후의 꽃이 제일로 아름다웠어요"에는 발견의 기쁨 그 자체가 반영되어 있다. 풀 / 꽃에서 시인이 발견하는 진리는 「삐어져 나오는 것들」에서도 찾아볼 수 있다. "씨앗들 새싹 트는 걸 보고 기력氣力을 되찾기도 했지만, 삐어져 나온 햇빛 초록 빨판, 천수천안千手千眼 이파리들이 속 태우고 속 태워 햇빛 금강金剛 빚은 느티나무 그늘, 어린잎들에 손을 댔다가 크게 초록 화상을 입기도 했지만, 그래서 삐어져 나오는 것들은 더욱 무섭다 꽃들도 무섭다."

　　정적 대상으로서의 꽃에 대한 시인의 관심은 동적 대상으로서의 천상의 새로 옮겨지며 「되새떼들의 하늘」에서는 꽃에서 발견할 수 없는 또 다른 발견을 하게 된다. 새의 날갯짓을 "이승과 저승을 드나드는 날개붓"에 비유하고 있는 이 시에는 운필, 붓 한 자루, 비표秘標, 비백飛白, 서체書體 등 시인 자신의 서예활동에 관계되는 시어들이 등장한다. "가슴팍 바짝 당겨 넣은 새들의 발톱이 하늘 찢지 않으려고, 흠내지 않으려고 제 가슴 찢고 가는 그게 비백飛白이라네 하얀 피라네"라는 마지막 구절은 "애초 파지를 내지 않을 요량으로 비싼 종이를 썼으나 그 사면초가四面楚歌도 허사였다. 모두 구겨 던졌다"라는 「몸이 말을 듣지 않는다」에 접맥된다.

하늘을 나는 새와 자신을 비유하고 있는 시인의 내면세계는 「딱따구리 1」의 "다그르르 나를 분명하게 쪼는 소리"와 「딱따구리 2」의 "나를 덜어낸 슬픔의 가루가 소복하다"에서 다시 한 번 일치하게 된다. 이처럼 늙은 밤나무를 쪼아대는 딱따구리 소리가 바로 자신의 내면의식을 쪼아대고 갉아대는 소리로 파악하고 있는 점은 「새들, 나의 직속들」에서 더욱 심화되고 구체화된다. "해거름의 내 거처 언저리엔 언제나 새들이 찾아든다"에 암시되어 있는 바와 같이, 석가헌의 뒷마당에 자리 잡고 있는 350년 된 느티나무 가지와 나뭇잎사이로 몰려드는 온갖 새들은 뻐꾸기, 방울새, 되새 떼, 산비둘기, 굴뚝새, 소쩍새 등 다양하지만, 시인이 자신의 직속으로 가장 가깝게 여기는 새는 "둥지를 옮긴 적이 없"는 산비둘기이다. 왜 그렇게 생각하는 것일까? "새들은 나의 어두움을 예고하는 충복들"이기 때문이다. 특히 "그대가 크게 떠나는 어두움이 오기 직전"에 암시되어 있는 바와 같이, 바로 그 어두움이 오기 직전에 새들은 날아들어 시인에게 누군가가 그의 곁을 떠나게 될 것이라는 점을 미리 알려주는 역할을 한다. 그래서 시인은 "빠안히 나를 읽는 그 둥글고 새까아만 새들의 눈동자에 여러 번 내 어두움이 고인바 있다"라고 회상하기도 한다. 새와 자신의 일체화의 방식은 "별난 체위로 새들은 허공과 몸을 섞는다 (…중략…) 몸으로 추켜올리고 몸으로 추켜 내리는 상승과 하강의 속도 임계속도臨界速度로 섞는다"라는 「새들의 체위體位」에서 확인할 수 있다. 다시 말하면, 허공에서 "경계를 일거一擧에 지우는" 새들의 비행방식을 시인은 자신의 내면으로 육화시켜 "내 훔친 연꽃 벙글던 방식方式"으로 전환시킴으로써, 자신이 사는 일상의 방식과 하늘을 나는 새의 방식이 다르지 않다고 생각하게 된다.

이상과 같은 지상의 풀·꽃과 허공·새의 관계는 「공기는 내 사랑」에 집약되어 있다. "감자 껍질을 벗겨봐 특히 자주잠자 껍질을 벗겨봐"로 시작하는 이 시의 전반부에서는 아마도 시인이 직접 경작한 자주감자 껍질을 벗기다가 하얀 속살이 공기와 접촉하면 보랏빛으로 변한다는 사실을 깨닫게 되고 그것을 "공기의 속살이 보랏빛"이라고 정의하였다. 후반부는 화성 근처 보통리 저수지에서 들었던 "세상을 들어 올리던 청둥오리 떼의 공기, 일만 평으로 멍드는 소리"에 관계된다. 그리고 이 두 가지 사실, 즉 시각으로서의 자주감자의 보랏빛 공기와 청각으로서의 청둥오리 떼의 공기는 다 같이 시인 자신의 사랑으로 전환되어 있다.

텃밭에서의 소일과 느티나무에 대한 관찰로 이어지는 시인의 시선은 가끔 안산의 능선에 머물기도 한다. 이러한 점은 「율려律呂여」의 "제일 분명한 것은 안산 저녁 능선일 것이다 거기 서 있는 나무들의 키가 비로소 하루 치 완성의 키를 얻는다"에서도 찾아볼 수 있고, "해지는 저녁 능선도 그 실물들도 마침내 보이지 않게 되었다"는 「해 지는 저녁 능선」에서도 찾아볼 수 있다.

(3) 선대에서 후대까지

경기도 안성시 미양면 보체리 12번지에 자리 잡고 있는 석가헌夕佳軒과 수령 350년 된 느티나무의 관계에 대해서 정진규는 박연숙과의 대담에서 다음과 같이 언급하였다. "석가헌은 1700년쯤에 영의정을 지낸 홍洪순淳되시는 분이 벼슬을 버리고 시묘하던 묘막이에요. 처음 터를 닦으시고 조상들의 묘를 만들었지요. 나는 여기 산소관리자 묘지기로 내려온 겁니다. 제 평생 한 일 중 잘한 일이 있다면 시보다는 묘역조성을 한 일, 여기저기 흩어져 있는 산소를 벌초가 쉽고 후손들이 관리하기 쉽도록 넓은 아버님 산소묘역에 조상들의 산소를 모신 것입니다. 그 이유는 조상음덕으로 좋은 일이 생기기 때문입니다. 시도 잘 써지고……. 아주 현실적이고 사실적인 이야기를 하면 자랑이 되지만 자식들이 잘되고 건강한 거지요. 조상을 잘 모신 덕입니다. 그리고 석가헌을 시인의 집으로 바꿔보려고 정비하고 있는 중입니다."

선대의 묘소를 정성껏 관리하는 일, 시가 잘 써지는 일, 자식들이 잘 되는 일 등이 서로 무관하지 않다는 점을 찾아볼 수 있는 이러한 언급은 우선 「알집들」에서 확인할 수 있다. '천묘를 하고 나서'라는 부제에서 파악할 수 있는 바와 같이 먼 곳에 산재해 있던 선조들의 산소를 석가헌 가까운 곳에 이장하는 과정을 한 편의 시로 형상화한 이 시의 핵심은 "불경스럽게도 포클레인으로 일거─擧에 그렇게 했다 주검을 죽음들을 들었다 놓았다 요즈음 식은 이렇다"와 "결사적으로 둥근 내 시의 알집들 내가 쓴 무덤들, 매장품들 어지러웠다 덕분에 나의 알집들 되돌아보았다 낱낱이 성묘했다"에 있다. 전자에는 아무리 최신식으로 천묘를 한다하더라도 선조의 묘를 기계의 힘을 빌려 손쉽게 파헤치는 정말로 불손하고 불경스러운 세태가 반영되어 있고, 후자에는 천묘한 후에 선조들의 묘에 일일이 성묘하는 시인의 모습이 반영되어 있다. 따라서 불경과 예의의 차이점은 소멸되고 만다.

"제 평생 한 일 중 잘한 일이 있다면 (…중략…) 넓은 아버님 산소묘역에 조상들의 산소를 모신 것"이라는 시인의 언급에 나타나 있는 아버님의 모습은 「아버지의 수의」에서 "윤달이 들던 해 모두들 좋다고 해서 (…중략…) 진짜 국산 삼베로 한 벌 장만해두었던 걸 아버지는 입으시고 이승을 하직하셨다 큰 재산 장만했다고 편안해하시다가 수의는 최고의 정장正裝이다 그렇게 좋아해하시다가 고요히 떠나셨다"에서 확인할 수 있다. 시인인 아들에게 시보다 더 시답게 "수의는 최고의 정장正裝이다"라고 언급했던 아버지는 꿈결에 바로 그 아들을 찾아와 "여기서 평생 입을 정장正裝이라"는 전갈을 한다. 수의와 정장─이승에서의 정장이 상황에 따라 수시로 바꿔 입어야 하는 옷이라면, 저승에서의 정장은 사실 한 벌의 수의일 수밖에 없으며, 그런 까닭에 수의는 '진짜 국산 삼베'로 만들어야 가장 합당할 것이다. 정장으로서의 수의에서 발견하게 되는 이러한 의미는 「준비」에서 시인 자신의 마지막 모습으로 전환되어 있다. "내 슬픈 살이 마지막 수습될 경우 잘 보이려고 그런다"와 "염습殮襲은 평생 두고 스스로 혼자서 하는 거지"에서 그렇게 파악할 수 있다. 살아 있는 모든 존재의 마지막 모습으로서의 죽음의 세계는 「월명月明 오빠여」에서 "연전에 하직下直한 누이여, 누이여 저승이 얼마나 좋길래 가서 돌아온 이 하나도 없다더냐 기척도 없구나"처럼 시인은 「제망매가祭亡妹歌」를 쓴 월명이 되어 세상을 떠난 자신의 누이동생을 그리워한다.

이러한 그리움의 세계는 「저녁노을」에서 하루의 일과를 마치고 집으로 돌아오는 "도시락 가방을 든 혜산兮山", 즉 동향同鄕의 시인 박두진을 만나기도 하고, 「줄창 일어서 있는 풍경」에서 "느티나무에 편입한 몸통"이 된 김영태와 "소나무 몸통"이 된 오규원의 수목장樹木葬으로 이어지기도 하고, 「이 봄날」에서 "고개 숙이고 보면 자잘한 작은 풀꽃들이 겨울 끝자락부터 미리 피어서 틈틈마다 엎드리는 법과 견디는 법을 내게 강론한지가 벌써 지난 2월달부터였다 이런 강론을 피그미 풀꽃이라고 이름 붙인 한 시인이 이 봄날에 갔다"에 암시되어 있는 박주일의 죽음으로 이어지기도 한다.

선조, 아버지, 누이동생, 그리고 지인들에게 관련되는 시가 죽음의 세계에 관련된다면, 어머니, 아내 그리고 손자에 관련되는 시는 애정 어린 따뜻한 세계에 관련된다고 볼 수 있다. 「빨리 크고 싶다」의 "빨리 크고 싶다 / 네 살 손자의 말"에서 할아버지로서의 정진규는 "금방이란다 / 서둘다 넘어지면 무르팍 피날라 / 할아버지 무르팍엔 / 아직껏 흉터 있단다"라면서 세월의 무상한 흐름을 강조하게 된다. 어린 시절 무작정 뛰고 달리다가 무르팍이 깨져 그 흉터가 선명하게 남아 있는 할아버지임에도 불구하고 자신의 어머니를 생각할 때에는 네 살 손자 이상으로 여전히 어린 소년이 되고 만다. "늦은 나의 귀가에도 저녁밥 새로 상 보아 고봉밥으로 허기를 채워주시던 어머니를 상봉했다"는 「감실 부처님」에서는 어머니가 부처와 겹쳐 떠오르기도 하고, "묵은 내 사랑의 새까만 젖꼭지, 어머니 젖무덤 찾아 쉰젖을 빠는 이 겨울밤의 「새까만 정장正裝」에서는 아예 젖먹이가 되어 엄마의 젖을 빠는 꿈을 꾸면서 짧은 행복에 젖기도 한다.

어린 손자를 통해 자신의 지난 시절을 반추하기도 하고 때로는 응석받이 아이가 되는 꿈을 꾸기도 하지만, 자신의 아내에 대한 정진규의 애정 어린 눈빛에는 변함이 없다. "우리 늙은 부부는 함께 산 지 오십 년에 가깝다"로 시작되는 「치자꽃과 장미꽃」에서 시인은 자기 부부의 모습을 치자꽃에, 신혼부부의 모습을 장미꽃에 비유하고 있다. 또한 「무엇으로 접붙일까」의 "젊은 고욤이 늙은 감나무를 등 돌려 세운다 늙은 아내와 결혼 45주년 여행을 그리로 잡은 나의 속내다"에서는 오랜 세월을 함께한 노부부의 아름다운 모습을 엿볼 수 있지만, 왜 아내만 굳이 "늙은 아내"라고 강조했는지, "늙은 아내"라고 했으면 그만큼 시인 자신도 "늙은 나"라고 해야만 되는 것은 아닌지, 아내만 늙고 자신은 늙지 않았다는 것인지, 그렇다면 시인 자신은 "젊은 고욤"이고 아내만 "늙은 감나무"라는 것인지 등 자꾸만 불거지는 의구심으로 인해 이 시를 거듭 읽어보았지만 명쾌한 답을 찾을 수는 없었다. 그럼에도 바로 이 "늙은"이라는 수식어는 「뒷등이여」의 "돌아앉은 늙은 아내의 뒷등이여, 전생前生이여"에서 반복되고 있다. 이렇게 볼 때에 "늙은 아내"는 평생을 시인과 함께 하면서 시인의 삶과 똑같은 무게를 지니고 있다는 의미로 해석된다. 정진규 시인이 1700년쯤에 영의정을 지낸 명문가의 후손이라 그럴 수도 있겠다는 생각을 하면서도 바로 이 "늙은 아내"라는 구절의 의미를 자꾸만 꼬치꼬치 캐묻고 싶어진다. 그래서 시인의 아내는 「집수리」에서처럼 자주는 아니지만 가끔 시인으로 비유되어 있는 "집"을 현명한 방법으로 수리하고는 한다. "아내는 또다시 집수리를 시작했다 같이 사는 동안 몇 번 있었다 집을 아주 바꾸지는 않았다 제 살 집을 바꾸고 싶은 모양이었다 나를 바꾸고 싶은 모양이었다 불륜과는 다르다."

(4) 언어에서 말言까지

정진규의 시에는 간혹 조금은 어려운 한자어가 등장하고는 한다. 시인이 선별하여 사용하는 이러한 한자어는 그의 시에서 시각적인 역할을 하기도 하고 시의 의미를 심화시키는 역할을 하기도 하고 암호의 해독을 요구하기도 한다. "어제는 내 암호를 부르는 그대의 암호가 광光케이블을 타고 건너왔는데 나를 깊게 건드렸는데, 내 몸의 벨이 감감무소식이었다 글쎄 암호 해독이 어렵게 되었다"라는 「입춘방立春榜」에서 암호는 물론 동안거冬安居를 끝내고 봄이 왔음을 알리는 이파리들의 "초록 신관信管"에 해당한다. 그래서 시인은 "서둘러 입춘방立春榜 하나 내다 붙였다 다행이었다"라고 이 시를 끝맺고 있다. 시인의 이러한 기지와 재치를 따라가기가 용이한 것은 아니지만, 그의 시에서 한자어는 언제나 중요한 역할을 한다.

「율려律呂여」라는 시에서 '율려律呂'는 동양음악의 오음계, 서양음악의 칠음계를 뜻하기도 하고, 천간지역법天干地易法으로서 그것은 천天·지地·인人의 삼원일체사상을 학문적으로 정립한 최초의 자연철학을 뜻하기도 한다. 밝음에서 어두움으로 이행되는 "땅거미의 보법步法"을 저녁이 오는 시간으로 파악하고 있는 「율려여」에서 율려는 "피리를 부는 그대 손가락"과 "모든 완성의 내부에는 소리가 흐른다"로 볼 때에 음계를 의미한다. 이러한 한자어의 역할은 「눈썹을 그리기 시작했다」의 "영양괘각羚羊掛角 연신석란燃腎石卵"에서도 찾아볼 수 있다. 어느 한학자는 '영양괘각'의 의미를 시와 관련지어 이렇게 설명하였다. "시는 사변적 지식이나 논리적 이치만 따져 되는 것이 아니다. 상승의 시인들은 시에서 흥취를 추구한다. 흥취는 영양괘각과 같다고 했다. 뿔이 둥글게 굽은 영양은 잠 잘때 외적의 해를 피하려고 점프를 해서 뿔을 나무에 걸고 매달려 잔다. 영양의 발자국만 보고 쫓아온 사냥꾼은 영양의 발자국이 끝난 곳에서 영양을 놓친다. 영양은 어디에 있는가? 발자국이 끝난 지점에 있다. 허공에 걸려 있다. 한편의 시가 독자에게 의미를 전달하는 것도 이와 같다. 시인의 말이 끝난 지점에 의미는 걸려 있다."

타인의 구절을 차용하여 활용한다는 의미로 쓰인 「차운次韻」은 "그들먹한 논물"이라는 구절에서 확인할 수 있는 바와 같이 「개구리 우는 밤」과 한 짝을 이루고 있다. 이 구절을 앞의 시에서 두 번, 뒤의 시에서 세 번 등 전부 다섯 번 차용함으로써, 시인은 이 구절에 대한 남다른 애정을 보이고 있다. 이 구절이 궁극적으로 의미하는 것은 논농사 짓기의 필수에 해당하는 물대기의 흐뭇함, 넘칠 듯 남실거리는 논배미 가득한 물대기에 관계되는 한편 다른 한편으로는 석가헌에서의 행복하고 만족스러운 생활을 암시한다. 아울러 「석가헌 근방」에서는 "오토바이로 장 보고 돌아오는 이장里長이 잠시 내려서 마을 회관으로 가자 한다 통닭 몇 마리를 사 왔으니 소주 한잔하잔다 함께 무얼 먹어야 말문이 트이는 사람들, 맨입으로 되느냐는 말 들어보신 적 있지"처럼 "맨 입으로 되느냐"라는 말을, 「삶은 감자 세 알」에서는 환경원 아줌마가 옥상에서 직접 키운 삶은 감자 세알을 건네주면서 "귀한 거니 잡수어 보시라"라고 한 말을 정말로 귀하게 여기며 종일을 행복하게 보내기도 한다.

말言의 중요성을 강조한 「언총言塚 1」과 「언총 2」를 필자는 정진규의 이번 시집에서 가장 값진 시로 파악하였다. 전자에서는 "경상도 예천醴泉 어느 마을엘 가면 말의 무덤이, 마총馬塚이 아니라 언총言塚이 있다는 말을 얼핏 들은 적이 있습니다"라고 전제하면서 그곳을 직접 방문하고자 한다는 들뜬 기쁨을 강조하고 있다. "언총들 참배하러 그간의 내 언총들과 함께 나 수일 내 그리로 떠납니다." 사실 이 시를 읽으면서 말言의 무덤을 하나의 상징으로 만들어 놓고 스스로 말을 삼갈 줄 알았던 마을 사람들, "일찍부터 말씀에 수의를 입힐 줄" 알았던 사람들의 지혜를 파악할 수 있었다. 후자는 그곳을 직접 방문하고 난 후의 소감을 한 편의 시로 형상화한 것이다. "보이는 일은 혼자서도 해요 말도 버리고 소리도 버리고 산을 내려와서 묵언黙言 십 년도 버리고 와서 말무덤을 언총을 쓰고 와서 누가 이제 다 비웠다 하였더니 보이는 것은 역시 보였어요." 말言의 무덤을 방문하고 나서 자신의 "묵언黙言 십 년도 버리고" 온 시인의 눈에 보이는 것, 그것은 어머니의 얼굴이다. 말없는 말의 무덤처럼 그저 묵묵히 애정 어린 눈빛으로 자신의 젊은 시절을 지켜봐 주던 어머니, 언제나 고봉밥을 담아 저녁상을 정갈하게 차려

주던 어머니, 바로 그 어머니의 말없는 얼굴이 벼르고 별러 찾아간 언총에 오버랩 되었던 것일까?

다음은 순수한 우리말에 대한 시인의 성찰을 찾아볼 수 있는 「끄집어내다」를 들 수 있다. "나는 끄내다라고 쓰고 말한다 그래야 꺼내다의 몸이 보인다"로 시작하고 있는 이 시에서 정진규는 자신만의 독특한 어법, 즉 '꺼내다'라는 표준어가 아닌 '끄내다'라는 어법에 의해 일상의 모습들과 교섭하고 있으며, 그러한 자신을 "나는 무어든 계속 끄집어내는 마술사"라고 정의하였다. 흰 비둘기 한 쌍도, 빵 한 접시도, 두부 한 모도, 감옥의 한 사내도, 사과도, 상사화도 바로 이 끄집어내는 마술사의 손에 걸리기만 하면 모두 자유롭게 된다. 그래서 그는 하늘을 나는 기러기 떼들까지도 자신이 "끄내 날린 것이라고" 빽빽 우겨대면서 내심 즐거워하기도 한다. 우겨대기의 명수라고 할 수 있는 '끄집어내는 마술사'가 된 정진규는 "끄집어낼 것이 없는 극빈"까지도 끄집어내려고 한다, 아니 끄집어낼 수 있다고 우겨댄다. 아무 것도 없는 "극빈"에서 이 마술사가 끄집어낼 수 있는 것은 무엇일까? 아마도 극빈 그 자체뿐일 것이다. 극빈까지도 끄집어낼 수 있는 끄집어내기의 마술사가 된 시인은 모든 것에 관심을 기울이게 된다. 말의 힘과 사고의 마술에 대한 시인의 이러한 인식은 「새끼 만들 틈도 없다」의 "알에서 태어난 것이나, 태에서 태어난 것이나, 습기에서 태어난 것이나, 변화에서 태어난 것이나, 형상이 있는 것이나, 형상이 없는 것이나, 생각이 있는 것이나, 생각이 없는 것이나, 생각이 있는 것도 아니고 없는 것도 아닌— "아이고 숨 가빠라!"에도 반영되어 있다. 그래서 무엇이든 계속 "끄집어내는 마술사"가 된 그의 다음 시집이 기다려진다.

원로시인의 시집을 읽어내는 일은 사뭇 조심스럽기만 하다. 더구나 정진규 시인처럼 시세계의 넘나듦의 폭이 크고 넓고 깊을 때에는 더욱 그럴 수밖에 없다. 그러면서도 그의 시를 읽노라면 미처 생각하지 못했던 살아가기의 지혜를 터득하게 되고 대상을 바라보는 새로운 안목에 눈을 뜨게 된다. 얼결에 작품론을 쓰겠다고 약속하고는 『공기는 내 사랑』을 읽다말다 하기도 하고 처음부터 차례로 읽기도 하고 뒤에서부터 거꾸로 읽기도 하고 아무 쪽이나 펼쳐지는 대로 읽기도 했지만 '어떻게 쓸 것인가'의 문제는 무슨 주문처럼 괴로울 정도로 무섭고 악착스럽게 필자의 곁을 떠나지 않았다. 정성스럽고 맛깔스럽고 감칠맛 나게 써야겠다는 생각에는 변함이 없었지만, 지난여름부터 이 세상 모든 사람들이 소리 없는 하나의 사물로 보이기 시작한 심적 상황에서, 어느 누구에게도 속 시원하게 말할 수 없는 상황에서 벗어나지 못한 채 애써 스스로를 추스르면서 시집읽기를 하게 되었다. 그런 까닭에 열심히 읽어내려고 노력은 했지만 만족스럽지는 못하다. 제2회 '이상 시 문학상'을 수상하게 된 그의 '뒷등'을 따라가면서 먼발치에서나마 축하하고 싶다. 끝으로 「진양호 물버들」의 "사람들은 늘 나를 떠났지만 진양호 물버들들은 그냥 한몸이다"라는 구절처럼, 인연이든 연인이든 모든 사람들의 관계망이 "진양호 물버들"과 같이 변하지 않았으면 좋을 것 같다는 생각을 해본다.

초록초록들 하시지만 아침 안개 걷히는 햇빛 속 몸 내민 진주 진양호 물버들들 보고 와서야 초록을 實物로 만지게 되었다 간절쿠나 다시 거기 가고 싶다 그걸 다시 보고 나야 이 몸이 개운해질 것 같다 무엇보다 날로 너를 제대로 보아내지 못하는 내 시력을 잘 헹구어낼 것 같다 오, 초록들! 살아가다 보면 그런 生然으로 내 안에 몸 바꾸는 사물들 적지 않다 사람들은 늘 나를 떠났지만 진양호 물버들들은 그냥 한몸이다 너는 어쩔지 모르겠다 갈수록 위험타 벌서 여러 번째다 갈수록 위태위태하다 자꾸 아득하게 슬프다 연인이란!

― 정진규, 「진양호 물버들」 전문

2) 「해 지는 저녁 능선」의 세계 – '간격'의 미학과 "in-between"의 심미안

정진규의 시세계를 생각하노라면 「들판의 비인 집이로다」가 먼저 떠오르고 는 한다. 특히 "어쩌랴, 그대도 들으시는가. 귀 기울이면 내 유년의 캄캄한 늪에서 한 마리의 이무기는 살아남아 울도다. 오, 어쩌랴. 때가 아니로다, 때가 아니로다, 때가 아니로다, 온 국토의 벌판을 기일게 기일게 혼자서 건너가는 비에 젖은 소리의 뒷등이 보일 따름이로다"라는 제2연을 자주 떠올리고는 하는 까닭은, 근사하고 멋진 한 마리 '용'이 되어 권좌에 올라앉아 세상 사람들을 내려다보며 천하를 호령할 수 있는 바로 그 "때"를 어쩌다 허망하게 놓쳐버리고 "온 국토의 벌판을 기일게 기일게 혼자서 건너가는 비에 젖은 소리의 뒷등"을 보이면서 처절하게 오열하고 있는 한 마리 "이무기"의 초라한 뒷모습이 자꾸만 눈에 밟히고는 하기 때문이다. 천년을 살아남아도 '용'이 되지 못하면 그저 그렇고 그런 '뱀'에 지나지 않을 뿐인 "이무기"— 이처럼 "용"과 "이무기"의 '간격'은 천양지차天壤之差일 수밖에 없는 것이 오늘날 우리사회의 현실이라고 볼 수 있습니다. 날개만 있고 다리는 없는 '앰피티어 종', 네 개의 발과 거대한 발톱과 날카로운 코와 갈고리 모양의 꼬리 그리고 등에 촘촘한 쇠창살 같은 가시가 박혀 있는 '헤럴딕 종', 다리도 없고 날개도 없는 '지버 종', 우람한 몸통과 한 쌍의 독수리 다리가 있는 '와이번 종' 등 '용'도 용 나름이기는 하겠지만, 어쨌거나 '용'이 된 극소수의 사람들과 그렇지 못한 대다수의 사람들 사이에는 언제나 "in-between"이 존재하게 마련이다.

나이가 많든 적든 우리들은 누구나 꿈을 가지고 있다. 그 꿈이 무엇이든 누구나 자신이 간직하고 있는 그 꿈을 이루기 위해 끊임없이 노력하고 있다. 그것이 화려한 꿈이든, 소박한 꿈이든, 그것이 정말로 국가와 민족을 위한 거창한 꿈이든, 자기 자신만을 위한 정말로 작디작은 소박한 꿈이든, 누구나 그 꿈을 성취하기 위해 부단하게 노력하게 된다. 그러나 그러한 꿈을 성취하고 실현하기 위해서 노력하면 할수록 그 꿈이 점점 더 그만큼 멀어지기만 할 때, 다가가면 갈수록 그만큼 더 멀리 달아나기만 할 때, 우리들은 누구나 좌절하고 분노하고 안타까워하고 체념하고 포기하고 절망하고는 하게 된다. 이 세상을 살아가면서 그러한 경험을 하지 않은 사람은 아마 아무도 없겠지만, 대개의 경우는 자신이 설정한 어느 지점에 이르러 더 이상의 노력을 하지 않든가 아니면 바로 그 지점에서 체념적인 만족 혹은 스스로의 행복으로 치부하면서 살아가게 마련일 것이다.

어쩌랴, 하늘 가득 머리 풀어 울고 있는 빗줄기, 뜨락에 와 가득히 당도하는 저녁나절의 저 음험한 비애(悲哀)의 어깨들. 오, 어쩌랴, 나 차가운 한 잔의 술로 더불어 혼자일 따름이로다. 뜨락엔 작은 나무 의자(椅子) 하나, 깊이 젖고 있을 따름이로다. 전재산(全財産)이로다.

어쩌랴, 그대도 들으시는가. 귀 기울이면 내 유년(幼年)의 캄캄한 늪에서 한 마리의 이무기는 살아남아 울도다. 오, 어쩌랴. 때가 아니로다, 때가 아니로다, 때가 아니로다, 온 국토(國土)의 벌판을 기일게 기일게 혼자서 건너가는 비에 젖은 소리의 뒷등이 보일 따름이로다.

어쩌랴, 나는 없어라. 그리운 물, 설설설 끓고 싶은 한 가마솥의 뜨거운 물. 우리네 아궁이에 지펴어지던 어머니의 불, 그 잘 마른 삭정이들, 불의 살점들. 하나도 없이 오, 어쩌랴, 또다시 나 차가운 한 잔의 술로 더불어 오직 혼자일 따름이로다. 전재산(全財産)이로다, 비인 집이로다, 들판의 비인 집이로다. 하늘 가득 머리 풀어 빗줄기만 울고 울도다.

— 정진규, 「들판의 비인 집이로다」 전문

필자가 현대시를 공부하기 시작하던 시기에 우연히 발견하여 읽게 된 정진규의 이 시는 『들판에 비인 집이로다』[1977]에 수록된 표제시이다. 못다 이룬 자신의 꿈에 대한 시적 자아의 처절한 통한의 세계는 이 시를 처음 읽었을 때나 지금이나 사뭇 내 마음과 겹쳐지고는 한다. '못다 이룬 꿈'―그것을 암시하는 시어는 다름 아닌 "이무기"이다. 영광스러운 한 마리 '용'이 되어 승천하지 못하고 여전히 그저 그렇고 그런 상태의 일반적인 한 마리 '뱀'으로 머물러 있을 수밖에 없는 뱀, 오랜 세월 동안 사람들이 아무리 '이무기, 이무기'라고 추켜세워도 용이 되지 못한 통한의 세월을 간직하고 천만 길 깊은 물속에서 호시 탐탐 용으로 변신할 수 있는 절호의 기회만을 엿보고 살아가야만 하는 뱀, 그런 뱀, 그러나 이제는 용으로 변신할 수 없을 정도로 늙어버린 뱀, 다시 말하면 용이 되고도 남을 만큼 여러 가지 여건을 충분히 갖추고 있었음에도 불구하고 결국은 용이 될 수 없는 뱀으로 표상된 시적 자아의 안타까운 마음을 더욱 안타깝게 하듯이 이 시의 첫 부분에는 비가 내리고 있다.

"어쩌랴, 하늘 가득 머리 풀어 울고 있는 빗줄기, 뜨락에 와 가득히 당도하는 저녁나절의 저 음험한 비애悲哀의 어깨들"로 시작되는 제1연의 빗줄기는 시적 자아로서의 시인의 안타까운 마음만을 더욱 가중시키고 있을 뿐이다. 좀 더 일찍 아침나절에 내렸더라면, 좀 더 일찍 젊은 시절에 내렸더라면, 이렇게 서러운 몸짓으로 서 있지 않고, 이렇게 참담한 마음으로 앉아 있지 않고, 하늘로 승천한 한 마리 '용'이 되어 의기양양하고 당당하고 더욱 떳떳하고 자신감 있게 이 세상을 살아가고 있을지도 모르는 일인데…… 이 비는 왜 이제야 뒤늦게 내리고 있는 것일까? 그것도 아무 것도 없는 이 뜨락에, 그저 "작은 나무 의자椅子" 하나밖에 없는, 어둠이 내리는 이 뜨락 위로 왜 이 늦은 시각에 내리고 있는 것일까?

내리는 저녁 비를 흠뻑 뒤집어 쓴 채 깊이깊이 젖고 있는 빈 의자, 작은 나무 의자 하나―그것은 분명 다름 아닌 '시적 자아'이자 시인 자신을 의미한다. 아무도 찾는 이 없는 저녁, 아무도 찾아갈 곳 없는 이 저녁에 작은 뜰에 나와 앉아 혼자서 한 잔의 술과 더불어 지나온 세월을 되돌아보는 시적 자아로서의 시인의 마음, 조금은 쓸쓸한 바로 그 '마음' 위로 흠뻑 쏟아지는 저녁 비를 "비애悲哀의 어깨들"로 파악하고 있는 가슴 아픈 이 구절에는 시적 자아로서 정진규가 살아 온 남모르는 힘든 세월이 반영되어 있다. 여기서 말하는 힘든 세월은 정치적이거나 경제적이거나 사상적이거나 이데올로기적이거나 하는 문제에 관계된다기보다는 '조금만 더' 뒷바라지가 되었더라면 지금보다는 그래도 '조금 더' 만족할 수도 있는 그런 삶을 살아갈 수도 있었을 법한 개인적인 문제에 관계된다고 볼 수 있다. 그래서 이제는 그 모든 지난날들을 "어쩌랴"라는 체념의 목소리로 수긍하고 인정할 수밖에 없는 시인 자신의 마음을 반영하고 있다. 한 마리 이무기가 용이 되어 승천하는 것을 포기하고 체념한 채 통한의 울음을 울고 있듯이…….

제2연에서 중요한 어휘는 물론 "이무기"이다. "내 유년幼年의 캄캄한 늪에서" 살아남아 아직도 울고 있는 이무기의 그 처절한 통한의 울음소리를 "그대도 들으시는가"라고 묻고 있다. 이때의 "그대"는 꼭 사랑하는 대상으로서의 그대라기보다는 시적 자아로서의 시인 자신을 둘러싸고 있는 온갖 복잡한 유형의 만남들, 말하자면 사람과 사람의 만남, 시인과 시인의 만남, 시인과 평론가의 만남, 대학 동창들의 만남, 스승과 제자의 만남, 혹은 우연한 만남 등에 관계되는 통칭通稱으로서의 "그대"에 해당한다고 볼 수 있다. 이와 같은 의미의 "그대"는 "내게도 꿈 많던 유년의 시절이 있었지만 그 꿈을 이룰 수 있는 여건이 되지 못해 지금 이렇게 살아가고 있다"라고 큰 소리로 외치고 싶은 시적 자아로서의 시인의 심정에 공감할 수 있는 보편적 의미의 사람들에 해당한다. 언제나 그랬듯이 "아직은 때가 아니야, 아직은 일러, 아직은, 아직은"을 되뇌면서 늪 속의 이무기가 용이 되지 못하고 참아왔듯이 시적 자아 또한 그렇게 살아 왔음을 제2연의 후반부는 강조하고 있다. 특히 "온 국토國土의 벌판을 기일게 기일게 혼자서 건너가는 비에 젖은 소리의 뒷등"에서 우리들은 한 마리 이무기의 처절한 비애를 우선적으로 감지할 수 있을 뿐만 아니라 자신의 지난 세월을 그러한 이무기로 형상화한 시적 자아로서의 시인 자신의 남모르는 통한의 절규를 들을 수 있다.

아무도 주목하지 않는 삶, 어느 누구로부터도 주목받을 수 없는 삶, 주목받고 싶지만 주목해달라고 요구할 것이 변변찮은 삶, 그러나 포기할 수 없는 삶, 용이 되었으면 하늘을 관장하는 신神이 될 수도 있었겠지만 어쩌다 허망하게 승천의 기회를 놓쳐버리고 이 나라 땅 전체를 기어 다녔어도 이무기는 여전히 이무기일 뿐이지 그것을 용이라고 일컫는 사람은 아무도 없을 것이다. "기일게 기일게 혼자서 건너가는 비에 젖은 소리의 뒷등"에는 중심으로부터 밀려난 사람들의 외로움과 고독, 쓸쓸함과 처연함, 포기와 체념이 함축되어 있다.

"어쩌랴, 나는 없어라"라고 시작되는 제3연의 첫 부분에는 육신으로서의 '나'는 존재하지만 정신으로서의 '나'는 사라져버린, 현실로서의 '나'는 존재하지만 꿈으로서의 '나'는 사라져 버린, 나는 '나'이지만 '나'라고 할 수 없는 나, '나'는 남편이고 아버지이고 할아버지이지만 그러나 진정한 의미의 '나'는 없는 현실로서의 '나'만이 존재하고 있을 뿐이다. 그렇다면 그 반대로서의 '나'는 무엇일까? 제1연에서부터 내리는 빗줄기를 제2연의 이무기가 조금도 반가워하지 않고 있듯이, 이 시의 시적 자아 또한 내리는 비를 조금도 반가워하지 않고 있다. 비가 아무리 내리고 내려 충분한 '물'을 제공한다 하더라도 이무기는 이제 용이 될 수 없을 정도로 너무 늙어버렸듯이, 지난날을 아무리 아쉬워해도 이제 '나'는 '나'일뿐이지 이상과 꿈, 기대와 희망, 성취와 욕망으로서의 '나'는 사라져버렸기 때문일 것이다. "그리운 물"— 뒷바라지로서의 그 물만 있었더라면 더없이 좋았을 것이다. 그러나 그렇지 못했던 지난날의 슬픔들, 그것들을 시적 자아로서의 시인은 궁극적으로 '가마솥의 뜨거운 물'로 전환시키게 되고 그 물을 끓이던 "어머니의 불, 그 잘 마른 삭정이들, 불의 살점들"로 승화시켜 하늘로 날려 보내고 싶어 한다.

따라서 "오직 혼자일 따름이로다"라는 구절에는 남아 있는 것이라고는 아무것도 없는 지금의 '나'를 극대화하고 있으며, 바로 그것이 "전재산全財産"에 해당하기도 한다. 아무 것도 없는 들판의 비인 집처럼, 알맹이는 없고 껍데기만 남은 '나', 들판의 비인 집으로서의 '나', 망막한 광야에서 세상의 모든 풍파에 시달리면서 쓰러질 듯, 쓰러질 듯 서 있는 "비인 집으로서의 나"만이 남아 있을 뿐이다. "차라리 불을 지펴 그 모든 숨겨진 욕망과 서러움을 태워다오." 그런 나의 마음을 아는지 모르는지 때늦은 시각, 어둠 속에서 비는 여전히 아직도 내리고 있다. "작은 나무 의자椅子"로 형상화된 시적 자아를 흠뻑 적시면서. 아무리 흠뻑 적셔도 이제는 이무기로 남아 있을 뿐이지 용이 될 수 없다는 사실을 아는지 모르는지 비는 내리고 또 내리고 있다. 그래서 시적 자아로서의 시인의 마음은 더욱 안타깝고 더욱 참담하고 더욱 절규하게 된다.

그것이 바로 오늘을 살고 있는 우리들의 현실이라고 볼 수 있다. 용이 될 수 있도록 비가 되어 주는 사람들, 용을 만드는 사람들, 용이 되어 활개를 치는 사람들, 용이 되어 주목받는 사람들, 만들어진 용을 주목하도록 강요하는 사람들, 용의 주변에 모여들어 '다음의 용'을 꿈꾸며 이무기로 남아 있는 사람들, 참으로 많은 형태의 사람들이 날이면 날마다 옷깃을 스치면서 살고 있는 곳이 바로 오늘의 현실이기 때문이다.

정진규의 시 「들판의 비인 집이로다」에 반영되어 있는 "용"과 "이무기"의 분명한 '간격'과 그러한 간격과 간격의 사이에서 그 모든 것을 응시하게 되는 "in-between"의 관계를 『시안』2008년 가을에 발표한 정진규의 시 「해 지는 저녁 능선」에서도 찾아볼 수 있다.

해 지는 저 저녁 능선으로 뛰어가는 한 사내가 보인다 해 지면 능선에 서 있는 나무들의 키가 분명해지는데 웬 사내가 오늘은 능선에서 뚜렷해지고 있다 나무들은 그냥 서 있어서 더욱 그렇다 사내는 움직이고 있어서 더욱 그렇다 또 하나 있다 능선으로 기일게 치닫는 고라니, 분명 고라니일 것이다 며칠 전 덫에 걸린 고라니 장고기로 밥을 먹었었다 고라니를 쫓고 있는 사내, 점점 거리가 벌어진다 그 간격만 결국 보인다 어둠이 왔다 사내도 고라니도 보이지 않는다 간격의 실물들 보이지 않고 보이지 않는 간격만 보인다 해 지는 저녁 능선도 그 실물들도 마침내 보이지 않게 되었다 간격이 확실해졌다.

— 정진규, 「해 지는 저녁 능선」 전문

이 시의 핵심에 해당하는 "간격"은 물론 자크 데리다[1930~2004]가 선언했던 해체주의의 세 가지 특징에 해당하는 '이항대립二項對立', '미결정성未決定性', '차연差延' 등에서 두 번째 특징에 해당하며, 데리다는 그것을 자신의 『입장들』[1972]에서 다음과 같이 설명한 바 있다.

'파르마콘'은 치료제(명약)도 아니고 독약도 아니고, '선善'도 아니고 '악惡'도 아니고, '안'도 아니고 '밖'도 아니고, 화술도 아니고 글쓰기도 아니다. '보충'은 더하기도 아니고 빼기도 아니고, '밖'도 아니고 '안'의 보완도 아니고, 우연도 아니고 본질(필연)도 아니다. '처녀막'은 혼란도 아니고 구별도 아니고, 정체성도 아니고 차이도 아니고, '완성'(초야를 치르는 데서 비롯되는 결혼의 완성)도 아니고 '처녀성'도 아니고, 베일도 아니고 베일벗기기도 아니고, 내부인도 아니고 외부인도 아니다. '그램gram'은 기표도 아니고 기의도 아니고, 기호도 아니고 사물도 아니고, 현존도 아니고 부재도 아니고, 긍정도 아니고 부정도 아니다. '간격'—자간字間, 행간行間, 어간語間 등—은 공간도 아니고 시간도 아니다. '절개切開'는 어떤 개시 또는 어떤 단순한 자르기에서 비롯되는 절개된 것의 완결성도 아니고 '부차적 특성'도 아니다. '이것도 아니고 / 저것도 아닌'은 동시적으로 '이것도 / 저것도'에 해당한다. 사선斜線에 의한 이러한 표시는 또한 여백의 한계, 행진 등에 해당한다.

공간도 아니고 시간도 아닌 '간격'으로서의 '미결정'의 위치는 정진규의 시의 제목에 반영되어 있는 "저녁"에서 확인할 수 있다. 낮도 아니고 밤도 아닌 미결정적인 상태로서의 "저녁"은 「해 지는 저녁 능선」에서 "해 지는"에 접맥되기도 하고 "능선"에 접맥되기도 함으로써, 전자의 시간과 후자의 공간을 이끌고 있다. 이처럼 미결정으로서의 "저녁"은 시간과 공간의 대립에서 어느 쪽으로든 전환할 수 있는 가능성을 보이기는 하지만, 그러한 대립에 나타나는 어느 한 쪽만의 입장을 전제하는 것은 아니다. 말하자면, 미결정의 이중적인 특징에서는 그것이 자리 잡고 있는 형이상학적 대립에서 이항관계의 요소를 필수 요소로 끌어들이는 것도 아니고, 변증법에 관계되는 두 어휘의 종합에 해당하는 것도 아니고, 헤겔식의 제3의 어휘가 허용하는 "결정의 가능성"을 수행하는 것도 아니다. 다시 말씀드리면, 미결정은 헤겔이 말하는 '합'의 한계, 방해, 파괴에 해당한다고 볼 수 있다. 이처럼 "해 지는"과 "능선"의 사이에 자리 잡고 있는 "저녁"은 존재로서의 제우스와 존재자로서의 다른 신들 사이를 오가거나 제우스와 인간 사이를 오가는 메신저에 해당하는 헤르메스의 역할을 하고 있다. 이러한 역할을 할 때에 왕복하게 되는 '길'을 하이데거는 "존재적-존재론적 차이"로서의 "in-between"이라고 명명하였다. '중재'나 '사이에 있기' 정도로 옮길 수 있는 "in-between"은 "사이와 사이의 사이에 있기"— 메를로퐁티[1908~1961]의 "interrogation"이 단순한 '질문'이라기보다는 "질문과 질문의 사이에서 질문하기"를 뜻하는 것처럼— 를 의미한다.

이와 같은 의미의 '간격'과 "in-between"을 고려하면서 전부 열네 개의 문장으로 형성되어 있는 정진규의 시를 읽어보면 다음과 같다. 우선 "해 지는 저 저녁 능선으로 뛰어가는 한 사내가 보인다"에서부터 "사내는 움직이고 있어서 더욱 그렇다"까지에는 해지는 저녁 능선 위로 뛰어가고 있는 "사내"와 그것을 바라보고 있는 선생님의 '응시'가 자리 잡고 있다. 혈기가 가장 왕성할 때의 남자를 지칭하는 "사내"라는 명칭은 "사내 아이"와 "남자 노인"의 "사이"에 자리 잡고 있을 뿐만 아니라 해가 지고 있는 저녁하늘과 능선의 "사이"에도 자리 잡고 있으며, 바로 그러한 "사내"의 이동을 바라보고 있는 시인의 "응시" 역시 해가 지고 있는 저녁하늘과 나무들의 "사이"에 자리 잡고 있다. 이처럼 대상으로서의 "사내"도 하늘과 능선의 "사이"에 자리 잡고 있고 주체로서의 시인의 "응시"도 저녁하늘과 나무들의 "사이"에 자리 잡고 있는 까닭에, 이 시의 첫 부분에는 주체와 대상 사이에 일차적인 "사이"가 자리 잡고 있으며, 그것은 "간격"의 형성을 가능하게 한다.

가능성으로서의 "간격"은 "해 지는 저 저녁 능선"의 지시어 "저"에 반영되어 있으며, '저쪽, 저기' 등에 관계되는 "저"는 "사내"에게로 수렴되고, 그것의 이면에 암시되어 있는 '이쪽, 여기'는 시인에게로 수렴된다. 따라서 '저쪽'의 사내와 '이쪽'의 시인의 "사이"에는 어느 정도 일정한 거리를 두고 하나의 "간격"이 자리 잡고 있지만, 바로 그 "사내"가 뛰어 가고 있는 까닭에 그 간격은 이동하면서 벌어지게 마련이고 시인의 "응시" 또한 이동할 수밖에 없다. 그리고 이때의 "응시"는 세잔1839~1906이 '생트-빅투아르 산'을 그림으로 그렸을 때의 "응시"에 관계되기도 한다. 언제나 변함없이 한 곳에 자리 잡고 있는 이 산을 액스 지방의 주민들은 거의 아무도 인식하지 못했을 수도 있지만, 자신만의 남다른 "응시"에 의해서 세잔이 〈생트-빅투아르 산〉을 그림으로 그렸듯이, 정진규도 저물녘에 산 능선 위로 뛰어가는 한 "사내"를 남다른 "응시"로 포착하여 한 편의 시로 형상화시켜 놓았다.

그리고 "또 하나 있다"라는 구절은 뛰어가는 것이 "사내"만 있는 것이 아니라 "고라니"도 있다는 점을 강조하고 있다. 이 구절에 의해 시인의 "응시"는 "사내"로부터 "능선으로 기일게 치닿는 고라니"에게로 옮겨가게 된다. 특히 "고라니"를 수식하고 있는 "기일게 치닿는"이라는 구절에는 절체절명의 위기에 몰려 있는 "고라니"가 죽을힘을 다해 앞뒤다리를 가장 넓게 벌려 최대한 보폭을 크게 하면서 정신없이 내빼고 있는 장면이 적나라하게 반영되어 있다. '쫓는 자로서의 사내'와 '쫓기는 자로서의 고라니'는 모두 있는 힘을 다해 힘껏 내달리고 있지만, 그 의미는 사뭇 다를 수밖에 없다. '쫓는 자로서의 사내'의 편에서 보면,

'고라니'를 잡아도 그만이고 못 잡아도 그만이겠지만— 물론 '잡는 것'과 '못 잡는 것'에도 하나의 '간격'이 존재하지만— '쫓기는 자로서의 고라니'의 편에서 보면, 일단 한 번 잡히고 나면 모든 것이 끝장나 버리고 말게 된다.

이러한 점은 정진규의 시에서 "며칠 전 덫에 걸린 고라니 장고기로 밥을 먹었었다"에서 찾아볼 수 있으며, 이 구절은 또 바로 앞의 구절인 "분명 고라니일 것이다"를 이어받고 있다. "고라니"는 그것이 '생포'되었든, '덫'에 걸렸든 결국에는 '죽음'을 맞이할 수밖에 없다. 이때도 물론 "고라니"의 '생명'과 '죽음'에는 하나의 "간격"이 존재하기는 하지만, 죽음 이후의 "고라니"의 형체는 잔해만이 남게 되어 있을 뿐이다. 아울러 "고라니"를 쫓고 있는 "사내"와 그러한 "사내"로부터 쫓기고 있는 "고라니"를 시인은 동시에 응시할 수 있는 까닭은 이 시의 첫 행 "해 지는 저 저녁 능선"의 "저"에 암시되어 있는 바와 같이, 시인과 이 두 대상 사이에는 충분히 바라볼 수 있고 인식할 수 있는 일정한 거리로서의 "간격"이 유지되어 있기 때문이기도 하고, 그러한 "사내"와 "고라니"의 "사이"에는 "in-between"으로서의 시인의 "응시", 말하자면 심미안으로서의 "응시"가 개입되어 있기 때문이기도 하다.

그리고 "고라니를 쫓고 있는 사내, 점점 거리가 벌어진다 그 간격만 결국 보인다"에는 앞에서 언급한 '간격'을 가능하게 했던 일차적인 '사이'가 이차적으로 확장되어 가는 과정이 나타나 있다. 다시 말하면, "사내"와 "고라니"의 사이에는 점점 더 거리가 벌어지게 되고, 결국 "사내"도 '고라니'도 없는 '빈 능선'으로서의 "간격"을 시인 자신이 "응시"하고 있다고 볼 수 있으며, "in-between"으로서의 그러한 "응시"가 가능한 까닭은 아직은 "저녁"이기 때문이다. 그러나 뒤이어지는 "어둠이 왔다"라는 구절은 우선적으로 그 다음의 "사내도 고라니도 보이지 않는다"를 이끌게 되고 결과적으로는 "보이지 않는 간격만 보인다"로 수렴된다. 이 구절에서 "보이지 않는 간격"은 '간격의 실물들'인 "사내"와 "고라니"의 '사이'가 너무 벌어져 선생님의 "응시"로부터 사라졌기 때문이고, 그러한 "간격만 보인다"는 '어둠'이 내리고는 있지만 아직은 "능선"을 구분할 수 있기 때문이다. 그럼에도 "고라니"를 쫓던 "사내"는 분명 자신의 처소로 돌아왔겠지만, "사내"로부터 쫓기던 "고라니"는 아마도 어느 낯선 바위틈이나 숲속에 몸을 숨기고 가쁜 숨을 할딱거리며 구사일생으로 살아남아 있을 것이다. 생사의 갈림길에서 살아남은 "고라니"와 바로 그 "고라니"를 쫓다 빈손으로 돌아왔을 "사내"의 사이에 존재하는 "간격"은 물론 '보이지 않는 간격'에 해당하지만, 그것은 '잡느냐 잡히느냐'의 의미 그 이상의 의미가 포함되어 있다.

이러한 의미는 "in-between"으로서의 시인의 "응시"에 의해 궁극적으로 "해 지는 저녁 능선도 그 실물들도 마침내 보이지 않게 되었다"를 이끌게 된다. 모든 "간격"의 소멸이 가능해진 까닭은 우선적으로 "응시"의 대상이었던 "사내"와 "고라니"가 사라져 버렸기 때문이기도 하고, '저녁 → 어둠 → 밤'으로 시간이 경과되었기 때문이기도 하다. 그럼에도 "in-between"으로서의 "응시"는 "간격이 확실해졌다"라는 결론을 유도하고 있으며, 이때의 확실해진 "간격"은 '무-간격'으로서의 "간격"이라기보다는 '비-간격'으로서의 "간격"에 해당한다.

정진규의 시 「해 지는 저녁 능선」을 읽으면서, 사람과 사람 사이의 "간격"은 언제나 "간격"일 뿐이지 그것을 쉽게 좁힐 수도 없고 아예 없애버릴 수도 없는 것이 이 시대의 현실이라는 점을 절실하게 깨달았다는 어느 수필의 구절이 생각나기도 했고, 무지막지한 "사내"에게 아무 잘못도 없이 쫓기다가 생사의 갈림길에서 용케도 살아남은 바로 그 한 마리 "고라니"의 순하고 여린 눈빛이 떠오르기도 했고, 정진규의 또 다른 시 「들판의 비인 집이로다」에서 "용"이 될 수 있는 기회를 놓쳐버리고 어느 깊은 늪에 살아남아 있을 한 마리 "이무기"의 처절한 절규가 들려오는 것 같기도 했다.

4. 이승훈의 시세계

1) 시집 『나는 사랑한다』, 『너라는 햇빛』, 『인생』의 세계

이승훈을 일컬어 '이 시대를 이끌고 있는 모더니스트'라는 데에는 이의의 여지가 없다. 등단 시기의 시에서부터 『나는 사랑한다』[1997]와 『너라는 햇빛』[2000] 및 최근의 시집 『인생』[2002]에 이르기까지 그의 시세계의 중심축에는 언제나 모더니즘이 자리 잡고 있기 때문이다. 이때의 모더니즘은 완료된 개념으로서의 모더니즘이 아니라 진행의 개념으로서의 모더니즘이며, 그것은 마셜 버만이 「모더니즘은 왜 아직도 문제인가」에서 강조했던 "현대의 희망과 공포", "포스트모던의 막다른 골목" 및 "1980년대의 모더니즘" 등에 관계된다고 볼 수 있다. 소련체제가 붕괴되었던 1989년을 위대한 모더니스트 해로 정의한 바 있는 버만은 "역사를 재창조할 수 있는 인간의 능력"과 "타자他者의 세계와 자신의 세계의 정체성 확인"을 강조하였다.

이러한 점을 근간으로 하여 이승훈의 시집 『나는 사랑한다』, 『너라는 햇빛』 그리고 『인생』에 반영된 해체의 세계와 포스트모던의 세계 및 불교의 세계를 살펴보고자 한다. 첫 번째 세계는 자크 데리다의 '해체주의 이론과 비평'에 관계되고 두 번째 세계는 그 이후의 '포스트모더니즘 이론과 비평'에 관계되지만, 해체주의가 서구철학에서의 인식론의 전환을 강조하고 있다면 포스트모더니즘은 계층 간의 위계질서의 파괴와 상호간의 인정, 즉 '인정하기'와 '인정받기'를 강조하고 있다고 볼 수 있다. 이 두 가지 사상에서 연유되어 지난 10여 년 동안 한국 시단을 풍미했던 '해체 시'와 '포스트모던 시'는 긍정적인 측면과 부정적인 측면을 야기하였으며 이러한 양면적인 축의 중심에는 언제나 이승훈의 시가 자리 잡고 있다. 이러한 점을 바탕으로 하여 필자는 이승훈을 '모더니스트'라고 명명하기보다는 '아방모더니스트avant-modernist'— 이 말은 '아방가르드'와 '모더니스트'

를 결합하여 필자가 만들은 신조어이다— 라고 명명하고자 한다. 단순히 모더니스트라고 하면, 「시대에 대한 명상」에서 "자칭 모더니스트인 이승훈 씨의 시대에 낙후된 시도 / 좋고 뒤떨어진 건 그의 시만이 아니고"에서처럼 어딘지 모르게 시대에 뒤떨어진 것처럼 느껴지기 때문에, 끊임없이 문학이론과 비평이론을 모색하면서 새로운 시세계를 추구하고 있는 그에게 적합한 명칭이 바로 '아방모더니스트'라고 필자는 생각하기 때문이다. 마지막으로 세 번째 세계인 불교의 세계는 이승훈이 최근 자신의 사유세계의 근원으로 파악하고 있는 세계이다.

(1) 언어와의 싸움 — "언어여 우린 실컨 싸웠다"

"언어에 의해 어떤 의미를 파악하고 나면 사람들은 언어를 망각한 채 의미만을 간직하게 된다. 그러나 언어를 망각한 그런 사람을 찾아낸다면 그가 망각한 언어를 나는 간직하고 싶다"라는 장자莊子의 언급처럼, 언어는 의미를 제시한 이후에 사라지는 것이 아니라 사람들에 의해 망각될 뿐이다. 이처럼 '망각된 언어'를 그대로 유지하는 방법 중의 하나가 '존재Being'를 설명하기 위해 '존재being'를 사용할 수밖에 없었던 하이데거1889~1976의 방법, 즉 자신이 사용한 '존재being'라는 말을 교차선으로 지우고, 지워진 '존재being'를 그대로 유지하면서 또 다시 '존재being'에 의해 '존재Being'를 설명해나가는 방법에 해당하며, 자크 데리다1930~2004는 하이데거의 이러한 방법을 '추적의 원리' 혹은 '흔적의 원리'로 파악하였다. 데리다의 이러한 원리는 궁극적으로 '원형기술原型記述'을 모색하는 데 있다고 볼 수 있다.

이승훈의 두 시집, 『나는 사랑한다』와 『너라는 햇빛』을 이끌고 있는 첫 번째 명제는 '언어와의 싸움'에 있다. 그것을 우리는 그의 시 「난 글쓰는 사람」에서 확인할 수 있으며, 이 시의 전문은 다음과 같다.

　　난 글쓰는 사람

불행이여 우린 실컨 싸웠다

난 위대한 작가가 아니야

난 위대한 시인도 아니야

난 글쓰는 사람

난 글을 사랑하는 사람

난 언어를 사랑하는 사람

언어여 우린 실컨 싸웠다

이제부턴 휴식이다

재를 재털이에 털고

난 입에 담배를 물고

이 글을 쓴다

난 글쓰는 사람

난 언어가 있기 때문에

난 언어와 노는 사람

난 당신과 노는 사람

나의 병은 글쓰기 나의 병은

나의 건강 오늘도 글을 쓰고 지치고

언어여 당신에게 전화를 했지

내가 쓰는 글은

나의 애인, 나의 정부, 나의 천국

나의 지옥, 나의 숨결, 나의 가슴

나의 가슴의 흉터, 나의 섹스

서지 않는 섹스 오 내 사랑,

나의 항구, 나의 결핍, 나의 몸

이유는 없다

난 그냥 글쓰는 사람

난 그냥 걷는 사람

매미가 울고 햇살이 내리고

나무가 크고 차들이 지나가듯이

그냥 글쓰는 사람

내가 쓴 글 속에

헤엄치는 물고기

이 글쓰기가 나를 낳고

나를 키우고 나를 병들게

하고 나를 나이 먹게 한다

오 맙소사!

— 이승훈, 「난 글쓰는 사람」 전문

위에 인용한 이 시에 나타나 있는 바와 같이, 시인은 언어로 인해 불행하기도 하고 참패당하기도 하고 좌절하기도 하고 때로는 용기백배하여 다시 언어에 도전하기도 한다. 그러나 언어는 침묵할 뿐이고 시인은 불안 속에서 절망하게 된다. 그것을 우리는 이 시의 마지막 부분에서 그렇게 파악할 수 있다. 언어—그것이 없으면 시인은 시를 쓸 수 없다. 이제는 진부해진 그래서 조금도 신선하지 않은 정의가 되어버린 "음악은 소리를, 그림은 색채를, 시는 언어를 매개로 한다"라는 명제를 굳이 떠올리지 않더라도, 언어가 없으면 시인은 시를 쓸 수 없음에도 불구하고, 시인은 언어를 자유자재로 구사하는 것이 아니라 언어에 의해 구속당하고 있다는 점을 이승훈은 자신의 시 「난 글쓰는 사람」에서 강조하고 있다. 이와 같은 난공불락의 언어의 성채城砦를 치열하고 처절하게 공격하면서, 언어와의 결과 없는 싸움에 끼어들어 열심히 싸워왔지만, 남은 것은 결국 "나를 나이 먹게 한다"라는 사실이고 "오 맙소사!"라는 절규만이 있을 뿐이다. 따라서 다음에 인용하는 「이 시대의 시쓰기」에는 언어에 대한 두려움과 공포, 원망과 절망을 절실하게 나타내게 된다. "물론 이승훈 씨는 시를 쓰신다 언어가 있기 / 때문이다 언어라? 언어라? 도대체 / 언어란 무엇인가? 그는 언어 때문에 시를 쓰지만 / 언어 때문에 실패의 연속이다 언어 유리디체여."

언어를 포착했다고 생각하는 순간, 포착된 언어는 시인 자신도 모르는 사이에 그의 손을 벗어나 '저만치' 달아나 버리고 만다는 사실이 「이 시대의 시쓰기」에 암시되어 있는 셈이다. 특히 "언어 유리디체여"에서 유리디체는 음악의 신 오르페우스의 아내이며, 양치기에게 쫓기다가 뱀에 물려 세상을 떠난 님프이다. 오르페우스는 죽은 아내를 찾아 저승으로 내려가 저승의 왕 하데스의 허락을 받아 아내와 함께 이승으로 되돌아오게 된다. 그러나 "이승에 도착할 때까지 절대로 뒤돌아보지 말라"라는 하데스의 명령을 잊고 오르페우스가 아내를 뒤돌아보자마자 유리디체는 저승으로 끌려가게 된다. 다시 저승으로 내려가 아내를 만나려 해도 아무도 도와주지 않게 되자 오르페우스는 그를 사모하던 여인들에 의해 사지四肢가 찢겨 죽게 된다. 이와 같은 신화의 내용으로 볼 때 이승훈이 자신의 시 「이 시대의 시쓰기」에서 "언어 유리디체여"라고 말하는 것은 언어로부터 벗어나고 싶고 해방되고 싶고 풀려나고 싶고 도망치고 싶지만, 언어가 자기 자신을 철저하게 구속하고 감시하고 미행하고 있다는 사실을 스스로 잘 알고 있기 때문이다. 그런 까닭에 이승훈은 「언어」에서 "내가 사는 곳은 언어, 언어 속에 내가 있다 아니 언어가 나다"라고 '나'와 '언어'의 정체성을 강조하는 한편 다른 한편으로는 언어를 해방시킬 것―시인과 언어는 일치하기 때문에 언어의 해방은 곧 시인 자신의 해방에 해당한다―을 다음과 같이 강조하고 있다. "언어는 피로하다 당신들이 언어를 죽이기 때문이다 지금 말하는 건 내가 아니라 언어, 그것, 알 수 없는 힘이다." '나'와 '언어'의 정체성을 확인하기도 하고 언어의 해방이 곧 나의 해방이라는 점을 파악하기도 하는 이승훈의 이러한 태도는 '나'를 '그'로 3인칭화하기도 하고 거리감이 있는 '당신'으로 2인칭화하기도 하고 다시 거리감이 없는 '너'로 2인칭 화하기도 하고 다시 '나'로 1인칭화하기도 하고 마침내 "나는 없다"라는 다분히 '해체의 세계'에 관계되는 선언을 하게 되며, 그 결과는 그의 시집 『인생』에 수록된 「사물의 편에서」에서 사물을 언어로 지칭할 것이 아니라 차라리 '사물 그 자체'가 될 것을 강조하게 된다.

(2) 사물의 진실과 언어의 욕망 – "사물의 편에 서십시오"
이승훈의 시 「사물의 편에서」의 전문은 다음과 같다.

이형! 사물의 편에 서십시오 내가 아니라 사물, 말하자면 이 연구실의 편에서 글을 써야 하고 인간의 고독은 이 연구실의 고독에 비하면 초라합니다 비 오던 밤들을 보낸 이 연구실, 두 달 동안 공사가 진행된 이 방, 그러니까 두 달 동안 이 방의 주인은 내가 아니라 밤에 내리던 비였습니다

그러나 기인 우기를 보낸 이 방은 고독이라는 말을 모릅니다 고독은 인간의 편입니다 이제부턴 내가 아니라 이 연구실이 시를 써야 합니다 인간은 좀 더 겸손해질 필요가 있습니다 이 방의 주인은 이 방이고 이 방이 말하고 이 방이 침묵합니다 인간은 끔찍합니다 이 방. 이 침묵하는 방, 이 절대적 타자에게 문학은 무엇이고 철학은 무엇이고 사랑은 무엇입니까?

이 방과 이 방이라는 말이 하나가 될 때까지 표류가 필요합니다 작품이 아니라 글쓰기 마침내 내가 글이 될 때까지 글을 쓰는 내가 쓰여지는 내가 될 때까지 사물이 될 때까지 사물의 편에서 나를 보아야 합니다 의미는 정박을 모르고 이 방도 정박을 모릅니다 있는 그대로 있는 연구실을 생각하십시오 연구실은 있는 그대로

있습니다 연구실은 그가 연구실인 걸 모릅니다 그는 언어를 모릅니다 이 연구실은

언어 저 쪽에 있는 무엇입니다 언어에 저항하는 이 무엇이 계속됩니다 이 무엇이 글을 쓴니다 이 무엇이 명령합니다 어서 글을 쓰시오! 치욕은 잊어버리고! 어서 사물이 되시오! 오늘도 서러운 말을 먹고 사는 이 문학이라는 애처로운 놈 앞에서! 우린 실어증에 걸려야 합니다 그러니까 사물의 편에 서십시오

— 이승훈, 「사물의 편에서」 전문

프로이트[1856~1930]가 강조하는 욕망의 무의식적인 본성을 언어와 욕망의 사이의 구조적 관계로 파악한 자크 라캉[1901~1981]에게 있어서 주체는 언제나 타자他者에 의해서만 그 본성을 드러내게 되어 있다. 이때의 타자는 결핍뿐인 존재이자 소외된 존재에 해당하는 주체의 욕망을 대신하기도 하고 반영하기도 한다. 시 쓰기에서 어떤 형식으로든 언어를 사용할 수밖에 없는 주체로서의 시인에게 있어서 언어사용은 피할 수 없는 숙명과도 같은 것이지만, 언어가 시인의 욕망을 완벽하게 전달하는 것은 아니다. 욕망과 언어와 시 쓰기의 관계에서 비롯되는 이와 같은 결핍, 다시 말하면 언제나 부족할 수밖에 없는 언어로서의 지칭에 집착하기보다는 차라리 '사물 그 자체'가 되는 편이 오히려 효과적일 수도 있다.

시집 『너라는 햇빛』에서 "나는 없고 언어만 있으니 나라는 언어가 나를 만든다"라는 「텍스트로서의 삶」, "언어여 우린 실컷 싸웠다"라는 「난 글쓰는 사람」, "내가 사는 곳은 언어, 언어 속에 내가 있다 아니 언어가 나다"라는 「언어」와 같은 시를 통해서 이승훈은 그동안 언어의 정체성을 규명하고자 집요하게 노력했지만, 여기서 살펴보고자 하는 『현대문학』[2001.5]에 수록된 그의 시 「사물의 편에서」에는 언어와의 치열한 경쟁 혹은 언어와의 처절한 전쟁에서 벗어나 아예 '사물 그 자체'가 되고자 하는 노력을 엿볼 수 있다. 그러나 그것이 그의 초기시 「사물 A」와 같은 시세계로 되돌아가는 것을 의미하는 것은 아니라고 생각된다. "목이 없는 한 마리 흰 닭이 되어 저렇게 많은 아침 햇살 속을 뒤우뚱거리며 뛰기 시작한다"로 끝맺고 있는 「사물 A」에서는, 사물이 인식의 대상이 되고 그

결과는 생명체의 비극성을 암시하고 있기 때문이다.

「사물의 편에서」에서 강조하는 "사물의 편에 서십시오"라는 시인의 권유에서 파악할 수 있는 것은 우선 사물 그 자체에는 수식이나 비유, 설명이나 묘사가 단호하게 거부되어 있을 뿐만 아니라 개념이나 의미, 이미지나 상징도 철저하게 배제되어 있다는 점에 대한 강조이고, 다른 하나는 경어법을 사용하고 있다는 점이다. 이 시에는 사물로서의 "연구실"과 그러한 연구실의 주인으로서의 "나"가 대립되어 있지만, 대상으로서의 연구실과 주체로서의 나의 이러한 대립관계는 이 시에서 전복되어 "연구실"이 주체가 되고 "나"가 대상이 되어 일종의 역逆-대립관계를 형성하고 있다. 이와 같은 역-대립관계를 이어주는 교량의 역할을 하고 있는 것은 다름 아닌 "고독"이며, 이 고독은 이 시의 제1, 2연의 배경으로 작용하고 있다. 그렇게 말할 수 있는 까닭은 제1연에서 "인간의 고독은 이 연구실의 고독에 비하면 초라한 고독입니다"와 제2연의 "이 방은 고독이라는 말을 모릅니다 고독은 인간의 편입니다"에 암시되어 있기 때문이다. 제3연과 제4연에서는 이러한 "고독"이 글쓰기로 전환되고 글쓰기는 언제나 언어의 완강한 저항에 맞부딪치게 되어 있다는 사실을 누구보다도 잘 알고 있는 시적 자아는, "실어증에 걸려야 합니다 (…중략…) 사물의 편에 서십시오"라고 결론짓게 된다.

이 시에 대한 이상과 같은 개관을 근간으로 하여 네 개의 연을 각각 살펴보면 다음과 같다. 제1연에서는 방으로서의 연구실의 고독이 그 주인에 해당하는 시적 자아인 인간의 고독보다 훨씬 더 크다는 명제가 제시되어 있다. 그 내용으로 미루어 볼 때 아마도 연구실에 누수漏水가 심해 여름방학 동안에 수리를 하게 되었고 연구실의 주인이었던 시적 자아는 그 기간 동안 연구실을 출입할 수 없게 되었던 것 같다. 일시적이기는 하지만 연구실이 없는 주인과 그러한 주인이 없는 연구실에서 '주인'의 역할을 하고 있는 것은 다름 아닌 '비 그 자체'이다. 바로 이 비로 인해서 주체로서의 시적 자아와 대상으로서의 연구실은 "두

달 동안" 고독한 기다림의 세계, 다시 말하면 서로가 서로를 기다리는 세계를 형성하게 된다. 라캉의 용어로 말하면, 주인이 없는 연구실과 연구실이 없는 주인은 똑같이 "고독"을 공유하면서 일종의 '정신적 외상trauma'을 경험하게 된다고 볼 수 있다. 주체(주인 / 연구실)의 욕망, 기다림의 욕망, 부재 / 현존의 욕망은 궁극적으로 주인 / 연구실 혹은 주체 / 대상으로 하여금 "고독"이라는 세계를 공유하게 된다.

부재와 현존이 미분화된 상태에서 주인이 연구실을 기다리고 연구실이 주인을 기다리는 제1연에서의 고독의 세계가 제2연에서는 분화되어 이항대립의 체계를 갖추게 되고, '연구실 / 방의 고독'과 '나 / 인간의 고독'이 대립하게 되며 전자는 후자를 철저하게 지배하게 된다. 여기서 중요한 한 가지는 "연구실"이 "방"으로, "나"가 "인간"으로 그 의미의 영역이 확대된다는 점이고, 다른 한 가지는 "방"의 고독은 절대적인 반면 "인간"의 고독은 상대적이라는 점이다. 따라서 절대타자로서의 "방"은 주인 / 말 / 침묵의 세계를 넘나들지만, 상대적인 인간의 세계는 제약받게 된다. "인간은 좀 더 겸손해질 필요가 있습니다"라는 경어법에서 알 수 있는 바와 같이, 이제 인간은 사물로서의 '방'에 대해 겸손할 줄 알아야 하고 '방'으로 대표되는 사물을 제멋대로 부려먹은 것을 반성할 줄 알아야 하고 인간으로서 자기 자신의 고독만을 하소연할 줄 알았지 '방'의 고독을 이해하려 하지 않은 것을 깨달아야 한다는 점을 이 시구는 강조하고 있다. 이렇게 볼 때에 "인간은 끔찍합니다"라는 선언은 보편타당성을 지니게 된다.

라캉이 강조하는 '차이의 발견'에 의해 방의 고독과 인간의 고독이 가지는 커다란 차이를 발견하게 된다면, 인간에게 있어서는 문학도 철학도 사랑도 무의미한 것으로 되고 만다. 다시 말하면 '사물계'와 '인간계'의 사이에 존재하는 경계선 '넘어서기'를 과감하게 인정하고 승인할 수 있는 '수행적 용인'을 실천하지 못한다면, 인간은 다만 무덤속의 평화를 구가할 수밖에 없을 것이다. 문학이든 철학이든 사랑이든, '나의 세계'가 중요한 것만큼 '너의 세계'도 중요하고

'그의 세계'도 중요한 것이기 때문이다. 특히 '상상계'와 '상징계'를 언어에 의해 '실재계'인 문학작품으로 구체화시켜야 하는 문학의 경우에는 더욱 그렇다고 볼 수 있다. 거울단계에 해당하는 유아기에서부터 사회단계에 해당하는 성인기를 지배하는 '상상계'에서 강조하는 타자에 의한 반사단계 및 '나 / 너 / 그'라는 언어세계와 거기에서 비롯되는 사회적 명명세계命名世界가 의미를 갖기 위해서는, 철저하게 단절하는 세계보다는 차이를 인정하는 세계, 즉 '차이망差異網 인정하기'가 필요한 셈이다. 그것이 거울단계에 해당하든 사회단계에 해당하든 '인정하기'가 이루어질 때, 다시 말하면 타자他者의 욕망에 나의 욕망을 비추어 볼 수 있을 때에만 문학도 철학도 사랑도 그 의미를 성취하게 될 것이기 때문이다.

라캉은 열일곱 번째 세미나에서 행위자로서의 주인의 담론, 타자로서의 대학의 담론, 진리로서의 히스테리의 담론, 생산물로서의 정신분석의 담론을 제시하였다. 이 네 가지 담론이 지식을 전체적으로 전달할 수 있는 총체적 형식의 불가능성을 작동시키는 요인으로 라캉은 '라랑그lalangue'의 개념을 도입하게 된다. '라랑그'는 전체에 대한 비-전체, 공간에 대한 외-공간, 시간에 대한 외-시간, 사건에 대한 외-사건으로서만 존재가능하게 되며, 그것의 영역은 언어로 표명할 수 없는 영역, 곧 '사물 자체'의 영역에 해당한다. 「사물의 편에서」의 제3연에서는 글쓰기란 '사물 그 자체'가 될 때까지의 과정일 뿐이라는 점을 "이 방과 이 방이라는 말이 하나가 될 때까지 표류가 필요합니다"라고 강조하고 있다. 주체로서의 '나'가 아니라 하나의 작품에 해당하는 글쓰기의 대상으로서의 '나'가 될 때까지, "글을 쓰는 내가 쓰여 지는 내가 될 때까지 사물이 될 때까지 사물의 편에서 나를 보아야 합니다." 이 구절에서 우리는 이 시에 숨겨진 명제인 '사물주의'의 측면을 엿볼 수 있다. 인간이 제멋대로 아무렇게나 함부로 명명해버린 사물, 파괴하고 훼손시켜버린 자연, 기만과 위선과 배신감에 입다물어버린 무표정—이처럼 상처뿐인 사물과 자연과 무표정의 편에서 "나를 보아야 합니다"라고 권고하기 있기 때문이다. 정박을 모르는 의미를 찾아낼 때까지 글쓰기는 끊임없이 표류할 수밖에 없지만, 사물로 대표되는 '대상'의 편에서 글쓰기를 할 때에만 진정한 의미의 글쓰기가 이루어질 수 있다는 점이 제3연에는 강조되어 있다. 그러나 라캉의 '라랑 그'처럼 괄호 밖의 요인들, 생각하고 싶지 않은 생각들, 중요하다고 여겨지지 않는 사소한 것들, 기표記表만으로는 전부 드러낼 수 없는 기의記意, 언어 밖의 언어, 시간 밖의 시간, 공간 밖의 공간을 고려하면서 글쓰기에 전념한다 하더라도, 언제나 빈틈은 있게 마련이고, 그 빈틈으로 인해서 의미는 정박을 모르고 표류할 수밖에 없게 된다. 그래서 시적 자아는 "있는 그대로 있는 연구실을 생각하십시오"라고 재차 권유하게 된다.

"있습니다"라는 하나의 절규로 제4연은 시작된다. 그것은 물론 제3연 마지막의 "연구실을 있는 그대로"에 이어지는 서술어지만, 이제까지의 사유과정과는 다른 사유과정으로서, 마지막 연을 시작하고 끝맺기 위한 단절행위로서, 주어와 서술어를 분리시켜 놓았다고 볼 수 있다. 다시 말하면 서술어는 마지막에 와야 된다는 통념에서 벗어나 처음에 와도 된다는 점을 암시하고 있다고 볼 수도 있고, 있는 그대로 사물을 보아야 한다는 점을 강조하기 위해서 그렇게 분리시켜 놓았다고 볼 수도 있다. 이와 같은 점을 입증이라도 하듯이 "어서 글을 쓰시오! 치욕은 잊어버리고! 어서 사물이 되시오! 오늘도 서러운 말을 먹고 사는 이 문학이라는 애처로운 놈 앞에서!"라고 네 번이나 강력하게 명령하게 되며, 그 어조 또한 "치욕"과 "애처로운 놈"에 나타나 있는 바와 같이 강성彊性으로 일관하고 있다. 공허한 기표, 의미 없는 표류, 욕망의 허상, 파악 불가능한 사물, 이 모든 것들의 냉랭한 응시 앞에서 글쓰기는 한낱 호사로운 행위에 불과할 뿐이다. 차라리 실어증에 걸려 '사물 그 자체'가 되는 일, 사물의 편에서 '사물 그 자체'를 파악하는 일이 불명확한 문자행위로서의 글쓰기보다 훨씬 더 정확한 일일 것이다. 기표는 기의의 주변을, 말은 사물의 주변을, '나'로 대표되는 인간은 "연구실"로 대표되는 방의 주변을, 주체는 사물의 주변을 떠돌아다닐 수밖에 없도록 운명 지워져 있을 뿐만 아니라 라캉에 의하면 언제나 중심으로부터 '배제

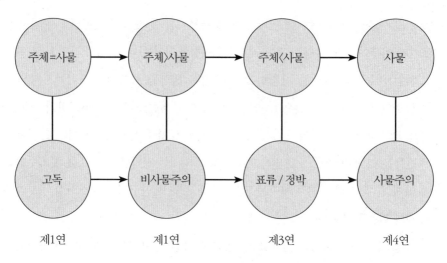

〈도표 10〉 「사물의 편에서」의 사물주의 선언 과정

forcloses'되어 있기 때문이다. 제1, 2, 3, 4연으로 진행되는 주체와 사물의 관계를 정리하면 〈도표 10〉과 같다.

"프로이트의 발견, 그것은 황무지에서 이성을 다시 발견한 것이다"라고 자신의 『세미나』 제1권에서 언급한 라캉에게 있어서, 주체는 모든 것을 알고 있는 행위자인 동시에 그 행위자로 하여금 일정한 역할을 할 수 있도록 해주고 어떤 특정한 형태를 가지게 하며 그러한 역할과 형태를 의미 있게 해주는 장소에 해당한다. 그가 강조하는 주체의 분열과 텍스트의 현전은 이승훈의 시 「사물의 편에서」에서 일련의 '입장들'로 설정되어 있다. 그리고 그러한 입장들은 주체 / 객체, 주인 / 연구실, 인간 / 방, 사역使役 / 사물과 같은 이항대립에서 후자에 대한 새로운 접근과 해석과 비전을 강조하고 있다고 볼 수 있다.

"말로 다할 수 없는 담론은 언제나 언어의 가장자리에 놓인다"라는 라캉의 말처럼 사물의 편에서 사물을 바라볼 때에 무표정한 사물의 표정에 나타나는 진리를 비수匕首처럼 날카롭게 파악할 수 있을 것이다. 다시 읽어보는 "캄캄한 밤엔 아무 것도 보이지 않는다 그러나 너를 / 만났을 때도 캄캄했다 캄캄한 밤에 너를 만났고 캄캄 / 한 밤 허공에 글을 쓰며 살았다 오늘도 캄캄한 대낮 / 마당에 글을 쓰며 산다 아마 돌들이 읽으리라"는 이승훈의 시 「너」에서의 "돌"이 시 읽기의 독자에 해당한다면, 「사물의 편에서」에서의 "사물"은 시 쓰기의 시인에 해당한다. "이 방과 이 방이라는 말이 하나가 될 때까지", "실어증"에 걸릴 때까지, "이 방"을 정확하게 지칭하기 위해서 표류할 수밖에 없지만, "방"(정확하게는 '연구실')이라는 말로 "방"이라는 대상을 정확하게 지칭할 수는 없기 때문에, 이 시의 첫 부분에 등장하는 "이형"으로 대표되는 시인을 포함하여 우리 모두는 실어증에 걸릴 필요가 있다는 점을 강조하게 되고 마침내 "사물의 편에 서십시오"라고 이승훈은 자신 있게 불특정 다수에게 명령할 수 있게 된다. 그리고 이러한 점을 극단적으로 파악한 시가 바로 '그림시' 혹은 '사진시'의 영역이다.

(3) 언어의 해체 – "부재 속에 무無 속에 내가 있다"

이승훈은 자신의 시집 『나는 사랑한다』에서 몇 가지 새로운 방법을 시도하고 있으며, 그러한 방법 중의 하나가 '그림시'와 '사진시'이다. 그림시의 경우를 우리는 「어느 스파이의 사랑」과 「소파이야기」에서 찾아볼 수 있고, 사진시의 경우는 이 시집의 첫 번째에 해당하며 이승훈 자신의 사진을 텍스트로 활용한 「시」, 「준이와 나」, 「뒤샹의 '샘'?」 및 「이승훈이라는 이름을 가진 3천 명의 인간」 등에서 찾아볼 수 있다. 사진시의 경우는 크게 두 가지로 나뉜다. 하나는 사진을 제시하고 제시된 사진을 설명하는 형식으로 시의 본문이 활용된 경우이고 다른 하나는 사진의 제시와 함께 시의 제목만이 제시된 경우이다. 전자의 경우를 대표하는 시는 「뒤샹의 '샘'?」이고, 후자의 경우를 대표하는 시는 「이승훈이라는 이름을 가진 3천 명의 인간」이다.

마르셀 뒤샹1887~1968의 〈샘〉은 아방가르드 미술, 초현실주의 미술, 더 나아가 모더니즘 미술을 언급하는 데 있어서 중요한 작품이지만, R. 머트R. Mutt— 머트는 코미디 스트립쇼의 인물이었던 머트와 제프Jeff에서 차용한 것이

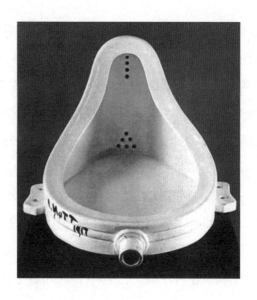

나는 이 시의 제목을 〈뒤샹의 '샘'〉이라고 붙일까, 〈뒤샹의 '샘' 혹은 '변기'?〉라고 붙일까 망설이다가 결국 〈뒤샹의 '샘'?〉이라고 붙인다. 당신은 어제 바람불던 가을 아스팔트에서 〈뒤샹의 '변기'?〉가 좋겠다고 말했지만.

—이승훈, 「뒤샹의 '샘'?」 전문

고 R은 프랑스의 비속어로 '돈주머니'를 의미하는 리샤로Richard를 의미하며, 실제로 이 작품의 원편에 'R. Mutt, 1917'이라고 쓰여 있지만, 뒤샹의 작품세계를 잘 알고 있던 캐서린 드라이어조차도 뒤샹의 이러한 제스처를 간파하지는 못했다— 라는 익명을 사용하여 뒤샹이 6달러를 내고 이 작품을 1917년 뉴욕의 앙데팡데전에 출품하였을 때 위원회에서는 이 작품의 전시를 일언지하에 거절하였을 뿐만 아니라 전시회의 목록에 수록하지도 않았으며 전시회 기간 내내 칸막이 벽 사이에 숨겨버렸다. 이 작품은 뒤샹, 베아트리체 우드 및 H.-P. 로셰가 공동으로 출간했던 『맹인盲人』 제2집1917.5에 다음과 같은 평과 함께 수록되었다. "이제 머트 씨의 〈샘〉은 비도덕적인 것이 아니다. 이러한 견해는 잘못된 것이며 욕조 역시 더 이상 비도덕적인 것이 아닌 것과 같다. 그것은 욕실용품

전시장에서 우리들이 날마다 접하게 되는 설치물에 불과한 것이다. 머트 씨가 자신의 손으로 이 〈샘〉을 직접 제작했느냐 제작하지 아니했느냐는 중요한 문제가 아니다. 그는 일상적인 품목을 스스로 선택했고 그것을 설치했을 뿐이다. 따라서 새로운 제목과 견해에 의해 이 오브제에 나타나는 변기가 가지는 유용한 의미는 이미 소멸되었다. 이 오브제는 새로운 사상을 창조하였다."

이러한 에피소드를 지닌 뒤샹의 〈샘〉은 그것이 오브제로 삼았던 원래의 '변기오브제'가 반복적으로 복제되면서, 변기라는 오브제는 사라져버리고 '창조적 사상'만이 지속적으로 오늘날까지 이어지게 되었다. 다시 말하면 뒤샹의 〈샘〉은 창조사상의 발원지에 해당한다고 볼 수 있다. 따라서 이승훈이 자신의 이 시의 제목을 "뒤샹의 '샘'?"이라고 붙인 것은 일견 타당해 보이기도 하고 부당해 보이기도 한다. '타당하다'라는 점은 뒤샹의 '변기오브제'의 제목을 차용하여 '샘?'이라고 의혹을 제기함으로써, 어떤 주의력과 의혹을 환기하고 있기 때문이고, '부당하다'는 점은 이 시의 제목이 물론 창조적이기는 하지만 진일보한 제목이라고는 볼 수 없기 때문이다.

「이승훈이라는 이름을 가진 3천 명의 인간」은 코카콜라 병이 무수하게 진열되어 있는 앤디 워홀1928~1987의 그림을 패러디한 시이다. 이 시에 보이는 콜라병은 모두 112개이지만 그 중에서도 완벽한 병의 형태로 보이는 것은 60여 개일 뿐이다. 나머지는 병의 뚜껑부분이 안 보이기도 하고 병의 밑 부분이 안 보이기도 하고 혹은 병의 오른쪽 부분이나 왼쪽 부분이 안 보이기도 한다. 앤디 워홀의 그림을 패러디했다는 점에서 다분히 포스트모던계열의 시로 분류될 수 있는 이 시에서 중요한 부분은 물론 불완전하게 처리된 부분이다. 왜냐하면 이처럼 불완전하게 처리된 부분으로 인해 3천 개의 콜라병의 유추가 가능해지고 나아가 콜라병을 '이승훈'의 이름과 병치시킴으로써, 다시 3천 명의 또 다른 '이승훈'을 가능하게 하기 때문이다.

그렇다면 콜라병은 무엇을 의미하는가? 코카콜라는 맨 처음 복통을 치료하

― 이승훈, 「이승훈이라는 이름을 가진 3천 명의 인간」 전문

기 위해 약사가 개발한 제품이지만 그것이 점차 세계인의 기호품으로 발전되
어 이제는 전 세계 어느 곳에서든 누구나 즐겨 마시는 음료수가 되었다. 그리고
미국의 현대 팝 아티스트인 앤디 워홀은 이처럼 전 세계적으로 대중화된 상품
인 코카콜라를 자기 작품의 오브제로 선택하여 현대인이 습관적으로 마시고는

하는 탄산음료수의 중독성을 여지없이 비판하는 한편 다른 한편으로는 현대인의 무비판적 탐닉과 상품화를 질타하고 있다.

이렇게 볼 때에 콜라병으로 전환된 '시인 이승훈', 즉 "이승훈이라는 이름을 가진 3천 명의 인간"은 우선적으로 앞에서 패러디한 뒤샹의 '창조적 사상'을 반영하는 수많은 모방자—'이승훈' 자신을 포함하여—를 암시하기도 하고, 앤디 워홀의 팝아트처럼 모방·도용·전용·변용 등 상이한 방법으로 '원전原典'을 활용하고는 하는 최근의 포스트모던 시의 경향을 나타내기도 한다. 따라서 이승훈이 쓰는 시는 여러 가지 모습, 즉 동일한 형태이기는 하지만 서로 다른 모습으로 진열되어 있는 3천 개의 코카콜라 병으로 나타날 수밖에 없다. 그리고 이러한 변화의 과정은 끝이 없다. '끝이 없다'라고 말할 수 있는 까닭은 앤디 워홀의 이 그림의 가장자리, 즉 상하좌우의 가장자리의 콜라병의 모습이 완벽한 모습이 아니라 미완의 모습으로 자리 잡고 있기 때문이다. 따라서 적어도 해체의 세계와 포스트모던의 세계에서 이승훈의 시 역시 완성의 형식을 추구하는 것이 아니라 미완성의 형식을 추구하고 있다고 볼 수 있다. 그의 이러한 태도는 다분히 시의 아포리아aporia에 관계되고 시의 '아포리아 찾기'는 시의 아포리즘aphorism에 관계된다고 볼 수 있다.

(4) 시의 아포리아 – "시는 나의 의지를 넘어선다"

이승훈이 절체절명의 과제로 선택했을 뿐만 아니라 그러한 과제를 규명하고자 끊임없이 노력하고 있는 것은 다름 아닌 '시 그 자체'를 명쾌하게 규명하는 데 있지만, 시는 시일뿐이지 말로 설명할 수 없다는 사실만이 남게 된다. 이러한 점을 우리는 '피카소의 사랑과 예술'을 패러디한 「시」, 「개미시」, 「방황이 시를 쓴다」, 「크리티포에추리?」, 「제목 없는 시」, 「이 시대의 시쓰기」, "내가 제일 싫어하는 사람"으로 시작하는 「시」, "나는 시를 쓴 다음 가까스로"로 시작하는 「시」, 「시쓰기의 매혹」, 「모든 사람이 쓰고 싶어 하는 시에 대해」, 「거짓말의 시」

등에서 확인할 수 있고, 다음은 「노예에 대해」와 「이 글쓰기」에 나타나는 '한 편의 시속의 두 편의 시' 등에서 확인할 수 있다. 전자의 경우는 데리다가 자신의 '해체주의'에서 강조하는 글쓰기의 원형에 관계되고, 후자는 포스트모더니즘에서 강조하는 기존형식의 파괴에 관계된다.

시를 쓰면서 그것의 원형을 '기필코' 찾아내려는 부단한 의지로 인해서 시를 패러디해보기도 하고 '개미'에 비유해보기도 하고 '비평시'라고 명명해보기도 하고, 제목을 붙이지 않기도 하고 "시는 거짓말하기"라고 정의해보기도 하지만 결국은 "언어로 표현되지 않은 것이 시이다"라는 결론에 도달하게 된다. 이러한 점을 보여주는 그의 시 「크리티포에추리?」의 부분은 다음과 같다.

그러므로 이승훈의 시를 다룰 때는 그의 시를
구성하는 것은 반드시 거기 있는 것(즉 말해진 것,
보이는 것, 읽을 수 있는 것, 존재하는 것, 나타내진
것, 재현되는 또는 재현되어지려는 것)이 반드시
아니고 거기 없는 것(즉 말해지지 않은 것, 보이지
않는, 읽을 수 없는, 나타내지 않은, 재현되지 또는
재현되어지려고 하지 않은 것)임을 인정해야 한다
다시 말하면 이승훈의 시에서 중요한 것은 부재하는
것이다

— 이승훈, 「크리티포에추리?」 부분

서구의 형이상학체계 전반을 부정하고 거기에 새로운 질서를 부여하고자 했던 데리다의 해체주의에서 강조하는 것은 물론 '사유중심주의'에 있다. 이때의 '사유'는 규명-불가능한 것으로 그것을 그는 '아포리아'라고 명명하였다. "진리는 진리이지만 규명할 수 없는 진리"를 의미하는 그리스어에서 비롯된 아포리

난 글쓰기를 두려워했다 글쓰기를 사랑했기 때문이다

뭐라고 할까? 난 글쓰는 환자 불안 때문에 병이 든 이승훈 씨는 우울 때문에 병이 든 이승훈 씨다 그러나 어제부터, 꿈속에서 박목월 선생님이 나타나시고 난 글을 써야 한다고 생각했다 글쓰는 사람들은 행복하다 글쓰기는 병을 치료하는 한 가지 방법이다 어제는 「문학의 역사는 폐허의 역사」라고 30매를 쓴다는 게 35매를 썼다 원고료를 조금 더 받으려고 그런 건 아니다 물론 난 어디로 갔던가? 글을 쓰면서 난 컴퓨터를 두드리면서 동시에 창 밖을 볼 순 없다 인간은

> 난 글을 쓰면서 커피를 조금 마시고 담배를 피우고 바카스를 조금 마시고 아무 것도 마신 건 없다 아무 것도 달라진 것 없다 사라진 것도 없다 이 종이를 보시오!

동시에 두 가지 일을 못한다 그러나 담배는? 오 담배를 피우며 컴퓨터를 두드릴순 있다 담배는 그만큼 인간적이다 담배를 모욕해선 안된다 난 흐린 날을 두려워했다.

—이승훈, 「이 글쓰기」 전문

아가 시 쓰기와 시 읽기에 적용될 때, 그것은 얀 카트[1914~2001]가 말하는 '석류', J. 힐리스 밀러[1914~]가 말하는 '코코넛 열매', 바르트[1915~1980]가 말하는 '양파껍질 벗기기' 및 악의 상징으로 상징주의 시인들이 즐겨 사용했던 '히드라'—두 개의 머리를 가진 악惡의 상징으로 악을 제거하기 위해 두 개의 머리를 잘라내면 잘라낸 자리에서 각각 두 개의 머리가 다시 돋고, 네 개의 머리를 베어내면 다시 여덟 개의 머리가 돋아난다는 괴물—에 비유되기도 한다. 말하자면 '사유思惟'로서의 아포리아는 규명-불가능한 것이기에 이를 설명하는 모든 행위는 석

류나 코코넛 열매나 양파껍질이나 히드라의 뿔처럼 기하급수적으로 증가하게 된다. 다시 말하면, 겉으로 드러난 것과 드러나지 않은 것 중에서 전자보다는 후자를 더 강조한다고 볼 수 있다. 바로 이러한 점이 구조주의와 후기구조주의를 구별 짓는 중요한 경계가 된다. 구조주의에서는 "모든 대상에는 구조가 있으며 그러한 구조는 규명 가능하다"라는 명제에 충실한 반면 후기구조주의에서는 "모든 대상에는 구조가 있지만 그러한 구조는 규명불가능하고 다만 구조를 찾아내기까지의 과정만이 있을 뿐이다"라는 명제에 충실하다. 따라서 구조주의에서는 소쉬르의 기표와 기의의 명확한 관계와 "시는 언어를 선택의 축에서 결합의 축으로 전이시키는 것이다"라는 로만 야콥슨의 명제를 강조하지만, 후기구조주의에서는 그러한 관계가 불명확하다는 점을 강조하는 한편 다른 한편으로는 야콥슨의 명제에 대해 회의적인 태도를 보인다. 바로 이러한 '회의적인 태도'가 해체주의에서 제시하는 '흔적의 추적'이다.

위에 부분을 인용한 이승훈의 시에서 중요한 대립은 '반드시 있는 것'과 그로 인해서, 선택받지 못함으로 인해서 '반드시 거기 없는 것'의 대립에 있다. 전자는 유사 이래 지금까지 우리들에게 익숙해 있던 사실들, 즉 "말해진 것, 보이는 것, 읽을 수 있는 것, 존재하는 것, 나타내진 것, 재현되는 또는 재현되어지려는 것"에 관계되고, 후자는 "말해지지 않은 것, 보이지 않는, 읽을 수 없는, 나타내지 않은, 재현되지 않는 또는 재현되어지려고 하지 않은 것"에 관계된다. 부재하는 것—그것이 바로 이승훈의 시에서 중요한 것이기 때문에, 그의 시를 이해하기 위해서는 표현이전의 것, 선택이전의 것, 언급이전의 것, 글쓰기 이전의 것, 즉 사유의 본질을 규명해야만 가능해지지만 그러한 작업은 불가능한 것이다.

왜냐하면 '아포리아'를 명쾌하게 설명하는 것은 결국 아포리즘, 의미의 산종散種, 본질로부터 자꾸만 벗어나는 행위일 뿐이기 때문이다. 그 결과 시인은 "시는 나의 의지를 넘어선다"라고 선언하게 된다. 시의 본질을 규명하기 위해 시인은 우선적으로 개미가 되어 보기도 하고 텍스트 자체가 되어 보기도 하고 언어 자체가 되어 보기도 하고 더 나아가 '한 편의 시에 두 편의 시'를 모색하기도 한다. 이와 같은 특징은 이승훈의 시 「이 글쓰기」에 반영되어 있다.

컴퓨터를 하면서 창밖을 볼 수는 없지만 담배를 피우면서 컴퓨터를 두드릴 수는 있듯이, 한 편의 시에서 두 편의 시를 쓰든가 두 편의 시를 읽을 수는 있다는 가능성이 다음의 인용 시에 제시되어 있다. 그것은 해롤드 블룸1930~2004이 강조하고는 했던 "한 편의 시속의 다수의 시"로 발전되기도 한다. 이승훈의 이러한 시적 방법은 기존의 시 형식으로부터 과감한 탈피이자 새로운 시도에 해당한다. 그러한 시도가 그 자신만의 시도로 종결된다 하더라도 그것이 분명히 새로운 시 형식이라는 점은 분명하다.

이상에서 살펴본 '언어와의 싸움', '언어의 해체' 및 '시의 아포리아'를 통해 이승훈이 궁극적으로 지향하고자 하는 것은 '시인으로서의 삶'과 '생활인으로서의 나'를 일치시켜 하나의 '텍스트'로 수렴하는 데 있다.

(5) 아방-모더니스트, 이승훈 – "이계 누구시더라"

해체비평이나 포스트모던 비평에서의 '텍스트'는 텍스트 그 자체일 뿐이다. 텍스트라는 말은 이제 더 이상 교재나 원본이나 원전에 관계되는 것이 아니라 하나의 존재를 가능하게 하는 모든 요인을 포괄적으로 수렴하고 있는 것에 관계된다. 이러한 포괄적인 수렴으로서의 텍스트의 개념을 우리는 다음과 같은 이승훈의 시 「텍스트로서의 삶」에서 확인할 수 있다.

나는 없고 언어만 있으니 나라는 언어가 나를 만든다 이 글 이 텍스트 이 짜집기 언어라는 실과 실의 얽힘 속에 양말 속에 편물 속에 스웨터 속에 당신의 스타킹 속에 내가 있다 나는 거기 있는가? 내가 거기 있다고? 글쎄 난 그것도 모르고 거울만 보며 쉰이 넘었다 망칙스럽도다 거울만 바라보며 세월을 보낸 내가 갑자기 망측해서 주먹으로 한 대 갈기고 이 글을 쓴다 이 글 속에 이 언어 속에 아무것도 없는 언어 속에 부재 속

에 무 속에 내가 있도다

— 이승훈, 「텍스트로서의 삶」 전문

'나'라는 대상을 '나'라는 언어로 쓰고 나면, '나'라는 기의는 사라지고 '나'라는 기표만 남아서 '나'라는 대상을 지칭하지만, 기표로 쓰인 '나'가 대상으로서의 '나'를 충분하게 반영하는 것은 아니다. 그 모든 상황을 충분하게 반영하기위해서는 대상으로서의 '나'가 처해 있는 전후관계를 파악해야 하며 그러한 파악의 종합이 바로 '상호-텍스트성'이다. 이 용어는 물론 줄리아 크리스테바가 1960년대 말 미하일 바흐친[1895~1975]의 '대화중심주의'에서 원용하여 정착시킨 이래 해체비평에서 가장 많이 활용되고 있는 용어이다. 위에 인용된 이승훈의 시에서는 바로 이러한 점, 다시 말하면 전후관계나 상호-텍스트성의 중요성을 강조하고 있다. 아무 것도 정확하게 지칭할 수 없는 언어, 그 언어 속에 '나'를 끼워 넣고 '나는 나다'라고 말한다는 것은 어떻게 보면 '나'의 부재이고 거짓 증언에 해당한다. 거짓 증언을 '참'으로 전환하기 위해서는 스타킹이나 스웨터가 가지는 의미까지도 확인해야 한다.

특히 이승훈의 시에서 '스웨터'는 의미 있는 역할을 하고 있는 실체이자 대상이다. "난 지금 / 시를 쓴다 낡은 스웨터를 걸치고 낡은 청색 / 스웨터, 팔꿈치가 닳아 해어지고, 실밥이 / 터진, 헐렁한, 펄럭대는, 아마 거지들도 안 / 입을, 그러나 난 이 스웨터를 입고 해방감을 / 느낀다 이승훈 씨는 헐렁한 옷, 낡은 옷, 떨어진 옷을 사랑한다(파출부까지 이 옷은 버려야 한다고 아내한테 말했다지만)"라는 「낡은 스웨터」에 나오는 바로 그 '스웨터'는 I. A. 리처즈[1893~1979]가 말하는 '습관화된 반응'을 야기하는, 말하자면 이승훈이 입고만 있으면 습관적으로 시를 쓰게 되는 그런 "낡은 스웨터"에 해당한다. 따라서 이승훈으로 하여금 시를 쓰도록 자극하고 유도하는 것은 "낡은 스웨터"이지 '언어'가 아니다.

"난 그것도 모르고 거울만 보며 쉰이 넘었다"라는 사실에 스스로 분노하면서

"거울 속의 나를 주먹으로 한대 갈기고"—실제로 주먹을 날렸다하더라도 거울 속의 '나'가 다친 것도 아니고 거울 앞의 '나'가 다친 것도 아니다—이승훈이 쓴 시 「텍스트로서의 삶」을 그가 실제로 육십이 되었다는 사실에 필자 역시 조금은 당혹스러워하면서 다시 읽었을 때, 이 시는 아마도 다시 쓰일 것이라는 점을 확신하게 되었다. 왜냐하면 이승훈은 자신이 '칠십이 넘었다'라는 사실, '팔십이 넘었다'라는 사실을 느낄 때마다 거울 속의 자신을 "주먹으로 한대 갈기고" 또 다른 "텍스트로서의 삶"을 다시 또 쓰게 되어 있기 때문이다. 따라서 그의 최근 시집『인생』에 나타나 있는 바와 같이, 이승훈은 자신의 시적 방법을 언제나 새롭게 모색해왔고 모색하고 있을 뿐만 아니라 모색하게 될 것이다. 바로 이러한 모색의 과정, 진행으로서의 과정 속에 '아방모더니스트'로서의 이승훈이 존재한다고 필자는 생각한다.

(6) 언어의 사유중심주의 – 해체에서 불교까지

이승훈에게 있어서 '언어'는 그의 시 쓰기의 시작이자 끝이고 방법이자 목적이며 해체이자 사유이다. 등단 초기의 시집『사물A』에서부터 가장 최근의 시집『인생』에 이르기까지, 그의 시세계를 이끌어가고 있는 원동력은 바로 이와 같은 의미의 '언어'에 있다. 따라서 한국시단에서 그는 언제나 '모더니스트 시인'으로 평가되어 왔으며 한국의 모더니즘 시에는 항상 이승훈이 자리 잡고 있다. 물론 그를 필자가 하이모더니스트, 아방모더니스트, 포스트모더니스트 등으로 평가하기도 하지만, 이러한 평가는 '모더니스트 이승훈'을 일컫는 다른 명칭에 해당한다.

이승훈의 시력詩歷 40년의 결산이 집약되어 있는 그의 최근 시집『인생』2002의 시세계는 크게 두 가지로 읽어낼 수 있다. 하나는 '언어의 세계'이고 다른 하나는 '불교의 세계'이다. 그러나 이 두 세계는 명확하게 구별되는 것이 아니라 상호텍스트성을 형성하고 있다는 점에서 그 특징을 찾아볼 수 있다. 이승훈이 그동안 언어에 의해 사물의 이미지를 되도록 정확하게 짚어내는 일에 전념했다면, 이번 시집에서는 사물에 의해 언어를 되도록 정확하게 파악하는 일에 전념하는 한편 다른 한편으로는 그러한 작업을 불교를 통해 성취하려고 했다는 점을 들 수 있다. "모더니즘, 포스트모더니즘, 해체주의를 거쳐 불교를 만나게 된 건 고마운 인연이다. 산이 물 위로 간다. 가는 것은 산인가 물인가. 최근의 화두이다"라는 시인 자신의 언급처럼, 그가 파악해 내는 불교에는 고행, 명상, 사상, 인고 등이 포함되어 있다기보다는 사물중심주의를 근간으로 하는 언어의 사유중심주의가 포함되어 있다.

그의 시집 『인생』에서 언어에 관계되는 시로는 "말을 사랑하십시오"를 강조하는 「말의 사랑」, "언어는 고향이 없습니다 오늘도 고향에서 쫓겨납니다"의 「떠돌이 언어여」, "난 글쓰는 사람 / 언어는 저항한다"의 「언어 2」, "언어에 대해서 난 할 말이 없다 언어는 / 나와 관계가 없다"의 「언어 1」, "그러나 언어여 그 / 대라도 있다는 것이 행복입니다"의 「언어 서방」 등을 들 수 있으며, 그의 이러한 언어관은 「언어 놀이」에 집약되어 있으며 그 전문은 다음과 같다. "놀다 가는 인생이여 쓸쓸해서 놀고 다정해서 놀고 괴로워 / 서 노네 놀이는 다른 시간 사랑도 다른 시간 이른 봄 / 마당에 병아리 한 마리 놀고 병아리 곁에 나도 놀고 흐 / 르는 강물은 길이길이 푸르리니 비유비무非有非無여 그러므로 / 내가 있네." "있는 것도 없고 없는 것도 없다"라는 명제가 보여주듯이 사물이나 대상으로서의 "병아리" 자체가 그 어떤 언어의 힘보다도 더욱 강하다는 점을 이 시에서는 강조하고 있다.

이승훈의 이러한 강조는 불교의 세계에 대한 그의 관심에서 찾아볼 수 있다. 그의 그러한 관심을 우리는 "천진天眞이여 / 내 몸 그대에게 맡기고 / 세상이나 한 바퀴 돌고 오자"라고 끝맺는 「천진天眞」, "천여眞如이여 속절없이 찾아 헤맨 / 날들이여"의 진여眞如」, "나는 물고기 연꽃과 연꽃 / 사이에 한 세상이 있네"로 끝나는 「연꽃 옆에」, "만萬 / 법일여法一如요 여몽상사如夢相似입니다"의 「한 송이 꽃」 등에서 찾아 볼 수 있으며, 다음에 그 전문을 인용하는 「새떼」에는 이 모든 것이 종합되어 있다. "저쪽으로 날아가는 새는 이쪽으로 날아오고 저 산이 들 / 판이네 바람 불면 새떼들이 날지만 처음부터 새떼들은 / 없고 하얀 갈대뿐이네 신발 한 짝 두고 돌아올 뿐이네." 이 시에서 강조하는 것은 사물과 사물의 경계선 파괴하기와 무경계로서의 사물의 존재를 파악하는 데 있다. 말하자면 "저쪽 / 이쪽", "날아가는 / 날아오고", "산 / 들", "있다 / 없다" 등의 첨예한 대립은 사라져버리고 모든 사물 / 대상은 "바람"이나 '흔적'으로서만 존재하게 된다. 새떼를 날아오르게 하는 바람은 날아가 버린 새떼와 함께 그 존재가 사라지기도 하고 그 자체가 흔들어 놓는 갈대에 의해 그 존재가 드러나기도 한다. 타자에 의해서만 자신의 존재를 드러내는 '바람'이나 원본의 소멸에 의해서만 그 자체를 드러내는 '흔적'—이 요소는 이승훈이 불교의 세계를 새롭게 재해석하는 '네오-헬리콘 시학'의 요인으로 작용하게 된다.

자신의 최근 시집 『인생』에서 언어와 불교라는 두 가지 명제를 종합함으로써, 이승훈은 시 쓰기 혹은 시 자체에서도 새로운 태도를 보이게 된다. 그것을 우리는 "부질 / 없는 시여"로 끝나는 「부질없는 시」, "나 없이 쓰네"로 시작되는 「나 없이 쓰기」, "시인도 없고 시도 없고 언어도 없고 / 듣는 이도 없고 말할 것도 없고"의 「시」, "보이는 것은 보이지 않는다 / 왜냐하면 보이지 않는 것이 / 이미 보이기 때문이다"의 「시」, "하루 종일 시를 써도 / 시가 아니며"의 「시」 등에서 찾아볼 수 있다. 그러나 언어의 해체에서부터 불교까지 이승훈의 시 쓰기가 변화한다하더라도, 그러한 변화의 중심에는 언제나 '언어의 사유중심주의'가 자리 잡고 있으며, 그것이 바로 그의 시를 이끌어 가는 역동적인 활력소이자 에너지로서의 '언어 이데올로기'에 해당한다고 볼 수 있다.

2) 신작시의 세계

　새로운 시를 읽게 될 때에 우리는 두 가지 이유 때문에 놀라게 된다. 하나는 새로운 시라고는 하지만 그 이전의 시나 그 이후의 새로운 시나 그저 그렇고 그런 대동소이한 시이기 때문에 놀라게 된다. 다른 하나는 그 새로운 시가 정말로 새롭기 때문에 놀라게 된다. 『시와시학』1996 봄에 수록된 이승훈의 '신작시' 「극치」외 여섯 편을 읽을 때에 놀라게 되는 이유는 전자 때문이 아니라 후자 때문이다. 부단한 변화, 아니 변화라는 순간을 포착할 수 있는 말은 없으니까 변화하는 과정에 있는 변화, 그것이 바로 이승훈의 신작시 일곱 편의 특징이라고 할 수 있다. 이러한 특징은 '개미시', '일상시', '서간체시' 등으로 정리될 수 있다. 그리고 이러한 특징은 모두 다 '문체의 혁명'이라는 말로 수렴되며, 그 첫 번째 특징은 '해체시대의 시론'에 있다. 이러한 점을 보여주는 이승훈의 해체시론을 대표하는 시 「답장」의 부분을 인용하면 다음과 같다.

　　그러나 쓴다는 것
　　계속 쓴다는 것은
　　과연 무엇인가?
　　(…중략…)
　　'그러나 쓴다는 것은 고독하다는
　　것이며 나를 나에게서 분리시키는 두 개의 나를 만드는
　　행위라고 생각합니다
　　그러나 쓴다는 것은 나를 버리는
　　행위입니다 종이 위에 나를 버리는 나는 하나의 차이로
　　존재합니다
　　그러나 쓴다는 것은 계속 쓴다는 것은 나를

계속 연기시키는 일입니다 종이 위에서 나는 계속

연기됩니다 나는 이미 내가 아닙니다

나타나고 사라지는

무수한 텍스트 밝은 방 속에 드러나는 이 흔적!

그러나

쓴다는 것은 산다는 뜻입니다 글 속에서만 내가 있으므로

나는 내가 아니고 동시에 나입니다

오오 그러나 쓴다는

것은 내가 언어이며 타자라는 사실이고 타자의 타자가

나라는 사실이고 이 나는 무수히 (글을 쓰는 만큼)

나타나고 사라집니다

그러니까 사막입니다 계속 쓴다는 것은

우리 인생에 의미가 없다는 사실을 깨닫는 일이고

방랑이고' (아무튼 시작도 끝도 없지요) 내 시는 여기서

끝내야겠습니다

—이승훈, 「답장」 부분

위에 인용된 시는 사실 이승훈의 이번 '신작 시집'을 버티어 주는 시론詩論에 해당한다. 그러니까 그가 강조하는 바와 같이 문체혁명을 위한 해체시대의 시론이라고 할 수 있다. 그것이 새로운 시론이 될 수 있는 이유로는 우선 패러디한 글을 다시 패러디했다는 점과 서간체를 바탕으로 하되 대화체에 근거한다는 점 등을 들 수 있다. 그러나 무엇보다도 중요한 점은 "시작도 끝도 없는" 시 쓰기의 이론, 곧 해체시대의 시론 때문이다. "텍스트를 떠나서는 아무것도 존재하지 않는다"라든가 "글쓰기의 끝은 끝이 아니라 시작이다"라든가 "서문은 맨 마지막에 씌어져도 서문이다"와 같은 새로운 주장을 내세우는 자크 데리다의

해체주의에서 사실 쓴다는 행위는 흔적만을 남기는 차연差延에 해당할 뿐이다. 차연은 차이差異와 연기延期가 변별적으로 일어나는 것이 아니라 동시적으로 일어나는 것을 의미한다. 차연의 이러한 두 가지 의미에 한 가지를 더한다면 그것은 우회迂廻하는 것, 돌아가는 것이다. 차이, 연기, 우회로서의 시 쓰기에 철저하고자 하면 할수록 그러한 시 쓰기는 무수한 자아의 분열과 확산만이 있을 뿐이다. '나'라고 하는 주체로서의 실체는 사라지고 나를 정의하는, 나를 설명하는, 나를 확인하고자 하는 무수한 타자他者만이 존재할 뿐이다. 나를 정의하고 설명하고 확인하고자 하는 타자들은 사실 어떤 확고부동한 실체에 의해 형성되는 것이 아니라 무수한 흔적들에 의해 형성될 뿐이다. 이러한 흔적들은 언제나 미완성의 모습으로 남게 된다. 그것이 미완성의 모습인 것은 아직 완성되지 않았기 때문이 아니라 완성의 진행과정에 있기 때문이다. 완성을 향한 진행과정으로서의 시 쓰기는 결코 끝날 수 없는, 끝나서는 안 되는, 끝나지 않는 행위일 뿐이다.

위에 인용된 시의 또 다른 특징은 그것이 서간체 형식을 띠고 있다는 점이다. 대화형식을 빌린 이러한 서간체 형식은 화자와 청자가 직접적으로 만나게 되는 장점을 지닌다. 그러나 여기서 말하는 화자가 글을 쓰는 사람에 해당하고 청자가 그 글을 읽는 사람에 해당하는 것은 아니다. 그러한 파악은 1차적인 파악에 해당한다. 여기서의 화자는 화자인 동시에 청자이고 청자는 청자인 동시에 화자이다. 이러한 이중역할을 가능하게 하는 것이 바로 패러디이다. 일차적으로 패러디한 것을 2차적으로 다시 패러디하고 그것을 또 다시 3차적으로 패러디하는 과정은 결코 완료될 수 없는 '진행과정'으로서의 패러디에 해당한다. 아울러 '4차, 5차, 6차……' 하는 식으로 서간체 형식을 빌린 이러한 유형의 시는 계속될 조짐을 보이고 있다. 왜냐하면 이 시의 부제副題에 해당하는 '이만식 시인에게'는 이만식에 의해 '이승훈 시인에게'라는 부제副題를 달고 「답장」이라는 또 다른 시가 쓰일 수 있을 것이기 때문이다. 물론 이 시는 이만식이 이승훈의 시집 『밝은 방』을 읽고 그것에 대한 '느낌'—여기에서는 감상이라든가 평가라는 말보다는 '느낌'이라는 말이 더 적합하다고 본다—을 편지로 보낸 데서 비롯된다. 그리고 그러한 편지의 내용에서 "쓴다는 것은 무엇인가?"(이 명제는 사실 이승훈의 시집의 '서문'에 나타나 있는 "그러나 고독하다는 것, 홀로 있다는 것은 과연 무엇인가?"를 이만식이 패러디한 것이다)를 다시 패러디한 것이다. 따라서 위에 인용된 시의 "아무튼 시작도 끝도 없지요"라는 구절처럼, 어디서 비롯되었는지 그 근원을 알 수 없는 시 쓰기는 결코 끝날 수 없는 '쓴다는 행위'를 계속할 수 있을 뿐이다.

이승훈의 이번 신작시집의 두 번째 특징은 '의미의 확산작용'에 있다. 그러한 점은 그의 시 「개미들에 대한 단상」에 반영되어 있으며, 이 시의 마지막 부분을 인용하면 다음과 같다.

> 그러나 개미는? 개미는 울지 않는다 개미, 매미,
> 귀뚜라미는 한집안이다 항렬이 같기 때문이다
> 그러나 개미는 가을이면 어디로 가는가? 기러기를
> 따라가는가? 매미는 증발하고 귀뚜라미는 말라버리고
> 개미는 숨는다 깊은 밤 술에 취한 내가 지나갈 때
> 달빛이 떨어질 때 귀뚜라미는 울음을 그친다 그러나
> 개미는 한 여름 내가 지나가도 햇빛이 뚝뚝 떨어져도
> 아이들이 싸워도 자동차가 지나가도 바람이 불어도
> 계속 움직인다 움직이는 개미는 말하자면 시간
> 자체이며 생각 자체이다
>
> —이승훈, 「개미들에 대한 단상」 부분

'신작 시집'에 나타나는 우선적인 특징은 '개미'에 대한 명상이다. 「극치」, 「작문」, 「개미들에 대한 단상」, 「개미시」, 「개미협회」 등과 같이 다섯 편의 시가 개미

에 대한 명상으로 이루어져 있다. 새까만 개미— 눈도 더듬이도 이빨도 발가락도 얼굴도 몸통도 심지어 체액體液까지도 새까만 개미는 흰 종이 위에 무수히 쓰이는 글자에 해당한다. 쓰인 글자의 침묵은 개미의 무관심만큼이나 강렬한 항변의 의미를 갖는다. 개미의 무관심, 그것은 이미 위에 인용된 시에도 나타나 있다. 주변의 상황에 아랑곳하지 않고 제 갈 길을 고집스럽게 가고 있는 침묵하는 개미는 시인에 의해 쓰이는 글자의 침묵에 해당한다. 그러나 그 침묵은 '말하기'보다 더 무서운 힘을 갖는다. "말하자면 시간 / 자체이며 생각 자체이다." 그러한 예는 「극치」의 "지금 개미가 잡아먹는 건 이승훈 씨이리라", 「작문」의 "올 여름 개미를 본 다음", 「개미시」의 "너희들이 좋다 열심히 사는 너희들이 부럽다", 「개미협회」의 "저렇게 / 우아한, 빛나는, 말없는 내 친척들인 개미들 / 앞에서 약속한다 도장 찍는다" 등에서 찾아볼 수 있다.

사방으로 흩어지는 개미이든 일렬로 줄지어 기어가는 개미이든 '개미'는 '시간'과 '생각'의 의미를 지닌다. 시간의 본질은 흘러가는 데 있지만 어느 한 순간을 포착하고 나면 이미 '그 순간'으로서의 시간 그 자체는 사라져 버리고 시간은 그만큼 더 앞서 갈 뿐이다. '생각'도 마찬가지이다. 부단하게 진행되는 한 과정으로서의 '생각'이 있을 뿐이지 '이것이 생각이다'라고 제시할 수 있는 '생각'은 없다. 이와 똑같이 쓰인 글자로서의 시 혹은 시 쓰기도 마찬가지이다. 쓰인 글자는 확고부동한 위치를 차지하지 못하고 언제나 불안정한 상태에서 그 자리에 있을 뿐이다. 그것이 불안정한 이유는 의미가 하나로만 수렴되지 않기 때문이다. 무수히 흩어지는 개미들처럼 의미도 무수히 확산될 뿐이다.

의미의 이러한 확산작용은 이승훈 시인의 신작 시집 일곱 편에서 그 어느 것도 마침표를 사용하지 않았다는 사실에서도 찾아 볼 수 있다. 아직 끝나지 않은 시 쓰기, 아직 완료되지 않은 글쓰기, 아직도 진행 중에 있는 '쓴다는 행위'를 바로 이 '마침표 없음'이 나타내고 있다. 그리고 이러한 '무종지부無終止符'는 바로 시 쓰기의 자유로움 혹은 생각의 자유로움을 의미하지 그것이 자유로운 시 쓰기나 자유로운 생각을 의미하는 것은 아니다. 말하자면 구속으로부터의 해방이고 속박으로부터의 벗어남이다. 이러한 점을 보여주는 그의 시 「작문」의 마지막 부분은 다음과 같다.

> 그러나 오늘부터 내가 갑자기 자유로워진 이유, 시에서도 삶에서도 가벼워진
>
> 이유 (아직도 삶은 무겁지만 그건 노력하기 나름이다) 사랑에서도 증오에서
>
> 도 가벼워진 이유
>
> 올 여름 개미를 본 다음
>
> 아홉 번 째 시집을 낸 다음
>
> 밝은 방을 본 다음
>
> (시집 표제가 밝은 방임)
>
> 내가 없다는 걸 깨달은 다음
>
> 바람 같은 삶이 이렇게
>
> 황홀하다는 걸 깨달은 다음
>
> — 이승훈, 「작문」 일부분

"(아직도 삶은 무겁지만 그건 노력하기 나름이다)"라는 언급처럼 정말 삶이 가벼워질 수 있다면 그것은 더 없는 행복일 것이다. 그러나 그러한 행복은 추구 과정에서만 존재할 뿐이다. 추구과정으로서의 행복은 '행복 그 자체'보다 더 행복한 것이다. 이러한 점은 「개미협회」에 잘 나타나 있다. "(사실 내가 얼마나 치사한 / 인간인가 하면 난 춘고 동창회 회원이지만 회비도 / 잘 안내고, 올해엔 재경춘고 32회 동문회 회비 / 2만원을 그것도 딸을 시켜 냈다 한양대 동문회비도 / 잘 안낸다 아마 동문회에서 쫓겨날 것이다 물론 / 잊을 때도 많지만 그건 변명이다)"처럼, 어떤 행위의 완료보다는 그 진행과정에 더 많은 의미가 있다고 볼 수 있다.

모더니스트 시인으로서 이승훈이 모색하고 있는 또 다른 축은 자신의 일상적인 삶의 모습을 극대화하는 '삶의 일상적 의미와 시적 확대'에 있으며, 그러한 점은 다음에 전문을 인용하는 「준이」에서 찾아볼 수 있다. "네가 오고 우리 집엔 생기가 돈다 / 세상엔 빛이 터지고 차거운 피엔 / 따뜻한 열이 생기고 도시에도 / 생기가 돌고 네가 온 다음 난 아내와 / 싸우지도 않는다 넌 하느님이 우리집에 / 보내준 천사야 그러니까 떼를 쓰면 안돼 / 하아얀 우유나 먹고 놀아야 돼 넌 / 태어난지 두달 밖에 안되니까." 이번 '신작 시집'에서 좀 예외적인 측면에 드러나는 이 시에는 물론 손자인 '준'의 출생을 기뻐하고 또 염려하는 시인 자신이 할아버지로서 갖게 되는 따뜻한 마음이 나타나 있다. 그러한 따뜻함은 시인의 인간주의적인 측면을 암시한다. 이러한 인간주의적인 측면은 간간히 나타나는 가족에 대한 일화나 시인 자신의 주변적인 일화에서도 찾아 볼 수 있으며, 그것을 우리는 그의 또 다른 시 「작문」에서도 확인할 수 있다.

난 물론 대책 없는 남편

난 외설의 성스러움을 믿는다

난 망한 양반 가문의 후손

난 함경도로 쫓겨간 조상들의 후예

난 역적으로 몰린 이씨 가문의 피줄

난 시를 쓰는 교수 (두가지를

다 하기가 이렇게 어렵구나)

난 불안의 친척

난 해질무렵 알콜 중독자

난 우리 아들 (의사)의 아버지

난 좀 뻔뻔해진 시인

난 아직도 촌놈 (아시는 분은 아시겠지만

내 고향은 강원도 춘천임)

난 미적 진보주의자 (물론 말이

안되겠지만)

난 도라지를 피우는 모더니스트

(말보로를 도라지로 바꾼 건

인후염 탓이다)

난 도라지를 피우는 국문과 교수

— 이승훈, 「작문」 부분

위에 인용된 시에서 주목해야 할 부분은 "미적 진보주의자"로 종합되는 "나는 도라지를 피우는 모더니스트"와 "난 도라지를 피우는 국문과 교수"일 것이다. 전자의 어설픔과 후자의 어울림이 바로 "미적 진보주의자"이기 때문이다. 이와 같은 "미적 진보주의자"로서 이승훈의 내면세계에 담겨 있는 '인간주의적인 측면'은 그의 시 「죽은 아우를 생각하며」에도 잘 반영되어 있다. 이 시는 이번 '신작 시집'에는 수록되지 않았지만 그의 시집 『너라는 햇빛』에 수록되어 있으며 이 시의 전문은 다음과 같다.

너를 만나기엔 너무 늦었다 너는 오래 기다렸지만 이젠 너무 늦었다 너무 늦게 움직이는 게 형의 한계다 올 겨울엔 병이 깊으리라 네가 떠난 다음 네가 살던 금호 아파트 앞길에도 오늘 저녁엔 눈이 오리라 그러나 너는 없고 아무리 아무리 아무리 달려가도 언제나 늦게 달려가지만 너를 만날 것만 같아 갑자기 형님! 부르며 거리에서 네가 뛰어올 것만 같아 다시 달려가면 춘천에 달려가면 이 추운 저녁 늦게 달려가면 형님! 부르며 골목에서 네가 갑자기 뛰어올 것만 같아 다시 달려가면 이 눈길 밟고 달려가면 경춘가도 달려가면 춘천은 거기 있지만 너는 없고 너무 늦었다 너를 사랑하기엔 너를 찾아가 따뜻이 손을 잡기엔 추운 저녁 술 한잔 사주기엔 너무 늦은 날 눈만 내리는 날 너의

목소리 너의 얼굴 너의 웃음 눈발로 내리는 날 언제나 너무 늦은 형이 창가에 서 있다

— 이승훈, 「죽은 아우를 생각하며」 전문

　이승훈의 이번 '신작 시집'에서 드러나는 특징은 다음 몇 가지로 정리될 수 있다. 우선 글쓰기의 해체작업, 다시 말하면 시를 쓴다는 행위의 해체작업을 들 수 있다. 해체란 무엇인가? 그것은 단순한 해체가 아닌 또 다른 구성을 형성하기 위한 해체를 의미한다. 우리나라에 해체주의라고 소개되는 해체주의는 '해체주의'가 아닌 '해체구성주의' 혹은 '해체 재구성주의'라고 소개되어야만 한다. 왜냐하면 데리다 자신이 하이데거의 개념에서 이 말을 차용할 때에 처음에는 'destruction'을 그대로 원용했지만 다시 'deconstruction'으로 변용시켰기 때문이다. 따라서 해체해서 다시 구성하거나 재구성하는 것, 그것이 요즈음 우리들이 사용하는 '해체주의'의 원래의 개념이라고 생각한다. 이러한 해체주의를 바탕으로 하는 이승훈 시인의 신작시집의 첫 번째 특징은 문체의 해체를 들 수 있다. 문체의 해체란 무엇인가? 그것은 기존의 시의 개념, 말하자면 '잘 빚은 항아리' 혹은 '훈도薰陶의 시 쓰기'가 아닌 해체시대에 알맞은 글쓰기를 의미한다. 말하자면 심상의 형상화라든가 비유의 참신성이라든가 새로운 상징세계의 형성 등과 같은 것이 아닌 끝나지 않는 시 쓰기를 의미한다. 따라서 이러한 시 쓰기에서는 서간체와 자아의 해체가 무법자처럼 침입한다. 거침없이 내닫고 거침없이 진행되는 시 쓰기—그것은 언제나 하나의 진행 과정일 뿐이다. 따라서 문체 혁명 이전의 시 쓰기가 목적성을 지향하는 시 쓰기라면 그 이후의 시 쓰기는 무-목적성을 지향하는 시 쓰기라고 할 수 있다.

　두 번째 특징은 부단한 자아분열을 들 수 있다. 정신분석학적인 의미도 물론 포함되지만 여기서 말하는 자아의 분열은 '나'에 대한 정의와 확립과 제안을 주장하면 할수록 무한하게 확산되는 '또 다른 나'만이 존재한다는 것을 의미한다. 이처럼 연속되는 '또 다른' 그 무엇은 '텍스트'라는 의미로 수렴된다. 텍스트란

무엇인가? 그것은 '텍스트'일 뿐이지 그 어떤 다른 것으로 대체될 수 없는 것이다. '텍스트'—여기에는 하나의 의미에서부터 무한하게 많은 다른 의미가 포함된다. 여기에는 또 일대일의 대응되는 의미에서부터 일대다(多)의 의미가 포함된다. 그것은 또 의미의 확산작용에도 관계된다. 주체가 소멸되고 난 후의 세상에서의 시 쓰기만이 남게 된다. 그렇다고 해서 대상(혹은 사물이라고 해도 좋다)에 대한 어떤 확고부동한 정의도 없다. 왜냐하면 해체시대의 글쓰기는 언어에 의한 언어의 글쓰기이기 때문이다. 이러한 점을 들어 이승훈 시인 자신이 강조하는 바와 같이 30년대의 이상李箱의 시학, 50년대의 김수영의 시학 그리고 지금도 부단하게 언어 탐구의 길을 모색하는 김춘수의 시학처럼, 이제 90년대의 이승훈의 시학이 필요한 때이다.

세 번째 특징은 이러한 이승훈의 시학의 특징이 그 절정을 이루고 있다는 점을 들 수 있다. '나'에게서 '너'에게로, '너'에게서 '그'에게로, 다시 '나 / 너 / 그'가 해체되어 버린 시 쓰기—그것이 '개미시'로 대표되는 그의 시학이기 때문이다. 이러한 그의 시학은 해체시학이자 문체의 혁명을 주장하는 시학이다. 그러나 그러한 시학은 소리치지 않는다. 침묵할 뿐이다. 침묵의 항변—그것을 대표하는 시들이 바로 '개미'가 모티프가 된 여섯 편의 신작시집이라고 할 수 있다. 그리고 그의 이러한 부단한 실험성은 가히 세계적이라는 점을 강조하고 싶다. 문화의 시대, 세계화의 시대에 언어만으로 쓰는 그의 시 쓰기는 사람들의 관심 / 무관심과는 관계없이 진행되기 때문이다.

마지막 특징은 진행과정으로서의 시 쓰기를 들 수 있다. 이승훈의 '신작 시집'에서는 절대로 어떤 지향점을 추구하지 않는다. 쓰는 과정 그 자체만을 강조하고 있다. 그래서 그의 '신작 시집'에서는 '절대로' 마침표가 없다. 아직 그의 시 쓰기가 끝나지 않았기 때문이다.

제12장

한 편의 시에 반영된 시인의 시세계

1. 김규동의 시「플라워다방-보들레르, 나를 건져주다」의 세계 – 해방공간의 문단현실에 대한 증언

　유년기의 기억을 떠올릴 때마다 대부분의 우리들은 적어도 한 그루의 나무를 생각하게 된다. 그 나무가 거목이든 잡목이든 아니면 아주 작은 보잘것없는 것이든 우리들에게 있어서 유년기의 기억은 나무와 밀접하게 관계되게 마련이다. 그러한 유년기의 기억이 시골일 때에는 더욱 그렇다고 볼 수 있다. 동네입구에 서 있던 한 그루의 거목이나 동네 뒷산을 감싸고 있던 수많은 나무들은 우리들의 유년기의 기억을 더욱 풍요롭게 해주고 아름답게 치장해 주기 마련이다. 이와 같은 나무의 소중한 의미는 이양하의 수필「나무」와 '어른을 위한 동화'라고 볼 수 있는 쉘 실버스타인의『아낌없이 주는 나무』에도 잘 반영되어 있다. 나무가 지니고 있는 이러한 점을 생각하면서 김규동의 시집『느릅나무에게』2005의 '표제 시'에 해당하는「느릅나무에게」를 우선 읽어보고자 한다.

　　나무

　　너 느릅나무

50년 전 나와 작별한 나무

지금도 우물가 그 자리에 서서

늘어진 머리채 흔들고 있느냐

아름드리로 자라

희멀건 하늘 떠받들고 있느냐

8·15 때 소련병정 녀석이 따발총 안은 채

네 그늘 밑에 누워

낮잠 달게 자던 나무

우리 집 가족사와 고향 소식을

너만큼 잘 알고 있는 존재는

이제 아무 데도 없다

그래 맞아

너의 기억력은 백과사전이지

어린 시절 동무들은 어찌 되었나

산목숨보다 죽은 목숨 더 많을

세찬 세월 이야기

하나도 빼지 말고 들려다오

죽기 전에 못 가면

죽어서 날아가마

나무야

옛날처럼

조용조용 지나간 날들의

가슴 울렁이는 이야기를

들려다오

나무, 나의 느릅나무.

— 김규동, 「느릅나무에게」 전문

위에 인용된 시에 반영되어 있는 바와 같이, 시인은 50년 전 헤어진 고향의 느릅나무를 그리워하고 있으며 그 나무에 얽힌 개인사적인 사연과 다시 만날 날에 대한 기대와 소원을 나타내고 있다. 식구들의 목마름을 추겨주던 우물가의 느릅나무는 김규동의 개인사를 목격한 증인일 뿐만 아니라 역사적 사실의 증인이기도 하다. 한국전쟁으로 인해 이산가족이 된 시인에게 있어서 고향의 느릅나무는 가족 이상의 의미를 지니고 있다고 볼 수 있다. 그래서 시인은 바로 그 느릅나무에게 가족의 안부와 고향의 소식을, "어린 시절 동무들"을, "세찬 세월 이야기"를 "하나도 빼지 말고 들려다오"라고 절규하듯 부탁하고 있다. 시인의 이러한 절규는 "죽기 전에 못 가면 / 죽어서 날아가마 / 나무야"라는 부분에서 절정에 달하게 된다. 이 시에 암시되어 있는 바와 같이, 50년 전에 떠나온 고향이기에 그 오랜 세월을 거치면서 살아 있는 가족들은 없을지라도 시인의 기억 속에 견고하게 자리 잡고 있는 나무, 느릅나무는 더욱 무성하고 청정하게 자라 아름드리나무가 되었을 것이기 때문이다. 그래서 시인은 확고한 믿음을 가지고 "가슴 울렁이는 이야기를 / 들려다오 / 나무, 나의 느릅나무"라고 이 시를 끝맺고 있다.

김규동의 시 「느릅나무에게」를 읽으면서 우리들도 우리들의 유년기의 기억에 분명하게 자리 잡고 있기는 하지만, 이런 저런 이유로 인해 까마득하게 잊고 지내던 한 그루의 나무를 기억하면서 거기에 스미어 있는 어린 시절의 아름다운 일들을 떠올려보는 일도 의미 있으리라고 생각한다. 나무에 얽혀 있는 유년기의 기억들은 각박하고 숨 막히는 오늘의 삶, 하루하루를 버티면서 살아가야 하는 우리들의 삶에 일종의 활력소로 작용할 것이기 때문이다.

김규동의 시 「느릅나무에게」가 두고 온 고향과 가족사에 관계된다면, 「플라워다방—보들레르, 나를 건져주다」는 해방공간이라는 혼란의 시기를 문학에 대한 열정 하나로 버티어 낸 김규동의 남모르는 애환과 당시의 한국문단의 역사가 고스란히 집약되어 있다.

1948년 여름에
소공동 '플라워다방'에
들렀다

정월달에 남으로 온 나는
남쪽 문인들은 어떤 사람들인가 하고
그곳을 찾았다

'플라워다방'에는
『문예』 잡지 필진들이 모인다 했다
과연 그곳에는
김동리 조연현 곽종원 조지훈
서정주의 아우 서정태, 이정호 이한직 등이
모여 있었다

안쪽 구석 테이블에서
한창 원고를 갈기고 있는
베토벤같이 헝클어진 머리를 한 이는
중국서 온 소설가 김광주라 했다
처음에 나는
저 사람이야말로

남쪽 큰 작가가 아닌가 하고
그쪽만 주목했다

김동리는 수인사 끝나자
이태준의 안부를 묻고
북에서 「농토」를 발표했는데
어떤 내용이냐고 물었다
서울 물정에 어두운
초면의 문학청년에게
김동리는 비교적 친절했다
그의 경상도 말씨는
여기가 과연 '남조선'이구나 싶은
감명을 안겨줬다

내과의사 같은 인상을 한
깡마른 조연현은
콧등에 밴 땀방울을
훔칠 생각도 않고
임화 안막 최승희는
어떻게 하고 있느냐
호기심을 갖고 물었다

내가 학교시절 김기림 선생한테 배웠다니까
그분은 지용과 함께 문학가동맹을 해서
요즘은 활동 못하게 됐다고

잘라 말했다

다른 테이블로 옮겨 가더니

두 다리를 탁자 위에 올려놓고

누구보곤지

경주 갈라나? 나 안 갈련다 마

하고 소리쳤다

아마 조지훈보고 건네는 말이 아니었던가 싶다

오늘도 서울역에 나가

우리 쪽이 좌익 네댓명 잡았다고

무용담을 비쳤다

그가 쓰는 평론은 읽은 적이 없었으나

네모반듯한 얼굴이 아주 건강해 보였다

미쓰 윤이라는 자칭 시인이

머리를 올 백으로 곱게 빗어 올린 이정호를

사모하는 모양으로 애교를 한창 떨었다

서정태는 윗저고리에

장미꽃 한 송이를 꽂고 좋아했다

과연 문예파들이구나 싶은 감흥이 솟았다

검은 안경테가 유난히 굵어 보이는

조지훈의 턱은 고고하게 긴데

창백한 얼굴의 지식인 시인 이한직이

그와 다정스레 담소했다

촌놈이

다방이 무엇인지 알기나 했으랴

두어 시간 땀을 흘리며

이 사람 저 사람 두루 인사 나누며

된 소리 안 된 소리 지껄인 후에

카운터에 가 접대한 분들 커피 값을 계산하니

일금 900원이라

수중에 단돈 100원밖에 없는

이북내기는 참으로 큰일이었다

아리땁게 생긴 마담이

향수냄새를 확 풍기며

다방이 처음이신 모양이지요 하고

비웃는 눈치로 살짝 웃었다

창졸지간에 무슨 궁린들 나겠나

겨드랑에 끼고 갔던

책을 꺼내놓으며

이걸 맡기고 내일 돈 갖고 와

찾아가겠노라는 궁색한 사정을 하고

겨우 다방 문을 나섰다

현기증이 났다

그 책은

보들레르의 호화 양장 『악의 꽃』 시집이었다

내무부 들어가는 골목 '문예빌딩'에서

(박종화 김영랑 모윤숙 유치환

이분들이 하는 시낭송회를 보러 갔다

처음 보기는 했으나

생각하면 태반의 글쟁이들이 월북하고

남은 문인이 얼마 안 되는구나

하니 절로 쓸쓸해졌다

어두워지는 거리를 발을 옮기며

하나 나는 이제 여기서 살아야 한다

라고 멋없는 한마디 중얼거려 보았다)

이 '남조선' 첫 체험담을

김기림 선생한테 얘기하니

김군 친구를 아무나 사귀면 안돼요

차차 내가 좋은 친구를 소개할 테니

너무 서둘지 마시오

라고 훈계하였다

— 김규동, 「플라워다방―보들레르, 나를 건져주다」 전문

이 시에는 김규동 시인이 혼자 남하南下한 후에 남쪽 땅에서 어떻게든 자리
잡아보려고 노력하는 장면이 진솔하게 드러나 있다. 아무도 반가워하지 않는
낯선 땅에서 문학에 대한 열정 하나에 의지하여 그 당시의 내로라하는 문인들
이 자주 드나들었다는 '플라워다방'을 찾아간 김규동 시인의 어설퍼 하는 모습
은 "촌놈이 / 다방이 무엇인지 알기나 했으랴"라는 부분에 집약되어 있다. 사실
이 시에 등장하는 문인들의 이름 하나하나는 한국문학사에 커다란 업적을 남

겼을 뿐만 아니라 그 당시에 이미 문단에서 확고부동하게 자리매김하고 있던 분들이었기 때문이다. 김규동의 이 시를 읽으면서 그러한 문인들에게 '나'를 알리기 위해 열심히 이 탁자 저 탁자로 돌아다니며 인사하고 다녔을 시인의 젊은 시절의 모습을 어렴풋이나마 떠올려 보기도 했다.

더구나 "카운터에 가 접대한 분들 커피값을 계산하니 / 일금 900원이라 / 수중에 단돈 100원밖에 없는 / 이북내기는 참으로 큰일이었다"라는 구절을 읽고 있노라면, 김규동 시인이 얼마나 당황해했을까 하는 생각이 들기도 한다. 김규동 시인이 역력하게 당황해하는 모습을 지켜본 다방 마담이 "향수냄새를 확 풍기며 / 다방이 처음이신 모양이지요 하고 / 비웃는 눈치로 살짝 웃었다"라는 구절에 이르면, 필자는 일종의 모욕감까지도 느껴지고는 한다. 그냥 '얼마'라고 하면 그만이지 "다방이 처음이신 모양이지요"라고 비웃듯이 말할 필요까지는 없을 것이기 때문이다. 사실 모든 경험은 '처음'에서부터 시작되는 것이니. 기껏 '다방 마담'이나 하는 주제에…… 하기야 다방 마담이라 하더라도, 내로라하는 문인들이 드나드는 '플라워다방'의 '마담'은 여타 다른 다방의 '마담'과는 그 나름대로의 격이 다를 수도 있을 것이다. 그럼에도, 왜 그런 얄미운 질문 아닌 질문을 했을까? 하고 필자는 생각해보고는 한다. 그래도 김규동 시인은 물론 무안하고 황당했겠지만, 용케도 "보들레르의 호화 양장 『악의 꽃』 시집"을 저당 잡히고 그 위기를 모면하게 된다. 이 부분을 읽으면서 김규동 시인이 바로 그 보들레르[1821~1867]의 시집을 찾으러 다시 그 다방에 갔을 것이라고 생각하는 까닭은, 문학에 대한 시인의 열정이 그만큼 강렬했을 것이라고 생각하기 때문이다.

그리고 '시낭송회'에 가셨다가 김규동 시인이 독백처럼 말하는 "처음 보기는 했으나 / 생각하면 태반의 글쟁이들이 월북하고 / 남은 문인이 얼마 안 되는구나 / 하니 절로 쓸쓸해졌다"라는 구절에는 많은 점이 암시되어 있다. 사실 그 많은 문인들이 자진해서 월북했거나 본의 아니게 납북되었거나 하지 않았다면,

그 당시나 지금의 문단현실은 아마도 많이 달라질 수도 있었을 것이다. 그런 상황을 직감했던 김규동 시인은 "하나 나는 이제 여기서 살아야 한다"라고 단호한 결심을 하게 된다.

그리고 "김기림 선생한테 얘기하니 / 김군 친구를 아무나 사귀면 안돼요 / 차차 내가 좋은 친구를 소개할 테니 / 너무 서둘지 마시오 / 라고 훈계하였다"라는 부분에는 김규동이 김기림1908~? 시인과 맺은 사제師弟의 정이 암시되어 있다. 이러한 훈계는 사실 그 당시에 남한南韓 그 어느 곳에도 의지할 곳 없었던 김규동 시인에게 많은 힘이 되었을 것이다.

2. 성찬경의 시 「나의 그림자」의 세계
— 실존의 반려로서의 그림자의 의미와 역할

성찬경 시인이 「나의 그림자」를 『문학과창작』2008 봄에 발표했을 때에 필자는 이 시를 따로 정리해 두었다. 필자가 그의 시를 별도로 정리하고 있는 까닭은 아주 오래전에 그가 발표한 "때 묻은 마음과 몸을 끌고 / 또 갈까나, 성북동 깊숙한 곳. / 은총이 쪼이는 곳. / 이승의 양지"로 시작되는 「성북동의 한국순교복자수도원」처럼, 가톨릭에 대한 깊은 신앙의 시세계를 형성하고 있는 몇몇 시인들의 시에 대한 저의 감상문을 모아 가까운 날에 한 권의 책으로 엮어보려는 아주 소박한 생각을 하고 있기 때문이다.

때묻은 마음과 몸을 끌고
또 갈까나, 성북동 깊숙한 곳.
은총이 쪼이는 곳.
이승의 양지.

초롱불처럼 열린 감나무 둘러보며

굽은 길 잠깐 돌아 복자교(福者橋) 건너는 날,

맑고 시원한 한국의 가을이다.

이곳에 오면 눈의 안개가 좀 걷히고

사물이 있는 그래도 보이는 것 같다.

방 원장 신부님 계시는 방, 암자라기엔 차라리

그냥 아담한 방이지만,

성녀상, 해묵은 책,

새[鳥] 집, 담배 도구,

모두가 행복하게 재미있구나.

백발의 큰 두골, 둥근 얼굴, 둥근 몸매.

무한량 둥근 그분의 마음이

'만나'처럼 스며 시원하고 훈훈하다.

넓은 창에 햇살도 바람도 잘 들지만

아무래도 그뿐이랴.

그분의 훈훈함이

소리 없이 퍼짐이리.

평생 두고 오르고 또 오른

그분의 덕의 봉우리를

헤아릴 수는 없지, 하고 부질없는 생각을 하며

부드러운 음성에 귀 기울인다.

대여섯쯤 모인 둘레의 사람 중엔

벌써 단잠에 빠진 이도 있다.
절로 그렇게 잠이 온다는 듯이.

무거운 말씀도 가볍게 날아오고
가벼운 웃음에도 땅덩이 같은 무게.
드시는 논리와 비유도 가지가지,
이를테면 무의 한 점에서 비롯되어
선으로 뻗고, 면으로 퍼지고,
삼차원의 집이 서고, 시간이 흘러
초차원으로 넘어가는 행복의 구조.

그 곳에 숨이 통하고 피가 흐른다.
인류의 숙명에서 제일 좋은 말,
'자유'란 말의 뜻이 날개를 펴고,
또 귀한 '양심'이란 말에 불이 켜지고,
금강석처럼 결정(結晶)되는 또 좋은 말 '의지'.
그분의 입술에선 아득한 이 말들이
참으로 알차게 보람 있구나.

"불은 바로 사랑의 표상이 아니더냐.
아래로 아래로 흐르는 물은
바로 겸양의 표상이 아니더냐".
그리곤 마침내 지극히 경건하게
신비의 심장을 열으시었다.
"이 두 가지가 하나의 피와 살로 합치는

극치가 바로 면형(麵形)이 아니더냐".

덕을 쪼이는
시간은 빨리 간다.
이미 어둑어둑한 방에
만종이 은은히 울려온다.
그 여운 속에 나직이 나직이
"참으로 복되도다 성인(聖人)의 죽음이여".
하시는 말씀이 흐르고 있었다.

— 성찬경, 「성북동의 한국순교복자수도원」 전문

위에 인용된 시의 내용은 성찬경 시인이 '성북동의 한국순교복자수도원'을 방문하여 그곳에서 생활하고 있는 무아無我 방유룡 안드레아 신부로부터 강론을 듣고 거기에서 받은 감동을 한 편의 시로 형상화한 것이라고 볼 수 있다. 시적 자아로서의 성찬경 시인이 이러한 감동의 순간을 전해준 방유룡 안드레아 신부라고 하면, 대부분의 경우 그가 강조했던 '완덕오계完德五戒'를 떠올리게 된다. 그것은 제1계 '분심잡념을 물리치라', 제2계 '사욕을 억제하라', 제3계 '용모에 명랑과 평화와 미소를 띠우고 언사에 불만과 감정을 발하지 말고 태도에 단정하고 예모답고 자연스럽게 하라', 제4계 '양심의 불을 밝혀라' 및 제5계 '자유를 하느님께 바치고 그 성의를 따르라' 등을 의미한다.

이상과 같은 방유룡 신부의 '완덕오계'를 생각하면서 성찬경 시인의 시 「나의 그림자」를 살펴보고자 한다.

내가 절대고독에 빠질 때도
나를 버리지 않는다.

나의 형상과 혼백이 지상에서 사라질 때

나의 그림자도 같이 사라질 것이다.

불가해한 압축이다. 유현한 단화다.

흑백 평면이지만 내가 타고 온 시간의

칠색 궤적이 다 인쇄돼 있다.

고백할 수 없는 죄의 흉터도 빠짐없이 새겨져 있다.

윤곽은 샤아프하지 않다.

그러나 소묘가 이보다 정확무비할 수 없다.

나의 천근의 한숨을 걸레처럼 쓰윽 빨아들인다.

이제 나는 그림자를 팔고 슬퍼하는

샤아밋소의 사나이의 심정을 안다.

내 실존의 유일한 반려를 말없이 드려다 본다.

— 성찬경, 「나의 그림자」 전문

성찬경 시인의 시 「나의 그림자」를 읽으면서 필자는 또 『논 위를 달리는 두 대의 그림자 버스』2005를 다시 읽게 되었고, 2008년 3월 23일 SBS의 《세상에 이런 일이》라는 텔레비전 프로그램에 방영되었던 성찬경 시인의 집 앞마당에 '고물'로 가득한 '응암동 물질고아원', 물질학대를 비판하기 위해서 시인 자신이 설립한 바로 그 '고아원'을 떠올리게 되었다. 사실 그것들은 '고물'이라기보다는 '새것'일 때에는 애지중지하던 물건들이 바로 그 '새것'의 역할을 잃고 '헌것'으로 전락하여 '새것'의 '그림자'가 되었을 때에는 '고아'처럼 버려진 것들이다.

전부 4개의 연, 16개의 행(실제로는 10개의 문장)으로 형성되어 있는 성찬경의 시 「나의 그림자」는 소네트 형식을 취하고 있다. 오랫동안 대학에서 영문학을 강의한 시인 자신이 더 잘 알고 있는 바와 같이, 서구 서정시의 전형으로 자리 잡은 소네트는 페트라르카[1304~1374], 셰익스피어[1564~1616], 워즈워스[1770~1850], 키츠[1795~1821] 등의 시에서처럼 '사랑'을 주제로 하기도 하고, 종교적이고 형이상학적인 주제를 다루었던 존 던[1572~1631]의 시, 정치적이고 종교적인 주제는 물론 "나의 빛이 어떻게 소멸되는지를 생각할 때에"라는 구절에 암시되어 있는 바와 같이 자신의 실명失明을 성찰했던 밀턴[1608~1674]의 시 등에서처럼 시간과 공간, 인간과 세계, 탄생과 죽음, 순간과 영원 등을 주제로 하여 그 영역이 확대되기도 했다. 이와 같은 소네트의 핵심은 앞부분의 두 개의 4행연四行聯의 내용을 요약·정리하여 호소력 있고 설득력 있게 하나의 경구警句로 집약하게 되는 후반부의 마지막 3행연구三行聯句에 있다고 생각한다. 20세기에 있어서 가장 많이 알려진 소네트 형식은 릴케[1875~1926]의 『오르페우스에게 바치는 소네트』[1922]와 『두이노의 비가悲歌』[1922]에서 절정을 이루게 된다. 전자는 릴케가 자신의 딸 루스[1901~1972]의 친구였던 베라 욱카마 크누프[1900~1919]를 추모하면서 쓴 것으로 전반부에 26편, 후반부에 29편 등 전부 55편의 소네트가 수록되어 있으며, 열 개의 '비가'로 구성되어 있는 후자는 릴케가 1912년 두이노 성城으로 '마리 테레제 폰 투른 운트 탁시스 호엔로에'[1855~1934] 후작부인을 방문했을 때, 그곳의 절벽 가까이에서 자신을 부르는 어떤 목소리를 듣게 되었고 거기서 받은 영감靈感을 시로 쓰기 시작하여 10년 후인 1922년에 완성한 것이다.

이상과 같은 『두이노의 비가』의 첫 번째 소네트의 첫 행에 나타나 있는 "내가 지상에서 소리친다 하더라도, 천사의 계열 중에서 어느 누가 내게 귀를 기울일 것인가?"에서 릴케가 그토록 절규하던 고독과 소외, 절망과 체념의 세계는 성찬경의 시 「나의 그림자」의 첫 행 "절대고독"에 집약되어 있다. 인간이 존재할 수 있는 변용의 방법으로 릴케가 선택한 보이지 않는 '천사'— 회화에서의 사실주의를 제창했던 구스타프 쿠르베[1819~1877]는 "천사는 그리지 않겠다, 눈에 보이지 않기 때문에"라고 선언했지만— 가 성찬경의 시에서는 "그림자"로 나타나 있다. 모든 사물에 있게 마련인 "그림자"— 그것은 '존재'를 존재답게 만드는 또 하나의 '존재', 하이데거[1889~1976]가 그렇게도 애써 완벽하게 정의하려고 노력했던 '존재Being'를 위한 '존재being'에 해당하지만. 그 역시 '존재Being'는 언제나 '존재'일 뿐이지 '존재being'에 의해 정의될 수 없다는 결론에 도달하게 된다. '존재being'를 '존재자'라고 하여 '존재Being'와 구별하기도 하지만, 그렇게 하면 데리다[1930~2004]의 '해체주의 이론'과 레비스트로스[1908~1991]의 '떠도는 시니피앙'의 이론이 무의미하다고 생각하는 칠자는 그냥 '존재Being'와 '존재being'로 표기하고는 한다. 이렇게 볼 때에 성찬경의 시 제1연에서는 '존재Being'로서의 '나'를 형성하고 있는 지상에서의 '형상'과 '혼백'이 사라질 때, '존재being'로서의 나의 "그림자"도 사라지게 되어 있다는 점을 강조하고 있다. 빛이 있어야 그림자가 있듯이, 실존으로서의 '존재Being'가 있어야 '존재being'로서의 그림자도 있기 때문이다.

제2연에는 '나'의 분신으로서의 "그림자"의 여러 가지 특징이 나타나 있다. 네 개의 문장으로 이루어진 이 부분에는 '존재Being'로서의 '나'의 분신에 해당하는 '존재being'로서의 "그림자"가 "압축", "단화", "흑색 평면", "흉터의 새김" 등으로 나타나 있으며, 그것을 가능하게 하는 것은 "내가 타고 온 시간의 / 칠색 궤적"과 "죄의 흉터"이다. 이때의 "시간"은 시인 자신이 살아온 지난날에 관계되고 "죄의 흉터"는 이 말을 수식하고 있는 "고백할 수 없는"으로 인해 그 의미가 심화되어 있다. 누구에게나 분명하고 확실하게, 당당하고 떳떳하게 말할 수 없는 '죄'가 있게 마련이다. 의식적이든 무의식적이든, 의도적이든 그렇지 않든, 자신에게든 타인에게든, 세상을 살아오면서 알게 모르게 범한 죄가 있게 마련이고 그 반대로 시인 자신도 타인으로부터 받은 '마음의 상처' 또한 있게 마련이지만, "그림자"라는 시어詩語는 "고백할 수 없는 죄의 흉터도 빠짐없이 새겨져 있다"라는 구절로 인해 필자는 많은 것을 생각하게 되었다. 말하자면, 가톨릭 성직자였던 루터^{1483~1526}가 종교개혁을 했을 당시 그의 친구들이 루터에게 신자들이 고해성사에서 "고백한 내용이 무엇이었느냐?"고 물었을 때, 루터는 "그것은 내가 사제^{司祭}였던 시절의 일이라 절대로 말할 수 없다"라면서 그 내용을 공개하지 않았던 바로 그런 느낌을 "고백할 수 없는 죄의 흉터"에서 받았기 때문이다.

이상에서 설명한 바와 같이 「나의 그림자」의 첫 연에는 과거에서 현재까지 '나'와 "그림자"의 긴밀한 관계와 앞으로 소원^{疏遠}해질 수밖에 없는 관계가 강조되어 있으며, 제2연에는 "그림자" 그 자체의 특징들이 반영되어 있을 뿐만 아니라 "흑색 평면"과 "칠색 궤적"에 의해 '존재^{being}'로서의 "그림자"의 특징과 '존재^{Being}'로서의 '나'의 특징이 첨예하게 대립되어 있다.

소네트 형식에서 그 내용을 요약·정리하는 마지막 3행연구^{三行聯句}를 이끌기 위한 장치가 바로 세 번째 연이며, 성찬경의 시 「나의 그림자」에서도 그러한 점을 확인할 수 있다. 제3연의 첫 행 "윤곽은 샤아프하지 않다"에서 "샤아프"는 바로 그 '샤아'라는 발음에 의해 마지막 연의 두 번째 행 "샤아밋"를 암시하게 되고, "나의 천근의 한숨을 걸레처럼 쓰윽 빨아들인다"라는 구절에서 '빨아들인다'라는 행위는 마지막 연의 끝 행 "실존의 유일한 반려"를 이끌게 된다. 사실 그림자의 모습은 그 윤곽이 뚜렷하다기보다는 불분명하고 강직하다기보다는 유연하기 마련이다. 그것은 또 실존으로서의 '나'의 뒤를 따라오기도 하고 앞서 가기도 하고, 석양에는 길게 늘어지기도 하고 정오에는 짧게 뭉뚱그려지기도 하지요. 이러한 의미를 지닌 제3연을 읽으면서 필자는 얼마 전에 읽은 니체^{1844~1900}의 자서전 『에케 호모』—니체의 이 자서전은 1888년에 집필되었지만 1908년에 출판되었으며, '에케 호모'는 빌라도가 예수 그리스도를 유태인들 앞에 세워놓고 말했던 "이 사람을 보라"라는 뜻의 라틴어에 해당한다— 의 다음 구절을 떠올리게 되었다. 이 구절은 눈에 잘 띄지도 않을 뿐만 아니라 별도의 페이지에 반 페이지 가량의 한 단락으로 구성되어 있으며, 제목도 없고 항목을 나타내는 번호도 없지만, 니체의 삶의 특징이 압축되어 있다고 생각한다.

이처럼 완벽한 날에, 모든 것이 익어가고 포도조차도 갈색으로 무르익어가는 때에, 태양의 눈빛이 바로 나의 삶 위로 쏟아져 내렸다. 나는 뒤돌아보았다. 나는 앞을 보았다. 그리고 그렇게도 많고 그렇게도 훌륭한 사물들을 동시에 본적이 결코 없었다. 내가 나의 44년을 오늘 묻어버렸다는 것은 아무것도 아니었다. 나에게는 그것을 묻어버릴 권리가 있었다. 묻어버린 삶에서 구원받은 것이 무엇이든, 그것은 불멸적인 것이다. 『모든 가치의 재평가』의 제1권, 차라투스트라의 노래, 『우상의 황혼』, 올 해의 모든 선물, 정말로 1년 중 마지막 4개월 동안의 모든 선물을 해머(망치)로 철학화 하려는 나의 시도. 나의 전 생애에 대해서 내가 어떻게 감사하지 않을 수 있겠는가? 그래서 나는 나의 삶을 나 자신에게 말하고자 한다.

완벽한 날, 태양마저도 절정에 달해 있는 날, 모든 것이 무르익어 포도까지도 갈색으로 변하는 날, 그러한 날에 태양의 눈빛은 니체의 삶 위로 쏟아져 내리지만, 정점에 있는 태양으로 인해서 '존재Being'로서의 니체와 '존재being'로서의 그의 그림자는 하나로 통합되고 만다. 이와 같이 '나'와 '그림자'가 하나로 통합될 수 있는 가능성을 성찬경의 시 제3연의 "나의 천근의 한숨을 걸레처럼 쓰윽 빨아들인다"라는 구절에서 찾아볼 수 있다. '나의 한숨'을 빨아들이는 그림자의 행위에 의해서 존재Being로서의 '나'는 '존재being'로서의 "그림자"로 흡수될 수 있고, 그러한 "그림자" 역시 '나'로 흡수될 수 있기 때문이다. 따라서 '나'와 "그림자"의 관계는 상호-보완적이고 상호-통합적이라고 볼 수 있다.

마지막 연의 핵심은 제3연의 "샤아프"의 '샤아'에 의해 암시된 바 있는 "샤아밋소"에 있다. 제 "그림자를 팔고 슬퍼하는 / (…중략…) 사나이"에서의 "샤아밋소"는 독일의 시인이자 식물학자였던 아델베르트 폰 샤미소1781~1838이며, 그는 프랑스에서 독일로 망명한 프랑스의 귀족출신이다. 1812년 스위스의 코페에서 독일의 베를린으로 돌아온 그는 1913년 여름 자신의 가장 유명한 소설 『페터 슐레밀의 신기한 이야기』를 발표했다. 바로 이 소설의 주인공 '슐레밀'은 많은 돈을 받고(사실은 아무리 많은 돈을 넣어도 채워지지 않는 밑바닥이 없는 지갑을 받고) 악마에게 자신의 그림자를 팔아버리지만, 그림자가 없는 자신을 사람들이 피한다는 사실을 알게 되었을 뿐만 아니라 자신이 그토록 사랑하던 여인까지도 자신을 거절하게 되자 세상을 떠돌며 과학연구에 몰두하면서 여생을 보낸 허구적인 인물이다. 샤미소의 이 소설은 윌리엄 호위트[1792~1879]가 영어로 번역한 것을 비롯하여 대부분의 유럽어로 번역되었으며, 독일의 작가이자 관료이며 샤미소의 친구였던 율리우스 E. 히치그[1780~1849]가 샤미소의 생각을 부분적으로 변용시켜 어린이를 위한 동화로 개작하기도 했다. 또한 일반적으로 '슐레밀'이라고 했을 때, 그것은 아무런 희망이 없는 무능한 사람, 재주는 없이 실수만 일삼는 사람 등을 뜻하기도 하고, 집요하게 또는 어리석게 물건의 값을 깎는 사람을 뜻하기도 한다.

성찬경의 시 「나의 그림자」의 마지막 행에는 이와 같이 다양한 의미를 지니고 있는 "그림자"—"내 실존의 유일한 반려"인 바로 그 "그림자"를 말없이 들여다보고 계신 시인 자신의 모습이 나타나 있다. 아울러 '드려다 본다'는 행위로 볼 때에 시인의 등 뒤에는 그의 모습을 비춰주는 빛이 있을 것 같다. 그 '빛'은 우선적으로 태양이나 달이나 전등처럼 빛을 발산하는 구체적인 발광체에 관계되기도 하고 시인 자신이 살아온 '지난날'에 관계되기도 하지만, 전자보다는 후자에 더 많이 관계되는 것 같다. 존재[being]로서의 "그림자"가 있기에 존재[Being]로서의 실존, 곧 '나'도 있을 수 있는 까닭에 "그림자를 팔고 슬퍼하는 / (…중략…) 사나이의 심정"을 성찬경 시인의 시를 읽으면서 필자 또한 많은 것을 깨닫게 되었고, 지금까지 한 번도 생각한 적이 없는 나의 그림자를 "내 실존의 유일한 반려"로 소중하게 여기기로 했다.

"사람에게 인권人權이 있듯이 물질에도 물권物權이라는 것이 있습니다. 그런데 요즘 사람들은 물질을 학대하고 낭비합니다. 예를 들어 멀쩡한 자동차를 버려 고철을 만들고, 아까운 나무를 잘라다 읽지도 않을 광고 전단지로 만드는 데 쓴다. '물질고아원'은 이 시대의 물질 학대에 대한 비판이자 저항의 뜻입니다"라고『경향신문』의 기자에게 강조했던 바로 그 '응암동 물질고아원'의 '고아들'은 어디로 입양되었을까? '새것'이 '헌것'으로 전락하여 바로 그 '새것'의 '그림자'가 되었지만, 성찬경 시인의 남다른 애정에 힘입어 그러한 '헌 것'은 '새것' 못지않은 '생명'을 부여받아 시인의 집 앞마당을 지키고 있던 그 '고아들'도 재개발로 인해 어디론가 떠나야 할 것 같다는 생각이 들었다.

3. 유경환의 시「금빛 억새」의 세계
─ 소멸하고 남은 것의 아름다운 몸짓

유경환 시인의 시세계를 생각하노라면 필자는 언제나 그의 시집『산노을』 1972의 표제시에 해당하는「산노을」이 먼저 떠오르고는 한다.

먼 산을 호젓이 바라보면 누군가 부르네

산너머 노을에 젖는

내 눈썹에 잊었던 목소린가

산울림이 외로이 산 넘고

행여나 또 들릴 듯한 마음

아아, 산울림이 내 마음 울리네

다가오던 봉우리 물러서고

산 그림자 슬며시 지나가네

나무에 가만히 기대보면 누군가 숨었네

언젠가 꿈속에 와서

내 마음에 던져진 그림잔가

돌아서며 수줍게 눈감고

안개 속 숨어버린 모습

아아, 산울림이 그 모습 덮었네

다가서던 그리움 바람되어

긴 가지만 어둠에 흔들리네

— 유경환, 「산노을」 전문

　유경환 시인은 우리들에게는 막연한 그리움이 있다는 점, 말하자면 우리 주변의 흙과 풀 한포기, 나무 한 그루에도 조상의 넋이 스며있고, 그 넋에는 그리움이 깃들어 있다는 점, 그래서 「산노을」에는 산봉우리 사이에 걸린 노을에서 느낀 넋에 대한 어떤 막연한 그리움이 반영되어 있다는 점 등을 말한 적이 있다. "노래는 시혼詩魂에 날개를 붙인 것이고 시는 날개를 얻어야 날아다닙니다. 그런데 그 시혼이 듣는 이나 부르는 이의 잠재적 정서에 공감돼야 널리 불리는가 봅니다. 「산노을」은 잠재적 정서, 누구에게나 있는 공통적인 막연한 그리움을 담고 있어서 공감을 주는 것이라고 생각합니다"라는 시인 자신의 언급처럼, 그의 시 「산노을」은 작곡가 박판길이 작곡하여 세상에 더욱 많이 알려지게 되었다. 「산노을」이 가곡으로 작곡된 과정에 대해서 유경환 시인은 다음과 같이 설명하였다. "15년 전쯤(1987년 현재 — 필자 주) 어느 날 박 선생님께서 만나자는 전화가 왔습니다. 깜짝 놀랐지요. 선생님으로부터 배운지 2년 만에 제가 (경복고등학교를 — 필자 주) 졸업했고 그 분도 곧 다른 곳으로 가셔서 죽 소식이 끊겼었거든요. 회사 근처 다방에서 만났는데 가곡을 지을 시를 하나 부탁하시는 거예요. 그동안 미국유학을 갔다 오셨다는 얘기도 하시고 이제부터는 서정가곡에 우리혼을 넣겠다고 하셨습니다. 저는 마침 출판했던 시집 『산노을』의 표제시인 「산노을」을 드렸죠. 읽어보시고 아주 좋아하셨습니다. 선생님은 우리 감정에 딱 맞는다고 말했습니다. 그 후에 리듬에 맞추기 위해서 몇 개의 자구^{字句}를 수정하느라고 여러 번 같은 다방에서 만났습니다. 얼마 지나 작곡 후에 어떤 가락인가 듣고 싶어 했더니 그 시끄러운 다방에서 선생님은 그 노래를 불렀습니다. 저는 물론 그 노래의 가락에 반해버렸습니다." 이렇게 해서 가곡으로 작곡된 유경환의 시 「산노을」은 "시의 외로움과 우수적인 선율이 잘 어울린다"라는 평을 듣게 되었고 안형일, 김호성, 김성길, 김대근, 엄정행 등이 불렀을 뿐만 아니라, 특히 신영조가 부산에서 발표회를 가졌을 때 이 곡을 불러 부산 지역에 더 많이 알려지게 되었다. 이러한 점은 신영조의 발표회 이후에 '부산방송국'에서 한 달간 이 곡을 방송했다는 점에서도 찾아볼 수 있다. 또한 1970년대 중반 김금환이 독일에서 발표회를 가졌을 때에 이 곡을 불러 독일에도 알려지게 되었다.

이상과 같은 유경환의 시세계를 생각하면서, 지난 계절에 발표한 아름다운 시편들을 읽어 보는 기회를 갖게 되었다. 『문학과창작』^{2006.봄}에 발표하신 「바다, 양파」와 「금빛 억새」, 『시와시학』^{2006.봄}에 발표하신 「유화 '실직'」과 「산 눈」, 그리고 『현대문학』^{2006.5}에 발표하신 「오솔길의 끝」 등을 읽어 보게 되었다. 이들 다섯 편의 시 모두에는 유경환 시인만이 할 수 있는 맑은 언어의 씨줄과 날줄로 엮어낸 결 고운 비단의 감촉이 담겨 있기도 하고, 천진난만한 어린 아이가 세상을 바라보는 경이로운 눈빛이 스미어 있기도 하다. 이처럼 유경환의 시세계에는 여리고 투명한 이미지들이 가득 차 있다는 생각을 하면서 『문학과창작』에 발표하신 그의 시 「금빛 억새」를 읽어 보고자 한다.

그 남루의 줄기 틈새로
금빛 햇살 일렁이는
누군가
솜털 잃은 억새에게

마루비나 만들어 쓸까 말하는 듯

날아간 솜털은

어디쯤에서

새 터 잡았을 것인가

그것만이 몹시 궁금한 채

살 없는 손가락만큼

대견스럽게 겨울 이겨낸

아아

이겨낸 맨손으로

하늘 쓸고 싶은

차라리 그 위에 슬며시 눕고 싶은.

— 유경환, 「금빛 억새」 전문

　대부분의 경우 '억새'라고 하면 늦가을에 은빛으로 나부끼는 모습을 떠올리게 되고, 바로 그 은빛으로 뒤덮여 있는 억새군락으로 널리 알려진 정선의 민둥산, 포천의 명성산, 장흥의 천관산, 창녕의 화왕산, 달성의 비슬산, 홍성의 오서산, 양산의 영취산, 울주의 신불산, 장수의 장안산, 밀양의 재약산, 그리고 제주도 한라산 중턱의 '억새오름길' 등을 불원천리 찾아가 탄성을 지르면서 감탄하게 마련이지만, 유경환 시인은 수많은 사람들의 탄성과 감탄을 자아내던 바로 그 '은빛 억새'가 모두 시들어버린 시간에 아마도 혼자 산행山行을 나서 억새밭과 마주친 듯하다. 그리고 앙상하게 남은 뼈대만으로 춥고 음습한 겨울, 아무도 찾는 이 없는 '겨울'을 버티어 낸 억새를 발견했을 것이다. 이렇게 말할 수 있는 까닭은 선생님의 시에서 "솜털 잃은 억새"와 "살 없는 손가락"에서 억새의 '참모습'을 발견할 수 있고, "대견스럽게 겨울 이겨낸"에서 '겨울'이라는 계절을 파악할 수 있기 때문이다. 이처럼 시인은 햇볕이 환하게 내려 쪼이기는 하지만 아직은 찬 기운이 남아 있는 늦겨울 혹은 이른 봄에 산행을 나섰다가 뼈대만 남은 앙상한 모습으로 햇살에 반사되면서 바람에 나부끼는 억새군락을 발견하고는 거기에서 아름다운 시상詩想, 사실은 '쓸쓸한 시상'을 떠올렸을 것이다. 이와 같은 생각을 하면서 선생님의 시를 읽어 보고자 한다.

늦가을의 '억새'를 '은빛 억새'라고 수식하는 데에 익숙한 사람들에게 있어서 그의 시의 제목 「금빛 억새」에서 '금빛'은 새롭고 신선하게 느껴지는 수식어이자 그만이 그렇게 할 수 있다는 생각을 하게 되었다. '금빛'이 '은빛'보다 더 값지고 더 소중하고 더 찬란하다는 느낌을 받게 되지만, 바로 뒤이어지는 구절에 해당하는 "그 남루의 줄기 틈새로 / 금빛 햇살 일렁이는"에 이르면 그러한 수식어의 이면에 숨겨진 소멸하고 남은 것의 아름다운 몸짓, "그 남루의 줄기"가 드러내고 있는 처절하고 외롭고 쓸쓸한 몸짓으로 인해 많은 것들을 생각하게 된다. 늦가을의 산행에서 수많은 사람들의 탄성과 환호를 자아내던 억새, '은빛 억새'를 치장하고 있던 "솜털"을 잃은 억새는 유경환의 시에서 앙상한 줄기만으로 햇살을 받아 "금빛"으로 찬란하게 반짝거리고 있기는 하지만, 그것도 잠시뿐일 것이다. "누군가 / 솜털 잃은 억새에게 / 마루비나 만들어 쓸까 말하는 듯"에 반영되어 있는 바와 같이 사람들은 그것을 남김없이 베어다가 "마루비"를 만들어 지저분하고 더러운 것을 청소하는 데 사용할 것이고, 그것이 '몽당 빗자루'가 되면 그 어떤 아쉬움이나 죄책감도 없이 불길에 내던져 태워버리든가 쓰레기로 내다 버릴 것이다. 모든 사람들의 환호와 탄성의 대상이던 '억새'가 어느 누구도 아까워하지 않는 볼품없는 존재로 전락해버리게 되는 이러한 과정은 우리네 사람들의 인생과 흡사하다는 생각을 하게 된다.

'볏과'의 다년생 풀로 우리나라 어디에서나 자생하면서 1~2m 크기로 자라는 억새는 9월경에 자줏빛을 띤 황갈색 꽃을 피우게 되고, 그 꽃이 시들어 '솜털'로 남겨진 것이 바로 가을날의 풍경을 치장하는 '은빛 억새'이다. 사람들은 여기까지만 생각하지 그 이후의 억새에 대해서는 까마득하게 잊고 지내게 마련이지만, 그 이후의 억새의 운명을, 억새의 새로운 삶을, 억새의 새로운 '터 잡기'를 염려하고 계신 시인 자신의 애정 어린 눈빛이 고스란히 형상화되어 있는 다음 부분을 필자는 아름답고 의미 있게 읽었다. "날아간 솜털은 / 어디쯤에서 / 새 터 잡았을 것인가." 눈에 보이는 것도 금방 잊어버리게 마련인 이 세상을 숨 가쁘게 살아가는 사람들에게 하나의 '경종警鐘'을 울리고 있는 이 부분에 이르면, '금빛 억새'에 대한 시인의 사유세계는 외적 풍경으로서의 '억새의 세계'에서 내적 풍경으로서의 시인 자신의 '내면세계'로 전환되고 있다. 그러한 내면세계가 요즈음의 시인의 '속마음'을 훔쳐보는 것 같아 이 부분을 읽고 있으면 쓸쓸해지기도 하고 착잡해지기도 한다. 외적 풍경에서 내적 풍경으로의 전환은 "그것만이 몹시 궁금한 채"에 있다고 볼 수 있으며, 이 부분에서 '그것'은 "날아간 솜털"이 어디쯤에서 새로운 자리를 잡아 새싹을 틔울 수 있을지의 여부를 염려하고 계신 유경환 시인의 남다른 시적 상상력에 관계되고, 아직 완료되지 않은 상태를 의미하는 '채'는 이 시에서 두 번 반복되면서 후반부를 이끌고 있는 바로 그 "싶은"에 관계된다.

후반부에서 "살 없는 손가락"은 물론 전반부의 "솜털 잃은 억새"가 유경환 시인의 내면세계로 전환되는 계기를 마련하게 되고, 그것은 다시 "대견스럽게 겨울 이겨낸 / 아아 / 이겨낸"으로 전환되어 있다. 이와 같은 전환을 거치면서 뼈대만 남은 앙상한 줄기로 햇빛에 반짝거리고 있는 억새, "대견스럽게 겨울 이겨낸" 바로 그 '금빛 억새'의 모습은 시인 자신이 살아온 지난날을 암시하는 "살 없는 손가락"과 "아아 / 이겨낸 맨손"으로 비유되어 있으며, 그것은 일제강점기와 한국전쟁을 겪으면서 시인의 세대가 힘들게 살아왔던 과정을 대변하고 있다. 그것을 말하고 있는 부분이 바로 그 모진세월을 '이겨낸 맨손'이다. 이렇게 볼 때에 '아아'라는 구절은 그러한 세월을 절규하고 있는 시인의 음성이 되어 이 시의 경계를 뛰어넘어 세상 곳곳을 향해 울려 퍼지고 있다는 생각을 하면서, 그의 시의 마지막 부분을 인용하면 다음과 같다. "살 없는 손가락만큼 / 대견스럽게 겨울 이겨낸 / 아아 / 이겨낸 맨손으로 / 하늘 쓸고 싶은 / 차라리 그 위에 슬며시 눕고 싶은." 유경환 시인의 시에 나타나 있는 계절은 아직은 쌀쌀한 기운이 옷깃에 스며드는 늦은 겨울에서 이른 봄으로 넘어가는 환절기이기는 하지만, 그러한 계절일수록 하늘은 더없이 청명하고 맑게 마련이다. 바로 그 "하늘을 쓸고 싶은" 시인의 "맨손"은 전반부에서 제시되었던 억새로 만든 "마루비"에 우선적으로 관계되고, 그것은 다시 이 시의 첫 부분에서 '금빛 억새'와 마주친 시인의 남다른 감회를 집약하고 있는 "차라리 그 위에 슬며시 눕고 싶은" 시인의 마음에 관계된다고 볼 수 있다.

유경환 시인의 아름다운 이 시를 읽으면서 필자는 많은 것을 생각하게 되었고 또 많은 것을 깨닫게 되었다. 다시 말씀하면, '은빛 억새'처럼 모든 사람들이 환호하고 감탄하고 난 뒤에 쓸쓸하게 혼자 남아 '소멸하고 있는 것의 아름다움'. 시인 자신이 발견해 내신 '금빛 억새'의 아름다움을 깨닫게 되었다. 그리고 언제나 단정한 유경환 시인의 모습만큼이나 체계적으로 간결하게 정리되어 있는 그의 홈페이지(www.yookyungwhan.pe.kr ── 이 홈페이지는 유경환1936~2007 시인이 2007년 6월 29일 세상을 떠난 후에 폐쇄되었다)을 가끔 방문해서 유경환 시인의 시와 산문을 읽어 보고는 한다.

4. 마종기의 시 「여름의 침묵」의 세계
― 무아경의 순간과 깨달음의 순간

마종기 시인의 시세계를 생각하면 필자는 세 편으로 이루어진 그의 연작시 「그레고리안 성가」를 떠올리고는 한다. 특히 세 번째 「그레고리안 성가」의 "중세기의 낡고 어두운 수도원에서 듣던 / 그 많은 총각들의 화음의 기도가 / 높은 천장을 열고 하늘을 만든다"라는 구절을 읽노라면, 중세 유럽의 어느 외딴 수도원에서 수도사들이 일정한 운율에 맞추어 라틴어로 낭송하고는 하던 바로 그 노랫소리가 들려오는 것 같기도 하다. 그레고리안 성가는 물론 590년부터 604년까지 재위했던 교황 그레고리우스 1세[540~604.3.12]가 당시 구전되던 성가를 체계적으로 수집하여 정리할 것을 지시했기 때문에 그렇게 붙여진 명칭이다. 중세 교황권의 창시자이자 신학자였던 교황 그레고리우스 1세는 '그레고리우스 대교황'이라는 별칭으로 불리고는 했으며 3월 12일이 축일이다. 히포의 아우구스티누스가 쓴 『신국神國』의 사상을 근거로 하여 행정, 사회, 도덕, 종교의식 등 중세의 가톨릭교회 전반에 걸쳐 개혁을 추진하여 가장 이상적인 그리스도교 사회를 창시하였으며, 특히 미사개혁의 일환으로 그레고리안 성가를 발전시킴으로써 8세기부터는 '교회박사'로 인정받았습니다. 768년부터 814년까지 재위했던 프랑크 왕국의 샤를마뉴는 당시 일반적으로 사용되던 갈리아 성가 대신에 그레고리오 성가를 미사에 사용하도록 하였고, 8~9세기를 거치면서 '갈리아 성가'와 '그레고리안 성가'는 서로 동화되어 오늘날의 성가로 정착되었다. 그레고리안 성가는 가톨릭교회에서 미사와 성무일과 시간에 부르는 단선율單線律의 예배음악에 해당한다.

필자는 가끔 바로 그 그레고리안 성가를 들으면서 『문학동네』 제13호[1997.겨울]에 처음 발표했고 『새들의 꿈에서는 나무 냄새가 난다』[2002]에 수록되어 있는 마종기 시인의 세 편의 '연작시' 「그레고리안 성가」를 읽을 때마다 경건하고 엄숙한 마음을 갖게 되고는 한다.

새벽부터 장대비 내리는 휴일,
오래 계획했던 일 취소하고
한나절 그레고리안 성가를 듣는다.
장엄하고 아름다워야 할 합창이
오늘은 슬프고 애절하게만 들린다.

창문을 열면 무거운 풍경의 언덕으로

억울하게 참고 살았던 혼들이 떠나고

그 몸들 다 젖은 채 초라하게 고개 숙인다.

그래서 사랑하는 이여, 이제 포기하겠다.

당신이 떠나는 길이 무슨 순명이라고 해도

라틴어로도, 또는 어느 나라 말로도 거듭

용서해달라는 노랫말이 아프기만 하다.

— 마종기, 「그레고리안 성가 1」 전문

장대비로 인해 무엇인가 해야 할 계획을 취소하고는 한나절 가량 그레고리안 성가를 듣고 있는 시적 자아로서의 시인의 마음은 밖에 내리고 있는 빗소리만큼이나 우울하고 착잡하기만 하다. 이러한 마음은 "듣는다"와 "들린다"의 능동성과 피동성에서도 확인할 수 있다. 전자는 음악을 듣겠다는 자신의 의지에 관계되고, 후자는 자신의 의지와는 무관하게 들려오는 음악에 관계될 뿐만 아니라 그 다음에 이어지는 밖의 풍경에도 관계된다. 따라서 "창문을 열면"이라는 행위에 의해 방안의 내적 풍경은 바깥의 외적 풍경으로 전환된다. 그러한 풍경은 "억울하게 참고 살았던 혼들이 떠나고 / 그 몸들 다 젖은 채 초라하게 고개 숙인다"에 반영되어 있는 바와 같이, 가까이 보이는 나뭇잎이라든가 꽃이라든가 하는 근경近景에서부터 멀리 보이는 산이라든가 빌딩이라든가 하는 원경遠景까지 비가 내리는 날에 가라앉아 보이게 마련인 바깥의 모든 풍경에 해당한다. 초라하게 고개 숙인 바깥의 풍경을 바라보면서 마종기 시인은 "사랑하는 이여, 이제 포기하겠다"에 의해 바로 그 풍경을 내면화시키고 있다. 포기하고자 하는 것은 물론 '순명'이지만, 그 순명을 포기하고자 하는 것을 "용서해달라"라고 기원하는 구절에는 그레고리안 성가에서 흘러나오는 라틴어로 된 노랫말과 시인의 마음에 떠오르는 한국어나 영어 아니면 그 밖의 다른 외국어가 중첩되어 있다. 그러나 그 어떤 말로도 "용서해달라"라는 말을 하기가 그렇게 용이한 일은 아니기에 오디오에서 흘러나오는 "용서해달라"라는 노랫말을 듣고 있는 시인의 마음은 아플 수밖에 없다. 그리고 「그레고리안 성가 1」의 서술어는 현재형 혹은 현재진행형으로 되어 있으며, 이러한 점은 이 시의 시적 자아로서의 시인의 음악듣기의 현장감을 강조하고 있다.

이처럼 비오는 날에 듣고 있던 '그레고리안 성가'는 「그레고리안 성가 2」에서 "저녁의 해변가"로 이어지고 있다.

저기 날아가는 나뭇잎에게 물어보아라.
공중에 서 있는 저 바람에게 물어보아라,
저녁의 해변가에는 한 사람도 없었다.
갈매기 몇 마리, 울다가 찾다가 어디 숨고
생각에 잠긴 구름이 살 색깔을 바꾸고
혼자 살던 바다가 부끄러워 얼굴을 붉혔다.

해변에 가서 그레고리안 성가를 듣는다.
파이프 오르간의 젖은 고백이 귀를 채운다.
상처를 아물게 하는 짜가운 천국의 바다,
밀물결이 또 해안의 살결을 쓰다듬었다.
나도 낮은 파도가 되어 당신에게 다가갔다.
시간이 멈추고 석양이 푸근하게 가라앉았다.
입다문 해안이 잔잔한 꿈을 꾸기 시작했다.
나도 떠도는 내 운명을 원망하지 않기로 했다.

— 마종기, 「그레고리안 성가 2」 전문

이 시의 제1연에는 "나뭇잎", "바람", "해변가", "갈매기", "구름", "바다" 등 시적 배경이 나타나 있으며, 두 번 반복되고 있는 "물어보아라"라는 명령형 서술어에 의해 무엇인가를 찾고는 있지만, 그 대상이 분명하게 제시되어 있지는 않다. 더구나 "한 사람도 없었다"라는 진술에는 저 혼자 어두워지고 있는 적막하고 고요한 '저녁 바다'의 모습이 강조되어 있다. 하늘의 구름도 "혼자 살던 바다"도 붉게 물드는 저녁 노을을 반사하면서 "살 색깔을" 바꾸게 되고 "얼굴을" 붉히게 된다. 이처럼 모든 것이 정적靜的인 배경에서 유일하게 동적動的인 "갈매기 몇 마리"마저도 "울다가 찾다가 어디 숨고"로 인해 저녁 바닷가는 더욱 철저하게 침묵하게 된다. 다시 말하면, 제1행과 제2행의 "물어보아라"의 바로 그 물음의 대상을 몇 마리 갈매기가 찾고는 있었지만 끝내 찾지 못하고 사라져 버리게 된다.

그 어떤 소리도 남아 있지 않은 적막하고 고요한 제1연의 저녁 해변은 제2연에서 "그레고리안 성가"와 "파이프 오르간" 등이 암시하고 있는 바와 같이 장엄하고 엄숙하고 경건한 '음악'으로 흘러넘치게 된다. 특히 제2행의 "고백"은 파이프 오르간으로 연주되고 있는 그레고리안 성가에 관계되는 한편, 다른 한편으로는 시인 자신의 "상처"에 관계된다. 그리고 제3행의 "상처를 아물게 하는 짜가운 천국의 바다"에서 "짜가운"은 바닷물의 소금기와 차가움을 결합시킨 합성어이며, 그것은 "상처"를 아물게 할뿐만 아니라 "천국"으로서의 바다를 지칭한다. 이처럼 해안의 살결을 쓰다듬는 바닷물을 바라보면서 시인은 스스로의 '상처'를 아물리게 되고 더 이상 "떠도는 내 운명을 원망하지 않기로" 결심하게 된다. 이 부분에서 "내 운명"은 제1연의 시작부분에서 "물어보아라"라고 두 번 강조했던 바로 그 물음의 대상에 해당한다. 다시 말하면, 멈추어버린 시간, 가라앉는 석양, 입을 다문 해안과 꿈꾸기 등 모든 것이 평온해 보이는 저녁 바닷가에서 듣게 되는 그레고리안 성가로 인해 시인 자신은 "고백", "상처", "운명" 등과 같은 어두운 기억들로부터 벗어나게 된다.

비오는 어느 날 집안에서 듣던 그레고리안 성가는 저녁 바닷가를 거치면서 시인 자신의 마음을 평온한 세계로 이끌게 되고, 마지막 시 「그레고리안 성가 3」에서 하나의 카타르시스를 형성하게 된다.

중세기의 낡고 어두운 수도원에서 듣던

그 많은 총각들의 화음의 기도가

높은 천장을 열고 하늘을 만든다.

하늘 속에 몇 송이 연한 꽃을 피운다.

아름다운 것은 언제나 멀고 하염없었다.

전생의 예감을 이끌고 긴 차표를 끊는다.

번잡하고 시끄러운 도심을 빠져나와

빈 강촌의 햇살 눈부신 둑길을 지난다.

미루나무가 춤추고 벌레들이 작게 웃는다.

세상을 채우는 따뜻한 기적의 하루,

얼굴 화끈거리는 지상의 눈물을 본다.

― 마종기, 「그레고리안 성가 3」 전문

위에 인용된 시의 첫 번째 부분에 형성되어 있는 카타르시스는 "중세의 수도원", "총각들"로 비유된 '수도자들', "하늘" 등에서 그렇게 확인할 수 있다. 특히 수도자들이 부르고는 했던 그레고리안 성가의 "화음의 기도"는 지상에서의 기도를 하늘로 끌어올려 한 송이 "꽃"을 피우는 역할을 하고 있을 뿐만 아니라 마종기 시인으로 하여금 "아름다운 것은 언제나 멀고 하염없었다"라는 하나의 진리를 깨닫게 한다. 이러한 진리를 인식함으로써, 중세로 대표되는 먼 과거는 '지금 여기'의 현재로, 수도자로 대표되는 절대기도의 세계는 마종기 시인 자신으로 대표되는 현실세계로, 갈등과 번민의 세계는 축복과 기쁨의 세계로 전환되며, "전생의 예감을 이끌고 긴 차표를 끊는다"라는 구절은 이러한 전환을 가능하게 하고 있다. 그 결과 시인 자신은 도심을 벗어나 강촌의 둑길을 걸으면서 새로운 세계에 눈을 뜨게 된다. 물론 그러한 세계는 그 이전에도 여전히 그 자리에 있었던 세계이지만, 어느 비오는 날에 집안에서도 들었고 해질녘에 저녁 바닷가에서도 들었던 '그레고리안 성가'에서 비롯된 깨달음으로 인해서 눈부신 햇살, 춤추는 미루나무, 웃는 벌레들 등을 경이로운 시선으로 바라보게 된다. 따라서 「그레고리안 성가 1」에서의 '용서의 세계', 「그레고리안 성가 2」에서의 '천국의 바다'는 현실로부터 먼 거리에 있는 것이 아니라 바로 우리들 자신의 주변에 있다는 점을 인식함으로써, 마종기 시인은 "세상을 채우는 따뜻한 기적의 하루"를 보낼 수 있게 된다. 그리고 "얼굴 화끈거리는" 허황한 곳에서 용서를 찾고 천국을 찾던 스스로의 모습이 부끄러워지는 까닭에 햇살, 미루나무, 벌레들 등과 같은 작은 것들의 몸짓에서 "지상의 눈물"을 파악하게 되고, 바로 그 눈물을 자신의 참회의 눈물로 전환시키게 된다.

이상에서 살펴본 바와 같이, 수도사들이 기도하며 부르는 그레고리안 성가의 경건하고 엄숙한 분위기를 필자는 『현대시학』 2008.6에 발표한 마종기 시인의 시 「여름의 침묵」의 마지막 구절 "면벽한 고행 속에서 그 흔한 약속만 매만지고 있었다"에서도 찾아볼 수 있었다. 그리고 그의 이 시를 읽으면서 필자는 또 벌써 25년 전 바로 이맘때쯤 보통 triple-A라고 하는 American Automobile Association으로부터 무료로 건네받은 여행안내 지도 한 묶음과 텐트 한 장 달랑 싣고 탈탈거리는 낡아빠진 70년대식 Olds Mobile에 의지하여 뉴욕의 롱아일랜드를 떠나 펜실베이니아, 오하이오, 인디애나, 일리노이, 미시간, 아이오와, 네브래스카, 노스다코타와 사우스다코타, 콜로라도, 와이오밍, 몬태나, 아이다호, 오리건까지 서쪽으로 달려갔다가, 캘리포니아의 북쪽에서 남쪽으로 태평양 연안을 끼고 내려와, 네바다, 유타, 애리조나, 뉴멕시코, 텍사스, 오클라호마, 테네시, 미시시피, 앨라배마, 조지아까지 동쪽으로 달려서, 사우스캐롤라이나와 노스캐

롤라이나, 버지니아, 메릴랜드, 델라웨어, 뉴저지까지 북쪽으로 거슬러 올라가, 뉴욕시를 지나 다시 롱아일랜드로 돌아오기까지 꼬박 35일간 16,000여 마일을 달려 미국의 대륙을 여행하던 기억을 떠올렸다. 시인 자신이 길을 잃고 난감해 하셨던 바로 그 다코타 어디쯤에서 필자 또한 길을 잃고 난감해 하던 중에 말을 타고 자신의 농장을 둘러보는 데 일주일 넘게 걸린다는 어느 농장주인 할아버지를 만나 많은 도움을 받았었다. 그때 필자는 탈탈거리던 Olds Mobile까지 고장나버려 정말로 막막했었다.

아주 오래전에 발표한 마종기 시인의 연작시「그레고리안 성가」를 처음으로 읽게 되었을 때 받았던 남모르는 필자만의 감동과 이번에 발표한 그의 시「여름의 침묵」을 읽으면서 떠올리게 된 필자의 오래된 기억으로 인해 과거와 현재, 수도사와 일상인, 중세와 현대, 미국과 한국이 자꾸만 겹쳐지면서 저로 하여금 여러 가지 생각을 하게 한다. 그리고 바로 그러한 생각과 기억의 실타래를 풀어내면서 마종기의 시「여름의 침묵」을 읽어보고자 한다.

> 그 여름철 혼자 미주의 서북쪽을 여행하면서
> 다코다 주에 들어선 것을 알자마자 길을 잃었다.
> 길은 있었지만 사람이나 집이 보이지 않았다.
> 대낮의 하늘 아래 메밀밭만 천지를 덮고 있었다.
> 메밀밭 시야의 마지막에 잘 익은 뭉게구름이 있었다.
> 구름이 메밀을 키우고 있었던 건지, 그냥 동거를 했던 것인지,
> 사방이 너무 조용해 몸도 자동차도 움직일 수 없었다.
>
> 나는 내 생의 전말같이 무엇에 홀려 헤매고 있었던 것일까.
> 소리 없이 나를 친 바람 한 줄을 사람인줄 착각했었다.
> 오랫동안 침묵한 공기는 무거운 무게를 가지고 있다는 것,

아무도 없이 무게만 쌓인 드넓은 곳은 무서움이라는 것,

그래도 모든 풍경은 떠나는 나그네의 발걸음이라는 것,

그 아무것도 모르는 네가 무슨 남자냐고 메밀이 물었다.

그날 간신히 말없는 벌판을 아무렇게나 헤집고 떠나온 후

구름은 다음 날 밤에도 메밀밭을 껴안고 잠들었던 것인지,

잠자는 한 여름의 극진한 사랑은 침묵만 지켜내는 것인지,

나중에 여러 곳에서 늙어버린 메밀을 만나 공손히 물어도

그 여름의 황홀한 뭉게구름도, 내 이름도 기억하지 못하고

면벽한 고행 속에서 그 흔한 약속만 매만지고 있었다.

— 마종기, 「여름의 침묵」 전문

'여름'이라고 하면 태양과 열정, 젊음과 바캉스, 방학과 휴식 등을 떠올리게
되지만, 마종기 시인은 여름의 그 모든 의미를 "침묵"으로 묶어놓았다. 그래서
"그 여름철 혼자 미주의 서북쪽을 여행하면서"라는 첫 행에서 "그 여름"의 "그"
에 의한 과거, "혼자"에 의한 다른 사람과 동행하지 않는다는 점, "여행"에 의한
일상으로부터의 벗어남 등은 앞에서 언급한 보편적인 의미의 왁자지껄한 겉치
레로서의 여름에 해당한다기보다는 무엇인가 깊은 생각에 잠기게 되는 여름에
해당한다는 점이 암시되어 있다. 그래서 홀가분하고 고즈넉한 자신만의 시간을
가지게 된 기쁨이 더 컸으리라고 생각한다. 그리고 사람도 집도 보이지 않는 길
위에서 길을 잃었을 때의 난감한 순간에 마주친 "메밀밭"과 "뭉게구름"은 바로
그 난감한 순간을 사유의 세계로 전환시키고 있으며, 그러한 점은 제1연의 마
지막 행 "사방이 너무 조용해 몸도 자동차도 움직일 수 없었다"에서 확인할 수
있었다. 그리고 "메밀밭"과 "뭉게구름"은 「여름의 침묵」의 제1연에서부터 마지
막 연까지 시인의 '사유세계'를 이끌고 있는 두 개의 축에 해당하며, 시가 진행

됨에 따라서 그것은 서로 분리되기도 하고 하나로 통합되기도 하고 시인 자신과 동일시되기도 한다.

'메밀밭'은 이효석1907~1942이 『조광』1936.10에 발표했던 그의 소설 『메밀꽃 필 무렵』으로 인해 우리들에게 더욱 익숙해진 이름이 되었다. 그러나 마종기 시인이 여행 중에 길을 잃었을 때에 마주친 바로 그 메밀밭은 "대낮의 하늘 아래 메밀밭만 천지를 덮고 있었다"에 강조되어 있는 바와 같이 시작도 끝도 없이 광활하게 펼쳐진 메밀밭에 해당한다. 동행하는 그 누구도 없이 홀가분하게 혼자 떠난 여행길에서 길을 잃고 난감해 하는 순간에 마주친 메밀밭에서 마종기 시인이 받은 강렬한 인상—그것은 작열하는 태양과 누렇게 익어가는 오베르 교외의 밀밭에서 빈센트 반 고흐1853~1890가 받았던 강렬한 인상과 같은 것일 수도 있으며, 그러한 인상을 고흐는 한 폭의 그림 〈까마귀 떼 나는 밀밭〉1890으로 남겨 놓았고 마종기는 한 편의 시 「여름의 침묵」으로 정리했다는 생각을 하게 되었다. 물론 고흐가 그린 그림에도 몇 점 뭉게구름이 하늘에 걸려 있고 마종기의 시에도 "잘 익은 뭉게구름"이 떠 있지만, 그의 시에서의 구름은 그것이 "메밀을 키우고 있었던 건지, 그냥 동거를 했던 것인지"에 암시되어 있는 바와 같이 메밀밭과 서로 긴밀한 관계를 유지하고 있다. 구름이 메밀밭과 긴밀한 관계를 유지하고 있는 것으로 볼 수 있는 까닭은 "키우고 있다"와 "동거하다"에서 그렇게 파악할 수 있을 뿐만 아니라 메밀꽃과 구름에 반영되어 있는 '흰색'의 동질성에 의해서도 그렇게 유추할 수 있기 때문이다.

지상의 메밀밭과 하늘의 구름 사이의 긴밀한 내통의 관계로 인해 그리고 "사방이 너무 조용"하고 고요한 대낮의 광활한 풍경으로 인해 시인 자신은 물론 그의 자동차까지도 움직이는 것조차 두려울 정도로 일종의 외경심에서 비롯되는 찰나의 전율을 느꼈을 것이다. 그래서 그는 길을 잃었다는 생각 바로 그 자체를 순간적으로 까마득하게 잊어버리고 "사방이 너무 조용해 몸도 자동차도 움직일 수 없었다"에 반영되어 있는 바와 같이 동결凍結된 모습으로 눈앞에 끝없이 펼쳐진 메밀밭과 하늘의 구름을 바라보게 된다. 이 부분을 읽으면서 필자는 또 대자연의 위대성을 노래했던 윌리엄 워즈워스$^{1770\sim1850}$가 "시인은 사람과 그 주변의 대상이 서로가 서로에게 작용하고 반작용하는 것으로 생각한다. (…중략…) 사람과 자연이 본질적으로 서로 순응하는 것으로 생각한다"라고 강조했던 점을 떠올렸다. 따라서 시인 자신과 메밀밭과 하늘의 구름은 변별적인 존재라기보다는 모두가 하나로 통합되어 있는 존재가 되어 물아일체物我一體의 경지에 이르게 된다.

　이상과 같은 제1연의 전경前景으로서의 의미는 제2연에서 하나의 깨달음의 세계로 압축되어 있으며, 그러한 깨달음을 가능하게 하는 존재가 바로 "바람" 이다. "나는 내 생의 전말같이 무엇에 홀려 헤매고 있었던 것일까"라는 자문自問 으로 시작되는 제2연의 첫 행은 제1연의 마지막 행을 이어받는 한편, 다른 한 편으로는 "바람"에 의한 자각自覺의 세계가 전개될 수 있는 바탕을 마련하고 있 다. 그것이 제1연의 마지막 행을 이어받는다고 말할 수 있는 것은 시인 자신이 살아온 지난날에 관계되는 '전말顚末'─처음부터 끝까지 일이 진행되어 온 경 과─에 암시되어 있는 의미 때문이며, 그것은 제1연의 마지막 행의 동결된 모 습과 물아일체의 경지의 의미를 이어받고 있다. 바람─스스로는 그 형체를 드 러내지 못하고 나뭇잎에서는 나뭇잎의 모습으로, 물결에서는 물결의 모습으 로, 깃발에서는 깃발의 모습으로 자신의 모습을 드러내는 바람은 언제나 타자 他者에 의해서만 그 자체의 모습을 드러내는 까닭에 마종기의 시 「여름의 침묵」 에서도 "소리 없이 나를 친 바람 한 줄"은 끝없이 펼쳐진 메밀밭을 일렁이게 하 면서 동결된 모습으로 서 있는 시인 자신에게 불어왔을 것이다. 바로 그 바람을 "사람인줄 착각했었다"라는 진술에는 여러 가지 의미가 중첩되어 있다. 다시 말 씀하면, 사람도 없고 집도 없는 다코타 어디쯤에서 길을 잃고 막막하게 서 있는 '지금 여기 이 자리'에서 마주친 사람은 분명 반가워해야할 대상이기도 하고 경 계해야할 대상이기도 하지만, 시적 상황으로 볼 때에 아무래도 후자 쪽에 더 가 까운 것 같다. 그것은 또 무아경無我境의 순간에 불어온 바람을 사람으로 착각할 정도로 시인 자신이 주변의 풍경에 완전히 몰입해 있었다는 점을 반증反證하는 것이기도 하다.

마종기 시인의 시 「여름의 침묵」에서 유일하게 대화체로 언급된 "그 아무것도 모르는 네가 무슨 남자냐"라고 메밀이 시인에게 조롱하듯 묻고 있는 진술은 우선적으로 "오랫동안 침묵한 공기는 무거운 무게를 가지고 있다는 것", "아무도 없이 무게만 쌓인 드넓은 곳은 무서움이라는 것" 그리고 "모든 풍경은 떠나는 나그네의 발걸음이라는 것" 등 세 가지 깨달음에 관계되는 한편, 다른 한편으로는 "소리 없이 나를 친 바람 한 줄을 사람인줄 착각했었다"에 관계되기도 한다. 사실 고요한 정적의 한가운데에서 느닷없이 불쑥 나타난 사람과 마주치게 되는 순간처럼 두려운 순간도 없을 것이다. 그래서 사람으로 착각한 바로 그 바람으로 인해서 시인은 아마도 '깜짝' 놀랐을 것이고, 시인의 그런 모습을 지켜본 메밀이 "바람 한 줄"에 그렇게도 소스라치게 놀라는 "네가 무슨 남자냐"라고 조롱하기라도 하는 것처럼 시인 자신은 조금은 부끄럽게 느꼈을 것이다. 또한 이러한 진술에는 '남자'로서 지켜야만 하는 체면, 체통, 근엄성 등 여러 가지 덕목이 암시되어 있다. 특히 한국사회에서는 전통적으로 바로 그 남자의 덕목을 더욱 강조해 왔다고 볼 수 있으며, 그러한 예로는 구한말 조선에 녹음기를 처음으로 소개한 어느 미국인의 일화에서 찾아볼 수 있다. 녹음기에서 흘러나오는 사람의 목소리를 처음 들은 일본인은 반색하면서 신기해했고 중국인 역시 그러했지만, 조선의 선비는 마치 아무렇지도 않은 듯이 너무나 근엄한 표정으로 앉아 있어서 녹음기를 소개한 바로 그 미국인이 오히려 더 놀라워했다는 일화를 어디에선가 읽은 적이 있다. "네가 무슨 남자냐"— 진지하고 엄숙하며 많은 것을 생각하게 하는 그의 시 「여름의 침묵」의 분위기를 반전시키는 위트의 역할을 하는 이 부분을 정점으로 하여 그의 시는 마지막 연을 이끌게 됩니다.

그럼에도 마지막 연에는 여전히 명확하게 해결되지 않은 "구름은 다음 날 밤에도 메밀밭을 껴안고 잠들었던 것인지"와 "잠자는 한 여름의 극진한 사랑은 침묵만 지켜내는 것인지"에 대한 의구심이 반영되어 있다. 그러한 의구심이 지속될 수밖에 없는 까닭은 제1연에서 마주친 "메밀"이 마지막 연에서는 시적 자아에 해당하는 시인 자신과 동일시되어 있기 때문이기도 하고, 시인의 내면세계로 들어와 확고부동하게 자리 잡고 있기 때문이기도 하다. 그러한 점은 "나중에 여러 곳에서 늙어버린 메밀을 만나 공손히 물어도"에서 확인할 수 있다. "나중", "여러 곳", "늙어버린" 등과 같은 수식어로 미루어 볼 때에, 마종기 시인은 다코타 어디쯤에서 길을 잃고 서 있던 난감한 순간에 마주친 바로 그 광활한 메밀밭을 떠올리면서 오랜 시간이 흐른 뒤에도 기억으로 각인된 구름과 메밀의 관계가 무엇이지를 되묻고는 하셨겠지만, 명확한 대답이 불가능한 것은 이제 구름도 그 구름이 더 이상 아니고 메밀밭도 그 메밀밭이 더 이상 아니기 때문일 것이고, 또한 바로 그 메밀밭에 대한 기억이 시인의 기억 속에 각인되어 자신과 일체화되어 있기 때문일 것이다.

이렇게 볼 때에 "면벽한 고행 속에서 그 흔한 약속만 매만지고 있었다"라는 마지막 행의 표면적인 주체는 물론 "메밀"이지만, 내면적인 주체는 시인의 기억 속에 각인되어 시인 자신과 동일시되어 있는 "메밀"이다. 따라서 앞에서 언급한 워즈워스의 말처럼, 자연의 대상으로서의 "메밀"과 인식의 주체로서의 시인 자신은 「여름의 침묵」이 진행됨에 따라서 서로가 서로에게 작용하기도 하고 반작용하기도 하면서 본질적으로 서로 '순응'하여 이제 분리 불가능한 일심동체一心同體의 모습을 형성하게 되었다고 볼 수 있다. 다시 말하면, "면벽한 고행"이라는 구절에는 바로 그러한 "메밀밭"을 바라보면서 떠올리게 된 제2연 첫 행의 "내 생의 전말"과 마주하고 있는 시인 자신의 모습이 반영되어 있을 뿐만 아니라 이 절의 시작부분에서 언급한 마종기 시인의 연작시 「그레고리안 성가」에서 하느님의 말씀과 진리의 의미를 '침묵' 속에서 끊임없이 추구하고 있는 '수도사'의 고행하는 모습도 반영되어 있다. 이처럼 의미의 중첩을 가능하게 하는 "면벽한 고행"을 하면서 시인 자신이 "그 흔한 약속만 매만지고" 있는 까닭은 기

억으로 각인되어 있는 "메밀밭"과 "구름"의 관계에 대한 물음에서 비롯된 제2
연의 세 가지 깨달음을 가능하게 했을 뿐만 아니라 마종기 시인이 살아온 "내
생의 전말"을 되돌아볼 수 있게 했던 "그 여름"이 "침묵"하고 있기 때문이다. 침
묵—무게도 부피도 크기도 없지만, 마종기 시인이 다코타에서 경험했던 "그 여
름"의 모든 것을 다 알고 있으면서도 입을 열지 않는 '절대 침묵'처럼 불가항력
적인 존재도 없을 것 같다.

　마종기 시인이 길을 잃고 난감해 하던 바로 그 순간에 마주쳤던 광활한 "메밀
밭"과 하늘의 "구름"이 '절대 침묵' 속에서 장관을 이루고 있던 다코타는 기원전
8,000년경부터 Paleo 인디언들이 정착했던 곳이지만 1,700년대 중반부터 Sioux
족族 인디언들이 강력한 기마문화를 형성했던 곳으로, 그 이후에 Sioux족의 말로
'친구'를 뜻하는 '다코타'라는 말이 공식화 되었다. 아마도 그래서 시인 자신은
바로 그 다코타 어디쯤에서 마주쳤을 뿐만 아니라 기억으로 각인되어 있는 바
로 그 "메밀"과 오랫동안 '친구의 관계'를 유지하고 있는 것 같기도 하다.

5. 유안진의 시「고양이, 도도하고 냉소적인」의 세계
– 'I AM'의 무한성과 가능성

　유안진의 시 세계를 생각하노라면 아주 오래전에 발표했던 「나의 천국은」
을 떠올리고는 한다. 천국이라고 하면 누구나 하느님이 있고 천사들이 노래하
고 형형색색의 꽃들이 만발해 있는 영원한 생명의 안식처를 상상하기 마련이
지만, "나의 천국은 / 밤하늘일 게다, 바윗돌 속일 게다, 블랙홀일 게다 / 까마득
한 도착지는 깜깜함뿐일 게다"라고 시작되어 "세상의 지식이 못 닿는, 세상에는
한 번도 있어본 적 없는 나라, 있는 곳엔 없고 없는 곳에만 있을 게다"라고 끝맺
고 있는 이 시를 읽고 있노라면, 천국이 생긴 이래 지금까지 천국에 가고 싶어

하는 수많은 사람들에게 바로 그 귀하고 어려운 자리 '하나'를 시인 자신이 기꺼이 양보하고 있다는 생각을 하고는 한다.

'천국'에 대한 시인의 이러한 생각은 「나의 천국은」에 분명하게 언급되어 있으며, 이 시에서 시적 자아가 가고 싶어 하는 '천국'은 우리들이 알고 있는 보편적인 의미의 '천국'이 아니라 고통과 외로움과 절망의 '천국'에 해당한다.

> 나의 천국은
>
> 밤하늘일 게다, 바윗돌 속일 게다, 블랙홀일 게다
>
> 까마득한 도착지는 깜깜함뿐일 게다
>
> 나의 천국은
>
> 너무너무 외로워서 귀신도 못 사는 태평양 한복판, 두발로도 용납 못할 방울섬일 게다, 있어본 적 없어 없는 섬일 게다, 호이야 호이야~ 목소리만 살면서 울리다가 꾀이다가 나꿔채는 바람의 손일게다, 몇 억 광년을 달려오고 있을 어느 별의 조각일 게다, 북극의 극점極點, 녹아서 사라지고 있는 빙산일 게다
>
> 바보 멍청이로 살아온, 나의 빛과 어둠과 추위와 더위와 갈증과 포만과 갈망과 변덕……의, 아흔아홉 가지 모양과 색깔에 안성맞춤인 나의 천국은, 세상의 지식이 못 닿는, 세상에는 한 번도 있어본 적 없는 나라, 있는 곳엔 없고 없는 곳에만 있을 게다.
>
> — 유안진, 「나의 천국은」 전문

우리들이 생각하는 '천국'은 하느님과 예수 그리스도와 성모 마리아가 있고 천사들이 있고 아름다운 꽃이 만발하고 음악이 흐르는 영원한 생명의 안식처일 것이다. "회개하여라. 하늘나라가 가까이 왔다"(「마태오복음서」 3장 2절)라는 말씀처럼 '천국'은 '하늘나라'를 뜻하며, "스테파노는 성령이 충만하였다. 그가 하

늘을 유심히 바라보니, 하느님의 영광과 하느님 오른쪽에 서 계신 예수님이 보였다. 그래서 그는 '보십시오, 하늘이 열려 있고 사람의 아들이 하느님 오른쪽에 서 계신 것이 보입니다' 하고 말하였다"(「사도행전」 7장 55~56절)라는 말씀처럼, 천국은 '영광된 자리'에 관계된다. 이처럼 '천국'은 의인들이 영원한 생명을 누리는 곳에 해당하기도 한다.(「마태오복음서」 25장 46절)

그러나 위에 인용된 시에서는 그러한 천국, 우리 모두가 바라는 천국이 아니라 그 반대의 천국을 생각하고 있다. 사실은 천국이라기보다는 고통과 외로움과 고난으로 일관되는 곳을 선생님 자신이 가야만 할 곳이라고 강조하고 있다. 제1연에서는 "밤하늘", "바윗돌 속", "블랙홀"을 거쳐 최종적으로 도착하게 되는 곳은 다름 아닌 "깜깜함뿐"이 될 것이라고 파악하고 있다. 제2연에서는 외로움과 고독을 강조하고 있으며 그것은 두 발을 딛고 설 수도 없는 태평양 한복판의 "방울섬", "바람의 손", "별 조각", "북극점"과 "빙산" 등 위험천만한 곳으로 집약되어 있다. 캄캄한 어둠 속에서 "호이야 호이야~"라고 아무리 소리쳐도 자신의 목소리만 되돌아올 뿐인 아주 멀고 후미지고 외딴 곳, 그러한 곳을 좋아할 사람은 아무도 없겠지만, 유안진 시인은 아마도 그런 곳에 자신이 살게 될 것이라고 생각하고 있는 것 같다. 시인 자신이 이렇게 생각하고 있는 "나의 천국"이 "아흔아홉 가지 모양과 색깔에 안성맞춤"인 까닭은 바로 "바보 멍청이로 살아온, 나의 빛과 어둠과 추위와 더위와 갈증과 포만과 갈망과 변덕" 때문이다. 유안진 시인이 자신을 "바보 멍청이"라고 비하시켜 말하는 것은 "사실 너의 보물이 있는 곳에 너의 마음도 있다"(「마태오복음서」 6장 21절)라는 주님의 말씀처럼, 그동안 우리들 자신이 만족할 줄 모르면서 너무 많은 것을 추구했던 까닭이라고 볼 수 있다. 특히 "갈망과 변덕"은 대부분의 우리들의 마음속에 자리 잡고 있게 마련이어서, 더 좋은 삶, 더 좋은 직장, 더 좋은 집 등 우리 자신을 위해서는 '더 좋은 것'을 마다하지 않지만, 우리보다 못한 처지에 있는 이웃들을 위해서는 그렇게 하지 못하고 있는 것이 우리들의 현실이기도 하다. 이 시의 마지막 구절처럼, 우리들이 생각하는 '천국'이 "세상에는 한 번도 있어본 적 없는 나라, 있는 곳엔 없고 없는 곳에는 있는" 그런 나라가 될 것이라고 절규하기 전에, 바로 '지금 이 순간' 우리 자신을 되돌아보면서 우리가 가야할 '천국'이 어디가 되었으면 좋을지를 생각하게 하는 시라고 생각한다. 그렇게 할 때에 우리들은 "그분의 옷과 넓적다리에는 '임금들의 임금, 주님들의 주님'이라는 이름이 적혀 있었습니다"(「요한묵시록」 19장 16절)라는 말씀에서 강조하고 있는 바와 같이, 하느님이 있는 진정한 의미의 '천국'에 들어갈 수 있을 것이다. 유안진의 이 시를 읽으면서 "너희는 좁은 문으로 들어가도록 힘써라. 내가 너희에게 말한다. 많은 사람이 그곳으로 들어가려고 하겠지만 들어가지 못할 것이다"(「루카복음서」 13장 24절)라는 주님의 말씀을 되새기게 되었다.

「나의 천국은」에 반영되어 있는 유안진 시인의 시세계를 이끌고 있는 새로운 상상력의 힘 혹은 역발상의 상상력의 힘은 『문학사상』 2008.8에 발표한 「고양이, 도도하고 냉소적인」에서도 찾아볼 수 있다.

나에게서 호랑이를 찾으려 하지 마라
나를 읽는 눈에는 스핑크스가 보이지
그의 사막 그의 절대 고독을 누리게 되지
보이지 않는 아름다움들 제 발로 달려와
더불어 아득한 높이만큼 드높아지지

오직 스핑크스만이 나의 자세로 앉을 수 있지
아무것도 하지 않고 하루 16시간쯤이야 별것 아니지
달콤한 잠에 취해, 인간보다 더 꿈꾸지, 낭만도 더 누리지
지구에 사는 자 중에서 가장 꿈이 많은 나를
꿈 없는 어류나 파충류와 비교도 하지 마라

곰 다람쥐 코끼리와도 친한 나의 다문화적 친화성을

흠모하여, 천하의 맹수들이 내게(고양이과)로 모였지

오로지 외로운 평화(平和)와 호사(豪奢) 외에는

아무것도 안중에 없는 나의 사명은

날마다 길모퉁이 담장 위에 올라앉아

여린 겨울햇볕 차가운 바람에 딱 한 올씩의 터럭만을

헹구어내는 일이지, 무릎제자가 되고 싶다고?

개[犬]와 나를 혼동하지 마라.

* 새는 하루 1분을, 쥐는 하루 30분을, 사람은 하루 2시간을 꿈꾸지만,
고양이는 하루 3시간씩이나 꿈꾼다고 한다(데틀레프 블룸 지음, 두행숙 번역 『고양이 문화사』, 들녘, 2008 참고).
— 유안진, 「고양이, 도도하고 냉소적인」 전문

이 시를 읽으면서 필자는 문득 '나도'라는 말을 떠올렸다. 나도바람꽃, 나도옥잠화, 나도양지꽃, 나도냉이꽃, 나도깨꽃, 나도별꽃, 나도풍란, 나도제비란, 나도은조롱 등과 같은 꽃말에서부터 나도밤나무, 나도생강나무, 나도박달나무, 나도국수나무, 나도딱총나무, 나도댑싸리 등과 같은 나무이름까지 '나도'라는 접두어가 붙은 이러한 이름들을 필자가 떠올리게 된 까닭은 바로 유안진의 시의 첫 구절 "나에게서 호랑이를 찾으려 하지 마라"라는 고양이의 절규에 찬 당당한 외침 때문이었다. '나도'라고 했을 때에는 겉으로 보기에는 엇비슷해 보이지만 실제로는 많이 다른 것을 지칭할 때에 이러한 접두어를 붙이게 되고, '너도'라고 했을 때에는 겉으로도 비슷하고 실제로도 비슷할 때에 이러한 접두어를 붙이게 된다.

다시 말하면, '너도밤나무'라는 이름에는 진짜 '밤나무'만큼은 되지 못하지만 엇비슷하다는 점에서 그래 너도 '밤나무는 밤나무다'라고 인정하는 의미가

강하지만, '나도밤나무'라는 이름에는 어느 누구도 인정하려고 하지 않는 데 저 혼자서 '나도 밤나무 축에 들기는 든다'라고 빽빽 우겨대는 의미가 강하게 나타나 있다. 이러한 점은 일상생활에서 '사람' 그 자체로 말하지 않고 '아무개의 아들', '아무개의 손자', '아무개의 사위' 등 혈연에서부터 '아무개의 제자', '아무개의 동문', '아무개의 동창' 등 학연은 물론 '아무개와 동향同鄉'이 같은 지연地緣까지 어떻게 해서든 바로 그 연緣을 대려는 대화에서도 찾아볼 수 있으며, 우리 사회에 팽대해 있는 이 모든 '연緣-대기'의 습관으로 인해 '뼈대 있는 가문의 후손'이라든가 '몰락한 양반의 후손'과 같은 옛말이 생겨났으리라는 생각을 하게 되었다. 이러한 의미의 '연-대기'가 정말로 마땅치 않았던 '늙은 대학생 김씨'—서정인의 소설『강』의 주인공—는 "너는 아마도 너희 학교에서 천재일 테지. 중학교에 가선 수재가 되고, 고등학교에 가선 우등생이 된다. 대학에 가선 보통이다가 차츰 열등생이 되어서 세상으로 나온다. 결국 이 열등생이 되기 위해서 꾸준히 노력해 온 셈이다"라고 되뇌면서 "그는 그가 처음 출발할 때에 도달하게 되리라고 생각했던 곳으로부터 사뭇 멀리 떨어져 있는 곳에 와 있음을 깨닫는다. 아, 되찾을 수 없는 것의 상실이여!"라고 절규하게 된다.

유안진의 시를 읽으면서 이상과 같은 의미의 '나도'라는 말과 '연-대기'를 떠올리게 된 까닭은 바로 그 '고양이'가 '연-대기'에 전전긍긍하고 있지 않을 뿐만 아니라 "나에게서 호랑이를 찾으려 하지 마라"라고 당당하고 대담하게 고함치고 있기 때문이다. 이렇게 파악할 때에 유안진의 시에서의 '고양이'는 '공포'를 야기하는 E. A. 포1809~1849의 고양이에 해당하는 것도 아니고, '늙은 학자'를 비유하고 있는 보들레르의 고양이에 해당하는 것도 아니고, '신비성'을 강조하고 있는 황석우1895~1960의 고양이에 해당하는 것도 아니고, '봄'을 형상화하고 있는 이장희1900~1929의 고양이에 해당하는 것이 아니라, 호랑이·사자·표범·치타·재규어·퓨마 등 '고양이과'에 속하는 모든 맹수들의 원조로서의 '고양이' 그 자체에 해당한다. 말하자면, 유안진의 시 제1연에서의 "고양이"는 '스핑크스

→ 사막 → 절대 고독'으로 이어지면서 "나를 읽는 눈"을 강조하고 있을 뿐만 아니라 "제 발로 달려"오는 "보이지 않는 아름다움들"도 강조하고 있다. 제 발로 달려와 어떻게 해서든 바로 그 원조로서의 "고양이"와 '연-대기'를 하려고 애쓰고 있는 "보이지 않는 아름다움들"은 우선적으로 밀림에 살고 있는 맹수들—호랑이·사자·표범·치타·재규어·퓨마 등—이 '고양이과'에 속한다는 사실에 관계되고, 다음으로는 맹수들의 부드러운 모피와 뚜렷한 무늬에 관계된다. 그리고 "더불어 아득한 높이만큼 드높아지지"에는 "보이지 않는 아름다움들"을 굳이 먼 곳의 맹수들에게서 찾을 것이 아니라 바로 그 맹수들의 원조로서 우리들 가까이에 있는 "고양이"에게서 찾으라는 메시지가 나타나 있다.

선생님의 시에 반영되어 있는 이와 같은 모든 맹수들의 원조로서의 "고양이"의 의미를 필자는 'I AM'의 세계, 즉 무한성의 '나'와 가능성의 '나'의 정체성으로 파악하고자 한다. "나는 있는 나다"라고 옮길 수 있는 'I AM'은 물론 히브리어 'היהא רשא היהא'(에헤 아쉐 에헤)에서 비롯되었으며, 모세가 하느님의 이름이 무엇인지를 물었을 때에 하느님이 모세에게 "나는 '있는 나'다 하고 대답하고, 이어서 말했다. '너는 이스라엘 자손들에게 '있는 나'께서 나를 너희에게 보내셨다' 하여라"(「탈출기」 3장 14절)라고 강조한 점에 관계된다. "나는 내가 되고자 하는 그런 내가 반드시 될 것이다"에 해당하는 'I AM'의 개념을 S. T. 콜리지[1772~1834]는 자신의 '상상력'의 이론에 적용하였다. 콜리지에 의하면 'I AM'은 "모든 인간의 지각능력 중에서 살아 있는 힘이자 매개체이고 영원한 창조행위의 가능성을 지닌 유한한 마음의 반복"에 해당한다.

이처럼 제1연에서 자신의 정체성을 'I AM'의 세계에 해당하는 것으로 분명하게 하고 있는 "고양이"는 제2연에서 가장 오랜 시간을 꿈꿀 수 있는 존재가 바로 자기 자신이라는 점을 강조하고 있다. 유안진의 시의 말미에 첨부되어 있는 설명은 고양이의 이러한 꿈꾸기가 주관적인 의견이 아니라 객관적으로 입증된 사실이라는 점을 나타내고 있다. 제1연의 "사막"과 "절대 고독" 등을 이어

받고 있는 제2연의 "오직 스핑크스만이 나의 자세로 앉을 수 있지"에서 "스핑크스"는 그리스의 문법학자들이 '묶다'나 '압착하다'라는 뜻의 동사 '스핑게인 sphingein'에서 파생된 것으로 파악하여 그렇게 명명하였다. 전설에서 가장 유명한 보이오티아 테베의 날개달린 스핑크스는 뮤즈가 내준 "목소리는 같지만 발이 네 개가 되기도 하고 두 개가 되기도 하고 세 개가 되기도 하는 것은 무엇인가?"라는 질문을 사람들에게 묻고는 틀린 답을 말하는 사람들을 잡아먹어 공포에 떨게 했다고 한다. 오이디푸스가 "유아기에는 네 발로 기고 자라서는 두 발로 걷고 늙어서는 지팡이에 의지하는 사람"이라고 대답하자 스핑크스는 그 자리에서 자결한 것으로 전해지고 있다. 전지전능성을 강조하는 이러한 의미의 스핑크스 중에서 가장 많이 알려진 것은 이집트의 기자에 있는 거대한 와상臥像이며, 그것은 기원전 2,500년경에 만들어진 것으로 알려져 있다.

이렇게 볼 때에 유안진의 시에서 '스핑크스'에 비유되어 있는 '고양이'가 "지구에 사는 자 중에서 가장 꿈이 많은 나"라고 스스로를 규정하고 있는 구절은 화석을 통해 약 4,000만 년 전에 이미 존재했던 것으로 알려진 고양이과 동물의 출현에 관계되기도 하고, 그 이후 진화를 거듭하여 약 1,000만 년 전의 모습을 오늘날에도 그대로 지니고 있는 '고양이'의 변함없는 모습에 관계되기도 한다. 이처럼 포유류 중에서 가장 오래되었을 뿐만 아니라 모든 '고양이과' 동물의 원조에 해당하는 "고양이"의 자긍심과 자부심은 "지구에 사는 자 중에서 가장 꿈이 많은 나"에서 절정에 이르게 되며, 이 구절로 인해 "고양이"는 자신이 모든 맹수의 원조라는 점을 다시 한 번 확인하게 된다. 그 결과 "고양이"는 "꿈없는 어류나 파충류와 비교도 하지 마라"라고 단호한 선언을 하게 된다.

유안진의 시에 반영되어 있는 'I AM'의 세계로서의 이러한 "고양이"의 세계는 마지막 연의 "다문화적 친화성"과 그것을 흠모하는 "천하의 맹수들"에서 다시 확인할 수 있다. 상이한 문화와 그 정체성을 인정하고 수용하고 유지하는 것을 목적으로 하는 '다문화주의'는 1980년대 중반에서 1990년대 중반까지 10

여 년간 문화론 연구의 중심이 되었을 뿐만 아니라 인종·문화·종교·정치·사회·이데올로기 등 개체로서의 특성과 특징을 인정함으로써 사회적 응집력의 증진을 강조하였다. 이러한 의미의 다문화주의에서는 앞에서 언급한 '나도'나 '너도'와 같은 접두어, '연-대기' 등이 필요 없게 되고 모든 개체의 대등성과 평등성을 강조하게 된다. 따라서 첨단문화 / 원시문화, 선진국 / 후진국, 백인 / 유색인, 서구 / 비-서구 등의 이항대립二項對立이 무의미하게 되어 문화적 특성으로서의 'I AM'의 세계만이 존재하게 된다. 이렇게 볼 때에 유안진의 시에서 강조하고 있는 "곰 다람쥐 코끼리와도 친한" 고양이의 '다문화적 친화성'은 '나도'나 '너도'처럼 모든 것이 차별화되어 있을 뿐만 아니라 '연-대기'에 의해서 서열화되어 있는 우리 사회에 하나의 경종으로 작용하고 있다.

따라서 유안진의 시에서 그 모든 것을 평정한 '고양이'는 그 나름대로의 "오로지 외로운 평화平和와 호사豪奢"를 누리게 되고, "아무것도 안중에 없는" 만족스러운 위치에 있게 되고, "날마다 길모퉁이 담장 위에 올라앉아" 한가로운 시간을 보내게 된다. "고양이"가 만족스럽게 누리고 있는 이와 같은 한가로운 시간을 유안진의 시에서는 "나의 사명"이라고 반어적으로 강조하였다. 그것이 '반어적'이라고 말할 수 있는 까닭은 "사명"이라는 말에는 "죽음을 무릅쓰고라도 반드시 완수해야만 하는 일"이라는 어마어마하게 중차대한 의미가 내포되어 있음에도 불구하고 "여린 겨울햇볕 차가운 바람에 딱 한 올씩의 터럭만을 / 헹구어내는 일"을 그렇게 표현하였기 때문이다. 그럼에도 이 구절에는 앞에서 언급한 절대지존絕對至尊 혹은 절대원조絕對元祖로서의 "고양이"의 여유로운 모습이 분명하게 드러나 있으며, 그러한 모습의 "고양이"는 "개犬와 나를 혼동하지 마라"라고 자신의 위치를 만천하에 천명하고 있다. 따라서 선생님의 시에서의 "고양이"는 주인으로서의 '사람'에게 귀속되어 '연-대기'에 길들여져 바로 그 주인에게 절대충성을 바치는 "개犬"─스승의 제자가 되어 스승의 세계를 답습하는 "무릎제자"로 비유되어 있는─와 유아독존唯我獨尊의 위치에 있는 '나-고양이'를 "혼동하지 마라"라고 명령함으로써, 자신의 위치를 다시 한 번 분명하게 선언하고 있다.

　유안진의 시 「고양이, 도도하고 냉소적인」에 등장하는 "고양이"처럼 누구나 당당하고 떳떳하게 호령치고 싶어 하는 사람들이 우리 사회에는 무척 많이 있겠지만, 그렇게 호령을 칠 수 있는 지존의 위치에 있는 사람들은 정말 얼마 되지 않을 것 같다는 생각을 했다. 그리고 "……하지 마라"라고 도도하게 소리칠 수는 없다하더라도, "……하지"라고 냉소적으로 말할 수만이라도 있었으면 좋을 것 같다는 생각도 했다. 무더운 여름의 막바지에 유안진의 시를 읽으면서 전자의 모습보다는 후자의 모습이 자꾸만 필자의 모습과 겹쳐지고는 했다.

6. 김형영의 시 「고해告解」의 세계
─ 불가능한 용서와 때늦은 화해

　김형영 시인이 추구하고 있는 가톨릭정신은 다음에 인용하는 그의 시 「고해告解」에 분명하게 반영되어 있으며, 이 시에서는 '참회'와 '용서'의 세계를 강조하고 있다.

　　원수 같은 놈
　　원수 같은 놈 죽어나 버리지
　　되뇌듯 미워했는데
　　오늘 세상 떠났다는 소식에
　　내 눈을 덮으며
　　하얗게 쌓이는 쓸쓸함이여
　　내 마음이 허공이구나.

─ 김형영, 「고해」 전문

위에 전문이 인용된 김형영의 시「고해」에는 우리들이 보편적으로 하게 되는 '고해성사'와는 조금 다르게 시작하고 있으며, 이러한 점은 "원수 같은 놈 / 원수 같은 놈 죽어나 버리지"라고 자신의 마음을 솔직하게 표현하고 있는 '증오'와 '저주'에서 찾아볼 수 있다. 우리들이 미사 중에 합송하고는 하는 '주님의 기도' 중에서 가장 힘든 부분은 아마도 "저희에게 잘못한 이를 저희도 용서하였듯이"라는 부분일 것이며, 이 부분에 접할 때마다 대부분의 경우 우리들은 멈칫거리고는 하게 마련이다. 그래서 예수 그리스도는 "너희가 다른 사람들의 허물을 용서하면, 하늘의 너희 아버지께서도 너희를 용서하실 것이다. 그러나 너희가 다른 사람들을 용서하지 않으면, 아버지께서도 너희의 허물을 용서하지 않으실 것이다"(「마태오복음서」 6장 14~15절)라고 강조했고, "너는 어찌하여 형제의 눈 속에 있는 티는 보면서, 네 눈 속에 있는 들보는 깨닫지 못하느냐?"(「마태오복음서」 7장 3절)라고 강조했나 봅니다. 또한 '고해성사'를 볼 때에 우리들은 "이 밖에 알아내지 못한 죄도 모두 용서하여 주십시오"라고 말하면서 성사를 마치게 되고, 사제로부터 보속을 받은 다음 "하느님, 제가 죄를 지어 참으로 사랑 받으셔야 할 주님의 마음을 아프게 했사오니, 악을 저지르고 선을 소홀히 한 모든 잘못을 진심으로 뉘우치나이다. 또한 주님의 은총으로 속죄하고 다시는 죄를 짓지 않으며 죄지을 기회를 피하기로 굳게 다짐하오니, 우리 구세주 예수 그리스도의 수난 공로를 보시고 저에게 자비를 베푸소서"라고 '통회의 기도'를 바치게 된다.

　　김형영의 시세계는 '서정시의 세계'와 '신앙시의 세계'를 함께 모색해온 것으로 평가되고 있다. 서정시의 세계는 "슬픔하나가 / 내 가슴에 박히는 날의 / 풍경이여, / 어느 슬픔인들 / 떨어지는 나뭇잎 하나 / 멈추게 하리"로 끝맺는 『문학나무』 창간호2001.여름에 수록된 「슬픔 하나」에서 찾아볼 수 있으며, 신앙시의 세계는 『문학동네』2001.여름에 수록되어 있고 위에 그 전문이 인용된 「고해」에서 찾아볼 수 있다. 그러나 그동안의 신앙시세계와는 다른 것이어서 이 시를 읽으면 생경하기도 하고 당혹스럽기도 하고 놀랍기도 하다. 그것은 이 시의 '시적 자아'가 마음속으로만 증오하고 미워하던 어떤 대상에 대한 저주의 감정이 적 나라하게 드러나 있기 때문일 것이다. 증오와 미움과 저주의 감정을 이 시에서 처럼 솔직하게 드러내는 일은 쉽지 않을 것 같다는 생각을 하면서 이 시를 굳이 살펴보고자 하는 까닭은 이 시의 배경으로 작용하고 있는 일상인으로서의 치 유불가능한 마음의 상처와 증오와 저주, 신앙인으로서의 고해와 통회와 용서에 대한 인간의 영역과 하느님의 영역에 대해 시인 자신으로 대표되는 '시적 자아' 의 마음가짐에 공감하고 있기 때문이기도 하고, 조금은 다른 시각으로 이 시를 읽어내고자 하기 때문이기도 하다.

위에 인용된 시를 쓰게 된 동기는 "오늘 세상 떠났다"라고 누군가가 전해준 소식, 시적 자아로서의 김형영 자신과 이 시의 대상이 된 "원수 같은 놈"의 지 난날의 긴밀했던 관계만을 기억하고 있을 뿐이지 현재의 철천지원수의 관계를 전혀 눈치 채지 못하고 있는 어느 누군가가 전해 준 소식, 바로 그 증오의 대상 이 죽어버렸다는 소식을 전해 듣는 순간, 시적 자아는 자신의 증오와 저주가 화 근이 되어 바로 "그 놈"이 정말로 세상을 떠났을 수도 있다는 남모르는 죄책감 에 사로잡혔을 것이고, 독실한 가톨릭 신자로서 예수 그리스도와 성모 마리아 의 가르침에 벗어나는 언행을 자주 일삼았다고 생각되는 자신의 모습에 깜짝 놀라 섬뜩한 마음으로 스스로를 되돌아보았을 것이다. 아무려면 그래서 "그 놈" 이 죽은 것은 아닐 것이다. 하느님으로부터 부여받은 지상에서의 목숨이 다했 든지, 아무도 몰랐던 무슨 질병이 악화되었든지, 아니면 어떤 돌변의 사고로 하 느님의 부름을 받아 세상을 떠났을 수도 있을 것이다. 그러나 중요한 점은 바로 그 "원수 같은 놈"이 세상을 떠났다는 사실, 저주와 경멸의 대상이 이제는 더 이 상 이 세상에 존재하지 않게 되었다는 사실, 그래서 증오와 분노의 독화살을 마 구잡이로 쏘아댈 대상이 사라져버렸다는 사실이 중요하다고 생각한다. 대상 없 는 분노, 대상 없는 저주, 대상 없는 경멸, 대상 없는 증오는 허망한 분노, 허망 한 저주, 허망한 경멸, 허망한 증오로 끝나버리게 되어 있다. 죽음은 모든 것을 원점으로 되돌려 놓게 되고, 만남과 떠남, 사랑과 이별, 친교와 결별, 우정과 원수의 관계를 하나로 통일시켜 버리게 된다. 그리고 그러한 죽음은 종종 검은색으로 비유되고는 한다. 각양각색의 사람들이 저마다의 가슴속에 간직하고 있는 수만 수천가지 감정만큼이나 다양한 형형색색의 색깔을 하나로 짓뭉개버릴 수 있는 색깔은 검정 색뿐이라고 생각한다. 변화무쌍하면서도 언제나 양극성을 지닌 인간의 감정처럼 검정 색은 축복의 색이자 저주의 색이라고 볼 수 있다. 그래서 "원수 같은 놈"에 대한 시적 자아로서의 시인의 증오의 감정, 까맣게 타버린 증오의 감정은 바로 그 증오의 대상이 "오늘 세상 떠났다"라는 소식으로 인해 하얗게 "허공"의 색깔로 표백되어 버리게 된다.

"원수 같은 놈 / 원수 같은 놈 죽어나 버리지 / 되뇌듯 미워했는데"라고 시작되는 이 시의 처음 두 행에는 "원수"로 비유되는 어떤 대상에 대한 시적 자아로서의 시인의 철저한 증오와 분노, 저주와 경멸이, 마지막 행에는 번뇌와 성찰, 연민과 통한이 나타나 있다. 마주칠 때마다 혹은 생각날 때마다 부드득 이를 갈기도 하고, '저런 놈이었구나'라고 생각하면서 한심한 시선으로 바라보기도 하고, 애써 못 본 척 하기도 하면서 "죽어나 버리지"라고 염원하고는 했었는데 "오늘 세상 떠났다"라는 누군가의 전갈을 듣는 순간 "되뇌듯 미워했는데"라며 김형영 시인은 문득 자기 자신을 되돌아보게 된다. '원수 같은 놈, 잘 죽어버렸다'라고 '통쾌해하기'—비록 원수보다 더한 놈이라 하더라도, 이 세상 어느 누군들 타인의 죽음 앞에서 통쾌해할 사람이 어디 있을까만—보다는 "미워했는데"라며 잠시 깊은 생각에 잠기고 있기 때문이다. "되뇌듯 미워했는데"라는 독백의 이면裏面에는 함께 했던 지난날들을 그만큼 자주 떠올리고 회상했다는 사실이 묵시적으로 암시되어 있다. 그러한 회상이 없었다면 되뇌듯 미워하지도 않았을 것이고 증오하지도 않았을 것이다. 현재의 미움과 증오의 크기는 지난날에 대한 기억과 회상의 크기에 비례하기 때문이며, 과거에 대한 기억과 회상이 없었다면 미워할 이유도 없었고 증오할 까닭도 없었을 것이다. 이런저런 모임과 자리에서 바로 그 증오의 대상과 어쩔 수 없이 마주칠 수밖에 없었던 시적 자아로서의 김형영 시인에게 사람들은 말하고는 했을 것이다. '아예 모르는 사람처럼 행동하세요', '그냥 그러려니 하세요', '아무렇지도 않게 대하세요'. 그러나 그렇게 하는 것이 그리 쉬운 일은 아니었을 것이다. 그러나 우리들의 주변에는 놀랍게도 그렇게 행동하는 사람이 있기는 있다. 아마도 이 시에서의 "원수 같은 놈"도 그렇게 행동했을 것이라고 생각해 본다. "주님께서 나를 보내시어 가난한 이들에게 기쁜 소식을 전하고, 마음이 부서진 이들을 싸매어 주며 잡혀간 이들에게 해방을, 갇힌 이들에게 석방을 선포하게 하셨다"(「이사야서」 61장 1~2절)라고 강조했지만, 그 어떤 위로의 말도 시인 자신이 받은 마음의 상처와 절망을 아물게 하지는 못했을 것이다.

우리들이 살아가면서 만나게 되는 사람들과 처음부터 원수가 되는 것은 아니다. 누가 누구를 먼저 찾았든 감성의 일치, 처지의 일치, 생각의 일치, 취향의 일치 등으로 알게 모르게 가까이 지내다가 아주 사소한 일로 인해 감정의 골이 걷잡을 수 없을 정도로 깊어지게 되고, 차라리 모르고 지낸 편이 오히려 속 편할 정도로 불편하고 어색하고 어설픈 관계로 악화되고, 급기야는 적어도 이 시의 내용으로 볼 때에 결코 생각조차 해서는 절대로 안 되는 "죽어나 버리지"라고 저주하게 되기도 한다. 하기야 바로 그 "원수 같은 놈"의 기만과 위선과 배신감에 오죽이나 분하고 억울하고 괘씸했으면 그렇게까지 했을까라는 생각을 하게 한다. 그러나 생각날 때마다 되뇌듯 저주하기보다는 "일곱 번 아니라 일흔일곱 번까지라도 용서해야 한다"(「마태오복음서」 18장 22절)라는 말씀과 "네 형제가 죄를 짓거든 꾸짖고, 회개하거든 용서하여라. 그가 너에게 하루에도 일곱 번 죄를 짓고 일곱 번 돌아와 '회개합니다' 하면, 용서해 주어야 한다"(「루카복음서」 17장 4절)라는 말씀처럼 용서하는 일이 중요하다고 생각한다. 그러나 이 시의 내용으로 미루어 볼 때에 아마도 용서를 빈 쪽은 오히려 시적 자아이고 "오늘 세상 떠났다"라는 바로 그 저주의 대상은 한 번도 용서를 빌지 않은 듯하다. 누구를 용서한다는 일이 물론 쉽지는 않지만, 「마태오복음서」에 나타나 있는 바와 같이, 예수 그리스도는 '원수사랑'(5장 43~48절)과 '황금률'(7장 12절), '하느님 사랑'과 '이웃사랑'(22장 37~40절)을 강조하고 있다. 그렇지만 한낱 평범한 일상인으로 살아가는 사람들에게는 그러한 사랑을 실천하는 일이 그렇게 쉬운 일은 아니다. 아무런 잘못도 없이(혹은 잘못한 것이 없는 것, 바로 그것이 잘못이었을 수도 있다) 무작정 용서를 빌었는데도 "오늘 세상 떠났다"라는 바로 그 "원수 같은 놈"이 어처구니없게도 되레 두 눈을 부릅뜨고 벽력같이 고래고래 소리를 질러댔을 수도 있었을 것이다. 차마 입에 담을 수 없는 모욕적인 말을 하면서. 모욕적인 말과 소리 지르기는 바로 그 "원수 같은 놈" 스스로가 제 잘못을 인정하는 것이나 다름없을 것이다. 그렇다 하더라도 용서하는 일이 중요하다. 바로 시적 자아로 대표되는 '나 자신'을 위해서, '나 자신'의 생산적인 발전을 위해서, '나 자신'의 건강한 일상생활을 위해서, '나 자신'의 치유 불가능한 마음의 상처를 스스로 아물리고 절망의 늪에서 벗어나기 위해서 용서하는 일이 중요하다고 생각한다.

그리고 "하얗게 쌓이는 쓸쓸함이여 / 내 마음이 허공이구나"라는 구절에는 "흔적의 추적"을 강조하는 자크 데리다의 말처럼, "타자에게 투사되는 욕망"을 강조하는 자크 라캉의 말처럼, 흔적으로 남겨진 증오와 미움에서 비롯된 악감정의 '표백성'과 그러한 감정의 투사대상이 사라져버린 저주와 경멸의 '공허함'이 드러나 있다. 시적 자아로서의 시인의 가슴 속에 오이디푸스 상처로 남겨진 흔적, 그것은 끊임없는 용서와는 무관하게 언제부터인가 철천지원수처럼 지닐 수밖에 없었던 "오늘 세상 떠났다"라는 바로 그 "원수 같은 놈"의 예상을 뒤엎는 언행으로 인해 자꾸만 새롭게 불거져 나오는 불편한 관계를 바이러스에 감염된 컴퓨터 칩처럼 깡그리 뽑아내어 폐기처분할 수 없기 때문이기도 하고, 시인 스스로 끝없는 기도의 힘으로 치유불가능한 마음의 상처를 애써 다독거리고는 하던 분노의 감정이 예기치 않은 순간에 불쑥불쑥 뛰쳐나올 때마다 저주와 경멸과 증오의 말을 되뇌듯 투사시키던 바로 그 대상이 이제는 이 세상에 존재하지 않기 때문이기도 하다.

　이 구절에는 또 바로 앞 행의 마지막 구절인 "미워했는데"에 암시되어 있는 바와 같이 '왜 그토록 미워했을까'라며 스스로를 되돌아보는 김형영 시인의 마음가짐, 허무하고 공허한 마음가짐이 나타나 있다. 저주, 미움, 경멸, 증오의 대상이 존재하지 않는 '지금 이 순간'에 시적 자아로서의 시인 자신은 아무런 결과 없는 그 모든 검은 감정들을 하얗게 표백시키고 있다. 그러나 "원수 같은 놈"으로 대표되는 세상 사람들의 이중성에 속았을 수도 있고, 겉으로는 신사처럼 점잖은 체 행동하지만 속으로는 몰지각한 시정잡배나 다름없이 추잡한 마음을 가진 그런 사람들의 이중성에 기만당했을 수도 있고, 시인 자신의 천진무구함으로 인해 어떤 환상에 사로잡혀, 세련되고 고상하게 이 세상을 살아가는 것처럼 보이는 사람들로부터 사기 당했을 수도 있다는 생각을 하게 된다. 그게 사실이라면, 좀 더 거리를 두고, 좀 더 계산하면서, 좀 더 타산적으로 대인관계를 형성했더라면, 이 구절에서처럼 그렇게 가슴아파하지 않아도 되고 참담한 절망에 번뇌하지 않아도 되었을 것이다. 하지만 기만당하고 싶어 기만당하고 사기당하고 싶어 사기 당하고 배신당하고 싶어 배신당하는 사람은 아무도 없을 것이다. 상처는 누가 주는 것이 아니라 스스로 받고 스스로 만들고 스스로 치유하는 것이 듯이, 스스로 기만당하고 사기 당하고 배신당하게 되는 것이기 때문이다. 시적 자아로서의 시인에게 깊은 마음의 상처를 준 "오늘 세상 떠났다"라는 바로 "그 놈"은 살아생전 시인 자신에게 그러한 상처를 주었다는 사실조차도 까맣게 잊고 있었을지도 모른다.

　이렇게 보면 증오의 말도, 미움의 말도, 저주의 말도, 분노의 말도 모두 "저는 보잘것없는 몸, 당신께 무어라 대답하겠습니까? 손을 갖다 댈 뿐입니다. 한 번 말씀드렸으니 대답하지 않겠습니다. 두 번 말씀드렸으니 덧붙이지 않겠습니다"(「욥기」 40장 4~5절)라는 말씀으로 수렴되고 만다. 따라서 이 시의 전반부에 나타나 있는 강도 높은 언어들은 "하얗게 쌓이는 쓸쓸함이여 / 내 마음이 허공이

구나"처럼 "내가 진실로 너희에게 말한다. 너희가 회개하여 어린이처럼 되지 않으면, 결코 하늘나라에 들어가지 못한다. 그러므로 누구든지 이 어린이처럼 자신을 낮추는 이가 하늘나라에서 가장 큰사람이다. 또 누구든지 이런 어린이 하나를 내 이름으로 받아들이면 나를 받아들이는 것이다"(「마태오복음서」 18장 3~5절)라는 말씀처럼 온유한 언어로 전환된다. 그토록 증오하고 미워하던 바로 그 "원수 같은 놈"이 "오늘 세상 떠났다"라고 누군가가 전해주는 소식에 시적 자아로서의 김형영 시인은 문득 스스로를 되돌아보면서 "예수님, 저희 죄를 용서하시며, 저희를 지옥 불에서 구하시고, 연옥 영혼을 돌보시며 가장 버림받은 영혼을 돌보소서"라고 '구원의 기도'를 드렸을 것이다. 악감정이 끓어오를 때마다 반사적으로 증오의 대상에게 투사되고는 하던 검은 색의 증오는 이러한 과정을 거쳐 하얗게 표백되어 버리고, 그렇게 표백된 '내 마음'의 크기는 광대무변의 "허공"에 비유되어 있다. 일상인으로서의 인간의 세계에서는 용서보다는 증오가 더 크게 작용하지만, 전지전능하고 무한한 사랑을 강조하는 하느님의 세계에서는 증오보다는 용서가 더 크게 작용하고 있다. 아마도 '고해성사'를 통해 가톨릭 신자들이 궁극적으로 지향하고자 하는 세계도 사실은 인간의 영역에서 하느님의 영역으로 나아가기 위한 과정으로서의 단계에 해당한다고 생각한다. 바로 여기에 신앙인으로서의 생활 철학이 자리잡고 있다. 따라서 까맣게 타 들어가던 증오의 감정은 "하얗게 쌓이는 쓸쓸함"으로 전환되고 그러한 마음가짐은 궁극적으로 "허공"과 일치하게 된다. 그러한 허공에는 아무것도 없는 것처럼 보이지만 실제로는 천지를 창조한 하느님이 자리 잡고 있다.

　마지막으로 "내 눈을 덮으며"라는 생각을 좀 더 일찍 했더라면 참 좋았을 것 같다는 생각이 들기도 한다. 지금은 이 세상 사람이 아닌 그 사람, 증오의 '원수'에서 연민의 '사람'으로 전환되는 그 사람을 좀 더 일찍 용서했더라면 좋았을 것이다. 시적 자아가 아무리 용서를 빌어도 받아주지 않았다 하더라도, 황석영의 소설 『삼포 가는 길』에서 나이 어린 '군죄수軍罪囚'들을 자신이 할 수 있는 한, 힘자라는 데까지 뒷바라지하던 '백화'의 마음과도 같은 시적 자아의 순수하고 따뜻한 마음씀씀이를 "오늘 세상 떠났다"라는 바로 그 사람이 김승옥의 소설 『무진기행』의 '윤희중'처럼 즉흥적이고 순간적으로 이용하고 악용하고 활용했다 하더라도, 바로 그 사람이 딴 세상 사람이 되기 전에 용서하고 화해했더라면, 그것이 비록 표면적인 용서와 화해였다 하더라도, 시인 자신의 마음이 이 구절에서처럼 그렇게 무겁지는 않을 듯하다. 그러나 "미운 사람 어디 있었던가"라는 「눈물 한 방울」에서처럼, "내 눈을 덮으며"에 암시되어 있는 바와 같이 통회의 눈물로 스스로를 질타할 필요는 없을 것이다. 김형영 시인에게는 "여보게 친구, / 아무리 화가 나시더라도 / 마음속의 / 무심한 미움일랑 / 꺼내진 말고 사세"라고 시작되는 「아무리 화가 나시더라도」처럼 순수하고 아름다운 마음이 자리잡고 있으며 그러한 마음가짐을 하늘에 계신 하느님께서는 알고 있기 때문이다. 부분적이고 불완전한 용서는 인간의 영역이지만, 전체적이고 완전한 용서는 하느님의 영역이기 때문이다. 그래서 우리들은 밤마다 "너희에게 평화를 두고 가며 내 평화를 주고 간다"라는 하느님의 말씀을 되새기면서 '삼종기도'를 드리게 된다고 생각한다.

7. 문정희의 시 「독수리의 시」의 세계
− '상공의 팡세' 또는 'womb/man'으로서의 독수리의 시학

문정희의 시세계를 생각하노라면 필자는 언제나 "꿈결처럼 / 초록이 흐르는 이 계절에 / 그리운 가슴 가만히 열어 / 한 그루 / 찔레로 서 있고 싶다 // 사랑하던 그 사람 / 조금만 더 다가서면 / 서로 꽃이 되었을 이름"이라고 시작되는 「찔레」를, "세상의 사나이들은 기둥 하나를 / 세우기 위해 산다 / 좀 더 튼튼하고 / 좀 더 당당하게 / 시대와 밤을 찌를 수 있는 기둥"이라고 시작하여 "천년

후의 여자 하나 / 오래 잠 못 들게 하는 / 멋진 사나이가 여기 있다"라고 끝맺는 「사랑하는 사마천 당신에게」를, "그 많던 여학생들은 어디로 갔을까 / 저 높은 빌딩의 숲, 국회의원도 장관도 의사도 / 교수도 사업가도 회사원도 되지 못하고 / 개밥의 도토리처럼 이리저리 밀쳐져서 / 아직도 생것으로 굴러다닐까 / 크고 넓은 세상에 끼지 못하고 / 부엌과 안방에 갇혀 있을까 / 그 많던 여학생들은 어디로 갔는가"라고 끝맺는 「그 많던 여학생들은 어디로 갔는가」를 떠올리고는 한다. 문정희의 시세계를 생각할 때마다 필자가 자주 떠올리고는 하는 이들 세 편의 시에는 문정희의 시의 역사 혹은 문정희의 시의 변화 과정이 나타나 있다고 생각하기 때문이다.

"사랑하던 그 사람 / 조금만 더 다가서면 / 서로 꽃이 되었을 이름"이라는 구절을 떠올리노라면, 문정희 시인의 젊은 날의 안타까운 마음이 하얀 찔레꽃 향기가 되어 오랜 세월이 지난 지금도 남모르는 아련한 기억으로 되살아나는 것 같기도 하고, "천년 후의 여자 하나 / 오래 잠 못 들게 하는 / 멋진 사나이가 여기 있다"라는 구절을 읽다보면, 문정희 시인만의 활달하고 당당하고 시원시원한 목소리가 들려오는 것 같기도 하고, "크고 넓은 세상에 끼지 못하고 / 부엌과 안방에 갇혀 있을까 / 그 많던 여학생들은 어디로 갔는가"라는 구절을 떠올리다보면, 여자이기 때문에 그저 그렇고 그런 사람으로 살아가야만 하는 이 세상 모든 여자들의 한 맺힌 절규가 커다란 메아리가 되어 꽝꽝 귀청을 때리는 것 같기도 하다.

문정희 시인의 시세계를 이끌고 있는 이러한 점을 필자는 흔히 언급되고는 하는 페미니즘을 뛰어넘고자 하는 그녀 자신만의 당당하고 힘찬 시적 목소리로 파악하고 있으며, 이러한 목소리는 『문학수첩』2008.가을에 발표한 그녀 자신의 시 「독수리의 시」에서도 찾아볼 수 있다.

눈알 속에 불이 담긴 맹금

나는 부리로 허공을 쪼던 독수리였는지도 몰라

나는 칼 잡은 여자!

도마 위에 날것을 얹어놓고 수없는 상처를 내고

자르고 썰고 토막치고 살았지

불로 끓이고 지지고 볶고 살았지

나는 한 달에 한 번 피를 보는 여자!

제 몸을 찢어 아이를 낳아 사람으로 키우지

내가 시인이 된 것은 당연한 일!

다리미가 뜨거워지기를 기다리는 동안 책을 읽고*

찌개가 끓는 동안 글을 썼지

밤이 되면 남자가 아니라

허물 벗은 자신의 맨살을 만지며

김치의 숙성처럼 스스로 익어가는 목소리를 기다렸지

나는 알고 있지

적과 동지를 구별하는 기교가 아니라

내가 나를 키우는 자궁의 시간을

그 무엇도 아닌 자신의 피로 쓰는

천 년 독수리의 시 쓰는 법을

*에이드리언 리치 : 미국의 여성 시인

— 문정희, 「독수리의 시」 전문

　　이 시를 읽으면서 필자는 남성중심의 사회에서 '여성'으로 겪어야만 하는 여러 가지 어려움을 『제2의 성性』1949에서 시몬 드 보부아르1908~1986가 강조했던 "여성은 여성으로 키워질 뿐이다"라는 논지를 떠올리기도 했고, 하느님의 모습은 왜 남성이어야 하고 예수 그리스도의 열두 제자들 역시 왜 모두 남성이냐는 점을 반문하면서 『성경』을 여성중심으로 다시 써야 한다고 주장했던 바버라 존슨의 주장을 떠올리기도 했고, 오래 전에 어디에선가 읽었던 세상에서 가장 버림받고 학대받는 여성은 '제3세계의 여성 → 유태인의 여성 → 유색인의 여성 → 아프리카의 여성 → 아프리카 남동부 지역의 여성'으로 집약된다는 언급을 떠올리기도 했다.

이처럼 남성중심의 사회에서 억압받고 착취당하고 희생되는 여성의 지위 향상을 위해 전통적으로 지칭하던 'he' 대신에 's / he'를, 'policeman' 대신에 'police'를 보편적으로 사용하기도 하고, 'woman'의 어원은 'womb / man'이라는 주장이 제기되어 'woman'이 먼저이고 'man'은 그 다음이라고 강조하기도 하는 것 같기도 하다. 이러한 점을 문정희의 시 「독수리의 시」의 "내가 나를 키우는 자궁의 시간을"에서 "자궁"이라는 어휘와 관련지어 보았다. 자궁—그것은 인류의 번성과 영화를 가능하게 하는 출산에 긴밀하게 관계되는 여성만의 고유한 특징이라고 볼 수 있다. 따라서 여성의 출산활동이 없었다면 오늘날의 인류는 존재할 수 없다는 주장이 제기되기도 했다. 이러한 생각을 하면서 문정희의 시를 읽어보게 되었다.

문정희의 시 「독수리의 시」에는 그녀 자신 혹은 시적 자아로서의 '나'가 분명하게 제시되어 있다. 우선 제1연에서 '나'는 거칠 것 없고 주저할 것 없고 머뭇거리지 않는 모습을 지닌 "눈알 속에 불이 담긴 맹금"인 "독수리"로 형상화되어 있다. 특히 "눈알 속에 불이 담긴 맹금"에는 이글거리는 열정과 야망, 상대방을 제압하는 강렬한 눈빛, 먼 거리에서도 먹잇감을 단 번에 알아차리고 낚아채는 사냥술이 암시되어 있을 뿐만 아니라 "부리로 허공을 쪼던 독수리였는지도 몰라"에는 자질구레한 세상사에 연연해하지 않고 더 높고 더 광활하고 더 멋진 미지의 세계를 개척하고자 하는 문정희 시인만의 지칠 줄 모르는 정신 세계가 집약되어 있다. 「독수리의 시」에 반영되어 있는 이와 같은 정신 세계를 "상공의 팡세"로 파악하고자 한다. 메를로퐁티가 제안한 바 있는 "상공의 팡세"에서는 사물로부터 멀리 떨어져 있을 때에 사물의 총체성을 파악할 수 있다는 점, 차라투스트라의 고독처럼 자체적으로 각인된 타자성, 자체적으로 부과된 난폭성, 자체적으로 부여된 추방이 무엇인지를 자각할 수 있다는 점 등 '조감도적인 생각하기'를 강조하고 있다. 다시 말하면, 조감도적인 생각하기에서는 시선이 미치는 한 가장 멀리까지 바라볼 수 있고, 바로 그 시선이 미치는 한 시야의 폭을 확장시킬 수 있다는 점을 들 수 있다. 그리고 그것은 언제나 지상의 반사작용을 전제로 한다.

이렇게 볼 때에 "눈알 속에 불이 담긴 맹금"인 "독수리"가 되어 상공으로 날아오른 시인의 시적 상상력은 제2연에서 "나는 칼 잡은 여자!"라고 만천하에 당당하고 공공연하게 선언함으로써 무엇인가 전혀 예상치 못한 일종의 '혁명'이 발생할 것만 같은 조짐을 보이고 있다. 그러나 시인이 손에 잡고 있는 그 "칼"은 뒤이어지는 "도마"에 관련됨으로써, 가족의 식사를 준비하기 위해 손에 잡아야만 하는 온건한 의미의 '식칼'에 해당한다. 그럼에도 "날 것"과 "상처", "자르고 썰고 토막치고"와 "불로 끓이고 지지고 볶고"에 제시되어 있는 바와 같이, 가정주부로서의 여성이, 아내가, 엄마가 주방에서 음식을 준비할 때의 일상적인 일들에는 사뭇 다른 의미가 포함되어 있다. 말하자면, 시퍼렇게 살아 펄펄 날뛰는 생선의 목을 따고, 비늘을 벗겨내고, 지느러미를 떼어내고, 배를 갈라 내장을 빼내고, 때로는 뾰족한 주둥이를 단칼에 싹둑 잘라내기도 하고, 알파 솔라닌이라는 독성이 있다는 이유로 감자의 싹눈—사실은 그것이 감자의 생명인데—을 칼로 도려내기도 하고, 여전히 살아 숨 쉬는 채소를 토막 내어 숨이 죽을 때까지 끓는 물에 데쳐 내기도 하고, 쇠고기를 거침없이 난도질하기도 한다. 이렇게 볼 때에 "나는 칼 잡은 여자!"라는 언급에는 그 무엇도 거칠 것 없고, 두렵지 않고, 장애가 될 수 없다는 무섭고 섬뜩한 외침이 강조되어 있다.

"칼을 뺏으면 피를 봐야지!"라는 옛말처럼, 이상과 같은 의미의 제2연의 "칼"은 제3연의 "나는 한 달에 한 번 피를 보는 여자!"의 "피"를 이끌고 있다. 제2연의 "칼"에 밀접하게 관계되는 이때의 "피"의 이면적인 의미는 물론 여성의 '월경'에 관계된다. 바로 이 '피 흘림'으로 인해 남성의 청결과 여성의 불결을 언급하기도 하고, 지배와 피지배를 강조하기도 하지만, 여성의 이러한 '피 흘림'이 없었다면, 인류의 번성은 절대로 불가능했다는 점을 들어 많은 여성학자들이 강력하게 반론을 제기하기도 했다. 이러한 점은 이 시에서 "제 몸을 찢어 아이를 낳아 사람으로 키우지"에서도 찾아볼 수 있다. 특히 "아이를 (…중략…) 사람으로 키우지"에는 '유아기 → 초기아동기 → 학령기 → 청소년기 → 성인초기'를 거쳐 완벽한 인격체로서의 '성인'이 되기까지 여성으로서의 어머니의 헌신적인 뒷바라지와 교육 그리고 결혼시켜 한 가정을 꾸리게 하기 까지 등이 암시되어 있다. 사실 그 '아이'가 '아들'이라면 그런대로 수월할 수도 있겠지만, '딸'이라면 친정어머니로서 겪게 되는 어려움은 이루시루 말로 다 형언할 수가 없을 것이다. "시어머니 시아버지 시누이들하며 시동생과 / 시고모와 시댁의 권속들과 식솔들과 / 장엄한 무덤들까지……5대 7대 9대손들의 / 손의 손손들이…… / 으시시하고 시큼하고 시시콜콜하게 / 시큰거리며 시시한 시앗들과 / 씨앗들의 뿌리의 뿌리가"라는 문정희의 시 「진짜 시」에 적나라하게 드러나 있는 바와 같이, '딸'을 출가시키고 나면 홀가분한 것이 아니라 시댁에서의 예의범절은 물론 흔히 말하는 시댁 떨거지들의 촌수와 호칭, 시댁 조상들의 성묘, 명절과 제사준비 등 친정어머니로서 가르쳐야 할 것이 산더미 같다. 행여 출산이라도 쉽게 하면 몰라도 그렇지 못하면 그 책임은 고스란히 친정어머니의 몫으로 돌아오기 마련인 것이 우리 사회의 잘못된 관습 중의 하나라고 볼 수 있다.

'아이'가 성장하여 독립적인 '성인'이 되기까지에는 이와 같은 여성으로서의 어머니의 위대한 힘이 작용하고 있는 까닭에, 문정희 시인은 "내가 시인이 된 것은 당연한 일!"이라고 분명하게 언급하고 있다. 다시 말하면, 모든 것을 돌봐주어야 하는 '아이'를 뒷바라지하여 완벽하고 독립적인 인격체를 지닌 '성인'으로 키워내기까지 어머니가 겪어야만 하는 고통의 시간은 한 편의 시가 탄생하기까지의 '산고^{産苦}'에 관계된다고 볼 수 있다. 이러한 점은 "다리미가 뜨거워지기를 기다리는 동안", "찌개가 끓는 동안" 등에 암시되어 있는 바와 같이, 자질구레한 일상사를 묵묵히 이끌어가면서 촌음^{寸陰}을, 자투리시간을 아껴 시를 쓰는 주부, 아내, 어머니로서의 선생님의 모습이 분명하게 나타나 있다. 특히 "허물 벗은 자신의 맨살을 만지며"에는 시적 자아로서의 문정희 시인이 한 편의 시와 정면으로 대결하는 모습이 반영되어 있으며, "김치의 숙성처럼 스스로 익어가는 목소리"에는 오랜 기간을 거쳐 비로소 한 편의 시가 탄생하는 과정이 제시되어 있다.

이처럼 문정희의 시에 반영되어 있는 전지전능한 존재로서의 '나 / 여성'에는 단순한 성별로서의 'woman'의 의미보다는 'womb / man'의 의미 혹은 그 이상의 의미가 포함되어 있다. 따라서 "나는 알고 있지"라고 시작되는 마지막 연에는 "내가 나를 키우는 자궁의 시간"과 "천 년 독수리의 시 쓰는 법"이 병치되어 있다. 전자에는 이 시대에 어느 곳에나 만연해 있는 "적과 동지를 구별하는 기교", 말하자면 자신의 잇속을 찾아 약삭빠르게 어제의 적이 오늘의 동지가 되기도 하고 오늘의 동지가 내일의 적이 되기도 하는 눈에 훤히 보이는 가증할 '기교'를 과감하게 떨쳐버리고 진정한 의미의 '나'를 찾는 시간이 "자궁의 시간"으로 비유되어 있다. 후자에는 지상의 세계로부터 비상하여 '상공의 팽세'를 가능하게 하는 '독수리의 시학'이 반영되어 있으며, 그것은 지상에서의 여성만의 고유한 특징이자 인류의 번성을 가능하게 하는 '피 흘림'을 바탕으로 하고 있다. 이렇게 볼 때에 지상에서의 '나 / 여성'으로서의 "자궁의 시간"과 상공에서의 'womb / man'으로서의 "독수리의 시 쓰는 법"은 서로 교감함으로써, 문정희의 시 「독수리의 시」를 엮어 짜는 튼튼한 씨줄과 날줄로 작용하고 있다.

8. 조창환의 시 「닻을 내린 배는 검은 소가 되어」의 세계
─ 서정시의 수난·부활·강림을 위하여

『시와시학』1999.가을에 수록된 조창환의 시 「닻을 내린 배는 검은 소가 되어」를 효과적으로 이해하기 위해서 들어야 하는 음악은 바흐의 〈마태수난곡〉이어야 한다. 그의 이 시에 알맞은 음악은 쇼팽의 감성어린 피아노 소품도 아니고 베토벤의 장엄한 교향곡도 아니고 모차르트의 화려한 협주곡도 아니고 브람스의 달콤한 현악사중주곡도 아니고 슈베르트의 애절한 연가곡도 아니고 베르디의 웅장한 오페라곡도 아니라 바로 바흐의 〈마태수난곡〉이어야만 한다. 「닻을 내린 배는 검은 소가 되어」가 종교시는 아니지만 바흐의 이 곡을 배경으로 하여 이 시를 읽게 된다면 거기에 담겨진 과거, 현재, 미래로 이어지는 '서정시의 길'과 '시인의 길'이 무엇인지를 이해할 수 있을 것이기 때문이다. 음악이 흐른다. 전부 68곡의 합창과 독창으로 이루어진 이 곡은 4시간 동안 이어지고 있다. 모두가 잠들어버린 늦가을의 깊은 밤에 "오라 딸들아 와서 나를 슬픔에서 구하라"로 시작되는 제1곡에서부터 "저희도 눈을 감나이다. 저희는 눈물에 젖어 무릎 꿇고 주님을 부르나이다"로 끝맺는 마지막 곡까지 〈마태수난곡〉을 들으면서 「닻을 내린 배는 검은 소가 되어」를 읽고 또 읽고 또 읽어 본다. 그러나 깨끗한 음질을 특색으로 하는 CD로 듣는 〈마태수난곡〉에는 반짝거리며 햇빛을 반사하는 강물과도 같은 순간의 아름다움은 있지만 LP로 듣는 〈마태수난곡〉이 보여주는 깊고 그윽한 아름다움, 지고 있는 석양을 보랏빛으로 수용하는 저녁바다의 엄숙한 아름다움이 없어 아쉽기만 하다. 언제가 없애버린 바로 그 LP판을 아쉬워하며 CD로 이 곡을 다시 듣고 있다.

　　내 집 뜨락에 닻을 내린 배
　　먼 길 돌아와 상처가 깊다.

달빛 환한 밤, 늙은 느릅나무 아래

맑으나 두터운 종소리 울리듯

빈 배에 가득, 은행잎 같은

빗방울만 담겨 있다.

후두둑 비 쏟아지는 소리 들으며

내 집 뜨락이 거문고 소리 내는

연못으로 흔들릴 때

닻을 내린 배는 검은 소가 되어

물끄러미 방안을 들여다본다.

세상의 눈물로는 가두지 못 할

흐린 사랑들 연꽃처럼 아득하여

마음의 빈터에 검붉은 바다를 이루었나.

검은 소 고삐잡고 바다를 향해

먼 길 떠나려 할 때

밟아도 부서지지 않는 빗소리

가을날 은행잎 쏟아지듯

천지에 가득하다.

— 조창환, 「닻을 내린 배는 검은 소가 되어」 전문

바흐의 〈마태수난곡〉을 들으며 「마태복음서」, 「마르코복음서」, 「루카복음서」와 더불어 '4대복음서'로 불리기도 하고 「닻을 내린 배는 검은 소가 되어」와 잘 어울린다고 생각될 뿐만 아니라 필자가 개인적으로 감동 깊게 읽어보고는 하는 「요한복음서」를 읽어보고 있다. 이 복음서에는 17번의 "표징", 98번의 "믿음", 23번의 "생명"이라는 말이 사용되고 있다. 또한 "그리고 토마에게 "네 손가락으로 내 손을 만져 보아라. 또 네 손을 내 옆구리에 넣어 보아라. 그리고 의심을 버리고 믿어라" 하고 말씀하셨다. 토마스가 예수님께 "나의 주님, 나의 하느님!" 하고 대답하자 예수께서는 "너는 나를 보고야 믿느냐? 나를 보지 않고도 믿는 사람은 행복하다" 하고 말씀하셨다"(20장 27~29절)라는 예수 그리스도의 말과 아들의 병을 고쳐달라는 고관에게 "너희는 기적이나 신기한 일을 보지 않고서는 믿지 않는다"(5장 48절)며 조금은 짜증스러워하는 예수의 인간다운 모습도 적나라하게 보여주고 있기 때문이다.

〈마태수난곡〉을 들으면서 꼼꼼하게 읽어보는 「닻을 내린 배는 검은 소가 되어」에서 선명하게 부각되는 시어는 과거와 현재에 관계되는 "빈 배"와 "상처" 그리고 현재에서 미래로 이어지는 "검은 소"이다. 빈 배에 남겨진 깊은 상처—육신의 상처이든 마음의 상처이든 그것은 이 시의 중심에 자리 잡고 있을 뿐만 아니라 이 시에 사용된 모든 시어의 긴장과 이완을 관장하고 있다. 그리고 상처뿐인 빈 배가 되어 집에 돌아온 시적 자아는 '관조觀照하는 나'로서의 "검은 소"가 되어 방안을 들여다 본다. 물끄러미. 왜 물끄러미 들여다보는 것일까? 모든 것이 갑자기 낯설게 느껴지기 때문일 것이다. 익숙했던 가족들, 익숙했던 가구들, 익숙했던 집안 구석구석의 공기까지도 낯설게 느껴지기 때문이기도 하고, 무엇인가 비장한 각오와 결의로 집을 떠나갈 때에 '나 언제 다시 돌아와 이 모든 것들을 또 볼 수 있을 것인가? 아니면 영원히 못 볼지도 모른다'라는 시적 자아만의 말 못할 처연한 마음가짐 때문이기도 할 것이다. 그것이 어느 경우든 시적 자아는 먼 길을 돌아와 그토록 그리워하던 자신의 집에 와 있다. 육신의 어딘가에 혹은 마음의 어딘가에 표징으로서의 깊은 상처를 지닌 채.

이처럼 이 시에서 중요한 역할을 하고 있는 상처는 "우리는 주님을 보았다"라는 제자들의 말에 그 자리에 없었던 토마스가 이를 믿지 않자 다시 나타나신 예수 그리스도가 앞에 인용된 바와 같이 토마스에게 확인해 보라고 말한 바로 그 상처에 해당한다. 예수 그리스도가 옆구리를 보여준 까닭은 증오심에 불타는 로마병사 하나가 죽은 예수 그리스도의 옆구리를 창으로 찔렀기 때문이다. "군인 하나가 창으로 그 옆구리를 찔렀다. 그러자 곧 거기에서 피와 물이 흘러나왔다."(19장 34절) 상처는 항상 하나의 자국이자 표징으로 남게 된다. 그러나 그 상처가 예수 그리스도의 옆구리의 상처처럼 사람들의 눈에 띄지 않을 때, 누가 그 상처의 아픔을 이해할 수 있을까? 눈에 보이는 것도 믿지 않는 사람들에게 눈에 띄지 않는 상처는 외로운 상처일 뿐이다. 시적 자아로서 시인이 갖는 상처의 아픔은 그래서 그만큼 더 크고 더 의미 깊고 더 값진 것일 수도 있다. 상처에서 흘러내리는 그러한 피의 의미를 〈마태수난곡〉 제11곡에서는 "너희는 이것을 받아 마시라, 이는 너희를 위해 흘릴 내 피니라"라고 노래한다.

상처에서 비롯되는 피 흘림의 수난을 끝낸 시적 자아는 '관조觀照하는 나'로서의 검은 소로 부활하여 집에 왔을 뿐만 아니라 "검은 소 고삐잡고 바다를 향해 / 먼 길 떠나려 할 때"에 암시된 바와 같이 새로운 일을 모색하는 '역사役事하는 나'로서의 또 다른 '검은 소'가 되어 다시 또 먼 길을 떠나고자 한다. 역사役事하는 검은 소가 된 시적 자아—그가 떠나려는 "먼 길"은 이 시의 맨 첫 부분에서의 "먼 길"과는 다른 길에 해당한다. 첫 부분에서의 "먼 길"이 〈마태수난곡〉제51곡의 바탕이 되는 '고통의 신비'에 나타나 있는 바와 같이, 피땀 흘리고 매맞고 십자가 지고 가시 면류관 쓰고 끝내 십자가에 못 박혀 죽은 예수 그리스도의 길처럼 바로 그 길이 시적 자아에게 있어서 수난과 고통의 길에 해당하는 것이었다면, 이 부분의 "먼 길"은 '영광의 신비'에 나타나 있는 바와 같이, 죽음에서 부활하여 승천한 후 다시 성령을 우리들에게 보낸 예수 그리스도의 은총처럼 그 길은 바로 시적 자아가 '시의 길'을 새롭게 개척하고자 하는 신념의 길에 해당한다. 그것을 설득력 있게 제시하고 있는 명제가 바로 "상처는 길이다"라는 시인 자신의 선언에 해당한다. 〈마태수난곡〉제52곡에서 알토의 영창으로 불리는 아리아는 이렇게 노래하고 있다. "제 얼굴에 흐르는 눈물이 아무것도 할 수 없다면, 오 제 마음만이라도 받아주소서! 그러나 제 상처에서 흘러내리는 성혈을 위한 희생의 진이라도 되게 하소서." 이 얼마나 처절한 절규이며 진정한 간구懇求인가? 따라서 상처에서 비롯되는 길은 진리이자 깨달음이며 개척이자 순교라고 볼 수 있다. 서정시의 진정하면서도 올바른 발전을 위해서 떠나는 '역사役事의 길'은 순교정신에 바탕을 두고 있으며, 그 길이 바로 후반부의 "먼 길"에 해당한다. 그리고 그 길은 이 시의 맨 마지막에서 천지天地로 이어진다.

이상에서 살펴 본 바와 같이 「닻을 내린 배는 검은 소가 되어」에는 세 가지 길이 제시되어 있다. 하나는 상처가 있기까지의 과거의 수난의 길이고 다른 하나는 그러한 상처를 극복하고 빈 배로 돌아온 현재의 '마음의 빈터', 즉 관조觀照의 길이며 또 다른 하나는 검은 소가 되어 새롭게 시의 길을 개척하고자 하는 앞으로의 '역사役事의 길'이다. 그 첫 번째 길은 처음 두 행에 드러나 있다. 그것은 앞에서 언급한 바 있는 육신의 상처이든 마음의 상처이든 상처에 암시되어 있는 건강 그 자체만을 위해 수난과 고통, 좌절과 체념, 포기와 허무를 모두 수용하면서 살아왔던 길일 것이다. 오로지 건강해야만 한다는 당위성에 감사하면서 모든 것을 접어두어야만 했던 아픔의 길이라고 볼 수도 있다. 그런 다음 시적 자아는 "빈 배"로 형상화된 자신의 마음에 가득 담겨지는 빗방울들—지난날의 고통들—을 느릅나무 사이로 내비치는 달빛처럼 혹은 맑은 종소리처럼 가볍게 털어버리고 현재의 길로 들어서게 되며, 그러한 점은 제7행에서부터 제14행까지에서 찾아볼 수 있다. 그래서 "빈 배"는 연못으로, 빗방울소리는 거문고소리로, 달빛은 연꽃으로 좀 더 친밀하고 가까우면서도 구체적인 이미지로 전환되어 있다. 다시 말하면, 첫 번째 과거의 길이 시적 자아의 어두운 기억으로서의 암울한 세계에 관계되는 길에 해당한다면, 두 번째 현재의 길은 지금 이 순간 시적 자아가 자신의 내면세계를 성찰하는 관조觀照의 길에 해당한다고 볼 수 있다. 이 부분에서 가장 감동적인 부분은 "세상의 눈물로는 가두지 못할 / 흐린 사랑들 연꽃처럼 아득하여 / 마음의 빈터에 검붉은 바다를 이루었나"일 것이다. '흐린 사랑들 → 연꽃 → 검붉은 바다'로 이어지는 이 부분은 상처뿐인 시적 자아를 그윽한 시선으로 염려하고 걱정하는 가족들의 눈물로 점철되는 정성어린 보살핌이 바로 복수형으로 처리된 "흐린 사랑들"에 함축되어 있고 그러한 사랑은 한 송이 연꽃으로 승화되어 아름다운 결실로 꽃피웠으며 시적 자아 또한 애써 감추었던 자신의 마음을 드러내는 "검붉은 바다"에 의해 그 모든 것들을 지고한 사랑으로 극대화시켜 수용하게 되기 때문이다.

세 번째 신념의 길은 제15행에서부터 마지막 행까지에 해당한다. 아물려진 상처, 되찾은 가정의 평화를 바탕으로 하여 시적 자아는 동서양의 동화에서 언제나 좋은 일을 할뿐만 아니라 어려움에 처한 주인공의 편이 되는 "검은 소"로 변신하여 서정시의 발전을 위해 '역사役事의 길'을 떠나고자 하며 그 길 위로 축복의 은행잎이 쏟아진다. "밟아도 부서지지 않는 빗소리"는 서정시의 발전을 위해 개척과 순교의 길을 떠나고자 하는 시적 자아의 의지와 신념, 집념과 열정을 반영하고 있다. 그 어떤 역경과 고난에도 이제는 절대로 굴복하지 않고 단호하게 대처하겠다는 강렬한 눈빛이 섬광처럼 느껴지는 부분이기도 하다. 그러한 섬광이 바로 마지막 행 "천지에 가득하다"에 암시되어 있다.

「닻을 내린 배는 검은 소가 되어」에는 "은행잎"이 두 번 등장한다. 한 번은 과거에 관계되는 첫 번째 부분에서이고 다른 한 번은 미래에 관계되는 세 번째 부분에서이다. 은행나무는 고생대부터 살아남아 현재까지 원형 그대로의 모습을 가장 잘 보존하고 있는 생명력이 강한 나무라고 할 수 있다. 은행나무는 또 주변의 그 어떤 오염에도 굴복하지 않는 의지의 상징이자 번창의 상징이고 그 잎의 주성분인 징코민은 혈액순환제의 원료로 사용될 만큼 건강의 상징이기도 하다. '제5복음서'라는 별칭을 갖고 있는 〈마태수난곡〉 제65곡에서 베이스의 영창으로 불리는 아리아의 엄숙한 기도소리가 들려온다. "마음을 깨끗이 하소서. 주님을 받아들이소서. 오염된 세상이 사라지도록." 바로크 음악이 바흐의 출현으로 그 절정에 달했을 뿐만 아니라 근대음악의 완성을 보았듯이, 현란한 수사와 알수 없는 시어가 난무하는 언어오염의 시대에 한 그루 "은행나무"를 닮은 건강한 모습의 시인 혹은 시적 자아가 추구하는 깨끗하면서도 강력하고 절제되었으면서도 의미심장한 서정시가 김소월1902~1934의 시와 박용래1925~1980의 시를 거쳐 한국 현대서정시의 한 절정을 형성하고 있다는 점을 강조하고자 한다. 그리고 「요한복음서」에서 "징표"라는 말 이상으로 가장 많이 사용된 "믿음"과 "생명"이라는 말처럼 시인 자신의 서정성이 갖는 생명력이 "은행나무" 이상으로 영원 불변할 것이라는 점을 필자는 확신한다.

9. 서원동의 시 「녹슨 냉장고」의 세계
– '정리해고' : 그 비정한 시대의 절망

이 시대, 이 어렵고 힘들고 암울한 시대, 경제적으로 위기에 처해 있는 이 시대에 우리들을 가장 놀라게 하는 위협적인 말은 아마도 '정리해고'라는 말일 것이다. 정리해고를 당해보지 않은 사람은 아무도 모를 것이다. 그것이 얼마나 위력적인가를, 그것이 얼마나 가공할 파괴력을 지니고 있는가를, 그것이 얼마나 단란한 한 가정을 송두리째 산산조각 내 버리는가를, 그것이 얼마나 한 개인의 삶을 만신창이로 만들어버리는가를, 그것이 얼마나 멀쩡한 사람을 바보천치로 만들어버리는가를, 그것이 얼마나 기억 속의 사람을 철저하게 망각하게 하는가를, 그것이 얼마나 다정한 이웃을 철천지원수로 만들어버리는가를, 그것이 얼마나 신뢰를 불신으로, 친구를 이방인으로, 신념을 좌절로, 의지를 체념으로, 희망을 절망으로 만들어버리는가를 모를 것이다.

> 길고 꾸불꾸불한 좁다란 골목 어귀
>
> 누군가 어느 날 밤새
>
> 몰래 갖다 버린 녹슨 냉장고 하나

세상의 관심 밖으로 밀려나버린

정리해고 된 월급쟁이처럼

흙먼지 잔뜩 뒤집어 쓴 채

외롭게 골목길에 버려져 있다. 이따금 생각난 듯

횡 하니 불어대는 한겨울 칼바람만이

안부를 묻고 지나갈 뿐

만져보거나 쳐다보는 사람 없다

오늘날 우리 모두의 비겁하고 버겁고 힘든 삶처럼

이 어둡고 침침한 골목길에 내 팽개쳐진

어느 집 주방에서 정리해고 당한 뒤

잔뜩 겁먹은 표정으로

온몸 웅크린 채 떨고 서 있는

녹슨 냉장고

— 서원동, 「녹슨 냉장고」 전문

위에 인용된 서원동 시인의 시 「녹슨 냉장고」에는 앞에서 언급한 어느 실직
자의 만감이 교차하는 심정이 골목길에 버려진 냉장고에 의해 감동적으로 그
려져 있다. '버려진 냉장고'—물질만능주의 시대에, 눈만 뜨고 나면 새로운 모
델이 등장하고는 하는 가전제품의 홍수시대에, 버려진 냉장고에 관심을 갖는
사람은 아무도 없을 것이다. 길가에 버려진 냉장고에 대해서 그 누구도 관심을
기울이지 않듯이, 어느 날 갑자기 직장에서 정리해고된 채 허망한 마음으로 칩
거하고 있는, 한 때는 월급쟁이였지만 지금은 실직자인 사람에게 관심을 기울
이는 이들은 아무도 없을 것이다. 버려진 냉장고와 정리해고된 어느 월급쟁이

를 이처럼 절실하게 관련지을 수 있는 까닭은 바로 이 시의 첫 구절에 암시되어 있는 바와 같이 정말로 보잘 것 없고 볼 품 없는 골목길 때문이다.

"길고 꾸불꾸불한 좁다란 골목 어귀 / 누군가 어느 날 밤새 / 몰래 갖다 버린 녹슨 냉장고 하나"—길고 꾸불꾸불하고 좁디좁은 골목 어귀에 버려진 냉장고는 분명 용량이 커다란 대형냉장고는 아닐 것이다. 길고 꾸불꾸불하고 좁디좁은 골목길에 위치한 집들이 골목길만큼이나 좁고 답답하듯이 그러한 집안에서 사용하던 냉장고는 아마도 소형이었을 것이다. 물론 처음 구입했을 당시에는 애지중지했을 것이다. 긁힐까봐, 고장날까봐, 먼지 묻을까봐, 행여 문짝이 잘 여닫히지 않을까봐, 소중하게 조심조심 다루었을 것이다. 맨 처음 출근하는 월급쟁이의 첫 하루가 그렇게 시작되듯이 아주 정갈하게 다루었을 것이다. 그러나 세월이 지나면서 냉각기가 고장 나고 냉동과 냉장이 잘 되지 않고 살림살이가 조금은 더 나아짐에 따라서 그토록 애지중지하던 냉장고는 천덕꾸러기로 전락하고 말았을 것이다. '저 놈의 냉장고 바꿔버려야지, 바꿔버려야지' 하고 입버릇처럼 벼르다가 새 것으로, 좀 더 용량이 큰 것으로 들여놓은 어느 날 밤, 모르긴 몰라도 아버지와 아들이, 남편과 아내가, 엄마와 딸이 남몰래 밤이 깊은 틈을 타서 살짝 들어다 내다버렸을 것이다.

달동네라고 해도, 산동네라고 해도, 따뜻하기만 하던 주방에서 쫓겨나 이 추운 겨울밤에 골목어귀에 아무 미련 없이 내동댕이쳐진 "녹슨 냉장고 하나"—그 모습은 정리해고라는 위협적인 이름으로 직장에서 쫓겨난 우리들의 아버지, 우리들의 형, 우리들의 오빠, 우리들의 누나, 우리들의 언니, 우리들의 이웃, 혹은 바로 우리 자신과 다를 바 없다. 나이 들었기 때문에, 비사교적이기 때문에, 여자이기 때문에, 정리해고의 대상이 되어 청춘을 바쳐 열심히 뛰어다니던 직장으로부터 버려져야만 했던 사람들의 지칠 대로 지친 모습을 바로 그 "냉장고", 주방에서 쫓겨나 내동댕이쳐진 낡을 대로 낡은 "녹슨 냉장고"가 대변하고 있다.

"몰래 갖다 버린 녹슨 냉장고"에서 "정리해고 된 월급쟁이"의 모습을 읽을 수 있는 까닭은 이 두 구절이 갖고 있는 유사성 때문이다. 하나는 정말로 별 것 아니지만 그 나름의 역할을 성실하게 수행했다는 점을 들 수 있습니다. "길고 꾸불꾸불한 좁다란 골목 어귀"에 드러나 있는 바와 같이, 버려진 냉장고가 대형용량의 커다란 냉장고나 중형의 냉장고가 아니라 그저 그렇고 그런 소형 냉장고라는 점을 유추할 수 있다. 왜냐하면 "길고 꾸불꾸불한 좁다란 골목 어귀"라는 구절은 그러한 골목을 이웃하고 사는 사람들의 집이 고급주택가나 대형아파트와는 분명히 다른 비좁은 공간을 암시하고 있기 때문이다. 그리고 그러한 비좁은 공간에서는 간신히 김치가 쉽게 상하지 않게 하고 간단한 얼음이나 얼릴 수 있는 작은 용량의 냉장고면 충분했을 것이다. 이처럼 좁은 골목에 자리한 달동네의 주방을 차지하고 있는 냉장고처럼, 한 집안을 이끌어 가던 월급쟁이역시 많은 급여를 받았던 것이 아니라 아주 적은 액수를 받았을 것이라는 추측이 가능해진다. 따라서 버려진 소형 냉장고처럼 월급쟁이도 아주 적은 액수의 급여로 생계를 꾸려나가다가 정리해고되었을 것이다.

둘째는 필요 없다 싶으면 가차 없이 내동댕이 쳐버리는 이 시대의 냉혹한 현실을 "녹슨 냉장고"와 "정리해고 된 월급쟁이"라는 이 두 구절이 똑같이 드러내고 있다. 처음에 구입했을 당시의 냉장고가 온 가족의 사랑을 독차지했듯이, 처음 입사했을 때의 월급쟁이도 많은 사람들의 관심을 받았을 것이다. 그 사람 참성실하다고, 그 사람 참 말이 없이 믿음직스럽다고, 그 사람 참 사람이 되었다고, 그 사람 참 겸손하다고, 그 사람 참 책임감 있다고, 그 사람 참 이 회사에 없어서는 안 될 사람이라고……. 그러나 작동불량으로 버려지는 냉장고처럼, 필요 없는 순간에는 피도 눈물도 없이 가차 없이 해고되는 것이 월급쟁이의 현실이다. 그래서 "세상의 관심 밖으로 밀려나" 버리게 된다.

헤어질 때에는 물론 조촐한 송별모임이 있었을 것이다. 그동안 수고했다고, 회사를 위해 용단을 내려주어 고맙다고, 같이 일할 수 없게 되어 미안하다고, 회사 사정이 좋아지면 틀림없이 다시 복직하도록 하겠다고, 섭섭한 마음 이루 말할 수 없다고, 다시 만날 때까지 건강하라고, 전화 자주 하자고……. 그러나 그 많은 위로의 말 그 어느 것도 정리해고된 월급쟁이의 마음에 와 닿는 말은 하나도 없었을 것이다. 작동불량으로 주방에서 내쫓긴 고장나 버린 "녹슨 냉장고"처럼 버려지는 그 순간 남아 있는 모든 사람들의 기억으로부터 사라져 버리는, 그 어디에도 하소연할 곳 없는, 정말로 절망할 절망조차도 남아 있지 않은 월급쟁이의 정리해고를 서원동 시인은 이렇게 쓰고 있다. "흙먼지 잔뜩 뒤집어 쓴 채 / 외롭게 골목길에 버려져 있다." 여기에서의 "흙먼지"는 표면적으로는 실제로 쌓이는 흙먼지에 관계되고 이면적으로는 "정리해고 된 월급쟁이"에게 가해지는 온갖 유형의 수다와 소문에 관계된다. 이웃 사람들 대부분은 그저 수다 떠는 일에 신바람 나서, 더러는 남이 잘못되는 일에 관심이 많아서, 간혹 잔인한 즐거움에 취해서, 온갖 소문에 귀를 기울이게 마련이다. 그 집 남편이, 그 집 아빠가 실직했다는 사실 바로 그 자체만으로 쾌락을 찾는 사람들이 언제나 있게 마련이다. 말로는 다 표현할 수 없는 모든 질책과 누명을 흙먼지처럼 잔뜩 혼자 뒤집어쓰고 직장을 떠나야만 했던 어느 월급쟁이의 마음을 그 누가 알아줄 수 있겠는가? 아무도 모를 것이다. 아무도 알려고 하지 않을 것이다. '그 사람 여전히 집에 있지 아마' 하는 안도의 숨을 내쉬는 안부만이 있을 뿐이다. 버려진 냉장고를 아무도 만져보거나 쳐다보지 않는 것처럼, 실직한 월급쟁이, 이 시의 내용으로 볼 때에 사실은 더 이상 월급쟁이라고 할 수도 없는 '월급쟁이'의 안부를 그 누구도 물어보지 않을 것이다. 현실은 언제나 냉혹하고 처참할 뿐이다. 그래서 선생님의 시의 제3연과 제4연은 더욱 감동적으로 다가서고 있다.

"오늘날 우리 모두의 비겁하고 버겁고 힘든 삶처럼"이라고 제3연은 시작하고 있다. 왜 오늘날 우리들의 삶이 좀 더 희망에 차 있고 좀 더 기대에 차 있는 장밋빛 청사진을 제시하지 못하고 그 반대쪽에 치우쳐 있는 것일까? 흔히 말하는 IMF에도 문제가 있지만 그 실상은 다름 아닌 먹고사는 일, 자식 가르치는 일에 있을 것이다. 그것을 암시하는 구절이 바로 "비겁하고 버겁고 힘든 삶"이다. 왜 비겁해야 하는가? 그것은 하루하루를 살아가기 위해 어쩔 수 없이 수용해야만 하는 순간들에 관계된다. 자신의 목소리를 내서는 안 되는 순간들, 경영주의 논리를 수긍해야만 하는 순간들, 쉬고 싶어도 쉴 수 없는 순간들, 출근 시간은 정확하게 지키지만 퇴근 시간은 언제나 연장될 수밖에 없는 현실의 답답한 순간들로부터 자유로울 수 없는 월급쟁이들은 대부분 비겁할 수밖에 없을 것이다. 그것은 정말로 버겁고 힘든 삶이 아닐 수 없다. 그러나 왜 그런 직장을 내팽개치지 못하는 것일까? 버려진 냉장고처럼 될까봐, 아무도 거들떠보지 않을까 봐, 버겁고 힘들지만 그저 그러려니 하고 참고 견디면서 버티는 데까지 버틸 뿐이다.

"어느 집 주방에서 정리해고 당한"것은 냉장고뿐만 아니라 월급쟁이도 마찬가지일 것이다. 이렇게 파악할 때에 이 시에서 버려진 냉장고와 정리해고된 월급쟁이의 관계는 불가분의 관계에 있다. 그래서 "잔뜩 겁먹은 표정으로"이 둘은 다 같이 세상을 두려워하기 시작한다. "온몸 웅크린 채 떨고 서 있는 / 녹슨 냉장고"— 이제 냉장고는, 버려진 냉장고는 무생물체가 아니라 정리해고 된 월급쟁이의 모습이 되어 우리 모두의 시선 속에 자리 잡게 된다.

직장 이지메의 대상이 되어 혹은 자신의 꼿꼿한 정신을 지키다가 직장으로부터 내몰림을 당할 수밖에 없었던 어느 월급쟁이의 기댈 곳 없던 마음으로 이 시를 다시 읽어보면서, 정리해고 된 바로 그 월급쟁이의 심정을 이해하게 되었다.

10. 김순일의 시「투거리 장맛」의 세계 - '농촌'의 현실과 아픔

김순일 시인의 시세계를 생각하노라면 필자는 언제나 그의 시집 『서산사투리』1986에 수록되어 있는 「서산사투리 1」을 먼저 떠올리고는 한다. 이 시를 자주 떠올리고는 하는 까닭은 이 시에 암시되어 있는 시인의 순박한 마음과 충청

도만의 소박한 인심을 느낄 수 있기 때문이다.

  내 얼굴에는 늘 바보스럽게 헤에 웃는 웃음이 붙어 다녀서 사람 되기는 다 틀렸다고
한다. 피사리를 가서도 피 대신 벼를 뽑아 놓고 헤에 웃는다고 주인한테 퇴박맞고 이른
새벽부터 논두렁에 나와 웃는 그 웃음소리만 들어도 하루 종일 재수 없다고 사람들은
투덜댄다. 막걸리 냄새만 맡고도 절로 나오는 그 바보스런 웃음 때문에 술맛이 없다고
잘 끼워주지도 않고 초상집 시신 앞에서까지 웃는다고 뺨을 맞으면서도 헤에 웃는다.
  병원엘 가 보았지만 별 이상이 없다고 한다 어머니는 나를 데리고 절에도 갔었지만
헤에 웃는 나를 내려다보시던 부처님이 한바탕 웃어대더니 치성드릴 게 따로 있지 어
서 가라고 한다.
  '무슨 웃음이 그렇지 부처님도 꼭 바보스럽구먼'
  나는 시무룩한 어머니의 뒤를 따라 산을 내려오면서 별 희한한 일이라도 엿본 듯이
헤에 웃는다.

— 김순일, 「서산사투리 1」 전문

  "웃는 얼굴에 침을 뱉지 못한다"라는 옛말이나 "일로일로—恕—老 일소일소—笑
—少"나 "소문만복래笑門萬福來"라는 말처럼 웃음은 언제나 긍정적인 의미를 가지
고 있다. 그래서 조선시대 왕들은 자신의 건강을 위해 웃음을 웃는 '내시'를 곁
에 두었다는 기록도 있다. 그럼에도 대부분의 경우 우리들은 행복하거나 기쁠
때에는 어김없이 웃게 마련이지만, 우리들 자신이 스스로 행복하거나 기쁘기
위해서 스스로 웃는 경우는 거의 없다고 볼 수 있다.
  이렇게 볼 때에 위에 인용된 시에서 시인 자신이 "헤에" 하고 웃는 까닭은 전
자의 경우에 해당한다기보다는 후자의 경우에 해당한다. 다시 말하면, 시인 자
신이 스스로 행복하기 위해서 웃는 것이라고 볼 수 있다. 웃음의 유형에는 박장
대소拍掌大笑, 포복절도抱腹絶倒, 요절복통腰折腹痛, 파안대소破顔大笑 등도 있고 호탕웃

음, 함박웃음, 싱글벙글, 배꼽잡기웃음 등 150여 종류가 넘는다고 한다. 그럼에
도 위에 인용된 시에서 김순일 시인의 "헤에"라는 웃음소리는 긍정하는 것도 아
니고 부정하는 것도 아닌 상대방을 조금은 비웃는 것처럼 들리기 때문에, 사람
들은 그런 웃음을 웃는 시인을 사뭇 비판적인 시각으로 바라보게 된다. 이러한
점은 "사람 되기는 다 틀렸다", "하루 종일 재수 없다", "술맛이 없다" 등의 핀잔
을 하기 일쑤이고, 더구나 초상집에서까지 그런 웃음을 웃다가 뺨을 맞기도 하
지만, 버릇이 되었고 습관이 된 그 웃음소리를 시인 자신은 쉽사리 떨쳐버리지
못하고 있는 것으로 되어 있다. 그래서 급기야는 어머니의 손에 이끌려 병원에
도 가보고 절에 가서 치성도 드려보려고 하지만 스님으로부터 "치성드릴 게 따
로 있지 어서 가라"는 핀잔을 듣게 된다. 사실 시인의 어머니는 얼마나 걱정이
많았을까? "무슨 웃음이 그렇지 부처님도 꼭 바보스럽구먼"이라는 어머니의 근
심걱정에도 불구하고 시인은 "시무룩한 어머니의 뒤를 따라 산을 내려오면서
별 희한한 일이라도 엿본 듯이" 다시 또 "헤에" 하고 웃고 말게 된다. 따라서 시
인 자신이 웃고는 하는 "헤에"라는 웃음소리는 그저 버릇이 된 웃음일 뿐만 아
니라 서산 특유의 웃음소리에 해당한다고 볼 수 있다.

눈이 내리는 밤
시골은
눈빛만으로도 훤했다

등잔불 밑에서
콧구멍이 까매지도록
『흙』을 읽었고
어쩌다
촛불을 켰을 땐

너무 환해서 황송했다

요으즘은
그믐밤도
대낮처럼 밝은 세상
30W 불빛에서는
아예 일손을 놓는다

세상은 점점
밝아지는 것일까
어두워지는 것일까

— 김순일, 「서산사투리 16」 전문

위에 인용된 시적 배경은 김순일 시인이 생활하고 있는 '서산지역'에만 한정되는 것이 아니라 1960년대와 1970년대 대부분의 농촌지역의 풍경에 해당한다. '눈빛 → 등잔불 → 촛불 → 30W 불빛' 등으로 발전하면서 세상은 점점 더밝아지고 있지만, 사실은 그렇지 못하다는 점이 반영되어 있다. 이러한 점은 물질문명의 발달로 인해 이제 어느 누구도 등잔불의 끄름에 "콧구멍이 까매지도록" 이광수의 소설 『흙』을 읽는 사람도 없게 되었고 그 내용에 감동받는 사람도 없게 되었기 때문이기도 하고, 문학을 하는 사람들도 그만큼 줄어들었기 때문이기도 하다. 그럼에도 이 시에는 지난 시절의 아련한 기억들이 자리 잡고 있다. 가령 학교에서 돌아오자마자 농촌일손을 거들어 주던 일, 야산에 매놓았던황소에게 풀을 뜯기면서 영어단어를 외우던 일, 밤이 이슥하도록 그 침침한 등잔불을 밝히고 공부하던 일, 졸음이 오면 잠시 뜰에 나서 밤하늘의 별을 바라보던 일, 그러다가 어디선가 산짐승이 우는 소리라도 들리게 되면 얼른 방안으로 들어오던 일 등이 떠오르기도 한다. 이처럼 세상을 아름다운 시선으로 바라보고 있는 김순일의 시세계를 송수권은 다음과 같이 노래하기도 했다.

저 갯마을 흐드러진 복사꽃잎 다 질 때까지는
이 밤은 아무도 잠 못 들리
한밤중에도 온 마을이 다 환하고
마당 깊숙이 스민 달빛에
얼룩을 지우며
성가족(聖家族)들의 이야기 도른도른 긴 밤 지새리
칠칠한 그믐밤마다 새조개들 입을 벌려
고막녀들과 하늘 어디로 날아간다는 전설이
뻘처럼 깊은 서산 갯마을
한낮엔 굴을 따고
밤엔 무시로 밀낙지국과 무젓을 먹는 아낙들
뽀얀 달무리도 간월도 너머 지고 말면
창창한 물잎새들이 새로 피듯
이 밤은 아무도 잠 못 들리
저 갯마을 복사꽃잎 다 흩날릴 때까지는.

— 송수권, 「서산 갯마을—김순일 시형(詩兄)께」 전문

이상과 같은 시세계를 생각하면서 『시와정신』 2003.겨울에 수록된 김순일의 시 「투거리 장맛」을 읽어보게 되었다.

그이한테서는 밭에 나가 바람과 햇볕의 씨앗을 뿌리고 돌아오는 그이한테서는 된장찌개 냄새가 났다 그의 가슴팍, 숨구멍 구멍구멍에서도 아궁이 속 삭정이 잿불에 보글

보글 끓는 우렁된장찌개 냄새가 났다

　　그런 날 밤이면 풀밭에서 두 무릎에 피멍이 들도록 방아를 찌어대던 방아깨비가 자
꾸만 덮쳐왔고 굴뚝목쟁이에서는 피끓는 암수고양이의 교성이 까무러쳤다

　　머언 먼 하늘가로 천둥소리 빠져나가고 삭신이 아리게 나른해진 나는 삭정이 잿불
에 보글보글 끓는 우렁된장찌개 냄새에 아련히 젖어 잦아들었다

— 김순일, 「투거리 장맛」 전문

　　지금이야 영농의 기계화와 농약의 과용으로 인해 거의 자취도 없이 사라졌
지만, 우렁이는 우리나라 가을 논 어디에서나 쉽게 찾아 볼 수 있었을 뿐만 아
니라 「우렁이 각시」와 같은 전래동화에서부터 "우렁이도 집이 있다", "우렁이
속 같다"와 같은 말에 남아 있을 정도로 우리들의 일상생활에서 친숙한 존재였
다. 그러한 친숙함은 이 시의 첫 부분에 잘 반영되어 있다. "바람과 햇볕의 씨앗
을 뿌리고 돌아오는 그이"에게서 풍기는 냄새—땀에 전 비릿한 냄새는 우렁이
를 넣어 끓이는 된장냄새로 전환되어 풋풋하고 따뜻하고 다정한 고향 냄새로
구체화되어 있다. 이러한 구체화의 과정은 "가슴팍"과 "숨구멍 구멍구멍"에서
드러나게 되는 사람의 냄새, 농부의 냄새가 되기도 하고, "아궁이 속 삭정이 잿
불"에서 암시하게 되는 지금은 잊혀져버린 옛 고향의 기억이 되기도 한다.

　　이름 모를 어느 농부의 소박한 삶을 생각나게 하는 "아궁이 속 삭정이 잿불"
에서 우리들은 농촌의 아름다운 풍경, 어느 가을저녁 한 때의 정경을 떠올릴
수 있다. 굴뚝 위로 피어올라 노을 속으로 사라지는 저녁연기, 재잘거리며 학교
에서 돌아오는 아이들, 어미 소를 앞세우고 가을들녘에서 돌아오는 남편, 바쁘
게 저녁준비를 하고 있는 아내, 뜬 금 없이 짖어대는 강아지, 부뚜막 위에서 졸
고 있는 고양이—이 모든 모습들이 깊어 가는 어둠 속으로 조금씩 사라질 즈
음, 하루의 일과를 마감하면서 방마다 불이 밝혀지게 된다. 물론 아름답고 행복
해 보이는 풍경이지요. 그러나 이처럼 아름답고 행복해 보이는 시골 가을풍경

의 이면에는 발자크가 강조했던 다음과 같은 점이 자리 잡고 있다. 보들레르는 1855년 중엽에 쓴 자신의 「진보」라는 글에서 한 폭의 그림에 대한 발자크[1799~1850]의 감상을 인용하면서, "비평에서의 탁월한 교훈"이라고 강조한 바 있다.

발자크 선생께서는 다음과 같은 이야기를 했습니다(그리고 아무리 사소한 이야기라 하더라도 이처럼 위대한 천재에 관계되는 어떤 일화를 존경심을 가지고 듣지 않을 사람이 누가 있겠습니까?) 어느 날 선생께서는 아름다운 한 폭의 그림 앞에 서 계셨습니다. 그 그림은 하얀 서리가 심하게 내렸고 오두막집들과 초라해 보이는 농부들이 희뿌옇게 보이는 우울한 겨울풍경이었습니다. 희미한 연기가 솟아오르는 한 작은 집을 응시한 다음 선생께서는 이렇게 소리쳤습니다. "얼마나 아름다운가! 그러나 이 작은 오두막집에서 그들은 무엇을 하고 있는 것일까? 그들은 무슨 생각을 하고 있는 것일까? 그들의 슬픔은 무엇인가? 수확은 좋았을까? 틀림없이 그들은 세금 고지서를 받았겠지?

위의 인용문에 암시되어 있는 것처럼, 현대라는 시대에 적응하면서 살아갈 수밖에 없는 오늘의 우리나라 농촌현실에서 가을의 수확은 곧바로 슬픔과 절망, 세금고지서와 융자금상환 등으로 이어지게 마련이며, 그것은 곧 현대화라는 화려한 기치아래 숨겨진 농부들의 삶에 해당한다. 따라서 김순일의 시「투거리 장맛」의 첫 번째 부분에 나타나 있는 소박한 아름다움은 두 번째 부분에서 갑작스럽게 전환되어, 그러나 정당하고 당당하게 전환되어 오늘의 농촌현실을 상징적으로 드러내고 있다. 이 부분에서 강조하고 있는 상징의 매개체는 "방아깨비"와 "고양이"이며, 이 두 매개체는 다 같이 한 농부의 고단한 삶을 대변하고 있다. 전자는 "풀밭에서 두 무릎에 피멍이 들도록 방아를 찌어대던"이라는 구절에 분명하게 제시되어 있듯이 한도 끝도 없는 일상화된 고단한 농사일에 관계되고, 후자는 "피끓는 암수고양이의 교성이 까무러쳤다"라는 구절이 상징하고 있듯이 그러한 삶을 살아갈 수밖에 없도록 운명 지워진 한 농부의 절망에 찬 절규를 대변한다. 특히 "찌어대다"와 "까무러쳤다"라는 서술어는 반복적인 그의 절망과 절규가 절정에 달해 있음을 강조하고 있다.

하루의 일을 끝내고 돌아온 시적 자아의 이러한 모습은 세 번째 부분의 "삭신이 아리게 나른해진 나"라는 구절에서 더욱 구체화되어 있다. 친-환경 농업이라든지, 국내산 농산물 장려라든지, 해외 농산물 개방에 따른 효과적인 정부 대책이라든지, 추곡수매가 인상이라든지, 귀농歸農의 장려라든지, 농업지원자금의 저금리 확대라든지 하는 모든 현안과 정책과 방안은 아무 결과도 없이 "머언 먼 하늘가로 천둥소리"처럼 "빠져나가고", 농부로서의 시적 자아 혹은 시인에게 남겨진 것은 농촌을 떠날 수도 없고 떠나지 않을 수도 없는 암담한 현실뿐이다. 이러한 현실에서 위로 받을 수 있는 유일한 것이 있다면, 그것은 "삭정이 잿불에 보글보글 끓는 우렁된장찌개 냄새"뿐이다. 이 시의 마지막 구절 "아련히 젖어 잦아들었다"에 암시되어 있는 바와 같이, 아마도 가을걷이를 하다가 논바닥에서 잡아 온 우렁이 속살 몇 알을 넣어 끓였을 법한 구수하고 감칠 맛 도는 된장찌개 냄새에 젖어, 김순일 시인은 현실에서의 온갖 번뇌를 잊으면서 깊은 잠에 빠져들었을 것이다. "젖다"와 "잦아들었다"로 끝맺고 있는 이 시에서 강조하고 있는 것은 체념으로서의 행복이나 행복으로서의 체념 혹은 거창한 구호나 외침에 있는 것이 아니라, 어느 시골 농부의 소박한 모습과 목소리를 바탕으로 하는 절실하고 긴박한 농촌현실에 대한 조용한 응시와 성찰에 있다.

초출 서지 목록

제1부 서정성과 현대성

　제1장 서정양식의 전통성과 현대성

　　　　제1절 서정양식의 전통성　『현대시학』 396, 2002.

　　　　제2절 서정양식의 전통성　『시와반시』 45, 2003.

　　　　제3절 네오-서정시의 미학과 상호텍스트성　『시와시학』 64, 2006.

　제2장 모더니즘 이론의 영향과 수용

　　　　제1절 모더니즘의 사상과 문화　『한국현대시사연구』, 시학, 2007.

　　　　제2절 현대시의 반-유기적 형식　『시와사상』 38, 2003.

　　　　제3절 후기현대와 파편적 글쓰기　『시와세계』 4, 2003.

　　　　제4절 도시의 발전과 현대시의 전략　『시와사람』 31, 2003.

　　　　제5절 현대시의 현대성과 시간　『현대시』, 2003.2.

　제3장 해체주의 이론의 영향과 수용

　　　　제1절 해체주의에 대한 성찰　『육사논문집』 32, 육군사관학교, 1987.

　　　　제2절 데리다의 인식론과 노장사상의 일원론　『NEXT』 4, 2004.

　　　　제3절 해체주의와 한국 현대시　『현대시사상』 29, 1996.

　　　　제4절 한용운의 「님의 沈默」에 대한 해체적 읽기　『만해학연구』 2, 2006.

제2부 문학이론과 문화주의

　제4장 문화적 기억과 문화-글로컬리즘　『영미문화』 2-1, 한국영미문화학회, 2002.

　제5장 다문화주의와 문화-글로컬리즘　『비교문학』 24, 한국비교문학회, 1999.

　제6장 문화-글로컬리즘 시대의 문화적 특징

　　　　제1절 문화-글로컬리즘과 문화의 변화　『영미문화』 1-1, 한국영미문화학회, 2001.

　　　　제2절 21세기를 위한 한국문화의 비전　『자유공론』, 1997.3.

제3부 비교문학의 영역

　제7장 문학과 문학의 비교

　　　　제1절 프랑스문학의 영향과 수용

　　　　　　제1항 베를렌의 시 「가을의 노래」와 한국 현대시　『세계문학비교연구』 20, 세계문학
비교학회, 2007.

제2항 보들레르의 영향과 수용 *Literary Intercrossings : East Asia and the West*, 『Wild Peony in Sydney』, 국제비교문학회, 2007.

제3항 모리스 메테를링크의 영향과 수용 『비교문학』 22, 한국비교문학회, 1997.

제2절 영미문학의 영향과 수용

제1항 바이런과 테니슨의 영향과 수용 『문학과 문학의 비교』, 푸른사상, 2008.

제2항 존 키츠의 영향과 수용 『시와시학』 51, 2003.

제3항 W. B. 예이츠의 영향과 수용 『문학과 문학의 비교』, 푸른사상, 2008.

제4항 정지용의 시 「향수」에 반영된 조셉 트럼블 스티크니의 시 「기억의 여신」의 영향과 수용 『문학과 문학의 비교』, 푸른사상, 2008.

제5항 T. S. 엘리엇의 영향과 수용 『문학과 문학의 비교』, 푸른사상, 2008.

제3절 독일문학의 영향과 수용 『문학과 문학의 비교』, 푸른사상, 2008.

제4절 러시아문학의 영향과 수용 『문학과 문학의 비교』, 푸른사상, 2008.

제5절 스페인문학의 영향과 수용 『문학과 문학의 비교』, 푸른사상, 2008.

제6절 일본문학의 영향과 수용 『문학과 문학의 비교』, 푸른사상, 2008.

제8장 문학과 예술의 비교

제1절 문학과 그림의 비교

제1항 한국 현대시와 김정희의 그림 〈세한도(歲寒圖)〉의 관계 『비교문학』 32, 한국비교문학회, 2004.

제2항 한국 현대시와 반 고흐의 그림의 관계 『비교문학』 24, 한국비교문학회, 1998.

제3항 뭉크의 그림 〈멜랑콜리〉와 한영옥의 시 「뭉크로부터 2」의 관계 『비교문학』 29, 한국비교문학회, 2007.

제2절 문학과 음악의 비교 『비교문학』 25, 한국비교문학회, 2000.

제9장 문학과 종교의 비교

제1절 문학과 종교의 불가분성 『유심』 25, 2006.

제2절 한국 현대시와 가톨릭의 세계

제1항 정지용의 시에 반영된 가톨릭의 영향 『한국 현대시와 가톨릭시즘』, 푸른사상, 2008.

제2항 구상의 시에 반영된 가톨릭의 시세계 『한국 현대시와 가톨릭시즘』, 푸른사상, 2008.

제2항 마종기와 가톨릭 시세계 『한국 현대시와 가톨릭시즘』, 푸른사상, 2008.

제3절 서구문학에 반영된 불교의 영향과 수용 『불교문예』, 2006.

제4부 한국 현대시의 세계와 현장

제10장 현대시인의 시세계

　제1절 김소월의 시세계-방법적 갈등과 미결정의 변증법　『국어국문학』106, 국어국문학회, 1991.

　제2절 김영랑의 시세계-순수서정에서 현실인식까지　『제1회 영랑문학제 학술발표논문집』, 2006.

　제3절 윤동주의 시세계-갈등과 번민 그리고 박애정신　『국어국문학』101, 국어국문학회, 1989.

제11장 새 시집에 반영된 시인의 시세계

　제1절 홍윤숙의 시세계　『예술가』, 2012.겨울.

　제2절 허만하의 시세계

　　제1항 시집『바다의 성분』의 세계　『현대시학』, 2009.10.

　　제2항 신작시에 반영된 풍경의 세계　『현대시학』, 2012.12.

　제3절 정진규의 시세계

　　제1항 시집『공기는 내 사랑』의 시세계　『시와세계』28, 2009.12.

　　제2항 「해 지는 저녁 능선」의 세계-'간격'의 미학과 "in-between"의 심미안

『현대시학』10, 2008.

　제4절 이승훈의 시세계

　　제1항 시집『나는 사랑한다』, 『너라는 햇빛』, 『인생』의 세계

　　　제1목 언어와의 싸움-"언어여 우린 실컨 싸웠다"　『너라는 햇빛』해설; 『작가세계』, 2000.1.

　　　제2목 사물의 진실과 언어의 욕망-"사물의 편에 서십시오"　『현대시학』, 2001.6.

　　　제3목 언어의 해체-"부재 속에 무(無) 속에 내가 있다"　『시와사상』, 2003.9.

　　　제4목 시의 아포리아-"시는 나의 의지를 넘어선다"　『작가세계』, 2005.3.

　　　제5목 아방-모더니스트, 이승훈-"이게 누구시더라"　『시와반시』, 1998.9.

　　　제6목 언어의 사유중심주의-해체에서 불교까지　『시와시학』, 2004.12.

　　제2항 신작시의 세계　『시와시학』, 1996.3.

제12장 한 편의 시에 반영된 시인의 시세계

　제1절 김규동의 시「플라워 다방-보들레르, 나를 건져주다의 세계」-해방공간의 문단현실에 대한 증언　『만해새얼』1, 2006.8.

　제2절 성찬경의 시「나의 그림자」의 세계-실존의 반려로서의 그림자의 의미와 역할　『현

　　　대시학』, 2008.6.

제3절 유경환의 시 「금빛 억새」의 세계-소멸하고 남은 것의 아름다운 몸짓　『현대시학』,
　　　2006.6.

제4절 마종기의 시 「여름의 침묵」의 세계-무아경의 순간과 깨달음의 순간　『현대시학』,
　　　2008.7.

제5절 유안진의 시 「고양이, 도도하고 냉소적인」의 세계-‘I AM’의 무한성과 가능　『현대
　　　시학』, 2008.9.

제6절 김형영의 시 「고해(告解)」의 세계-불가능한 용서와 때늦은 화해　『현대시학』,
　　　2001.7.

제7절 문정희의 시 「독수리의 시」의 세계-‘상공의 팡세’ 또는 ‘womb / man’으로서의 독수
　　　리의 시학　『현대시학』, 2008.11.

제8절 조창환의 시 「닻을 내린 배는 검은 소가 되어」의 세계-서정시의 수난·부활·강림
　　　을 위하여　『현대시학』, 1999.11.

제9절 서원동의 시 「녹슨 냉장고」의 세계-‘정리해고’ : 그 비정한 시대의 절망　『한국현대
　　　시의 서정성과 현대성』, 푸른사상, 2009.

제10절 김순일의 시 「투거리 장맛」의 세계-‘농촌’의 현실과 아픔　『시와정신』 7, 2004.3.

자술 연보

1948.2.3(음1947.12.24) 세종특별자치시 전의면 신정리 음달말에서 아버지 尹相—과 어머니 金仁
在 사이에서 큰누나, 형, 작은 누나, 나, 여동생, 남동생, 막내여동생 등 칠남매
중 넷째로 태어났다. 호적으로는 1949년 1월 22일로 되어 있다. 가톨릭 세례
명은 빈첸시오이다.

1961 공주 신풍초등학교 졸업.

1964 공주 신풍중학교 졸업.

1967 공주고등학교 졸업.

1967~8 고등학교 졸업 후 대학진학을 포기하고 조기작물재배와 누에치기 등을 했다.

1969 육군사관학교에 진학하여 1973년 졸업(이학사)과 동시에 포병 소위로 임관
했다.

1973.3~74.3 15사단 26대대 최전방 OP에서 관측장교로 근무했다.

1974.4~10 수도경비사령부 방공포대에서 근무했다.

1974.11~75.2 육군사관학교 교수요원으로 선발되어 위탁교육 준비를 했다.

1977 서울대학교 인문대학 국어국문학과 졸업(문학사).

1977.3~78.2 육군사관학교 국어과에서 강사로 재직하다가 정년보장 교수로 선발되어 대
학원 진학 준비를 했다.

1978.4.16 고 정한모 교수님의 주례로 아내 임금숙(마리아)과 결혼했다.

1981 고 정한모 교수님의 지도를 받아 『영랑시연구』로 서울대학교 대학원을 졸업
했다(문학석사).

1981 육군사관학교 국어과 전임강사로 임명되었다.

1981 『심상』에 몇 회에 걸쳐 평론을 발표했다.

1982.8~86.7 미국 뉴욕주립대학교(스토니브룩) 대학원에서 고 Ralph Freedman 교수님의 지
도로 French Symbolism and Modern Korean Poetry로 박사학위를 취득했으며,
고 Hugh J. Silverman 교수님의 지도로 문학이론과 문화이론을 연구했다.

1987 육군사관학교 국어과 조교수로 임명되었다.

1987 고 이승훈 교수님의 추천으로 계간 『현대시사상』에 「한용운의 '님의 침묵'에
대한 해체적 읽기」를 발표하면서 평론가로 등단했다.

1990.1.8 외동딸 지현(아녜스)이 태어났다.

1991 육군사관학교 국어과 부교수로 임명되었다.

1994~2000	'국제비교문학회(ICLA)' 산하 '문학이론위원회(Committee of Literary Theory)'에서 한국 측 대표로 활동했다.
1996.1	24년간 근무했던 군대를 전역함과 동시에 육군사관학교 교수직을 사직했다.
1998	추계예술대학교 문예창작학과 겸임부교수로 임명되었다.
1999~2001	천안대학교(현재 백석대학교) 어문학부 조교수로 임명되었다.
2002	추계예술대학교 문예창작학과 부교수로 임명되었다.
2004~2010	'평화방송(CPBC) 평화신문 시청자자문위원'으로 활동했다.
2007	추계예술대학교 문예창작학과 교수로 임명되었다.
2014.2	추계예술대학교를 마지막으로 정년퇴임했다.
현재	세종특별자치시 전의면 동신길 210-9 청한재에서 텃밭을 가꾸면서 살고 있다.

연구 활동 목록

1. 저서

1994 『비교문학』, 민음사. (대우학술재단연구총서, 문화체육부선정 올해의 우수도서(1994))

1995 『한국현대시의 구조와 의미』, 시와시학사.

1998 『문학의 파르마콘』, 국학자료원.

『한국현대서사시연구』, 도서출판 창신.

1999 『현대시의 아포리아』. 청예원.

2001 『아이콘의 언어』, 문예출판사. (한국출판인협회선정 9월의 우수도서(2001.9))

2004 『네오-헬리콘 시학』, 현대미학사. (한국학술원선정 기초학문육성 우수도서(2004)), 제16회 편운 문학상 평론상 본상 수상도서(2006))

2005 『현대시의 아가니페』, 푸른사상.

2006 『주님의 말씀과 영혼의 울림』, 이종문화사.

『문학이라는 파르마콘』(완전개정판), 국학자료원.

2007 『문학과 그림의 비교』, 이종문화사.

『문학과 종교의 비교』, 이종문화사.

『한국 현대시인의 시세계』, 국학자료원. (한국학술원선정 기초학문육성 우수도서(2007))

2008 『한국 현대시와 가톨릭시즘』, 푸른사상.

『문학과 문학의 비교』, 푸른사상.

2009 『효과적인 글쓰기』, 국학자료원.

2012 『한국 현대시의 서정성과 현대성』. 푸른사상.

2. 영문저서

2012 *Comparative Literature in Korea*, Ejong.

3. 편저

1992 『후기구조주의』, 고려원.

4. 공저

1994 『문학의 이해』, 한샘.

2007 『문예사조』, 시학.

5. 번역서

1991 『시적 영향에 대한 불안』, 고려원.

1992 『포스트모더니즘』, 고려원.

1995 『낭만주의에서 아방가르드까지의 현대시론』, 현대미학사.

1996 『초구조주의란 무엇인가?』, 현대미학사.

1998 『데리다와 해체주의』, 현대미학사.

2000 『문학과 철학의 논쟁』, 문예출판사.

2003 『서정시의 이론과 비평』, 현대미학사.

2005 『비평의 이론』, 현대미학사.

2009 『텍스트성 철학 예술』, 소명출판.

2011 『각인의 이론』, 소명출판.

6. 공동번역서

1993 『현대미국문학비평』, 한신문화사.

『반미학』, 현대미학사.

1994 『현대성의 경험』, 현대미학사.

『문학연구를 위한 비평용어』, 한신문화사.

1997 『현대성과 정체성』, 현대미학사.

7. 창작시집

1995 『한갓 죽음에서 질긴 생명까지』, 현대미학사.

1999 『사랑하는 날까지』, 새움.

2007 『브람스가 보내온 비엔나 숲 속의 편지』, 푸른사상.

2009 『사도 바오로의 편지를 읽는 밤』, 푸른사상.

2010 『파스카 오래된 말씀의 집』, 이종문화사.

2013 『청한재단상』, 이종문화사.

8. 시선집

2014 『그리고 용서해 다오』, 이종문화사.

9. 연구논문

1980.10 「「국경의 밤」에 나타난 김동환의 시세계」, 『육사논문집』 20, 육군사관학교.

1981.5 「『청산별곡』연구」, 『육사논문집』 21.

1986.12 「Silence and Speaking in "Love's Silence": Re-Reading the Text through the Function of Poetic Language」, 『육사논문집』 31, 육군사관학교.

1987.5 「해체주의 비평-이론, 배경, 방법에 대한 서설」, 『육사논문집』 32, 육군사관학교.
「Encounters between, French Symbolist Poetry and Modern Korean Poetry」, 『Korea Journal』 27-10, 한국학중앙연구원.

1987.12 「텍스트, 텍스트성, 상호-텍스트성」, 『비교문학』 12, 한국비교문학회.

1988.6 「『봄은 고양이로다』의 시의 구조와 시어의 구현적 기능-지칭하는 것으로서의 고양이의 세계 / 모습과 지칭된 것으로서의 봄의 세계 / 현상」, 『육사논문집』 34, 육군사관학교.

1988.12 「Poet's Lament and Search in an Age of Chaos: A Reading of W. B. Yeat's "Meditations in Time of Civil War"」, 『비교문학』 13, 한국비교문학회.

1989.5 「알레고리에 대한 새로운 접근-알레고리와 알레고레시스」, 『한국비교문학회』 발표논문.

1989.5 「시인의 영혼의 밀실과 로고스-총체적 역할로서의 윤동주 시 「간」을 중심으로」, 『국어국문학』 101, 국어국문학회.

1989.12 「The Meaning of Death and Rebirth in T. S. Eliot's The Waste Land」, 『비교문학』 14, 한국비교문학회.
「Modern Korean Poets' Concepts of Poetic Language in An Age of National Crisis(1)」, 『Korea Journal』 29-12, 한국학중앙연구원.

1990.1 「Modern Korean Poets' Concepts of Poetic Language in An Age of National Crisis(2)」, 『Korea Journal』 30-1, 한국학중앙연구원.

1990.12 「신역사주의 문학이론과 비평」, 『비교문학』 15, 한국비교문학회.

1991.12 「시인의 영혼의 밀실과 방법적 갈등-김소월 시에 나타난 미결정의 변증법」, 『국어국문학』 106.

1995.5 "Text, Textuality, Inter-Textuality", *Proceedings of the XIIIth ICLA Congress* 12.

1996.5 「세계문학과 비교문학의 개념 및 발전과 전망」, 『한국 세계문학 비교학회』 발표논문, 한국세계문학비교학회.

1997.5 「프랑스 상징주의와 한국 현대시-베를렌 시의 영향과 수용」, 『한국 세계문학 비교학회』 1, 한국세계문학비교학회.

1997.12 「김소월의 시 「먼 후일」에 반영된 메테르링크의 시 「시」의 영향」, 『비교문학』 22, 한국비교문학회.

1998.3 「글로컬리즘 시대의 문화적 특성」, 『전환기 한국문학의 과제와 전망』, 시와 시학사.

1998.5 "Baudelairean Poetic Meaning and Verlainean Poetic Musicality in the Formation of Modern Korean Poetry", *Literary Intercrossings : East Asia and the West* 1.

1998.12 「한국 현대시에 끼친 반 고호의 그림-반 고호 그림 〈까마귀 나는 밀밭〉과 안혜경 시 「고호, 까마귀떼가 나르는 밀밭」을 중심으로」, 『비교문학』 24, 한국비교문학회.

1999.7 「Literary Theory in Korean Perspectives in the Age of Cultural Glocalism」, 『국제어문』 21, 국제어문학회.

1999.12 「다문화주의 시대의 문화연구-문학연구에서 문화연구로」, 『비교문학』 24, 한국비교문학회.

2000.8 「아이콘으로서의 시의 언어-시의 이미지로 전이된 음악」, 『비교문학』 25, 한국비교문학회.

2001.4 「한국 현대시에 수용된 마르크 샤갈 그림-김영태 시집 『유태인이 사는 마을의 겨울』, 김춘수 시 「샤갈의 마을에 내리는 눈」, 이승훈 시집 『시집 샤갈』에 수용된 샤갈의 그림세계」, 『인문언어』 1-1, 국제언어인문학회 .

2001.7 「Effective Teaching of Korean Language in Relation to Understanding Korean Culture」, 『국제어문』 23, 국제어문학회, .

2001.11 「다-문화 시대의 문화-글로컬리즘」, 『영미문화』 1-1, 한국영미문화학회.

2002.2 "Intellectual Approaches to Korean Poetry : Re-Reading Yong-Un Han's 'Silence of Love'", *Selected Papers from the Twelfth International Conference on Korean Linguistics* 1.

2002.8 「문화적 기억-정체성과 다공성(多孔性) : 모노컬리즘에서 글로컬리즘까지.」, 『영미문화』 2-1, 한국영미문화학회.

2002.8 「한국 현대시로 전이된 에드바르트 뭉크의 그림세계-이승하 시 「화가 뭉크와 함께」와 한영옥 시 「뭉크로부터 2」를 중심으로」, 『비교문학』 29, 한국비교문학회.

2002.8 "Perspectives of Korean Modernity from the 18th Century to the Present: Intellectual Struggles for Koreanity in the Age of Globalization", *Other Modernisms in an Age of Globalism* 99.

2002.8 「문화적 환경-번역의 진실성과 재-창조성」, 『문학과 번역 서울 심포지엄 논문과 토론집』, 한국문학번역원.

2003.8 「문화적 기억-번역의 진지성과 창조성」, 『비교문학』 31, 한국비교문학회.

2003.9 「한국 현대시로 전이된 피카소의 그림세계-김혜순 시 「청색시대」와 함성호 시 「게르니카」를 중심으로」, 『영미문화』 3-1, 한국영미문화학회.

2003.9 「문화적 기억-번역의 진지성과 창조성」, 『비교문학』 31 , 한국비교문학회.

2004.2 「한국 현대시로 전이된 김정희 그림 〈세한도〉의 세계」,『비교문학』32, 한국비교문학회.

2005.3 "The Goal of Korean Comparative Literature in an Age of Multiculturalism", *Comparative Literature in an Age of Multiculturalism* XVI ICLA.

2005.10 "'Language War' for the Survival of the Fittest in the Era of Multi-Cultural Soceity", *Tex-text : Studies in Comparative Studies* 49.

2005.12 「모더니즘 이론의 영향과 수용―1950년대와 1960년대의 모더니즘 운동을 중심으로」,『역사적 전환기와 한국문학』, 월인.

2006.5 「김영랑의 시의 비교문학적 연구―몇 가지 경우를 중심으로」,『제1회 영랑문학제 학술발표논문』.

2006.9 「한용운의 시「님의 沈默」에 대한 해체적 읽기―해체주의 비평의 이론에 의한 읽어내기의 방법과 의미」,『만해학연구』2, 만해학술원.

2007.3 "Modernist Poetics through the View of Landscape Changes", *Modernist Terrains*.

2007.5 「모더니즘의 미적 주관성―모더니즘 시론의 전개양상」,『한국현대시사연구』, 시학.

2007.9 「한국 현대시에 반영된 폴 베를렌의 영향과 수용」,『세계문학비교연구』20, 한국세계문학비교학회.

2007.12 「한국 비교문학의 세계화를 위한 시금석으로서의 정전―신근재 저『일한근대소설의비교연구』를 읽고」,『일본학』26, 동국대 일본학연구소.

10. 평론

1981.4. 「영랑시 연구 1」,『심상』.

1988.9 「「님의 침묵」의 해체적 독법: 시어의 기능과 역할에 의한 텍스트의 재해석」,『현대시사상』2.

1989.9 「지성의 통찰력과 비순수의 순수―조원규의 시집『기둥만의 다리위에서』와 원희석의 시집『바늘 구멍 앞의 낙타』를 읽고」,『현대시사상』1.

1990.1 「시인의 영혼의 밀실과 오도 / 돈오의 세계―조지훈의 시「아침」의 세계」,『심상』18-1.

1990.3 「하버마스의 마르스크스 역사유물론 비판」,『현대시사상』2. (번역논문)

1990.3 「시인의 영혼의 밀실과 봄 / 고양이―이장희 시「봄은 고양이로다」를 중심으로」,『심상』198.

1990.4 「시인의 영혼의 밀실과 관조 / 자아성찰―김영랑의 시에 나타난 물과 달빛과 영혼의 알레 고리」,『심상』199.

1990.6 「해롤드 블룸의 해체비평」,『현대시사상』3. (번역)

「데리다와 반인간주의」,『현대시사상』3.

1990.9	「시인의 영혼의 밀실과 인간애 / 조국애–김동환의 시 「국경의 밤」을 중심으로」, 『심상』 1990.9.
	「해롤드 블룸의 해체비평」, 『현대시사상』 5.
	「예일비평가의 횡포」, 『현대시사상』 5. (번역논문)
	「시인의 영혼의 밀실과 인간애 / 조국애–시집 『국경의 밤』에 나타난 김동환의 시세계」, 『심상』 204.
1991.3	「박용래의 시의 구조분석」, 『시와시학』 1.
1991.6	「랭보의 시가 한국현대시에 끼친 영향」, 『시와시학』 3.
	「롤랑 바르트의 기호학」, 『현대시사상』 7.
1991.12	「언어의 철학적 일관성과 시대사조의 다변적 유일성–김욱동 저 『포스트모더니즘과 포스트구조주의』 및 『포스트모더니즘과 예술』을 읽고」, 『현대예술과 비평』 3.
1992.1	「현대비평의 이해–역사주의에서 포스트모더니즘까지」, 『육사신보』. (10회 연재)
1992.3	「한국문학의 특수성과 보편성–조동일 저 『세계문학과 한국문학』을 읽고」, 『현대비평과이론』 3.
1992.6	「텍스트, 텍스트성, 상호 텍스트성」, 『현대시사상』 11.
1992.9	「어떻게 시를 쓰는가」, 『현대시사상』 12. (번역)
	「관조적 성찰과 냉소적 지성—자연, 신앙, 그리고 인간 : 정현종의 시집 『한 꽃송이』와 김형영의 시집 『기다림이 끝나는 날에도』를 읽고」, 『작가세계 4-3.
	「미국의 독자반응비평」, 『수용미학』. (번역)
1992.12	「실비아 프라스의 시세계」, 『현대시사상』 13. (번역)
1993.1	「치열한 민중의식과 준열한 역사의 힘–신경림의 시의 구조적 특질」, 『시와시학』 9.
1993.3	「신역사주의는 한국에 어떻게 수용되었나」, 『문학사상』 245.
1993.4	「정신주의의 이론적 접근–서구의 경우를 중심으로」, 『현대시』.
1993.6	「진리의 집배원」, 『현대시사상』 15. (번역)
	「영원처럼 멀고도 가까운 곳의 죽음들–호국의 달 유월에 읽는 전쟁시편」, 『출판저널』 130.
1993.12	「한국 전쟁과 전쟁시」, 『비교문학』 18.
1994.3	「모더니즘 시학의 수용과 주체적 전개과정–50년대와 60년대 모더니즘 정착」, 『현대시』.
	「순간적인 자체모순」, 『현대시사상』 18. (번역)
	「이 텍스트에는 한 마리 물고기가 있습니까?」, 『현대시사상』 18. (번역)
1994.6	「정지용의 시 「향수」의 미학–반전력과 반망각력의 의미구조」, 『시와시학』 14.
1994.7	「포스트모더니즘과 한국시의 대중화 현상」, 『현대시』.

1994.9	「현실인식의 진지성과 시적 진술의 솔직성−김광협의 시의 구조적 특질」, 『시와시학』 16.
1994.10	「한국 현대시에 끼친 초현실주의의 영향과 수용−해방 이전」, 『현대시』.
1994.11	「시속에서 맞이한 아침의 의미」, 『독서와 논리』 10.
1995.4	「연대시의 뿌리」, 『현대시』.
1995.6	「외국 시와 시론 어떻게 수용되었나 1」, 『시와시학』 19.
1995.9	「외국 시와 시론 어떻게 수용되었나 2」, 『시와시학』 20.
	「시대의 아픔에 대한 냉소적 풍자와 긍정적 포용−박용하의 시집 『바다로 가는 서른 세 번째 길』과 박찬일의 시집 『화장실에서 욕하는 자들』을 읽고」, 『현대시사상』 25.
1996.3	「시어의 하락과 언어적 일탈」, 『시와 사상』 8.
	「해체시대의 시쓰기와 문체혁명−이승훈의 시세계」, 『시와시학』 21.
1996.8	「포스트모더니즘과 정신주의−화해의 전망」, 『현대시』.
1996.9	「문학이라는 파르마콘」, 『현대시사상』 28.
	「서정주의 시의 시간과 공간」, 『시와시학』 23.
	「방법의 새롭게 읽기와 의미의 새로운 창출−이승훈 저 『현대시 새롭게 읽기』를 읽고」, 『작가세계』 30.
1996.12	「세기말을 위한 치열한 몸짓과 처절한 절규−신현림의 시세계」, 『현대시학』.
	「시인의 존재와 고뇌」, 『시와사상』 11.
	「해체시대의 시쓰기와 시읽기」, 『현대시사상』 29.
1997.1	「삶과 죽음 그리고 시간−김종길의 시 「오천년」을 읽고」, 『현대시학』.
1997.2	「찰나의 순간과 영겁의 세계−오탁번의 시 「아기 공룡 발자국」을 읽고」, 『현대시학』.
1997.3	「죽음의 춤−그 마지막 순간의 아름다움을 위하여 : 김영태의 시 「비명」을 읽고」, 『현대시학』.
	「흔적의 남김과 원본의 소멸」, 『현대시사상』 30.
	「불안의 시, 시적 반역을 위하여−강정의 시집 『처형극장』을 읽고」, 『시와반시』 6-1.
1997.4	「죽음의 시학」, 『현대시』.
1997.5	「순수주의자의 응시와 해체주의자의 시쓰기−이민식의 시집 『하느님의 야구장 입장 권』 해설」.
1997.6	「깨닫기의 미학−익숙한 일상과 친숙한 자연 : 최동호의 시세계」, 『시와시학』 26.
1997.9	「김남조의 시세계」, 『시와시학』 37.
1997.10	「사랑의 생금−그 영원한 사랑의 세계 : 김남조의 시집 『외롭거든 나의 사랑이소서』를 읽고」, 『좋은 날』.
1998.5	「시전통의 발전적 계승과 시영역의 통합적 개혁−조창환 저 『한국시의 넓이와 깊이』를

읽고」, 『현대시학』 30-5.

1998.8 「욕망의 매개와 매개의 욕망―한영옥의 시 「무척 애는 쓰지만」을 읽고」, 『현대시학』.

1998.9 「일상화된 사랑의 슬픔과 일상화로부터의 탈출―문정희의 신작시편을 중심으로」, 『시와시학』 31.

「해체시대의 시 연구를 위한 길잡이―이승훈 저 『해체시론』을 읽고」, 『시와반시』 7-3.

「여름날의 작은 풍경과 그 심오한 세계의 성찰―조창환의 시 「후박잎에 비쏟아질 때」를 읽고」, 『현대시학』.

1998.10 「열정의 순수한 세계와 결과의 허망한 세계―윤석산의 시 「붉은 악마」를 읽고」, 『현대시학』.

1998.11 「언어기호의 자의성과 부정확성―전영애의 시 「남은, 숨은」을 읽고」, 『현대시학』.

1998.12 「황색 안전선 안의 불안―이기윤의 시 「자전거와 바퀴벌레」를 읽고」, 『현대시학』.

1999.1 「자유의 시학―김영호의 시 「암서재」에서를 읽고」, 『현대시학』.

1999.3 「엄숙주의 시학―이형기의 시세계 : 이형기의 시집 『절벽』을 읽고」, 『시와사상』 20.

1999.5 「현대시론의 두 갈래―서정주의 시론과 비-서정주의 시론」, 『현대시의 반성과 만해문학의 국제적 재인식』.

1999.8 「교회의 종소리와 영혼의 구원―박주택의 시 「강화에 한순간」을 읽고」, 『현대시학』.

1999.9 「자유롭지 못한 자유―이인원의 시 「다소용없는 위로」를 읽고」, 『현대시학』.

「자연화된 인간과 인간화된 자연―이건청의 시세계」, 『시와시학』 35.

1999.10 「해체주의란 무엇인가」, 『교육개발』 1999.가을.

「자유로운 자유―이승하 시 「자연」을 읽고」, 『현대시학』.

1999.11 「서정시의 수난에서 서정시의 부활로, 그리고 서정시의 강림을 위하여―조창환의 시 「닻을 내린 배는 검은 소가 되어」를 읽고」, 『현대시학』 31-11.

2000.1 「타자화된 너와 객관화된 나―그 끊임없는 추구와 모색의 세계」, 『이승훈의 시집 『너라는 햇빛』 해설』.

2000.4 「치밀한 성찰의 세계와 견고한 언어의 세계―송찬호의 시집 『붉은 눈, 동백』을 읽고」, 『현대시학』 373.

2000.6 「언어의 아이콘―그림의 언어와 시의 언어 : 오태환의 시세계」, 『시안』 3-2.

「생명시학의 형상화―조창환의 시세계 : 언어의 진실성과 구조의 견고성」, 『시와 학』 38.

2000.9 「시읽기의 슬픔과 기쁨―시 속의 자아에게 시읽기의 자아가 드리는 편지」, 『시와사상』 26.

2001.5 「버릴수록 따뜻한 배경―가차 없이 버려진 것들의 견고한 힘 : 박종국 시 「버린 신발」을

읽고」,『현대시학』33-5.

2001.6 「사물의 진실과 언어의 욕망―사물·언어·글쓰기에 대한 사물주의 선언」,『현대시학』 387.

「깨어 있는 영혼―시대를 증언하는 진정한 목소리 : 슬로베니아 현대시 세계」,『시와시학』42.

2001.7 「삶, 그 끊임없는 모색과 달관의 세계―윤석산과 한광구의 새 시집을 읽고」,『문학사상』 345.

「치유불가능한 마음의 상처―증오와 저주 그리고 통회 : '시적 자아(persona)'에게 드리는 '내적 자아(person)'의 편지」,『현대시학』388.

2001.8 「자연 중심의 사상―삼라만상의 말과 말 사이에서 : 오세영 시 「백담사 시편」을 읽고」,『현대시학』389.

2001.9 「헬리콘니즘과 네오-헬리콘니즘―의지와 집념, 신념과 성취의 시세계 : 이승하의 대표시 12편을 읽고」,『시현실』11.

2001.9 「일상화된 삶을 일깨워주는 소중한 지혜―신달자, 정희성, 안도현의 새 시집을 읽고」,『시와시학』43.

2001.12 「헬리콘-풍경의 언어와 네오-헬리콘-시의 언어」,『현대시학』393.

2002.3 「서정, 서정성, 서정시, 서정시론―헬리콘의 노래에서 네오-헬리콘의 노래까지」,『현대시학』396.

2002.5 「'흔적'의 미학―'사이'의 관조미학과 '동안'의 진행미학 : 김종삼의 시에 반영된 반-시대 정신의 네오-헬리콘 시학」,『시로여는세상』2.

2002.9 「일상에 대한 애정과 세계에 대한 성찰―루이스 심슨의 시세계」,『시와시학』47.

2002.10 「연어가 되어 유년으로 떠나는 순례의 길―삶의 재충전과 진실한 세상을 위하여」,『김춘수의 시집『어린 순례자』해설』.

2002.11 「해체의 세계와 포스트모던의 세계―이승훈의 시세계」,『현대시』2002.11.

2002.12 「시간이 정지된 공간, 박물관의 향연―권삼윤 저『나는 박물관에서 인류의 꿈을 보았다』를 읽고」,『서평문화』48.

2003.1 「구체시에서 네오-구체시로의 새로운 모색―고원의 시세계」,『현대시학』406.

2003.2 「현대성과 시간」,『현대시』2.

2003.3 「냉정하게 응축시킨 시의 세계―겨울 혹한기의 시 읽기의 기쁨과 슬픔」,『시와반시』43.

2003.6 「신비평에서 신-신비평까지」,『시와세계』2.

「사색의 깊이와 정신의 넓이―김춘수의 자선대표시 해설」,『시와반시』44.

2003.9 「한국 현대시로 전이된 피카소의 그림세계−김혜순의 시 「청색시대」와 함성호의 시 「게르니카」를 중심으로」, 『영미문화』.

「시의 반−유기적 형식과 언어−이데올로기」, 『시와사상』 38.

「삶과 죽음의 경계−서정성과 현대성」, 『시와반시』 45.

「현대, 현대성, 현대시, 모더니즘」, 『시와반시』 45.

「김영랑의 시세계−순수서정에서 현실인식까지」, 『시와시학』 51.

2003.12 「후기현대와 파편적 글쓰기」, 『시와세계』 4.

「그리스의 서정시−신을 저버린 인간의 갈등과 구원」, 『시와시학』 52.

「도시의 발전과 현대시의 특성」, 『시와 사람』 31.

「'나'의 존재확인을 위한 여행−그리운 지난날과 차가운 기억들 : 이문재의 시 「여행자」를 읽고」, 『현대시학』 417.

2004.2 「과속의 현대문명과 삶의 진정한 가치−오생근 저 『문학의 숲에서 느리게 걷기』를 읽고」, 『Book & Issue』 2-2.

「흔적으로 남겨진 첫사랑의 기억−이선영의 시 「마른 꽃 한 송이」를 읽고」, 『오늘의시』 1.

「데리다의 인식론과 노장사상의 일원론」, 『NEXT』 4.

2004.3 「한 겨울에 만나는 가을날의 풍경과 그림」, 『시와정신』 7.

「인도의 현대시−작은 것의 소중함과 현실의 갈등」, 『시와시학』 53.

2004.9 「서정적 진실의 힘과 울림−김남주론」, 『시와시학』 55.

2004.12 「아방가르드−영원한 전진을 향한 움직임」, 『동국대학교대학원신문』 122.

「하이−모더니스트 이승훈−모더니즘에서 불교까지」, 『시와시학』 56.

2005.2 「주변의 주변−그 풍요로운 세상에 대한 기억 : 윤성희의 소설 『거기, 당신?』을 읽고」, 『Book & Issues』 9.

「시적 현대성의 심화와 확대−이낙봉의 시집 『다시 하얀방』 해설」.

2005.3 「김춘수의 시세계−자선 대표시 10편의 세계」, 『시와반시』.

「자연의 섭리−생명의 힘, 말의 힘, 질문의 힘 : 정진규 시집 『본색(本色)』의 세계」, 『오늘의시』.

「아포리아의 언어−이승훈의 문학적 연대기」, 『작가세계』.

「구심력으로서의 '나−자아'의 응축세계와 원심력으로서의 '나−자아'의 확산세계−『유안진의 시집 『다보탑을 줍다』와 김경수의 시집 『목숨보다 소중한 사랑』을 읽고」, 『시와사상』.

2005.6 「절망의 힘과 좌절의 극복−김신용의 시집 『환상통』(2005)을 읽고」, 『현대시학』.

「자연의 세계와 문명의 세계−그 경계에 대한 관조와 성찰 : 박유라의 '자선 대표시' 여덟 편의 세계」, 『시현실』 2005.여름.

2005.10 「한국 현대 가톨릭 시세계」, 『시민문학』.

2005.12 「상상력의 영역과 실재의 영역-'밀핵시'에서 '절대순수시'까지」, 『성찬경의 시 「조립완구」의 세계」, 『현대시학』 12.

2006.1 「황병승의 시세계-제3의 시세계를 위한 사이보그 시대의 호문쿨루스(homunculus)」, 『현대시학』 2006.1.

2006.2 「김근의 시세계-제3의 시세계를 위한 이 시대의 '몰록(Moloch)'의 역할」, 『현대시학』.

2006.3 「이민하의 시세계-제3의 시세계를 위한'멜랑콜리(Melancholy)'의 原型과 變容」, 『현대시학』 2006.3.

2006.4 「김언의 시세계-제3의 시세계를 위한 원형기술(原型記述)로서의 '에크리튀르(écriture)'의 모색」, 『현대시학』.

2006.5 「김민정의 시세계-제3의 시세계를 위한 '역발상의 상상력'」, 『현대시학』 2006.5.

「현대시 영역의 심화와 확대-서정성에서 현대성까지」, 『박청룡의 시집 『황금전갈』(2006) 해설』.

「따뜻한 인간주의의 세계-자연과 인간의 아름다운 공존」, 『강희근의 시집 『바다, 한 시간쯤』(2006) 해설』.

2006.6 「유경환의 시세계-소멸하고 남은 것의 아름다운 몸짓」, 『현대시학』 2006.6.

「문학과 종교적 상상력」, 『유심』 2006.여름.

2006.8 「나무에 얽힌 유년기의 기억-김규동의 시세계」, 『만해새얼』.

「한용운의 시 「님의 沈默」의 해체적 읽기」, 『만해학연구』.

2006.9 「자크 데리다의 해체주의 이론과 비평-한용운의 시 「님의 沈默」에 대한 해체적 읽기」, 『현대시』 2006.8.

「두 가지 '사랑' 이야기-가족 사랑과 삶의 사랑 : 김경수의 시와 이대흠의 시를 읽고」, 『시와사상』 2006.가을.

2006.12 「서구문학에 반영된 불교의 영향과 수용-몇 가지 경우를 중심으로」, 『불교문예』.

「모더니즘 시의 서정성-몇 가지 경우를 중심으로」, 『시인시각』 2006.겨울.

「네오-서정시의 미학과 상호텍스트성」, 『시와시학』 2006.겨울.

2007.3 「주체화 대상의 역할 반전과 역발상의 상상력-조말선의 시집 『둥근 발작』의 시세계」, 『작가가 선정한 오늘의 시』.

2008.6 「실존의 반려로서의 그림자의 의미와 역할-존재를 존재답게 만드는 또 하나의 존재 : 성찬경의 시 「나의 그림자」를 읽고」, 『현대시학』 2008.6.

2008.7 「무아경의 세계와 깨달음의 세계-침묵하는 풍경의 무게와 생의 전말에 대한 성찰 : 마

종기의 시「여름의 침묵」을 읽고」,『현대시학』2008.7.

2008.8 「더 버릴 것도 없고 더 내려놓을 것도 없는 청빈한 삶－정희성의 시「야망」을 읽고」,
『현대시학』2008.8.

2008.9 「'I AM'의 세계－무한성의 '나'와 가능성의 '나'의 정체성 : 유안진의 시「도도한 냉소적
인」을 읽고」,『현대시학』2008.9.

2008.10 「간격의 미학과 in-betwee의 심미안－정진규의 시「해 지는 저녁 능선」을 읽고」,『현대
시학』2008.10.

2008.11 「상공의 팡세－'womb / man'으로서의 독수리의 시학 : 문정희의 시「독수리의 시」를
읽고」,『현대시학』2008.11.

2008.12 「'비'와 '나'의 대화적 상상력－적막과 고요 그리고 엄마생각 : 신달자의 시「내 앞에 비
는 내리고」를 읽고」,『현대시학』2008.12.

2009.2 「'낙타'와 '나'의 변증법적 일체화 과정－신경림의 시「낙타」를 읽고」,『오늘의 시』.

2009.3 「추체험으로서의 영원한 푸른 시절－허연의 시집『나쁜 소년이 서 있다』(2009)를 읽
고」,『현대시학』.

2009.10 「사유와 언어 그리고 시의 상관성－허만하의 시집『바다의 성분』(2009)의 세계」,『현대
시학』.

2009.12 「삼라만상의 섭리와 그 이치의 깨달음－정진규의 시집『공기는 내 사랑』(2009)의 세
계」,『시와세계』2009.12.

2013.12 「안타까운 그리움, 까마득한 먼 길－홍윤숙의 시집『그시절』(2012)의 시세계」,『예술가』
2013.겨울.

11.대담

1993.9 「김종길 시인과의 대담」,『시와시학』1993.가을

1995.6 「오규원 시인과의 대담」,『시와시학』1995.여름.

1996.3 「이승훈 시인과의 대담」,『시와시학』1996.봄.

1997.6 「최동호 시인과의 대담」,『시와시학』1997.여름.

찾아보기

ㄱ

「가난한 사람들의 눈빛」 122

「가는 길」 41, 47, 770

「가시관과 보혈」 594

「가을의 기도」 600

「가을의 노래」 28, 289, 290, 298

「가장 사나운 짐승」 631

「간(肝)」 430, 862, 865

간격 930

간판문화 275

「갈닐네아 바다」 613

「갈보리의 노래 2」 601

감정의 오류 90

강한 시인 107

「개미들에 대한 단상」 963

객관적 상관물 149, 410

「거문고」 826

『거울과 등불』 153

「거지」 460

「걸인」 465

「견고한 고독」 598

경재 465

「고만두풀노래를 가져
　　월탄(月灘)에게 드립니다」 790

「고백」 655

고빈다 737

「고양이, 도도하고 냉소적인」 1011

고원 110

고재종 523

「고해(告解)」 1017

「고흐・까마귀떼가 나르는 밀밭
　　-불행이 끊일 날은 없을 것이다」 543

고흐, 반 127, 535

『공기는 내 사랑』 910

『공산당 선언』 62, 136

괴테 69

구-모더니즘 65

구상 53, 585, 625, 669

「9월 밤의 불평(九月の夜の不平)」 480

구조 168

구조주의 157, 182

『구조주의 시학』 162

구체시 110

「국제열차는 타자기처럼」 129

〈군맹(群盲)〉 343

「그는 천국의 옷감을 원하네」 370, 787

그라마톨로지 200

「그레고리안 성가」 685, 995

그로스, 하베이 32

「그를 꿈꾼 밤」 774

그리스도 폴 670

「그리스도 폴의 강」 669

「그분이 홀로서 가듯」 639

『그 소식』 874

「그의 반」 622

「금빛 억새」 991

「기(旗)」 436

「기도」 646, 734

『기도시집』 444

「기분전환」 775

기술학(記述學) 201

「기억의 여신」 385, 387

『기호의 제국』 157

「길」 695

「길안에서 택시 잡기」 107, 201

김경린 70, 129

김광균 86, 125

김규동 57, 970

김기림 84, 471, 475

김기진 488

김남조 589, 682

김동리 345

김동명 332

김소월 41, 47, 309, 336, 759

김수영 440

김순일 1043

김억 289, 292, 294, 309, 455, 870

김영랑 48, 304, 307, 357, 366, 430, 794

김윤식 370

김정희 238, 500

김종삼 45, 49, 52

김춘수 72, 74, 419, 431, 432, 436

김학주 186

김현승 598

김형영 1017

〈까마귀 나는 밀밭〉 538

꼼꼼하게 읽기 41

「꽃」 444

「꽃나무」 84

「꽃을 위한 서시」 72

「꽃핀 바다」 471

「끝없는 논쟁 후에」 488

ㄴ ────────────

「나그네」 380

「나는 고흐의 미래다」 896

「나무」 619

「나무가 있는 풍경」 725

「나의 그림자」 979, 983

나의 아버지 영랑 김윤식 830

「나의 천국은」 1009

「나이팅게일에게 보내는 송가」 358

「나이팅게일에게 부치는 송가」 810, 813

난경(難經) 175, 186, 202

「난 글쓰는 사람」 936

「낡은 스웨터」 956

「남신의주유동박시봉방」 492

『낭만주의의 영혼과 꿈』 51, 760

「내가 '모세'의 선지와 진노를 빌어서」 625

내·마음 795

「내전시(內戰時)의 명상」 238

「네거리」 497

네오-서정시 60, 61

네오-헬리콘 903

네오-헬리콘의 노래 33

노자 176

『노자』 186

「녹슨 냉장고」 1039

「눈물」 599

「눈 오는 날의 미사」 725

「느릅나무에게」 970

니체 986

「님의 침묵」 43, 211, 213, 219, 224

ㄷ ———————————

다공성(多空性) 253

「다른한울」 615

다문화주의 231, 237, 248, 252

단순한 파괴(Zerstörung) 138, 188

「단 한 편의 시를 위하여」 425

「달운리 안 마을길」 877

「당신의 하느님」 721

「당신이만약내게문(門)을열어주시면」 332

「닻을 내린 배는 검은 소가 되어」 1032

대화중심주의 55, 95

던, 존 40

데리다, 자크 93, 140, 166, 171, 174, 182~184,
        193, 200, 258, 930

도(道) 176

『도시와 문명』 116

「도심지대」 125

도종환 525

『독립신문』 465

「독수리의 시」 1026

〈돌 깨는 사람〉 238, 504

「돌담에 속삭이는 햇발같이」 795

「두 가지 강의」 141

「두견」 366, 810

「두견과 종다리」 808

「두렵고 떨리는 마음으로」 714

「두 번의 만남과 한 번의 헤어짐」 431

뒤샹, 마르셀 947

「뒤샹의 '샘'?」 947

「들꽃의 묵시록」 698

「들판의 비인 집이로다」 924

떠도는 시니피앙 985

「또 하나 다른 태양(太陽)」 617

ㄹ ———————————

라벨 559

라캉 943, 946

랭보 105, 430

레비스트로스 157

로고스 847

리처즈, I. A. 152, 956

리포 36, 80

릴케 425, 432, 433, 448

「릴케의 장(章)」 436

「림종(臨終)」 606

ㅁ ———————————

「마당 앞 맑은 샘」 799

마르크스 62, 136

「마음의 눈을 뜨니」 648

마종기 685, 995, 1002

「마지막 말씀」 587

〈마태수난곡〉 1032

「마태오복음서」 1022

「막달라 마리아·1」 592

「만나려는 심사」 773

만, 폴 드 37

「말씀의 실상(實相)」 643

말없이 말하기 47, 50

『말테의 수기』 425

말하기 213

『맹인(盲人)』 948

「먼 후일」 336, 762, 786

메타언어 166

메테를링크 339, 343

메테를링크, 모리스 786

「모과 옹두리에도 사연이 47」 634

모노컬리즘(monocalism) 232, 233

「모닥불」 497

모더니즘 63, 102, 112, 117, 935

「모란이 피기까지는」 819

「목련, 혹은 미미한 은퇴」 716

「무대」 903

「무량한 평화 안에」 682

무의미시 74

「묵화」 49

문정희 1025

문학에서의 상징주의 운동 23

문화 269, 276

문화글로컬리즘 242, 256

「문화 분석」 233

『문화와 제국주의』 249

문화유물론 98

문화적 공동현상(空洞現像) 253

문화적 기억 231, 232, 241, 243

문화적 다공성(多空性) 240

「물빛 2」 707

「뭉크로부터 2」 547

미결정성 203

「미인」 440

민재식 417

ㅂ ─────────

「바다와 나비」 84, 471, 475

『바다의 성분』 887

「바다풍경」 471, 476

「바라건대 우리에게 보습대일
　　　　　땅이 있었더면」 778

바르트, 롤랑 157, 158, 166, 168, 264, 265

『바위』 345

바이런 349, 352

바흐 1032

바흐친, 미하일 55, 180

박두진 601

박목월 58, 343, 380

박양균 444

박영희 319

박용래 48

박용철 306, 425, 430

박인환 415

박종화 790

발자크 1049

발현(Ereignis) 139

발화(發話) 180

「밭고랑 우에서」 776

백대진 310, 455

백석 491, 497

「백수의탄식」 488

버만, 마셜 62, 112, 116, 136

버크, 케네스 34

베겡, 알베르 51, 760

베를렌, 폴 23, 28, 289, 794

「벽모의 묘」 314

「별」 609

「별리」 48

〈병사의 죽음〉 894

보들레르 122, 310, 319, 323, 332, 1049

보르헤스 750

「보이는 것을 바라는 것은
　　　희망이 아니므로」 711

「볼레로」 556

〈볼레로〉 559

「부듸처라 부듸처라!」 354

「부활절 전후」 732

『불교강의』 751

블룸, 해럴드 147

「불사조」 621

브룩스, 클리언스 21, 89

블룸, 해럴드 106

비교문학 281

비교문화 282

비-대상 77

「비-대상」 77

「비렁뱅이」 870

비속어 197

『비순수의 선언』 421

비어즐리, M. C. 90

「비잔티움」 309

비평 45

「비평으로서의 언어」 158

『비평의 해부』 54, 154

ㅅ

「사개틀닌 고풍의 퇴마루」 48

「사노라면 사람은 죽는 것을」 780

「사랑은 어떻게」 432, 433

「사랑하는 사마천 당신에게」 1026

「사물의 편에서」 940

사유중심주의 174, 186

사이드, 에드워드 237, 249

『사중주』 742

사투리 197

사포 20

사회적 유산 277

삭제의 원리 171

「산노을」 989

산문시 450

산종(散種) 178

「삶과 죽음 사이」 881

상징 89

상호문화주의 248

상호텍스트성 55, 95, 148, 180

「새」 899

『새로운 도시와 시민들의 합창』 67

〈샘〉 949

「생(生)과 돈과 사(死)」 783

생트-뵈브 233

「서산사투리 1」 1043

「서산사투리 16」 1046

「서울 가는 누이에게」 330

서울역 광장 274

서원동 1039

서정시 21, 24, 30

「서정시에 대한 접근」 35

서정주 330

「석양은 꺼지다」 316

「선에 대한 각서」 199

「선택」 885

「성모 마리아」 652

성찬경 979, 983

「성회 수요일」 729

「세 가지 정의」 34

『세미나』 946

「세한도」 523, 525, 529

〈세한도(歲寒圖)〉 238, 500, 527

「세한도 가는 길」 521

「소낙비」 862

「소년」 859

「소묘」 605

소쉬르 157, 174

손재형 508

손진태 464

송욱 75, 420

「수요일의 시」 729

수용미학 30

「수유리를 떠나며」 910

수정주의 107

〈수차(水車)가 있는 가교(架橋)〉 127

「수평선」 903

「쉽게 씌어진 시」 850

스티크니, J. T. 385

스펜더 471, 476

습관화된 반응 956

「시론」 23

시몬즈, 아더 23

시성(諡聖) 40

「시어(詩語)」 663

시의 유기적 형식 88

『시의 이해』 89

「시인의 논지」 33

「시적변용에 대해서」 426

『시적 영향에 대한 불안』 147

시적 유기체론 39

식수, 엘레느 96, 236

신동호 519

신-모더니즘 65

신비평 30, 38, 41, 159

『신시론』 67

신-신비평 30, 158, 159

신역사주의 98

『신화론』 265

신화비평 156

실버만, 휴 J. 112

『실천비평』 153

심슨, 루이스 33

「십자가」 861

싯다르타 737

『싯다르타』 736

시(poetry) 26

「씨를 뿌리다」 913

ㅇ ────────

아가니페 19

아락, 조나단 30, 158

아리스토텔레스 151

아방모더니스트(avant-modernist) 935

「아시시의 감나무」 690

「아침 기도」 589

아포리아 175, 186, 952

「악군(樂群)」 294

안혜경 543

알레고리 89

알튀세 61

「앙포르멜」 52

야겔로니아 280

야콥슨, 로만 91

양주동 313

「어느 인민전선파 병사의 죽음」 894

「언어와 문학연구에서의 문제점」 91

언어의 훈도 194

「언어학과 시학」 91

「언총 1」 921

「언총 2」 921

에레디아, 드 471

에이브람스, M. H. 46, 153

『에케 호모』 986

엘리엇, T. S. 149, 393, 400, 410, 415, 742

「여름의 침묵」 1002

연작시 669

염량세태(炎涼世態) 510

엿듣게 되는 발화 47

『영국 노동자 계급의 형성』 264

예이츠, W. B. 238, 309, 370, 377, 787

「오늘」 588, 664

「오늘서부터 영원을」 666

「오도(午禱)」 649

「오서요」 579

「오월」 807

「오후의 구도」 127

「올빼미의 주문(呪文)」 406

「요한에게」 635

「용머리 바닷가 바람소리」 908

「우도 이야기」 659

「울지마 톤즈, 울면 안 돼」 883

워렌, 로버트 펜 89

워즈워스 22, 41

워홀, 앤디 949

「원정(園丁)」 45

원형기술(原型記述) 190

웨스턴, 제시 L. 422

윌리엄스, 레이먼드 98, 233

윔제트, W. K. 90

유경환 989

유기체론 89

『유럽통보』 461

「유령(幽靈)」 322

「유리창·1」 82

「유명(幽明)의 데이트」 668

유안진 521, 1008

유종호 421

유홍준 514

윤동주 430, 468, 847, 871

「윤사월」 343

「율려(律呂)여」 920

「은유의 축과 환유의 축」 91

「은총에 눈이 떠서」 647

「은하를 주제로 한 봐리아시옹」 447

은행나무 1037

「은혜(恩惠)」 612

음성중심주의 174

의견의 삽입(interpolation) 232

의도의 오류 39, 90

『의식(儀式)에서 로망스까지』 422

「이니스프리 호수 섬」 377

이미지즘 24, 80

이미지즘의 3원칙 24

이상 84, 199

이상섭 355

이상적 505

이승훈 77, 935

「이승훈이라는 이름을 가진
　　　3천 명의 인간」 949

이시카와 타쿠보쿠(石川啄) 480

이양하 371

『이온』 32

이재호 373

이정호 435

이항대립 166

이홍섭 529

이홍우 527

「인문과학 담론에 있어서의 구조, 기호, 작용」 93

「인식의 정치학」 253

인정받기 252

인정하기 252

인정(recognition) 239

「일상사(日常事)」 58

일원론 187

「임종고백(臨終告白)」 53, 661

ㅈ ──────────

자유로운 자유(free freedom) 64

「자화상」 855

「작문」 966

「작시법」 290

『잘 빚은 항아리』 89

장두철 449

장무상망(長毋相忘) 513

장미 448

『장자』 187

장정일 107, 201

「재의 수요일」 731

적공서문(翟公書門) 510

「적의 비곡」 322

전보시(電報詩) 603

전봉건 447

정의의 유보 109

정지용 82, 385, 483, 603, 606

정진규 909

「J. 앨프리드 프루프록의 연가(戀歌)」 393

「제이·엠·에쓰」 788

조만식 788

조선심(朝鮮心) 824

조이스, 제임스 29

조지훈 346, 581

조창환 556, 1032

존재 171

『존재와 시간』 138

존재(Being) 92, 138, 187, 936

존 키츠 357

주지주의 운동 66

「죽은 아우를 생각하며」 967

준법정신 279

『지옥의 계절』 105

지하문화 270

「지하철 정거장에서」 25, 80

「진달래 꽃」 787

「진보」 1049

「진양호 물버들」 923

「진짜 시」 1030

ㅊ ──────────

차기(次期) 94

차별성(differentiation) 239

차연(差延, différance) 93, 140, 176

차이의 발견 943

『차일드 해럴드의 순례』 349

「찬우물」 913

「참된 기도」 654

「참회록」 854

「창」 858

창조적 파괴(Destruktion) 138, 188

「천주당」 623

『청동기마상』 119

「청명」 817

촉기(燭氣) 824, 827

촉기정신 430

최남선 347

최재서 352, 355

「추사체」 532, 907

「추일서정(秋日抒情)」 86

추적의 원리 188

「춘수(春水)」 801

침묵하기 213

ㅋ ─────────────

카쉬, 유섭 894

카트, 얀 184

「카예 · 쁘랑스」 483

컬러, 조나단 162

케모드, 프랭크 65

코비치, 카예탄 56

「코코아 한 잔」 481

콘스탄츠학파 30

콜리지, S. T. 22, 88, 100

쿠르베, 구스타프 238, 504

크리거, 머레이 26

크리스테바, 줄리아 55, 95, 148, 180

「크리티포에추리?」 952

키츠, 존 358, 810, 813

ㅌ ─────────────

타쿠보쿠 497

탈중심화 169

『태서문예신보』 449

테느 233

테니슨 354

테일러, 찰스 253

텍스트 191, 968

「텍스트로서의 삶」 955

텍스트 자체의 설명 41

텔켈 163

톰슨, E. P. 264

「통유(通儒), 그리고 세한도」 519

「투거리 장맛」 1047

투르게네프 459, 870

「투르게네프의 언덕」 468, 871

특수성(particularity) 239

팀 오설리번 242

ㅍ ─────────────

파르마콘(pharmakon) 191, 930

『파리-마치』 265

파스, 옥타비오 97, 114, 234

『파우스트』 69

파운드, 에즈라 24, 25, 80

페미니스트 비평 31

포스트모더니즘 102, 112

「포에지」 339, 786

포우(抱宇) 298

폴란드 280

포, E. A. 22

표제음악 27

푸시킨 119

푸코 141

「풀밭에 눕다」 901

프라이, 노스럽 21, 35, 46, 54, 154

프란치스코 693

프레이저, 제임스 G. 422

프로메테우스 864

「프롤로그」 671

「플라워다방」 57

「플라워다방-보들레르, 나를 건져주다」 972

플라톤 32, 150

ㅎ

「하교길」 906

「하느님 공부」 718

「하다못해 죽어 달래가 옳나」 781

하버마스, 위르겐 240

『하여지향(何如之鄕)』 75, 420, 421

하이데거 92, 138, 171, 187, 936

하이쿠 36

한국비교문학 259

한영옥 547

한용운 43, 211, 213, 219, 579

「한 편의 시」 56

한 편의 시(poem) 26

「해(海)에게서 소년(少年)에게」 347

해방공간 66

해석 45

「해 지는 저녁 능선」 929

해체 210

해체주의 93, 144, 184, 193

해체주의 비평 164

「햄릿과 그의 문제점」 410

「향수」 385, 387

허만하 532, 887, 894

「헤겔, 베토벤, 워즈워스」 32

헤세, 헤르만 736

헤시오도스학파 20

헬리콘 903

헬리콘의 노래 33

『현대성의 경험』 62, 116, 136

현존재(Dasein) 138

호메로스학파 20

「혼자」 701

「혼자 논다」 629

「홀로와 더불어」 642

홍윤숙 874

「화사(花蛇)」 323

「화체개현(花体開顯)」 584

『황금 가지』 422

황석우 314

황지우 207

「황홀한 달빛」 307, 802

「후광의 분실」 123

후기구조주의 182

후지츠카 504

흄, T. E. 80

「흰 그림자」 848

「흰 바람벽이 있어」 492

히버트, 크리스토퍼 117